»Von jetzt an kommt es nur noch darauf an, dass ihr diesen Staat überlebt.« Diesen Satz gibt die über hundertjährige Tante ihren Nichten Lysbeth und Stella mit auf den Weg, bevor sie im Oktober 1941 stirbt. Bruder Eckhardt und seine Frau Cynthia sind überzeugte Nazis, Stellas Mann Jonny ist als Kapitän im Kriegseinsatz während sie versucht, trotz heftigster Bombenangriffe durch die Engländer die Gefühle für ihre große Liebe, den englischen Schriftsteller Anthony zu bewahren. Bruder Dritter nutzt geschickt die Möglichkeiten, die der Krieg für findige Geschäftsleute bereithält. Aaron, Lysbeths Mann, ist Jude, und sie setzt alles daran, ihn vor der Deportation zu bewahren - unterstützt von ihren Geschwistern. Wird der Zusammenhalt der Familie Wolkenrath stark genug sein, unbeschadet durch diese schwierigen Zeiten zu kommen?

Elke Vesper wurde in Hamburg geboren, studierte mit Begeisterung und promovierte über französische Literatur. Sie hat mehrere Berufe gelernt und ausgeübt, ein Jahr in Frankreich und neun Jahre in Spanien gelebt. Sie hat für verschiedene Rundfunkanstalten gearbeitet und zahlreiche Romane veröffentlicht, in denen starke Frauenfiguren eine zentrale Rolle spielen. Elke Vesper arbeitet neben dem Schreiben als Psychothrapeutin, hat drei erwachsene Kinder und lebt in Hamburg.

Weitere Informationen, auch zu E-Book-Ausgaben, finden Sie bei www.fischerverlage.de

Elke Vesper

Der Wille zur Liebe

Roman

FISCHER Taschenbuch

Erschienen bei FISCHER Taschenbuch
Frankfurt am Main, Januar 2015

Druck und Bindung: CPI books GmbH, Leck
Printed in Germany
ISBN 978-3-596-19434-6

Das erste Mal in meinem Leben erfahre ich die Wahrheit dessen, was so viele Denker als der Weisheit letzten Schluss aus ihrem Leben herausgestellt und was so viele Dichter besungen haben: die Wahrheit, dass Liebe irgendwie das Letzte und das Höchste ist, zu dem sich menschliches Dasein aufzuschwingen vermag. Ich erfasse jetzt den Sinn des Letzten und Äußersten, was menschliches Dichten und Denken und – Glauben auszusagen hat: die Erlösung durch die Liebe und in der Liebe!

Viktor E. Frankl: … *trotzdem Ja zum Leben sagen*

Dieses Buch widme ich meiner Mutter, Henrika Jacobsen, mit tiefem Dank für ihre Liebe. Sie war für mich eine wichtige Zeitzeugin der Jahre, über die ich hier schreibe. Aber sie ist viel mehr als das. Sie zeigt mir, wie eine Frau altern kann: mit Humor, Geist, Schönheit und einem Herzen voller Wärme.

Und ich widme es meinen Enkelinnen Mira Eliana Vesper und Sophie Eileen Bruckner mit Dank dafür, dass es sie gibt. Sie sind noch so neu auf der Welt, aber irgendwann in der Zukunft werden sie vielleicht dieses Buch lesen und etwas über die Zeit erfahren, in der ihre Urgroßmutter lebte.

Die Tante
Lysbeth Schuster 1830–1941

Die Großeltern
Eckhard Volpert 1840–1919 ∞ Charlotte Volpert, geb. Wandel 1846–1889

Die Eltern
Alexander Wolkenrath 1860–1941 ∞ Käthe Wolkenrath, geb. Volpert 1870–1940
Geliebter: Fritz Plauen 1867–1919

Die Kinder
Lysbeth Wolkenrath * 1894 ∞ Maximilian von Schnell * 1889
∞ Aaron Bleibtreu * 1903

Eckhardt Wolkenrath * 1895 ∞ Cynthia Wolkenrath, geb. Gaerber * 1900

Alexander Wolkenrath, genannt Dritter * 1897 ∞ Marthe Wolkenrath, geb. Hain * 1915
Alexander * 1942
Wilhelm * 1945
Peter * 1947

Stella Wolkenrath * 1989 ∞ Jonathan Maukesch * 1890
Geliebter: Anthony Walker * 1903 Geliebte: Greta Johannsen * 1908
beider Tochter: Walburga * 1931

Johann Wolkenrath * Mai 1900 ∞ Sophie Wolkenrath, geb. Meyer * 1905

Stellas Tochter
Angela * 1912 Liebster: Robert 1910–1939
Roberta * 1938

Cynthias Eltern
Lydia Gaerber * 1875 ∞ Carl-Wilhelm Gaerber 1878–1923
∞ Dr. Andreas Hagedorn 1880–1933
Geliebter: Daniel Grün * 1893

Familie Solmitz
Fred Solmitz * 1870 ∞ Luise Solmitz, geb. Stephan * 1889
Gisela Solmitz * 1920 ∞ Philippe Bouchon
Richard * 1944

Jonnys Mutter
Edith von Warnecke * 1868

1

Der alte Leichenwagen wurde von zwei kriegsuntauglichen, ausgemergelten Gäulen gezogen. Sie stemmten sich schwer ins Geschirr, die Last wog doppelt so viel wie sonst, denn im Wagen lagen gleich zwei Särge. Der Totenprunk der Wagen zog die Aufmerksamkeit einiger Schaulustiger auf sich. So aufwendiges Gewese um den Tod war seit mindestens zwanzig Jahren aus dem Stadtbild verschwunden; neuerdings gehörte es wieder dazu. Alles, was Auto hieß, war für den Krieg eingezogen worden.

Die Gruben für die beiden Särge waren nebeneinander ausgehoben worden. Nach der Trauerzeremonie in der Kapelle 3, die inmitten des parkähnlichen Friedhofs Ohlsdorf lag, warteten die Angehörigen, bis die Särge in die Gruben gehievt worden waren. Regenschirme überdachten die Menschen wie ein breiter schwarzer Pilz mit vielen Auswölbungen. Als es so weit war, löste sich einer nach dem anderen aus dem Menschenpilz, trat vor und warf eine Schaufel voll dunkler Erde zuerst in die eine Grube, bückte sich, um die Schaufel ein zweites Mal zu füllen, und schüttete die Erde über der zweiten Grube auf den nächsten Sarg. Ohne auf den eigenartig satten Klang von feuchter Erde auf hölzernem Hohlkörper zu lauschen, rückte jeder schnell wieder zurück unter den Schutz eines der Regenschirme.

Die Frauen, deren Füße in hochhackigen leichten Pumps steckten und deren Beine nur von dunklen Seidenstrümpfen umhüllt waren, tippelten auf der kalten Erde verstohlen auf und ab. Obwohl sie über ihren schwarzen Kostümen Wintermäntel trugen, zitterten sie vor Kälte. Die Männer hielten ihre Hüte in den Händen, und man sah ihnen an, dass sie ungeduldig darauf warteten, sie endlich wieder aufsetzen zu können. Ihre verbleibenden Haare boten nur wenig Schutz für die nackte Kopfhaut. Es war der 7. Oktober 1941. Vom Himmel prasselte Regen, der von Sturm durch die Straßen gepeitscht wurde.

Stella weigerte sich, Erde auf die Särge zu werfen. Sie trat einfach zurück, als sie an der Reihe war und alle sie anschauten. Sie schüttelte kurz den Kopf, was ihre dunkelroten Locken in ihr Gesicht schleuderte, wo einige Haare an den trotzig angemalten blutroten Lippen hängen blieben. Trotz ihrer dreiundvierzig Jahre sah sie aus wie eine junge Frau. Am liebsten hätte sie auch ein rotes Kleid angezogen. Und rote Schuhe. Am liebsten hätte sie sich in der Kapelle vorn hingestellt und ein Lied gesungen, zu dem die Tante hätte zustimmend mit dem Kopf nicken oder im Takt mit den Zehen wackeln können. Es gab keinen Grund, über den Tod der beiden Menschen zu trauern, die da in wenigen Stunden in ihren Holzsärgen unter der Erde verschwunden sein würden.

Die eine, die Tante, nach der Stellas ältere Schwester Lysbeth getauft war, war wie eine Sonne durch das Leben aller Wolkenrath-Kinder gezogen. Sie hatte sie umrundet, erhellt, erwärmt oder aber auch wie der Mond als kalter Spiegel einiges an Selbsterkenntnis provoziert. Sie hatte ihre Umlaufbahn mehr als einmal geändert, aber sie war sich immer treu geblieben. Ein Leben wie das der Tante gab nicht den geringsten Anlass zur Trauer. Aber es gab viele Gründe zum Feiern, zur Ausgelassenheit, zu Leichtigkeit und zu tiefer Selbstbesinnung.

Stellas trotzige Gedanken konnten jedoch den sengenden Schmerz in ihrer Brust nicht vertreiben. Sie hatte es so lange gewusst, sie hätte so lange Zeit Abschied nehmen können, schließlich hatte auch die Tante nicht das Wasser der Unsterblichkeit getrunken, aber jetzt, da die Erde auf dem Sarg mit diesem hohlen Ton den Gedanken daran weckte, dass die Tante dort, klein, schmächtig und knochig, ganz allein lag und nie wieder zurückkehren würde, meinte Stella, der Schmerz über den Verlust würde auch sie umbringen. Tränen liefen ihre Wangen herunter, sie schluchzte hemmungslos. Die Welt ohne die Tante war nicht nur um einen Menschen reduziert, die Welt ohne die Tante war ohne Erklärung, ohne Weisheit, ohne Witz, ohne Derbheit, ohne einen kleinen Schlag auf den Hinterkopf zur rechten Zeit, ohne die Sicherheit, dass alles gut werden würde. Dass dafür zumindest die Möglichkeit bestand.

Und wenn diese Möglichkeit für Stella nicht mehr denkbar war, wäre sie in einem dritten Sarg besser aufgehoben als hier auf dem Ohlsdorfer Friedhof ganz in Schwarz gekleidet mit knallroten Lippen.

Der Tod ihres Vaters Alexander Wolkenrath ließ Stella seltsam unberührt. Und das lag sicherlich nicht daran, dass er nicht ihr leiblicher Vater war, dass ihr leiblicher Vater, Fritz, der Geliebte ihrer Mutter, vor vielen Jahren, genauer gesagt 1919, in den Revolutionswirren am Ende des letzten Krieges, bereits gestorben war. Alexander hatte Stella nie fühlen lassen, dass sie nicht seine wirkliche Tochter war, ja, dass sie als Tochter seines Nebenbuhlers, des Mannes, mit dem seine Frau ihn gehörnt hatte, und zugleich als das schönste unter seinen Kindern ihn immer beschämend an sein eigenes Versagen als Mann erinnert hatte. Ganz im Gegenteil hatte er zu ihr eine engere Bindung gehabt, mehr Stolz auf sie gezeigt als auf seine älteste Tochter Lysbeth und auf seine Söhne Eckhardt und Johann. Sein Sohn Dritter und seine Tochter Stella, die waren immer nach seinem Geschmack gewesen, mutig, draufgängerisch, unternehmungslustig und von dieser Eleganz, die Reiter besitzen. Reiter zähmen das große starke Tier zwischen ihren Schenkeln.

Nein, Stella hegte nicht den geringsten Groll gegen ihren Vater. Auch der, dass er ihre Mutter nicht glücklich gemacht hatte, ja, sie an ihrem Glück sogar gehindert hatte, war verflogen. Keinem in der Familie war verborgen geblieben, wie mutig Alexander sich in den letzten Lebensmonaten seiner Frau verhalten hatte, wie viel Heilung ihrer verletzten Frauenseele er Käthe in ihren letzten Wochen noch geschenkt hatte. Und wie heilend das für ihn selbst gewesen war.

Dass er nun, einen Tag nach der Tante, gestorben war, entbehrte für Stella jeder Dramatik. Es schien folgerichtig. Schon nach Käthes Tod vor einem Jahr war er zu Bedeutungslosigkeit geschrumpft. Er verfolgte seine täglichen Rituale, hielt sich sauber, saß in seinem Sessel, las die Zeitung und tat zuweilen kund, was er gelesen hatte. Er zog ohne ein Wort der Klage in das kleine Zimmer, in dem vorher seine Söhne geschlafen hatten, nahm an den gemeinsamen Mahlzeiten teil und hörte zu, was die anderen zu erzählen hatten. Wie stark das allerdings wirklich in ihn eindrang, merkte keiner, weil er kaum einmal nachfragte und keine Gemütsregung von sich gab. Längst hatte sich verflüchtigt, was ihn sein Leben lang angetrieben hatte, nämlich in seiner Firma *Wolkenrath & Söhne* einen großen Gewinn zu erzielen und so zu dem Reichtum zurückzukehren, in dem er aufgewachsen war, der Erbe des Fuhrunternehmens, das sein Großvater gegründet und sein Vater verspielt hatte. Das, was ihn wirklich mit Leben und Reichtum hätte erfüllen können, nämlich die Liebe seiner Frau Käthe, hatte in seinem Weltbild keinen Wert besessen. Dass er davon vor ihrem Tod noch einen Schimmer erhascht hatte, hatte sein Leben wie ein flüchtiger Lichtstrahl mit Erkenntnis und Wahrhaftigkeit erhellt.

Danach gab es nichts und niemanden mehr, der ihn wirklich berühren konnte, und er selbst war völlig unfähig, andere zu berühren. Also lebte er wie ein Einsiedler inmitten seiner Familie, wortlos wie die

Hunde, die hingegen auf ihre körperliche Art Nähe suchten. Die Einzige, mit der Alexander Vertrautheit zeigte, war die Tante.

Zu ihr setzte er sich in die große Küche im Souterrain und sah ihr zu, wenn sie das Gemüse zubereitete. Dann sprach er von alten Zeiten, in denen er auf die eine oder andere Weise Triumphe gefeiert hatte. Er sprach von seiner Kindheit als reicher Sohn des Fuhrunternehmens Wolkenrath. Er sprach von seinen Pferden. Und davon, wie er den Besuch Bismarcks in Dresden miterlebt hatte. Er sprach von Geschäften, bei denen er groß rausgekommen war, und davon, dass er als einer der Ersten die Bedeutung der Elektrizität erkannt hatte. Die Tante hörte ihm zu, schrubbte, reinigte, schälte, schnippelte das Gemüse. Sie nickte, gab kurze bestätigende Laute von sich und stellte auch kleine Fragen zu einem geringfügigen Detail.

Stella war während eines solchen väterlichen Monologs einmal in die Küche getreten. Ihr Vater war ungerührt fortgefahren, anscheinend hatte er nicht gemerkt, dass er nicht mehr allein mit der Tante war. Zornig hatte sie die Tante hinterher zur Rede gestellt: »Er suhlt sich in seinem Selbstbetrug. Wie kannst du das unterstützen?« Die Tante hatte milde lächelnd geantwortet: »Die Wahrheit über sich selbst zu ertragen ist nicht allen Menschen gegeben, meine kleine Stella. Und wer damit so lange wartet wie dein Vater, müsste dafür ganz unbekannte Fähigkeiten entwickeln und eine große Seelenstärke, um den Schmerz und die Erschütterung ehrlicher Selbsterkenntnis auszuhalten. Diese Seelenstärke hat in seinem Leben nur einer entwickelt, der gelernt hat, sich im Spiegel zu betrachten. Wer das nicht tut, entwickelt nicht die Reife, die nötig ist, um anderen und sich selbst immer weniger Schaden zuzufügen, andere anzuhören, also wirklich zu hören, wenn sie einem etwas sagen, auch wenn es einem nicht gefällt. Also, das Paket an Lieblosigkeit und Egoismus und falschen Entscheidungen und all dem übrigen Mist ist im Alter deines Vaters ziemlich dick und schwer. Er müsste reifer sein, als er ist, um es zu öffnen und auszupacken und anzuschauen und in die Hände zu nehmen. Und nicht nur in die Hände, auch ins Herz. Du siehst, das Ganze ist wie eine Katze, die sich in den Schwanz beißt. In der Tiefe seiner Seele weiß er allerdings um all das Schreckliche, Kalte, Gefühllose, was er gelebt hat. Es beruhigt und tröstet ihn, wenn er sich jetzt an den Glanz erinnert.«

Mit leichter Trauer in der Stimme fügte sie hinzu: »Nun gut, wenn ich jünger wäre, würde ich ihn vielleicht festhalten und daran hindern, sich so einfach aus der Verantwortung für sein Leben zu stehlen …« Sie blickte Stella fragend an, und Stella verstand die Frage sofort. Sie dachte nach. »Du hast recht«, sagte sie leise. »Er ist mir nicht wichtig genug. Diesen Mann aufzurütteln und zu sagen: ›Du belügst dich selbst‹, verbraucht zu viel von meiner Kraft.« Nach einer Zeit des Überlegens fügte sie hinzu: »Auch Lysbeth sind andere Sachen wichtiger.« Die Tante lachte amüsiert auf. »Siehst du, also müssen wir ihn sterben lassen, wie er gelebt hat, in der Selbstlüge einer falschen Größe.« Stella stimmte in das Lachen ein, anfangs zögernd, dann aber wie von einer Last befreit. Ja, sie trug keine Verantwortung für den Vater. Und außerdem hatte er auch das Recht, sich so umfassend selbst zu belügen, wie es ihn beglückte.

Die Tante war am 3. Oktober gestorben. Am nächsten Tag waren alle, sogar die Hunde, wie unter Schock. Sie schlichen auf Zehenspitzen und flüsternd durchs Haus. Zuerst bemerkte keiner Alexanders längere Abwesenheit. Als sie ihn zum kärglich traurigen Abendessen riefen und er nicht erschien, ging Stella in sein Zimmer und fand ihn auf seinem Sessel, den er vor das Fenster gerückt hatte. Er trug Gamaschenschuhe, ein blütenweißes Hemd, eine Hose mit feinen Nadelstreifen und einer exakten Bügelfalte. Sein verbleibender schmaler Haarkranz war sorgfältig gekämmt, die Hände weiß und die Fingernägel sauber und gefeilt. Ein feiner älterer Herr mit der Grandezza eines Reiters.

Stella hatte vor ihm gestanden, zuerst vor Schreck wie erstarrt, und dann vernahm sie die Worte der Tante in ihrem Ohr: »So werden wir ihn also sterben lassen, wie er gelebt hat.« Lächelnd rief sie Lysbeth und Aaron zu sich. Eckhardt und Cynthia ließ sie, wo sie waren. Das Essen wurde sowieso gemeinsam in der Küche unten eingenommen, seit die beiden in die Räume der Eltern gezogen waren.

Hand in Hand standen Lysbeth, Aaron und Stella vor dem toten Alexander. Er war gestorben, wie er gelebt hatte: ein eleganter Mann, aufrecht, ein Reiter, ein Mensch, der Reichtum und Würde ausstrahlt, mehr Schein als Sein.

»Wahrscheinlich ist es immer so«, sagte Lysbeth anschließend, als die drei in der Küche einen Kräuterschnaps aus den Beständen der Tante tranken: »Menschen sterben, wie sie gelebt haben. Wie sollte es auch anders sein?«

In den letzten Tagen vor ihrem Tod hatte die Tante noch die Vorräte an Kräuterschnaps und Herzwein aufgefüllt, am letzten Tag hatte sie Stella noch einmal umarmt und ein letztes Mal ermahnt, sich durch den Krieg nicht die Liebe zu Anthony zerstören zu lassen. Stella hatte abwehrend reagiert, aber die Tante hatte gesagt: »Du wirst an mich denken, mein Kind. Krieg verändert die Menschen. Auch dich. Auch ihn. Das könnt ihr gar nicht verhindern. Und ihr seid jetzt Feinde.«

Es war nicht das erste Mal, dass sie Stella so angesprochen hatte, aber diesmal war es eindringlicher gewesen. »Krieg verändert alle. Auch euch. Wichtig ist nur, dass ihr euch danach auf das Wesentliche besinnt. Und das ist eure Liebe. Es wird nicht leicht sein, aber es wird möglich sein.« Und kurz vor ihrem Tod hatte sie Lysbeth zu sich ans Bett geholt, die auch neben ihr gesessen hatte, als die Tante starb.

Jetzt, da sie an den Gräbern stand, kamen Stella die Worte der Tante wieder in den Sinn: »Wenn der Krieg zu Ende ist …«

Ihr schien das Kriegsende zum Greifen nah. Vorausgesetzt, dass Amerika sich nicht einschaltete, denn dann würde Hitler Schwierigkeiten bekommen. Bis jetzt war alles schnell und gut für ihn und die seinen verlaufen. Frankreich besiegt, der Osten in vielen Bereichen einverleibt. Im Mai 1940 hatten sich die Holländer ergeben. Es hatte im vorigen Jahr einige wichtige Kriegsetappen gegeben, die Hoffnung geweckt hatten, dass der Krieg bald zu Ende sein würde. Allerdings hatte es keinerlei Hoffnung gegeben, dass Hitler geschlagen werden könnte. Ein Sieg in diesem Krieg, so schien es, konnte nur der Sieg der Deutschen sein. Auch seit Beginn des Krieges mit Russland lief alles für die Deutschen, als bräuchten sie die Siege nur zu pflücken.

Die fast täglichen Luftangriffe der Engländer seit 1940 hatten gezeigt, dass Deutschland einen wütenden starken Feind hatte. Das war zwar unendlich zermürbend für die Hamburger Bevölkerung, die seitdem keinen durchgehenden Schlaf mehr bekam, allnächtlich durch Alarm aus den Betten geholt wurde und sich dann in den Bunkern und Kellern die Zeit um die Ohren schlug. Aber es hatte die Hoffnung der Tante verstärkt, dass Hitler mit seinem größenwahnsinnigen Anspruch, die ganze Welt zu erobern, nicht durchkommen würde. Und seit Russland ein weiterer Feind war, hatte die Tante trotz der deutschen Kriegserfolge unerschütterlich die Niederlage der Deutschen vorhergesagt. »Wenn der Krieg zu Ende ist …«

Stella litt entsetzlich unter dem Krieg zwischen Deutschland und

England. Die deutsche Armee hatte jeden englischen Angriff mit einem Gegenangriff beantwortet, Tausende von Menschen waren gestorben, Coventry sollte bereits völlig zerstört sein, und es wirkte nicht so, als könnte Hitler auf seinem Siegeszug aufgehalten werden. Stella hasste ihn für jede Bombe, die er auf England abwarf. Im September 1940 hatte es einen unerwarteten Tagesangriff auf die City von London gegeben, der dort entsetzliche Panik ausgelöst hatte, die Stella empfunden hatte, als wäre sie dabei gewesen. Ein voll besetzter Omnibus war durch eine Bombe in ein Wrack verwandelt worden. Stella hatte es vor sich gesehen: Junge Frauen wie Angela auf dem Weg zur Arbeit, Männer wie Anthony, die zu Hause Frau und Kind hatten, all diese Menschen nur noch blutige Fetzen, wenn sie nicht in Atome zersprengt worden waren. Im Oktober 1940 hatte dann ein Nachtangriff auf London angeblich zehntausendfünfhundert Menschen obdachlos gemacht.

Stella war zwar mit dem Hamburger Kapitän Jonathan Maukesch verheiratet, ihr eigentlicher Mann, ihr Geliebter, ihr Liebster aber war Anthony. Angela, Stellas Tochter, und Roberta, ihre Enkelin, waren bei ihm in London. Vielleicht war die kleine Roberta wie viele andere englische Kinder nach Australien, Kanada oder in die USA in Sicherheit gebracht worden. Und Anthony führte vielleicht irgendwo aktiv gegen Deutschland Krieg. Wenn einem dieser Menschen ein Haar gekrümmt würde, das hatte Stella sich geschworen, würde sie Hitler mit eigenen Händen umbringen, auf welche Weise auch immer.

Stella bangte während der Bombennächte um die Männer in den englischen Flugzeugen, obwohl diese natürlich auch ihr Leben bedrohten. Warum also sollte Stellas und Anthonys Liebe durch den Krieg gefährdet sein? Das Leben jedes Einzelnen von ihnen war gefährdet, aber doch nicht ihre Liebe!

Während sie den Kräuterschnaps auf ihren toten Vater tranken, sagte Lysbeth jenen Satz, der Stella noch lange beschäftigen sollte: »Stirbt nicht im Grunde jeder so, wie er gelebt hat?« Aaron und Stella hatten sie nur nachdenklich angesehen, und dann hatten sie über den Vater gesprochen und seine Selbstlügen und dass Reife und Alter nichts miteinander zu tun hatten. Der Vater hatte im Alter eine gewisse Güte entwickelt, aber die hatte er auch im Laufe seines Lebens immer mal wieder gezeigt. Er war im Alter den gleichen Dingen ausgewichen wie in seinem ganzen Leben: echtem ehrlichen Kontakt, vor allem zu sich selbst.

Aber er hatte etwas getan, das ihm Reife und Würde verliehen und ihm den Respekt seiner Töchter eingetragen hatte: Er hatte am Schluss seiner Ehe gewagt zu lieben. Er hatte sich Käthe rückhaltlos genähert, er hatte um sie geworben, ohne sich gleichzeitig durch Halbherzigkeit und mangelnde Ernsthaftigkeit zu schützen. Er hatte nicht taktiert, hatte nicht Käthe das Lieben überlassen, hatte es sich nicht bequem gemacht. Er war ihr als ihr Mann mit allem, was er zu dem Zeitpunkt zu geben hatte, begegnet. Und so war er über sich selbst hinausgewachsen. Das war der Zeitpunkt in seinem Leben, wo er nicht vorgab, etwas zu sein, wonach die anderen dann vergeblich suchen mussten, sondern wo er gerade gestanden hatte: für seine Ehe, seine Frau, seine Sehnsucht nach Käthe und ihrer Wärme, für seine Schuld, die er im Laufe ihrer Ehe auf sich geladen hatte, und für den Wunsch nach ihrem Verzeihen. Wo er nicht nur die Reiterfassade des geraden Rückens zeigte, sondern wirklich aufrecht gewesen war.

Nach Käthes Tod war er rasch gealtert. Er hatte sich aus dem Leben zurückgezogen, hatte seinen Geist auf alte Illusionen geworfen und sich sein Leben schöner geredet, als es gewesen war. Mehr Ehrlichkeit, mehr Wahrheit hatte er nicht aufzubringen vermocht. Aber er war ein gepflegter aufrechter Mann geblieben bis zum letzten Augenblick. Und auch darin lag Würde.

Nach der Beerdigung gingen alle zu Kaffee und Kuchen in ein Café neben dem Ohlsdorfer Friedhof. Erst als sich die Trauergemeinde von den Gräbern entfernte, bemerkte Stella den abseits stehenden kleinen Mann in SA-Uniform. Neben ihm stand eine hochschwangere Frau. Sie war in Tränen aufgelöst, sein mageres blasses Gesicht hingegen wirkte versteinert gefühllos. Das ist Johann, unser kleiner Bruder, mit seiner Ehefrau Sophie, dachte Stella, erschrocken, weil sie während der vergangenen Tage nicht ein einziges Mal daran gedacht hatte, Johann über den Tod seines Vaters zu informieren. Das ist doch nicht richtig, dachte sie. Er ist immerhin unser Bruder, auch wenn er ein erbärmlicher Nazi ist und unsere Mutter ihn enterbt hat, nachdem er Dritter bei der Gestapo denunziert hat. Stella zupfte Lysbeth am Ärmel und wollte sie auf das Paar aufmerksam machen. Als Lysbeth in die von Stella gewiesene Richtung blickte, waren Johann und seine Frau fort, wie vom Erdboden verschluckt. Verwirrt suchte Stella die Umgebung mit den Augen ab. Nichts. »Was ist los?«, flüsterte Lysbeth. »Johann«, antwortete Stella ebenso leise. Lysbeth fuhr zusammen. Stella sah ihr an, dass sie die gleichen schuldbewussten Überlegungen anstellte wie sie selbst kurz zuvor. »Wir haben ihn nicht eingeladen, das haben wir vollkommen vergessen, wie entsetzlich«, bemerkte Lysbeth. Stella nickte. »Jetzt ist es zu spät. Sie ist schon wieder schwanger …« Lysbeth schüttelte fassungslos den Kopf. Hand in Hand gingen die Schwestern Richtung Friedhofsausgang. Beide waren aufgewühlt. Von der Beerdigung, nun aber auch von der Erkenntnis, dass etwas geschehen war, das sie nie für möglich gehalten hätten: Sie hatten ihren Bruder Johann so lange aus ihren Gedanken und Gefühlen verdrängt, bis sie ihn völlig vergessen hatten. Es war nicht nur so, als wäre er tot. Es war, als hätte er niemals existiert. Und das war ein eindeutiger Beweis dafür, dass auch sie imstande waren, sich selbst zu betrügen. Wahrscheinlich lebte er noch in Altona, vielleicht stand die Geburt seines zehnten oder elften oder zwölften Kindes kurz bevor. Aber Stella und Lysbeth hatten ihn und seine Frau und seine Kinder vergessen.

Viele Nachbarn hatten sich zum Leichenschmaus eingefunden. Auch Luise und Fred Solmitz waren da und ihre Tochter Gisela. Es freute Stella, dass Gisela gekommen war. Die Tante hatte sich in den letzten Jahren viele Gedanken um die junge Frau gemacht, die einen jüdischen Vater und eine arische Mutter hatte. Stella hatte die drei ausdrücklich gebeten, anschließend noch mit zu Kaffee und Kuchen zu kommen. Sie hatte sehr wohl bemerkt, dass einige Nachbarn die Nase rümpften und sich daraufhin schnell von den Gräbern entfernten. Aber sie wollte eindeutig signalisieren, dass die jüdischen Nachbarn ihre Freunde waren.

In diesem Fall stimmte sie darin sogar mit Jonny, ihrem Ehemann, überein. Kapitän Jonathan Maukesch kannte Fred Solmitz, den Aufklärungspiloten, noch aus dem Ersten Weltkrieg. Wenn er auf Heimatbesuch nach Hamburg gekommen war, hatte er regelmäßig die Solmitz zum Wiedersehensfest eingeladen. Dann waren alle stets begeistert von dem von ihm gedeckten Tisch gewesen: Schokolade, Fischdosen, Seife, Bettbezüge, Strümpfe, Schuhe, Kaffee, ja, sogar Stopfwolle, an alles hatte Jonny gedacht. Einmal hatte Luise begeistert ausgerufen: »Was haben Sie für einen guten Mann!« Und wenn Jonny von seinen Kriegserlebnissen berichtete, guckte sie ihn fast verliebt an.

Stella hatte in den letzten Jahren oft nicht viel für Luise übriggehabt, weil diese doch sehr eigenartige Ansichten zu den Nazis geäußert hatte, deren begeisterte Anhängerin sie gewiss geblieben wäre, wenn es nicht die leidige Judenfrage gegeben hätte, die nun einmal ihren Mann und damit auch sie selbst betraf. Luises naive Begeisterungsfähigkeit rührte Stella aber immer wieder.

In der letzten Zeit hatte Stella unter den Nachbarn tuscheln gehört, dass Gisela einen Verlobten habe, einen Wirtschaftsprüfer oder Steuerberater aus Blankenese. Sie blickte forschend auf die junge Frau. Was war an den Gerüchten dran? Denn es war äußerst unwahrscheinlich, dass es sich bei dem Mann aus Blankenese um einen Juden handelte. Einen Arier durfte Gisela als Halbjüdin aber nicht heiraten.

Stella dachte voller Mitgefühl, wie ausgeschlossen Gisela sich wahrscheinlich fühlte. Sie war einundzwanzig Jahre alt, in diesem Alter waren die meisten jungen Frauen verheiratet und hatten schon Kinder. Die Nazis hatten viele Vergünstigungen für Kinderreiche geschaffen, die Geburtenrate war in die Höhe geschnellt. Nur Gisela hatte weder Mann noch Kind.

Irgendwo klimperte ein Klavier, Stimmen vermischten sich zu Luftvibrationen, die wie Wassergeplätscher an Stellas Ohren drangen. Die dicken Vorhänge, die Teppiche, die weichen Sessel dämpften alles ab. Stella nippte an ihrem Kaffee. Ihr Magen war wie zugeschnürt. Er verbot ihr, etwas von dem Kuchen zu essen.

Sie ließ ihren Blick über die Runde der anwesenden Menschen schweifen. Ihr Bruder Eckhardt und seine Frau Cynthia saßen an einem Tisch mit den Solmitz. Unwillkürlich musste Stella schmunzeln. Cynthia schwankte immer wieder hin und her, wie sie sich den Solmitz gegenüber verhalten sollte. Sie verübelte ihnen sehr, dass sie Freds Judentum verschwiegen hatten, bis es über seiner Mitgliedschaft im Luftschutzbund herausgekommen war. Ja, Fred hatte sogar Luftschutzwart werden wollen, ungeachtet dessen, dass das für einen Juden natürlich nicht in Frage kam. Auf der anderen Seite bewunderte Cynthia sehr den Kapitän Jonny Maukesch, und der zeigte demonstrativ seine Freundschaft zu den Solmitz. Wie sollte Cynthia sich da verhalten?

Neben Stella saß ihre Schwester Lysbeth mit ihrem Mann Aaron, der den gelben Judenstern auf seiner Jacke trug. Im Gegensatz zu Lysbeths und Aarons Ehe galt Luises und Freds als privilegierte Mischehe, weil sie ein gemeinsames Kind hatten. Abgesehen davon hatte Fred im Gegensatz zu Aaron noch einige Meriten aufzuweisen, die sogar nationalsozialistische Beamte beeindruckten: Er war im letzten Krieg als Major verwundet worden, und zwar als einer der ersten Piloten Deutschlands, die sogar noch vom Kaiser persönlich besucht worden waren. Außerdem war er bis vor kurzem Eigentümer eines Hauses in der schönen Kippingstraße gewesen, und jeder wusste, dass er es seiner Frau nur überschrieben hatte, um das Haus zu bewahren.

Aber auch um Aaron gab es einen Schutzwall. Er wohnte in einem Haus gemeinsam mit einer großen arischen Familie, von denen einige der NSDAP angehörten. Sein Schwager Jonny Maukesch war ein angesehener Kapitän, der unter den Schifffahrts-Honoratioren Hamburgs ebenso wie unter dem Militär und auch in der NSDAP einen hervorragenden Ruf hatte, war er doch maßgeblich an den Kämpfen gegen die revolutionären Kräfte nach dem letzten Krieg beteiligt gewesen. Den größten Schutz aber, so schien es Stella, erhielten Fred wie Aaron durch die Liebe ihrer Frauen, die sich wie wilde Löwinnen verhielten, wenn jemand auf die Idee kam, ihren Männern ein Leid zuzufügen.

Ihrer Schwester Lysbeth gegenüber saß Lydia, Cynthias Mutter, eine Verwandtschaft, die mit zunehmendem Alter immer weniger zu passen schien.

Mit einem Mal schoss durch Stellas Kopf abermals der Satz: »Sterben wir nicht alle, wie wir gelebt haben«? Sie platzte mit dieser Frage in ein angeregtes Gespräch zwischen Lysbeth und Lydia.

»Du hast gesagt, jeder stirbt, wie er gelebt hat. Aber was ist mit den Kindern von Barmbek, die beim Spielen von der Bombe getötet worden sind?« Zwei erstaunte Augenpaare richteten sich auf sie. Lysbeths blaue Augen, die manchmal etwas verwaschen ins Grau tendierten. Lydias blaue Augen, die immer noch klar und scharf blickten, obwohl sie schon siebzig war. »Wovon sprichst du?«, fragte Lysbeth verwirrt. Stella erinnerte sie an ihr Gespräch in der Küche, und Lydia zeigte sofort Interesse an dieser Frage. Sie lachte laut auf. »Mein zweiter Mann Andreas Hagedorn ist jedenfalls gestorben, wie er gelebt hat: in der Badewanne. In der Geborgenheit des Mutterbauchs, warm, weich, ohne dass die helle laute Welt etwas von ihm verlangen konnte.« Liebevoll fügte sie hinzu: »Und ich stelle mir bei ihm auch vor, dass der Tod so etwas war, wie in den Mutterbauch zurückzukriechen. Keine Anforderung mehr, ein Mann zu sein, der der Welt eine Stärke zeigen musste, die er selbst gar nicht empfand, eine Camouflage, die ihn furchtbar anstrengte. Einfach wieder zurück in die undefinierte watteweiche Glückseligkeit der dunklen Umhüllung von warmem Wasser.«

Stella starrte Lydia an. Was für eine erstaunliche Frau! Wie treffend sie ihren verstorbenen Ehemann einschätzte. Je älter sie wurde, umso interessanter wurde sie. Es schien Stella, als erlaube Lydia sich mehr und mehr, sich selbst auszuloten, zu erproben und auszudrücken.

»Aber unsere Mutter?«, wandte Stella sich an Lysbeth. »Die ist doch ganz anders gestorben, als sie gelebt hat.« Lysbeth wiegte ihren Kopf bedächtig hin und her. »Ja und nein«, sagte sie sanft. »Unsere Mutter war immer eine sehr sinnliche und leidenschaftliche Frau.« Sie lächelte. »Denk nur daran, wie gern sie naschte.« Auch Stella lächelte. Ja, ihre Mutter war eine kleine Naschkatze gewesen. Und sie selbst war das Produkt einer leidenschaftlichen Liebe, die ihre Mutter offenbar sehr mitgerissen hatte. Auch Lydia lächelte. »Eure Mutter war eine ganz besondere Frau«, sagte sie. »Sie war an vielem interessiert, was an anderen Frauen der Generation vorübergegangen ist. Und ihr beiden Mädchen habt davon sehr profitiert.« Stella und Lysbeth warfen sich einen verschmitzten Blick zu. Stella war dreiundvierzig Jahre alt und Lysbeth sechsundvierzig. Mädchen?

Da kam Dritter mit seiner jungen Frau Marthe zu ihnen an den Tisch. Er hieß eigentlich Alexander, aber weil er nach Großvater und Vater als Dritter in der Familie diesen Namen trug, wurde er Dritter genannt. Er zog zwei Stühle heran und murmelte: »Die Meyers sind so langweilig. Das halte ich nicht länger aus. Zum Glück hat sich jetzt Jonny erbarmt.« Stella blickte zu dem Tisch, an dem die Meyers aus der Kippingstraße gemeinsam mit der Gemüsehändlerin und dem Schlachter saßen. Jonny führte ein angeregtes Gespräch mit ihnen. Stella war froh, dass er da war. Seit der Krieg begonnen hatte, noch eher, seit die Hatz auf die Juden begonnen hatte, bot Jonny der ganzen Familie einen gewissen Halt und Schutz.

Sie hatte ihn sogar einmal in Emden besucht, wo sein Schiff lag. Sie hatte es in der Hoffnung getan, nach all den Bombennächten in Hamburg einmal wieder auszuschlafen. Aber schon im Zug dahin hatte sie begriffen, dass sie sich geirrt hatte. Sie hatte Schutz und Ruhe so sehr mit Jonny verbunden, dass sie sich nicht anständig über die Situation in Emden informiert hatte. Ausgerechnet in der Nacht, als sie auf Jonnys Schiff schlafen wollte, gab es einen Fliegerangriff. Jonny und der zweite

Offizier entschieden, dass Stella in einen Bunker am Kai gebracht werden sollte. Aber Jonny fand den Bunker nicht, und so irrten sie herum, stolperten über Poller, Trossen, Gleise, immer in dem Bewusstsein, dass direkt neben ihnen das tiefe Wasser lag. Splitter prasselten nieder, sie schaute in die roten Schlünde der ringsum krachenden Geschütze. Halb tot vor Angst stolperte sie schließlich zum Schiff zurück, wo sie wütend auf Jonny einschrie, wieso er sie rausschleppe, wenn er nicht einmal wisse, wo der Bunker sei.

Auf der Rückfahrt hatte sie sich allerdings geschämt wegen ihres dummen Ausflugs. Sie hätte es besser wissen müssen. Und Jonny einen Vorwurf zu machen, weil er sie nicht in Sicherheit brachte, war auch dumm.

Jahrelang hatte sie sich geärgert, dass sie sich nicht von ihm hatte scheiden lassen, nur weil er der Einzige war, der den Bewohnern des Hauses in der Kippingstraße finanzielle Sicherheit bot. Sie hatte das Gefühl gehabt, sich verkauft zu haben, aber inzwischen war die Bedrohung viel existentieller, als dass es nur um ein sicheres Einkommen ging. Aaron war Jude. Und Stellas geliebte Schwester war mit Aaron verheiratet. Stella glaubte, auf das Ende des Krieges warten zu müssen, bis sie wieder leben durfte. Dann würde es auch an der Zeit sein, mit Jonny ein klärendes Gespräch zu führen. In einem solchen Gespräch wollte sie ihm deutlich machen, dass sie ihn ohne jede Missgunst an seine Zweitfrau Greta und beider gemeinsame Tochter abgab; dann hätte Stella endlich die Freiheit, mit Anthony das zu leben, wonach sie sich seit vielen Jahren sehnte. Wenn sie dann noch lebte.

»Wenn wir dann noch leben«, war während der vergangenen zwei Jahre ein geflügelter Satz geworden. Er wurde zu jeder Verabredung hinzugefügt. Er war realistisch angesichts der Bombardierungen, die viele Menschenleben gekostet hatten und alle stets bedrohten.

Stella wagte nicht zu denken: Wenn Anthony dann noch lebt. Sie hatte zwar viel weniger Sinn für Übernatürliches als ihre Schwester Lysbeth, aber diesen Gedanken auch nur in den Bereich des Denkbaren dringen zu lassen, verbot ihr ganz eindeutig eine Überzeugung, die sagte: Alles, was du denken kannst, kann auch geschehen. Im Umkehrschluss bedeutete das für sie: Wenn ich es nicht denken kann, wird es auch nicht geschehen.

Stella hoffte mit der vollen Kraft ihres überschwänglichen Herzens auf ein Ende des Krieges. Aber der Krieg währte nun schon zwei Jahre, und es gab noch keinen Frieden. Immer wieder hatte es Etappen gegeben, wo sich die nächste Hoffnung zerschlug. Als sie im März 1940 die verrotteten Sandsäcke und Kisten im Vorgarten beseitigt hatten, die ihnen seit Kriegsbeginn die Küche verdunkelten, war dies der erste Moment gewesen, wo sie begriffen hatte, dass ihre anfängliche Erwartung, die Beseitigung der Sandsäcke würde gleichbedeutend mit dem Kriegsende sein, sich nicht erfüllt hatte. Die Gefahr war im Verlauf der zwei Jahre immer größer geworden, aber nicht der Schutz.

Die Beerdigung der Tante und ihres Vaters rief in Stella viele Erinnerungen an die vergangenen zwei Jahre wach. Am 4. Juni 1940 war der Fall von Dünkirchen bekanntgegeben worden, dadurch wurde die Schlacht in Flandern und um Artois beendet, 1,2 Millionen Gefangene waren in die Hände der Deutschen gefallen. Damit es auch ja keiner übersah, läuteten drei Tage lang die Glocken, eine ganze Woche lang war geflaggt worden.

Wahrscheinlich war Stella der Fliegerangriff vom 6. Juni so in Erinnerung geblieben, weil er in diese deutsche Triumphzeit fiel. Kurz nach 1.00 Uhr nachts begann der Angriff, und er ging bis Viertel vor vier. Es war so heftig, dass Stella gleich aufstand und auch alle anderen Familienmitglieder nicht im Bett blieben. In der kleinen Besenkammer im Souterrain hockten sie zusammen und warteten. Es gab schwere Einschläge ringsum, Flieger über dem Haus, ein gemeines Gefühl. Immer kamen sie wieder. Die Abwehrschüsse knallten. So tobte die Schlacht über ihren Köpfen in jener sternenklaren Nacht. Lysbeth und Aaron hatten sich umarmt, sie drückten sich eng aneinander. Stella sehnte sich unendlich nach Anthony, nach seinen beruhigenden Worten, und sie hielt es kaum aus, nicht zu wissen, wie es ihm und wie es ihrer Tochter ging.

Das Leben zog sich zusammen auf die Besenkammer. Und es war grausig und trotz allem, was sie in ihrem Verstand wusste, unvorstellbar und unbegreiflich, der Gedanke: Wirklich und wahrhaftig stand über ihnen allen in diesem Augenblick Tod und Vernichtung. Tot oder verstümmelt, ohne Haus und Zuhause, alles, was ihr einmal lieb und teuer gewesen war, verbrannt, verkohlt, und vielleicht, die schrecklichste Angst: als Einzige zu überleben. Nichts ängstigte Stella mehr als das. Unendlich wehrlos hatte sie sich in diesem lächerlich schwachen Haus gefühlt, ohne den geringsten Schutz. Bei jedem Einschlag zuckte sie zusammen, bis die Tante vorschlug, ein Lied zu singen oder etwas vorzulesen. »Singen«, seufzte Lysbeth. »Bitte.« Und also holte Stella ihr gesamtes Repertoire aus dem Gedächtnis und schmetterte gegen die Gefahr draußen an. Die anderen fielen ein, wenn sie Text und Melodie kannten, und manchmal summten sie auch einfach nur mit. Von jener Nacht an sangen sie, wenn Alarm war, und das gab Stella das Gefühl, wenigstens irgendetwas tun zu können.

Zwei Tage später war Stella von einem Polizisten angehalten worden, weil sie Hosen trug. »Eine widerliche und unberechtigte Torheit der Mode«, sagte Cynthia. Stella war empört über den Polizisten und betrachtete betrübt vor ihrem Spiegel die Hosen, die so schick waren. Der Polizist sagte, es seien nicht die Hosen an sich, die Ärgernis erregten, sondern die Tatsache, dass sie eng seien. Denn das sei englische Mode. Stella hatte gedacht: Genau, und deshalb trage ich sie. Aber am folgenden Tag sah sie einen weißen Verkehrsschutzmann, der sein Benzin auf dem Motorrad verfuhr, um Radfahrerinnen in Hosen anzuhalten. Stella schnaubte empört. Aber sie hielt sich daran, was der Polizist gesagt hatte, und verzichtete von nun an auf ihre Hosen. Sie alle waren wegen Aaron in ihrem Haus so gefährdet, dass sie sich keine unnötigen Scherereien leisten konnten.

Inzwischen hatte es sich bereits eingespielt: hoch beim hässlichen Sirenenton, Kette von der Haustür, Hintertür aufgeschlossen, Hauptgashahn abgestellt. Und dann das unheimliche Warten. Lauschen. Erzählen. Singen. Die Zeit verging schneller, wenn man sich beschäftigte. Aufatmen, wenn das Flugzeug sich entfernte, wenn die Flak verstummte. Noch vor der Entwarnung merkten sie, dass die Luft rein war. Dann hörten sie Schritte draußen, Stimmen, Fenster, die geschlossen wurden. Jedes Mal schreckten sie bei der Entwarnung zusammen, atmeten dankbar auf, warfen die Kleidung von sich und sprangen ins Bett.

Die Nachbarn in der Kippingstraße waren im Verlauf der vergangenen zwei Jahre stärker zusammengerückt. Viele hatten Klopfzeichen vereinbart, falls einer verschüttet unter den Trümmern seines Hauses liegen sollte und Hilfe brauchte. Es gab Pläne zwischen manchen Nachbarn, Wände zwischen den Häusern durchzubrechen, damit Fluchtwege geschaffen würden. Es gab Nachbarn wie die Meyers, die sich weigerten, die Solmitz zu grüßen, und die sie aus der Nachbarschaft ausschließen wollten. Stella und Lysbeth machten unerschütterlich deutlich, dass sie zu den Solmitz hielten.

Es hatte allerdings auch immer wieder Momente gegeben, wo es ihnen schwergefallen war, ihre Sympathie für Luise zu bewahren. Im Juni 1940 zum Beispiel, als zuerst die elsass-lothringische Armee die Waffen gestreckt hatte und kurz darauf Paris eingenommen worden war, da hatte Luise auf der Straße begeistert wie ein Kind geplappert: »Als ich es im Rundfunk gehört habe, flogen mir die Hände. Das Unfassbare ist wahr geworden: Paris ist in deutscher Hand! Während der Marsch ertönte, marschierten unsere Soldaten ein. Mein Gott, ich habe wie ein Schlosshund geheult. Wie großartig es ist: Die Hakenkreuzflagge weht statt der Trikolore über Paris.« Als Luise dann noch hinzufügte: »Deutsche Soldaten in Versailles! Wer schlug die Demütigen von 1919 mit Blindheit?«, hatten sich Stella und Lysbeth hastig verabschiedet. Aber sie waren in den darauffolgenden Tagen Luises Begeisterung nicht entkommen. »Fort Vaux vor Verdun gestürmt! Das ruchbare, blutige, vielumstrittene Fort Vaux! Wer hätte das zu träumen gewagt?« Und am gleichen Tag am Abend: »Nun haben sie auch die Zitadelle Verdun genommen. Das unbezwingbare Verdun! Und die Maginotlinie in breiter Front südlich Saarbrücken durchbrochen! Man kann gar nicht so schnell mit.« Und am 17. Juni war sie auf der Straße auf die Tante zugestürmt und hatte gerufen: »Welch großer, großer Tag des deutschen Volkes. Haben Sie es schon gehört? Marschall Pétain, der Sieger von Verdun, lässt wissen, dass Frankreich die Waffen niederlegen will, und bittet um die Friedensbedingungen! Unfasslich. Ich war gerade in der Küche, da riefen aus der Höhe durchs Fenster Fred und Gisela die frohe Botschaft, wie die Engel: Frankreich hat kapituliert! Wir konnten es kaum glauben. Wir waren alle in einem Rausch von Begeisterung und Glück.«

Stella dachte daran, wie die Tante beim Abendessen spöttische Bemerkungen über Luise Solmitz gemacht hatte, die offenbar nach wie vor wünschte, die deutsche Niederlage im letzten Krieg rückgängig zu machen. »Was für ein Glück für die Frau, dass ihr Mann Jude ist«, hatte die Tante trocken bemerkt, »sonst hätte sie wahrscheinlich keine Chance, überhaupt irgendetwas zu begreifen.«

Stellas Magen krampfte sich abermals zusammen. Solche Bemerkungen der Tante würde sie nun nie wieder hören. Wie sollte sie das nur aushalten? Wenn sie Anthony wenigstens einen Brief schreiben könnte, aber selbst das war nicht mehr möglich.

In ihren traurigen und sehnsüchtigen Gedanken versunken, bemerkte Stella, wie Dritter sich zu Lysbeth lehnte und ihr etwas ins Ohr flüsterte. Sofort war Stella hellwach. Ihr Bruder und ihre Schwester hatten ein Geheimnis! Sie sah, wie Lysbeth errötete, wie sich ein Lächeln auf ihrem Gesicht ausbreitete, und dann drückte sie die Hand ihrer jungen Schwägerin und nickte ihr liebevoll zu. Stella warf einen Blick auf den sich leicht vorwölbenden Bauch ihrer Schwägerin und dachte: Warum habe ich das nicht vorher bemerkt? Sie ist schwanger, verdammter Mist. In diesen Zeiten ein Kind zeugen, das kann nur ein Tollkühner wie Dritter. Und wie will er denn eine Familie ernähren? Bis jetzt verdient Marthe noch mehr als er. Außerdem lebt er bei seiner Schwiegermutter in einer Zweizimmerwohnung. Und was ist, wenn er in den Krieg eingezogen wird? Irgendwann greifen sie vielleicht auch auf die Älteren zurück. Das arme Kind! Stella wurde heiß vor Zorn. Am liebsten hätte sie ihren Bruder geschüttelt.

2

*E*rst einen guten Monat zuvor, am 1. September 1941, hatte es bei den Wolkenraths eine Doppelhochzeit gegeben. Eckhardt, der älteste der Söhne, hatte im stolzen Alter von sechsundvierzig endlich seine langjährige Verlobte Cynthia Gaerber geheiratet, obwohl ihm – und auch ihr – klar war, dass sie die Hochzeitsnacht wie alle Nächte zuvor eher wie Geschwister denn als Mann und Frau verbringen würden; Eckhardt interessierte sich sexuell nicht für Frauen, und Cynthia ekelte sich inzwischen vor allem Geschlechtlichen, allein Hitler konnte ihr, der begeisterten Nationalsozialistin, feuchte Träume entlocken.

Eckhardts Bruder Alexander, »Dritter« genannt, hatte seine junge Braut Marthe geheiratet. Er war danach zu Frau und Schwiegermutter in die Gärtnerstraße gezogen, während Cynthia in die Kippingstraße gekommen war. Cynthia und Eckhardt hatten sich in der mittleren, der Beletage, eingenistet, in der früher die Eltern ihr Wohn- und ihr Schlafzimmer gehabt hatten. Die Räume, in denen sich vorher die ganze Familie getroffen und mit allen Differenzen und Konflikten ein Zuhause gefunden hatte, waren durch Cynthia zu einer Gruft geworden.

Sie hatte nicht nur das einstige Wohnzimmer zu ihrem Schlafzimmer gemacht, sie hatte es auch in aller Geschmacklosigkeit, die man sich nur ausdenken konnte, eingerichtet. Dieses Zimmer, das nach vorne hinaus lag, besaß einen Erker, dessen hohe Fenster eine lichte Großzügigkeit erzeugten, ein Eindruck, der durch die hohen Decken mit dem üppigen Rosenstuck und durch den großen Ofen mit den grünen schimmernden Kacheln noch verstärkt wurde. Außerdem ging von diesem Zimmer ein Wintergarten ab; der war zwar selten benutzt worden, weil er im Winter zu kalt und im Sommer zu warm war, aber auch er hatte das Bild von eleganter Großzügigkeit unterstrichen. Jetzt stand dort ein wuchtiges Bett aus dunkler Eiche. Die Fenster verschwanden unter eng gefalteten Tüllgardinen, die jedoch sogar tagsüber hinter zugezogenen grünsamtenen Vorhängen ein unsichtbares Dasein fristeten. Das Zimmer lag immer im Dunkeln. Ein schwerer Kleiderschrank von dunkelbraunem Eichenholz und eine Frisierkommode im gleichen Stil vervollständigten das bedrückende Ensemble.

Ins Nebenzimmer hatte Cynthia alle Möbel gepfercht, die aus dem früheren Wohnzimmer der Eltern stammten. Außerdem hatte sie Möbel aus ihrem Mädchenzimmer mitgenommen, ebenso wie Papierwaren, die sie beim Verkauf der Fabrik ihres Vaters »gerettet« hatte, so wie Eckhardt es mit Elektroartikeln aus der Firma *Wolkenrath & Söhne* getan hatte. Dieser Raum sah also aus wie ein Gerümpellager. Die Papierwaren wollten sie zwar nach und nach in ihrem kleinen Kiosk, den sie in einem Laden im Souterrain nahe der Emilie-Wüstenfeld-Schule aufgemacht hatten, verkaufen, doch die Schulkinder, die dort für wenige Groschen Kleinigkeiten erstanden, waren an den von Cynthias Vater einst in seiner Fabrik hergestellten hochwertigen Erzeugnissen wenig interessiert.

Da Cynthia sehr darauf bedacht war, Strom zu sparen, wurden in ihren Zimmern höchstens funzelige Lämpchen angezündet und auch erst, wenn es draußen sehr dunkel war. Angeblich hatte sie empfindliche Augen, aber jeder kannte den eigentlichen Grund: Cynthia war geizig. Dabei verdienten Eckhardt und Cynthia recht gut mit ihrem Laden. Außerdem erhielt Eckhardt eine kleine Versehrtenrente aus dem vergangenen Krieg.

Stella weigerte sich, diese beiden Räume zu betreten, weil es ihr Brechreiz verursachte. Dem Anblick ihres Bruders und seiner Frau konnte sie allerdings nicht aus dem Weg gehen.

Seit sie verheiratet war, hatte Cynthia sich in eine Frau verwandelt, die einem Angst machen konnte. Schon in jungen Jahren war sie keine Schönheit gewesen, aber jetzt, mit Mitte vierzig, sah sie aus wie eine Oberaufseherin im Gefängnis: Groß und dünn, wie sie war, trug sie dunkelblaue Faltenröcke zu weißen oder blau-weiß gestreiften Blusen, die hoch geschlossen und oben am Kragen mit einer Kameebrosche verziert waren. Diese hatte Käthe ihr einmal geschenkt, Cynthia selbst hätte sich so ein apartes Schmuckstück nicht ausgesucht. Cynthia trug geschnürte dunkelbraune Halbstiefel, auf denen sie über den Holzboden klackte. Und ihre inzwischen ergrauten Haare, die ihr, dünn, wie sie waren, noch nie zur Zierde gereicht hatten, hatte sie nun zu einem strengen Knoten oben auf dem Kopf gezurrt. Ihre Lippen waren noch schmaler geworden, und ihre Augenbrauen wirkten, als würden sie mit dem Alter nicht nur grauer, sondern auch dichter über den tiefliegenden grauen Augen wuchern.

Jetzt gewannen Cynthia und Eckhardt durch den Tod des Vaters weiteren Platz dazu. Sie machten eine kleine Küche aus dem Zimmer, das er am Schluss bewohnt hatte und das davor das Schlafzimmer der drei Wolkenrath-Söhne Dritter, Eckhardt und lange Zeit auch Johanns gewesen war, bis dieser als Erster der Söhne geheiratet hatte und ausgezogen war. Cynthia und Eckhardt aßen nun nicht mehr mit den anderen in der Küche im Souterrain.

Schon sehr bald merkten sie, dass sie dabei schlechter fuhren, aber sie sprachen nicht darüber. Sie hatten nicht nur die leckeren Suppen und die liebevoll zubereiteten sonstigen Gerichte der Tante verloren, sondern auch die Wärme des Familientisches, für die vor allem die Tante gesorgt hatte. Jetzt saßen sie zu zweit vor ihren faden Gerichten, die nicht nur wegen der Lebensmittelknappheit mager schmeckten, sondern auch, weil all die Kräuter fehlten, die die Tante im Garten angepflanzt und sogar in der Stadt an so mancher Ecke entdeckt und gesammelt hatte, bis sie starb. Eckhardt vermisste die Abende mit den anderen sehr. So musste er sich Cynthias Tratschgeschichten anhören, in denen sie sich über andere Frauen und deren Lebenswandel erregte. Oder er saß schweigend mit ihr am Tisch und sehnte sich nach der Lebhaftigkeit seiner Schwester Stella.

Lysbeth und Aaron vermissten die Tante von morgens bis abends. Ihre Stimme, ihr Krähenlachen, ihre tröstlich derben Kommentare zum Lauf der Welt, ihre Liebe. Das Zimmer, in dem die Tante im Souterrain neben Lysbeth und Aaron gewohnt hatte, wurde zu einem kleinen Gartenzimmer eingerichtet. Der Schrank, der zwischen den beiden Zimmern gestanden hatte, damit für Lysbeth und Aaron ein wenig Intimität geschaffen wurde und nicht jedes Wort durch die große Schiebetür drang, wurde an eine andere Wand gestellt. Dadurch gewann das Zimmer, das Schlafzimmer und Wohnzimmer und Arbeitsraum gleichzeitig war, mehr Licht und Leichtigkeit. Aaron öffnete tagsüber die Schiebetür und genoss die neue Weite. Lysbeth schien sie kaum wahrzunehmen. Aaron suchte verzweifelt nach irgendetwas, das ihr den Schmerz über den Weggang der Tante zu ertragen half. Lysbeth merkte nicht einmal das.

Nach dem Tod der Eltern und der Tante und nach Dritters Auszug war das Haus leerer und düsterer geworden. Gemeinsam mit ihrer Schwester versuchte Stella, den Alltag im Krieg so gut wie möglich zu bewältigen. Sie schloss sich Lysbeth enger an als in den Jahren zuvor. Oft war sie kurz davor, mit Lysbeth noch einmal über ihren Bruder Johann zu sprechen und ihm vielleicht irgendeine Kleinigkeit vom Vater zukommen zu lassen, als Erinnerung, aber Lysbeth wirkte in ihrer Trauer so verschlossen, dass Stella den missratenen Bruder nicht für das richtige Gesprächsthema hielt. Sie langweilte sich häufig, wusste nicht, was sie tun sollte, außer sich um die drei Hunde zu kümmern. Für die Hunde war zwar vor allem Eckhardt zuständig gewesen, der sich vor ein paar Jahren der Windhundzucht verschrieben hatte, um durch das geteilte Freizeitvergnügen seinem heimlichen Geliebten Askan von Modersen nahe zu sein. Doch die tierliebe Stella hatte sich immer schon für die Hunde verantwortlich gefühlt, auch wenn ihr die tägliche regelmäßige Pflege, auf die die Hunde angewiesen waren, und das Füttern und Ausführen zuweilen lästig geworden waren. Jetzt aber war sie dankbar für diese Aufgabe.

Abends auszugehen war unmöglich geworden. Theater und Kinos beendeten früh ihre Vorstellungen, viele Tanzlokale hatten geschlossen. Jonny war auf See, sie hatte ihre Zimmer im zweiten Stockwerk ganz für sich. In ihrem Wohnzimmer stand jetzt auch das Klavier, aber allein zu musizieren kam ihr so traurig und einsam vor, dass sie das Instrument mied. Ohnehin vermied sie es, sich lange in ihrer Wohnung oben aufzuhalten. Sie ging nach unten zu Lysbeth und Aaron ins Souterrain oder verbrachte ihre Zeit mit beiden in der Küche.

Es gab eine große Leere in Stella. Sie versuchte, so wenig wie möglich daran zu denken, dass sie ihre Mutter, ihren Vater und die Tante verloren hatte. Noch weniger wollte sie die Panik spüren, die in ihr aufstieg, wenn sie daran dachte, dass sie auch Anthony und Angela und Roberta verlieren könnte. Der Krieg war da, und sie war zur Untätigkeit verdammt. Sie konnte nichts tun, um ihn zu beenden. Sie musste hoffen und abwarten, das aber widersprach vollkommen ihrem Naturell.

So schlug sie Lysbeth vor, im Garten Gemüse anzubauen. Einen kleinen Kräutergarten hatte Lysbeth schon gemeinsam mit der Tante angelegt, nun wollte Stella sich an Kartoffeln und Möhren und Bohnen und Erbsen und Gurken wagen. Lysbeth war zwar einverstanden, aber nicht Feuer und Flamme. Also kümmerte Stella sich allein um die Planung. Sie beschloss, den Winter zu nutzen, um sich über alles zu informieren, was Kartoffeln und Möhren und Erbsen und Bohnen und Gurken brauchten, um zu gedeihen. Sie las Gartenbaubücher mit der Absicht, sich allmählich zu einer Fachfrau für Gemüseanbau zu entwickeln. Lysbeth hinderte sie zwar nicht, aber sie war nicht im Geringsten für Stellas Projekt entflammt.

Stella ekelte sich vor den vielen widerlichen Bunkern in der Stadt, den Zickzackgräben, den gestapelten Mauersteinen, den Haufen von Sand für die Luftschutzkeller, die neu gebaut wurden, den öffentlichen Luftschutzräumen, den Rettungswachen, den Entgiftungstrupps. All das war für sie eine stete Mahnung an Tod und Verderben. All das erinnerte sie daran, dass Anthony gegen Deutschland Krieg führte und dass seine Niederlage nicht unwahrscheinlich war. Dem versuchte sie, mit dem Gedanken an Gemüseanbau etwas Lebendiges, Wachsendes und Gesundes entgegenzusetzen.

Der Krieg war schon längst in jede Ritze, jede Falte des Alltags eingezogen. Selbst die Tauben auf dem Hopfenmarkt und den anderen Plätzen der Stadt hatten sich verändert. Sie waren entsetzlich hungrig. Futter für sie wurde nicht mehr verkauft, es gab ja kaum noch etwas fürs Hausgeflügel. Wenn sich einer ihrer erbarmte, setzten sie sich auf diesen Menschen, auf Schulter, Arm, Hände, als wollten sie sich von nun an auf diesem Gönner einrichten. In manchen Straßen waren die Häuser zu beiden Seiten scheußlich ausgefetzt, nach jedem Luftangriff lagen irgendwo schwere Brocken, Splitter, Fensterscheiben herum. Und es gab den Alltag, in dem alle ein wenig dichter zusammenrückten.

Im Gemüseladen, beim Fleischer, auf der Straße wurden Gespräche geführt, in denen die Menschen einerseits viel mehr von sich preisgaben, von ihren Ängsten und Nöten, als es in der Vergangenheit üblich gewesen war, andererseits aber waren alle ständig auf der Hut. Jeder wusste, dass ein falsches Wort schlimme Konsequenzen haben konnte. In den Gesprächen wechselten sich die Ängste mit den Versuchen ab, ermutigende, tröstliche Sätze zu sagen. So bemerkte der Fleischer in der Bundesstraße: »Im vorigen Krieg ist jeder Neunte gefallen. Es gab also mehr Aussicht, zu den acht Überlebenden zu gehören. Und jetzt stehen Hunderttausende von Haushaltungen unversehrt in Hamburg, Tausende bleiben auch nach den schwersten Angriffen heil. Warum sollen wir nicht dazugehören? Und eigentlich haben wir doch schon unser Fett weg. Nun können sie uns verschonen.« Nach diesen Worten machte sich eine spürbare Erleichterung im Laden breit.

Man munkelte, dass bei den Solmitz jüdische Obdachlose untergebracht werden sollten. »In dem großen Haus nur drei Personen«, wurde getuschelt, »und so viele Leute haben gar nichts mehr.« Die Nachbarn zerbrachen sich den Kopf über das Dilemma, in dem die Behörde steckte: Einerseits konnten Luise keine Juden, andererseits konnte Ariern das Zusammenleben unter einem Dach mit Fred Solmitz nicht zugemutet werden. Aber weder Arier noch Juden in diesem nur von drei Menschen bewohnten Haus, das wäre eine zu große Bevorzugung, das wäre geradezu eine Belohnung für die Mischehe. Das konnte nicht geduldet werden. Also warteten alle gespannt darauf, wie sich dieses Problem lösen würde.

»Ein jüdischer Mann in der Wohngemeinschaft, und der Haushalt, der Wohnraum gilt als jüdischer«, betonte der Nachbar Meyer, der die Solmitz schon seit einiger Zeit nicht mehr grüßte. Stella fragte sich, ob auch ihr Wohnraum als jüdischer galt. Immerhin lebte bei ihnen ein Jude. Ob wohl auch bei ihnen bald jemand einquartiert werden würde? Immerhin hatten sie acht Zimmer für sechs Personen. Jonny zählte zum Glück mit, obwohl er die meiste Zeit fort war. Sie hatte nichts dagegen, wenn ein Jude bei ihnen einquartiert würde, aber sie stellte sich vor, welches Theater Cynthia und vielleicht auch Eckhardt machen würden.

Die Nachbarschaft in der Kippingstraße wurde enger. Es war leichter, am Abend Nachbarn zu besuchen als weiter entfernte Freunde, denn wenn der Alarm losging, konnte sich jeder in sein Haus, in seinen Keller begeben, was vor allem deshalb bevorzugt wurde, weil jeder auf sein Haus achtgeben wollte. Splitter mussten möglichst sofort entfernt, Brände gelöscht werden. Alle hatten zwar Angst um ihr Leben, aber sie waren mehr denn je mit ihren Häusern verbunden. Das war ihr Zuhause, das war ihr Halt. Selbst wenn die Häuser in der Kippingstraße über den Menschen in den Besenkammern oder Vorratskellern zusammenfallen würden wie ein Kartenhaus, so boten sie dennoch den Schutz der eigenen vier Wände, ein irrealer Schutz zwar, der aber umso deutlicher empfunden wurde.

Ein Zuhause umhüllt einen Menschen wie erweiterte Kleidung, wie eine Schutzhaut. In einem Zuhause gibt es Vertrautheit, und Vertrautheit kommt von Vertrauen. Ein Zuhause bietet das Vertrauen, bei sich selbst zu sein. Da riecht es nach dem eigenen Körper, da ertönt die eigene Stimme, da sieht das Auge die Dinge, die einen selbst widerspiegeln. Und da sind die Menschen, zu denen man Vertrauen hat. Im eigenen Zuhause darf man sich unverstellt zeigen, darf angstfrei sagen, was man auf dem Herzen hat, ja, man darf sogar Dinge tun, die in der Öffentlichkeit verpönt sind wie schmatzen oder furzen. Oder Witze über Hitler erzählen.

In den Luftschutzbunkern hingegen wurde es zwar üblich, im Nachthemd oder mit Lockenwicklern zu erscheinen, aber alles war fremd: Die Menschen, der Geruch, die Geräusche, das, worauf der Blick fiel, verlangte Anpassung. Und das in der Todesangst der Bombenabwürfe.

Nein, die Menschen in der Kippingstraße bevorzugten ihre Häuser. Und jeder, der zu Besuch war und während des Angriffs im Haus blieb, wurde eingespannt, um das Haus zu schützen, Flaksplitter zu entfernen, Brände zu löschen, das Dach zu kontrollieren.

Also besuchten die Nachbarn einander am Abend, unterhielten sich, spielten Schach oder Skat oder auch Mensch ärgere Dich nicht. Bombenlose Nächte hatten einen Namen bekommen: Bolona. In den Bolonas genossen sie es, die Besuche erst um Mitternacht oder später zu beenden, dann legten sie ihren kurzen Weg nach Hause zurück, gewärmt, fröhlich, um einen geselligen Abend reicher. Es trafen sich natürlich nur die Nachbarn, die ungefähr die gleiche Gesinnung teilten, so dass man sich auch da untereinander zu Hause fühlte und keine unangenehmen Überraschungen erleben musste.

Juden durften nicht von Ariern besucht werden, darauf stand Schutzhaft. Seit Aaron den Stern trug, blieben Lysbeth und Aaron abends zu Hause.

Die Solmitz hingegen verließen oft ihr Haus mit einer Flasche Bier oder Wein unter dem Arm, ihnen standen immer noch viele Türen offen. Da Fred keinen Stern trug, brachten sich die Menschen, die zu ihm Kontakt hatten, nicht in Gefahr.

Cynthia und Eckhardt besuchten besonders gern die Nachbarn, die im Luftschutz, in der Partei oder in der Frauenschaft aktiv waren und mit denen sie die neuesten deutschen Kriegserfolge feiern und debattieren konnten. Sie hatten neuerdings eine Weltkarte ins Treppenhaus gehängt, und auf dieser Karte wurden regelmäßig die deutschen Siege mit kleinen Hakenkreuzfähnchen markiert. Damit hatten sie eine eindeutige Duftmarke gesetzt: In diesem Haus werden deutsche Siege gefeiert. Jeder Besucher bekam auf diese Weise direkt nach dem Eintreten den vermeintlichen Geist des Hauses zu spüren.

Stella, Lysbeth und Aaron hatten in den vergangenen Jahren nicht besonders häufig Nachbarn besucht, eher hatten sie Besuch empfangen. Als Käthe noch gelebt hatte, war das Wohnzimmer stets voller Menschen gewesen. Manchmal hatten sich auch Nachbarn zu den kleinen spontanen Feiern eingefunden, bei denen Stella und Dritter Klavier gespielt und Stella gesungen hatte. Jetzt mussten sie sich auch in dieser Hinsicht neu orientieren.

Aaron empfand es als harte Strafe, dass sein Kontakt zu anderen Menschen so eingeschränkt worden war. Er durfte nicht mehr ins Kino gehen, das war Juden verboten, ebenso der Besuch von Restaurants und allen übrigen Vergnügungsstätten. Bevor er den Stern trug, war er manches Mal noch mit Lysbeth und Stella ins Kino gegangen, in einen anderen Stadtteil, damit kein Nachbar ihn sehen konnte. Aber das war jetzt unmöglich geworden.

Stella langweilte sich. Sie sehnte sich nach neuen Eindrücken, der Kriegsalltag ödete sie an. Sie trug eine große Bereitschaft in sich, neue Menschen kennenzulernen. Im Spätsommer war sie während der üblichen nachbarschaftlichen Plaudereien beim Fleischer und bei der Gemüsefrau auf eine junge Frau aufmerksam geworden, die ein angenehmes Gesicht mit nach oben gebogenen Mundwinkeln hatte, so dass sie immer aussah, als ob sie lächelte. Also arrangierte Stella es so, dass sie gemeinsam mit der jungen Frau den Gemüseladen verließ. Zufällig hatten sie den gleichen Weg. Angeregt unterhielten sie sich über die

Situation der Einquartierten, die in einem fremden Haus unfreiwillig als Untermieter wohnen mussten. Gerlinde, so hieß die junge Frau, und ihr Mann Peter waren ausgebombt und in das Haus an der Ecke Kielortallee und Kippingstraße in ein Zimmer einquartiert worden.

Stella lud Gerlinde und ihren Mann nach einigen weiteren zufälligen Gesprächen zu einem Abend mit Wein und Keksen ein. An jenem Abend stellte sie fest, dass Peter wunderschön Klavier spielen konnte. Stella und er hörten gar nicht wieder auf, vierhändig zu spielen, so viel Freude bereitete es ihnen. Gerlinde hatte eine angenehme Altstimme. Stella kramte ihr altes Repertoire aus ihrem Gedächtnis hervor, und die beiden waren begeistert von ihren Liedern. Dieser Abend war eine der glücklichen Bolonas, aber er war auch ein besonders glücklicher für Stella, die endlich einmal wieder ihre Sorgen vergessen hatte und ihre Musik in fröhlicher Ausgelassenheit mit anderen Menschen genießen konnte.

Nach diesem Abend besuchten die beiden Stella häufig. Bei diesen Gelegenheiten öffnete Stella eine Flasche Wein aus Jonnys Beständen, Peter brachte sein Kriegsbier mit, sie warfen die Knabbereien zusammen, die sie irgendwo aufgetrieben hatten, und saßen oben bei Stella im Wohnzimmer, unterhielten sich und musizierten miteinander. Gerlinde hatte eine Triangel mitgebracht, das war ihr instrumenteller Beitrag. Ansonsten feuerte sie die beiden anderen an und ließ ihre schöne Stimme ertönen.

Zuerst tastete Stella sich langsam vor, worüber sie mit Gerlinde und Peter sprechen konnte, und sie merkte, dass die beiden das Gleiche taten. Peter war vom Kriegsdienst freigestellt, weil er als Drucker beim *Hamburger Fremdenblatt* arbeitete. Diese Zeitung war vor 1933 sozialdemokratisch gewesen, seitdem verbreitete sie Nazi-Propaganda. Stella wusste, dass die Drucker unter den Handwerkern als besonders gebildet galten. Die Drucker beim *Hamburger Fremdenblatt* waren vor dem Krieg ebenso wie der Chefredakteur und der Verleger sozialdemokratisch und gewerkschaftlich aktiv gewesen. Wozu gehörte also Peter? Zur Nazi-Linie oder zu den Druckern, die jetzt ihren Mund hielten, weil direkt nach der Machtergreifung die politisch aktivsten unter ihnen gleich ins Gefängnis geworfen worden waren?

Ende September erzählte das Paar von einem Brief, den sie von einer Tante bekommen hatten, deren zwanzigjähriger Sohn vor St. Petersburg gefallen war. »Es ist ein sehr heldischer Brief«, sagte Peter spöttisch. »Er endet mit den Worten: ›In stolzer Trauer‹.« »Wie abstoßend«, entfuhr es Stella. Sie war etwas erschrocken über ihre unvorsichtige Bemerkung, da traute Gerlinde sich offenbar auch mehr als sonst. »Ich kann diese Heldenmütter einfach nicht ab.« Stella nickte erleichtert. Peter lachte. »Wir nennen sie die ›Flintenfrieda‹. Sie heißt nämlich Frieda.«

Von diesem Tag an gab es eine größere Vertrautheit zwischen den dreien, was Stella Mut machte, von ihrer Schwester und ihrem jüdischen Schwager zu sprechen. Aber vorher wollte sie noch sicherer sein. Als bekanntgegeben wurde, dass die große Schlacht bei Kiew beendet sei mit der Vernichtung von fünf russischen Armeen, erlaubte Peter sich die Bemerkung, dass die Schlacht bei Kiew noch nicht der ganze Krieg sei und der Oktober vor der Tür stände, da würde es doch in Russland langsam kalt werden. »Und überhaupt, fünf russische Armeen, das hört sich ja gut an, aber wie viele haben die denn davon? Fünf von fünfhundert ist etwas anderes als fünf von acht.« Da beschloss Stella, beim nächsten Besuch der beiden Lysbeth und Aaron dazuzubitten.

Gerlinde und Peter waren Mitte dreißig, und zu ihrem großen Bedauern hatten sie kein Kind. Gerlinde fühlte sich wie eine missratene Frau, geradezu verkrüppelt. Dieses Gefühl kinderloser Frauen wurde sowohl in der Presse, den offiziellen Verlautbarungen wie auch in nachbarschaftlichen oder sonstigen privaten Gesprächen geschürt. Eine deutsche Frau sollte Mutter sein, das war gesetzt. Es wurden sogar staatliche Stellen eingerichtet, zu denen kinderlose Paare gehen konnten, um sich beraten zu lassen.

Stella verschwieg, dass sie eine Tochter hatte, denn die Fragen nach dieser Tochter waren zu gefährlich. Aber sie erzählte Gerlinde von ihrer Schwester und ihrem Schwager, die für Frauen medizinisch tätig gewesen waren und dass ihre Schwester auch kein Kind habe und darunter lange Zeit sehr gelitten habe. In leuchtenden Farben berichtete sie von Lysbeths heilerischen Fähigkeiten.

Gerlinde sagte: »Ich würde deine Schwester gern einmal kennenlernen und auch deinen Schwager.« Da erklärte Stella, dass die beiden in einer Mischehe lebten, nicht einmal einer privilegierten, weil sie nun einmal kein Kind hatten. Gerlinde wurde etwas blass und sagte dann geradeheraus: »Ich würde beide trotzdem gern kennenlernen. Vielleicht nicht unbedingt auf der Straße, aber in diesem Haus sind wir vor Denunziation ja wohl sicher.« Peter nickte zustimmend. Also gesellten sich bei ihrer nächsten Zusammenkunft Lysbeth und Aaron dazu. Gerlinde und Peter verhielten sich sehr natürlich. Weder über die Maßen freundlich noch distanziert oder ängstlich. Sie waren einfach Nachbarn, die miteinander den Abend verbrachten. Lysbeth und Aaron genossen es sehr, nicht mehr ganz so isoliert zu sein und ihre freie Zeit nicht ausschließlich in der Gesellschaft von Stella zu verbringen.

Am 2. Oktober 1941 war im Radio und in den Zeitungen gemeldet worden: »Die letzte Schlacht an der Ostfront hat begonnen.« Cynthia und Eckhardt standen im Treppenhaus vor der Landkarte und spießten ein neues Fähnchen in das Papier. Es war unmöglich, an ihnen vorbei nach oben zu Stella zu gehen, ohne ihnen zuzuhören. So standen also Peter und Gerlinde, als sie zu Besuch kamen, neben Cynthia und Eckhardt auf der Treppe und betrachteten die große Karte, die an der Wand hing.

»Er ist so wunderbar!«, schwärmte Cynthia. Sie meinte Hitler. »Es gibt keinen größeren Mann auf der ganzen Welt! Er ist einfach hinreißend …« Auch Eckhardt verkündete die deutschen Siege, als wäre er persönlich dafür verantwortlich. »Noch vor dem Winter ist der Russe endgültig besiegt, dann ist der Krieg aus«, verkündete er mit vor Stolz geschwellter Brust. Er wies triumphierend auf die Eroberungen, die auf der Karte verzeichnet waren. »Es ist wirklich kaum zu glauben«, fuhr Cynthia fort, »welche ungeheure Ländermasse unsere Soldaten erobert haben – in so kurzer Zeit und mit so verhältnismäßig geringen Verlusten. Die ganze Weite des russischen Raumes ist jetzt deutsches Siedlungsgebiet!« »Tatsächlich?«, fragte Stella, als sie die Treppen herunterkam, um ihre Freunde zu empfangen. »Sowjetrussland ist doch noch viel größer, und da waren die Deutschen bis jetzt nicht.« »Wir«, betonte Cynthia belehrend, »brauchen nur Moskau, Leningrad und Stalingrad besiegen …« »… dann bricht alles Übrige zusammen«, fuhr Eckhardt fort. »Höchstens noch eine Woche, denke ich, wird es dauern …«

Gerlinde, die von Stella bislang als skeptisch wahrgenommen worden war, nickte nun eifrig mit dem Kopf. »Stell dir vor«, sagte sie zu Stella, »heute früh wollte ich mir auf dem Postamt ein paar Feldpostkarten holen, da meinte der Beamte hinter dem Schalter: ›Die brauchen Sie doch nicht mehr, meine Dame. Der Krieg ist doch eher aus, als Sie die alle schreiben können.‹« Cynthia bestätigte mit hoher aufgeregter Stimme: »Und unser Schlachter an der Ecke, der wollte gestern schon gar keine Marken mehr von mir nehmen. ›Der Endsieg ist doch so gut wie errungen‹, sagte er. ›Dann ist das doch vorbei mit der Bewirtschaftung, und es gibt für alle Fleisch und Wurst, so viel jeder haben will.‹ Ist das nicht wundervoll?«

Eckhardt, der merkte, dass von niemandem mehr Einspruch zu erwarten war, dozierte nun: »Der Führer hat gesagt, dass der von Deutschland beherrschte Raum mehr als doppelt so groß ist wie das Deutsche Reich im Jahre 1933, dass über zwei Millionen russische Soldaten in deutsche Gefangenschaft geraten sind und nun in der Landwirtschaft sowie im Kohlenbergbau und der Stahlerzeugung die fehlenden Arbeitskräfte ersetzen können; dass England kurz vor dem Zusammenbruch steht, weil die erfolgreichen Angriffe der Luftwaffe und die gewaltigen Tonnageverluste durch die Schiffe, die unsere deutschen U-Boote Tag für Tag versenken, den Lebensnerv Großbritanniens getroffen haben.«

In Stella stieg Traurigkeit auf. Sie fühlte sich unendlich fremd zwischen diesen Menschen im Treppenhaus, die doch ihre Familienangehörigen und ihre Freunde waren. Sie hörte ihnen zu, wie sie weiter vom baldigen Sieg schwärmten, von der Herrschaft der Deutschen über einen so großen Raum, und davon, wie wundervoll es in Hamburg sein würde, wenn endlich die Bedrohung durch die Engländer ein Ende hatte.

Würde ich vielleicht auch so sprechen, wenn Anthony kein Engländer wäre?, fragte sie sich. Dass ihre Tochter nach England geflohen war, machte ihr den Untergang Englands auch nicht schmackhafter. Der Gedanke an Anthony hatte im Laufe der beiden Kriegsjahre allmählich allerdings einen bitteren Beigeschmack angenommen. Sie hatte ihn seit Ausbruch des Krieges nicht mehr gesehen und auch nichts mehr von ihm gehört. Zu diesem Zeitpunkt hatte Anthony ihre Tochter Angela geheiratet, damit sie und ihr Kind in England sicher waren.

Und sie wusste natürlich auch, dass er zu der Armee gehörte, die Hamburg bombardierte. Und jetzt durfte sie sich nicht freuen, dass diese Armee vielleicht besiegt war?

Sie schob die Gedanken fort. Sie wollte diese Zweifel nicht in sich aufkommen lassen. Die Tante warnte sie während der vergangenen Tage manchmal, und ihre Worte wurden sonderbarerweise immer dringlicher: »Bewahre deine Liebe! Ihr seid Feinde, auch wenn ihr das nicht wollt. Besinn dich immer wieder darauf, wer dein wirklicher Feind ist, und kämpfe um deine Liebe. Von allein wird sie nicht überdauern!«

Jetzt begriff sie die Warnung der Tante besser. Bisher hatte sie bei den Angriffen um die englischen Flieger gezittert, die in den Lichtstrahl der Abwehr gerieten und abgeschossen werden konnten, nun aber musste sie sich mit aller Kraft dagegenstemmen, wie alle anderen auf das Ende des Krieges durch einen deutschen Sieg zu hoffen. Ja, auch sie sehnte sich nach einem Ende dieses Krieges. Aber sehnte sie sich nach dem Sieg der Deutschen?

An diesem Abend luden Cynthia und Eckhardt sich selbst nach oben zu Stella ein. Sie brachten Bier mit und eine Dose Anchovis und Brot. Wenig später, sie saßen mit Gerlinde und Peter in Stellas Wohnzimmer um den gedeckten Tisch, öffnete Lysbeth die Tür und steckte den Kopf ins Zimmer. Sie machte ängstliche Augen, als sie die fünf so einträchtig um Stellas großen Tisch versammelt sah. Stella sagte laut: »Lysbeth, Aaron, kommt zu uns, wir haben zu essen und zu trinken.« Da gab es kein Zurück mehr. Lysbeth und Aaron setzten sich schüchtern dazu.

Von diesem Augenblick an war die Stimmung im Raum verändert. Gerlinde und Peter fühlten sich ganz offenkundig unwohl. Cynthia und Eckhardt schienen das nicht zu merken. Für sie war es selbstverständlich, dass Aaron dabei war. Sie waren vollkommen einverstanden mit der Judenpolitik der Nazis, aber Aaron fiel für sie gewissermaßen aus dem Raster. Er gehörte nun einmal zu Lysbeth, und Lysbeth gehörte zur Familie. Und: »Blut ist dicker als Wasser«, lautete Eckhardts Spruch, wenn Cynthia ihn einmal darauf ansprach, dass es doch nicht in Ordnung sei, mit einem Juden unter einem Dach zu wohnen.

Stella wusste, weshalb Gerlinde und Peter sich unwohl fühlten. Denunziation war so weit verbreitet, dass sie fast wie eine Feierabendbeschäftigung vieler Deutscher erschien. Seit Jahren gehörten Verfolgungen wegen angeblicher Rassenschande zum Alltagsleben dazu, und die Anzeigen beruhten fast ausschließlich auf Denunziation. Seit Einführung des Sterns hatten Denunzianten ein leichtes Spiel: Juden und Arier waren deutlich unterscheidbar. Wer im freundschaftlichen Gespräch mit einem Sternträger ertappt wurde, lief Gefahr, zur Gestapo vorgeladen und schlimmstenfalls ins KZ gesteckt, bestenfalls mit Schutzhaft belegt zu werden. Was Gerlinde und Peter hier taten, war verboten: Sie hielten sich in einem Raum mit einem Juden auf und amüsierten sich.

Lysbeth und Aaron wussten all das ebenso wie Stella. Beide aßen nichts von den Sachen, die auf dem Tisch standen, beide nippten an dem

Glas Wein, das Stella ihnen eingeschenkt hatte. Dann erhob Lysbeth sich und sagte: »Ich habe Kopfschmerzen, ich muss ins Bett.« Aaron erhob sich ebenfalls. »Ich begleite dich.« Sie sagten sehr kurz: »Tschüs«, und weg waren sie.

Kurz darauf gingen auch Gerlinde und Peter. Cynthia und Eckhardt blieben noch sitzen, aber auch sie merkten, dass die Begeisterung, die sie die Treppen hochgetrieben hatte, in diesem Raum nicht recht widerhallte. Stella atmete erleichtert auf, als sie sich endlich auch verabschiedeten.

»Nette Leute, das«, meinte Eckhardt. »Man sollte sich mal wieder treffen.« »Dann sollte man ihnen aber keinen Juden zumuten«, sagte Cynthia scharf. »Das kann ihnen Schutzhaft einbringen.« Stella behielt ein freundliches Lächeln, eine Maske, die sie inzwischen fast schon bis zur Perfektion einstudiert hatte.

Am darauffolgenden Tag starb die Tante und danach der Vater. So fiel Stella zunächst gar nicht auf, dass Gerlinde und Peter ihrem Haus fernblieben. Doch als sie sich dann auch zur Beerdigung nicht meldeten, kam Stella zu der Überzeugung, dass die beiden zu einem Judenhaushalt keinen Kontakt haben wollten, wenn der deutsche Sieg nahte. Aber sie musste feststellen, dass sie sich geirrt hatte. Am 8. Oktober, einen Tag nach der Beerdigung, standen die beiden überraschend wieder vor der Tür. Kaum saßen Gerlinde und Peter bei Stella im Wohnzimmer, sagte Peter: »Wir sind dir eine Erklärung schuldig, warum wir so in der Versenkung verschwunden sind.« Zögernd setzte er hinzu: »Obwohl ihr traurige Tage hinter euch habt.« Stella bewahrte ihre glatte Maske. Sie sagte nichts, sah ihn nur an.

Er knetete nervös seine Hände. »Ich muss dir etwas erzählen: Mein Vater war Sozialdemokrat. Mit Parteibuch. Ich bin so groß geworden. Meine ganze Familie war so. 1933 ist er ins Stadthaus bestellt worden. Sie haben ihn zwei Wochen dabehalten. Als er nach Hause kam, war er nur noch ein Klumpen Fleisch, so haben sie ihn gefoltert.« Stella hielt den Atem an. Nie im Leben hätte sie mit so etwas gerechnet. Peter standen Tränen in den Augen. »Mein Vater hat gesagt, er hat keinen verraten. Aber er hat sich nie wieder davon erholt.« »Lebt er noch?«, fragte Stella vorsichtig. »Ja, er lebt noch«, antwortete Peter bitter. »Aber er geht am Stock, er kann nicht mehr arbeiten, er schreit nachts, und er sieht aus wie ein Greis, obwohl er erst sechzig Jahre alt ist.« Er konnte nicht weitersprechen. Starr blickte er auf den Boden. Gerlinde legte ihre Hand auf seine Hände, die er fest ineinandergepresst hielt. Sie sah Stella gerade in die Augen. Selbst jetzt, wo sie vollkommen ernst war, wirkten ihre Mundwinkel immer noch, als ob sie lächle. Stella konnte nicht anders, sie musste auf Gerlindes Mund schauen, und sie lächelte. »Die Eltern wohnen seitdem bei Verwandten in Husum«, sagte Gerlinde. »Der Vater hat uns eingeschärft, uns bedeckt zu halten, solange der Spuk währt.« Peter fügte mit gepresster Stimme hinzu: »Ich mache meine Arbeit, ich weiß genau, wem ich vertrauen kann und wem nicht, aber nicht mal da sprechen wir untereinander. Es ist ja alles klar. Und wir drucken die Zeitung, wir leisten keine Sabotage, wir machen nichts.« Stella begriff. Der gefolterte Vater hatte Peter verstummen lassen. Der Vater hatte keinen verraten, aber der Sohn hatte den Preis dafür gesehen. Sie überlegte. Langsam, Wort für Wort betonend fragte sie: »Mein Bruder und meine Schwägerin haben euch Angst gemacht?« Peter nickte. Stella wurde warm. Jetzt erst merkte sie, dass sie die beiden sehr ins Herz geschlossen hatte und dass es sie geschmerzt hatte, sich vor ihnen zu verschließen.

Sie erklärte, dass ihr Bruder Eckhardt und ihre Schwägerin Cynthia in der Partei und der Frauenschaft wären, aber dass ihr Bruder trotzdem ein lieber Kerl sei. Sie erklärte auch, dass es für Aaron von großer Bedeutung war, in einer Familie zu leben, die so mit den Nazis verbandelt war. Und dass aber auch sie selbst vor ihrer Schwägerin das Visier runterklappe. Und dass sie Gerlinde und Peter auch dazu rate.

Die beiden sagten, sie hätten darüber lange miteinander gesprochen und seien zu einem ähnlichen Ergebnis gekommen, und nun wollten sie Stella ins Restaurant am Hafen zum Fischessen einladen. »Wir wollen uns endlich einmal revanchieren, und wir dachten auch, dass es dir guttun würde, nach den traurigen Tagen einfach mal rauszukommen.« Stella empfand große Wärme und Dankbarkeit. Wie schön, dass ich auf diese Freunde nicht verzichten muss, dachte sie.

Bald saßen sie einträchtig vor Fisch, Kartoffelsalat und Bier, da wurde der Rundfunkempfänger im Lokal auf volle Lautstärke gestellt, wie es neuerdings Vorschrift war. Die Gespräche an allen Tischen verstummten, und die Menschen horchten erwartungsvoll auf. Da ertönte die von Fanfarenklängen eingeleitete Ansage: »Aus dem Führerhauptquartier. Das Oberkommando der Wehrmacht gibt bekannt: Der Endsieg, den die entscheidenden Schlachten im Osten einleiteten, ist da!«

Gerlinde, Peter und Stella starrten einander an. Vor Stellas innerem Auge erschien das Bild vom 22. Juni. Sie wusste es noch genau. Es war ein Sonntag. Stella hatte lang im Bett gelegen und gedöst. Verschlafen hatte sie den Rundfunk angedreht, feierliches Sprechen gehört und abgestellt. Auf Nazigequassel hatte sie keine Lust gehabt. Im Badezimmer hatte sie vernommen, wie jemand die Treppe hochstürzte. Die Tür zum Badezimmer war aufgerissen worden.

Stella sah die Szene vor sich, als würde ein Film vor ihr ablaufen: Eckhardt platzt herein, und bevor sie ihn darauf hinweisen kann, dass er gefälligst anklopfen soll, schreit er außer Atem: »Russland!« Stella begreift sofort. Eckhardt ist leichenblass. »Krieg mit Russland!«, stößt er jetzt leiser hervor. Er taumelt aus dem Badezimmer, dreht sich um, macht ein paar Schritte und lässt sich kraftlos auf Stellas Bett fallen. Langsam geht sie im Nachthemd hinter ihm her. Sie denkt gar nicht daran, ihn wegen seines respektlosen Benehmens zu rügen. Sie setzt sich neben ihn aufs Bett. Beide schweigen. Sie erhebt sich wieder, geht ins Badezimmer zurück und lässt den Zahnputzbecher voll Wasser laufen, das sie Eckhardt bringt. »Trink«, befiehlt sie. Sie stellt sich ans Fenster. Unten sitzen Lysbeth, Aaron und die Tante friedlich im hinteren Garten und frühstücken an diesem herrlichen, lachenden und heißen Sommertag. »Hast du es Lysbeth schon gesagt?«, fragt sie. Eckhardt verneint. »Ich hab es gerade eben gehört. Stella, ich habe Angst!« Stella sieht ihren Bruder staunend an. Sie weiß zwar, dass er voller Angst steckt, aber dass er das so unumwunden zugibt, kann sie nicht fassen. »In meinem Kopf dreht es sich«, murmelt Eckhardt. Sein Gesicht ist hochrot. Das Geständnis der Angst hat ihn offenbar aufgewühlt. »Wird das amtliche Frankreich weiterkämpfen können gegen das von Russland gestärkte England?« Er erhebt sich schwerfällig vom Bett. »Cynthia ist gerade mit der Nachricht gekommen. Ich muss runter zu ihr. Sie findet meine Aufregung lächerlich.« Stella presst die Finger zu Fäusten zusammen. Irgendwann schlag ich ihr eins in die hässliche Visage, denkt sie. Zu Eckhardt sagt sie beruhigend: »Ich habe auch Angst, Bruder.« Sie nennt ihn selten so, aber in diesem Augenblick hat sie ein großes Bedürfnis danach. Eckhardt steht gebeugt vor ihr. Einer seiner Hosenträger ist zur Seite gerutscht, die Hose wird an der anderen Seite schief in die Höhe gezogen. Er sieht etwas lächerlich aus. Stella zieht seinen Hosenträger hoch und fährt mit den Händen durch seine wirr ins Gesicht fallende Haarsträhne, die er sonst über seine Glatze kämmt. »Lass dich nicht unterkriegen«, sagt sie und drückt ihm einen herzhaften Kuss auf die Wange. Sie ist erstaunt über sich selbst. Sie weiß gar nicht, wann sie das jemals getan hat.

Als Eckhardt sich nach unten geschlichen hat, beendet Stella ihre Morgentoilette. Währenddessen überlegt sie, was diese Veränderung der Kriegslage für sie ganz persönlich bedeutet. Die Worte der Tante wiederholen sich in ihrem Kopf wie eine Drehorgel. »Irgendwann gibt es Krieg mit Russland, irgendwann gibt es Krieg mit Amerika. Und dann geht es Hitler an den Kragen.« Erst einmal hat sich der Krieg noch weiter ausgedehnt. Sie versucht, die Neuigkeit aus Anthonys Sicht zu sehen. Ja, er ist bestimmt froh. Nun kämpfen die Engländer nicht mehr allein.

Sie geht langsam die Treppen hinunter, durch das Gartenzimmer in den sommerlichen Garten zu Lysbeth, Aaron und der Tante. »Wisst ihr schon?«, fragt sie statt einer morgendlichen Begrüßung. Aaron schüttelt verneinend den Kopf. »Was denn?«, fragt er. Lysbeth nickt bestätigend. »Russland?«, fragt sie. Die Tante nickt. Aaron verschluckt sich an seinem Brötchen. Stella kann nicht anders, sie lacht laut los. Die Situation ist gar zu skurril. Wieso wissen Lysbeth und die Tante es und Aaron nicht? Wieso haben sie ihm nichts gesagt? Da schimpft er auch schon los. »Wieso lasst ihr mich hier in aller Seelenruhe frühstücken, wenn so etwas passiert ist? Ihr lasst mich absichtlich im Ungewissen. Das ist gemein!« Lysbeth entschuldigt sich: »Ich war mir nicht sicher. Aber überall in den Gärten ist eine komische Stimmung. Und aus den Radios dringen so feierliche Stimmen. Ich habe überlegt, was es sein könnte. Und ich meine auch, Russland gehört zu haben.« »Wir wollten dir das Frühstück nicht verderben …«, fällt die Tante ein. »Frühstück verderben?«, sagt Aaron strahlend. »Ihr Wolkenrath-Weiber, ich habe von eurer Geheimniskrämerei schon seit Ewigkeiten die Nase voll, und gar noch, um mich zu schützen, das ist ja wohl die Höhe, aber ich kann euch leider gar nicht böse sein, dafür freue ich mich zu sehr.« Über seinem Gesicht liegt ein freudiger Glanz. »Krieg mit Russland«, sagt er andächtig. »Leute, jetzt geht es los.«

»Was geht los?«, fragt Stella, deren Gefühle zwischen Angst und Hoffnung schwanken. Die Tante sagt fröhlich: »Jetzt ist Sommer. Die Nazis denken, dass sie Russland ebenso überwältigen können wie alle anderen Länder bis jetzt. Aber habt ihr mal auf den Globus geguckt?« »Russland ist verdammt groß«, ruft Aaron mit verhaltenem Jubel aus. »Und Russland ist im Winter verdammt kalt«, grinst die Tante. »Wenn sie es nicht im Blitzkrieg schaffen, müssen sie im Winter weiterkämpfen. Ich glaube, darauf sind sie nicht vorbereitet.« »Ich wünsche es aus tiefstem Herzen«, sagt Aaron. Lysbeths Gesicht öffnet sich in einem warmen lächelnden Blick auf Aaron, dann sagt sie bedauernd: »So viele Menschenopfer.«

Stella kehrte mit ihrer Aufmerksamkeit ins Fischrestaurant zurück. Gerlinde und Peter blickten einander abwechselnd an. Und nun?, fragten ihre Blicke. Ebenso stumm saßen die Männer und Frauen an den anderen Tischen. Alle warteten auf weitere Durchsagen. Es musste doch irgendetwas folgen: Mitteilungen über Waffenstillstand oder Kapitulation, wann die ersten Wehrpflichtigen in die Heimat entlassen würden, und ob der Krieg an allen Fronten beendet sei. Aber es kamen keine weiteren Nachrichten. Das Radio wurde leiser gestellt.

An allen Tischen wurden die Gespräche wiederaufgenommen, es wurde jedoch leiser gesprochen, fast geflüstert. Auch Stella und ihre beiden Freunde besprachen die Sondermeldung flüsternd. »Sollten wir nicht eigentlich jubeln?«, fragte Gerlinde. Stella lächelte ironisch. Sie hatte beschlossen, nichts zu sagen. »Vielleicht kann keiner jubeln, nach so einer harten Zeit«, gab Peter zu bedenken. Da brach Stella ihren Vorsatz, sich keine Blöße mehr zu geben: »Ich jubele erst, wenn die Nachricht umfangreicher ausfällt«, sagte sie spöttisch. »So kommt es mir doch etwas seltsam vor. Ich glaube, wenn ein Krieg zu Ende ist, hören sich die Töne aus dem Radio anders an.«

Gerlinde sah nachdenklich aus. Dann nickte sie zögernd. Auch Peter nickte. »Ich fürchte, du hast recht«, sagte er. Er blickte sich demonstrativ zu dem Kellner um, der unweit von ihnen an einem Tisch hantierte. Stellas und seine Augen trafen sich. »Ich habe kürzlich Haferflockenkekse gebacken«, sagte Stella zu Gerlinde. »Die waren wirklich köstlich. Und wie sind deine besten Keksrezepte?« Peter prustete los. Es war ihm unmöglich, das Lachen zu unterdrückten. Gerlinde boxte ihn in die Seite. Den Rest des Abends verbrachten sie damit, sich über Kekse und Rezepte zu unterhalten.

An den folgenden Tagen verfolgte Stella sehr aufmerksam die Nachrichten in den Zeitungen. Gemeinsam mit Lysbeth und Aaron legten sie mehrere Zeitungen nebeneinander und diskutierten, wie die Botschaften zu verstehen wären.

Am 10. Oktober waren sämtliche Schlagzeilen fast identisch formuliert: »Die große Stunde hat geschlagen. Der Feldzug im Osten ist entschieden!«

Danach wurde der Triumph in der Bevölkerung mutiger. Zum Beweis der grandiosen Wehrmachtserfolge rollten überall in Deutschland erbeutete sowjetische Panzer durch die großen Städte. Auch in Hamburg wurde diese Schau angekündigt.

Lysbeth sagte: »Das will ich nicht sehen.« Stella widersprach ihr. »Ich kann das Ganze nicht glauben. Ich kann mir nicht vorstellen, dass die Sowjetunion so schnell schlappmacht. Die Tante hat gesagt, dass die Nazis sich an denen die Zähne ausbeißen werden. Und jetzt soll das so schnell zu Ende sein? Ich will es sehen.« »Du siehst nichts, wenn du die Schau siehst«, schimpfte Lysbeth, erstaunlich vehement. »Sie zeigen dir etwas, was du sehen sollst, alles andere verstecken sie.«

Stella ging mit Gerlinde hin, Peter musste arbeiten. Gemeinsam mit anderen Schaulustigen drängten sie sich am Straßenrand, um den Zug der stählernen Ungetüme zu verfolgen. Um sie herum toste der Jubel.

Die Schlagzeilen am 11. Oktober lauteten: »Der Durchbruch im Osten wird ausgeweitet«. »Na, was soll das jetzt wohl heißen?«, fragte Stella. Lysbeth beharrte: »Ich vertraue der Tante.« Einen Tag später kam die nächste Überschrift: »Die Vernichtung der sowjetischen Armeen ist fast beendet«.

Stella lachte laut auf: »Hatten sie uns nicht schon Frieden versprochen? Fast beendet ist kein Endsieg. Leute, ich glaube, die haben uns ganz schön an der Nase herumgeführt.«

Am 13. Oktober war zu lesen: »Die Schlachtfelder von Wjasma und Briansk weit im Rücken der Front!« Und die Schlagzeile im *Völkischen Beobachter* lautete: »Die Bewegungen im Osten verlaufen planmäßig«. Da erlaubte auch Aaron sich im Beisein von Cynthia und Eckhardt einen spöttischen Kommentar über die Lügenpropaganda der Nazis.

Die beiden wirkten betreten: »Ich verstehe das nicht«, sagte Eckhardt. »Der Führer hat uns doch erst vorige Woche erklärt, dass die Sowjets acht bis zehn Millionen Mann verloren haben, und er hat hinzugefügt: ›Davon erholt sich keine Armee der Welt mehr, auch die russische nicht.‹ Und jetzt gehen die Kämpfe immer weiter …« Cynthia presste die Lippen zusammen und sagte: »Der Führer wird schon wissen, was er tut.«

Und dann am 14. Oktober war die Variation zu lesen: »Die Kampfhandlungen im Osten verlaufen nach Plan«. Da gab es keinen mehr, der von baldigem Frieden oder gar von Sieg sprach.

In den darauffolgenden Tagen verschwand Russland aus den Schlagzeilen.

3

Im Oktober trug Aaron seinen Stern bereits trotzig stolz. Da war er schon so weit, nicht entscheiden zu können, wen er mehr bemitleiden sollte, Männer wie Fred Solmitz, die in einer privilegierten Mischehe lebten und deshalb mal Jude und mal Jude im Versteck waren, oder die Juden im Grindel, die verschämt durch die Straßen huschten, angstvoll, was als Nächstes geschehen würde. Die Schikanen und Diskriminierung der Juden hatte schon 1933 begonnen, aber sie war von Monat zu Monat verschärft worden. So war zum Beispiel am 18. April 1941 Juden die Benutzung von Reisezügen und Schiffen ohne Sondergenehmigung untersagt worden. Und seit Dezember 1941 durften sie keine Telefonzellen mehr betreten, eine schlimme Einschränkung der Kontaktaufnahme nach außerhalb, weil sie in ihren Wohnungen auch kein Telefon haben durften.

Eine furchtbare Verschlimmerung des jüdischen Lebens aber war das gesetzliche Gebot, dass jeder Jude einen Stern an seiner Kleidung tragen musste.

Für Aaron war der 3. September 1941 ein einschneidender Tag gewesen. Immer wenn er daran zurückdachte, fühlte er sich ohnmächtig: Stella, Lysbeth und Aaron sitzen am Nachmittag hinten im Garten beim Kaffeetrinken. Da erscheint Cynthia mit Tasse und bedeutsamer Miene. Man sieht ihr sofort an, dass sie etwas sehr Wichtiges zu berichten hat. Lysbeth und Aaron blicken ihr aufmerksam ins Gesicht. Stella wendet sich ab, als wäre ihre Aufmerksamkeit gerade von einem vorbeifliegenden Vogel in Anspruch genommen. In ihr brodelt es, das sieht Aaron ihr an.

Kurz nach Cynthia kommt auch die Tante hinaus. Sie hat ein Nickerchen gemacht, wie sie es neuerdings nach dem Mittagessen tut, und setzt sich, noch ein wenig schlaftrunken, zu den anderen an den

Tisch. Cynthia beginnt zu plappern, über dies und das, sie schwärmt noch einmal von ihrer wundervollen Hochzeit und erwähnt die Geschenke, die auch jetzt noch von einzelnen Nachbarn eintrudeln, sie teilt eine kurze Spitze an Stella aus, indem sie süffisant bemerkt: »Es gibt ja Ehefrauen, die das Treuegelöbnis nicht so ernst nehmen. Sag mal, Stella, hast du eigentlich in der Kirche geheireitet und ›Ja‹ gesagt, als der Pfarrer fragte, ob du in guten wie in schlechten Tagen …« Stella blickt hochmütig über sie hinweg in den Himmel. Sie überlegt sich noch eine passende Antwort, da platzt Cynthia mit der Neuigkeit heraus: »Nichtarier sollen demnächst einen gelben Stern tragen.« Aaron wird flau im Magen. Die Tante sieht plötzlich hellwach aus. Stella sagt später, sie habe überlegt, ob sie die Schwägerin vors Schienbein treten oder deren Stuhl mitsamt der Frau drauf umkippen sollte. »Warum erzählst du uns das?«, fragt sie scharf. Cynthia macht ihr hochmütigstes Gesicht. »Weil hier ein Jude am Tisch sitzt«, sagt sie. »Ich dachte, es interessiert euch. Aber wenn ich hier nicht erwünscht bin, kann ich ja gehen.« Sie steht auf, die Tasse klirrt auf dem Teller in ihrer Hand, Kaffee schwappt auf ihre Schuhe und hinterlässt einen dunklen Fleck. Beleidigt stapft sie davon. Die vier schweigen. Aaron fürchtet, sich auf der Stelle übergeben zu müssen. Der Blick der Tante folgt gedankenverloren einem Vogel.

Stella ist die Erste, die das Schweigen durchbricht: »Alte Kuh«, schnauft sie. Lysbeth lächelt sanft. »Ich glaube, sie hat wieder ein Gerücht aufgeschnappt.« Die Tante sagt nichts, sie beginnt vor sich hin zu summen, bis Stella gereizt fragt: »Hast du gehört, was Cynthia gesagt hat?« Die Tante legt ihre alte knochige Hand auf Stellas. »Ja, hab ich«, sagt sie ruhig. Und summt weiter. Aaron bewahrt sein Schweigen, kämpft gegen die Übelkeit, bis er aufsteht, um das Geschirr in die Küche zu tragen. Im Haus blickt er kurz zurück und sieht, wie Lysbeths und Stellas Blicke sich auffordernd auf die Tante geheftet haben. Regungslos beobachtet er, wie die Tante beide abwechselnd anblickt, wie sich ihre Augen mit Tränen füllen. Er kann nicht hören, was sie sagt, aber er weiß es auch so. »Was wollt ihr? Ich kann es nicht ändern.«

Jedes Mal, wenn er später von dieser Szene überrollt wurde, krampfte sich sein Magen wieder zusammen, und er spürte ebenso wie damals, wie aller Lebensmut aus ihm floss, und er meinte, nun sei alles aus. Jedes Mal wieder musste er sich dann bewusst beruhigen und daran erinnern, dass es Schlimmeres gab, als den Stern zu tragen, und dass er den Nazis nicht die Macht einräumen wollte, ihn mit einer solchen Knebelung zu brechen.

Am 19. September 1941 trat die *Polizeiverordnung über die Kennzeichnung der Juden* in Kraft. Sie verpflichtete alle Personen im Deutschen Reich, die nach den Nürnberger Gesetzen als Juden definiert waren, einen gelben Judenstern »sichtbar auf der linken Brustseite des Kleidungsstückes in Herznähe fest aufgenäht zu tragen«. Nur die »Mischlinge« und die jüdischen Partner in privilegierten Mischehen waren davon ausgenommen. Jüdische Männer einer Mischehe, die kinderlos war, so wie Lysbeths und Aarons Ehe, fielen nicht unter diese Ausnahmeregelung und waren zum Tragen des Judensterns verpflichtet.

Aaron ging allein zur Ausgabestelle des gelben Lappens, des sechszackigen Davidsterns in der Farbe, die schon im Mittelalter die Kennfarbe der Juden gewesen war. In der Mitte stand in fetten schwarzen Lettern »Jude«. Beim Empfang musste Aaron die Kenntnisnahme der Bestimmungen sowie folgenden Text unterschreiben: »Ich verpflichte mich, das Kennzeichen sorgfältig und pfleglich zu behandeln und bei seinem Aufnähen auf das Kleidungsstück den über das Kennzeichen hinausragenden Stoffrand umzuschlagen.« Bei Zuwiderhandlung drohte eine Geldbuße oder Haftstrafe bis zu sechs Wochen. Das Verdecken des Judensterns durch Kragen, Taschen oder Aktenmappen war strafbar.

Aaron nähte den Stern selbst an seine Strickjacke, die er bei dem schlechten Sommerwetter dieses Jahres schon lange über seinen Hemden trug. An den Wintermantel mochte er noch nicht denken, obwohl das Wetter den ganzen August hindurch mit dunklem, verhangenem Himmel, mit Regengüssen und Sturm, wie Herbst im Hochsommer, trostlos wie die ganze Welt gewesen war.

Er unternahm die Aktion, während Lysbeth zum Einkaufen fort war. Als sie mit dem Einkaufsnetz zurückkam, half Aaron ihr wie immer beim Auspacken. Da fiel ihr Blick auf den aufdringlich leuchtenden Stern. Sie atmete einen Atemzug lang tiefer als sonst. Dann fragte sie leise: »Warum hast du mich das nicht machen lassen?« »Weil ich auch nähen kann«, lachte Aaron und fügte spöttisch hinzu: »Außerdem sollen deine hübschen arischen Händchen doch nicht von diesem hässlichen Ding hier beschmutzt werden.«

Lysbeth tat so, als hätte sie die Provokation nicht gehört. Ruhig räumte sie die Lebensmittel an ihren Platz. Aaron sah, wie sie mit den Tränen kämpfte. Er versuchte sie zu umarmen, aber sie wich ihm aus. Da liefen ihm die Tränen hinunter, und er sagte: »Lysbeth, mach mir jetzt nicht auch noch Vorwürfe, das halte ich nicht aus. Der Stern macht mir nichts, aber wenn du jetzt kalt und distanziert wirst, das bringt mich um.« Lysbeth warf sich in seine Arme und weinte hemmungslos. »Ich habe solche Angst um dich«, schluchzte sie. »Ich will nicht, dass sie dich so demütigen.« Aaron streichelte ihre Haare. »Niemand kann mich demütigen mit so etwas«, flüsterte er an ihr Ohr. »Wenn du bei mir bist, kann mir niemand etwas anhaben.« Lysbeth schluchzte auf. »Aber ich kann nicht ständig bei dir sein. So wie jetzt: Ich gehe weg und komme zurück, und du trägt dieses Schandmal.« Sie zerrte an dem Stern, als wollte sie ihn abreißen. Aaron legte seine Hand auf die ihre. »Lass das, Lysbeth«, sagte er fest. »Ob das ein Schandmal ist, entscheiden nicht die, nur wir selbst.«

Als Stella den Stern an Aarons Jacke sah, platzte sie mit einer wütenden Schimpfkanonade heraus, wie sie es schon lange nicht mehr getan hatte. Sie verfluchte die Nazis, sie verfluchte die Deutschen, die 1933 so etwas gewählt hatten und seitdem zuließen. Sie holte alle Schimpfwörter aus ihrem Gedächtnis hervor, die darin jemals eingelagert worden waren. Und dann fauchte sie Aaron an: »Mach das ab! Ich will nicht, dass du so was trägst. Das ist beschämend.« Auch Lysbeth schimpfte, als hätte Stellas Wut sie angesteckt: »Sie sind einfach infam und widerlich. Und auch noch gelb. Die gelbe Farbe hat seit jeher Pest und Quarantäne bedeutet!« Stella guckte sie an, eine Sekunde erstaunt, weil sie vergessen hatte, dass Lysbeth auch wütend sein konnte, dann setzte sie fast frohlockend drauf: »Gelb ist die Farbe des Neides. Gelb ist die Farbe des Bösen!« Lysbeth fuhr fort: »Gelb ist die Farbe der ins Blut getretenen Galle! Wenn ich den Stern sehe, läuft mir die Galle über!«

Aarons Grinsen, das sich während Stellas und Lysbeths Wutausbruchs auf sein Gesicht gelegt hatte, war während der letzten Sätze immer breiter geworden. Jetzt wurde er ernst: »Liebe Stella, liebe Lysbeth, es tut mir sehr gut, dass ihr meinetwegen so in Rage geraten könnt. Und ich stimme euch in all euren treffsicheren Einschätzungen zu, aber dieser Stern ist nicht beschämend. Ich schäme mich nicht, Jude zu sein. Früher war es mir völlig egal, ich hatte mit dem ganzen jüdischen Kram nichts am Hut, aber seit die Nazis uns zu Unmenschen erklärt haben, entwickle ich Stolz darauf, ein Jude zu sein. Und also trage ich diesen Stern wie alle meine jüdischen Freunde.«

Stella umarmte ihn gerührt. Dann erklärte sie kurzerhand: »Ich will auch einen Judenstern tragen. Du hast recht. Ihr Juden könnt stolz sein, wir Deutschen müssen uns schämen. Ich will lieber zu euch gehören.« Aaron brach in amüsiertes Gelächter aus. »Ich kann dir meine Jacke ja mal leihen«, schlug er vor. »Aber pass auf, dass du nicht erwischt wirst. Ich glaube, ein Arier mit Stern ist genauso gefährdet wie ein Jude ohne Stern.«

Sie hatten nicht gehört, wie die Tante ins Zimmer getreten war. Aber nun stand sie mit einem Tablett vor ihnen, auf dem vier Gläser gefüllt mit ihrem ganz speziellen, selbstgemachten Kräuterschnaps angerichtet waren. »Prost, meine Kinder«, sagte sie. »Trinken wir auf alle Sterne, die das Dunkel erhellen, und wenn wir keinen Stern tragen, lasst uns Sterne sein!«

Als Cynthia den Stern an Aarons Strickjacke entdeckte, sagte sie: »Ach, ist es also so weit. Komisch, ich hab noch keinen mit Stern gesehen.« Sie legte ihre Stirn in Falten und meinte nachdenklich: »Ich bin doch gerade draußen dem Fred Solmitz begegnet, der hatte keinen Stern. Sollte der schon wieder eine Extrawurst bekommen?« Aaron klärte sie auf, dass Juden in privilegierter Mischehe nicht unter die Verordnung fielen. »Das ist ja mal wieder typisch«, ereiferte sich Cynthia. »Dabei steht im *Fremdenblatt*, dass der Stern von weiten Bevölkerungskreisen gewünscht wurde. Aber doch nur, damit man sie endlich erkennen kann. Jetzt ist so einer wie der Solmitz wieder nicht gekennzeichnet. Er ist also unverdächtig. Diese Leute können sich ja richtig tarnen. Und auch die Mischlinge. Das ist nicht rechtens!« Eckhardt, der während des Gesprächs hinzugetreten war, sagte in amtlichem Ton: »Ich habe gehört, dass bald sämtliche Sonderbestimmungen zugunsten der Juden in Mischehen und der Mischlinge aufgehoben werden. Und bald sollen die jüdischen Wohnungen auch eine Kennzeichnung erhalten.« »Das ist gut«, seufzte Cynthia erleichtert auf. »Dann weiß man endlich, woran man ist.« Aaron hatte ihr Gespräch lächelnd verfolgt. »Von nun an wird es gefährlich für euch, mit mir in der Öffentlichkeit gesehen zu werden«, sagte er. »Vielleicht solltet ihr den verwandtschaftlichen Kontakt zu mir lieber abbrechen. Ich weiß nicht, ob es möglich ist, sich von seinem Schwager scheiden zu lassen. Bestimmt gibt es dazu auch Bestimmungen, ihr solltet euch mal erkundigen.« Er drehte sich um und ging. Eckhardt und Cynthia blickten ihm konsterniert hinterher. »So war das doch nicht gemeint«, rief Eckhardt hinter ihm her. »Sei doch nicht so empfindlich!«

Aaron war, schon lange bevor das Tragen des Sterns Pflicht wurde, in die Rolle eines Seelsorgers gerutscht. Immer mehr Menschen hatten etwas zu beklagen: den Verlust des Zuhauses, schlimmer noch den Verlust eines Familienmitglieds, am schlimmsten den Verlust des eigenen Kindes, des Liebsten, des Ehemannes irgendwo in der Welt. Die Verluste waren Gesprächsthema, auf der Straße, bei nachbarschaftlichen Besuchen, in den Geschäften. Man klagte, man erschrak, man zeigte Mitleid, man ging wieder auseinander. Bei Aaron hingegen verweilten die Menschen mit ihrem Schmerz. Und sie kamen wieder zu ihm, wenn er sie eingeladen hatte. Was er in vielen Fällen tat.

So auch der Bezirksschornsteinfegermeister. Er hatte seinen Sohn, sein einziges Kind, im Osten verloren. Der junge Mann hatte die höhere Forstlaufbahn einschlagen wollen. »Jetzt, wo unser Junge tot ist, kommt aus Berlin die Nachricht, er sei angenommen. Gestern kommt der Nachlass aus dem Felde. Leider war meine Frau allein, sonst hätte ich ihr das unterschlagen. Sein Portemonnaie. Außen war das Blut notdürftig abgekratzt, drinnen war es verkrustet von Blut, vom Blut unseres Jungen, der einen Bauchschuss hatte.« Aaron fragte nach, ließ sich Geschichten über den Sohn erzählen. »So anstellig war er schon, als er noch ganz klein war, und später so tüchtig, gut in der Schule, nie zu Streichen aufgelegt, nur Freude haben wir an dem Jungen gehabt.«

Aaron bot dem Mann ein Glas vom Herzwein der Tante an. Er nahm sich Zeit, ließ ihn reden und empfahl ihm am Schluss, seine Frau häufig zu umarmen, mit ihr gemeinsam an den Jungen zu denken und zu verhindern, dass sich jeder von beiden in seinem Schmerz vergrub. Der Schornsteinfegermeister verabschiedete sich mit feuchten Augen, aber sein Gesicht sah weniger eingefallen aus. Es dauerte nicht lange, da kehrte er zu Aaron zurück. Diesmal kam er gemeinsam mit seiner Frau, angeblich, damit sie den Mann kennenlernte, der so nett mit ihm gesprochen hatte. Aber es stellte sich schnell heraus, dass er ein großes Bedürfnis nach dem Gefühl hatte, mit dem er von Aaron weggegangen war: eine unbestimmte Erleichterung, die den unerträglichen Schmerz in eine Trauer verwandelt hatte, die furchtbar war, aber nicht mehr das ganze Leben zunichtemachte. Er wollte wieder mit Aaron sprechen, und er wollte, dass auch seine Frau diese Wohltat erfuhr.

So geschah es ein ums andere Mal mit unterschiedlichen Menschen. Das erste Gespräch war Zufall, das nächste entsprang Absicht.

Aaron kam auch ins Gespräch mit einer jungen Frau. Sie war Pflegerin in der Schule in der Kielortallee, die zu einem Ersatz-Krankenhaus eingerichtet worden war. »Der Dienst ist schwer«, sagte sie leise und blickte sich um, als hätte sie Angst, gehört zu werden. »Wir haben vor allem Bombenverletzte.« Und dann brach es aus ihr heraus. »Ein dreiundzwanzigjähriger schwerverletzter Chauffeur, über und über verbrannt, sein Gesicht ist nicht zu erkennen, der Eiter stinkt und fließt in Strömen. Ich muss mich immer überwinden, sein Zimmer zu betreten. Die Ärzte hoffen, ihn durchzubringen. Aber wird er nicht immer wie ein Ungeheuer aussehen?« Aaron hörte zu, sagte nicht viel, gab am Schluss winzige Ratschläge, wie die junge Frau sich von den schrecklichen Bildern wenigstens ein wenig befreien könnte, wie sie wieder ein wenig Kraft tanken könnte. Anschließend ging sie mit einem leicht aufgehellten Gesicht davon. Er sagte ihr, sie könnte jederzeit zu einem Schwätzchen vorbeikommen, seine Frau würde sich bestimmt auch freuen. Nach kurzer Zeit klingelte sie bei ihm. Und dann kam sie fast allwöchentlich zu Besuch.

Bisher hatte keiner dieser Menschen gewusst, dass Aaron Jude war. Er hatte es nicht verschwiegen, aber er hatte es auch nicht für nötig gehalten, die Menschen darauf hinzuweisen. Er war für die Leute da, nicht sie für ihn.

Bei den meisten, die wussten, dass er Jude war, handelte es sich ebenfalls um Juden. Auch für sie leistete Aaron Seelsorge, aber es war eine ohnmächtige, hilflose Sorge um ihre Seele. Er teilte ihre Religion nicht, die ihnen einen letzten Halt bot. Und er war nicht in einer derart verzweifelten Situation wie sie, weil er in einem Arierhaus wohnte und mit einer Arierin verheiratet war. Die Juden im Grindelviertel, in der Isestraße, in der Bornstraße und in den anderen Straßen in Eppendorf, Eimsbüttel, Hoheluft und Harvestehude lebten in ständiger Angst. Die Berufe, der Besitz, eine Zukunft für die Kinder, ausreichende Nahrung, Feuerung und Kleidung, all das war ihnen schon genommen worden. Was jetzt noch blieb, war das nackte Leben. Und ihr Gott.

Aaron hatte keine Hoffnung für sie in petto, aber er sprach mit ihnen. Er lenkte das Gespräch, so gut er konnte, von ihrer aussichtslosen Lage weg, denn jedes Wort darüber raubte ihnen wie ihm noch mehr Kraft. Er sprach mit ihnen über ihre Kinder, ihre Verwandten, ihre Ehen, ihre Freundschaften. Viele der Menschen, die jetzt verarmt waren, hatten früher ein völlig anderes Leben geführt, mit ihnen sprach er über die Vergangenheit. Manche aber hatten ihr Leben lang schwer gearbeitet. Diese waren oft in sich gekehrt, bitter, wortlos. Sie fragten sich, was sie verbrochen, welche Schuld sie auf sich geladen hatten, dass Gott sie so schlimm strafte. In diesen Familien kümmerte Aaron sich vor allem um die Kinder, er malte und spielte mit ihnen. Mit den Kindern lebte auch er selbst wieder auf.

Lysbeth hatte ihn manchmal begleitet. Dann hatte sie Gespräche mit den Frauen geführt, die versuchten, ihre Familien noch einigermaßen zu ernähren, was unerträglich schwer für sie geworden war, weil es kein koscheres Fleisch mehr gab und es nur noch unter allergrößter Mühe möglich war, Mahlzeiten ihren religiösen Regeln entsprechend zuzubereiten. Seit Einführung des Judensterns wurde es gefährlich für Lysbeth, jüdische Familien gemeinsam mit Aaron zu besuchen, aber sie tat es trotzdem.

Der Stern kennzeichnete Aaron nun deutlich als Jude, aber das hinderte die Menschen nicht, sich ihm weiter anzuvertrauen. Manchen schien es jetzt sogar leichter zu fallen. Als wäre Aaron nun deutlich sichtbar einer der ihren, einer, der litt und ohnmächtig war. Im Übrigen erlebte er wenig diffamierende Reaktionen, weder in der Nachbarschaft noch von Fremden auf den Straßen. Und das schien nicht nur ihn zu betreffen.

Als Stella und Cynthia sich zufällig im Treppenhaus trafen, berichtete Cynthia schmallippig, dass in der Frauenschaft darüber gewettert worden sei, dass es geradezu Mitleidswellen in der Bevölkerung gebe. »Natürlich vor allem aus den Kreisen der Intelligenzbestien«, schimpfte sie. Und dann fügte sie in selbstmitleidigem Ton hinzu: »Man weiß ja auch gar nicht, wie man sich selbst verhalten soll, immerhin ist in dieser Familie auch ein Sternträger. Ich schäme mich richtig, wenn ich unter den anderen Frauen Stellung beziehen soll.« Stella brauchte all ihre Kraft, um sich zu beherrschen.

Da trat Lysbeth ins Haus. Sie hatte offenbar Cynthias Worte gehört. Zuckersüß sagte sie: »Cynthia, meine Liebe, vielleicht solltest du dich nach einer anderen Bleibe umsehen. In diesem Beinah-Juden-Haus kann dir das Wohnen wirklich nicht länger zugemutet werden.« Cynthia erblasste. Stella war so unendlich glücklich über ihre Schwester, dass sie sie am liebsten sofort in die Arme geschlossen hätte. Aber sie blieb auf ihrem Platz stehen, nickte nachdenklich mit dem Kopf und sagte langsam: »Stimmt. Ich finde auch, dass wir dir zu viel zumuten, liebe Schwägerin. Vielleicht sollten wir uns alle für dich und Eckhardt mal umhören. Ihr findet bestimmt eine bessere Bleibe.« Es fiel ihr sehr schwer, die Begeisterung in ihrer Stimme zu dämpfen, als sie hinzufügte: »Am besten machen wir es so, dass Jonny und ich dann nach unten in eure Wohnung ziehen und wir die Räume oben armen bombengeschädigten Menschen zukommen lassen, die obdachlos geworden sind.« »Gute Idee«, bekräftigte Lysbeth. »Und das ist auch deshalb sehr gut, weil Aaron und ich natürlich nicht aus dem Keller dürfen, und die Wohnungslosen dann sehr weit von uns Kellerasseln entfernt wohnen. Dann brauchen sie sich nicht zu schämen.« Cynthia schnaubte: »Ihr braucht nicht zu denken, dass ich euch nicht durchschaue.« Sie drehte sich auf dem Absatz um und verschwand in ihrem Wohnzimmer.

Stella und Lysbeth sahen sich verschwörerisch an und gingen Arm in Arm die Treppe hinunter zur Tante. Die werkelte in der Küche herum und wirkte recht gutgelaunt. »Ich glaube, sie haben sich mit dieser Aktion ein paar Widersacher eingehandelt«, sagte sie, nachdem Lysbeth und Stella ihr von ihrem Disput mit Cynthia berichtet hatten. »Ich habe heute in der Zeitung gelesen, dass verderbliches falsches Mitleid und, warte mal, wie haben sie es genannt: schlecht angewandte Menschlichkeit gegenüber besternten Juden der deutschen Nation schade.« Stella drückte Lysbeths Schultern. »Ich wär so froh, wenn sie ausziehen würde«, sagte sie leise. »Ich glaube, dann könnte ich endlich wieder frei atmen.« Lysbeth zog sie in die Küche, schloss die Tür hinter ihnen, stellte sich vor Stella, atmete tief ein und verkündete lauthals: »Ich auch!«

Aaron hatte bereits Mitte September ein amtliches Schreiben erhalten, das ihn aufforderte, sich auf der Sonderdienststelle des Arbeitsamtes einzufinden, die für Arbeitseinsätze von in Mischehen lebenden Juden zuständig war. Der Leiter dieses Amtes war Willibald Schallert, ein korrupter und unberechenbarer Mann, vor dem die in Mischehen lebenden Juden und auch ihre Familien fürchterliche Angst hatten. Bisher war Aaron noch nicht zu dieser Stelle vorgeladen worden, was ihm selbst schon manchmal seltsam vorgekommen war. Aaron wusste nicht, ob es Zufall gewesen war oder ob Jonny Maukesch auf irgendwelchen Wegen seine schützende Hand über ihn gehalten hatte. Die Arbeit bei diesen Einsätzen war meistens schmutzig, körperlich sehr anstrengend, oft gefährlich, zum Beispiel, wenn sie in Rüstungsbetrieben stattfand. In den vergangenen Jahren war Aaron weiterhin als Arzt tätig gewesen, obwohl er keine Erlaubnis mehr dazu besaß.

Willibald Schallert verhielt sich Aaron gegenüber verlogen höflich. Er machte sehr deutlich, dass er Aaron am liebsten so bald wie möglich aus Hamburg und aus Deutschland entfernen würde. Er machte auch deutlich, dass er die Vergünstigungen, die Juden in einer Mischehe erhielten, für absolut schwachsinnig hielt. Süffisant teilte er Aaron mit, dass Juden aus Mischehen in Judenhäuser gehörten und nicht in arischen Häusern unterschlüpfen sollten. Aaron ließ alle Beleidigungen über sich ergehen, gab Auskunft, wenn er gefragt wurde, und war mit jeder Faser seines Körpers auf der Hut vor diesem Widerling. Worauf wird es hinauslaufen?, fragte er sich. Welche Arbeit hatte Schallert für ihn vorgesehen? Aaron wunderte sich, wie lange der Mann sich mit ihm aufhielt. Aber es bereitete Willibald Schallert offenbar Spaß, ihn auf die Folter zu spannen. Nach einer langen quälenden Stunde teilte er Aaron mit, dass er beabsichtige, ihn in eine Einheit zu stecken, die Trümmer wegräumte. Aaron unterdrückte ein erleichtertes Aufatmen. Er hatte Angst gehabt, in einen Rüstungsbetrieb zu kommen. Er wollte keinen Finger für diesen Krieg rühren. Trümmerarbeit würde bestimmt schwer werden, aber so unterstützte er nicht die Nazis. Willibald Schallert sagte: »Sie erhalten Nachricht, wann Sie sich wo einzufinden haben.« Aaron verabschiedete sich höflich, verließ den Raum aber in einer gewissen Verwirrung. Wieso hatte Schallert ihm nicht sofort Zeit und Ort genannt?

Aaron erlitt aber auch, ebenso wie andere Juden, Anpöbelungen, manchmal sogar körperliche Drohungen. Ganz besonders von Kindern und Mitgliedern der Hitlerjugend. Aaron selbst konnte mit diesen Anfeindungen souverän umgehen. Anschließend zogen die Jungen, denn es handelte sich fast nur um Jungen, oft verschämt mit rotem Kopf davon. Die jüdischen Kinder allerdings waren mehr und mehr verängstigt. Sie konnten sich nicht wehren. In vielen Familien verließen die Kinder die Wohnung nur noch in Begleitung eines beschützenden Erwachsenen. Aber auch die Erwachsenen auf dem Grindel waren entsetzlich eingeschüchtert.

Am 18. Oktober kehrte Aaron bedrückt von einem Besuch bei einer jüdischen Familie zurück, die sehr guten Kontakt zur Jüdischen Gemeinde hatte. Seit Mitte Oktober wurde in der Jüdischen Gemeinde gemunkelt, dass zwanzigtausend Juden aus Deutschland nach Litzmannstadt »evakuiert« werden sollten. Die Jüdische Gemeinde hatte zwar sofort bei der Gestapo angerufen und die Antwort erhalten, dass nichts geplant sei, aber bereits am 17. Oktober hatte der Leiter des Judenreferats, Kommissar Göttsche, telefonisch erklärt: »Nächste Woche werden tausend Juden nach Litzmannstadt evakuiert.« Herr Göttsche war ein von den jüdischen Familien sehr gefürchteter Mann. Wenn der etwas sagte, das wussten alle in der Gemeinde, dann würde es nach allen Regeln der deutschen Bürokratie mit Listen und Kontrollen und ohne Wenn und Aber abgewickelt werden.

In vielen der Familien, die Aaron kannte und noch unbefugt als Arzt betreute, brach eine angsterfüllte Unruhe aus. Wer würde »verschickt« werden, wie es offiziell genannt wurde? Würden sie auch Familien auseinanderreißen? Auch Kranke? Wen würde es treffen? Wen würde man verlieren?

Dann wurde von Dr. Max Plaut, dem Leiter der Jüdischen Gemeinde, weitergegeben, dass zunächst nur die Juden »evakuiert« werden sollten, die aus den bis 1918 zu Deutschland gehörigen Teilen des Altreichs stammten, alle naturalisierten Ostjuden, alle staatenlosen Juden sowie alle der Gestapo aus irgendeinem Grunde missliebigen Juden mit ihren Familien. Was hieß zunächst?, fragten sich alle und: Wer war missliebig?

Als dann die Schreiben eingingen, schaffte das kurzfristige Klarheit. Der Poststempel war vom 21. Oktober 1941. Den Adressaten wurde mitgeteilt, dass ihr Zug am 25. Oktober 1941 um 10.10 Uhr ab Hamburg, Hannoverscher Bahnhof abfahren und fahrplanmäßig am 26. Oktober um 11.00 Uhr in Litzmannstadt eintreffen werde. Sie sollten sich einen Tag vorher um 14.00 Uhr mit dem erlaubten Gepäck von fünfzig Kilo an der Sammelstelle Logenhaus, Moorweidenstraße 36, einfinden. Beigefügt waren eine Anordnung über die Beschlagnahme des Eigentums der Betroffenen, ein achtseitiges Formular mit dem Titel »Vermögenserklärung« und eine »Reiseliste«, in der aufgeführt war, welche Gegenstände mitgeführt werden durften.

Das Ganze war unterschrieben von Herrn Göttsche. Nun kannten sie also das genau Ziel ihrer Fahrt. Sie sollten nach Polen abgeschoben werden. Was dort mit ihnen geschehen würde, war allerdings unbekannt Mit Sack und Pack im vorgeschriebenen Gewicht sollten sie sich zur genannten Zeit am genannten Ort einfinden. All ihre übrige Habe blieb zurück, angeblich für Bombengeschädigte.

In diesen wenigen Tagen vor der Abreise wurden Aaron und Lysbeth schönste Haushaltsgegenstände geradezu aufgedrängt. Zuerst wehrten sie sich, aber dann erklärten sie sich bereit, die Gegenstände in der Kippingstraße zu verwahren, bis die rechtmäßigen Eigentümer zurückkehren würden. So erhielten sie wundervolles Silberbesteck, schönste weiße Leinentischdecken mit Stickereien, Abendkleider und eine ganz entzückende Spieluhr, in der Vögel und Schmetterlinge in filigran gestalteter Landschaft flogen, während Mozarts *Kleine Nachtmusik* erklang. Sie erhielten Bettwäsche und leichte Bettdecken. Im Gegenzug sammelten sie alle warmen Bettdecken zusammen, die sie auftreiben konnten. Auch Lydia wurde aktiv, um dicke Steppbetten zu organisieren für die Menschen, von deren Zukunft man nichts wusste, außer dass sie es dort kalt haben würden.

In den letzten Tagen vor der Deportation riss der Besucherstrom in den Wohnungen der »Verschickten« nicht ab. Alle wollten helfen. Freunde, Verwandte, Nachbarn brachten Lebensmittel, halfen, Matratzen zusammenzunähen, so dass wirklich dicke Matratzen entstanden. Die Näherinnen aus dem Grindel hatten alle Hände voll zu tun, Mäntel, Jacken, Kleider, alles wurde so geändert, dass es möglichst widerstandsfähig sein sollte, möglichst vielen Widrigkeiten trotzen konnte. Zuletzt wurden Butterbrote geschmiert.

Als die Menschen aus Hamburg verschwanden, wurde es leerer im Grindelviertel, das früher »Klein-Jerusalem« genannt worden war. Aaron ballte ohnmächtig die Fäuste.

Stella hingegen beobachtete alles aufmerksam. Jeder wusste davon, manche hatten die armen Menschen vor dem Logenhaus gesehen, andere hatten davon gehört. Und jeder wusste, dass es in jedem Augenblick jeden Juden treffen könnte. Luise Solmitz äußerte naiv ihre Vermutung, dass die Juden in Polen wohl zu Arbeiten eingesetzt werden sollten. Das war sogar den Abtransportierten selbst erzählt worden: Sie sollten dort siedeln können. Deshalb war es ihnen auch erlaubt gewesen, Handwerkszeug und Schulbücher mitzunehmen. Doch viele hatten diese hübsche Geschichte nicht geglaubt. Die Selbstmorde derjenigen, die »evakuiert« werden sollten, wurden zahlenmäßig nicht bekanntgegeben, aber Aaron kannte einige, und drei seiner ehemaligen Patienten hatten sich ihm sogar anvertraut. Insgesamt waren es wohl mindestens dreizehn gewesen.

Am 24. Oktober erging ein Runderlass des Reichssicherheitshauptamtes, der denjenigen »deutschblütigen« Bürgern eine Schutzhaft von drei Monaten androhte, die »in der Öffentlichkeit freundschaftliche Beziehungen zu Juden« erkennen ließen. In Hamburg wurde den »deutschblütigen Volksgenossen« beim Abholen der Lebensmittelkarten ein Flugblatt ausgehändigt, das diesen Erlass im Wortlaut enthielt. Stella trug dieses Flugblatt wie eine Triumphfahne nach Hause. Cynthia aber hielt es ihr beim Eintreten bereits entgegen. »Und wie stellst du dir das vor, wie wir unseren werten Schwager jetzt auf der Straße begrüßen sollen?«, zeterte sie. Stella bezwang ihren Impuls zu einer höhnischen Entgegnung, wenn nicht gar zu einer handgreiflichen. Sie war so froh über dies Eingeständnis der Nazis, dass die Bevölkerung noch nicht völlig judenfeindlich war. Also sagte sie, jedes Wort betonend: »Oh, das wird ein Problem für dich, meine Liebe. Am besten wechselst du die Straßenseite, wenn du ihm begegnest.« Cynthia schnaubte. »Ich will ihn ja nicht beleidigen.«

Der Oberfinanzpräsident richtete für die Aufgabe, das beschlagnahmte Eigentum der Deportierten zu verwalten, eine neue Abteilung, die »Vermögensverwertungsstelle« ein. Die Beamten dieser Stelle waren nicht nur an den genannten Sammelstellen vor dem Abtransport anwesend, sondern drangen anschließend in die verlassenen Wohnungen ein und verglichen die bei den Deportationen eingesammelten Vermögenserklärungen mit dem vorgefundenen Inventar. Bevor die Möbel, Textilien, Bücher, Bilder und sonstigen verwertbaren Gegenstände »zugunsten des Reiches« öffentlich versteigert wurden, zweigten die Sozialverwaltung und andere Behörden, darunter auch die Finanzverwaltung selbst, große Mengen für den eigenen Bedarf ab. Das wurde schnell bekannt unter den Hamburgern, weil die Beamten in ihrer Verwandtschaft und unter Bekannten keinen Hehl daraus machten. Es wurde auch nicht angeprangert. Man konnte es verstehen, denn ehemals jüdisches Vermögen so geschickt und billig wie möglich zu erwerben war fast zu einem Volkssport geworden. Und die Minderheit, die darüber anders dachte, hielt den Mund.

Die Versteigerungen wurden in den Zeitungen angekündigt und lockten Tausende von Interessenten an. Teilweise fanden sie nicht in den Auktionshäusern statt, sondern in jüdischen Stiften und großen Wohngebäuden. Stella und Lysbeth schämten sich für alle Hamburger, die zu diesen Versteigerungen strömten, ganz besonders aber für ihren Bruder Dritter, der Stammgast dieser Veranstaltungen war.

4

Cynthias Mutter Lydia, früher eine enge Freundin von Käthe und ein regelmäßiger Gast bei den Wolkenraths, kam nur noch selten in die Kippingstraße, seit ihre Tochter dort wohnte. Es bereitete ihr Übelkeit, Cynthias Parolen anzuhören. Aber dann rief sie an und lud Stella für den kommenden Tag zum Mittag ins Restaurant zu Suppe und Pannfisch ein. Lydia hatte offenbar ein Anliegen, über das sie an einem neutralen Ort mit Stella sprechen wollte.

Stella freute sich sehr, Lydia zu sehen. Lydia sah erstaunlich wohl aus. Krieg, Nahrungsmangel, Not hatten offenbar nicht an ihr gezehrt. »Du siehst aus wie das blühende Leben«, staunte sie. Lydia lächelte geheimnisvoll. Sie löffelten ihre Suppe. Plötzlich kam der Kellner und kassierte hastig. Die beiden Frauen sahen sich erstaunt an. Im Raum entstand aufgeregte Bewegung. Da dämmerte es den beiden. Es hatte Alarm gegeben, den drinnen niemand gehört hatte. So zogen sie los, mit ihnen Gäste, die beladen waren mit Koffern, Taschen Schirmen.

Der Bunker am Bismarckbad war mehr als voll. Der Polizist drückte gerade die Türen hinter den Letzten zu, die den runden Turm aufgesucht hatten. Stella und Lydia mussten also weiter. Es wurde allmählich leer um sie. »Straße verlassen!«, riefen die Schutzleute. Da fanden sie in der winzig kleinen Großen Rabenstraße Nummer 8 in Ottensen einen gastlichen Keller. Erst konnten sie kaum etwas erkennen, dann gewöhnten sich ihre Augen an die Dunkelheit. Im Raum standen Etagenbetten. Ein junger Arbeiter kletterte auf ein Bett und schlief ein.

Eine Frau packte Kaffeekuchen aus und teilte den mit drei Freunden. Viele sehr einfache Menschen, wie an dem breiten Plattdeutsch und der Arbeitskleidung erkennbar war, saßen auf den Betten. Die Atmosphäre war freundlich und entspannt.

Plötzlich kam Bewegung in den Bunker. Auch die Entwarnung hatten sie nicht gehört. Gegen 14.20 Uhr stob alles auseinander. Stella und Lydia kehrten zurück zu ihrem Restaurant und wandten sich an den Kellner, der Lydias Fettmarken säuberlich geklammert hatte. Nun aßen sie den zweiten Gang, den Pannfisch. Lydia sagte mit unbeteiligter Miene, als erzähle sie etwas aus der Nachbarschaft: »Ich habe mich mit einem hohen Parteimitglied, SS, angefreundet.« Stella schluckte den Fisch schnell herunter. »Wie bitte?«, fragte sie, etwas zu laut, Lydia trat sie unter dem Tisch gegen das Schienbein. »Du?«, flüsterte Stella fassungslos. »Wie kommt das denn? Ist es etwas Ernstes?« Lydia lächelte. »Ja, es ist mir sehr ernst«, antwortete sie betont doppeldeutig. Sie senkte ihre Stimme und betonte jedes einzelne Wort, das sie von sich gab, als wollte sie es in Stellas Gehirn einbrennen: »Mein Freund heißt Karl, er ist SS-Offizier und redet gern, sie wollen die Judenfrage jetzt endgültig lösen. Ein Freund von mir, ein Journalist, muss verreisen.«

Stella stockte der Atem. Sie unterdrückte den Wortschwall, den sie von sich geben wollte, und sagte stockend: »Er ist doch wahrscheinlich verhindert, oder? Reisen kommt doch für manche nicht in Frage.« Lydia lächelte, als sprächen sie über belanglose Dinge und sagte leise: »Wir müssen einen Weg finden. Sprich mit Lysbeth.« Stella fuhr auf. »Mit der darf ich über so etwas nicht reden. Lysbeth darf auf keinen Fall etwas Gefährliches tun.« Lydia ließ ein helles amüsiertes Lachen erklingen.

Abrupt wechselte sie das Thema, sprach wieder in normaler Lautstärke, als handle es sich um oberflächlichen Frauenkram. »Ich habe vor kurzem einen Onkel auf dem Lande besucht. Habt ihr nicht auch diese Verwandten auf dem Land?« Stella sah sie verwirrt an. »Nein«, sagte sie nervös, »haben wir nicht.« »Doch, doch«, betonte Lydia, »die Tante und der Onkel bei Dresden …« Stella begriff. Lydia meinte, dass der Jude, den sie anscheinend retten wollte, zu den Adoptiveltern ihrer Tochter Angela fahren und dort untertauchen sollte. Als Stella mit vierzehn Jahren Mutter geworden war, hatte sie das Kind zur Adoption freigegeben, und Helga und Helmut, die in der Sächsischen Schweiz einen Bauernhof bewirtschafteten, hatten die Kleine adoptiert. Aber wie sollte ein Jude aus Hamburg auf diesen Bauernhof gelangen? Juden war es verboten, mit der Bahn zu fahren. Und wie sollte ein Mann mit Judenstern auf dem Lande unauffällig untertauchen? Das Ganze schien ihr vollkommen absurd.

Lydia aber sah ihr bedeutungsvoll in die Augen. »Deine Schwester ist doch auch gern auf dem Lande«, betonte sie. »Und du doch auch. Und weißt du, ich würde auch gern mal wieder einen Ausflug machen.« Stella schüttelte verwirrt den Kopf. »Lydia«, sagte sie endlich. »Dein neuer Freund hat dir den Kopf verdreht.« Wieder lachte Lydia hell auf, ein kleines freches Mädchenlachen. »O ja, das hat er«, bekannte sie verschämt. »Er ist aber auch gar zu nett. Und so zuvorkommend. Er leiht mir sogar manchmal das Auto.« Stella stockte das Blut in den Adern. Lydia wollte mit einem SS-Auto in die Sächsische Schweiz fahren. Drei Frauen und ein Jude? Lydia lächelte, als dächte sie an die Freundlichkeiten ihres neuen Galans. »Er wohnt schon fast bei mir. Aber ich kümmere mich auch gut um seine Garderobe, er sieht immer wie aus dem Ei gepellt aus, wenn er von mir geht. Du solltest ihn unbedingt kennenlernen.« Stella schluckte. Sie hatte verstanden. Wusste Lydia, dass das Ganze sie den Kopf kosten konnte? Und Stella und Lysbeth und natürlich Aaron dazu. Lydia legte ihre Hand auf Stellas und sagte ruhig: »Ich bin siebzig Jahre alt, mein Kind. Es gibt, glaube ich, nur einen einzigen Menschen, den ich ebenso wie deine Mutter geschätzt habe. Und das ist deine Tante. Deine Mutter vermisse ich mehr, als du dir ausmalen kannst. Sie war meine Freundin, aber sie war zeitweilig auch meine Rivalin. Sie war die Frau des Mannes, der mich eine Weile umworben hat, und sie war die Mutter des Mannes, der eine gute Zeit mein Liebster war. Aber sie blieb bei alldem meine Freundin, die beste, die ich je hatte.« Sie sah traurig auf den Tisch. »Deine Tante habe ich sehr verehrt. Ich habe immer versucht, von ihr zu lernen. Mut zum Beispiel und weibliche Gradlinigkeit.« Sie lächelte verschmitzt, als Stella fragte: »Weibliche Gradlinigkeit? Wie meinst du das?« »Nun, weibliche Gradlinigkeit vermeidet keine Schnörkel und Kurven und hält auch durchaus gewisse Winkelzüge in petto. Männliche Gradlinigkeit hingegen ist eher starr, eben soldatisch.« Sie lachte wieder dieses mädchenhafte Lachen, das Stella an diesem Nachmittag sehr auffiel. »Deine Tante verfolgte immer ihre eindeutige Überzeugung, sie bewahrte ihr Rückgrat in aller weiblichen … eben Gradlinigkeit.« Jetzt lachte auch Stella. »Meine Güte«, sagte sie andächtig. »Ob ich wohl auch jemals so viel in der Welt, in den Menschen bewegen werde, wie es die Tante getan hat?« Sie musste schlucken, denn sie fühlte plötzlich einen Kloß im Hals. Lydia nickte lächelnd. »Das habe ich mich auch schon häufig gefragt. Und ich bin fest entschlossen, solange ich lebe, so viel in der Welt zu bewegen, wie in meinen Kräften steht.«

Sie plauderten noch ein wenig über dies und das. Lydia erzählte, wie ihre Tochter auf ihren neuen Freund reagiert hatte. »Cynthia findet es zwar anstößig, dass Karl nur sechs Jahre älter ist als sie, aber seine Uniform und sein Schneid und sein Dienstrang hat sie dann doch schnell mit ihm versöhnt. Und mit mir.« Stella konnte sich nicht bezwingen, sie musste es einfach fragen: »Schläfst du mit ihm?« Lydia kicherte. »Du wirst es nicht glauben, aber ich mag den Mann. Und ›das‹ macht mir sogar Spaß mit ihm.« Sie sah jetzt etwas beklommen aus, als hätte sie Angst, Stella würde sie nun nicht mehr leiden können. Mit ernster Miene fügte sie hinzu: »Ohne eine gewisse Sympathie könnte ich das nicht. Er war ein Kunde von Andreas Hagedorn. Er hat mir früher schon den Hof gemacht.« Jetzt war es an Stella, ihre Hand auf Lydias zu legen. »Du bist zwar ganz anders als die Tante«, sagte sie vergnügt. »Aber eines steht fest: Du bist ebenso unmöglich.«

Als sie sich voneinander verabschiedeten, versprach Stella, mit Lysbeth zu sprechen. Aber sie wartete eine ganze Weile, bis sie mit Lysbeth das Gespräch darüber suchte, dass ein mit Lydia befreundeter jüdischer Journalist in Sicherheit gebracht werden sollte.

Sie war überrascht, als Lysbeth sagte: »Wir müssten sie alle in Sicherheit bringen, aber das ist unmöglich. Ich weiß nicht, wie Lydia sich das vorstellt. Ich denke schon die ganze Zeit darüber nach, wie man wenigstens den Alten und den Müttern mit kleinen Kindern helfen kann.«

»Und zu welchem Ergebnis bist du gekommen?«, fragte Stella, bevor sie Lydias Vorschlag unterbreitete.

Lysbeth hob die offenen Hände, als wollte sie zeigen, dass sie leer wären. »Keine Ahnung«, antwortete sie. »Fest steht nur, dass ich mit nach Polen gehe, wenn sie Aaron dahin schicken sollten.«

Stella wurde eiskalt. An Aaron hatte sie seltsamerweise noch gar nicht gedacht. »Die Juden in Mischehen sind doch geschützt«, rief sie erschrocken aus.

Lysbeth verzog abfällig den Mund. »Jetzt noch, jetzt noch. Aber sag mir lieber, wie Lydia ihren Schützling retten will.«

Stella legte los. Dass sie ihren eigenen Vater, Fritz, im vergangenen

Krieg doch auch bei Helga und Helmut auf dem Hof versteckt hätten. Und dass deren Hof so abgelegen sei, dass es überhaupt nicht auffalle, welche Wege dort gegangen würden. Außerdem hätten die genug zu essen, um den Mann mit durchzufüttern.

Lysbeth sah sie mit großen Augen an. »Weißt du, dass ich daran auch schon manchmal gedacht habe. Wenn ich sehe, wie gefährdet Aaron ist, denke ich, dass er wegmuss«, raunte sie. »Aber ich will mich einfach nicht von ihm trennen und er sich auch nicht von mir. Sag mir, wie soll Lydias Freund denn dorthin kommen? Juden ist es doch verboten, mit der Bahn zu fahren. Und dürfen wir das den beiden zumuten?« Sie hatte vor lauter Aufregung immer schneller gesprochen. »Und falls ihr mich da irgendwie mit einbezogen habt in eure Pläne, dann geht das nicht. Die Tante hat verboten, dass ich etwas Gefährliches tue.«

Nun erst erkannte Stella, wie riesig Lysbeths Angst war. Beruhigend legte sie ihre Hand auf die der Schwester. Dann unterbreitete sie ihr Lydias Plan.

Lysbeth nickte, als Stella endete. »Ja«, sagte sie. »Ja, das kann ich mir vorstellen.« Sie blickte Stella nachdenklich an. »Aber die Tante hat mir vor ihrem Tod ausdrücklich verboten, irgendetwas Gefährliches zu tun. Wenn das auffliegt, sind wir alle geliefert. Die Tante hat gesagt, wir müssen am Leben bleiben.« Auch Stella war klar, dass der Plan sehr waghalsig war. Aber er bot dennoch große Chancen. Die einzige Unwägbarkeit blieb die Reaktion von Helga und Helmut. Aus diesem Grund musste Lysbeth mitkommen. Musste sie wirklich?

»Meinst du, ich könnte vielleicht allein mit den beiden sprechen?«, fragte sie. Sie wagte diesen Gedanken kaum zu denken. Lysbeth hatte eine sehr liebevolle Beziehung zu Helga und Helmut. Stella hingegen war die leibliche Mutter von Angela. Helga, deren Adoptivmutter, hatte immer starke Konkurrenzgefühle ihr gegenüber gehegt. »Die Chance, dass sie einverstanden sind, ist größer, wenn ich mitfahre«, entgegnete Lysbeth auch sofort. »Aber die Tante …«, gab Stella zu bedenken. »Ja, die Tante«, seufzte Lysbeth. »Und Aaron.«

Beide beschlossen, eine Nacht darüber zu schlafen und sich am nächsten Tag zu entscheiden. Aber auch am nächsten Tag standen sie vor dem gleichen Konflikt. Die Sache wäre sicherer, wenn Lysbeth mitkäme, aber die Worte der Tante waren ihnen heilig. Und Lysbeth hatte große Angst, Aaron in die geringste Gefahr zu bringen. Denn die würde ihn umbringen.

Am 26. Oktober kam Lydia zu ihnen, um alles mit ihnen zu besprechen. Sie hatten Aaron nicht eingeweiht. Er hätte wahrscheinlich gesagt, dass die Rettung eines Einzelnen ungerecht all den anderen Juden gegenüber sei, die nicht gerettet würden.

Aaron hatte zwar die ihm überlassenen Gegenstände mit den Namen der Eigentümer beschriftet und sich von ihnen mit der festen Versicherung verabschiedet, dass alles auf sie warten würde, wenn sie zurückkämen, aber er hatte trotz all seiner Zuversicht einen klaren Blick auf die ganze Entwicklung. Er war fest entschlossen, die Sachen für die Eigentümer zu bewahren, aber er fürchtete, dass sie niemals zurückkommen würden, dass sie entweder in den KZs an Unterernährung, Krankheit, Gewalttätigkeit, Überarbeitung oder an allem zusammen sterben würden oder aber vielleicht schon auf dem Transport. Er selbst empfand gerade jetzt einen stärkeren Lebenswillen als jemals zuvor. Die Zeiten waren zwar grauenvoll, aber er wollte dieses Naziregime überleben, und dann wollte er sie zur Rechenschaft ziehen. Irgendwann, dachte er, wird es vorbei sein, und dann kommt unsere Zeit. An diesem Gedanken hielt er sich fest. Aus diesem Grund hinderte er neuerdings Lysbeth daran, mit ihm gemeinsam in die Judenhäuser zu gehen. Er trug einen Stern, für ihn war es nur gefährlich, nach Einbruch der Dunkelheit auf der Straße gesehen zu werden. Aber er wollte nicht, dass Lysbeth sich in Gefahr begab, denn wenn ihr etwas passierte, wäre alles aus. Gleichzeitig verstand er, dass es manchmal notwendig war, ein Wagnis auf sich zu nehmen. Also hatte er Lysbeth und Stella einige Tage zuvor gebeten, ihm zu helfen, die Wertsachen aus den Wohnungen der Juden zu transportieren und die dicken Decken und Mäntel hinzutragen. Das hatte sehr verstohlen und mit größter Aufmerksamkeit geschehen müssen, denn ein Arier, der in die Wohnung eines Juden ging, war in höchstem Maße gefährdet.

Lydia und Stella und Lysbeth saßen oben in Stellas Wohnzimmer und besprachen jedes Detail der geplanten Rettungsaktion. Da ging um halb zehn plötzlich Alarm los. Aaron war vor vier Stunden spontan zu einem Kranken gerufen worden und noch nicht nach Hause gekommen. Lysbeth blickte unruhig auf die Uhr.

Die drei sahen einander an und beschlossen, am Tisch sitzen zu bleiben und sich nicht beirren zu lassen. Aber dann wurde schnell deutlich, dass die Flugzeuge nicht über Hamburg hinweg an einen anderen Ort flogen, sondern dass diesmal Hamburg das Ziel war.

Sie hasteten in die Besenkammer, wo Cynthia und Eckhardt schon saßen. »Mama, wieso bist du hier?«, fragte Cynthia ihre Mutter misstrauisch. Lydia setzte ihr strahlendstes Lächeln auf, obwohl es gerade ganz in der Nähe ein schweres Schießen gab und die englischen Flugzeuge unheimlich brummten. Sie gab ihrer Tochter einen Kuss auf die Wange und sagte: »Schön, dich zu sehen. Auch wenn der Anlass nicht gerade schön ist. Karl hatte in der Nähe zu tun, und da habe ich gedacht, ich könnte euch besuchen. Tja, jetzt bin ich hier.«

Das Schießen nahm kein Ende. Immer neue Flugzeuge surrten über das Haus. Eine Stunde später ging recht nahe eine Heulbombe nieder, es war schauerlich – allein schon die Vorgeräusche, die ein Gefühl des Unheimlichen, ein Unbehagen hervorriefen. Cynthia presste sich dicht an ihre Mutter. In diesen Nächten verhielt sie sich immer wieder wie ein kleines Mädchen, das einfach nur Angst hat.

Dann wurde es draußen ruhiger. Alle atmeten auf. Eckhardt machte sich auf zum Dach, um nachzusehen, ob etwas beschädigt war. Stella sagte schnell: »Ich gehe mit dir.« Eckhardt nahm ihr Angebot sofort an. Er wirkte froh, nicht allein hochgehen zu müssen. Es war sehr still, als die beiden die Bodenluke aufstießen und in die kalte windige Nacht voll silbernen Mondlichts hinausblickten. Der Himmel war leicht bewölkt. Sie stiegen aufs Dach und schauten zu dem gewaltigen Feuerschein am Westhimmel. Da heulte die Sirene die Entwarnung durch die Luft.

Stella berührte Eckhardt leicht an der Schulter. Leise sagte sie: »Ich finde es sehr tapfer, wie du dich um unser Haus kümmerst, Eckhardt.« Eckhardt sah sie fast erschrocken an. Sie lächelte. »Ja, sag jetzt nicht, dass das selbstverständlich ist. Das ist es nicht. Du bringst dich selbst in Gefahr, wenn du auch während der Angriffe immer wieder hier oben nachsiehst. Das finde ich sehr tapfer.« Auf Eckhardt Gesicht schlich sich ein verlorenes Lächeln. »Na ja, ich bin schließlich der einzige Mann im Haus.« Da merkte er wohl, was er gesagt hatte, und fügte hinzu: »Von Aaron kann man das nicht erwarten. Der arme Kerl hat schon genug auszustehen.« Leise sagte Stella: »Ja, das stimmt. Aber ehrlich gesagt, ich finde, du hast auch einiges auszustehen. Nicht als Jude, aber als Mann.« Eckhardts Gesichtszüge entgleisten. Dann griff er nach Stellas Hand und fragte in einem Moment trauriger Ehrlichkeit: »Du verachtest mich nicht, Stella, oder?« Stella konnte es kaum fassen, dass so etwas zwischen Eckhardt und ihr möglich war. Gern hätte sie diesen besonderen Moment der Wahrhaftigkeit festgehalten. »Du darfst so etwas nicht einmal denken, Eckhardt«, sagte sie. »Ich habe dich noch nie verachtet, und ich tue es auch jetzt nicht.« Hand in Hand standen sie auf dem Dach, ein ganz einzigartiger Moment der Vertrautheit. Die Pappeln um den Sportplatz herum, deren Spitzen man sehen konnte, wiegten sich im Wind, dahinter das Feuer und hier die leise ehrliche Präsenz von Eckhardt. Er zog seine Hand fort und brummelte: »Dummes Zeug reden wir.« Der Moment war vorbei.

Lydia beschloss, über Nacht bei den Wolkenraths zu bleiben. Um diese Zeit wollte sie nicht mehr nach Hause fahren. Stella nahm sie mit hoch zu sich. Sie bezog Bettzeug, während Lydia ins Badezimmer ging. In diesem Augenblick wackelte das Haus, zitterte alles, das Geschirr im Schrank, die Vase auf dem Tisch, der Boden unter den Füßen. Spannung lag in der eingeschlossenen Luft, die Sachen klirrten leise. Lydia kam aus dem Badezimmer gestürzt, schreckensbleich.

Lysbeth lag zitternd im Bett. Aaron kam nicht nach Hause. In dieser Nacht beschloss sie, an der Rettungsaktion für den jüdischen Journalisten nicht teilzunehmen. Sofern Aaron diese Nacht überlebte.

Er erschien erst am folgenden Morgen. Gemeinsam mit anderen Juden war er in einen Keller gegangen. Danach hatte er sich nicht mehr in die Nacht gewagt. Diese Nacht war das Schrecklichste, was Lysbeth in ihrem ganzen Leben durchgemacht hatte.

Lydia blieb auch den kommenden Tag. Sie glaubte, dass Eile geboten war. Außerdem war Karl im Augenblick gerade in Hamburg und hatte tagsüber viel zu tun, so dass er es verschmerzen würde, wenn Lydia das Auto zwei Tage lang benutzte. Wieder saßen sie in Stellas Wohnzimmer. Lysbeth teilte ihnen ihren Entschluss mit. Sie hatte große Schatten um die Augen, ihr Mund war blass, fast blau, und sie war kaum in der Lage, ein anhaltendes leichtes Zittern zu unterdrücken.

Stella und Lydia verstanden sie sofort. Sie brachten trotzdem ihre ganze Konzentration auf, um jedes Detail für den Dienstag der kommenden Woche festzulegen. Dieser Tag schien ihnen am passendsten. Am Sonntag wollte Lydia mit Karl zusammen sein und ihn so zufrieden stimmen, wie sie es vermochte. Am Montag hatten die Menschen oft schlechte Laune oder waren übereifrig. Der Dienstag schien ihnen der Tag mit den geringsten Gefühlsschwankungen. Man war noch nicht erschöpft von der Woche, die Sonntagserholung wirkte noch nach, dennoch rückte das Ende der Woche schon näher, war man schon wieder im Arbeitstrott. So zumindest begründeten sie ihre Entscheidung für Dienstag.

Außerdem beschlossen sie, Helga und Helmut nicht einmal telefonisch zu informieren. Offiziell fuhr Lydia zu einer Tante, die in Leipzig wohnte. Stella wollte keinen Grund angeben, warum sie fort war. Es war nicht sicher, ob Cynthia und Eckhardt ihre Abwesenheit überhaupt wahrnehmen würden. Insofern war es sogar ganz gut, dass Lysbeth im Haus blieb, sie konnte bei Fragen nach Stella Auskünfte geben, die Cynthia und Eckhardt beruhigen würden.

Mittags kam überraschend Cynthia nach Hause. Damit hatten die drei nicht gerechnet. Aber Cynthia nahm die etwas beklommene und erschrockene Atmosphäre im Raum gar nicht wahr. Sie platzte sofort mit ihren Neuigkeiten heraus. »Letzte Nacht, als es so gewackelt hat, ist das Haus Nummer 48 in der Bismarckstraße zusammengestürzt. Zweiundfünfzig Menschen sind gestorben. Und dann hab ich gehört, dass man uns aus unseren Häusern herausholen und in die Großbunker stecken will. Dann können wir Brandbomben, wenn sie fallen, nicht mehr löschen. Ist das nicht entsetzlich? So verlieren wir am Ende noch unser Haus!«

Stella verschluckte die patzige Antwort: Das ist nicht dein Haus! Sie fragte stattdessen: »Möchtest du auch eine Tasse Tee?« Trotz ihrer empörten Aufgeregtheit war Cynthia guter Laune. »Ja, gerne«, stimmte sie sofort zu. »Und wie ich sehe, habt ihr auch Kekse.« Sie setzte sich zu ihrer Mutter aufs Sofa, knabberte Kekse und schlürfte Tee. Lysbeth erhob sich. In Cynthias Gegenwart hielt sie ihre Müdigkeit und innere Unruhe nicht länger aus.

Cynthia blickte kaum auf. Es kam ihr offenbar gar nicht in den Sinn, dass sie in der Runde nicht erwünscht war und ein wichtiges Gespräch unterbrochen hatte. Stella war froh darüber. Auch darüber, dass Lysbeth jetzt ging. So sah alles viel beiläufiger aus.

Kaum war Lysbeth aus dem Zimmer, plapperte Cynthia aufgeregt weiter. »Im Laden war eine Frau, die hat gesagt, dass die Mischehen getrennt werden sollen. Alle Mischehen! Was macht dann der Solmitz? Und was macht dann Aaron? Kommen die dann in ein Judenhaus? Auf jeden Fall sollen alle Juden jetzt einen Eigentums- und Besitzbogen ausfüllen. Na klar, wenn sie abtransportiert werden und ihre Sachen vorher an irgendwelche dubiosen Freunde verschenken, kommen die ja nicht denen zugute, die davon Nutzen haben sollen.« Stella blickte auf ihre Teetasse, als würde darin der Sinn des Lebens erklärt werden. Ihr war übel. Sie merkte, wie ihr Magen die Kekse wieder hergeben wollte. Lydia holte Luft und sagte ruhig: »Das sind ja interessante Neuigkeiten. Ja, wir leben in Zeiten, wo jeder jederzeit alles verlieren kann. Ihr euer Haus, die Juden ihren Besitz, Luise und Lysbeth ihre Männer.« Dann fing Lydia an, von anderen Dingen zu sprechen. Von den Zerstörungen der vergangenen Nacht. Und dann von einem Kleid, das sie sich umgeschneidert hatte, weil man jetzt ja nur noch so wenig kaufen konnte.

Lysbeth ging an die Luft. Aaron war schon wieder fort, um nach seinem Kranken zu sehen. Sie hatte das Bedürfnis, ihm zu folgen, obwohl sie gar nicht wusste, bei welcher Familie er genau war. Immer wieder kam sie an Stätten der Zerstörung vorbei. Ihr Magen war so verkrampft, dass sie dachte, sie müsste sich im nächsten Augenblick übergeben. Fast von allein lenkten sich ihre Schritte zur Bismarckstraße, zu dem Haus, das in der letzten Nacht zusammengefallen war. Die Bundesstraße entlang, über die Isebek und dann in die Bismarckstraße. Das Haus Nummer 48 war weithin abgesperrt. Lysbeth drängelte sich zwischen Menschen hindurch, bis sie vor der Absperrung stand.

Da arbeiteten polnische Gefangene und Männer in KZ-Kleidung, um die Trümmer zu beseitigen. Einige der Männer trugen den gelben Stern an der Brust. Sie schwankten unter der Last, die sie mit bloßen Händen bewegen mussten. Die Aufseher standen mit Knüppeln da. Wenn einer der Männer sich kurz aufrichtete, um sich eine winzige Pause zu gönnen, herrschte einer der Aufseher ihn an: »Keine Müdigkeit vorschützen!«, und hob drohend den Knüppel.

Lysbeth wurde unendlich traurig. Wieso tun Menschen anderen Menschen so etwas an?, fragte sie sich. Sie meinte, diese Welt keine Sekunde länger ertragen zu können. Sie drehte sich weg und schleppte sich nach Hause. Da kam gerade die Postbotin an ihrem Haus vorbei. Neuerdings wurde die Post vor allem von Frauen ausgetragen.

Sie reichte Lysbeth ein amtliches Schreiben. Lysbeth begann stärker zu zittern. Das Schreiben war an Aaron adressiert. Sie hastete ins Haus, setzte sich in ihrem Zimmer auf den Lehnsessel, der vor dem Fenster stand. Sie riss den Brief mit zitternden Händen auf. Als sie ihn gelesen hatte, atmete sie im ersten Moment auf. Er enthielt keine Aufforderung zur Deportation. Stattdessen enthielt er eine von Willibald Schallert unterschriebene Anordnung, sich im Judenreferat der Gestapo zu melden, um ab dem 1. November einer Arbeitstruppe zugeordnet zu werden, die Aufräumungsarbeiten in Hamburg leistete.

Da erinnerte Lysbeth sich an die Männer vor dem Haus in der Bismarckstraße. Sie begann wieder stark zu zittern.

5

In den folgenden Wochen veränderte Lysbeth sich. Sie war blass, aß nur noch wenig, sie wirkte, als hätte sie ihr Interesse am Leben verloren. Anfangs ließ Aaron sie in Ruhe, aber dann wurde er traurig. Ihm schien, als hätte Lysbeth auch das Interesse an ihm verloren.

Im ersten Kriegsjahr hatten sie gemeinsam große Omnibusse gesehen, die an ihnen vorüberfuhren. »Endlich mal wieder Ausflügler«, hatte Aaron geseufzt. Aber dann schauten sie genauer hin. Vorn saß die Polizei, und in den übrigen Bussen saßen Zigeuner, und zuletzt kam ihre Habe. Sie wurden offenbar irgendwo in ein Lager gesteckt. »Wann wird man mich so fortführen?«, hatte Aaron leise gefragt. Lysbeth hatte seine Hand fest zusammengepresst. »Nie«, hatte sie hervorgestoßen. »Vorher müssten sie mich überfahren.« Jetzt allerdings schien es Aaron, als wäre Lysbeth bereits überfahren worden. Er verstand, dass sie unter dem Tod der Tante litt, aber er verstand nicht die riesige Wucht der Trauer, die Lysbeth unter sich zu begraben schien.

In den zwei Kriegsjahren hatte sich das Leben für sie zwischen Entwarnung und Alarm abgespielt. In der Zwischenzeit hatten sie sich verhalten, als wäre alles wie früher. Seit dem Tod der Tante schien für Lysbeth ein neues Lebensgefühl angebrochen. Hatte sie sich vorher an allen Ereignissen lebhaft beteiligt, hatte sie noch herzhaft über den Spruch einer Nachbarin gelacht: »Die Engländer sind so unvorsichtig, die werfen schon Bomben ab, ehe die Sirene gewarnt hat«, ebenso wie sie sich empört hatte über Ferntrauungen mit inzwischen Gefallenen, wo die Braut wusste, dass sie einem Toten angetraut wurde und ihre Ehe als Witwe antrat, so blieb sie jetzt indifferent. Sie weinte nicht, und sie lachte nicht. Hatte sie vor einiger Zeit noch wütend auf Aaron eingeredet, als er sich weigerte, eine Gasmaske zu kaufen, wie alle anderen es taten, so schien sie Ende des Jahres keine Wut mehr zu kennen.

Als sie mit Aaron einen Spaziergang durch die Stadt machte und er wieder einmal angesichts der runden Turmbunker an jedem Bahnhof und dem Monsterbunker für tausendvierhundert Menschen an den Landungsbrücken sagte: »Das kann doch gegen England nicht mehr so dringend nötig sein? Sie rechnen mit Amerikas Eingreifen«, antwortete Lysbeth nur: »Ja, für die Zukunft zu bauen ist beim heutigen Fortschritt der Mordwaffentechnik überflüssig. Jeder Krieg hat neue Waffen und neue Abwehr. Sie werden mit Amerikas Eingreifen rechnen. Immerhin haben die Amerikaner ja allgemeine Wehrpflicht. Ich rechne auch damit.« Aaron sagte: »Und die Tante war davon überzeugt: Dann wird es Hitler an den Kragen gehen.« Darauf bemerkte Lysbeth nichts mehr.

Was ist nur mit Lysbeth los?, fragten sich Aaron und Stella unabhängig voneinander. Aber wenn sie Lysbeth selbst fragten, ernteten sie nur oberflächliche und abwehrende Antworten.

Auf Lysbeth lag eine schwere Last. Und diese Last konnte sie nicht teilen. Sie hätte gar nicht gewusst, wie sie das hätte tun sollen. Die Tante hatte ihr so viel Verantwortung übergeben, dass Lysbeth meinte, darunter zermalmt zu werden. Sie wachte nachts über den Worten der Tante auf und verbrachte eine schlaflose Stunde nach der anderen. Sie schlief mit diesen Worten im Morgengrauen wieder ein, und am Morgen überfielen diese Worte sie beim Aufwachen ebenso stürmisch wie Aarons Gutenmorgenküsse. Allerdings fielen Aarons Küsse allmählich spärlicher und zaghafter aus. Er merkte, dass Lysbeth nicht wirklich bei ihm war. Und das war sie in der Tat nicht.

Lysbeth saß immer noch am Bett der Tante und vernahm deren strenge Worte: »Mein Kind, ich werde jetzt sterben. Kein Widerwort! Aber ich muss dir noch einiges sagen. Du bist für mich meine Tochter gewesen, das Mädchen, das ich nie geboren habe. Und du weißt, dass Töchter zwar eine ganz besondere Liebe von der Mutter bekommen, aber auch eine besondere Verantwortung in der Linie der Ahninnen tragen.« Lysbeth hatte auf der Bettkante gesessen, und die Worte waren nur langsam in ihr Gehirn getröpfelt. Sie wusste, dass die Tante

Wahrheiten aussprach, gegen die Einwände nichts nützten, dennoch drängten die Widerworte in ihrer Kehle. Sie wollte rufen: »Du stirbst doch nicht. Warum jetzt? Du bist all die Zeit nicht gestorben.« Sie wollte widersprechen: »Nein, deine Tochter bin ich nicht.«

Aber sie wusste, dass die Tante recht hatte.

Sie würde jetzt sterben, wenn jetzt die Zeit war, und in gewisser Weise war Lysbeth natürlich die Tochter der Tante, ebenso wie Stellas Tochter Angela in gewisser Weise auch ihre, Lysbeths Tochter war. Das war kein Verrat an Käthe. Es war eine Bereicherung für Lysbeth. Und natürlich: Erst die Tante hatte Lysbeth ein Gefühl dafür gegeben, dass sie eine Berechtigung hatte, auf der Welt zu sein, so, wie sie war. Mit ihren Vorahnungen, ihrem Sinn fürs Heilen, ihrem Interesse an medizinischen Zusammenhängen. Die Tante hatte sie damals geradezu gezwungen, Aaron zu verführen. Vor allem aber hatte die Tante ihr alles Wissen weitergegeben, das sie sich selbst im Laufe ihres Lebens als weise Frau angeeignet hatte. Die Kenntnis der Heilkräuter, die Zubereitung natürlicher Heilmittel und nicht zuletzt die Fähigkeit, ungewollte Schwangerschaften zu beenden. Und darum ging es ihr jetzt, das wusste Lysbeth. Also überraschte es sie auch nicht, als die Tante fortfuhr: »Du hast kein Kind. Angela kommt eher nach Stella, die führt nicht fort, was du von mir gelernt hast. Wir tragen aber seit Generationen die Verantwortung, Menschen zu helfen, Frauen zu unterstützen, Kinder zu empfangen oder den Empfang zu verweigern, vor allem aber bei allem medizinischen Fortschritt das alte Frauenwissen zu bewahren und danach zu handeln. Ich möchte, bevor ich sterbe, wissen, dass du dich darum kümmern wirst.«

Lysbeth hatte sofort gespürt, wie ihr Herz sich vor Verletztheit verhärtete. Allein der Satz: »Du hast kein Kind«, tat ihr unsäglich weh. Sie hatte kein Kind geboren, ja, aber musste die Tante das so grob betonen? Und dann, was für eine unmögliche Aufgabe: dafür sorgen, dass das alte Frauenwissen erhalten blieb. Gab es im Augenblick nicht wichtigere Dinge? Lysbeths Mann war Jude. Es war Krieg. Angela und Roberta waren in England, keiner wusste, wo. Das alles waren wichtige Dinge, dagegen schwand das alte Frauenwissen doch wirklich arg in seiner Bedeutung!

Die Tante fuhr fort, als hätte sie Lysbeths Gedanken gelesen: »Alles zu seiner Zeit, gewiss, und auch darüber will ich mit dir sprechen. Ich will dein Versprechen haben, dass du, solange die Nazis an der Macht sind, solange Krieg ist, keine Abtreibungen mehr durchführst. Keine einzige.«

Lysbeth hatte aufbegehren wollen. Dieser Knebelung wollte sie sich nicht ergeben. Da bemerkte die Tante sanft: »Die Nazis haben ihre Augen und Ohren überall. Du kannst die Verantwortungen, die du hast, nur wahrnehmen, wenn du am Leben und hier in Hamburg in der Kippingstraße bleibst. Und darauf will ich mich verlassen können, wenn ich jetzt gehe.«

Es lag Lysbeth auf der Zunge zu entgegnen, dass, wer stürbe, nun mal nicht mehr kontrollieren könne, was danach geschieht. Dass die Aufgabe von Macht und auch von Verantwortung nun einmal mit dem Sterben verbunden sei. Wenn die Tante das nicht ertragen könne, müsse sie eben Abstand vom Tod nehmen.

Da fuhr die Tante fort: »Ich möchte, dass du mir zwei Sachen versprichst: erstens, dass du nichts tust, was dich in Gefahr bringt, ins Gefängnis, KZ oder an den Galgen zu kommen. Zweitens, dass du dich nach einer Ziehtochter umschaust, der du unser Wissen weitergeben kannst.«

Lysbeth war wie erschlagen. Eine Ziehtochter? Nichts tun, was sie gefährden konnte, bedeutete, nichts gegen den Staat, nichts gegen den Krieg zu unternehmen. Im Fahrwasser der Nazis zu schwimmen. Das konnte die Tante unmöglich von ihr verlangen. »Das kann ich auf keinen Fall versprechen«, stieß sie heiser hervor.

»Doch, das kannst du«, beharrte die Tante. Sie war sehr ernst. »Und das wirst du auch«, fügte sie hinzu. »Weil du nämlich weißt, wie wichtig es ist, dass du und Aaron diesen Staat überlebt.«

»Du gehst davon aus, dass man ihn überleben kann«, entgegnete Lysbeth spöttisch. »Tausendjähriges Reich, hast du dir mal überlegt, wer dann überhaupt noch lebt?«

Da löste sich endlich die Spannung in dem herrlich befreienden Krähenlachen der Tante, so kräftig, so ansteckend, dass Lysbeth nach kurzem Widerstand einfallen musste. Sie dachte mit zaghafter Erleichterung: Die Tante zieht hier ein Theater ab, wer so lacht, kann gar nicht sterben.

»Ich weiß, dass es nicht mehr lange dauern wird«, sagte die Tante da schlicht. »Sie werden diesen Krieg verlieren. Es ist ein Naturgesetz: Wer andere unterwirft, hat Feinde, die im unterdrückten Hass wachsen. Und wer zu viele Feinde hat, wird irgendwann besiegt.«

Lysbeth blickte sie zweifelnd an. »In Deutschland zumindest haben sie es geschafft, ihre Feinde entweder wegzuschließen, umzubringen oder mundtot zu machen«, entgegnete sie.

»Ja, in Deutschland«, sagte die Tante bedächtig und sah dabei seltsam zufrieden aus. »Aber jetzt haben wir Krieg. Jetzt hat er nicht mehr nur die zersplitterten und unreifen kommunistischen und sozialistischen Kräfte und die uneinigen und realitätsfernen Juden gegen sich, sondern mächtige Staaten. Niemand kann mich glauben machen, dass das französische Volk sich so schnell zu deutschen Untertanen machen lässt. Und niemand kann mir erzählen, dass Hitler die Russen mit einem Streich umlegt. Russland ist riesig. In Russland beginnt bald der Winter. Wenn er es vor Einbruch des Winters nicht schafft, und das glaube ich nicht, wird der Winter auf der Seite der Russen mitkämpfen. Und der russische Winter ist stark und erbarmungslos. Außerdem bin ich davon überzeugt, dass es nicht mehr lange dauert, bis die Amerikaner den Engländern zu Hilfe kommen. Irgendwann wird Hitler die ganze Welt in diesen Krieg reingezogen haben. Dieser Tag ist nicht mehr fern, das muss ich gar nicht träumen, das sagt mir mein gesunder Menschenverstand. Und dann werden alle sagen, sie sind es nicht gewesen. Und Hitler steht ganz alleine da.«

Lysbeth hatte gebannt zugehört. Aber als die Tante nun sagte: »Und in dem Augenblick ist es wichtig, dass du lebst, Lysbeth, und dass Aaron lebt. Das ist alles, worum es dir in den nächsten Jahren gehen sollte: euer Überleben«, da wallte in Lysbeth großer Zorn auf. »Aha. Wir sollen duckmäusern, zugucken, wie sie die Juden demütigen und töten und quälen. Wie sie mit Kranken und Schwachsinnigen umgehen. Zugucken, wie sie England besiegen, wie sie die Polen, die Franzosen als Fremdarbeiter herholen, schuften und auf offener Straße verhungern lassen, und wenn einer um Hilfe oder Brot schreit, sollen wir weitergehen und so tun, als hätten wir nichts gehört, und unser jämmerliches kleines Fell retten. Nein! Das kannst du von mir nicht verlangen. Das verspreche ich dir nicht! Und das hättest du auch niemandem versprochen. Sei ehrlich!« Die Tante dachte kurz nach, gluckste und sagte trocken. »Stimmt. Hätte ich nicht.«

Nun schwiegen beide. Bis die Tante sagte: »Gut, ich verstehe. Dieses Regime ist so ekelhaft, dass man sich vielleicht in Gefahr bringen muss, wenn man ein Mensch bleiben will. Ich möchte aber, dass du mir versprichst, keine Abtreibungen mehr zu machen und nicht geplant, nicht organisiert, nicht im Untergrund gegen das Naziregime vorzugehen. Und ich möchte, dass du dir eine Ziehtochter suchst, der du unser Wissen weitergibst.«

»Das könnte mich sehr in Gefahr bringen«, bemerkte Lysbeth trocken. »Zu unserem Wissen gehört die Fähigkeit zur Abtreibung und all der übrige Kram, den ich nicht ausüben darf.«

Die Tante seufzte. »Ich wusste ja, dass du ein hartnäckiges Frauenzimmer bist. Aber kannst du dich nicht einfach auf den Kern meiner Wünsche beziehen? Pass auf dich auf, pass auf Aaron auf und pass auf unser Wissen auf. Sorge dafür, dass alles überlebt, du, Aaron und unser Wissen und Können.«

Nun war es an Lysbeth, laut aufzulachen. »Na gut«, sagte sie vergnügt. »Das verspreche ich.«

Da griff die Tante nach Lysbeths Hand, zog Lysbeth kräftig zu sich, drückte ihr einen Kuss auf die Wange, tätschelte ihr die andere Wange, sagte mit Tränen in den Augen: »Ich liebe dich, mein Kind, und ich danke dir für alles, was du in mein Leben gebracht hast«, lehnte sich gegen die Rückenlehne ihres Bettes, atmete tief, schloss die Augen und verstummte mit einem Lächeln auf dem Gesicht. Lysbeth blieb neben ihr sitzen, Hand in Hand. Zuerst dachte sie, die Tante wäre eingeschlafen, aber es dauerte nicht lang, da wusste sie: Die Tante war gestorben. Auch wenn sie es kaum glauben konnte, so wusste sie, dass es geschehen war. Die Tante war aktiv und entschieden gestorben, und jetzt war sie tot.

Jetzt lastete die Verantwortung auf Lysbeth: das Vermächtnis der Tante weitertragen. Wie sollte sie das tun? Und wie sollte sie Aaron schützen? Und wie sich selbst? Sie fühlte sich sehr verloren.

Als Eckhardt an einer Halsentzündung erkrankte, war sie so unsicher, dass sie nicht wusste, welches Medikament sie ihm verabreichen sollte. Sie ließ Aaron machen und hielt sich selbst vollkommen zurück. Als auch noch Fieber hinzukam und Eckhardt wieder von seiner entsetzlichen Migräne geplagt wurde, wies Aaron sie gereizt zurecht. »Die Tante hat einen ganzen Schrank voller Kräuter und Tinkturen, darin kennst du dich ja wohl aus. Wieso linderst du nicht wenigstens seine Schmerzen. Schließlich ist das dein Bruder.«

Lysbeth senkte beschämt den Kopf, in dem es abwechselnd leer war oder alles durcheinanderging. Die Tante hatte zwar alle Fläschchen und Döschen sorgfältig beschriftet, und Lysbeth hatte ja auch bei der Herstellung der meisten Medikamente geholfen, aber jetzt hatte sie den Eindruck, dass sie alles nur falsch machen und den Bruder eher vergiften als heilen würde. Und dass sie Menschen einmal mit homöopathischen Mittelchen hatte heilen wollen, kam ihr jetzt geradezu lächerlich vor.

Eckhardt wurde auch von allein wieder gesund. Obwohl er wenig Schlaf bekam, denn allnächtlich gab es Fliegeralarm, und wenn es einmal keinen Alarm gab, rechneten alle ständig damit, so dass der Schlaf von einer unterschwelligen Spannung getrübt war.

Obwohl es viel weniger Juden gab, arbeitete Aaron nicht weniger. Es kursierten diverse Krankheiten unter den Juden am Grindel, und Aaron kannte inzwischen fast alle, die dort lebten. Viele der Krankheiten konnte er nicht heilen, sie hätten mehr Nahrung und wärmere Wohnungen oder dickere Kleidung verlangt. Den Juden mangelte es an allem. Sowohl ihre Lebensmittelkarten wie auch die Kleiderkarten und das Anrecht auf Kohlen unterschieden sich wesentlich von denen der Arier. Neue Kleidung, gar ein neuer Wintermantel, wenn der alte verschlissen war, stand ihnen nicht zu. In den meisten Geschäften hing ein Schild in der Tür oder im Fenster: Wir verkaufen nicht an Juden. Aber auch wenn ihnen etwas verkauft wurde, reichte das, was ihnen per Lebensmittelkarte zustand, kaum zum Leben aus.

All das betraf auch Aaron selbst. Aber er war eingebettet in das Haus der Wolkenraths. Außerdem sorgte Dritter mit Hilfe seiner weitverzweigten Beziehungen dafür, dass es an Kohlen nicht mangelte, und Jonny sorgte dafür, dass immer wieder Leckereien eintrafen, die es in Hamburg nicht mehr gab. Aaron fror und hungerte nicht.

Er vermied es allerdings streng, aus dem Wolkenrath-Haus etwas zu den Juden zu tragen. Das wäre ihm wie Diebstahl vorgekommen. Früher hatte Lysbeth ihn begleitet, und sie hatte oft wenigstens den Kindern etwas zugesteckt. Sie hatte schon lange begriffen, dass sie die Not der Juden nicht lindern konnte, außer indem sie ihnen Kräuter und homöopathische Medizin schenkte. Das meiste, was Aaron und Lysbeth hatten geben können, waren Gespräche über ganz alltägliche Probleme, denn das große Problem konnten sie nicht lösen.

Um Lysbeth aufzumuntern, schlug Aaron vor, sie sollten gemeinsam häufig spazieren gehen. Das hatte Lysbeth seit jeher geholfen. Selbst in jener Zeit, damals, als sie in ihrer ersten Ehe unglücklich gewesen war, hatte sie sich durch tägliche Märsche um die Alster herum stabilisiert.

Also raffte Lysbeth sich zu täglichen Spaziergängen auf. Zuerst um die Alster. Diese war vor einem halben Jahr als Stadtgebiet verkleidet worden, um den feindlichen Bombern die Orientierung zu erschweren. Aus Holz, Binsen, Reet und Bäumen war aus dem See eine richtige kleine Stadt entstanden, die zunächst eine große Attraktion gewesen war. Kriegsgefangene hatten dort gearbeitet und ausländische Arbeiter verschiedenster Nationalität. Die Sprachverwirrung war allen, die sich das Werken anschauen wollten, ins Ohr gesprungen. Nun gehörten die Tannenbäume und Hütten bereits zum Stadtbild dazu. »Wie viele Wälder wohl in diesen Millionen Brettern stecken, die in die Alstertarnung gekommen sind«, murmelte Aaron. Lysbeth zeigte kaum eine Gefühlsregung. Es kam Aaron vor, als wäre er mit einer Puppe unterwegs, die aussah wie Lysbeth, aber kein Innenleben hatte. Sie warf einen scharfen Blick auf den verdeckten See. »Ich frage mich schon lang, was geschieht, wenn die Engländer Brandplättchen auf all die Strohmatten, Binsenwände, Holzgerüste werfen und ein Sturm all die brennenden Flocken auf die Häuser zutreibt?« Es wirkte manchmal, als würde Lysbeth einen Ton übernehmen, den die Tante oft angeschlagen hatte: trocken, sachlich, ehrlich. Nur fehlte die Wärme der Tante, die unter aller schonungslosen Ehrlichkeit gelegen hatte, und so wirkten Lysbeths Worte zuweilen harsch und bitter. Aaron musste resigniert erkennen, dass die Spaziergänge nicht das Heilmittel für Lysbeth waren. Trotzdem behielten sie sie bei.

Als vom SHD, dem Sicherheits- und Hilfsdienst im Deutschen Reich, bei strömendem Regen zwei Stockbetten ins Haus gebracht wurden, damit sie in ihrer zu einem Luftschutzraum umfunktionierten Besenkammer nicht mehr die vielen Stunden sitzen mussten, sagte Lysbeth nur trocken: »Am besten schlafen wir jetzt gleich in der Besenkammer, dann können wir so tun, als gäbe es gar keine Angriffe.« Einer der Männer, die die Betten brachten, grinste schief, der andere sagte: »Besser in der Kammer schlafen als krumm und mürbe sitzen, Frollein, oder?« Da glitt über Lysbeths blasses und ernstes Gesicht ein Lächeln.

Die Betten gab es kostenlos. »Aber sie bleiben Staatseigentum«, betonte der jüngere der Männer. Lysbeth sagte provokativ: »Was schätzen Sie wohl, wann wir sie wieder abliefern?« Der Ältere warf ihr einen warnenden Blick zu. Der Jüngere sagte forsch: »Kein halbes Jahr mehr! Dann ist der Krieg vorbei!« Lysbeth schnaubte durch die Nase.

Um Stella hatte sich Einsamkeit gelegt. Sie wusste nicht, wann sie sich jemals so gefühlt hatte. Vielleicht damals, als sie aus Tanganjika zurückgekehrt war und ihren inneren Halt vollkommen verloren hatte. Damals hatte sie gekokst und sich Vergnügungen hingegeben, an die sie heute nur mit Befremden und Scham zurückdenken konnte. Immerhin hatte das Ganze ihr erlaubt, dem Schmerz zu entfliehen. Die Haltlosigkeit war nicht geringer geworden, eher stärker, aber der die Brust zerschneidende Schmerz war gedämpft worden. Jetzt gab es keine Nische mehr, in die sie entfliehen konnte, sogar der Schlaf hatte seine bergende Ruhe verloren. Man wusste nie, ob die Nacht nicht mit dem Tod enden würde.

Als sie in der Zeitung las, dass in England bereits eine halbe Million Menschen durch Luftangriffe verletzt und ungefähr vierzigtausend getötet worden seien, ein Viertel davon alleine in London, stürmte sie die Treppen hinunter, ins Zimmer ihrer Schwester und ihres Schwagers und warf sich in Lysbeths Arme. »Ich ertrag es nicht länger!«, schrie sie. »Ich halt es nicht aus, so getrennt von ihnen zu sein. Ich will auch nach England. Dann lieber gemeinsam sterben.« Während Stella schrie und schluchzte und weinte, hielt Lysbeth sie fest umarmt. Aber als sie sich anschließend ans Fenster setzten und in den grauen verregneten Tag hinausblickten, waren Lysbeths Augen kühl und trocken und etwas distanziert, genauso wie in den Wochen zuvor. Sie schwieg lange.

Stella beobachtete sie aus den Augenwinkeln. Was ging in Lysbeth vor? Schließlich platzte es aus ihr heraus: »Was ist los, Lysbeth? Wo bist du?« Lysbeth sagte ruhig: »Ich denke nach.« Stella schürzte die Lippen. Sie weinte sich die Seele aus dem Leib, und ihre Schwester blickte aus dem Fenster und dachte nach. »Worüber?«, fragte sie in einem Ton, der zeigte, dass sie sich unverstanden fühlte. »Ich überlege, wie du nach England kommen kannst«, antwortete Lysbeth. »Ich glaube, das wird nicht leicht werden.« Stella lachte auf. »Spinnst du?« Sie schüttelte heftig den Kopf. »Ich kann doch nicht nach England. Das ist ausgeschlossen.« »Wieso?«, fragte Lysbeth sachlich. »Du weißt doch, dass Lydia manche Wege kennt, wie man an Papiere kommt und auch auf komischen Wegen aus dem Land geschafft werden kann.«

Stella starrte sie entgeistert an. »Du meinst das ernst«, sagte sie fassungslos. »Du meinst das wirklich ernst.« Jetzt endlich sah Lysbeth ihr klar in die Augen. Stella erschrak angesichts dieser klaren, kalten und hoffnungslosen Augen. »Selbstverständlich meine ich das ernst. Du sagst, du hältst es nicht mehr aus fern von Anthony und Angela. Das verstehe ich. Ich würde es auch nicht aushalten, von Aaron getrennt zu sein. Er ist der Einzige, der mir noch einen Grund gibt, leben zu wollen. Ich würde alles tun, um bei ihm zu sein, alles! Und also überlege ich, wie wir es anstellen können, dass du nach England kommst.« Stellas Magen, Stellas Herz, Stellas Lunge, alles krampfte sich zusammen. Sie konnte kaum atmen. Aaron war der einzige Grund, weswegen Lysbeth leben mochte. Und ich?, hämmerte es hinter ihrer Stirn. Bin ich gar nichts wert für sie? Gleichzeitig begriff sie, wie viel Wahrheit in Lysbeths Worten lag. Lysbeth hätte sich vollkommen anders verhalten als Stella, wenn ihr Aaron in England gelebt hätte und sie noch mit Maximilian von Schnell verheiratet gewesen wäre. Sie hätte sich scheiden lassen und wäre nach England gezogen. Sie hätte keinen einzigen Gedanken daran vergeudet, ob irgendeiner aus ihrer Familie darunter leiden würde. Sie hätte es einfach getan. Und danach hätte sie versucht, dafür zu sorgen, dass es ihrer Familie gutging. Stella hingegen hatte gezaudert und gezögert und gewartet, immer mit der Begründung, dass Jonny der Familie Sicherheit gäbe und dass es zu gefährlich wäre, wenn sie einfach nach England ginge.

Durch Stellas Herz fuhr ein Schnitt wie von einer Rasierklinge, fein und scharf. Das wird auch Anthony gedacht haben. Er wird gedacht haben, dass ich ihn nicht genug liebe. Dass er nicht der einzige Grund für mich ist zu leben.

Sie atmete flach. Liebte sie ihn vielleicht wirklich nicht stark genug? Denn auch jetzt schien es ihr vollkommen absurd, einen ernsthaften Gedanken darauf zu richten, dass sie nach England gehen könnte. Es wäre vielleicht sogar möglich, da hatte Lysbeth recht, Lydia hatte in den vergangenen Jahren viele Kontakte geknüpft, von denen niemand Genaues wusste. Stella selbst hatte sie manchmal unterstützt, Untergetauchten eine falsche Identität zu verschaffen. Es gäbe bestimmt Möglichkeiten, Stella aus Deutschland rauszuschmuggeln. Aber dann käme der Henker über die Kippingstraße, und zwar über Aaron. Und damit auch über Lysbeth.

»Ich will gar nicht wirklich nach England, mach dir keine weiteren Gedanken, Lysbeth«, sagte sie kurz, erhob sich und schleppte sich die Treppen hinauf in ihre Wohnung, unendlich schwerfällig, als wäre sie in den letzten Minuten um Jahrzehnte gealtert. Sie ließ sich aufs Bett fallen, zog die Decke über den Kopf und beschloss einzuschlafen.

Sie wollte nichts mehr denken und nichts mehr fühlen. Es gelang. Sie wachte erst mitten in der Nacht auf, ging auf die Toilette, trank ein Glas Wasser, zog sich ein Nachthemd an und legte sich wieder in das warme Bett. Sie verbot sich streng jeden Gedanken und brachte es auch wirklich fertig, sofort wieder einzuschlafen.

Am nächsten Morgen klopfte Aaron an ihre Tür und fragte, ob sie Lust habe, ihn und Lysbeth auf ihrem Spaziergang zu begleiten. Sie sagte sofort ja.

Auf ihren Spaziergängen wurden sie mit einem veränderten Hamburg konfrontiert. Verändert durch die englischen Angriffe, verändert aber auch durch die Camouflage, die sich die Militärs vor einem halben Jahr ausgedacht hatten, um die englischen Piloten in die Irre zu führen. Neben dem Umbau der Alster zu einem Stadtgebiet war auch eine »zweite Lombardsbrücke« simuliert worden. Sie hatten ein grünes Land mit kleinen Tannenbäumen auf eine Leinwand gemalt. Die Leinwand bauschte sich im Wind über Kisten. Und der Hauptbahnhof sollte, so war es wohl geplant, als Straße getarnt werden mit Bäumchen auf dem Dach.

Lysbeth betrachtete alles kühl, ernst und ungerührt. Als wäre sie gar nicht richtig anwesend. So gewöhnten sich Aaron und Stella daran, sich miteinander zu unterhalten und Lysbeth immer weniger zu beachten.

Als sie nach Hause kamen, saß Eckhardt in der Küche im Souterrain, vor sich große Skizzen vom Haus. »Was machst du denn da?«, staunte Stella. »Man muss doch wissen, wo man uns ausgraben soll«, sagte Eckhardt, ohne von seiner Zeichnung aufzublicken. »Was sind das für trostlose beängstigende Sachen«, seufzte Stella, und Eckhardt stimmte ihr zu. »Ja, man kann sich ein Leben ohne Schrecken einfach nicht mehr vorstellen.«

Der Einzige, der stets gute Laune an den Tag legte, war Dritter. Seine junge Frau war schwanger, inzwischen wölbte sich ihr Bauch bereits deutlich, und er war unglaublich stolz. Außerdem gab es immer wieder »Gelegenheiten« für ihn, meistens machte Hans Ränke, sein Freund aus seiner Zeit im Gefängnis, ihn darauf aufmerksam. Der schien seine Augen und Ohren überall zu haben. So hatte er Dritter auch darauf hingewiesen, dass die »Judenkisten« aus dem Hafen versteigert worden waren, also die Kisten, in denen die Juden, die Deutschland verlassen hatten, ihre Sachen verwahrt hatten. Angeblich hatte sich die Stapelung in der Kriegszeit als unmöglich erwiesen. Und so waren während der vergangenen Monate wundervolle wertvolle Möbel, Gemälde und Wäsche unter Aufsicht der Gestapo versteigert worden. Die Dinge hatten zwar bevorzugt an Luftgeschädigte gehen sollen, aber Hans Ränke hatte es schnell gedeichselt, dass er als Luftgeschädigter galt. Dritter hatte sich Geld von allen Seiten zusammengepumpt, besonders seine Schwiegermutter war dazu sofort bereit gewesen, aber auch Eckhardt und Cynthia, die mit ihrem Schreibwarenladen nicht schlecht verdienten. Inzwischen hatte Dritter eine ganze Aussteuer an weißer, wundervoll bestickter Leinenwäsche, ein Gemälde, auf dem ein Stillleben von Blumen in einer Vase zu sehen war, alles in warmen gedeckten Farben, ein großes Gemälde, das Schiffe auf der Elbe zeigte, und einige Barockmöbel, einen weißen Kleiderschrank mit goldenen Holzverzierungen, ebenso wie eine dazu passende Frisierkommode, zwei zierliche, mit Intarsien verzierte Holztische und dazu passende gepolsterte Stühle ersteigert.

Womit er nicht gerechnet hatte, war, dass seine Frau und seine Schwiegermutter auf manche der Möbel Anspruch erhoben, ebenso wie Cynthia den großen Kleiderschrank und die Frisierkommode beim Einzug in die Kippingstraße für sich verlangte. Also hatte er auf das Geld, das er bei der Versteigerung bezahlt hatte, ordentlich was aufgeschlagen und einige seiner Schätze in der Familie verkauft. Zu guter Letzt blieb für ihn Weißwäsche, Kristall und Silberbesteck übrig. Er bot Stella das Gemälde vom Hamburger Hafen an, und sie kaufte es ihm kurzerhand ab mit der Absicht, es Jonny zu seinem nächsten Geburtstag zu schenken.

Die Weißwäsche bot Dritter den Familien an, die in seinem Haus in der Johnsallee wohnten, das er durch Hans Ränkes Vermittlung am Ende seiner Zeit im Gefängnis Fuhlsbüttel ebenfalls von Juden erstanden hatte. Ein Richter, der mit seiner Frau in den ersten Stock gezogen war, ein junges Paar, das im zweiten Stock und das jüdische Paar, das unten in einem Raum wohnte. Der Richter zeigte als Erster Interesse, und zwar an der ganzen Wäsche. Er hatte noch keine Kinder, wünschte sich aber welche und wollte schon für die Aussteuer seiner Tochter vorsorgen. Außerdem wusste er sehr gut, dass er Wäsche zu diesem Preis nie wieder bekommen würde.

Dritter hatte also alles in allem ein sehr gutes Geschäft gemacht. Er hatte sich selbst bei dieser Gelegenheit einige schicke Kleidungsstücke zugelegt, ebenso wie er für seine Frau einen Pelzmantel und einige Abendkleider erstanden hatte. All dies zu einer Zeit, wo es kaum Kleidung zu kaufen gab. Das Kristall und das Silber hortete er im Keller seiner Schwiegermutter in der Gärtnerstraße. Sein Instinkt sagte ihm, dass diese Sachen ihm noch einmal gute Dienste leisten würden.

Aaron und Lysbeth hatten sich geweigert, die Sachen überhaupt nur anzugucken. Lysbeth war zornig auf Stella, die so unbedacht das Gemälde vom Hamburger Hafen erstanden hatte. »Das ist geraubtes Gut, an dem klebt Blut«, schnaubte sie, das erste Mal seit Wochen zeigte sie wieder eine Emotion. Stella war sehr erschrocken, darüber hatte sie nicht nachgedacht. »Nun ist es geschehen«, antwortete sie. »Den Juden wäre es sowieso nicht wiedergegeben worden. Ich habe anständiges Geld dafür bezahlt.« »Du hast Dritter geholfen, sich am Unglück der emigrierten Juden zu bereichern«, gab Lysbeth schneidend kalt von sich. »Jeder ist es immer irgendwie nicht gewesen, und jeder partizipiert irgendwie, und wenn er nur die Augen verschließt. Sogar du.«

Stella entfernte sich bedrückt. Sie dachte lange nach. Lysbeth hatte recht. Und wenn Stella argumentiert hätte, dass Dritter das Bild jemand anderem verkauft hätte, wenn sie es nicht genommen hätte, wäre dies auch nur eine weitere lahme Entschuldigung gewesen.

Also nahm sie nach einer langen Zeit des Nachdenkens die Verantwortung auf sich, ging zu Aaron und sagte: »Ich habe überlegt, was ich tun kann. Das Bild zurückgeben, ist Quatsch. Dadurch wird es nicht besser. Ich habe geschätzt, wie teuer das Bild wohl wirklich wäre. Das kann ich nicht bezahlen. Aber ich gebe dir so viel, wie ich im Augenblick übrig habe, hier sind zweihundert Mark. Bitte gib das den jüdischen Familien, die du kennst. Du wirst es gerecht verteilen.« Aaron zögerte kurz, sah Stella forschend in die Augen, dann nahm er das Geld ohne ein weiteres Wort an. Zu Lysbeth sagte er: »So hätten wir es vielleicht auch machen sollen, wenn wir etwas von den Sachen gebraucht hätten.« Bitter gab Lysbeth von sich: »Wenn … wir etwas bräuchten … wenn … wir Geld übrig hätten.«

Diese kleine Episode unterbrach ihre gemeinsamen Spaziergänge nur für wenige Tage. Dann gingen sie wieder zu dritt los. Der Hauptbahnhof war schon eine ganze Weile »eingekleidet«, aber es bereitete ihnen immer wieder staunendes Vergnügen, sich anzuschauen, was dort geschaffen worden war. Die »Straße« zog sich bis zur wirklichen

Straße herunter, auf die Scheiben der Ausfahrt waren weiße Hausflächen mit Fenstern gemalt. Es war ein Ausflugsziel für die Menschen aus Hamburg und Umgebung geworden. Tag für Tag fand um den Hauptbahnhof herum ein lustiges Spektakel statt.

Die Stadt sah furchtbar aus. Bei der Binnenalster allerdings dachte man angesichts ihrer zierlichen Binsenbrücken und Mattenbauten über dem blauseidigen Wasser unwillkürlich an ein Südseeidyll. Vor dem Alsterpavillon saßen die Gäste trotz der herbstlichen Kälte und tranken Kaffee, ein rundum friedliches Bild. »Ich krieg die verqueren Eindrücke und Gefühle gar nicht mehr zusammen, davon wird man doch verrückt«, stöhnte Aaron. Stella nickte. Aber dann sagte sie: »So verquer ist das gar nicht, Aaron. Im letzten Krieg habe ich gelacht und getanzt und gesungen, und gleichzeitig bin ich fast gestorben vor Angst um meine Brüder.« Sie wendete sich an Lysbeth. »Weißt du noch? Du warst auch froh, weil du im Krankenhaus das tun konntest, was du gerne tun wolltest. Ich glaube, es ist menschlich, dass wir alles Gute viel mehr schätzen, wenn es auf der anderen Seite das Grauen gibt.« Lysbeth blickte zum Alsterpavillon hin. Stella stupste sie an. »Hast du mich gehört?« Lysbeth nickte. »Ja, ich habe dich gehört. Ich weiß nicht, ob es so ist, wie du sagst. Aber ich erinnere mich.« Stella, die Gespräche über menschliche und philosophische Fragen mit ihrer Schwester immer geliebt hatte, schnaubte enttäuscht durch die Nase.

6

In der folgenden Woche, am Montagabend gegen 9.00 Uhr, der Verkehr war bereits abgeflaut, unternahm Stella einen Gang über die Elbbrücke. Sie marschierte schnell und energisch, als hätte sie auf der anderen Seite eine wichtige Verabredung oder als wollte sie auf schnellstem Wege nach Hause. In der rechten Hand trug sie eine prallgefüllte Einkaufstasche. In der Mitte der Brücke lehnte sie sich gegen das Geländer und blickte nach unten, als wollte sie sich kurz ausruhen. Weit und breit war kein Schiff, keine Schute zu entdecken. Sie entnahm ihrer Tasche ein um einen Stein gewickeltes dickes Kleiderbündel und ließ es zwischen den Streben des Geländers unauffällig ins Wasser hinab. Sie setzte ihren Weg fort, die Einkaufstasche schlenkerte in ihrer rechten Hand.

Am anderen Ufer der Elbe lag Harburg. Es war dunkel und menschenleer. Stella schlug die erste Straße nach rechts ein, ging einmal um den Block und setzte sich in ein vorbeifahrendes Auto, das kurz verlangsamte und sofort weiterfuhr. Zum Dammtor, von wo sie zu Fuß nach Hause ging.

Am Dienstag verließ Stella in der Frühe das Haus. Sie achtete darauf, keinem Nachbarn zu begegnen. Sie begab sich Richtung Sternschanze. Von dort fuhr sie zum Hauptbahnhof und dann Richtung Laufgraben.

Um die gleiche Zeit verließ ein Mann in dunkler Arbeitskleidung ein schwer beschädigtes Haus in der Rothenbaumchaussee. Er marschierte schnellen Schrittes zum Dammtorbahnhof, als würde er zur Arbeit gehen, wie viele andere um diese Zeit. Kurz vor dem Dammtor bog er nach links in die Moorweide ein. In einem winzigen Moment verließ er den Bürgersteig, ging an einem parkenden Auto vorbei zu dem danebenstehenden, öffnete dessen hintere Tür und verschwand. Das Auto hatte nur für diese winzige Sekunde gehalten, fuhr sofort weiter. Hinter dem Steuer saß eine ältere blonde Frau. Sonst war niemand zu sehen. Der Mann war verschwunden.

Lydia fuhr zum vereinbarten Treffpunkt, um Stella abzuholen. Es war eine menschenleere Straße am Bahnhof Laufgraben. In dem Augenblick, in dem Stella im Auto saß, tauchte ein Mann in SS-Uniform neben ihr auf. So fuhren sie durch die Straßen, auf denen fast keine Zivilfahrzeuge mehr unterwegs waren. Die Zivilfahrzeuge, die noch fuhren, hatten eine Sondererlaubnis. Ebenso wie der SS-Offizier Karl Weinert, der sich von seiner Freundin nach Leipzig fahren ließ. Lydia hatte alle Papiere. Die Autopapiere und sogar den Ausweis ihres Freundes. Dass der gefälscht war, konnte keiner erkennen, denn er enthielt ein echtes Foto, und alles andere war nur für jemanden erkennbar, der sich mit Lupe und Misstrauen an die Überprüfung begab.

Spät am Abend erst kamen sie in Leipzig an, wo sie Lydia bei ihrer Freundin absetzten. Der jüdische Journalist und Lydia sahen sich an, und in diesem Augenblick wusste Stella, dass Lydia diesen Mann liebte. Sie gaben sich nicht die Hand, keinen Kuss, umarmten sich nicht. Stella setzte sich ans Steuer, und dann fuhren die beiden weiter zum Bauernhof von Helga und Helmut.

Sie hatten während der Fahrt nur wenige Worte gewechselt. Dennoch war die Vertrautheit zwischen Lydia und dem Mann deutlich zu spüren gewesen. Der Mann in der Uniform hatte vorne neben ihr gesessen, Stella hinten. Auch jetzt sprachen sie kein Wort miteinander. Stella zitterte vor Aufregung und Angst. Sie hatten genau festgelegt, wie sie vorgehen wollten. Sie wollten das Auto in der Nähe des Bauernhofs parken, an einer Stelle, die Lysbeth ihnen genannt hatte. Es war sehr unwahrscheinlich, dass sich jemand nach Sonnenuntergang dort herumtrieb. Dann mussten sich Stella und der Mann unauffällig im Dunkeln zum Hof durchschlagen. Der Mann sollte sich in die Scheune schleichen und dort warten. Stella wollte ihn dorthin begleiten; sie wusste ja nicht, ob Helga und Helmut inzwischen einen scharfen Wachhund hatten, der gefährlich werden konnte. Gefährlich war ja auch schon, wenn er nur anschlug.

Und so war es auch. Kaum betraten sie den Hof, begann ein wütendes Gekläffe und Geknurre, das einem ordentlich Angst einjagen konnte. Aber Stella, erfahren mit Hunden, erkannte schnell, dass das Getöse aus einem Zwinger kam. Sie hatten unterschiedliche Pläne für alle Eventualitäten entwickelt. In diesem Fall wies Stella auf den Schuppen, der SS-Mann hastete, seine hochmütige Uniform Lügen strafend, wenig würdevoll dorthin. Er gab Stella in der Dunkelheit gestikulierend Zeichen. Irgendetwas stimmte nicht, verstand sie. Doch jetzt konnte sie ihm nicht helfen. Helmut war aus dem Haus getreten, ein Gewehr in der Hand. »Wer da?«, rief er laut. Stella eilte ihm entgegen. Sie wollte möglichst wenig Aufsehen erregen. Er hob schon das Gewehr in ihre Richtung, da erkannte er sie.

Bevor er einen Ausruf von sich geben konnte, legte Stella den Finger an die Lippen. Er setzte das Gewehr ab, nahm sie beim Arm und führte sie zum Haus. Lydia, Lysbeth und Stella hatten bei ihren Plänen nicht in Betracht gezogen, dass Helga und Helmut sich weigern könnten, den Mann aufzunehmen, obwohl sie natürlich alle wussten, dass diese Möglichkeit bestand.

Sie betraten das Wohnhaus durch die unverschlossene Tür. Helga saß am Küchentisch. Jetzt, im hellen Licht der Küchenlampe, sah Stella, wie sehr die beiden gealtert waren. Helga reichte ihr die Hand. »Guten Abend, Stella, schön, dass du uns besuchen kommst.« Sie wies auf einen Stuhl. Stella setzte sich. Helmut stellte das Gewehr neben den Küchenschrank. Er setzte sich Stella gegenüber und betrachtete sie. Über sein Gesicht zog der Schimmer eines Lächelns. In diesem Augenblick wusste sie, dass sie keine Angst haben musste, dass ihr oder dem jüdischen Mann etwas Schlimmes geschehen würde. Diese beiden Menschen hatten sich unglaublich verändert, seit Helga damals die achtwöchige Angela in einer Decke fortgetragen hatte, um sie zu adoptieren, weil Stella damals mit vierzehn Jahren nicht in der Lage gewesen war, ein Kind aufzuziehen. Sie waren weicher und warmherziger geworden. Es war durch ihre Liebe zu Angela gekommen, dieser Angela, die ihnen so viel Kummer bereitet hatte, weil sie sich ihren strengen Regeln nicht unterworfen und sie schließlich verlassen hatte. Es war aber auch durch das Kind gekommen, das Katja, die Polin, in ihrem Haus geboren hatte und das ihnen die Möglichkeit zu großelterlichen Gefühlen geschenkt hatte.

Wenig später saßen sie vor dampfenden Teetassen, und es kam Stella vor, als hätten die beiden auf sie gewartet. Im Haus war es ganz leise. Und dann öffnete Helga den Mund und fragte nach Angela. »Sie ist in England und hat da geheiratet«, antwortete Stella. »Und das Kind?«, fragte Helmut. »Das Kind ist bei ihr.« Helga nickte und sagte: »Das ist besser so.« Aber Helmut widersprach. »Die unseren werfen da Bomben ab. Das ist genauso unsicher.«

Stella erkundigte sich nach dem Leben auf dem Bauernhof. Die beiden gestanden ihre große Angst, die Polin mit ihrem Kind könnte abgeholt werden. »Das ist zwar eine privilegierte Mischehe«, erklärte Helmut. »Und der Mann ist ja auch Arier, aber wir hören ständig Gerüchte, dass alle polnischen Juden wegkommen.« Stella erzählte ihnen von den Deportationen der Juden in Hamburg, davon, dass bereits nach der Nacht im November 1938, als die Synagogen und die jüdischen Schulen und die Geschäfte jüdischer Inhaber zerstört worden waren, unglaublich viele Juden abtransportiert und in KZs gebracht worden waren. »Viele sind nicht wiedergekommen«, sagte sie. »Und diejenigen, die wiedergekommen sind, haben Schreckliches berichtet.« Sie erzählte von Aaron und von Lysbeth und davon, welchen Schikanen sogar so jemand wie Aaron ausgesetzt war, der durch die arische angeheiratete Familie noch einigermaßen geschützt war. Sie erkundigte sich nach Katjas Kind, das die Frau den Knechtes Erwin auf dem Hof, nur mit Helgas Hilfe, zur Welt gebracht hatte. Als sie von dem Kind erzählten, kam Leben in die beiden. Plötzlich wirkten sie wie verjüngt. Der Kleine war gar nicht mehr so klein, er war bereits sieben Jahre alt, und er war sehr aufgeweckt und half schon auf dem Bauernhof. Er war an allem interessiert, was Helmut tat, und folgte ihm wie ein kleiner Hund. Sie waren in ihrer Begeisterung so lebhaft und gar nicht wiederzuerkennen.

Irgendwann unterbrach Stella sie. »Ihr glaubt bestimmt nicht, dass ich einfach so zu Besuch gekommen bin, oder?« »Viele Hamburger oder Berliner gehen aufs Land«, sagte Helmut. »Willst du hierherkommen?« Stella schüttelte lächelnd den Kopf. »Nein, aber ich habe jemanden mitgebracht, der hierherkommen möchte.« Sie beiden sahen sie mit einem sehr ähnlichen Gesichtsausdruck an. Sie kniffen die Augen zusammen und verzogen misstrauisch den Mund. »Wo ist der denn?«, fragte Helga abweisend.

Jetzt fasste Stella sich ein Herz und schenkte ihnen reinen Wein ein. Wieder zitterte sie vor Spannung. Aber Helga und Helmut wirkten fast erleichtert. »Und ich dachte schon, du bringst uns irgend so einen Hamburger, der über den spitzen Stein stolpert und sich zu fein ist, mit einer Jüdin unter einem Dach zu wohnen.« Helga nickte. »Katja macht Scheußliches mit«, sagte sie leise. »Man hat sie angespuckt im Dorf. Kinder haben sie mit Steinen beworfen. Die Leute sind nicht zimperlich hier. Sie geht überhaupt nicht mehr aus dem Haus. Und sogar an den Gartenzaun haben sie schon geschmiert: Judenblut ist Gift. Und sie haben den Hund vergiftet. Natürlich hat keiner herausbekommen, wer. Seitdem kommen die Hunde abends in den Zwinger.« Stella begriff. Helga und Helmut fühlten sich schon selbst verfolgt, angefeindet, bedroht, als wären sie Juden.

»Seid ihr bereit, den fremden Mann aufzunehmen?«, fragte sie vorsichtig, fest entschlossen, auf die beiden nicht einzureden, sollten sie jetzt ablehnen. Beide nickten gleichzeitig, ohne sich beim andern zu vergewissern.

Nun brauchten sie nur noch wenige Worte. Stella ging raus, den fremden Mann suchen. Er hatte sich hinter dem Schuppen verkrochen und wagte erst herauszukommen, als er Stella sah. Jetzt begriff sie, was er ihr mit seinen wilden Gesten hatte sagen wollen: dass der Schuppen abgeschlossen war. Wieder spielten die Hunde verrückt, bis Helmut sie scharf zur Ruhe rief.

Der Mann wechselte die Kleidung, zog die Uniform aus und verwandelte sich in einen Knecht in abgewetzter brauner Arbeitskleidung. »Er kommt in die Scheune«, sagte Helga, als handle es sich bei ihm um ein Gepäckstück. »Da war auch Fritz damals.« Helmut fügte in warmem Ton hinzu: »Da sind die Heuballen und das Futter für die Tiere, da hat er's warm.« Sie hatten bereits Decken zusammengelegt. Nun griffen sie alles und bedeuteten dem Mann, in den Schuppen zu gehen. »Das Essen nehmen wir für dich mit dahin«, sagte Helga. »Am besten ist, wir bringen das hier so schnell wie möglich zu Ende.«

Stella reichte dem Mann die Hand, doch dann umarmte sie ihn fest. Ihr kamen die Tränen. Der Mann hielt sie einen Moment lang fest, als wäre sie eine Rettung vor dem Ertrinken, dann schob er sie von sich. »Wir werden sie überleben«, sagte er feierlich. »Das muss unser einziges Ziel sein.«

Stella brach plötzlich in Tränen aus. Die ganze Spannung der vergangenen Stunden löste sich in einem heftigen Schluchzen. »Macht nicht so einen Krach«, fuhr Helga sie an. »Ich will nicht, dass das Kind etwas mitkriegt.« Stella umarmte den Mann noch einmal. »Toi, toi, toi«, sagte sie und spuckte ihm über die Schulter. »Danke, Stella«, antworte der Mann. Es mutete sie seltsam an, dass er ihren Namen aussprach. »Danke für alles. Und euch auch danke«, wandte er sich an Helga und Helmut.

Helmut nickte zum hinteren Ausgang, der nur wenige Schritte vom Schuppen entfernt war. »Komm gut zurück«, wünschte er Stella. »Und wenn es für Aaron gefährlich wird, bring ihn her.« Dann war er mit dem Mann im Schuppen verschwunden.

Stella und Helga waren allein. Helga reichte ihr die Hand. Aber auch sie wurde von ihren Gefühlen überwältigt, als Stella sagte: »Ich danke dir tausendmal.« Mit Tränen in den Augen antwortete Helga barsch: »Das ist selbstverständlich.« Doch dann lief ihr eine Träne über die Wange, und sie fügte hinzu: »Du musst mir versprechen, dass du mir sofort Bescheid gibst, wenn du etwas von Angela und der Kleinen hörst.« Stella versprach es hoch und heilig.

Stella schlich, die Uniform unter dem Arm, zum Auto zurück. Dann fuhr sie zu ihrem Wald, den sie damals, als sie während ihrer Schwangerschaft bei der Tante in deren Hütte gelebt hatten, gemeinsam mit Lysbeth durchstreift hatte und den sie immer noch kannte, als hätte sie ihn selbst angelegt. Sie stellte das Auto an einen verborgenen Platz. Sie war vollkommen sicher, dass niemand sie dort suchen würde. Sie rollte sich auf der hinteren Sitzbank ein, deckte sich mit mitgenommenen Decken zu und versuchte zu schlafen.

Sie wartete das Morgendämmern nicht ab. Noch im Dunkeln fuhr sie nach Leipzig. In dem Augenblick, als sie vor dem Haus von Lydias

Freundin eintraf, trat Lydia auf die Straße, nahm den Platz hinter dem Steuer ein und fuhr los. Ganz allmählich im Laufe der Fahrt entspannten die beiden Frauen sich und erzählten einander, was sie erlebt hatten.

»Du darfst Hass nicht unterschätzen«, sagte Lydia, als Stella ihre Verwunderung darüber äußerte, wieso die beiden so bedingungslos bereit gewesen waren, den Mann zu retten. »Hass ist stärker als Angst.« Lachend fügte sie hinzu: »Hass führt zum Beispiel dazu, dass man solche Sachen tut wie wir.«

»Stimmt«, sagte Stella. »Ich habe immer gedacht, Hass sei schlecht. Weil er einen von innen vergiftet, aber … nein, ich tue das hier nicht aus Hass, sondern aus Liebe. Genau wie wir diesen Mann gerettet haben, hoffe ich, dass jemand anders Angela oder Aaron oder meine Lysbeth rettet, wenn es denn notwendig und möglich ist.«

»Ja, Hass und Liebe und Mitgefühl liegen manchmal nah beieinander. Wenn du jemanden liebst, den jemand anders bedroht oder verletzt, dann beginnst du eben zu hassen. Und dann hast du oft weniger Angst und handelst mutiger, als wenn du selbst bedroht oder verletzt würdest.«

»Stimmt«, meinte Stella. »Stimmt. Wenn es um Aaron geht, verliert Lysbeth wirklich jede Furcht.«

»Ist das nicht auch das, was man von Müttern sagt?«, bemerkte Lydia. »Die Mutter, die zur Furie wird, wenn es um ihre Kinder geht. Die Löwenkräfte bekommt?« Stella überlegte. War sie selbst zur Furie geworden, wenn es um Angela ging? Nein, sie hatte sie nicht schützen wollen, sie hatte sie weggegeben. Und hatte sie ihre Tochter nicht in gewisser Weise auch jetzt wieder weggegeben? An Anthony abgegeben? Wie so oft fragte sie sich, ob es richtig gewesen war, der Heirat zwischen Angela und Anthony zuzustimmen, ja, sie geradezu zu provozieren.

Während sie durch eine Landschaft voller Felder rollten, schwiegen die beiden Frauen. Sie hatten damit gerechnet, oft von Straßenkontrollen angehalten und überprüft zu werden, aber eigenartigerweise winkten die Polizisten, die am Straßenrand mit ihren Motorrädern standen, sie jedes Mal weiter, so wie gestern auch, als sie es noch auf die Anwesenheit eines SS-Mannes mit Mütze geschoben hatten.

»Die trauen sich gar nicht, uns anzuhalten«, hatte Stella gestern gekichert, als der dritte Schutzpolizist sie weitergewunken hatte. »Diese

Mütze ist einfach zu imposant.« Aber der fremde Mann trug eben nicht nur die Mütze, sondern die ganze Uniform, und auf dem Rücksitz lag der Ledermantel.

Lydia erzählte, dass ihre Freundin, eine Bekannte noch aus den Tagen, als Lydia mit Kämpferinnen für das Frauenwahlrecht verkehrt hatte, auch sofort ohne jede Einschränkung ihre Unterstützung zugesagt hatte. »Sie wird sagen, dass ich gestern am frühen Nachmittag bei ihr angekommen und bis heute nach dem Frühstück geblieben bin. Dass wir zusammen mit dem schicken Auto ein wenig herumgefahren sind und dass es dann in der Garage ihres Vaters gestanden hat, weil wir es auf keinen Fall am Straßenrand stehen lassen wollten. Für die Garage ihres Vaters hat sie einen Schlüssel. Dem hat sie heute Morgen am Telefon gleich erzählt, dass letzte Nacht ein fremdes Auto darin gestanden hat. Sein eigenes Auto ist eingezogen worden. Er hatte natürlich nichts dagegen, dass sie die Garage benutzte. Ich glaube, die Seite ist auch dicht.«

»Jetzt können wir nur noch hoffen, dass bei Helga und Helmut alles gutgeht«, seufzte Stella.

Lydia kicherte. »Ich bin ja neugierig, welche Schute die Kleidung und den Ausweis von Daniel Grün finden wird. Ich hoffe doch sehr, dass sie das Zeug bei der Polizei abgeben werden. Dann haben sie einen weniger, den sie aufspüren und umbringen müssen.«

Stella und Lysbeth hatten die ganze Zeit nicht gefragt, weshalb der Mann unbedingt fortgeschafft werden musste. Jetzt erkundigte Stella sich vorsichtig: »War er in seinem Versteck aufgeflogen?« Lydia nickte. Heiter wie erlöst, antwortete sie: »Zum Glück habe ich noch rechtzeitig erfahren, dass sie ihn in der Rothenbaumchaussee vermuteten und eine Aktion vorbereiteten. Jetzt glauben sie hoffentlich, dass er Selbstmord begangen hat.« Diese Auskunft erleichterte Stella. Sie hatte auch in der vergangenen Nacht noch gezweifelt, ob es gerechtfertigt war, sich für einen einzelnen Juden in eine solche Gefahr zu begeben und all die anderen im Stich zu lassen. Aber in diesem Fall war es offenbar um eine Lebensrettung gegangen. »Danke, dass du es mir gesagt hast«, murmelte sie. Lydia wirkte unendlich erleichtert. »Ich fühle mich, als müsste ich gleich abheben und fliegen«, sagte sie. »Tut mir leid, dass ich dir nicht früher reinen Wein eingeschenkt habe. Aber es wäre zu gefährlich gewesen, wenn du gewusst hättest, worum es geht. Für dich – und für ihn.« Stella lächelte. An ihre eigene Person dachte Lydia anscheinend nicht. »Du liebst ihn, oder?«, fragte sie. Lydias Blick blieb nach vorn gerichtet, als sie sagte: »Ja.« So tief, so von Herzen, so ehrlich hatte Stella ihre Freundin noch nie sprechen gehört.

Lydia setzte Stella in der Hoheluftchaussee ab, nachdem sie aufmerksam überprüft hatten, dass niemand in der Nähe war, der ihnen bekannt vorkam. Von dort hatte sie nur noch wenige Minuten zu laufen. Sie wollten auf jeden Fall vermeiden, dass irgendjemand in der Kippingstraße sie zusammen sah.

Es war draußen noch dunkel, als Stella das Haus betrat. Das Haus war ebenfalls dunkel. Die Hunde freuten sich wie verrückt, dass Stella wieder da war. Stella ging nach unten, um Lysbeth zu begrüßen. Die wartete schon voller Anspannung auf sie. Sie schnappten sich die drei Hunde und machten einen ausgiebigen Spaziergang mit ihnen. Im Haus über Stellas Ausflug zu sprechen war ihnen zu gefährlich. Lysbeth wollte alles genau wissen. Als Stella ihr erzählte, dass Helmut gesagt hatte, Aaron könnte im Notfall auch bei ihnen versteckt werden, zuckte Lysbeth kurz zusammen. »Ich hoffe, dass das nicht notwendig wird«, flüsterte sie.

Als Stella und Lysbeth zurückkamen, bewegten sich die Gardinen von Cynthias Schlafzimmer.

Am 1. November begann Aarons Arbeit in einer Gruppe von polnischen Gefangenen und Sträflingen aus dem KZ Neuengamme. Die Sträflinge trugen die leichte gestreifte KZ-Kleidung. Die polnischen Gefangenen waren ebenfalls nicht wärmer bekleidet. Aaron erhielt braune Arbeitskleidung, und er merkte schnell, dass er derjenige war, der am besten ernährt und mit seiner warmen Unterwäsche am besten vor der klammen Novemberkälte geschützt war. Die Einsatztruppe arbeitete schon längere Zeit zusammen. Aaron ersetzte einen Häftling, der gestorben war. Woran, durfte er nicht fragen, aber ihm wurde bald klar, dass es nicht schwer war, bei dieser Arbeit zu sterben. Sie begannen ihre Arbeit morgens um 4.00 Uhr. Und sie arbeiteten bis zum Einbruch der Dunkelheit, mehr als zwölf Stunden lang. Die einzige Nahrung, die sie erhielten, war eine wässrige Suppe zu Mittag. Willibald Schallert hatte ihm in kaltem Ton mitgeteilt, dass er die Arbeiten tun müsste, zu denen er angehalten würde, sei es, verirrte Minen zu suchen, Häuser zu sprengen, Trümmer fortzuschaffen oder

Bunker zu bauen. Als Erstes wurde Aaron dazu eingesetzt, Trümmer wegzuräumen.

Am 7. November fuhren Lysbeth und Stella mit der Bahn am Logenhaus vorbei. In der Bahn reckten die Leute die Hälse. Vor dem Logenhaus wurde der neue Transport der zu verschickenden Nichtarier zusammengestellt.

Am 8. November gingen Stella und Lysbeth zum Logenhaus. Lysbeth wollte den Menschen ein letztes Lebewohl zuwinken, die sie so lange betreut hatte.

Vor dem Logenhaus standen viele Menschen. Sie waren nicht gekommen, um Lebewohl zu winken, das spürten die Schwestern sofort. Eine seltsame blutrünstige Stimmung herrschte in der Runde. Ein alter kleiner Mann mit einer Nickelbrille sagte laut: »Juden und Bolschewisten sind Untermenschen. In Russland lassen die Bolschewisten einem deutschen Gefangenen die Wahl: entweder beide Hände abgehackt oder die Augen ausgestochen.«

Eine ältere Frau fügte in klagendem Ton hinzu: »Die russischen Kriegsgefangenen fressen sich gegenseitig. Denen ist nichts heilig.«

Ein anderer Mann, ebenfalls älter, dessen scharfe Falten im Gesicht von Kummer und Sorgen erzählten, sagte: »So ein Krieg ist nie heilig. Mein Sohn hat aus Russland geschrieben, dass nach den Kesselschlachten die russischen Toten mit riesigen Greifbaggern zu Tausenden gesammelt, weggekarrt oder eingescharrt worden sind.«

Da sagte schnippisch eine junge Frau: »Das macht nichts, das ist alles nur Dreck«.

Alle gafften auf die jämmerlichen Gestalten vor dem Logenhaus, die ihre Habe, einschließlich Matratzen und Bettdecken von höchstens 50 Kilo bei sich trugen, alte Frauen, alte Männer. Aber auch junge Leute mit Kindern.

Lysbeth und Stella fühlten sich elend. Zu diesen Menschen, die hier standen, gafften und entsetzliche Dinge sagten, wollten sie nicht gehören.

Polizisten hielten Wache mit Knüppeln.

Die verzweifelten Juden bewahrten eine Haltung, die den Menschen, die hinschauten, hätte Respekt abringen müssen. Eine Familie zog schwerbepackt dahin, ihre Habe in einem Riesenbündel, in Taschen und Körben. Als sie jetzt von den Polizisten auf die Lastwagen geschafft wurden, die sie zum Hannoverschen Bahnhof bringen sollten, formierten sich die Zuschauer zu einem Spalier. Die Juden schleppten sich mit gesenktem Kopf durch dieses Spalier, angetrieben von den Schlagstöcken der Polizisten. Da begann erst einer der Gaffer zu klatschen, dann fielen die anderen ein. Unter dem Applaus der Zuschauer wurden die Menschen auf die Lastwagen verfrachtet. Dieser Applaus war nicht aus Respekt für die würdevolle Haltung der Juden geboren, sondern er drückte unmissverständlich triumphale Zustimmung über ihren Abtransport aus.

Stella und Lysbeth blickten sich an. Stellas Blick sagte: Noch eine Sekunde, und ich schlage um mich. Lysbeths Blick sagte: Ich warne dich. Stella und Lysbeth hatten beide einen dicken schweren Klumpen in der Brust, der ihnen das Atmen erschwerte. Sie fassten sich an die Hände und gingen mit weichen Beinen nach Hause. Und obwohl Stella sehr elend zumute war, wärmte es ihr Herz und erleichterte sie ungemein, dass Lysbeth wieder schwesterliche Regungen zeigte.

Am 11. November heulte ein heftiger Sturm durch die Straßen, tobte, als wollte er die Mauern eindrücken. »Gesegnet sei der Ost-Orkan«, sagte Dritter, der sich durch den Sturm gekämpft hatte, um der Kippingstraße einen Besuch abzustatten. »Der fegt die Luft von Engländern frei.« Er erzählte ihnen, dass er mit Frau und Schwiegermutter in die Johnsallee ziehen werde. »Das habe ich Marthe schon vor der Hochzeit versprochen. Und jetzt ist eine Wohnung im Haus frei geworden, die Familie musste nach Lodz fahren.« Stella sah ihn mit offenem Mund an. Das meinte er nicht ernst. Lysbeth warf ihr einen warnenden Blick zu. »Es sind die Rosenbaums, oder?«, fragte sie. Sie sah unglaublich traurig aus. Stella krampfte sich der Magen zusammen, etwas, das in der letzten Zeit so häufig geschah, dass sie gar nicht mehr gut essen konnte und oft von Sodbrennen und ziehenden Magenschmerzen geplagt wurde. Sie war auch traurig, aber sie war vor allem wütend. Sie wusste nicht, was sie trauriger und wütender machte: dass die jüdischen Familien einfach so aus Hamburg verschwanden, ohne dass irgendjemand sich vor sie stellte und sagte: Schluss jetzt! Es reicht! Oder dass ihr Bruder ganz offenkundig sehr erfreut war, wieder einmal vom Elend der Juden zu profitieren. Jetzt sagte er auch noch: »Sie haben uns heimlich all ihre wertvollen Sachen gegeben, erlaubt ist das ja nicht. Ich hab gesagt, sie kriegen die Sachen garantiert zurück, wenn sie wiederkommen.« Er verzog den Mund spöttisch. »Wer's glaubt, wird selig.«

Da verließ Lysbeth den Raum, als müsste sie sich übergeben. Stella brachte es nicht länger über sich, den Mund zu halten. »Du herzloser Unhold«, schrie sie. »Wie kannst du nur so ein schrecklicher Mensch geworden sein?« Dritter lächelte, doch dann merkte er, dass es Stella ernst war. Erstaunt und erschrocken sah er sie an. »Wovon sprichst du, Schwesterchen?«, fragte er. Stella fauchte ihn an: »Du bereicherst dich am Elend der Juden, wo du nur kannst. Ihre Not wird immer größer, ihnen wird das Zuhause genommen, die Freunde, die Arbeit, die Sicherheit, die Heimat, und nun werden sie vollends ins Ungewisse getrieben, und du profitierst davon bis zum Schluss! Das ist widerlich!« Sie sah aus, als wollte sie ihm das Gesicht zerkratzen. Dritter schüttelte irritiert den Kopf. »Wie kannst du die Sachen nur so durcheinanderbringen«, rügte er von oben herab. »Ich habe keinem Juden jemals Schaden zugefügt. Ich habe sie sogar noch als Mieter in der Johnsallee aufgenommen, als es schon ziemlich gefährlich war, an Juden zu vermieten. Ich habe den Juden, die mir etwas verkauft haben, immer gute Preise gezahlt …« »Du hast nie so viel bezahlt, wie die Sachen wert waren«, widersprach Stella schneidend. »Nein, natürlich nicht«, gab Dritter unumwunden zu. »Aber davon hätten sie gar nichts gehabt, denn dann hätte ich die Dinge nicht kaufen können, und sie hätten sie dem Staat überlassen müssen. So haben sie genau das Geld zusammenbekommen, das sie mitnehmen durften.« Er dachte kurz nach und betonte dann: »Und diese Sachen jetzt von der Familie Rosenbaum, die bekommen sie natürlich wirklich zurück, wenn sie wieder in Hamburg sind.«

Stellas Magen krampfte sich wieder zusammen. Sie fühlte sich schwach und krank. Dritter war gar kein widerlicher Unhold, das wusste sie. Er profitierte nur einfach von den Verhältnissen, wie sie nun einmal waren. Er schadete den Juden nicht einmal, insofern hatte er auf seine Weise sogar recht. »Ich glaub, ich muss mich hinlegen«, sagte sie matt. »Mir ist seit einiger Zeit nicht so gut. Irgendwas mit meinem Magen.« Dritter zeigte sich sehr besorgt. Wenig später, als Stella im Bett lag, kam er in ihr Schlafzimmer und brachte ihr einen Kamillentee. »Stella, ich möchte gern, dass wir uns wieder vertragen«, bat er, als wären sie beide Kinder und er hätte etwas ausgefressen. Stella lächelte gequält. »Wir waren gar nicht zerstritten, Dritter. Es schlägt mir nur auf den Magen, wie sie mit den Juden umgehen. Das ist einfach furchtbar.« Dritter nickte zustimmend. »Ja, das ist nicht schön. Aber vielleicht sind sie da zufriedener, wo sie hinkommen. Im Osten gibt es doch mehr Juden als bei uns.« Er richtete sich auf und verkündete stolz: »Und wir haben sogar einen Juden in der Familie. Da tun wir doch etwas Gutes.« Stella konnte nicht anders, sie lachte laut los. Aber dann hörte sie schnell wieder auf zu lachen, denn jeder Lacher schoss wie ein Messer durch ihren Magen.

Am nächsten Tag kam der Blockwart und brachte Pappschildchen mit, die an den drei Radios befestigt werden mussten, die im Haus bei Stella, Eckhardt und Cynthia und in der Küche im Souterrain standen. Lysbeth und Aaron hatten schon seit einiger Zeit kein Radio mehr. Trotzdem verlangte er, das Zimmer der beiden zu inspizieren, ob dort ein Radio stehe. Lysbeth saß am Fenster und las. Aaron war zu seiner Arbeit fort. Der Blockwart begrüßte Lysbeth kurz. Stella sagte: »Herr Köhler will überprüfen, ob du ein Radio hast.« Lysbeth lächelte, erhob sich und lud Herrn Köhler ein, sich alles anzuschauen. »Wir haben nicht mehr viel, Sie dürfen gern in Schrank und Schubladen gucken. Wir haben wenig, aber vor allem keine Geheimnisse.« Der Blockwart verstand die feine Ironie nicht. Er ging im Zimmer herum, schob Bücher im Regal hin und her und verabschiedete sich dann wieder. »Nichts für ungut, Frau Wolkenrath!« Stella und Lysbeth wechselten einen Blick, Lysbeth schüttelte unmerklich den Kopf. Also wies Stella Herrn Köhler nicht darauf hin, dass ihre Schwester Bleibtreu hieß.

Bevor er ging, musste Stella den Empfang von drei Schildchen bescheinigen, auf denen stand: »Denke daran, das Abhören ausländischer Sender ist ein Verbrechen gegen die nationale Sicherheit unseres Volkes. Es wird auf Befehl des Führers mit schweren Zuchthausstrafen geahndet.«

Stella ging nach unten zu Lysbeth und wollte mit ihr über diese absurde Idee lachen, aber Lysbeth weinte. Stella umschlang die Schwester, wollte sie trösten. »Das macht doch nichts«, sagte sie beruhigend. »Das ist doch nur eine Schikane mehr, die ins Leere geht.« Lysbeth machte sich frei und sah Stella verzweifelt in die Augen. »Ich habe solche Angst, dass sie uns in ein Judenhaus schicken«, schluchzte sie. Stella gefror das Blut in den Adern. »Das können sie nicht tun«, stieß sie hervor. »Doch«, weinte Lysbeth. »Es gibt Mischehepaare, die haben sie dorthin geschickt. Ich bin für die Nazis doch jüdisch verseucht.« In Stellas Kopf wirbelte alles durcheinander. »Jonny kommt bald zu Besuch«, sagte sie schließlich. »Er muss helfen.«

Am 30. November war der erste Advent. Wehmütig erinnerten Stella und Lysbeth sich daran, wie stimmungsvoll der Advent früher in diesem Haus begangen worden war. Die Tante hatte dafür gesorgt, dass es im ganzen Haus nach Keksen und Tannen duftete. Am Nachmittag hatten sie beisammengesessen und Adventslieder gesungen und miteinander gesprochen. Jetzt gab es nur noch ein paar Tannenzweige in der Küche, die Cynthia mit abfälligen Blicken bedachte.

In den vergangenen zwei Nächten hatte es unvorstellbar schweres Feuer gegeben. Am ersten Advent ging Stella trotzdem in den Garten und schnitt von der Tanne ein paar Zweiglein ab, die sie in eine Vase stellte und mit vier roten Kerzen schmückte. Sie holte einige Tannenbaumengel und hängte sie an die Zweige. Nun war ein kleiner adventlicher Schmuck da. Sie stellte ihn in die Küche im Souterrain auf den großen Eichentisch. Nachdem aber Cynthia hereingekommen war und abfällig bemerkt hatte, dass es in der heutigen Zeit doch wohl wichtigere Dinge gebe als dieses lächerliche überholte Kinderfest, trug Stella die Vase nach oben in ihr Wohnzimmer. Nun fühlte sie sich allerdings Lysbeth gegenüber schlecht. Also ging sie wieder in den Garten und wollte Tannenzweige für Lysbeth und Aaron abschneiden. Draußen begegnete sie aber schon ihrer Schwester, die wohl ähnliche Gedanken wie sie gehabt hatte und die Tanne ebenfalls rupfte.

Stella erzählte ihr von Cynthias Bemerkung, und Lysbeth sagte grimmig: »Wenn ich nicht wüsste, dass es uns alle trifft, würde ich ihr wünschen, dass eine kleine englische Bombe auf ihr Haupt fällt.«

Sie betraten wieder das Haus. In diesem Augenblick klingelte es an der Tür. Sie hörten, wie Cynthia mit einem Mann sprach. Ihre Stimme wurde immer misstrauischer. Jetzt gellte sie durchs Treppenhaus: »Stella, hier ist jemand für dich!« Stella wechselte einen Blick mit Lysbeth und ging dann gemessenen Schrittes die Treppe hoch.

Im Eingang stand ein alter Mann, den Stella zuerst nicht erkannte. Er sah klapperdürr aus, seine Haare waren kahlgeschoren, die Wangen eingefallen. Erst als sie seine Stimme hörte, noch bevor er seinen Namen sagte, wusste sie, wen sie vor sich hatte. »Stella, erkennen Sie mich nicht? Ich bin Friedrich Seiler, ein Freund Ihres Bruders …« Sie wusste sofort, dass er Schreckliches hinter sich hatte. Schon als sie ihn das erste Mal gesehen hatte, war unklar gewesen, ob er die Nacht überleben würde. Das war ungefähr vor fünf Jahren gewesen. Er hatte eine Kopfwunde gehabt, denn er war bei einer Veranstaltung der Swing-Jugend von den Nazis verletzt worden. Aber selbst da hatte er dreißig Jahre jünger ausgesehen als jetzt.

»Kommen Sie herein«, forderte sie ihn auf und ging hocherhobenen Hauptes an Cynthia vorbei, ohne sie eines Blickes zu würdigen. Sie führte ihn nach oben in ihre Wohnung, wo sie ihm Wein anbot. Aber er bat um einen Kaffee. »Alkohol vertrage ich nicht mehr«, erklärte er. »Dafür muss ich erst mal wieder etwas zunehmen.« Stella schämte sich, ihm bei seinem Aussehen überhaupt Alkohol angeboten zu haben, aber sie wollte ihn nicht oben allein lassen, vor allem aber wollte sie nicht an der neugierigen Cynthia vorbei nach unten gehen, um ihm einen Kaffee zu brauen.

Sie überlegte noch, wie sie das Ganze am besten organisieren sollte, da klopfte es vorsichtig an der Wohnzimmertür, und Lysbeth kam herein mit einem Tablett, auf dem eine große Kanne Kaffee stand und Dosenmilch und Kekse. Stella starrte sie ungläubig an. »Woher hast du die Kekse?«, fragte sie entgeistert. »Auch wenn die Zeiten schlimm sind, müssen wir doch nicht auf alles verzichten«, lachte Lysbeth. Sie begrüßte den Gast, hatte anscheinend schon gehört, um wen es sich handelte, und zeigte ihre große Freude, ihn zu sehen.

Sie setzte sich zu den beiden. Auf dem Tisch stand der Adventsstrauß, der Kaffee duftete, die Kekse schmeckten nach Zimt und Nüssen und Mehl und so, als hätte sich sogar ein Ei darin verlaufen. Stella zündete als Höchstes der Verschwendung alle vier Kerzen an, obwohl es noch gar nicht dunkel war. Im Zimmer kam eine ganz besondere Stimmung auf.

Die veränderte sich allerdings sofort, als Lysbeth fragte, wie es Friedrich Seiler ergangen war, seit sie sich zuletzt gesehen hatten. »Ich war zweimal im KZ Fuhlsbüttel«, sagte er sachlich. »Ich bin seit einer Woche entlassen.« Stella und Lysbeth starrten ihn erschrocken an. Jetzt begriff Stella sein Aussehen. Wieso kam er ausgerechnet zu ihnen? Leises Misstrauen keimte in ihr auf. Sie hasste sich dafür, aber sie konnte nichts dagegen tun. Sie hatte mehrfach gehört, dass die Leute aus den KZs entlassen wurden, wenn sie bestimmte Spitzel-Aufgaben übernahmen, die der Gestapo nützten. Sollte er jetzt für Stella und Lysbeth eine Falle stellen?

Da sagte Lysbeth mit warmer Stimme: »Wie schön, dass Sie heute am ersten Advent zu uns zu Besuch kommen.« Er sah sie aus tiefen Augenhöhlen heraus dankbar an. »Um ehrlich zu sein«, bekannte er, »ich hoffte, bei Ihnen ein wenig Adventsstimmung erleben zu können. Und ich wollte gern mit Ihrer Tante sprechen.«

Lysbeth erzählte ihm vom Tod der Tante. »Nun müssen Sie mit uns vorliebnehmen«, sagte sie und bot ihm die Kekse an. Stella beobachtete ihn aufmerksam. Was wollte er hier? »Warum wollten Sie mit der Tante sprechen?«, fragte sie. »Nun«, antwortete er bedächtig. »Sehen Sie es einfach mal so, Ihre Tante war sehr alt, und sie wirkte so, als hätte sie sehr viel erlebt und würde so schnell nicht in Ohnmacht fallen, wenn man ihr etwas harten Tobak zumutet.« Er verstummte. Lysbeth horchte den Worten hinterher. »Und Sie wollten ihr harten Tobak zumuten?«, fragte sie freundlich. »Ja«, antwortete er. »Als ich aus dem Kolafu, Sie wissen, dem Konzentrationslager Fuhlsbüttel, entlassen wurde, musste ich unterschreiben, dass ich niemals jemandem etwas davon erzählen würde, was ich dort erlebt habe. Aber wenn man so etwas erlebt hat, dann muss man irgendwie darüber reden, das ist ein ungeheurer Drang. Sonst halten einen die Bilder jede Nacht wach und vergiften alle Eingeweide …« Stella fragte wohl etwas zu streng: »Sie waren doch in der Swing-Jugend, warum erzählen Sie Ihren Swing-Freunden nicht davon?« Sie bemerkte Lysbeths zornigen Blick und schämte sich wegen ihrer Worte. Er zog sich auch sofort zurück, erhob sich und sagte: »Sie haben völlig recht. Entschuldigen Sie bitte, dass ich einfach so bei Ihnen reingeplatzt bin.« Lysbeth schenkte ruhig seine Tasse noch einmal voll, legte Kekse auf seinen Teller und sagte: »Setzen Sie sich wieder. Stella weiß genauso gut wie Sie, dass sie denen nicht einfach so vom KZ erzählen können. Die sind zu jung. Und überhaupt.« Er setzte sich wieder. »Ja, und überhaupt«, stimmte er seufzend zu.

»Und jetzt erzählen sie uns, was Sie der Tante erzählen wollten«, forderte Lysbeth ihn auf. »Wir sind noch nicht so alt wie die Tante, aber wir sind auch nicht mehr so jung, dass man uns unbedingt vor der Wahrheit verschonen muss.«

Friedrich Seiler sah Stella fragend an. Sie entschuldigte sich für ihre Grobheit. »Wir alle erleben schlimme Sachen«, erklärte sie. »Und ich werde anscheinend übermisstrauisch.« Er nickte verständnisvoll. »Ja, ich bin auch übermisstrauisch. Deshalb komme ich zu Ihnen. Ich habe im KZ oft an die Tante gedacht und an ihre Worte: ›Es geht jetzt ums

Überleben.‹ Ich wollte überleben.« Er atmete rasselnd aus und fügte heiser hinzu: »Und ich will überleben.«

Und dann erzählte er. Von den Quälereien, dem Hunger, den Krankheiten, den Schikanen, der unmenschlich harten Arbeit, an der die Alten gestorben sind. Die Strafen, wenn eine Regel nicht befolgt wurde, und auch dann, wenn keine Regel nicht befolgt wurde. Die Angst. Das entsetzliche Essen. Er sprach wie getrieben, als müsste er alles aus sich herauskotzen. Stella und Lysbeth hörten einfach nur zu. Sie hörten lange Zeit zu, es wurde draußen dunkel. Die Kerzen erhellten das Zimmer.

Am Abend deckten die Schwestern den Tisch für eine gemeinsame Mahlzeit, nachdem sie dem Gast verboten hatten, das Haus zu verlassen, bevor er mit ihnen gegessen hatte. Sie saßen zu dritt in der großen Küche. Lysbeth lauschte wie immer, ob Aaron nach Hause kam, schließlich war er seit morgens auf den Beinen, beschäftigt in den Trümmern der vergangenen Nächte, und es war schon dunkel.

Um 19.00 Uhr erschien Aaron endlich. Er sah entsetzlich erschöpft aus. Er begab sich als Erstes in Stellas Badezimmer nach oben. Das mittlere Badezimmer, das Cynthia und Eckhardt benutzten, mied er konsequent, nachdem Cynthia einmal gesagt hatte, dass fremde Rassen wie Neger und Juden eben auch anders riechen.

Um halb neun schrillte die Sirene durch die Dunkelheit. Alarm. Der Gast sprang vom Tisch auf. »Ich muss sofort gehen!«, rief er. »Wer nach dem Alarm noch auf den Straßen ist, bekommt Ärger.« »Sie bleiben hier«, bestimmte Lysbeth ruhig. Er sah sie überrascht an. »Wir bleiben schließlich auch hier«, erläuterte sie. »Warum also nicht Sie? Einer mehr in der Besenkammer, die uns sowieso nicht schützt, macht die Sache auch nicht gefährlicher. Oder ist es Ihnen hier nicht sicher genug, dann aber hurtig raus!« Sie sah ihn fast kokett an. Wie erwartet lachte er sie verlegen und dankbar an.

Cynthia, die bei jedem Alarm entsetzliche Angst hatte, polterte schon die Treppen herunter. Aaron aß erst einmal in aller Ruhe seine Mahlzeit auf, und alle vier ließen sich Zeit, die Küche zu verlassen.

In der Besenkammer saßen schon Eckhardt und Cynthia. Beide sagten keinen Ton dazu, dass der fremde Mann, der vor ein paar Stunden zu Besuch gekommen war, nun mit ihnen in der Kammer saß. Jetzt gehörte er dazu. Wenn in einem Haus bei Alarm ein Gast war, dann blieb er dort, bis der Angriff zu Ende war.

Es wurde ein richtiger Großangriff. Im Scheinwerferlicht sahen sie zwölf bis fünfzehn Engländer in der Luft. Eckhardt begab sich von Zeit zu Zeit nach oben, um zu schauen, ob alles in Ordnung war. Als Aaron ihn begleiten wollte, sagte Stella: »Du bleibst hier, ich habe den ganzen Tag gefaulenzt, meine Beine können ein bisschen Treppensteigen gut vertragen.« Wieder einmal begleitete sie ihren Bruder und blickte mit ihm gemeinsam durch die Bodenluke nach oben aufs Dach. Aus der Gegend von Niendorf blitzte es blutrot von dem ganz schweren Geschütz, Splitter prasselten in den Garten. Heulbomben gingen nieder. Irgendwo in der Nähe fanden Einschläge statt. Das Haus zitterte, der Boden wankte.

Eckhardt und Stella hasteten wieder hinunter. Die Geschütze krachten, spektakelten durcheinander, die Luft surrte vom Motorengeräusch der Engländer und der Scheinwerfer. Immer neue Wellen rückten heran, jeder Augenblick konnte die Vernichtung der Menschen in dieser Besenkammer bringen.

Stella versuchte, ganz genau zu beobachten, ob sie einen Engländer zum Absturz gebracht hätten. Neben einem Flugzeug stand rubinrotes Licht, aber kein Flugzeug stürzte ab.

Und wieder stiegen Stella und Eckhardt die Treppen hinauf, um aufs Dach zu schauen. Vor dem Haus lag helle Nacht, aber hinten strahlte grell der wachsende Mond, daneben eine Herde von Lämmerwölkchen, die sich zu einer scharf abgegrenzten Wand verdichteten.

Als der Angriff kurz vor Mitternacht endlich vorüber war, begleiteten Stella und Lysbeth den Gast zum Bahnhof Schlump. Lysbeth umarmte ihn zum Abschied und sagte: »Wissen Sie, seit die Tante tot ist, bin ich immer sehr dankbar, wenn ich aus irgendeinem Grund ihren Geist ganz nah bei mir spüre. Das haben Sie heute mit Ihrem Besuch bewirkt. Dafür danke ich Ihnen sehr. Ich würde mich freuen, wenn Sie uns bald wieder besuchen kommen.« Friedrich Seiler traten Tränen in die Augen. Auch er bedankte sich von Herzen. Stella küsste ihn auf beide Wangen. »Wissen Sie«, sagte sie ehrlich, »ich war mir nicht sicher, ob ich Ihnen trauen darf. Aber wenn meine Schwester Lysbeth Ihnen traut, mache ich mir darüber keine Gedanken mehr. Also kann ich die Einladung nur unterstreichen. Kommen Sie, wann immer Sie wollen!« Da kullerten zwei Tränen über die eingefallenen Wangen des Mannes. Er nahm Stellas Hände zwischen die seinen und schüttelte sie, ohne ein Wort sagen zu können.

Stella und Lysbeth machten sich auf den kurzen Heimweg vom Schlump. Wie immer nach den Angriffen trafen sich die Menschen auf den Straßen und redeten miteinander. Wieder einmal waren sie davongekommen.

Unheimlich jagten die SHD- und Sanitätsautos durch die Bundesstraße. Wie an jedem Morgen nach solch einer Nacht dachte Stella darüber nach, wie eigenartig es war, sich gemütlich zu waschen, aufs Frühstück zu freuen, und das alles in der Hoffnung, dass ein solcher Masseneinsatz nicht so schnell wieder erfolgen würde. Der heiße Kaffee schmeckte an einem solchen Morgen besonders intensiv. Und gleichzeitig wusste sie, dass da noch Menschen, vielleicht lebend, schwerverletzt, unter den Trümmern lagen. Sie trat an das jetzt so harmlose Fenster, sah in den Morgen hinaus, und vor ihren Augen waren immer noch die riesigen Strahlenkreuze, die in der Schnittfläche den um sein Leben fliegenden Engländer einfingen, das blutig rote Aufblitzen der schweren Flak, das den Himmel färbte, und ringsum das Krachen, Knallen, die Einschläge, das trockene Prasseln des Regens von Splittern und Ästen.

Nach dem Frühstück erfuhren sie, dass einundsechzig Menschen getötet worden waren. Von den Engländern waren nur drei abgeschossen, trotz des wahnsinnigen Trommelfeuers. Aus dem einen konnte die Besatzung ohne Schaden abspringen. Stella zwang sich zur Freude über den englischen Erfolg, aber ihr Herz konnte der Aufforderung nicht recht folgen. Sie wusste, dass die Engländer ihre Freunde waren, die gegen die Nazis kämpften, die sie selbst aus tiefstem Herzen hasste. Aber sie fühlte etwas anderes. Sie fühlte, dass die Engländer ihr das Leben entsetzlich schwermachten, ja, dass sie ihr in jeder Angriffsnacht das Leben nehmen wollten. Und wer einem das Leben nehmen will, ist eher ein Feind als ein Freund. Sie wünschte sich, in England zu leben bei Anthony und Angela und Roberta. Sie wünschte sich, unter den deutschen Angriffen auf englische Städte zittern zu müssen. Dann wären die Verhältnisse klar, so aber fiel es unendlich schwer, die Engländer für Freunde zu halten.

Sie verstand sogar den Sinn der Zerstörung. Die Deutschen zerstörten überall in der Welt unendlich viel, ob sie nun Bomben abwarfen oder Menschen an Laternen aufknüpften oder Andersdenkende einfach zu Feinden erklärten und sie umbrachten oder ins eigene Land schleppten, damit sie sich dort zu Tode schufteten. Die Deutschen nahmen Menschen überall auf der Welt die Heimat, die Ruhe, die Sicherheit, den Vater, den Bruder, den Liebsten, den Freund. Es war nur recht und billig, dass die Deutschen auch in ihrer Heimat zittern sollten. Dass der Krieg sich nicht nur woanders abspielte wie im vergangenen Krieg. Aber all diese Überlegungen legten nur eine dünne Haut auf die Wunde, die die Todesangst ihrer Seele mit jedem Angriff zufügte. Immer wieder rief Stella sich die Worte der Tante in Erinnerung: Besinnt euch auf eure Liebe! Im Krieg seid ihr Feinde, auch wenn ihr es nicht fühlen wollt.

Aarons Einsatz ging zum Hamburger Hauptbahnhof, der getroffen war. Am Abend erzählte er, dass der Schaden fürchterlich war. »Nun empfindet man so recht, wie riesig die Halle ist«, sagte er, auch an diesem Abend wieder bleich und völlig erschöpft.

Der Krieg weitete sich aus. England erklärte Finnland den Krieg. Finnland hatte den Friedensvertrag mit Russland 1940 für nichtig erklärt.

Zwei Tage später, am 8. Dezember, erklärte Japan den USA und England den Krieg. »So haben wir denn den Zweiten Weltkrieg«, sagte Luise Solmitz, als Stella sie auf der Straße traf. »Ein Weltkrieg mit teilweise veränderten Fronten: Japan, Italien. Wie soll das je enden? Jedenfalls wird uns der Gedanke an den Tod allmählich vertrauter als der Glaube an das Leben.«

Und dann, am 11. Dezember, hörte Stella beim Schlachter, wie einer sagte: »Der Führer hat den USA den Krieg erklärt, wissen Sie das schon?« Einige wussten es, andere nicht. Eine lebhafte Debatte entbrannte, wann Amerika von Deutschland und Japan wohl besiegt sein würde.

Stella raste nach Hause, stürzte die Treppe hinunter in das Zimmer, wo Lysbeth mit einem Buch saß, eine Tätigkeit, der sie neuerdings immer dann nachging, wenn sie nervös war, und das war sie häufig. »Krieg mit den USA«, rief sie außer Atem. »Die Tante war doch wirklich sehr schlau!« Lysbeth blickte von ihrem Buch auf. Leise sagte sie: »Ich weiß nicht, wie lange ich den Krieg noch aushalte. Du glaubst nicht, wie es sich anfühlt, Aarons Knochen zu berühren.« Stella setzte sich neben Lysbeth und strahlte. »Jetzt ist England nicht mehr allein«, sagte sie in stillem Jubel. »Jetzt sind es Russland und England und die USA, die müssten es doch schaffen!«

Zur Feier des Tages holte sie eine Flasche vom Herzwein der Tante und goss Lysbeth und sich jeweils ein volles Glas ein. »Das trinken wir jetzt«, beschloss sie. »Auf die Tante! Und heute Nacht streichelst du Aarons Haut und nicht seine Knochen.« Sie kicherte. »Oder nur den einen Knochen.« Lysbeth ließ sich kurz anstecken von Stellas Fröhlichkeit, aber dann wurde sie wieder sehr ernst. »Wann kommt Jonny?«, fragte sie. »Irgendwas muss geschehen. Ich habe Angst, dass Aaron mir unter den Fingern wegstirbt. Die Arbeit bringt ihn um. Und die Sache mit dem Judenhaus ist auch nicht erledigt.« Stella seufzte. Jonny hatte sich für Weihnachten angekündigt. Das waren noch fast zwei Wochen.

Die ersten Kriegstage mit Amerika brachten deutsche Jubelnachrichten. Amerika hatte drei Schlachtschiffe verloren: Oklahoma, West Virginia und Arizona. Aber Stella ließ sich in ihrem Optimismus nicht beirren. Amerika war ein großes Land. Die Sowjetunion war riesig. England war stark. Und die Tante hatte alles vorhergesagt. Das musste einfach klappen!

Am 19. Dezember rief Jonny an, dass er am kommenden Tag in der Kippingstraße eintreffen werde. Stella wunderte sich über sich selbst, aber sie empfand eine große Freude, als sie seine Stimme hörte. Sie merkte, wie ihr Körper zu kribbeln begann, es fühlte sich an, als wäre etwas in ihr eingeschlafen gewesen und wache nun auf. Es überfiel sie eine große Geschäftigkeit. Sie bezog die Betten neu mit der schönsten Bettwäsche, die sie hatten. Sie kaufte Azaleen und schmückte das Wohnzimmer damit. Sie legte eine bestickte Tischdecke auf den großen Tisch in ihrem Zimmer und bestückte den Tannenstrauß mit neuen Kerzen, wobei sie sich auf eine verruchte Weise verschwenderisch fand. Die halb abgebrannten Kerzen wickelte sie in ein Tuch und legte sie in eine Schublade der Wohnzimmervitrine. Die konnte sie später wieder benutzen.

Gemeinsam mit Lysbeth bereitete sie ein Essen für Jonny vor, das keine Ähnlichkeit mit einem Kriegsessen hatte. Sie hatten alle Marken zusammengeschmissen, Eckhardt und Cynthia war ihr Beitrag geradezu abgezwungen worden, um den einzigen Soldaten in der Familie mit einem anständigen Essen zu bewirten. Cynthia hatte zwar gemault: »Wahrscheinlich isst er viel besser als wir«, womit sie sicher recht hatte, aber Stella hatte so getan, als ob sie es nicht gehört hätte, und hatte die Lebensmittelkarten einfach eingesammelt. Und so hatten sie sogar einen Hasenbraten zuwege gebracht. Was Cynthia und Eckhardt für den Verlust ihrer Marken entschädigte, war die Aussicht, dass Jonny wie immer Lebensmittel mitbringen würde, nach denen sie lechzten. Und er hatte wahrscheinlich auch wieder Geschenke dabei für alle, über die sie sich jedes Mal freuten wie Kinder.

7

Jonny kam am 20. Dezember am späten Nachmittag in der Kippingstraße an. Er schloss die Haustür nicht mit seinem Schlüssel auf, sondern klingelte. Stella war bereits seit Stunden damit beschäftigt gewesen, sich für ihn schön zu machen. Warum sie sich damit so viel Mühe gab, wusste sie selbst nicht genau. Als die Frage in ihr aufflackerte, was sie damit bezweckte, schob sie sie schnell fort mit der Begründung: Er war lange nicht da, er ist für unser aller Schutz sehr wichtig, bald ist Weihnachten. Er soll sich wohl fühlen. Ich will mich mit ihm wohl fühlen.

Sie trug ein Kleid, das er ihr vor dem Krieg einmal zu Weihnachten geschenkt hatte. Es war aus einem schmeichelnden auberginefarbenen Wollstoff, hatte einen weiten Kragen, war bis zur Taille geknöpft und sehr eng geschnitten. In der Taille wurde es von einem schmalen Gürtel gehalten, der mit dem gleichen Stoff bezogen war, und dann öffnete sich ein weich fallender Glockenrock, der bei jedem Schritt Stellas schöne Beine umspielte. Sie trug Nylonstrümpfe, die Jonny ihr letztes Mal mitgebracht hatte, und Pumps in der gleichen Farbe wie das Kleid. Ihre dunkelroten Locken standen in einem sehr reizvollen Kontrast zur Farbe des Kleides.

Seit einiger Zeit schon trug Stella den bei den meisten erwachsenen Frauen üblichen Haarschnitt: die Länge bis kurz über die Ohren, ein Seitenscheitel, glatt am Kopf anliegende Wellen. Bei ihr sah diese weitverbreitete Frisur aber anders aus. Die Haare waren vielleicht einen Zentimeter länger als üblich, und ihre Locken widersetzten sich dem glattgezogenen Helm. Heute hatte sie die Haare so lange gebürstet, dass die Locken weiche Wellen geworden waren, die um ihr hübsches Gesicht wippten. Sie hatte ihre Lippen rot geschminkt und goldene Ohrringe angelegt, zarte runde Ringe, die Jonny ihr ebenfalls vor vielen Jahren einmal geschenkt hatte, damals, als sie noch ein Liebespaar gewesen waren.

Als es an der Tür klingelte, wusste sie, dass es Jonny war. Ebenso wusste sie, dass Cynthia ihm öffnen würde. Wenn Cynthia im Haus war, eilte sie zur Haustür, sobald es geklingelt hatte. Sie war erstens neugierig, und zweitens musste sie nur fünf Stufen hinunter. Also ließ Stella sich Zeit.

Sie überprüfte noch einmal ihr Aussehen im Spiegel, warf noch einmal einen Blick über das Wohnzimmer, das sie ebenso geschmückt hatte wie sich selbst, und schritt dann wie eine Königin eine Stufe nach der anderen die Treppe hinab. Unten stand schon Jonny, ein stattlicher Kapitän zwischen zwei Menschen, die wie Zwerge neben ihm wirkten, der kleine Eckhardt und die dünne Cynthia.

Die letzten Stufen wurden schwer für Stella. Jonny blickte ihr regungslos entgegen, ebenso Cynthia und Eckhardt. An ihren Blicken sah Stella, wie umwerfend sie aussah. Es war sehr lange her, dass sie sich so herausgeputzt hatte. Es war sehr lange her, dass sie sich so als Frau gefühlt hatte. Ihr Herz klopfte aufgeregt. In Jonnys Augen las sie unverhohlenes Begehren. Gleichzeitig eine große Bewunderung und ebenso großen Respekt.

Sie passte sehr auf, die hochhackigen Schuhe sicher auf jede Stufe zu setzen. Ihre Beine schienen ihr ein wenig wackelig. Jetzt hinzufallen ist so ungefähr das Schrecklichste, was passieren kann, dachte sie. Da war sie unten angelangt. Sie breitete theatralisch die Arme aus, schritt auf Jonny zu und sagte: »Jonny, wie schön, dass du da bist. Wir freuen uns alle sehr auf dich!« Sie umarmte ihn und gab ihm einen förmlichen Kuss auf die Wange. Mit diesen konventionellen Gesten schaffte sie es, ihre Fassung wiederzugewinnen. Nun aber fasste Jonny sie fest an den Schultern, hielt sie auf Armlänge von sich und betrachtete sie von oben bis unten: »Donnerwetter«, sagte er. »Ich hatte schon ganz vergessen, was für eine Schöne du bist.« Zu ihrem Ärger errötete Stella, sie merkte es ganz genau. Früher war sie oft rot geworden, das war ihr seit endloser Zeit nicht mehr passiert.

Jonny ließ sie los und wendete sich Eckhardt zu: »Komm, hilf mir mal, ich habe eine ganze Menge mitgebracht.« Sofort eilte Eckhardt mit ihm zum Eingang. Als er aber die schweren Pakete zu Stellas und Jonnys Domizil hochschleppen wollte, erhob Jonny Einspruch. Er wies auf zwei große, mit dicker Kordel umwickelte Pakete. »Das und das nach unten in die Küche. Meinen Koffer trag ich selbst hoch.«

Wenig später saßen alle in der Küche im Souterrain und bestaunten

Jonnys Schätze. Er hatte viele Fischkonserven mitgebracht, Schokolade, drei Flaschen Schnaps und auch ein großes Glas mit eingelegten Rollmöpsen. Außerdem hatte er Butter dabei und Schmalz und Käse. Cynthia und Eckhardt stießen Begeisterungsrufe aus. Stella schwankte zwischen Ärger über die beiden und Stolz auf ihren Jonny. Erst als sich die Aufregung etwas gelegt hatte, fiel ihr die Zurückhaltung von Lysbeth und Aaron auf. Aaron hatte sich als Letzter eingefunden, um Jonny zu begrüßen, und er hatte es auf eine ganz andere Weise getan, als Stella es von ihm gewohnt war. Da erst bemerkte sie die Veränderung, die mit Aaron vorgegangen war: Aaron war schüchtern geworden. Stellas Herz krampfte sich zusammen, als ihr das bewusst wurde. Ja, Aaron war ein schüchterner Mann geworden, ängstlich, zurückhaltend. Ähnlich war er vielleicht als ganz junger Student gewesen, als sie ihn beim Laientheater kennengelernt hatte. Aber nur ähnlich, denn auch da hatte er diese körperliche Präsenz gehabt, die Tänzern und Schauspielern eigen ist, selbst wenn er im persönlichen Kontakt ein wenig schüchtern wirkte. Jene Schüchternheit rührte daher, dass er sich seiner Fähigkeiten nicht bewusst gewesen war, war eine Unsicherheit im konventionellen Kontakt gewesen, diese Schüchternheit jetzt erwuchs aus Scham und Angst. Es bereitete Stella einen Moment lang Übelkeit, als sie das wahrnahm. Ihr war kurz etwas schwindlig, dann beschloss sie, alles zu tun, damit Aaron sich in diesem Haus wieder vollkommen sicher fühlen konnte.

Jonny half ihr dabei, ohne es beabsichtigt zu haben. Bevor sie sich an den reichgedeckten Tisch setzten, sagte er: »Wollen wir nicht Fred und Luise dazu einladen?« Und schon erhob er sich, um die beiden zu holen. Cynthia gefror das Lächeln auf den Lippen. Eckhardt wartete etwas verlegen ab, bis Jonny wiederkam. Stella deckte zwei Teller, Gläser, Bestecke mehr auf. Lysbeth und Stella, die das heutige Festmahl seit Tagen vorbereitet hatten, prüften noch ein letztes Mal, ob die Sauce, der Braten, die Kartoffeln, der Kohl gut gewürzt waren und wirklich zu ihrer Zufriedenheit schmeckten.

Da kam Jonny enttäuscht zurück. »Drüben meldet sich niemand. Ich hab mehrfach geklingelt. Sie sind wohl nicht zu Hause. Ich hab einen Zettel dagelassen, dass sie noch rüberkommen sollen.« Stella schenkte ihm ihr wärmstes Lächeln, und es kam ihr aus ehrlichem Herzen.

Das Essen war auch für Jonny etwas ganz Besonderes. Er darbte zwar nicht, aber auf dem Schiff wurde ausschließlich aus Konserven gekocht, frisch Zubereitetes, das zudem mit getrockneten Kräutern köstlich gewürzt war, musste er entbehren.

Eckhardt wollte von ihm alles über seine Einschätzung des Kriegsverlaufes wissen, aber Jonny wiegelte ab. »Lass mich erst mal ankommen«, sagte er. »Hier bin ich in der Heimat und zu Hause, hier will ich was von euch wissen.« Stella fand ihn ungewohnt weich und aufmerksam. Er fragte danach, wie es ihnen während der Angriffe gegangen war. Er erkundigte sich nach den Zerstörungen in Hamburg, und dann sprach er Aaron direkt an und fragte: »Wie geht es dir jetzt mit dem Stern? Ist es sehr schwer?« Stella dachte, sie müsste im nächsten Augenblick tot umfallen. Das hatte sie von Jonny nicht erwartet. Auch Aaron schluckte betreten. Lysbeth öffnete den Mund und schloss ihn wieder. Cynthia und Eckhardt blickten auf ihre Teller, als fände sich dort der Schlüssel zu allen Geheimnissen der Welt.

»Wie meintest du eben so schön«, bemerkte Aaron, und der alte Aaron, verschmitzt und souverän, blitzte wieder durch, »hier bin ich zu Hause, hier möchte ich über all diese Kämpfe, die ich täglich auszustehen habe, nicht sprechen. Hier möchte ich mich einfach entspannen und sicher fühlen.« Jonny sah ihn aufmerksam an und nickte. »Verstehe«, sagte er. »Verstehe.«

Da bemerkte Cynthia mit hoher Stimme: »Habt ihr schon gehört? Goebbels hat einen Aufruf veröffentlicht: Wir sollen alle Wolle und Pelze für die Russlandkämpfer sammeln. Ich will gleich morgen meinen Kleiderschrank durchforsten.« Sie sah Stella an. »Und du?« Stella war wieder einmal überwältigt von ihren negativen Gefühlen für die Schwägerin. Aber sie hatte inzwischen gelernt, diese hinter einer glatten Maske zu verbergen. »Oh, ich auch«, antwortete sie zuckersüß. »Wo ist eigentlich Mamas Pelzmantel?«

Sie wusste genau, dass Cynthia sich den Pelzmantel von Käthe angeeignet hatte. Lysbeth und sie hatten damals lange darüber gesprochen, ob sie ihn für sich selbst fordern sollten, hatten sich dann aber dagegen entschieden, weil ihre Mutter nicht gewollt hätte, dass deswegen Streit entbrannte. Außerdem hatte Cynthia damals noch nicht in der Kippingstraße gewohnt, und Stellas Gefühle ihr gegenüber waren noch nicht so hasserfüllt gewesen. Und außerdem hätte der Mantel Lysbeth sowieso nicht gepasst, denn Käthe war deutlich kleiner gewesen als sie. Und Stella hätte er auch nicht gepasst, denn Käthe war viel dünner als sie gewesen. Cynthia allerdings passte er auch nicht, denn auch sie war zu groß für diesen Mantel. Deshalb hatte niemand den Mantel seit Käthes Tod mehr gesehen.

»Den hast du doch im Schrank«, sagte Eckhardt mit einer Unschuld, die bei Stella einen kaum zu bezähmenden Lachreiz auslöste. Cynthia tötete ihn mit einem eisigen Blick. Dennoch setzte er hinzu: »Du hast den Mantel doch in das Papier eingeschlagen und extra Mottenkugeln dazwischengetan.« Cynthia brachte keinen Ton heraus.

Jonny sagte freundlich: »Das ist doch wunderbar. Käthe hätte sich bestimmt sehr gefreut, wenn die Soldaten in Russland sich in ihrem Mantel wärmen können.« Stella musterte ihn einen Moment lang überrascht. Das war ein seltsamer Ton gewesen. Auch Lysbeth und Aaron sahen Jonny eine Sekunde lang irritiert an. Jeder hier im Raum wusste, was Käthe vom Krieg gehalten hatte. Und dass Käthe ein zartes kleines Persönchen gewesen war, als sie sich erst kurz vor ihrem Tod diesen Mantel geleistet hatte. So einen kleinen Soldaten müsste man in Russland erst einmal finden. Und sollte der dann in Käthes Mantel die Russen bekämpfen? Schwer vorstellbar.

Da klingelte es an der Tür. Die Solmitz erschienen. »Noch zu später Stunde«, sagten sie entschuldigend. »Aber wir wollten es nicht versäumen, Jonny zu begrüßen.« Von nun an drehte sich das Gespräch um gemeinsame Erinnerungen. Jonny und Fred sprachen über damalige und heutige Truppenbewegungen, und dann sprachen alle über die Versorgungslage und über das Wetter. Kein Wort fiel darüber, dass am Tisch zwei Juden saßen. Jonny und Fred erzählten lustige Begebenheiten aus dem damaligen Krieg. Fred erzählte vom Besuch des Kaisers bei ihrem Fluggeschwader. Jonny erzählte lustige Begebenheiten von seinen Matrosen.

Gegen 1.00 Uhr in der Nacht löste sich die Gesellschaft in fröhlicher Stimmung auf. Alle waren ein wenig betrunken. Jonny und Stella sahen den Solmitz noch hinterher, bis die über die Straße gegangen waren. Cynthia und Eckhardt verschwanden in ihren Gemächern, Aaron und Lysbeth hatten sich unten schon verabschiedet.

Beide waren nicht mehr ganz sicher auf den Beinen, als Stella und Jonny die Treppen hoch in ihre Wohnung gingen. Bis jetzt hatten sie auf eine vertraute Weise miteinander kommuniziert, Stella hatte ihn manchmal am Arm berührt, sie hatten einander angelacht und angesprochen, ebenso wie die anderen auch. Jetzt allerdings schob sich eine beklemmende Fremdheit zwischen sie. Stella fühlte sich wie ein schüchternes Mädchen, das mit einem Unbekannten ihr Schlafzimmer aufsucht. Jonny schien es ebenso zu gehen. Er ließ sich viel Zeit, Stellas schöne weihnachtliche Wohnzimmerdekoration zu bewundern. Dann hängte er umständlich seine Uniformjacke auf einen Bügel. Stella stand verlegen daneben. Sie wusste nicht, was sie jetzt tun sollte.

»Willst du zuerst ins Badezimmer gehen?«, fragte er. Sie war dankbar, dass er ihr diese Worte abnahm. Sie nickte und nahm ihr Nachthemd mit ins Badezimmer. Dort zog sie sich aus. Im Schlafzimmer wäre es ihr zu öffentlich vorgekommen. Ja, Jonny kam ihr vor wie die Öffentlichkeit. Sie machte sich fertig, huschte ins Schlafzimmer und kroch unter die Bettdecke, die sie bis unters Kinn hochzog. Dann löschte sie die Nachttischlampe. Sie horchte auf Jonnys Geräusche. Er ließ sich Zeit. Anscheinend trank er im Wohnzimmer noch einen Cognac. Zumindest konnte Stella sich nicht vorstellen, welchem anderen Alkohol er jetzt noch zusprechen könnte. Und sie hörte eindeutig, dass er an die Gläser ging. Ihre Aufmerksamkeit war aufs Höchste angespannt. Es war ihr unmöglich zu schlafen.

Hatte sie zuerst befürchtet, dass er schnell ins Bett kommen würde, so hoffte sie allmählich nichts mehr als das, damit sie endlich Ruhe hätte. Endlich ging er ins Badezimmer. Dort verbrachte er eine kleine Ewigkeit. Und dann schlich er ins Schlafzimmer. Stella horchte, wie er unter die Bettdecke kroch, diese ebenso wie sie unters Kinn zog und ebenso wie sie starr auf dem Rücken lag und sich nicht rührte.

Stella hörte ihr Herz hoch in ihrem Hals pochen. Ihr Kopf zitterte leicht. Sie redete beruhigend auf sich ein. Du hast zu viel Alkohol getrunken, sagte sie sich. Und dann hast du viel mehr gegessen als in den letzten Wochen. Und es war schön, so mit allen zusammenzusitzen und keine Probleme zu wälzen. Und jetzt kannst du schlafen! Du kennst den Mann, der neben dir liegt. Er wird dir nichts antun, morgen früh werdet ihr beim Aufwachen ein bisschen miteinander reden, und dann gibt es einen neuen Tag. Sie sagte sich: Schlaf jetzt. Dies ist eine friedliche Nacht. Kein Alarm, keine Katastrophe, kein Streit. Alles ist gut. Schlaf jetzt!

Aber sie wurde immer wacher. Jonnys Duft drang in ihre Nase. Sie hatte unendlich lange keinen Mann neben sich gerochen. Sie konnte gar nicht anders, als diesem Geruch nachzuhängen, wie er durch ihre Nase in sie eindrang. Jonnys Atem, ebenso unterdrückt wie ihrer, und trotzdem atmete er wie ein Mann. Sie wusste, gleich würde er einschlafen, auch wenn er jetzt vielleicht ebenso aufgeregt war wie sie. Und dann würde er zu röcheln und zu schnarchen beginnen. So wie es nur Männer taten.

Immer wieder im Verlauf des Abends hatte sie ihn angeschaut und gedacht, was für ein attraktiver Mann er war. Natürlich hatte seine Uniform ein Übriges getan, aber seine blauen Augen, sein markantes viereckiges Gesicht mit dem kantigen Kiefer und der ausgeprägten Stirn, all das strahlte Männlichkeit und Kraft aus. Sie hatte manchmal auf seine Hände geblickt, kräftige zupackende Hände, und sie hatte gewusst, dass die unter dem Hemd verborgenen Arme von der gleichen zupackenden Kraft waren. Nicht nur der Alkohol war ihr im Verlauf des Abends zu Kopf gestiegen, sie hatte sich auch an dem Mann berauscht, der da am Tisch vor ihr gesessen hatte.

Ohne sich bewusst zu dieser Frage entschieden zu haben, sagte sie: »Schläfst du schon?« »Nein«, antwortete er. Der Ton, in dem er dieses Nein sagte, rührte an Stellas Herz. Es war ein warmes ruhiges Nein. Eine Männerstimme, die durch dieses Schlafzimmer vibrierte, in dem seit Wochen kein Laut von einem Mann erklungen war. Die Stimme vibrierte durch Stellas Körper hindurch. Sie kämpfte gegen sich selbst. Sie sehnte sich danach, von einer Männerhand berührt, von einem Männermund geküsst zu werden, Männerhaut zu spüren, Männergeruch einzuatmen, Männerlust zu empfangen, Männergier, einen Mann mit allem, was zu einem Mann gehörte, in sich selbst aufzunehmen. Geht es um Jonny?, konnte sie sich noch fragen. Liebe ich nun wieder Jonny? Aber da war es auch schon zu spät, denn fast im gleichen Augenblick wendeten sie sich einander zu, rissen sich gegenseitig die Nachthemden vom Leib, schlüpften gleichzeitig so schnell wie möglich heraus, so dass sie einander Haut an Haut umarmen konnten, küssten sich, als müssten sie einander wiederbeleben, und hielten sich, als würde die Welt um sie herum beben und sie müssten einander halten.

Stella blieb noch die Bewusstheit wahrzunehmen, dass es Jonny offenbar ebenso ging wie ihr. Er besoff sich an ihrem Geruch, ihrer Haut, ihrem Mund, ihren Bewegungen, ihren Händen. Ebenso wie sie sich nach einem Mann verzehrte, trachtete er, ihre ganze Weiblichkeit zu verschlingen.

Sie bewegten sich nicht viel, sie küssten einander nur und hielten sich fest umschlungen, aber ihre Lust aneinander wuchs in himmelsgleiche Höhen. Als Jonny in sie eindrang, war es nur eine logische Fortführung der unglaublichen Nähe und Kommunikation ihrer Körper. Auch jetzt bewegten sie sich nicht viel. Ihre Berührung in der Verschmelzung war unspektakulär, fast unmerklich, aber dennoch von unglaublicher Intensität für beide. Irgendwann allerdings stieß Jonny tiefer in sie hinein, und Stella stöhnte auf. Sie spürte ihn, als würde er sie vollkommen ausfüllen. Seine Bewegungen wurden kraftvoller, sein Atem ging heftiger. Stella war von einem großen Staunen erfüllt. Sie spürte Jonny mit jeder Faser ihres Körpers, innen wie außen. So eine vollkommene Durchdrungenheit hätte sie mit Jonny nie für möglich gehalten. Lustwellen fluteten durch ihren Körper. Jonny und sie verschmolzen mit ihren Mündern, ihren Geschlechtern, seine Hände pressten sich an ihren Hintern, ihre Hände lagen hinter ihrem Kopf, nun verschränkte er eine Hand mit der ihren, eine andere Hand drückte er auf ihre Schamlippen. Stella war weit fortgeglitten. Sie war nicht mehr in diesem Bett, sie war irgendwo im Weltall, wo sie mit Jonny zwischen Universen herumflog. Da zog sich alles in ihr zusammen, ein roter Feuerball breitete sich in ihrem Becken aus, wurde größer und größer, bis er mit einer riesigen Explosion in ihren ganzen Körper Flutwellen von Glück schickte, die alles mitrissen, was da an Verkrampfung und Anspannung in den letzten Monaten abgelagert worden war. Im gleichen Moment stieß auch Jonny einen Erlösungsschrei aus.

Beide fielen gleichzeitig ineinander, aufeinander, miteinander. Sie atmeten heftig. Jonny bedeckte Stellas Gesicht mit kleinen zarten Küssen. Sie spürte, dass er weinte. Seine Tränen tropften auf ihre Wangen. Zärtlich streichelte sie seinen Rücken.

»Stella, vergib mir«, stammelte er. »Bitte vergib mir. Ich hab so schreckliche Sachen getan. Ich hab mich all die Jahre so geschämt. Bitte vergib mir!« Nun weinte er hemmungslos. Stella hielt ihn ganz fest. Und war sie eben überflutet worden von seiner männlichen Kraft und hatte ihr Frausein auf eine wundervolle Weise von ihm genährt gefühlt, so empfand sie jetzt eine große Mütterlichkeit oder auch Schwesterlichkeit. »Ja, ich vergebe dir«, flüsterte sie. »Ich vergebe dir aus tiefstem Herzen.«

Allmählich beruhigte Jonny sich. Er legte sich neben sie. Sie blickten einander an und konnten beide nicht fassen, was mit ihnen geschehen war. Er begann zu sprechen: »Stella, ich …« Stella legte einen Finger auf seinen Mund und sagte: »Pscht, pscht, mein Liebster, schweig.«

So sahen sie einander nur an, zwei Hände ineinander verschlungen, die andere Hand auf den anderen gelegt, bis ihnen allmählich die Augen zufielen und sie einschliefen.

Am nächsten Morgen wachte Stella auf, weil ihr Kaffeeduft in die Nase stieg. Sie schlug die Augen auf und sah vor sich ein Tablett mit einer Kaffeekanne, zwei Tassen, Milch und Zucker in den hübschen silbernen Gefäßen, die Stella nur selten benutzte, und eine große Tafel Schokolade mit Nüssen. Außerdem leuchtete eine rote Rose in einer schmalen Vase auf dem Tablett. Jonny stand vor ihr, das Tablett in den Händen. »Guten Morgen, du schönste aller Schönen!«, rief er. Er sah umwerfend aus in seinem weißen, in der Taille geknoteten Bademantel. Als hätte er gerade einen langen Urlaub hinter sich. Stella platzte heraus: »Wo hast du die Rose heute Morgen erwischt?« Jonny lachte. »Die habe ich gestern schon mitgebracht, aber ich habe mich nicht getraut, sie dir zu überreichen.« Er kam ins Bett und balancierte das Tablett, bis er es zwischen sie beide gestellt hatte.

Stella atmete genüsslich den Kaffeeduft ein. Er schenkte ihr eine Tasse drei viertel voll, fügte Dosenmilch und etwas Zucker hinzu, genauso, wie Stella es mochte. Sie war beeindruckt. Dieses Feingefühl, genau zu wissen, was sie mochte, diese Begeisterung, ihr einen schönen Morgen zu bereiten, war nicht das, was sie mit Jonny bisher in Verbindung gebracht hatte. All das kannte sie von Anthony, nicht von ihrem Ehemann. Schnell schob sie den Gedanken an Anthony fort. Er tat gar zu weh und stieß sie in zu große Verwirrung.

Einträchtig schlürften beide den heißen Kaffee. Jonny brach die Schokolade in kleine Teile. »Du Verführer«, seufzte Stella und schob sich ein Stück süßer Schokolade in den Mund. »Verführer«, wiederholte Jonny mit einem Lächeln in der Stimme. »Das höre ich gern.«

Stella wusste nicht, was sie sagen sollte. Die vergangene Nacht stand plötzlich in allen Einzelheiten vor ihren Augen, und überdeutlich spürte sie alles noch in ihrem Körper. Verlegen blickte sie aus dem Fenster. Es war schön gewesen, daran gab es keinen Zweifel, und sie hatte es gewollt, daran gab es auch keinen Zweifel. Sie hatte sich begehrt und geliebt gefühlt, und sie hatte sich dieser männlichen Kraft hingegeben. All das hatte ihr unendlich gutgetan, ihr ganzer Körper fühlte sich anders an als in der langen Dürrezeit davor.

Wahrscheinlich bin ich eine Frau, die nicht treu sein kann, wenn sie nicht gleichzeitig Liebe leben kann, dachte sie, und dabei schwang Traurigkeit mit, aber auch ein Gefühl von Echtheit und Stimmigkeit. Ja, sie war so. Und sie musste es sich jetzt eingestehen: Ich kann voller Leidenschaft und Hingabe lieben, dann bin ich bereit, schwerste Hürden zu überwinden und mich mit meiner ganzen Weiblichkeit einem Mann zu schenken, aber wenn ich ohne Liebe leben muss, so wie damals in Tanganjika mit Jonny oder jetzt mit Anthony, aus anderem Grund, aber dennoch, wenn ich nicht geküsst, nicht im Arm gehalten, nicht berührt, nicht geliebt werde, wenn sich meine Säfte nicht mit denen des Geliebten vermischen, wenn ich als Frau wie eine Hälfte leben muss, die ständig zu der anderen Hälfte strebt, um mich selbst ganz zu fühlen, dann irre ich etwas verloren auf der Erde herum, dann bin ich nicht mehr Stella, dann trocknet mein Geschlecht aus, meine Haut wird brüchig, meine Stimme mag nicht mehr singen, und mein Mund wird schmal und ungeküsst wie der einer alten Frau. Dann muss nur einer kommen, der riecht wie ein Mann, der Hände hat wie ein Mann und der mich als Mann anschaut und berührt, dann ist es um mich geschehen. Trotzig dachte sie: Anthony, du hättest nicht Krieg führen sollen. Du hättest dafür sorgen sollen, dass Frieden herrscht, und du hättest mich zu dir holen sollen.

Sie wusste, dass sie dummes Zeug dachte. Natürlich hätte Anthony nicht für Frieden sorgen können, hätte er es gekonnt, hätte er es getan. Und sie wusste auch, dass Anthony bis zum letzten Augenblick glücklich gewesen wäre, wenn sie zu ihm nach England gekommen wäre. Das Ganze war nicht an ihm gescheitert, sondern an ihr. Und das tat ihr nicht einmal leid. Noch nie hatte sie bereut, dass sie nicht nach England gegangen war. Es war zwar schrecklich, in Deutschland zu leben, es war auch schrecklich, in der Angst vor den Engländern zu leben, aber Stella wusste immer, dass sie hier sein musste, weil sie ihre Schwester Lysbeth und deren Mann Aaron beschützen musste. Und weil die beiden nur beschützt werden konnten, wenn sie selbst anwesend war.

Aber sie wusste auch, dass das, was in der vergangenen Nacht geschehen war, nichts mit ihrem Wunsch zu tun hatte, Jonny für den Schutz von Aaron einzuspannen.

Da griff Jonny nach ihrer Hand und sagte: »Liebe Stella, ich bin dir dankbar für die letzte Nacht. Du weißt gar nicht, was das für mich bedeutet hat.« Stella wandte ihm ihr Gesicht zu. Sie erinnerte sich wieder daran, dass seine Tränen ihr Gesicht benetzt hatten, als er sie mit kleinen Küssen überall bedeckt hatte. Sie lächelte ihn an und drückte seine Hand. »Es war schön, Jonny«, sagte sie sanft. »Lass uns nicht mehr darüber sprechen. Ich möchte es nicht mit Worten zerstören.« Er lächelte sie breit an. Sie wusste, dass sie gerade verkehrte Welt spielte. Normalerweise war er es gewesen, der nicht über Gefühle, Nähe, Gewesenes sprechen wollte, und sie war diejenige, die schöne Momente, innige Nähe noch einmal wachrufen wollte, um sie in der Erinnerung ein zweites Mal zu erleben.

Schweigend schlürften sie wieder ihren Kaffee, und Stella lutschte ein zweites Stück Schokolade. Da sagte Jonny: »Stella, es steht nicht gut.« An seiner Stimme merkte sie, wie schwer ihm dieses Geständnis gefallen war. Sie wusste nicht, wovon er sprach. Ging es um seine Tochter, seine Zweitfrau oder um seine Gesundheit? Erschrocken warf sie ihm einen Blick von der Seite zu. Nein, er sah blendend aus. Seine Gesundheit konnte es nicht sein. Was also stand nicht gut?

Da fuhr er fort: »Ich weiß nicht, ob ihr es schon gehört habt. Brauchitsch ist entlassen.« Stella war erleichtert. Es ist also nichts wirklich Bedeutsames, dachte sie. Brauchitsch, wer war Brauchitsch? Ach ja, der Oberbefehlshaber des Heeres, Generalfeldmarschall von Brauchitsch. Ihr dämmerte, dass es sich doch um etwas Bedeutsames handelte.

»Wieso ist er entlassen?«, fragte sie erstaunt.

Und nun sprudelte es aus ihm heraus. »In Russland hat es eine dramatische Wende gegeben. Hitler hat schon den Endsieg verkündet, das habt ihr doch auch in Hamburg gehört, oder etwa nicht?« Er sah Stella kurz an. Sie nickte, und er fuhr fort. »Aber es wird ja auch dir aufgefallen sein, dass der Endsieg ausgeblieben ist. Ich habe vor drei Tagen mit einem Offizier gesprochen, der in Russland verwundet wurde und zu Weihnachten aus dem Lazarett nach Hause gekommen ist. Er hat erzählt, dass unsere Truppen völlig überrumpelt worden sind. Aus irgendeinem Grund hat das sowjetische Oberkommando seine Truppen aus Sibirien und von der Grenze mit China und der Mandschurei abgezogen. Die ist viele tausend Kilometer lang, das sind viele Soldaten. Außerdem haben sie alles, was in den Rüstungswerken produziert wurde, die hinter dem Ural liegen, mit der Transsibirischen Eisenbahn unablässig nach Moskau und in die östlich davon gelegenen Sammellager rollen lassen, dorthin, wo die Elitedivisionen aus Sibirien und Fernost zusammengezogen worden waren.« Stella stellte sich vor, was dort geschehen war. Sie sah die Massen von Menschen, zugleich die Menge von Kriegsmaterial durch Russland rollen, dorthin, wo die deutschen Truppen lagen. »Das hat die Deutschen in Schwierigkeiten gebracht …«, überlegte sie. Sie brachte es nicht über die Lippen, das gebräuchliche »uns« zu sagen. »Jetzt verstehe ich, wieso der Endsieg ausgeblieben ist.«

»Ja«, stimmte Jonny zu. »Vorher war die Lage im Norden, Westen und Süden von Moskau für die Rote Armee immer verzweifelter geworden, und die sich lichtenden Reihen der ›Arbeitermilizen‹ wurden schon mit Frauen, Kindern und Greisen aufgefüllt. Aber ohne dass die unseren es merkten, sammelten sich ausgeruhte Truppen aus Sibirien. Das sind Soldaten, die an einen Winter mit minus fünfzig Grad gewohnt sind, die waren gut ausgerüstet. Keiner von den unseren hat damit gerechnet. Alle dachten, dass diese Truppen durch die Japaner an der Grenze gebunden waren. Aber die haben alles von dort abgezogen. Transporte mit modernsten Panzern und Flugzeugen waren angekommen, Artilleristen hatten Tausende von Geschützen in Stellung gebracht.« Seine Stimme klang aufgeregt. Stella hörte gebannt zu. Jetzt bekam sie endlich einmal einen Bericht über die Lage in Russland, der nicht propagandistisch verlogen war. Sie stellte sich lebhaft vor, wie es dort zugegangen war, und bei allem Triumph über die deutschen Schwierigkeiten taten ihr die Soldaten leid. Aufmerksam verfolgte sie jedes Wort von Jonnys Bericht.

»Am 5. Dezember und in der Nacht zum 6. ist die neue Front – sieben Armeen und zwei Kavalleriekorps – in die Ausgangsstellungen eingerückt, und im Morgengrauen hat dann die große Offensive begonnen. Der Schlag kam plötzlich und vernichtend. Mein Gewährsmann hat gesagt, dass es nicht absehbar ist, ob sich die Wehrmacht davon erholen wird.«

Stella sagte: »Der Dezember muss entsetzlich kalt in Russland gewesen sein!« »Ist es noch«, entgegnete Jonny. »Von Endsieg kann keine Rede mehr sein. Unsere Soldaten mussten zurückweichen, weil die Sowjets ständig in ihre Linien einbrachen. Immer wieder haben sich die Linien aufgelöst, und keiner weiß, wie viele deutsche Soldaten im russischen Schnee umgekommen sind. Der Offizier, mit dem ich nur reden konnte, weil mein zweiter Offizier an Bord mit ihm befreundet ist und der sich nur deshalb getraut hat, ehrlich zu sprechen, hat gesagt, dass er sich niemals vorher hat träumen lassen, wie endlos Schneeflächen sein können und wie entsetzlich man frieren kann, wenn der eisige Wind über die weiße Weite streicht. Er sagte, dass man Stunden und Stunden durch ein weißes Nichts fährt, ein Niemandsland, und dann plötzlich ausgemergelte, schlecht ernährte Männer trifft, deutsche Soldaten. Und dann die vorzüglich für den Winter ausgerüsteten gutgenährten frischen Sibirier. Er hat gesagt, dass er es wie einen Schlag ins Gesicht empfindet, wenn hier von Endsieg geschwafelt wird. Keiner in Deutschland, so hat er gesagt, kann ermessen, was unsere Truppe durchgemacht hat. Nur ihre Tapferkeit und Kampfmoral hat Deutschland vor dem vollständigen Debakel bewahrt.«

Stella dachte nach. »Aber warum ist jetzt Brauchitsch zurückgetreten?«, fragte sie.

»Generaloberst Guderian hat in dieser Lage den Rückzug befohlen. Er wurde kurz darauf von Hitler seines Kommandos enthoben. General Hoepner wurde aus dem gleichen Grund degradiert und aus der Wehrmacht entlassen. General Hans Graf von Sponeck, der auf der Krim ein Korps befehligt und mit einer Division zum Rückzug gezwungen war, ist degradiert und verhaftet worden. Ja, und vor zwei oder drei Tagen hat der Oberbefehlshaber des Heeres, Generalfeldmarschall von Brauchitsch, seinen Abschied erhalten, und jetzt ist Hitler selbst sein Nachfolger.«

Stella fröstelte, obwohl sie unter der dicken Decke lag. »Damit ist Hitlers Sieg über die Generale vollständig«, sagte sie leise. »Ja«, stimmte Jonny düster zu. »Er ist jetzt zugleich Staatsoberhaupt, Reichskanzler, Kriegsminister, oberster Befehlshaber der Wehrmacht und Oberbefehlshaber des Heeres.«

Stella überlegte. Warum erzählte Jonny ihr das alles? Er wusste, dass sie nicht mit den Nazis sympathisierte, er wusste, dass sie einen Engländer liebte. Ja, dachte sie, wenn schon Generäle in Gefahr sind, vielleicht sogar bestraft zu werden, weil sie sich als Generäle verantwortlich für ihre Soldaten verhielten, dann betraf das auch Jonny. »Jetzt sind seine Marschälle und Stabschefs und all die anderen führenden Militärs nur noch ausführende Organe«, sagte sie nachdenklich. »Selbständiges Handeln ist jetzt für jeden gefährlich, auch für dich, oder?«

Jonny nickte. »Aber du musst selbständig handeln«, klagte er. Stella spürte seine Anspannung, als er fortfuhr: »Du kannst gar nicht anders, Hitler steht nicht neben dir, wenn es um Leben und Tod in einer einzigen Sekunde der Entscheidung geht.«

Stella drückte seine Hand, die feucht geworden war. »Er hat also eine empfindliche Niederlage in Russland erlitten«, sann sie, »und wenn das publik wird, könnte es zur Folge haben, dass die Legende seiner Unbesiegbarkeit zerstört wird.«

Jonny stimmte wieder zu. »Ja, die hundert frischen, bestens ausgerüsteten Elitedivisionen Schukows haben Hitlers verkündeten ›Endsieg im Osten‹ verhindert. Und, Stella, das hätte er nicht tun dürfen, das war voreilig. Jetzt wurde die Wehrmacht zum Rückzug gezwungen. Der Überraschungsangriff der Sibirier hat die Eroberungspläne des ›Führers‹ durchkreuzt.«

Erstaunt horchte Stella, wie Jonny »Führer« aussprach. Wollte er damit etwa ausdrücken, dass hier einer am Drücker war, der gar nicht wirklich zur Führung fähig war? Bitter fügte er hinzu: »Die deutschen Armeen wollten ja in Moskau Weihnachten feiern. Jetzt werden sie weder die sowjetische Hauptstadt noch Leningrad oder gar Stalingrad Weihnachten von innen sehen, sondern müssen sich im Schnee Iglus bauen.«

Unwillkürlich musste Stella lachen. Sie stellte sich vor, wie die deutsche Armee in den russischen Weiten in Iglus Weihnachten feiert. Sie rief sich schnell zur Ordnung. Das war nicht lustig! Die armen Soldaten konnten nichts dafür, dass Hitler größenwahnsinnig war. Aber konnten sie wirklich nichts für ihre Lage? Nun wurde Stella wieder nüchtern, und auch ihr Mitgefühl mit Jonny relativierte sich. Wer mit den Wölfen heult …, dachte sie. Aber sie hütete sich, das zu sagen. In diesem Augenblick war sie wieder die Frau, die kühl taktierend überlegte, wie sie ihre Schwester und ihren Schwager schützen konnte. Ihre hingebungsvolle Offenheit der vergangenen Nacht war verschwunden.

Sie überlegte, inwieweit sich die Lage für Jonny verändert hatte. Nun, sie wusste, dass er ein kalt denkender Mensch war, der Gefahr für sich selbst bereits roch, bevor sie nah gekommen war. Er war auch niemand, der sein eigenes Interesse aus den Augen verlor, wenn er sich mit einem Menschen oder einer Idee verbündete. Jonny war nur treu, wenn diese Treue ihm selbst Sicherheit, Gewinn, Bequemlichkeit gab. Sie hatte es selbst erfahren: In dem Augenblick, in dem Jonny woanders einen höheren Gewinn an Befriedigung, Bestätigung, Kraftzuwachs erwartete, bedeutete Treue für ihn nichts mehr. Gar nichts mehr. Und Hitler schien ihm nicht mehr das Maß an Sicherheit zu bieten, das Jonny brauchte, um sich einer Sache zu verschreiben.

»Glaubst du, wir könnten verlieren?«, fragte sie. Sie stellte die Frage mit einer fast schon piepsigen kleinen Mädchenstimme. Sie tat das absichtlich. Wenn Jonny nicht bereit war, darauf einzugehen, konnte er sie jetzt einfach als kleines dummes Mädchen abkanzeln, und ihrer beider Harmonie wäre nicht gestört. Sie sagte auch absichtlich: Wir. Denn sie wollte sehr deutlich machen, dass doch auch sie selbst an einem Sieg der Deutschen interessiert wäre, dass auch sie selbst zu »wir«, wir Deutschen, dazugehörte. Sie wusste nicht einmal, wie wichtig all diese Vorsichtsmaßnahmen im Kontakt mit Jonny waren, aber sie hatte in den letzten Jahren gelernt, dass sie niemandem trauen durfte. Außer natürlich Lysbeth und Aaron und Lydia.

Aber Jonny reagierte völlig anders, als sie befürchtet hatte. Er sagte schlichtweg: »Ja, ich halte das für möglich.«

Stella starrte ihn entsetzt an. Mit so einer Antwort hatte sie nicht gerechnet. Er bemerkte ihr Entsetzen. Und verstand es falsch. Seine Reaktion zeigte, dass er davon ausging, dass sie die Möglichkeit einer deutschen Niederlage in diesem Krieg für vollkommen ausgeschlossen hielt. Im Gegensatz zu ihr hatte er offenbar gar keine Angst davor, ihr nicht trauen zu dürfen. Er tätschelte ihre Hand und versuchte, sie zu beruhigen: »Du hast von möglich gesprochen, Stella, und da kann ich nur wiederholen: Ja, es ist möglich. So ist das in einem Krieg. Wenn alles von vornherein entschieden wäre, müsste man keinen Krieg führen. Und ein Krieg kann auch immer wieder andere Wendungen nehmen, das ist ja das Interessante am Krieg.« Er verstummte, und Stella hakte nach: »Du meinst also nur rein abstrakt, dass wir den Krieg verlieren könnten, aber das hat keinen realen Hintergrund, oder habe ich dich falsch verstanden?«

Jonny lachte leise. »Du hast mich richtig und falsch verstanden«, sagte er nach einiger Zeit des Nachdenkens. »Ich will dich nicht beunruhigen, Stella, aber dass Hitler mit den USA Krieg begonnen hat, und wir jetzt den Krieg in Russland im Winter überstehen müssen, das finde ich gefährlich …«

»Wieso?«, fragte sie schnell, denn sie wollte auf gar keinen Fall, dass Jonny aufhörte zu sprechen, wie er es manchmal tat, wenn er begriff, dass er ihr zu viel erzählt hatte. »So wie ich es verstanden habe, kommen sie doch an unseren U-Booten nicht vorbei, um ihre Flotte hierher zu verschiffen. Also können sie uns doch gar nichts tun, aber wir können ihre Schiffe versenken.«

Wieder lachte Jonny, ein leises zärtliches Lachen, das gegen Stellas Willen eine Wärme in ihren Unterleib zauberte. »Du hast dich ja zu einer Kriegsexpertin entwickelt, meine Schöne«, sagte er und legte seine Hand auf ihren Bauch, genau dahin, wo es eben warm geworden war. »Und du hast sogar recht, aber Hitler vergeudet Menschenleben. Und auf die Dauer kann das nicht gutgehen. Dass er von Brauchitsch jetzt davongejagt hat, bringt uns in höchste Gefahr. Hitler ist kein General, kein Feldherr. Hitler hat das alles nicht gelernt. Krieg führen ist eine Wissenschaft, das muss man auch lernen. Wenn Hitler jetzt die Schlachtpläne entwirft, habe ich große Angst.«

Stella zuckte zusammen. Jonny und Angst? Sie konnte sich nicht erinnern, dass er das jemals gesagt hatte. Da fuhr er schon fort: »Die Amerikaner vertrauen auf ihre Technik und auf ihr Material. Und ansonsten haben sie Zeit. Sie können sich etwas einfallen lassen – und das müssen sie auch –, wie sie unsere U-Boote überwinden und wie sie im Luftraum stärker werden. Aber wir … uns läuft die Zeit jetzt davon. Hitler hat den Endsieg angekündigt. Er ist eigentlich völlig unglaubwürdig geworden.«

Stella dachte wieder nach. Was war Jonnys eigentliche Angst? Eine deutsche Niederlage wäre schrecklich für ihn, ja, das wusste sie. Er hatte schon eine deutsche Niederlage erlebt, und er hatte sie bis zuletzt nicht wahrhaben wollen. Wenn man Fred Solmitz und Jonny zuhörte, merkte man, dass sie die deutsche Niederlage damals immer noch nicht richtig wahrhaben wollten. Hatte er Angst zu sterben? Darüber hatte sie noch nie nachgedacht. Hat ein Soldat Angst zu sterben? Ja, natürlich, jeder Mensch hat Angst zu sterben, auch ein Soldat. Und genau aus diesem Grund führten die Männer ja auf eine Weise Krieg, dass möglichst die anderen und nicht sie selbst sterben würden. Aber was war Jonnys große Angst?

Sie beschloss, ihn ganz direkt zu fragen. »Hast du Angst zu sterben, Jonny?«

Sein Lachen machte sie ganz verrückt. Er soll mit diesem Lachen aufhören!, dachte sie zornig, denn wieder war ihr Bauch heiß und kribbelig geworden. Seine Hand tat ein Übriges. Außerdem schien sie in der Zwischenzeit ein kleines Stückchen tiefer gerutscht zu sein, so dass irgendetwas von ihr ausging, das zwischen ihre Beine kribbelte.

»Nein, Stella«, sagte er entschieden. »Und ja. Selbstverständlich habe ich Angst zu sterben. Und manchmal nach brenzligen Situationen, im Eis oder unter Beschuss oder mit möglichen Minen unter uns, dann habe ich weiche Knie und fange an zu beten. Ja, manchmal bete ich. Aber das ist jetzt nicht meine Sorge.« Er schwieg und streichelte ihren Bauch. Er beugte sich über sie und küsste sie. »Du bist so unfassbar schön«, sagte er mit rauer Stimme. Stella umschlang ihn. »Wovor hast du Angst, Jonny?«, fragte sie direkt. Er küsste sie wieder. Seine Hand glitt tiefer. Stella atmete seufzend aus. Er zog ihr Nachthemd hoch und küsste ihre Brüste. Dann wanderte er mit seinen Küssen ihren Körper hinab, bis sein Mund und seine Hand sich trafen. Stella hatte ihre Frage vergessen. Nie hätte sie es für möglich gehalten, dass Jonny sie auf eine so verspielte und leidenschaftliche Weise zugleich so verrückt machen konnte. Sie vergaß alles um sich herum.

Eine ganze Weile später, Stella lag verschwitzt, tief atmend und völlig aufgelöst von der Wucht der Lust, die er in ihr immer aufs Neue entfacht hatte, auf ihm, da sagte er: »Schau mich an«, und er küsste sie wieder auf diese wundervolle Weise, die sie erschauern machte. Diesmal hielt sie die Augen offen, und sie blickten einander an. Stella dachte, sie würde ohnmächtig unter diesem Blick. Sie meinte, die Kraft nicht aushalten zu können, die zwischen ihnen strömte, aber immer wenn sie die Augen schloss, sagte er: »Schau mich an!«

Als sie endlich, von einer Ruhe erfüllt, die sie seit langer Zeit nicht mehr gespürt hatte und die sie nur vom Liebemachen mit Anthony kannte, ihren Kopf auf seiner Brust ablegte, von seinen Armen umfangen, seine warmen großen Hände auf ihrem nackten Hintern, vernahm sie seine Stimme, ruhig und so ehrlich, wie sie Jonny aus keiner Situation jemals erinnerte: »Stella, ich habe Angst vor der Rache, die all diejenigen an uns nehmen werden, die wir besiegt, gedemütigt, gequält, unterdrückt haben. Und Schlimmeres. Manchmal träume ich nachts von Menschenmassen, die mit bloßen Fäusten auf uns losgehen. Es sind so viele. In meinen Träumen zertrampeln sie mich. Ich liege da, und sie trampeln einfach alle über mich rüber in ihrer unermesslichen Wut …«

Stella sah den Traum vor sich. Sie sah die Gesichter all der Menschen, die vom Logenhaus abtransportiert worden waren. Sie sah die Gesichter der polnischen und französischen und russischen Kriegsgefangenen. Und sie sah Anthonys Gesicht und Angelas Gesicht, und dann sah sie Aarons Gesicht und dann Lysbeths und dann ihr eigenes.

Plötzlich liefen ihr Tränen über die Wangen. Sie wusste nicht, woher die kamen. Von der Erlösung, die Jonny ihr geschenkt hatte? Erlösung aus all den Spannungen, die ihren Körper verkrampft hatten? Oder von den Bildern, die sie gerade sah? Oder aus ihrem Zwiespalt, in dem sie steckte, denn sie empfand in diesem Augenblick eine tiefe Verbundenheit mit Jonny, und sie wollte nicht, dass er gestraft würde für das, wofür er in den Krieg gezogen war.

Ihre Tränen tropften auf Jonnys nackte Brust. Lautlos weinte sie. Aber Jonny war ihr so nah, dass er spürte, wie ihr zumute war, bevor seine Brust nass war. Er streichelte ihre Haare, ihren Rücken, ihren Nacken, ihren Hals. Und so schliefen sie noch mal miteinander ein.

Als sie aufwachten, war es Mittag. Jonny hatte eine enorme Erektion. »Ich habe schon wieder Lust auf dich«, sagte er, aber Stella sprang lachend aus dem Bett und verschwand im Badezimmer.

Einen Tag vor Weihnachten hörten sie im Radio den Abschieds-Tagesbefehl von dem bisherigen Oberbefehlshaber des Heeres von Brauchitsch: »Soldaten! Mit dem heutigen Tage hat der Führer persönlich die Führung des Heeres übernommen … Fast vier Jahre habe ich als euer Oberbefehlshaber das beste Heer der Welt geführt … große Aufgaben sind erfüllt, große und schwere stehen noch bevor. Ich bin überzeugt, dass ihr auch diese lösen werdet. Der Führer wird uns zum Siege führen. Stahlhart den Willen, vorwärts den Blick. Alles für Deutschland …«

Sie saßen gemeinsam vor dem Radio. »Wie mag das alles auf das Heer wirken?«, fragte Stella. Sie traute sich in diesen Tagen, alles zu fragen. Sie hatte sich in die Frau verwandelt, die sie früher gewesen war. Sie fühlte sich weich, beweglich, lebendig, schön und sehr jung. Jonny und sie fielen übereinander her, sobald sie einander berührten. Es war unfassbar, aber wahr. Stella hatte es aufgegeben, sich darüber Gedanken zu machen. Sie hatte diesen Mann einmal sehr begehrt und auch so geliebt, wie sie damals, jung, wie sie war, hatte lieben können. Sie hatte ihn gehasst, so stark, wie sie hatte hassen können. Sie hatte ihn verachtet, und sie hatte sich gewünscht, er möge sterben. Nun erlebte sie mit ihm etwas, das sie als Frau aus einem Dornröschenschlaf weckte. Jonny hatte sie wachgeküsst, und ihr Körper loderte in der Leidenschaft, die in den hundert Jahren Kriegsschlaf in ihm gespeichert worden war. Sie hatte beschlossen, in diesen Tagen, in denen Jonny zu Besuch war, nicht an Anthony zu denken. Das wäre über ihre Kraft gegangen.

Anthony, das war etwas ganz anderes. Anthony, das war Liebe, das war England, das war Zukunft, das war Hoffnung und Hoffnungslosigkeit zugleich.

Jonny war hier. Jonny gab ihrem Körper, wonach er sich so bitter gesehnt hatte. Und er gab ihr viel mehr. Er küsste sie mit offenen Augen, sie liebten einander mit offenen Augen. Er war unglaublich zärtlich, aber er war auch dominant. Er war auch im Bett ein Kapitän. Und Stella war seine Königin, aber sie war auch willenlos, ergeben, völlig hingegeben. Und seltsamerweise vertraute sie ihm so sehr, dass sie ihm diese Hingabe schenken konnte. Sie hatte keine Angst, dass er sie benutzen, missbrauchen oder irgendwie schlecht behandeln könnte. Aber sie ging weit über ihre Grenzen hinaus, ließ viel mehr Lust und Hingabe und Erregung zu, als sie bisher für möglich gehalten hatte.

Die dritte Kriegsweihnacht fand unter einem anderen Vorzeichen statt als die beiden vorigen. Bisher war man davon ausgegangen, dass dies die letzte Weihnacht war, in der man sich mit Krieg und all den Begleiterscheinungen herumquälen musste. Der Sieg hatte zum Greifen nah gewirkt und der anschließende Frieden wie eine Eintrittskarte ins Schlaraffenland vor Augen gestanden. »Am deutschen Wesen soll die Welt genesen«, war zwar die Losung gewesen, aber verstanden worden war dieser Spruch vor allem anders herum, nämlich dass das deutsche Volk an der Welt genesen wollte. Natürlich indem sie überall die deutschen Regeln von Zucht und Ordnung einführen wollten, aber den Ertrag, den Gewinn, den wollte doch jeder einzelne Deutsche für sich selbst beanspruchen. Es sollte allen bessergehen, das war doch das Versprechen. So war Hitler angetreten. Beseitigung der Arbeitslosigkeit. Ruhe und Ordnung auf den Straßen. Schluss mit dem Sittenverfall der zwanziger Jahre.

Und all das war ihm doch auch gelungen! Das jüdische Vermögen war dem deutschen Staat als Erstes zugeflossen, dadurch war Deutschland reicher geworden. Die Juden machten keinen Deutschen mehr arm. Das war doch schon mal etwas. Und sogar jetzt gab es viele Erleichterungen. Zweitausend Juden weniger in Hamburg, das bedeutete einiges mehr an Wohnraum. Der allerdings wegen der Ausgebombten auch benötigt wurde. Und von Arbeitslosigkeit konnte gar keine Rede mehr sein. Die Männer waren alle im Krieg. Die Männerarbeit wurde von den Gefangenen geleistet. Wenn der Krieg endlich vorbei wäre, so hoffte man, würden die Gefangenen alle Arbeit tun, die keiner tun wollte, die für deutsche Hände zu schmutzig war. Sie würden Deutschland wiederaufbauen, und die Deutschen könnten überall in der Welt siedeln, wo es ihnen gefiele. Jeder Deutsche würde reich werden. Wenn die Welt endlich Deutschland gehörte!

In diesem Dezember allerdings war etwas Säure in den süßen Hoffnungsbrei geflossen. Eine geringe Zersetzung der leuchtenden Zukunftsvision hatte stattgefunden, als hätte ein fadendünner störender Strich ein perfektes Gemälde verunstaltet. Niemand sprach mehr darüber, dass Hitler doch den Endsieg angekündigt hatte und jetzt in russischer Kälte immer noch gekämpft wurde. Wenn man sich ein Bild aus all den Nachrichten, die in die Heimat drangen, zusammenfügte, wurde dort schlimmer, verzweifelter, blutiger gekämpft als jemals zuvor.

Aber unter den Hamburgern wurde kein Murren laut. Alle versicherten sich tapfer, dass dies bestimmt die letzte Kriegsweihnacht wäre. Kein Wort wurde darüber verloren, dass Hitler einen Endsieg verkündet hatte, der sogleich in unabsehbare Ferne entschwunden war. Es war, als hätte es die Worte vom Endsieg nie gegeben.

8

Dass Weihnachten kein Schlemmerfest werden konnte, wussten alle. Jedem stand ein halbes Pfund Süßigkeiten auf Karte zu. Die Nachbarinnen aus der Kippingstraße, der Koopstraße und der Kielortallee, die sich in den Geschäften oder auf der Straße trafen, gestanden einander kichernd, sie hätten die Hälfte davon sofort aufgenascht. Ebenso hatte es Stella getan. Lysbeth hingegen sparte sich die Süßigkeiten vom Munde ab und steckte sie Aaron zu, der allerdings wenig Appetit zeigte.

Heiligabend holten Stella und Lysbeth die Torte ab, die sie für Lebensmittelmarken im Gegenwert von 450 Gramm Süßigkeiten bestellt hatten. Sie wehten mehr durch die Straßen, als dass sie gingen. Ein furchtbarer Sturm peitschte den Regen. Trotzdem waren beide gut gelaunt. Das Weihnachtsfest war bei ihnen immer besonders fröhlich gewesen. Sie hatten einander beschenkt, hatten gesungen, gespielt, erzählt. Weihnachten war stets harmonisch gewesen, als gäbe es keine Differenzen in der Familie. Stella allerdings schwebte noch aus einem anderen Grund durch diese Tage. Lysbeth musterte ihre gelöste, strahlende Schwester manchmal prüfend, aber sie sprach sie nicht darauf an, was zwischen ihr und Jonny passierte.

Ihr Weihnachtsfest war zwar nicht so schön wie im vergangenen Jahr, als die Tante und der Vater noch gelebt hatten, aber die ganze Familie hatte sich versammelt. Dritter, Marthe und ihre Mutter waren in die Kippingstraße gekommen, und Marthes dicker Bauch, Dritters zärtliche Fürsorge für sie und die freudige Erwartung auf das Baby zauberten eine ganz besonders friedliche Stimmung.

Auch wenn es etwas umständlich war, alle Lebensmittel aus der Küche nach oben zu tragen, nahmen sie das Weihnachtsmahl doch im Esszimmer im obersten Stock ein. Sie schoben die glasverzierten breiten Flügel der Tür zwischen Wohn- und Esszimmer auseinander, und dann kam alles auf den Tisch: Jonnys Fischkonserven, eine Suppe, die fast so köstlich schmeckte wie die der Tante, zum Nachtisch die Torte und noch viele andere Kleinigkeiten.

Stella und Dritter setzten sich ans Klavier, und alle sangen Weihnachtslieder. Aaron zog sich als Erster zurück, obwohl es noch weit vor Mitternacht war. Man sah Lysbeth zwar ihr Bedauern an, aber sie begleitete ihn, ohne zu murren.

Am Abend, als Jonny und Stella in ihrer neuen Verliebtheit Arm in Arm im Bett lagen und er ihren Rücken streichelte, sagte er: »Stella, kann es sein, dass Aaron krank ist?« Durch Stella fuhr ein Blitz des Erschreckens. »Aaron?«, fragte sie zurück. »Nein, das kann nicht sein. Das würde er selbst oder Lysbeth doch merken.« Jonny hörte nicht auf, sie weiter zu streicheln. Nun glitt seine Hand zu ihrem Hintern. In diesem Augenblick konnte sie das gar nicht ertragen. Sie hielt seine Hand fest, schob sich auf die Unterarme und blickte Jonny streng an. »Wie kommst du darauf?«, fragte sie. Er wiegte bedächtig seinen Kopf hin und her. »Er ist furchtbar dünn. Und er isst so wenig. Ich kenne das von Männern aus dem Krieg. Wenn die hungern und hart schuften müssen, sehen die so aus wie Aaron. Aber wenn es dann etwas gibt, dann langen die zu.«

Stella wurde zornig auf Jonny. Wieso beobachtet er Aaron so genau? Das steht ihm nicht zu, dachte sie. Aber dann bemächtigte sich ihrer eine ohnmächtige Angst. »Das würde er doch merken«, sagte sie kleinlaut. »Und Lysbeth entgeht gar nichts, was Aaron betrifft.« Wieder wiegte Jonny bedächtig den Kopf. »Er würde, glaube ich, nichts sagen. Den haben sie ziemlich kleingekriegt.« Stella hätte ihn schlagen mögen. Aber sie verhielt sich ganz still. »Und Lysbeth will es vielleicht nicht sehen«, sagte er. »Das ist doch oft so, dass die Angehörigen die Letzten sind, die es wahrhaben wollen.« Stella beschloss, Lysbeth sofort am nächsten Tag darauf anzusprechen. Sie wurde plötzlich unendlich müde, drehte sich auf die andere Seite und schlief sofort ein, ohne Jonny noch einmal geküsst zu haben.

Am zweiten Weihnachtstag waren Stella und Jonny bei seiner Mutter eingeladen. Stella erlebte ein Déjà-vu: Sie bereitete sich auf den Besuch bei ihrer Schwiegermutter vor, indem sie ihren Kleiderschrank inspizierte und drei Kleider herauszog, die ihrer Meinung nach in Frage kamen. Da erschien Jonny im Zimmer. Er kommentierte ihre Kleiderwahl in der gleichen Aufgeregtheit, die er immer schon an den Tag gelegt hatte, wenn es um seine Mutter gegangen war. Das blaue Kleid war ihm zu kurz, das rote zu gewagt, das champagnerfarbene Kostüm mit dem Fuchsfellkragen fand er zu warm für einen Nachmittagsempfang. Also hängte Stella wortlos alles in den Schrank zurück, öffnete diesen weit und sagte: »Such du aus. Ich zieh alles an, was dir gefällt.« Gereizt fuhrwerkte er zwischen ihren Kleidungsstücken herum. Schließlich zog er einen blauen plissierten Rock heraus. »Dazu eine weiße Bluse«, sagte er. »Und du bist perfekt.« Stella brach in lautes Lachen aus. Das war haargenau der Rock, den er ihr in früheren Zeiten schon einmal anlässlich eines Besuchs bei seiner Mutter empfohlen hatte. Damals war Stella wie ein biederes Muttchen auf der Party ihrer Schwiegermutter erschienen, die selbst eine Sünde von Abendkleid getragen hatte. »Jonny, das zieh ich nicht an«, verkündete sie kategorisch. »Aus dem Alter bin ich raus, oder ich bin noch nicht drin. Hanseatisch bieder Blau und Weiß passt nicht zu mir.« Jonny stieg die Zornesröte ins Gesicht.

In diesem Moment wurden Stellas Gefühle eiskalt. Sie blickte den Mann an, mit dem sie nun schon so lange verheiratet war und den sie so lange nicht mehr geliebt hatte, weil er sie mit seinem egoistischen Zorn, mit seiner Selbstgerechtigkeit, mit der brutalen Durchsetzung seiner Bedürfnisse so häufig verletzt hatte, dass sie ihr Herz – und ihr Geschlecht – vor ihm verschlossen hatte. Wie konnte es kommen, fragte sie sich befremdet, dass ich jetzt wieder so offen für ihn war?

Da hatte Jonny sich wieder gefangen, umarmte und küsste sie und sagte liebevoll: »Du bist immer schön. Und du hast einen viel besseren

Geschmack als ich. Was misch ich mich da ein?« Er verließ den Raum, und Stella hörte, wie er sich im Wohnzimmer ein Glas einschenkte.

Sie entschied sich für ein Kostüm, das sie sich noch vor dem Krieg hatte schneidern lassen. Es war flaschengrün, was zu ihren roten Haaren sehr eigenwillig aussah. Der Rock fiel weich und glockig um ihre Beine. Das Oberteil war eng geschnitten. An der Taille war ein kleiner glockiger Schoß angesetzt. Den runden Ausschnitt säumte ein schmeichelnder Kragen. Dazu trug sie eine goldene Kette, die sie von ihrer Mutter geschenkt bekommen hatte und die wundervoll in den runden Ausschnitt des Oberteils passte. Sie schlüpfte in flaschengrüne Stiefeletten. So angezogen, ging sie zu Jonny ins Wohnzimmer. »Na?«, fragte sie und drehte sich vor ihm einmal um die eigene Achse.

Er blickte mit etwas glasigen Augen auf sie, zuerst nahm sein Gesicht den gleichen abwehrenden Ausdruck an, den er zuvor bei ihren anderen Kleidern gezeigt hatte, aber dann umfing er sie, schob eine Hand in ihren Ausschnitt und wollte sich an ihren Brüsten zu schaffen machen. Stella gab ihm einen Klaps auf die Hand. »Du bist betrunken«, sagte sie lachend. »Deine Mutter wird mit dir schimpfen.«

Als sie bei Edith von Warnecke ankamen, wurden sie bereits von einer perfekt zurechtgemachten Gastgeberin erwartet. Wie unzählige Male zuvor, wenn Jonnys Mutter ihn und Stella zu sich eingeladen hatte, fanden sie eine große Gesellschaft vor. Für den Bruchteil einer Sekunde entglitten Jonny die Gesichtszüge, und er sah aus wie ein enttäuschter Junge, der sich darauf gefreut hatte, seiner Mutter von seinen Abenteuern in der großen Welt zu erzählen, und der nun kein Gehör fand.

In diesem Augenblick wallte in Stella eine riesige Liebe für ihn auf. Sie verstand, warum sie diesen Mann geheiratet hatte, und sie verstand auch, warum sie sich ihm jetzt wieder hingeben konnte. Der Grund lag nicht nur in ihrem ausgehungerten Frauenkörper, sondern auch in diesem Mann, der eine unschuldige Sehnsucht danach ausstrahlte, für eine Frau wichtiger zu sein als alles andere auf der Welt. Nur leider, das begriff Stella in diesem Moment auch, würde keine Frau der Welt seine Sehnsucht stillen können, weil sie im Grunde seiner Mutter galt. Und für seine Mutter würde er nie das Wichtigste auf der Welt sein, denn das Wichtigste auf der Welt war für Edith von Warnecke in jedem Fall sie selbst. Und dann noch einmal sie selbst. Und dann alles, was ihr Spaß machte, was ihre Gier nach Größe und Einfluss befriedigte. Edith von Warnecke musste unablässig dafür sorgen, die in jeder Hinsicht perfekte Frau zu sein, die von den wichtigsten Männern bewunderte, geschätzte, angehimmelte, respektierte Frau.

Ihrem Sohn kam in diesem Szenario nur die Bedeutung zu, sie zu spiegeln, ihre Schönheit, ihren Reiz, ihre Besonderheit zu unterstreichen und zu verstärken. Er war eins ihrer Accessoires. Stella hingegen war ihr vollkommen gleichgültig. Eigentlich hätte sie eine Konkurrenz bedeuten können, aber Stella hatte von der ersten Begegnung an begriffen, dass eine Konkurrenz zu Edith von Warnecke gefährlich war und es gar kein Vergnügen sein würde, diese Frau als Feindin zu haben. Also begab sie sich heute wie bei ähnlichen Gelegenheiten zuvor, ohne zu zögern, in den Schatten ihrer Schwiegermutter und ihres Mannes und verwandelte sich in eine unscheinbare Frau.

Jonny hatte sich schnell wieder gefangen und verhielt sich so, wie Stella es von ihm kannte. Er stellte sich zu der Gruppe der Männer, die in der Schifffahrt das Sagen hatte, Reeder, Geschäftsleute, Militärs. Früher, als Graf von Lettow-Vorbeck noch auf den Gesellschaften seiner Mutter mit seinen Afrika-Geschichten brilliert hatte, war Jonny aus dessen Nähe nicht wegzulocken gewesen, jetzt hielt er sich an die augenblicklichen Strahlgestalten. Graf von Warnecke, Jonnys Stiefvater, nahm an der Feier nicht teil. Von Stella nach ihrem Mann befragt, antwortete Edith, als hätte Stella etwas Obszönes von sich gegeben: »Klaus geht es nicht gut. Er schläft.« Stella begriff. Klaus von Warnecke war während der vergangenen Monate offenbar so dement geworden, dass Edith ihn einfach wegschloss, wenn Gäste kamen. Stella überlegte, ob sie ihm einen Besuch abstatten sollte, aber Ediths Ton und Blick bei der Antwort auf Stellas Frage schreckten sie ab.

Stella plauderte mit den Damen über Mode und Rezepte, mit den Herren über Musik und über deren jeweilige Geschäfte. Kein Wort fiel über die Zerstörung Hamburgs, kein Wort fiel über die Kämpfe in Russland, und kein Wort fiel über den Rücktritt von Brauchitschs, kein Wort fiel über Klaus von Warnecke.

Als sie von diesem Fest nach Hause kamen, war Stella hundemüde. Ihr Körper war so erschöpft und ausgelaugt, als hätte sie drei Nächte durchgetanzt und durchgesoffen. Als Jonny nach ihr griff, tat sie so, als würde sie schon schlafen. Im nächsten Augenblick schnarchte er. Seine Hand lag noch auf ihrem Bauch. Stundenlang lag sie wach. Sie ließ all die Ereignisse der vergangenen Tage seit Jonnys Ankunft immer wieder Revue passieren. Jetzt brach das schlechte Gewissen Anthony gegenüber über sie herein. Sie liebte ihn, daran gab es überhaupt keinen Zweifel. Oder doch?

Sie fand ihr Leben entsetzlich verworren. Sie griff nach Jonnys Hand und hielt sich daran fest. So glitt sie allmählich in den Schlaf.

An Silvester feierten Dritter und Marthe den Einzug in ihrem Haus in der Johnsallee. Sie hatten den Termin so gelegt, weil sie unbedingt Jonnys Teilnahme wünschten. Es wurde eine rauschende Feier mit vielen Gästen, die Stella nicht kannte. Hans Ränke war selbstverständlich erschienen, aber auch andere Männer, die elegant gekleidet waren, Parteiabzeichen am Revers hatten und stark geschminkte junge Frauen am Arm.

Die Wohnung, die Dritter und Marthe in dem Haus in der Beletage bezogen hatten, war wunderschön. Sie hatte herrlichen Stuck an den Decken, die Tapeten waren luxuriös, und auf dem Dielenfußboden lagen prachtvolle Teppiche. Dritter und Marthe waren vollkommen neu eingerichtet. Keines der Möbelstücke, die dort standen, stammte aus ihrem früheren Haushalt.

Stella fühlte sich beklommen. Sie spazierte herum, aß die angebotenen Häppchen und trank zu viel Wein.

Aaron hatte im letzten Augenblick gesagt, er wolle Dritter mit seinem Erscheinen nicht in Verlegenheit bringen. Lysbeth, die gemeinsam mit Stella und Jonny zur Johnsallee spaziert war, entschuldigte Aaron damit, dass er sich ein wenig krank fühle. Dritter nahm Stella im Verlauf des Abends beiseite und fragte sie flüsternd: »Ist Aaron wirklich krank, oder hatte er Angst vor meinen Leuten?« Stella musterte ihn von oben bis unten. »Ich glaube eher, dass er dachte, du könntest Angst vor deinen Leuten haben«, sagte sie spöttisch. Dritter schüttelte den Kopf. »Meine Leute sind doch ganz anders«, bemerkte er. Aber Stella glaubte ihm nicht. Sie hatte in der letzten Zeit gehört, dass er sich vorstellte »Wolkenrath, kein Jude.« Es hatte ihr den Atem verschlagen. Aber wie es ihr neuerdings oft geschah, hatte sie auch in diesem Fall beabsichtigt, mit ihm darüber ein Gespräch zu führen, und es dann verschoben. Und danach fast vergessen. Fast vergessen.

Als Lysbeth sich eine Stunde nach ihrem Kommen verabschiedete, bekam Stella es gar nicht mit. Erst später fiel ihr auf, dass ihre Schwester fort war. »Wo ist Lysbeth?«, fragte sie Jonny. »Gegangen«, antwortete er lakonisch. »Hast du es nicht bemerkt?« Stella fühlte sich von ihrer Schwester im Stich gelassen. Schnell trank sie ein ganzes Glas Wein leer. Den Rest der Feier tanzte sie mit ihrem Mann, dann sang sie zu Dritters Klavierspiel. Und dann trank sie noch mehr. Als sie sich ins Bett legte, erwog sie, mit ihrer Schwester nie wieder ein Wort zu reden, so übel nahm sie es ihr, dass sie sie auf dem Fest alleingelassen hatte.

Für den Nachmittag des Neujahrstages hatte Jonny die Solmitz eingeladen. Als Stella morgens um 6.00 Uhr mit rasenden Kopfschmerzen erwachte, dachte sie, dass sie den kommenden Tag nicht überstehen würde. Aber dann nahm sie zwei Schmerztabletten und schlief wieder ein. Als sie gegen 11.00 Uhr erfrischt aufwachte, freute sie sich wieder auf den Nachmittag. Zu diesem Beisammensein würden Lysbeth und Aaron selbstverständlich dazukommen. Die beiden hatten auch ohne Zögern zugesagt, als Jonny sie eingeladen hatte. Stella dachte beschämt, wie absurd ihre negativen Gefühle ihrer Schwester gegenüber gewesen waren. Zum Glück wusste Lysbeth nichts davon. Sie verstand Lysbeths frühes Gehen sehr gut, und sie verurteilte sich nun selbst, dass sie das Fest nicht gemeinsam mit Lysbeth verlassen hatte.

Jonny und Stella schälten sich gemächlich aus dem Bett. Da vernahm sie Schritte, die aufgeregt durchs Treppenhaus nach oben stürmten. Es klopfte an ihre Schlafzimmertür, Lysbeth platzte herein. »Stella, wir brauchen einen Arzt. Aaron hat Blut gespuckt.«

Stella wurde vor Schreck einen Moment lang schwarz vor Augen, dann hatte sie sich wieder gefangen. Sie schloss Lysbeth in die Arme und sagte ruhig: »Geh du wieder nach unten und bleib bei ihm, wir kümmern uns um alles.«

Aber als Lysbeth die Treppen hinuntergepoltert war, zuckte Stella hilflos die Schultern. Welchen Arzt konnten sie rufen? Jüdische Ärzte durften nicht mehr praktizieren, und die meisten von ihnen waren entweder emigriert oder abtransportiert worden. Arische Ärzte konnten ihre Konzession verlieren, wenn sie Juden behandelten. Sie brauchten also einen Arzt mit Courage und einer gewissen Abgeneigtheit den Nazis gegenüber. Sie blickte Jonny fragend an. Auch er zuckte mit den Schultern. Nein, in seinen Kreisen gäbe es keine Ärzte, die bereit waren, einen Juden zu behandeln. »Es muss doch eine Stelle geben, wo Juden ärztliche Hilfe bekommen«, sagte er irritiert.

Stella dachte nach. Sie wusste, dass Aaron den Juden ärztliche Hilfe geleistet hatte, aber sie wusste nicht, wer das sonst noch tat. Die Beschränkungen für Juden wurden in den Zeitungen und im Radio veröffentlicht. Aber welche Möglichkeiten ihnen noch blieben, wurde verschwiegen. Wo um alles in der Welt durften sie sich medizinisch behandeln lassen?

Stella ärgerte sich über sich selbst. Wahrscheinlich wusste Lysbeth da viel besser Bescheid und Aaron sowieso, warum also hatte sie die Verantwortung auf sich genommen? Da kam ihr eine Idee. Schnell ging sie einen Stock tiefer zum Telefon und wählte Lydias Nummer. Sie murmelte vor sich hin: »Geh ran, Lydia. Geh ran«, als das Telefon mehrmals klingelte. Da meldete sich eine fremde Männerstimme. Wahrscheinlich war das der SS-Offizier Karl. »Ich würde gern Lydia sprechen«, sagte Stella in ihrer wohlklingendsten verbindlichsten Stimme. »Mit wem habe ich die Ehre?« »Ach, du meine Güte«, platzte sie heraus. »Ich habe mich gar nicht vorgestellt: Stella Maukesch.« Die Stimme des Mannes wurde so freundlich, dass Stella meinte, durchs Telefon seine Verbeugung wahrzunehmen. »Einen kleinen Moment, gnädige Frau«, sagte er salbungsvoll. Dann war schon Lydia am Apparat. »Stella?«, fragte sie besorgt. »Was ist los?«

Stella überlegte, ob der Mann wohl neben Lydia stand. Wenn der ihre Worte hörte, musste sie sehr vorsichtig formulieren. Sie schwieg wohl einen Moment zu lange, denn Lydias Stimme wurde drängend. »Stella, was ist los?« Stella hörte, wie sie zu Karl sagte: »Schatz, fang doch bitte schon mal an, den Tisch zu decken. Und das Kaffeewasser muss auch bald brodeln. Oje, ich hab noch nicht den Kaffee gemahlen. Ach, du bist ein wirklicher Schatz.« Ihre Stimme war zuckersüß. Nun hörte Stella, wie sie dem Mann einen knallenden Kuss aufdrückte.

Sie wartete einen Moment, ebenso wie Stella. Beide schwiegen.

Dann sagte Lydia: »Also?« Stella beschloss, auch jetzt nicht unverhohlen mit der Wahrheit herauszuplatzen. »Wir brauchen einen Arzt, der hierherkommt. Ins Souterrain, ins Gartenzimmer. Lysbeths Mann hat Blut gespuckt. Es muss einer sein, der heute bereit ist zu arbeiten und der …« »Verstehe«, unterbrach Lydia sie. »Ich brauche etwas Zeit, aber das müsste zu machen sein. Am besten empfangt ihr den Arzt oben bei dir und du bist bei der Untersuchung dabei.« Stella dachte nach. »Und wenn es ihm so schlechtgeht, dass er nicht die Treppen hochkommt?« »Dann bist du eben unten dabei«, bestimmte Lydia schnell. Stella vernahm wieder die Männerstimme, die offenbar aus der

Küche etwas fragte. »Ich melde mich wieder«, sagte Lydia. »Bis dann.« Sie legte auf.

Stella überlegte, was sie jetzt noch tun konnte außer warten.

Nun, sie musste alles vorbereiten. Der Mann würde sich in Lebensgefahr bringen. Er konnte seinen Beruf verlieren, in Schutzhaft kommen, und manche kehrten aus dem KZ nicht zurück. Sie sollte also dabei sein, damit er sagen konnte, dass er sie behandelt hätte. Welche Krankheit konnte sie haben? Und was war mit Jonny? War es besser, wenn Jonny dabei war oder nicht? Auf jeden Fall mussten Cynthia und Eckhardt aus dem Weg geschafft werden.

Während all dieser Überlegungen kleidete Stella sich an. Nun zog sie den blauen Rock und die weiße Bluse an. Sie sah untadelig seriös aus. Sie eilte hinunter zu Lysbeth und Aaron. Aaron lag mit fieberroten Wangen im Bett und röchelte besorgniserregend. Lysbeth saß neben dem Bett, hielt seine Hand und flößte ihm von Zeit zu Zeit einen sehr übelriechenden Sud ein. Stella flüsterte: »Bald kommt ein Arzt.« Lysbeth lächelte ihr zu. Sie wirkte jetzt ruhig, fast glücklich.

Da hörte Stella, wie das Telefon klingelte. Sie hastete die Treppen hoch, aber Cynthia war wieder einmal schneller. »Wolkenrath«, flötete sie in den Hörer. Stella hörte, wie es knackte, und dann erklang das normale Freizeichen. »Aufgelegt« Cynthia war empört. »Diese Telefonstreiche sind wirklich eine Plage.«

Stella stellte sich neben sie und verwickelte Cynthia in ein Gespräch über den gestrigen Abend. Sie fragte Cynthia, wie es ihr gehe, und erzählte, dass sie sich die ganze Nacht übergeben habe und sie sich fürchterlich elend fühle und … In diesem Augenblick klingelte das Telefon wieder. Stella hatte sich so hingestellt, dass sie als Erste nach dem Hörer greifen konnte. »Hier spricht Stella Maukesch«, sagte sie. Lydias Stimme klang gedämpft. Stella hatte Schwierigkeiten, sie zu verstehen. »Der Mann ist in zehn Minuten da. Keine Fragen an ihn. Er kostet fünfzig Reichsmark.« Stella legte auf.

Cynthia sah sie neugierig an. »Da habe ich aber Glück«, sagte Stella. »Ein Aushilfsarzt hat sich bereit erklärt, nach mir zu sehen.« Sie legte stöhnend ihre Hand auf ihren Bauch. Plötzlich kam ihr der rettende Einfall. »Vielleicht hab ich ja auch gar keinen Kater, sondern habe mich auf dem Fest bei irgendwem angesteckt. Pass bloß auf, dass du dich nicht auch noch ansteckst. Die Nacht war furchtbar.«

Seit Kriegsbeginn hatte Cynthia entsetzliche Angst vor dem Sterben. Das hatte sich allmählich ausgeweitet von der Angst vor den Engländern zu einer Angst vor allem, das ihr irgendwie körperlich schaden konnte. In ihre Augen trat sofort ein ängstliches Flackern. Stella machte sich einen kleinen Spaß daraus, ein trockenes Husten auszuprobieren. Es gelang ihr ziemlich gut. Sie hielt erst verspätet die Hand vor den Mund, und dann hustete sie wieder direkt in die Richtung von Cynthias Gesicht. Die wich zurück, griff nach der Klinke ihrer Schlafzimmertür, als suche sie Halt, und sagte dann: »Wenn du krank bist, gehörst du ins Bett. So bist du ja eine Gefahr für die Menschheit.«

»Du hast recht.« Stella hustete und hielt sich den Bauch, als müsste sie sich gleich übergeben. »Ich geh noch mal runter zu Lysbeth, vielleicht hat die etwas Linderndes für mich.« Da war Cynthia schon in ihrem Schlafzimmer verschwunden.

Die sehen wir so schnell nicht wieder, dachte Stella voller Genugtuung, und trotz der gefährlichen Situation empfand sie großen Spaß dabei, wieder einmal ein wenig zu schauspielern.

Sie hielt sich im Treppenhaus auf, lungerte vor dem Telefon herum, hustete von Zeit zu Zeit und begab sich dann langsam die Treppen hinab. Sie wollte auf keinen Fall nach unten zu Lysbeth gehen, denn trotz aller Vorsichtsmaßnahmen hätte Cynthias Neugier doch größer sein können, und dann wäre sie beim Klingeln zur Haustür geeilt. Also setzte Stella sich auf die erste Stufe, die nach unten führte, und wartete.

Es klingelte. Sie öffnete die Tür zum Eingangsvorraum und dann sofort die Haustür. Vor ihr stand ein kleiner rundlicher älterer Mann in einem dunklen Wintermantel mit einem dicken Pelzkragen. Auf dem Kopf trug er einen imposanten Flanellhut im gleichen Dunkelgrau wie der Mantel. Seine Füße setzte er auf eine eigenartige Weise seitlich verdreht auf, ähnlich einer Balletttänzerin. Er aber glich mehr einer kleinen dicken Ente.

Er putzte sich die Füße sorgfältig an der Fußmatte ab, dann folgte er wortlos Stella, die erst den Kopf ins Treppenhaus steckte und zu Cynthias Tür lugte. Dort war alles geschlossen und still. Schnell schob Stella den Mann an sich vorbei zu der Treppe, die nach unten führte. Aufrecht und stolz watschelte der kleine Mann die Treppen hinunter. Stella folgte ihm.

Sie öffnete die Tür zu Lysbeths und Aarons Schlafzimmer. Der Mann trat ein. Auch hier sagte er keinen Ton. Er zog nicht einmal seinen Mantel aus, öffnete seine lederne Tasche, die nicht an eine Arzttasche erinnerte, und entnahm ihr alle möglichen Utensilien. Dann untersuchte er Aaron. Aaron war in ein Fieberland weggetreten. Zwar blickte er den Arzt manchmal an, aber das war ein Blick von weit her und ergriff den fremden Mann nicht, er tauchte durch ihn hindurch in eine fremde Welt.

Als der Arzt fertig war, wischte er alle Instrumente sorgfältig mit einem Tuch sauber, verstaute sie wieder in seiner Tasche und sagte zu Lysbeth: »Er hat eine Lungenentzündung, Wasser in der Lunge, vielleicht Rippenfell, vielleicht Tuberkulose. Das kann ich nicht feststellen. Aber es ist auch egal. Entweder er übersteht die kommenden Nächte oder nicht. Er muss viel trinken. Ich schreibe Ihnen ein Rezept.« Er wendete sich an Stella. »Fahren Sie nach Altona und lösen es da ein.« Stella nickte. Der Mann blickte auf Aaron, und es war nicht erkennbar, ob Mitgefühl in seinem Blick lag oder simples ärztliches Interesse. »Geben Sie die Medikamente so, wie ich es Ihnen aufschreibe. Und wenn er die nächsten Nächte übersteht, muss er viel essen. Er braucht Fett. Geben Sie ihm Lebertran.« Er blickte Lysbeth interessiert an. »Ich habe gehört, dass Sie sich in der Naturmedizin auskennen. Halten Sie sich nicht zurück mit Ihren Kräutern. Das kann nicht schaden.«

Er schrieb ein Rezept aus, dazu ein Blatt, auf dem er notierte, wie häufig jedes Medikament gegeben werden sollte. Nun reichte er Lysbeth die Hand. Überrascht schlug sie ein. »Alles Gute«, sagte er. Ein Lächeln überzog sein Gesicht und veränderte es auf verblüffende Weise. Der Mann, der eben noch sachlich und kühl gewirkt hatte, verwandelte sich wie durch Zauberei in einen pausbäckigen rundlichen Engel, von dem Sonnenstrahlen durchs Zimmer fluteten.

Der Zauber verflog im Nu. Der Mann drehte sich zu Stella um und sagte: »Sie bringen mich raus.« Keine Frage, kein Befehl, eine sachliche Feststellung. Stella ging vor ihm die Treppen hoch, blickte kurz nach rechts zu Cynthias und Eckhardts Wohnung. Wieder nichts. Sie öffnete schnell die erste Tür, dann die Haustür. Draußen blickte sie sich aufmerksam um, ob etwaige Nachbarn in der Nähe waren. Sie zog Holzpantoffeln über und begleitete den Mann bis zum Gartentor. Dort verabschiedete sie sich von ihm mit Handschlag und bedankte sich laut dafür, dass er an einem Feiertag zu ihr gekommen war. Der Mann lächelte höflich und zurückhaltend, kein Mensch hätte an einen Sonnenstrahlen aussendenden Engel gedacht. Er wendete sich nach links Richtung Bundesstraße. Stella blickte hinter ihm her. Ecke Bundesstraße wendete er sich nach rechts. Er wird zum Bahnhof Schlump gehen, dachte Stella. Und in diesem Augenblick fiel ihr ein, dass sie ihn nicht bezahlt hatte. Die fünfzig Mark lagen unangetastet in ihrer Jackentasche.

Sie ging noch einmal nach unten zu Lysbeth, die still damit beschäftigt war, Aaron zu versorgen. Sie flößte ihm Tropfen ein. Sie bereitete Tücher vor, um ihm fiebersenkende Wadenwickel zu machen. Bei alldem lächelte sie versonnen vor sich hin.

Stella fühlte sich sehr überflüssig, wie sie da im Zimmer stand und Lysbeth zuschaute. Sie griff nach dem Rezept. Sie wollte Jonny bitten, eine Apotheke in Altona ausfindig zu machen, die heute geöffnet war. Als sie schon in der Tür stand, fragte sie vorsichtig: »Lysbeth, du wirkst irgendwie glücklich. Aber der Arzt hat doch gesagt, dass Aaron sterben könnte …« Lysbeth blickte kurz auf und warf nun Stella dieses innige Lächeln zu, das die ganze Zeit auf ihrem Gesicht lag. »Er wird nicht mehr zu dieser Arbeit gehen«, sagte sie leise und bestimmt. »Und ich habe nicht mehr diese Angst, dass sie ihn mir abends tot vor die Tür legen. Ich wusste die ganze Zeit, dass er krank werden würde oder schon krank war. Aber bislang konnte ich nichts tun. Jetzt liegt er hier in meinem Bett, und da kriegt ihn keiner raus, bevor ich es erlaube.« Eine Haarsträhne fiel ihr ins Gesicht, und sie sah so jung, gelöst und glücklich aus, wie Stella sie lange nicht gesehen hatte. Sie legte zwei Schritte zu Lysbeth zurück und umarmte sie. »Du bist einfach wundervoll«, sagte sie mit Tränen in der Stimme. »Aber hast du keine Angst, dass er stirbt? Ich habe große Angst.« Lysbeth hielt nun Stella fest in ihren Armen. »Keine Angst, meine Kleine«, raunte sie. »Ich werde nicht zulassen, dass er stirbt. Und ich weiß auch, dass er es nicht tut.« Stella drückte ihrer Schwester einen dicken Kuss auf die Wange, dann entschwand sie mit dem Rezept nach oben zu Jonny, der vor dem Fenster stand und rauchte.

Am Nachmittag kamen wie verabredet die Solmitz zu Besuch. Jonny hatte die Medikamente besorgt, aber er hatte es vermieden, Aaron einen Besuch abzustatten. Tuberkulose war eine gefährliche und ansteckende Krankheit, für die es keine wirkliche Heilung gab. Tuberkulöse musste man meiden, so viel stand fest. Stella hingegen begab sich stündlich nach unten, um nach dem Rechten zu sehen, bis ihre Schwester sagte: »Wenn ich deine Hilfe brauche, sage ich Bescheid, so verbreitest du nur eine nervöse Stimmung! Bewahre deine Nerven, denn morgen musst du mir richtig helfen. Auch Jonny. Wir müssen zu dem widerlichen Willibald Schallert gehen und ihm plausibel machen, dass Aaron jetzt erst mal ausfällt, oder seine Aufpasser müssen das Blut aufwischen, das er spuckt.«

Stella fragte erschrocken: »Spuckt er immer noch Blut, Lysbeth?« Lysbeth antwortete heiter: »Nein, das kann ich verhindern, aber das verhindere ich nicht, wenn sie versuchen, ihn aus diesem Bett zu holen. Dann haben sie einen Schwall Blut auf ihren hübschen Anzügen.« Stella musste unwillkürlich kichern, obwohl ihr vor Schreck ganz kalt geworden war. Wer Blut spuckte, so lautete die Regel, dem saß der Tod schon im Nacken. In jedem Fall war klar, dass sie sich am 2. Januar besonders distinguiert kleiden und am Arm ihres Mannes, Kapitän Jonathan Maukesch, ins Büro des Herrn Schallert hineinschneien würde.

Der Besuch von Luise und Fred amüsierte Stella weniger, als er es unter anderen Umständen getan hätte. Sie sprachen über das vergangene Jahr. Luise ereiferte sich ganz enorm, als es um die Ablösung der deutschen Schrift durch die lateinische ging. »Dem deutschen Volk wurde ein heiliges Gut genommen«, lamentierte sie. »Die alte deutsche Schrift. Und es folgte ja auch bald die Umstellung auf Lateindruck in Büchern und Zeitungen. Ich habe mich schon lange darüber gewundert«, räsonierte sie weiter, »dass ein Volk, das die Neigung hat, jede Eigenart schnell und willig aufzugeben, so hartnäckig an der deutschen Schrift, dem deutschen Druck festhielt.« »Aber in den letzten Jahren war doch die lateinische Schrift schon weitverbreitet«, wagte Stella zu widersprechen. Luise konterte: »Ja, in den letzten Jahren schrieben nur die sehr Gebildeten und die Ungebildeten deutsch. Die flache Mitte schrieb lateinisch.«

Es gab mehr Einigkeit, als sie über die Hölle der englischen Angriffe sprachen. Stella stimmte Luise zu, die sagte: »Nach diesen Nächten voll qualvoller Todesnähe ist jeder Tag, den man überlebt, ein geschenkter Tag.« Stella meinte: »Irgendwie führt die Todesnähe dazu, dass mir Dinge wieder wichtig werden, die mir vorher ganz selbstverständlich waren, ein Sonnenstrahl, ein netter Plausch bei der Gemüsefrau, ja, ein Lächeln von einem kleinen Kind …« »Wir haben uns unsere bescheidenen Freuden gegönnt«, gestand Luise und erzählte von ihren Ausflügen in Hamburgs Vororte, von ihren kleinen lukullischen Festen in unterschiedlichen Restaurants und Cafés. Stella staunte. Sie fragte nicht, wieso Fred diese Unternehmungen mitgemacht hatte, denn all das war für Juden verboten.

An diesem Nachmittag unterhielten Jonny und Fred sich nicht über den letzten Krieg. Sie sprachen überhaupt nicht über Krieg. Stella wertete das als Zeichen dafür, dass auch Fred über von Brauchitschs Entlassung sehr beunruhigt war und dass auch er Hitlers voreilige Versprechen von einem Endsieg so kritisch sah, dass er darüber kein Wort verlieren wollte. Und vielleicht war es auch so, dass Jonny und Fred beide wussten, was der andere von der Entwicklung hielt, und sich so gegenseitig schonen wollten, indem sie das Thema nicht anschnitten. Der Nachmittag zog sich in den Abend hinein. Stella holte aus der Küche von unten die belegten Brote, die sie vorbereitet hatte. Fred und Luise zierten sich pro forma, aber sie ließen sich schnell überreden zu bleiben.

Jonny holte die nächste Flasche Wein, und die Stimmung wurde immer vertraulicher. Da erzählte Luise von Gisela, die einen Heiratsanwärter hatte, einen Wirtschaftsprüfer, schon etwas älter als sie, der es sehr ernst meinte mit seinen Absichten. »Aber leider«, gestand sie und Stella merkte, dass sie ihre Tränen unterdrücken musste, »stehen der Hochzeit die Nürnberger Gesetze entgegen. Fred hat sich auf der Behörde erkundigt, wie die Aussichten wohl sind, und alle haben uns gesagt, dass wir uns keine Hoffnungen machen sollten.« Fred fügte ernst hinzu: »Sie müssen einen Antrag stellen auf eine Ausnahmegenehmigung. Aber sie haben keinen Antrag gestellt, sie wollen lieber warten, als abgewiesen zu werden.« Hastig fiel Luise ein, und sie konnte nicht verbergen, wie nah ihr das Ganze ging: »Du weißt ja auch, wie viele Anträge auf Ausnahmegenehmigung wir schon gestellt haben. Und welcher wurde bewilligt? Keiner.« Fred widersprach vehement: »Doch, wir bekommen alle möglichen Sonderregeln. Das Haus ist auf deinen Namen überschrieben, so können wir es behalten. Wir dürfen das Silber behalten und die anderen Sachen. Gisela darf zur Volkshochschule. Nein, Luischen, wir dürfen nicht undankbar sein. Uns geht es noch gut.« Luise fuhr auf, und Stella schmunzelte unwillkürlich, weil die temperamentvolle ungestüme Luise von früher mit einem Mal wieder zum Vorschein kam: »Dankbar? Nein, das ist zu viel verlangt. Für all die Schikanen auch noch dankbar sein!« Jonny räusperte sich. Luise fuhr zusammen. Sie sah Jonny irritiert an, als hätte sie vollkommen vergessen gehabt, dass er da war. Schnell entschuldigte sie sich, weil sie sich so echauffiert hatte. Jonny beruhigte sie. Es gebe gar keinen Grund, sich zu entschuldigen.

Hastig wechselten sie das Thema. Jonny fragte, ob sie bereits irgendwelche Schäden in ihrem Haus gehabt hätten. »O ja«, beteuerte Luise, »vor kurzem hatte sich Giselas Zimmer in einen See verwandelt, in dem sich die Möbel friedlich spiegelten. Es war ganz hübsch.« Sie lachte nervös. Fred erklärte und verbreitete mit seiner ruhigen Stimme augenblicklich eine friedliche Stimmung im Raum: »Wir hatten einen beeindruckenden Dachschaden. Ich habe am Morgen nach dem Angriff vier Flaksplitter auf dem Dach gefunden.«

Nun unterhielten sie sich darüber, wie wichtig es war, während der Angriffe im Haus zu bleiben, um das Haus unmittelbar schützen zu können. Das Gespräch wurde allgemeiner, bis die Solmitz sich schließlich verabschiedeten.

Am 2. Januar erschien Stella an Jonnys Arm im Büro des Herrn Göttsche, Leiter des Judenreferats der Gestapo. Jonny hatte Erkundigungen eingezogen, und ihm war empfohlen worden, zu Göttsche zu gehen. Willibald Schallert war bekannt als einer, der auf sadistische Weise mit den Juden aus gemischten Ehen umging, die seiner Macht unterworfen waren. Göttsche hingegen galt als kalt, aber korrekt. Und er war Schallert in der Hierarchie übergeordnet. Jonny hatte seine Uniform angezogen und Stella ihr hanseatischstes Kostüm in Blau mit weißer Bluse und blauen Schuhen und blauer Handtasche. Die Manschetten der Bluse lugten weiß unter den blauen Ärmeln hervor. Sie hatte einen kleinen weißen Hut mit einer zarten Spitze vor der Stirn auf ihre roten Haare gesetzt und hatte sich so in den Inbegriff der Kapitänsgattin verwandelt, blau wie das Meer und weiß wie die Unschuld.

Der Mann erhob sich sofort hinter seinem imposanten Schreibtisch, als er ihrer gewahr wurde. Er hatte tiefliegende Fischaugen, sein Mund mit wulstiger Unterlippe und schmaler Oberlippe erinnerte Stella ebenfalls an einen Fisch. Sie empfand augenblicklich starken Ekel und Widerwillen. Sie wurde davon richtiggehend überwältigt. Der Mann riss die Hand hoch zu einem »Sieg Heil«, was Jonny und Stella mit einem ebenso schneidigen »Heil Hitler« beantworteten. Aber dann begann die Verhandlung über Aaron. Jonny führte das Wort. Sein Schwager sei schwer erkrankt, habe hohes Fieber, spucke Blut, man gehe von Tuberkulose aus. Er könne bis auf weiteres nicht für Arbeit eingesetzt werden, man sei sich nicht einmal sicher, ob er die Krankheit überlebe. Jonny bitte darum, dass Göttsche in diesen Fall eingreife und von höchster Stelle dafür sorge, dass Aaron Bleibtreu vorerst von der Arbeit freigestellt werde.

Stella beobachtete den Mann. Seine übergroße Freundlichkeit war einer kalten Geschäftigkeit gewichen, sobald Jonny den Namen Aaron Bleibtreu und sein verwandtschaftliches Verhältnis erwähnt hatte. Er war offenbar vorbereitet, die Akte lag bereits auf seinem Tisch. Er blätterte sie oberflächlich durch, fragte wie nebenbei. »Welcher Arzt?« Jonny und Stella hatten sich auf diese Frage vorbereitet, aber Jonny schwieg einen Augenblick zu lang, da wiederholte Göttsche die Frage ungeduldig: »Welcher Arzt hat den Juden untersucht?« »Keiner«, antwortete Jonny nun. »Wir haben über die Weihnachtstage keinen gefunden, der bereit war, den Juden zu behandeln.« Er machte eine bedeutungsvolle Pause und fuhr dann fort: »Und für einen Transport ist er zu schwach. Das Fieber ist höher als vierzig, er hustet sich die Seele aus dem Leib, und er spuckt Blut. Seine Frau ist damit beschäftigt, ihn am Leben zu halten.« Stella und er hatten sich vorher überlegt, dass es unbedingt nötig sein würde, Göttsche darauf hinzuweisen, denn Göttsche war es schließlich, der die Deportationen der Juden lenkte.

»Haben Sie keine Angst, sich anzustecken?«, fragte der Mann, und es war nicht ganz klar, ob er die Krankheit oder die jüdische Ausdünstung meinte.

»Doch, wir haben große Angst«, antwortete Jonny ruhig. »Wir betreten deshalb das Zimmer nicht, in dem er liegt. Die ganze untere Etage wird von uns gemieden. Meine Schwägerin hält strengste hygienische Vorschriften ein. Aber auch ihr treten wir nicht nahe, wenn sie uns über die Lage informiert.« Der Mann schrieb etwas auf einen Zettel, der in der Akte lag. Er klappte die Akte zu.

»Ich brauche ein ärztliches Gutachten«, ordnete er an.

Jonny stimmte mit großer Zufriedenheit zu. »Der Meinung bin ich auch«, bekräftigte er. »Bitte schicken Sie einen Arzt in die Kippingstraße. Auch wir sind sehr daran interessiert, ein fachkundiges Urteil zu erhalten.«

Die Augen des Mannes flackerten kurz nervös auf, dann sagte er: »Der Jude muss ins Krankenhaus. Die Krankenstation für Juden ist in der Johnsallee 68 untergebracht, das wissen Sie ja wohl.« Stella krampfte sich der Magen zusammen. Dorthin hätten sie also gehen müssen. Aber Lysbeth würde sich dagegen wehren, Aaron aus dem Haus zu lassen. Jonny wirkte, als würde er nachdenken. Nachdenklich betonte er: »Das erscheint mir äußerst sinnvoll. Allerdings muss dabei unbedingt gewährleistet sein, dass er mit niemandem in Kontakt tritt. Wie leicht breitet sich eine Tuberkuloseepidemie aus. Oder vielleicht hat er ja sogar etwas anderes, Typhus oder Cholera oder sonst etwas, das meine Schwägerin in ihrem Laienverstand nicht erkennen konnte.« Stella beobachtete scharf, was in Göttsche jetzt vorgehen mochte. Er war kein Arzt. Er kannte sich mit ansteckenden Krankheiten nicht aus, aber alle Krankheiten, die Jonny genannt hatte, konnten in Hamburg eine Katastrophe auslösen.

Dieser Mann war bekannt als ein Befehlsempfänger, wie er im Buche stand. Er führte jeden Befehl aus, den er von oben erhielt, und er demonstrierte seine Macht nach unten so brutal, wie er es vermochte. Seit Stella vor ihm saß, glaubte sie, dass er noch viel furchtbarer sein konnte, als Jonny in Erfahrung gebracht hatte. Aber Jonny hatte ihn in eine Zwickmühle gebracht.

»Schicken Sie einen Arzt?« Jonny blieb beharrlich. »Ich glaube, mein Schwager braucht Medikamente.«

»Ihr Schwager ist Jude«, entgegnete Göttsche grob. »Ein Jude braucht gar nichts. Und wir Deutschen brauchen keinen Juden. Mich wundert, wieso Sie den Juden brauchen.« Nun hatte er die höfliche Maske fallen gelassen.

Stella war unendlich froh, dass Jonny bei ihr war. Ohne ihn hätte sie nicht gewusst, was sie hätte tun sollen, außer dem Mann den schweren Aschenbecher, der auf seinem Schreibtisch stand, über den Kopf zu ziehen. Jonny lächelte verbindlich. »Ich danke Ihnen sehr für Ihre Unterstützung«, sagte er. »Wir wollen doch alle für die Gesundheit des deutschen Volkes unser Bestes tun«. Der Mann sah ihn verblüfft an, dann grinste er unverhohlen. »Das stimmt!«, sagte er. »Genau so stimmt es. Wir tun unser Bestes für das deutsche Volkswohl. Und deshalb merzen wir alle Schädlinge aus.«

»Heil Hitler!«, rief Jonny. Stella riss auch den Arm hoch. Die Worte wollten ihr nicht über die Lippen kommen. »Sieg Heil!«, schrie der Mann.

Schweigend verließen sie das Gestapo-Gebäude. Erst als sie sehr weit entfernt waren, hakte Stella Jonny wieder ein. Sie küsste ihn auf die Wange und flüsterte: »Danke.«

Am 9. Januar fuhr Jonny wieder ab. Stella brachte ihn zum Hauptbahnhof, von wo er nach Wilhelmshaven fuhr. Im Wartesaal der zweiten Klasse war eine rauchgeschwängerte Luft. Auch Jonny rauchte nervös. Es fiel ihm schwer abzureisen, das merkte Stella. Sie hatten in diesen zweieinhalb Wochen viel miteinander erlebt, Leidenschaft, Ekstase, Liebe, Enttäuschung und auch eine große Kameradschaft. Stella war Jonny sehr dankbar.

Nach Silvester hatte sie nicht mehr mit ihm schlafen können, ihr Körper hatte sich vollkommen taub gestellt. Sie hatte es noch einmal versucht, aber als er in sie eindrang, fühlte es sich an, als hätte sie keinen Unterleib. Es tat nicht weh, es war nicht schlimm, aber sie fühlte so gut wie nichts. Nun gut, da war etwas in ihr und bewegte sich, aber sie blieb davon vollkommen unberührt. Um ihn nicht zu verletzen, tat sie so, als wäre sie beteiligt, und sie gab sich große Mühe, damit er möglichst schnell zum Ende kam. Als sein Orgasmus nahte, gab auch sie Geräusche großer Lust von sich. Danach lagen beide erschöpft nebeneinander, Jonny, weil er nach einem Orgasmus immer erschöpft war, Stella, weil das Theater und auch die befremdliche Erfahrung, einen empfindungslosen Unterleib zu haben, sie emotional strapaziert hatten.

Das war das letzte Mal gewesen, dass sie ihn in sich hineingelassen hatte. Danach brachte sie es geschickt fertig, ihn zu befriedigen, wenn sie seine Lust merkte. Nach einem Orgasmus, das wusste sie, schlief er ein. Sie machte das Ganze mit Wärme und Freundlichkeit, aber als Frau fühlte sie nichts. Sie verstand sich selbst nicht, so etwas war ihr noch nie passiert. Aber sie schob das Nachdenken darüber auf, bis Jonny abgereist war. Dann würde sie schon wieder zu innerer Klarheit finden. Das hoffte sie zumindest.

Seit Aaron krank war, vermied sie alles, was Jonny irgendwie verärgern konnte. Sie wollte um nichts in der Welt Streit. Sie wusste, dass es eine gewaltige Wucht an Macht brauchen würde, um Aaron zu retten. Aaron zu retten hieß, dass er monatelang nicht mehr zu diesen mörderischen Zwangsarbeiten eingesetzt werden dürfte.

Stella wurde abrupt aus ihren Gedanken gerissen, als sich im Wartesaal plötzlich ein großer Herr erhob. Am Mantelrevers trug er mehrere Verdienstorden. Er trat majestätisch an einen Tisch, wo zwei Frauen saßen, eine ältere und eine jüngere, Mutter und Tochter vielleicht. Beide rauchten. »Sie sollten sich schämen! Der deutsche Soldat, der deutsche

Arbeiter haben nichts zu rauchen, und Sie rauchen in der Öffentlichkeit. Dies sagt Ihnen ein deutscher Mann. Eine Schweinerei ist das!« Stampfenden Schrittes verließ er den Wartesaal. Die beiden Frauen sahen sich erschrocken an. Sie lächelten verlegen. Die ältere Frau drückte die Zigarette im Aschenbecher aus. Die jüngere zog noch einmal, und dann tat sie es der älteren nach. Die Leute im Wartesaal blickten neugierig auf die beiden Frauen. Die Männer grinsten, die Frauen sahen sehr zufrieden aus.

Jonny klopfte nervös eine Zigarette aus seiner Schachtel und zündete sie an. Er inhalierte tief. »Wollen wir auf den Bahnsteig gehen?«, schlug er vor.

»Es ist sehr kalt«, gab Stella zu bedenken. Aber sie erhob sich dennoch. Jonny ergriff seinen Koffer. Langsam spazierten sie zu dem Bahnsteig, wo sein Zug in fünfzehn Minuten abfahren sollte. Stella fröstelte. Jonny schlug seinen Mantelkragen hoch. Da lief der Zug schon ein.

Sie standen voreinander und sahen sich an. Stella traten Tränen in die Augen. Sie wusste nicht, ob sie Jonny jemals wiedersehen würde. »Bis bald«, sagte sie leise. »Wenn wir dann noch leben.« »Sag so was nicht«, bat Jonny mit einer Stimme, in der alles lag, was auch seine Augen sagten: Dankbarkeit, Liebe, Trauer und auch, dass er in Gedanken schon ein paar Kilometer weit weg war. Und dass er schon in wenigen Minuten an ganz andere Dinge denken würde als an Stella und die anderen in der Kippingstraße. Jetzt weinte Stella. Sie warf sich in seine Arme und schluchzte: »Jonny, du musst am Leben bleiben, und du musst manchmal an mich denken, und du musst mir verzeihen.« Jonny hielt sie in seinen Armen. Er küsste ihre Haare und ihre Tränen von den Wangen. »Ich muss dir überhaupt gar nichts verzeihen«, flüsterte er. »Aber ich danke dir für diese wunderbaren Tage. Und ich denke garantiert jeden Tag an dich. Und ich werde am Leben bleiben, das verspreche ich dir.«

Als Stella in die Kippingstraße zurückkehrte, trat Cynthia aus ihrem Zimmer. Mit Grabesmiene verkündete sie: »Die Gräfin hat angerufen. Der Graf, ihr Gatte, ist tot.« Stella schüttelte irritiert den Kopf. Die Gräfin, der Graf, wovon sprach Cynthia? »Wir müssen Jonny benachrichtigen«, fügte Cynthia bedeutsam hinzu. »Der Graf ist immerhin sein Stiefvater.« Da begriff Stella. Klaus von Warnecke war also gestorben. Erstaunt bemerkte sie, dass sie zu weinen begann. Warum das?, fragte sie sich. Wahrscheinlich ist es für alle besser, vor allem für ihn, der nun endlich nicht mehr als Peinlichkeit versteckt werden muss. Sie weinte trotzdem weiter. Ich hätte bei dem Fest zu ihm gehen sollen, dachte sie. Ich hätte mich gern verabschiedet.

9

Aaron schwebte tagelang in Lebensgefahr. Lysbeth kämpfte mit allem, was ihr zur Verfügung stand. Immer wieder machte sie ihm Wadenwickel, aber gleichzeitig achtete sie darauf, dass sie das Fieber nicht zu stark reduzierte. Er sollte Fieber haben, aber er sollte nicht am Fieber sterben. Sie legte ihm Kräuterwickel um den Brustkorb, sie gab ihm Tees zu trinken, und sie flößte ihm flüssige Butter mit Lebertran ein, auch wenn Aaron davon Brechreiz bekam. Er musste Fett zu sich nehmen, hatte der Arzt gesagt. Sie schlug Eier mit Zucker und den Kräuterschnaps der Tante mit Butter zu einer Flüssigkeit, die sie Aaron löffelweise einflößte. Die ersten Löffel versuchte Aaron auszuspucken, aber Lysbeth redete mit Engelszungen auf ihn ein, und so brachte sie es zuwege, dass er täglich diese Nahrung zu sich nahm.

Er halluzinierte fast zwei Wochen lang. In diesen Nächten erfuhr Lysbeth mehr von seiner Arbeit in den Trümmern, als er ihr in den vergangenen Monaten erzählt hatte. Es musste furchtbar zugehen dort. Immer wieder schrie Aaron: »Nicht schlagen! Nicht schlagen!« Lysbeth wusste nicht, ob es ihm selbst galt oder einem der Gefangenen. Ihr Herz verkrampfte sich vor Mitgefühl mit Aaron und den anderen Männern, die diese schreckliche Arbeit in den Trümmern machen mussten, wo sie zerfetzte Leichen ausbuddelten und sich in die Keller eingestürzter Häuser durchwühlen mussten, um dort vielleicht noch Lebende zu bergen, wobei sie aber selbst Gefahr liefen, von Geröllmassen erschlagen zu werden. Bei alldem benötigten sie unglaubliche Kraft, während sie gleichzeitig nichts zu essen bekamen und von den Aufsehern brutal angetrieben und oft auch geknüppelt wurden.

Lysbeth hatte sich selbst ein Versprechen gegeben, nein, eigentlich zwei Versprechen: Sie würde Aaron gesund machen, und wenn es ihr eigenes Leben kostete, und sie würde alles tun, damit er nicht wieder zu dieser Zwangsarbeit eingesetzt würde. Wenn Letzteres verlangte, dass sie ihn ein wenig krank hielte, würde sie auch das tun. Bei beiden Versprechen wusste sie noch nicht genau, wie sie sie einlösen sollte, aber das war in diesem Moment gleichgültig. Sie wusste, ja, sie wusste mit vollkommener Sicherheit, dass es ihr gelingen würde.

Stella schlug Lysbeth vor, sie bei der Nachtwache abzulösen, aber Lysbeth wollte nichts davon wissen. Die einzige Hilfe, die sie zuließ, war, dass Stella während der Mittagszeit einige Stunden bei Aaron verbrachte. In dieser Zeit legte Lysbeth sich neben ihn ins Bett und schlief. Stella hatte große Angst um Aaron, aber noch größere Angst hatte sie um ihre Schwester. Lysbeth nahm kaum Nahrung zu sich, sie schlief nur während dieser wenigen Mittagsstunden, und sie sah allmählich viel elender und kranker aus als Aaron, der mit Rosenwangen im Bett lag.

Eine Woche nachdem Jonny abgefahren war, schien Aaron über den Berg zu sein. Und just an diesem Tag flatterte ein Schreiben von Herrn Willibald Schallert ins Haus. Aaron wurde in diesem Schreiben gebeten, sich am 15. Januar in dessen Büro einzufinden zwecks Überprüfung seiner Arbeitsfähigkeit. Lysbeth stieg sofort die Treppen hinauf zu Stella. Sie war sehr dünn geworden, aber ihr Schritt war kraftvoll und voller Energie.

Als sie an Cynthias Wohnung vorbeischritt, öffnete Cynthia die Tür. Lysbeth und sie hatten sich seit Silvester nicht mehr gesehen. Von dem Tag an, als Cynthia und Eckhardt von Aarons Krankheit – vielleicht Tuberkulose – erfahren hatten, mieden sie die untere Etage, als wäre die Pest dort eingezogen.

»Guten Tag, Lysbeth«, flötete sie. Aber ihre Augen blickten kalt und misstrauisch. Lysbeth lächelte und konnte es sich nicht verkneifen, ein »Heil Hitler, Cynthia« auszustoßen. Cynthias Augen wurden starr, als wäre das Leben daraus verschwunden. »Wie geht es Aaron?«, fragte sie. Lysbeth war voll glühenden Zorns. Ihr Zorn galt der Dreistigkeit dieser Herren Göttsche und Schallert, diesem Regime, das ihren Aaron krank gemacht hatte, den Menschen, die dieses Regime gewählt hatten und weiterhin begeistert unterstützten, obwohl so unendlich viele Menschenleben dabei draufgingen, ja, sogar deutsche Menschenleben, damit geizte Hitler ja nicht. Vor ein paar Tagen erst hatte Stella erzählt, dass der junge Stefan, der Sohn einer Nachbarin aus der Bundesstraße, die Stella bei der Gemüsefrau getroffen hatte, seiner Mutter aus Russland geschrieben hatte, dass sie, sobald sie Russen fingen, diese sofort auszögen und sich in ihre warmen Sachen hüllten. Auf all das war Lysbeth unendlich zornig. Auf die Menschen, die dafür sorgten, dass so junge Männer wie dieser Stefan – und es waren Tausende dort in Russland – bitter frieren mussten, und darauf, dass die Russen, wenn sie gefangen genommen wurden, ihrer Kleidung beraubt wurden und dann wahrscheinlich erfroren.

Diese große Wut führte dazu, dass sie Cynthia mitten ins Gesicht sagte: »Er lebt noch. Tut mir leid für dich. Nun musst du dieses Judenschwein noch ein wenig länger im Haus ertragen.« Und sie stapfte weiter nach oben. Cynthia verstummte einen Moment vor Schreck. So kannte sie Lysbeth nicht. Dann keifte sie hinter Lysbeth her: »Das muss man sich nicht bieten lassen. Man ist eben einfach zu gutmütig. Aber das hat jetzt ein Ende. Das muss man sich nicht bieten lassen.« Sie schlug ihre Zimmertür hinter sich zu und verschwand aus dem Treppenhaus.

Lysbeth stürmte in Stellas Wohnung und knallte den Brief von Herrn Schallert auf den Tisch. Stella saß auf dem Sofa, las die Zeitung und trank Tee. Ihre Teetasse klirrte leise auf dem Teller, so stark war die Erschütterung durch Lysbeths wütende Bewegungen.

Stella blickte kurz auf und sagte: »Das musst du dir doch mal auf der Zunge zergehen lassen. Im *Hamburger Tageblatt* steht wirklich und wahrhaftig: ›Wir in Deutschland, besonders wir Großstädter, haben das Judentum in Reinkultur genossen, und wir sind froh, dass die jüdische Pest durch den Nationalsozialismus ausgerottet wurde.‹« Lysbeth plumpste auf einen Sessel. »Und das musst du dir auf der Zunge zergehen lassen.« Sie reichte Stella den Brief.

Stella legte die Zeitung beiseite und las. »Hm.« Sie legte ihren Zeigefinger an ihre Nase, wie sie es neuerdings oft tat, wenn sie nachdachte. Und dann rieb sie die Nase auf und ab, was sehr seltsam aussah. Entweder bewirkte sie so das Aussehen einer Himmelfahrtsnase oder einer zerdrückten Boxernase. Beides schmeichelte ihr nicht. Lysbeth grinste. »Lass das, Stella«, sagte sie. »Ich hab eben schon genug schlimme Sachen gemacht, du musst dich jetzt nicht noch verschandeln.« Stella glitt mit ihrem Finger nach unten zum Mund und verschandelte nun den in allen Richtungen. »Was hast du Schlimmes getan?«, fragte sie.

Da erzählte Lysbeth ihr, wie sie sich Cynthia gegenüber verhalten hatte. »Oje«, meinte Stella. »Das war dumm von dir. Wir brauchen hier eine einige Hausgemeinschaft, und zwar eine einige arische Hausgemeinschaft. Ich glaube, neuerdings machen sie auch vor Juden in Mischehen nicht mehr halt. Dummerweise habt ihr ja nun mal keine privilegierte Ehe.« Sie blickte erschrocken auf. »O Gott, Lysbeth, entschuldige, ich wollte dich nicht verletzen.« Lysbeth hob die Hand und ließ sie wieder fallen. »Kein Sorge, damit kannst du mich nun wirklich nicht verletzen. Mir ist allein wichtig, dass Aaron am Leben bleibt und dass wir diesen Herrn Schallert davon überzeugen können, dass er nicht arbeitsfähig ist.«

»Gut«, sagte Stella. Sie erhob sich. »Und jetzt mache ich dir einen Tee, und dann gehst du runter zu Cynthia und entschuldigst dich. Wir brauchen eine einige arische Volksgemeinschaft in diesem Haus. Und diese Volksgemeinschaft muss einhellig der Auffassung sein, dass dieser Jude im Grunde genommen gar kein richtig schlimmer Jude ist.« Sie wedelte mit der rechten Hand. »Hör auf, mir mit dem Glaubenskram zu kommen. Wir wissen doch, dass wir sie nicht alle retten können. Diesen einen, deinen, den retten wir, so wahr ich Stella Maukesch, geborene Wolkenrath, heiße. Übrigens, hast du schon mitgekriegt, dass sowohl dein Bruder Eckhardt als auch dein Bruder Dritter als auch deine Schwägerin Cynthia als auch deine Schwägerin Marthe sich mit folgenden Worten vorstellen: ›Gestatten, Wolkenrath, kein Jude.‹« Sie warf ihrer Schwester einen Blick zu, als hätte sie einen guten Witz gemacht.

Lysbeth aber starrte sie an. »Und das findest du komisch?«, sagte sie in neu entflammtem Zorn. »Ach, verdammt«, brach es aus Stella heraus. »Das finde ich nicht komisch, das finde ich bescheuert. Aber die Zeiten sind so verrückt, und ich werde allmählich auch ganz verrückt, und du bist auch schon ganz verrückt, da ist es doch nett, sich etwas von Leuten zu erzählen, die schon vollkommen verrückt sind.« Nun brach Lysbeth in Lachen aus. Stella warf ihr einen erschrockenen Blick zu. Dann lachte sie auch, und das Lachen löste eine Starre in ihr.

»Lysbeth, ich habe etwas völlig Verrücktes gemacht«, gestand sie. »Ich habe mit Jonny geschlafen.« Sie sah Lysbeths verständnisvolles Gesicht und fügte hastig hinzu: »Nicht einmal, mehrmals, und es hat mir Spaß gemacht, ach, was sag ich, es hat mir richtig gutgetan.« Lysbeth sagte nichts. Sie hatte sich im Sessel zurückgelehnt, als hätte sie plötzlich alle Zeit der Welt. Aufmerksam hörte sie Stella zu. »Ja, es war sogar richtig wundervoll. Ach, wundervoll ist das falsche Wort. Er hat mich berührt, weißt du, ich habe ihn wieder geliebt. Ich habe geliebt, was er mit mir gemacht hat. Aber dann war es mit einem Mal vorbei. Und dann habe ich mich geschämt. Wie kann so etwas nur passieren?«

Alle Einzelheiten über die verwirrende Begegnung mit Jonny flossen wortgewaltig aus Stella heraus. Lysbeth hatte ihr Kinn auf die Hände gestützt, die Ellbogen auf ihre Knie. Sie lauschte und sagte keinen Ton. Als Stella geendet hatte, herrschte eine Weile Schweigen zwischen den Frauen. Da sagte Stella kläglich: »Verachtest du mich jetzt, Lysbeth?«

Lysbeth brach in fröhliches Lachen aus. Seit Wochen hatte sie nicht mehr gelacht, jetzt endlich lachte sie, und es klang leicht und jung. »Stella, wie sollte ich dich verachten? Es ist wundervoll, was du erlebt hast. Freu dich doch.« Stella schüttelte verwirrt den Kopf, als zweifelte sie an Lysbeths Verstand. »Ja, klar«, bekräftigte Lysbeth ihre Überzeugung. »Jonny ist schließlich dein Ehemann. Wie schön, dass du festgestellt hast, dass er kein komplettes Scheusal ist. Mit einem kompletten Scheusal verheiratet zu sein ist viel demütigender als mit einem Mann, der einen sogar nach langen Jahren der Distanz wieder in verliebte Stimmung bringen kann und der es schafft, dass du dich um mindestens zwei Jahrzehnte verjüngst.« Stella hörte ihr mit offenem Mund zu. Lysbeth fügte verschmitzt hinzu: »Das hast du nämlich, meine Schöne, du bist in der Zeit, in der Jonny hier war, unglaublich schön und jung geworden. Als wärst du in einen Jungbrunnen getaucht.« »Ja, aber Anthony«, warf Stella kläglich ein. »Die Tante hat gesagt, dass ich an meiner Liebe zu Anthony festhalten soll, was auch geschieht.«

Lysbeth sagte lächelnd: »Tust du doch auch, offensichtlich. Aber Anthony ist sehr weit weg, und er gehört zu einer Nation, die uns leider Nacht für Nacht umbringen will. Da ist es nicht leicht, in Liebe entbrannt zu sein. Ach, Stella, jetzt hör mal auf, dich zu verurteilen. Wer von uns weiß denn, was morgen ist. Und du bist nicht vor die Kasernen gezogen, wie es manche Frauen tun, einfach, weil sie mal wieder einen Mann riechen wollen, du hast einfach mit deinem eigenen angetrauten Mann Liebe gemacht. Mein Gott, du bist eine lebendige Frau. Lebendige Frauen brauchen so etwas. Guck dir doch Cynthia an. Willst du etwa aus lauter Treue zu einem Mann, der irgendwo in weiter Ferne unsichtbar weilt, vertrocknen wie Cynthia?«

Nun war es an Stella, in Lachen auszubrechen. Ihr Lachen erinnerte zuerst noch an eine leere Konservendose, aber dann nahm es einen volleren Klang an, bis Lysbeth einfiel und beide für eine kleine Ewigkeit miteinander lachten, jung, unbeschwert und sehr verbunden.

Lysbeth erhob sich. »Und jetzt geh ich und entschuldige mich bei der Trockenpflaume da unten. Sie kann ja nichts dafür.« Stella protestierte: »Klar, kann sie was dafür. Sie wusste ganz genau, wen sie geheiratet hat. Erzähl mir nicht, dass sie sich insgeheim nach einem Stier verzehrt.«

Wieder kicherten die beiden.

»Ach, und bevor ich es vergesse«, sagte Stella, kurz bevor Lysbeth die Tür hinter sich schloss. »Dem Schallert werden wir am 15. ordentlich einheizen. Diesmal geh ich mit Dekolleté. Wollen doch mal gucken, ob er dann einen klaren Kopf behält.« Lysbeth verwandelte sich sofort wieder in die Frau, die sie in der letzten Zeit meistens gewesen war. Verzagt sagte sie: »Der Schallert ist sehr gefürchtet. Ich glaube, der ist eiskalt. Ich habe bei den jüdischen Frauen gehört, dass er manchen nachstellt. Das muss schrecklich sein. Nimm dich in Acht, Stella!« Aber Stella blieb in der Stimmung, in die Lysbeth sie gebracht hatte. »Wollen mal sehen«, meinte sie vergnügt.

Am 15. Januar machten die beiden Schwestern sich auf ins Büro von Herrn Schallert. Sie hatten inzwischen so viel über ihn in Erfahrung gebracht, wie es ihnen möglich gewesen war. Schallert war sechsundvierzig Jahre alt. Er bestimmte als Leiter der »Sonderdienststelle J« des Hamburger Arbeitsamtes diktatorisch über den Einsatz von Juden, Roma und Sinti zur Zwangsarbeit in Firmen, staatlichen Einrichtungen oder in den Trümmern. Dass seine skrupellose Amtsführung für viele Menschen den Tod bedeutete, war ihm ganz offenbar gleichgültig. Nicht gleichgültig aber waren ihm Frauen. Viele der jungen Jüdinnen erzählten, dass er sein Amt benutzte, um sie anzutatschen. Und Schlimmeres. Aber das entnahm Lysbeth nur den kurzen Bemerkungen mancher jüdischer Frauen.

Stella und Lysbeth begaben sich also zum Särgerplatz, wo Schallert residierte.

Der Januar war bitterkalt. Beide hatten sich in ihre dicken Wintermäntel gehüllt und trugen warme Stiefel. Aber Stella hatte extra Stiefel angezogen, die noch ihre Beine erkennen ließen, und unter dem Mantel trug sie ein raffiniertes Hemdkleid, das einen züchtigen weißen Kragen hatte, eine enge Taille, einen Glockenrock und das von oben bis unten geknöpft war. Es war dunkelblau, und sie sah eigentlich unglaublich brav und mädchenhaft in diesem Kleid aus. Wenn da nicht dieser Ausschnitt gewesen wäre. Sie hatte einfach zwei Knöpfe mehr geöffnet, als das Kleid es vorsah. Wenn sie es bis oben hin zuknöpfte, zog sie bereits die Blicke der Männer auf den Brustansatz, der sich in einer zarten Linie zeigte. Heute war die Linie etwas tiefer, und der Brustansatz wölbte sich ein wenig mehr. Sollte Herr Schallert ruhig von seinen Trieben gelenkt werden, wenn er mit ihr sprach.

Schallert erkundigte sich in knappen Fragen nach Aarons Befinden. Lysbeth antwortete ebenso knapp. Schwer lungenkrank, wahrscheinlich Tuberkulose, schwach, Untergewicht, ständig erhöhte Temperatur. Kein Arzt. Keine Medikamente. Sie sei die einzige Pflegerin. Da sie früher bei ihrem Mann, der selbst Arzt gewesen sei, als Hilfe gearbeitet habe, kenne sie sich ein wenig mit Krankheiten aus. Stella warf in vertraulichem Ton ein: »Man muss ja nicht immer eine Hochschulbildung haben, um sich auszukennen. Oft sind ja die Menschen, die über einen gesunden Menschenverstand und Erfahrung und Fleiß und eine Ordnung im Denken und Handeln verfügen, für viele Aufgaben besser geeignet als diejenigen, die die Sache einmal studiert haben.« Schallert, das hatte sie erfahren, kam aus sehr kleinen Verhältnissen. Sein Vater war Lagerist gewesen, und Schallert selbst hatte die Volksschule besucht und eine Lehre als Schaufensterdekorateur gemacht. Im Ersten Weltkrieg war er zur Marine gegangen und hatte sich anschließend an Freikorpskämpfen im Baltikum beteiligt. Das hatte Stella im Hinterkopf. Auch ihr Mann hatte dem Freikorps nahgestanden. Nach dem Krieg hatte Schallert als Hausdiener, Taxifahrer, Werftarbeiter und im Gaststättengewerbe gearbeitet. 1930 war er als Arbeitsloser in NSDAP und SA eingetreten. Als »alter Kämpfer« der Nazis, gewissermaßen als Belohnung, hatte er 1933 einen Posten im Arbeitsamt Altona erhalten.

Schallert hob seinen Blick aus der Akte und sah sie scharf an. »Oh, Entschuldigung«, sagte Stella mit einem dümmlich koketten Augenaufschlag. »Ich war gar nicht gefragt und rede hier belangloses Zeug. Tut mir leid.« Schallert senkte seinen Blick wieder auf das Blatt, das er der Akte entnommen hatte. »Was machen wir jetzt mit dem Mann?«, fragte er in den Raum, weder an Stella noch an Lysbeth gerichtet. »Der nächste Transport geht im Juli los, da könnte Göttsche ihn mitschicken.«

Stella merkte, wie ein Ruck durch Lysbeth ging. Durch Stellas Kopf rasten die Gedanken. Jetzt gibt er die Retourkutsche, weil wir zu Göttsche gegangen sind, dachte sie. Der fühlt sich übergangen, jetzt will er sich rächen. Hilflos überlegte sie hier einen Winkelzug und dort einen. Aber ihr fiel nichts Zugkräftiges ein. Lysbeth sagte ruhig: »Mein Mann ist nicht transportfähig. Außerdem ist er möglicherweise ansteckend.« Schallert wischte ihre Worte mit einer Handbewegung weg. »Wenn er ansteckend ist, muss er sowieso so schnell wie möglich weg«, sagte er. Da entschloss Stella sich, diesem Mann ein Argument zu liefern, das seinem Denken am ehesten entsprechen konnte. »Wir wohnen gemeinsam mit meinem Schwager in dem Haus meiner Mutter zu fünft. Wir sind alle der deutschen Sache aufs Höchste verpflichtet. Mein Mann hat bereits mit General von Lettow-Vorbeck gemeinsam in Afrika und in Hamburg gekämpft.« Sie ließ einfach offen, wo in Afrika. Es ging diesen Mann nichts an, dass Jonny damals für das *Handelshaus Woermann* in Afrika tätig gewesen war. Da fiel ihr ein: »Mein Mann und General von Lettow-Vorbeck kennen sich schon aus China …« Der Mann blickte Stella nun kalt an und fragte: »Warum erzählen Sie mir das, Frau Maukesch? Halten Sie mich etwa für bestechlich? Das bin ich nicht, nur zu Ihrer Information. Auch nicht durch ranghohe Bekanntschaften.« Stella warf ihm ein schmachtendes Lächeln zu und beugte sich leicht nach vorn, so dass ihr Brustansatz besser zur Geltung kam. »Oh, mein Gott, Herr Kommissar«, sagte sie so schlicht, wie sie es vermochte, »diesen Eindruck wollte ich nun wirklich nicht vermitteln. Manchmal plappere ich ein wenig dumm daher. Mein Mann rügt mich auch immer deshalb. Ich wollte nur sagen, dass es vielleicht am besten ist, die Betreuung des Juden Aaron Bleibtreu uns Angehörigen, denn das sind wir ja nun einmal, auch wenn er ein Jude ist, zu überlassen. Sie haben gewiss Wichtigeres zu tun, als sich mit so einem kranken Mann zu beschäftigen, einem Einzelnen, der noch dazu in einer Mischehe und noch dazu in einem Haus voller arischer Volksgenossen lebt.« Jetzt war die Drohung deutlich ausgesprochen: Wenn du dich an diesem Mann vergreifst, kann es in Hamburg Ärger geben, weil wir ihn nicht so einfach ziehen lassen.

Sie wusste nicht, wie viel Angst die Nazis noch vor öffentlichem Widerstand hatten. Ursprünglich hatten sie die Juden in Mischehen einigermaßen verschont, aber seit sie die Juden in aller Öffentlichkeit abtransportierten und die Bevölkerung darauf eher mit Zustimmung als mit Protest reagierte, wurden sie immer hemmungsloser in ihren Machenschaften gegen die Juden. Trotzdem gab es vielleicht bei Leuten wie Schallert, deren Macht nicht auf Intelligenz oder Können, sondern ausschließlich auf seiner Parteizugehörigkeit beruhte, so etwas wie eine Scheu vor Reibung mit einflussreichen arischen Menschen.

Da sagte Lysbeth mit einer Stimme, in der nichts lag als nackte Ehrlichkeit: »Dieser Jude ist mein Mann, und ich werde es nicht zulassen, dass er umgebracht wird.« Zum ersten Mal, seit Stella in diesem Raum war, wirkte Schallert irritiert. »Wie kommen Sie darauf, dass die Juden umgebracht werden?«, fragte er scharf. »Sie sind wohl auf die Lügenpropaganda reingefallen, die von manchen Juden geschürt wird. Parteigenosse Göttsche hat die Zentralstelle schon schärfstens angewiesen, diese Gerüchte zu unterbinden.« Aha, dachte Stella erleichtert, vor Göttsche hat er also doch Respekt.

Lysbeth sagte überrascht: »Ich meinte nicht, dass die Juden dort umgebracht werden, wo sie hintransportiert werden. Ich meinte, dass mein Mann sterben wird, sobald er das Bett verlässt.«

Herr Schallert hatte sich schon wieder gefangen. Er blickte allerdings, wie von einer fremden Macht getrieben, auffallend tief in Stellas Ausschnitt. Da zog Stella ihren letzten Trumpf aus der Tasche. »Ich finde, dass man niemanden richten darf, weil er seinen Gefühlen folgt.« Sie blickte Schallert tief in die Augen und beugte sich noch etwas weiter vor.

»Jetzt ist genug«, stieß er hastig aus. Ah, dachte sie. Er ist irritiert. In seinen Unterlagen steht bestimmt auch, dass mein Mann Kapitän Jonny Maukesch ist, was soll er jetzt bloß tun?

»Sie hören wieder von mir.« Er kritzelte etwas auf den Bogen, den er aus der Akte herausgeholt hatte, legte ihn wieder in die Akte zurück, erhob sich und riss die Hand hoch zum Hitlergruß. Stella und Lysbeth taten es ihm nach. Dann standen sie draußen vor der Tür.

Schweigend und eilig verließen sie das Gebäude. Erst als sie eine ganze Strecke entfernt waren, griff Stella nach Lysbeths Hand und sagte: »Gnadenfrist. Bis zum nächsten Mal.« Lysbeth lächelte sie schief an, doch dann platzte sie mit einem fröhlichen Lachen los, das an das Lachen der Tante erinnerte. »So schaffen wir es, bis sie endlich ins Gras beißen.« Stella wunderte sich ein wenig über Lysbeths Fröhlichkeit, denn sie hatte begriffen, dass dieser Mann trotz seiner mangelnden Bildung ein verdammt schlauer und hartgesottener Beißer war. Der würde nicht loslassen. Sie dachte, dass beim nächsten Mal Jonny wieder mit ihr zu Claus Göttsche gehen musste.

Die folgenden Wochen verliefen ohne besondere Vorkommnisse, wie ein Alltag im Krieg nun einmal verlief. Eine Luftschutz-Helferin kam in die Kippingstraße und überprüfte die Luftschutz-Apotheke im Haus. Sie gab ein eigenartiges Urteil ab: behelfsmäßig. Für Stella lautete das: In Ordnung. Cynthia aber war nicht zufrieden. Sie stockte die Apotheke danach gewaltig auf.

Gespräche beim Fleischer oder im Gemüseladen drehten sich um deutsche Kriegserfolge, aber es wurde auch immer mal wieder ein »Bombenschadengewinner« erwähnt, Ausgebombte, die strahlend glücklich in ihren neuen Sachen, mit denen sie von Staats wegen entschädigt worden waren, in Wohnungen, die früher Juden gehört hatten, eingezogen und ordentlich aufgelebt waren.

Luise Solmitz war immer auf dem Laufenden, wo es noch Leckereien zu essen gab. So erzählte sie Stella, dass es in der Milchküche Milchreis mit echtem Zimt gebe, der für sie »so ziemlich der Inbegriff irdischer Glückseligkeit im Kriege« war. Und dann sprach sie von Kaffee und Butterkuchen in der Markthalle am Deichtor.

Immer wieder kam das Thema auf die Wollsammlung für die Russlandsoldaten. Angeblich hatte sie sechsundfünfzig Millionen Stück, darunter Socken, Handschuhe, Pullover, Mützen und Ähnliches, gebracht. In der Zeitung wurde geschrieben, dass die Wollsammlung »wirklich eine Volksabstimmung war über die Frage: ›Steht das Volk zu seinen kämpfenden Soldaten, steht es zum Führer, will es den Sieg über Plutokratie, Judenregiment und Bolschwismus?‹ Die Antwort ist eindeutig.« Stella und Lysbeth waren sich einig, dass es eine Unverschämtheit war, aus dem Mitgefühl der Menschen eine »Volksabstimmung« zu machen. Viele hatten einen Sohn, Vater, Mann, Bruder im Krieg und waren bestrebt, die Männer, die in Russland kämpften, vor Frost zu schützen.

Mitte Februar klingelte es gegen Mittag an der Tür. Stella reagierte zuerst nicht, weil üblicherweise Cynthia in ihrer überbordenden Neugier zur Tür eilte. Heute aber klingelte es weiter. Also waren Cynthia und Eckhardt in ihrem Laden. Gemächlich schlenderte Stella die Treppen hinab. Sie hatte keine Lust darauf, irgendjemandem zu begegnen.

Wenn so ausdauernd geklingelt wurde, waren es oft Nachbarn, oft Luise Solmitz, die auf ein Schwätzchen vorbeikommen wollte. Als sie aber die Haustür öffnete, stand vor ihr ein etwa fünfzigjähriger, sehr gutaussehender Mann in einer schicken Uniform, die ihn als ranghoch auswies.

Stella wunderte sich über sich selbst, aber sie reagierte, als gäbe es in ihr ein Programm, das automatisch angeschaltet wurde und dann ablief, ohne dass sie selbst eingriff: attraktiver Mann – Brust raus, Bauch rein, Stimme eine Lage höher und dann auch wieder in vibrierende Tiefen rutschend, Augen, die von unten nach oben blicken und ein verführerisches Lächeln abwechselnd mit ernstem Interesse und freiem Lachen aus dem Bauch heraus. Der Mann wollte zu Eckhardt. Stella bat ihn hinein. Sie wollte nachsehen, ob Eckhardt oder Cynthia zu Hause wären. Nein, waren sie nicht. Ob der Herr warten wolle, wie war noch gleich sein Name? Von Modersen, nein, warten wolle er nicht. Er sei nicht lange in Hamburg und habe noch einiges zu erledigen. Stella merkte, wie ihre Reaktion auf den Mann sich veränderte. Sie wusste nicht, wieso. Es geschah genauso automatisch, wie das Programm gestartet war. Der Mann war sehr freundlich, ja, er nahm sie durchaus als schöne Frau wahr, das merkte sie, aber irgendetwas passierte zwischen ihnen, das Stellas chemische Reaktion unterbrach. Er gab ihr eine Karte, auf der sein Name stand und die Telefonnummer, unter der er in Hamburg erreichbar war. Er bat sie, diese Karte ihrem Bruder auszuhändigen. »Vielleicht hat ihr Bruder ja zufällig heute Abend Zeit«, sagte der Mann, und mit einem Mal kam es Stella vor, als ob er erröte. Er verabschiedete sich mit einem sehr männlichen »Sieg Heil!«, knallte die Hacken zusammen und war fort.

Stella blickte auf die Karte. Askan von Modersen stand dort, und sie schüttelte fassungslos den Kopf. Askan von Modersen. Wieso war sie nicht früher darauf gekommen? Das war der Mann, der schon in frühester Jugend die Geschwister Wolkenrath verwirrt hatte, weil die bloße Erwähnung seines Namens aus ihrem etwas schlafmützigen und ängstlichen Bruder Eckhardt einen hellwachen Jungen gemacht hatte. Viel später erst hatte Stella begriffen, was ihre Mutter Käthe schon lange gewusst hatte, dass nämlich ihr Bruder Eckhardt sich nicht im Geringsten für seine Verlobte Cynthia interessierte, stattdessen aber brennend für einen Gutsherrn namens Askan von Modersen, der eine Windhundzucht hatte und zu den Windhundrennen von Zeit zu Zeit nach Hamburg kam. Dies war damals der Grund dafür gewesen, dass auch Eckhardt Wolkenrath eine Windhundzucht begonnen hatte.

Stella dachte an ihren Bruder Eckhardt, und ihr Herz wurde warm. Auch während der Weimarer Republik war es gesellschaftlich und juristisch nicht anerkannt gewesen, homosexuelle Neigungen zu haben. Auch damals wurden Homosexuelle sofort in Verbindung gebracht mit Verführern und Schändern kleiner Jungen, die gerade noch kurze Hosen trugen, aber seit 1933 war es lebensgefährlich, als Homosexueller enttarnt zu werden. Dies war besonders absurd, weil unter den führenden Nazis die homoerotischen Neigungen ausgesprochen weitverbreitet waren.

Stella beschloss, ihren Bruder über diese wichtige Neuigkeit nicht im Unklaren zu lassen. Sie warf ihren Wintermantel über, zog die Stiefel an und eilte zu Eckhardts und Cynthias Papierwarenladen, der direkt um die Ecke neben der Emilie-Wüstenfeld-Schule im Souterrain lag.

Wie erwartet, werkelten Cynthia und Eckhardt im Laden herum. Es war kalt hier, und beide trugen dicke Stiefel und Wintermäntel, obwohl ein kleiner Ofen in der Ecke vor Briketts knackte.

Stella wusste, dass der Laden bei Schulschluss brechend voll sein würde. Dann kamen die Schüler und kauften sich vor allem Bonbons. Die gab es auch jetzt noch markenfrei, weil Eckhardt und Cynthia sie in dicken Säcken gehortet hatten und diese jetzt ganz allmählich Tag für Tag leerten. Die Bonbons gab es ohne Bezugsscheine, einfach, weil Schüler Eckhardts und Cynthias Meinung nach nun einmal Bonbons brauchten, wenn sie die Schule hinter sich gebracht hatten. Außerdem kauften sie hier ihre Stifte und Hefte und Radiergummis, und die Erwachsenen kauften Zeitungen und auch einmal einen Stift oder ein Heft.

Stella trat ein. Die Klingel ertönte. Eckhardt blickte hoch. »Stella, du?«, fragte er alarmiert. Stella kam nie in diesen Laden. Wenn das geschah, befürchtete Eckhardt das Schlimmste. Stella sah ihm an, dass er in seinem Kopf gerade alle möglichen Katastrophen durchging. Schnell machte sie einen Schritt auf ihn zu. Sie beachtete Cynthia gar nicht, die sich ebenfalls aufgerichtet hatte und zu ihr hinblickte. Stella umarmte ihren Bruder, flüsterte ihm ins Ohr: »Ich glaub, das ist wichtig für dich«, und drückte ihm die Karte von Askan von Modersen in die Hand. Dann drehte sie sich um, so dass sie zwischen Eckhardt und Cynthia stand, und ging direkt auf ihre Schwägerin zu bis zur anderen Seite des Verkaufstresens. »Du glaubst nicht, was ich den ganzen Vormittag über für einen Jieper auf Süßes gehabt habe«, sagte sie und wies auf ein Glas mit bunten Zuckerlutschern. »Bitte gib mir zwei davon.« Cynthia presste die Lippen zusammen. Sie hatte den Eindruck, dass hier etwas nicht stimmte, aber sie wusste nicht, was. Das sah Stella ihr an, und irgendwie tat Cynthia ihr leid, aber die Zeit, da sie auf Eckhardt wütend gewesen war, weil er Cynthia um ihre Frauenlust und Frauenkraft gebracht hatte, die war lange vorbei. Cynthia war an dieser seltsamen Menage ebenso beteiligt wie Eckhardt. Sie hatte etwas davon, das hatte Stella inzwischen eindeutig begriffen, obwohl sie wahrscheinlich nie verstehen würde, was genau eine Frau davon haben konnte, mit einem Mann zusammenzuleben, verheiratet zu sein, der an ihr als Frau nicht das geringste Interesse hatte.

Inzwischen, davon ging Stella zumindest aus, hatte Eckhardt genug Zeit gehabt, um sich die Karte in Ruhe anzuschauen und sie wegzustecken. Sie ließ sich von Cynthia die bunten Zuckerlutscher in eine Tüte packen, bezahlte sie. »Nein, das muss sein, ich will euch doch nicht ausrauben«, drehte sich zu ihrem Bruder um, der rote Flecken im Gesicht hatte, drückte ihm einen Kuss auf die Wange und verabschiedete sich mit einem herzhaften »Heil Hitler ihr beiden!«.

Sie wusste, dass Eckhardt nun in fürchterlichen Nöten steckte, weil er nicht wusste, wie er sich am Abend frei machen sollte. Aber sie entschied, dass das nicht ihre Sache war. Zwei Stunden später allerdings stand er vor ihr, sein Gesicht war inzwischen so fleckig, als hätte er eine schlimme Hautkrankheit, und flehte: »Stella, du musst mir helfen! Ich muss heute Abend weg, aber ich weiß nicht, wie. Du hast viel mehr Phantasie als ich. Bitte hilf mir!« Stella lachte laut. Endlich gab es eine Ehrlichkeit zwischen ihrem Bruder und ihr. Endlich war es eindeutig, und er stand dazu. »Lass mal überlegen«, sagte sie. Sie legte einen Finger nachdenklich auf ihre Lippen und rieb ihn gedankenverloren hin und her.

»Ich hab's«, sagte sie schließlich. »Du lässt dich von deinem Bruder Dritter anrufen, der dich dringlich bittet, ihn zu besuchen.« »Warum?«, fragte Eckhardt entgeistert. »Das hat er noch nie getan. Und außerdem, warum soll ich Cynthia nicht mitnehmen?« Stella hob ihre Hand und hieß ihn schweigen. »Du musst meiner Phantasie auch Zeit geben«, forderte sie. Sie ging im Zimmer auf und ab und erzählte: »Dritter hat Ärger mit Marthe. Sie ist irgendwie zornig auf ihn. Er versteht auch nicht, warum. Aber sie will nicht mehr mit ihm sprechen. Und er darf auch nicht mehr bei ihr im Bett schlafen. Sondern er soll auf dem Fußboden in der Küche schlafen. Marthe ist eben richtig durchgedreht und wütend geworden und hat Dritter aus dem Schlafzimmer geworfen, ja, genau!« Stella geriet in Entzücken über ihre eigene Geschichte. »Ja, und sie hat das Schlafzimmer abgeschlossen, und Dritter kommt auch nicht mehr rein, und er macht sich auch Sorgen um seine Frau, und was tut er da? Er ruft seinen Bruder an und bittet ihn um Hilfe. Und natürlich soll sein Bruder allein kommen, weil das eine Sache unter Brüdern ist. Dritter hat ja auch nicht seine Schwestern angerufen, sondern seinen Bruder, es ist eben eine Männerangelegenheit. Eine Schwägerin ist da völlig fehl am Platze. Ganz im Gegenteil, das könnte das Ganze nur noch schlimmer machen, weil Marthe fuchsteufelswild werden könnte, wenn sie eine Frauenstimme hört. Und überhaupt! Darüber braucht man gar nicht viel zu reden. Männerangelegenheit und basta!« Eckhardt sah sie bewundernd an. »Mein Gott, Stella«, sagte er. Mehr brachte er nicht heraus.

Nach einer Zeit allerdings gab er zu bedenken, dass Dritter irgendwie eingeweiht werden müsste und dass ihm, Eckhardt, das sehr peinlich sei. »Ach, weißt du«, sagte Stella leichthin. »Das muss er gar nicht. Ich geh einfach in eine öffentliche Telefonzelle und sag ihm, dass er nachher anrufen und sagen soll, dass du ihn besuchen kommen sollst. Und dass er gefälligst keine Fragen stellen soll, sondern einfach tun, was ich sage. Und dass er sich dann abends hier nicht blicken lassen und auch nicht anrufen darf. Wenn Cynthia wirklich später noch mal darauf zurückkommt, muss Dritter eben einfach sagen: ›Ein Kavalier schweigt über solche Dinge.‹ Das kann er gut.«

Eckhardt kicherte. Stella merkte, wie seine Spannung etwas schwand.

Und so machten sie es. Cynthia hatte gar keine Chance. Um 18.00 Uhr war Eckhardt fort.

Womit keiner gerechnet hatte, war, dass um 22.00 Uhr ein Angriff kam. Das ganze Haus zitterte. In der Ferne heulten Sirenen. Entwarnung und Alarm jaulten durcheinander, dann war Stille. Stella und Cynthia waren die Einzigen, die sich in die Besenkammer geflüchtet hatten. Aaron war noch zu schwach, um das Bett zu verlassen und für Stunden in der engen Kammer zu hocken, und Lysbeth blieb bei ihm. Stella fühlte sich allein mit Cynthia noch unwohler, als sonst während der Angriffe.

Nachdem die Stille draußen fünf Minuten gewährt hatte, hoffte sie, dass es jetzt vorbei war. Sie machte sich innerlich schon auf nach draußen, da heulten die Sirenen wieder und wieder. Unausgesetzt klirrten die Fenster. Und wieder Stille. Neuer Anflug, rasendes Feuer, und dann Kampfpause. Cynthia saß auf dem Bett, wo sie sonst immer neben Eckhardt saß, und zitterte so stark, dass ihre Zähne aufeinanderschlugen. Während der Stille draußen war das Klappern ihrer Zähne das einzige Geräusch im Raum. Um 23.00 Uhr begann das Schießen von neuem.

»Was für ein Leben ist das für uns«, jammerte Cynthia. »Und so soll es nun immer weitergehen, immer und immer!« Über ihnen raste der Kampf, unter ihnen zitterte der Fußboden. Im Rundfunk dudelten vergnügte Schlager. *Das kann doch einen Seemann nicht erschüttern* klang durch die Nacht.

Stella erhob sich, um die Arbeit zu machen, die sonst immer Eckhardt auf sich nahm. Sie eilte die Treppen hinauf und öffnete die Luke, um zu prüfen, ob auf dem Dach alles in Ordnung war. Da sah sie einen Engländer, ziemlich tief, im Licht. Sie folgte der Jagd am Himmel. Der Engländer hielt sich, dann entschwand er ihrem Blick hinter den Häusern. Unterm Sternenhimmel lag die Welt in eisigem Frost, in der Ferne hörte sie eine Eisenbahn, und das Geräusch hatte etwas seltsam Tröstliches an sich. In der Ferne leuchtete das rosa Mündungsfeuer der schweren Flak.

Der Angriff dauerte bis Mitternacht. Anschließend sagte Cynthia: »Ich habe solchen Hunger, Stella. Setz dich doch ein wenig zu mir in die Küche, dann können wir Abendbrot essen.« Stella musste unwillkürlich lachen. »Nicht gerade meine Abendbrotzeit«, sagte sie, aber sie setzte sich zu Cynthia in die Küche, und mit einem Mal überfiel auch sie der Hunger. Während sie den Tisch deckten, kam die Entwarnung. Und dann lugte Lysbeth bei leicht geöffneter Tür in die Küche. »Oh, es gibt zu essen. Ich habe riesigen Kohldampf«, stöhnte sie.

Einträchtig saßen die drei Frauen zusammen, aßen Butterbrote und tranken Tee. Cynthia sagte, dass sie sich um Eckhardt Sorgen mache. Nachdem Stella sie beruhigt hatte, dass Eckhardt schon irgendwo untergekommen sei, und vielleicht ja sogar irgendwo einen Übernachtungsplatz gefunden habe, erwähnte Cynthia ihren Mann nicht wieder. Gemeinsam mit Stella und Lysbeth unterhielt sie sich über alles mögliche Belanglose und kicherte sogar mit ihnen, als sie lustige Geschichten über ihre Mutter und die Tante zum Besten gaben.

Als Stella um 2.00 Uhr ins Bett ging, dachte sie in versöhnlicher Stimmung an Cynthia. Vielleicht wäre sie eine nette Frau geworden, wenn sie einen richtigen Mann bekommen hätte, ging ihr durch den Kopf. Und dann schossen die Gedanken an ihre Männer hinterher. Schnell zog sie sich die Decke über den Kopf, als wollte sie schlimme Geister abwehren, und beschloss, augenblicklich einzuschlafen. Was auch gelang.

Am nächsten Morgen fanden sich die drei Frauen wieder zum Frühstück in der Küche ein, als hätten sie sich verabredet. Cynthia flüsterte: »Er ist eben grade nach Hause gekommen, um 10.00 Uhr, stellt euch das vor. Und er hat nichts zu mir gesagt, hat nur seine Hose ausgezogen und ist einfach so ins Bett gegangen, ohne Nachthemd.« Es wurde nicht klar, was für sie am schlimmsten war: dass er die ganze Nacht fortgeblieben war oder dass er sich ohne Nachthemd ins Bett gelegt hatte. Stella und Lysbeth wechselten einen Blick, dann sagte Lysbeth »Na, so was.« Und Stella sagte: »Wollen wir zur Feier des Tages ein Ei essen?« Was gefeiert werden sollte, erklärte sie nicht. Aber Cynthia und Lysbeth waren einverstanden und holten ihre kostbaren drei Eier aus der Speisekammer. Eckhardt wurde nicht mehr erwähnt.

Da vernahmen sie aus dem Radio, dass Goebbels Hamburgs »männliche Haltung« gelobt und festgestellt habe, dass »Opfer und Sorgen nur hart machen«. »Er muss es wissen«, kommentierte Stella die Nachricht. »Und wir müssen die Angriffe ertragen«, fügte Cynthia lakonisch hinzu. Lysbeth blickte Cynthia mit hochgezogenen Augenbrauen an. Stella lächelte verschmitzt.

Cynthias Wandlung hielt allerdings nicht lange vor. Am 18. Januar fand die Hundertjahrfeier des Hamburger Tierschutzvereins in der Ufa statt. Eckhardt und Cynthia hatten drei Karten vom Windhundverein. Also begleitete Stella sie. Sie hatte sich hübsch gemacht. Gesellschaftliche Ereignisse, wo viele Menschen in festlicher Atmosphäre zusammentrafen, waren rar geworden. Als sie dort ankamen, war sie allerdings so durchgefroren, dass sie es schon bedauerte, das warme Haus verlassen zu haben. In Hamburg herrschten elf Grad Minus. »So warm kann man sich gar nicht anziehen, dass einem nichts abfriert«, schimpfte sie, als sie ihre Garderobe abgab. Im großen Saal entdeckte sie Luise und Fred Solmitz. Sie machte Cynthia darauf aufmerksam, aber die zog die Augenbrauen zusammen und tat so, als würde sie die Solmitz nicht sehen und als hätte sie Stella nicht gehört.

Karl Peters, der »Tierpeter« genannt wurde, hielt eine Rede. Dann wurden die Ehrenurkunden ausgeteilt: An einen Blinden, an die SHD-Männer, die Tiere nach Bombenangriffen retteten. An die Schlachthofangestellten. An die biederen Kutscher, an die Ehrenmitglieder Paul Eipper, Sven Fleuron. An die Frau, die seit fünfundzwanzig Jahren die Hopfenmarkttauben fütterte. An den Elefantenwärter von Hagenbeck. An die beiden Herren Hagenbeck, Lorenz und Heinrich. An Harry Piel, der in Rom filmte. An den verstorbenen Kapitän Scheider. An den Besitzer von Zirkus Krone. An bewährte Tierlehrer.

Dann wurden die Tiere selbst geehrt, zwei verwundete Kriegspferde und eines der Letzten aus dem vorigen Krieg mit Namen »Kriegskamerad«. »Fährt jetzt nur noch leichte und doch so schwere Lasten«, sagte Karl Peter. Das Pferd gehörte jetzt einem Bestattungsunternehmer, der es liebte und betreute. Das Tier erhielt als Ehrung einen Sack Hafer und Mischfutter. Sechs Meldehunde traten auf, mit denen ihre Soldatenführer Übungen machten. Im Saal herrschte eine mal gerührte, mal heitere Stimmung. Das Orchester der Ufa tat das Seine, um das Fest aus dem Kriegsalltag heraus zu einer besonderen Erfahrung zu machen.

Da erzählte Cynthia: »Ich habe in der Zeitung gelesen, dass Stalin Hunde mit Brand und Sprengstoffen vorschickt. Einen Hund hat man mit abgerissenem Kopf gefunden. Seine Ladung hatte sich entzündet, als der Hund an ein Hindernis stieß. Die Russen sind doch schreckliche Untermenschen.« Stella versuchte, die Stimme ihrer Schwägerin auszublenden und nur die Musik des Orchesters zu hören. Es gelang ihr recht gut.

Am 30. Januar hielt der Führer eine Rede, in der er mitteilte, dass er nun, da der Januar zu Ende gehe, mit Russland über den Berg sei. In Hamburg allerdings herrschte nach wie vor Eis und Schnee. Franzosen schippten den Schnee fort. Sie trugen Umhänge und Kapuzen, waren völlig vermummt.

Aaron wurde von Lydia im SS-Auto ins Krankenhaus in der Johnsallee 68 gefahren. Dies war das Krankenhaus, in dem Juden behandelt wurden. Es war der Rest dessen, was vom israelitischen Krankenhaus übriggeblieben war, das früher in der Eckernförder Straße auf St. Pauli gewesen und bereits 1939 aufgelöst worden war.

Aaron wurde von Dr. Bertold Hannes untersucht, der seine Praxis im Mittelweg 17 gehabt hatte. Dr. Hannes wollte ihn sofort dortbehalten, weil Aaron wie ein Skelett aussah und eine befallene Lunge hatte. Aber Lysbeth wollte ihn nicht im Krankenhaus lassen. »Sie wissen nicht, wie er vor vier Wochen ausgesehen hat«, sagte sie. »Ich werde die Pflege dieses Mannes niemand anderem überlassen, aber ich bitte Sie, mir für Herrn Schallert ein Attest auszustellen, dass Aaron nicht arbeitsfähig ist. Und selbstverständlich auch überhaupt nicht transportfähig …« Dr. Hannes, der selbst in einer Mischehe lebte, zu seinem Glück in einer privilegierten Mischehe, stellte alle Gutachten aus, die Lysbeth von ihm wünschte. Außerdem schrieb er ein Rezept für Medikamente, die Aarons Heilung beschleunigen sollten.

Lysbeth war nicht überglücklich, aber sie war beruhigt, was den furchtbaren Herrn Schallert anging. Gemeinsam mit Stella beratschlagte sie, ob sie das Gutachten persönlich zum Arbeitsamt bringen oder ob sie es Herrn Schallert per Post zustellen wollten. »Ich mach, was du willst«, sagte Stella entschieden. »Ich kämpfe auch mit dir gegen ein fünfköpfiges Ungeheuer.« Sie überlegte und korrigierte sich: »Ich kämpfe auch mit dir gegen Herrn Schallert, der viel schlimmer ist als ein tausendköpfiger feuerspeiender Drache.« Lysbeth machte ein bedenkliches Gesicht. Zweifelnd sagte sie: »Ich weiß nicht, aber ich glaube, wir beide sind nicht die Richtigen, um diesen Herrn irgendwie zu beeindrucken. Es geht darum, Zeit zu gewinnen. Irgendwann ist seine Macht vorbei, das weiß ich. Bis dahin müssen wir auf Zeit spielen.«

»Das weißt du?«, fragte Stella mit großen Augen. »Wieso weißt du das?« Sie hatte riesigen Respekt vor dem geheimnisvollen Wissen ihrer Schwester, bisher hatte Lysbeth diese Worte aber noch nicht ausgesprochen. »Ich weiß es eben«, antwortete Lysbeth schlicht. »Und die Tante wusste es auch.«

»Hast du wieder Träume?«, fragte Stella mit kleiner Mädchenstimme. Lysbeth grinste. »Ja, ich habe Träume, so wie du und alle, aber ich habe auch einen Verstand, meine Liebe. Und dieser Verstand kann eins und eins zusammenzählen. Wenn Hitler es nötig hatte, Ende Januar, wo es bei uns vor Kälte klirrte, noch mal nachzuschieben, dass es in Russland jetzt gut wird, wo er doch kurz davor schon den Endsieg angekündigt hatte, dann ist er in die Bredouille geraten, das versteht doch sogar ein Kind. Nur all die Deutschen sind wie vernebelt.« Sie sah Stella streng an: »Du bist nicht vernebelt. Also kannst auch du wissen, dass wir auf Zeit spielen müssen. Aaron muss gesund werden, und er muss überleben, bis wir Herrn Schallert endgültig an seinen dünnen

Haaren ins Gefängnis zerren können.« Stella lachte befreit auf. Die Vorstellung, das Ekelpaket zur Rechenschaft zu ziehen, und auch noch an seinen wenigen Haaren, bereitete ihr Vergnügen.

10

Seit jener Nacht hatte Eckhardt sich verändert. Er hatte eine erstaunliche Erfahrung gemacht, ebenso erschütternd wie beglückend. Askan war zwar immer noch der Gleiche gewesen, dem Eckhardt seit seiner Jugend verfallen war. Er roch wie Askan, er fühlte sich an wie Askan, er hatte Askans geliebte Männlichkeit, und er überwältigte Eckhardt mit seiner Lust, seiner Kraft, mit seinem gewaltigen Trieb, wie er es immer getan hatte. Aber Askan war auch ein anderer geworden. Er zeigte keine Verachtung mehr Eckhardt gegenüber. Er war weicher und gefühlvoller. Eckhardt hatte den Eindruck, als wäre die Schale um Askan brüchig geworden und als gliche der Askan, der zart durch die Schale hindurchschimmerte, einem Küken, das sich ein wenig vor der Welt fürchtete.

Die Veränderung beglückte Eckhardt. Die Liebe zwischen ihnen war nun viel inniger, sie dauerte über den Sexualakt an. Aber es machte Eckhardt auch ein wenig Angst. Der mächtige unangreifbare Askan war nun zart, schwach, zweifelnd an sich selbst – und auch an der deutschen Sache, der er sich verschrieben hatte. Wie durch einen Zauber fühlte Eckhardt sich stärker und größer, und so fühlte er die unbedingte Notwendigkeit, Askan zu schützen.

Während der Angriff über Hamburg tobte, waren Askan und Eckhardt im Hotelzimmer geblieben. Wenn sie hier sterben sollten, dann wären sie einverstanden, hatten sie einander versichert. Und es hatte sich verwegen und sehr aufregend angefühlt, angesichts des Leuchtfeuers vor dem Fenster und des Bombenspektakels draußen auf dem Hotelbett Liebe zu machen. Anschließend lagen sie verschwitzt, mit ineinander verschränkten Beinen, streichelten Brust und Bauch und Gesicht des Geliebten, während sie einander aus ihrem Leben erzählten.

Askan berichtete, er sei dem Reichsmarschall Göring begegnet. »Ich habe mich erschrocken«, gestand er. »Er ist eine richtige Tunte!« Eckhardt kicherte. Eine Tunte. Das war das Schimpfwort, mit dem Homosexuelle bedacht wurden, und damit war gemeint, dass sie sich schlimmer als Weiber verhielten. »Ja, eine Tunte«, bekräftigte Askan. »Er ist unglaublich dick. Und er trug einen Zobelmantel …« »Zobel …« Eckhardt ließ das Wort auf der Zunge zergehen. »Das ist doch keine Tunte, das trugen die ersten Rennfahrer und die ersten Piloten …« »Der sah aus wie eine reich gewordene Hure«, sagte Askan grinsend. »An den Fingern hatte er Ringe mit Brillanten und Rubinen und …« Er machte eine bedeutungsvolle Kunstpause: »Er war geschminkt!«

Eckhardt starrte ihn an. »Das meinst du nicht ernst.« »Doch!« Askan nickte. »Ich weiß nicht, Eckhardt, manchmal kommt mir das Ganze vor wie ein riesiger Schmierenzirkus, was die da aufführen. Nur dass sie nicht mit Robben und Affen spielen, sondern mit unseren deutschen Jungs. Hitlers Intimi haben nicht die geringste Ahnung vom Kriegführen, aber sie werfen unsere Männer nach Russland in den Schnee wie etwas, von dem sie zu viel in Reserve haben. Denen ist kein Menschenleben wichtig. Kein Einzelner zählt. Die denken nur an den Sieg, und wie sie den erreichen, ist ihnen schnurzpiepegal. Ich hab in Belgrad Sachen erlebt, die werde ich nie jemandem erzählen. Aber die Menschen dort haben sie ebenso erlebt wie ich. Sie hassen uns mehr als den Teufel, irgendwann werden sie uns die Gurgel durchschneiden. Das kann gar nicht gutgehen.«

Askan gehörte zu den Truppen, die noch in Belgrad stationiert waren, seitdem Serbien besiegt war. »Wir hängen da reihenweise Männer auf«, erzählte er bedrückt. »Immer, wenn die Partisanen einen Deutschen umgebracht haben, hängen wir dafür jede Menge Belgrader auf, irgendwelche Männer, willkürlich rausgepickt. Glaub doch nicht, dass uns das beliebt macht und die Partisanen unbeliebt. Nein, die Männer laufen einfach zu den Partisanen über, bevor wir sie aufhängen. Und die Frauen mit.« Er streichelte über Eckhardts Brust, hinunter zum Bauch und legte die Hand auf sein Geschlecht. »Ich rechne oft damit, dass sich nachts einer in mein Zimmer schleicht und mich im Schlaf umbringt. Ich könnte das sogar verstehen.«

Eckhardt wurde von einer heißen Woge an Liebe überflutet. Er warf sich über Askan und küsste ihn.

Nach dieser Nacht flehte er den deutschen Sieg noch intensiver herbei als zuvor. Es ging ihm nicht mehr so sehr um Deutschland, es ging ihm vor allem darum, dass Askan, sein Askan, bald nach Hause käme. Was dann geschehen sollte, darüber dachte er nicht nach, aber er konnte es nicht erwarten, Askan in seiner Nähe zu haben. Seine Sehnsucht nach dem Liebsten machte ihn zuweilen ganz verrückt.

Von nun an zählte er die abgeschossenen englischen Flugzeuge, er führte Buch über die deutschen Siege, er beteuerte sich und allen um sich herum, dass Deutschland auf der Siegerstraße sei. »Die verfluchten Engländer sind jetzt zum Glück fast am Ende. Bald geht ihnen die Luft aus. Es kann nur noch ein paar Wochen dauern, und dann werden sie den Führer um Frieden bitten müssen. Dann ist es endgültig vorbei mit den Terrorangriffen.«

Sein Optimismus gründete sich auf die Erfolge der deutschen U-Boote im Atlantik. Sie hatten allein im Monat Februar 1942 mehr als siebzig Handelsschiffe und Tanker mit einer Gesamttonnage von fast vierhunderttausend Bruttoregistertonnen versenkt. »Die Engländer haben kaum noch etwas zu essen. Ihre Flugzeugproduktion ist so stark zurückgegangen, dass sie die allnächtlichen Verluste, die unsere Flugabwehr ihnen zufügt, schon längst nicht mehr ausgleichen können. Es fehlt ihnen an allem, vor allem am Flugbenzin.« Predigergleich wiederholte Eckhardt die Beweise für den notwendigen baldigen Untergang der Engländer.

Seiner Meinung nach war der Niedergang des britischen Weltreichs nur folgerichtig. Schon im Dezember 1941 war Hongkong, am 15. Februar 1942 auch die als uneinnehmbar geltende Seefestung Singapur von den Japanern erobert worden, die damit Südostasien, den Indischen Ozean und den westlichen Pazifik beherrschten. Das Mittelmeer war zu einem deutsch-italienischen Binnengewässer geworden, nur die Insel Malta hielt noch den deutschen Luftangriffen stand, würde aber sicherlich in Kürze kapitulieren. In Nordafrika griff Rommel wieder an und würde bestimmt bald ganz Ägypten und den Suezkanal erobern.

Eckhardt feixte. »Dann ist es mit dem Empire aus. Und ohne Kolonien, ohne den ständigen Strom von Rohstoffen und Nahrung wird England zugrunde gehen. Wir werden keinen einzigen Landser zu opfern brauchen, um das Königreich zu erobern. Die Briten werden sich von allein unterwerfen. Wahrscheinlich sind sie dann froh, wenn wir ihre Versorgung übernehmen.«

Sein Frohlocken erhielt allerdings von Zeit zu Zeit einen Dämpfer, wenn es ihm nicht gelang, sich vor traurigen Berichten über Verluste von getöteten Soldaten vollkommen abzuschotten. So betrat eines

Mittwochs eine etwa vierzigjährige Frau seinen Laden, stand dort eine Weile, während sie mit verlorenen Blicken den Raum abtastete. Als Eckhardt sie nach ihrem Begehr fragte, fing sie an zu weinen. »Ich wollte einfach mal hierhergehen, mein Sohn hat erzählt, dass er bei Ihnen Kinderlollis gekauft hat, bevor er eingezogen wurde. Er war achtzehn Jahre alt«, schluchzte sie. »Unser ganzer Stolz. Er war bei den Meldefahrern. Man fand ihn spät. Ein Bein war abgerissen, der Körper mit Granatsplittern übersät.« Sie weinte laut. »Er war mein einziger Sohn. Er lebte noch einen Tag, sagte einem Pastor noch Abschiedsgrüße für seine Eltern und Schwestern und Dank für alle Liebe, die er empfangen hatte. Er war so ein guter Sohn.«

Eckhardt dachte an Askan, und sein Herz krampfte sich zusammen. »Bald hört der Krieg auf«, versuchte er zu trösten. Aber die Frau versteinerte über seinen Worten. »Das ist zu spät«, sagte sie kalt. »Für uns ist es zu spät.«

Eckhardt wandte den Blick von ihr ab, aus dem Fenster seines Ladens auf die Bundesstraße. Dort schippten französische Gefangene mit dem großen F auf der Brust gemeinsam mit einem Trupp von Juden den Schnee von der Straße. Er sah, wie sie hochguckten und ihre Gesichter weich und mitleidig wurden. Er folgte ihrem Blick. Dort humpelte ein deutscher Schwerverletzter auf sie zu. Er hatte nur noch ein Bein, um seinen Kopf lag ein Verband.

Wieder musste Eckhardt an Askan denken. Nicht auszudenken, dass dem Geliebten etwas zustoßen könnte. Das durfte einfach nicht geschehen.

Mit aller Kraft hielt er sich daran fest, dass der Krieg bald zu Ende sein würde.

Aber die Nachrichten über die gefallenen Söhne wurden mehr. Aus dem Haus in der Bundesstraße, in dem Eckhardt seinen Laden hatte, stürzte eines Tages schreiend eine Frau und schlug besinnungslos um sich, als ihr Mann hinter ihr herlief und versuchte, sie festzuhalten, bevor sie auf die Straße rannte. Eckhardt hastete aus dem Laden und half dem Mann. Die Frau schrie und schrie, als würde sie abgestochen werden. Sie trat um sich, schlug um sich, bis es Eckhardt und dem Mann gelang, sie festzuhalten. Da brach sie zusammen, wurde schwer in den Armen der beiden Männer. Eckhardt war nicht der Stärkste, und auch der Mann strotzte nicht vor Kraft. Die Frau sackte zusammen und glitt durch die Arme der beiden Männer hindurch langsam zu Boden. Der

Mann setzte sich einfach neben sie auf den Schnee. Nun weinte auch er.

»Unser älterer Sohn ist gefallen«, sagte er zu Eckhardt, und es klang unendlich verloren. »Am Ilmensee, der jüngere ist grippekrank im Osten. Nase, Ohren, Zehen sind mehrfach erfroren.« Er schüttelte seine Frau, die in ihrem Kittel in der Kälte lag. »Wach auf, Erna! Wach auf! Du darfst nicht auch noch sterben!« Cynthia kam aus dem Laden mit ihrem und mit Eckhardts Wintermantel. »Ich ruf den Krankenwagen«, sagte sie resolut. Kurz darauf wurde die Frau fortgefahren, der Mann begleitete sie. Zum Abschied sagte er zu Eckhardt, als müsste er das unbedingt noch loswerden: »Sie hat es von einer Nachbarin erfahren, die sie einfach mit der Nachricht überfallen hat. Es gibt dumme Weiber.«

Es kam Eckhardt vor, als würde er von den tödlichen und zerstörerischen Folgen des Krieges auf eine fast schon unheimliche Weise überfallen. Als er ganz allein einen Spaziergang an der Elbe machte, um seine Gedanken und Gefühle zu beruhigen und seine Sehnsucht nach Askan an diesem Fluss, der die Ferne so nah erscheinen ließ, zu vertrösten auf ein »wenn der Krieg zu Ende ist«, hob sich vom besonnten Eis der Elbe der Schattenriss eines einbeinigen jungen Soldaten ab. Dann sah er einen Einarmigen und dann wieder einen Einbeinigen. Er kam sich vor, als wäre er in einem Albtraum gelandet, in einem seiner schrecklichen Kriegstraumbilder, die ihn früher verfolgt hatten und aus denen er schreiend und mit furchtbaren Kopfschmerzen erwacht war. Es war, als wäre er umzingelt von Einarmigen und Einbeinigen.

Er hastete zurück, wollte nur nach Hause, weg von diesen Bildern. Als er ins Treppenhaus trat, begegnete er Stella, die gerade nach unten wollte. Vorsichtig erkundigte er sich, ob Stella sich erklären könne, wieso es an der Elbe so viele Kriegsverwundete gebe. »Die sind in der Elbschlossbrauerei einquartiert«, erklärte sie, als wüsste das jeder. »Ich glaube, die werden für die Frühlingsoffensive herausgepäppelt. Wie Hänsel von der bösen Hexe.« Eckhardt sah sie empört an. »Du willst wohl nicht sagen, dass sie diese armen Männer wieder in den Krieg schicken?«, schimpfte er. »Und das mit der bösen Hexe will ich nicht gehört haben.« Stella grinste. Seit Eckhardt und sie ein Geheimnis teilten, sprach sie offener mit ihm.

Da kam Lysbeth ins Haus. Sie schüttelte sich wie ein Hund, als müsste sie die Kälte, die draußen in ihre Glieder gekrochen war, wieder hinaustreiben. Aber vielleicht hatte das heftige Abschütteln auch einen anderen Grund. Sie erzählte von einem Gespräch mit Luise Solmitz. »Sie war sehr deprimiert. Gisela hat jetzt den endgültigen Bescheid bekommen. Sie darf nicht heiraten. Und dann hat Luise von ihrer Sorge erzählt. Die Bestimmungen für Mischlinge würden wohl verschärft, überall würden sie entlassen.« Lysbeth fügte bitter hinzu: »Die Mischehen mit Kindern haben zwar manche Privilegien, aber sie haben auch ihre Sorgen um die Kinder. Ich bin ganz froh, kein Kind zu haben.« Stella umarmte sie. »Meine Güte, Lysbeth«, entfuhr ihr. »Du bist ja nur noch Haut und Knochen. So kann das nicht weitergehen.« Lysbeth lachte auf. »Ach ja, das hat Luise auch noch erzählt: Sie wiegt inzwischen nur noch so viel wie ein Spätzchen. Ihr Arzt hat gesagt, sie soll Extra-Marken kriegen. Das will ich auch mal versuchen!« »Aber dann isst du das auch«, raunzte Eckhardt. »Und schiebst es nicht deinem Mann hinten rein.« Stella knuffte ihn in die Seite. »Hinten rein?«, fragte sie kokett.

Da trat Cynthia ins Treppenhaus, und die drei verstummten. Cynthia schockte sie mit einer nächsten Schreckensnachricht. Beim Milchmann sei von einer Familie erzählt worden, mit drei Söhnen im Feld. »Sie haben ein Telegramm aus München bekommen, dass ihr ältester Sohn schwer verwundet ist. Wenn sie ihn noch einmal sehen wollten, müssten sie nach München kommen. Dort bekamen sie das nächste Telegramm, in dem sie erfuhren, dass ihrem zweiten Sohn beide Beine abgeschossen worden sind.« Eckhardt strich sich über Mund und Kinn. Stella verschränkte die Arme vor der Brust. Lysbeth sagte: »Wir müssen dankbar sein, dass niemand von uns draußen an der Front ist. Dann würden wir ja nur noch zittern.« Eckhardt strich sich wieder über Mund und Kinn. Cynthia widersprach: »Wir in Hamburg sind auch an der Front, das hat sogar Goebbels gesagt. Und wir müssen hier viel mannhaften Mut aufbringen.« Stella lachte amüsiert auf. »Genau«, sagte sie. »Und jetzt machen wir mannhaft Abendbrot.«

Anfang März war Mondfinsternis angekündigt worden. Lysbeth zog die Vorhänge zurück und hüllte Aaron in Decken. So setzten sie sich neben das Fenster, um den Zauber der Nacht zu erleben. Es war eine silberne Vollmondnacht voll Glanz und Licht. Da, um halb eins, legten sich die ersten zarten Schleier über das Licht. Ein wunderschönes Erlebnis in der schweigenden Winternacht. Die Trübung wurde immer stärker, bis um 1.22 Uhr eine entzückende runde Nachtlampe am Himmel stand. Rechts ein Schimmer von Silber unter dem Schatten, links rostfarbene Verdunkelung, von innen sanft durchleuchtet. Ringsum ein Heer von Sternen. Frost und Schnee im Garten spiegelten schimmernd das Licht vom Himmel. Ringsum ein großes Schweigen. Lysbeth war nah an Aaron gerückt, sie hatte eine Decke um sie beide geschlungen. Sie hielten sich an den Händen, und im Raum wie draußen im Garten lag ein glücklicher Frieden. Am Morgen herrschte Sturm und eisige Kälte. Die Kälte zog sich mit kurzer frühlingshafter Unterbrechung bis in die Mitte des März hinein.

Am 6. März nach dem Abendessen kümmerte Lysbeth sich um die Betreuung von Aaron, die er inzwischen nicht mehr völlig willenlos über sich ergehen ließ. Er war der Meinung, dass er nicht mehr so krank war, wie Lysbeth behauptete. Sie hörte, wie oben das Telefon schrillte.

Da gellte Cynthias Stimme durchs Haus. »Lysbeth! Lysbeth! Schnell!« Lysbeth hastete nach oben, Cynthia hielt ihr den Hörer mit schreckensweit aufgerissenen Augen entgegen. Eine aufgeregte Männerstimme dröhnte so laut aus dem Hörer, dass Lysbeth sie schon deutlich verstand, bevor der Hörer an ihrem Ohr war: »Es ist so weit. Marthe liegt darnieder.« »Liegt darnieder?«, fragte Lysbeth alarmiert. »Äh, kommt nieder«, korrigierte er sich hastig. »Sie hat furchtbare Wehen. Sie will nicht ins Krankenhaus. Sie sagt, da sterben die Kinder, wenn sie nicht von arischen Zuchtbullen sind. Und Männer in meinem Alter und noch dazu Knastbrüder gelten nicht als Zuchtbullen …« Lysbeth zuckte zusammen. Dritter schrie so laut ins Telefon, dass er weithin zu hören sein musste. »Wo bist du?«, fragte sie scharf. Sie wusste, dass Marthes Mutter und Dritter und Marthe kein Telefon hatten. »Bei der Nachbarin«, trompetete er weiter.

»Jetzt hör mir mal zu«, schrie sie in einer Lautstärke zurück, die ihn zur Besinnung bringen sollte. »Ich bin spätestens in einer halben Stunde bei euch. Du stellst …«

Er unterbrach sie mit donnernder Stimme: »Halbe Stunde ist zu spät. Da ist sie schon tot. Nimm dir ein Taxi!«

»Gut!«

Lysbeth hängte den Hörer in die Gabel. Ihr Kopf war vollkommen klar. Es hatte keinen Sinn, Dritter in seiner Panik irgendwelche Dinge aufzutragen, die er tun sollte. Also musste sie selbst so viel vorbereiten wie möglich und sich dann dort einen Überblick verschaffen, was noch zu tun war. Vielleicht hatte ja auch Marthes Mutter schon Vorkehrungen getroffen.

Sie rannte die Treppen hinunter zu Aaron. Sie informierte ihn in knappen Worten. Sie suchte alles zusammen, was sie für eine Geburt brauchte. Sie war so beschäftigt damit, dass sie gar nicht mitbekam, was Aaron tat. Erst als sie mit gepackter Tasche vor ihm stand, sah sie, dass auch er bereit war. »Ich komme mit«, sagte er klar und deutlich. Sie wollte aufbegehren, aber sie sah, dass es keinen Sinn hatte, ihn umzustimmen. Sie hatte vorgehabt, mit dem Fahrrad zur Johnsallee zu fahren, aber nun bestellte sie doch ein Taxi.

Als sie eine halbe Stunde später in Dritters herrlicher Jugendstilvilla eintrafen, fanden sie diesen, seine junge Frau Marthe und deren Mutter am Kaffeetisch vor, wo sie köstlich duftenden, frisch gebackenen Apfelkuchen verzehrten.

»Ich hab es ihr gleich gesagt«, trumpfte Marthes Mutter auf. »Das war bei mir auch so. Die Wehen kommen, und dann gehen sie wieder weg. Das kann noch Wochen so weitergehen. Ich hab ihr gesagt: Iss erst mal ein Stück Kuchen, dann kommst du auf andere Gedanken. Und – hab ich recht gehabt?«

Lysbeth warf ihrem Bruder Dritter einen zornigen Blick zu. »Du hast gesagt, sie ist in einer halben Stunde tot!«

»Ist die halbe Stunde schon um?« Dritter lachte meckernd.

»Wer gleich tot ist, bist du, wenn du nicht aufhörst, dich wie ein Fünfzehnjähriger zu benehmen«, fauchte Lysbeth.

Als wollte sie jedoch Dritters Worten Wahrheitsgehalt verleihen, warf Marthe plötzlich die Arme in die Höhe, rief: »Hach! Hach!«, und wälzte sich auf ihrem Sessel hin und her. Marthes Mutter, die aufgestanden war, um Gedecke für die hinzugekommenen Gäste zu holen, blieb auf dem Fleck stehen. Sie sah aus wie eine Salzsäule, dann schnaufte sie, setzte ihren Weg fort und murmelte in Aarons Richtung: »Das kann jetzt noch Wochen gehen.«

Aaron öffnete ruhig den Arztkoffer und holte ein Stethoskop heraus. Lysbeth wartete das Ende der Wehe ab, dann führte sie Marthe zum Sofa. Die beiden begaben sich an die Untersuchung der Schwangeren. Dritter beobachtete sie mit Argusaugen. Seine Miene war finster. Wie ein wildes Tier auf dem Sprung saß er auf seinem Stuhl, die Kiefer mahlten, die Arme waren auf seine Oberschenkel gestützt, die Fäuste geballt.

Lysbeth und Aaron fuhren ruhig in ihrer Tätigkeit fort, als bemerkten sie Dritter gar nicht. Aber als sie ihre Untersuchung beendet hatten, sagte Lysbeth, während sie ihm einen Blick zuwarf, der dem seinen an Drohung und Düsternis nicht nachstand: »Wenn du weiter so gefährlich tust, kannst du deine Frau ins Krankenhaus fahren. Zeit genug bis zur Geburt bleibt noch. Sie wird auch auf der Fahrt nicht sterben. Und dann kannst du den Ärzten dort Angst einjagen mit deinem blöden Gehabe.« Dritter löste seine Fäuste und knetete die Hände ineinander. »Ich weiß gar nicht, was du hast«, murmelte er. »Ich will doch nur, dass mein Sohn gesund zur Welt kommt. Das ist ja wohl nicht zu viel verlangt.«

Da brach es aus Lysbeth heraus, als wäre ein Damm gebrochen. »Nein, natürlich«, brüllte sie los. »Natürlich ist es überhaupt nicht zu viel verlangt, dass du gefälligst einen Sohn kriegst. Wie entsetzlich, wenn es eine Tochter wird. Und dann ist es auch nicht zu viel verlangt, dass Aaron und ich hierhergerast sind, obwohl deine Frau Apfelkuchen isst …« Das Wort Apfelkuchen geriet besonders schrill.

Aaron hatte seinen Kopf schiefgelegt, die Stirn gefurcht. Erstaunt sah er seine Frau an. Was ist denn in dich gefahren?, fragte sein Blick. Gleichzeitig war es ein wacher, warmer Blick. Er wusste, dass Lysbeth nicht ohne Grund derartig die Fassung verlor. Nicht ohne guten Grund. Aber er kannte den Grund nicht.

Tränen schossen in Lysbeths Augen. Trotzdem schrie sie ihren Bruder weiter an: »Du bist sechsundvierzig Jahre alt, da werden andere Männer Großvater. Du kriegst noch ein Kind, obwohl du es nicht verdient hast. Nur weil du ein alter Charmeur bist, der sich diese junge Frau geangelt hat …«

»So jung ist Marthe nun auch wieder nicht«, widersprach Dritter in aller Würde.

Lysbeth schrie wütend auf. »Werde endlich erwachsen! Die Welt ist nicht das Schlaraffenland, wo mein Bruder Dritter nur einen Wunsch äußern muss, und schon wird er ihm erfüllt.« Die Tränen stürzten aus ihren Augen.

Aaron näherte sich ihr vorsichtig und wollte sie umarmen, aber sie schüttelte ihn ab.

»Verdammte Scheiße«, schrie sie, obwohl das nun wirklich nicht ihr Sprachgebrauch war. »Doch, die Welt ist das Schlaraffenland für meinen Bruder Dritter. Andere Männer in deinem Alter werden nach Russland eingezogen! Mein Bruder ist das, was man einen Kriegsgewinnler nennt …« Dritter unterbrach sie beleidigt: »Ich bin ein Knastbruder, die wollen sie nicht, und außerdem …« »Außerdem, außerdem, erzähl mir nichts!«, schrie Liesbeth wie von Sinnen. Sie holte tief Luft und fügte gefasster hinzu: »Wahrscheinlich wird es sogar ein Sohn. Würde mich nicht wundern. Aber erst muss deine Frau ihn mal gebären, keine so einfache Arbeit, und Aaron und ich sollen ihr dabei helfen, auch keine so einfache Arbeit, und dabei sitzt du auf deinem Platz und kontrollierst uns mit grimmiger Miene. Nein, mein Lieber, das machst du nicht mit mir. Mit mir nicht!« Sie griff nach ihrer Tasche, in die sie in der Kippingstraße auf die Schnelle Kräuter und Instrumente geworfen hatte. »Komm, Aaron, wir gehen!«

Dritter hatte eine scharlachrote Farbe angenommen. Marthes Mutter hielt den Kopf tief über ihren Kuchenteller gebeugt, von dem sie mechanisch einen Löffel nach dem anderen in ihren Mund schaufelte. Marthe hatte sich auf dem Sofa aufgerichtet und blickte Lysbeth mit schreckgeweiteten Augen an. Sie krallte sich an Aarons Hand fest, der sich neben sie aufs Sofa gesetzt hatte. Allein Aaron wirkte ruhig und entspannt.

»Nein, mein Schatz«, sagte er. »Wir gehen nicht. Wir bleiben schön hier. Und das weißt du ebenso gut wie ich. Diese Geburt hat schon begonnen, und nur du kannst Marthe helfen, dass sie nicht gar zu schlimme Schmerzen hat, und ich kann helfen, damit das Kind gut rauskommt, und wir beide können helfen, falls Komplikationen auftreten, und wir können sogar helfen, sie einzuschätzen, so dass Marthe rechtzeitig ins Krankenhaus kommt, wenn es nötig sein sollte.« Er wand seine Hand aus Marthes, näherte sich nun entschieden seiner Frau und schloss sie in die Arme.

»Könnt ihr uns mal einen Moment allein lassen?«, forderte er die drei Anwesenden auf. Die drückten sich aus dem Zimmer, schlossen die Tür hinter sich und begaben sich in die Küche. Aaron streichelte Lysbeths Kopf, ihren Rücken, ihr Gesicht. Sie weinte hemmungslos. Er gab kleine beruhigende Töne von sich und streichelte sie immerfort. Dann hielt er sie einfach nur fest, während sie bebte und schluchzte.

»Es ist so ungerecht, Aaron«, presste sie hervor. »Warum haben wir kein Kind bekommen? Du wärst so ein wundervoller Vater gewesen, und das Mädchen hätte deine Schönheit gehabt und meinen Verstand …« Aaron lachte leise und raunte: »Und der Junge hätte hoffentlich alles von dir gehabt, deine Schönheit, deinen Verstand, aber nicht deine Sensibilität, sonst hätte er es nämlich schwer auf der Welt gehabt … Ach, Liebes«, fügte er traurig hinzu, »wir haben doch so ein riesiges Glück miteinander und mit unserer Liebe, warum können wir deswegen nicht einfach dankbar sein?«

Lysbeth schnaufte und weinte und schluchzte. »Es ist so ungerecht«, wiederholte sie von Zeit zu Zeit. »Es ist so ungerecht!« Aaron hielt sie ruhig in seinen Armen, ohne sich von ihrer Trauer überwältigen zu lassen. »Ja, das Leben ist nicht gerecht«, sagte er endlich. Da vernahm Lysbeth, dass auch er Tränen in der Stimme hatte. Sofort hörte sie auf zu weinen. Sie hielt inne, dachte kurz nach und entwand sich seinen Armen. »Du hast recht«, sagte sie und schaute ihm in die Augen. »Du hast recht. Erstens kann ich wirklich sehr dankbar sein für unsere Liebe, für dich, du wundervoller Mann, zweitens ist das Leben nicht gerecht, und drittens werden wir hier jetzt helfen, dieses Wolkenrath-Kind zur Welt zu bringen, ich hoffe, es ist ein Mädchen.« Sie schniefte laut, rieb ihre Wange an Aarons, und dann küsste sie ihn. Nach endlos langer Zeit seiner Krankheit küsste sie ihn wieder leidenschaftlich auf den Mund. Er atmete flach und hielt ganz still. »Aber das Leben ist nicht gerecht«, flüsterte sie. »Wahrscheinlich wird es ein Junge. Und er kommt auch damit noch durch.«

Wieder umarmte Aaron sie, aber diesmal war es anders. Beide hielten einander fest, beide wussten, dass sie zueinandergehörten und dass ihre Liebe mehr zählte als alles andere. Und beide wussten, dass ihnen wahrscheinlich eine lange Arbeitszeit bevorstand. Aber Lysbeth hatte beschlossen, sich keine Sorgen um Aarons Kräfte zu machen, sondern sich seiner ärztlichen Kompetenz und seiner Liebe einfach anzuvertrauen.

Elf Stunden später, Marthes Mutter schlief noch, Dritter aber war wach geblieben, die ganze Nacht, während seine Frau sich in Schmerzen wand und schrie und hechelte und presste und wieder so laut schrie, dass Dritter Angst bekam, die Nachbarn würden die Polizei rufen, morgens um 6.00 Uhr, am 7. März 1942, schrie Marthe nicht mehr, da schrie ein kleiner Junge, ein feuerroter empörter Kopf, winzige Fingerchen, winzige Zehen. Dritter weinte.

Lysbeth weinte nicht. Aaron ebenfalls nicht. Ihre Arbeit war noch nicht beendet. Sie waren hochkonzentriert. Das Kind schrie, das war gut. Die Geburt war zwar nicht kurz gewesen, aber es hatte keinerlei Komplikationen gegeben. Das war erfreulich. Trotzdem mussten sie jetzt das Kind untersuchen, um sicherzugehen, dass alles in Ordnung war und damit sie anschließend beruhigt nach Hause fahren konnten.

Sie wuschen den Kleinen, untersuchten seine Reflexe, seine Lunge, sein Herz, so gründlich, wie sie es mit ihren Instrumenten vermochten. Dann legten sie ihn an Marthes Brust. »Es ist gut, wenn er jetzt gleich trinkt«, flüsterte Lysbeth. »Die Vormilch ist nahrhaft, und für den Milcheinschuss ist es auch gut.«

Marthe ließ müde über sich ergehen, wie der Kleine über ihre Brüste herfiel. Sie hatte kleine Brüste gehabt, die während der Schwangerschaft etwas angeschwollen waren. Lysbeth hoffte sehr, dass sie genug Milch haben würde, um den Kleinen zu ernähren. Jetzt, im Krieg, waren zwar noch genügend Lebensmittel da, um alle zu sättigen, auch wenn es nicht immer das war, worauf man gerade Appetit hatte. Trotzdem war eine stillende Mutter die größte Sicherheit für ein Kind, in diesen Zeiten satt zu werden. Außerdem war das Stillen gut für Marthe, denn es zog die gedehnte Gebärmutter zusammen und sorgte für einen innigen Kontakt zu ihrem Kind. Zudem erhielten stillende Mütter mehr Lebensmittelkarten. Voraussetzung für all das war ein kräftiger Milcheinschuss.

Lysbeth trank einen starken Kaffee, räumte alle verschmutzten Tücher so gut auf einen Haufen, wie sie es konnte, und war sich mit Aaron einig, der darauf drängte, nun nach Hause zu gehen, um noch ein wenig zu schlafen.

Sie gaben Dritter Instruktionen, worauf er zu achten hatte, versprachen, am nächsten Tag vorbeizukommen, und verabschiedeten sich.

Es war ein schöner Morgen. Zum Glück hatte es in der Nacht keinen Vollmond und also auch keine Gefahr für einen Luftangriff der Engländer gegeben. Hand in Hand gingen sie schweigend durch die Eiseskälte. Die Straßen waren menschenleer.

Plötzlich begann Lysbeth zu sprechen. Sie erzählte Aaron alles, was sie in den Monaten seit dem Tod der Tante so schwer belastet hatte, dass sie darunter fast verschwunden war. Die Verantwortung, nichts zu tun, das Aaron gefährden könnte. Der Auftrag, für das Weiterleben des weisen Frauenwissens zu sorgen, vor allem der Auftrag, eine Ziehtochter zu finden, der sie das weitergeben konnte, was die Tante sie gelehrt hatte. Und dann die Weigerung, Lydia zu helfen. Und vor allem ihre riesige Angst, Aaron zu verlieren. Und ihre ständigen Überlegungen, wie sie Willibald Schallert dazu bewegen könnte, Aaron von der schrecklichen Trümmerarbeit freizustellen. Sie habe gehört, dass der Schallert ein alter Lüstling sei, und habe sogar schon überlegt, sich ihm anzubieten. Aaron hörte zu, gab kleine Laute von sich, die seine Anteilnahme und Aufmerksamkeit bekundeten, lachte kurz, als er ihre Worte über Schallert vernahm, ansonsten schwieg er.

Während sie sprach, schrumpfte auf eine ganz verblüffende Weise die Bürde in Lysbeths Brust. Mit einem Mal kam sie sich fast lächerlich vor, dass sie darunter so gelitten hatte. Sie war einerseits sehr erleichtert, andererseits schämte sie sich ein wenig, weil sie so ein Drama aus den letzten Worten der Tante gemacht hatte. »Irgendwie habe ich mich sehr wichtig genommen«, sagte sie erstaunt über sich selbst, als sie mit ihrem Bericht fertig war.

Aaron drückte ihre Hand und schüttelte den Kopf. »Wichtig genommen?«, entgegnete er. »Nein, so verstehe ich das nicht. Du bist wichtig. Und du hast eine furchtbar harte Zeit hinter dir. Ich habe dir viele Sorgen bereitet. Und die Tante wusste natürlich, wie wichtig du bist, und hat das noch mal betont. Vielleicht hast du selbst vorher nicht gewusst, wie wichtig du bist.« Er lachte leise. »Aber, mein Herz, mir scheint, du bist etwas durcheinandergekommen mit der ganzen Wichtigkeit. Denn erstens ist es ja verständlich, dass der Tante unser Überleben am Herzen lag. Und zweitens ist es auch verständlich, dass ihr das Überleben ihres wertvollen Wissens am Herzen lag. Und drittens war ich natürlich wirklich kurz vorm Abklappen. Und viertens ...« Er lachte lauter. » .. ist der Schallert wirklich ein widerlicher Lüstling. Aber es gibt auch noch anderes, was wichtig ist.« Er blieb stehen, zog sie zu sich und raunte an ihr Ohr: »Zum Beispiel das Überleben meines Schwanzes. Der ist nämlich inzwischen abgestorben und kurz davor, abzufallen ...« Lysbeth kicherte. Dieses mädchenhafte Kichern schoss wie ein scharfer Schmerz durch Aaron hindurch. Unter Tränen sagte er: »Ach, Lysbeth, mein Mädchen, wie schön ist es, dich lachen zu hören.«

Eng umschlungen gingen sie weiter. Beiden war erst jetzt wirklich bewusst geworden, wie entsetzlich einsam Lysbeth in den vergangenen Monaten gewesen war. Lysbeth stellte sich vor Aaron, ergriff seine beiden Hände, sah ihm in die Augen, die auch feucht geworden waren, und sagte feierlich: »Ich verlange von dir, dass du selbst darauf achtest, gesund zu bleiben. Und ich verspreche dir, mich nicht in Willibald

Schallerts Bett zu legen, aber dafür musst du mich mal wieder in ein Gattenbett statt in ein Krankenbett nehmen.« Aaron schloss sie wortlos in seine Arme.

Als sie im Bett lagen, liebten sie sich. Als wollten sie eins werden, ganz rund, wortlos, innig, beide in großer Sehnsucht, die Nähe der Arbeit, die Nähe der Gefühle, die Nähe des Verständnisses in der Nähe der körperlichen Vereinigung zur Erfüllung zu bringen.

Vereinigt, erfüllt und vollkommen übermüdet, schliefen sie ein, während Aaron noch in Lysbeth eingedrungen blieb. Vom nächsten Morgen an war Lysbeth wieder eine andere. Sie sah wieder anders aus, ihre Augen hatten wieder den alten Glanz, selbst ihre Haut schien zu leuchten, ihre Stimme hatte wieder Farbe, und ihr Gang war wieder lebhaft. Aaron verfolgte sie mit seinen Augen, als hätte er sie gerade kennengelernt und wäre frisch verliebt. Er konnte seine Hände gar nicht von ihr lassen, als müsste er sich immer noch einmal vergewissern, dass seine Lysbeth wieder auf der Welt war.

Alexander war geboren. Der wievielte Alexander das jetzt war, war nicht mehr wichtig. Eines aber hatte vollkommen außer Frage gestanden: Der erste Sohn von Alexander Wolkenrath musste Alexander Wolkenrath heißen.

Dritter war so unendlich stolz, dass er es jedem erzählte, der in seine Nähe kam. Hans Ränke erschien in der Johnsallee und brachte ein Geschenk mit, das alle überraschte: ein wunderschönes großes schwarzes Herrenfahrrad mit einem Ledersattel und einer dicken Klingel. »Man muss an die Zukunft denken«, verkündete er. Dritter wusste es, und Stella vermutete es, als sie von dem Geschenk erfuhr: Hans Ränke hatte dieses Fahrrad wie viele andere Sachen auf irgendeine Weise von Juden »geschnorrt«. Aber keiner verlor ein Wort darüber.

Hans Ränke stellte sich als Taufpate zur Verfügung, und da erst wurde Dritter bewusst, dass es einige Dinge zu erledigen gab. Eine Taufe organisieren, ein Fest für seinen Sohn. Aber auch all das andere, zum Beispiel eine wirkliche Arbeit für sich selbst suchen, etwas, womit er Geld verdienen konnte, um seine Familie zu ernähren. Bisher hatte er mehr oder weniger von der Rente seiner Schwiegermutter und dem Sekretärinnengehalt seiner Frau gelebt. Außerdem hatte er einige Gelegenheiten wahrgenommen, gute Gelegenheiten, die aber auch weniger wurden, je weniger Juden noch in Hamburg lebten. Die jetzt noch hier lebten, waren meistens arm, mit denen waren kaum mehr Gelegenheiten zu machen.

Mitte März gab es sogar leichten Neuschnee. Hier und da wurde mitleidig geraunt über die armen Menschen im eingeschlossenen St. Petersburg. Aber auch den Menschen in Hamburg ging es nicht gerade rosig. Die Lebensmittelversorgung durch Karten trieb seltsame Blüten. Im Hamburger Anzeiger vom 13. März wurde ausdrücklich darauf verwiesen, dass Mettwurst streichfähig sein musste. Die Herstellung schnittfester Mettwurst wurde als Disziplinlosigkeit geahndet. »Diese disziplinlose Mettwurst schmeckt mir aber am besten«, rief Stella aus, als sie den Artikel gelesen hatte.

Es entwickelten sich neue Wörter: Ware, die »unterm Ladentisch« verkauft wurde, wurde amtlich »Bückware« genannt. Es gab so etwas wie einen Geldrausch unter den Menschen, niemand fragte nach Preisen, das Geld wurde mit offenen Händen ausgestreut.

Lysbeth vertraute allmählich wieder mehr auf Aarons Gesundung und ließ ihn ab und zu allein, um mit Stella einen Hundespaziergang zu machen. Dabei kamen sie an der Bogenstraße 25a vorbei, dem Judenhaus, wo die Juden, die aus ihren Wohnungen herausgeholt worden waren, in enge Zimmer zu mehreren zusammengepfercht worden waren. Plötzlich ging Lysbeth schneller. Vor dem Haus wurde eine alte zittrige Frau mit einem Köfferchen abgesetzt. »Frau Nieberg«, rief sie und lief mit den zwei Hunden, die sie an der Leine hatte, auf die alte Frau zu. Die reagierte aber gar nicht, erst als die Hunde neben ihr standen und Lysbeth sie an ihrem Mantel anfasste, blickte sie auf. Über ihre faltigen eingefallenen Wangen rannen Tränen. »Ach, Lysbethchen«, weinte sie. »Jetzt komm ich hier in ein Zimmerchen, weiß noch gar nicht, mit wem. Ist alles so schnell gegangen.«

Da tauchte ein Polizist neben Lysbeth und der alten Frau auf. »Jetzt aber mal dalli!«, herrschte er die alte Frau an. Und zu Lysbeth sagte er: »Machen Sie, dass Sie verschwinden. Sonst muss ich Sie in Schutzhaft nehmen.« Lysbeth griff die Hunde fester, die sich zwischen sie und den Polizisten stellten. Nun war auch Stella an ihrer Seite, die sich während der vorherigen Szene diskret beiseitegehalten hatte. Der Rüde, den sie an der Leine hatte, stellte sich zwischen Lysbeth und den SA-Mann.

In diesem Augenblick trampelten vier SA-Männer aus dem Haus

heraus. »Hast du die alte Schachtel immer noch nicht voranbewegt?«, flachste einer der Männer den Kollegen an, der offenbar bei der alten Frau geblieben war, um sie zu ihrem Zimmer zu bringen. Der griff die alte Jüdin kurz entschlossen grob am Ellbogen und schob sie ins Haus. Sie stolperte und wäre fast hingefallen. Das Gewicht ihres Koffers zog sie schwer nach unten. Man hörte noch, wie er sagte: »Zweiter Stock! Jetzt find dich mal allein zurecht, Olsche!« Er schlug die Haustür hinter sich zu, und draußen war er.

Die anderen SA-Männer saßen schon auf den Pritschen, wo vorher wahrscheinlich die Juden gehockt hatten, die in das Haus gebracht worden waren. Bevor der SA-Mann aufs Auto stieg, herrschte er die unschlüssig vor dem Haus wartenden Schwestern an: »Verschwindet oder ich mach euch Beine!« Lysbeth warf Stella einen warnenden Blick zu und setzte sich sofort in Bewegung. Schnell entfernten sie sich von dem Auto, das in die andere Richtung fuhr.

»Wir können die alte Frau doch nicht ihrem Schicksal überlassen«, schimpfte Stella, als klar war, dass wirklich kein Polizist sie mehr hören konnte. Erstaunt bemerkte sie, dass Lysbeth weinte. »Ach, Stella«, schluchzte Lysbeth. »Wir können ihr nicht helfen, es ist zu gefährlich. Und ich darf nicht in Schutzhaft kommen, dann ist Aaron denen völlig ausgeliefert.« Stella stellte sich vor, wie die arme alte Frau völlig verloren dort im Treppenhaus stand und nicht wusste, wohin sie gehen sollte. Als hätte sie ihre Gedanken gelesen, sagte Lysbeth: »Du musst keine Angst haben, dass sich keiner um sie kümmert. Die Judenhäuser sind bis oben hin vollgepfercht mit Menschen. Was der alten tauben Frau Nieberg jetzt geschieht, ist nur eine kleine Szene aus einem Albtraum, der für sie wahrscheinlich mit dem Tod endet.«

»Woher kennst du sie?«, fragte Stella.

»Sie hat mit ihrem Mann und ihren Kindern im Jungfrauenthal gewohnt. Eine unglaubliche Wohnung. Prunkräume, du kannst es dir nicht vorstellen. Möbel von unerhörter Pracht, unglaublichem Wert, Teppiche kostbarster Art, in Mengen …« »Warum ist sie dann noch hier?«, fragte Stella. »Warum ist sie nicht emigriert?« »Ich weiß nicht genau«, antwortete Lysbeth. »Die Kinder sind im Ausland, der Mann war krank, wollte nicht weg, wollte in Deutschland sterben. Was er auch getan hat. Sie ist extrem schwerhörig, eigentlich hört sie gar nichts mehr.« »Und ihre Wohnung?«, fragte Stella. »Ach, all die Juden, die in Judenhäuser kommen, müssen ›freiwillig‹ auf ihre Häuser oder

Wohnungen verzichten. Da gibt es amtliche Schreiben, die sie unterzeichnen.«

Stella schnaubte empört.

Schweigend setzten die Schwestern ihren Spaziergang mit den Hunden fort. Aber die Freude daran war ihnen vergangen. Da sagte Stella: »Weißt du übrigens, dass Händels *Judas Maccabäus* jetzt in *Wilhelmus von Nassauen* umgedichtet worden ist?« Lysbeth sah sie an, als hätte Stella einen schlechten Witz gemacht. »Nein, ernsthaft«, beteuerte Stella. »Und nun kann er wieder aufgeführt werden. Ist das nicht wundervoll?« Lysbeth brach in lautes Lachen aus. »Sie sind doch einfach bescheuert«, kicherte sie. Eine kleine Heiterkeit wagte sich zu ihnen.

Brot, Fleisch, Fett wurden noch stärker rationiert. Wohin man kam, alle sprachen darüber. Es herrschte unter den Frauen ein allgemeiner Unmut. »Wo wir so schon nicht hin und nicht her reichen«, schimpften die Nachbarinnen in der Kippingstraße. Beim Milchmann führte ein rosiger wohlgenährter Wursthändler das große Wort. »Alle wollen mehr Wurst haben. Aber woher sollen wir das Fleisch nehmen? Fünfzig Tiere, die ich haben sollte, sind im Harburgischen gefallen. Der Abdecker hat sie geholt.« Die Frauen betrachteten ihn skeptisch. Für sein Lamento sah er zu rosig und wohlgenährt aus. Da sagte er fröhlich: »Im Übrigen bin ich einberufen. Auf Wiedersehen!« Plötzlich war es mucksmäuschenstill im Raum. Irgendwie eine tiefe feierliche Stille, die Menschen wie eingefroren, als hätte das Schicksal sie gestreift. Bis eine Frau murmelte: »Wenn es doch erst zu Ende wäre.« Da löste sich die allgemeine Erstarrung auf. »Mach's gut, lass von dir hören!«, rief ihm der Milchmann nach.

Als Lysbeth vom Milchmann nach Hause kam, hörte sie im Radio, wie Goebbels sagte, dass der Sieg um jeden Preis errungen werden müsse. Er führte Friedrich den Großen an, der angeblich gesagt habe: »Wir brauchen nicht nur eiserne Herzen, sondern auch eiserne Eingeweide.« Als weitere Nachricht vernahm sie, dass Vergnügungsreisen verboten waren. Wer doch welche unternahm, würde verwarnt, wer es abermals täte, käme ins KZ. Sie stellte das Radio aus und rührte grimmig Haferflocken in aufgekochte Milch.

Stella platzte in die Küche. Sie war beim Fischmann gewesen. »Uff«, stöhnte sie. »Fast eine Stunde habe ich nach Fisch angestanden, aber jetzt habe ich schönen frischen Schellfisch mitgebracht. Und dann noch geräucherte Bücklinge. Lysbeth, dies war ein guter Tag. Heute können wir Fisch satt essen.« Lysbeth erzählte ihr von den Neuigkeiten aus dem Rundfunk. Stella schnaubte verächtlich. »Eiserne Eingeweide, die werden immer verrückter. Und natürlich, mit eisernen Eingeweiden kann man sich auch schlecht vergnügen. Da bekommt man, glaube ich, gewaltige Verstopfung.«

Sie drehte am Rundfunk herum, bis sie endlich BBC gefunden hatte. »Was machst du denn da?« Lysbeth unterdrückte einen lauten Empörungsschrei.

»Ich hab einfach die Nase voll von diesen blöden deutschen verlogenen Nachrichten«, sagte Stella entschieden. »Von heute an höre ich Feindsender.« Lysbeth baute sich vor ihr auf und zischte mit flammenden Augen: »Das tust du nicht! Ich will Aaron nicht verlieren. Wir können uns hier nichts leisten.« Stella grinste sie an und drehte am Rundfunkempfänger, so dass sie wieder deutschen Empfang hatten. »Japan will in allen Meeren kämpfen«, vernahmen sie. »Na gut, Schwesterchen«, sagte sie versöhnlich. »Nur schade, dass du nicht sagst, dass du mich nicht verlieren möchtest.«

Lysbeth entgegnete schlicht: »Wir beide haben schon ganz andere Sachen gemacht. Da hatte ich auch Angst. Aber Aarons Leben hängt nur vom Wohlwollen des Herrn Willibald Schallert ab. Die Tante hat es gesagt: Wir dürfen keine Gefahr laufen, wir müssen überleben.«

Am 15. Mai wurde den noch in Deutschland lebenden Juden verboten, Friseurgeschäfte zu betreten. Nur jüdische Friseure durften jüdische Haare schneiden. Außerdem wurde ihnen das Halten von Haustieren aller Art verboten. Selbst Goldfische, Kanarienvögel und Schildkröten fielen unter dieses Verbot. Die Übertretung sollte mit staatspolizeilichen Maßnahmen geahndet werden. »Welche Schikane«, empörte sich Stella. Aaron grinste: »Als Nächstes kommen Pflanzen.«

Manchmal schwand Eckhardts Optimismus für eine Weile. Die Engländer hatten einen Angriff auf Lübeck unternommen, der die kleine Stadt vollkommen zerstört hatte. Von sieben Türmen ragten noch zwei, die Marienkirche mit all ihren Schätzen war vollkommen vernichtet. Lübeck sollte ein unermesslicher Trümmerhaufen sein.

Und wieder erfuhr Lysbeth beim Milchmann, welches Ausmaß die Katastrophe hatte. Außer ihr waren noch drei andere Frauen im Laden. »Ich bekomme überhaupt keine Verbindung mit meinem Onkel in Lübeck«, sagte eine. »Man spricht von zweitausend Toten, ich mache mir große Sorgen.« »Ich glaube ja, dass jetzt erst alles so richtig losgeht«, brummelte der Milchmann. Da begann eine andere Frau von Lübeck zu erzählen. Lysbeth betrachtete sie aufmerksam. Sie war zwar ordentlich und sauber gekleidet, und dennoch strahlte sie eine Verworrenheit aus, die äußerlich an nichts festzumachen war. Sie war sehr blass, und ihr standen Tränen in den Augen, als sie zuerst vorsichtig und zögernd, als zweifle sie daran, ob es richtig sei, überhaupt etwas zu berichten, aber dann zunehmend wie getrieben, als müsse alles aus ihr heraus, als müsse sie es geradezu auskotzen, Wort an Wort reihte. »Ich komme gerade daher«, gestand sie. »Mein Mann hat gesagt, wir müssen weg. Da sind wir zu meiner Schwester gefahren, die hier um die Ecke wohnt.« Sie wies in fahriger Geste nach draußen. »Es ist so furchtbar dort. Man hat gar nicht genug Särge für all die Toten. Allen steckt der Schreck in den Gliedern. Die Leute sind in Nachthemden auf die Straße gerannt, niemandem fiel das auch nur auf, alle irrten herum, suchten, schrien. Auch in den nächsten Tagen rannten immer noch alle herum wie verrückt, stur lief man aneinander vorbei. So viele haben Angehörige verloren. Eine Vermittlungsstelle versucht, die Familien wieder zusammenzubringen.«

Allen Frauen standen Tränen in den Augen. Eine Frau, eine junge, deren Bauch leicht gewölbt war, als wäre sie schwanger, fragte zart: »Und Sie, haben Sie auch …?« »Na ja«, antwortete die Frau aus Lübeck in hartem Ton. »Wir haben keine Kinder, meine Schwester wohnt in Hamburg, meine Eltern sind tot. Aber wir haben Nachbarn, Freunde, Bekannte. Da gibt es einige, wo wir nicht wissen, was aus ihnen geworden ist.«

Die dritte Frau sagte zornig: »Ein Onkel von mir, der lebt in München, der schreibt mir immer Briefe, dass ich mich nicht beklagen soll über die Luftangriffe. Ihr seid wirklich langweilig mit euren ewigen Klagen, hat er im letzten Brief geschrieben. Und dass wir doch nicht wirklich etwas auszustehen haben.« Die Frauen und der Milchmann schüttelten den Kopf über die Ignoranz dieses Onkels.

»Ich hab auch so einen«, sagte die ältere Frau, die das Gespräch in Gang gesetzt hatte. »Der sagt, dass wir uns durch das ewige Gequatsche nur gegenseitig nervös machen. Er sagt, er findet es viel wichtiger für die deutsche Zukunft, dass unsere U-Boote so viele Schiffe versenken und die Japaner so große Erfolge haben.«

Wieder schüttelten alle verständnislos den Kopf. Die dritte Frau fügte hinzu: »Ja, mein tapferer Onkel sagt, dass sich angesichts der deutschen Erfolge noch viel stärkere Luftangriffe ertragen ließen.« Die Lübeckerin lachte höhnisch auf: »Das Elend, der Jammer, die Zerstörung kann ich gar nicht beschreiben. Ich wünschte, Ihr Onkel hätte das erlebt. So viele Tote, so viele Schwerverletzte, so viele vernichtete Häuser.«

»Sie haben von mehr als zehntausend Obdachlosen in der Zeitung geschrieben«, sagte der Milchmann. »Und in der Zeitung stehen ja immer nur die niedrigen Zahlen.«

Die Lübeckerin weinte. »Der dicke Staub hat die Menschen erstickt«, sagte sie. Sie schüttelte fassungslos den Kopf. »Mein Mann hat mir ein feuchtes Tuch vors Gesicht gehalten und es immer wieder ausgewaschen. Wenn er nicht gewesen wäre, hätte ich, glaube ich, nicht überlebt.«

Lysbeth war die Einzige, die bisher nichts gesagt hatte. Sie überlegte, wie sie der Frau helfen könnte, ihr Trauma zu verarbeiten und nicht noch am Schock zu sterben. »Ich würde Ihnen gern einige homöopathische Mittel geben«, sagte sie leise, sehr unsicher, ob sie sich nicht aufdrängte. Die Frau sah sie mit misstrauischen Augen an. Lysbeth nannte ihre Adresse und wies mit der Hand Richtung Kippingstraße. »Wie sollen ihr Medikamente helfen?«, meinte die junge schwangere Frau abfällig. »Sie hat ihr Zuhause verloren.« Lysbeth nickte. »Ja, ich weiß. Aber homöopathische Mittel sind keine Medikamente in dem Sinne. Sie können einfach helfen, eine schreckliche Situation ein wenig leichter durchzustehen. Natürlich können sie die Lage nicht ändern.« Die Lübeckerin lächelte Lysbeth an. »Auf jeden Fall vielen Dank«, sagte sie. »Vielleicht komme ich darauf zurück.«

Die ältere Frau wandte sich interessiert an Lysbeth: »Ich hab seit einiger Zeit Wassereinlagerungen in den Beinen, und manchmal stolpert mein Herz. Der Arzt sagt, mir fehlt nichts. Meinen Sie, dass Sie da auch Mittel haben?«

Der Milchmann lachte. »Frunslüt«, sagte er auf Platt. »Hier ist ein Milchladen und keine Apotheke.« Aber sein Ton war wohlwollend und freundlich. Als nun die Türklingel anzeigte, dass ein neuer Kunde den Laden betrat, und eine Frau mit einer dicken Frauenschaftsbrosche am Mantel laut mit »Heil Hitler!« grüßte, wandte sich der Milchmann ihr sofort beflissen zu: »Frau Schneider, was kann ich für Sie tun?« Die vier Frauen nahmen ihre Milchkannen und Einkaufsnetze und verließen den Laden mit einem freundlichen »Auf Wiedersehen«. »Heil Hitler!«, sagte der Milchmann, und die Frau blickte streng hinter ihnen her.

Draußen ließen sich alle drei Frauen Lysbeths Adresse geben, und sie hatte das Gefühl, etwas Verbotenes zu tun. Aber gleichzeitig wusste sie gar nicht, worin das Verbotene bestand. Sie wollte einfach nur helfen, das war ihr ein tiefes Bedürfnis.

Obwohl Aaron nicht der Status des Krankenpflegers zuerkannt worden war wie einigen anderen jüdischen Ärzten, hatte er all die Jahre den jüdischen Familien als Arzt zur Seite gestanden, und Lysbeth hatte ihn unterstützt. Seit er nicht mehr zu den Juden ging, hatte Lysbeth keine Chance mehr, dort tätig zu werden. Es war Ariern verboten, jüdische Wohnungen zu betreten.

Aber sie musste gar nicht unbedingt zu den Juden gehen, überall gab es mehr und mehr Menschen, die schlecht ernährt waren, verängstigt und zunehmend verstört in ihrem Glauben an den Sieg. Lysbeth wollte wenigstens einigen wenigen Frauen helfen. Sie wusste, dass auch das gefährlich war, weil sie keine Erlaubnis hatte, aber auf diese private Weise meinte sie, es wagen zu dürfen.

Zu Hause erzählte sie Stella von dem Vorfall. Stella sagte: »Ja, ich hab schon gehört, dass Hamburger Leichenautos in Mengen nach Lübeck abgesandt sind.« Sie packte Lysbeths Einkaufsnetz aus, knallte grob die Milchkanne auf den Tisch. »Ich glaube, du kannst mir mal deine Wässerchen geben«, stöhnte sie auf. »Ich kann mich allmählich nicht mehr daran erinnern, dass Anthony ein guter warmherziger Mensch ist. Ich weiß es, aber, verstehst du, ich weiß es nur noch mit dem Kopf. Ich verliere das Gefühl, das ich mal hatte. Ich wusste nämlich ganz genau, er würde mir nie, nie, nie etwas zuleide tun. Vorher würde er sich selbst alles abhacken, womit er mir weh tun könnte.« Sie hob beschwörend die Arme. »Lysbeth, ich wusste, Anthony würde alles tun, um mich vor Schmerz und Unheil zu beschützen. Er hätte nie zugelassen, dass jemand … eine Bombe auf die Stadt wirft, in der ich lebe.« Sie atmete schwer auf. »Aber jetzt weiß ich nicht, ob er nicht vielleicht selbst in so einem Flugzeug sitzt, das Bomben auf uns wirft. Und ob er nicht vielleicht schon ganz vergessen hat, dass all das, was er in seinem verdammten Krieg gegen Deutschland tut, auch mich trifft.«

Lysbeth ergriff Stellas Schultern, die zitterten wie Flügel eines verängstigten Vogels. »Stella, es ist nicht sein verdammter Krieg«, stellte sie sanft richtig. »Es sind die Deutschen, die versuchen, sich die ganze

Welt unter den Nagel zu reißen. Inzwischen sind es ja zum Glück nicht mehr nur die Engländer, die gegen Deutschland kämpfen, aber stell dir vor, die Engländer hätten es nicht getan. Dann wär jetzt vielleicht alles schon entschieden.«

Stella ließ ihren Kopf auf Lysbeths Schulter sinken. Sie umschlang die zarten Hüften ihrer Schwester und raunte: »Ach, Lysbeth, ich glaube, ich wäre unendlich froh, wenn alles endlich entschieden wäre und wir nicht mehr mit dieser täglichen Angst vor Vernichtung leben müssten.« Lysbeth stellte die Schwester an den Schultern vor sich auf. »Wenn es das berühmte Sieg-Heil für die Deutschen gibt, Stella, dann gnade uns Gott. Dann werden die Nazis mit allem und allen klar Tisch machen, die ihnen irgendwie nicht genehm sind. Deine Tochter, deine Enkelin, dein Anthony, mein Aaron und wahrscheinlich auch ich selbst sind dann unseres Lebens nicht mehr sicher.«

Stella schüttelte trotzig den Kopf. »Das war doch reine Rache, was die Engländer gemacht haben. Wofür? Für das Wort von der Ausradierung der englischen Städte vom Erdboden? Die Engländer sind von Schweden her gekommen und haben ganz gezielt Lübeck vernichtet. Sie haben keine Industrieanlagen bombardiert, sondern die Stadt. Sie sollen fünfzig oder sogar dreißig Meter im Tiefflug gekommen sein. Lübeck soll kaum Flakabwehr gehabt haben. Das trifft doch nicht die Nazis, das trifft den ganz normalen ausgelieferten Menschen!« Stellas Wut loderte hoch.

Lysbeth nahm ihre Hände von ihr und räumte ruhig in der Küche die Dinge an ihren Platz. »Die Tante ist mir richtig ein wenig unheimlich«, sagte sie nachdenklich. »Sie hat alles so genau, so grausam klar und eindeutig vorausgesehen. Um noch mal auf den Anfang unseres Gesprächs zurückzukommen, Stella. Ja, ich werde einmal nachsehen, welches Mittel ich dir geben kann.«

Stella machte sich an den Abwasch. Sie ließ die Tassen und die Teller aneinanderscheppern. Lysbeth griff sich ein Handtuch und trocknete das Geschirr ab. Mit einem Mal ließ Stella die Tasse, die sie gerade reinigte, ins Seifenwasser zurückrutschen, wendete sich Lysbeth zu und umarmte sie stürmisch mit ihren nassen Händen. »Es tut mir so leid, Lysbeth. Ich bin einfach schrecklich. Bitte gib mir bald ein Mittel, damit ich so werde wie du.« Lysbeth lachte leise und gab ihrer Schwester einen Kuss auf die Wange. »Wenn es solche Mittel gäbe, würde ich sie dir nie und nimmer geben. Du bist so ein großes Geschenk für mich … und für die Menschheit. Es ist wundervoll, dass du nicht abstumpfst, Stella. Aber ich will dir etwas geben, damit du von dir selbst etwas weniger überwältigt wirst.«

Wenige Tage später dröhnte die Stimme des Führers aus dem Rundfunkempfänger, und Stella lauschte mit grimmiger Miene, wie er von dem verzweifelten Winter in Russland sprach, der nun endlich zu Ende wäre. Als er Strafen für alle ankündigte, die den deutschen Sieg nicht mit ganzer Kraft verfolgten, ob es nun Generäle, Richter oder gemeine Soldaten seien, warf sie Lysbeth einen Blick zu, den diese sofort verstand: »Ich bin wieder dabei«, sagte der Blick. »Machen wir sie nieder, wo wir sie erwischen.«

Am Abend des 29. April stand plötzlich Jonny vor der Tür. Er war von einem Militärauto gebracht worden, ein junger Soldat hatte seine beiden schweren Koffer getragen und stand neben Jonny, der Sturm klingelte. Alle rannten zur Haustür. Zuerst Cynthia, dann Lysbeth, dann Stella. »Jonny, was machst du hier?«, fragte Stella entgeistert. »Ich komme, um mich auszukurieren«, antwortete er in einer Mischung aus Galgenhumor und Vorwurf, weil Stella keine Freude über seine Ankunft zeigte. Jonny hakte Stella ein und ging mit ihr Arm in Arm die Treppe hoch, hinter ihnen der Soldat, der die beiden schweren Koffer schleppte.

Kaum waren sie allein, erklärte Jonny, was geschehen war. Er hatte vor einer Woche hohes Fieber bekommen, Schüttelfrost und furchtbare Schmerzen beim Pinkeln. Zuerst hatte er gedacht, es würde schon vorübergehen, aber dann hatte er doch Angst bekommen und war zum Stabsarzt gegangen. Der hatte eine Prostataentzündung festgestellt und Jonny ins Lazarett eingewiesen, damit ihm der Urin abgenommen wurde, weil Jonny kaum mehr pinkeln konnte. Aber vorgestern hatte sein Marine-Lazarett geräumt werden müssen. Es hatte eine schreckliche Bombennacht über Kiel gegeben. Die Siedlungshäuser, die er noch kurz vor dem Abwurf gesehen hatte, waren wie vom Erdboden verschwunden. Die Schwester, die dort wohnte, hatte im Lazarett Dienst gehabt und war so gerettet worden. Dafür war ein junges Mädchen zu Tode gekommen, das gar nicht dorthin gehörte, sondern auf Besuch geblieben war, weil es sich verspätete und man ihr zugeredet hatte zu bleiben.

»Der Arzt hat gesagt, dass eine Prostatitis furchtbar langwierig ist«, erklärte Jonny, und er wirkte auf Stella so sanft und weich, wie sie ihn nur in sehr seltenen Momenten erlebt hatte. Plötzlich verzog er das Gesicht und entschuldigte sich. Er müsse zur Toilette, und Stella solle sich nicht erschrecken, wenn sie gleich schreckliches Stöhnen von ihm höre. »Es ist, als hätte ich einen Stacheldraht im Schwanz«, sagte er mit verzerrter Miene, während er das Zimmer verließ. »Das Pinkeln tut furchtbar weh, aber ich habe ständigen Druck. Du kannst es dir einfach nicht vorstellen.« Weg war er, und Stella erschrak trotz seiner Warnung, als sie sein Pressen und Stöhnen vernahm.

Zurück im Zimmer, fiel er seufzend aufs Sofa. »Das ist alles so anstrengend. Ich sehne den Tag herbei, wo ich wieder anständig pinkeln kann.« Stella fragte, wie lange das Ganze wohl dauern würde. »Keine Ahnung«, bekannte er. »Der Arzt hat gesagt, ein paar Wochen. Genaues weiß man nicht. Aber natürlich kann ich so keine Mannschaft befehligen. Der Kapitän muss am weitesten pissen, das ist doch wohl klar.« Er grinste mit einem etwas verzerrten Gesicht. Stella verstand, dass er nicht sicher war, ob er jemals wieder weit pissen könnte.

Von nun an war Jonny also wieder zu Hause. Ein lungenkranker Mann unten im Haus, ein prostatakranker Mann oben. Lysbeth nahm auch Jonny unter ihre Fittiche. Sie kochte ihm Kräutertees, die die Blase entspannten und die Prostata kräftigten. In einem vertraulichen Gespräch mit Stella sagte sie: »Unser Körper spricht immer mit uns, wenn er krank wird. Und es ist so verblüffend, wie deutlich er spricht. Jonny hat schon immer seine Männlichkeit auf eine kranke Weise überbetont. Er wollte immer am weitesten pissen. Immer am mächtigsten sein. Und er hat auch sein Geschlecht benutzt, um Macht auszuüben.« Stella hörte fasziniert zu. »Woher weißt du so was?«, fragte sie ehrfürchtig. Lysbeth lächelte. »Von der Tante, meine Süße. Ich weiß das meiste von der Tante. Die anderen Dinge weiß ich, weil ich mit Aaron Medizin studiert hab. Aber diese Sachen hat mir die Tante beigebracht.«

»Erzähl mir mehr über Jonnys Prostata«, befahl Stella mit einem frechen Grinsen. Lysbeth lächelte und führte aus: »Das ist sehr ernst, Stella. Vielleicht hört er ja jetzt auf seinen Körper und verändert sich. Das wäre doch wundervoll.« »Wie kann er sich denn verändern?«, fragte Stella. »Außer dass er sich damit begnügt, in die zweite oder dritte Pinkelreihe zurückzutreten?« Nun grinste Lysbeth. »Na ja, es geht ja nicht nur ums Pinkeln. Bei Jonny gab es zwischen Herz und Geschlecht immer eine Mauer. Aber wenn es eine Mauer dazwischen gibt, leiden beide, und zwar nicht nur die Herzen der Frauen, die er nicht wirklich liebt, sondern auch sein eigenes. Und es leidet auch nicht nur die Sexualität und der weibliche Stolz der Frauen, sondern auch seine eigene Männlichkeit, die sich ja nicht wirklich austauscht, sondern nur auf sich selbst bezogen bleibt. Das führt zu Verkrampfung und Stau. Prostatitis entsteht erst, wenn die Prostata schon vergrößert ist. Dann kommen Staus, Keime sammeln und vermehren sich. Das sind die Beschwerden der Männer, die sich in der Liebe zurückhalten, die nicht frei fließen. Die kontrollieren, sich selbst und die Situation und die Frauen.« Stella sah sie staunend an. »Das weißt du alles von der Tante?« »Das weiß jede Heilerin«, antwortete Lysbeth schlicht. »Die Tante wusste es schon lange. Die Kräuter, die Therapie für diese Krankheit sind ja auch genau darauf ausgerichtet. Es geht um Entspannung, darum, in Fluss zu kommen, loszulassen. Und darum, frei zu geben.«

Stella dachte nach. An die schlimmen Zeiten mit Jonny, in denen sie sich selbst als Frau fast verloren hatte, wo er sie betrogen, belogen, ihr seine Verachtung für sie als Frau, als seine Frau, deutlich demonstriert hatte. Sie dachte an die Farbige in Daressalam, die Jonnys Kind bekommen hatte. Diese Farbige war ein Mädchen gewesen und wenige Jahre später eine alte verbrauchte Frau. Jonny hatte sie benutzt, seinen Spaß mit ihr gehabt, aber er hatte sie ebenso leer zurückgelassen wie Stella.

»Und wie ist das mit Lungenkrankheiten?«, fragte sie. Sie wusste selbst nicht genau, warum sie das fragte. Vielleicht, weil sie einfach das Bedürfnis hatte, über Jonnys Einfluss auf sie als Frau nicht länger nachzudenken. Lysbeth sagte ernst: »Wer nicht mehr gut atmen kann, aus Angst, aus Trauer, aus Schmerz, der wird anfällig für Krankheiten in der Lunge. Dann staut sich dort das Gefühl, fließt nicht ab, und die Keime in der Lunge haben einen Herd.« »Eigentlich sehr einfach«, sagte Stella. »Und sehr einleuchtend. Aber alles, was ich über Tuberkulose und Lungenentzündung bisher gehört habe, war ganz anders. Da ging es um Armut und Sauberkeit und Nahrung.« »Na ja«, entgegnete Lysbeth. »Die Situation der Armen, die keinen Platz, keine Nahrung für sich und ihre Kinder haben, die geknechtet und ausgebeutet werden, ist ja nicht gerade lustig. Da gibt es viel Trauer und Elend.«

Stella nahm Jonny mit seinen Beschwerden jetzt ganz anders war. Er musste ständig aufs Klo, auch nachts. Zuerst wachte sie jedes Mal auf, wenn er aufstand, dann gewöhnte sie sich allmählich. Er kam ihr überhaupt nicht mehr nah. Dass er an Sexualität nicht denken konnte mit seinem schmerzenden und verstockten Männlichkeitsorgan, das war Stella sehr einleuchtend, aber er berührte sie nicht einmal, um ihr einen kleinen Kuss zu geben. Es kam ihr so vor, als wäre jede körperliche Nähe zu ihr für ihn überflüssig geworden, weil sein Sexualorgan ausfiel. Er interessierte sich nur noch dafür, dass sie ihm zuhörte, wenn er über seine Beschwerden sprach oder über seine Probleme mit der Kriegführung. Letzteres war für Stella allerdings sehr interessant, weil er sie über den wirklichen Stand der deutschen Kriegserfolge aufklärte.

Es hatte sich in der Kippingstraße herumgesprochen, dass Jonny zu Hause und krank war. Also trafen viele Nachbarn ein, um ihn zu begrüßen, mit ihm einen Kaffee zu trinken und ein wenig zu reden. So kam auch Stefan, der Sohn der Ludwigs, die in der Kielortallee wohnten. Stefan war immer ein sehr freundlicher hellblonder Junge mit einem weichen, fast bartlosen Gesicht gewesen. Nun, auf Heimatbesuch aus Serbien, erschien er mit seinem Vater zu einem Besuch bei Jonny. Stella fiel erst jetzt auf, wie selten die Nachbarn außer Gerhild und Peter und den Solmitz in den letzten Jahren zu ihr zu Besuch gekommen waren. Wenn Jonny da ist, haben sie anscheinend weniger Angst, ein Haus zu betreten, in dem ein Jude lebt, verstand sie.

Stefan berichtete von seinen Erlebnissen. Sein früher so weiches Gesicht war verhärtet, er wirkte bitter wie ein alter Mann. »Die Partisanen sind gefährlich, die werden gehängt«, sagte er auf Jonnys Frage hin, ob es noch viele Partisanen in Serbien gebe. »Hast du das mal gesehen?«, fragte Stella voller Mitgefühl, denn sie dachte, dies erklärte vielleicht seine Veränderung. »Ob ich das mal gesehen habe?« Stefan lachte unfroh. »Ich habe das oft gemacht. Es ist widerlich. Aber man gewöhnt sich auch daran.« Er ließ offen, woran er sich sonst noch gewöhnen musste, und Jonny und Stefans Vater wechselten das Thema.

Als Eckhardt bald darauf zu ihnen stieß, was er neuerdings häufig tat, wurde über die Abschüsse der Engländer gesprochen. Eckhardt führte nach wie vor Buch darüber, und er trug dieses Buch überall mit sich herum. Er war von großem Optimismus erfüllt, was das Ende des Krieges betraf.

Stefan hörte den älteren Männern zu. Auf seinem Gesicht lag ein zynisches Grinsen. Stella, die Eckhardt für sein Notizbuch hasste und ebenso die Männergespräche, in denen jeder wirkte, als wäre er Hitlers bester Freund und wüsste alles über die ganze Weltlage, wurde angesichts dieses verächtlichen Grinsens ganz besonders wütend auf den

Jungen und empfand plötzlich großes Mitgefühl mit Eckhardt, der doch nur wünschte, dass alles bald zu Ende gehen sollte.

Neuerdings verlangte Cynthia von ihm, seine Uniform aus dem Ersten Weltkrieg zu tragen, sobald ein Angriff losging. Und Eckhardt folgte ihr widerspruchslos. Sobald die Sirenen heulten, holte er in aller Ruhe seine Uniform aus dem Schrank und kleidete sich an. So herausgeputzt, schien er Cynthia mehr Halt zu geben, und auch er selbst schien auf diese Weise eine besondere Würde zu erlangen.

Stella fand das Ganze entsetzlich lächerlich, aber in diesem Augenblick, angesichts des Knabengesichts, das sich so böse verwandelt hatte, und dieser Stimme, die kalt davon sprach, wie man sich daran gewöhne, Menschen zu erhängen, und angesichts des verächtlichen abfälligen Grinsens über die Hoffnung dieses kleinen Mannes, der mit seinen fünfzig Jahren für Stefan bestimmt wie ein alter Mann wirkte, empfand Stella eine große Wärme für ihren Bruder.

Nach der Zerstörung Lübecks verhielten sich alle im Haus Wolkenrath anders als zuvor. Als am 4. Mai mitten in der Nacht die Sirenen losgingen, zogen sich alle vollständig an. Die Vorstellung, nachts in Nachthemd und Bademantel herumzulaufen, beunruhigte sie. Die schwere Flak dröhnte, Bomben schlugen in der Nähe ein.

Am nächsten Tag erfuhren sie, dass die Winterhuder Brauerei gebrannt hatte, das Lokal der *Trichter* auf St. Pauli, die *Schauburg*, die passend gerade den Film *Schicksal* auf dem Spielplan hatte, war abgebrannt – Sprengbomben hatten Häuser vernichtet, es hatte Tote gegeben, Menschen waren immer noch verschüttet. Fünf Bomber waren abgeschossen worden.

Am kommenden Tag flatterte ein Merkblatt in ihren Briefkasten zur Bekämpfung einer 250-Pfund-Kautschuk-Benzol-Brandbombe, dem neuesten Teufelszeug. Diese Bomben wurden im Reihenwurf, bis zu 24 Stück hintereinander, abgeworfen. Aus ihnen spritzte eine braungelbe, zähe Flüssigkeit, die überall haftete. Aber sie enthielten kein Phosphor, kein Gift.

Wie zu Kriegsbeginn füllten alle wieder die Badewannen. Es wurde angekündigt, dass mehr Sand angeliefert werden sollte.

Und dann erhielt Jonny die Nachricht, dass sein Schiff mit den von ihm ausgebildeten Matrosen auf dem Weg nach Norwegen auf eine

Mine gelaufen und mit Mann und Maus gesunken sei. Zum ersten Mal, seit sie ihn kannte, sah Stella ihn weinen. Tränen liefen seine Wangen herunter, die ohnehin, seit er zu Hause war, weicher und weniger prall wirkten und ein wenig hingen. Wie eine dunkle Silhouette stand er vor dem Fenster und rührte sich nicht. Wenn er keine Prostatitis bekommen hätte, wäre er auf dem Schiff gewesen. Stella trat hinter ihn und legte eine Hand auf seinen Rücken. Er blieb regungslos stehen. Irgendwann wurde Stellas Arm müde, ihre Beine taten weh. Sie strich über Jonnys Rücken. »Kann ich irgendwas für dich tun?«, fragte sie leise. Jonny schüttelte kurz den Kopf und blieb stehen, ohne sich zu rühren. Stella fühlte sich entsetzlich unwohl in der Nähe dieser dunklen Wolke, in der Jonny verschwunden war.

Sie ging nach unten und klopfte an Lysbeths und Aarons Zimmertür. Aaron saß aufrecht im Bett, und Lysbeth saß neben ihm. Beide aßen genüsslich Brote, die mit Radieschen belegt waren. Auf dem Teller daneben lagen kreisförmig angeordnete Apfelschnitze. Stella stürzte zum Bett und sagte: »Ich will was abhaben.« Aaron schob ihr den Teller mit den Radieschenbroten hin.

»Lysbeth hat heute alles Mögliche ergattert«, sagte er kauend. »Ja«, stimmte Lysbeth fröhlich zu. »Und ich hab auch noch Rhabarber in der Küche liegen. Wir können gleich Rhabarberkuchen backen.« Stella setzte sich neben Aaron auf die Bettkante und beteiligte sich an dem genussvollen Schmausen. »Auf Karten hast du Äpfel bekommen?«, fragte sie. Lysbeth nickte mit vollem Mund. »Ich hab deine Karten gleich mit benutzt«, sagte sie dann. »Du bist ja wohl einverstanden.« Nun war es an Stella, mit vollem Mund zu nicken. Sie vergaß völlig, dass in ihrem Zimmer oben ihr Ehemann von einer dunklen Wolke voller Schwermut verschluckt worden war.

Erst als sie gemeinsam mit Lysbeth den Rhabarberkuchen aus dem Ofen holte, erinnerte sie sich und ging nach oben. Jonny stand immer noch vor der Tür zu dem kleinen verglasten Balkon. Dämmerung hüllte ihn ein. »Ich habe dir ein Stück Rhabarberkuchen gebracht«, sagte Stella schüchtern. »Es ist noch warm.« Da erst drehte er sich langsam um. Stella erschrak. Er sah um Jahre gealtert aus, seine Wangen waren verkrustet von getrocknetem Salz. Stella reichte ihm wortlos den Kuchen. Er schüttelte wieder nur den Kopf. »Ich muss raus«, sagte er. »Ich geh spazieren.« Da erst fiel Stella auf, dass er wohl die ganze Zeit hier gestanden hatte und nicht zur Toilette gegangen war. »Musstest du gar nicht?«, fragte sie. »Dann geht es dir aber besser, oder?« Jonny schüttelte den Kopf. »Ich habe Schmerzen«, sagte er bitter. »So ist das, wenn man lebt.«

Pfingsten gab es für jeden auf Karte eine halbe Flasche Wein und ein halbes Pfund Spargel. Danach stand jedem für das Jahr noch ein weiteres halbes Pfund Spargel zu. Nur für Aaron gab es nichts. Also wollten Lysbeth und Stella ihre Portionen mit Aaron teilen. Als Jonny das sah, sprach er ein Machtwort: »Hier essen Pfingsten ja wohl alle zusammen«, sagte er barsch. »Also kommt der ganze Spargel auf den Tisch. Und das ist dann unser Pfingstmahl. So war es hier immer!« Cynthia tat so, als entspräche das vollkommen ihren Plänen. Stella unterdrückte ein Grinsen.

In der Nacht vom 30. auf den 31. Mai erlitt Eckhardts Triumphliste eine schwere Schlappe. In dieser Nacht flog die britische Luftwaffe einen Angriff, wie es ihn bis dahin nicht gegeben hatte. Weit über tausend Bombenflugzeuge griffen in dieser Nacht Köln, die fünftgrößte Stadt Deutschlands, anderthalb Stunden lang an. Die Anzahl der Flugzeuge erfüllte die Menschen in Deutschland mit fassungslosem Schrecken. Die ersten Geschwader warfen nur Brandbomben, die nächsten Sprengbomben, dann folgten weitere Angriffe mit Brandbomben und Phosphorkanistern, und zum Abschluss wurden schwerste Sprengbomben und Luftminen abgeworfen.

In dieser einen Nacht versank der alte Stadtkern von Köln in Schutt und Asche, wurden auch die umliegenden Stadtviertel und die Vororte beidseits des Rheins schwer getroffen. Über zweitausend Großbrände und ungefähr fünftausendfünfhundert Einzelbrände wüteten in der Stadt. Nahezu zwanzigtausend Wohnungen und zweitausend Betriebe wurden vollkommen vernichtet. Die Bevölkerung hatte einige Hundert Tote und über fünftausend Verletzte zu beklagen.

Der Flakgürtel rund um Köln, der bisher schon etwa siebzigmal von britischen Bomberverbänden angegriffen worden war und sich immer als abwehrstark erwiesen hatte, war gegen diese gewaltige Masse von Bombern jedoch machtlos gewesen.

Die geringe Anzahl von Abschüssen hatte Eckhardt fast noch stärker getroffen als die Tatsache, dass der angeblich am Boden liegende Feind noch zu so einem riesigen Aufgebot von Flugzeugen fähig war.

Die Wirkung des massiven Angriffs war viel größer als die aller früheren Angriffe auf Köln. Er war mit der doppelten Anzahl an Flugzeugen geflogen worden. »Tausend-Bomber-Angriff«, wurde er genannt. So wie Eckhardt ging es vielen Menschen. Ihre Hoffnung, dass England am Ende wäre, sank tief.

Hermann Göring hatte zu Beginn des Krieges geprahlt, nie würde ein feindliches Flugzeug nach Deutschland eindringen können, ohne abgeschossen zu werden, er, Göring, wolle Meyer heißen, wenn das den Feinden je gelänge. Von nun an sprachen nicht nur Stella und Lysbeth über Herrn Meyer, wenn sie Göring meinten. Einen Tag später flogen deutsche Bomber zwar zur Vergeltung für Köln einen Angriff auf den Bischofssitz Canterbury mit Tausenden von Spreng- und Brandbomben bei geringer Höhe und guter Sicht. Aber die Erschütterung der deutschen Überzeugung, dass die Engländer aus dem letzten Loch pfiffen, wurde dadurch nicht gemildert.

Und wieder kam nachbarschaftlicher Besuch von einem jungen Soldaten. Hermann Strunk war in Russland stationiert. Er erzählte, dass er russische Gefangene mit dem Maschinengewehr erledigt hatte, wehrlose Menschen. »Sie machen es mit uns ebenso, martern uns noch. Wir saßen bis zum Bauch im Schnee, waren durch Verluste vermindert an Zahl, wer sollte mit den Russen zurück? Und wohin? Nein, das wird nicht gemacht.« Neben ihm fiel durch Kopfschuss sein bester Kamerad. »Damit haben die Eltern das letzte Kind verloren«, bemerkte er, aber es klang irgendwie sachlich und wenig emotional beteiligt. Stella sagte: »Aber du schreibst doch den Eltern, oder?« »Ach, nein, wozu?«, antwortete er. »Die sind so weit weg. Irgendwie haben sie bestimmt schon erfahren, dass er tot ist.« Jonny sah den Jungen nachdenklich an. Da meinte Hermann: »Aber in Hamburg will ich Leute besuchen und ihnen mitteilen, dass ihr Sohn gleich tot gewesen ist. Allerdings werde ich verschweigen, dass er durch einen deutschen Tank in Fetzen gerissen wurde.«

Als die Gäste gingen, schlugen sie die Mantelkragen hoch. Draußen war es bitterkalt. Alle froren bis ins Mark. »Was für ein Sauklima«, sagte Hermann zum Abschied.

11

Der jüdische Ehemann war verpflichtet, die Lebensmittelkarten bei der »Judenstelle« abzuholen. Lysbeth wollte Aaron auf keinen Fall allein dorthin gehen lassen. Also standen sie gemeinsam in der Springeltwiete zwischen den Menschen, von denen sie viele kannten, weil sie zu Aarons Patienten gehört hatten. Weißbrot, Kuchen, Weizenmehl, Eier, Fleisch, Wurst und Vollmilch waren für Juden verboten. Als sie zurück in ihrem Zimmer waren, gestand Aaron: »Ich habe ein schlechtes Gewissen, ja, ich schäme mich fast, weil ich eine arische Frau habe. Durch dich bekomme ich eine anständige Ernährung. Die jüdischen Familien müssen mit all diesen Einschränkungen zurechtkommen. Das ist doch furchtbar ungerecht.« Lysbeth stimmte ihm zu. »Ja, es ist furchtbar ungerecht. Aber deshalb musst nicht du dich schämen, sondern die Nazis.«

Ende Juni wurde der einmal im Sommer und einmal zu Weihnachten in Hamburg stattfindende große Jahrmarkt, »Dom« genannt, in der Sternschanze bei Kälte und Wind eröffnet. Die Karussells fuhren ohne Musik, damit die Sirenen nicht übertönt wurden. Stella und Jonny machten einen kleinen Ausflug dorthin. Die Möglichkeiten, Ausflüge zu machen, waren entsetzlich rar geworden. Luise und Fred erzählten, dass sie noch manchmal nach Hausbruch fuhren und die wundervolle Vogelwelt dort genossen. Stella unterdrückte die Frage, ob Fred das überhaupt dürfe. Aaron zumindest verließ sein Zimmer vorerst überhaupt nicht mehr. Aber Fred lebte ohnehin wie ein Arier, nur wenige wussten, dass er Jude war. Dieser Ausflug zum Sommerdom war allerdings eine deprimierende Angelegenheit. Schnell flüchteten sie von der Vergnügungsstätte in ein Lokal auf der Reeperbahn, wo es anständiges Bier gab. Sie unterhielten sich über dies und das, den Gemüsegarten, die Hühnerhaltung, die Hunde, ohne ein Thema zu streifen, das beide tiefer berühren könnte. Aber Stella fühlte sich wohl mit Jonny, und als er über den Tisch hinweg nach ihrer Hand griff, ließ sie sich von der Stärke und Wärme seiner Hände umfangen. Auch als er auf dem Heimweg den Arm um ihre Schulter legte, fühlte sie sich bei ihm geborgen und sicher aufgehoben. Ich vertraue ihm, dachte sie überrascht. Ich vertraue ihm vollkommen. Wie Gefühle sich wandeln können, wenn Menschen sich wandeln! Und wie stark Menschen sich verändern können!

Eckhardt atmete wieder auf. Tobruk war von Rommel eingenommen worden. Inzwischen gab es einunddreißigtausend gefangene Engländer. Ein unfassbar großer Erfolg. Wieder war er optimistisch: »Russland ist am Ende«, erzählte er jedem, der es hören wollte, und auch denen, die es nicht hören wollten. »England kann nicht mehr. Der Frieden ist in greifbarer Nähe.«

Aber dann ging er zum Vortrag vom Reichsluftschutzbund in die Emilie-Wüstenfeld-Schule: Dort gab der Vortragende offen zu, dass »London offenbar nicht mehr angegriffen wird, weil seine Abwehr zu groß ist«. Was man auch von Hamburg hoffe. Er verlangte, dass Badewannen und Eimer mit Sand gefüllt werden sollten. »Wir haben keine Badewanne«, riefen einige. »Wir bekommen keine Eimer«, schimpften andere. Der Redner schalt erregt auf die Leute ein, dass sie nicht so störrisch sein sollten und sich schon Behältnisse für Sand finden würden. Eckhardt blieb ganz still. Er hatte nicht die Absicht, seine Badewanne mit Sand zu füllen. Dann könnte er ja nicht mehr baden. Er hielt das Ganze auch für übertrieben. Nun gut, beschloss er auf dem Heimweg, ein paar Eimer können wir ja mit Sand füllen und vor das Haus in den Vorgarten stellen, so dass jeder sie sehen kann.

Lysbeth war diejenige, die meist zum Milchladen ging, während Stella für Fische anstand. Lysbeth hatte Stella gegenüber schon mehrmals geäußert, wie eigenartig sie es fand, dass der Milchmann seit Wochen dem Geschäft fernblieb. Nie fiel im Laden ein Wort darüber. Ihr schwante, dass da etwas Eigenartiges geschehen sein musste. Ende Juni war er mit einem Mal wieder da. Eine Frau im Laden fragte: »Sind Sie verreist gewesen?« Der Milchmann werkelte geschäftig herum. Er nickte kurz. »Wie schön«, begeisterte sich die Frau, fügte jedoch mit einem lauernden Blick hinzu: »Aber Sie sehen gar nicht erholt aus.« Lysbeth hätte der Frau am liebsten den Mund verboten. Der Milchmann sah aus wie der Tod, ganz verstört. »Wo waren Sie denn?«, insistierte die Frau »Das werde ich Ihnen sagen, wenn der Krieg vorbei ist«, antwortete er. Lysbeth lächelte ihn an und streckte ihm die Milchkanne entgegen.

Das Wetter wurde immer fürchterlicher, selbst für Hamburg war 1942 ein außerordentlich kalter, regnerischer und stürmischer Sommer. Alle schimpften darüber und empfanden so ein angenehm unpolitisches Gemeinschaftsgefühl. Ohnehin wurde über Politik selten gesprochen, zumeist nur dann, wenn man unter Gleichgesinnten war.

Anfang Juli erhielt Aaron ein Schreiben, dass er sich am 14. des Monats in der Sammelstelle für den Abtransport nach Theresienstadt einfinden sollte. Lysbeth geriet in Panik. »Er ist nicht mehr so krank, er wäre transportfähig. Stella, was soll ich tun?« Sie ging in die Johnsallee 68, wo nicht nur das jüdische Krankenhaus war, sondern auch Wohnungen für jüdische Ärzte und Pflegepersonal. Dort erfuhr sie, dass auch Amalie Noafeldt, die Krankenschwester, die im Siechenheim in der Schäferkampsallee arbeitete, und Dr. Hans Rosenbaum, der ebenfalls in der Johnsallee untergekommen war, ein solches Schreiben erhalten hatten.

Lysbeth spazierte gemeinsam mit Stella, durch die sie sich geschützt fühlte, durch das Grindelviertel. Sie besuchte einige Juden, die von Aaron betreut worden waren, und erfuhr, dass sich entsetzlich viele von ihnen auf den Abtransport vorbereiteten. Diesmal betraf es vor allem die Alten und Kranken.

Dr. Hannes, Aarons Arzt, erklärte sich bereit, ihr ein Schreiben auszustellen, dass Aaron von seiner Tuberkulose noch nicht genesen sei und er für Aufpasser wie für die anderen Deportierten eine Ansteckungsgefahr bedeute. Er blickte Lysbeth voller Mitgefühl an. »Eine Garantie ist das nicht, liebe Lysbeth. Die nehmen keine Rücksicht auf Alte, Kranke oder sogar Sieche. Nein, diesmal geht es offenbar genau um diese. Sie wollen Hamburg einfach von Juden säubern, davon müssen wir ausgehen.«

Lysbeth fühlte sich entsetzlich ohnmächtig. Sie verlor vollends den Appetit und schlich bedrückt durchs Haus. Stella sagte zu Jonny: »Es hilft nichts, wir müssen Herrn Göttsche einen Besuch abstatten.« Er verzog abwehrend sein Gesicht. »Da gibt es auch Klos«, sagte sie resolut. »Wenn du von Harndrang überfallen wirst, wirst du schon ein Örtchen finden.«

Jonny hob abwehrend beide Hände. »Liebe Stella, vielleicht ist es deiner werten Aufmerksamkeit entgangen, aber ich bin so gut wie gesund. Mein ›Abtransport‹ nach Kiel steht kurz bevor. Ich brauche nur noch ein Schiff, meins ist nämlich abgesoffen.« Schnell entschuldigte Stella sich für ihr dummes Geflachse. »Wir müssen einfach dorthin«, wiederholte sie. »Lysbeth hat solche Angst, die hat schon vor dem

Schallert keinen Ton rausgebracht, der gottgleiche Göttsche wird sie vollends mundtot machen. Und vor dir hat er Respekt.«

Bevor sie sich auf den Weg zur Gestapo machten, holte Jonny abermals Erkundigungen ein. Es war ihm seit seinen geheimen Aktionen während des Ersten Weltkriegs und während seines anschließenden subversiven Widerstands gegen die Weimarer Republik in Fleisch und Blut übergegangen, an möglichst viele geheime Informationen heranzukommen, um sich selbst in eine so mächtige Position zu bringen wie nur irgend möglich.

Er erfuhr, dass von den wenigen Juden, die in Hamburg übriggeblieben waren, die Hälfte in Mischehen lebte. Und nicht nur in privilegierten Mischehen. Es gab also offenbar nach wie vor eine gewisse Scheu, Juden aus arischen Zusammenhängen herauszureißen. »Man kann ihn noch schützen«, erklärte er Stella. »Wir müssen nur sehr entschieden deutlich machen, dass wir ihn nicht im Stich lassen. Daran darf es keinen Zweifel geben.«

Also begaben sich die beiden zu Herrn Göttsche, der angesichts des Kapitäns Jonathan Maukesch wieder eine gewisse verbindliche Freundlichkeit zeigte. Allerdings verlor er auch jetzt nicht seine fischige Glitschigkeit. »Konzentrationslager haben den Zweck, den Leuten Zucht und Ordnung beizubringen. In den Lagern herrscht eine mustergültige Ordnung«, verkündete er. »Auch Ihrem Schwager könnte eine solche Kur nur nützen. Dann würde wahrscheinlich sein Körper gestählt, und er würde aufhören, so ein verweichlichter Schwächling zu sein, der immer krank ist.«

Auch diesmal war Stella heilfroh, dass sie sich hinter Jonny verstecken konnte. Sie beschränkte sich auf die Rolle der besorgten Schwester. »Meine Schwester Lysbeth Bleibtreu würde sich umbringen, falls man ihr den Mann wegnehmen würde.« Sie sah Herrn Göttsche an, dass es ihm herzlich egal war, ob ihre Schwester tot oder lebendig war.

Wieder erreichten sie nach längerem Hin und Her einen Aufschub für Aaron. Offensichtlich war es Herrn Göttsche zu brenzlig, ein Familienmitglied aus einem arischen Haus herauszureißen, in dem Familienbande wichtig waren und auch für den Juden in ihrer Mitte galten.

Am 15. Juli 1942 wurden die Juden aus den Stiften, den Judenhäusern oder aus ihren Wohnungen und Häusern geholt und nach Theresienstadt transportiert.

Erschüttert stand Lysbeth vor den Mülleimern am Schröder-Stift, die übervoll waren von den armen Überbleibseln der kleinen Habe: bunte Blechdosen, alte Nachttischlampen, zerschlissene Handtaschen. Kinder wühlten jubelnd darin herum, verbreiteten eine unbeschreibliche Unordnung. Eine knochige gestromte Dogge suchte nach Essbarem. Eine ältere Dame kam vorbei und sagte: »Die Kinder haben am Kleinen Schäferkamp den Auszug johlend begleitet.« Lysbeth nickte mit Tränen in den Augen. Sie glaubte es sofort.

Überall wurde über den Abtransport der älteren und kranken Juden gesprochen. Luise erzählte, dass eine Bekannte von ihr, ein Mischling, die eigentlich hatte zu Besuch kommen wollen, angerufen habe. Sie sei fortgeblieben, weil ihre 68-jährige Mutter nach Theresienstadt bei Prag geschafft worden sei. »Sie war vergeblich beim Polizeipräsidenten und hat dort schreckliche Szenen erlebt. Sie hat sogar erwogen mitzugehen.« David Schwarz, der beste jüdische Arbeiter des Tischlermeisters, den die Wolkenraths zuweilen in Anspruch nahmen, war ebenfalls fort. »Er hat am Nachmittag Bescheid bekommen«, sagte der Tischlermeister bedauernd. »Am nächsten Morgen um 10.00 Uhr war er schon weg.« »Hätten Sie sich nicht für ihn einsetzen können?«, fragte Stella. »Ich hab ans Polizeipräsidium geschrieben«, entgegnete der Tischlermeister. »Ich hab den Brief selbst hingebracht. Aber alles war umsonst. Der Schwarz war von seiner arischen Frau geschieden. Es gab niemanden mehr, der ihn hier halten konnte. Ich hab mich dabei sehr weit aus dem Fenster gelehnt. Das ist gefährlich.«

Stella dachte mit großer Dankbarkeit an Jonny. Immer wieder lehnte auch er sich aus dem Fenster. Er demonstrierte vor allen Nachbarn, dass Fred Solmitz sein Freund war, auch vor den Nazis, die Fred nicht mehr grüßten. Und er stellte sich ohne Wenn und Aber vor seinen Schwager. Das rechnete sie ihm hoch an.

Wieder gab es Selbstmorde unter den Juden. Diesmal erfuhren Lysbeth und Aaron durch Dr. Bertold Hannes auch von einem Halbjuden, der sich umgebracht hatte. Erschüttert reichte der Arzt, mit dem die beiden sich während der letzten Zeit etwas angefreundet hatten, ihnen den Abschiedsbrief hinüber. Aaron las laut: »Gleichberechtigt bin ich nie, bin ständig auf Nichtwissen, Großzügigkeit oder Mitleid angewiesen, und das ertrage ich nicht länger. Und immer beweisen, dass man doch was taugt, mag ich nicht. Was nützt mir das ganze Leben, ich dürfte ja auch niemals in ein Geschlecht einheiraten, denn wer weiß, was aus meinen Kindern würde. Ich gehöre weder zu diesen noch zu den andern. Die einen wollen mich nicht, die andern will ich nicht. Wahrscheinlich wollen sie mich beide nicht, denn ich bin ja beiden abtrünnig. Und daran gehe ich zugrunde. So als Einspänner mein Leben lang ins Büro tüffeln, nein, ich danke, ich danke überhaupt …« Erschüttert reichte er den Brief an Dr. Bertold Hannes zurück. »Wie verkraften Sie eigentlich das ganze Elend um Sie herum?«, fragte Lysbeth. »Oh, ich tue mein Bestes.« Jetzt grinste der Arzt spitzbübisch. »Und für jeden, den ich deren Mörderhänden entreiße, gönne ich mir ein Glas Cognac, von dem mir ein emigrierter Kollege eine ganze Kiste überlassen hat. Wollt ihr einen?« Er war unwillkürlich ins Du gefallen, während er nach unten in seinen Schreibtisch griff. Lysbeth schüttelte verneinend den Kopf, Aaron aber trank voller Genuss gemeinsam mit seinem neuen Duzfreund ein Glas wundervollen alten französischen Cognacs.

Ende Juli, Jonny war einen Tag zuvor nach Kiel abgereist, gab es um 1.00 Uhr nachts Alarm. Stella hatte sich gerade in das Bett gelegt, das jetzt wieder ganz ihr gehörte. Sie hatte es genossen, noch eine Tasse heiße Milch zu trinken und so lange zu lesen, wie sie wollte. Sie war gerade im Begriff, das Licht zu löschen. Erst begann es sachte mit englischen Flugzeugen im Scheinwerferlicht, aber dann ging es los: Krachen, Knacken, unheimlicher Lärm. Sie lief ins Wohnzimmer – vor ihr, hinter ihr da draußen vor den Fenstern brannte alles. Brannte? Nein, alles war in smaragdgrünes Licht getaucht, blendend, schauerlich schön. Dampf, Rauch, Wassergüsse, Menschenstimmen. Sie hörte, wie Eckhardt aufs Dach stürmte, und ging auf ihren kleinen Flur, von dem die Leiter nach oben führte. Er kam gerade wieder heruntergeklettert und sagte erleichtert: »Alles in Ordnung.« Da sahen sie aus dem Badezimmerfenster, wie ein Schuppen in der Nachbarschaft lichterloh brannte.

»Ich glaube, wir müssen helfen«, stieß Eckhardt aus. Gemeinsam mit Stella schleppte er Sand und Wasser auf die Straße. Auch die Turnhalle der Volksschule brannte lichterloh. »Diese Nacht werden wir nicht vergessen«, rief Stella ihrem Bruder zu und umarmte ihn zwischendurch kräftig. Aber die Nacht war noch nicht vorbei.

Eckhardt ging wieder nach oben aufs Dach und stellte jetzt fest, dass eine Brandbombe in die Dachrinne gefallen war. Eine andere Brandbombe leuchtete vor dem Haus gegenüber. Zarte weiße Schleierwolken schwebten von den Bränden auf. Eckhardt nahm vorsichtig die schmale längliche Bombe aus der Dachrinne, hielt sie in der Hand wie wertvollstes zerbrechliches Glas und stieg behutsam, jede Erschütterung vermeidend, vom Dach hinunter. Die Bombe wog wenig, kaum zwei Kilo, aber Eckhardt sah aus, als wäre er kurz vor dem Zusammenbruch, so schwer schien er an dem stabförmigen Ding zu tragen. Als er im Vorgarten angelangt war, legte er die Bombe vorsichtig auf den Boden und kippte einen Eimer Sand darauf. Erleichtert und sehr stolz lächelte er seiner Schwester Stella zu. Das alles war so schnell gegangen, dass Stella erst jetzt begriff, dass das Dach ihres Hauses gefährdet gewesen war.

Stella bemerkte, wie Fred Solmitz mit der Haus-Feuer-Spritze über die Straße eilte, um das Feuer im Nachbarschuppen zu löschen. Auch Eckhardt machte sich nun wieder auf in die Nachbarschaft, um zu helfen.

Stella wollte sich einen Überblick verschaffen. Also stieg sie aufs Dach, sah die Brände um sich herum, hörte die Luftschlacht über ihr. Kein schöner Gedanke: Gleich kannst du mit Dach und Haus in die Tiefe gehen. Wo helle Brände sind, ist auch nachfolgende Sprengbombengefahr.

Die Kippingstraße war rundum betroffen. In Nummer 6 war eine Brandbombe aufs Haus gegangen, eine schwelte vor der Tür. Auf die Nummer 18 war eine Brandbombe gefallen. Die Leute, die dort wohnten, waren verreist. Die kleine Hausangestellte war allein. Sie hatte alle Türen verschlossen. Ein Nachbar brach die Tür auf und löschte das Feuer gemeinsam mit anderen Nachbarn. Die Turnhalle der Schule in der Kielortallee brannte. Was wurde aus den Kranken?, fragte sich Stella. Die Schule war doch zum Hilfskrankenhaus gemacht worden. Sie stieg die Treppen hinunter und wollte zur Schule eilen. Vielleicht brauchten sie dort Hilfe.

Irgendwo knatterte schweres Schießen, gefolgt von einem tosenden Einschlag. Eine Frau, die das gleiche Ziel hatte wie Stella, rief: »Wir müssen umkehren!« Auch Nummer 10 hatte eine Brandbombe abbekommen, das Zwillingshaus der Solmitz. Der Dachstuhl von Nummer 2 brannte, Nummer 3 hatte eine Bombe abgekriegt. Überall wurde gelöscht, und es sah so aus, als würde es gelingen. Um 2.30 Uhr erklang Entwarnung. Alle atmeten auf.

Ins Bett gehen mochte niemand, alle standen vor den Türen.

Lysbeth, die in der Zwischenzeit hier und da geholfen und dann wieder bei Aaron nach dem Rechten gesehen hatte, folgte Stella, als diese sagte: »Komm, wir gehen mal in die Richtung des großen Feuers. Ich will sehen, was da los ist.« Eckhardt blieb zu Hause, weil der Funkenflug ihr Haus gefährden konnte. Die Schwestern gingen zur Hochbahn. Dort brannten zwei kleine Lagerhäuser. Die Flammen, die um die Balken züngelten, wirkten wie klares Wasser oder Eis.

Sie gingen zum brennenden Jerusalem-Krankenhaus und der daneben lodernden kleinen Kirche. Ein Feuerwehrmann stand mitten in der Höllenglut hoch oben auf der Leiter und schickte den Wasserstrahl in das Kirchendach. »Ein Held«, staunte Stella. Hinter der Kirche brannten die hohen Häuser der Schäferkampsallee, das Feuer fraß sich durch die Fußböden nach unten weiter. Trotz allen Grauens blieben die beiden Schwestern immer wieder stehen, fasziniert von den sich unablässig verändernden Lichtspielen des Feuers.

An der Hochbahn wurde versucht, die hölzerne Verschalung nass zu halten, die die Leitschiene umkleidete und die an die beiden wie Fackeln lodernden Häuser grenzte. Wenige Leute waren da, noch weniger Eimer. Die Helfer riefen nach mehr Freiwilligen – und es meldeten sich, zur Empörung der Beamten, kaum Männer. Da krochen zwei junge Mädchen durch das Loch in der Absperrung.

Stella und Lysbeth folgten ihnen und reihten sich in die Kette ein. Sie standen auf dem Bahnkörper, auf ziemlich löcherigen Bohlen. Weiter hinten stellten sich die Leute an der Böschung auf. Stella und Lysbeth leiteten Hunderte von Eimern weiter, schwere verzinkte und leichte Marmeladeneimer, in endloser Kette hin und zurück. Hinter ihnen prasselte, loderte, fraß die Glut, erhitzte ihnen den Rücken, ließ die sterbenden Häuschen wie aus Gold gebaut erscheinen. Die Flammen umrahmten alle Umrisse schauerlich-zierlich. Über ihnen fegte der Wind unablässig einen schimmernden Regen von Funken, den sie sich von den Kleidern klopften. Kleidern? Stella trug ein Nachthemd, Trainingshose, Morgenrock, Mantel darüber. Lysbeth war ebenso abenteuerlich gekleidet. Junge Leute reihten sich ein, eher Knaben als Männer. Die Bahnbeamten schöpften Wasser aus einem kleinen Graben. Kam das Wasser oben an der Brandstelle an, so dampfte die erhitzte Verschalung. Die Feuerwehrleute riefen nach mehr Eimern, mehr Helfern.

»Sieh, der Mond«, rief da ein Junge. Einen Moment lang richteten sich alle auf und blickten gen Himmel. Da stand der Mond, fahl, bläulich, wie wässrige Milch, überzittert von Branddunst, ein eigenartig berührendes Bild.

Ein treuherziger Bursche neben Lysbeth sagte: »Ich steh hier in Hausschuhen in der Nässe – was wird bloß meine Mutter sagen? Um sechs muss ich schon an die Arbeit, abends HJ …« Die älteren Frauen schimpften über die zuschauenden müßigen Männer. Sie benutzten so saftige Ausdrücke, dass Stella laut auflachte. Der brave, alte wasserschöpfende Eisenbahner schimpfte mit. Auch Lysbeth sah man an, dass es ihr Spaß machte, die derben Worte zu hören, während sie schweigend oder mit dem Mahnruf »Eimer!« die Wassergefäße weitergab.

Es gab jetzt keine Gefahr mehr für die Helfenden. Der Alarm war abgeblasen. Das Feuer, ein paar Schritte hinter ihnen, tat ihnen nichts, es sei denn, dass es sie wärmte. Der Funkenflug ließ sich abwehren.

Die wirbelnde Luft über ihnen war durchsetzt mit kleinsten Papier- und Holzteilchen, wie Mücken, angeleuchtet vom ungeheuren Brand, dazwischen, weich und wiegend wie Vögel, größere Papierflocken. Die Signale der Krankenwagen und der Feuerwehr klagten durch die Straßen, die voller Menschen waren, mehr als am Tage.

Eine Stunde etwa löschten sie, dann war es erledigt. Die Mondnacht ging leise in den grauenden Morgen über, als sie von der Hochbahnstrecke kamen. Die Scheibe der Morgensonne stand blutig hinter den trägen Rauchwolken.

Es war nach vier Uhr. Sie gingen nach Hause, bereiteten sich heißen Tee, aßen etwas. Lysbeth ging zu Aaron, der voller Ärger im Bett lag und schimpfte: »Es reicht nicht, dass ich Jude bin und mich deshalb verstecken muss und nichts Gescheites mehr bewerkstelligen kann. Jetzt bin ich auch noch krank und muss es meiner Frau überlassen, schwere Wassereimer zu schleppen, um etwas zu retten. Es ist doch nicht auszuhalten. Ich will aufstehen!« Lysbeth drückte ihn sacht aufs Bett zurück. »Du bleibst schön hier«, sagte sie energisch. »Es dauert nicht mehr lange, dann bist du wieder gesund. Und diesen Augenblick sehne ich nicht herbei, muss ich dir gestehen.«

Stella erschien in der Tür, nun vollständig angezogen. »Wir wollen in die Stadt«, sagte sie. »Kommst du mit?« Lysbeth warf einen Blick auf Aaron. »Geh ruhig«, sagte er maulend, »ich faule hier weiter im Bett vor mich hin.« Lysbeth lachte. »Du wirst gesund, du kriegst schlechte Laune. Nein, Stella, ich bleibe hier, bei meinem miesepetrigen Kranken.«

Es war Viertel vor sechs. Eckhardt, Cynthia und Stella gingen in die Stadt, schlafen mochten sie nicht mehr. Überall waren die Menschen unterwegs, die zur Arbeit mussten. Pflichtgetreu – nach solcher Nacht. Die Luftschutz-Diensthabenden kehrten heim. Schwere Brandwolken standen am Himmel. Da sahen sie, wie es in den Fenstern des *Hamburger Hofs* flackerte. Es sah aus wie Tannenbaumschein, wie lauter lustige Lichter, und war doch ein fürchterlicher Brand. Der *Alsterpavillon* war ganz ausgebrannt, das Feuer wütete noch in kleinen Flammen, alles war vernichtet, die Gartentische und -stühle draußen waren durcheinandergeworfen. Die Gepflegtheit war dahin.

Das Alsterhaus brannte noch. Das Löschwasser wurde aus der Alster geschöpft, auf der ein erlegter Fesselballon schwamm. Der Dachstuhl der *Dresdner Bank* war wieder mal ausgebrannt. Der Neue Wall sah aus wie in gelben Novembernebel gehüllt. Von der Schleusenbrücke sahen sie von der Fleetseite das *Hohe Haus* brennen, in dem *Pranges Schuhgeschäft* war. Aus jedem Fenster schlugen die Flammen, sie leckten ins obere Stockwerk hinein, eine feurige Flagge. Wie eine Blutbahn spiegelte sich der Schein im morgendlichen Fleet. Unten lag eine Löschschute. Sie hielt das Nebenhaus unter Wasser, das nicht brannte, richtete dann die gewaltige Spritze auf das brennende Haus. Stella war der Giebel unheimlich, sie blickte ängstlich dorthin, bis auch Eckhardt aufmerksam wurde. Da gab es ein furchtbares Poltern und Stürzen, und der Giebel fiel ins Fleet. Das Leben der Feuerwehrleute in der Schute hing an einem seidenen Faden, sie duckten sich und entgingen knapp dem Tod.

In der Grindelallee waren fast alle Ladenscheiben entzwei. Alles lag offen in den scheibenlosen Läden. Alles in Griffweite, und alles so sicher wie hinter festen Scheiben, selbst ein großer Haufen Kandis. Der Tischler erzählte am nächsten Tag, dass zwei französische Kriegsgefangene, die zum Löschen eingesetzt worden waren, einen Fotoapparat an sich genommen hätten. Sie wurden von Polizisten auf der Stelle erschossen. Durch Schnellgericht zum Tode verurteilt wurde auch ein Dieb im *Hamburger Hof*.

Es fuhr weder Hochbahn noch S-Bahn. Aus allen Stadtteilen wurden schwere Brände gemeldet. Zwischen Grindelallee und Bundesstraße waren auch Sprengbomben gefallen. Als sie auf Umwegen mit der Straßenbahn nach Hause fuhren, sagte ein älterer Mann, dessen stillem Gesicht man den Kummer ansah: »Meinetwegen kann es einschlagen, wo es will. Ich habe im vorigen Jahr bei einem Fliegerangriff Frau, Tochter und Enkelkind verloren.«

Stella empfand tiefe Dankbarkeit, dass ihre Familie noch lebte.

Am nächsten Mittag klingelte das Telefon, und Dritter erklärte sehr aufgeregt, dass der Dachstuhl seines Hauses zerstört sei. »Marthe ist völlig aufgelöst«, rief er ins Telefon. »Sie will hier weg.« Lysbeth und Stella machten sich sofort auf den Weg in die Johnsallee. Marthe lag gemeinsam mit dem kleinen Alex schreckensbleich im Bett. Der Kleine wirkte ebenso verstört wie sie. Er weinte nicht, sondern blickte mit großen ängstlichen Augen auf Stella und Lysbeth, als sie ins Zimmer traten.

Stella ging zu Dritter, der im Wohnzimmer saß und eine Zigarette nach der anderen rauchte. »Sie haben uns schon vor zwei Monaten wegen dem Kleinen angeboten, an die Ostsee verschickt zu werden«, erklärte er. »Jetzt sollte ich es vielleicht tun.« Stella zog erstaunt die Augenbrauen hoch. »Warum hast du das nicht erzählt? Warum habt ihr das nicht gemacht?« »Ich hab es auch Marthe nicht erzählt«, gestand er. »Es gibt gerade viele gute Gelegenheiten in Hamburg, ich wollte nicht weg.« Lysbeth, die gerade ins Zimmer trat, sagte scharf: »Es gibt hier vor allem eine sehr gute Gelegenheit, und zwar, zum Witwer zu werden.« Dritter zog hastig an seiner Zigarette und blickte auf den Boden. »Ich hab es ja nun verstanden«, sagte er. »Aber ich weiß nicht, was wir alles einpacken müssen.« Er wies mit dem Kopf zum Schlafzimmer. »Sie kriegt das nicht hin. Sie ist völlig mit den Nerven fertig.«

Stella und Lysbeth wiesen ihn an, alle vorhandenen Koffer herbeizuschaffen. »Die waren auf dem Dachboden, die sind verbrannt«, sagte er kläglich. »Also brauchst du neue«, bestimmte Lysbeth. Sie riefen Eckhardt und Cynthia an, Dritter rief Hans Ränke an, und kurze Zeit später standen vier große Koffer im Wohnzimmer, und alle Beteiligten führten eifrige Diskussionen darüber, welche Dinge die kleine Familie unbedingt einpacken müsse. Eckhardt vertrat leidenschaftlich die Auffassung, dass der Krieg bald zu Ende sein und dass Hamburg vorher nicht mehr bombardiert werden würde, weil die Abwehr immer stärker würde. Dritter und Marthe würden also bald zurückkommen können. Hans Ränke hingegen war der Meinung, dass das Ganze noch lange dauern könnte und Dritter sich am besten darauf einstellen sollte, an der Ostsee für eine Weile seine Zelte aufzuschlagen. Während dieses männlichen Palavers räumte Lysbeth die Schränke im Schlafzimmer leer und fragte Marthe bei jedem einzelnen Teil, ob es mitsolle. Dieses Frage-und-Antwort-Spiel bewirkte, dass Marthe ganz allmählich ihre Panik verlor und sich mit den praktischen Dingen der Abreise beschäftigen konnte.

Inzwischen hatte Dritter eine Flasche Cognac geöffnet, und sogar Cynthia beteiligte sich daran, sich mit Hilfe des Alkohols in eine andere Stimmung zu versetzen.

Als alle spät am Abend aufbrachen, waren Eckhardt und Cynthia sehr heiter, Stella und Lysbeth erschöpft und erleichtert. Die Koffer waren gepackt, Hans Ränke hatte die Bahnfahrkarten für den nächsten Tag besorgt, und wenn in dieser Nacht nicht ein weiterer vernichtender Angriff über Hamburg hereinbrach, würde die kleine Familie am kommenden Tag Hamburg Richtung Ostsee verlassen können. Dritter war in dem Schreiben, das er vor einem Monat erhalten hatte, eine Auffangstelle in Scharbeutz genannt worden, an die er sich wenden sollte. Und Hans Ränke hatte ihm Tipps gegeben, was er tun sollte, um ein gutes Quartier für seine Familie zu finden.

Sie waren erstaunt, als sie in der verlängerten Kippingstraße auf das Schild stießen: »Schuhreinigungsstelle, Anmeldung für bespritzte Sachen …«, und den SHD, den *Sicherheits- und Hilfsdienst im Deutschen Reich*, arbeiten sahen, schaben, löschen. »Es ist eine Phosphorbombe runtergegangen«, erklärte einer der Männer. Die vier sahen einander entsetzt an. »Eine Phosphorbombe«, stöhnte Cynthia mit glasigen Augen. »Zwei Minuten von uns!« Eckhardt sagte belehrend: »Das Zeug brennt immer weiter, jeder Tropfen. Unter den Schuhen trägt man den Brand auf Teppiche weiter.« »Zu solchen Teufelserfindungen geben Menschen ihr Gehirn her«, schimpfte Stella.

Die Menschen auf den Straßen sahen alle niedergeschlagen und zermürbt aus.

Als sie zu Hause anlangten, brach Stella plötzlich zusammen. Alles gab einfach nach, die Kiefer, die Hände, die Knie, ganz außer ihrem Willen. Sie setzte sich auf die Treppe und weinte. Lysbeth brachte sie fürsorglich ins Bett, und Stella fiel in Schlaf, als wäre sie bewusstlos geworden. Am nächsten Morgen kam ihr der vorige Tag wie ein böser Traum vor.

Stellas Freunde Gerlinde und Peter luden sie ein, zu ihren Eltern nach Farmsen zu fahren. Die Eltern hatten zu Kaffee und Kuchen eingeladen, und Gerlinde und Peter wollten Stella gerne mit dorthin nehmen. Sie hatten auch Lysbeth einladen wollen, aber sie trauten sich nicht, das direkt zu Lysbeth zu sagen, weil sie Angst hatten, falsch verstanden zu werden, wenn sie Aaron nicht mit einluden. Aber als sie sich endlich trauten, antwortete Lysbeth freundlich, sie hätte große Lust auf einen kleinen Ausflug, aber sie wolle den kranken Aaron nicht allein lassen.

Sie fuhren durch die Hamburger Straße nach Farmsen. Stella blickte durch das Bahnfenster auf die Zerstörung, als wäre da draußen eine Theaterkulisse. Das Elend, das sie dort sah, in seiner Tiefe zu erfassen, ging über ihre Kraft. »Ich muss aufpassen, nicht den Verstand zu verlieren«, murmelte sie. Die Frau, die auf der Bank neben ihr saß, hob die Hände vor die Augen: »Was haben wir getan, dass Gott uns so straft?«

Dann kam Dehnhaide, Barmbek, und sie sahen, was für eine Nacht die Menschen hier durchgemacht hatten: Brand, Zerstörung, ein fünfstöckiges Gebäude wirkte wie ein Puppenhaus, das man vorn aufgeklappt hatte, alle Kammern und Gemächer lagen zierlich offen da, ein unheimlicher Anblick. Die große Anlage von *Daimler-Benz* war zerschlagen. Und dann wieder grasten Schafe am Straßenrand, voll trügerischen Friedens. Mitten in der Zerstörung stand auf freiem Platz ein Kaspertheater, vor dem Kinder hockten. Stella lächelte. »Dieser Kasper-Vorführer muss ein Engel sein. Was Besseres kann den Kindern doch jetzt nicht passieren.«

Gerlindes Eltern freuten sich sehr über den Besuch. Sie saßen draußen unter der freundlichen Augustsonne und tranken Kaffee, nun, keinen richtigen Kaffee, sondern Muckefuck, aber die Mutter hatte einen wundervollen Kuchen gebacken, mit Kirschen aus dem eigenen Garten. Ganz am Anfang erzählten sie, wie grässlich das Vieh auf der Weide vor Angst geschrien habe. Aber dann hörten sie auf, über die Schreckensnacht zu sprechen, sondern sprachen über alles Mögliche andere.

Stella entspannte sich im Laufe der Zeit. Sie wurde gebeten, sich ans Klavier zu setzen, und sie spielten und sangen gemeinsam. Als sie zurückfuhren, hatte Stella das Gefühl, einen Ausflug in eine längst vergangene bürgerliche Welt getan zu haben.

Die Mietzinssteuer musste ab 1. Januar 1943 auf zehn Jahre im Voraus bezahlt werden. Das waren für das Wolkenrath-Haus schätzungsweise sechshundertfünfzig Reichsmark. Die Sparkassen erboten sich freundlich zur Verschuldung des Grundbesitzes gegen erste Hypotheken, auf zehn Jahre Sicht. Eckhardt rechnete ihnen allen vor, was am günstigsten für sie wäre. »Meine Güte«, schimpfte Stella. »Wo man nicht bis zum nächsten Morgen rechnen darf!« Lysbeth sagte: »Was den Nazis für Geld zuströmt – einen schwindelt. Und wie viel entgeht dem Staat im Lauf der zehn Jahre, durch Ausfall der regelmäßigen Mietzinssteuer.« Spöttisch fügte Stella an: »Die Nazis sind wohl sicher, neue Geldquellen leicht zu finden.« »Für Kriegsgewinnler wie Dritter ist es ein guter Weg, ihr allzu vieles Geld auf gute Art abzustoßen«, gab Cynthia schnippisch von sich. Stella und Lysbeth sahen sie überrascht an. So bissig hatten sie sie noch nie reden gehört, wenn es um Kriegsgewinnler ging.

Viele Gerüchte waren im Umlauf. Hier und da munkelte man hinter vorgehaltener Hand, dass kein Jude von den Konzentrationslagern zurückkommen würde, weil sie dort auf brutalste Weise behandelt und ums Leben kommen würden. Als Quellen galten Soldaten auf Fronturlaub oder andere Menschen, die irgendwie mit Konzentrationslagern und Transporten zu tun hatten. Lysbeth und Stella hörten still zu, wenn so etwas erzählt wurde. Sie bezweifelten es nicht, aber sie hüteten sich auch nachzufragen. Und Lysbeth schwor sich ein ums andere Mal, dass sie Aaron nie im Leben auf so einen Judentransport mitgehen lassen würde.

Andere Gerüchte besagten, dass man einige der Menschen, die in der Schreckensnacht verschüttet worden waren, noch eine Woche lang hätte klopfen hören. Bei Gesprächen über die armen Verschütteten grauste es allen, aber aus irgendeinem Grund wurde dieses Grauen auch gesucht. Dann wurde überlegt, wie die Verschütteten dagelegen hätten, selbst verstümmelt, in Gesellschaft der Sterbenden, Toten, Verwesenden. Lysbeth wendete sich zumeist ab, wenn dieses Horrorszenario ausgebreitet wurde, Cynthia hingegen suhlte sich geradezu in den Bildern.

»Ich verstehe sie nicht!«, schimpfte Stella. »Mir wird kreuzübel, wenn ich diese Geschichten höre, was hat sie davon?« Lysbeth besänftigte ihre Schwester: »Wenn jemand so viel Angst wie Cynthia hat, tut es gut, von Leuten zu hören, denen all das passiert ist, wovor es einem selbst graut. In dem Augenblick fühlt man selbst sich vor dem Unheil sicher.« »Das ist doch verrückt«, murrte Stella. »Ja, verrückt und irgendwie normal«, stimmte Lysbeth lächelnd zu.

Eine Woche später fuhren Stella und Lysbeth am Nachmittag in die Stadt, um sich an der Alster zu erfreuen, die trotz der Zerstörung immer noch schön war. Der See lag unter einem köstlichen Abendlicht. Als sie auf dem Jungfernstieg angelangt waren, wies Lysbeth auf die westwärts gerichtete Uhr der Großen Michaeliskirche, die golden blinkte. Die Fenster am Alsterdamm leuchteten in grünsilbernem Metallglanz, und über der Dämmerung lag etwas wie Rosenlicht. Es war eine wundervolle Stimmung, aber Lysbeth hatte ein ängstliches Herz, denn Aaron wurde gesünder und gesünder. Bald würde sie ihn nicht mehr zu Hause halten können.

Eine Frau vom Wohnungsamt kam ins Haus und fragte nach Raum für Bombengeschädigte. Von der unteren Etage hielt sie sich fern. Es war amtlich klar, dass Lysbeth kein Jude und Aaron keinem Arier zugemutet werden konnte. Ohnehin gab es aber keine Juden mehr, die irgendwo einquartiert wurden. Juden kamen in Judenhäuser, und die Judenhäuser waren auch nicht mehr so überfüllt wie noch vor einiger Zeit. Hamburg war von Juden ziemlich »gesäubert«. Die wenigen, die jetzt noch übrig waren, lebten vor allem in Mischehen. Wenige andere waren bisher noch nicht für Transporte erfasst worden.

Die Einquartierungen betrafen also Arier. Cynthia und Eckhardt hatten in Ermangelung von Kellerräumen ihr Wohnzimmer zum Warenlager erklärt, Schlafzimmer und Küche konnten sie nicht teilen. Stella betonte, dass ihr Gatte, der Kapitän Maukesch, ihre Zimmer in der zweiten Etage zu repräsentativen Zwecken benutzte, zum Beispiel, um den Gauleiter Kaufmann zu empfangen oder General von Lettow-Vorbeck.

Die Dame ging also unverrichteter Dinge wieder weg. »Wie ist das eigentlich bei den Solmitz?«, fragte Cynthia spitz. »Die sind zu dritt in dem großen Haus. Das ist doch nicht gerecht.« Eckhardt erzählte: »Es geht das Gerücht um, dass Gisela einen neuen Verehrer hat, einen Belgier, einen Arbeiter in einer Fabrik, der freiwillig nach Deutschland gekommen ist.« Er grinste: »Vielleicht wohnen sie ja bald zu viert in dem Haus.« »Die darf doch nicht heiraten«, ereiferte sich Cynthia. »Mischlinge dürfen nur Juden oder Mischlinge heiraten. Ist der Belgier Jude?«

»Cynthia, jetzt solltest du dich ein wenig zügeln«, sagte Stella ruhig. Sie gab sich große Mühe, in diesem ruhigen Ton mit ihrer Schwägerin zu sprechen, aber das dämpfte Cynthia nicht. »Ich weiß, dass die Solmitz deine großen Freunde sind«, zischte Cynthia. »Und ich hab ja auch gar nichts gegen sie. Aber wenn man überall Vorteile bekommt, nur weil man Jude ist, dann ist das doch verkehrte Welt. Und wie die rumlaufen, das stinkt doch zum Himmel. Der Mann hat keinen Stern auf der Brust, die beiden machen ständig Ausflüge, als wenn wir mitten im Frieden lebten, sie haben eine Aufwartefrau wie eh und je, und die Tochter hat sich jetzt einen Belgier geangelt, weil sie heiraten will.« Ihre Stimme war ins Staccato geglitten. Alle am Tisch sahen sie aufmerksam an. Es war so offensichtlich, dass Cynthia auf die Solmitz neidisch war. Aber worauf denn genau?

Alle ahnten es natürlich. Fred schenkte seiner Luise stets volle Aufmerksamkeit, er war voller Begeisterung, Fürsorge und Liebe für sie, als wäre er frisch verliebt. Außerdem hatte Luise eine Tochter. Früher einmal war es Cynthias großer Wunsch gewesen, ein Kind zu bekommen. Das hatte sie schon längst abgeschrieben. Auch hatte seit Jahren niemand mehr nicht einmal in einem entfernten Winkel ihrer Augen auch nur eine geringe Sehnsucht nach körperlicher Verbundenheit mit Eckhardt lauern sehen. Sie war keine wirkliche Frau mit einem wirklichen Frauenleben, das wussten alle. Und das war etwas ganz anderes als Luises Leben. Sollte sie trotzdem darauf noch neidisch sein?

Die Gerüchteküche in der Kippingstraße brodelte heiß. Gisela und der Belgier wollen heiraten, wurde getuschelt. Ob der Standesbeamte wohl so ohne weiteres ein Aufgebot bestellt bei einer Halbjüdin? Der Belgier soll ein freiwilliger Arbeiter im Wehrbetrieb sein. Darf so jemand denn einfach einen Mischling heiraten? Juden dürfen doch nicht aus Deutschland raus, nun, sie dürfen überhaupt nicht reisen. Also will denn dieser Belgier ohne seine Frau zurück in seine Heimat, oder ist er ein Heimatloser?

Stella wartete darauf, dass Luise sie einmal darauf ansprechen würde. Immerhin waren sie einander seit Kriegsbeginn nähergekommen, seit Jonny so selbstverständlich darauf bestanden hatte, dass die Solmitz sie besuchen kommen sollten, wenn er seine Lebensmittel auspackte. Aber Luise sagte nichts. Was Stella auffiel, war, dass Gisela neuerdings wieder ein sehr frohes Gesicht machte. Luise hingegen wirkte eher besorgt und ging auch nachbarschaftlichen Gesprächen aus dem Weg. Stella sprach Lysbeth darauf an: »Was hältst du davon? Du hast doch früher zu der Kleinen ein ganz vertrautes Verhältnis gehabt. Es würde mir so leidtun, wenn sie ihre Jugend völlig an Hitler verlieren müsste.«

Lysbeth stimmte zu. »Ja, die Sache mit dem anderen jungen Mann hat sich wohl zerschlagen. Das hat man beiden ja deutlich angesehen. Mir fällt auch auf, dass Gisela jetzt von innen heraus strahlt. Aber ich kann Luise verstehen. Sie hat vielleicht mehr Angst vor der Enttäuschung für Gisela als diese selbst.«

Stella spürte, wie ihre Kopfhaut zu jucken begann, was sie in der letzten Zeit manchmal tat, wenn sie nervös wurde. »Wir denken immer, dass die Solmitz es besser haben als zum Beispiel Aaron und du, aber ich glaube, dass es auch ein großer Druck ist, immer wieder Ausnahmeregelungen zu erbitten. Und dann noch das Kind, das unter all diese Nürnberger Gesetze für Mischlinge fällt. Ich glaube, das alles nagt sehr an Luise.« »Ja klar«, stimmte Lysbeth zu. »Sie wird immer dünner, ist dir das nicht aufgefallen? Und das liegt sicher nicht nur daran, dass es nicht viel zu essen gibt, ich glaube, es liegt auch an ihrer Lage. Ich glaube, Luise hat furchtbar viel Angst.« Stella spürte wieder das Kitzeln auf der Kopfhaut.

»Hast du denn keine Angst, Lysbeth?«, fragte sie. »Doch«, bekannte Lysbeth unumwunden. »Aber ich glaube, trotz allem habe ich manche Ängste nicht, die Luise hat.« »Welche?«, fragte Stella neugierig und überlegte, ob Lysbeth sich ihre eigene Lage nicht schönredete. Immerhin lief Fred ohne Stern herum, und die Solmitz hatten noch viele andere Vergünstigungen, zum Beispiel war vollkommen klar, dass Fred nicht deportiert werden würde. Lysbeth lächelte Stella an, als hätte sie ihre Gedanken gelesen. »Keine Sorge, ich mache mir, glaube ich, nicht viel vor«, sagte sie, und Stella dachte: Schon wieder ertappt. Man sollte in ihrer Gegenwart nichts denken, was sie nicht wissen soll. Zum Teufel, wieso konnte ihre Schwester Gedanken lesen?

»Natürlich haben sie Vorteile, aber sie hängen immer dazwischen, sie sind immer Bittsteller, sie quälen sich ständig mit ihrer Angst herum, aus ihrer bürgerlichen Behaglichkeit gestoßen zu werden. All das haben Aaron und ich nicht. Wir kämpfen ums nackte Überleben, Aaron fühlt sich den Juden verbundener als je zuvor, er hat in der letzten Zeit sogar schon überlegt, den jüdischen Glauben anzunehmen.« Stella sog scharf den Atem ein. Lysbeth hob die Hände. »Nein, nein, das tut er natürlich nicht. Es waren trotzige Gedanken. Aber unser einziges Trachten ist, zu überleben und danach die ganze Bande zur Rechenschaft zu ziehen.« »Ja, das möchte ich auch gerne«, seufzte Stella. »Aber mein Trachten geht auch noch dahin, meine Liebe für Anthony nicht zu verlieren.« Fast unhörbar leise fügte sie hinzu: »Das ist nämlich gar nicht einfach.« Lysbeth umarmte sie. Stella legte ihren Kopf gegen die magere Schulter ihrer Schwester. »Ich weiß«, murmelte Lysbeth. »Ich weiß, meine Süße.«

Sie nahmen die Hunde und begaben sich auf einen Spaziergang zur Alster. Es war ein Hochsommerabend, der letzte Tag im August. Diese wundervollen Tage mussten sie für den gesamten Sommer entschädigen, der eigentlich nicht stattgefunden hatte, so kalt und windig und regnerisch war es gewesen. Da begegnete ihnen eine kleine Kinderschar, die mit flackernden Laternen, Monden und Sonnen und Sternen, unterwegs war. Stella und Lysbeth blickten gerührt auf die ernsten Kindergesichter, die »Laterne, Laterne, Sonne, Mond und Sterne …« sangen. »Wie schön«, rief Stella, »Dass sie sich das Laternelaufen auch im Krieg nicht nehmen lassen!«

Am 31. August endete das dritte Kriegsjahr. »Und noch kein Ende abzusehen …«, stöhnte Stella, aber Eckhardt rügte sie und zeigte ihr seine Liste der abgeschossenen Engländer. Er führte sie in den Flur vor seine Landkarte und wies stolz auf all die Fähnchen mit dem Hakenkreuz.

Lysbeth kaufte zur Feier des Tages Stahlhelme für Aaron, Stella und für sich selbst. Sie kosteten acht Reichsmark. Die Stahlhelme waren entsetzlich schwer. Aber da sie während der Angriffe immer durch das Haus liefen, wollte Lysbeth verhindern, dass ihnen Splitter auf den Kopf fielen.

Am 13. September gab es nachts um 3.45 Uhr einen knappen, polternden Krach. »Das ist das neue Geschütz vom Heiligengeistfeld«, klärte Eckhardt sie auf, als Stella und Lysbeth sich in der Mitte des Hauses trafen, die eine von oben heruntergestürzt, die andere von unten nach oben gerannt. Um halb sieben holte dann ein unbekannter Ton alle aus dem Bett: Es war die zum ersten Mal angewandte neue »öffentliche Luftwarnung«. Dreimalige Wiederholung eines hohen Dauertons von fünfzehn Sekunden Länge: »Erhöhte Aufmerksamkeit. Verkehr geht weiter.« Es hatte zu viele Arbeitsunterbrechungen gegeben, deshalb war jetzt diese Zwischenwarnung eingeführt worden.

Im September war das Wetter mild, aber es pfiff ein stürmischer Wind, der sich manchmal zu einem regelrechten Sturm ausweitete. Lysbeth machte sich bereit, nach Scharbeutz an die Ostsee zu fahren. Es fiel ihr sehr schwer, Aaron allein zu lassen, aber sie brachte es nicht übers Herz, Marthes Bitte um Hilfe abzuschlagen. In den letzten Tagen hatte Marthe täglich angerufen und Lysbeth in großer Detailliertheit Auskünfte über ihre Schwangerschaftsbeschwerden gegeben. Sie übergab sich ohne Unterlass, ihr Bauch zog, als ob sich eine Fehlgeburt anbahnte, und hinzu kam, dass sich in der vergangenen Woche Schmierblutungen eingestellt hatten. Der herbeigerufene Arzt hatte eine Einweisung ins Krankenhaus vorgeschlagen, aber dagegen wehrte sich Marthe mit Händen und Füßen. Das Ganze hatte Lysbeth beunruhigt, aber gleichzeitig sagte sie sich: Solange Marthe noch die kleine Quasselstrippe ist, ist alles in Ordnung. Erst wenn sie sich ins Bett legte und verstummte, musste man sich Sorgen machen.

Also instruierte Lysbeth ihre Schwester, was diese zu beherzigen hatte, um Aaron zu versorgen. Sie musste ihm Tees kochen und von der lungenkräftigenden Tinktur dreimal täglich zehn Tropfen auf Zucker geben. Sie musste Aaron einmal alle zwei Tage einen Teelöffel Honig verabreichen. Und sie musste Lysbeth verzeihen, dass sie den Honig vor ihr versteckt hatte, auch schon zu Zeiten, in denen Aaron noch nicht krank gewesen und Stella vor Hunger nach etwas Süßem schier verrückt geworden war. Und sie musste auch verzeihen, dass sie sich auch jetzt selbst nichts von dem Honig nehmen durfte, denn der Honig war wirklich nur für Aarons Stärkung da.

Es war ein großes Einweckglas, gefüllt mit bernsteinfarbenem Honig, ungefähr ein Kilo. Stella runzelte die Stirn und blickte Lysbeth empört an. »Und das soll ich dir verzeihen?«, raunzte sie düster. »Seit wann hast du den?« »Seit Kriegsausbruch«, gestand Lysbeth. »Und ehrlicherweise muss ich bekennen, dass ich davon zwei Gläser hatte. Das erste ist draufgegangen, als Aaron so schlimm krank war.« »Du hättest auch der Tante oder Vater etwas davon geben können.« Stella war richtig beleidigt.

»Nein«, antwortete Lysbeth schlicht, »hätte ich nicht. Die Tante habe ich gefragt, und sie hat gesagt, ich soll die Gläser verstecken und aufbewahren für einen absoluten Notfall. Und Vater war nicht wirklich schwach. Den hätte kein Honig gerettet.« Stella nickte. Dass die Tante den Befehl gegeben hatte, den Honig zu verstecken, besänftigte sie. Denn dass jedes Wort, das die Tante vor ihrem Tod von sich gegeben hatte, wie ein Befehl verstanden werden musste, war Stella völlig klar.

Da sagte Lysbeth leise: »Ich habe immer gewusst, dass ich den Honig eines Tages für Aaron brauchen würde. Ich hatte manchmal Angst, selbst schwach zu werden und mir – und dir und ihm – einen Löffel nur so zur Nascherei zu geben.« Stella strich ihr liebevoll über die schmale Wange. »Dir würde das auch guttun, meine Liebe. Ich versteh nicht, wieso die Tante dir das nicht gesagt hat: Dass du nämlich dafür sorgen musst, selbst bei Kräften zu bleiben,.« Lysbeth lächelte. »Ich bin noch bei Kräften, keine Sorge.«

Als Stella sie zum Dammtorbahnhof begleitete, fuhr an ihnen ein großer Lastkraftwagen vorbei mit, wie es schien, an die fünfzig bis siebzig Schrankböden mit Füßen. Doch mit einem Mal schrie Stella: »Lysbeth! Das sind Särge!« Sie packte Lysbeths Arm. Die Hunde blieben stehen, alles auf Habacht gerichtet, Ohren, Nüstern, Hinterbeine. Lysbeth blickte schärfer zu dem Lastwagen. Da sah auch sie es. Offene Särge, nichts als Särge. Unverhüllt, hochkant gestellt, wie Schilderhäuser. In den äußeren hockten die beiden Begleiter. »Wohin sollen die?«, murmelte Lysbeth. Stella starrte auf den entschwindenden Lastwagen.

»Ist das jetzt ein schlechtes Zeichen?«, fragte sie Lysbeth ängstlich. Lysbeth schüttelte lächelnd den Kopf. »Quatsch. Wir haben Krieg. Da gibt es Tote.« Aber auch sie hatte ein mulmiges Gefühl.

12

Lysbeth langte nach umständlicher Fahrt am Bahnhof in Scharbeutz an, zornig auf sich selbst, dass sie ihre Ankunft Dritter nicht vorher mitgeteilt und ihn gebeten hatte, sie abzuholen. Sie hatte Dritter und Marthe überraschen wollen in der Annahme, dass es vom Bahnhof ein Katzensprung zum *Kurhotel Ahrberg* wäre, wo Dritter mit seiner kleinen Familie untergekommen war. Völlig verloren stand sie vor dem Bahnhof. Da sah sie, wie eine junge Frau auf einen Anhänger kletterte, der von einem Traktor gezogen wurde. Lysbeth ließ ihren Koffer stehen und rannte zu dem Traktor. »Entschuldigung«, keuchte sie außer Atem. »Ich muss zum *Kurhotel Ahrberg*. Können Sie mir den Weg zeigen?«

Auf dem Traktorbock saß ein alter Mann mit verwitterter brauner Haut. In seinem Mundwinkel kaute er eine Pfeife. Ohne ein Wort wies er mit seinem Kinn in Richtung des Anhängers. »Moment«, sagte Lysbeth, rannte zum Koffer zurück und wieder zum Anhänger. Sie wuchtete den Koffer hoch und versuchte dann, selbst hinterherzuklettern. Aber das war nicht so einfach. Die junge Frau kicherte, kam nach hinten und zog Lysbeth hoch, bis die endlich schwer schnaufend neben ihr auf der Ladefläche saß.

So fuhren sie durch den kleinen Ort. Die junge Frau war ebenso wortkarg wie der Alte auf dem Traktorbock. Aber sie blickte Lysbeth unverwandt und strahlend an. Lysbeth staunte. Alles wirkte so friedlich. Als gäbe es keinen Krieg. Nach wenigen Minuten hielten sie vor einem eleganten Hotel, dem *Kurhotel Ahrberg*. Dahinter konnte man die Ostsee sehen. Lysbeth kletterte mit Unterstützung der jungen Frau vom Anhänger hinunter. Ihr Koffer wurde ihr hinterhergereicht. Zum Abschied winkten alle drei einander zu.

Sie trat in die Empfangshalle des Hotels. Es dauerte nicht lange, und eine energische rundliche Frau, deren gestärkte weiße Schürze sich über ihrem opulenten Busen nach vorn blähte und mit einer enormen Schleife im Rücken betonte, dass sie immer noch eine Taille hatte, kam auf sie zu. »Womit kann ich Ihnen behilflich sein?« »Ich bin die Schwester von Dri…« Lysbeth stockte. Kein Mensch wird ihn hier Dritter nennen, dachte sie. »Von Alexander Wolkenrath«, korrigierte sie. »Ich bin gekommen, um meine Schwägerin zu unterstützen.«

Die ältere Frau wischte ihre Hände in der Schürze trocken und reichte Lysbeth die Hand. »Ich bin Frau Ahrberg, seien Sie willkommen. Ich freue mich, dass Sie da sind. Die junge Frau kann Sie bestimmt gut brauchen.« Sie führte Lysbeth gleich nach oben in das Zimmer, das Marthe und Dritters neues Zuhause geworden war. Marthe lag im Bett und schlief. »Die junge Frau schläft viel«, flüsterte Frau Ahrberg. »Ich sag auch immer: Schlafen ist gesund.«

Lysbeth stellte ihren Koffer ab und lugte durch eine Lücke zwischen den zugezogenen Vorhängen. Vor ihr lag die Lübecker Bucht. Die Ostsee wurde von Windstößen gepeitscht, Schaumkronen tanzten auf den Wellen. Am Himmel eilten tiefliegende Wolken unter einem blauen Spätsommerhimmel dahin.

Die Wirtin brachte Bettzeug. Gemeinsam machten sie aus der an der Wand stehenden Liege ein gemütliches Bett mit dicker weicher Federdecke für Lysbeth. Die Bettwäsche war schlicht weiß, und sie roch nach Frieden.

Lysbeth dankte Frau Ahrberg und setzte sich aufs Bett. Mit einem Mal merkte sie, wie unendlich erschöpft sie war. Entweder war sie in den vergangenen Nächten von Alarm geweckt worden, oder sie hatte auf Alarm gewartet. Viele Tagesalarme hatten sie in der letzten Zeit auf Trab gehalten. Dazu die Angst um Aaron und die Anspannung, ihn sowohl der Gestapo als auch der Krankheit entreißen zu müssen. All das spürte sie in diesem Augenblick. Sie zog die Schuhe aus, ließ ihren Kopf auf das wundervoll nach Gras und Meer duftende Kopfkissen sinken, schwang die Beine hoch, kauerte sich zusammen wie ein Embryo und war im nächsten Augenblick eingeschlafen.

Sie wachte von Kindergeschrei auf. Als sie die Augen öffnete, standen Dritter und Marthe vor ihr, das schreiende Kind lag im Kinderwagen, der von Dritter energisch geschaukelt wurde. Marthe hatte einen Bademantel übergeworfen, Dritter war wie ein Urlauber in Trainingshose und Pullover gekleidet.

Es gab ein großes Hallo, Dritter schimpfte, wieso sie sich nicht angemeldet hätte, er hätte sie doch vom Bahnhof abgeholt, und Marthe erzählte, noch bevor Lysbeth aufgestanden war, dass sie den Eindruck habe, sie werde eine Fehlgeburt erleiden, so stark würde es immer wieder ziehen.

Lysbeth räkelte sich und staunte: »Es ist hier so friedlich, ich hab geschlafen wie ein Baby. Das ist ja eine richtige Feriengegend.« Dritter lächelte stolz und führte sie zum Fenster, wo die Vorhänge jetzt weit zurückgezogen waren. Er wies auf die stürmische See und auf den leeren Strand. »Wenn du dich warm anziehst, können wir nachher einen Spaziergang machen«, sagte er. »Heute Abend treffe ich mich noch zum Skat.« Er warf ihr einen prüfenden Blick zu. »Wenn du möchtest, sage ich das ab.« Marthe maulte: »Was hast du denn noch alles vor? Es ist jetzt sechs Uhr …« »Sechs Uhr?«, schrie Lysbeth auf. »Dann habe ich eine Stunde lang geschlafen, das ist ja wohl nicht möglich.«

»Und wir gehen auch gleich essen«, erklärte Marthe hoheitsvoll. »Wir nehmen nämlich jeden Abend hier am Abendessen teil.« Lysbeth kam aus dem Staunen nicht heraus.

Das Abendessen nahmen sie im Speisesaal des Hotels ein. Der Raum erschien Lysbeth unendlich elegant mit seinen rotsamtenen Stores vor den Fenstern und den goldbrokatenen Tapeten. Es gab eine heiße Brühe, dann folgte ein fürstliches Mahl mit Kartoffeln und Möhren und Frikadellen. Lysbeth langte kräftig zu. »Ihr lebt hier wie Gott in Frankreich«, sagte sie. »Wie habt ihr es so gut getroffen?«

»Wir sind hier eingewiesen worden«, erklärte Marthe. Dritter grinste. »Na ja, vielleicht hat Hans ein bisschen mitgemischt. Der kennt ja Gott und die Welt.« Lysbeth lächelte ihn an. Ihr fiel auf, wie häufig sie den Ausdruck Gott in der letzten Minute gebraucht hatten, das war im Gespräch mit Dritter eher ungewöhnlich.

In dieser Nacht schlief Lysbeth zwölf Stunden durch. Sie hörte nicht, wie Dritter schnarchte. Sie hörte nicht, wie der kleine Alex schrie. Sie hörte nicht, wie Marthe aufstand, um ihn zu wickeln, sie hörte nicht, wie Dritter aufstand, um die Toilette auf dem Gang aufzusuchen. Am Morgen gab es ein wundervolles Frühstück mit frischem Brot und Eiern. Lysbeth schüttelte immer wieder ungläubig den Kopf. Dritter erklärte ihr, dass er der Wirtin alle Lebensmittelkarten übergebe, die sie zu dritt erhielten, und dass er ihre Speisekammer durch kleine Tauschgeschäfte mit den Bauern im Umland ein wenig auffülle.

Am darauffolgenden Tag hatte sich der Sturm gelegt, es wehte noch ein frischer Wind, aber gleichzeitig schien die Sonne, und Lysbeth machte gemeinsam mit Dritter einen zweistündigen Spaziergang am Wasser entlang. Anschließend erlösten sie Marthe von ihrem schreienden Sohn und schoben den Kinderwagen auf dem Weg hinter den Dünen, bis er selig röchelte.

»Er schreit viel«, berichtete Dritter, »und Marthe ist noch sehr angeschlagen von den Angriffen in Hamburg, und die Schwangerschaft nimmt sie auch sehr mit.« Er lachte. »Aber zum Glück bin ich ja ein junger Spund, mir wird so nicht langweilig.« Er erzählte, dass er schon einen Skatkreis gefunden habe, der sich jeden Montagabend in der Dorfschenke träfe. Dass er mit dem Bürgermeister Schach spiele und sich hier in der Gegend schon recht gut auskenne.

Lysbeth erholte sich von Tag zu Tag mehr. Sie war gekommen, um Hilfe zu leisten, aber sie merkte, wie dringlich sie genau die Unterstützung brauchte, die ihr an diesem Ort zuteilwurde. Die Menschen hier hatten keine Angst. Lübeck war zwar nicht weit entfernt, und es war keiner hier, der nicht nach Lübeck gefahren war, um sich die Zerstörung dort anzuschauen. Aber alle waren sich einig: Lübeck war zwar klein, aber dennoch eine Stadt, außerdem hatte sie viele Kulturdenkmäler zu bieten gehabt. Die nun zerstört waren. So ein kleiner Ort wie Scharbeutz war nicht wichtig genug, als dass die Engländer sich die Mühe machen würden, darauf ihre wertvollen Bomben abzuwerfen.

Nein, hier war alles anders als in Hamburg. Judenverfolgung fand nicht statt, denn es gab keine Juden. Auch wurde die Parteitreue nicht so ernst genommen. Selbstverständlich gab es die Partei. Die Mitglieder überschnitten sich fast mit dem Skatverein. Sie trafen sich auch im gleichen Gasthaus. Und sie kannten sich schon seit Ewigkeiten. Die Stellung jedes Einzelnen im Dorf hatte sich über Generationen entwickelt, die Partei gab es viel kürzer.

In all dieser Gemütlichkeit machte Marthe leider nicht den Eindruck, als ginge es ihr gut. Sie behauptete zwar, seit Lysbeth angekommen sei, hätten die Schmerzen im Bauch und die Schmierblutungen aufgehört, und alles wäre nun in Ordnung, aber Lysbeth glaubte ihr nicht. Marthe war immer müde. Wenn Lysbeth jedoch nachts einmal wach wurde, bemerkte sie, dass Marthe mit offenen Augen im Bett lag und an die Decke starrte. Marthe sprach nicht darüber, was sie bedrückte. Sie sprach über alles mögliche andere. Über den kleinen Alex und was der alles anstellte. Über Dritter und seine Erfolge beim Skat, über die Wirtin und ihre Schwiegertochter, die im Hotel half und einen Sohn hatte, den kleinen Klaus, der nur wenig älter war als Alex.

Marthe kannte bereits alle anderen Gäste im Hotel, und Lysbeth fragte sich, wie sie das geschafft hatte, obwohl sie so häufig im Bett lag. Aber dann stellte sie fest, dass auch sie die Menschen im Hotel schnell kennenlernte, und nicht nur die, sondern auch die Dorfbewohner, die sich bald mit allen möglichen kleinen Beschwerden an Lysbeth wandten.

Das Ganze begann mit Frau Ahrbergs Rückenbeschwerden. Von Zeit zu Zeit ging sie richtig krumm. Sie klagte zwar nicht laut über ihre Schmerzen, aber Lysbeth sah es ihr an. Sie empfahl der Wirtin ein homöopathisches Mittel, Rhus toxicodendron, das auf fast schon wundersame Weise die Schmerzen nicht nur linderte, sondern von einem Tag zum andern behob. Der Zweite, der Lysbeths Ruhm als Heilerin verbreitete, war der Bauer Martin. Seine Tochter Helene hatte Keuchhusten gehabt, allerdings schon vor ein paar Wochen, und der Keuchhusten war auch vorbei. Trotzdem hustete Helene weiterhin. Während eines Besuchs bei Frau Ahrberg klagte er Lysbeth sein Leid. Seine Frau und er konnten seit Nächten nicht mehr durchschlafen, weil die Kleine besonders nachts furchtbar hustete. Lysbeth verschwand in ihrem Zimmer und kam mit einem Tütchen zurück, in das sie Drosera-Kügelchen gefüllt hatte. Schon vier Tage später kam Bauer Martin ins Hotel und verkündete, seine Tochter huste viel seltener. Er brachte Lysbeth ein Stück Schinken mit, den Lysbeth sofort an Frau Ahrberg weiterreichte.

Danach kam immer mal wieder der eine oder andere aus dem Dorf »zufällig« ins Hotel und fragte Lysbeth, was gegen irgendwelche Beschwerden getan werden konnte. Lysbeth hatte ein wenig Angst, dass sie Schwierigkeiten bekommen würde, denn es war verboten, »reisend« ein heilendes Gewerbe auszuführen. Sie teilte Frau Ahrberg ihre Ängste mit, woraufhin diese sich als Übermittlerin zur Verfügung stellte. Aber sie sagte auch: »Hier im Dorf gelten andere Regeln als bei euch in der Stadt. Hier hilft jeder jedem, so sind wir es gewohnt. Und wenn Sie sich da einreihen, liebe Frau Lysbeth, führt es nur dazu, dass Sie – und auch Ihr Bruder und Ihre Schwägerin – mehr dazugehören.« Trotzdem war sie von nun an dabei, wenn einer mit Beschwerden kam, die der Arzt nicht heilen konnte. In dieser lockeren privaten Situation sprach Lysbeth ihre Empfehlungen aus. Wenn anschließend im Erfolgsfall Lebensmittel zum Dank gebracht wurden, gab Lysbeth diese stets an Frau Ahrberg weiter.

Marthes Konversation war anderer Natur. Regelmäßig am Nachmittag nach dem Mittagschlaf setzte sie sich in einen der gemütlichen Sessel, die in der Eingangshalle des Hotels standen. Dort mussten alle an ihr vorübergehen, die das Hotel betraten oder verließen. Und wirklich ließ sich jeder für eine Weile neben Marthe in den anderen Sessel plumpsen und erzählte ihr, was er gerade erlebt hatte. Es kam auch das eine oder andere Mal vor, dass er seine ganze Lebensgeschichte vor ihr ausbreitete.

Marthe liebte es, über andere Leute zu sprechen. Und sie liebte es, deren Geschichten zu erfahren. Sie sprach auch über ihr eigenes Leben, mit Vorliebe erzählte sie von ihrer Mutter, der Kriegerwitwe, die putzen gegangen war, damit ihre Tochter Abitur machen konnte. Sehr gern berichtete sie auch von ihrer Zeit als Au-pair in London, lebendig breitete sie die Stadt vor den Zuhörern aus. Und sie machte keinen Hehl daraus, dass sie für die englische Lebensart viel übrighatte, besonders für den englischen Humor und für das englische Understatement. Dass England gerade im Krieg mit Deutschland lag, fand sie, wie sie sagte, »höchst bedauerlich«. Wenn einer ihrer Gesprächspartner darauf kritisch reagierte, streichelte sie ihren Bauch und sagte: »Schwangere

Frauen darf man nicht ernst nehmen, die sind so furchtbar sentimental. Und ich werde immer sentimental, wenn ich an meine Backfischzeit in London denke.«

Sie war eine beliebte Gesprächspartnerin. Dass die Gespräche nicht lange dauerten, gehörte dazu. Die Leute suchten ihre Zimmer auf, und zu Marthe kam bald der Nächste. Nach einer Stunde ging auch sie wieder in ihr Zimmer und legte sich aufs Bett.

»Du musst mehr an die frische Luft, Marthe«, empfahl Lysbeth. »Das ist wichtig für deine Kräftigung. Es ist gut für dich und gut für das Kind.« Aber dazu hatte Marthe keine Lust. Sie empfand die Schwangerschaft mit all ihren Beschwerden als sehr lästig, und sie hatte auch keine richtigen Schuhe für einen Strandspaziergang. Selbst im Hotelzimmer lief sie auf ihren Pumps, alles andere empfand sie als stillos.

Zwei Wochen später waren Marthes Beschwerden vorüber. Der Arzt bestätigte Lysbeths Eindruck, dass die Gefahr für eine Fehlgeburt nunmehr äußerst gering war. Lysbeth hatte sich gut erholt, und der Spiegel zeigte es ihr auch. Sie hatte zugenommen, die Wirtin hatte sie regelrecht rausgefüttert, und sie hatte von ihren täglichen Märschen an der Ostsee eine frische, gesunde Gesichtsfarbe bekommen. Der Kontakt zu den Dorfbewohnern hatte sich etabliert; sie gehörte bereits zum sozialen Gefüge dazu.

Marthe hatte ihr inzwischen das Herz ausgeschüttet. Sie vermisste ihre Mutter schmerzlich. Neben Dritter fühlte sie sich oft einsam. Deshalb wünschte sie sich sehnlichst ein Mädchen, denn Alex empfand sie jetzt schon als derb und anspruchsvoll, wie Jungen es eben waren.

Lysbeth wurde unruhig. Sie telefonierte täglich mit Aaron, und er versicherte ihr in jedem Gespräch, dass er sie zwar vermisse, aber dass er auch ohne sie gesunde. Es gab keine schlimmen Vorkommnisse in der Kippingstraße, aber Lysbeth hatte trotzdem das Gefühl zurückzumüssen.

Lysbeth hatte das ruhige Gefühl, die kleine Familie allein lassen zu können, auch wenn Marthe sich sehr wünschte, sie möge noch bleiben. Marthe hatte nie eine Schwester gehabt, ohnehin keine Geschwister, aber nach einer Schwester hatte sie sich immer gesehnt. Sie vertraute Lysbeth im Laufe der Zeit viel von ihren Gefühlen und Gedanken an. Wie sehr sie ihre Arbeit vermisste, die Kollegen, den Chef, die Sprachen, den Kontakt zum Ausland. »Ich weiß gar nicht, ob es gut ist, dass ich ein zweites Kind bekomme«, gestand sie Lysbeth. »Ich glaube, ich war eine ausgezeichnete Sekretärin. Das war ich richtig gern. Und alle mochten mich. Mein Chef war sehr zufrieden mit mir.« Sie hielt inne und lächelte Lysbeth verschmitzt an. »Um ehrlich zu sein, ich finde kleine Kinder sowieso ziemlich langweilig. Mit denen kann man keine richtigen Gespräche führen.« Lysbeth lächelte. Sie konnte Marthe nicht böse sein. Marthe kam ihr nicht vor wie eine Mutter, sondern wie ein Kind, das selbst Aufmerksamkeit bitter nötig und nur wenig abzugeben hatte. »Dein Sohn findet dich auch wunderbar«, sagte sie. »Viel wunderbarer, als dein Chef dich jemals hätte finden können.« Marthe lachte hell auf. Dann schmollte sie. »Ja, das stimmt. Aber er redet nicht mit mir. Und Dritter redet auch nicht mit mir.«

Lysbeth hatte bald begriffen, dass Marthe und Dritter in sehr unterschiedlichen inneren wie äußeren Welten lebten. Was sie verband, war die Sehnsucht, groß rauszukommen, schön gekleidet und angesehen zu sein. Reich zu werden, das wünschten sich beide. Ansonsten verband sie wenig.

Aber Lysbeth vermied, sich zu tief mit den Menschen in diesem Zimmer, in diesem Hotel und auch in diesem Ort zu verbinden. Sie war mit den Menschen in der Kippingstraße verbunden, und dorthin wollte sie mit jeder Faser ihres Körpers zurück.

Während ihrer fast zehnjährigen Ehe war sie nur ganz selten einmal mehrere Tage von Aaron getrennt gewesen, und sie fühlte sich geradezu amputiert ohne ihn. Nachts wachte sie auf, tastete nach seiner Hand und war traurig, wenn sie begriff, dass er nicht da war. Sie sehnte sich nach seinem Atem, nach seinen Berührungen, seinem Körper, nach seiner Stimme und nach den Gesprächen, die sie nur mit Aaron in dieser schrankenlosen Offenheit führen konnte. Sie fühlte ihre Liebe in der Entferntheit nur stärker, und sie war unendlich dankbar dafür, einen Mann zu haben, dem sie sich so rückhaltlos anvertrauen konnte, wie sie es in all den Jahren mit ihm getan hatte. Drei Wochen nach ihrer Ankunft nahm sie Abschied von der kleinen Familie, von den Bewohnern des Ortes, die sie kennengelernt hatte, und von Frau Ahrberg, deren Rückenschmerzen völlig verschwunden waren. Alle gaben ihr Abschiedsgeschenke mit. Lysbeth versprach, bald wiederzukommen, aber sie meinte das nicht ernst.

Als sie endlich nach einer umständlichen und anstrengenden Fahrt in der Kippingstraße anlangte, stürmte sie sofort nach unten und warf sich zu Aaron aufs Bett. Sie küssten einander, bis sie nach Luft schnappen mussten. Er hielt sie mit gestreckten Armen von sich entfernt und musterte sie forschend. »Du siehst aus, als kämest du aus dem Urlaub«, rief er begeistert aus. Neckend fügte er hinzu: »Du hast Pausbacken bekommen. Das kenne ich gar nicht an dir.« Lysbeth betrachtete ihn skeptisch. »Du siehst nicht gerade gemästet aus.«

Wenig später trafen sich alle um den großen Tisch in der Küche, sogar Aaron, der neuerdings für die Mahlzeiten und einen kleinen Spaziergang im Garten aufstehen konnte, und Lysbeth packte die Köstlichkeiten aus, die sie geschenkt bekommen hatte: Eier, Butter, Speck, Kartoffeln, Äpfel und sogar einen richtigen Pflaumenkuchen. Alle schwelgten, nachdem ein üppiges Mahl zubereitet worden war. Lysbeth drückte Aarons Hand. »Ich bin wieder da«, flüsterte sie. »Du bist wieder da«, flüsterte er, und endlich hörte sie, dass auch er sie vermisst hatte.

Am 18. Oktober meldete der Wehrmachtsbericht, dass im größtenteils eroberten Stalingrad »letzte Widerstandsnester« der Sowjets »gesäubert« würden. Am Kaukasus, südlich von Pjatigorsk und bei Mosdok, leiste der Gegner noch »erbitterten Widerstand«, im Nordabschnitt vor Leningrad und im Mittelabschnitt, östlich von Orel, waren die deutschen Stellungen weiter ausgebaut worden. Das Afrikakorps unter Feldmarschall Rommel stand knapp hundert Kilometer westlich von Kairo und bereitete sich auf die letzte Etappe des Vormarschs zum Suezkanal vor. Die »Bandenbekämpfung« in Jugoslawien war laut OKW-Bericht »erfolgreich«. Hitlers Macht schien größer und gefestigter als jemals zuvor. Sogar Lydia äußerte Sorge, dass es noch Jahre dauern könnte, bis das Tausendjährige Reich endlich zugrunde gehen würde.

Die Hamburger, besonders diejenigen, die in der Nähe des Heiligengeistfelds wohnten, waren von großer Hoffnung erfüllt. Cynthia berichtete, Luise Solmitz' Flickfrau in der Marktstraße habe gesagt, dass in diesen Wochen die Geschütze auf den Flak-Türmen am Heiligengeistfeld eingeschossen würden, und dann wollte sie umgehend drei ihrer Kinder aus Sachsen zurückholen, das vierte war dort tödlich verunglückt. »Das Vertrauen der Umwohner in diese Neuheit ist riesig«, sagte Cynthia. Stella und Lysbeth gestanden einander, als sie allein waren, dass ihr eigenes Vertrauen eher mäßig war.

Einen Tag später begegnete Lysbeth nach dem Einkauf Luise Solmitz auf der Straße. Luise war in Gesprächslaune. Erstmalig seit langer Zeit äußerte sie wieder Angst. Sie fragte Lysbeth, in der offensichtlichen Hoffnung, dass Lysbeth vielleicht Genaueres wüsste: »Eine Bekannte, die viele Verbindungen zur nichtarischen Seite hat und immer alles frühzeitig weiß, sagt, die Mischlinge werden ebenso wie die fremden Arbeiter in ein Lager gesteckt. Sie sagt, dass man in der Grindelallee schon angefangen hat, sie zu sammeln.« Lysbeth schüttelte verneinend den Kopf. »Davon habe ich nichts gehört. Ehrlich gesagt, es passieren so viele schlimme Sachen, dass es reicht, wenn wir uns damit beschäftigen. Ungelegte Eier werden entweder nicht gelegt, oder wenn sie gelegt werden, weiß man Bescheid.« Luise wirkte nicht glücklich mit dieser Antwort. Sie hat gehofft, ich würde ihre Angst zerstreuen, dachte Lysbeth voller Mitgefühl. Natürlich weckt so ein Gerücht Luises Angst um ihre Tochter. Da wechselte Luise das Thema. »Ich bin richtig neidisch, wenn ich dich anschaue, Lysbeth. Du hast in Scharbeutz ja gut zugenommen. Ich selbst wiege inzwischen bei meinen 1,65 nur noch fünfundneunzig Pfund. Es geht rasant abwärts mit mir. Ich bin ein Skelett. Fred sagt, ich bin ein Reklamestück fürs Sowjetparadies. Ich habe es unserem Arzt, Dr. Henneberg, offiziell mitgeteilt. Er hat gesagt, dass es bei Unterernährung manchmal Zulagen gibt. Und stell dir vor, ich habe heute Morgen eine Aufforderung vom Ernährungsamt erhalten, einen Viertelliter Vollmilch täglich und bis zum 1. Januar 1943 zwei Pfund Nährmittel pro Woche zusätzlich entgegenzunehmen. Außerdem hat der Arzt gesagt, ich soll Lebertran nehmen, den gibt es in dieser Art sonst nur für kleine Kinder.« Luise lachte, aber es klang angestrengt und drückte kläglich aus, wie wenig ihr nach Lachen zumute war.

Am Nachmittag staunte Lysbeth, als sie aus dem Fenster blickte. Es war schon angekündigt worden, aber jetzt wurde es Wirklichkeit: Durch den hinteren Teil der Gärten wurde für die Bewohner der Kipping- und der Koopstraße ein Bunker gezogen. Achtunddreißig Meter lang sollte er werden, war gesagt worden. Alle Obstbäume fielen ihm zum Opfer. Die gerade Hausnummern-Seite gegenüber war nicht betroffen.

Der Krieg schien noch stärker nach Hamburg zu ziehen. In den letzten Tagen hatte es die Anordnung gegeben, dass bei Alarm eine Brandwache im Haus bleiben solle. »Das bin ich«, bestimmte Eckhardt. »Oder irgendjemand anderes«, sagte Lysbeth. »Oder wir alle zusammen«, feixte Stella.

Lysbeth traf schon wieder Luise Solmitz. Sie bekam fast den Eindruck, als ob Luise es darauf anlegte, ihr zu begegnen. Luise vertraute Lysbeth an, Gisela und der Belgier wollten gern heiraten. »Zuerst hat man uns gesagt, mit einem Ausländer ist es kein Problem, aber jetzt gibt es doch ein Problem nach dem anderen.« Luise war extra nach Berlin gefahren, wo ihr Bruder im Propagandaministerium eine bedeutende Stelle bekleidete. Er hatte sich bereit erklärt, dabei zu helfen, eine Heiratserlaubnis für Gisela zu bekommen.

Die ganze Zeit quälte sie sich mit Wegen – nach Berlin, zum Justizministerium, zum Arbeitsamt – wegen Giselas Heiratserlaubnis. »Aber auch hier wirkt es mal wieder so, als ob sich vor meiner Nase alle Türen schließen.« Die Verzweiflung ließ ihr kleines schmales Gesicht noch verhärmter erscheinen. »Kann sie nicht vielleicht mit ihm nach Brüssel fahren und dort heiraten?«, fragte Lysbeth und biss sich im nächsten Moment auf die Lippe vor Verärgerung über sich selbst. Nein, auch Halbjuden durften Deutschland nicht einfach mit der Bahn verlassen. Wie naiv war so ein Vorschlag!

Luise lächelte traurig. »Als der junge Mann letztes Mal von Brüssel abgefahren ist, haben alle aus seiner Familie gerufen: ›Steig aus, bleib hier!‹ Und sein Bruder Raoul hat auch gesagt: ›Lass Gisela hierherkommen.‹ Aber auch das ist verboten.«

Eine neue Kriegstat bewegte die Gemüter. Hitler hatte der deutschen Wehrmacht den Befehl gegeben, durchs unbesetzte Frankreich ans Mittelmeer zu ziehen. Im Nu war die südfranzösische Küste ohne Zwischenfall besetzt.

Deutsche Truppen landeten in Tunesien. Eckhardts Landkarte wies einige neue Hakenkreuzfähnchen auf.

Immer wenn Stella von den Kämpfen in Afrika hörte, fuhr es ihr durchs Herz. Es war, als würden die Deutschen auch in ihre zweite Heimat eindringen. Sie wusste es natürlich. Kenia und Tanganjika waren nie ohne deutsche und englische Eindringlinge gewesen, aber jetzt kam ihr alles noch schrecklicher vor. Sie dachte an General von Lettow-Vorbeck, der noch heute auf Vorträgen davon schwärmte, wie die »Neger« treu an seiner Seite für Deutschland gekämpft hatten.

Jetzt kämpften in Afrika die Engländer und Amerikaner, die das Land nicht einfach den Deutschen überlassen wollten. General de Gaulle und mit ihm der französische General Giraud kämpften an ihrer Seite. Neben General Giraud war Admiral Darlan, »Darlan, der Verteidiger Nordafrikas«, zum Feind übergelaufen. Jede dieser Nachrichten brachte Stella eine kleine Erleichterung. Eckhardt allerdings stellte sich täglich vor seine Landkarte und fummelte an seinen Fähnchen herum, damit auch wirklich alle schön fest saßen.

Im Rundfunk wurde betont, dass der französische Staatschef der deutschfreundlichen Vichy-Regierung, Pétain, sich gegen General Giraud stellte, der sich die Macht anmaße, die allein ihm, dem Chef d'État, ganz und voll nach wie vor gebühre. In der Zeitung wurde die Rede von Marschall Pétain veröffentlicht, die er am 20. November 1942 in einer Rundfunkansprache an das französische Volk gehalten hatte. Stella las sie mit drolligem französischen Akzent Lysbeth und Aaron vor, die sich gemeinsam mit ihr über diese Franzosen empörten, die ihr Land an die Deutschen ausverkauften. »Franzosen! Generale im Dienste einer fremden Macht haben meinen Befehlen den Gehorsam verweigert. Generale, Offiziere, Unteroffiziere und Soldaten der afrikanischen Armee, gehorcht nicht diesen unwürdigen Führern! Ich wiederhole euch meinen Befehl, dem angelsächsischen Angriff Widerstand zu leisten. Wir durchleben tragische Stunden, Unordnung herrscht in den Gemütern. Ihr hört Nachrichten, die kein anderes Ziel haben, als euch zu spalten und zu schwächen. Die Wahrheit ist jedoch einfach. Wer sich nicht der Disziplin unterwirft, die ich von jedem fordere, bringt sein Land in Gefahr. Im Interesse Frankreichs habe ich beschlossen, die Befugnisse des Präsidenten Laval zu erweitern, um ihm zu ermöglichen, eine schwierige Aufgabe durchzuführen. Die Einigkeit ist heute mehr denn je unbedingt erforderlich. Ich bleibe euer einziger Führer. Es gibt nur eine Pflicht: gehorchen, nur eine Regierung: diejenige, der ich die Macht gegeben habe zu regieren, und nur ein Vaterland, das ich verkörpere: Frankreich!«

Ende November besetzten die Deutschen Toulon, den Hafen verminten sie. Die französische Flotte, die nicht entfliehen konnte, versenkte sich selbst. »Ein zweites Scapa Flow«, sagte Stella traurig. Eckhardt hingegen erklärte ihr, dass die Deutschen einfach unbezwingbar seien. »Sie haben das französische Heer an einem einzigen Tag entwaffnet. Es hat wenig Zwischenfälle gegeben.« Stella schimpfte: »Die

Franzosen schwächen sich doch selbst. In Madagaskar kämpften die Franzosen gegen die Engländer, in Nordafrika kämpfen sie für die Engländer und in Toulon an der Seite der Deutschen. Gegen wen? Gegen sich selbst.« Eckhardt machte ein mildes Gesicht. »Hauptsache, wir Deutschen halten zusammen.«

Während Eckhardt sich an den deutschen Kriegserfolgen begeisterte, hatte Cynthia schlechte Laune. Sie hatten völlig überraschend Karten für acht Zentner Kartoffeln bekommen. Sie hatten sich schon sehr darauf gefreut, die Kartoffeln einzulagern und während der nächsten Monate langsam aufzuessen. Nun konnten die Kartoffeln aber nicht angeliefert werden, weil es angeblich keine Kartoffeln gab. Sie mussten die Karten zurückgeben und gegen neue umtauschen.

Cynthia beschwerte sich über die Kartoffelknappheit, als habe diese nichts mit dem Krieg und schon gar nichts mit der von ihr gelobten Regierung zu tun. »Die Bauern rücken ihre Kartoffeln nicht raus, sage ich. Die schlagen sich selbst den Wanst voll!« Die Einschränkungen für Gas und elektrisches Licht hingegen akzeptierte sie. Strom musste gespart werden. Das war ihr sofort plausibel. Die Fabriken, die kriegswichtige Dinge herstellten, brauchten Elektrizität dringlicher als all die Haushalte, die nach Cynthias Meinung sowieso zu viel Strom vergeudeten. Cynthia saß gern im Schummrigen, sie hasste helles Licht in den Räumen. Das Dunkle lag ihr mehr.

Auch das Gejammer darüber, dass Blumen Mangelware waren und wenn es welche gab, sich lange Schlangen vor den Läden bildeten, empfand sie als geradezu unmoralisch.

Weihnachten wurden jedem Haushalt zwölf Tannenbaumlichte zugestanden. Cynthia war der Meinung, dass die Sitte, Weihnachten einen Tannenbaum zu schmücken, überholt und kleinbürgerlich sei. Stella hingegen, die alles liebte, was Cynthia überflüssig oder gar abscheulich fand, wie Blumen und lichtdurchflutete Räume, machte sich auch dieses Jahr auf die Suche nach einem schönen Weihnachtsbaum, was sich als äußerst schwierig erwies, aber zu guter Letzt gelang. Die wenigen mageren Kerzen verloren sich aber geradezu in dem viel zu großen Baum. Das war Stella egal. Sie stellte ihn nach unten in die große Küche. So hatten auch Lysbeth und Aaron etwas davon.

Jonny kam einen Tag vor Weihnachten. Alle freuten sich auf die nächsten vier Tage. So lang würde es keine Gefahr von englischen Angriffen geben. Weihnachten würden sie respektieren wie die Jahre zuvor. Stella hatte Dorsch für sechs Personen erwischt. Der Fischmann hatte gefragt: »Sie haben einen Gast? Gut, nehmen Sie!« Er wusste genau, dass Aaron nur wenige Lebensmittelmarken hatte, aber die anderen im Laden wussten es nicht.

Sie hatten ein Festessen! Außerdem gab es ein Viertelpfund Marzipan für jeden und ein Viertelpfund Bonbons für alle.

Um Mitternacht machten Jonny und Stella einen Spaziergang mit den Hunden. Sie waren ganz allein auf der Straße. Die Weihnachtsnacht im Mondenglanz war sehr still. Stellas Herz wurde weich und schwer. Diese Nacht war so zauberhaft, so milde. Alles wirkte friedlich. Aber es war die vierte Kriegsweihnacht. Wie lange sollte das noch so weitergehen? Und wo feierte Anthony gerade? Würde sie ihn jemals wiedersehen? Wo waren Angela und Roberta? Die Kleine war jetzt schon vier Jahre alt. Und sie hatte sie seit Kriegsbeginn nicht mehr gesehen. Was für vertane, unwiederbringliche Jahre!

Schweigend gingen Jonny und sie nebeneinanderher. Sie war froh, dass er ebenso seinen Gedanken nachhing wie sie.

Am ersten Weihnachtstag klingelte das Telefon. »Das ist Dritter«, rief Lysbeth fröhlich und eilte an den Apparat. Doch sobald sie seine Stimme hörte, fror das Lächeln auf ihrem Gesicht ein. Stella, die nach unten zum Telefon geeilt war und neben Lysbeth stand, blickte sie besorgt an. Lysbeth hörte nur zu und nickte zuweilen mit dem Kopf. Über ihre Wangen liefen Tränen.

»Wie lange hat es gedauert?«, fragte sie leise. Stella starrte Lysbeth an, um aus ihrer Miene abzulesen, was Schlimmes geschehen war. Lysbeth nickte ihr zu. Stella setzte sich auf die Treppe. Sie hatte verstanden. Dieses Telefonat würde noch eine Weile dauern, sie musste sich gedulden, und sie würde wahrscheinlich nicht mit ihrem Bruder sprechen.

So war es. Am Schluss des Gesprächs, das Stella keinen Aufschluss gab, was wirklich geschehen war, fragte Lysbeth: »Möchtest du noch mit Stella sprechen?« Sie zeigte Stella durch ein verneinendes Kopfschütteln, was Dritter geantwortet hatte, und sagte dann: »Ich richte es ihr aus.«

Langsam hängte sie den Hörer in die Gabel. Sie setzte sich neben Stella auf die Treppe, lehnte ihr Gesicht an deren Schulter und sagte aufstöhnend: »Das Baby ist geboren, fast drei Monate zu früh. Es hat sogar noch einen Tag gelebt, ein Junge, sie haben ihn Bernhard genannt.« Stella begann zu weinen. »Du musst hinfahren, Lysbeth«, schluchzte sie. »Dritter kann Marthe nicht trösten, er kann so was nicht … Die brauchen dich!«

Lysbeth wartete noch Silvester ab, bevor sie nach Scharbeutz reiste, um Marthe zu unterstützen. Seit sie Aaron kannte, hatte sie keinen Jahreswechsel ohne ihn erlebt. »Ich kann den Kleinen nicht wieder lebendig machen, und Marthe braucht bestimmt längere Zeit Hilfe, aber Silvester ohne Aaron, das würde mir das Herz brechen«, so erklärte sie Stella ihren Entschluss, erst am 2. Januar nach Scharbeutz zu fahren. Mit Aaron hatte sie diese Entscheidung nicht besprochen. Sie wusste, er würde ihr zureden, so schnell wie möglich an die Ostsee zu fahren. Er würde an Marthe denken und daran, dass sie Lysbeth unbedingt brauchte, um den Schmerz zu bewältigen und weiter für den kleinen Alex da zu sein. Außerdem würde er auch an Lysbeth denken, weil er letztes Mal gesehen hatte, wie gut ihr die Zeit an der Ostsee getan hatte. Aber sie wusste auch, dass er sich ohne sie nicht nur in der Kippingstraße, sondern auf der ganzen Welt verloren fühlen würde. Wie gern wäre sie mit ihm gemeinsam nach Scharbeutz gefahren. Und nicht nur, weil sie sich nicht von ihm trennen mochte. Allein seine Anwesenheit, sein Zuhören, seine Fragen hätten Marthe und Dritter so guttun können, aber das war außerhalb jeder Möglichkeit. Juden durften nicht mit der Bahn fahren. Punktum. Und natürlich waren ihm all die anderen Möglichkeiten ebenso verwehrt. Er durfte kein Hotel betreten, er durfte keinem Arier seine Anwesenheit zumuten. Was ihm noch erlaubt war, war, mit Juden zu verkehren, mit dem Judenstern auf die Straße zu gehen, aber auch nur bis 20.00 Uhr, und in manchen Geschäften einzukaufen, aber auch davon gab es nur noch ganz wenige. Aarons Aktionsradius war ebenso wie der aller anderen Juden entsetzlich eingeschränkt.

Silvester arrangierten Stella und Jonny ein kleines Fest. Edith von Warnecke hatte sie in ihrem neuen Haus in der Hansastraße zu einem Empfang eingeladen, aber Stella hatte gesagt, das würde sie nicht überstehen. Sie verabscheute Edith, die dieses Haus über Beziehungen für einen Spottpreis erworben hatte. Vorher hatte es einer jüdischen Familie gehört. Sie sagte, Jonny dürfe gern allein zu seiner Mutter gehen, sie aber könne Silvesterhütchen und Scherze nicht ertragen. Jonny hatte sofort gesagt, er wolle auch lieber in der Kippingstraße bleiben. Aber nicht unten in der dunklen Küche. Also hatten sie sich entschieden, oben bei sich zu feiern.

Gerlinde und Peter waren auch eingeladen. Sie hatten ein kaltes Büfett vorbereitet mit all den Fischkonserven, die Jonny mitgebracht hatte. Außerdem spendierte Jonny ein paar Flaschen Wein aus seinem Vorrat, und alle warfen ihre Lebensmittelmarken zusammen. So war es ein zwar eingeschränktes, aber doch leckeres Büfett geworden.

Die kleine Gesellschaft war von angestrengter Fröhlichkeit. Stella und Peter setzten sich ans Klavier und spielten deutsche Volkslieder. Auf Schlager hatte niemand Lust. Alle sangen mit. Dann stellten sie das Radio an und warteten auf Mitternacht. Alle blickten schweigend vor sich hin, jeder wusste, dass der andere das neue Jahr mit ängstlichem und sehnsüchtigem Herzen erwartete. Der Rundfunk spielte Beethovens *Lied an die Freude*. Sie hoben ihre Weingläser und stießen miteinander an. Eckhardt sagte bei jedem Anstoßen: »Auf den Sieg!«, und manchmal fügte er hinzu: »Dieses Jahr wird das letzte, der Sieg ist nah!« Cynthia sagte bei jedem Anstoßen »Sieg Heil!«, Gerlinde sagte: »Auf den Frieden!«, und Peter konnte nichts sagen. Er blickte dem kommenden Jahr bang entgegen. Es war angekündigt worden, dass einige Drucker entlassen und in den Krieg geschickt werden sollten. Dort wurde jeder Mann gebraucht. Wen würde es treffen? Mit Tränen in den Augen stieß er mit jedem an, Stella umarmte er, als wollte er sich an ihr festhalten.

Jonny antwortete allen wie ein Spiegel. Zu Eckhardt sagte er: »Auf den Sieg!«, zu Cynthia: »Sieg Heil!«, zu Gerlinde: »Auf den Frieden«, und Peter schaute er in die Augen und sagte: »Toi, toi, toi!« Als er mit Aaron anstieß, sagte er leise: »Auf unser aller Gesundheit, Schwager, speziell auf deine.« Aaron antwortete mit einem warmen Lächeln: »Auf unser aller Gesundheit.«

Stella und Lysbeth konnten nichts sagen, sie stürzten einander in die Arme, und Stella flüsterte: »Dass es endlich vorbei ist, Lysbeth, ich platze vor Sehnsucht danach.« Lysbeth flüsterte: »Dass wir sie alle überleben, Stella, das müssen wir schaffen.«

Lysbeth und Aaron blickten sich in die Augen und küssten sich lange. Ihre Lippen wollten sich nicht voneinander lösen. Und genau das war ihr Schwur für 1943: Wir werden uns nicht trennen lassen!

Jonny stieß als Letztes mit Stella an. Er sah sie so eindringlich an, dass sie verlegen wurde. »Ich danke dir, Stella«, sagte er leise. Niemand außer ihr konnte es hören. »Du bist mir eine so wichtige Kameradin geworden. Es ist für mich immer sehr schön gewesen, nach Hause zu kommen.« Stella dachte kurz an ihre heißen Liebesnächte. Sie dachte spöttisch: Kameradin? War da nicht noch etwas anderes? Aber dann ließ sie ihr Glas gegen seines klingen und sagte feierlich: »Auf unsere Kameradschaft, Jonny.«

Im Radio erklangen jetzt Schlager, nach denen getanzt werden konnte. Aber keiner hatte Lust zu tanzen. Sie saßen noch eine Weile zusammen und unterhielten sich über das vergangene Jahr. »Es war halt ein Kriegsjahr mit seinen Fliegerangriffen, Beängstigungen, Einschränkungen auf jedem Gebiet«, sagte Gerlinde. Peter betonte: »Wir haben dennoch Grund zum Dank. Wir sind gesund und beieinander.« »Ja«, stimmte Eckhardt zu. »1942 hat uns keinen Fliegerschaden an Leib und Haus gebracht. Wir haben Essen, Kleidung, Feuerung. Und bald ist der Krieg vorbei. Dann steht uns die ganze Welt offen.« Jonny sagte sybillinisch: »Will man leben, so muss man hoffen.«

13

Am 2. Januar 1943 fuhr Lysbeth wieder nach Scharbeutz. Diesmal hatte sie andere Tinkturen und Tees und homöopathische Mittel mitgenommen als im September. Im Zug ließ sie noch einmal all die Ereignisse der vergangenen Tage vor ihrem inneren Auge vorbeigleiten und stellte überrascht fest, dass sie sich in der letzten Zeit mehr an Aaron festgehalten hatte als er an ihr. Er hatte sie beraten, wie sie mit Marthe, Dritter und auch dem Kleinen verfahren sollte. Er hatte gesagt, dass sie den Kleinen nicht auslassen sollte in ihrer Aufmerksamkeit, dass sie auch ihm unterstützende homöopathische Mittel geben solle. Er hatte sie auch darauf hingewiesen, dass Dritter, selbst wenn er sich stark und männlich zeigen würde, wovon Aaron und Lysbeth ausgingen, dennoch ebenfalls verletzt und erschüttert wäre und ebenso ein Gespräch oder irgendein stärkendes Mittel bräuchte. »Vielleicht braucht er sogar etwas, das seine äußere Rüstung etwas aufweicht«, hatte er gesagt. »Aber vielleicht hält er das auch gar nicht aus, und vielleicht hält Marthe das auch gar nicht aus.«

Lysbeth hatte, wie schon oft in den vergangenen Jahren, gedacht, dass Aaron eigentlich mehr ein Arzt für die Seele als für den Körper der Menschen geworden war. Nachdem sie ihm diesen Gedanken verraten hatte, hatte er ernsthaft geantwortet: »Ich will dir etwas gestehen: Wenn ich noch einmal anfangen könnte, würde ich die Lehren des Sigmund Freud studieren, und auch wenn der Jung eine sehr dubiose Haltung den Nazis gegenüber gezeigt hat, zumindest am Anfang, finde ich alles, was ich von ihm gelesen habe, sehr interessant.« Er hatte sinnend in die Ferne geblickt und dann lächelnd hinzugefügt: »Ja, meine liebe Lysbeth, wenn ich noch mal anfangen könnte, würde ich wohl Psychiater werden. Ich bin einfach belehrt worden, dass eine kranke Seele den Menschen von innen heraus zerstört, ein kranker Körper kann sich mit Hilfe seiner Selbstheilungskräfte und seiner Seelenkräfte wieder regenerieren.« Lysbeth hatte ihn umarmt und unter Tränen geflüstert: »Du wirst noch einmal anfangen, Aaron, wir beide werden noch einmal anfangen, und dann werden wir dafür sorgen, dass wir all unsere Träume und Sehnsüchte verwirklichen.«

Aaron hatte seine Arme auch um sie geschlungen. In dieser innigen Umarmung hatten beide lange Zeit verweilt. Eine warme Welle der Kraft war von einem zum anderen geflossen und hatte sie beide durchströmt.

Während Lysbeth im Zug daran dachte, spürte sie wieder diese Energie, die ihr im Zusammensein mit Aaron zufloss, und sie wusste, dass es ihm ebenso erging. Es fand ein Austausch zwischen ihnen statt, der beide reicher machte an Kraft, an Zuversicht, an Hoffnung, selbst in diesen schrecklichen Zeiten. Es kam ihr vor, als werde ihre Brust ganz weit, ihr Herz schlug ruhig und warm. Sie empfand eine große Dankbarkeit. »Was bin ich für eine glückliche Frau«, dachte sie, und mit einem Mal durchschoss sie eine scharfe Angst und machte alles eng und angespannt. Aaron war gesundet, wie lange würde sie ihn noch vor den Übergriffen des Judenreferats der Gestapo, vor Herrn Göttsche, schützen können? Sie ballte unwillkürlich die Fäuste. Ich werde nicht zulassen, dass sie Aaron wieder krank machen, schwor sie sich, aber gleichzeitig wusste sie, dass sie Aaron nicht ewig zu Hause behalten konnte. Wenn er bloß eine Erlaubnis bekäme, als Krankenpfleger im Krankenhaus in der Johnsallee zu arbeiten, dachte sie. Aber er gehörte nicht zur Jüdischen Gemeinde, also hatte er da kaum eine Chance.

Am Bahnhof erwartete sie diesmal der Bauer Martin mit seinem Fuhrwerk, das von einem Ackergaul gezogen wurde. Er freute sich, Lysbeth wiederzusehen, das war unverkennbar. Aber er machte gleichzeitig ein trauriges Gesicht, als er von Marthe erzählte, die eine geheimnisvolle Krankheit bekommen hatte und innerhalb einer Woche ein halbtotes Kind geboren hatte. »Wir hatten alle Angst um unsere Kinder«, gestand er. »Und wir haben uns ferngehalten, haben auch Alexander gesagt, dass er wegbleiben soll.« Man sah ihm an, dass er schwankte zwischen der Erleichterung, dass seine Kinder von der Krankheit verschont geblieben waren, und dem schlechten Gewissen, dass sie die Familie Wolkenrath in den letzten Wochen gemieden hatten, als hätten sie die Pest.

Lysbeth blieb sehr still. Sie verstand nicht, was da geschehen war. Sie vermied es auch, Bauer Martin weiter zu fragen, erkundigte sich stattdessen nach seiner Familie und vor allem nach der kleinen Helene, die so lange unter ihrem Keuchhusten gelitten hatte. »Der Husten ist ganz weg«, sagte er stolz. »Wir haben ihr weiter das Mittel gegeben, wie Sie es gesagt haben, und auch den Tee. Und dann hat es einfach aufgehört, und sie ist jetzt wieder genau wie vorher.« Er grinste. »Nur ein bisschen frecher.«

Lysbeth lächelte auch. »So ist das mit Kindern«, sagte sie. »Wenn die so eine Krankheit durchgestanden haben, haben die meistens einen richtigen Sprung gemacht, und hinterher sind sie weiter in ihrer Entwicklung …« »Und frecher«, sagte er und sah dabei sehr zufrieden aus.

Diesmal wurde Lysbeth auch im *Kurhotel Ahrberg* von allen ungeduldig erwartet. Die Wirtin, Frau Ahrberg, trat ihr sofort in ihrer weißen Schürze entgegen und reichte ihr beide Hände. »Wie schön, dass Sie da sind«, sagte sie herzlich. »Ich koche Ihnen gleich einen anständigen Kaffee.«

Lysbeth setzte sich zu ihr in die Küche und hörte sich die gleiche Geschichte noch einmal an. Marthe war krank geworden und hatte innerhalb einer Woche das Baby geboren, das nach einem Tag gestorben war. Der Arzt war täglich gekommen, aber er hatte nichts tun können. Die Wirtin, deren Enkel Klaus ein Jahr älter war als der kleine Alex, hatte ebenfalls Schwiegertochter und Enkel aus der Nähe der Wolkenraths strikt ferngehalten. Lysbeth merkte, wie sie unruhig wurde. Was für eine furchtbare Krankheit hatte Marthe denn bloß bekommen? Und wie ging es dem kleinen Alex?

Bevor sie die Küche verließ, musste sie sich noch die Neuigkeiten aus dem Ort anhören, vor allem aber über die Ischiasbeschwerden der Wirtin, der Lysbeth beim letzten Besuch mit Rhus toxicodendron hatte helfen können, was aber inzwischen nicht mehr funktionierte. Lysbeth trank den heißen Kaffee, der aus dem gehüteten Privatbestand ihrer Wirtin stammte. Sie hatte Dosenmilch hinzugefügt und ein wenig Zucker. Lysbeth wusste, dass das eine richtige Auszeichnung war, und sie wusste auch, welche Hoffnungen die Wirtin daran für ihre Rückenschmerzen knüpfte.

Endlich war es nicht länger aufzuschieben, und sie ging hoch zum Zimmer, in dem ihr Bruder mit seiner Familie wohnte. Vorher hatte Frau Ahrberg noch mit abgewandten Blick zu ihr gesagt: »Die junge Frau ist ein bisschen komisch geworden, aber das ist wohl normal, wenn einem ein Kind wegstirbt.«

Schweren Herzens stieg Lysbeth die Treppe hoch. Sie erwartete, eine Familie vorzufinden, die in eine dunkle traurige Wolke eingeschlossen war. Aber als sie vor dem Zimmer stand, hörte sie laute Schlagermusik und lustiges Kinderquietschen.

Sie klopfte an die Tür. Niemand antwortete, nur die Musik plärrte weiterhin. Nachdem sie dreimal geklopft hatte, drückte sie die Klinke herunter. Auf der Schwelle blieb sie wie angenagelt stehen. Ihr bot sich ein Bild, mit dem sie nicht gerechnet hatte: Die Vorhänge waren weit zurückgezogen, auch die Tüllstores, die sonst das Fenster vor dem Blick von außen verhüllten. Draußen lag die dunkelgraue See wie ein flacher Anthrazit unter einem düster verhangenen Himmel. Das Zimmer war von den zwei Nachttischlampen in ein warmes Licht getaucht, das Radio erfüllte die Luft mit lauter fröhlicher Schlagermusik, und im Zimmer tanzte Marthe hüpfend mit dem Kind auf dem Arm herum. Sie schwenkte den Kleinen wild hin und her und auf und ab, er quiekte und kreischte, und es war für Lysbeth nicht ganz zu erkennen, ob aus Freude oder vor Angst. Das Seltsamste aber war Marthes Aufzug: Sie trug ihr langes weißes Hochzeitskleid, diesen Traum aus Taft und Tüll. Aber das Kleid wirkte an ihr wie für eine andere Frau geschneidert, eine Frau, die in dieses Kleid passte. Für Marthe hingegen war es viel zu groß. Ihre dünnen Kinderärmchen fuhrwerkten mit dem Kind in der Luft herum.

Mit weit aufgerissenen Augen starrte sie blind in die Gegend, während sie sich eckig zur Musik bewegte. Sie nahm nichts um sich herum wahr. Auch als Lysbeth ihren Namen rief, reagierte sie nicht. Da stapfte

Lysbeth mit großen Schritten durch den Raum und drehte das Radio aus.

Marthe hielt mitten in der Bewegung inne. Als würde sie aufwachen, blickte sie überrascht auf Lysbeth. Lysbeth hatte Angst gehabt, dass Marthe vor Schreck vielleicht den Kleinen fallen lassen könne, aber Marthe drückte ihn fest an sich, allerdings eher wie eine Puppe als wie ein lebendiges Wesen. »Hallo, Lysbeth«, hauchte Marthe. »Schön, dass du da bist.« Lysbeth schloss Marthe und das Kind in ihre Arme. Sie war erschrocken, als sie das zarte knochige Wesen fühlte. Sie trat einen Schritt zurück und lächelte: »Du hast dich hübsch gemacht. Gibt es einen Anlass?« Im selben Augenblick wusste sie, wie dumm und gefährlich diese Frage war.

Marthes Augen funkelten trotzig, als sie mit einer viel zu hohen Stimme sagte: »Ja, es gibt einen Anlass: Ich lebe!« Sie lachte ein schrilles Lachen. »Das Leben ist schön, Lysbeth, das muss man feiern.« Sie hüpfte zum Radio und drehte es wieder auf volle Lautstärke. »Komm, tanz mit mir!«, rief sie und zog Lysbeth zu sich.

Lysbeth geriet in ein Durcheinander aus unterschiedlichen Gefühlen und Gedanken. Sie wusste, dass sie sehr vorsichtig sein musste, damit Marthe nicht noch stärker in diese aufgedrehte Verrücktheit geriet. Sie hatte Angst um den kleinen Alexander, der jetzt versuchte, sich aus Marthes Armen zu befreien. Er wirkte auf Marthes Armen wie ein riesiges Kind, viel älter als zehn Monate. Bis eben hatte er eher wehrlos und wie eine Puppe in ihren Armen gehangen, aber jetzt wollte er raus aus der Umklammerung und hin zu Lysbeth.

Lysbeth hatte Angst, dass Marthe ihn nicht loslassen würde und so beide stürzen würden. Sie wusste nicht, was besser wäre, um Marthe in ihrer Raserei zu stoppen. Ob sie jetzt einfach mittanzen sollte und sich langsam annähern und das Kind in ihre eigenen Arme nehmen oder ob sie Marthe das Kind entreißen oder ein lautes Machtwort sprechen sollte. Sie entschied sich für die sanftere Variante. Sie näherte sich Marthe und wollte ihr gerade eine Hand auf die Schulter und eine um ihre Taille legen, um mit der nächsten Bewegung die Hände um das Kind zu führen, da öffnete sich die Tür, und mit einem Mal war eine vollkommen veränderte Stimmung im Raum.

»Hallo, Lysbeth, schön, dass du da bist!« Dritter übertönte mit seiner Stimme das Radio. Er ging auf Lysbeth zu und umarmte sie kurz. Dann griff er seinen wild zappelnden Sohn und stellte ihn auf die Erde. »Zeig

Tante Lysbeth mal, wie schön du schon laufen kannst.« Der kleine Alex machte einen wackeligen Schritt auf Lysbeth zu, dann saß er wieder auf seinem Hintern. Dritter lachte und stellte ihn wieder auf. »Noch mal!« Der Kleine versuchte es wieder. Diesmal fing Lysbeth ihn auf und hob ihn in die Höhe. »Wunderbar«, sagte sie. »Wirklich wunderbar! Du bist schon ein richtig großer Junge!«

Die ganze Zeit über sang im Radio eine Frauenstimme: »Du sollst mein Glücksstern sein! Du bist mein Sonnenschein!«

»Grausig«, schimpfte Dritter und stellte das Radio aus. Kurz herrschte Stille, Lysbeth vernahm ihren eigenen aufgeregten Herzschlag, dann füllte Dritters Stimme wieder den Raum.

Er erzählte, dass er unterwegs gewesen sei, und gehört habe, dass Lysbeth angekommen war. »Da hab ich mich sofort auf die Socken gemacht«, sagte er. Jetzt erst ging er zu Marthe und umarmte diese. »Hübsch siehst du aus«, sagte er grinsend. »Schöne Verkleidung.« Er legte seine Hand auf ihre nackten Arme. »Du bist kalt«, sagte er. »Zieh dir lieber was an.«

Mit einem Mal kam Lysbeth das Zimmer entsetzlich klein vor. Sie stellte sich vor, dass diese drei Menschen hier ständig ihre Tage und Nächte verbrachten. Ein Doppelbett, ein Kinderbett, eine mit Decke und Kissen zu einem Sofa verkleidete Liege, ein Schrank. Die Toilette war auf dem Gang, ein Waschbecken im gleichen Raum. Als sie letztes Mal hier gewesen war, hatte sie die Enge nicht so bedrückend empfunden. Aber damals war es noch nicht so früh dunkel geworden, war es noch wärmer gewesen, hatte sie viel Zeit draußen verbringen können. Damals war September gewesen, nun war Januar.

Mit einem Mal begriff Lysbeth: Es war die Trauer, die hier im Zimmer wohnte und es eng machte. Die drei Menschen hier waren nicht allein, bei ihnen war immer noch der kleine Bernhard, und auch der Tod war noch da.

Sie hatte das Gefühl, als schnüre das alles ihr die Luft ab.

Marthe zog sich das Hochzeitskleid über den Kopf. Als Lysbeth das bemerkte, kam sie ihr zu Hilfe und nahm ihr das schwere bauschige Kleid ab. Darunter trug Marthe nichts weiter als einen Baumwollschlüpfer. Sie sah aus wie ein dürres sechsjähriges Kind. Ihre kleinen Brüste hingen flach und leer herunter, die Rippen traten hervor, Arme und Beine waren so mager, dass sie dünner aussahen als die Ärmchen des kleinen Alex.

Im Nu hatte Marthe sich wieder angezogen. Eine lange Unterhose, darüber eine unförmige Trainingshose, ein Unterhemd, einen Pullover und darüber eine Strickjacke. Ihre Lippen waren blau. Sie schien erst jetzt zu merken, dass sie fror. »Ich bin müde«, sagte sie. Ohne eine weitere Erklärung legte sie sich aufs Bett und deckte sich zu. Ihre Zähne schlugen aufeinander.

»Komm! Wir gehen runter, essen!«, rief Dritter. Er zog die Gardinen vors Fenster, der Reihe nach zuerst die dünnen durchsichtigen und dann die dicken, die auch die Kälte von draußen ein wenig abhielten.

Eine energische Bewegung von Dritter, und Martha lag ohne Decke da. »Auf, auf«, rief er betont munter. »Komm, meine Kleine. Wir gehen essen.« Störrisch zerrte Marthe die Decke zurück. »Ich habe keinen Hunger«, sagte sie bestimmt. »Ich bleibe hier.«

Lysbeth und Dritter wechselten einen Blick. Einen Wimpernschlag lang blitzte seine Verzweiflung auf. Dann hatte er sich wieder gefasst. »Na gut. Dann gehen wir eben ohne dich.« Marthe drehte sich zur Seite und zog die Decke über ihre Ohren.

Im Speiseraum seufzte Dritter schwer auf, als sie sich am Tisch niedergelassen hatten. Lysbeth empfand großes Mitgefühl mit ihm. Er war ihr jüngerer Bruder, aber er sah entsetzlich alt aus. Unter seinen Augen lagen dicke Wülste, und auch die Lider hingen schwer auf seinen Augen. Sein Mund war schmaler geworden und wirkte etwas schief, als er Lysbeth jetzt anblickte. »Ich weiß nicht, was ich machen soll«, sagte er gequält. »Sie ist irgendwie in eine andere Welt verschwunden, ich kriege sie da nicht heraus.«

Lysbeth ließ ihren Blick durch den Raum schweifen. Auch hier kam ihr alles viel enger vor als beim letzten Mal. Wie kann das geschehen, fragte sie sich erstaunt, dass man so verdrehte Erinnerungen hat? Beim letzten Mal hatte sie Dritters und Marthes Unterkunft als außerordentlich luxuriös empfunden, der Speisesaal war ihr mit seinen roten Samtvorhängen, den durchsichtigen Stores und der Tapete mit den goldschimmernden Blütenrauten vorgekommen wie ein wahrhaft königlicher Raum. Jetzt aber wirkte alles schäbig auf sie. Die Samtvorhänge waren zwar zur Seite gebunden, aber sie machten den Raum dennoch dunkel, die durchsichtigen Stores hatten einen ausgeblichenen Gelbstich, und der Goldschimmer auf den Tapeten kam Lysbeth absurd wie eine unpassenden Reichtum ausstrahlende Theaterkulisse zu einem Sozialdrama vor.

Sie fuhr zusammen. »Was hast du gesagt?«

Dritter presste seine Lippen zu einem schmalen Strich aufeinander. »Du bist wie sie alle«, stieß er vorwurfsvoll aus. »Dabei bist du erst eine halbe Stunde hier. Und schon wird dir unser Elend zu viel, und du hörst nicht mehr zu!«

»Ach, Blödsinn«, wehrte Lysbeth ab. »Ich bin nur ein bisschen müde, hab die lange Fahrt hinter mir, und die Begrüßung durch Marthe hat mich etwas mitgenommen. Sie wirkt verrückt.«

Dritter lachte unfroh. »Genau das hab ich eben gesagt. Ich glaube, sie wird verrückt. Deshalb will ich auch auf keinen Fall, dass sie ins Krankenhaus kommt. Du weißt, was sie da mit Verrückten machen.« Lysbeth nickte. Ja, es war ein offenes Geheimnis, dass Geisteskranke, Behinderte, und auch psychisch Kranke von den Nazis umgebracht wurden. Diejenigen, die behinderte Kinder hatten, versuchten mit aller Macht, sie von Krankenheimen fernzuhalten. Es liefen Gerüchte um, dass an diesen armen Menschen auch noch Experimente durchgeführt würden.

»Ich versuche, sie vor der Öffentlichkeit zu verstecken«, sagte Dritter düster. »Die Leute hier in der Gegend sind zwar keine fanatischen Nazis, die haben ihre eigene Welt, wo andere Regeln gelten, also die von Nachbarschaft und alten Freundschaften und so was. Aber auch wenn sie mich gut aufgenommen haben, wir sind trotzdem neu hier, wir sind fremd, die Städter, die Hamburger. Und mit Verrückten haben diese Leute nichts am Hut.«

Die Wirtin brachte ihnen einen Teller Brühe. Im Vergleich zum letzten Mal war diese Brühe eine reine Wasserplörre mit Salz. Lysbeth löffelte sie trotzdem aus. »Kann es sein«, fragte sie Dritter leise, »dass hier alles knapper geworden ist?« Dritter nickte. »Ja, die Ernte vom letzten Jahr war entsetzlich schlecht. Der letzte Winter war schon endlos, und dieser gibt wieder keine Hoffnung. Und dann sind alle jungen Männer weg. Nicht wenige in Russland.« Er beugte sich zu Lysbeth und flüsterte: »Das ist doch Wahnsinn, was da gemacht wird, Lysbeth! Warum müssen wir die denn unbedingt vernichten? Sie wollen alles vernichten: erst die Roten, dann die Juden, jetzt die Sowjets. Das ist doch ganz klar, das ist ein Vernichtungsfeldzug.« Er schüttelte den Kopf. »Ich kann das nicht verstehen …« Lysbeth legte eine Hand auf die seine. »Besser, wir sprechen darüber bei einem Strandspaziergang.«

Er nickte. Die Wirtin brachte den Hauptgang. Kartoffeln und Steckrüben mit einer dicken braunen Sauce, in der Fleischknödel schwammen. Der gute Wille war erkennbar, aber auch, dass sie in der Küche nicht aus dem Vollen schöpfte.

Der kleine Alex hatte die ganze Zeit ruhig auf Dritters Schoß gesessen, jetzt sperrte er seinen Mund auf wie ein Vögelchen für jeden Löffel, den sein Vater ihm in den Mund steckte.

Lysbeth wusste nicht, was sie von alldem halten sollte. Die Wirtin kam ihr sehr reserviert Dritter gegenüber vor. Aber sie war doch bei deren Ankunft so nett zu Lysbeth gewesen. Dritter schien es nicht zu bemerken. Lysbeth beschloss, ihn später danach zu fragen.

Hungrig machte sie sich über das Essen her. Obwohl die Fleischknödel nach Haferflocken schmeckten und die Sauce nach nichts als Wasser und Mehl, aß Lysbeth dankbar ihren ganzen Teller leer. Auch der kleine Alex wirkte ausgehungert.

Inzwischen hatten sich einige Urlaubsgäste im Hotel eingefunden. Soldaten, die mit ihren Frauen oder Bräuten während ihres Heimaturlaubs ein paar Tage Liebesferien machen wollten. Zu Hause wohnten die Mädchen bestimmt bei ihren Eltern, und die jungen Soldaten ebenso. Außerdem gab es viele, die ihre Wohnung verloren hatten und nun irgendwo untergekrochen waren. Da waren ein paar Tage in Scharbeutz bestimmt wie der Liebeshimmel auf Erden.

Dritter vermied es, sich weiter über Marthe zu unterhalten. Er lenkte das Gespräch auf Unverfängliches, erzählte kleine Anekdoten über Alex, kümmerte sich ohnehin mit rührender Aufmerksamkeit um seinen kleinen Sohn, erkundigte sich nach der Fahrt, nach den Geschwistern, nach Jonny. Nach Aaron fragte er nicht, erwähnte dessen Namen nicht einmal.

Erst als sie am Strand entlang spazieren gingen, nachdem sie Marthe einen Teller Essen hochgebracht hatten, den diese verweigert hatte, und nachdem sie Alex zum Schlafen ins Bettchen gelegt hatten, packte Dritter das ganze Elend aus. Und so erfuhr Lysbeth endlich, was mit Marthe geschehen war.

Marthe hatte eine Infektion bekommen, die vom Arzt als nicht so schlimm diagnostiziert worden war. Sie schnupfte und hustete ein wenig. Der Arzt hatte gesagt, dass kein Grund zur Sorge bestehe. Das Thermometer hatte nicht einmal hohes Fieber angezeigt. Aber dann hatte sie sich am Nachmittag übergeben müssen und auch Durchfall bekommen, in den Abendstunden war es ihr oben und unten nur so rausgelaufen. Sie hatten am nächsten Morgen den Arzt rufen wollen. In der Nacht hatte sie sogar ruhig geschlafen, zumindest habe er sie schlafen lassen. Am Morgen kam dann die Geburt, wie ein Sturzbach. »Wir haben den Arzt gerufen«, sagte Dritter mit einer Stimme, die jedes Gefühl aussparte. »Er hat Marthe und den Kleinen sofort ins Krankenhaus bringen lassen. Gegen ihren Willen. Aber dort konnten sie nichts tun. Der Kleine war einfach nicht lebensfähig.«

Lysbeth unterdrückte den in ihr aufkeimenden Ärger. Wieso hatte der Arzt sie nicht auf die Gefahr für die Schwangerschaft aufmerksam gemacht? Warum waren keine Maßnahmen getroffen worden, um das Kind zu retten?

Aus Dritters Schilderungen setzte sich ganz allmählich ein Bild zusammen. Marthe war zwei Tage nach dem Tod ihres Sohnes auf eigenen Wunsch aus dem Krankenhaus entlassen worden. Sie hatte ihn nicht noch einmal sehen wollen. Sie hatte so getan, als hätte es ihn nie gegeben. Als er auf Dritters Wunsch beerdigt wurde, hatte sie sich geweigert, zum Friedhof zu gehen. So war es eine Bestattung gewesen, auf der nur Dritter und die Wirtin erschienen waren. Seitdem war die Wirtin auf Marthe schlecht zu sprechen. Sie hatte gesagt, dass es im Ort viele Eltern gäbe, die ihr Leben dafür geben würden, einen toten Sohn bestatten und ihm so einen letzten Liebesdienst erweisen zu können, und dass eine gesunde Mutter das einfach täte.

Aber Marthe hatte sich nur auf Alex gestürzt. Sie hatte ihn seitdem behandelt wie den kostbarsten Schatz auf Erden. Täglich zog sie ihr Hochzeitskleid an und tanzte mit dem Kleinen, der das sehr liebte. Sie aß selbst nichts mehr, aber sie fütterte Alex von morgens bis abends. Sie nehme eigentlich nichts mehr richtig wahr außer ihrem Sohn. Mit Dritter würde sie kaum noch sprechen, selten gemeinsam die Mahlzeiten einnehmen, wenn er ins Bett komme, würde sie immer schon schlafen oder zumindest so tun.

Lysbeth lachte unkontrolliert los. Stella würde jetzt spotten: Sie lässt dich nicht mehr ran, du Armer, dachte sie. Lysbeth drückte Dritters Arm. »'tschuldigung«, sagte sie. »Ich wollte dich nicht auslachen. Ich dachte nur, dass Marthe wahrscheinlich vermeiden will, gleich wieder schwanger zu werden.« »Aber das wäre doch gut für sie«, widersprach Dritter ernsthaft. »Dann wäre sie vielleicht endlich wieder normal und könnte Bernhard vergessen.«

»Nein«, widersprach Lysbeth schlicht. »Sie soll Bernhard gar nicht vergessen, ganz im Gegenteil. Sie soll ihn bewahren. So versucht sie, ihn zu vergessen, und vergisst dabei sich selbst.« Dritter schüttelte verwirrt den Kopf. »Das verstehe ich nicht«, sagte er. »Lysbeth, ist das wieder so eine verdrehte Idee von dir?« Lysbeth musste lächeln. Dritter war ungewöhnlich sanft. Früher hätte er sie aufgefordert, ihn mit solchem Zeug zu verschonen. Sie dachte, dass sie ihn nach seiner eigenen Trauer überhaupt noch nicht gefragt hatte. Und dass er wahrscheinlich auch versuchte, seinen kleinen Sohn so schnell wie möglich zu vergessen.

»Ich will es dir erklären«, hob sie an. »Schau, wenn in deinem Körper etwas sitzt, ein Stachel oder ... eine Kugel oder so ...« Sie überlegte, welches Beispiel das Beste wäre, da sagte Dritter ungeduldig: »Eine Kugel sitzt nicht einfach so in meinem Körper, außer sie sitzt irgendwo, wo sie nicht stört, dann merke ich sie nicht.« »Gut, also falsches Beispiel«, gab Lysbeth zu. »Ein Splitter?« Dritter nickte. »Ein Splitter, einverstanden.« »Also, in deinem Körper sitzt ein Splitter, und der schmerzt ganz fürchterlich, aber er sitzt so tief, dass du ihn nicht rausbekommst. Was tust du dann?« Dritter grinste, und Lysbeths Herz wurde warm. Dies war Dritters lausbübisches Grinsen, das kannte sie. »Ich schlag mit meinem Kopf gegen die Wand, damit was anderes weh tut als der Finger.«

Lysbeth nickte. »Siehst du, genau das tut Marthe. Sie hungert, sie tanzt, sie tut sich selbst weh, indem sie das Hochzeitskleid anzieht und tanzt ...«

Dritter nickte nachdenklich: »Und sie tut so, als wäre nichts. Du meinst, damit verletzt sie sich auch?«

Lysbeth nickte. »Ja, und wenn du willst, dass sie vergessen soll, gelingt das nur, indem sie sich selbst ganz taub und dumpf macht. Also so, als würdest du deine Hand abhacken, damit der Splitter nicht mehr schmerzt. Wenn sie sich absterben lässt, dann spürt sie auch nicht mehr den Schmerz über ihr totes Kind. Das ist das Gleiche wie mit dem Splitter. Wenn du den Finger nicht mehr spüren willst, musst du ihn taub machen. Das ist es ja, was bei einer Operation passiert.«

»Oder wenn ich mich besaufe«, sagte Dritter düster. »Dann spür ich auch nichts mehr, dann bin ich betäubt.« Lysbeth nickte bestätigend.

Dritter ging schweigend neben ihr her. »Aber was hilft denn außer vergessen?«, fragte er nach einer langen Zeit des Nachdenkens.

»Sie muss trauern dürfen«, sagte Lysbeth schlicht. »Sie hat ein Kind verloren. Das ist sehr schlimm. Das tut weh. Sie muss weinen dürfen, reden dürfen über ihren Schmerz, und du musst bei ihr sein und musst sie halten und ihr das Gefühl geben, dass sie so viel weinen darf, wie sie weinen muss.«

Dritter stapfte nun einen Schritt voraus. Lysbeth konnte ihn in der Dunkelheit nicht erkennen, aber sie spürte seinen Zorn.

»Das kann ich nicht«, stieß er hervor.

Lysbeth sagte nichts. Sie wusste, wie schwer es war, den Schmerz eines geliebten Menschen zu ertragen, die Tränen auszuhalten und gleichzeitig dazubleiben, ohne das Ganze stoppen zu wollen. Und sie machte sich auch Gedanken über Dritters Schmerz.

»Wenn Marthe weint, habe ich immer das Gefühl, dass ich etwas falsch gemacht habe«, gestand er. »Ich muss doch verhindern können, dass meine Frau weint.«

Lysbeth lachte leise. »Du bist ein Dummkopf, mein Bruder«, sagte sie liebevoll. »Wenn deine Frau in deiner Gegenwart weint, hat sie Vertrauen zu dir und traut dir zu, sie zu halten und zu trösten. Wenn deine Frau nicht mehr in deiner Gegenwart weint, sondern vielleicht nur noch, wenn sie denkt, dass du schläfst, oder nur noch, wenn du nicht da bist, oder vielleicht überhaupt aufhört zu weinen, dann hast du ganz sicher etwas falsch gemacht.«

Dritter blieb stehen und griff Lysbeth hart am Arm. »Aua«, entfuhr es ihr. Er ließ sie sofort los und entschuldigte sich. »Lysbeth, sie weint nicht. Auf jeden Fall nicht, wenn ich dabei bin.«

Oje, dachte Lysbeth. Oje. Aber sie sagte es nicht. Sanft sagte sie: »Marthe ist eine junge Frau, die sich das Leben anders vorgestellt hat.«

Dritter seufzte. »Das hat sie wirklich. Sie hat gedacht, wir würden in der Johnsallee wohnen und hätten zwei Zugehfrauen, eine für den Haushalt, eine für die Kinder. Sie hat gedacht, sie würde Feste feiern und Gesellschaften geben und müsste nicht mehr arbeiten und könnte nur noch schöne Kleider schneidern lassen und anziehen. Ach, Lysbeth, alles ist so anders gekommen.« Lysbeth nickte. Da erst fiel ihr auf, dass Dritter ihr Nicken nicht sehen konnte, also schickte sie noch einen bestätigenden Laut hinterher.

In diesem Augenblick merkte sie, dass sie völlig durchgefroren war. Ihre Füße, die in dicken Winterstiefeln steckten, fühlten sich dennoch eiskalt an, ihre Hände, die in dicken Fäustlingen steckten, ebenso. Sie merkte, wie die Kälte durch ihren Mantel und den Pullover darunter kroch. Und sie merkte auch, wie die Müdigkeit dabei war, sie zu überwältigen.

»Lass uns umkehren«, schlug sie vor. »Ich muss ins Bett.«

Schweigend gingen sie zurück. Lysbeth vermochte nicht einmal mehr, ihre Gedanken auf Marthes und Dritters Probleme zu richten, sie dachte nur sehnsüchtig daran, dass sie sich ins Bett legen und eine heiße Steingutflasche für ihre Füße haben wollte. Sie setzte Fuß vor Fuß, schleppte sich mehr, als sie spazierte, merkte erst jetzt, wie weit sie während ihres Gesprächs gelaufen waren.

Als sie endlich am Hotel anlangten, war Lysbeth taub vor Kälte und Müdigkeit. Sie brachte es gerade noch fertig, sich darum zu kümmern, dass die Wirtin ihr eine steinerne Flasche mit heißem Wasser füllte, dann stiefelte sie schwerfällig nach oben. Dritter war hinter ihr hergelaufen, hatte ihr Fragen gestellt, die sie nicht mehr gehört hatte. Im Zimmer kümmerte sie sich um nichts mehr. Es war ihr sogar egal, ob Dritter sie sehen konnte, während sie sich auszog. Sie entledigte sich ihres Pullovers und ihres Rocks, dann warf sie sich in Unterkleid und langen Unterhosen auf die Liege und deckte sich zu. Doch sie konnte nicht einschlafen, weil ihre Füße zu kalt waren. Als diese endlich durch die heiße Flasche, um die die Wirtin ein Handtuch gewickelt hatte, warm geworden waren, musste Lysbeth sich wieder aus dem Bett schälen und auf den Flur gehen zur Toilette. Sie verfluchte sich selbst, weil sie diese Reise gemacht hatte. Warum musste sie nur allen Leuten helfen? Sie hasste sich selbst dafür.

Als sie wieder im Bett lag, fror sie so, dass es sie schüttelte. Aber dann wurde ihr heiß. Sie schlief ein, und als sie aufwachte, war sie schweißnass. Sie drehte die Bettdecke um, damit sie nicht unter einer feuchten Decke lag. Aber sobald die kalte Decke ihren feuchten Körper berührte, fing sie wieder an zu frieren. Dann wurde ihr wieder heiß, und sie schlief wieder ein. Irgendwann schoss durch ihren Kopf, der sie durch eine Unmenge wüster Träume trieb: Ich bin krank. Ich habe Fieber. Aber dann wurde sie schon in den nächsten Traum geschleudert.

Am nächsten Morgen war sie klitschnass geschwitzt. Ihre Haare klebten an der Stirn. Ihr Mund war ausgetrocknet. Sie blinzelte. Die Helligkeit im Zimmer stach ihr schmerzhaft in die Augen. Ich bin krank, dachte sie wieder, doch nun klarer, obwohl ihr Kopf voll matschiger Sauce war und ihr Körper sich anfühlte, als wäre sie während der vergangenen Stunden von einer Horde wütender Hunde angefallen worden.

»Dritter«, röchelte sie. Ihre Stimme gehorchte ihr nicht. Sie kam nur sehr leise, kaum hörbar heraus. In diesem Augenblick hörte sie, wie der kleine Alex aufwachte und zu krähen begann. Er hat Hunger, dachte sie. Und bei dem Gedanken wurde ihr so übel, dass sie meinte, sich übergeben zu müssen. Sie war froh, dass ihr Bruder und seine Frau nun aufwachen mussten. Sie wusste gar nicht, warum sie darüber froh war, denn sie hatte nicht den Schimmer einer Ahnung, was sie von ihnen wollte, aber sie war trotzdem froh.

Kurze Zeit später stiefelte Dritter in langen weißen Unterhosen durchs Zimmer, weckte Marthe, die sich weigerte aufzustehen. Der kleine Alex brüllte jetzt wie verrückt. Lysbeth hielt sich die Ohren zu. Das Geschrei fuhr wie ein Schwert durch ihr Gehirn.

Irgendwann in diesem morgendlichen Chaos stand Dritter vor Lysbeth und fuhr zusammen, als hätte sie ihm sein Todesurteil verkündet, als sie hauchte: »Ich bin krank. Bitte hol mir ein Glas Wasser.« Aber er eilte sofort los, um ihren Wunsch zu erfüllen. Kurze Zeit später stand er mit einem Glas Wasser vor ihr. Sie trank in großen Schlucken, obwohl es ihr vorkam wie Schwerstarbeit, den Oberkörper hochzuhalten und den Schluckmuskel anzustrengen. Aber sie wusste immer noch, dass sie jetzt trinken musste nachdem sie während der Nacht so stark geschwitzt hatte. »Ich habe Fieber«, erklärte sie matt dem fassungslos vor ihr stehenden Dritter. Sie konnte die Verzweiflung in seinen Augen erkennen, aber sie war ihr egal. Sie wollte nur ein trockenes Bett und Dunkelheit im Zimmer und weiterschlafen.

»Du musst die Wirtin holen«, sagte sie. »Mein Bett ist klitschnass.«

Sofort rannte Dritter aus dem Zimmer. So elend, wie sie sich fühlte, musste Lysbeth lächeln. Ihr Bruder würde jetzt alles tun, was sie ihm auftrug, das wusste sie. Aber er würde von allein nicht auf eine einzige Idee kommen. Da stand Marthe neben ihr. Ihre Haare klebten dünn und feucht an ihrem Kopf. Offenbar hatte auch sie geschwitzt. Dabei war es sehr kalt im Zimmer. Sie stand auf nackten Füßen in ihrem langen weißen Leinennachthemd verloren vor Lysbeth und sagte mit einer hohen Kinderstimme: »Du darfst doch nicht krank sein. Wir können dir doch gar nicht helfen. Wir können keinem helfen, der krank ist. Hast du von Bernhard gehört, der war auch krank. Dem konnten wir auch nicht helfen. Dritter und ich, wir können nicht helfen, wenn einer krank ist.«

Mit ernsthaftem Gesicht fügte sie hinzu: »Du musst selbst aufpassen, dass du nicht stirbst. Wir können das nicht.«

Lysbeth schloss die Augen. Es ging über ihre Kraft, diese verlorene Person anzuschauen. Ja, dachte sie durch einen dichten Nebel von Fieber und Traurigkeit und Hitze hindurch, ja, ich werde aufpassen, dass ich nicht sterbe. Ganz gewiss.

Drei Tage lang schwebte sie in dieser anderen Welt, wo es Nebel gab und Feuer, wo Aaron auftauchte und sie küsste und ihren Leib berührte, wo Stella sich den Bauch hielt vor Lachen und wo Marthe immer wieder mit ernsthaftem Gesicht sagte: »Du musst selbst aufpassen, dass du nicht stirbst. Wir können das nicht.« Manchmal merkte sie, wie sie auf einen Topf gesetzt wurde, manchmal wurde sie umgezogen, manchmal erschienen Menschen im Zimmer, manchmal wurde ihr gesagt, sie solle den Mund öffnen, und dann rieselte Feuchtigkeit ihre Mundwinkel herunter. Alles verschwamm ineinander, und dann stach wieder ein Bild, eine Begegnung scharf hervor.

Am vierten Tag war es, als kehre sie von weit her zurück. Als wäre die Wirklichkeit, die ihr grell in die Sinne sprang, nach der verschwommenen Welt, in der sie sich während der vergangenen Tage aufgehalten hatte, die schlechtere Alternative. Ihr Fieber war so gesunken, dass sich niemand mehr Sorgen um ihr Leben machte, sie schwitzte nicht mehr wie in einem Dampfbad, und sie war wieder in der Lage, wahrzunehmen, wo sie war. Aber nun kamen die Schmerzen, die Glieder taten weh, sie mochte nicht sprechen, sie war unendlich erschöpft, allein, um sich vom Bett auf den Topf zu begeben, musste sie all ihre Kräfte anstrengen.

Die Wirtin hatte ihr Hühnerbrühe gekocht. Ein Huhn von Bauer Martin hatte dran glauben müssen. Ohnehin gab es eine rührende Aufmerksamkeit von den Menschen im Ort, denen Lysbeth beim letzten Mal mit einem Rat oder einigen Tinkturen oder Pastillen zur Seite gestanden hatte. Neben ihrem Bett stand ein kleiner Tisch, auf dem sich all die Liebesgaben anhäuften: Apfelsinen, Äpfel, Kekse und Nüsse. Als Lysbeth registrierte, dass das Ganze für sie war, bat sie Dritter, es für Marthe und ihn und den Kleinen zu nehmen. Sie hatte gar keinen Hunger. Die Hühnersuppe allerdings löffelte sie mehrmals täglich. Wenn auch nur einige Löffel, aber doch immer wieder.

Zehn Tage später war sie so weit, mit einem Kissen im Rücken im Bett zu sitzen und zusammenhängende Sätze zu formulieren. Und da erst registrierte sie, was sich alles im Zimmer verändert hatte. Der kleine Alex war offenbar ausquartiert worden, sie sah und hörte ihn nicht. Und auch Marthe war nicht im Zimmer, und sie schien auch nie im Zimmer zu sein. Da erst stellte Lysbeth fest, dass sie die Person, die mit ihr das Zimmer teilte, nicht kannte, auch wenn es ihr so schien, als wäre sie ihr schon begegnet. Auch Dritter kam nur zu Besuch, des Nachts verließ er das Zimmer.

Lysbeths Gehirn hatte anscheinend so gelitten, dass sie sehr lange brauchte, um das alles wahrzunehmen und einzuordnen. Am Abend, als Dritter in ihr Zimmer kam, um nach ihr zu sehen, ergriff sie seine Hand und fragte ihn: »Wo seid ihr?«

Da erklärte er es ihr: »Der Arzt wusste nicht, was du hattest. Es hätte Diphtherie sein können, sagte er. Oder Schlimmeres. Er hat gesagt, dass Alex auf jeden Fall aus deiner Nähe müsste und Marthe auch, so geschwächt, wie sie ist. Er fand, du warst nicht transportfähig, deshalb sind wir umgezogen. Du durftest aber nachts nicht alleine bleiben. Also hat sich Marianne bereit erklärt, sich um dich zu kümmern.«

»Wer ist Marianne?«

»Du kennst Marianne bestimmt. Sie ist die Frau vom Lehrer, das heißt, sie ist die Witwe vom Lehrer. Er ist erst im Herbst eingezogen worden, nach Russland gekommen und schon im Dezember gefallen. Sie haben geheiratet, bevor er wegfuhr.«

Lysbeth strengte ihren müden Kopf an, der ihr aber nicht gehorchte.

»Er ist eigentlich nicht Lehrer gewesen«, korrigierte Dritter sich. »Aber er war ein guter Schüler, und als der Lehrer eingezogen wurde, hatte er es übernommen, den Kindern Lesen und Schreiben beizubringen. Er war furchtbar jung, ich glaube, grade neunzehn. Und Marianne ist auch so jung, ich glaube, sie ist erst siebzehn.«

In diesem Augenblick kam ein junges Mädchen ins Zimmer. Sie sah frisch und gesund aus. Ein blonder Zopf hing ihr über die Schulter. Er war dicker als Marthes Oberarme. Sie war ein wenig verlegen, als sie Dritter bemerkte, und wollte sofort wieder gehen. Aber Dritter sprang auf und stellte sich hinter sie. Er fasste sie an den Schultern und schob sie zu Lysbeth: »Das ist deine Pflegerin, liebe Schwester. Marianne. Ohne sie wärst du ganz bestimmt nicht so schnell wieder gesund geworden.«

In diesem Augenblick merkte Lysbeth erst, dass sie nicht mehr auf der Liege lag, sondern im Bett. Alles schien ihr verdreht.

»Sie ist noch nicht gesund«, erhob Marianne Einspruch. »Aber sie ist auf dem Weg der Besserung.« Sie lächelte Lysbeth schelmisch an. »Und wenn sie brav ist und ordentlich isst und sich schön zudeckt, kann sie bestimmt schon bald einen kleinen Spaziergang machen.«

Brav sein? Ordentlich essen? Lysbeth grinste schief. War das nicht sonst ihre Rolle? Und jetzt war sie plötzlich die Patientin. Wie konnte das bloß passieren?

Aber da fielen ihr auch schon die Augen zu, und sie konnte sich nicht mehr konzentrieren. Sie bekam gerade noch mit, wie Marianne ihr half, sich tiefer zu legen, und ihr das Kissen richtete. Dann schlief sie schon wieder ein.

So ging es einige Tage lang. Dritter besuchte sie und klärte sie darüber auf, was inzwischen geschehen war. Der Arzt kam von Zeit zu Zeit, horchte Herz und Lunge ab, prüfte ihren Puls, maß Fieber und unterhielt sich mit ihr über ihren Gesundheitszustand. Er wusste nicht, was sie genau gehabt hatte. Ein Infekt, sagte er. Und zum Glück hatte er nicht ihren Magen und ihren Darm betroffen, so wie es bei Marthe gewesen war.

Der Arzt klagte Lysbeth sein Leid. »Es sind nicht die Infektionen allein, die die Menschen so niederstrecken«, sagte er. »Aber sie sind schlecht ernährt – und sie sind traurig.« Er senkte die Stimme, als wollte er vermeiden, dass irgendjemand ihn hören konnte außer Lysbeth. »Viele sind hoffnungslos. Ihr seid zwar in Hamburg viel schlimmer betroffen, was man so hört, aber bei uns sind so viele Jungen und Männer weg, und immer wieder kommt eine Todesnachricht. Und man weiß einfach nicht, wann es endlich aufhört.«

Lysbeth nickte. Aber dann merkte sie, dass sie mehr Sorgen in ihrer Nähe nicht ertragen konnte. Sie wusste, dass sie sich irgendwann wieder mit dem ganzen Elend beschäftigen musste, aber in diesem Augenblick war sie dafür zu erschöpft. Sie rutschte wieder tiefer ins Bett und schloss die Augen. Der Arzt entschuldigte sich schnell und verschwand.

Je gesünder Lysbeth wurde, umso länger hielt er sich bei ihr auf. Es war unübersehbar, wie gut es ihm tat, mit einer Quasi-Kollegin Gespräche zu führen. So entwickelte sich ganz allmählich ein kleines Ritual. Der Arzt kam und schüttete ihr sein Herz aus, manchmal fragte er sie um Rat und ließ sich sogar ganz genau erklären, wie eine bestimmte Tinktur zuzubereiten war.

Auch andere Rituale schlichen sich an Lysbeths Krankenlager ein.

Marianne setzte sich zu den Mahlzeiten neben Lysbeth ans Bett und erzählte ihr alles Mögliche aus dem Ort. Sie wuchs Lysbeth in ihrer unaufdringlichen Art von Tag zu Tag mehr ans Herz. Und dann begann sie, Lysbeth von sich selbst zu erzählen, von ihrer Kindheit, davon, warum sie geheiratet hatte, und vor allem von ihren großen Sehnsüchten, die sich alle zerschlagen hatten. Sie hatte so gern Ärztin werden wollen. Ihr Lehrer war nach der vierten Klasse sogar extra zu ihnen nach Hause gegangen, um zu sagen, sie müsse auf die höhere Schule gehen, weil sie ein begabtes Mädchen sei, aber ihr Vater hatte dem Lehrer geantwortet, dass seine Tochter nichts Besseres werden müsste, als er selbst es war. Und also hatte sie die Volksschule besucht.

Danach wollte sie wenigstens Krankenschwester werden, aber ihr Vater hatte bestimmt, dass sie eine Handelsschule besuchen sollte, um Schreibmaschine, Stenographie und Buchhaltung zu lernen. Das hatte sie auch getan. Danach hatte sie nach Hamburg gehen wollen, um dort in einem großen Büro zu arbeiten, möglichst einem, das Kontakte in die Welt hatte, aber der Vater hatte bestimmt, dass sie im Ort bleiben und bei der Sparkasse arbeiten sollte. Und dann brach der Krieg aus. Aber für sie hatte das keinen großen Unterschied gebracht. Sie machte ihre Arbeit in der Sparkasse, eine Arbeit, die sie entsetzlich langweilig fand.

»Aber wieso konntest du mich dann pflegen?«, fragte Lysbeth.

»Ich hatte gerade meine zwei Wochen Urlaub«, sagte Marianne und lächelte dieses schelmische Lächeln, das ihre wundervollen Zähne blitzen ließ, ebenso wie ihre blitzblauen Augen.

»Und was hätte ich denn tun sollen?« Sie blickte Lysbeth fragend an, als wäre diese Frage nicht rhetorisch gewesen. Lysbeth schmunzelte. »Fotoalben beschriften?«, schlug sie vor. Da lief eine Träne über Mariannes Wange. »Nein, dann hätte ich alles noch einmal angeschaut, was ich verloren habe. Mein Vater ist in Russland, und wir haben schon lange nichts mehr von ihm gehört. Jupp, mein Freund, nein, mein Mann, der ist ja nun tot. Meine Mutter hat schon ganz rote Augen vom Weinen, und man sieht ihren Mund schon gar nicht mehr, so presst sie ihn immer zusammen.« Sie zupfte an Lysbeths Bettdecke, um sie noch gerader zu ziehen, als sie ohnehin schon war. »Nein, wenn Sie nicht gekommen wären, hätte ich wahrscheinlich einfach weitergearbeitet. Zum Lazarett hätte ich mich nicht getraut, um zu fragen, ob ich helfen kann. Ich kann ja einfach gar nichts.«

Lysbeth legte ihre Hand auf die Hand des Mädchens. »Du kannst sehr viel«, widersprach sie. »In der ersten Zeit habe ich es ja nicht mitbekommen, aber in den letzten Tagen habe ich dich beobachtet. Du bist sehr umsichtig, du weißt immer schon vor mir, was ich gleich brauchen werde, und wenn es dann so weit ist, stehst du schon parat. Deine Hände sind wie geschaffen, um einen Kranken anzufassen.« Sie hielt Mariannes Hand leicht in die Höhe zwischen ihren eigenen Händen. Sie war selbst überrascht, als sie sah, wie schmal und zugleich kräftig diese Hände waren. Es waren erstaunlich große Hände mit langen Fingern, die in der ganzen glatten Jugendlichkeit trotzdem erfahren und sehnig wirkten. Lysbeths eigene Hände sahen demgegenüber aus, als könnten sie kaum etwas bewegen, mit Adern, die intensiv blau durch die dünne weiße Haut schienen. Knochig und alt wirkten ihre Hände.

In diesem Augenblick fiel ihr Aaron ein. »Hat er heute schon angerufen?«, fragte sie Marianne. Die wusste sofort, von wem Lysbeth sprach. »Ja«, sagte sie. »Er ruft meistens morgens früh an und erkundigt sich nach Ihrer Nacht. Und dann ruft er noch mal abends an und fragt, wie der Tag war.«

»Warum hat mir das keiner ausgerichtet?«, maulte Lysbeth. Schon im nächsten Augenblick hätte sie den Satz am liebsten zurückgenommen. Alle kümmerten sich rührend um sie, vor allem Marianne, es gab keinen Grund für einen Vorwurf. Sie entschuldigte sich auch schnell, aber Marianne erklärte ihr ernsthaft, wieso ihr noch niemand von Aarons Anruf berichtet hatte. »Morgens haben Sie noch geschlafen, als er anrief, und später habe ich über den alltäglichen Verrichtungen vergessen, seinen Gruß weiterzugeben.« Sie fügte eine innige Entschuldigung an, die Lysbeth weit von sich wies. »Du musst dich nicht entschuldigen, liebe Marianne. Es war dumm von mir, überhaupt danach zu fragen.«

»Er muss Sie sehr lieben«, sagte Marianne mit andächtiger Stimme. »So einen Mann wünsche ich mir auch einmal.« Lysbeth merkte auf. Die Kleine hatte doch einen Mann gehabt. Aber es schien nicht so, als trauere sie dem sehr hinterher.

»War dein Mann nicht gut zu dir?«, fragte sie behutsam. Marianne schüttelte lebhaft den Kopf. Ihr Zopf hüpfte dabei auf und ab. Um allerdings von der Seite auf den Rücken zu fliegen, war er zu schwer. »Er war sehr gut, der Jupp«, betonte sie vehement. »Er war ein richtig, richtig guter Mensch. So nett und klug und hilfsbereit. Ich mochte ihn sehr gern.«

Lysbeth wartete. Trotzdem wirkst du nicht wie eine trauernde Witwe, dachte sie. Aber Marianne sagte nichts mehr. Sie räumte das Geschirr auf ein Tablett und machte sich auf den Weg in die Küche. Sie stand schon in der geöffneten Tür, als sie sich umdrehte und fragte: »Was meinen Sie? Wollen wir heute vielleicht einmal fünf Minuten an den Strand gehen?«

Lysbeth erschrak über ihre eigenen Gefühle. Einerseits freute sie sich unbändig, weil sie offenbar so weit genesen war, dass der Arzt einen kleinen Spaziergang angeraten hatte, denn Marianne würde so einen Vorschlag nicht ohne ärztliche Zustimmung machen. Andererseits empfand sie plötzlich große Angst. Das Bett hatte ihr in den letzten Tagen, ja, wahrscheinlich war es mehr als eine Woche gewesen, einen sicheren Zufluchtsort geboten. Sie hatte Angst, dass etwas Schlimmes geschehen könnte, wenn sie das Bett, den Raum und gar das Haus verlassen würde. Aber sie nickte nur und sagte: »Ja, das wird mir vielleicht guttun.«

Aber dann reichte es schon vollkommen, dass sie sich warm anziehen, die Treppe hinuntergehen und mit der alten und der jungen Frau Ahrberg ein paar Worte wechseln musste. Als sie vor die Tür trat und ihr der schneidende Wind entgegenschlug, wurden ihre Beine weich, und sie spürte, wie ihr die Kräfte schwanden. Marianne merkte es sofort. Sie führte Lysbeth zurück in den Empfangsraum, half ihr, sich dort auf einen der Sessel zu setzen, und eilte in die Küche, um ein Glas Wasser zu holen.

Als Lysbeth einige Zeit später wieder in ihrem Bett lag, hatte sie den Eindruck, das Matterhorn bezwungen zu haben. Aber von nun an ging es Tag für Tag bergauf. Und vor allem war es ihr nun möglich, mit Aaron zu telefonieren. Beim ersten Gespräch war sie so aufgeregt, als hätte sie sich gerade in ihn verliebt und würde ihm das erste Mal nackt gegenübertreten. Er war sehr besorgt und wollte alles ganz genau über ihre Krankheit wissen. Er gab ihr Anweisungen, nicht zu früh das Bett zu verlassen, sich nicht zu früh anzustrengen. »Sonst schlägt das aufs Herz«, warnte er, war aber trotzdem unendlich froh, dass sie schon so weit war, das Bett zu verlassen und mit ihm zu telefonieren.

Immer wieder besuchte Dritter sie und unterhielt sich mit ihr über Belanglosigkeiten wie Dorftratsch und die Tolpatschigkeiten des kleinen Alex. Aber in den letzten Tagen wirkte es, als könnte er es gar nicht erwarten, Lysbeth ein Geheimnis anzuvertrauen. Lysbeth merkte seine

Unruhe und auch seine freudige Ungeduld. Aber nachdem sie ihn vor ein paar Tagen gefragt hatte, ob er etwas auf dem Herzen hätte und er geantwortet hatte: »Ich habe eine Überraschung für dich, Lysbeth«, war sie nicht weiter in ihn gedrungen, ihr die Überraschung zu offenbaren.

Aber dann kam der Tag, als das Geheimnis gelüftet wurde. Sie war so weit, das Bett zu verlassen und zum ersten Mal wieder am allgemeinen Mittagessen teilzunehmen. Dritter platzte förmlich vor Begeisterung, als er sie an den Tisch begleitete, wo sie miteinander aßen. Auch Marianne war bei ihnen. Da öffnete sich die Tür, und der kleine Alex machte drei Schritte auf seinen Füßchen, bevor er sich fallen ließ und zu seinem Vater krabbelte, der ihn stolz in die Höhe hob. Lysbeth fragte sich, ob das jetzt die große Überraschung war. Aber dann merkte sie, wie alle von Alex weg hochblickten. Neben Lysbeth stand Marthe und lächelte sie an. Sie war zwar immer noch sehr dünn, aber sie hatte einen klaren Blick, sie war gekämmt und warm angezogen, und sie hatte sogar etwas Lippenstift aufgelegt. »Hallo, Lysbeth«, sagte sie mit warmer Stimme. »Ich freue mich sehr, dass es dir wieder bessergeht.« Lysbeth erhob sich und umarmte ihre Schwägerin. Sie merkte, wie diese kurz zusammenzuckte, dann aber die Umarmung zurückgab.

»Ich bin auf keinen Fall mehr ansteckend«, sagte sie beruhigend. Marthe strich ihr leicht mit der Hand über die Wange. »Es ist so ein Reflex«, meinte sie. »Seit Bernhards Tod habe ich Angst vor jeder Krankheit, weil ich die dann Alex übertragen könnte. Und Alex zu verlieren, würde ich nicht überstehen.« Lysbeth holte tief Luft und strahlte ihre Schwägerin an. Marthe war wieder gesund! Ihre Seele war wieder zurückgekehrt aus den fremden Ländern, in die sie sich geflüchtet hatte.

Beim Essen sprachen sie über alles Mögliche. Über die Sammlungen, die seit Kriegsbeginn ständig angestrengt wurden. Küchenabfälle, Tuben, Flaschen, Altpapier, Wollsachen und Pelzwerk. Dritter spottete über die Woll- und Pelzsammlung für die deutschen Soldaten in Russland. »Ziehen die dann Marthes Pelzmantel über und ihre kleinen Söckchen?«, feixte er. Lysbeth blickte sich vorsichtig um. An den anderen Tischen saßen viele Soldaten. Sie legte eine Hand warnend auf Dritters. Er zog die Augenbrauen hoch, als wollte er sagen: »Wer will mir denn schon den Mund verbieten?«

»Es gibt ja auch kleine Soldaten«, argumentierte Marthe. Wieder zog Dritter die Augenbrauen hoch. Da sagte Marianne scharf: »Ja, die fünfzehnjährigen Jungs, denen der Krieg eine willkommene Gelegenheit geboten hat, von zu Hause auszureißen.« Lysbeth fürchtete, dass die bitterfröhliche Stimmung am Tisch für alle Beteiligten sehr gefährlich werden könnte. Da sagte Dritter: »Wisst ihr, warum man beim deutschen Gruß die Hand nur bis zur Augenhöhe heben darf?«

Lysbeth kannte den Witz. Er fiel eindeutig unter den Straftatbestand der Wehrkraftzersetzung. Und Wehrkraftzersetzung wurde im Zweifelsfall mit dem Tode bestraft. Sie riss ihre Augen auf und starrte Dritter beschwörend an. Er lachte ihr laut ins Gesicht. »Weil darüber die alliierte Lufthoheit beginnt.« Lysbeth holte aus und trat ihn unter dem Tisch fest gegen das Schienbein. Sein »Aua« ging im Gelächter von Marthe und Marianne unter. An den Nachbartischen wurden die Leute aufmerksam. Lysbeth zischte: »Schluss jetzt, Dritter! Denk an dein Kind!« Marthe hörte erschrocken auf zu lachen.

Lysbeth erzählte schnell und so laut, dass ihre Stimme an den Nachbartischen gut vernommen werden konnte, den unverfänglichsten Witz, an den sie sich erinnern konnte: »Also, Hein und Fiete sind völlig pleite. Sie stehen vor einer Kirche, da sagt Hein zu Fiete: ›Geh du da jetzt rein und klau den Klingelbeutel, dann haben wir Geld.‹ Fiete geht also in die Kirche, kommt nach einer Weile wieder heraus, ohne Klingelbeutel. Hein fragt: ›Und, wo ist der Klingelbeutel?‹ Darauf Fiete: ›Weißt du, da war die Jungfrau Maria mit dem Jesuskind im Arm, die hat mich so traurig angesehen, da konnte ich den Beutel nicht nehmen.‹ Darauf sagt Hein: ›Ach, Fiete, du bist zu blöd, um in der Kirche einen Klingelbeutel zu klauen, alles muss man selber machen.‹ Also geht Hein in die Kirche und kommt kurz darauf mit dem Klingelbeutel wieder. Fiete fragt: ›War da nicht die Jungfrau Maria?‹ Hein: ›Doch.‹ ›Und, hat sie dich nicht so traurig angesehen?‹ Hein: ›Doch.‹ ›Und dann?‹ ›Und dann habe ich zu ihr gesagt: Konntest du gebären, ohne zu verkehren, kannst du auch den Beutel entbehren, habe mir den Klingelbeutel genommen und bin gegangen.‹« Im ganzen Speisesaal wurde gekichert und gebrüllt vor Lachen. Die Situation war entschärft, aber Lysbeth nahm sich vor, unter vier Augen ihren Bruder auf die Gefahr aufmerksam zu machen, in die er sich selbst, aber auch Marianne brachte, wenn er in ihrer Gegenwart solche Dinge von sich gab.

Lysbeth machte Tag für Tag Fortschritte. Ihr Genesungsprozess ging wahrscheinlich deshalb langsamer voran, als sie erwartet hatte, weil die Nahrung nicht besonders kräftig und stärkend war. Außerdem vermisste sie Aaron ganz fürchterlich und machte sich große Sorgen, weil es ihr im Verlauf der Zeit so vorkam, als verheimliche er ihr etwas.

Sie wollte unbedingt nach Hamburg zurück. Aber der Arzt, ihr Bruder und auch Aaron verboten ihr, die anstrengende Fahrt mit der Bahn zu unternehmen, bevor sie ihre alte Kraft vollständig zurückhatte. Täglich machte sie in der Eiseskälte Spaziergänge an der Ostsee entlang, am Anfang mit Marianne, dann mit Dritter. Diese Spaziergänge beanspruchten ihre ganze Kraft. Sie musste sich dazu zwingen, in die Kälte hinauszulaufen, wo ihr Gesicht brannte, als würde mit Nadeln hineingestochen. Nach kürzester Zeit waren ihre Beine lahm, und sie schleppte sich nur noch voran, gestützt auf einen Stock, den die Wirtin ihr zur Verfügung gestellt hatte. Aber ganz allmählich war sie in der Lage, während des Gehens auch kleine, kurze Gespräche zu führen. Und wenige Tage bevor sie Scharbeutz verlassen wollte, sprach sie Dritter darauf an, dass er sich und seine Familie und in jenem speziellen Fall auch Marianne durch seine unbedachten Witze in Gefahr brachte.

»Meine Güte, Lysbeth«, gab er zurück. »Ist das in Hamburg so schlimm? Hier ist das nicht so. Den Witz mit den Alliierten habe ich von einem Bauern hier gehört. Es glauben doch immer weniger an einen deutschen Sieg.« Und nun erzählte er ihr, was im vergangenen Monat von ihr ferngehalten worden war: In Stalingrad hatte es ein Desaster gegeben. Die 6. Armee war von den Russen eingeschlossen worden und hatte einen vollkommen verrückten Widerstand geleistet. Es war nicht leicht gewesen, diese Katastrophe vor Lysbeth zu verheimlichen, denn sie hatte jedes Gespräch, jede Nachricht, jeden Menschen, ob Mann oder Frau, ja sogar die Kinder, sobald sie ein wenig begreifen konnten, beschäftigt. Die 6. Armee, ganz gleich ob General oder unterster Soldat, hatte sich in den Trümmern verkrallt und am Schluss nur noch mit der blanken Waffe verteidigt. Überall gab es Familien, deren Vater oder Mann oder Sohn in Stalingrad kämpfte.

Die ganzen letzten Tage vom Januar standen unter dem Fiebern um Stalingrad. Dritter berichtete: »Zuerst haben sie General Paulus noch einmal kurz zum Generalfeldmarschall ernannt. Was das bewirken sollte, hat keiner verstanden. Dann wurde gesagt, dass die Südgruppe unter Generalfeldmarschall Paulus im GPU-Haus in Stalingrad, dem Standort der sowjetischen Geheimpolizei, nach zweimonatigem Kampf überwältigt worden ist. Demgegenüber kämpfte die Nordgruppe im Traktorenwerk unter General Strecker immer noch. Anfang Februar stand in der Zeitung, dass Generalfeldmarschall Paulus gefangen sein sollte. Alle waren darüber froh«, sagte Dritter. »Weißt du, das ließ die Hoffnung zu, dass von den Soldaten auch manche gefangen genommen und gerettet sind. Aber natürlich weiß niemand etwas Genaues.« Lysbeth hatte Tränen in den Augen. Wie eigenartig das war! Sie war gepäppelt worden, mit ihr waren die kleinen nebensächlichen Probleme und Dinge des Alltags besprochen worden, aber das, was alle beschäftigte, das, wo es um Leben und Tod ging, ja auch um Lysbeths Leben, das wurde so erfolgreich von ihr ferngehalten, dass sie wirklich nichts davon erfahren hatte. War es das, was Aaron vor ihr verheimlichte? »Welche Folter für die Angehörigen«, sagte sie unter Tränen. »Russland ist so weit entfernt. Da liegen die Toten im Schnee, und keiner kann den Eltern oder der Frau eine Nachricht geben, ob der Soldat, den sie vermissen, tot oder gefangen ist. Wie scheußlich!«

»Ja«, bekräftigte Dritter grimmig. »Und gleichzeitig haben sie dann immer noch die Jubelmeldungen verbreitet über irgendwelche Schiffe, die die Japaner versenkt haben. Ich kann es nicht mehr hören. Jeder weiß doch, dass es eine ganz empfindliche, vielleicht kriegsentscheidende Schlappe ist, eine ganze Armee zu verlieren.«

Lysbeth wurde noch unruhiger, als sie in den vergangenen Tagen ohnehin schon gewesen war. »Ich möchte morgen nach Hause«, sagte sie. »Bitte, Dritter, organisier alles.« »Aber du bist noch nicht kräftig genug«, widersprach er. »Warte noch ein paar Tage, Lysbeth.«

»Nein«, entschied sie. »Ich halte es nicht mehr aus, von Aaron so lange entfernt zu sein. Das sind jetzt fünf Wochen. Ich will nach Hause!«

14

Am 4. Januar, zwei Tage nach Lysbeths Abfahrt, war Lydia in der Kippingstraße erschienen. Sie hatte eine neue Freundin mitgebracht, Frau Wenz. Frau Wenz war eine sehr beeindruckende Erscheinung. Sie hatte pechschwarze Haare, die, obwohl sie eindeutig gefärbt aussahen, nirgends einen andersfarbigen Haaransatz freigaben. Frau Wenz – »Renate, nennen Sie mich doch bitte Renate« – hatte einen enormen Hintern und auch ansonsten die stattliche Figur einer Walküre. Ihren

Hintern betonte sie durch einen engen Rock und mit einem Schwenken desselbigen, als wäre er ein mit Wasser gefüllter Luftballon, der hin- und herschwappte.

Lydia erklärte Stella, dass Renate Wenz Horoskope erstelle. Renate Wenz lachte, was klang, als huste sie lautlos. Stella betrachtete die Frau sehr befremdet. »Meine Horoskope sind kleine Kunstwerke«, strahlte diese aber so selbstironisch, dass Stella nicht anders konnte, als sie nett zu finden. Renate Wenz kramte in ihrer großen Handtasche und zog einen roten, mit goldenen Tierkreiszeichen geschmückten Pappdeckel heraus. »Darin binde ich meine Werke ein«, verkündete sie und lachte wieder ihr lautloses Hustenlachen. »Sie nennt diese Horoskope ›Gutachten‹«, lächelte Lydia, die offenbar einen Narren an der Frau gefressen hatte. »Ja, ich erarbeite meine Gutachten für meine Kunden. Na ja, ich nenne sie ›meine Freunde‹, ich muss etwas vorsichtig sein, gewerbsmäßige Wahrsagerei ist streng verboten. Wer will schon eingelocht werden?, sage ich immer.«

Stella fuhr mit dem Finger über die goldene Gravur auf dem Pappdeckel. »Wie erarbeiten Sie Ihre Gutachten?«, fragte sie. »Ach«, Renate Wenz wedelte mit verblüffend kleinen dicken Patschhänden in der Luft. »Das ist nicht so schwer. Ich habe Handbücher, Tabellen …« Wieder lachte sie. »… und viel Phantasie! Und ich tu das Ganze aus reiner Gefälligkeit, nur, um meinen ›Freunden‹ zu helfen.« Stella runzelte die Stirn. »Reine Gefälligkeit?« Renate Wenz senkte ihre Stimme: »Nun, ich will es nicht leugnen: Das Geschäft lohnt sich. Natürlich lasse ich mich nicht mit Geld bezahlen, das ist ja nichts wert. Aber, Kindchen, wenn Sie mal etwas brauchen, müssen Sie es nur sagen. Lydias Freunde sind auch meine Freunde, und ich gebe gerne ab.« Stella verstand. Renate Wenz ließ sich also mit Lebensmitteln bezahlen. Lydia raunte: »Renates Speisekammer ist ein kleines Schlaraffenland. Da gibt es keinen Mangel.« Stolz fügte Renate Wenz hinzu: »Zigaretten, Kaffee, Alkohol, es gibt Leute, die haben immer noch zu viel davon. Und das geben sie dann mir. Alle geben mir das, wovon sie etwas übrig haben.«

Stella erkundigte sich interessiert nach Renates Arbeit. So erfuhr sie, dass die Horoskope sehr beliebt waren. Zu Renates »Freunden« gehörten viele Frauen, Verliebte, Bräute, Mütter von Soldaten, aber auch manche Geschäftsleute, Anwälte oder Bankiers. Ja, selbst hohe Parteifunktionäre oder SS-Offiziere suchten sie verstohlen auf. Sie behandelte diese Besucher mit äußerster Diskretion.

So hatte Lydia sie kennengelernt. Ihr neuer Freund, der mittlerweile schon mehr bei ihr wohnte als in der Kaserne, hatte eine Schwäche für solche Dinge und schwor auf Frau Wenz. Er ließ sich regelmäßig von ihr »beraten«, und Lydia hatte sehr schnell begriffen, dass sie sich mit dieser Frau anfreunden musste, um ihren Einfluss auf ihren Karl zu vertiefen. Außerdem hatte sie überlegt, dass sie vielleicht einige Geheimnisse über einflussreiche Hamburger Militärs, Parteifunktionäre oder Kaufleute erfahren könnte, wenn die Frau zu ihr Vertrauen fassen würde.

Was für eine Freundin Renate Wenz für sie werden würde, hatte sie allerdings nicht erwartet. »Ich bin wie eine Nutte, sage ich immer«, hatte Renate Lydia nach kurzem anfänglichen Misstrauen gestanden. »Bei mir lassen alle die Hose runter. Sie bilden sich ein, ich stände direkt in Verbindung mit dem Schicksal. Also denken sie, ich kann nicht nur die Zukunft voraussagen, sondern wenn man sich gut mit mir stellt, kann ich sie vielleicht sogar verändern.« Sie selbst wusste, dass sie über die Zukunft nur deshalb Auskunft geben konnte, weil sie raffiniert und fix darin war, Informationen zu sammeln. Außerdem war sie eine extrem kluge Frau. Vor allem aber wollte sie überleben, und zwar gut.

Schon Ende 1942 hatte sie in ihren Horoskopen für das kommende Jahr einige dunkle Wolken am Himmel aufziehen sehen. Und sie war sogar so weit gegangen, Schwierigkeiten im Osten zu prognostizieren. Sie wusste, dass auch sie nicht davor gefeit war, wegen Wehrkraftzersetzung angezeigt zu werden, aber sie formulierte ihre negativen Prognosen so geschickt, dass ihr nichts auf den Kopf zugesagt werden konnte.

Lydia hatte Renate Wenz mit in die Kippingstraße gebracht, weil sie wollte, dass Renate und Lysbeth einander kennenlernten. Sie hatte Renate Wenz viel von Lysbeths Fähigkeiten erzählt, und Renate war sehr begierig darauf gewesen, Lysbeth kennenzulernen. Also waren beide enttäuscht, als sie von Lysbeths Abreise erfuhren. Aber auch Stella und Renate Wenz stellten schnell fest, dass sie einander mochten. Stella überlegte sofort, wen sie aus Ediths und Jonnys Kreisen auf geschickte Weise an Renate verweisen könnte. Von diesem Tag an kam Renate Wenz regelmäßig in die Kippingstraße zu Besuch, auch ohne Lydia, die viel Zeit mit ihrem neuen Freund verbrachte.

Seit Lysbeth fort war, schlich Aaron durchs Haus, als wäre er fremd. Aber als er Renate kennenlernte, blühte er richtiggehend auf. Sie hatten vom ersten Augenblick an eine eigenartige fast magische Verbindung. Es war wie Liebe auf den ersten Blick, nur dass es um eine ganz besondere Liebe ging. Dabei war Aaron seit Einführung des Judensterns ein misstrauischer Mensch geworden, ganz anders als vorher. Aber als er Renate kennenlernte, zeigte er von Anfang an Vertrauen. Und Renate Wenz adoptierte Aaron, kaum, dass sie ihn erblickt hatte. Dabei war er schon einundvierzig Jahre alt, also vielleicht fünfzehn Jahre jünger als sie.

Renate Wenz war eigentlich eine einsame Frau. Außer ihren Kunden, ihrem Kater Hokuspokus und neuerdings Lydia hatte sie niemanden. Sie hatte sich seit Machtantritt der Nazis von allen ferngehalten. Ihre wahre Geschichte hatte sie Aaron, Stella und Lydia erst nach erheblichem Alkoholkonsum zu fortgeschrittener Stunde offenbart. Da waren die drei für sie bereits so gut wie durchsichtig, und sie vertraute ihnen vollkommen.

Ihr Mann war in der Weimarer Republik gestorben, er war Anwalt und leidenschaftlich der Gerechtigkeit verpflichtet gewesen. So hatte er einen Arbeiter vor Gericht vertreten, dem vorgeworfen worden war, im Straßenkampf einen Nazi getötet zu haben. Renates Mann hatte schlüssig beweisen können, dass der Arbeiter in Notwehr gehandelt hatte, und er war auf einen Richter getroffen, der den Arbeiter freigesprochen hatte. Die Kumpane des getöteten Nazis hatten daraufhin sowohl dem Arbeiter als auch Renates Mann aufgelauert und beide ermordet. Renate hatte ihrem Mann immer wieder geraten, sich aus politischen Wirren herauszuhalten; die Kämpfe zwischen Nazis und Kommunisten bezeichnete sie als »dégoutant«. Nachdem jedoch die Nazis ihren Mann auf offener Straße erschlagen und niemand sie anschließend zur Rechenschaft gezogen hatte, hasste sie die Nazis aus vollem wilden Herzen.

Das alles hatte sich ereignet, kurz bevor Hitler Reichskanzler wurde. Sie hatte kommen sehen, was dann mit den Kommunisten und den Juden geschehen würde, ebenso wie sie hatte kommen sehen, dass Hitler an die Macht kommen würde, nicht, weil sie in die Zukunft blicken, sondern weil sie gut hinhören, hinsehen und eins und eins zusammenzählen konnte. Sie wusste, dass die sozialdemokratische Führung zu feige war, um gemeinsam mit den Kommunisten gegen die Nazis zu kämpfen. Und sie wusste, dass das Bürgertum von Hitler erhoffte, die Gewerkschaften und die Arbeiter endlich in ihre Schranken zu verweisen, was hieß, dass sie mundtot gemacht werden sollten. Das alles versprach Hitler. Und noch einiges mehr, was jeden gierigen kleinen Mann und jeden gierigen Kapitalisten zu visionären Höhenflügen anstachelte. Renate Wenz, damals sechsundvierzig Jahre alt und in Berlin in einer Straße zu Hause, wo jeder sie und ihren Mann kannte, hatte 1933 beschlossen, ihre Identität zu ändern und sich unkenntlich zu machen. Sie hatte ihre grauen Haare schwarz gefärbt und war nach Hamburg gezogen. Vorher hatte sie alles verkauft, was ihr Mann und sie besessen hatten. Sie hatte ihren Mädchennamen wieder angenommen, Wenz, und hieß nun nicht mehr Strauss, wie ihr Mann geheißen hatte. Erst am späten Abend gestand sie, dass Aaron eine unglaubliche Ähnlichkeit mit ihrem verstorbenen Mann hatte, ihrem Mann, dem Juden David Strauss.

Sie hatte sich zwar mit Lydia angefreundet, und sie hatte Vertrauen zu ihr gefasst, aber sie offenbarte sich ihr erst in jener Nacht, da sie mit den dreien in Stellas geschütztem Wohnzimmer saß. Zuerst kamen die Sätze noch stockend, und man merkte ihr an, dass sie noch niemals darüber gesprochen hatte, aber dann sprudelte es nur so aus ihr heraus, als würde eine verstopfte Quelle das angestaute Wasser freigeben.

Sie hatte sich nach dem Tod ihres Mannes zuerst nur in Sicherheit bringen wollen, weil es sie entsetzt und furchtbar geängstigt hatte, mit welcher schonungslosen Brutalität die Nazis den verhassten Anwalt aus dem Weg räumen konnten. Aber dann hatte sie sich selbst verflucht, weil sie ihrem Mann nicht mutiger zur Seite gestanden hätte. Sie hatte sich geschämt, weil sie damals nur in bequemer Bürgerlichkeit hatte leben wollen. Sie hatte sich irgendeinem Widerstand gegen Hitler anschließen wollen, aber sie wusste nicht, wo sie den finden sollte.

Und so hatte sich aus Einsamkeit und Hilflosigkeit eins zum anderen gefügt. Sie hatte überlegt, dass sie den Nazis nur schaden konnte, wenn sie irgendeinen Einfluss gewann. Da sie aber über keinerlei Fähigkeiten verfügte, mit denen sie sich hätte Einfluss verschaffen können, hatte sie sich auf die okkulten Wissenschaften geworfen. »Eine Frau mordet mit Gift, sage ich immer«, verkündete sie in einem verschwörerischen Ton, der Stella eine Gänsehaut über die Arme jagte. Hatte die Tante nicht auch so etwas gesagt? Ja: »Männer schlagen zu, hauen einander die Köpfe ein, benutzen Waffen, Körperkraft, Maschinen, es sind die Männer, die jetzt Krieg führen. Und Frauen? Frauen stacheln die Männer an.

Frauen bringen es fertig, stolz auf gefallene Söhne zu sein. Und Frauen mischen Gift ins Essen.« Das waren die Worte der Tante gewesen.

»Ich dachte, ich könnte Gift in die vergifteten Gehirne geben«, sagte Renate mit einem etwas schuldbewussten Gesicht. Dass ihr Schuldbewusstsein nicht ihrer Absicht galt, sondern dem Umstand, wie wenig erfolgreich sie diese hatte umsetzen können, wurde deutlich, als sie hinzufügte: »Ich habe einen ganzen Stamm von Nazis als Kundschaft, ich kenne sie inzwischen ziemlich gut, aber im Grunde ist es mir nicht gelungen, auch nur einem Einzigen richtig zu schaden. Es ist eher so, dass ich sie studiert habe, ich glaube, ich kenne sie ganz gut, habe für mich eine Klassifikation von Nazitypen gemacht, und ich schüre ihre Angst, wo ich kann, ganz besonders die Angst, dass sie irgendwann bestraft werden könnten für das, was sie den Juden angetan haben, aber so richtig geschadet habe ich keinem.«

Sie sah dabei so drollig traurig aus, dass Stella unwillkürlich lachen musste. »Vielleicht können wir das mit dem Giftmischen ja gemeinsam noch ein wenig perfektionieren«, schlug sie vor, aber sie wusste im nächsten Augenblick, dass sie dafür nicht die Richtige war. Sie war eher die Frau für den offenen Kampf, und sie hatte in der letzten Zeit mehr als einmal gedacht, dass es doch möglich sein müsste, Hitler eine Kugel in den Kopf zu jagen. Aber es machte ihr auch Angst, wie unüberwindbar er schien. Als gebe es wirklich einen okkulten Zauber, der ihn irgendwie schützte. Außerdem wollte sie leben! Sie wollte Anthony wiedersehen! Und sie wollte ihre Tochter und ihre Enkelin wiedersehen!

Lydia öffnete den Mund, doch bevor sie etwas sagen konnte, wurde die Tür geöffnet, und Cynthia stand da. Sie trug einen Bademantel über ihrem Nachthemd. Sie blinzelte, als sie in das Zimmer trat, das von dem warmen Licht einer Stehlampe erleuchtet war. »Cynthia, was machst du denn hier?«, fragte Stella verblüfft. »Ich dachte, du schläfst längst.« Sie biss sich auf die Lippen. So unverblümt hatte sie nicht zeigen wollen, dass Cynthias Erscheinen sie erschreckte. Cynthia ging üblicherweise früh ins Bett, denn sie sparte Elektrizität und Heizung, wo sie nur konnte.

Die Atmosphäre im Raum änderte sich schlagartig. Aaron verabschiedete sich sofort. Er wusste, dass er jeden in Gefahr brachte, der sich mit ihm in einem Zimmer aufhielt. Er war zwar überzeugt, dass Cynthia niemanden deshalb denunzieren würde, aber er war sich nicht sicher, ob sie nicht leichtfertig irgendwo plappern würde.

Cynthia sagte vorwurfsvoll zu ihrer Mutter: »Ich hab doch vorhin deine Stimme gehört. Wieso besuchst du denn Stella und nicht mich?« Lydia umarmte ihre Tochter und entschuldigte sich: »Ich dachte, du schläfst schon. Bei dir war alles dunkel.« »Bei mir ist immer alles dunkel«, maulte Cynthia. Stella unterdrückte ein Lachen. Was für eine erfrischende Selbsterkenntnis! Das stimmt nur zu gut, dachte Stella. Bei dir ist es dunkel und kalt, und kein Mensch besucht dich gern.

Cynthia setzte sich auf einen Sessel und sprach ausschließlich an ihre Mutter gewendet. Sie erzählte ihr, was sie am gestrigen Tag erlebt hatte. Es trieb sie offenbar sehr um, dass Gisela Solmitz einen Belgier heiraten wollte. »Und dabei hat es doch einen Erlass gegeben, dass Ehen, Beziehungen, ja, Zeugungen, zwischen Deutschen und Ausländern unerwünscht sind. Oder sind sie sogar verboten?« Stella kannte das Dilemma, in dem die Solmitz steckten. Luise und Fred liefen von einer Stelle zur anderen, um eine Heiratserlaubnis für Gisela und ihren belgischen Verlobten zu bekommen, aber jede Stelle lehnte es wieder ab. Sie wusste auch, dass Luise ihrer Tochter nichts von all den Absagen erzählte, um Gisela nicht zu entmutigen. Aber sie hatte zu Lysbeth gesagt, dass sie sich ihrer eigenen Tochter gegenüber wie eine Lügnerin fühle. Ihr Bruder Werner arbeitete in Berlin im Propagandaministerium, und Luises Mutter hatte ihn gebeten, direkt zu Dr. Goebbels zu gehen, um wegen Gisela zu intervenieren. Aber Luise glaubte nicht daran, dass das etwas bewirken würde. Man konnte Luise ansehen, wie sehr sie alles mitnahm, sie war entsetzlich abgemagert in den vergangenen Monaten, und Stella ärgerte sich, dass Cynthia aus dem ganzen eine judenfeindliche Tratscherei machte.

Da erhob sich Renate Wenz. »Liebe Leute, es ist mitten in der Nacht. Ich muss unbedingt nach Hause.« Lydia blickte betont erschrocken auf ihre Uhr. »Meine Güte«, stöhnte sie. »Wir haben die Zeit völlig vergessen. Jetzt aber nichts wie los.« Cynthia nörgelte ein wenig wie ein beleidigtes Mädchen, wie sie es oft tat, wenn ihre Mutter anwesend war. Aber beide Frauen blieben eisern, und so löste sich die Gesellschaft auf.

Renate Wenz kam bald täglich in die Kippingstraße. Sie brachte immer etwas mit, einmal einen ganzen Schwung Rundstücke, dann einen Laib Brot, dann Honig und dann Vollmilch. Ebenso brachte sie Informationen mit, nach denen Stella noch mehr fieberte als nach Lebensmitteln. Sie erzählte, dass erste Nachrichten von Angehörigen aus Theresienstadt eingetroffen waren, vorgedruckte Karten, auf denen stand: Mir geht es gut. »Wer glaubt, wird selig, sage ich immer«, spottete sie. »Aber es zeigt uns, dass sie immerhin den Anschein erzeugen wollen, als ginge es den Leuten da gut.« Renate Wenz brachte auch die Nachricht mit, dass es zwischen der Generalität in Russland und Hitler Differenzen gebe. Stella wollte unbedingt Genaueres wissen, aber Renate Wenz musste passen: »Ich kann euch nur erzählen, was mir meine Kunden erzählt haben. Und bei denen darf ich nicht nachfragen, muss nur zuhören. Das ist alles.«

Renate Wenz stürzte sich förmlich auf Aaron. Sie wollte, dass er dicker wurde. »Du siehst wie ein Gespenst aus«, sagte sie. »Sie stecken dich bald in irgendeine Kolonne, darauf kannst du dich verlassen, mein Guter. Wahrscheinlich kommst du in die Organisation Todt, da müssen viele Juden aus Mischehen rackern. Das überlebst du nur, wenn du kräftiger bist. Also, stärk dich und iss!« Sie brachte Aaron dazu, täglich Gymnastik zu machen, und bald verschlang er Portionen, die den Anteil seiner Lebensmittelkarten weit überstiegen. Aber er wusste, dass Renate recht hatte. Er konnte sich nicht ewig in seiner Matratzengruft verstecken. Er war zwar noch sehr dünn und auch noch schwach, aber er war gesund. Einen gesunden Juden würden sie nicht verschonen.

Stella war von nervöser Unruhe erfüllt, seit Lysbeth nach Scharbeutz gefahren war, und als sie dann noch erfuhr, dass Lysbeth schwer erkrankt war, hielt es sie kaum noch in Hamburg. Die Besuche von Renate Wenz waren das Einzige, das sie irgendwie aus dieser Stimmung, einer Mischung aus Langeweile und diffuser Ängstlichkeit, reißen konnte. Hamburg war lange Zeit schon von englischen Angriffen verschont geblieben. Stella hatte sich von den schlaflosen Nächten erholt. Sie aß nicht schlecht. Sie machte täglich Spaziergänge an der frischen Luft. Und sie hatte dank Jonnys Beziehungen genug Kohlen, um den Ofen oben heizen zu können, so dass sie unter der eisigen Kälte nicht besonders leiden musste. All das hatte bewirkt, dass ihre Lebenskräfte wieder gewachsen waren. Die aber flossen in Warten, in Ungeduld, in Zorn und in Angst.

Sie war vollkommen unausgelastet. Sie sehnte sich entsetzlich nach Anthony. Nach seinem Geruch, seinem Körper, seinen Einfällen, seiner Nähe. Abends versank die Welt um sie herum in der Schwärze der Verdunkelung. Alle Fenster mussten so verhängt werden, dass kein Licht auf die Straße drang. Straßenbeleuchtung gab es nicht mehr. Es fuhren kaum Autos auf den Straßen, und die Autos, die unterwegs waren, hatten mit Kappen überzogene Scheinwerfer, die nur einen schmalen Schlitz freiließen. Die Fußgänger trugen Plaketten in Leuchtfarben an der Kleidung. Dann beschlich Stella nicht selten das Gefühl, ganz allein auf der Welt zu sein, von allen vergessen, auch von Anthony.

Mitte Januar wurde London wieder angegriffen, das lange Ruhe gehabt hatte. Es hatte den westlichen großen Themsebogen getroffen, ob auch den Stadtkern, wurde nicht bekanntgegeben. Bis dahin hatte London für unangreifbar gegolten. Stella zitterte vor Unruhe. Es machte sie verrückt, nicht zu wissen, wie es den von ihr geliebten Menschen ging. Sie wusste selbst nicht, warum diese Unruhe wieder so stark von ihr Besitz ergriff, war sie doch im letzten Jahr ein wenig in den Hintergrund getreten, weniger bedrängend gewesen als all die Alltagsnöte. Aber sie hielt das Warten auf das Ende des Krieges, auf eine Veränderung dieser Situation kaum aus.

»Wenn ich doch einfach davonlaufen könnte«, stöhnte sie in einem Gespräch mit Renate Wenz. Die stieß ihr lautloses hustenartiges Lachen aus und sagte: »Ja, Flucht ist der elementarste Trieb jedes Geschöpfes in Not. Aber deine Not ist nicht so groß, Stella. Du hast ein Dach über dem Kopf, du hast zu essen und du hast liebe Menschen um dich herum. Was willst du mehr?«

Stella hätte sie schlagen können. »Ich will Frieden«, schrie sie, plötzlich außer sich vor Wut. »Ich will nicht dankbar sein müssen wegen Selbstverständlichkeiten, die mir jederzeit weggenommen werden können! Ich will, dass dieser verdammte Krieg aufhört!« Renate Wenz hatte den Zeigefinger auf die Lippen gelegt und schaute Stella beschwörend an, aber die war nicht zu bremsen. Als wären innere Schleusen geöffnet worden, weinte und tobte und schrie sie immer wieder: »Ich will dieses Scheißleben nicht mehr! Ich will weg hier!«

Da öffnete sich die Tür, und Cynthia und Eckhardt erschienen drohend wie Racheengel. »Was ist denn hier los?«, schnaubte Eckhardt. Er stapfte ins Zimmer und baute sich neben Renate Wenz auf, neben der er wie ein mickriger Zwerg wirkte. Stella sah diese beiden ungleichen Gestalten in ihrer Groteskheit vor sich und begann plötzlich ebenso getrieben zu kichern, wie sie vorher geschrien hatte. Da stand Cynthia vor ihr, richtete sich auf und schlug sie mitten ins Gesicht. »Du bringst uns alle in Gefahr!«, zischte sie. »Man hört dich bis zum Schlump-

Bahnhof.« Stella legte die Hand auf ihre Wange. Sie war wie erstarrt. Sie spürte keinen Schmerz, sie spürte gar nichts außer großem Erstaunen.

»Du hast mich geschlagen«, sagte sie. Cynthia nickte energisch mit dem Kopf. »Ja«, bekräftigte sie. »Anders warst du ja nicht zur Vernunft zu bringen.« Stella schüttelte sich leicht, als müsste sie etwas loswerden. Renate Wenz erhob sich aus dem Sofa. Nun wirkte sie noch majestätischer neben dem kleinen Eckhardt. »Tja, Leute, dann will ich mal«, sagte sie gemütlich. »Hier werden ja wohl gerade Familiengeheimnisse ausgetauscht, da hab ich nichts zu suchen.«

Eckhardt hatte während der letzten Minuten verloren im Zimmer gestanden. Jetzt kam Leben in ihn. »Bleiben Sie doch noch!«, rief er aus. »Hier ist doch jetzt wieder alles friedlich. Stella hat sich wieder beruhigt … und Cynthia auch.« Er drückte Renate Wenz förmlich wieder auf ihren Platz zurück.

Cynthia führte Stella zu einem Sessel, wo Stella sich brav niederließ. Sie blickte mit leeren Augen vor sich hin. Kaum saßen alle, überfiel Eckhardt Renate Wenz mit seinen Fragen. Er tat zwar so, als würde er sich nur rein theoretisch für Horoskope interessieren, aber sein inneres Drängen stand ihm in Gesicht und Stimme geschrieben. »Ich habe von Cynthia gehört, dass Sie Gutachten erstellen, in denen Sie Menschen Antworten auf Fragen geben, die für diese sehr wichtig sind.« Er blickte Renate starr in die Augen. »Ich habe auch gehört, dass Sie manchmal einfach nur Gespräche führen, ohne dass Sie das Ganze anschließend in einem Gutachten schriftlich fixieren.« Er atmete tief aus. Hektische rote Flecken hatten sich auf sein Gesicht geschlichen. Renate Wenz hatte ihm aufmerksam zugehört, nun sagte sie: »Lieber Herr Wolkenrath, oder soll ich ›lieber Volksgenosse‹ sagen?« Sie wartete seine Antwort nicht ab und fuhr fort. »Die meisten Menschen haben Sorgen und Nöte, die sie beschäftigen und ihnen manchmal sogar den Schlaf rauben. Und wie es so ist, meistens können wir guten Rat geben, wenn wir nicht betroffen sind. Wenn wir in Nöten stecken, tragen wir Scheuklappen, sage ich immer, dann sehen wir nur die Not und nicht die Lösung, dabei ist sie nicht selten ganz nah. Wenn dann eine Person – nehmen wir mal mich – aus etwas größerer Entfernung hinschaut, kann sie sowohl die Not wie auch die Lösung ziemlich leicht erkennen. Und das mache ich dann.«

Nun wandte sie sich Cynthia zu und blickte direkt in ihre misstrauischen Augen. »Sie wissen natürlich, dass so etwas, wie ich es mache, manchmal missverstanden wird, dann wird von gewerbsmäßiger Wahrsagerei gesprochen. Aber damit habe ich nichts zu tun. Ich habe einfach ein großes Herz und helfe Menschen, die in Not sind, ob sie nun Liebeskummer haben oder eine kranke Oma oder ob sie wissen wollen, ob ihr Mann sie betrügt oder …« Sie lachte kurz ihr Lachen, das in diesem Augenblick, da Töne hineinflossen, fast schon ordinär klang. »Ob sie wissen wollen, ob Deutschland bald den Endsieg erringen wird.« Cynthia fragte spitz: »Welche Antwort geben Sie denn dann?« Renate lachte wieder. »Na, Frau Wolkenrath, was würden Sie dann sagen? Ich zumindest sage, was der Führer sagt: Der Endsieg steht kurz bevor! Ist das nicht schön?« Cynthia sah noch finsterer und noch misstrauischer aus als zuvor. Aber als Renate Wenz sagte: »Sie kommen mir so zweifelnd vor, glauben Sie etwa nicht an den baldigen Endsieg?«, beeilte sie sich zu beteuern, dass sie selbstverständlich voller Vertrauen in die Kraft der deutschen Wehrmacht sei.

Stella, die seit dem Moment, als Cynthia sie zu dem Sessel geführt hatte, dort regungslos gesessen hatte, blickte staunend von einem zum andern, als wäre das Gespräch zwischen Renate Wenz und ihrer Schwägerin Cynthia eine abstruse Zirkusaufführung. Eckhardt hatte während der letzten Worte seiner Frau kräftig genickt. Nun erhob sich Renate Wenz abermals und sagte energisch: »Jetzt will ich gehen, Herrschaften. Heil Hitler!« Sie hob den Arm zackig bis zur vorgeschriebenen Augenhöhe. Dabei funkelten ihre Augen so spöttisch, dass Cynthias Gesicht sofort wieder einen misstrauischen Ausdruck annahm.

Als Stella aufstehen wollte, beugte sich die füllige Frau flink zu ihr herab und drückte sie in den Sessel zurück. »Schlaf gut, mein Kind. Ruh dich aus!« Auf diesen Wink hin erhoben sich auch Cynthia und Eckhardt und verließen mit einem kurzen Abschiedsgruß Stellas Wohnzimmer. Nachdem die drei gegangen waren, saß Stella noch lange Zeit in ihrem Sessel. Sie versuchte vergeblich zu verstehen, was an diesem Abend geschehen war. Am nächsten Morgen erinnerte sie sich an Cynthias Ohrfeige, als hätte sie die nur geträumt, unwirklich und wie durch einen märchenhaften Nebel. Aber sie hatte eine Lehre erteilt bekommen, die sie nicht wieder vergessen wollte: Sie musste ihre Gefühle zügeln und durfte nie wieder so unbeherrscht zeigen, was sie wirklich dachte und fühlte.

Ende Januar waren an vielen Wänden und in öffentlichen Mitteilungskästen Verlautbarungen zu lesen: Alle Männer von sechzehn bis fünfundsechzig, alle Frauen von siebzehn bis fünfundvierzig waren dienstpflichtig. Einige Tage danach lief Eckhardt verstört durch die Welt. Dann hatte er sich wieder gefangen. Er war nicht gemeint damit, so viel musste jedem klar sein. Er war kriegsbeschädigt, für Kriegsbeschädigte galt das nicht. Außerdem war er im Luftschutz aktiv, das galt ganz sicher auch als Dienst. So sah das auch Cynthia, die erst dreiundvierzig Jahre alt war und sich ebenfalls im Luftschutz betätigte. Das musste als Dienst ausreichen, meinte sie. Und es wurde ihr auch bald vom Luftschutzwart bestätigt: Luftschutz war Kriegsdienst an der Heimatfront. In ihrem Laden verkauften sie nur noch wenig: Hefte für die Schulkinder, Stifte und einige sonstige Sachen für die Schule. Süßigkeiten gab es nicht mehr ohne Karten, und die Mütter legten die Karten nicht in den kleinen süßen Sachen aus den großen Gläsern an, die Eckhardt und Cynthia bis dahin angeboten hatten.

Am 30. Januar war der Tag, wo zehn Jahre Führerregierung, zehn Jahre Nationalsozialismus gefeiert werden sollten. Aller Augen blickten auf den »Heldenkampf« in Stalingrad. Er schien von Tag zu Tag aussichtsloser, aber er ging immer noch weiter. Deshalb wurde im Schatten von Stalingrad für den 30. Januar keine Beflaggung, keine Führerrede, nur eine Proklamation des Führers, von Goebbels zu verlesen, angeordnet. Es gab auch keinen arbeitsfreien Tag. Göring sprach anfeuernde Worte zur Wehrmacht, die im Rundfunk übertragen wurden. Im Rundfunk wurde auch mitgeteilt, dass General Paulus im GPU-Haus, dem Standort der sowjetischen Geheimpolizei, ums Letzte kämpfte und die Übrigen in einer Maschinenhalle. Und dann wurde proklamiert, dass General Paulus Generalfeldmarschall geworden war.

In Stella machte sich seit der Ohrfeige von Cynthia zuweilen eine ihr unbekannte Ängstlichkeit bemerkbar. Besonders die Nachrichten zu Stalingrad, wo immer wieder von heldenhaftem Kampf für den deutschen Sieg gesprochen wurde, erfüllten sie mit ängstlichem Staunen. Wer kann dem glauben?, fragte sie sich. Es kam ihr vor wie das Märchen vom Kaiser ohne Kleider. Wann würde endlich einer auf Hitler zeigen und rufen: »Er hat gar keine Kleider an!«

Am 3. Februar 1943 meldete ein verspäteter Wehrmacht-Sonderbericht: »Der Kampf um Stalingrad ist zu Ende. Ihrem Fahneneid bis zum letzten Atemzug getreu, ist die 6. Armee unter der vorbildlichen Führung des Generalfeldmarschalls Paulus der Übermacht des Feindes und der Ungunst der Verhältnisse erlegen.«

Dann wurde der zweite Satz aus Beethovens 5. Symphonie gespielt und eine viertägige Nationaltrauer verkündet. Alle Kinos, Theater und Vergnügungsstätten blieben für diese Zeit geschlossen. Als Eckhardt am 3. Februar die Nachricht brachte, dass Stalingrad gefallen sei, sah Stella ihn erstaunt an. Wieso sah er so unglücklich aus? Er hätte doch seit Wochen wissen können, wie aussichtslos die Situation war. Cynthia machte sich sehr schnell die Lesart zu eigen, die sie in der Zeitung fand: »Stalingrad – Heldenepos Germaniens«.

Nun kamen täglich schreckliche Nachrichten. In Stalingrad waren siebenundvierzigtausend Verwundete und Kranke geborgen worden. Viele Betriebe wurden geschlossen. Einschneidende wirtschaftliche Maßnahmen wurden ergriffen, die deutlich machten, wie schwer diese Niederlage für die deutsche Kriegführung wog. Überall wurde versucht, Menschen für die Front und für die Rüstung frei zu bekommen. Es wurde in den Zeitungen geschrieben, dass dreihunderttausend Menschen für den Kriegsdienst von anderer Arbeit befreit werden sollten. Stella zitterte mit Gerlinde und Peter, die große Angst hatten, dass auch er eingezogen werden würde. Aber in der Zeitung stand, dass der Einzelhandel am schärfsten betroffen sein würde, rund jedes fünfte Geschäft sollte geschlossen werden. Geschlossen wurden Geschäfte, die teures Porzellan, Juwelen, Gold- und Silberwaren, Briefmarken, Süßigkeiten, Möbel, Antiquitäten, Bücher, Tabak und Spielwaren verkauften. Plisseebrenner, Schneiderateliers, Musikinstrumentenmacher, Putzmacher, alle Gaststätten, die nicht unbedingt erforderlich waren, wurden geschlossen. Diese Geschäfte galten als »Schönheitsflecken im Bilde der total mobilisierten Kriegswirtschaft«, so las Stella in einem Artikel im *Hamburger Anzeiger*. Ganze Branchen wurden ausgelöscht, beispielsweise Juweliergeschäfte. Offenbar wurde auch der gesamte Warenbestand herausgezogen und anscheinend für den Export verwendet. Den Geschäftsinhabern blieb nichts als der nackte Laden mit der Einrichtung. Es wurde davon gesprochen, dass diese Leute nach dem Krieg anständig entschädigt werden sollten, damit sie wieder neu anfangen konnten. Auch das glaubten viele, und Stella staunte auch darüber.

Mitte Februar kam Jonny nur für zwei Tage nach Hamburg. Ihm war noch kein Schiff unterstellt worden, und er hatte im letzten Monat in Kiel »Schreibtischarbeit« gemacht, wie er es nannte.

Stella war sehr überrascht über Jonny. Er wirkte unglaublich deprimiert. Kaum hatten sie sich im Wohnzimmer hingesetzt, sprach er schon über Stalingrad. »Stella, da ist Fürchterliches passiert. Das begann schon am 19. November, als laut dem Wehrmachtsbericht der letzte Widerstand der sowjetischen Kräfte schon fast gebrochen war, da haben die Sowjets ihre Gegenoffensive am Don eröffnet, um die deutsche 6. Armee, die an der Wolga stand, abzuschneiden.« Stella merkte, dass dies eine längere Ausführung würde. »Jonny, ich hole uns eine Kanne Tee und etwas zu knabbern«, unterbrach sie ihn. »Und dann legst du erst einmal dein Jackett ab und ziehst einen Pullover über, und wir machen es uns gemütlich. Einverstanden?« Er wirkte etwas konsterniert, als wollte er sagen: Von Gemütlichkeit kann keine Rede sein, aber er nickte und ließ Stella die Treppen hinuntereilen.

Als sie mit einem Tablett wieder hochkam und Teekanne, Tassen und Kekse auf dem Tisch abstellte, hatte Jonny einen blauen Pullover mit weißem Norwegermuster übergezogen. Er wirkte weniger steif, und Stella fühlte sich sofort entspannter mit ihm. Sie setzte sich aufs Sofa, zog die Beine hoch und legte eine Decke darüber. Sie schenkte Tee in die Tassen und sagte: »So, jetzt will ich hören, was du über Stalingrad weißt. Das Einzige, was ich weiß, ist, dass sie General Paulus im letzten Augenblick zum Generalfeldmarschall gemacht haben, und das kam mir doch sehr seltsam vor.« Jonny nickte. »Das war seltsam«, bekräftigte er. »Hitler war besessen davon, wenigstens Stalingrad zu erobern und nicht wieder herzugeben, wenn es ihm schon mit Leningrad oder Moskau nicht gelang. Das hat ihn völlig blind gemacht.« »Wieso blind?«, fragte Stella und frotzelte: »Du weißt, dass ich ihn sowieso nicht besonders hellsichtig finde, also, wieso noch blinder?« Im nächsten Augenblick erinnerte sie sich erschrocken, dass sie solche unvorsichtigen Sachen nicht mehr sagen wollte, aber Jonny reagierte keinesfalls befremdet.

»Es hat so viele Warnungen seiner militärischen Berater gegeben«, erklärte Jonny. »Aber er wollte nichts hören. Er befahl, allen Einkesselungsgefahren zum Trotz, Stalingrad um jeden Preis zu halten. Er meinte, dass die rund dreihunderttausend Mann der 6. Armee sowie deren rumänische Hilfstruppen aus der Luft versorgt werden könnten, wenn sie wirklich vorübergehend abgeschnitten würden.« »Also blind und taub«, warf Stella ein. »Keine gute Voraussetzung, um klug zu handeln.« »Du hast völlig recht«, stimmte Jonny grimmig zu. »Aber es ging ihm wohl auch gar nicht um kluges Handeln, er wollte einfach Stalingrad besitzen, erobern und nicht wieder hergeben.«

Nun breitete Jonny vor Stella das ganze Desaster aus, in das die 6. Armee in Stalingrad von Hitler hineingetrieben worden war: Eine Woche, nachdem die deutsche Front nördlich und südlich von Stalingrad unter dem Druck der sowjetischen Offensive zusammengebrochen war – einzelne Abschnitte hatten den hartnäckigen Angriffen nicht standgehalten –, war die 6. Armee vollständig eingeschlossen gewesen. Der Versuch, mit einer neuen Heeresgruppe unter Feldmarschall von Manstein den Ring wieder aufzubrechen, scheiterte im Laufe des Dezember, vor allem deshalb, weil Hitler einen gleichzeitigen Ausbruchsversuch der 6. Armee streng untersagt hatte. Mit diesem Verbot war die einzige und letzte Chance vertan gewesen, die Eingeschlossenen noch zu retten. Auch die Versorgung aus der Luft, die er General Paulus fest zugesichert hatte, scheiterte als vollkommen undurchführbar. Das Einzige, was gelang, war, fast dreißigtausend Schwerverwundete und zwanzigtausend rumänische Soldaten aus dem Kessel von Stalingrad auszufliegen. Hitler hatte Paulus verboten, das sowjetische Angebot, eine deutsche Kapitulationserklärung zu akzeptieren, überhaupt nur einer Antwort zu würdigen. Am 24. Januar forderten die Sowjets noch einmal, dass sich die in aussichtsloser Lage befindenden Überlebenden der 6. Armee ergeben sollten. Daraufhin funkte Marschall Paulus an Hitler: »Truppen ohne Munition und Verpflegung ... Keine einheitliche Befehlsführung mehr möglich ... achtzehntausend Verwundete ohne Mindesthilfe an Verbandszeug ... Weitere Verteidigung sinnlos. Zusammenbruch unvermeidbar. Armee erbittet, um noch vorhandene Menschenleben zu retten, sofortige Kapitulationsgenehmigung.«

»Und kannst du dir vorstellen, was Hitler geantwortet hat?«, fragte Jonny. Er hatte seine Fäuste geballt, und seine Augen funkelten zornig. Stella antwortete, ohne nachzudenken: »Ist doch klar: ›Verbiete Kapitulation‹!« »Genau«, schimpfte Jonny. »Hitlers Antwort lautete: ›Verbiete Kapitulation.‹ Die Armee hält ihre Position bis zum letzten Mann und zur letzten Patrone. Und um Paulus zu einem möglichst ›ruhmreichen‹ Ende anzuspornen, beförderte er ihn am 30. Januar zum Generalfeldmarschall. Tags darauf funkte Paulus zurück: ›Der Russe steht vor dem Bunker … CL‹ – das ist eine internationale Abkürzung, die bedeutet: ›Diese Station wird nie wieder senden.‹«

Stella beobachtete Jonny aufmerksam. Sie fand es interessant zu hören, wie Hitler seine eigenen Generäle im Stich ließ und auf diese Weise ja gegen ihn aufbrachte, aber was war es genau, das Jonny daran so sehr erzürnte? Er war nicht in Stalingrad. Er hatte im Krieg nichts mit der Sowjetunion zu tun, soviel sie wusste, kannte er auch niemanden näher, der dort kämpfte. Was also erboste ihn so? Seine weiteren Schilderungen beantworteten diese Frage nicht, sie verdeutlichten nur, wie dumm Hitlers Anweisungen waren.

Am 2. Februar hatte jede deutsche Kampftätigkeit in und um Stalingrad aufgehört. Rund einundneunzigtausend Überlebende der 6. Armee, darunter vierundzwanzig Generäle und ein Feldmarschall, zogen bei Temperaturen von minus fünfundzwanzig Grad in die Gefangenschaft. »Ich habe gehört, dass Hitler einen Tobsuchtsanfall bekommen hat, als ihm mitgeteilt wurde, dass Paulus und seine Generäle lebend in die Hände der Sowjets gefallen waren. Seine große Angst ist jetzt wohl, dass er nach Moskau gebracht werden könnte und dort Geständnisse machen wird. Hitler fürchtet allen Ernstes, dass Seydlitz und Paulus überlaufen und dort im Rundfunk gegen Deutschland sprechen werden.« Nun erkannte Stella, was Jonny an der ganzen Sache so erzürnte: Er hörte auf, daran zu glauben, dass die Nazis die Weltherrschaft erringen würden. Er glaubte nicht mehr an Hitlers überragendes Genie. Wahrscheinlich hatte er daran auch bisher weniger geglaubt als die meisten anderen, aber er war stets überzeugt gewesen, dass Hitler von Genies beraten wurde und dass die das Heft in der Hand hatten.

Jonny war unendlich enttäuscht. Er sah um Jahre gealtert aus.

Auch in den folgenden Tagen versuchte er überhaupt nicht, Stella körperlich irgendwie nah zu kommen. Es reichte ihm offenbar vollkommen aus, mit ihr zu sprechen. Er sagte das auch. »Ich kann mit niemandem mehr offen reden. Ich bin so froh, dass ich ganz genau weiß, dass ich dir vertrauen kann, Stella.« Er drückte auch aus, dass er nicht mehr viel vom Leben erwartete. »Ich bin ein alter Mann. Ich glaube, sie wollen mich endgültig an den Schreibtisch verbannen. Und vielleicht ist das auch besser so. Ich will gar kein Schiff mehr befehligen. Alles geht doch nur den Bach runter.« In dieser offenen Stimmung wagte Stella erstmals, ihn nach seiner Zweitfrau Greta und ihrer gemeinsamen, geistig behinderten Tochter Walburga zu fragen, aber er winkte ab. Die beiden waren sicher in Namibia untergekommen. Viel mehr als das Schicksal seiner Zweitfrau und seiner Tochter lag ihm das Desaster der deutschen Wehrmacht auf der Seele. Wie getrieben musste er in den folgenden Tagen immer wieder darüber sprechen. Stella verstand seine Not und hörte zu.

Die Folgen der Führerbefehle waren nicht nur für die deutsche Wehrmacht bei Stalingrad vernichtend. Die deutschen Armeen, die in Südrussland am Kaukasus und schon dicht vor den Ölfeldern von Grosny standen, konnten sich gerade noch vor einer drohenden Einkesselung retten und den langen Rückmarsch antreten. Die Hoffnung, mit sowjetischem Beute-Öl den Treibstoffmangel im deutschen Herrschaftsbereich zu beheben, hatte sich damit zerschlagen. »Diese Ereignisse werden unermesslichen Einfluss auf unsere Wirtschaft und unsere Rüstung haben«, prognostizierte Jonny. Und dann sprach er von Afrika. »Da ist das Gleiche geschehen. Den Briten ist im vergangenen Jahr Anfang November in El Alamein mit frischen Truppen ein entscheidender Durchbruch im italienischen Abschnitt gelungen. Es bestand die Gefahr, dass Marschall Rommel mit seiner Armee von den Engländern eingekesselt würde. Also hat er Hitler um Erlaubnis zum Rückzug gebeten. Er hat gefunkt, er sei in verzweifelter Lage und seit Wochen ohne Nachschub. Die Briten beherrschten den Luftraum und bombardierten pausenlos die deutschen Stellungen.« Jonny blickte Stella wieder auffordernd an: »Und, was meinst du, war die Antwort?«
»Aushalten bis zum letzten Mann«, verkündete Stella mit Hitler-Stimme. Sie fand in diesen Tagen mit Jonny ihre Frechheit zurück, und das tat ihr unglaublich gut. Jonny grinste anerkennend, weil ihre Hitler-Parodie so treffend gewesen war. Er nickte. »Rommel hat allerdings am 4. November auf eigene Faust den Rückzug angeordnet, um von seinem Afrikakorps noch zu retten, was zu retten war: die Reste seiner Panzer- und motorisierten Verbände. Die ganze Infanterie blieb zurück und geriet in Gefangenschaft. In den folgenden vierzehn Tagen wurden Rommels letzte Einheiten – knapp zehntausend deutsche Soldaten mit nur noch sechzig Panzern sowie etwa fünfundzwanzigtausend Italiener – von den sie verfolgenden Briten an der libyschen Küste entlang immer weiter nach Westen getrieben, bis ganz Libyen in englischer Hand war.« Stella überlegte. Sie hatte die Ereignisse in Afrika in den deutschen Zeitungen und im Rundfunk mit besonderem Interesse ver-

folgt, aber von dieser Auseinandersetzung zwischen Hitler und Rommel hatte sie nichts gehört. Woher wusste Jonny das alles?

Sie fragte ihn direkt, und er antwortete indirekt. »Man hat so seine Kontakte.« Stella kniff skeptisch die Augen zusammen. Er lachte kurz und bitter auf. »Stella, ich habe schon mal an einem Krieg teilgenommen, ich habe gegen die Republik gekämpft, ich war in Afrika, Woermann ist ein bedeutender Laden, du kannst mir schon glauben, dass ich auch in der Wehrmacht einflussreiche Leute kenne, die kämpfen, eigentlich überall auf der Welt.« Stella nickte. Ja, so war es. Jonny kannte unglaublich viele einflussreiche Leute aus der Wirtschaft und dem Militär. Wahrscheinlich gab es wenig Menschen, die so gut informiert waren wie er. Immerhin war das fast so etwas wie ein Steckenpferd von ihm: Informationen sammeln.

Stella bewunderte Jonnys Weitblick und seine klare Prognose, dass Deutschland keine Chance mehr habe, den Krieg zu gewinnen. »Wir haben mit Eroberungsfeldzügen begonnen«, sagte er niedergeschlagen. »Dann haben wir Vernichtungsfeldzüge geführt, was jetzt noch kommt, sind Abwehrschlachten und die sinnlose Vergeudung von Menschenleben. Russland, Amerika und England, dagegen kommen wir nicht mehr an.«

Einen Tag später, am 18. Februar 1943, verkündete der Reichspropagandaminister Dr. Joseph Goebbels im Berliner Sportpalast den totalen Krieg und forderte die »äußerste Anspannung aller Kräfte«. Im Rundfunk war das mit fanatischer Wucht unisono gegrölte »Ja« der Berliner zu hören. Stella und Jonny saßen mit Aaron gemeinsam am Abendbrottisch. Die drei sahen sich an. Lange Zeit sagte keiner ein Wort. Bis Aaron bitter kommentierte: »Welch prächtige Entlastung von Verantwortung hat sich Goebbels da geschaffen.« Er hatte offenbar begriffen, dass er sich vor Jonny in seiner Kritik an den Nazis nicht mehr verstecken musste.

Jonny wollte unbedingt die Solmitz besuchen. Also packten sie alles zusammen, was von den Lebensmitteln, die Jonny mitgebracht hatte, noch übrig war, außerdem eine Flasche Sekt und überraschten Fred und Luise am späten Nachmittag. Es wurde ein schöner Abend, von dem Luise beim Abschied sagte: »Es war ganz so wie im Frieden, so gemütlich.«

Die Themen, über die sie sprachen, waren allerdings weniger gemütlich. Jonny erkundigte sich nach Gisela, und Luise und Fred erzählten vorsichtig, was ihnen widerfahren war. Beim Standesamt in Eimsbüttel waren sie abgewiesen worden. Aber der Beamte hatte ihnen geraten, zur Aufsichtsbehörde für die Standesämter in der Klopstockstraße 17 zu gehen und es dort noch einmal versuchen.

»Fred und ich gingen also zur Klopstockstraße 17. Er wartete, er durfte das Gebäude nicht betreten. Kennt ihr die Aufsicht für die Standesämter?«, fragte Luise. Stella und Jonny schüttelten verneinend den Kopf. »Es ist ein großes, stilles Haus«, erklärte Luise, und Stella hörte, dass sie das Äußere und das Innere des Hauses als nicht zueinanderpassend empfand.

»Der Beamte hat mich gefragt: ›Wissen die Eltern des jungen Mannes, dass Ihre Tochter Mischling ersten Grades ist? Gewiss, sie haben die Einwilligung gegeben, aber wissen sie das?‹ Ich antwortete ihm, dass Belgien solche Gesetze und Anschauungen nicht kenne«, sagte Luise. Stella sah, wie ihr Tränen in die Augen stiegen, und sie wusste nicht, was besser für Luise war: darüber zu sprechen, was sie dort erlebt hatte, oder alles möglichst schnell aus ihrem Gedächtnis zu verbannen. Aber als Luise weitersprach, begriff Stella, dass Luise darüber einfach sprechen musste, weil es sie so umtrieb.

»Der Mann ereiferte sich: ›Was heißt heute Belgien? Wir sprechen nicht einmal Deutschland, wir denken Europa. Kein Jude soll in Europa bleiben. Meiner persönlichen Meinung nach – offiziell ist das nicht – wird man gegen die Juden noch schärfer vorgehen. Erste Anzeichen sind durchaus zu spüren.‹ Zweimal sagte er mir das. Und da saß ich, ein wehrloser Mensch.« Luise schluckte. Fred legte eine Hand auf die ihre, die leise zitterte. »Luischen«, sagte er. »Willst du das unseren Gästen jetzt alles erzählen? Du verdirbst uns doch die Stimmung.«

»Nein«, widersprach Stella. »Mich interessiert, was da passiert ist. Und unsere Stimmung wird bestimmt nicht besser, wenn wir voreinander verheimlichen, was uns beschäftigt.« Jonny warf ihr einen rügenden Blick zu, aber Stella war jetzt entschlossen. Sie hatte nach der Ohrfeige von Cynthia begriffen, wie entsetzlich es war, seine Gefühle und Gedanken auch im engsten Kreis nicht zeigen zu dürfen. Sie wollte sich die ganze Geschichte anhören, denn sie wollte Luise die Gelegenheit geben, sich vertrauensvoll ein wenig zu erleichtern. Außerdem wollte sie auch wissen, was in Hamburg auf den Ämtern passierte. Irgendwann würde der Krieg vorüber sein, irgendwann hätten die Nazis ihr Spiel ausgespielt. Die Tante hatte es immer vorhergesagt, und Stella glaubte es mehr und mehr. Dann würde die Zeit kommen, da all diese Leute zur Rechenschaft gezogen würden.

»Es war ein richtiger Judenhasser«, fuhr Luise verzweifelt fort. »Er sagte in schlimmstem Schulmeisterton: ›Sehen Sie, was der Jude in Russland, in Amerika anrichtet. Jetzt merken wir es erst. Darunter müssen die Unschuldigen leiden.‹ Ich hatte ihm von Freddys militärischer Laufbahn erzählt, aber er ließ nichts gelten. Darum gehe es nicht, konterte er, es gehe um die Rasse.« In Luises Augen standen nun keine Tränen mehr, sondern blanker Hass. »Er hat gefragt, ob denn nicht ein Großelternteil von Freds Seite sich als arisch erweisen lasse? Dann würde man vielleicht ein Auge zudrücken und Gisela als Mischling zweiten Grades ansehen. Er sagte das so dringlich, dass ich versucht war zu fragen: Wie sollen wir das deichseln?« Fred lachte amüsiert auf, also traute Stella sich, ebenfalls zu lachen. Luise sagte bitter: »Ich verließ das strenge, stille Haus vernichtet.« Fred fuhr fort: »Wir sind zu unserem Herrn Schmidt gegangen, der uns so häufig schon geholfen hat, ein wirklich freundlicher Mann im Bezirksamt. Aber er war nicht mehr da. Er ist zum Osteinsatz angefordert.« »Er ist uns so ein treuer, sachlicher Berater gewesen«, warf Luise traurig ein. »Ja, und dann kam Herr Voges«, ergriff Fred wieder das Wort. »Herr Voges ist ein rechter Optimist. Er umgaukelte uns mit einem Besuch in Brüssel, dass die jungen Leute dort heiraten.« »Das klang schön und tröstlich, und ich wusste doch, dass Gisela nicht rauskommt«, sagte Luise. Fred fuhr fort: »Er ging zu einem Maßgeblichen im Amt und kam mit der Auskunft zurück: Kein Mischling kommt ins Ausland. Der gute Voges konnte das auch nicht verstehen. Er war ganz verdutzt. »Nun hat sie einen Ausländer gefunden, und jetzt darf sie ihn nicht heiraten? Unverständlich.« Und dann hat er wirklich gesagt: »Aber: auf Regen folgt Sonnenschein. Glauben Sie das!«

Stella nickte bekräftigend. »Ich glaube das auch! Irgendwann wird alles wieder anders, Luise! Ganz gewiss. Es ist wichtig, dass wir alle daran glauben.« Jonnys Augen funkelten sie zornig an. Sie hatte sich zu weit nach vorn gewagt, das wusste sie selbst. Aber sie konnte sich nicht vorstellen, dass die Solmitz sie denunzieren würden. Da platzte es aus Luise heraus: »Gewiss, aber nur für uns nicht mehr!« Fred legte wieder beruhigend seine Hand auf die ihre. »Luischen, so etwas darfst du nicht sagen. Auch für uns gibt es immer wieder schöne Augenblicke, wir haben uns, und wir haben unsere Tochter und unser Haus, anderen geht es viel schlechter.« Luise giftete ihn an und verlor jede Vorsicht: »Wer von denen, die das nicht erlebt haben, kann denn ermessen, was es heißt, zehn Jahre lang in Angst und Schrecken im Schatten zu leben! Gisela hat die seligsten Jahre der Kindheit, des Backfischtums, des Jungmädchendaseins, der reifenden Frau darangegeben! Ich habe das alles mit ihr getragen.« Stella wusste, dass jetzt sie es sein musste, die Luise in ihrem eigenen Interesse stoppte. In diesen verrückten Zeiten konnte man sich nie sicher sein, ob irgendjemand lauschte, schnüffelte, plötzlich im Zimmer stand. Luise hatte es anscheinend selbst gerade begriffen. Mit einem Mal war es ganz still. Jonny erhob sich und schenkte die Gläser noch einmal voll. Er hob sein Glas und sagte warm: »Auf eure Gisela. Ein patentes Mädchen!« Alle tranken still auf Gisela.

Wenige Tage später kam Cynthia und überbrachte die Neuigkeit, der Führer hätte gesagt, es solle in Deutschland und ganz Europa kein einziger Jude übrig bleiben. Stella dachte: Was ist Cynthia doch für ein unangenehmes Lästermaul. Aber sie empfand auch eine große Bedrückung. Es war genau das, was der Standesbeamte zu Luise Solmitz gesagt hatte. Sie wünschte sich, dass ihre Schwester möglichst bald zurückkehrte. Solange Lysbeth fort war, hatte Stella irgendwie das Gefühl, an ihrer Stelle Aaron beschützen zu müssen. Sie war dazu auch wild entschlossen. Wenn einer ins Haus gekommen wäre und Aaron mitgenommen hätte, hätte sie gesagt: »Nur über meine Leiche«, aber sie hatte das Gefühl, dass Lysbeth einfach über mehr Möglichkeiten verfügte als sie selbst.

15

*U*nd dann war es so weit. Aaron stürmte glücklich bei Stella herein: »Lysbeth kommt morgen nach Hause!«

»Morgen schon?«, fragte Stella erschrocken. Aaron zog erstaunt die Augenbrauen zusammen. »Ja! Das ist doch wundervoll!«

»Aber wir müssen alles für sie vorbereiten. Wir müssen es doch schön für sie machen«, schimpfte Stella und schlüpfte sofort in ihren Kittel, den sie immer dann anzog, wenn sie richtig saubermachen wollte.

Nun begriff Aaron. »Stimmt«, sagte er. Ohne ein weiteres Wort polterte er die Treppen herunter. Auf halber Strecke begann er ein Lied zu schmettern, das Stella nicht kannte. Es klang wie: »Wenn die Sonne aufgeht und ein Stern nach Hause kommt …« Oder so ähnlich.

Bald putzte und schrubbte Stella die Küche unten. Sie hatten eine Zugehfrau, die jeden Donnerstag kam. Nun war aber Dienstag. Und wenn Lysbeth am Mittwoch kam, war das gerade der Tag, an dem das Haus am schmutzigsten aussah. Aaron war ebenso fleißig wie Stella. Er bezog die Betten neu, er räumte sämtliche Ecken auf, in denen er Bücher, Zeitungen, Briefe übereinandergeschichtet hatte. Er putzte sogar die Fenster, obwohl das Wetter draußen so wenig einladend aussah, dass man eigentlich nicht aus dem Fenster schauen mochte.

»Wir brauchen Blumen«, rief er, während er zu Stella in die Küche stürmte. Stella war gerade damit beschäftigt, den Herd zu putzen. Sie hielt inne. »Du hast recht. Aber woher nehmen und nicht stehlen? Der Blumenladen an der Ecke wurde dichtgemacht. Angeblich haben sie Blumen zu überteuerten Preisen verkauft.« Aaron sah überrascht aus.

»Das war Tagesgespräch in der Kippingstraße«, rügte Stella ihn. »Wo lebst du?

»Mir erzählt ja keiner was«, gab Aaron mit schiefem Grinsen zurück.

»Ja, das war, glaub ich, ein kleines Drama«, erläuterte Stella. »Man muss für so was wohl fünfundzwanzigtausend Reichsmark Strafe zahlen. Ich glaub zumindest, dass es so viel ist. Wer kann das schon?« Sie fuhr fort, den Herd zu schrubben. »Also, Aaron, Blumen musst du dir wohl aus dem Kopf schlagen. Die gibt es im Augenblick nicht.«

Aaron breitete theatralisch die Arme weit aus. »Wir brauchen Blumen überall im Haus«, rief er. »Meine Lysbeth kommt nach Hause. Und sie war sterbenskrank. Morgen feiern wir!« Stella warf ihm einen ironischen Blick zu. »Wo lebst du eigentlich?«, fragte sie noch einmal und warf ihre ganze Kraft aufs Schrubben des Herdes.

Kurz darauf hörte sie, wie die Haustür ins Schloss fiel. Da niemand ins Haus kam, vermutete sie, dass Aaron hinausgegangen war. Er ist unbelehrbar, dachte sie liebevoll und spöttisch zugleich. Sie ging davon aus, dass er mit leeren Händen zurückkehren würde, aber spät am Abend, sie saß schon in ihrem Wohnzimmer und trank einen heißen Tee nach diesem ungewohnt anstrengenden Tag, da erschien Aaron mit einem ganzen Korb voller Alpenveilchen. »Na?«, fragte er triumphierend. »Na?«

Stella wollte ihren Augen nicht trauen. Es waren wirklich sechs kleine

Töpfe mit rosa Alpenveilchen. Die Blüten waren nicht die imposantesten, aber es waren Blüten, und zwar mehrere in jedem Topf. »Das musst du mir erklären«, forderte sie. »Hast du die geklaut? Bist du irgendwo eingebrochen? Das wird dir Lysbeth nicht danken, mein Lieber!«

Aaron grinste. »Kein Einbruch! Ich bin durch die Straßen gelaufen und habe nach einem Blumenladen gesucht, der kein Schild hatte: ›Juden verboten‹. War nicht leicht zu finden. Im Schanzenviertel an der Grenze zu Altona, da war einer. Ein sehr kleiner Laden. Kein Schild. Also bin ich reingegangen und hab gefragt.« Aarons Gesicht wurde von einem seligen Lächeln erhellt. »Es riecht so gut in Blumenläden, Stella, findest du nicht auch? Sogar noch in Zeiten, wo es gar keine Blumen gibt.« Stella lächelte ebenso. In Friedenszeiten war es für sie ein kleines wöchentliches Fest gewesen, einen Blumenladen aufzusuchen und ihre Wohnung mit Blumen zu schmücken. Seit der Blumenladen um die Ecke geschlossen worden war, hatte sie kein Blumengeschäft mehr betreten. Aber bei Aarons Worten stieg ihr sofort der Blumenduft in die Nase.

Aaron erzählte weiter: »In dem Laden war ein kleiner alter Mann. Als er meinen Stern sah, begrüßte er mich sehr freundlich. Und dann erzählte er, dass der Laden eigentlich seiner Frau gehört hatte und dass seine Frau Jüdin gewesen sei. Sie war 1933 gestorben, kurz nach dem Machtantritt der Nazis. Er sagte: ›Ich bin richtig froh, dass sie alles, was danach kam, nicht mehr erleben musste. Und jetzt führe ich ihren Laden weiter, bis ich sterbe.‹ Da habe ich ihm von meiner Frau erzählt. Und als ich zu Ende war und er ziemlich viel über Lysbeth und mich wusste, ist er nach hinten gegangen und kam mit diesen Blumen wieder nach vorn. Ich konnte sie nicht sehen, er hatte sie so gut verpackt. Er hat sie mir in die Hand gedrückt und gesagt: ›Das ist ein Geschenk. Mit einem herzlichen Gruß an Ihre Frau.‹ Und dann hat er mich gedrängt, schnell zu verschwinden, weil er nicht wollte, dass jemand mich mit den Blumen sah. Also hab ich wie ein Verbrecher nach allen Seiten Ausschau gehalten, und als die Luft rein war, bin ich abgehauen.«

Stella hatte Tränen der Rührung in den Augen. Ja, das gab es auch. Und das wollte sie niemals vergessen. Es gab entsetzliche Menschen, scheußliche Brutalität, aber es gab auch das: einen kleinen freundlichen Blumenladen, der wahrscheinlich auch bald geschlossen werden würde. Aber noch war der alte Mann da und verschenkte Blumen an einen Juden, der seine Frau liebte.

Stella suchte schnell einige schöne Blumenübertöpfe hervor, und dann verteilten sie die Alpenveilchen in der Küche und in Lysbeths und Aarons Zimmer.

Am nächsten Tag konnte Aaron es nicht erwarten. Nervös tigerte er durchs Haus, aus dem Haus heraus, um den Block, kehrte zurück, bis Stella ein Machtwort sprach: »Sie muss auch etwas zu essen haben, wenn sie kommt. Jetzt gehen wir beide in die Küche, und du hilfst mir beim Kochen.« Aaron war sofort bereit, geradezu erleichtert.

Lysbeth kam erst am späten Abend am Hauptbahnhof an. Aaron empfing sie, in der Hand ein aus Pappe gebasteltes Herz, auf das er eine Rose gemalt und eine Liebeserklärung geschrieben hatte. Lysbeth sah sehr blass aus. Sie fiel Aaron in die Arme und weinte bitterlich. Er hielt sie fest und küsste ihr die Tränen von den Wangen. Als sie Arm in Arm den Bahnhof verließen, trafen sie viele böse Blicke, eine Frau zischte: »Judenhure!« Lysbeth war viel zu müde, um das überhaupt wahrzunehmen.

Draußen wartete Lydia in dem Bonzenauto. Sie fuhr Lysbeth und Aaron auf direktem Wege nach Hause. Es war Lysbeth anzusehen, dass sie keine weitere Anstrengung aushalten konnte. In der Kippingstraße stand Stella schon vor dem Haus. Sie tippelte in der Kälte auf und ab, bis das Auto erschien. Als sie Lysbeth erblickte, erschrak sie. So bleich und dünn hatte sie ihre Schwester nicht erwartet.

Auch jetzt weinte Lysbeth wieder. Sie hatte offenbar keine Kraft mehr, irgendwelche seelischen Erschütterungen zu verkraften. Stella und Aaron führten sie hinunter in ihre kleine Wohnung. Stella hatte sich so sehr darauf gefreut, ihrer Schwester das Essen vorzusetzen, das sie mit großer Mühe und Phantasie für den Abend vorbereitet hatte. Aber Lysbeth ließ sich nur aufs Bett fallen und schlief sofort ein.

Stella und Aaron sahen sich an und wussten beide nicht recht, wie sie diese Begrüßung verstehen sollten. Da sagte Stella: »Aaron, mein lieber Schwager, ich decke jetzt den Tisch für dich und mich, und dann stärken wir uns für alles, was uns umhauen könnte.« Sie verschwand in der Küche, und Aaron ging zurück zu Lysbeth, die er vorsichtig so weit auszog, dass sie ohne Winterkleidung, einfach nur in warmer Unterwäsche und Unterrock auf dem Bett lag, wo er sie liebevoll zudeckte.

Am Morgen nach ihrer Ankunft wachte Lysbeth von ungewohntem Schnaufen auf. Sie tastete neben sich, da war kein Aaron. Sie öffnete die

Augen und sah Aaron, der auf dem Fußboden Liegestütze machte und danach noch andere Übungen. Sie tat so, als schlafe sie noch, aber sie linste durch ihre Augenschlitze hindurch und war zutiefst befremdet. Was war mit ihrem Aaron geschehen?

Allen fiel im Laufe des nächsten Tages auf, dass Lysbeth fremdelte. Sie freute sich zwar über die Alpenveilchen, aber erst nachdem Stella sie darauf aufmerksam gemacht hatte. Ebenso ging es mit allen anderen Empfangsvorbereitungen, die Stella und Aaron getroffen hatten. Stella hatte den Eindruck, dass Lysbeth sich gar nicht richtig freute und dass Aaron darüber sehr unglücklich war.

Es war auch wirklich so, dass Lysbeth keine Freude empfand. Sie war vollkommen überrascht über den Aaron, der sie empfangen hatte. Das war ein gesunder, kraftvoller Mann! Er sah zwanzig Jahre jünger aus als zu dem Zeitpunkt, da sie ihn verlassen hatte. Er hatte mindestens zehn Kilo zugenommen. Er hatte Muskeln bekommen.

Beim Mittagessen wurde dann über alles Mögliche gesprochen, unter anderem auch über Renate Wenz. Da begriff Lysbeth plötzlich, wieso Aaron so gut aussah und wieso er Gymnastik machte. Alles ging auf Renate Wenz' Einfluss zurück. Lysbeth fragte sich eifersüchtig, warum sie unbedingt so schnell hatte nach Hause kommen wollen, offenbar war sie hier überhaupt nicht wichtig, ganz im Gegenteil, ohne sie war Aaron viel gesünder geworden.

Sie tat so, als würde sie sich über sein gutes Aussehen freuen, aber in Wirklichkeit war das nicht so. Sie berichtete in kurzen Sätzen von Scharbeutz, von Dritter und seiner Familie. Aaron und Stella erzählten davon, was in der Kippingstraße und Umgebung geschehen war: In der Koopstraße sollte ein Bunker gebaut werden, und alle munkelten, dass nun doch mit einem Gasangriff gerechnet würde. Zur Beschaffung von Wohnraum wurden jetzt Wohn- und Pflegeheime für Menschen eingerichtet, die das sechzigste Lebensjahr überschritten hatten und eine möblierte Wohnung zur Verfügung stellen konnten. Es war nicht mehr zu billigen, dass Einzelpersonen oder Ehepaare größere Wohnungen innehatten, die sie nur zum Teil bewohnten und die dringend von Familien mit Kindern benötigt wurden, so lautete die Ankündigung der Sozialverwaltung. Luise Solmitz, die nun 53 Jahre alt war, hatte große Angst geäußert.

Während sie zuhörte, war Lysbeth zugleich mit anderen Gedanken beschäftigt: Wer war Renate Wenz? Und wieso konnte diese einen solchen Einfluss auf Aaron gewinnen, dass er sich so positiv verändert hatte? Hatten die beiden sich ineinander verliebt? Sie beobachtete Aaron unauffällig, aber sie bemerkte keine Veränderung in seinem Verhalten ihr gegenüber. Er war liebevoll und aufmerksam wie immer, er berührte sie hier und da, sobald er irgendwie in ihre Nähe kam. Und er suchte ihre Nähe genauso, wie sie es von ihm gewohnt war.

Am Abend kam Renate Wenz zu Besuch. Nein, sie kam nicht einfach zu Besuch, sie tobte wie ein Wirbelsturm die Treppen hinauf in Stellas Wohnzimmer, wo die Familie das Abendbrot eingenommen hatte und noch etwas beisammensaß. Sie stürmte auf Lysbeth zu, sah sie an, hielt einige Sekunden Blickkontakt mit den kühlen abwartenden Augen Lysbeths, schloss sie in ihre fleischigen Arme und drückte sie an ihren beeindruckenden Busen, ohne Lysbeth die kleinste Chance eines Widerstands zu lassen. Dann sagte sie: »Wenn Aaron mein Sohn gewesen wäre, hätte ich dich als Schwiegertochter haben wollen.« Danach war alles zwischen ihnen besiegelt. Renate Wenz war geradewegs in Lysbeths Herz hineingesprungen.

Wie durch einen Zauber entspannte sich Lysbeths kleines verkrampftes Gesicht, sie griff nach Aarons Hand, und im Verlauf des weiteren Abends lachte sie mehrere Male so herzhaft, dass Aaron und Stella einander anschauten und beide wussten, wie warm es dem anderen in der Brust war. Als Aaron gegen zehn Uhr zum Aufbruch drängte, »Lysbeth war krank, sie ist noch erschöpft, sie muss ins Bett«, bettelte Lysbeth wie ein kleines Mädchen, dass sie noch ein wenig aufbleiben wollte. Als sie schließlich im Bett lagen, schliefen sie ein, die Körper von oben bis unten aneinandergeschmiegt. Am Morgen machte Aaron erst Gymnastik, nachdem sie ihr gemeinsames Aufwachen gebührend gewürdigt hatten.

Von nun an kam Renate mindestens jeden dritten Tag zu Besuch, meistens schaute sie alle zwei Tage kurz herein, um ihnen etwas zu essen mitzubringen. Sie hatte es sich ebenso zur Aufgabe gemacht, Lysbeth aufzupäppeln, wie sie es vorher bei Aaron getan hatte. Lysbeth entwickelte mehr und mehr Vertrauen zu ihr. Diese Frau tat ihr unglaublich gut. Renate war zwar vollkommen anders als die Tante, aber ihre Derbheit vermittelte Lysbeth ein sehr ähnliches Gefühl, wie es die ehrlichen trockenen Aussprüche der Tante und ihr Krähenlachen getan hatten: Sie empfand Vertrauen und hatte das Gefühl, alles könnte doch noch gut werden.

Manchmal stellte sie Renate Wenz Fragen, die sie keinem anderen Menschen gestellt hätte, so zum Beispiel: »Gibt es überhaupt noch einen Menschen, der keine Angst hat, in Hamburg, vielleicht in ganz Deutschland?« »Nein«, antwortete Renate Wenz prompt. »Nicht einmal Hitler hat keine Angst. Vielleicht hat er sogar die größte. Denn wenn er den Krieg verliert, könnten die Deutschen vielleicht endlich aufwachen und ihm die Hosen runterziehen, und dann würden sie sehen, dass er gar keine Eier hat.« Lysbeth kicherte. Renate hatte recht. Es gab niemanden mehr, der keine Angst hatte. Angst war ein überall vorhandenes Gefühl. Hatte man früher Angst riechen können, so war der Geruch jetzt so verbreitet, dass ganz Hamburg nach Angst roch. Und es war keine kleine Angst, sondern diese Angst betraf die wirklich existentiellen Dinge: Verlust des Lebens, des eigenen oder das der engsten Verwandten, Verlust des Zuhauses, Verlust der Gesundheit, Verlust des Bodens unter den Füßen. Die Menschen hatten Angst, die liebsten Menschen zu verlieren, obdachlos zu werden, einen Fehler zu machen und dann eingesperrt zu werden, Gliedmaßen zu verlieren, und vielleicht noch am schlimmsten: Vor dem Eintreffen des Todes nach einem Bombeneinschlag entsetzlich zu leiden, weil man verschüttet oder verbrannt wurde.

Es gab nichts mehr, das sicher und unantastbar war. Als die Arbeit an dem Bunker in den hinteren Gärten der Häuser mit den ungeraden Nummern in der Kippingstraße begonnen wurde, gab es keine Möglichkeit des Einspruchs. Hinter Haus Nummer 3 wurden die Aborte für fünfzig ausländische Arbeiter hingestellt. Den Anwohnern wurde gesagt, sie sollten alles gut verschließen, man stände für nichts ein.

Stella war entsetzt, als sie das hörte. In dem schönen kleinen Garten des Wolkenrath-Hauses in der Kippingstraße 17, das auf dem Papier immer noch ihrer Mutter gehörte, weil die Geschwister es noch nicht für nötig gehalten hatten, irgendetwas umzuschreiben, sollte ein Bunker gebaut werden. Und sie selbst hatte hinten einen Gemüsegarten angelegt. Und genau dort, wo links in der Ecke jetzt mit dem Bunkerbau begonnen wurde, liefen ihre Hühner herum. »Ich will das nicht«, sagte sie zu ihrer Schwester, die sie auslachte. »Wenn du wüsstest, was ich alles nicht will«, sagte Lysbeth.

Also ging Stella zu Eckhardt. »Was sagst du dazu?«, fragte sie zornig, als trüge er die Schuld an dem Übergriff auf ihren Garten. »Gefällt mir nicht«, entgegnete er dumpf. »Aber ich weiß nicht, was ich dagegen tun kann.« Stella atmete etwas auf. Immerhin war da einer, der zumindest gern etwas dagegen tun würde. Sie sagte: »Ich mach mir mal Gedanken, tu du das auch.« Er nickte, doch sein Gesichtsausdruck war nicht gerade von so viel Optimismus geprägt, als dass Stella in ihrer zornigen Stimmung hätte aufgeheitert werden können.

Aber sie war ein wenig beflügelt. Er sollte sich Gedanken machen, sie wollte es auch tun. Inzwischen waren Lysbeth und Aaron auch schon aktiv geworden. Sie hatten Renate Wenz von dem Bunkerbau erzählt und gefragt, ob sie irgendeine Idee hätte, was man dagegen tun könne. Renate zog ihre Stirn in Falten und machte einen Schmollmund. So blieb sie einige Minuten regungslos, bis Lysbeth und Aaron ungeduldig wurden. Als Aaron sie mit dem Zeigefinger auf die Nase stupste und »Lebst du noch?« fragte, schimpfte sie ihn lautstark aus. »Ich denke, mein Lieber, und wenn ich denke, soll man mich nicht ansprechen, sonst ist mein Gedankenfluss gestoppt, und alles geht den Bach runter.« Sie raffte sich auf und verabschiedete sich. »Jetzt weiß ich nichts, aber ich denke drüber nach. Bis zum nächsten Mal.«

Beim nächsten Mal brachte sie Auskünfte mit, die sie mit Hilfe von geschickten Erkundigungen erhalten hatte. Ein Bunkerplan wird nur dann eingestellt, wenn gewichtige Gründe dagegensprechen. Die Gründe können nur Feuer- und Sicherheitsgründe sein.

Stella hatte sich inzwischen telefonisch an Jonny gewendet, der auch nicht wusste, was er tun sollte. Eckhardt hatte im Luftschutzbund gefragt, ob man den Bunkerbau nicht neben ihrem Grundstück stoppen könnte. Dann wäre doch genug Platz für die Anwohner vorhanden. Ihm war nur mit Schulterzucken geantwortet worden.

Renate Wenz spannte Lydia ein. Die sprach mit ihrem Karl. Der sagte das Gleiche, das auch schon Renates Informanten gesagt hatten: Gewichtige Gründe, die Sicherheit betreffend, müssten dagegensprechen.

Am 6. März gab es wieder einen schweren Angriff. Anschließend war Wedel, der kleine Ort an der Elbe, der hinter Blankenese lag, entsetzlich verwüstet. Überall waren Aufräum- und Rettungsarbeiten nötig. Einen Tag später sprach Eckhardt mit dem Ingenieur, der die Aufsicht über den Bunkerbau in der Kippingstraße hatte. »Es gibt doch Sandboden unter den Häusern, deshalb haben sie ja auch kein tiefes Fundament. Man befürchtete beim Hausbau, dass das Haus bei einem tieferen Keller wegrutschen würde«, sagte er. »Ich glaube, dass ein Bunker hier nicht wirklich Sicherheit bietet. Bei einer Bombe können die Bunker einfach einsinken oder wegrutschen. Ich glaube, das Ganze hier ist sogar eher gefährlich. Und außerdem haben wir jetzt den Bunker in der Koopstraße. Und die meisten Anwohner bleiben doch sowieso in ihren Häusern, um die Häuser zu retten. Also, wir zumindest bleiben in unserem Haus. Wir wollen ja nicht unser Haus verlieren.« Eckhardt redete noch eine Weile länger auf den Mann ein, der schließlich sagte: »Was glauben Sie eigentlich, wer Sie sind? Sie denken wohl, Sie müssten mir erklären, was hier los ist! Sind Sie Ingenieur?« Eckhardt zuckte zusammen. Auf seinen Wangen bildeten sich hektische rote Flecken, was er an der Hitze seiner Wangen spürte. Er schämte sich entsetzlich wegen seines mädchenhaften Errötens. »Entschuldigen Sie«, sagte er beflissen. »Ich bin Luftschutzwart für unser Haus. Und ich fühle mich verantwortlich.« Er ließ offen, wofür er sich verantwortlich fühlte, aber der Ingenieur begriff sofort, dass es Eckhardt um den Erhalt seines Gartens ging. »Was ist eigentlich los mit Ihrem vermaledeiten Haus?«, schimpfte er los. »So viele Anfragen, wie ich deswegen schon bekommen habe! Aber wissen Sie was, wir haben auch noch anderes zu tun, wir hören einfach bei Ihren Nachbarn auf, und dann können Sie gucken, wo Sie abbleiben. Ich hab schon von höherer Stelle einen Wink gekriegt.«

Damit war die Sache erledigt. Der Bunker hörte genau neben dem Garten der Wolkenraths auf. Die Freude im Haus war groß. Einen Tag später allerdings trat eine neue Bedrohung in ihr Leben.

Ein amtliches Schreiben vom Judenreferat der Gestapo, unterschrieben von Herrn Claus Göttsche, forderte Aaron auf, sich unverzüglich bei ihm einzufinden. Er sei der Organisation Todt zugeordnet worden, die Aufräumungsarbeiten im Hamburger Raum durchführe.

Aaron reagierte gelassener als Stella und Lysbeth. Er rechnete bereits seit Anfang des Jahres mit einem solchen Schreiben. Und er fühlte sich dem gewachsen, was auf ihn zukam. Fast war er erleichtert, denn jetzt hatte das angstvolle Warten ein Ende, und er konnte irgendetwas tun. Er wusste, dass die Organisation Todt mit den Ausländern, Juden und Zuchthäuslern, die ihr unterstanden, nicht zimperlich umging, aber er war gesundheitlich wieder obenauf und fühlte sich körperlich gekräftigt.

Nicht nur Renate Wenz kam regelmäßig zu den Wolkenraths, neuerdings kam auch Luise Solmitz. Sie schaute fast täglich kurz herein und plauderte ein wenig mit den Frauen, die sie dort gerade antraf.

»Der Nachbar von Kippingstraße 3 hat gesagt, dass er neuerdings bei Alarm in den Bunker geht, er kann die Angriffe nicht mehr ertragen. Ob meine Nerven nicht nachgeben?«, erzählte sie. »›Was soll ich denn tun?‹, hab ich zu ihm gesagt. Die Wände raufklettern? Das nützt doch nichts. Ich kriege im LS-Keller Haftpsychose, ich will in meinem Haus sein.« Luise machte sich große Sorgen um ihr Haus. »Es ist alles, was wir noch haben«, sagte sie. Und als in der Zeitung stand, dass, unabhängig von der Aufforderung an Alleinstehende und Ehepaare über sechzig Jahre, Leute aus großen Wohnungen und Häusern raussollten und Menschen mit Kindern rein, weinte sie und fragte: »Was wird aus uns? Unser Haus, unsere Sachwerte sind all unser Besitz.«

Gemeinsam mit Luise und Fred fuhr Stella mit dem Zug nach Wedel, zu sehen, was aus der stillen kleinen Stadt geworden war. Von Blankenese bis Wedel sahen sie ausgebrannte Eisenbahnwagen. Der Bahnhof war hin, es standen nur noch dürftige Außenmauern. In den öden Fensterhöhlen wohnte nicht das Grauen, sondern es blaute das Wasser des kleinen Sees vor der Stadt mit unwahrscheinlicher Leuchtkraft zu ihnen herüber. Trümmer ragten anklagend empor. Gleich am Eingang zur Stadt gab es eine Sperre. Niemand kam ohne Ausweis in die Stadt hinein, sämtliche Zugangswege waren von der Polizei gesperrt.

Stella entdeckte viele Menschen mit Kränzen und Blumen. Drüben auf dem freien Platz traten der BdM an und die Hitlerjugend mit Fahnen und Wimpeln. In einer Stunde, um 16.00 Uhr, sollten dreiunddreißig Opfer bestattet werden. Die Leute sprachen von zweihundertvierzig, ja, von dreihundert Toten. Vierzig Prozent der Häuser sollten vernichtet sein. Vom Zug aus sah Stella den Friedhof, der im weiten Land lag. In Wedel läutete keine Kirchenglocke mehr, die Kirche war zerstört.

Sie stiegen in Rissen aus, das auch schwer gelitten hatte. Das *Café Birkeneck* schwelte immer noch, schöne alte Bauernhäuser waren vernichtet, das Vieh wurde in den Stall einer Ruine getrieben, ein Bild wie von Dürer. Ganz schlimm sah der Iserbarg aus, eine früher reizende, einseitig bebaute Straße gegenüber dem Wald. Sieben Häuser waren nur so zusammengehauen, ein furchtbarer Anblick. Kinder gingen jubelnd mit einer Schaukel und einer Gießkanne davon, die ihnen der betroffene Besitzer geschenkt hatte.

Stella war voller Mitgefühl für die Opfer des englischen Angriffs.

Aber als sie wenige Tage später hörte, dass zuerst Hastings, dann Newcastle, schließlich London von deutschen Kampfflugzeugen angegriffen worden war, da empfand sie entsetzlichen Überdruss. Wie lange sollte das noch so weitergehen? Engländer – Deutsche, Deutsche – Engländer, einer rächte sich für die Zerstörung durch den anderen mit noch größerer Zerstörung. Sie war nicht einmal mehr besonders hasserfüllt gegen die Nazi-Bomber, sie empfand nicht einmal mehr besondere Angst um Anthony und ihre Tochter und Enkeltochter, sie hatte einfach nur genug. Die Angst hatte sich in ihr tief eingenistet, sie gehörte zu ihr wie Tuberkel in eine zerfressene Lunge. Sie selbst empfand nichts Neues mehr, nichts Tieferes, nur Überdruss.

Die Nachrichten über die begeisterten Arbeiter, die dem Aufruf zum totalen Krieg folgten, indem geschlossene Belegschaften am Sonntag zusätzliche Panzerschichten leisteten und die Lohnsumme hierfür einschließlich Sonntagszuschlag dem Führer für eine neue 6. Armee zur Verfügung stellten, weckten bei ihr nur noch Hohn.

Von Luise erfuhr sie, dass Wedel wieder frei war. Freunde von ihr wären dort gewesen. »Es muss furchtbar sein dort«, sagte Luise. »Unsere Freunde haben sich geschämt vor den fragenden Blicken der Wedeler: ›Wieso wollt ihr unser Elend ansehen?‹« Stella nickte zustimmend. Ja, auch sie fragte sich schon seit langem, warum alle zu den zerstörten Gebieten in und um Hamburg wallfahrten. Aber das Ergebnis der Zerstörung anzuschauen, übte auf alle einen seltsamen Sog aus. Da sagte Luise bitter: »Bald werden wir nicht mehr zu den zerstörten Häusern wallfahren, sondern zu den letzten, die heil geblieben sind.« Stella sah sie überrascht an. So eindeutig und hart hatte sie Luise bisher noch nicht sprechen gehört.

Aaron wurde in die Trümmer in Wedel geschickt. Im April arbeitete er trotz Schneesturm. Wenn er abends nach Hause kam, war er am Ende seiner Kräfte. Aber er war dankbar, überhaupt nach Hause gehen zu dürfen. Die meisten Arbeiter in der Organisation Todt lebten in Baracken, wo schlimmste Krankheiten grassierten. »Zum Glück habe ich schon Tuberkulose gehabt«, sagte er mit Galgenhumor. »In den Baracken wimmelt es, glaube ich, nur so von Tuberkeln und allen möglichen anderen kleinen fiesen Viechern.« Es war zwischen ihm und Lysbeth ein Tabuthema, dass Lysbeth vielleicht in Scharbeutz auch einen tuberkulösen Anfall gehabt hatte. Sie wussten beide, dass Tuberkulose jederzeit wieder ausbrechen konnte und dann auch hochansteckend war. Aber genauso gut war es möglich, dass Lysbeth einen anderen Infekt gehabt hatte und gegen Tuberkulose irgendwie immun war oder auch, dass Aaron gar keine Tuberkulose, sondern nur eine schwere Lungenentzündung gehabt hatte.

Der Schneesturm war gerade vorbei, da blieb Luise einige Tage dem Haus der Wolkenraths fern. Lysbeth, die sich, seitdem Aaron arbeitete, über jeden Besuch freute, weil sie sonst unruhig durchs Haus stromerte, wunderte sich über Luises mehrtägige Abwesenheit. Auch auf der Straße begegnete sie Luise nicht. Dann kam Luise, offenkundig interessiert daran, Cynthia und Eckhardt nicht zu begegnen. Lysbeth spürte sofort, dass Luise etwas besonders Schweres auf dem Herzen hatte.

Sie bereitete ihr eine Tasse Kaffee aus den Beständen, die Renate bei ihnen anschleppte. Aber in der Küche antwortete Luise auf Lysbeths Frage, wie es ihr gehe und ob irgendwas Schlimmes geschehen sei, nur einsilbig. Erst als Lysbeth vorschlug, in ihr Zimmer nebenan zu gehen, und Luise sich dort mit Blick zur Tür niedergelassen hatte, packte sie aus.

»Vor einer Woche hat Fred sich von mir verabschiedet. Ich hab gefragt: ›Wann kommst du wieder?‹ Er sagte so eigenartig: ›Ich rufe an.‹ Irgendetwas war unheimlich. Ich ging nach oben, da lag die Aktentasche. Auf dem Schreibtisch war seine Tasche mit den Lebensmittelkarten, da lagen Geldscheine, so, wie wenn einer die Herrschaft niedergelegt hätte. Dabei ein Zettel. ›Gestapo … für den Fall, dass ich nicht wiederkomme …‹ Mehr las ich nicht. Ich zog den Mantel an und lief los. Meine Beine waren wie von Gummi. Ich rannte um mein Leben, zum U-Bahnhof Schlump. Im Zug erst las ich den Zettel richtig: Rothenbaumchaussee 38, Zimmer 8. Also raus beim nächsten Halt und zum Stadthaus. Ich war so verzweifelt über meine Dummheit. Angekommen, fragte ich den Pförtner. Ja, Fred sei da, aber nach oben dürfte ich nicht. Aber er sagte: Es dauert nicht lange. Ich wartete in einem Klubsessel in der Halle. Mit mir warteten vier Männer, darunter drei Jüngere, von denen einer sein Kind im Wagen bewachte. Sie hatten ihre Frauen nicht nach oben begleiten dürfen. Menschen kamen und gingen. Ich horchte auf jeden Schritt auf der Treppe. Und dann kam er. Aber er sah mich nicht. Er gab seinen Zettel ab, wandte sich zur Tür, ich ihm nach, und das Wiedersehen war nüchterner, als ich gedacht hatte.

Anscheinend gab es ein Problem mit Rundfunk und Fernsprecher. Der Beamte meinte, soviel er sehe, sei kein Grund zur Beunruhigung.« Luise blickte verloren vor sich hin. »Jetzt habe ich immer Angst, wenn er weggeht, Lysbeth. Wie ist das denn bei dir?« Lysbeth war der Schilderung der Nachbarin mit großer Anteilnahme gefolgt. Sie überlegte, was sie Luise antworten könnte.

»Ich habe jeden Tag Angst, wenn er das Haus verlässt«, bekannte sie. »Nicht davor, dass er mir irgendwas nicht erzählt.« Sie lächelte. »Aaron hat ja nicht diese soldatische Art wie Fred. Aber ich habe Angst, dass er nicht wiederkommt. Dass ihn einer auf der Straße erschlägt, dass ihn der Aufseher erschlägt, dass er in einen Trümmerschacht stürzt. Denen ist es ja viel zu mühsam, einen Juden irgendwo rauszuholen. Wenn Aaron etwas passiert, werden sie ihn einfach verrecken lassen. Und bis ich dann da bin, ist vielleicht zu viel Zeit vergangen.« Beide Frauen saßen bleich und angespannt vor ihren Kaffeetassen. »Ich bin immer auf dem Sprung«, sagte Lysbeth. »Ich kann nur hoffen und vertrauen, dass ich ein seltsames Gefühl bekomme, dass ich es irgendwie spüre, wenn Aaron etwas passiert ist, oder dass mir irgendjemand Bescheid sagt. Auf jeden Fall lasse ich mir immer von ihm sagen, wo er arbeitet. Manchmal weiß er es aber morgens selbst nicht. Das sind die schlimmsten Tage.«

Luise und Lysbeth blickten schweigend in den Garten hinaus. In diesem Jahr sah es nicht nach Frühling aus, als hätte die Welt und das Wetter gesagt: Unter diesen Bedingungen machen wir nicht mehr mit.

In das Schweigen hinein sagte Luise: »Gisela war beim Friseur. Zwangsweise. Sechs Zentimeter Haarlänge. So ist es angeordnet.«

»Die sind doch verrückt«, sagte Lysbeth.

Wieder schauten sie zum Fenster hinaus. Der Bunker auf dem Nachbargrundstück nahm ein Drittel des Gartens ein. Grau und eckig verschandelte er den ganzen Charme des kleinen Gartens. »Was habt ihr für ein Glück, dass ihr euren Garten behalten habt«, sagte Luise. Lysbeth nickte: »Ja, manchmal hat man Glück.«

Als Nächstes wurde Aaron zu den Bunkerbauten auf dem Gelände des Eppendorfer Krankenhauses eingesetzt. »Die werden riesengroß«, erzählte er am Abend. »Es kommt mir nicht vor, als ob irgendjemand daran denkt, dass dieser Krieg zu Ende gehen könnte.«

Die Nachrichten, die über den Rundfunk kamen, machten allerdings auch keine Hoffnung auf einen Sieg. Am 13. Mai gab das Oberkommando der Wehrmacht bekannt, dass der Heldenkampf der deutschen und italienischen Afrikaverbände sein ehrenvolles Ende gefunden habe. Sie seien dem Mangel an Nachschub, nicht dem Ansturm des Feindes erlegen. Briten und Amerikaner waren im westlichen Nordafrika gelandet und hatten mit rund hunderttausend Mann ganz Marokko und Algerien besetzt. Darauf waren unter Bruch des Waffenstillstandsabkommens deutsche Truppen in den bisher unbesetzten Teil Frankreichs einmarschiert, und Hitler hatte zudem noch rund zweihundertfünfzigtausend Mann nach Tunesien geschickt, um wenigstens diesen letzten Zipfel afrikanischen Territoriums zu halten. Doch es war zu spät. Die Wehrmacht hatte alle nach Tunesien entsandten Soldaten, Panzer und Geschütze sowie die Reste des Afrikakorps eingebüßt. Dort waren mehr deutsche Soldaten in Gefangenschaft geraten als in Stalingrad.

Dies hatte neben den militärischen Auswirkungen natürlich sehr ernste Folgen für die deutsche Kriegswirtschaft und bedeutete zugleich eine wesentliche Stärkung des angloamerikanischen Rüstungspotentials, weil alle Rohstoffquellen Afrikas und Vorderasiens dem deutschen Zugriff entzogen und den Alliierten wieder frei zugänglich waren.

Stella ging zu Eckhardts Weltkarte und nahm einige Fähnchen weg. Als hätte er einen Alarmknopf an seiner Karte angebracht, stand er sofort vor seiner Wohnungstür. »Was machst du da?«, schimpfte er, hüpfte wie ein zorniger Zwerg die drei Stufen hinunter und entriss Stella die Fähnchen. Sie sah ihn ruhig an. »Möchtest du sie wieder reinstecken?«, fragte sie. »Nur zu! Du bist nicht der Erste, der sich bei diesem Krieg mit Erfolgsmeldungen belügt.« Eckhardt ließ den Kopf hängen. »Stella, ich weiß nicht, wohin das Ganze noch führen soll. Hören sie denn erst auf, wenn alles kaputt ist?« Jetzt tat er ihr wieder leid. »Ach, Brüderchen«, sagte sie. »Wenn sie wenigstens dann aufhören, wäre ich ja noch beruhigt. Dann mach ich sogar beim Kaputtmachen mit.« Sie reichte ihm die Fähnchen. »Ich habe gedacht, ich fang hier schon mal an.« Er nahm sie in die Hand und zerbrach sie, sechs kleine hölzerne Einzelteile mit etwas zerrissenem Papier.

Stella verstand immer weniger, wieso die Hamburger nicht offen gegen den Wahnsinn dieses Krieges auftraten. Am 11. Mai wurde bekanntgegeben, dass es nun vierhundert Gramm Fleisch im Monat weniger geben würde, dafür dreihundert Gramm Brot und fünfzig Gramm Fett mehr im Monat. Überall war zwar Entsetzen vernehmbar, die Rationierung war Tagesgespräch, aber gleichzeitig war weiterhin die Rede von Großeinsätzen in Rüstungsbetrieben für die Unterstützung des totalen Krieges.

Im Mai zeigte sich endlich der Frühling. Im Nu stand Hamburg in Blüte. Besonders die Kippingstraße mit ihren Rhododendren in den Vorgärten, dem Flieder, den Bauernrosen lockte Besucher herbei, die durch die Straße flanierten und die Anwohner beneideten. In der Mitte des Monats gab es um 10.45 Uhr einen halbstündigen Alarm. Niemand kümmerte sich darum, als wollten die Menschen sagen: »Wir lassen uns die wenigen schönen Tage, die Hamburg uns bietet, nicht zerstören.« Vielleicht konnte sich auch niemand vorstellen, dass an einem so warmen und sonnigen Tag, wo die Welt in Blüte stand, etwas Schlimmes geschehen könnte.

Zwei kleine Schulmädchen klapperten in Windeseile vorüber, das eine hielt ihre Puppe ans Herz gedrückt. Eine männliche Stimme rief von einem der vielen kleinen Balkone in der Straße: »Lauf! Lauft!« Es war kirchenstill und traumhaft schön. Nur von Ferne hörte man Schießen.

Am 25. Mai hatte Luise Solmitz Geburtstag. Wie es üblich war, stattete jeder der Nachbarn, die sie näher kannten, ihr vormittags einen kurzen Besuch ab, um zu gratulieren. Und jeder brachte eine Kleinigkeit mit. Früher hatte man Blumen vorbeigebracht, jetzt waren es Lebensmittel.

Am nächsten Tag lud Luise die drei Wolkenrath-Frauen zum Kaffee ein. Stolz zeigte sie ihren Geburtstagsgabentisch, wo in kleinen Abteilungen die Geschenke der einzelnen Menschen lagen. In einer Abteilung zwei kleine Käse, eine Dose Tomaten, getrockneter Grünkohl, Grütze, Marken für fünfhundert Gramm Brot und fünfzig Gramm Fleisch, eine Zwiebel, etwas Zucker, in der nächsten Abteilung ein Viertelpfund Kakao, drei Eier, Nudeln, Mehl, ein Liter Magermilch, in einer etwas mageren Abteilung Saft, Knäckebrot, eine Stange Lauch und ein Viertelliter Vollmilch. Luise wirkte so gelöst, wie man sie schon lange nicht mehr gesehen hatte. Sie erzählte, dass die Geschenke von ihren Verwandten seien, die gestern mit ihr gefeiert hätten. »Es gab Gulasch mit Makkaroni – hundert Gramm Fleischmarken hat jeder gestiftet – Buttermilchgrütze, Bohnenkaffee halb und halb, Torte, Kriegsschlagsahne«, erzählte sie beglückt. Ganz offensichtlich war es eine schöne Feier gewesen. Dann aber berichtete sie von einem Vertreter, der aus dem Rheinland kam und sagte, bis jetzt dürfe Hamburg das Wort »Bombenangriff« überhaupt nicht in den Mund nehmen, denn das Rheinland sei ein einziges Trümmerfeld.

Wenige Tage später, als Stella Luise auf der Straße traf, war Luises gute Stimmung schon wieder vorbei. Sie hatte gehört, dass es den Plan gebe, die Mischehen zu trennen. In ihren Augen flackerte wieder nackte Angst. Angeblich hätte ein Jude die Engländer auf die Talsperren aufmerksam gemacht, die diese jüngst bombardiert hätten. Da es kaum noch Juden gebe, die irgendwie zur Rechenschaft gezogen werden könnten, sollten nun die Mischehen getrennt werden. Stella sagte: »Luise, hör auf, solche Gerüchte zu glauben. Das macht dich nur verrückt.« Aber Luise beharrte: »Das hat eine Frau im Laden erzählt, die es angeblich ganz genau wusste.« Stella beschloss, Lysbeth diese Nachricht zu verschweigen.

Es wirkte allerdings eher so, als würden alle Menschen für die Bombardierung der Möhne-Talsperre bestraft. Denn diese hatte zu einer grauenhaften Wasserflut geführt, was nun wieder Wassermangel zur Folge hatte. Alle Leitungen waren zerstört. Deshalb gab es für die Hamburger nur noch zwei Liter Wasser pro Tag, keine Wasserspülung. Bald stank die ganze Stadt wie eine einzige große Kloake.

Mit Genugtuung las Stella große Bekanntmachungen in Läden: »Der Mütter Herzen sind von Gott geweiht als Opferschalen einer großen Zeit«, oder: »In Deutschland denkt kein Mensch an einen faulen Kompromiss, jeder Deutsche denkt nur an den totalen Krieg.« Sie ging beschwingt nach Hause. »Lysbeth, sie bekommen Muffensausen«, sagte sie zufrieden. »Das ist wie mit dem untreuen Ehemann, der plötzlich Blumen schenkt und sonstige Liebesanwandlungen bekommt. Wenn alle Mütter begeistert wären über ihre toten Söhne, bräuchten sie derart dumme Anschläge nicht zu veröffentlichen.« »Ich zumindest habe etwas gegen den totalen Krieg«, stimmte Lysbeth zu. »Und außerdem fände ich einen Friedensschluss mit England und Amerika wundervoll, und alles andere stinkt für mich verfault gen Himmel. Dann würden wir wenigstens noch irgendetwas retten.« Stella dachte an Jonnys Worte. Ihre Stimme verlor im Nu den Triumph. »Die werden uns alle eher draufgehen lassen, als den Rest von Deutschland zu retten«, sagte sie traurig.

Im Juni war das schöne Wetter wieder vorbei. Es regnete in Strömen,

Pfingsten, das in diesem Jahr sehr spät lag, brachte kein Sommerwetter mit sich. In jedem Gespräch schimpften die Hamburger auf das Klima, als könnten sie bei diesem Thema alle Wut, alle Enttäuschung, allen Überdruss loswerden. »Unser Klima wird immer widerlicher«, tönte es. »Das Hamburger Klima ist wie ein überempfindlicher Magen, der alles Gute gleich wieder von sich gibt, noch lange gestört ist, langsam aufholt, und dann geht's sofort wieder los«, schimpfte Luise. Allenthalben erklang es: »Grässlich, das Wetter. Nicht zum Aushalten.« Aber trotz alledem brachte der Sommer etwas Gutes mit sich. Die Verdunkelung war nun auf eine andere Zeit festgesetzt. Von 22.45 bis 3.45 Uhr musste verdunkelt werden. Alle freuten sich auf die herrlich kurzen Nächte.

Zu dem ins Wasser gefallenen Juni kamen die Aufrufe in den Zeitungen: »Seid wachsam! Hamburg hat eine ganze Weile Ruhe gehabt. Aber diese Ruhe täuscht … die Stille trügt …« Cynthia brachte einige Zeitungen mit, die diesen Aufruf in großen Lettern veröffentlich hatten. Stella schnaubte: »Das braucht man uns doch nicht zu sagen, das wissen wir!«

Pfingsten gab es um 8.00 Uhr öffentliche Luftwarnung. Danach kam eine spärliche Sonne heraus. Das war der Beginn des Tages. Um 9.20 Uhr folgte richtiger Alarm. Lysbeth und Aaron waren eben aufgestanden, Aaron durfte an diesem Sonntag zu Hause bleiben. Sie setzten sich hinten in den Garten vor ihr Schlafzimmer und ließen sich die spärliche Sonne aufs Fell scheinen. Zum Glück geschah nichts. Irgendwo wurde geschossen, ein Krankenauto hupte, fuhr zum Einsatz. Stella gesellte sich zu ihnen in den Garten, dann kamen auch Cynthia und Eckhardt. Obwohl Cynthia sie warnte, dass es ihnen so ungeschützt bei einem Angriff schlecht ergehen könnte, deckten sie den Frühstückstisch und genossen, dass sie draußen sitzen konnten. Nach einer Stunde war der Alarm vorbei.

Lysbeth konnte sich über den schönen Morgen nicht so freuen, wie sie es sich gewünscht hatte. In den letzten Tagen waren wieder über achtzig Juden abtransportiert worden. Nun gab es fast keine mehr in Hamburg. Reichte es ihnen, die Juden aus nichtprivilegierten Mischehen in der Organisation Todt oder in Rüstungsbetrieben oder sonst wo schuften zu lassen, bis sie vor Entkräftung tot umfielen, oder würden sie sich als Nächstes an die restlichen Juden wagen?

Luise hatte Lysbeth jüngst ihre Angst gestanden, dass Fred ihr etwas verbarg. »Mir liegt das Grauen in den Gliedern seit dem Augenblick, als ich Karten, Geld und Brief auf seinem Schreibtisch liegen sah«, stöhnte sie. »Aber ich kann doch nicht immer Angst haben.«

Kurz nach Pfingsten setzte wieder der fürchterliche trostlose Regen ein. Es war entsetzlich kalt. Für alle anderen war es ärgerlich, für Aaron aber war es lebensbedrohlich. Er musste bei strömendem Regen draußen weiterarbeiten.

Stella und Lysbeth nahmen wieder ihre langen Hundespaziergänge auf. Lysbeth war so unruhig wie schon lange nicht mehr. Sie träumte entsetzliche Dinge, sie verstand nicht, warum. Sie erzählte niemandem davon. Aber Stella beobachtete sie genau. Auch sie war nervös. Seit Jonny da gewesen war und ihr erzählt hatte, was in den Führungsquartieren geredet wurde und mit welcher Brutalität Hitler seine Soldaten ins Feuer schickte, seitdem überfiel sie von Zeit zu Zeit Todesangst. Sie hatte begriffen, dass Hitler und seine Nächsten wie Göring und Goebbels auf nichts und niemanden Rücksicht nehmen würden, um ihre verrückte Idee vom Endsieg zu verfolgen.

Sie ahnte, dass Lysbeth ihr etwas verheimlichte, und sprach sie bei einem der Spaziergänge, der sie bis zur Binnenalster führte, darauf an.

»Lysbeth, irgendwas ist komisch.« Lysbeth sah sie unschuldig an. »Was meinst du? Was ist komisch?« Patzig antwortete Stella: »Du bist komisch, wer denn sonst?« Lysbeth wusste, dass sie ihre Schwester nicht lange an der Nase herumführen konnte. Stella kannte sie viel zu gut, um ihr zu glauben, wenn sie sie belog. Sie öffnete den Mund und wollte vorschlagen, sich auf den Altan zu setzen, der anstelle des zerstörten Alsterpavillons für Gäste eingerichtet worden war. Da sah sie weißen Rauch um die Alster herum. Sie waren mitten in eine Vernebelung geraten. Der Nebel zischte ordentlich auf den Fässern. Seltsam muteten die arglosen Sonnenanbeter auf den Bänken am Jungfernstieg an. Gläubig hielten sie ihr Antlitz mit geschlossenen Augen dem Licht entgegen und merkten gar nicht, wie der Nebel herankroch. Am Altan geriet die Straßenbahn in eine dichte Nebelwolke. Ein allgemeines Husten und Krächzen hob an, besonders die Kinder quälten sich. Tücher wurden an Mund und Nase gehalten, Türen und Luftklappen geschlossen, und der Fahrer steuerte die Bahn, so schnell er durfte, durch das vernebelte Gebiet. Stella und Lysbeth eilten zum Gänsemarkt. Dort strahlte schon wieder die Sonne. Beide hatten einen unangenehmen Reiz im Hals. Sie versuchten, das Husten zu vermeiden, um den Reiz nicht noch zu verstärken, aber es gelang ihnen nicht völlig. So setzten sie sich am Gänsemarkt in ein Café. Dicht bei ihnen am Nachbartisch saß ein älteres Ehepaar.

Lysbeth spürte Stellas ungeduldigen Blick auf sich ruhen. Er verstärkte noch ihre Nervosität. Aber sie entschied sich, hier an diesem Ort zwischen all den fremden Menschen kein Detail ihrer Träume preiszugeben. Zu leicht hörte irgendjemand ein Wort, einen Satz und verstand es falsch. Die Gefahr, denunziert zu werden, war einfach zu groß. Sie schütteten einen heißen Muckefuck, wie der Kaffeeersatz hieß, in ihre kratzigen Kehlen. »Also, Lysbeth, was ist?«, fragte Stella mit ihrer wohltönenden Stimme. Lysbeth prustete los. Sie konnte nicht anders, als über ihre naive Schwester zu lachen. »Los ist, dass du ein dummes kleines Mädchen bist«, sagte sie vergnügt. »Aber dumme kleine Mädchen bekommen nicht immer sofort, was sie wollen. Manchmal müssen sie ein bisschen warten.« Sie rollte bedeutungsvoll ihre Augen und blickte von einem Tisch zum andern. Stella errötete. Sie hatte verstanden. Also plauderten sie über belanglose Dinge.

Erst als sie zu Hause in der Kippingstraße angelangt waren, setzten sie sich in Stellas Wohnzimmer, und Lysbeth packte aus. »Ich träume von Katastrophen, die so schlimm sind, dass ich es mir gar nicht ausdenken könnte.« Stella hörte aufmerksam zu. Es fiel Lysbeth schwer weiterzusprechen. Es gelang ihr nur mit großer Überwindung. »Ich träume von Feuer, verkohlten Leichen, von zerstörten Häusern. Ich träume von einem Himmel voller Feuer. Ich träume von Sturm aus Feuer. Es ist wie die Apokalypse.« Sie schüttelte fassungslos den Kopf. »Stella, ich wache aus diesem Träumen auf und bin schweißnass, und mein Herz rast vor Schrecken.« Sie war blass geworden, während sie gesprochen hatte. Sie sah die Bilder ihrer Träume vor sich und spürte die Gefühle, mit denen sie aus diesen Träumen aufschreckte. Stella wartete, dass Lysbeth fortfuhr, aber Lysbeth starrte nur entsetzt vor sich hin.

»Lysbeth, sind es diese Träume, nach denen du früher Mutter und Großvater gewarnt hast? Sind es diese … anderen … Träume?« Lysbeth schüttelte verloren den Kopf. »Das habe ich mich auch schon gefragt. Ich weiß es nicht. Und was würde es auch nützen, es zu wissen? Ich kann mir nur vorstellen, dass ich all diese Berichte über Köln und Essen und Lübeck und Kiel in meinen Träumen verarbeite, aber …« »Aber?«, fragte Stella alarmiert. »Ja, da gibt es etwas Eigenartiges in jedem Traum wieder, und das ist unser Haus. Es steht weiß und unangetastet zwischen Ruinen. Als ob ganz Hamburg kaputt ist, nur unser Haus ist heil.« Stella atmete erleichtert auf. »Gut«, sagte sie. »Gut zu wissen.«

Wieder prustete Lysbeth los, ein etwas übertriebenes, leicht hysterisches Prusten. »Du bist wirklich ein naives gutgläubiges Kind«, sagte sie fröhlich. »Du interpretierst meine Träume jetzt bestimmt so, dass Hamburg einen Angriff kriegen wird wie Köln oder Essen und dass es furchtbare Zerstörung gibt, aber unser Haus heil bleibt, oder?« Stella nickte ernsthaft mit dem Kopf. Sie sah Lysbeth mit großen gläubigen Augen an. »Ja. Genauso ist es. Und, ehrlich gesagt, auch ohne deine Träume befürchte ich einen entsetzlichen Angriff auf Hamburg. Alle Anzeichen sprechen dafür. Das Neue, das, was ich vorher nicht wusste, das ist, dass unser Haus heil bleibt. Das ist doch prima!«

Lysbeth gab ihr einen liebevollen Klaps auf den Hinterkopf. »Du bist ganz schlimm. Und jetzt meinst du, wir könnten beruhigt in unserem Haus bleiben, wenn es Bomben hagelt?« Stella kniff die Augen zusammen. Langsam und nachdenklich sagte sie: »Nein, das habe ich nicht gedacht. Sondern ich habe gedacht, dass wir vielleicht für eine Weile zu unserem Bruder nach Scharbeutz fahren sollten. Zumindest wenn wir beide noch stärker das Gefühl haben, dass die Gefahr näher rückt.«

Lysbeth erstarrte. Sie war so entsetzt, dass sie kaum einen Ton herausbekam. Mit brüchiger Stimme sagte sie: »Ich hätte dir das nicht erzählen sollen. Du glaubst doch wohl nicht, dass ich im Falle einer Gefahr Aaron hier in Hamburg allein lasse?« Stella dachte so angestrengt nach, dass ihr Gesicht in ständige Bewegung geriet. Sie schnitt eine Grimasse nach der andern, ohne es überhaupt zu merken. »Stimmt«, sagte sie. »Stimmt. Daran hab ich natürlich mal wieder nicht gedacht. Vielleicht sollten wir mit Lydia sprechen.«

Lysbeths Entsetzen wuchs. »Stella, du bist verrückt! Ein Jude, der Hamburg verlässt, ist ein toter Mann. Und gar von der Organisation Todt! Das wäre Fahnenflucht … oder sonst was, worauf standrechtlich zu vollstreckende Todesstrafe steht, du kannst mir glauben. Nein, verdammt, flüchte doch nicht in deine Kindermärchen. Aaron unter den gegebenen Umständen am Leben zu halten braucht alles, was er und ich zur Verfügung haben, und es wäre wunderbar, wenn du zumindest nicht so tun würdest, als wäre alles nur ein bisschen schlimm!« Sie knetete beschwörend ihre Hände, in ihren Augen standen Tränen.

Stella schämte sich. Sie wusste, dass Lysbeth ihrem Mann allabendlich die Hände auflegte, seine Füße massierte, Wunden behandelte, die er täglich mit nach Hause brachte, und ihm jeden Abend eine heiße Suppe aus allen möglichen Kräutern, die sie in den Wäldern von Niendorf oder weiter draußen sammelte, vorsetzte. Sie gab ihm Salat aus Löwenzahn und Brennnesseln, und sie versorgte ihn mit allem Fleisch, das ihr zustand. Stella strich ihrer Schwester über den Kopf. »Entschuldigung, Lyschen, Entschuldigung, ich bin manchmal einfach zu dumm!« Sie umarmte ihre Schwester, die wie ein zartes Vögelchen in ihren Armen lag. »Du musst nicht nur auf ihn aufpassen«, murmelte sie. »Du musst auch auf dich selbst aufpassen, sonst kannst du ihn nicht beschützen.« Lysbeth schniefte. »Ich weiß das«, sagte sie leise. »Aber das ist nicht so einfach.«

»Na gut«, sagte Stella und gab ihrer Schwester einen dicken Kuss auf die Wange. »Dann muss ich eben auf dich aufpassen!«

16

Stella lockte es zu einem Spaziergang durch die Mittsommernacht. Sie genoss diese wundersame Stimmung zwischen Tau und Tag. Die Bäume warfen tiefe Schatten. Haustüren wurden geschlossen, man merkte, mit welchem Gefühl der Beruhigung. Es hatte wie jede Nacht im Juni Alarm gegeben, auf den kein Angriff gefolgt war. Menschenstimmen erklangen hier und da; nicht nur Stella war nach so einem Alarm hellwach und aufgekratzt. Radfahrer fuhren durch die Straßen, einzelne Kraftwagen mit abgedunkelten Scheinwerfern. Nacheinander schlugen die Kirchturmuhren drei. Es wurde zusehends heller.

Sie ging an der Wüstenfeldschule vorbei. Der moderne Großstadtbau hatte sich in ein verwunschenes Schloss verwandelt. Alle großen Fenster der Aula waren von japanischem wilden Wein überwuchert. In üppiger Fülle hingen die grünen Ranken herab. Nur ungefähr konnte Stella noch die Umrisse der Fenster erahnen. Es war wohl keiner mehr da, das Laub zu schneiden. Draußen sah es wunderschön aus, drinnen hingegen musste es ganz dunkel sein.

Um Viertel nach drei lag sie im Bett, aber sie war immer noch nicht müde. Es ist doch fast wie im Frieden, dachte sie. Vielleicht haben Lysbeths Träume ja gar nichts zu bedeuten.

Aber aus dem Ruhrgebiet drangen schreckliche Nachrichten nach Hamburg. Krefeld brannte noch Tage nach dem Angriff. Die Stadt war abgesperrt, niemand durfte hinein. Die Gerüchteküche brodelte. Man erzählte zum Beispiel, dass Säuglinge brennend in die Ruhr geworfen worden seien.

Luise Solmitz war ein wandelndes Auffangbecken für Gräuelnachrichten aus der ganzen Welt. Und wenn sie einmal begonnen hatte, war der Strom ihrer Worte kaum zu stoppen. Lysbeth versuchte, diese Gespräche zu vermeiden, aber das war schwer möglich, weil sie die Nachbarin nun einmal auf der Straße oder beim Milchmann oder bei der Gemüsefrau traf. So auch kurz nach der Bombardierung Krefelds, als Luise, kaum dass sie sich begrüßt hatten, von einem Bekannten sprach, der nach dem Angriff zu seinen Eltern nach Krefeld gefahren und nun wieder zurück sei.

»Er hat geweint wie ein Kind, sagt seine Frau. Vor dem Bahnhof in Krefeld sah er einen Mann, der herrenlose Hunde und Katzen abknallte, und wenn er sie, wie meistens, nicht traf, versuchte er, sie zu zertreten. Dann hockten Hunderte von Menschen, brandgeschwärzt, stumpf ins Leere starrend an den Straßenrändern, irgendein angekohltes Überbleibsel ihrer Habe neben sich. Kein Trinkwasser, an Waschwasser gar nicht zu denken.«

Lysbeth gab einen mitfühlenden Ton von sich. Sofort war Luise in ihrem Mitteilungsdrang bestärkt. Aufgeregt fuhr sie fort: »Seine achtzigjährigen Eltern hatten vier Stunden im Keller gesessen. Das Feuer war immer näher gekommen. Über eine schon brennende Leiter gelangte die alte Frau ins Freie. Ein Soldat schob sie vom Keller aus hoch, ein Mann vom *Sicherheits- und Hilfsdienst im Deutschen Reich* zog von oben. Sie betteten die alte Frau in schwarzen Brandschutt und sagten lakonisch, dass sie ihren Mann nicht mehr bergen könnten. Die Frau drohte, sich in den brennenden Keller zurückzustürzen. Also rettete man auch den alten Herrn. Man wollte die beiden, die nicht mal mehr Kleider auf dem Leib hatten, mit vielen anderen auf einen großen Lastwagen verfrachten und Gott weiß wohin fahren. Da kam durch die Flammen eine entfernte Verwandte gelaufen, forderte die armen alten Leute für sich, und die drei flüchteten zusammen nach Wiesbaden, wo der älteste Sohn des Paares lebt.«

Lysbeth wehrte sich gegen die von Luises Worten gemalten Bilder. Sie wusste, dass diese sie im Traum und selbst bei Tage verfolgen würden. Und sie wusste, dass es sie in eine elende Verwirrung stürzen würde, ob sie nun Luises Bilder träumte oder aber im Traum etwas Zukünftiges sah und erlebte. Trotz ihres inneren Widerstands brachte sie es nicht fertig, Luise zu stoppen, denn sie sah, wie auch die Nachbarin unter den Bildern litt, die sie mit sich trug.

»Unser Bekannter hat seine Eltern dort besucht. Sie sind zermürbt, sagt er. Der alte Mann betrachtet immer seinen Hausschlüssel, die einzige Habe, die er gerettet hat.«

In den Nächten, die auf Luises Schreckensbericht folgten, ereignete sich in Lysbeths Träumen nichts Schlimmes. Eine Woche später aber träumte sie wieder von einem Flammeninferno. Sie wusste nicht, was sie davon halten sollte. Sie versuchte, sich zu beruhigen: Die Nachrichten aus Köln, aus Krefeld, aus all den zerstörten Orten sind so schrecklich, dass du sie in deinen Träumen verarbeitest. Aber die Beunruhigung blieb. Was, wenn die Träume ihr etwas über Hamburgs Zukunft erzählten?

In Hamburg blieb es wie in Friedenszeiten. Die Kippingstraße, zumindest die Seite der Kippingstraße zwischen Bundesstraße und Kielortallee, lag nach wie vor heil und dörflich da. Die Vorgärten blühten, die Menschen flanierten am Sonntag durch die Straße und bewunderten die Blumenpracht ebenso wie die Häuser selbst. Die Nachbarn saßen auf ihren Balkonen oder in den Gärten. Nicht einmal die hässliche dunkle Bunkerzeile konnte die Idylle zerstören. Die wenigen milden und regenfreien Nächte dieses Monats kosteten die Menschen so aus, wie sie es nicht einmal während der Friedenszeit getan hatten. Wenn das Wetter in seiner Hamburger Launenhaftigkeit sich wieder winterlichen Temperaturen annäherte, zogen sie eine Strickjacke über und setzten sich trotzdem nach draußen auf den Balkon oder in die Gartenlaube, oder sie spazierten durch die Straßen. Allmählich entspannten sich die Gesichter der Menschen. Man nahm den Alarm nicht mehr so ernst. Wahrscheinlich galt er doch nur wieder dem Rheinland oder Berlin.

Anfang Juli gab es ein tüchtiges Gewitter. Das allgemeine Gesprächsthema war das Wetter, nicht der Krieg. Man war sich einig, dass dies ein enttäuschender Sommer war. Bei jedem Ansatz zu Wärme kam gleich wieder der Rückschlag. Von Bombeneinschlägen war keine Rede.

Und wieder drangen Schreckensmeldungen aus dem Rheinland nach Hamburg. In Köln hatte es beim letzten Angriff zweitausend Tote gegeben. Die Menschen waren, so wurde berichtet, nicht nur brennend in Ruhr, Wupper und Rhein gesprungen, sie waren auch brennend wieder herausgekommen, der Phosphor hatte an der Luft weitergebrannt. Stella und Lysbeth blickten einander fragend an, wenn von brennenden Menschenleibern und flammendem Himmel die Rede war. War es das, was du geträumt hast?, fragte Stellas Blick. Ist es das, was uns erwartet?, fragte sich Lysbeth.

Ab und an wurde in den Läden und auf der Straße gesagt: »Wann wird es uns treffen? Diese ruhige Zeit kann nicht ewig so weitergehen.« Man sprach darüber, dass die Engländer vielleicht Hamburg schonen wollten, weil sie die Stadt und den Hafen später brauchten. Immer unverhohlener fielen die Worte: »Nach dem Krieg …«, und alle wussten, dass hiermit nicht gemeint war: nach dem deutschen Sieg, sondern: nach der deutschen Niederlage.

Es wurde nicht laut und schon gar nicht öffentlich verbreitet, aber die Hoffnungen auf einen deutschen Sieg schwanden. Die deutsche Sommeroffensive an der Ostfront Mitte Juli kam schon nach zehn Tagen zum Stillstand, die Russen setzten zum Gegenangriff an und marschierten auf Orel zu.

Hamburg hatte seit dem großen Angriff am 3. März 1943 nur fünf Störangriffe jeweils weniger Flugzeuge erlebt, während viele andere Städte schwer heimgesucht worden waren. Anfang Juli setzten öffentliche Empfehlungen ein: Wer in Hamburg nichts zu versäumen hatte, sollte »vorsorglich« abreisen, besonders Frauen und Kinder. Sie sollten möglichst »Verwandtenhilfe« in Anspruch nehmen.

Die Atmosphäre in Hamburg wurde angespannt. Man sprach von beginnender Räumung. Luise raunte: »Mir schwant Fürchterliches. Aber wir drei sitzen in der Falle, wir können nicht weg.« Sie war es, die Stella als Erste offen fragte: »Fahrt ihr nach Scharbeutz?«

Jonny rief aus Kiel an. Er empfahl Stella, Dritter und Marthe in Scharbeutz zu besuchen, er habe gehört, dass mit Angriffen auf Hamburg gerechnet würde. Stella antwortete: »Ach komm, mal den Teufel nicht an die Wand!«

Anfang Juli heulte in der Nacht wieder die Alarmsirene. Sie verkrochen sich zu fünft in die Besenkammer. Es passierte nichts Schlimmes. Anschließend verstreuten sie sich in ihre Zimmer. Stella hörte, wie Eckhardt im Haus umherwanderte. Auch sie konnte nicht schlafen. Als er die Dachluke aufstieß, hüllte sie sich in ihren Bademantel und kletterte ebenfalls die Leiter zum Dach hoch. Am Himmel stand ein klarer wundervoller Vollmond. Stella setzte sich neben ihren Bruder aufs Dach und umschlang die Knie. »Man fürchtet den Vollmond«, murmelte Eckhardt. Stella sagte ebenso leise: »Aber die Wolken fürchtet man auch.«

Lange Zeit hockten sie schweigend nebeneinander. Dann sagte Eckhardt: »Stella, ich möchte, dass Cynthia mit euch nach Scharbeutz geht.« Stella fuhr zu ihm herum: »Wer sagt denn, dass ich nach Scharbeutz gehe, und du glaubst doch nicht, dass Lysbeth ihren Mann alleine lässt.« »Doch«, widersprach Eckhardt ruhig. »Ich glaube, dass sie das tut.« »Wie kommst du auf so etwas Dummes?«, schnauzte Stella ihn an. »Du hast wirklich gar keine Menschenkenntnis!« So empfindlich Eckhardt sonst gegen Kritik war, jetzt blieb er gelassen. Er schien sich seiner Sache sehr sicher zu sein. »Wenn hier so ein Angriff kommt, wie es ihn im Rheinland gegeben hat, kann Lysbeth ihrem Mann nichts nützen. Ganz im Gegenteil!« Seine Stimme wurde dringlich. »Aaron und ich müssen parat stehen. Die Bomben vom Dach, Feuer gelöscht, da können wir nicht gleichzeitig dafür sorgen, dass ihr gerettet werdet. Da brauchen wir unsere Hände und unsere Kräfte fürs Haus!«

Stella drückte das Kinn auf die Knie und dachte, was für ein jämmerlicher Angsthase er war. »Aber Eckhardt, was ist mit euch?«, fragte sie nach einer Zeit trotzigen Schweigens. »Es könnte doch sein, dass ihr Hilfe braucht, dass ihr gerettet werden müsst, dass ihr das mit dem Haus nicht alleine schafft.« Eckhardt ließ sich Zeit. »Wenn wir es nicht schaffen«, antwortete er endlich, »dann ist es nicht zu schaffen. Dann geben wir das Haus auf und gehen in den Bunker.« »Aber wir könnten auch in den Bunker gehen!«, rief Stella. Eckhardt legte den Finger auf den Mund. »Leise, Stella, leise!«

Stella verstummte. Sie dachte eine lange Weile nach. Vielleicht war Eckhardt doch nicht so ein Angsthase, vielleicht sah er realistischer in die Zukunft als sie. Immerhin war er Luftschutzwart. Dann sagte sie: »Ich rede mit Lysbeth. Versprochen.«

Statt mit Lysbeth redete sie am nächsten Tag mit Lydia, die sich zu einem kurzen Besuch einfand. Stella fragte Lydia, ob sie auch irgendwohin fahren wolle. »Cynthia möchte unbedingt weg«, erklärte sie. »Und wenn ihr irgendwo Verwandte habt, könntest du Cynthia ja vielleicht mitnehmen.« Lydia sagte von oben herab: »Meine Tochter war immer schon sehr ängstlich. Sie muss sich ihre Verwandten leider selbst suchen. Ich bleibe hier.« Lysbeth blickte sie forschend an. So überheblich sprach Lydia üblicherweise nicht. Was war los? Da erklärte Lydia auch schon: »Meine Freunde haben alle Deutschland verlassen oder leben, na, sagen wir mal, in Verhältnissen, die nicht unbedingt auf Besuch eingestellt sind.« Jetzt blitzte wieder der alte Schalk in ihren Augen auf. Es hatte auch etwas Komisches, sich vorzustellen, Lydia würde in einem der Verstecke ihrer jüdischen oder linken Freunde auftauchen und sagen: »Ich möchte bitte für ein paar Tage zu Besuch kommen.« Lydia fuhr fort: »Ich habe so scheußliche Sachen über die Unfreundlichkeit der Leute gehört, bei denen Flüchtlinge aus Hamburg untergekommen sind. Meine Zugehfrau hat erzählt, dass ihre Schwester in Bayern wie der letzte Dreck behandelt worden ist. Ich habe es hier in Hamburg recht gut. Und es gibt auch einige Menschen, für die ich gerne weiterhin da sein will. Also bleibe ich.« Das klang entschieden und klar. Stella fürchtete, dass auch Lysbeth in dieser Entschiedenheit ihren Entschluss zu bleiben verkünden würde, sobald Stella sie darauf ansprach. Und Lysbeth in Hamburg lassen und mit Cynthia nach Scharbeutz fahren, diese Vorstellung war ihr sehr zuwider.

Auch am folgenden Tag schob sie dieses Gespräch auf, denn Renate Wenz kam zu Besuch. Sie wollte sich verabschieden. Sie hatte beschlossen, zu Verwandten nach Bayern zu fahren. »Ich glaube, dass die Engländer vorher Warnungen an den Führer geben«, sagte sie. »Vor dem Angriff auf Berlin wurden die Leute ebenso aufgefordert, die Stadt zu verlassen, wie jetzt bei uns. Warum soll ich bleiben und unterm Bombenhagel den Kopf einziehen? Ich komm wieder, wenn alles vorbei ist.«

Sie brachte viele Lebensmittel mit, einen stattlichen Korb voller Dinge, die auf Marken nicht erhältlich waren. Lysbeth erhob Einspruch: »Besser ist doch, wenn du die Verwandten in Bayern mit ein oder zwei Gastgeschenken freundlich stimmst. Ich hab gehört, dass die Bayern nicht begeistert sind über Flüchtlinge aus dem Norden.« »Keine Sorge«, entgegnete Renate. »Ich nehme ordentlich Kaffee und Tee mit. Das ist nicht schwer, und daran mangelt es überall.«

Sie empfahl Stella und Lysbeth, nach Scharbeutz zu fliehen. »Jeder, der irgendwo Verwandte hat, wo er unterkriechen kann, sollte das in Anspruch nehmen«, empfahl sie eindringlich. Stella lachte: »Ist jetzt doch etwas dran an der Wahrsagerei?«, neckte sie die Freundin. Renate Wenz blieb ernst. »Mein liebes Kind, ich habe es dir schon mal erklärt: Wahrsagen ist dann gut, wenn du Menschenkenntnis hast und eins und eins zusammenzählen kannst. Mit diesen Fähigkeiten bin ich gesegnet. Also verlasse ich Hamburg, denn mir schwant Böses.«

Stella wusste, dass Renate Wenz keine Frau war, die sich von allgemeiner Panikmache anstecken ließ. Wenn Renate Hamburg verließ, dann gab es gute Gründe dafür. Als Renate nach einer letzten Umarmung den Gartenweg entlang zur Straße stöckelte, blickte Stella ihrem enormen Hinterteil mit einem sehr mulmigen Gefühl nach, das sich noch verstärkte, als Renate sich umdrehte, kurz winkte und dann den Weg Richtung Bundesstraße einschlug, wo sie bald Stellas Blick entschwand. Morgen spreche ich mit Lysbeth, nahm sie sich fest vor.

In der folgenden Nacht jaulte um 0.50 Uhr die Alarmsirene. Bisher hatte Stella bei diesem Klang gehorcht, ob es auch wirklich losging oder die Engländer andere Ziele anflogen. In dieser Nacht fuhr ihr die Angst in die Glieder. Lysbeths Träume im Kopf, Renate Wenz' Abschied, dazu die Berichte aus dem Ruhrgebiet und all die Warnungen vor einem Großangriff auf Hamburg hatten ihre Wirkung nicht verfehlt. Stella kleidete sich sofort an, auf das Schlimmste gefasst. Sie fürchtete nicht einmal so sehr den Tod, danach wäre eben alles vorbei, aber sie hatte entsetzliche Angst davor, bei lebendigem Leib geröstet und verkohlt zu werden. Sie ahnte, dass ihre Phantasie wahrscheinlich nicht ausreichte, um sich vorzustellen, was den Menschen in Köln, Krefeld, Essen und den anderen Orten im Ruhrgebiet passiert war. Und warum sollten die Engländer mit Hamburg glimpflicher umgehen?

Die Engländer! Bei dem Gedanken »die Engländer« hatte sich in Stella etwas verändert. Sie dachte nicht mehr an Anthony, wenn sie an »die Engländer« dachte. In Hamburg wurde von »den Tommys« gesprochen, selbst nach all den bisherigen Schrecken fast liebevoll. Stella dachte auch »die Tommys«, und es hatte etwas Abstraktes. Das war »der Feind« und er tat, was auch die Deutschen taten: Er versuchte zu siegen. Dafür löschte er Deutschland von Tag zu Tag ein wenig mehr aus. Leider lebten in Deutschland Deutsche, und das waren Menschen. Leider wurden die mit ausgelöscht. Stella hasste den »Feind« nicht. Sie fand Goebbels' Gerede von der »Rache-Armada« lächerlich, vor allem verstand sie es als Strategie, die kriegsmüden Deutschen bei der Stange zu halten. In Stellas Gefühlen hatten selbst angesichts der Geschichten von brennenden Menschen und zerstörten Städten Hass und Wut auf die Engländer keinen Platz, aber sie empfand auch keine Sympathie mehr.

Sie konnte sich ihren geliebten Anthony nicht vorstellen in einer Armee, die Phosphorbomben auf Menschen warf. Anthony war ein Mensch mit Herz, ein Schriftsteller, der in seinen Romanen über den Hass zwischen Engländern und Afrikanern geschrieben hatte, über die Beschädigung der Würde und des Stolzes der Afrikaner durch die Engländer. Anthony hatte beschrieben, wie jede Gewalt gegen einen anderen Menschen nicht nur dessen Körper, sondern auch seine Seele zerstörte. Anthony und systematisches Auslöschen ganzer Wohngebiete, Anthony und die satanische Aufeinanderfolge von Bomben, die zuerst die Dächer zerstörten und dann ein Feuerinferno auslösten, das zusammenzubringen verweigerte Stellas Gehirn. Und ihr Herz sowieso.

Sie entschied sich, den neuen Flachbunker aufzusuchen. Sie wusste, dass Lysbeth und Aaron im Haus blieben, weil Aaron nicht in den Bunker durfte. In dieser Nacht brachte sie es nicht fertig, in der Besenkammer auszuharren. Fast eine halbe Stunde später wurde Entwarnung gegeben. Stella schämte sich ein wenig wegen ihrer Angst. Aber am nächsten Morgen sagte sie zu Lysbeth: »Ich fahre nach Scharbeutz. Kommst du mit?«

Am Donnerstag, dem 22. Juli 1943, flohen Stella, Lysbeth und Cynthia nach Scharbeutz. Lysbeth war bleich und voller Zorn. Sie fuhr nicht freiwillig. Aaron hatte sich mit ihr so wütend gestritten wie noch nie. Er hatte nichts gelten lassen, was Lysbeth vorbrachte. Kaum hatte sie einen Satz von sich gegeben, fuhr er ihr über den Mund und wusste alles besser. Und was er besser wusste als sie, war: Lysbeth würde ihm und sich selbst und der ganzen Welt, einschließlich ihrer Schwester und ihrem Bruder Eckhardt, einen nicht wiedergutzumachenden Schaden zufügen, wenn sie in Hamburg bliebe. Er nannte sie egoistisch und starrsinnig, uneinsichtig, albern, nicht lernfähig, nur auf sich selbst und die Vermeidung ihrer Ängste bezogen, kurzsichtig und vieles andere mehr. Auf dem Weg nach Scharbeutz hatte Lysbeth die Worte schon wieder vergessen. Was sie nicht vergessen hatte, war die Kränkung, die er ihr zugefügt hatte. Aber sie wusste, dass es ihr das Herz brach, ihn in einer gefahrvollen Situation allein zu lassen.

Sie war zutiefst verunsichert und unglücklich, wie sie da neben ihrer

Schwester im Bahnabteil saß und gegenüber in Cynthias zufriedenes Gesicht blicken musste. Stella versuchte zuweilen, sie in ein Gespräch zu locken, aber Lysbeth war zu keiner Konversation in der Lage, und schon gar nicht dazu, in Cynthias Anwesenheit über irgendeine Belanglosigkeit zu sprechen, während in ihr ein Sturm aus einander widerstreitenden Gefühlen tobte.

In Scharbeutz am Bahnhof wurden sie von Dritter mit einem Pferdewagen abgeholt. Stella und Cynthia überreichten ihm ihr Gepäck, das er schwungvoll auf den Wagen hievte. Lysbeth blieb neben ihrem Koffer stehen. Er wollte gerade danach greifen, da sagte sie mit fester Stimme: »Lass nur. Ich nehme den nächsten Zug zurück. Ich will wieder nach Hamburg.« Stella und Cynthia fuhren herum. Dritter zog fragend die Augenbrauen hoch. Mit hängenden Armen stand er unschlüssig da. »Was soll das denn?«

»Ich glaube, ich habe mich deutlich ausgedrückt«, entgegnete sie. »Ich fahre mit dem nächsten Zug nach Hamburg zurück.« Cynthia und Dritter begannen, auf sie einzureden. Stella beobachtete ihre Schwester eine Weile, dann sagte sie zu Dritter: »Lass sie. Ich glaube, sie muss das tun.« Sie umarmte Lysbeth und hielt sie so fest, als überlegte sie, mit ihr gemeinsam zurückzufahren, aber dann riss sie sich los und sagte: »Wenn dir das Warten zu lang wird, lass dich einfach von irgendjemandem mitnehmen und komm nach. Du weißt ja, wo wir sind.« Cynthia konnte gar nicht wieder aufhören, kopfschüttelnd ihr Unverständnis zu bekunden. Dritter umarmte Lysbeth und flüsterte ihr ins Ohr: »Marthe ist wieder schwanger. Sie ist sehr guter Dinge!«

Lysbeth schob ihn von sich. Kühl bemerkte sie: »Das ist ja schnell gegangen. Herzlichen Glückwunsch!« Dritter tat, als hätte er ihren Ton nicht verstanden. Er bedankte sich für den Glückwunsch und teilte die Neuigkeit nun auch Stella und Cynthia mit. Beide zeigten uneingeschränkte Freude.

Lysbeth hatte Glück. Der nächste Zug Richtung Hamburg fuhr bereits eine Stunde später. Vor Einbruch der Dunkelheit erreichte sie Hamburg. Aaron war noch nicht zu Hause. Verdreckt und erschöpft schleppte er sich eine Viertelstunde später in ihr Zimmer. Lysbeth saß still auf dem Stuhl vor dem Fenster, von wo sie in den Garten blickte, als wollte sie den Anblick tief in sich einsaugen.

Als er sie bemerkte, stöhnte er: »Das ist eine erbärmliche Schweinerei. Wie kannst du mir so etwas antun?« Lysbeth hörte, dass er gern losgebrüllt hätte, aber seine Energie dafür nicht ausreichte. Ruhig drehte sie sich zu ihm um. Über ihre Wangen rannen Tränen. »Vielleicht stirbst du bei dem schlimmen Angriff, den sie offenbar erwarten. Vielleicht sterbe ich. Ich will nicht, dass wir nicht nah beieinander sind, wenn wir sterben.« Aaron konnte sich nicht mehr auf den Beinen halten. Er sank nieder und legte seinen verdreckten Kopf auf Lysbeths Schoß. »Ich will nicht, dass du stirbst«, murmelte er. »Warum kannst du das nicht verstehen?« Lysbeth kraulte seine immer noch dicken Locken, die langsam ergrauten. »Warum kannst du nicht verstehen, dass es für mich viel schlimmer ist, bei Todesgefahr nicht bei dir zu sein, als sterben zu müssen?«, sagte sie leise.

Sanft zog Lysbeth ihm die verschmutzten Kleider aus, ebenso sanft entkleidete sie sich dabei selbst. Als er das Zimmer verlassen wollte, um sich zu waschen, hielt sie ihn zurück. »Nein«, sagte sie. »Liebe mich! Jetzt! Hier! Sofort!«

Sie fielen aufs Bett und liebten einander. Beide hielten dabei die Augen geöffnet und schauten einander an, genauso, wie Lysbeth vorher in den Garten geblickt hatte: als wollten sie das Bild des andern für immer in sich einsaugen.

Danach lagen sie schmutzig und verschwitzt nebeneinander im Bett, bis Aaron wegdöste. Lysbeth zog vorsichtig ihr Bein unter dem seinen hervor und ging in die Küche, wo sie einen Kessel mit Wasser aufsetzte. Während das Wasser heiß wurde, wusch sie sich selbst den Dreck vom Körper. Dann kehrte sie mit einer Schüssel voll warmen Wassers in ihr Zimmer zurück. Unendlich zärtlich begab sie sich daran, Aaron zu waschen. Sie begann an seinem Kopf und arbeitete sich langsam mit verliebter Aufmerksamkeit für jede geheime Nische seines Körpers bis zu den Füßen hinunter.

Aaron wachte nur langsam auf. Gehorsam leistete er Folge, als Lysbeth ihn vom Rücken auf den Bauch und zurückwälzte. Verschlafen öffnete er die Augen und beobachtete blinzelnd Lysbeth, die neben ihm kniete. Als sie fertig war, bat sie ihn, sich an das Fenster zu setzen und einen Tee zu trinken, damit sie das Bett frisch beziehen könnte.

Die beiden machten noch einen Spaziergang durch die laue Mondnacht. Das war Juden eigentlich verboten, aber Aaron zog einfach ein Hemd ohne Stern an, und sie gingen einer Begegnung mit anderen Menschen aus dem Weg. Anschließend liebten sie einander noch einmal, und als Lysbeth danach einschlief, hatte sie zwar einen sehr anstrengenden Tag hinter sich, aber sie war unendlich glücklich. Sie hatte die richtige Entscheidung gefällt. Ihr Platz war neben Aaron, was auch geschehen mochte.

Als wollten ihre Träume ihr sagen, dass keineswegs alles gut war, träumte sie in dieser Nacht von einem Feuersturm, der alles mit sich riss, was ihm im Weg stand: Häuser, Bäume, Menschen. Lysbeth wollte weglaufen, aber sie war zu langsam. Also ließ sie sich am Seil in einen Brunnen gleiten und hockte dann unten im Eimer im Brunnen, während das Feuer über sie hinwegtobte. Es wurde heiß, und sie bekam keine Luft mehr. Da ergab sie sich in ihr Schicksal, stürzte sich ins Wasser des Brunnens, bereit zu ertrinken, denn das erschien ihr ein angenehmerer Tod als zu ersticken oder zu verbrennen. Sie verlor im Wasser das Bewusstsein und trieb tiefer und tiefer. Dreimal tauchte sie wieder auf, wie es Ertrinkende tun, zweimal ließ sie sich freiwillig wieder hinabsinken. Beim dritten Mal griff sie nach dem Eimer, weniger um sich zu retten, als mit dem Wunsch, bevor sie stürbe, noch ein letztes Bild von der Welt zu erhaschen, und wenn es nur die dunkle Röhre des Brunnens war. Sie prustete und krallte sich am Eimer fest. Da merkte sie, dass sie atmen konnte. Das Feuer war über sie hinweggestürmt. Sie griff mit beiden Händen nach dem Eimer, aber sie war unfähig, sich daran hochzuziehen. In diesem Moment rief von oben Aarons Stimme ihren Namen. Sie flüsterte: »Hier bin ich«, kaum vernehmbar, aber er hörte sie und befahl ihr, sich am Eimer festzuhalten, er würde sie hochziehen. Mit jedem Meter, den es höher ging, wuchs ihre Hoffnung zu überleben. Sie wuchtete ihren Oberkörper über den Eimer, so dass sie zwar schief hing, aber nicht mehr das ganze Gewicht an ihren Armen zerrte. Als sie oben angelangt war, empfand sie tiefe Dankbarkeit über ihre Rettung.

Am nächsten Morgen fühlte sie sich wie zerschlagen. Alle Glieder taten ihr weh. Sie war unsicher, ob dies die Nachwirkung des Traumes oder des anstrengenden gestrigen Tages war. Der Traum war sehr klar und lebhaft gewesen, sie hatte große Angst gehabt, aber sie war am Ende auch sehr erleichtert gewesen.

Am Freitag, dem 23. Juli, ebenso wie am Samstag, dem 24. Juli, ereignete sich nichts Besonderes. Die Empfehlung, die Stadt zu verlassen, wurde wiederholt.

Stella und Cynthia riefen täglich an und erzählten, dass sie sich vorkämen wie in der Sommerfrische. Das Wetter sei schön, und es gebe sogar einige Leute, die in der Ostsee schwämmen. Stella überlegte, sich einen Badeanzug zu kaufen. Dummerweise hatte sie ihren in Hamburg vergessen. Die Welt wirkte harmlos sommerlich.

In der Nacht zum Sonntag, dem 25. Juli, brach die Katastrophe über Hamburg herein, die so lange angstvoll erwartet worden war. Lysbeth wusste es sofort, als um halb eins die Alarmsirenen in ihrem aufreizenden Ton losheulten. »Aaron, zieh dich an«, sagte sie ruhig. »Es geht los!« Aber Aaron war schon aus dem Bett gesprungen und hatte seine Arbeitshose und ein Hemd angezogen. Warum es ein Hemd ohne Stern war, konnte er sich selbst nicht erklären. Er stellte den Rundfunk an.

Sie hörten die Stimme des Staatssekretärs Georg Ahrens, der die Luftlagemeldungen bekanntgab. Er hatte eine so beruhigende Stimme, dass er im Volksmund »Onkel Baldrian« genannt wurde. »Achtung! Achtung! Achtung! Feindliche Bomberverbände befinden sich im Anflug auf unsere Stadt. In sieben Minuten können die Bomben fallen. Begeben Sie sich sofort in Ihre Schutzräume!«

Sie hörten es über ihnen rumoren, Eckhardt war offenbar auch wach und dabei, sich fertig zu machen. Da vernahmen sie wieder die Stimme: »Suchen Sie sofort die Luftschutzräume auf! In drei Minuten können die feindlichen Bomben fallen!«

Aus dem Fenster sahen sie sogenannte Tannenbäume vom Himmel segeln. Das waren rote und grüne Leuchttrauben, mit denen vorausfliegende »Pfadfinder« das Zielgebiet absteckten. Es hatte ungefähr die Nikolaikirche als Zentrum und umfasste einen großen Bereich, Altona, Eimsbüttel und auch Hoheluft. »Sie kommen genau zu uns«, flüsterte Aaron. »Wir sind ihr Ziel.«

»Lysbeth, geh in den Bunker«, bat er dringlich. »Denk an Köln und an Lübeck. Sie werden unser Haus nicht schonen, nur weil eine Frau darin ist.« »Ich bleibe hier bei euch«, antwortete Lysbeth.

Also begaben sie sich zu dritt nach unten in die Besenkammer, bei sich ihre kleinen Koffer, in denen ihre Papiere und wichtige Dinge verstaut waren wie Lebensmittelmarken und der Schmuck, der Lysbeth noch von ihrer Mutter geblieben war. Auf dem Weg dorthin begann schon das Trommelfeuer der Flak, und dann fielen mit unheimlichem Pfeifen die ersten Sprengbomben.

Sie kauerten sich eng zusammen. Eine Sprengladung nach der anderen platzte, manche in einiger Entfernung, andere in der Nähe, kleinere und größere. Ein krachender, berstender Schlag ging durch den Raum. Lysbeth schrie laut auf. Der Boden vibrierte. Um sie herum gab es Explosionen, so krachend laut, dass Lysbeth noch Minuten danach nichts hörte. Das Licht, das den Raum funzelnd erhellte, flackerte, versagte, flackerte wieder, bis es endgültig erlosch. Mit zitternden Fingern entzündete Lysbeth die Kerzen, die für einen solchen Fall bereitstanden.

Dann kam die nächste Welle. Da wusste Lysbeth bereits, dass es sich bei diesem Angriff um etwas handelte, das sie noch nie erlebt hatte. Eckhardt erklärte mit der Autorität eines Luftschutzwarts: »Diese Luftminen haben eine so große Sprengkraft, dass sie ganze Häuserblocks aufbrechen können.« Aber seine Stimme klang hoch und fremd. Seine Lippen waren fast weiß, langsam verfärbten sie sich ins Bläuliche. Lysbeth reichte ihm ein Glas Wasser. Da knallte es wieder, direkt in ihrer Nähe.

Lysbeth umklammerte Aarons Hand. Aaron hielt sie fest umschlungen. Eckhardt zitterte. Seine Zähne schlugen aufeinander. Es toste um sie herum, als würde kein Stein auf dem anderen bleiben. Da fing Eckhardt an zu beten: »Lieber Gott, mach, dass unser Haus heil bleibt. Lieber Gott, lass das Haus nicht zusammenstürzen. Lieber Gott, ich verspreche hoch und heilig, ich werde nie wieder sündigen. Lieber Gott, bitte beschütze uns!«

Lysbeth, die zwischen Aaron und Eckhardt saß, legte eine Hand auf die Schulter ihres Bruders. Eine Welle von Mitgefühl durchströmte sie. Er sprach nie über die Nächte, die er im letzten Krieg mit einer Kopfwunde im Schützengraben verschüttet gelegen hatte. Lysbeth hatte immer angenommen, dass er ohnmächtig gewesen war, aber wer wusste schon, was sich in den Tiefen eines Menschen als Erinnerung eingräbt, wenn das Bewusstsein ohne Macht und unfähig ist auszublenden, was nicht wahrgenommen werden soll. Mit einem Mal begriff sie auch, warum Eckhardt so früh schon Zeichnungen gemacht hatte, damit sie im Keller am richtigen Fleck ausgegraben werden konnten. Und warum es ihm immer wieder so ein großes Bedürfnis war, auf dem Dach zu schauen, ob alles in Ordnung war. Über dem Haus konnte man aufatmen, selbst wenn am Himmel Bomberpiloten aufkreuzten.

Ganz in der Nähe gab es eine starke Explosion. Die drei zogen die

Köpfe ein. Eckhardt zitterte am ganzen Körper. Lysbeth schlang ihre Arme um ihn. Tränen liefen seine Wangen hinunter. Um sie herum tobte ein Inferno. Sie wusste nicht, ob das Dach ihres Hauses fortgerissen war. Sie wusste nichts mehr.

Die Flugzeuge zogen ab, und es gab eine Pause. Sie kam Lysbeth wie eine süße Stille vor. Eckhardt erhob sich und sagte mit kaum vernehmbarer Stimme: »Ich muss nach oben, gucken, was geschehen ist.« »Du bleibst hier!«, befahl Aaron ruhig. »Ich gehe hoch!« Lysbeth hatte Aaron während der Zeit, in der sie mit ihrem Bruder beschäftigt gewesen war, nicht beachtet. Jetzt sah sie, wie er zwar kreidebleich, aber sehr gerade aufgerichtet auf dem Bett saß. Seine Füße standen fest auf dem Boden, seine Augen waren wach und sehr aufmerksam. Er war bereit, alles zu tun, was ihr Leben retten konnte, das sah Lysbeth, und es gab ihr Vertrauen, dass vielleicht doch die Chance bestand, diese Nacht zu überleben. Sie dachte an ihren Traum, und sie wusste, dass Aaron für sie da sein würde, was auch geschähe.

Festen Schrittes verließ er den Raum. Lysbeth war nicht in der Lage, ihm zu folgen, so sehr zitterten ihre Knie. Eckhardt erhob sich und wollte hinter Aaron herstürzen, aber seine Beine knickten ein. Lysbeth fing ihn auf und setzte ihn vorsichtig wieder hin.

Kurz darauf hörten sie die nächste Bomberwelle anbrausen. »Jetzt werfen sie Brandbomben«, rief Eckhardt. »Gleich geht das Feuer los.« Lysbeth fragte sich, woher er das wusste, aber dann dachte sie nichts mehr. Sie konnte hören, wie es draußen zu knistern und zu zischen begann. Sie erstarrte vor Angst. Ich hätte Aaron nicht gehen lassen dürfen!, gellte es in ihr. Wo ist er? In ihrer Kammer wurde es heiß, Staub drang herein. Lysbeth hustete. Eckhardt schrie: »Ich muss raus, vielleicht müssen wir löschen!« Da öffnete sich die Tür, und Aaron kam hustend herein. »Die ganze Schlankreye steht in Flammen!«, sagte er erschüttert. »Die Stadt brennt. In allen Himmelsrichtungen ist Feuer. Es lodert, und es sieht aus, als ob es stürmt.« »Das ist der Wind, der bei Feuersbrunst entsteht …«, flüsterte Lysbeth.

»Ich glaube, das Haus der Solmitz ist getroffen!«, rief Eckhardt. Lysbeth griff nach Aarons Hand, sie wollte ihn nie wieder loslassen. Sie horchte auf die Geräusche im eigenen Haus. Aber das Tosen und Rasen der Bomber in der Luft und das Knallen der Explosionen, die etwas weiter weg eine nach der anderen stattfanden, waren so laut, dass feinere Geräusche nicht vernehmbar waren.

Sie klammerten sich aneinander. Eckhardts Kinn war völlig außer Kontrolle geraten, es schlug auf und ab. Aaron umschlang Lysbeth, und Lysbeth umschlang Eckhardt. Eckhardt hielt mit einer Hand sein Kinn fest, mit der anderen krallte er sich in Lysbeths Oberschenkel.

Die Zeit dehnte sich endlos aus. Lysbeth meinte, es würde nie wieder aufhören, doch dann kam der Moment, wo die Angst fortflog, und eine große Ergebenheit folgte. Dieser Angriff war das Schrecklichste, was sie je erlebt hatte. Es war nicht vergleichbar mit irgendetwas, das ihr jemals Angst gemacht hatte. Und sie war sicher, dass es noch schlimmer werden würde. In ihren Träumen war es noch schlimmer gekommen. Für die Leute in Lübeck und in Köln war es noch schlimmer gekommen. Menschen waren unter Trümmern lebendig begraben worden, waren erstickt, verkohlt, von Phosphor zu lebenden Flammen gemacht worden. Aber auch wenn all diese Schrecken noch auf sie warteten, würde es irgendwann ein Ende finden. Nichts im Leben ging ewig weiter.

Wieder hörte sie, wie die Bomber abzogen. Die Stille, die darauf folgte, war länger als die letzte. Aaron richtete sich auf. Eckhardt ebenso. »Wir müssen raus, vielleicht können wir irgendwo löschen helfen«, sagte Aaron. »Ich geh nach oben«, rief Eckhardt, so laut, dass Lysbeth erschrak. Hatte sein Trommelfell gelitten? Sie sah ihm an, dass er sich selbst mit seiner Lautstärke erschreckt hatte. Die drei verließen vorsichtig die Besenkammer und stiegen die Treppe nach oben. Ihr Haus war anscheinend verschont geblieben, allerdings waren Möbel und Lampen umgefallen, und überall lagen Scherben von Geschirr – ein großes Durcheinander.

Eckhardt stapfte schweren Schrittes weiter hoch, Aaron und Lysbeth öffneten die Haustür. Erschrocken fuhren sie zurück, Rauch fuhr in ihre Lungen, es war so heiß, als beträten sie einen glühenden Ofen. Das Haus von Frau Oeser, neben dem Haus der Solmitz, brannte lichterloh. Sie hörten von überallher Feuerwehrwagen und Rettungsmannschaften durch die Straßen fahren.

Die Flammen vom Nachbarhaus der Solmitz schlugen in alle Richtungen. Fred war damit beschäftigt, das Haus zu retten und damit sein eigenes. Er wies seine Frau und noch einige Nachbarinnen an, wohin sie die Eimer mit dem Löschwasser kippen sollten. Aber dieses Feuer sah nicht aus, als könne man es mit Wassereimern löschen. Fred war trotzdem unermüdlich tätig. Aaron und Lysbeth reihten sich ein.

Plötzlich erschien am Himmel mit Getöse die dritte Welle der englischen Bomber. Viele Nachbarn eilten in die Häuser und zum Bunker zurück. Fred und Luise blieben dabei, die Flammen zu löschen. »Luise, solltest du nicht besser in den Bunker gehen?«, rief Aaron laut, denn das Geprassel der Flammen, die herannahenden Bomber und die Sirenen der Rettungsfahrzeuge webten einen ohrenbetäubenden Klangteppich. Luise goss den nächsten Eimer Wasser in die Flammen. »Du meinst, ich bin noch irgendwo sicher?«, rief sie zurück und wies auf ihr Haus. Sie lachte spöttisch. Aaron gab das Lachen zurück. Er blickte Lysbeth fragend an. Sie schüttelte verneinend den Kopf.

Also beteiligten sie sich weiter daran, dem Feuer Einhalt zu gebieten, während um sie herum Sprengbomben abgeworfen wurden und hier und da explodierten. Es war ein ganzer Bombenteppich, den Unmengen von Fliegern abwarfen. Um sie herum breitete sich ein dichter stinkender Qualm aus, der ihre Lungen zu verätzen schien. Sie banden sich nasse Taschentücher vor den Mund und arbeiteten weiter. Funkenregen prasselte auf sie herab.

Lysbeth hatte ihren Bruder ganz vergessen. Erst als die dritte Welle der Flugzeuge abzog und nach kurzer Zeit die vierte Welle herannahte, sah sie ihn. Ein kahler Kopf, der aus der Dachluke ihres Hauses hinauf in den Himmel lugte.

Lysbeth und Aaron schufteten, um dem Brand des Hauses von Frau Oeser Einhalt zu gebieten, aber das Feuer flackerte weiter. Sie konnten sehen, wie es Raum für Raum von dem Haus Besitz ergriff. Die Hitze war unerträglich, der Rauch brannte in den Augen, und Lysbeth hatte zeitweilig Angst, dass ihr das Herz versagen würde.

Es war in diesem Augenblick nicht von Bedeutung, ob sie durch eine Sprengbombe zerfetzt würden. Wenn das geschähe, wäre es ihr Ende, egal ob hier oder drüben im Bunker oder in der Besenkammer ihres Hauses. Die war noch am unsichersten, das hatte Lysbeth endgültig begriffen.

Auch dieses Geschwader zog wieder ab. Durch Lysbeths Gehirn zuckte der Gedanke, dass die Zahl der tausend Bomber, die bei der Zerstörung Kölns so ehrfürchtig genannt worden war, hier jetzt mindestens erreicht war. Da kamen die nächsten.

»Das wird Phosphor«, bemerkte Aaron grimmig. »Lysbeth, geh in den Bunker, bitte!« Lysbeth schüttelte den Kopf. Sie blieb neben Aaron. Die brennende Stadt schickte mehr und mehr Rauch. Mit jeder

Sekunde wurde er dichter, stechender und heißer. Ein scharfer, übler Geschmack klebte auf der Zunge. Die Augen tränten, die Ohrläppchen brannten – jeder Atemzug war eine Qual.

Aaron hatte recht. Diese Flugzeuge warfen Phosphorbomben und Phosphorkanister ab. Plötzlich blickten alle mit einem erschrockenen Laut zum Haus der Wolkenraths. Ein Gegenstand war aufs Dach gefallen. War es eine Phosphorbombe? Alle wussten, dass Phosphor ein Teufelszeug war, das auf der Haut Brände verursachte, die sich bis auf die Knochen durchfraßen, oder es verätzte die Lungen. Der Tod trat nach Kontakt mit Phosphor oft erst bis zu fünf Tage später ein. Phosphorbomben zu löschen war kaum möglich. Diese Bomben verursachten Flächenbrände, denen kein Einhalt mehr geboten werden konnte.

Da erschien ein kleiner Mann oben auf dem Dach. Er war ausgerüstet mit allen Werkzeugen, die er bei Luftschutzübungen benutzt hatte. In gespenstischer Eile tauchte er unten im Vorgarten auf, Werkzeuge in der Hand, Sandeimer in der Nähe. Mit präzisen, sicheren Bewegungen und der offenbar bis in die Tiefe seines Gehirns eingeprägten Sachkenntnis eines Luftschutzwarts machte er die Bombe unschädlich. Wieder war es eine Stabbrandbombe gewesen. Wieder hatte Eckhardt eine verspätete Explosion auf dem Dach verhindert. Alle atmeten auf. Diese Gefahr war ebenso schnell gebannt worden, wie sie aufgetaucht war. Eckhardt begab sich abermals nach oben aufs Dach.

Als die Flugzeuge all ihre Phosphorbomben und -kanister abgeworfen hatten, drehten sie um und flogen fort. Es dauerte eine Weile, bis Entwarnung gegeben wurde. Der Angriff hatte ungefähr zweieinhalb Stunden gedauert. Aber er hatte aller Leben verändert. Niemand hätte sagen können, ob er lang oder kurz gewesen war, die Zeitrechnung versagte angesichts dieses Schreckens. Und die Katastrophe war ja nicht vorbei. Im Grunde begann sie erst jetzt. Überall um die Kippingstraße herum brannte es, überall wurde gelöscht. Frau Oesers Haus brannte weiter und weiter. Jetzt kam es allein darauf an, ob die Brandmauer zum Haus der Solmitz halten würde. Viele Nachbarn halfen. Kurze Zeit nach der Entwarnung tauchten Gisela und ihr belgischer Verlobter auf. Beide, die zarte junge Frau und der kräftige junge Mann, der seine Fabrikarbeitskleidung trug, waren blass, aber gefasst. Sie hatten sich gerade vor einer Woche ein kleines Zimmer in der Werderstraße eingerichtet. Ihnen war in den letzten Stunden alles verbrannt. Das Haus, in dem sie das Zimmer gemietet hatten, war bis auf die Grundmauern zerstört. Auch die beiden löschten von nun an ausdauernd, um Giselas Elternhaus zu retten.

Am 4. Juli hatte es geregnet. Es war ein heftiger völlig überraschender Regen gewesen, der schon in Eimsbüttel nicht mehr gespürt worden war. Dieser Regen rettete sie jetzt. Er hatte in der Kippingstraße die Abwasserkanäle verstopft, und deshalb war der darauffolgende Regen nicht in die Kanalisation abgeflossen. So hatten sie jetzt Löschwasser in Reserve. Ansonsten war weit und breit kein Löschwasser mehr vorhanden.

Inzwischen wurde es 5.00 Uhr. Eigentlich hätte es schon längst hell werden müssen, aber nichts davon war zu merken. Der helle blaue Sommermorgen war in ein diffuses Grau aus Qualm und Brandschwaden verwandelt. Die Sonne konnte die schwarzen Qualmwolken, die über der Stadt lagen, nicht durchdringen.

Mit einem Mal ergoss sich aus der bis zu dreitausend Meter hochragenden Rauchwolke ein schwerer Platzregen über Hamburg. Die aufsteigende heiße Luft war in der oberen Atmosphäre abgekühlt und kondensiert. Der Regen mischte sich mit der Brandasche und ergab einen zähen schwarzen Schleim. Die Masse überzog alles, entstellte die Gesichter der Menschen, die auf der Straße waren, verfilzte ihre Haare. Lysbeth war froh über etwas Hilfe von oben. Aber es hörte auch sehr schnell wieder auf.

Um 7.00 Uhr waren sie immer noch dabei, das Haus der Solmitz vor dem Brand zu retten. Die Scheiben im Haus waren alle zersprungen, manche Fensterkreuze hingen schief. Das Atmen fiel Lysbeth immer schwerer. Sie sah, wie auch Aaron keuchte. Da besann sie sich darauf, dass alle etwas trinken mussten. Sie schleppte sich in ihr Haus, um einen starken Kaffee zu kochen. In der Küche im Souterrain drückten sich die Hunde in eine Ecke. Sie zitterten, und als sie Lysbeth erblickten, jaulten sie leise. Aber sie blieben liegen, wo sie waren, was Lysbeth erstaunte. Da entdeckte sie Pfützen und sogar einen großen Haufen Hundekot. Schnell entsorgte sie den Kot in die obere Toilette und wischte die Pfützen auf. Die Hunde fiepten und zitterten ohne Unterlass. »Ich kann euch nicht helfen«, sagte Lysbeth und drehte die Wasserleitung auf, um ihnen zu trinken zu geben. Aber es kam kein Wasser aus der Leitung. Auch Elektrizität und Gas waren ausgefallen. Sie lief hoch zu ihrem Fernsprecher und prüfte, ob er funktionierte. Auch er war tot. Sie lief wieder hinunter in die Küche und fand in der Speisekammer noch fünf Flaschen eingemachten Fliederbeersaft. Die nahm sie im Einkaufsnetz mit. Im Nu waren sie leer.

Aaron hätte sich eigentlich bereits um 5.00 Uhr an seiner üblichen Sammelstelle einfinden müssen, aber er verbrachte den Tag wie die anderen mit Löschen. In dieser fürchterlichen Situation wollte er tun, was er selbst für sinnvoll hielt. Seine Antreiber mussten heute selbst einmal Hand anlegen und nicht nur an ihre Knüppel, auf ihn jedenfalls mussten sie verzichten.

Durch die Bundesstraße und auch durch die Kippingstraße flutete ein Flüchtlingsstrom. Niemand wusste, woher die Menschen kamen und wohin sie wollten. Männer, Frauen, Kinder, Greise, viele waren bepackt mit Bündeln, Taschen, Pappkartons, Rucksäcken und Koffern. Übernächtigte Gesichter, eingefallen, rußgeschwärzt – von Schrecken, Angst, Verzweiflung, Fassungslosigkeit gezeichnet. Überlebende der Bombennacht. Immer wieder liefen Menschen an ihnen vorbei, die nach einem Angehörigen fragten. Ein älterer Mann blieb entkräftet neben dem Haus der Solmitz stehen. »Ich bin aus Eimsbüttel«, weinte er. Tränen zeichneten schmierige Rinnsale in sein schwarzes Gesicht. »Da hab ich gelebt, seit ich geboren bin. Da ist alles kaputt. Phosphor. Die haben Phosphor geschmissen, diese Schweine.« Er schluchzte immer wieder dieselben Worte. »Alles weg. Alles verloren. Diese Schweine.« Er raffte sich auf, warf sein schmutziges Bündel über die Schulter und schlurfte weiter.

Bis zum Nachmittag herrschte finstere Nacht, kaum dass die Sonne als mattleuchtende Scheibe die Rauchwand durchdrang. Erst dann wurde es ein weniger heller.

In all diese Rettungs-, Bergungs-, Löscharbeiten hinein flogen die »Fliegenden Festungen« der US Air Force einen Tagesangriff. Luise, völlig entkräftet, beschloss, den Bunker aufzusuchen. Fred wollte weiterlöschen. Aaron, der begriffen hatte, dass Lysbeth bei ihm bleiben würde, sagte: »Dann geh ich eben mit.« Nun erwies es sich als sinnvoll, dass er ein Hemd ohne Stern angezogen hatte.

Der neue Bunker in den hinteren Gärten der Häuser in der Kippingstraße war völlig überfüllt. Er war nicht einmal richtig fertig geworden. Vor ein paar Wochen waren die fremden Arbeiter aus Italien und Polen einfach abgezogen worden. Es gab kein Licht, kaum Toiletten. Dicht aneinandergedrängt saßen die Nachbarn aus der Kippingstraße und den umliegenden Straßen im Bunker. Ebenso wie die meisten anderen war Aaron unkenntlich. Sein Gesicht war schwarz, die Arbeitskleidung ebenso. Auch wenn er keinen Stern trug, kannten die Nachbarn ihn natürlich. Lysbeth hoffte, dass in dieser Todesangst niemand auf die Idee kommen würde, ihn zu denunzieren.

Die Luft war unerträglich, und alle waren klitschnass von Schweiß und Regen. Unterwäsche und Kleider, alles troff. Die wenigen Toiletten liefen über, weil kein Wasser zum Nachspülen da war.

Plötzlich gellten Schreie durch den Bunker. Stimmen wurden laut, einige riefen: »Hilfe«, andere: »Ist denn kein Arzt hier?« Lysbeths Körper, so erschöpft er war, spannte sich bis aufs Äußerste an. Sie legte ihre Hand auf Aarons Knie. Sie spürte, dass auch er jeden Muskel angespannt hatte. Was war da los? Die hohen Schreie ebbten wieder ab, um kurz darauf aufs Neue loszubrechen. Da hatte ganz eindeutig eine Frau entsetzliche Schmerzen. In diesem Augenblick schoss der Gedanke durch Lysbeth hindurch: Da ist eine Geburt im Gange. Sie vermied es, ihren Kopf zu Aaron zu wenden. Stur blickte sie geradeaus. Da spürte sie, wie Aarons Beinmuskeln sich bewegten. Er stand auf!

Das darfst du nicht!, dachte sie. Er griff nach ihrer Hand und zog leicht daran. Steh auf!, verstand sie. Ich will nicht, dass du dich in noch größere Gefahr begibst, schrie sie ihn lautlos an. Nur, weil ich nicht allein in den Bunker gehen wollte. Sie zerrte seine Hand wieder nach unten, leise, zart, für die Umsitzenden in der Dunkelheit kaum sichtbar. »Na los«, raunte er. Widerwillig und schwerfällig erhob sie sich.

Sie gingen in den nächsten Raum des Bunkers; von dort waren die Schreie zu ihnen gedrungen. Jetzt war es ruhig. Aber als sie in den schummrigen Raum traten, erkannten sie, dass dort eine Geburt in vollem Gange war. Die Frau lag auf dem schmutzigen Steinboden und wälzte sich hin und her. Sobald Lysbeth sie erblickte, kam eine große Ruhe über sie. Hier sollte ein Kind geboren werden, und Aaron und sie würden helfen, dass es zur Welt kam. Das hatten sie viele Male getan. Das würden sie auch hier tun.

Aaron bückte sich zu der Frau, die aussah wie ein sehr junges Mädchen. Der Bunkerwart stand daneben und lamentierte. »Warum muss die ihr Blag ausgerechnet jetzt kriegen? Hätte sie nicht ins Krankenhaus gehen können? Hier ist doch keine Entbindungsstation!« Lysbeth kannte ihn. Der dickliche ältere Mann nahm seine Aufgabe, im Bunker für Ordnung zu sorgen, sehr ernst. Sie tippte ihn am Ärmel und sagte freundlich: »Keine Sorge. Das kriegen wir hin.« Er wendete ihr sein Gesicht zu. Es war unnatürlich gerötet, Lysbeth dachte: Gleich bekommt er einen Schlaganfall! Dann haben wir zwei Patienten … Schweiß perlte von seiner Stirn. Mit einem zerknüllten nassen Taschentuch wischte er sich das Gesicht ab. »Sind sie Ärztin?«, knurrte er. Lysbeth nickte aufmunternd, wies auf Aaron, der neben der Frau kniete, seine Hand auf dem schwangeren Bauch, und wiederholte betont munter: »Wir werden das Kind schon schaukeln.« Der Mann sah sie zweifelnd an. In seinen Augen lag nackte Angst.

»Ich brauche ein paar Sachen.« Lysbeth sprach klar und bestimmt. »Decken, um sie unter die Gebärende zu legen, Handtücher, saubere Taschentücher, eine Schere oder ein Taschenmesser, Kerzen, Feuer, Wasser.« Der Bunkerwart setzte sich sofort in Bewegung. Auch die Umsitzenden folgten gleich, als Lysbeth darum bat, etwas beiseitezurücken, so dass Aaron und sie und die junge Frau mehr Bewegungsfreiheit hätten. Bald kam der Bunkerwart mit Decken zurück. Saubere Taschentücher hatte er keine gefunden, dafür aber Streichhölzer und Kerzen und ein wundervolles Taschenmesser. »Es gibt nirgends Wasser«, flüsterte er, als hätte er Angst, dass die junge Frau ihn hören könnte.

Lysbeth und Aaron halfen der Schwangeren, sich vom harten Boden zu erheben. Lysbeth massierte ihren Rücken, bewegte leicht ihre Hüften, da kam die nächste Wehe, und mit einem Schwall platschte das Fruchtwasser auf den Boden. Die Umsitzenden schrien auf. Die junge Frau brach in Tränen aus. »Das ist nicht schlimm«, beruhigte Aaron sie. »Bald kommt das Kindchen.« Sie setzten die Schwangere auf die Bank, Aaron stützte ihren Rücken.

Lysbeth und Aaron hatten sich wortlos dazu entschieden, die junge Frau nicht zu untersuchen. Das Kind wollte rauskommen, und es sollte rauskommen. Sie wollten zu den ohnehin vorhandenen Keimen nicht noch zusätzlich welche in den Geburtskanal schicken. An Hygiene war gar nicht zu denken.

Mitten in der Geburt wurde Entwarnung gegeben. Die Menschen hasteten fort, zur Feldküche. Es hatte sich herumgesprochen, dass dort Essen ohne Marken ausgegeben wurde. Aaron und Lysbeth blieben bei der jungen Frau im Bunker, bis das Baby geboren war, ein kleiner Junge, der laut schrie, als wollte er seiner Empörung Ausdruck verleihen.

Aaron desinfizierte das Messer mit dem Feuer einer Kerze und schnitt dann die Nabelschnur durch. Er hatte keine andere Wahl.

Das Baby war schmierig und feucht, ebenso wie seine Mutter, von deren dunklen Haaren der Schweiß rann und sich mit Tränen mischte. Lysbeth wickelte den Säugling in eine der schmutzigen Decken, die der Luftschutzwart gebracht hatte. Sie überlegte, was sie nun tun könnte. Die Frau musste etwas trinken, so viel stand fest.

»Ich hol was zu trinken«, sagte sie zu Aaron. »Nein«, entgegnete er und warf ihr einen bedeutungsvollen Blick zu. Ihr Herz begann zu rasen. Wie konnte ich das vergessen?, schalt sie sich. Aaron war die ganze Zeit schon in Lebensgefahr. Er musste so schnell wie möglich hier fort. »Geh du«, sagte sie.

Die junge Frau blickte weinend auf Aaron, dankbar und verzweifelt zugleich. »Wie heißen Sie?«, fragte sie leise. »Ich möchte meinen Sohn nach Ihnen nennen.« Aaron lächelte. Lysbeths Herz begann wieder angstvoll und laut zu klopfen. Wenn diese Frau erfuhr, dass Aaron Jude war! Sanft sagte Aaron: »Nennen Sie Ihren Sohn Julius. Er ist an einem denkwürdigen Tag im Juli geboren, und wer sich in so großer Gefahr herauswagt, muss mindestens so mutig sein wie Julius Cäsar.« Der Frau liefen Tränen wie Sturzbäche herunter.

Aaron verließ den Bunker. Enttäuscht blickte die junge Mutter hinter ihm her, als wollte sie sagen: Also auch du verrätst mich. Kurz darauf kehrte er mit einer Flasche Obstsaft zurück. Lysbeth legte das Baby an die schweißfeuchte Brust der Frau und überließ beide der Obhut des Bunkerwarts. »Ich glaube, es ist am besten, wenn sie in der nächsten Nacht noch hierbleibt«, sagte sie. Dann fiel ihr ein, dass sie nichts über die junge Mutter wusste. Vielleicht hatte sie ja Angehörige, denen Lysbeth Bescheid sagen konnte. Aber auf ihre Frage schüttelte die Frau nur traurig den Kopf. »Ich komme aus der Hoheluftchaussee. Da ist alles kaputt. Ich weiß nicht, wo meine Mutter und mein Vater sind, ich war bei einer Freundin.« Sie schluchzte auf: »Was soll nur aus uns werden?« Lysbeth versprach, bald wiederzukommen und nach ihr zu sehen. Dann riss sie sich los. Sie wollte zu Aaron. Als sie in die Kippingstraße zurückkehrte, beteiligte er sich schon wieder an den Löscharbeiten.

Am Abend war es endgültig klar: Frau Oeser hatte ihr Haus verloren, die Solmitz hatten ihres behalten. Eckhardt hatte das Haus der Wolkenraths gerettet. Nun erst entdeckten sie die kleinen Schäden: Einige Fenster waren entzwei, die Scheiben vor dem kleinen Balkon oben und dem Wintergarten unten waren kaputt. Im Vergleich zu dem, was um sie herum geschehen war, kam es ihnen vor wie ein Segen.

Als sie die Küche im Souterrain betraten, stellten sie fest, dass ihnen noch etwas anderes genommen worden war: Die Hunde drückten sich nach wie vor zitternd in eine Ecke, aber sie hockten entfernt von ihrem Leitrüden. Der lag auf dem Boden und atmete nicht mehr. Er war tot. Eckhard grub weinend ein Loch im Garten unter dem Rhododendron und beerdigte den Rüden, seinen ganzen Stolz, mit dem er viele Preise gewonnen hatte.

In den folgenden Tagen und Nächten fanden immer wieder Angriffe statt. Es gab niemanden mehr, der sich nicht in die Bunker flüchtete. Lysbeth ging nun freiwillig allein. Eckhardt und Aaron blieben im Haus.

Die junge Frau mit ihrem Baby war inzwischen von allen Nachbarn adoptiert worden. Sie brachten ihr Essen und Trinken in den Bunker, und sie brachten ihr sogar Babykleidung und Windeln. Lysbeth war froh darüber, weil sie sich so nicht mehr verantwortlich fühlen musste. Die Gefahr, dass Aaron auch nachträglich noch identifiziert wurde, war einfach zu groß.

Die Kippingstraße wurde in diesen Nächten und auch bei den Tagesangriffen nicht mehr getroffen. Zwischen den Angriffen hasteten die Menschen in die öffentlichen Küchen, wo umsonst Essen ausgegeben wurde. Als »kleiner Trost« wurde an alle Marzipan verteilt, seit Wochen die erste Süßigkeit. Es gab auch einen Liter Vollmilch für jeden ohne Marken, was die Menschen etwas dafür entschädigte, dass kein Wasser vorhanden war.

Die erbarmungsloseste Hölle brach in der Nacht von Dienstag auf Mittwoch los. Fast tausend Bomber warfen ihre tödliche Fracht über den südöstlichen Stadtteilen Hamm, Horn, Borgfelde, Eilbeck, Hammerbrook und Rothenburgsort ab. Hier lebten fast eine halbe Million Menschen, und seit Montag hatten mindestens hunderttausend Obdachlose aus den anderen Stadtteilen hier Zuflucht gesucht. In dieser Nacht wurden dort von hundert Gebäuden dreiundneunzig total zerstört.

Nach diesem infernalischen Angriff blickten Lysbeth, Aaron und Eckhardt schaudernd in die gespenstisch erhellte Nacht hinaus. Von allen Seiten hörten sie das Knistern der Flammen, das sich manchmal bis zum Tosen steigerte. Bisweilen wurde das alles übertönt von einer furchtbaren Explosion. Auch als am nächsten Tag der Sommermorgen längst heraufgezogen war, blickte der Himmel schwarz herab und zeigte nur am Rand des Horizonts einen schmalen hellgrünen Streifen, dunkelblutig stand der Sonnenball, seltsam verkleinert, als wäre es der Mond, am geschändeten Himmel. Niemand hatte sich vorstellen können, dass die bisherigen heftigen Angriffe auf deutsche Städte noch zu steigern waren. Aber jetzt war es eingetroffen: Hamburg war wie eine einzige offene Wunde.

Der Wassermangel wirkte sich verheerend aus. Die abgeworfenen Luftminen und Sprengbomben hatten zahlreiche Wasserleitungen bersten lassen. Das gesamte Rohr- und Kanalnetz war schwer beschädigt worden. Allein das Wasserwerk Kaltehofe hatte fast hundert Bombentreffer erhalten, wodurch der größte Teil der hundertsechsundsiebzigtausend Quadratmeter großen Filterfläche außer Funktion gesetzt worden war. Das Hauptpumpwerk in Rothenburgsort und die dort stehenden Reinwasserbehälter fielen nach Bombentreffern völlig aus. Die Wasserversorgung im Hamburger Kerngebiet, also auch in der Kippingstraße, brach zusammen. Die Bevölkerung musste mühsam durch Tankwagen und aus Hydranten mit Trinkwasser versorgt werden.

Neben der Wasserversorgung war auch die Energieversorgung gestört. Die Schäden trafen neben der Bevölkerung auch die Unternehmen: Die elektrisch betriebenen Wasserwerke konnten nur noch zu vierzig Prozent mit Strom betrieben werden, die restlichen sechzig Prozent der Wassermenge mussten mittels Dampfpumpwerken ins Wassernetz befördert werden. Das tausendachthundertfünfzig Kilometer lange Hamburger Kanalisationsnetz war an zweitausendeinhundert Stellen durch Bomben beschädigt oder zerstört.

Die Zahl der Obdachlosen ging auf eine Million zu, von der Zahl der Toten wagte man sich keinen Begriff zu machen.

Jede Haustür war offen, jedes Haus war jedem geöffnet, alles rannte auf der Straße herum, Gerüchte schwirrten, die Nachrichten von draußen waren spärlich, ein unheimliches Leben, wie in der Einöde am Rande der Welt, abgeschnitten von allem. Es wurde gemunkelt: Die Engländer haben ihre systematische Zerstörung Hamburgs »Aktion Gomorrha« genannt. In der Bibel steht: »Da ließ der Herr Schwefel und Feuer regnen vom Himmel herab auf Sodom und Gomorrha. Und verderbte die Städte und die ganze Gegend und alle Einwohner der Städte.« Man hasste die Engländer, aber gleichzeitig hatte das Ganze auch etwas göttlich Schicksalhaftes.

Es gab Räumungsgerüchte und Gerüchte von Seuchengefahr. Diese Gerüchte, so zeigte sich bald, waren von der Wirklichkeit leider weit übertroffen.

Der Flüchtlingsstrom nahm kein Ende. Unerschöpflich brauste er durch die Straßen. Niemand wusste, wohin all diese Menschen gehen sollten, und sie selbst wussten auch nicht, wohin. Lysbeth war unendlich dankbar, dass die Menschen, die ihr etwas bedeuteten, in Sicherheit waren, Stella und Dritter in Scharbeutz, Renate Wenz in Bayern. Manchmal allerdings kam ihr Lydia in den Sinn. Was hatte sie in diesen Tagen erlebt, erleben müssen? Es gab Menschen, die direkt nach der ersten schrecklichen Nacht bei ihren Verwandten oder Freunden auftauchten, so wie Gisela und ihr Verlobter bei den Solmitz erschienen waren. Und eigentlich erwartete Lysbeth von Lydia, dass sie sich bald melden würde, allein, damit sich keiner um sie sorgen sollte. Aber dann schob sie den Gedanken an Lydia wieder fort.

Sie tat etwas, das überhaupt nicht in diese Schreckenstage passte: Sie öffnete alle Dosen und Flaschen und Gläser, die sie allein oder noch gemeinsam mit der Tante während der vergangenen Jahre mit Kräutern gefüllt hatte, sie roch daran, zipfelte die trockenen Gräser fort, die ihr schlecht erschienen, und zog die Schrift auf den Etiketten nach, damit sie auch in Zukunft noch gut lesbar wäre. Zukunft. Was für ein absurdes, lächerliches Wort, dachte sie. Aber es hatte etwas unglaublich Tröstliches, die Etiketten für die Zukunft lesbar zu machen.

Aaron, der mit der Organisation Todt in die zerstörten Gebiete gefahren wurde, um dort die Leichen zu bergen, kehrte abends rußgeschwärzt und voller Entsetzen nach Hause zurück. Nun wusste er, dass alle Gerüchte, auch die schrecklichsten, stimmten. Zu Hunderten und Tausenden waren Menschen in glühenden Kellern und Bunkern verschmort. Sechs dieser verkohlten Körper gingen in einen Sarg. In Hammerbrook lagen Leichen zu Haufen in den Straßen, Menschen stiegen drüber hinweg, sogar Wagen fuhren in manchen Fällen drüber weg.

Lysbeth bestand darauf, dass er ihr alles erzählte, denn sie wusste, dass man über so etwas reden musste, wenn man nicht krank werden wollte.

Er berichtete ihr von dem Ausmaß, das der Angriff auf den Südosten Hamburgs gehabt hatte, ohne es selbst völlig ermessen zu können. »Tausende sind einfach erstarrt, weil das Feuer ihnen in einem ungeschützten Atemzug die Lungen verbrannt hat. Tausende müssen als brennende Fackeln gelodert haben. Tausende sitzen jetzt noch wie friedlich schlafend am Straßenrand, vergiftet durch Kohlendioxyd.« »Warum waren sie nicht in den Bunkern?«, fragte Lysbeth. »Es gab nirgends mehr Sauerstoff«, berichtete Aaron. »Die einzige Hoffnung war, aus den Kellern heraus und auf einen freien Platz zu kommen, wo es noch Sauerstoff gab, den der Feuersturm noch nicht gefressen hatte. Der Feuersturm hat sich zu einem Orkan ausgewachsen. Es muss unglaubliche Temperaturunterschiede gegeben haben«, erklärte Aaron. »Die Feuerwände rasten durch die Straßen, rissen Bäume aus und wirbelten Menschenleiber durch die Luft. Die meisten aber starben in den Kellern. Verschüttet, erstickt, zu Asche verbrannt und sogar ausgeschmolzen.«

Aarons Aufgabe war, in Hammerbrook die Toten mit Flammenwerfern zu verbrennen. Seine Truppe bohrte unzugängliche Keller an und hielt Flammenwerfer hinein. Lysbeth war in großer Sorge, dass Aaron während seines Einsatzes auf eine Mine treten, von einem herunterfallenden Dachbalken erschlagen werden oder in einen Trümmerschacht stürzen könnte. Sie wollte alles wissen, was er dort tat, weil sie das Gefühl hatte, dass sie dann auf eine magische Weise bei ihm sein könnte. Es war ihr nicht möglich, dort hinzugehen, um in seiner Nähe zu sein. Der ganze Stadtteil Hammerbrook war abgeriegelt worden. Man sprach davon, dass er wegen der Seuchengefahr von einer hohen Mauer umgeben werden sollte.

Aber es reichte den Engländern noch nicht. Bei einem nächsten Angriff in der Nacht von Donnerstag auf Freitag warfen tausendeinhundert Bomber ihre tödliche Last auf Barmbek und die Stadtteile rund um die Alster ab. Danach konnte Lysbeth ihre Sorgen um Lydia, von der sie die ganze Zeit nichts gehört hatte, nicht mehr fortschieben. Endlich, in der Nacht zu Dienstag, dem 3. August, kam der Himmel den geschundenen Hamburgern zu Hilfe. Ein Gewitter brach los – mit einer solchen Urgewalt, dass alle wieder von Schicksal sprachen. Die deutsche Flugabwehr hatte in der ganzen Zeit nur fünfunddreißig Angreifer abschießen können, nun versprach der Himmel, den letzten Verband von achthundert Maschinen in die Tiefe zu stoßen. Die Piloten drehten ab und warfen ihre Bomben irgendwohin, zum Beispiel in die Heide oder auf Wedel und kehrten heim. Das Unternehmen Gomorrha war beendet.

Bei einigen Nachbarn funktionierte noch der Rundfunk. Sie berichteten, was dort über die Angriffe auf Hamburg gesagt wurde: Die Engländer hatten einen Stannioltrick angewendet. Am Abend des 24. Juli waren fünfzig Bomber, vollbeladen mit nichts anderem als Stanniolstreifen, gestartet. Über verschiedenen Zielen in Westdeutschland hatten sie ihre Fracht abregnen lassen. Die deutsche Luftabwehr kannte diesen Trick noch nicht: Die Beobachter an den Radarschirmen hielten die flimmernden Punkte für riesige Flugverbände. Alle verfügbaren deutschen Jäger waren in den Westen dirigiert worden. Und so war der Weg nach Hamburg frei für den großen Verband gewesen. Die Hamburger Flak war ebenfalls mit Hilfe des Stannioltricks blind gemacht worden

Und das war die schreckliche Bilanz der Luftangriffe auf Hamburg: 48 602 Tote, 900 000 Obdachlose, 277 330 von 563 300 Wohnungen total zerstört, 171 000 beschädigt. Im zu 80 Prozent zerstörten Hafen lagen 312 Schiffe auf Grund, ungefähr 3000 Schiffe beschädigt an den Kais. Zerstört wurden weiter: 580 Industriebetriebe, 2632 gewerbliche Betriebe, 379 Kontorhäuser, 24 Krankenhäuser, 277 Schulen, 58 Kirchen, Die Staatsbibliothek verlor 620 000 von 850 000 Büchern, die Kommerzbibliothek 90 Prozent ihres Bestandes von 140 000 Bänden. Um die 43 Millionen Kubikmeter Trümmerschutt abzufahren, würde man einen Güterzug von 30 000 Kilometern Länge brauchen.

Danach gab es nur noch verstörte Menschen in Hamburg. Da war niemand mehr, der nicht irgendjemanden oder irgendetwas verloren hatte.

Lysbeth forderte Eckhardt auf, mit ihr gemeinsam zu Lydias Wohnung zu gehen, um zu schauen, was dort geschehen war. Sie konnte einfach nicht verstehen, wieso Lydia noch nicht bei ihnen aufgetaucht war. Bereitwillig begleitete Eckhardt sie. Immerhin war Lydia seine Schwiegermutter. Als sie vor dem Haus standen, das Lysbeth so viele Male betreten hatte, um Lydia zu besuchen, wurde ihr kalt. Sie begann hemmungslos zu weinen. Es gab noch eine Haustür und sogar Klingelschilder, aber das war auch alles. Das übrige Haus war fort. Von oben bis unten fort. Nur noch Trümmer. Lysbeth griff nach der Hand ihres Bruders. »Ich will nach Hause«, schluchzte sie.

17

Am 5. August, dem Tag nach dem schrecklichen Gewitter und dem Abzug der englischen Bomber, schlug Luise Solmitz Lysbeth vor, sie auf einem kleinen Ausflug zu begleiten. »Wir halten es in der zerstörten Stadt nicht mehr aus. Meine Seele ist völlig zerrüttet durch die vergangenen Tage.« Lysbeth, tagsüber damit beschäftigt, sich um Aaron zu sorgen, seit er wieder in den Trümmern arbeitete, und Erkundigungen über Lydia einzuholen, kam es sehr seltsam vor, einen Vergnügungsausflug zu unternehmen. »Wohin wollt ihr denn?«, fragte sie skeptisch. Sie konnte sich keinen Ort in der näheren Umgebung Hamburgs vorstellen, wo die zerrüttete Seele auftanken könnte. »Wir fahren nach Egenbüttel«, erklärte Luise. »Da haben wir gute Bekannte und Freunde, da ist es bestimmt etwas friedlicher als in der Kippingstraße. Da kann die Seele sich etwas erholen. Komm mit, Lysbeth, das tut dir auch gut.«

Lysbeth wunderte sich sehr über die Nachbarin. Sie wirkte so unternehmungslustig. Das Vorhaben schien Lysbeth absurd, aber sie wusste zugleich, dass eine Unternehmung mit den Solmitz ihr ein wenig Zerstreuung bieten könnte. Da Fred keinen Judenstern trug, gab es auch keinerlei Probleme für ihn, Ausflüge um Hamburg herum zu machen, vorausgesetzt, er verhielt sich nicht auffällig, denn auch für ihn galt das Verbot, öffentliche Verkehrsmittel zu benutzen. Aber er hatte sich seit jeher bei den legendären Solmitz-Ausflügen über die Verbote für Juden hinweggesetzt, und das fand Lysbeth sehr sympathisch. Sie gab sich einen Ruck und sagte ja.

Die drei wollten den Autobus nehmen. Vor der Abfahrt trafen die Solmitz einen Bekannten, Herrn Ludwig aus Schnelsen. Lysbeth traten Tränen in die Augen, als sie diesen verzweifelten Vater hörte. Er suchte nach seinem einzigen Kind, seiner zwölfjährigen Tochter. Sie war in Eilbeck verschüttet worden. Unendlich traurig sagte er: »Es gibt kaum Hoffnung.« Aber er suchte weiter. So startete ihr Ausflug nach Egenbüttel, der als Erholung für die Seele geplant war, mit einem schweren traurigen Herzen.

Der Bus war voll wie eine Sardinenbüchse. Menschen hingen draußen an den Trittbrettern. Es gab nur noch wenig funktionierende Beförderungsmittel in Hamburg, im Kampf um einen Platz im Bus setzten viele ihre Ellbogen ein. Zum Glück konnte sich Lysbeth hinter Fred und Luise in den Bus drängeln. Sie fuhren die Hoheluftchaussee entlang, und Lysbeth blickte entsetzt hinaus. Die Straße sah grauenhaft aus, systematisch zusammengehauen, kein einziges Haus stand mehr heil da.

In Egenbüttel gab es eine Gaststätte, in der die Solmitz wohlbekannt waren. Als Luise und Fred in den Raum traten, schlug ihnen eine Woge der Herzlichkeit entgegen. »Wie schön, dass Sie da sind!« »Wir haben an Sie gedacht!« »Wir haben uns solche Sorgen um Sie gemacht!« Lysbeth hielt sich ein wenig schüchtern hinter den Solmitz, aber die Wirtsleute schlossen sie in ihre Gastfreundschaft ein. Sie bereiteten ihnen einen »anständigen« Kaffee, setzten sich mit an den Tisch und besprachen die Erlebnisse der vergangenen Tage. »Wir haben immer an Sie gedacht. Wir haben alles aus der Ferne mit erlebt«, sagte die Wirtin. »Die Zerstörung Hamburgs wollte ja kein Ende nehmen.« »In der letzten Nacht, bei dem Gewitter, hat es dann auch Egenbüttel erwischt. Es hat neun Tote gegeben«, fügte der Wirt düster hinzu.

Anschließend machten die drei einen Spaziergang. Lysbeth hielt sich auch jetzt ein wenig hinter den Solmitz. Sie konnte den Frieden hier gar nicht fassen und versuchte, alles tief in sich aufzunehmen, das Grün der Wiesen, die grasenden Rinder, Schafe, Pferde. Hier war alles wie sonst, als hätte es die Zerstörung, die elende Zerschlagung Hamburgs nicht gegeben.

Aber als sie zum Wald gingen, kamen sie an Feldern vorbei, auf denen die Kornernte völlig vernichtet war. Und im Wald dann standen sie erschüttert vor weithin zusammengeknüppelter Natur, all die schönen hohen Bäume waren gesplittert und geknickt, der Boden war verwüstet.

Die Solmitz schlugen den Weg zum See ein. Sie hofften, sich dort ein wenig waschen zu können, denn in ihrem Haus wie in vielen anderen Häusern kam aus der Wasserleitung immer noch kein einziger Tropfen. Aber der See war trocken bis fast auf den Grund. Die Anwohner hatten das Wasser aus dem See als Löschwasser benutzt. Jetzt musste es erst einmal wieder regnen.

Als sie zurückfahren wollten, war der letzte Omnibus nach Hamburg bereits fort. Sie hatten es versäumt, nach den veränderten Zeiten zu fragen. Die drei blickten einander ratlos an. Was nun? Ein scheußliches Gefühl beschlich Lysbeth. Das Telefon in der Kippingstraße funktionierte nicht. Wenn sie über Nacht hierbliebe, würde Aaron vor Angst sterben. Sie musste nach Hause! Auch die Solmitz zogen nicht in Erwägung, irgendwo im Dorf für eine Nacht unterzukriechen. In Lysbeth wallte Zorn auf. Zorn darüber, wie schwer das Leben geworden war, und Zorn auf sich selbst. Wieso hatte sie etwas so Unvernünftiges getan wie einen Ausflug an einem Tag, wo in der Nacht wieder die Hölle losgehen konnte. Es gab noch heile Häuser in Hamburg, wenn auch nicht viele. Wenn es das Ziel der Angloamerikaner war, Hamburg auszulöschen, blieb ihnen noch etwas zu tun.

Luise war zwar blass geworden, aber sie hatte offenbar nicht den geringsten Zweifel, dass es sinnvoll gewesen war, diesen herzerfrischenden Ausflug zu unternehmen. »Das nächste Mal erkundigen wir uns aber nach den Zeiten«, sagte sie zu Fred. »Und jetzt machen wir es so, wie es heutzutage Mode ist. Wir halten einen Wagen an.« Mein Gott, dachte Lysbeth, die beiden tun immer noch so, als wäre Fred gar kein Jude. Wenn er dabei erwischt wird, wie er als Jude einen Wagen anhält und sich mitnehmen lässt, dann wird er standrechtlich erschossen. Aber da war es Luise schon gelungen, einen Autofahrer auf sich aufmerksam zu machen. Er sagte, er könnte nur Luise mitnehmen, seine Rückbank sei beladen, und auch nur ein kurzes Stück bis Lokstedt. Luise warf Fred einen fragenden Blick zu, den er mit einem ruhigen Nicken beantwortete. Dann stieg sie ein. Das Auto startete und entschwand schnell ihren Blicken.

Der nächste Wagen nahm Lysbeth mit. Auch dieser Fahrer sagte, er führe nicht nach Hamburg hinein, sie müsse in Lokstedt aussteigen. Lysbeth zögerte keinen Augenblick. Jetzt stand nur noch Fred am Straßenrand. Lysbeth blickte aus dem Rückfenster und winkte ihm zu. Er gab einen kurzen Handgruß zurück. Dann sah sie ihn nicht mehr. Sie war voller Mitgefühl für Fred und Luise. Was wurde jetzt aus ihm? Und was geschah mit einem Juden, der auf offener Straße war, wenn Alarm kam? Und wenn es dunkel wurde?

Lysbeths Fahrer behauptete, sie könne gar nicht nach Hamburg hinein. Hamburg sei Sperrzone. Aber sie wusste, dass das Gerede war. Sie stieg in Lokstedt aus und hastete mit wenigen anderen Menschen der

Stadt zu. Wagen rasten aus der Stadt fort, voll von Menschen, die draußen schliefen, irgendwo auf einem Feld im Freien, denn sie hatten kein Zuhause mehr.

Voller Grauen näherte Lysbeth sich der unvorstellbar zerstörten Hoheluftchaussee. Der Abend dämmerte, sie fühlte sich zwischen den Ruinen sehr allein. Sie hoffte, Luise zu begegnen, aber die war entweder doch woanders abgesetzt worden oder, wahrscheinlicher, schon nach Hause gelaufen. Lysbeth biss die Zähne zusammen und verfluchte sich selbst. Es war einfach eine Schnapsidee gewesen, in diesen Tagen mit einem Ausflug die Seele erheitern zu wollen. Sie hastete weiter, dachte an nichts anderes als daran, so schnell wie möglich nach Hause zu kommen. Sie eilte vorbei an den Bildern des Grauens. Sie sehnte sich nach Aaron. »Hoffentlich ist er schon zu Hause«, murmelte sie. Aber dann dachte sie: Hoffentlich ist er noch nicht zu Hause, denn dann sorgt er sich entsetzlich. Am Schrebergarten Gustav-Falke-Straße füllte sie ihre leere Wasserflasche, die sie immer bei sich trug, an der Pumpe an der Hochbahn, die, wie manche sagten, irgendwann einmal eine Gedenktafel verdient hätte, denn sie hatte auch in den letzten Tagen treu Wasser gespendet.

Zu Hause angelangt, war Lysbeth sehr erleichtert, weil Aaron noch nicht da war. Als er endlich kam, rußgeschwärzt, erzählte sie ihm erst einmal nichts von ihrem Ausflug. Sie hatte auf ihrem Rückweg durch die Hoheluftchaussee begriffen, wie absurd ihre Sehnsucht war, einen friedlichen heiteren Tag in all dem Elend zu erleben, das sie umgab. Sie wusste, dass Aaron einen Tag mit Leichen, Brutalität und Ausweglosigkeit hinter sich hatte. Sie schämte sich, ihm von ihren kleinen Transportproblemchen zu erzählen.

Da hörte sie Schritte auf der Treppe vom oberen Stock nach unten. Froh schoss der Gedanke durch ihren Kopf: Stella! Aber sofort verbot sie sich die Freude. Stella durfte nicht hier sein. Wer wusste denn, was in dieser Nacht passieren würde?

Es klopfte an ihre Zimmertür, und auf ihr »Ja?« trat Jonny ins Zimmer. Sie konnte nicht anders, sie stürzte in seine Arme. Er hielt sie einen Moment sehr fest. »Jonny, was machst du hier?«, rief Lysbeth, erstaunt über ihre unbändige Freude. »Ich bin wie viele andere Militärs vom Dienst befreit worden, um nach meinen Angehörigen zu schauen«, erklärte er, und seine blauen Augen, die so kalt und abwertend blicken konnten, leuchteten in großer Wärme für Lysbeth und Aaron.

Sie setzten sich mit Jonny an den Küchentisch. Die beiden berichteten von den vergangenen Höllentagen und -nächten. Jonny erzählte von den großen Sorgen, die er sich gemacht hatte, weil sie telefonisch nicht erreichbar gewesen waren. Und wie alle im ganzen Reich hatte er gehört, dass die Angriffe auf Hamburg weit stärker gewesen waren als die grauenhaften Tausend-Bomber-Nächte in Köln und den anderen Städten.

Seine Gegenwart wirkte erstaunlich beruhigend auf Lysbeth. Es war, als käme er aus einer anderen Welt, einer Welt außerhalb des Trümmerfeldes, zu dem Hamburg geworden war. Und es war irgendwie tröstlich zu wissen, dass da draußen, außerhalb der Trümmer, noch eine andere Welt lag.

Jonny machte mit Lysbeth gemeinsam einen kleinen Hundespaziergang. Die beiden Hündinnen hielten sich ängstlich dicht bei ihnen. Er erzählte ihr von Stella, die in den letzten Tagen ständig mit ihm telefoniert hatte und sich entsetzliche Sorgen um Lysbeth machte. »Wenn ich sie nicht gebremst hätte, wäre sie sofort nach Hamburg gefahren«, sagte er lachend. »Fragt Cynthia nach ihrer Mutter?«, erkundigte sich Lysbeth bang. Darauf konnte Jonny keine Antwort geben. Als sie Ecke Bundesstraße und Schlump angelangt waren, kamen aus beiden Straßen, in Richtung Kaserne, Ketten von Autos mit Soldaten zum Ausgraben der Leichen, zum Aufräumen der Trümmer »Was für eine trostlose Arbeit haben die vor sich«, meinte Jonny. »Ich beneide Aaron nicht. Sie schicken die Juden und die Gefangenen wohl in die Gebiete, die mit Minen und Bomben und Einstürzen am gefährdetsten sind.« Er sah Lysbeths erschrockene Augen und entschuldigte sich hastig. »Oje, ich bin auch schon ganz durcheinander. Ich weiß gar nicht mehr, was ich rede. Verzeih mir, Lysbeth!« Lysbeth schüttelte den Kopf, als wollte sie hinauswerfen, was er gerade aufgenommen hatte. »Ist schon gut, Jonny«, sagte sie. »Ich hätte es mir auch denken können. Aber Aaron erzählt davon nichts. Und ich wollte es vielleicht auch gar nicht wissen. Aber letztlich sitzen wir hier alle auf einem Pulverfass, und ich kann mir gar nicht vorstellen, dass es in Hamburg irgendwann jemals wieder glückliche Menschen mit einem sicheren Zuhause und einer heilen Familie geben wird.« Jonny nickte zustimmend. »Ja. Man kann sich auch nicht vorstellen, dass der letzte Schutt jemals aus Hamburg entfernt sein wird.«

»Das Ganze zu erfassen, fehlt es mir an seelischer Spannkraft«, fügte Lysbeth leise hinzu. »Ich merke, wie ich ausweiche, versuche zu entfliehen, in alles Mögliche, Friedensdinge tue wie Tantchens Gläser beschriften oder so etwas Absurdes wie einen Ausflug mit den Solmitz nach Egenbüttel!« Jonny nickte. »Das ist sehr, sehr verständlich, Lysbeth. Ich glaube, man muss übermenschliche Kräfte haben, um den Jammer ganz erfassen zu können.« Lysbeth sagte traurig: »Außerdem leben wir alle in der düsteren Erwartung neuer vernichtender Schläge. Das muss man erst mal aushalten.«

Am nächsten Morgen bestand Jonny darauf, mit den Solmitz zu frühstücken. Beide waren von ihrem Ausflug nach Egenbüttel heil und sicher nach Hause gekommen, hielten dies aber offenbar für so selbstverständlich, dass sie die Schwierigkeiten der Rückfahrt nicht mehr erwähnten. Danach machte Jonny sich auf die Suche nach seiner Mutter. Erschüttert kam er zurück. So hatte er sich die Situation in der Stadt nicht einmal nach den bisherigen fürchterlichen Eindrücken vorgestellt. Das schöne Haus seiner Mutter in der Hansastraße war ausgebrannt. An einer Mauer stand in einer Schrift, die vielleicht die seiner Mutter war: »Bin nach Wandsbek.« Also war er nach Wandsbek gefahren. Aber was er dort sah, überstieg sein Fassungsvermögen total. Kaum ein Stein lag noch auf dem anderen. An den Mauern, die noch standen, waren alle möglichen Nachrichten geschrieben: »Frau Jacob lebt.« Oder: »Wo ist Familie Schneidereit? Bitte um Nachricht.« Oder: »Sind in Sicherheit. Karl und Maria.« Über Edith stand nirgends etwas, und Jonny hätte auch nicht gewusst, wo er überhaupt suchen sollte.

Er kam also nach Hause, ohne herausgefunden zu haben, wo seine Mutter war, ob sie noch lebte oder nicht. Aber seltsamerweise schien ihn diese Tatsache nicht ganz so zu erschüttern wie die Lage insgesamt in Hamburg. Lysbeth fragte ihn vorsichtig, ob er jetzt sehr beunruhigt sei. Er sah ihr direkt in die Augen und antwortete: »Ehrlich gesagt, Lysbeth, ich kann mir nicht vorstellen, dass meine Mutter sich von so einem Angriff, wie schlimm er auch immer war, hat töten lassen. Dafür ist sie, glaube ich, zu kühl und zu raffiniert. Und zu erprobt darin, in schwierigen Situationen zu überleben. Ich kann mich irren, aber ich glaube, sie lebt. Und ich glaube sogar, dass sie einen Ort gefunden hat, wo es ihr nicht einmal furchtbar schlecht ergeht.« Lysbeth atmete tief ein und wünschte sich, auf diese Weise auch an Lydia denken zu können.

Am Abend schlug Jonny vor, bei den Solmitz zum Abschluss des Tages eine Flasche Sekt zu trinken. Lysbeth und Aaron und auch Eckhardt waren dazu nicht in der Stimmung. Also nahm er eine Flasche Sekt und ging über die Straße. Lysbeth blickte kurz vor dem Zubettgehen nach drüben und sah, wie die drei im Wohnzimmer saßen, im zuckenden Licht der Kerze, die sie hinter einen Schrank gestellt hatten. Um Verdunkelung und Luftschutz kümmerte sich kein Mensch mehr. Jeder sagte: »Wäre Hamburg hell erleuchtet gewesen, hätte es auch nicht schlimmer kommen können.«

Am nächsten Morgen meinte Jonny: »Als ich mich gestern von den Solmitz verabschiedet habe, sagten sie: Bis morgen, falls wir da noch leben. Es fällt mir auf, wie häufig alle das Wörtchen ›noch‹ gebrauchen.« »Ja«, antwortete Lysbeth traurig: »Das Wörtchen ›noch‹ ist das Kennzeichen unserer trüben Tage. Alles was ist, ist noch. Wer weiß schon, was danach kommt?« »Dieses Wort lässt wirklich keine Freude aufkommen«, sagte Jonny ironisch.

Er erzählte, dass Luise große Angst habe, ihr Haus räumen zu müssen. Immer wieder würde die Nachricht verbreitet, dass alle Frauen und alle alten Männer, die nicht im Einsatz seien, ihre Häuser und Wohnungen in Hamburg räumen müssten. Sie wusste nicht, was dann aus ihnen werden sollte. Es war eine schreckliche Aussicht für sie, das Haus, das sie in zehnstündiger Arbeit gerettet hatten, verlassen zu müssen.

Lysbeth machte sich darüber keine Sorgen. Sie war zwar auch nicht »im Einsatz«, aber Aaron. Und wenn sie die Kippingstraße wirklich verlassen mussten, dann würde sie mit Aaron nach Dresden gehen zu Helga und Helmuth. Dort wäre Aaron bestimmt sicherer als hier in Hamburg, wo ihn immer noch jederzeit ein Deportationsbefehl erreichen konnte.

Auch Luise beruhigte sich in den folgenden Tagen ein wenig. Eine Beamtin der Sozialverwaltung war bei ihr gewesen. Sie musste vier Zimmer freiwillig zur Verfügung stellen, das fünfte war im Augenblick unbewohnbar. Luise war sofort bereit dazu. Wenn sie nur mit Fred in ihrem Haus bleiben durfte. Sie erzählte Lysbeth, dass die Frau bei Freds Alter gestutzt hatte. »Jeder, der nicht im Einsatz steht, wird als Schädling betrachtet«, seufzte sie. »Lebensmittelkarten bekommen wir Schädlinge immer nur für wenige Tage. Man rechnet damit, dass wir womöglich bald aus Hamburg entfernt werden. Freitag ist unser nächster Stichtag, da werden wir weitersehen.«

Jonny fuhr auch am nächsten Tag wieder zum ausgebombten Haus seiner Mutter in der Hoffnung, dort etwas über ihren Verbleib zu erfahren. Am Abend kehrte er abermals ohne eine Neuigkeit heim. Er war auch zu ihrem früheren Haus in Blankenese gefahren. In Blankenese war alles heil. Nur die Wasserzufuhr war vielerorts unterbrochen, und auch das Gas funktionierte nicht mehr. Er hatte die Leute besucht, die das Haus seiner Mutter gekauft hatten. »Stella wird jetzt sagen, dass sie ihre gerechte Strafe bekommen hat dafür, dass sie Juden ihr Haus weggenommen hat«, bemerkte Jonny ironisch. Lysbeth wunderte sich. So direkte Töne gab Jonny sonst nicht von sich.

Am 8. August fuhr Jonny nach Kiel zurück, obwohl er immer noch keine genaue Auskunft über seine Mutter hatte. Aber er hatte einen Nachbarn von ihr getroffen, der ihm mitgeteilt hatte, dass sie den Angriff überlebt habe und direkt am Tag darauf aus Hamburg geflüchtet sei. Niemand konnte verstehen, dass sie Jonny keine Nachricht hinterlassen oder ihn wenigstens auf der Flucht irgendwie kontaktiert hatte. Aber er fand, dass dieses Verhalten zu seiner Mutter passte. »Wenn sie noch lebt, was ich von Herzen hoffe«, sagte er, »dann wird sie sich erst mal in Sicherheit bringen und dafür sorgen, gut unterzukommen. Und erst wenn alles wieder in Ordnung ist, wird sie sich melden.«

»Gott sei Dank, raus hier«, sagte er, als er sich von Lysbeth verabschiedete. »Das hört nicht gern, wer hierbleiben muss«, antwortete Lysbeth.

Spät am Abend gingen Eckhardt und Lysbeth mit den Hunden durch die regennassen Straßen, alles sah trostlos aus. Das Schröderstift in der Fruchtallee, wo früher viele alte jüdische Menschen gewohnt hatten, die aber mit dem letzten Transport nach Theresienstadt aus Hamburg entfernt worden waren, war größtenteils ausgebrannt. Im pladdernden Regen lag das Bild eines reputierlichen alten Paares im breiten ovalen Goldrahmen – ergreifend und anrührend traurig – und all der andere Hausrat auf dem dunklen Weg: Das Büfett mit den geschliffenen Gläsern, das Klavier, alles stand verlassen im Regen. Grotesk wirkte in einem Torweg, der zu einem Geschäftshaus führte, die überlebensgroße Inschrift: »Das Spiel ist die Welt des Kindes.«

An der Ecke war eine Kellerkneipe mit Licht, Rundfunk und gutem Bier. Eckhardt blickte Lysbeth auffordernd an. »Komm«, sagte er. »Ein Bier hier, das haben wir uns verdient.« Lysbeth zögerte. Aaron durfte solche Kneipen nicht besuchen. Sie würde sich wie eine Verräterin vorkommen, wenn sie nun mit Eckhardt hineinging und dort auch noch Spaß hatte. Aber dann siegte die Verlockung des Lichts und der Geräusche von Geselligkeit, die aus der Kneipe drangen.

Als sie in den Raum traten, schlug Lysbeth Tabakqualm entgegen. Sie fing an zu husten, und ihr Körper erinnerte sich mit kurzem Würgen daran, wie ihr der Qualm in der Katastrophennacht die Luft geraubt hatte. Die Kneipe war brechend voll. Überall saßen Menschen, tranken Bier und rauchten. Der Wirt, der hinter dem Tresen stand und Bier zapfte, warf einen müden Blick auf Lysbeth und Eckhardt, dann wies er die Kellnerin mit einem Wink seines enormen Kinns an, die beiden an einen Tisch zu führen, der bereits mit vier Personen besetzt war. Schnell wurden noch zwei Stühle dazugestellt, und schon saßen Lysbeth und Eckhardt an einem Tisch gemeinsam mit vier fremden Menschen.

Es waren zwei Männer und zwei Frauen, und Lysbeth stellte schnell fest, dass nur ein Paar davon einander kannte, ansonsten waren die Leute einander fremd. Von überall her drangen Gesprächsfetzen an Lysbeths Ohr, immer drehte es sich darum, was den Menschen in den Höllennächten passiert war. Ohne die geringste Chance, sich dagegen wehren zu können, wurde sie von dem einzelnen Mann am Tisch in ein Gespräch gezogen. Er war offenbar ein Bunkerwanderer. Er hatte alles verloren. Er hatte zwar im Bunker überlebt, aber als er rauskam, stand er vor dem Haus, in dem seine Wohnung gelegen hatte. Das ganze Haus war nur noch eine Ruine. Mit Tränen in den Augen sagte er zu Lysbeth: »Manchmal gehe ich vorbei. Es ist völlig verrückt, aber unsere Balkonblumen blühen noch. Ich sehe sie mir von unten an und denke daran, wie meine Frau sie mit unserer Tochter im Mai in die Kästen gesetzt hat. Sie waren so fröhlich dabei.« Er konnte nicht weitersprechen. Aber er hielt Lysbeth mit seinem Blick fest. »Meine Frau und meine Tochter waren bei meiner Schwiegermutter in Wandsbek. Das Haus ist auch hin. Und ich weiß nicht, wo sie sind. Ich frage, wen ich nur kann. Aber keiner weiß etwas über sie.« Die einzelne Frau am Tisch versuchte dazwischenzukommen, aber der Mann ließ Lysbeth nicht aus den Augen. Er erzählte ihr von seiner Tochter, die sechzehn Jahre alt war und einmal Gärtnerin werden wollte. Deshalb die schönen Balkonpflanzen. Er berichtete von seiner Frau, die er vor zwanzig Jahren in Wandsbek kennengelernt hatte beim Tanzen. Und die sich in den zwanzig Jahren gar nicht verändert hatte. »Sie ist immer noch so adrett und wendig, und ihr Lachen ist immer noch genauso hell, dass es einem alle Sorgen auf der Stirn wegleuchtet.«

Es war offensichtlich: Der Mann war dankbar, dass Lysbeth einfach zuhörte, ohne ihn mit einer eigenen Leidensgeschichte zu behelligen. Auch die Frau am Tisch wollte reden. Alle Menschen in der Kneipe wollten reden. Auf Lysbeth legte sich eine dicke schwere Bedrückung. Wie sollten diese Menschen jemals wieder unbefangen und für andere Menschen offen werden?

Da sagte die Frau am Tisch mit lauter heller Stimme zu dem Mann, der Lysbeths Aufmerksamkeit so gefangen hielt: »Ich kann diese Sachen nicht mehr hören. Ich habe selbst so Schreckliches erlebt, meine Fähigkeit zu Mitleid ist verlorengegangen. Ich habe jetzt ein hartes Herz.« Sie sagte das völlig gefühllos, und als Lysbeth sie traurig anschaute, erzählte sie ihr, was ihr in Hammerbrook geschehen war. »Wir waren zwölf Stunden im Bunker, immer wurden wir vertröstet, noch drei Stunden, noch zwei Stunden, wir durften nicht mehr sprechen, nur leise atmen, es gab keine Luft mehr, von außen kam nur heiße Brandluft, stickender Staub. Noch eine halbe Stunde Luft war übrig. Die Erstickten legte man beiseite. Mein Onkel hat nasse Tücher aufgetrieben, seine Frau reingehüllt, ein SHD-Mann trug sie durch den Phosphor.« Sie verstummte und blickte vor sich hin. Da begann der Mann wieder von seiner Frau und seiner Tochter zu sprechen. Das Paar am Tisch trank wortlos Bier, den Blick auf den Tisch gesenkt. Beide zogen an ihren Zigaretten, als schöpften sie daraus ein wenig Leben. Lysbeth erhob sich. Sie musste nichts sagen, Eckhardt stand sofort auf. Beide verabschiedeten sich mit kurzem Nicken.

In der folgenden Zeit schloss sich Luise den Wolkenraths näher an. In ihrem Haus gab es kein Wasser und keinen Strom. Die Solmitz aßen in der Gemeinschaftsküche, wo sie mit vielen Obdachlosen nach Essen anstanden. Eckhardt hatte Luise angeboten, seine und Cynthias Küche zu benutzen. Dankbar hatte sie das Angebot angenommen, nun kam sie ins Haus, um einfach nur in der Küche zu sitzen und zu lesen oder auch, um bei ihnen zu bügeln. Wenn sie schon nicht waschen konnte, wollte sie wenigstens dafür sorgen, dass ihre Blusen und Freds Hemden täglich akkurat geplättet aussahen. Obwohl das Eisen fast kalt war, stand sie Stunden am Brett. Lysbeth bewunderte Luise halb, und halb belächelte sie die Nachbarin. Luise hielt an allen Verhaltensweisen fest, die ihr noch einen kleinen Halt gaben, ein kleines Gefühl von bürgerlicher Normalität, und das empfand Lysbeth als lächerlich und beruhigend zugleich.

Aaron kam Abend für Abend spät heim, völlig verdreckt, am Ende seiner Kräfte, und nachdem er in den ersten Tagen nicht hatte sprechen mögen, begann er nach einer Woche zu reden, als sei ein Damm gebrochen. Er schilderte Lysbeth, was in der Nacht vom 27. auf den 28. Juli geschehen sein musste. Die Engländer hatten Eimsbüttel, Hoheluft, Altona-Nord, Eilbek, Wandsbek, Horn und Barmbek angegriffen. Sie hatten die gesamte Alstertarnung in Flammen gesetzt. Die war abgebrannt, eine Fläche von zweihundertfünfzigtausend Quadratmetern. In Stellingen hatten sie Hagenbecks Tierpark, den es auch schon drei Tage zuvor getroffen hatte, völlig vernichtet. Aber vor allem hatten sie den Raum Hohenfelde – Hamm – Billbrook – Rothenburgsort – Hammerbrook und das östliche St. Georg angegriffen. Zu dem Zeitpunkt hielten sich dort über vierhunderttausend Menschen auf, Ortsansässige und Obdachlose, die bei Freunden und Verwandten Zuflucht gesucht hatten. Sie alle waren Opfer der riesigen Flächenbrände geworden, die sich zu Feuerstürmen entwickelt hatten. Das Gebiet war eng bebaut gewesen. An durchweg schmalen Straßen standen große Wohnhäuser, hinter denen sich Höfe, sogenannte Terrassen, befanden. In ihnen entwickelten sich in kürzester Zeit Feuerkessel, während die schmalen Straßen Feuerschleusen bildeten, durch die lange Flammen hindurchgepeitscht wurden. Die Leute, die noch lebten, berichteten, dass nicht nur Funken durch die Luft geflogen waren, sondern brennende Balken und Latten und Gesimsteile. Die Menschen erstickten in ihren Kellern, sie verbrannten auf der Straße, sie wurden von umherfliegenden Holzteilen und Mauerbrocken erschlagen. Die Schreckensszenen, die sich dort abgespielt haben mussten, wurden von denen, die überlebt hatten, immer wieder erzählt, sobald sich einer fand, der ihnen zuhörte. Und Aaron hörte zu, wenn einer ihm sein Herz ausschütten wollte. Er hatte in den vergangenen Tagen einige Knüppelhiebe vom Aufseher einstecken müssen, weil er seine Arbeit für kurze Zeit unterbrochen hatte, um einen Menschen anzuschauen, der ihm etwas erzählen wollte. »Die Vernichtung ist so radikal, dass von vielen Menschen buchstäblich nichts geblieben ist«, erklärte er Lysbeth. Eine Frau hatte ihm erzählt, wie sie mit zerfetztem Schuhwerk und blutenden Füßen über Trümmer, Leichen und Schwerverletzte durch die Flammen geflüchtet war. Viele der Schwerverletzten flehten sie an: Mitnehmen, bitte mitnehmen! Sie umklammerten die Füße der Frau, hängten sich an ihre Kleider, und sie trat nach ihnen, wehrte sich mit diesen Fußtritten gegen den sicheren

Tod. Lysbeth dachte an die Frau in der Kneipe, die gesagt hatte, sie sei jetzt hart. Wer so etwas überlebt hatte, musste wohl hart geworden sein. Wer da nicht hart war, wurde vielleicht wahnsinnig.

Immer wieder versuchte Lysbeth sich auszumalen, was mit Lydia geschehen war. Sie konnte einfach nicht glauben, dass diese wundervolle lebensfrohe Frau tot war. Aber gab es denn eine andere Möglichkeit? Wenn Lydia irgendwie gerettet worden war, hätte sie sich in der Kippingstraße gemeldet, davon war Lysbeth überzeugt. Was war bloß mit Lydia passiert?

Überall hingen Plakate, vom Polizeipräsidenten angeordnet: »Wer plündert, wird mit dem Tode bestraft«. Trotzdem wurde geplündert. Auf den Straßen häufte sich das geborgene Hab und Gut, als sollte eine Auktion in freier Luft stattfinden. In den verlassenen Wohnungen sowie in den Kellern der ausgebombten Häuser lagen noch Koffer und Kisten und sonstige Schätze, die die Geflüchteten hatten zurücklassen müssen.

Die ersten sieben Todesurteile gab die *Hamburger Zeitung* vom 5. August 1943 in entsprechender Aufmachung als abschreckendes Beispiel bekannt. Einer der Plünderer hatte Geschirr, Kristall, Silbersachen, Wäsche und Kleidung, fein säuberlich in vierzig Paketen verpackt, bei seiner Freundin untergestellt, ein anderer hatte Wäsche und Kleidung im Wert von einigen tausend Mark zu einer Nichte auf dem Land gebracht. Doch auch weniger schwere Fälle, im Grunde Bagatellen, wurden mit dem Tode bestraft.

Fred und Luise hielten daran fest, Spaziergänge durch Hamburg zu machen. Sie wollten sehen, was aus der Stadt geworden war. Manchmal ging Lysbeth mit, es verkürzte ihr die lange Zeit des Wartens auf Aaron. Immer wieder mussten sie Umwege wegen der Sprengungen machen, dann über Trümmer wegstiefeln. Bei einem dieser Spaziergänge suchte sie auch Dritters Haus in der Johnsallee auf. Der Dachstuhl war zerstört, aber ansonsten war es heil geblieben.

Eine seltsame neue Alltagswelt stellte sich ein. Vor den wenigen Augenoptikern, die geöffnet hatten, standen die Menschen an, um eine neue Brille zu erwerben, denn die alten Brillen waren bei den Angriffen kaputtgegangen wie anderes Glas auch. Auch der Tischler, der zu Eckhardt kam, um einen zerstörten Fensterwinkel zu richten, hatte seine Brille verloren und sogar sein Werkzeug.

Oft fanden sich Bekannte zu Besuch ein, die von ihren früheren

Häusern oder Wohnungen berichteten, die sie sich immer wieder anschauten, als würden sie dorthin getrieben. Sie berichteten von ihrem Staunen, wenn sie vor dem völlig zerstörten Haus standen und sich vorstellten, dass sie dort einen Teil ihres Lebens verbracht hatten. Sie verabschiedeten sich, weil sie sich irgendwohin auf den Weg machten in der Hoffnung, ein neues Zuhause zu finden. Diese Menschen hatten alles verloren. Sie waren alle ungeheuer mitteilsam, jeder brach in einen Schwall von Worten aus und war dankbar, wenn jemand wie Lysbeth zuhörte und nicht gleich selber loslegte.

Mitte August machte Lysbeth gemeinsam mit Luise, deren Bruder Werner, ihrer Mutter und Luises Tante Erna einen Spaziergang nach Altona. Es war ein ganz besonderer Tag, denn Luise und Werner waren in Altona aufgewachsen, wanderten nun auf den zertrümmerten Pfaden ihrer Kindheit und Jugend und ließen Lysbeth daran teilhaben. Luises Geburtshaus war ganz ausgebrannt. Auf Schritt und Tritt fanden sie vertraute Stätten zerstört. Der winzige Behnbrunnen mit der lächelnden kleinen Frauengestalt stand seltsam hilflos wohlerhalten inmitten der Trümmer. Luises alte Schule in der Behnstraße 24 war ganz ausgebrannt. Das kleine Juwel, die Heiliggeistkirche, war weg, die Königstraße böse zugerichtet, das alte Christianeum ganz dahin. Bei der Großen Bäckerstraße war überhaupt keine Straßenführung mehr zu erkennen, übrig war nur ein wüster Trümmerhaufen.

Aus dem wolkenverhangenen trüben Himmel schälte sich im Laufe des Tages die Sonne heraus, vertrieb die Wolken und lächelte freundlich über Hamburg. Die kleine Gruppe starrte in die ungewohnte Helle des Trümmerfeldes. Sie stellten sich oben auf einen Berg von Mauerschutt, die kleinen Häuser in den engen Straßen waren wie weggeblasen. Ein einziger Torweg hatte gehalten. Die Romantik der kleinen alten Straßen war vernichtet.

»Du weißt ja, dass ich immer davor gewarnt habe, die bisherigen Angriffe zu überschätzen«, sagte Werner zu Luise. »Jetzt ist es so gekommen, wie ich immer befürchtet habe.« Lysbeth wusste, dass er ein wichtiger Nazi-Funktionär war, der in Berlin im Propagandaministerium arbeitete, und dass Luise sich oft über seine Bemerkungen geärgert hatte, die die Angriffe auf Hamburg verniedlicht hatten. Luise lachte nun auch spöttisch: »Das ist eine seltsame Logik.« Trotzdem schienen die beiden sich sehr gut zu verstehen.

Ein Maler saß zwischen den Trümmern. Er wollte das Ganze im

Bilde festhalten, erklärte er. Fotografieren war verboten. »Der Turm der Hauptkirche liegt da noch«, sagte er. »Jahrhundertealte Gräber sind um die Kirche aufgewühlt.« Luises Tante Erna schlug vor, im Wartesaal vom Altonaer Bahnhof zu essen, aber der war ausgebrannt. Der Boden war bedeckt mit Pfützen, dazwischen lagen Koffer. Essen gab es nirgends. Lysbeths Magen knurrte, ihre Füße taten weh, und sie fühlte sich wie das fünfte Rad am Wagen neben diesen Menschen, die mit Altona einen Teil ihres Lebens verbanden. Sie wollte gern zurück und ärgerte sich mal wieder über sich selbst, dass sie sich Luise und deren Familie angeschlossen hatte, aber dann geschah etwas erstaunlich Schönes.

Luise bestand darauf, dass sie sich die Elbaussicht zu Gemüte führten. »Nach all dem Trüben, Lastenden brauche ich diese Entspannung!« Sie standen auf der leichten Anhöhe und blickten über die Elblandschaft. »Welch herrliches Bild«, seufzte Luise. Ihre Blicke streiften über den Strom und das lachende Land. Da war die glitzernde Elbe, das satte Grün des Köhlbrands, in der Ferne anmutige Mühlen und Kirchtürme, Harburgs blauende Wälder. All das war durch das köstliche Sonnenlicht ganz nahe gerückt. Mit mächtigen Schwingen zog hoch übers Wasser ein Reiher dahin. Lysbeth atmete tief den Frieden und die Stille ein. Vor plötzlichem Glück traten ihr Tränen in die Augen. Allein dafür hat es sich gelohnt, diesen Ausflug mitzumachen, dachte sie und war mit sich selbst versöhnt. So gern hätte sie Aaron dabeigehabt. Sie nahm sich vor, am kommenden Sonntag wieder herzukommen.

»So ist das, kaum ist man draußen, weicht das Grauen zurück, und man sieht und empfindet nichts als die heitere Landschaft«, sagte Fred, der Arm in Arm mit Luise den Blick genoss.

Langsam begaben sie sich auf den Heimweg. Luise und Werner gingen vor Lysbeth, zu denen sich Fred gesellt hatte, der anscheinend bemerkt hatte, dass sie etwas abseits gewesen war. Während Fred und sie ein oberflächliches Gespräch über Haustiere führten – die Solmitz hatten vor einem Jahr ihren kleinen Hund verloren, und nun gab es in ihrem Haushalt noch den Kater, der manchmal ein »rechter Volksschädling« war, weil er sich zum Beispiel ein Stück wertvolle Leberwurst stibitzt hatte –, drangen Fetzen von Luises und Werners Gespräch an Lysbeths Ohr. Gisela hatte ihren Onkel um Unterstützung wegen ihrer Heirat gebeten. »Will sie ihn wirklich heiraten? Sie soll sich das überlegen. Sie kann später vielleicht ganz anders heiraten«, sagte Werner zu seiner Schwester. Lysbeth spürte intensiv, wie Luise aufhorchte, und auch Fred verstummte für einen Moment. Später?, dachte Lysbeth. Dieser überzeugte und einflussreiche Nazi denkt an ein Später, in dem es für Halbjuden leicht ist, eine gute Partie zu machen?

Sie begaben sich auf dem Weg durch die teilweise zerstörte, aber immer noch schöne Palmaille in eine kleine Kneipe und tranken ein Bier. Dann fuhren sie vom Bahnhof Altona bis zum Dammtor, eine grausige Fahrt durch Zerstörung, die keinen Zweifel daran aufkommen ließ, dass ihr heiterer Blick über die Elbe nichts mit Hamburgs Realität zu tun hatte.

Als sie nach Hause kamen, ertönte der Schlachtruf: »Rinnstein säubern!« Die verstopften Rinnsteine hatten in der Nacht vom 24. auf den 25. Juli das Haus der Solmitz gerettet. Alle Anwohner der Kippingstraße legten sich ins Zeug. Sie kratzten, schabten, hackten und schaufelten. Die Schutthaufen, die Mörtelberge, die verbrannten Dinge wurden auf eine Karre geladen und auf das Trümmerfeld in der verlängerten Kippingstraße gebracht. Dort schimpften allerdings die letzten Bewohner, die die Abfälle auch nicht auf dem Trümmerfeld gegenüber haben wollten. Aber es gab keine Alternative, und so blieben die Schutthaufen, wo sie waren. Die gesäuberte Kippingstraße sah nun richtig schmuck aus, wenn man einige Schönheitsfehler, wie das abgebrannte Haus Nummer 14, zerstörte Fensterscheiben und aus den Angeln gehobene Fensterkreuze und Türen übersah. Das Wetter war schön geworden, und die Sonne strahlte auf die Vorgärten, in denen immer noch Rosen blühten.

Einige Tage später ging plötzlich der Fernsprecher wieder. Sofort rief Lysbeth in Scharbeutz an. Stella wurde von der Wirtin ans Telefon gerufen, und sie keuchte außer Atem, so schnell war sie gerannt. »Lysbeth, Lysbeth«, rief sie. »Wie geht es dir? Lebst du?« Sie kicherte aufgeregt. »Klar lebst du, sonst würdest du nicht anrufen. Lysbeth, wie geht es dir? Bist du gesund?« Lysbeth begann zu weinen. Die ganze Zeit hatte sie nicht geweint, aber jetzt liefen ihr die Tränen hinunter. »Ja, Liebes, ich bin gesund«, schluchzte sie. »Und weißt du, das ist ein Wunder und ein großes Glück.« Sie hörte, wie Stella ebenfalls zu weinen begann. »Ich habe mir so schreckliche Sorgen gemacht«, schluchzte sie. »Und ich habe mich verflucht, weil ich abgehauen bin. Das darf man doch nicht. Wie konnte ich nur! Du bist mir bestimmt böse.« Lysbeth lachte unter Tränen. »Was für ein Quatsch! Ich dachte, du bist mir böse, weil ich zurückgefahren bin und mich so in Gefahr gebracht habe.« »Was für ein Blödsinn!«, rief Stella, und Lysbeth hörte, dass sie damit etwas Fassung zurückgewann. »Du musstest zurück. Du wärest hier doch vor Sorge um Aaron gestorben. Das hättest du doch nie ausgehalten. Mich mussten sie auch festbinden. Ich wollte auch nach Hamburg zurück, aber es fuhren keine Züge, und außerdem hat Dritter gedroht, mir Hände und Füße zusammenzubinden, wenn ich mich auf den Weg zum Bahnhof mache.«

Die beiden Schwestern telefonierten noch eine Weile unter Schluchzen und Lachen, und sie erzählten einander eigentlich gar nichts, außer dass sie sich große Sorgen umeinander gemacht hatten und dass es zwar auch wunderbar sei, dass ihr Haus unbeschädigt wäre, aber viel, viel wichtiger sei, dass Lysbeth und Aaron und Eckhardt gesund wären. Stella erzählte, dass Marthe sie inständig gebeten habe, noch dort zu bleiben. Marthe ging es nicht gut. Die Schwangerschaft setzte ihr sehr zu. Sie musste sich ständig übergeben, hatte keinen Appetit und fühlte sich unendlich schlapp. Sie hatte auf gar nichts Lust und war schon entsetzlich abgemagert. Nur wenn Stella ihr Gesellschaft leistete, hellte sich ihr Gemüt einigermaßen auf. Und so saß Stella Stunden bei ihr, erzählte ihr von London, das Marthe über die Maßen liebte, von Afrika, das Marthe sehr interessierte, und auch von ihrer Liebe zu Anthony. »Lysbeth, ich habe das Gefühl, dass Dritter ihr überhaupt nicht das gibt, was sie braucht. Ich glaube, er kann ihr das gar nicht geben. Er ist immer nur damit beschäftigt, günstige Gelegenheiten zu suchen. Und sie möchte eigentlich Romantik und Feste und etwas ganz anderes, als sie hier in diesem Hotelzimmer mit ihm leben muss.« »Das Dumme ist, dass sie nicht gerne spazieren geht«, meinte Lysbeth. Stella kicherte. »Ja, am liebsten mag sie im Strandpavillon sitzen und Kakao schlürfen oder englischen Tee. Aber sie hat nun mal ein Kind. Und der Kleine kann ja auch schon laufen und will spielen. Und spielen findet sie eigentlich total uninteressant.« Lysbeth sagte: »Stella, bleib so lang dort, wie du es aushältst. Das tut bestimmt dem Kleinen gut, und das ist doch wichtig!« Ganz am Schluss ihres Gesprächs erkundigte Stella sich nach Lydia. »Nicht dass Cynthia vor Angst um ihre Mutter nichts mehr essen könnte, aber manchmal überlegen wir schon, wie es ihr ergangen ist.« Lysbeth zögerte kurz, ob sie Stella die Wahrheit zumuten konnte. Dann sagte sie: »Ich weiß nicht, Stella. Ihr Haus ist zerstört, die Leute, die im Keller gesessen haben, wohl alle tot. Trotzdem kann ich es nicht richtig glauben.« Stella seufzte. Dann verabredeten die beiden ein weiteres Telefongespräch. »Wenn das Telefon dann noch funktioniert«, sagte Lysbeth. »Wenn nicht, erschrick nicht. Im Augenblick ist alles durcheinander.«

Luise kam zum Kochen in Cynthias Küche. Sie kochte Buchweizengrütze und bot Lysbeth etwas davon an. Lysbeth fand, dass Luise alles selbst essen sollte, denn sie sah besorgniserregend dünn aus. Aber auch Lysbeth war entsetzlich abgemagert. Die Schrecken der vergangenen Tage und auch die aktuellen Ängste, die sie beim kleinsten Alarm in den Bunker trieben, führten dazu, dass ihr Magen wie zugeschnürt war.

Im Übrigen sorgte sie täglich dafür, dass Aaron aß. Seine Arbeit war Sträflingsarbeit. Er verrichtete sie gemeinsam mit KZ-Sträflingen und mit Gefangenen aus Polen, Frankreich und Russland. Genauso wurde er auch behandelt. Sie bekamen eine Mahlzeit am Tag, eine dünne Suppe ohne Brot. Er empfand so großes Mitleid mit den abgemagerten Männern, mit denen er sich gemeinsam in den Trümmern plackte, dass er manchmal in einem unbeobachteten Augenblick seine Suppe mit dem leeren Teller eines der Gefangenen austauschte. Wenn er abends nach Hause kam, war er so erschöpft von der entsetzlichen und gefährlichen Schufterei, dass er schon nach wenigen Bissen satt war und nur noch schlafen wollte. Lysbeth machte es sich zur Gewohnheit, seinen Körper abends mit Salben zu behandeln, die seine Wunden schneller heilen ließen. Besonders seine Hände wiesen Brandwunden auf, hatten Blasen und rissen an vielen Stellen auf. Manches Mal kam er mit einem Striemen auf dem Rücken nach Hause, weil ihm der Aufseher einen Peitschenhieb versetzt hatte. Und er hatte am ganzen Körper blaue Flecken von der Arbeit in den Trümmern beim Ausgraben der Leichen. Lysbeth rieb seinen Körper ein, sie massierte seinen schmerzenden Nacken und Rücken, sie massierte seine Füße, die ebenso geschunden waren wie seine Hände.

Sie zwang ihn geradezu zu essen, denn sie wusste, dass er zusammenbrechen würde, wenn er nichts zu sich nahm. Also kochte sie ihm Mahlzeiten, in die sie alles steckte, was sie auf Marken erhalten konnte.

Trotz allem war sie immer wieder dankbar und glücklich. Sie lebten! Sie hatten einander! Und sie hatten ein Dach über dem Kopf. All das war ein riesiges Glück, von dem sie nicht wusste, wie lange es erhalten bleiben würde.

Inzwischen war sie überzeugt davon, dass Lydia bei dem Angriff ums Leben gekommen war. Sie hielt zwar nach wie vor an dem Gedanken fest, dass Lydia vielleicht wie Edith irgendwie davongekommen war, aber diese Hoffnung schien ihr extrem gering.

Natürlich brachte sie es nicht übers Herz, Cynthia am Telefon von ihrer Überzeugung zu berichten. Sie erzählte ihr, dass in Hamburg ein großes Chaos herrsche, dass von allen möglichen Transporten erzählt würde, mit denen Obdachlose aus Hamburg fortgeschafft würden. Beispielsweise wurde erzählt, dass alte Leute im Omnibus vor die Stadt gefahren worden seien, im Feld auf Strohbündel gepackt, und da sitzen gelassen worden seien, Sie erzählte von den Bunkerwanderern, die nachts in den Bunkern schliefen. Und davon, dass viele kopflos aus Hamburg geflohen seien und nur an ihr Leben gedacht hätten und nicht daran, irgendwelche Verwandten zu beruhigen. Sie erzählte Cynthia von Jonnys Ruhe, obwohl seine Mutter verschwunden war, und dass er sicher war, irgendwann von ihr zu hören. Sie erzählte nicht, welches Flüchtlingselend in Hamburg herrschte. Immer wieder berichteten Verzweifelte im Bunker oder auf der Straße, dass sie in die Hölle Hamburg zurückgekommen seien, weil sie eine Odyssee hinter sich hatten, in der sie keine einzige Bleibe gefunden hatten, sondern überall wie Aussätzige fortgeschickt worden seien.

Bei der Polizei wurden neuerdings Karten ausgegeben, ohne die man nicht mehr in den Bunker durfte. Lysbeth erhielt eine Karte, die ihr erlaubte, den Bunker aufzusuchen. Die Männer sollten im Haus bleiben und Brandwache halten. Immer wieder verbrachte Lysbeth die Nächte im Bunker. Sie und Aaron legten sich nur noch angezogen ins Bett.

Luise bewegte sich täglich hin und her zwischen ihrem Haus und dem der Wolkenraths. Als bei den Wolkenraths plötzlich Wasser aus dem Hahn kam, fing Lysbeth es in allen Behältnissen auf, die ihr zur Verfügung standen. Man wusste nicht, wie lange der Segen dauern würde. Sogar die Badewanne ließ sie bis zur Hälfte volllaufen. Sie stellte den Kessel auf den Herd in der großen Küche, den sie mit Kohlen heizen konnte und auf dem sie während der vergangenen Zeit gekocht hatte. Sie beschloss, eine »große Wäsche« zu machen, und lud Luise dazu ein. Die wusste gar nicht, wie ihr geschah. Bis zur Übermüdung lief sie voller Dankbarkeit zwischen den beiden Häusern hin und her, um das heiße Wasser mitzubenutzen. Es zeigte sich bereits am Abend, dass Lysbeth klug gehandelt hatte, denn da tröpfelte es wieder nur aus den Hähnen. Aber immerhin kam bei ihnen Wasser, Luise musste darauf vollkommen verzichten. Und sie wusste nicht, wann das anders sein würde. Auch die Elektrizität stellte sich bei den Wolkenraths wieder ein, bei Luise aber nicht. Allabendlich saß sie in Cynthias Küche und las in ihrem Buch. Ihr eigenes Haus war finster und unwirtlich, Lysbeth merkte Luise an, dass sie sich dort regelrecht entfremdete.

Immer wieder erfuhren sie von Bekannten, die umgekommen waren. Der Klempner, der auch im Wolkenrath-Haus manches Mal zur Reparatur gekommen war, und seine Frau waren in der Grindelallee im Keller verschüttet worden. Das Milchgeschäft der Remstedts mitsamt der fünfköpfigen Familie war zerstört. Vor Trümmern erkannte man nicht mehr, wo das Haus gestanden hatte.

Alle Hamburger mussten sich polizeilich melden, damit eine neue Einwohnerliste erstellt werden konnte. Aufgrund deren wurden auch die Vermissten identifiziert. Lysbeth ging zur Drehbahn, wo die Stelle für die Vermissten eingerichtet war. Sie erkundigte sich nach Lydia. Immer wieder wurde hier und da berichtet, dass irgendjemand, von dem jede Spur gefehlt hatte und von dem man gedacht hatte, er sei zu Tode gekommen, sich von irgendeinem Ort wieder gemeldet hatte. Lysbeth hoffte, dass es so auch mit Lydia gehen würde. Auf der Polizei wusste man nichts von ihr, ging aber davon aus, dass sie wie die anderen Bewohner des Hauses im Keller verschüttet worden war. Man hatte noch nicht alle Keller nach den Toten durchsucht. Täglich fanden Sprengungen zerschmetterter Häuser statt, gleichgültig, ob sie betretbar waren oder nicht. Man erkannte diese Häuser daran, dass sie mit einem schwarzen oder roten Kreuz gekennzeichnet waren. Es gab auch grüne und schwarze Kreise. Oder den Anschlag: »Dieses Haus ist durchsucht.« An vielen Häusern waren noch die rührenden und in ihrer Sachlichkeit erschütternden Aufschriften aus den Schreckenstagen mit Tinte, Bleistift, Kreide: »In diesem Haus lebt alles«, »Alles gesund«, »Sind da und da«, »Gebt Nachricht!«

Allmählich machten die Läden wieder auf. Der Krämer, dessen Laden zerstört war, ging in den Konfitürenladen von Fräulein Wage, der Schuster ging ins Zigarrengeschäft, Gemüse wurde im Uhrmacherladen verkauft, sogar mit ein paar mageren Blumen zur Eröffnung, in Riegels Buchhandlung wurden zugleich Lebensmittel verkauft.

Eines Abends kamen wie so oft Luise und Fred mit einer Flasche Wein und setzten sich mit Eckhardt in dessen Küche. Luise erzählte:

»Wir waren in der Milchküche und sind einer hungernden Katze begegnet. Sie lahmte, ein Auge war blind. Sie hat sich flehend an Fredy aufgerichtet. Ich habe nicht über die zerstörte Katharinenkirche geweint, hier weinte ich auf offener Straße über das elende Tier, und nahm es doch nicht mit. Leute behaupteten, es würde gefüttert. Nachher war es fort. Nie werde ich das Tier vergessen, nie mir verzeihen, dass ich es in seinem Elend alleingelassen habe.« Sie begann wieder zu weinen. Lysbeth saß ganz still. Es war gut, dass Luise weinte. Sie sah sehr elend aus und sie wurde ständig von Angst geschüttelt. Aber sie vergrub sich in den Büchern, die sie las. Sie sprach nicht mehr sehr viel.

Fred versuchte sie aufzuheitern. Er berichtete fröhlich, was geschah, wenn die Wagen erschienen, die Wasser brachten »Wenn der Wagen kommt, gibt es einen Wettlauf zwischen dem Major a.D. Solmitz, der von irgendwo auftauchenden Grünhökerin, dem Amtsgerichtsdirektor und dem Kohlenträger, dem Oberregierungsrat bei der Seewarte und dem Gelegenheitsarbeiter. Und dann die Frauen. Die ältesten Semester, krumm- und kurzbeinig, täuschen Jugendlichkeit vor, laufen, hopsen, mit klirrenden Eimern in großen Sätzen.« Wasser war so kostbar geworden, seit es in den Häusern kein fließendes Wasser mehr gab. Aber Luise lachte nur kurz. Sie war sehr empfänglich für Gerüchte. So erzählte sie, sie habe gehört, dass die Engländer Flugblätter abgeworfen hätten, in denen stand, dass sie zwischen dem 22. und dem 27. August Hamburg erledigen würden. Eben war die letzte Augustwoche angebrochen.

18

Am 25. August kehrten Cynthia und Stella zurück. Sie dachten, sie wären im Bilde über die Katastrophe in Hamburg, denn sie hatten aufmerksam die Zeitungen verfolgt und mit einigen Menschen gesprochen, die nach Scharbeutz geflüchtet waren. Aber als sie mit dem Zug in die Stadt hineinfuhren, glaubte Stella, sie sei in der Fremde, nein, in einem Traum gelandet, der sie mit Bildern von der Hölle erschrecken wollte. Nur leider gab es keine Hoffnung auf ein Aufwachen.

Cynthia starrte stumm aus dem Fenster, Tränen liefen über ihre Wangen. Stella weinte nicht. Sie ballte ihre Hände zu Fäusten. Sie war so zornig, dass sie am liebsten geschrien oder mit den Fäusten gegen die Zugwand getrommelt hätte. So etwas darf kein Mensch einem anderen antun, gellte es in ihr. Sie wünschte sich Anthony herbei. Sie wollte ihn anbrüllen und gegen seine Brust schlagen. »Hier leben Menschen!«, wollte sie ihm entgegenschleudern. »Frauen, Kinder, Alte, die können doch nichts dafür! Wie könnt ihr so viel Tod verbreiten?«

Am Dammtorbahnhof, der fast heil war, stiegen sie aus. Da man wegen der beschädigten Gleise niemals genau sagen konnte, wann ein Zug ankommen würde, holte niemand sie ab. Also gingen sie zu Fuß nach Hause. Sie hatten nicht damit gerechnet, durch das nackte Grauen marschieren zu müssen.

»Es gibt ja gar nichts mehr, was heil geblieben ist!«, sagte Cynthia mit einer kindlich erstaunten Stimme, die entsetzlich traurig klang. In diesem Augenblick konnte Stella die Schwägerin wieder mögen, was ihr in den vergangenen Wochen nicht leichtgefallen war.

Der ganze Grindel war zerstört. Kurz schoss durch Stellas Kopf: Die Juden, die jetzt noch hier sind, können sich doch verstecken. In diesem Chaos findet niemand mehr einen andern. Cynthia schien einen ähnlichen Gedanken zu haben, denn sie sagte mit ihrer vertrauten spitzen Stimme: »Gut, dass es strenge Anmeldevorschriften gibt, sonst könnte ja dunkles Gesindel jetzt unbemerkt untertauchen.« Da war für Stella die Welt etwas geradegerückt, und sie konnte ihre Schwägerin wieder verabscheuen. Auch als Cynthia sich beklagte, dass in dem Dreck und Schutt ihre Schuhe ganz schmutzig würden, war Stella fast erleichtert, weil ihre Gefühle für Cynthia eindeutig ablehnend waren. Das war aber auch das einzig klare Gefühl. Während sie durch die düsteren Straßen gingen, rechts und links Ruinen, wo nur noch die Außenmauern standen und innen alles verbrannt oder zusammengestürzt war, konnte sie sich nicht vorstellen, Anthony jemals wieder lieben zu können. Wer Hamburg, Stellas Heimat, so zerstört, ja für immer ausgelöscht hatte, musste ein Feind sein. Ein Feind, der nicht mehr unterschied zwischen Nazis und unschuldigen Kindern.

Sie hatte furchtbare Angst, was sie in der Kippingstraße erwartete, aber als sie das Kopfsteinpflaster »ihrer« Straße betraten, überraschte sie nach all der Zerstörung am Rothenbaum und am Grindel eine fast ländliche Idylle.

Endlich standen die beiden Frauen vor ihrem Haus. Stella atmete schwer. Ihr wurde schwindelig. Sie hielt sich am Gartenzaun fest, der wie das übrige Haus unbeschädigt war. Wie kann das sein?, fragte sie sich, und nun liefen über ihre Wangen Tränen. Tränen der Erleichterung und auch einer fast scheuen Dankbarkeit. Womit hatten sie das verdient? Rundherum sah die Stadt aus, als wäre ein Feuersturm darüber hinweggefegt, was ja wohl auch so gewesen war, und hier stand das Haus der Wolkenraths nahezu unbeschädigt da.

Da öffnete sich die Haustür, und Lysbeth stürmte heraus. Sie rannte in Stellas Arme und umschloss sie fest. Beide hielten einander, als würden sie ohne die andere umfallen. Und so war es wohl auch. Beider Tränen vermischten sich, durchnässten ihre Kragen und Blusen. Cynthia war schon ins Haus gegangen, als die beiden Schwestern sich voneinander lösten. Stella hielt Lysbeth auf Armeslänge von sich entfernt. »Lass dich anschauen«, sagte sie ernst. »Du hast Entsetzliches hinter dir.« Lysbeth hakte ihre Schwester unter. »Komm rein«, befahl sie fröhlich. »Ich habe Kuchen gebacken. Zum Glück sind wir mit dem Backofen nicht auf Gas angewiesen, das ist nämlich noch nicht wieder da.«

Im Haus blickte Stella sich staunend um. Nichts hatte sich verändert. Wie konnte das geschehen? »Hat das Haus denn gar nichts abbekommen?«, fragte sie ihre Schwester. »Doch«, antwortete Lysbeth ernst. »Ein paar Scheiben sind zerbrochen, das Glas vor den Wintergärten oben und unten ist kaputt, Eckhardt hat wieder einmal eine Brandbombe unschädlich gemacht. Er ist wirklich ein Held!« Cynthia, die eben mit Eckhardt in die Küche getreten war, sagte liebevoll: »Das hat er beim Luftschutz gelernt. Wie mutig von ihm, aufs Dach zu steigen in diesem Inferno!«

Da wunderte Stella sich schon wieder, wie schnell ihre Gefühle sich verändern konnten. Cynthia hatte ein paar freundliche Worte gesagt, und schon öffnete sich ihr Herz wieder für ihre Schwägerin. Und als Cynthia traurig sagte: »Ein Hamburg ohne meine Mutter erscheint mir ganz unwirklich«, schloss Stella sie kurz und kräftig in ihre Arme. Cynthia hielt sich allerdings so steif, dass Stella sie schnell wieder losließ.

An diesem Abend spazierten die beiden Schwestern nach fast vier Wochen wieder mit den Hunden. Da der Leitrüde während der Höllennacht gestorben war, waren es nur noch zwei Hündinnen. Die Tiere hatten sich verändert. Sie waren verschreckt und verstört. Seit der Rüde fehlte, mangelte es ihnen an Orientierung. »Wenn ich nicht mit ihnen gehe, liegen sie lethargisch auf ihrem Platz in der Küche«, sagte

Lysbeth. Stella, die den Rüden sehr geliebt hatte, war es weh ums Herz, aber es zerriss ihr das Herz nicht, wie es gewesen wäre, wenn der Tod des Rüden das einzig Schlimme gewesen wäre.

Es gab keine schönen Wege mehr, überall gingen sie an Zerstörung vorbei. Der Himmel wurde flackernd von Licht erhellt, ganz einfaches Wetterleuchten. Man konnte fast nicht glauben, dass es nicht irgendeine Gefahr ankündigte. In einem Laden und dem angrenzenden Torweg am Schlump hatte sich Phosphor neu entzündet, unheimlich, phantastisch brannte es. Niemand dachte daran, die Feuerwehr zu rufen. Es brannte eben, bis es von selbst aufhörte. Stella und Lysbeth empfanden trotz der Kulisse ein tiefes Glück, wieder miteinander sein zu können. Jetzt erst merkten sie, wie sehr sie einander vermisst hatten.

Stella erzählte von Scharbeutz und dass sie sich Sorgen um Marthe mache. Dritters junge Frau schwanke sehr in ihren Stimmungen. Einen Tag sei sie fast schon zu kommunikativ, dann käme sie mit allen möglichen Leuten ins Gespräch und nähere sich ihnen fast schon indiskret. An anderen Tagen zöge sie sich ins Bett zurück und sei nahezu unerreichbar.

»Hat sie inzwischen den Tod des kleinen Bernhard überwunden?«, fragte Lysbeth. »Niemand spricht über ihn«, antwortete Stella. »Keine Ahnung, ob es überwunden ist oder nicht.« Die beiden gingen lange spazieren. Am Schluss war jede auf dem Laufenden über das Leben, das die andere in der Zwischenzeit geführt hatte.

Eine Woche später kehrte auch Renate Wenz zurück. »Wie man in Oberbayern behandelt wird, das lasse ich mir nicht länger als absolut nötig gefallen!« Sie hatte in Hamburg ihre Wohnung verloren. Zum Glück hatte sie in ihren dicken Koffern alles mitgenommen, was ihr lieb und wert gewesen war, bis auf ihre Blumen in den Balkonkästen. Von denen hatte sie sich schwer trennen können. Sie hatte mit Lydia vereinbart, dass die ihre Blumen gießen sollte. Nun war Lydia fort und die Blumen ebenso. Renate fragte, ob sie bei Stella unterkommen könne, so lange, wie Jonny nicht da sei. Stella war damit sehr einverstanden. Die Frau vom Sozialamt, die auch bei den Solmitz aus und ein ging und vielen Nachbarn ständig Angst einjagte, war auch einige Male bei den Wolkenraths gewesen. Stella und Jonny bewohnten zu zweit drei Zimmer, das war nicht mehr erlaubt. Bisher war ihr zwar noch niemand zwangsweise zugewiesen worden, aber das konnte jederzeit geschehen. Also beschlossen Stella und Renate, am nächsten Tag zur Sozialverwaltung zu gehen und mitzuteilen, dass Renate jetzt bei Stella eingezogen sei.

Zum Glück wurde die Post wieder ausgetragen, meistens durch Briefträgerinnen. Bis dahin hatte man sie selbst im Postamt 13 abholen und dabei lange Schlange stehen müssen, oder Nachbarn hatten sie mitgebracht. Lysbeth erhielt einen kurzen Brief von Helga und Helmut, die ihre Sorge um sie ausdrückten und darum baten, möglichst bald darüber informiert zu werden, wie es allen in der Kippingstraße ergangen sei. »Seltsam«, sagte Stella, nachdem Lysbeth ihr den Brief vorgelesen hatte, »sie scheinen sich gar keine Sorgen um mich zu machen.« »Du warst doch in Scharbeutz«, antwortete Lysbeth. »Ja, aber das wissen sie doch nicht.« Stella klang beleidigt. »Du hast recht«, meinte Lysbeth nachdenklich. »Seltsam.« Beide setzten sich gemeinsam hin und schrieben in einem Brief, wie es ihnen ergangen war, Stella in Scharbeutz und Lysbeth in Hamburg. Sie konzentrierten sich auf das Positive, beschrieben, welches Glück sie gehabt hatten, dass alle heil und gesund waren und auch das Haus erhalten geblieben war. Sie wussten selbst nicht genau, warum, aber anschließend warteten sie ungeduldig auf eine Antwort aus Sachsen.

Frau Oeser kam regelmäßig in die Kippingstraße, besuchte die Nachbarn und stieg durch das Haus der Solmitz manchmal in ihren Keller. Was dort geschehen war, versetzte alle Nachbarn in Erstaunen. Das Haus war bis auf die Außenmauern zerstört, es war nichts übriggeblieben, aber die feste, flach anliegende Holztür zur »Kasematte« unter dem Garten hatte gehalten. Sie war nicht versengt und ließ sich öffnen. All das Eingemachte dahinter war erhalten geblieben. Unbeschädigt waren auch oben an der Vorderwand die Fensterläden, obwohl sie aus Holz waren. Sie hingen fest in ihren Angeln.

Sehr seltsam war auch, was in der an Oesers Küche grenzenden Keller-Speisekammer der Solmitz geschehen war. Sie hatte noch wochenlang die Wärme bewahrt, und diese Wärme hatte aus deren »kleinen« Weinen Edelweine gemacht. »Der Weinhändler hat uns geraten, dass sie schnell getrunken werden müssen«, sagten die Solmitz, als sie mit einer Flasche Wein vor der Tür der Wolkenraths standen, um sich bei Cynthia und Eckhardt dafür zu bedanken, dass Luise deren Küche hatte benutzen dürfen. »Die Flaschen sind in der Hitze nicht zerplatzt, und wir hatten sie richtig vergessen. Eine eigenartige Erscheinung: Die einfachen Weine sind zu Edelgetränken geworden. In der Wärme, die sich langsam nach dem Abbrennen von Frau Oesers Haus durchschlug, sich steigerte und wochenlang hielt, war unsere Speisekammer natürlich unbrauchbar. An den Wein dachten wir nicht. Dem ist es gut bekommen. So ist die heiße dunkle Speisekammer zum sonnigen Weinberg geworden«, erklärte Luise lachend.

Stella und Lysbeth versuchten, sich die Situation gegenseitig einigermaßen erträglich zu machen. Seit Renate bei ihnen wohnte, half die dabei nach Kräften mit. Kaum hatte sie sich im hinteren Zimmer der Wohnung von Stella und Jonny eingerichtet, unternahm sie Tag für Tag Wege durch die Trümmer, um ihre alten Kunden aufzusuchen. Viele waren verschwunden, tot oder geflüchtet. Sieben von zehn hatten ihr Zuhause verloren. Aber diejenigen, die verschont geblieben waren, empfanden für Renate Dankbarkeit, denn sie hatte ihnen Glück im Unglück vorausgesagt. Außerdem hatte sie viele Kunden in Blankenese gehabt, und Blankenese war völlig unversehrt geblieben. Die Speisekammern der Leute in Blankenese waren ohnehin gut gefüllt, und nun, da Renate bei ihnen auftauchte, waren sie bereit, für das Glück, das sie ihnen vor dem Angriff der Engländer gewahrsagt hatte, nun auch ein wenig abzugeben. Außerdem wollten sie natürlich wissen, ob das Glück ihnen auch weiterhin hold sein würde.

Also war der Tisch bei den gemeinsamen Mahlzeiten am Wochenende wieder voller, nicht gerade üppig, aber reichhaltiger gedeckt. Lysbeth hatte wieder mehr Appetit. Sie merkte, wie zugeschnürt und eng ihr Magen bereits war und dass sie langsam damit beginnen musste, mehr zu sich zu nehmen. Aaron wurde nun von drei Frauen gepäppelt. Sie konnten allerdings auch zu dritt nicht verhindern, dass er mit dem Aaron vor zehn Jahren beim Machtantritt der Nazis äußerlich nichts mehr gemein hatte. Seine Haare waren geschoren, übriggeblieben war ein Schädel mit eingefallenen Wangen und Augen, die aus tiefen Höhlen schwarz und erschöpft blickten. Seine Arme waren lang und dünn, die Muskeln zeichneten sich sehnig ab. Nur wenn er lachte, erkannte man den alten Aaron wieder. Dann zog sich sein Mund in dem schmalen Gesicht so in die Breite, dass das Gesicht nur aus Mund und zwei funkelnden Augen zu bestehen schien. Da er während des Sommers

unter freiem Himmel gearbeitet hatte, hatte seine Haut, die straff und pergamenten über den Wangenknochen lag, eine dunkle Färbung angenommen. »Du siehst aus wie ein Neger«, scherzte Renate, »der nicht genug zu essen bekommt und täglich barfuß hundert Kilometer läuft.«
»So komm ich mir auch vor«, ging Aaron auf den Scherz ein. »Der Unterschied ist nur, dass hinter dem Neger keiner mit dem Knüppel herrennt.«

Renate hatte ihre optimistische Haltung zum Leben nicht verloren. Sie erzählte, wie scheußlich es den aus dem Norden Geflüchteten in Bayern erging. Sie wurden wie der letzte Dreck behandelt, zu niedersten Arbeiten herangezogen und nicht bezahlt. Sie wurden behandelt wie Bettler. »Und das ist kein Einzelfall«, betonte sie. Ihre Worte wurden von vielen anderen bestätigt, die nach Hamburg zurückkehrten, der Flucht entflohen.

Lysbeth und Stella unternahmen wieder täglich lange Hundespaziergänge. In Eimsbüttel sah es fürchterlich aus: Mansteinstraße, Gärtnerstraße, Eichenstraße 65 waren ausgebrannt. Die beiden spazierten zwar durch die zerstörten Gegenden, aber sie suchten immer wieder nach Orten, die Schönheit und Frieden ausstrahlten. Doch auch dort holte der Krieg sie oft wieder ein. Während eines Waldspaziergangs in Schnelsen fanden sie ein ganzes Bündel der Stanniolstreifen mit schwarzer Rückseite, die zu Millionen über Hamburg abgeworfen worden waren, um die Peilung der angreifenden Geschwader unmöglich zu machen und so die Abwehr außer Kraft zu setzen.

Cynthia fiel in eine Depression, seit sie wieder zurück war. Der Tod des Rüden, an dem sie besonders gehangen hatte, das Verschwinden ihrer Mutter und deren wahrscheinlicher Tod, vor allem aber die völlige Vernichtung ihres Ladens konnte sie nicht verkraften. Sie blieb ganze Tage im Bett in ihrem abgedunkelten Schlafzimmer. Sie weigerte sich zu essen, und sie drehte auch Eckhardt den Rücken zu, wenn er mit ihr sprechen wollte, als trüge er Schuld an dem ganzen Elend. Eckhardt selbst ging es sehr schlecht. Er hatte vor wenigen Tagen ein Schreiben von Askans Frau erhalten, in dem sie ihm eine Todesanzeige von Askan schickte und ihm mit freundlichen Worten mitteilte, dass Askan stets gut über Eckhardt gesprochen und ihn als seinen einzigen wahren Freund bezeichnet habe. Eckhardt war nach diesem Brief einen ganzen Tag lang in Hamburg herumgeirrt, dann hatte er sich in die Kneipe gesetzt, in der er auch mit Lysbeth gewesen war, und hatte so viel Bier getrunken, wie ihm ausgeschenkt worden war. Er war nach Hause getorkelt und hatte die drei folgenden Tage und Nächte unter einer furchtbaren Migräneattacke gelitten. In diesen drei Tagen hatte Cynthia das Bett verlassen, hatte sich in ihrer Küche an den Tisch gesetzt und ins Nichts gestarrt. In diesen drei Tagen hatte sie auch gegessen. Sobald Eckhardt wieder aus dem Bett stieg, legte sie sich wieder hinein.

Stella, Lysbeth und Renate kümmerten sich nicht um sie. Die beiden Schwestern hatten sich ein paar Tage lang um ihren Bruder gesorgt. Als er von seiner Migräne wieder aufstand, erkannten sie, dass er sich verändert hatte. Sein Gesicht war härter geworden. Er ging in den Flur und entfernte die große Weltkarte. Die Fähnchen rollte er mit der Karte ein und warf das Ganze weg. Von nun an kümmerte er sich aufopferungsvoll um die Hunde und die Hühner, hielt das Haus und den Garten in Ordnung. Um seine Frau allerdings kümmerte er sich wenig.

In winzigsten Schritten wurde versucht, die Schäden an den Häusern zu beheben. Die Menschen wurden erfinderisch dabei, ihre Häuser einigermaßen wiederherzurichten. Fred Solmitz setzte im Wohnzimmer eine helle Rollglas-Scheibe ein, die er auf den Rahmen des Luftschutz-Bettes gespannt hatte. Für die zerstörten Fenster wurde schlechte weiche Pappe ausgegeben. Unter Bergen von Trümmern sollten im Laufe der Zeit Stahlfächer freigelegt werden, die dann als Fensterrahmen dienen sollten. So lange mussten sich die Menschen ohne Fenster gedulden.

Allmählich kam in alle Haushalte das Wasser zurück. Der Andrang an die Wasserwagen wurde nach und nach geringer. Es stürzten nicht mehr alle los und drängelten, um als Erste dranzukommen. Luise blieb nun wieder längere Zeit in ihrem Haus, und sie verbreitete strahlend die Neuigkeit, als unten in ihrer Küche wieder etwas Wasser aus der Leitung lief.

Sie machte sich sofort daran, den übelsten Dreck in ihrem Haus zu entfernen, etwas, das sie ansonsten ihrer Putzfrau überlassen hatte, die aber war aus Hamburg geflüchtet. Luise fühlte sich verpflichtet, Cynthia aus ihrer dunklen Stimmung ein wenig herauszuhelfen. Immerhin hatte sie Cynthias Küche benutzt. Sie lud Cynthia zu sich ein, sobald ihr Haus wieder einigermaßen ordentlich aussah. Also stand Cynthia aus dem Bett auf und begab sich nach drüben zu den Solmitz. Sie hatte es aufgegeben, über Fred Solmitz' Judentum Bemerkungen zu machen, ja, sie schien es aufgegeben zu haben, dieses überhaupt wahrzunehmen. Er hatte sein Haus gerettet, viele sprachen von seinem unglaublichen

Einsatz, der einem Zwanzigjährigen zur Ehre gereicht hätte. Er trug keinen Judenstern, und er lebte genauso wie alle anderen in der Kippingstraße. Eckhardt hatte schon lange aufgehört, Fred Solmitz irgendwie anders zu behandeln, ihn beeindruckte auch, wie selbstverständlich Jonny die Freundschaft zu den Solmitz pflegte. Niemand sprach mehr darüber, dass Fred Jude war. Er war Major a.D., und das war ein respektabler Titel.

Luise hatte von Frau Oeser aus deren Keller etwas Apfelkompott bekommen. Das stellte sie für Cynthia und sich auf den Tisch. Dazu gab es Muckefuck. Luise war sehr stolz auf diesen Kaffee. »Endlich haben wir wieder Licht, und endlich konnte ich wieder Kaffee kochen! Licht!«, jubelte sie. »Nach sechs Wochen! Ist das Zimmer jemals so strahlend hell gewesen? Dieses Kriechen im Dunkeln bei düsterem Kerzenlicht. Leider fehlt noch der Rundfunk. Wir haben keine Antenne.« Cynthia entspannte sich im behaglichen Wohnzimmer der Solmitz. »Ich nenne es meine ›Insel des Friedens‹, und doch trägt fast jeder Besucher sein Leid hinein, und unser eigenes hockt auch drin«, antwortete Luise, nachdem Cynthia die Gemütlichkeit bei ihr erwähnt hatte. Aber Cynthia wollte nichts von Leid hören. Sie merkte, dass die Menschen nur wenig Hass auf die Engländer äußerten, obwohl diese ihnen doch so übel zugesetzt hatten. Sie merkte auch, dass die Begeisterung für Hitler in Hamburg sehr nachgelassen hatte. Sogar Eckhard fieberte nicht mehr dem Endsieg entgegen. Cynthia fühlte sich vereinsamt in ihrem Haus, und sie fürchtete, auch bei Luise kein aufmunterndes Wort über Deutschlands Zukunft zu hören. Aber Luise kümmerte sich gar nicht um Deutschlands Zukunft, ihr waren nur die kleinen, alltäglichen Dinge wichtig. »Es heißt, dass die Glaser straßenweise die Fenster einsetzen. Es ist furchtbar mit den ewig offenen Zimmern, besonders jetzt im Herbst. Dazu die Feuchtigkeit durch Frau Oesers abgebranntes Haus, das beschädigte Dach«, klagte sie, und Cynthia fühlte sich verpflichtet, die Nachbarin aufzumuntern. Während der letzten Tage war ihr oft etwas von dem Essen ans Bett gestellt worden, das aus dem Proviant von Renate Wenz zubereitet worden war, nun empfand sie den plörrigen Muckefuck fast als Beleidigung, aber sie schluckte ihn brav herunter, und das Apfelkompott mundete ihr so sehr, dass sie sogar noch etwas nachnahm.

Da klopfte es an der Tür. Cynthia wusste, dass bei den Solmitz ständig irgendjemand zu Besuch kam. Sie konnte sich kaum erinnern, einmal dort gewesen zu sein, ohne dass jemand hereingeschneit wäre. Luise und Fred kannten eine Unmenge von Menschen, und sie waren bekannt für ihre Gastfreundschaft, die auch Uhrmacher Barluschke und seine Frau zu schätzen wussten, die jetzt in der Tür standen. Luise wieselte kurz herum. Sie stellte zwei Gedecke mehr auf den Tisch, teilte den Rest des Apfelkompotts auf und zündete eine Kerze an, weil es bereits schummrig wurde. Da erschien auch Fred im Zimmer. Freundlich begrüßte er die Barluschkes und Cynthia und setzte sich als Fünfter an den runden Tisch.

Luise und Fred erkundigten sich danach, wie es den Barluschkes ergangen war. Frau Barluschke sagte traurig: »Wir sind schwer geschlagen, Herr Major. Beim Brand in der Bismarckstraße haben wir alles verloren.« Herr Barluschke warf ein: »Aber mein feines und reichliches Werkzeug, das haben wir gerettet und auch die Steine jeder Art für die Uhren.« »Die sind ja unersetzlich!«, rief Luise und begeisterte sich: »Wie schön, dass Sie die retten konnten.« Frau Barluschke sagte traurig: »Wir sind nach Barmbek zu meinem Bruder, und da ist all das, was wir gerettet hatten, doch verbrannt.« Luise gab einen leisen entsetzten Laut von sich. Aber Herr Barluschke sagte stolz: »Ihre goldene Uhr, Frau Luise, die Sie mir zur Reparatur gegeben haben, die ist gerettet.« Luise schossen Tränen in die Augen. Fred legte seine Hand auf die ihre. »Wie konnte das geschehen?«, fragte er. Frau Barluschke wies auf ihren Mann. »Er hat seine wertvollsten Uhren und Steine in einen eisernen Schrank getan, und den hat er bis zuletzt unter Wasser gehalten.«

Irgendwann rückten die beiden Besucher mit einer Bitte heraus. Ob die Solmitz ihnen vielleicht eine Unterkunft geben könnten. Sie hätten doch das große Haus, und da wäre doch das eine oder andere leere Zimmer vielleicht …

Man sah und hörte ihnen an, wie schwer es ihnen fiel, Bittsteller zu sein.

Cynthia hörte still zu, und irgendwie ärgerte sie der Respekt und die Freundlichkeit, die die Barluschkes den Solmitz entgegenbrachten, ein wenig. Auch sie hatte einmal den Laden Barluschkes betreten, da war ihr mit reservierter Höflichkeit begegnet worden. Sie erinnerte sich auch daran, wie sie damals gemeinsam mit den Solmitz vom Uhrmacherladen aus Hitlers Parade durch die Hoheluftchaussee verfolgt hatte. Damals hatte ihre tiefe Liebe zu Hitler begonnen, die sie auch heute immer wieder bis in den Bauch hinein spüren konnte. Sie fragte sich, ob die Barluschkes wussten, dass Fred Jude war.

Luises Stimme klang plötzlich hoch und unsicher, als sie ausrief: »Oh, wie gern würden wir Ihnen beiden Wohnung geben! Aber die Wohnungsfrage wird von der Sozialbehörde geregelt. Da können wir gar nicht eingreifen.« Fred blickte auf den Tisch. Da wusste Cynthia, dass Freds Judentum den Barluschkes unbekannt war. Sie konnte es sich nicht verkneifen zu sagen: »Bei uns ist gerade eine Frau eingezogen, eine Freundin. Meine Schwägerin ist mit ihr zur Sozialbehörde gegangen, und dort haben sie das geregelt.« Luises Blick flackerte. Fred sagte energisch: »Bei uns ist alles schon entschieden. Die Frau war vor zwei Tagen hier. Sie hat gesagt, das Haus ist voll.«

Im Grunde war alles einzusehen, aber trotzdem schwang etwas mit, das die Barluschkes nicht verstehen konnten. Und die Solmitz waren offenbar nicht bereit, mit offenen Karten zu spielen. Cynthia sah, wie der Uhrmacher grau im Gesicht wurde und wie seine Frau die Tränen mühsam zurückhielt.

Die beiden standen auf und verabschiedeten sich. »Nichts für ungut«, sagte der Uhrmachermeister. Luise sah furchtbar unglücklich aus. Cynthia verabschiedete sich gleich mit.

Als sie nach Hause ging, beschloss sie, wieder gesund zu sein. Immerhin brauchte Hitler sie noch. Von nun an wurde sie sehr geschäftig, besuchte die Treffen in der Frauenschar wieder regelmäßig, die sie seit der Rückkehr aus Scharbeutz sträflich vernachlässigt hatte, und diente dem Führer aufs Neue mit voller Kraft.

Die Nachbarinnen in der Kippingstraße einschließlich Lysbeth, Stella und Renate räumten und kramten, putzten und scheuerten, freuen sich über Wasser und Strom und warteten sehnsüchtig auf Gas. Die Ruinen wurden eine nach der anderen niedergelegt, die Straßen Tag für Tag aufgeräumt, immer neue Flüchtlinge kamen zurück mit Kindern und Säuglingen. Die Straßen der inneren Stadt wimmelten von Menschen, Obdachlosen, die wochenlang in Bunkern geschlafen hatten und nun Wohnraum bekommen sollten.

»Der Engländer wartet, und wenn alles einigermaßen läuft, beginnt das grausame Spiel von neuem«, verkündete Cynthia düster. Aber trotz aller Ergebenheit für den Führer war sie nicht bereit, Obdachlose in ihr Wohnzimmer aufzunehmen. Sie wehrte sich mit Händen und Füßen, führte Eckhardts Kriegsverletzung an und seine starke Geräuschempfindlichkeit, die zu entsetzlichen Migräneattacken führte. Sie machte darauf aufmerksam, dass sie das Lager für den zerstörten Papierwarenladen in ihr Wohnzimmer gelegt hatten. Die Frau vom Wohnungsamt zog jedes Mal wieder unverrichteter Dinge ab. Wenn allerdings Luise klagte, dass sie sich abends im eigenen Haus nicht mehr frei bewegen könne, immer Hintergedanken habe, Rücksicht auf die anderen im Haus nehmen zu müssen, die, weil sie morgens früh rausmussten, zu der Zeit schliefen, wo Luise üblicherweise noch wach war, meinte Cynthia, dass spätes Insbettgehen ja auch zu viel Strom verbrauche und der schließlich gespart werden solle.

Trotz der Treue zum Führer, die sie mit den fünf von zwanzig in der Frauenschar übriggebliebenen Mitgliedern beschwor, und trotz der gemeinsam bekräftigten Überzeugung, dass der Krieg sich bald zum Besseren wenden und dann rasant dem Endsieg nähern würde, trotz Cynthias leidenschaftlicher Liebe zu Hitler konnte sie die Augen nicht davor verschließen, dass er in den vergangenen Wochen schwere Schlappen erlitten hatte: Am 2. August hatten die Amerikaner erstmals die rumänischen Erdölfelder bombardiert. »Nun wird es bald keinen Treibstoff mehr geben. Schon jetzt müssen sie in Berlin die Ernte mit Pferden einfahren«, prognostizierte Eckhard düster. Und obwohl Cynthia ihn für diese Bemerkung verabscheute, konnte sie ihm nicht widersprechen.

Auch was in Italien passierte, war alles andere als erfreulich. Und die unmittelbaren Folgen für Deutschland waren unangenehm: Es gab kein Gemüse mehr aus Italien. Dort ging es drunter und drüber. In Mailand hatten die Arbeiter alle politischen Gefangenen befreit. Die Herrschaft Mussolinis und seiner Faschisten war beendet, den Duce hatten sie abgesetzt und hielten ihn auf einer Insel vor Neapel gefangen. Sizilien hatten die Amerikaner und Engländer schon erobert. Bald würden sie auch auf dem Festland sein, damit rechnete jeder. Das Oberkommando der Wehrmacht musste jetzt Truppen von der Ostfront abziehen, um Italien zu halten, solange es ging. »Und das gerade jetzt«, klagte Cynthia, »wo die Russen überall zur Offensive übergegangen sind.« Am 18. August beging General Hans Jeschonnek, Generalstabschef der Luftwaffe, aus Verzweiflung Selbstmord. Seine Abfangjäger hatten weder die britisch-amerikanischen Luftangriffe auf das Industriegebiet der Wiener Neustadt, die Kugellagerfabriken von Schweinfurt und die Messerschmitt-Flugzeugwerke in Regensburg, noch den Angriff auf die Raketenversuchsanstalt in Peenemünde verhindern können.

Die Ostfront machte Cynthia und ihren Volksgenossinnen in der Frauenschar die größten Sorgen. Dort hatte die Wehrmacht am 22. August Charkow räumen und das wichtige Industriegebiet im Donezbecken aufgeben müssen. Dem Vorstoß der sowjetischen Truppen in Richtung Orel konnten die erschöpften deutschen Soldaten der Heeresgruppe Mitte nur noch mit hinhaltendem Widerstand begegnen. An eine Offensive der Wehrmacht war an der Ostfront nicht mehr zu denken.

Und Italien ging ja wohl ganz verloren. Am 3. September schloss die neue italienische Regierung ein Waffenstillstandsabkommen mit den Alliierten, deren Truppen bereits in Kalabrien und bei Salerno gelandet waren.

»Siehst du nun ein, dass es mit Hitler zu Ende geht?«, fragte Stella die Schwägerin am Abend. Stella war ein wenig betrunken, sie hatte mit Renate eine Flasche Wein auf das Abkommen geleert. Diesmal drohte Cynthia ihr nicht, sie antwortete nur hoheitsvoll: »Das glaube ich nicht, Hitler ist viel zu stark, er wird allen noch zeigen, wozu er fähig ist. Und das ganze deutsche Volk dazu.« Aber dann konnte sie es sich nicht verkneifen und fügte hinzu: »Nestbeschmutzer allerdings muss man ausmerzen.« Im Nu nüchtern und wieder auf der Hut, sagte Stella: »Du hast recht, Cynthia! Hitler wird es schon richten.«

Kurz darauf frohlockte Cynthia: »Siehst du, Stella, Hitler hat es gerichtet«, denn Hitler hatte als Antwort auf das Waffenstillstandsabkommen Rom und alle Schlüsselstellungen im mittleren und nördlichen Italien von der Wehrmacht besetzen lassen. Am 12. September hörte Cynthia dann eine Nachricht im Rundfunk, die einen erregenden Schauer durch ihren Körper jagte: Hitler hatte den gefangen gehaltenen Mussolini durch den kühnen Handstreich eines SS-Kommandos befreit und ließ ihn nach Deutschland bringen. Der Führer ist einfach ein ganzer Mann, so mutig, so klug, so weitsichtig!, sang ihr Herz. Am selben Tag aber besetzten die Briten Brindisi. Und in der folgenden Woche musste die Wehrmacht erst Sardinien und dann Korsika räumen. Trotzdem war der 12. September ein schöner Tag für Cynthia, wenn er auch mit dem Besuch des Tapezierers Möller begonnen hatte, der von der Partei aus die Noteinquartierung überall feststellen sollte und dem Cynthia wieder einmal hatte verdeutlichen müssen, dass ihr Wohnzimmer gar kein Zimmer, sondern ein Warenlager war. »Trotzdem, Volksgenossin«, hatte der Möller getönt, »bald wird es Gesetz sein:

Zwei Leute dürfen nicht mehr als ein Zimmer benutzen, die anderen Zimmer müssen abgegeben werden.«

Im Laufe des Septembers fand eine unglaubliche Rückwanderung nach Hamburg statt: Ströme von Menschen mit Packen und Karren, Koffern und Kästen, Kindern an der Hand. Stella und Lysbeth staunten auf ihren Spaziergängen durch die Stadt. »Wer hätte das gedacht«, sagte Lysbeth, »der die Flucht der Abertausenden aus Hamburg miterlebt hat?« »Die Leute tun so, als sei der Krieg für Hamburg zu Ende«, meinte Stella, und ihr Gesichtsausdruck machte deutlich, dass sie selbst davon nicht überzeugt war.

Jeder, der heimkehrte, hatte Erlebnisse hinter sich, die einen Abenteuerroman hätten füllen können, aber keiner fragte den andern. Jeder hatte mit sich selbst zu tun, und jeder, dem zugehört wurde, hörte nicht wieder auf zu erzählen. Renate Wenz' Kundenzahl nahm zu, sie hatte so viele Anfragen, dass sie gar nicht alle Aufträge annehmen konnte. Sie fragte Lysbeth, ob die sie nicht unterstützen könnte. »Wir wissen beide, dass es den Leuten vor allem darum geht zu reden«, sagte sie. »Du kannst viel besser zuhören als ich. Du kannst auch viel bessere Ratschläge geben. Warum übernimmst du nicht ein paar meiner Kunden?« Lysbeth war hin- und hergerissen. Einerseits hätte sie gern wieder eine richtige Aufgabe gehabt, sie hätte gern Menschen geholfen, die in Not waren, andererseits war sie nicht bereit, irgendetwas über die Zukunft zu sagen, denn sie wusste, dass sie unfähig war, mit ihrer wahren Meinung hinter dem Berg zu halten. Was sie über die Zukunft wusste, war, dass Hitler und die Seinen ausgespielt hatten. Wie lange der Krieg allerdings noch weitergehen würde, wie viele Leben, wie viel Leid er noch kosten würde, das wusste sie nicht. Sie bat sich eine Bedenkzeit aus und besprach die Sache mit Aaron. Auch er war unentschlossen. Er wusste, dass es Lysbeth guttäte, ihre Fähigkeiten und Kenntnisse wieder Menschen zur Verfügung zu stellen, aber er wusste auch, dass Renate Wenz' Kunden weniger an ihrer Gesundheit gelegen war, dafür suchten sie Ärzte auf, sondern daran, hinsichtlich ihrer Zukunft beruhigt zu werden. »Lysbeth, du siehst viel zu viel, wenn du mit Menschen sprichst. Du kannst zwar nicht unbedingt ihre Zukunft voraussagen, aber du kannst ihnen viel über ihren Körper und ihre Seele sagen. Ob sie das allerdings immer hören wollen, bezweifle ich. Und du kannst nicht lügen!« Lysbeth widersprach lächelnd: »Du hast mich nicht bei Willibald Schallert gesehen, mein Süßer. Und überhaupt: Ich kann lügen, was das Zeug hält!« Sie lachte laut los. »Ich wäre in der Lage, ohne mit der Wimper zu zucken zu sagen, dass ich mich von dir scheiden lassen will – wenn es dein Leben retten würde.« Aaron schmunzelte. »Zum Glück ist das nicht nötig. Aber ich glaube trotzdem, dass es besser ist, wenn du nicht zu Renates Kunden gehst. Du hast nicht ihre Übung darin, zu wissen, welche Lüge gerade angebracht ist. Und es besteht die Gefahr, dass du die Leute verärgerst.« Lysbeth nickte. Also war es entschieden.

Aber auch so wurden ihr ständig Leidensgeschichten erzählt. Ein junger Mann, der sich die Schäden auf ihrem Dach anschauen sollte, berichtete, dass sein Onkel während der Katastrophe in Stellingen im Einsatz gewesen war. Die Engländer hatten Phosphor auf Hagenbecks Tiere geworfen. Die Bisons waren rasend vor Schmerz im Stadtteil herumgerannt. Eines der wütenden Tiere hatte dem Onkel das Rückgrat zerbrochen. Nach der Entwarnung wurden eine Frau und ihre Tochter von einem Bison zu einer unkenntlichen Masse zerstampft. Der junge Mann hatte insgesamt acht Familienmitglieder verloren.

Die Frau, die zum Ablesen der Elektrizität ins Haus kam, erschütterte Lysbeth mit ihrer Schilderung der Nacht des Grauens. Sie hatte in Hammerbaum gewohnt und bis 6.00 Uhr morgens im Keller ausgehalten, die Engländer waren eineinhalb Stunden über ihnen, jede Minute war eine Ewigkeit gewesen. Das vierstöckige Haus war langsam über ihnen abgebrannt, der Keller hatte sich mehr und mehr erhitzt. »Wir mussten leise, leise atmen, noch leiser – und dann liefen die Nachbarn durch die Flammen; wer davongekommen ist, weiß ich bis heute nicht genau. Mein Mann und ich blieben, wir hüllten uns in nasse Tücher – und dann raus! Da lagen die ersten Leichen von Leuten aus dem Keller, entsetzliche Geräusche schlugen mit der Hitze auf mich ein, ich kann sie bis heute nicht vergessen: Menschen schrien, brüllten nach ihren Angehörigen, sie jammerten, sie stöhnten vor Qual. Aber wir mussten weiter, weiter. Die Häuser brannten, das Pflaster brannte, wir rannten, wohin, wussten wir selbst nicht, ich glaube, eine innere weise Stimme zeigte uns den Weg. Hinter einer Brücke lagen die Leichen gestapelt, sie waren in letzter Not da zusammengekrochen und zusammengebrochen, sie waren verbrannt und gestorben. Alle Kleider waren verbrannt, die Leiber merkwürdigerweise nicht. Sie sahen aus wie Wachsfiguren. Sie lagen auf dem Gesicht, die Arme in Kreuzform ausgestreckt, das Gesäß etwas angehoben, diese Lage hatten fast alle.« Lysbeth sagte keinen Ton, auch wenn sie am liebsten gerufen hätte: »Hör auf, ich will es nicht hören!« Aber sie wusste, dass sie allein mit Zuhören der Frau etwas Linderung verschaffen konnte. Die redete wie getrieben weiter: »Hinter diesem Leichenhaufen haben wir uns drei Stunden lang verschanzt. Mein Mann spricht nicht darüber. Er hat auch mir gesagt, ich soll nach vorne schauen, die Bilder aus meinem Gedächtnis tilgen. Aber ich kann das nicht. Ich wundere mich, dass man nach so etwas weiterleben kann, ich glaube nicht, dass man das jemals überwinden kann.« Lysbeth musterte die Frau aufmerksam. Sie sah sauber aus, ihre halblangen Haare wurden mit zwei Spangen glatt hinter den Ohren gehalten. Die Frau war nicht untergegangen, das sah Lysbeth ihr an. »Ich kann gut verstehen, dass Sie alles noch so genau erinnern und darüber reden wollen«, sagte sie freundlich. »Und Ihr Mann hat natürlich auch nichts vergessen. Vielleicht würde es Ihnen beiden guttun, wenn Sie darüber sprechen, wie stark Sie zusammengehalten haben, dass Sie von einer inneren weisen Stimme geführt worden sind, dass Sie beide gerettet sind, sich beide gerettet haben. Wie mutig Sie gewesen sind, wie intelligent Sie gehandelt haben und dass keiner von Ihnen beiden den andern alleingelassen und nur an sich selbst gedacht hat.« Auf dem Gesicht der Frau machte sich Überraschung breit. »Stimmt«, sagte sie versonnen, »aber wir hätten uns nie alleingelassen. Wir halten immer zusammen!« Ihre Miene hellte sich auf. Liebevoll fügte sie hinzu: »Mein Mann ist immer darauf bedacht, dass es mir gutgeht, der würde mir sein letztes Brot geben, nur damit ich nicht hungere.« Nun hörte sich Lysbeth die Geschichte dieses Paares an, und die Stimmung veränderte sich von Minute zu Minute, bis die Frau traurig sagte: »Unsere Gegend ist übrigens schon vermauert. Kein Fuß wird sie je mehr betreten.« Doch dann riss sie sich zusammen und sagte: »Ich muss weiter, ich hab schon viel zu lange bei Ihnen gebraucht. Nichts für ungut und vielen Dank!«

Am 21. September war Herbstanfang, und es war schon bitterkalt. Die Solmitz hatten zehn zerbrochene Fenster, und sie fürchteten sehr, dass die mehrfach versprochenen neuen Scheiben, wegen denen sie jedes Mal aufs Neue vertröstet worden waren, vor Wintereinbruch nicht mehr zur Verfügung gestellt werden würden. Neun Wochen nach der Katastrophe hatten die Solmitz nun zum ersten Mal ihren neuen Herd geheizt und zum ersten Mal wieder gekocht. Luise wog nur noch neunzig Pfund.

Während der letzten Septembertage eroberte die Rote Armee Brjansk und Poltawa, überschritt auf breiter Front den Dnjepr und warf die Wehrmacht hinter Krementschuk zurück. Am 6. Oktober begann auf dem rund tausendzweihundert Kilometer langen Frontabschnitt zwischen Witebsk und dem Schwarzen Meer eine neue Herbstoffensive der Sowjets. Auf der Krim-Halbinsel wurde abermals, wie bei Stalingrad, eine deutsche Armee abgeschnitten, der Hitler den Rückzug verboten hatte.

Schließlich wurden bei den Solmitz alle Fensterscheiben repariert. Die Wolkenraths hatten beschlossen, sich nicht um Scheiben für die beiden Wintergärten zu bemühen. Nun wären es eben Balkone, der Schaden war gering. Sie sammelten Birnen im Garten von Frau Oeser und äußerten einhelliges Erstaunen, dass der Baum trotz der Feuersbrunst so schöne und zahlreiche Früchte trug.

Cynthia, die die Zeitung nicht mehr nach Siegesnachrichten durchforschen konnte, verlegte sich darauf, Todes- und Suchanzeigen mit großer Aufmerksamkeit zu lesen, angeblich, weil sie immer noch hoffte, etwas von ihrer Mutter zu hören. In der Zeitung wurden immer noch Koffer aus den Bombennächten gesucht. Es war unvorstellbar viel gestohlen worden. Während die Leute in den Häusern neues Brandgut aus den Flammen holten, wurde, was sie schon gerettet hatten, unten gestohlen. Ein trauriges Kapitel waren die verlorenen Kinder und die, die keiner mehr kannte. »Findelkinder oder Waisenkinder?«, diese Frage las Cynthia laut aus der Zeitung vor.

Aber auch wenn Cynthia ihre Aufmerksamkeit von den Kriegsniederlagen abzog, gingen sie trotzdem weiter. Am 1. November nahmen auf der Krim gelandete sowjetische Truppen Perekop ein, und in der Ukraine hatte der Angriff auf die letzten deutschen Stellungen vor Kiew begonnen. Am 6. November eroberten die sowjetischen Truppen Kiew zurück. Auch an den anderen Abschnitten der Ostfront hatte die Wehrmacht die Initiative verloren, leistete zwar noch hartnäckigen Widerstand, musste aber immer weiter zurückweichen.

In Italien hielten die Briten und Amerikaner bereits das untere Drittel der Halbinsel besetzt. Ende November nahmen sie die Offensive an der Sangro-Front wieder auf. Am 3. Dezember begannen die Kämpfe um den von der Wehrmacht zum Sperrriegel ausgebauten Höhenzug, rund hundertzwanzig Kilometer südlich von Rom, in dessen Zentrum das Kloster Monte Cassino lag.

Cynthia wurde immer kleinlauter. Eckhard sprach überhaupt nicht mehr über den Krieg, er konzentrierte sich nur noch darauf, die kleinen Schäden, die am Haus entstanden waren, zu reparieren und während der Luftangriffe das Haus zu beschützen. Außerdem kümmerte er sich wieder intensiv darum, die Hunde zu dressieren, und er überlegte, ob sie die Hundezucht wiederaufnehmen sollten. »Er denkt daran, was nach dem Krieg sein wird«, sagte Stella zu Lysbeth. »Ich habe fast den Eindruck, als ob er derjenige von uns ist, der alles schon vorbereitet.« »Und der auch ganz genau weiß, wie es hinterher sein soll«, meinte Lysbeth traurig. »Ich weiß das erst mal noch gar nicht. Wir haben uns alle so sehr verändert.«

Das Jahr näherte sich seinem Ende. Allmählich war alles wieder da, Wasser, Elektrizität, Fernsprecher. Nur Gas fehlte noch. Aber sie konnten auf dem alten Herd mit Kohle kochen. Seit Wochen schon zogen sie sich abends wieder aus, bevor sie ins Bett gingen, und jeden Abend war das wie eine kleine Wohltat.

19

Zwei Tage vor Weihnachten kam Jonny wieder nach Hamburg. Er hatte inzwischen eine Nachricht von seiner Mutter erhalten. Sie war nach längerem Herumirren in der Schweiz, in Bern, gelandet. Wie sie dorthin gelangt war, wusste er nicht. Aber ihr ging es offenbar sehr gut. »Siehst du«, sagte er zu Stella. »Ich kenne meine Mutter doch. Und man kann wirklich sicher sein, dass die Schweiz im Augenblick der angenehmste Ort in Europa ist, vielleicht sogar auf der ganzen Welt.« Stella konnte sich nicht richtig freuen, obwohl sie sich selbst deswegen schalt. Aber dass ausgerechnet diese Frau auch jetzt vom Schicksal noch so begünstigt war, wo Millionen litten und zugrunde gingen, empfand sie als ungerecht. Edith hatte während des ganzen Kriegs nicht gedarbt, und sie war immer noch strahlend attraktiv, obwohl sie bereits Mitte siebzig war. Als Stella sie das letzte Mal auf einem der Feste in Ediths Haus gesehen hatte, hatte Edith nicht ausgesehen wie Jonnys Mutter, sondern eher wie seine Geliebte. Und die Männer hatten sie auch genauso behandelt, waren um sie herumscharwenzelt und hatten sie mit Komplimenten überhäuft. Nun hielt sie sich wahrscheinlich bei irgendjemandem auf, den sie noch aus China kannte oder von den weitläufigen wirtschaftlichen Kontakten, die sie in Hamburg mit ihrem Mann immer gepflegt hatte. Es war einfach ungerecht!

An Silvester hoben alle im Haus Wolkenrath um Schlag Mitternacht die Gläser. »Begrüßen wir das Jahr 1944!«, sagte Jonny feierlich. »Ein neues Jahr des Unheils. Drin sind wir nun, fragt sich nur, wer von uns kommt wieder raus und wie?«, fügte Stella böse hinzu. Cynthia warf ihr einen giftigen Blick zu und prostete dann: »Auf den deutschen Sieg! Das Jahr 1944 wird als Jahr des Sieges in die Geschichte eingehen!« Jonny hob pflichtschuldig sein Glas, aber er trank nicht, Eckhardt tat es ihm nach. Lysbeth sagte leise: »Armes Jahr, noch keinem wohl hat man mit solchem Grauen entgegengeblickt wie ihm. Millionen Menschen zittern vor ihm, rätseln angstvoll an ihm herum.«

Das neue Jahr – nachts war es trocken und schön gewesen – begann mit einem Morgen voll schmelzendem Schnee, voll Sturm, schüttendem Regen, Glätte. Beim Gang mit den Hunden kam Stella manchmal nicht von der Stelle, so sehr peitschten Sturm und Regen. Die zarten Hunde zitterten, kaum dass sie die Kielortallee erreicht hatte. Also kehrte sie wieder um.

Mit einem großen Schreck ging der Tag weiter. Durchs Haus gellte ein durchdringender Schrei. Lysbeth stürzte von unten nach oben, Stella von oben nach unten, beide trafen sich vor der Tür, aus der nun aufheulendes Weinen drang. Vorsichtig öffneten sie die Tür zu Cynthias und Eckhardts Schlafzimmer. Cynthia lag auf dem Bett, die Nachttischlampe brannte, die Vorhänge waren wie immer vorgezogen. Auf dem Nachttisch stand eine Kaffeetasse. Cynthia saß angezogen auf dem Bett, auf ihren Beinen lag eine Zeitung. Sie jaulte wie ein Wolf, gleichzeitig schlug sie wie von Sinnen auf die Zeitung ein.

Stella und Lysbeth schlichen näher. Sie setzten sich jeweils auf eine Seite des Bettes. Beide versuchten, einen Blick auf die Zeitung zu werfen, um zu verstehen, was Cynthia so aufgebracht hatte. Aber es war nicht möglich, weil Cynthia darauf einschlug und sie dann zwischen ihren Händen wrang, als wollte sie etwas daraus entfernen. Plötzlich zerknüllte Cynthia die Zeitung zu einem dicken Ball und warf sie auf Stella. »Da!«, schrie sie. »Da! Da siehst du, was er aus ihr gemacht hat!«

Stella entfaltete die Zeitung sorgfältig. Es war die Seite mit den Todesanzeigen. Cynthia war seit den Bombennächten im Juli 1943 eine fanatische Leserin von Todesanzeigen geworden. Seitdem waren so viele Menschen vermisst, so viele nie wieder aufgetaucht. Und immer noch wurden Leichen in verschütteten Kellern geborgen, wurden Angehörige nach langer Zeit des Suchens für tot erklärt, weil keine Hoffnung mehr bestand. Stellas Blick fiel auf die Anzeige, wo in großen deutschen Lettern stand: »Lydia Hagedorn«. Ihre Hände begannen zu zittern. In ihre Augen traten Tränen. Die Buchstaben verschwammen vor ihrem Blick. Wortlos reichte sie das Blatt zu Lysbeth. Die las laut: »Meine geliebte Lydia Hagedorn ist nicht mehr, sie wurde Opfer der feindlichen Grausamkeit. Meine Rache ist ihr gewiss. SS-Oberscharführer Karl Weinert.«

Cynthia heulte auf. Stella rannen die Tränen herunter. Lysbeth hielt das Zeitungsblatt in ihren Händen. Sie kniff die Augen zusammen und dachte nach. Nach einer Zeit sagte sie ruhig: »Jetzt wissen wir nicht mehr als vorher. Außer dass SS-Oberscharführer Karl Weinert Rache üben will. Aber auch das hätten wir uns früher schon denken können, wenn wir an ihn gedacht hätten.« Sie blickte Cynthia und Stella nachdenklich an und fragte: »Warum haben wir eigentlich nicht an ihn gedacht?«

Cynthia zog schluchzend die Tränen hoch: »Ich weiß nicht mal, wo er wohnt. Und in der Wohnung ist ja nichts übriggeblieben.« Stella wischte sich die Tränen von den Wangen. »Stimmt«, sagte sie. »Von der Meldebehörde haben wir nichts gehört. Gefunden haben sie Lydia also nicht. Wieso weiß er dann, dass sie gestorben ist? Und wieso erdreistet sich dieser Kerl, eine Todesanzeige für sie aufzugeben, ohne sich mit ihrer Tochter in Verbindung zu setzen?« Cynthia machte einen kindlichen Schmollmund. »Er weiß vielleicht nicht, wo ich wohne«, versuchte sie sanft, das Verhalten des SS-Offiziers zu erklären.

Lysbeth sagte: »Auf jeden Fall können wir jetzt bei der Zeitung nachfragen, wo Karl Weinert wohnt. Dann können wir mit ihm sprechen.« Sie erfuhren in der Redaktion der *Hamburger Zeitung*, dass Karl Weinert in seiner Wohnung am Eppendorfer Weg ausgebombt sei und nun in der Kaserne wohne. In Cynthias Namen schrieben sie ihm einen Brief mit der Bitte, sich zu melden, damit Cynthia Einzelheiten über den Tod ihrer Mutter erfahren könne und auch, wo sie beerdigt sei.

Aber es kam keine Antwort. Da ging Stella kurzerhand zur Kaserne und fragte nach dem SS-Offizier Karl Weinert. Es wurde nach ihm ausgeschickt, und wenig später erschien am Tor ein gutaussehender Mann in Stellas Alter. »Herr Weinert?«, fragte sie. Der Mann hatte ein gewinnendes Lächeln, als er mit »Ja« antwortete. Stella dachte, dass Lydia sich mit der Wahl dieses attraktiven Mannes als Freund aus Nazikreisen durchaus einen Gefallen getan hatte. Stella hatte sehr lange keinen sexuellen Kontakt mehr zu einem Mann gehabt, und einen Augenblick lang spürte sie wieder, dass sie eine Frau war, die es liebte, sich einem Mann hinzugeben. Streng rief sie sich zur Ordnung und verbot sich jeden koketten Blick. In sachlichen Worten teilte sie dem Mann ihr Anliegen mit und erinnerte an den Brief, auf den er leider nicht geantwortet habe.

Entweder hatte er diesen Brief wirklich nicht erhalten, oder er stellte sich dumm. Auf jeden Fall bat er Stella hineinzukommen. Er führte sie ins Casino, wo bereits einige Offiziere saßen. Bald saßen sie bei einer Flasche köstlichen französischen Rotweins an einem kleinen runden Tisch in der Ecke des Casinos, und Karl Weinert erzählte Stella, wie es ihm in der Bombennacht ergangen war. Er war im Bunker gewesen. Als Entwarnung gegeben worden war, hatte er sich mit brennenden Lungen durch Hitze und Qualm, durch zerstörte Straßenschluchten zu Lydias Wohnung durchgeschlagen. Dort war alles zerstört gewesen, wie Stella ja schon wusste. Auch sein Auto, der Mercedes, den er fast ebenso geliebt habe wie Lydia. Da er ihn vor Lydias Tür abgestellt hatte, war der Wagen bis zur Unkenntlichkeit verbrannt und lag zerschmettert unter einem heruntergefallenen Dachbalken. Karl Weinert hatte lange nach Lydia gesucht. Und er war fest davon überzeugt, dass sie sich auf jeden Fall bei ihm gemeldet hätte, wenn sie noch am Leben wäre. »Wir haben uns sehr geliebt! Ich war die große Liebe ihres Lebens, hat sie immer gesagt«, erklärte er. Er sah dabei ernst, gefasst und sehr, sehr überzeugt aus. Stella lächelte gerührt. Wie häufig war es ihr schon begegnet, dass Männer den Lügen von Frauen absoluten Glauben schenkten. Wenn Männer Frauen belogen, ahnten die in den meisten Fällen etwas. Wahrscheinlich lag es nicht einmal daran, dass Frauen besser logen, sondern dass die weibliche Intuition besser entwickelt war und dass Frauen auf eine Weise logen, die Männern schmeichelte.

Karl Weinert hatte die Anzeige aufgegeben, weil er hoffte, dass, wenn Lydia irgendwo noch lebte, vielleicht so verletzt, dass sie selbst nicht mehr reagieren konnte, sich irgendjemand anders darauf melden würde. Nun hatte wenigstens Stella reagiert. Warum er sich nicht an Cynthia gewendet habe, fragte Stella. Er zögerte mit der Antwort. »Ich war mir sicher, dass Lydias Tochter auf keinen Fall mehr wusste als ich«, sagte er nach einer kurzen Pause. Stella lächelte wieder. Das war ehrlich gewesen. Dieser Mann kannte Lydia doch besser, als Stella gedacht hatte.

Zum Abschied lud sie ihn in die Kippingstraße ein. »Es würde Cynthia, glaube ich, sehr guttun, mit Ihnen zu sprechen.« Sie warf ihm ein verschmitztes Lächeln zu. »Lydia wäre Ihnen sicher auch dankbar.« Er versprach hoch und heilig, dass er, sobald er sich freimachen könne, Lydias Tochter einen Besuch abstatten würde. Charmant fügte er hinzu: »Und ich würde mich auch sehr freuen, gnädige Frau, Ihre angenehme Gegenwart wieder genießen zu dürfen.« Wieder lächelte Stella. Sie dachte: Dieser Mann bringt es fertig, dass meine Mundwinkel hochzucken, ohne dass ich es will.

Zurück in der Kippingstraße, erzählte sie Cynthia, was sie herausgefunden hatte. Cynthia hatte, seit sie die Anzeige gelesen hatte, den Tod ihrer Mutter überall verkündet, wo sie sich aufgehalten hatte, beim Fleischer, bei der Gemüsefrau, auf der Straße, in der Frauenschaft und bei den sonstigen Treffen der Partei. Sie hatte viele Beileidsbekundungen erhalten, die sie hoheitsvoll in Empfang genommen hatte. Als sie nun von Stella hörte, dass der SS-Offizier Karl Weinert die Absicht hatte, sie bald zu besuchen, wirkte sie so zufrieden, dass Stella dachte: Der Mann hat ihr einen Gefallen getan, als er die Anzeige aufgegeben hat. Jetzt braucht sie sich keine Gedanken mehr zu machen, was mit ihrer Mutter ist.

Die schrecklichste Vorstellung bei allen, die immer noch keine Sicherheit über den Verbleib ihrer Angehörigen hatten, war, dass diese lebend irgendwo in den Trümmern dahinvegetierten, oder dass sie verstümmelt, blind, taub, mit Kopfverletzung herumirrten oder im Krankenhaus waren, ohne sich selbst identifizieren zu können. Jeder Tote, der gefunden wurde, war zwar ein entsetzlicher Verlust, aber er löste auch die Unsicherheit ab, die vielleicht noch entsetzlicher war.

Luise Solmitz' Tochter Gisela war nach Brüssel gefahren. Wie es ihr gelungen war, Deutschland zu verlassen, und ob sie den jungen Mann geheiratet hatte, wussten die Nachbarn nicht genau, und Luise hielt sich bedeckt. Was sie jedoch begeistert erzählte, war, was sie in Briefen von

Gisela erfuhr. Gisela schrieb, dass sie dort sehr verwöhnt werde. Dass ihr Liebster sie vollkommen neu eingekleidet habe, alles sehr schöne Sachen. Und dass es in Brüssel die besten Leckerbissen gebe, mit denen die Familie ihres Liebsten sie füttere. Brüssel sei paradiesisch schön, schreibe Gisela, und man könne alles kaufen. Die ganze Stadt sei wie zum Amüsieren gemacht, auch sei es nicht so kalt dort.

Die Reaktionen bei den Nachbarn waren unterschiedlich. Luise erzählte es zwar nicht allen Nachbarn, aber die Nachricht verbreitete sich schnell. Die laut geäußerte Meinung war wohlwollend, hinter der Hand aber klang Missgunst mit und Ärger, dass es dem Judenkind besser ging als den jungen Ariern, die für Deutschland kämpften und starben. Lysbeth überlegte, ob sie Luise warnen sollte. Aber Luise war so voller Glück über ihre Tochter, dass Lysbeth da keinen Wermutstropfen hineinkippen mochte.

Täglich gab es Alarm. Zuerst öffentliche Luftwarnung, die manchmal in Alarm überging und manchmal nicht. Viele Menschen, die vorher Alarm sogar verschlafen hatten, hasteten nun sofort in die Bunker. Sobald die öffentliche Luftwarnung losging, wurden die Sachen gepackt, und dann bei Alarm ging es los.

Auch Cynthia, Stella und Lysbeth liefen in den Bunker. Aaron war meistens noch fort, weil er bis zum Einbruch der Dunkelheit arbeitete. Außerdem gab es für Juden keinen Bunkerplatz. Wenn Aaron im Haus war, ging Lysbeth mit ihm in die Besenkammer. Auch Stella empfand eine immer größere Abneigung dagegen, den Bunker aufzusuchen. »Das ist eine richtige Menschenfalle«, sagte sie. »So viele Menschen und noch zehnfach mehr Gepäck. Die Durchlässe sind furchtbar eng, es graust mich, mir auszumalen, was geschieht, wenn wirklich ein Ernstfall eintritt.« Alle wurden immer müder, weil es keine Nacht ohne öffentliche Luftwarnung mehr gab. Die Flugzeuge flogen zwar woandershin, aber das wusste ja keiner im Vorhinein.

Mitte Januar kam der nächste Schreck. Luise erzählte von einer Bekannten, die in einer privilegierten Mischehe lebte und die sich am 18. Januar um 13.00 Uhr mit Trink- und Essgeschirr und Bettzeug an der Sammelstelle einfinden und dann nach Theresienstadt transportiert werden sollte. Lysbeth hatte schon Andeutungen gehört, dass wieder ein Abtransport im Gange war, aber sie kannte niemanden, der Genaueres wusste. Am 19. Januar ging der Transport los. »Sie hat sich noch von mir verabschiedet«, sagte Luise traurig. »Was mich bewegte, als ich ihr nachsah, ruht tief unten im Grund meiner Seele. Meinst du, dass jetzt die Mischehen drankommen, Lysbeth?« Lysbeth schüttelte energisch den Kopf. Das wollte sie nicht denken. Und auch Luise sollte das nicht denken. »Wir werden es nicht zulassen«, beschwor sie sie. »Wir werden es nicht zulassen!« Luise sah sie ängstlich an. Aber sie fragte nicht nach, was Lysbeth denn tun würde, falls Aaron abtransportiert würde.

Die einzig positive Überraschung des Januar war die Nachricht: Es gibt wieder Gas! Ein halbes Jahr lang hatte es in der Kippingstraße kein Gas gegeben. Fred Solmitz erfuhr es durch den Milchmann und kehrte mit der freudigen Nachricht nach Hause zurück, wo er sie so laut verkündete, dass diejenigen, die es bislang nicht gehört hatten, im Nu informiert waren. In der ganzen Straße brandete Jubel auf. Der sechzigjährige Butterhändler sprang ohne ein Wort wie ein Schuljunge in sein Haus zurück. Aus den Häusern drangen Freudenschreie, Rufe der Überraschung. Überall waren strahlende Gesichter. Nur auf der Seite der Kippingstraße, wo die Wolkenraths wohnten, war die Enttäuschung groß. Auf dieser Straßenseite war die Gaszufuhr nämlich noch nicht angekommen, und auch in der Koopstraße gab es noch kein Gas.

Lysbeth hatte beabsichtigt, Anfang Februar nach Scharbeutz zu fahren. Der Geburtstermin von Marthes nächstem Kind war für Mitte Februar ausgerechnet. Am selben Tag, als sie sich daran begab, ihre Sachen zu packen, im Bauch einen dicken Klumpen Traurigkeit – sie wollte sich nicht von Aaron trennen –, klingelte der Fernsprecher, und Dritter war dran. »Marthe ist im Krankenhaus, sie hat vor drei Tagen das Kind bekommen.« Lysbeth empfand eine große Erleichterung. Jetzt musste sie nicht mehr dorthin fahren! Jetzt konnte sie hierbleiben und sich um Aaron kümmern, wenn er abends völlig erschöpft heimkam. »Herzlichen Glückwunsch«, sagte sie fröhlich. »Was ist es denn?« »Ein Junge«, antwortete Dritter, und der Ton seiner Stimme hätte sie stutzig machen müssen, aber sie blieb bei ihrer munteren Reaktion. »Wie geht es Marthe?«, fragte sie. »Wie klappt das Stillen?« Da vernahm sie seine dumpfe Stimme: »Das Kind ist nicht gesund. Es war blau, als es rauskam. Und es trinkt nicht. Und es schreit auch nicht.« Lysbeth stockte der Atem. »Was sagen die Ärzte?«, fragte sie. Dritter räusperte sich. Dann sagte er: »Die Ärzte sagen, er hat keine große Chance. Sie sagen, es ist besser, wenn er stirbt.« »Warum?«, fragte Lysbeth scharf. »Wenn er überlebt, kann es wohl sein, dass er blöd bleibt«, antwortete Dritter. Lysbeth hörte, dass er selbst nicht wusste, ob er seinem Sohn wünschen sollte zu sterben. Sie dachte nach. »Wie geht es Marthe?«, fragte sie noch einmal. »Marthe geht es ganz gut. Sie ist sehr tapfer. Ich wundere mich richtig über sie«, gab er zur Antwort. »Kein Vergleich zum letzten Mal. Ich glaub, sie genießt es, im Krankenhaus so richtig betütelt zu werden. Und in ihrem Zimmer sind fünf andere Frauen. Mit denen klönt sie den ganzen Tag. Ich glaub, sie kriegt das mit dem Kind gar nicht richtig mit. Sie ist ganz gutgelaunt.« »Möchtest du, dass ich komme?«, fragte Lysbeth mitfühlend. »Deshalb hab ich angerufen«, antwortete Dritter. »Du brauchst nicht zu kommen. Weißt du, es ist hier im Haus sehr voll. Die Geburt ist ja nun vorbei. Und ich glaube, wir kriegen das hin, wenn Marthe mit dem Kleinen oder allein zurückkommt. Ich glaube, wir kriegen das hin.« Lysbeth fiel ein Stein vom Herzen. Sie fand sich sehr egoistisch dabei, aber sie war unglaublich froh, nicht nach Scharbeutz zu müssen.

»Wenn du mich brauchst, sag Bescheid«, sagte sie zum Abschied.

»Vielen Dank!«

Eine Woche später rief Dritter wieder an und teilte mit, dass sein Sohn gestorben sei. Marthe sei noch im Krankenhaus. Und es gehe ihr gut. Auch dem kleinen Alex gehe es gut. Der spiele den ganzen Tag mit dem Enkel der Wirtin.

Diese Nachricht machte es nicht leichter, den Hamburger Alltag zu ertragen. Als Hitlers Stimme aus dem Rundfunk schrillte: »Wir müssen die reine Verteidigung wieder überwinden und dem Gegner mit schweren Schlägen so lange zusetzen, bis endlich die Stunde kommt, da die Vorsehung dem Volke den Sieg geben wird, das ihn am meisten verdient«, ermahnten Stella und Lysbeth einander gegenseitig still mit den Augen, nicht lauthals ihrem Ekel Ausdruck zu verleihen.

Der Hamburger Alltag war geprägt durch traurige Eindrücke.

Stella sah eine schwarzgekleidete junge Frau mit einem Kind auf dem Arm, die weinend einen Blumenstrauß auf die Trümmer legte.

Es gab viele hungrige Italiener. Überhaupt gab es bald mehr Italiener als Hamburger Männer, seit die Alliierten Italien besetzt, die Italiener Mussolini entmachtet, einen Nichtangriffspakt mit den Alliierten geschlossen und die Deutschen daraufhin kurzerhand an den von ihnen besetzten Orten die italienische Armee entwaffnet und die Soldaten gefangen genommen hatten. Manchmal sangen die italienischen Kriegsgefangenen bei der schweren Arbeit, die sie in den Trümmern verrichteten.

Die Italiener arbeiteten auch in den Gärten der Kippingstraße. Nun hackten sie die überständigen Fliederbäume der Solmitz um. Stella und Lysbeth mussten sich sehr kontrollieren, um den hungrigen Männern nicht etwas zuzustecken, aber sie wussten, dass das lebensgefährlich war. Luise raunte verschwörerisch, als sie Stella und Lysbeth das nächste Mal auf der Straße traf: »In dem unberührten Kohlenbunker unter dem zerstörten Haus hat Frau Oeser noch Eingemachtes. Sie klettert in die Trümmer und holt sich, was sie braucht. Aber neulich hat sie festgestellt, dass auch andere das getan hatten. Wir vermuten, die Italiener. Ich habe schon zweimal einen von ihnen in unsern Garten klettern sehen und habe mich schon gewundert. Aber jetzt ist mir alles klar.« Alle drei Frauen gönnten es den Italienern von Herzen, sich im Keller von Frau Oeser etwas zu essen zu holen.

Stella und Lysbeth waren unendlich angefüllt mit Kriegsschrecken und tiefer Angst. Um endlich einmal wieder auf andere Gedanken zu kommen, schlug Stella vor: »Komm, wir gehen ins *Capitol,* da gibt es den Film *Operette*. Der soll sehr schön sein.« Lysbeth fiel es sehr viel schwerer als Stella, sich von ihren Ängsten zu lösen. Viel mehr als die englischen und amerikanischen Bomber fürchtete sie, was Aaron bei seinen täglichen Trümmerarbeiten geschehen könnte. Jeden Tag, bevor er nach Hause kam, fürchtete sie, dass nicht er kommen würde, sondern ein Bote, der ihr mitteilte, ihr Mann sei von einer Mine entzweigerissen worden. Und wenn er da war, fürchtete sie, dass er wieder lungenkrank würde und ihr blutspuckend unter den Händen wegsterben würde. Aber Stella schaffte es, sie zu einem Kinobesuch zu überreden. Aus der Welt der Wiener Operette traten sie danach auf die zerstörte Hoheluftchaussee, durch die Sturm und Regen fegten. Ein kleiner Hund saß einsam und zitternd inmitten der Trümmer. Stella näherte sich ihm. Sie wollte ihn anlocken, um ihn mit nach Hause zu nehmen und zu füttern. Aber er lief winselnd weg, geradewegs in die Trümmerlandschaft hinein. Lysbeth begann zu weinen. »Ich geh nicht wieder ins Kino«, schluchzte sie. »Das ist hinterher ja noch viel schlimmer.« Stella umarmte sie. »Aber zwei Stunden lang ist es mal besser«, tröstete sie. »Und diese zwei Stunden kann uns keiner nehmen.«

Die Beamten des Wohnungsamtes streunten überall herum. Sie verhielten sich grob und gleichgültig den Hauseigentümern gegenüber. Bei Luise Solmitz schauten sie sich das ganze Haus an, das mit sieben zusätzlichen Personen vollgestopft war, und dann bemerkte der Beamte, als er sich das Zimmer anschaute, in das sie all ihre Möbel aus den Räumen gestapelt hatten, die jetzt mit Betten, einem Schrank und den geretteten Habseligkeiten der neuen Bewohner angefüllt waren: »Verkaufen Sie doch den ganzen Kram, oder werfen Sie das Zeug weg. Wohnraum geht vor!«

Luise empörte sich lauthals Stella gegenüber, die sich nun darauf gefasst machte, dass der Beamte auch zu ihnen kommen würde.

Am nächsten Tag traf er ein. Er ließ sich alle Zimmer zeigen. Sie wohnten mit sieben Personen, Jonny und Renate Wenz eingeschlossen, in einem Haus, in dem es sieben Zimmer und zwei Küchen gab. Der Beamte äußerte die Überzeugung, dass unten ins Gartenzimmer noch jemand einquartiert werden könnte. Das Problem war die räumliche Nähe zu Aaron. Stella widersprach in aller Würde als Frau des Kapitäns Jonny Maukesch: »Es ist notwendig, dass wir den Garten betreten können, denn es sind schon Bomben vom Dach in den Garten gefallen. Außerdem hat mein Bruder sie auch schon vom Dach hinabbefördert, um sie auf der Erde unschädlich zu machen. Uns kann nicht zugemutet werden, durch das Schlafzimmer fremder Menschen hindurch in den Garten zu gehen. Die einzige Möglichkeit, die ich in diesem Haus noch sehe, weitere Menschen unterzubringen, ist das Wohn- und Esszimmer meines Bruders und meiner Schwägerin.« Aber Eckhardt war kriegsversehrt, und ihm konnte nicht zugemutet werden, in einem Zimmer zu schlafen, das nur mit einer Schiebetür von dem getrennt war, in dem eine fremde Familie einquartiert würde.

Also blieb erst einmal alles beim Alten, aber es bestand weiterhin die Möglichkeit, dass sowohl ins Gartenzimmer als auch in Cynthias und Eckhardts Wohnzimmer noch Obdachlose einquartiert würden. Cynthia fühlte sich davon entsetzlich bedroht. Also suchte sie nach Wegen, dies zu vermeiden. Und so kam sie auf die Idee, ihre Mutter für ein Zimmer anzumelden. Sie ging gemeinsam mit Eckhardt zum Amt und erklärte, dass ihre Mutter ausgebombt und kurzfristig vermisst gewesen sei, sich aber aus Bayern gemeldet habe und so bald wie möglich nach Hamburg zurückkehren werde. Sobald sie da sei, werde sie sich beim Amt melden und dann zu Cynthia und Eckhardt ziehen. Der Beamte machte einen Vermerk in seine Liste, und so war erst einmal alles der Ordnung entsprechend geregelt.

Cynthia glaubte nicht daran, dass ihre Mutter tot war. Als Karl Weinert sie Ende Januar besuchen kam, um mit ihr über Lydia zu sprechen, wies sie ihn harsch zurecht. Er hätte ihre Mutter vorzeitig für tot erklärt. Jonny Maukeschs Mutter sei nach der Bombennacht auch verschollen gewesen und habe sich dann kurz vor Weihnachten aus der Schweiz gemeldet. Kein Mensch wüsste, wie sie dort hingelangt sei. Edith von Warnecke sei sicher besonders raffiniert, aber Cynthias Mutter sei auch nicht auf den Kopf gefallen. Es sei nicht in Ordnung, sie für tot zu erklären, bevor sie gefunden sei.

Karl Weinert versuchte vergeblich, sie zu überzeugen, dass es sehr viele Menschen in Hamburg gegeben habe, von denen nichts übriggeblieben sei als ein paar verkohlte Knochen oder die immer noch in irgendwelchen Trümmern verschüttet seien.

»Auch die werden irgendwann gefunden«, beharrte Cynthia. »Mein jüdischer Schwager gräbt täglich Tote aus. Ich lese in der Zeitung jeden Tag, dass wieder hundert oder zweihundert Tote gefunden worden sind. Meine Mutter war bis jetzt nicht dabei. Ich glaube erst, dass sie tot ist, wenn sie dabei ist.«

Karl Weinert schüttelte den Kopf über so viel Halsstarrigkeit. Aber er entschuldigte sich bei Cynthia, dass er ohne ihr Einverständnis eine Todesanzeige für ihre Mutter aufgegeben habe. »Ich kann es nicht rückgängig machen«, sagte er mit schiefem Grinsen. Er hatte eine Flasche Wein mitgebracht und schlug nun vor, ein Friedensglas zu trinken. Cynthia war einverstanden.

Die unangenehmen Nachrichten nahmen kein Ende. Für Verdunkelungssünder wurde die Sperrung des elektrischen Lichtes für die Dauer des Krieges angekündigt! Cynthia teilte diese Neuigkeit mit drohender Miene im Haus mit. Stella nahm sich zu Herzen, darauf zu achten, kein Licht brennen zu lassen. Nach der Bombennacht hatte sich niemand mehr um Verdunkelung geschert. Es war so gleichgültig gewesen, nun kehrten allmählich wieder die alten Regeln ein. Und wieder wurden die Kinder aus Hamburg rausgeschafft, alle fürchteten, dass Schreckliches drohte.

Anfang Februar kam eines Nachts um 3.00 Uhr zuerst Luftwarnung, dann Alarm. Cynthia eilte gleich in den Bunker, der nicht voll war. Sie kehrte bald zurück, es war Fehlalarm gewesen. Stella hatte sich zwar vorgenommen, den Alarm im Bett zu verschlafen, aber das gelang ihr nicht. Das Getöse im Haus weckte sie auf, die schrille Sirene fuhr ihr durch Mark und Bein, und sie konnte nicht wieder einschlafen.

Sie zog sich an und ging nach unten zu Lysbeth und Aaron. Durch die Türritze fiel ein schwacher Lichtschein. Sie öffnete vorsichtig die Tür. Lysbeth saß am Fenster und trank einen Tee. Aaron schlief. Flüsternd schlug sie ihrer Schwester einen Mondscheinspaziergang vor. Lysbeth nickte und warf sich rasch den Wintermantel über. Sie gingen durch den Grindel zur Alster. Die Schatten der Häuserfronten ragten unheimlich neben ihnen auf, schwarz mit silbernen Fensterhöhlen. Auf dem Rückweg gingen sie an dem Hochbunker an der Bornstraße vorbei. Er barg Raum für mehr als tausend Menschen. Stella sagte: »Komm, lass uns mal reingehen und gucken.« Lysbeth folgte zögernd. Unten waren einige große Räume, dicht besetzt von Kinderwagen und Karren mit munterem Inhalt, die Mütter ringsum auf den Bänken. Größere Kinder spielten und tobten. Was für Bilder und Typen sie sahen! Alte Einzelgänger, Familien, junge Menschen, Strandgut des Lebens. Eine seit langem aufeinander eingespielte Gesellschaft. Als Stella und Lysbeth heimgingen, stellten sie sich vor, wie die Menschen dort miteinander lebten, sprachen, ihr Schicksal miteinander teilten. »Irgendwann werden darüber Romane geschrieben«, sagte Stella. »Irgendwann wird der Krieg vorbei sein, und dann werden all diese Menschen diese Erfahrungen mit in den Frieden nehmen«, meinte Lysbeth. »Alles, was heute geschieht, wird sich in den Friedensjahren widerspiegeln.«

Als sie nach Hause kamen, fanden sie Cynthia in der Küche, die über den Todesanzeigen saß und der dicke Tränen auf die Zeitung tropften. Stella setzte sich neben Cynthia und warf einen Blick auf die Zeitung. Da war die Todesanzeige einer »Bringfriede«, geboren 1915. Sie blickte Cynthia an, wies mit dem Zeigefinger auf diese Anzeige und zog fragend die Augenbrauen hoch. Cynthia nickte. Stella legte ihren Arm um ihre Schwägerin. Sie ist nicht böse, dachte sie reumütig. Auch sie war von der Anzeige sehr gerührt. Diese Frau war ein Kind der tiefen, inbrünstigen Friedenssehnsucht des Jahres 1915. Drei Jahre hatte damals der Friede noch auf sich warten lassen. Nun bereitete der neue schlimmere, grauenhafte Krieg der kleinen Bringfriede des vorigen Krieges ein entsetzliches, qualvolles Ende. Krieg am Anfang, Krieg am Ende – Bringfriede.

In der darauffolgenden Nacht kam Sturm auf. Er prallte gegen das Haus, heulte wie ein wildes Tier, fauchte, schlug die Pranken gegen die Mauer. Stella lag in ihrem warmen Bett und dachte an Anthony. Wie es ihm wohl ging? Lebte er überhaupt noch? Bei dem Gedanken daran, dass er vielleicht tot war, fühlte sie nichts. Das erschreckte sie sehr. Aber auch bei dem Gedanken daran, dass Angela und Roberta vielleicht tot wären, empfand sie nichts. Die drei waren so weit weg, sie waren mehr zu Ideen geworden, als dass sie reale Menschen waren. Stella hatte Anthony seit fast fünf Jahren nicht gesehen. Liebte sie ihn noch? Sie wusste es nicht mehr. Während der Sturm ums Haus tobte, vor ihrem dunklen Fenster der Schnee trieb, weinte sie, aber nicht aus Sehnsucht oder Liebe, sondern wegen dem ungeheuren Verlust, den sie erlitten hatte. Es kam ihr vor, als hätte sie alles verloren, den Geliebten, die Tochter, die Enkelin, vor allem aber sich selbst, ihr eigenes liebendes Herz. Sie beneidete ihre Schwester Lysbeth. Die litt zwar entsetzlich, weil sie sich täglich um ihren Aaron sorgte, weil er jeden Tag in Lebensgefahr schwebte. Aber sie hatte nicht den geringsten Zweifel an sich selbst, an ihrer Liebe, sie spürte unablässig ihr liebendes Herz.

Stella hatte besonderes Mitleid mit den Tieren. Vor einiger Zeit hatte sie in der Zeitung eine Suchmeldung der Polizei gelesen, wem Pferde und auch ein Esel abhandengekommen seien. Die Tiere hatten herrenlos irgendwo herumgestanden. Als Stella und Renate einen kleinen Ausflug nach Hausbruch machten, sahen sie dort ein Elefantenpaar, dahinter einen jungen Elefanten, der mit dem Rüssel das Schwänzchen seiner Mutter festhielt. Hagenbecks Elefanten waren im Einsatz, sie halfen beim Wegräumen besonders schwerer Trümmerteile. Der große Elefant streckte Stella bittend den Rüssel hin, sah sie traurig an. Renate lachte, aber Stella konnte sich nicht beruhigen, dass sie gar nichts für die armen Tiere hatte, denen man die Unterernährung ansah. Spitz standen die mächtigen Rückenwirbel wie ein Gebirgsgrat hervor.

Aaron arbeitete wieder in Hammerbrook. Er fuhr mit dem Fahrrad durch das restlos zerstörte Gebiet. Zur Rechten waren alle Straßen, die fast alle »Wege« hießen, mit Ziegelsteinmauern oder Drahtverhauen abgeschlossen von dem Zug der großen Hauptstraßen. Wo ein Durchlass war, stand ein Soldat mit Karabiner, dort wurde von Arbeitern aufgeräumt. An einer Straßenecke sah Aaron im Vorbeifahren Totenkränze mit Schleifen hängen. Am Tag zuvor war er auf dem Weg zur Arbeit einem Matrosen begegnet, der auf einem Haufen von Trümmern saß. Als der Mann am Abend noch immer dort saß, rief er ihm zu: »Kamerad, was sitzt du da?« Der wies hinter sich: »Soll ich hier nicht sitzen?!« Da lagen die verstümmelten Leichen seiner Frau und seiner zwei Kinder. Aaron versuchte, den Matrosen zu bewegen mitzugehen. Aber der wurde zornig, er wollte allein bleiben. Kaum hatte Aaron sich entfernt, da hörte er einen Schuss, drehte sich um. Der Unglückliche hatte seinem Leben ein Ende gemacht.

Täglich begegneten ihm schreckliche Dinge: Ein Motorradfahrer stand mit seinem Rad auf der Straße, die Hände noch an der Lenkstange, ein verkohlter Leichnam. Hätte man ihn angerührt, er wäre zu Asche zerfallen. Ein Mann hatte sich, den Arm vorm Gesicht, aufrecht stehend an einen Baum gelehnt, stand noch so da, tot. Tag für Tag barg Aaron Leichen in Hammerbrook.

Cynthia und Stella gingen zum Luftschutzabend in *Nöltings Keller* in der Kielortallee. Der Luftschutzoberste Herr Walter sprach, er beschwor ziemlich grausige Aussichten. Er sprach von »Gasjäckchen« für Säuglinge und von gassicheren Kinderwagen, in die die Mütter – auf der Flucht – mit der einen Hand Sauerstoff pumpen sollten. Diese Neuschöpfungen würden bald herauskommen. Stella sagte, welches Unding es sei, den Gustav-Falke-Sportplatz zum Ausweichen zu bestimmen. Von der Kielortallee gebe es da gar keinen Zugang. »Wir rennen erst gegen Gebüsch, dann gegen Stacheldraht, endlich gegen haushohen Maschendraht an, Menschen, denen das Feuer auf den Fersen brennt.« Herr Walter äußerte Dankbarkeit für die Anregung.

Ende März sagte Renate Wenz zu Stella und Lysbeth: »Ich lade euch ins Kino zur *Feuerzangenbowle* ein. Wir müssen endlich mal wieder lachen! Lysbeth lehnte ab. »Ich muss zu Hause sein am Abend. Ich würde es mir nicht verzeihen, wenn etwas mit Aaron ist, und ich bin im Kino und lache.« Stella versuchte noch, Lysbeth zu überzeugen, dass es Aaron auch nichts nütze, wenn sie allmählich völlig versaure, aber dann gab sie es auf.

Als Stella und Renate im Kino, den *Harvestehuder Lichtspielen*, ankamen, hörten sie schon das Wort »Nordostdeutschland«. Als der Film losging, schrillte die Sirene kleinen Alarm. Als es weiterging, – die Bowle noch in weiter Ferne – Alarm! Die fünf Minuten, die abzuwarten gestattet waren, waren fast schon herum, ehe sie aus dem Kino raus waren. Sie wagten es, sich rennend auf den Weg nach Hause zu machen. Immer leerer wurden die Straßen, immer größer die Gefahr, draußen erwischt zu werden Die beiden rannten weiter. Es herrschte eine unheimliche Leere und Stille, sie hörten den Wind vorüberstreichen. Hamburg war plötzlich wie eine ganz verwunschene Stadt. Die Haustür war offen für sie. Lysbeth und Aaron waren da. Und die Gefahr war auch schon vorüber. Renate Wenz klagte am folgenden Tag von morgens bis abends, sie könne sich nicht mehr bewegen.: »Ich bin ganz steif und lahm von dem Marathonlauf.«

Ein paar Tage später gingen sie zum zweiten Mal in *Die Feuerzangenbowle*. Auch diesmal war die Bowle noch nicht angesetzt, als schon wieder kleiner Alarm eintrat. Gehen? Bleiben? Noch einen Dauerlauf? Sie blieben, und das war richtig so.

20

Am 6. April 1944 fand nach langer Zeit wieder ein Angriff auf Hamburg statt. Es war kein großer Angriff, aber wieder starben Menschen, wieder wurden Häuser zerstört. Am Eppendorfer Baum ging eine Sprengbombe nieder. Es gab einen großen Brand, viele Scheiben zerbrachen. Noch um Mitternacht wurde Aaron informiert, dass er sich am nächsten Morgen dort einzufinden habe. Danach konnte er nicht wieder einschlafen. »Lass uns mal hingehen«, sagte er zu Lysbeth. »Ich habe keine Ruhe, möchte gern sehen, was mich da erwartet.« Lysbeth war sofort bereit. Auch sie wollte sich vergewissern, wo Aaron in den nächsten Tagen und vielleicht Wochen arbeiten würde.

Auf dem Weg von der Kippingstraße zum Eppendorfer Baum mieden sie die Trümmer, so gut es ging. In der Isestraße mit den hohen Häusern, die um die Jahrhundertwende gebaut worden waren, hatte es zum Glück wenig Zerstörung gegeben Im Eppendorfer Baum lagen

Glasscherben, wohin man sah und trat. Die ganze Straße wirkte wie eine Handwerkerstraße am hellen Tag. Im Umkreis des Schadens waren alle Fenster hell erleuchtet. Überall erklang Hämmern, Klopfen, Klirren, alle waren an der Arbeit. Es wurde Holz und Pappe vor die Fenster genagelt, es wurde gefegt und das Glas in Wannen und Körbe gesammelt, alles war auf den Beinen.

Lysbeth und Aaron gingen ein paar Schritte und blieben auf der Brücke über dem kleinen Flüsschen Isebek stehen. Ihnen bot sich ein schaurig-schönes Bild: die brennenden Häuser mit den angeleuchteten Rauchwolken darüber, eng zusammengefasst im dunklen Spiegel des Wassers. Vorn stand im Wasser ruhig und silbern ein Stern. Als ob er trösten wollte. Die schauerliche Stätte des Unglücks lag im rötlichen Fackelschein, im kalten Weiß der Scheinwerfer sah man Massen von Menschen, die wie Ameisen auf dem riesigen Trümmerhaufen herumarbeiteten, um das, was darunter lag, zu befreien.

»Lass uns nach Hause gehen«, sagte Aaron leise und traurig. »Ich weiß jetzt, was mich morgen erwartet.«

Ostern war Aaron im Einsatz wie an allen anderen Tagen auch. Lysbeth stand jeden Morgen um vier Uhr mit ihm auf, machte ihm Frühstück und verabschiedete ihn mit einer innigen Umarmung an der Haustür. Anschließend legte sie sich wieder ins Bett, und nicht selten blieb sie dann wach liegen und grübelte über ihre Zukunft nach, die ihr von Tag zu Tag düsterer erschien.

Aaron hatte sich seit Juli des vergangenen Jahres zu einem anderen Mann entwickelt. Er war härter, kühler, verschlossener geworden. Sein Herz war nicht mehr für jedes kleine Wehwehchen offen. Angesichts der Tragödien, die er täglich erlebte, schien ihm das meiste andere, worüber sich die Menschen in der Kippingstraße aufregten, lächerlich unwichtig. Manchmal verspottete er sogar das Jammern über all die Schwierigkeiten, die es bereitete, eine anständige Mahlzeit auf den Tisch zu bringen. »Ihr wisst überhaupt nicht, wie gut ihr es habt«, sagte er. »Die italienischen Strafgefangenen wären schon lange verhungert, wenn sie nicht aus dem Abfall Reste stehlen würden, und wenn es Kartoffelschalen sind. Und die KZ-Häftlinge, mit denen ich arbeite, wissen ganz genau, dass sie wie Abfall weggeschafft werden, sobald sie zusammenbrechen. Die bekommen zwei Scheiben Brot und eine Wassersuppe täglich, und ihr Leben zählt weniger als der Schutt, den sie wegräumen.«

Aaron erfuhr manches, was in Hamburg nicht überall bekannt war. Die KZ-Häftlinge arbeiteten nicht nur in den Trümmern unter schwersten Bedingungen. In einem Außenlager des KZs Neuengamme an der Ahrensburger Straße in Wandsbek fertigten Hunderte von Arbeiterinnen Gasmasken für die *Drägerwerke*. Auch in anderen kriegswichtigen Betrieben arbeiteten KZ-Häftlinge. So mussten sie zum Beispiel zerstörte Betriebsanlagen wiederherstellen oder beim Bombensuchkommando Blindgänger beseitigen. Viele starben an Entkräftung oder wurden ein Opfer der Bomben. Auch mit Zwangsarbeitern hielt die NS-Führung die ganz auf den Krieg ausgerichtete Industrieproduktion aufrecht. Die Zahl der ins Reichsgebiet Deportierten war immer mehr gestiegen, immer mehr deutsche Arbeitskräfte mussten an die Front.

Hatte Aaron früher sanft und mitfühlend auf Luise Solmitz' Sorgen und Nöte reagiert, wurde er jetzt barsch, wenn Lysbeth ihm von etwas berichtete, dass Luise erlitten hatte. »Verschon mich mit den Sorgen der Solmitz«, hatte er jüngst sogar gereizt ausgestoßen. »Was ist ihnen denn schon Schlimmes passiert? Sie mussten ihre wertvollen Möbel in einem Zimmer zusammenpferchen und müssen ihr schönes Haus mit sieben armen Schweinen teilen. Ja, und?« Lysbeth hatte ihn verängstigt angeschaut. Das war nicht mehr ihr Aaron. Das war ein fremder Mann. »Für dich zählt nur noch der Abgrund zwischen Leben oder Tod«, hatte sie schwach protestiert. »Aber es gibt doch auch noch einen menschlichen Alltag.« Er hatte scharf geantwortet: »Stimmt, ich befinde mich tagtäglich an diesem Abgrund. Und ich bin nur noch nicht reingefallen, weil ich Glück hatte und weil du mich päppelst. Aber um mich herum ist Tod.« Er hatte einen Moment geschwiegen und dann traurig hinzugefügt: »Ich lerne den Tod in all seinen Facetten kennen, und ich fange an, ihn zu lieben, wenn er ein einigermaßen barmherziges Gesicht hat. Das Gesicht, das ich sehe, ist eine mörderische Fratze, die sich am Leid der Menschen berauscht.«

Der traurige Ton seiner Stimme hatte Lysbeth wieder mit ihm versöhnt. Sie konnte ihn umarmen und flüstern: »Ich liebe dich, Aaron, vergiss das nie. Es gibt auch noch die Liebe.« Er hatte sie so fest an sich gedrückt, dass sie sich wie in einen Schraubstock gepresst fühlte. Und das war Aarons andere Seite: Sein Körper war ebenso hart und unnachgiebig geworden wie seine Seele. Sein Körper schien nur noch aus Muskeln und Sehnen zu bestehen. Auf seinen Rippen saß kein Gramm Fett mehr, aber er sah nicht krank aus.

Hatte er anfangs noch gezögert, die Mengen an Nahrung anzunehmen, die Lysbeth ihm auftischte, und sie darauf hingewiesen, dass auch die anderen im Haus und vor allem sie selbst genug essen mussten, so verschlang er nun morgens das Omelette, falls die Hühner ein Ei gelegt hatten, das Brot, das Gemüse, die Haferflocken. Und am Abend war es das Gleiche. Er ließ keine Krumen auf seinem Teller zurück, und er aß wie ein Bauarbeiter, stützte schwer die Ellbogen auf den Tisch, beugte sich über den Teller und schlang in sich hinein, was er kriegen konnte. Lysbeth deckte für ihn in ihrem Zimmer auf dem Tisch am Fenster. Dafür gab es mehrere Gründe. Sie wollte nicht, dass Cynthia und Eckhardt sahen, was sie Aaron auftischte, und sie wollte nicht, dass irgendjemand sah, wie nachlässig er aß. Sie wollte ihn davor schützen, sich mit irgendjemandes Sorgen oder Gedanken beschäftigen zu müssen, und sie wollte ihn ganz für sich allein haben. Jeden Abend, wenn er heil nach Hause kam, war sie aufs Neue glücklich, dass ihm nichts Schlimmes zugestoßen war. Allerdings bekam sie im Laufe der Zeit immer mehr mit, dass seiner Seele jeden Tag Schlimmes zugefügt wurde, das äußerlich zwar nicht zu sehen war, das aber im Laufe der Zeit einen anderen Mann aus ihm machte.

An Ostern nun arbeitete Aaron am Eppendorfer Baum. Lysbeth zog um vier Uhr morgens die Gardinen zurück und blickte in den Himmel, der langsam heller wurde. Eine zarte Morgenröte zeigte sich. Der Tag versprach sonnig zu werden. Draußen schrie der Hahn sein morgendliches Kikeriki, und die Hühner begannen zu gackern. Lysbeth empfand jeden Tag wieder große Dankbarkeit für Stella, die aus ihrem hinteren Garten einen Miniaturbauernhof gemacht hatte. So konnte Lysbeth ihrem Aaron von Zeit zu Zeit ein oder zwei Eier zum Frühstück vorsetzen, und so hatte sie fast immer irgendein frisches Gemüse zur Verfügung. Und der wundervolle Birnbaum, der in der Mitte des Gartens stand, nahm zwar viel Sonne weg, aber er erfreute das Auge, wenn er in voller Blüte stand, und die kleinen Birnen im Herbst waren köstlich süß.

Es war einer der seltenen Morgen, an denen Lysbeth sich in ihrem Körper wohlig fühlte und nicht vor Angst innerlich völlig verkrampft war. Um 9.00 Uhr deckte sie den Tisch im Garten, wo die Sonne bereits eine gute Frühlingswärme erzeugte. Stella und Renate Wenz erschienen. Stella brachte eine mit Osterglocken gefüllte Vase mit. Renate hatte sogar für jeden ein Stück Schokolade.

Sie fühlten sich leicht und frei und fast wie im Frieden. Die Hunde lagen zu ihren Füßen, die Hühner gackerten und pickten in ihrem Gehege. Plötzlich, um 10.25 Uhr, gab es nach kurzer Vorwarnung Alarm. Sie schlangen ihr kostbares Osterei hinunter, räumten das Geschirr vom Tisch und setzten sich in die Küche. Im Vergleich zum sonnigen Garten war die Küche sehr düster. Nur durch die beiden oberen Fenstern, die knapp über der Erde lagen, fiel Licht hinein, zudem lag die Küche zur Nordseite, und von Sonne merkte man hier nichts. Eckhardt kam hinunter und setzte sich zu den drei Frauen. Cynthia war in den Bunker gegangen. Bis zum Mittag kamen Anflüge von allen Seiten, immer neue Flugzeuge, als ob sie die Stadt einkesseln und ganz vernichten wollten. Dabei fiel aber kein Schuss und keine Bombe. Renate Wenz sagte trocken: »Na, die lassen uns aber ordentlich im eigenen Saft schmoren. Was haltet Ihr von einer anständigen Runde Skat?« Stella kicherte nervös. Lysbeth legte den Kopf schräg und blickte Renate befremdet an. »Skat?«, fragte sie. »Ja, klar«, antwortete Renate. Ihre braunen Knopfaugen blitzten. »Man soll doch seine Lebenszeit für etwas Sinnvolleres benutzen als dafür, sich um einen Tisch zu ducken und zu warten, dass sie einen umbringen, sage ich immer, oder? Skat macht Spaß.« Stella lachte laut los. Eckhardt schüttelte den Kopf. »Ich kann keinen Skat. Und Stella und Lysbeth auch nicht. Dritter kann das gut … und Johann, glaube ich, auch. Aber ich nicht.«

Es war das erste Mal seit sehr langer Zeit, dass irgendjemand in der Familie den Namen ihres Bruders Johann erwähnte. »Wer ist Johann?«, fragte Renate Wenz. Eckhardt schwieg erschrocken. Lysbeth betrachtete immer noch versonnen ihren Bruder, als hätte sie Renates Frage gar nicht gehört. »Ein Nazi, Denunziant und Charakterschwein, inzwischen, glaube ich, Vater von zwölf oder dreizehn Kindern …«, antwortete Stella, als spräche sie über einen entfernten Bekannten. »Hat mal bei uns gewohnt.« Eckhardt und Lysbeth fixierten ihre Schwester mit einem aufmerksamen Blick. Dann betrachteten sie den Tisch, ihre Hände, und dann sagte Eckhardt: »Ich würde gern Skat lernen. Kannst du es mir beibringen?«

Renate Wenz hatte das Charakterschwein Johann sofort vergessen. Sie wuchtete ihren Hintern vom Stuhl hoch, eilte ungeachtet der brummenden Motoren anfliegender Flugzeuge erstaunlich leichtfüßig die Treppen hoch und erschien schnaufend wieder in der Küche, in der Hand ein Kartenspiel. Da erklang Vorentwarnung.

Die Anspannung wich von den Menschen in der Küche. Bald darauf erschien Cynthia und sagte: »Welche Qual man uns zufügt. Ich hasse die Engländer.« Renate Wenz schlug vor: »Jetzt setzen wir uns in den Garten, und ihr lernt Skat. Es wird ja nicht der letzte Alarm sein.« Cynthia runzelte die Stirn. »Skat?«, fragte sie mit hoher Stimme. »Was soll das denn?« »Ach, nichts«, antwortete Eckhardt. Gemeinsam gingen die beiden die Treppe hoch in ihre Wohnung.

Renate, Stella und Lysbeth setzten sich wieder in den Garten. Nun stand die Sonne hoch am Himmel. Renate mischte die Karten und verteilte sie auf dem Gartentisch. »Also …«, hob sie an.

Ostermontag begab Lysbeth sich zum Eppendorfer Baum, um Aaron wenigstens einmal zu sehen. Die Sträflinge arbeiteten auf den Trümmern. Als die Sonne durchbrach, hängten sie die blau-weiß gestreiften Jacken auf Trümmer und Pfähle, um besser arbeiten zu können. Die Menschen stauten sich an den Absperrungen. Einige raunten, dreißig Menschen lägen noch unten. »So sieht heute ein Osterspaziergang aus«, sagte ein älterer Mann. Für die Schlange der Besucher vor den *Harvestehuder Lichtspielen* war Raum innerhalb der Absperrung ausgespart. Linker Hand lag Tod und Grauen, rechter Hand das Vergnügen.

Da sah sie auch schon Aaron. Gemeinsam mit anderen Männern war er damit beschäftigt, den Trümmerhaufen zu beseitigen. Das war völlig aussichtslos, aber sie mussten die Steine von der Straße schleppen. Einige der Männer taumelten. Die Aufseher hatten Knüppel in der Hand. Sobald einer langsam wurde, näherten sie sich drohend: »Schneller«, forderten sie. »Keine Müdigkeit vorschützen.« Der Knüppel sauste nicht nieder. Das trauten sich die Aufseher vielleicht auch nicht angesichts der vielen Zuschauer, aber die Männer verhielten sich, als wüssten sie ganz genau, dass die Drohung nicht leer ausgesprochen worden war. Lysbeth wurde heiß. Die Menschen um sie herum starrten schweigend auf das zusammengefallene Haus.

In Lysbeth rebellierte es. Sie wollte nicht, dass Aaron sich dort schreckensbleich und mager von Stein zu Stein arbeitete, als hätte er einen inneren Motor, der den Takt angab. Sie wollte, dass er dort wegkam, nach Hause, wo er sich waschen, aber vor allem essen und trinken sollte. Sie vergaß alle Vorsicht. Sie hasste diese Aufseher mit ihren Knüppeln, sie hasste diese Menschen, die glotzten und zusahen, wie andere Menschen geschunden wurden, sie verwandelte sich in ein Tier, das vor lauter Wut und Hass und Liebe keine Angst mehr kannte und nur noch angreifen wollte. Im nächsten Augenblick wäre sie durch die Absperrung gebrochen und hätte dem Aufseher den Knüppel entrissen und ihm selbst eins übers Fell gezogen. Sie hätte gebrüllt: »Los, los. Keine Müdigkeit vorschützen. Jetzt bist du mal dran. Bis du zusammenbrichst. Ohne Essen und Trinken.« Sie hätte den Knüppel geschwenkt und allen Männern, die dort bis zur totalen Erschöpfung schufteten, zugerufen: »Haut ab. Lauft weg. Versteckt euch bei netten Menschen, die euch zu essen und trinken geben. Die euch ein Bett geben und wo ihr euch ausruhen dürft.«

Da traf Aarons Blick sie. Nur sehr kurz. In seinem Blick lag ein Lächeln, das sagte, keine Sorge, auch dies hier wird ein Ende haben. Und in seinem Blick lag eine Strenge, die Lysbeth von ihm aus nur sehr seltenen Augenblicken kannte, und die sagte: Wag es nicht. Geh nach Hause und warte auf mich.

Lysbeth atmete tief auf. Sie war wieder bei Besinnung. Sie löste sich von der Absperrung, bahnte sich einen Weg durch die gaffenden Leute und ging schleppenden Schritts nach Hause. Dort begab sie sich in die Küche und kochte aus allen Vorräten, die sie zusammenbringen konnte, ein Festmahl für Aaron. Sie deckte den Tisch, wickelte das Essen in dicke Decken, damit es warm blieb, setzte sich auf einen Stuhl und blieb dort regungslos sitzen. Es wurde dunkel. Sie rührte sich nicht. Endlich hörte sie, wie die Haustür geöffnet und geschlossen wurde. Als Aaron die Treppe hinunterkam, zündete Lysbeth alle Kerzen an, die sie im Haus aufgetrieben und auf den Tisch gestellt hatte. Dann erhob sie sich, öffnete die Tür und sagte: »Komm zu mir. Ich liebe dich.«

Am späten Abend ging Stella mit den beiden Hündinnen spazieren. Es war bereits dunkel. Sie hatte mitbekommen, was Lysbeth heute erlebt hatte, und wusste, dass ihre Schwester sie nicht begleiten würde. Renate Wenz war zu einem Kundenbesuch gegangen, die Zukunft vorherzusagen.

Als Stella in die Kielortallee einbog, hörte sie plötzlich lautes Weinen. Sie näherte sich dem Geräusch, das aus dem Dunkel der Nacht drang. Da sah sie eine junge Frau, die sich über eine Gartenmauer geworfen hatte. Ein älteres Ehepaar näherte sich ebenso wie Stella. »Verschwindet!«, schrie die Frau wütend. »Verschwindet!« Die Frau des Ehepaars fragte freundlich: »Brauchen Sie Hilfe?« »Nein!«, schrie die junge Frau wieder. »Nein! Mir kann keiner helfen.« Der ältere Mann schüttelte verständnislos den Kopf und zog seine Frau weg. Stella blieb stehen. Die Hunde schnüffelten an der Frau und rieben ihre Köpfe an ihren Beinen. Stella setzte sich auf die Gartenmauer, über die sich die Frau geworfen hatte. Sie blieb da einfach nur sitzen, während die Hunde sich an die Frau drückten. Auf einmal stürzte sich die Frau in Stellas Arme und schluchzte: »Ich will nicht mehr leben. Ich bin zu jung für so viel Kummer.« Stella streichelte den blonden Schopf, der an ihrer Schulter lag. Sie fragte nicht, welcher Kummer so entsetzlich war, dass die Frau nicht mehr leben wollte. Da stammelte die Fremde: »Meine zwei Kinder, meine Schwiegereltern … alle tot. Ich halte den Schmerz nicht aus. So einen Schmerz sollte es nicht geben.«

»Nein«, sagte Stella ruhig. »So einen Schmerz sollte es nicht geben.« Die Hunde hatten sich zu Füßen der jungen Frau niedergelassen, als wüssten sie, dass hier ein verzweifelter Mensch Wärme brauchte.

Stella legte eine Leine in die Hand der Fremden und sagte: »Komm, wir führen die Hunde gemeinsam aus.« Sie stand auf und machte ein paar Schritte. Die junge Frau hielt die Leine ungelenk in der Hand. Stella hatte ihr die ältere Hündin gegeben, die von großer Sensibilität und Anschmiegsamkeit war. Jetzt tänzelte sie neben der Fremden her, wandte ihr den Kopf zu, als wollte sie fragen: »Was brauchst du von mir? Ich bin zu allem bereit.«

Stella wusste, dass es für das erlittene Leid keine richtigen Worte gab. Was sollte sie schon sagen? An andere Menschen erinnern, die Ähnliches erlebt hatten, würde nichts nützen, an eine Zukunft appellieren, in der alles gut werden würde, war ebenso unglaubhaft. Sie schwieg gemeinsam mit der Frau, und dann hörte sie zu, als diese ihre Verzweiflung herausschluchzte.

»Ich bin immer in die Kirche gegangen, ich habe immer gebetet. Aber es gibt keinen Gott. Und wenn es einen gibt, hat er mich verlassen. Meine Kinder waren so klein, sie hatten nichts Böses getan. Sie waren so klein.« Sie weinte hemmungslos. Auch Stella liefen die Tränen herunter. Der Kummer der Frau, so nah und so schwer, wühlte sie auf. Sie fragte sich, was ihre Schwester getan hätte, um wenigstens ein wenig Trost zu spenden.

»Hast du Geschwister?«, fragte sie. Der Gedanke an Lysbeth, so glaubte sie, würde bei ihr immer ein Mittel sein, ihr die Starre um die Seele zu lösen. Die Frau murmelte etwas von nur Gott im Himmel wisse, wer noch da sei. Aber dann weinte sie wieder so sehr, dass die Worte im Schluchzen untergingen. Stella sagte hilflos: »Aber es hilft doch nicht, so durch die Straßen zu irren.« »Die Wände sind zu schwer«, stöhnte die Frau. »Die Wände sind so schwer.«

Stella dachte an ihre Tochter. Was, wenn Angela so durch eine englische Stadt irrte, was, wenn Angela ihr Kind und vielleicht auch die beiden jüdischen Kinder, die Anthony zur Betreuung und Rettung aufgenommen hatte, verloren hatte und vielleicht nicht wusste, ob Anthony selbst noch lebte, und nichts mehr hatte, das ihr Halt gab? Ohne Nachricht von der Mutter, von Lysbeth, von den Adoptiveltern, von niemandem. Wie viele Verluste hatte Angela inzwischen erlitten? Oder war es vielleicht anders herum? Hatte vielleicht Roberta alles verloren und gehörte zu den vielen Waisenkindern, die irgendwo notdürftig versorgt wurden? Oder waren vielleicht die beiden jüdischen Kinder übriggeblieben und gehörten zu den obdachlosen Kindern, die ohne Eltern, ohne Zuhause auf der Straße lebten? In Hamburg wurden sie eingefangen, in Kommandos für irgendwelche kriegsunterstützenden Einsätze gesteckt, in den Krieg geschickt, und ganz sicher nicht behutsam bei der Bewältigung ihrer schrecklichen Verluste unterstützt, sondern wie Verbrecher zu Disziplin gezwungen. Was geschah in England mit jungen Menschen, die der Krieg entwurzelt und jeden Halts beraubt hatte?

»Hast du noch eine Mutter?«, fragte sie leise die junge Frau, die inzwischen nach Stellas Hand gegriffen hatte und sie fest gepresst hielt. Die beruhigte sich allein durch die Frage ein wenig. »Ja«, flüsterte sie. »Ja, ich glaube, ich habe noch eine Mutter.« »Wo?« Stella traute sich kaum zu fragen. Hoffentlich nicht in irgendeinem Hamburger Stadtteil, wo noch Unmengen an Leichen verschüttet waren. »Meine Mutter lebt in Schlesien«, sagte die junge Frau mit erstaunlich klarer Stimme. »Ich bin vor sechs Jahren zu meinem Mann nach Hamburg gezogen. Wir haben geheiratet, ich …« Die Worte gingen wieder in Weinen unter. Stella machte sich ihren eigenen Reim auf die Worte. Zwei Kinder, eins fünf und eins zwei Jahre alt. Beide tot. Die Schwiegereltern tot. Wo war der Mann? Sie fragte in das nun wieder gen Himmel gellende Weinen hinein: »Und dein Mann?« Sofort beruhigte die Frau sich ein wenig. »In Frankreich«, hauchte sie. »Er lebt. Soviel man heute wissen kann in diesem furchtbaren Krieg.« Sie fiel in einen Abgrund aus Hass und Abscheu und Ekel gegen den Krieg und gegen Gott, der das Gemetzel zuließ. Sie reckte die Faust, schrie und tobte, stieß böseste Verwünschungen gegen Hitler und Gott aus. Stella blickte sich vorsichtig um. Es war so entsetzlich gefährlich, solche Worte wie: »Ich wünsche Hitler die Pest an den Hals. Er soll ganz langsam verrotten«, laut von sich zu geben. Aber die Frau war nicht zu stoppen. Sie fuchtelte wild mit den Armen in der Luft herum, stampfte auf den Boden, schrie wie von Sinnen. Stella versuchte sie festzuhalten, aber die Frau riss sich los und brüllte weiter. Ihre Stimme brach zuweilen, kreischte in den Höhen, wurde heiser, aber sie besaß plötzlich unglaubliche Kräfte. Stella überlegte, ihr eine Ohrfeige zu geben, aber sie brachte es nicht übers Herz, dieser zutiefst verletzten Frau auch noch den geringsten Schmerz zuzufügen. Sie sah, wie Leute durch die Dunkelheit näher kamen. Da baute sie sich vor der Frau auf, machte sich sehr groß, hob beide Hände und sagte ruhig und entschieden: »Jetzt ist Schluss! Halt den Mund!«

Die junge Frau stoppte mitten in ihrem Toben, blickte Stella erstaunt an und fiel ihr in die Arme. »Ich kann nicht mehr«, stöhnte sie. »Bitte bring mich nach Hause.« Stella schlang ihren Arm um die Taille der Frau, und die tat es ebenso bei ihr. So gingen sie an dem Paar vorbei, das ihnen entgegenkam und sie mit äußerst misstrauischen Blicken bedachte, aber kein Wort sagte. Danach nahm Stella die Frau an die Hand und sagte: »Komm.« Sie führte sie schnell in die Nebenstraße und von dort wieder in eine kleine Nebenstraße. Sie hatte Angst, dass die beiden die Polizei auf sie ansetzen würden.

Dann wanderten sie Hand in Hand durch die Trümmer des Grindels. Vor einem dunklen Haus blieb die junge Frau stehen, nahm Stellas Hände in die ihren und drückte sie. Stella nahm das junge Gesicht zwischen ihre Hände und küsste sie auf beide Wangen. »Danke«, murmelte die junge Frau und drehte sich um. Stella sah ihr nach, wie sie im Eingang verschwand. Da erst fiel ihr ein, dass sie den Namen der jungen Frau nicht kannte und auch ihr nichts von sich mitgeteilt hatte, keinen Namen, keine Adresse. »Wie dumm von mir«, murmelte sie vor sich hin und nahm sich vor, am nächsten Tag in dem Haus nach der Unbekannten zu suchen.

Am nächsten Tag ging sie im Hellen dorthin und überprüfte die Klingelschilder, ob die ihr irgendeinen Wink gaben. Aber natürlich las sie lauter unbekannte Namen. Sie entschied kurzerhand, dass sie an jeder Wohnung klingeln wollte. Was sie auch tat, aber die Menschen, die ihr die Tür öffneten, konnten ihr keine Auskunft über eine junge blonde Frau geben, deren Kinder und Schwiegereltern gestorben waren.

Stella fühlte sich von Tür zu Tür seltsamer, denn hinter jeder Tür standen Menschen, denen man ansah, dass auch sie Verluste, Schrecken, Ängste erlitten hatten. Die junge Frau war also nicht da, Stella musste es akzeptieren. Sie ging langsam nach Hause und hoffte inständig, dass der Frau, die nun für immer eine Fremde für sie bleiben würde, an diesem Abend die Wände nicht zu schwer werden würden. »Es gibt keinen Gott im Himmel, sonst würde er so ein Morden nicht zulassen. Ich habe ihn geliebt, ich habe an ihn geglaubt, bin stets in die Kirche gegangen, umsonst.« Diese Sätze klangen ihr noch in den Ohren. Stella war zornig auf sich, weil sie nicht geistesgegenwärtig genug gewesen war, der Unbekannten ihren Namen zu nennen und ihr zu sagen, dass sie, wenn ihr die Wände zu schwer würden, zu ihr kommen sollte.

Gemeinsam mit Cynthia ging Stella zum Luftschutzlehrgang, wo sie auch Luise Solmitz trafen. Lysbeth weigerte sich, irgendetwas zu lernen, das diesen Krieg zu lindern half, aber natürlich wussten Stella und sie sehr gut, dass Lysbeth die simplen Sachen, die dort gelehrt wurden, ohnehin schon beherrschte. Stella gab sich Mühe, sich nicht zu dumm anzustellen, aber das Programm war so umfangreich und die Zeit mit eineinhalb Stunden so lächerlich gering, dass sie anschließend sehr verärgert nach Hause ging. »Ich habe gelernt, Schlagadern abzubinden, ungefähr zehn unterschiedliche Verbände anzulegen, erste Hilfe bei Phosphorbränden und im Luftschutzkeller oder im Bunker Geburtshilfe zu leisten. All das in anderthalb Stunden. Bin ich nicht tüchtig?«, witzelte sie, als sie mit ihrer Schwester allein war. »Du hättest es erleben sollen«, empörte sie sich. »Die blöde Kuh hat einen Affenzahn draufgehabt. Haben Sie gesehen, haben Sie verstanden? Schön. Und dann war die Sache erledigt. Ich weiß nicht, was das Ganze sollte, außer mir einen Abend zu stehlen.« Lysbeth fragte, ob Stella das Gelernte nun gern vertiefen wollte, aber Stella schüttelte sich. »Wenn ich irgendwo bin, wo eine Frau ein Kind bekommt, rufe ich dich, darauf kannst du dich verlassen. Und wenn du dann nicht kommst, schleppe ich dich eigenhändig dorthin.« Lysbeth lächelte. Beide wussten, dass Lysbeth nirgendwohin geschleppt werden musste, wo sie mit ihren Fähigkeiten Hilfe leisten konnte.

Am 3. Mai herrschte schlimmes Sturmwetter in Hamburg. Der Regen prasselte, der Sturm peitschte durch die Häuser des Teils der Kippingstraße, der zum Schlump führte. Dort waren nur die steilen Wände der

Fassaden übriggeblieben. Stella ging durch die unheimliche Straße, um Brot und Milch zu holen. Sie kämpfte mit Hut und Schirm gegen den Sturm an. Aus der entgegengesetzten Richtung kam ihr eine Frau mit Brot und Milchkanne entgegen. Eine Sekunde lang kreuzten sich ihre Blicke. Da schlug Stellas Schirm durch den Sturm abermals zur falschen Seite um. Sie klappte ihn zornig zusammen und begann zu rennen. Lieber nass werden, dachte sie, aber vorankommen. Sie trat ins Geschäft ein. »Was für ein Schietwetter«, schimpfte sie, während sie den Regen von ihrer Kleidung schüttelte wie ein Hund. Ihre Worte gingen in einem plötzlichen Prasseln und Toben, Krachen und Bersten unter. Eine haushohe Staubwolke türmte sich draußen auf. Alles wurde kreidebleich. Der Milchhändler und Stella stürzten zu den Trümmern. Die Frau, der Stella eben begegnet war, war tot, der halbe Schädel war ihr weggerissen. Stellas Knie begannen zu zittern. Ihr wurde schwindlig. Wenn sie ihren Schirm nicht zusammengeklappt hätte, wenn sie weiter mit Sturm und Schirm gekämpft hätte und nicht losgerannt wäre, würde sie selbst jetzt dort liegen. »Vor einigen Tagen ist schon ein Sims auf die Straße gestürzt – niemand hat für Absperrung gesorgt«, wetterte der Milchmann. Die ganze Straße war mit Trümmern bedeckt. Sie gingen zum Laden zurück. Stella setzte sich auf einen Stuhl und bat um ein Glas Wasser.

»Merkwürdig, dass wir das Zusammenfallen der Trümmer nicht gehört haben«, rief Lysbeth erschrocken, als Stella zurückkehrte und alles erzählte. »Nur einmal schien das Haus zu wanken. Er war, als ob eine schwere Wäschemangel durchs Zimmer gezogen würde. Das war es also.«

Pfingsten herrschte eine sehr trübe Stimmung in Hamburg. Alles war verängstigt, nervös, jeder meinte, es läge etwas in der Luft, niemand wagte sich von zu Hause weg: plötzliche Pfingstferien der Schulen galten als Anzeichen für eine bevorstehende Invasion. Es wurde vor Eisenbahnfahrten gewarnt. Luise Solmitz geriet in Panik. Ihre Tochter Gisela war Anfang Mai hochschwanger aus Brüssel zurückgekehrt und hatte am 8. Mai im Krankenhaus in Rahlstedt einen kleinen Sohn, Richard, geboren. Luise fuhr möglichst täglich zu ihr und ihrem kleinen Enkel, der sie zu einer anderen Frau gemacht hatte, seit er auf der Welt war. »Nach Rahlstedt fahren ist ja heute ein Unternehmen auf Leben und Tod«, stöhnte sie. Aber sie fuhr trotz aller Unkenrufe. Stella und

Lysbeth konnten Gisela nur mit großer Mühe verstehen. Sie hatte bei der Geburt unbedingt in der Nähe ihrer Mutter sein wollen. Allein aus diesem Grund war sie nach Deutschland zurückgekommen.

Manchen Menschen schien es Freude zu bereiten, die schlimmsten Bilder auszumalen. Sie sprachen von Wunderwaffen, die entwickelt wurden. Sie sprachen von zusammengekuppelten Luftminen, drei oder vier, die den Hochbunkern den Garaus machen sollen. Alle Nerven zitterten, die Menschen gingen lustlos ihren täglichen Aufgaben nach, über allem lag Angst.

Zwar spielte auch Wut eine große Rolle in der Gefühlslage der Menschen, aber viel größer war die Angst. Und immer wieder fiel hier und dort das Wort von göttlicher Strafe für das, was die Deutschen den Juden angetan hatten. Täglich kamen die Nachrichten, welche Städte wieder dran glauben mussten und angegriffen wurden. Im Mai 1944 waren es Leipzig, Cottbus, Posen, Mannheim, Ludwigshafen, Hannover, Wien, Braunschweig, Berlin und viele andere mehr.

Stella und Renate Wenz machten sich am 6. Juni auf den Weg, um Fische in der alten Waschküche zu kaufen, die sich die Fischfrau als Geschäft eingerichtet hatte. Luise Solmitz kam ihnen entgegen. »Wusstet ihr es schon?«, fragte sie aufgeregt. Stella schüttelte den Kopf. Sie blickte Renate an. Wovon sprach Luise? Auch Renate schüttelte verneinend den Kopf. »Im Fischgeschäft wussten es alle«, tönte Luise. »Nur ich nicht.« »Ja, was denn nun?«, fragte Renate, der die aufgeregte Art von Luise auf die Nerven ging. Luise holte tief Luft und sagte feierlich: »Um 10.00 Uhr haben sie doch die Nachricht von der Invasion der Alliierten in Frankreich durchgegeben. Invasion!« Stella pfiff leise. Renate zog das Kinn hoch und presste die Lippen zusammen. Aus ihrer Kehle drang ein brummender Laut. »Ja«, fuhr Luise fort. »Invasion, wenige Minuten nach Mitternacht, in der Normandie. Bei Calais.«

Stella pfiff wieder, und Renate gab wieder ein Brummen von sich. Weiter kommentierten sie die Neuigkeit nicht. Aber sie drehten um und gingen wieder ins Haus zurück, um Lysbeth zu informieren.

»Für mich steht es fest«, erklärte Renate entschieden, als sie zu dritt bei Lysbeth saßen. »Dieser Krieg ist für Deutschland nicht mehr zu gewinnen. Guckt euch an, was in Italien gelaufen ist, was in Russland gelaufen ist und noch läuft. Wie die Amis und die Tommys uns hier einheizen. Meiner Meinung nach braucht man nicht mal einen normalen Menschenverstand, sondern nur einen winzigen Rest von Verstand, und man erkennt: Hitler und die Seinen sind am Ende.« Stella nickte. Aber sie spürte keinen Triumph, sondern nur Angst. Und so sprach Lysbeth ihr auch aus dem Herzen, als sie sagte: »Ja, ich glaube auch, die Frage ist nur, ob wir noch leben, wenn alles vorbei ist.« Stella stiegen Tränen in die Augen. Sie wusste gar nicht genau, warum sie jetzt weinen musste, denn der Tod stand ihr jeden Tag vor Augen. »Es wäre einfach zu gemein«, stieß sie aus, »wenn die Nazis endlich verloren haben, und wir dann tot sind.« Renate nahm sie in den Arm und wiegte sie ein wenig. »Mein Kind«, sagte sie gemütlich, »bis jetzt haben wir uns doch ganz gut geschlagen. Warum sollen wir das nicht noch weiter tun?« Sie knuffte Stella in die Seite. »Und wenn wir dann noch leben, dann leben wir richtig!«

Stella lachte leise. Eine Träne kullerte ihre Wange hinab.

Von jetzt an hatte sie noch größere Angst als in den Jahren zuvor seit dem Kriegsausbruch. Eine Nachbarin erzählte Lysbeth und Stella, im *Hamburger Tageblatt* hätte gestanden: höchste Gefahr für Hamburg. Wer fortkönne, solle fliehen mit seiner Habe. Lysbeth sagte nur: »Widerlich, solche Beunruhigungen. Ich bleibe hier.« »Ich auch«, stimmte Stella sofort zu. Aber ihr war sehr mulmig zumute.

Am 18. Juni ging sie nach langer Zeit wieder in den Bunker, als an einem heiteren Sonntagmorgen Kampfverbände nahten. Sie sah Luise Solmitz mit Gisela und dem kleinen Richard, die von Fred zum Bunker gebracht wurden. Er lieferte sie dort ab und verließ den Bunker wieder, um sein Haus zu hüten. Luise sah kreidebleich aus, sie zitterte am ganzen Körper. Ihr wurde viel Freundlichkeit entgegengebracht. Stella saß etwas entfernt, aber sie beobachtete, wie die Nachbarinnen, die beiden Fräulein Zietz, Luise ihren Stammplatz gaben, ihr Brot und heißen Kaffee anboten. Stella war in ihrer Erschöpfung etwas neidisch auf Luise. Aber dann hörte sie, wie diese zu ihrer Tochter sagte: »Wir haben die Flasche für Richardlein vergessen. Lauf schnell zurück und hol sie.« Gisela, ebenso bleich wie Luise, zögerte eine Sekunde, aber dann verließ sie den Bunker wieder. In Stella wallte Zorn auf Luise auf. Sie hatte nur Augen für den Säugling, dabei hatte sie gerade ihre Tochter in Lebensgefahr gebracht.

Da ging der Angriff auch schon los. Der Bunker wurde geschlossen. Ab und an schien das Licht zu versagen, fing sich wieder, man sah in starre, bleiche Gesichter. Der Bunker zitterte. Es war grausig.

Da wurde der Bunker noch einmal geöffnet. Der Bunkerwart schrie aufgeregt: »Ich werde dich anzeigen, einfach aus dem Bunker auf die Straße zu laufen. Du bist ja wohl verrückt!« Gisela kauerte vor Luise nieder, hielt ihre Hand. Luise umfasste Richard. Alle saßen, aufs Schlimmste gefasst, im Toben der Hölle und warteten. Gisela erzählte ihrer Mutter, dass die Leute in ihrem Haus gedacht hätten, das Ende sei da, vor allem wegen dem unheimlichen Rauschen der neuen Bomben, das eine ältere Frau im Bunker für Flugzeugmotoren hielt. »Ich habe geschrien, ich will raus, und dann bin ich mit der Kinderflasche fortgelaufen. Die Straße war völlig einsam, ganz verlassen. Der Schatten eines Feindflugzeuges huschte über meinen Weg«, berichtete Gisela laut und aufgeregt. »Ich bin gerannt, ohne mich umzusehen. Und dabei war strahlende Sonne, und die Hühner haben so angstvoll gegackert. Die Hunde haben geheult. Es war so schrecklich!« Luise hielt die Hand ihrer Tochter fest in der ihren. Stella dachte an ihre Hühner, ihre Hunde. Und dann dachte sie an ihre Tochter und wer wohl deren Hand hielt.

Endlich kam die Erlösung. Zurück im Haus, gab es weder Gas noch Wasser.

Wenig später erfuhren sie, dass der Angriff ungefähr 700 Hamburger das Leben gekostet hatte. Die Innenstadt, die Jakobikirche, die Mönckebergstraße und vieles sonst war zerstört worden. Zum Glück war es Sonntag, wäre es ein Alltag gewesen, wären die Opferzahlen in die Tausende gegangen. So waren meist nur Brandwachen in der Innenstadt gewesen.

Stella ging mit Luise und Fred zur Stadt. Von der Grindelallee aus hielt Luise nach der St. Jakobikirche Ausschau. »Sie grüßt doch immer so freundlich«, sagte sie ängstlich. »Verdecken die Bäume sie, oder ist sie wirklich zerstört?« An der Alster sahen sie hinüber. »Oh, Fredy, da ist sie ja, da hinter den zarten Rauchschleiern.« Ja, das war der Stumpf der Jakobikirche. Der Stadtkern war ein Meer von Rauch. Alles war abgesperrt. Und all dieses Grauen an einem strahlend schönen Sonntag!

»Der Feind führte in den Vormittagsstunden des 18. Juni mit starken Bomberkräften einen Terrorangriff auf Hamburg durch. Durch Abwurf zahlreicher Brand- und Sprengbomben entstanden Schäden. Zahlreiche Wohnhäuser wurden zerstört und beschädigt.« So begann im *Hamburger Tageblatt* der Bericht über den Angriff von etwa 800 US-Bombern auf die Innenstadt.

Luise fragte: »Habt ihr als Kinder auch ›Reise nach Jerusalem‹ gespielt, mit Musik um die Stühle rum, immer ein Stuhl zu wenig, und wer den letzten erwischt, der hat das Ziel erreicht? So geht es uns heute, diese Stadt trifft es und jene, diese Menschen und andere, und man hetzt um die Stühle, noch mal wieder einen zu erhaschen – wer wird den letzten Stuhl erobern, den Endkampf überleben … und der letzte Stuhl ist dann auch noch wackelig.« Ja, Stella kannte dieses Spiel. Der Vergleich schien ihr treffend. Und auch, dass in dem Spiel die Musik plötzlich erstarb, wenn alle nach einem Stuhl suchen mussten. Ebenso suchten sie alle nach einem rettenden Platz, sei es im Bunker oder im Keller, sobald die Sirene ertönte.

Einige Tage später erfuhren sie, dass Gisela Hamburg verlassen hatte. »Sie konnte gerade noch ein Auto bekommen, sie muss nach Brüssel wegen der Papiere«, erklärte Luise. Nun war das Kind bei ihr. Luise seufzte. »Die Verantwortung ist groß. Aber wir sind auch froh, unser Richardlein bei uns zu haben. Er ist so eine Freude.« Stella und Lysbeth griffen instinktiv nach der Hand der andern. Es war eine schreckliche Vorstellung, die andere könnte so weit entfernt sein. Aber Angela war noch viel weiter entfernt. Ob sie noch lebte, wusste keiner. Da sagte Luise leise: »Heute ist jeder Abschied einer auf Tod und Leben, und es ist wahrscheinlicher, dass es eine Trennung auf ewig ist, als dass es ein Wiedersehen geben wird. Hamburg ist ebenso gefährdet wie Brüssel und Brüssel ebenso wir Hamburg.«

Alle Nachbarn empfanden großes Mitgefühl für Luise. Zumindest die meisten. Diese Verantwortung für das Kind! Und wenn Luise auch vorher viel Angst vor der Einquartierung in ihrem Haus gehabt hatte, so konnte sie jetzt richtig froh über die Unterstützung sein, die sie von ihren Mitbewohnern erhielt. Es gab eine Frau bei den Einquartierten, die Luise bei jeder Warnung half, das Kind zu windeln und zu einem kleinen Paket zu bündeln. Ihr Sohn Adolf trug Richard regelmäßig zum Bunker. Stella, die neuerdings wieder oft den Bunker aufsuchte, beobachtete das Ganze gerührt, Cynthia hingegen fand, dass Gisela eine Rabenmutter sei und dass sie gefälligst hätte in Hamburg bleiben sollen, auch wenn sie ihren Galan dann vielleicht nie wiedergesehen hätte. »Mutterpflichten gehen schließlich vor.« Stella blickte sie nachdenklich an. Mutterpflichten! Was wusste Cynthia darüber? Aber bevor sie losschimpfte, besann sie sich darauf, dass auch sie selbst nicht viel über Mutterpflichten wusste, zumindest hatte sie sich noch nie wie eine pflichtbewusste Mutter verhalten.

21

Deutschland erlitt eine Schlappe nach der anderen. Cherbourg wurde verloren gegeben. Dann verlor die deutsche Wehrmacht innerhalb kurzer Zeit hintereinander einige Generäle. General Dietl, der Norwegenführer, wurde abgeschossen. General Dolmann starb plötzlich in Paris, dann fielen noch drei und dann noch zwei Generäle, insgesamt sieben Generäle binnen weniger Tage. Generalfeldmarschall von Rundstedt trat aus Gesundheitsgründen von der Westführung zurück und war nun nicht mehr Oberbefehlshaber der Streitkräfte am Atlantikwall.

Stella wünschte sich Jonny herbei, der ihr bestimmt mehr über von Rundstedts Rücktritt hätte berichten können. Aber Jonny war nach Dänemark abkommandiert worden, wo ihm eine wichtige Koordinationsaufgabe bei der Marine übergeben worden war. Als Kapitän zur See würde er wohl nicht mehr eingesetzt werden, Stella wusste nicht genau, wieso, aber Jonny hatte am Telefon so etwas mitgeteilt. »So, wie es aussieht«, hatte er gesagt, »ist meine Zeit zur See vorbei.«

Wenige Tage nach von Rundstedts Rücktritt verkündete der Führer: »Wir werden diese Zeit bestehen und am Ende diesen Krieg gewinnen. Unser Erfindergeist ist im Begriff, das technische Gleichgewicht wiederherzustellen.« Von nun an fieberten die Menschen der bereits mehrfach angekündigten neuen »Wunderwaffe« entgegen. Einige, weil sie wirklich daran glaubten, dass der deutsche Sieg doch noch möglich wäre, viele aber voller Angst, weil eine deutsche Wunderwaffe, die dem Feind noch mehr Not und Elend bringen würde, mit ziemlicher Sicherheit Vergeltung nach sich ziehen und den Hamburgern noch mehr Vernichtung bescheren würde. Eigenartigerweise verströmte Cynthia nichts als Begeisterung. »Ich fiebere mit Inbrunst unserer deutschen Waffe entgegen«, war ihr neuer Schlachtruf, wenn von deutschen Niederlagen die Rede war. »Aber du machst dir jedes Mal bei einem Angriff vor Angst in die Hose«, kommentierte Stella die von Cynthia heraufbeschworene glorreiche Zukunft der deutschen Wunderwaffe. »Das ist etwas anderes«, schnappte Cynthia. »Wir sprechen ja nicht von einer englischen Wunderwaffe.«

Immer wieder fiel das Gas aus. In der Küche im Souterrain gab es zum Glück einen Herd, der mit Kohlen oder Holz geheizt werden konnte. Das lohnte sich im Juli, wenn ansonsten nicht geheizt werden musste, nur dann, wenn für mehrere Personen gekocht wurde. Mal eben ein paar Haferflocken aufwärmen, dafür machten sie das Plätteisen an und drehten es um, wie es auch viele andere taten, denen Gas zum Kochen fehlte.

Am Donnerstag, dem 20. Juli, um 18.00 Uhr trafen sich Stella und Lysbeth in der Küche, um zu besprechen, was sie fürs Abendbrot zubereiten wollten. Im Radio wurde die Luftlage durchgegeben, dann kam allerlei Gesinge. Stella ging nach draußen in den Gemüsegarten und holte eine Gurke herein, die erstaunlich gut gewachsen war. Sie schnippelten die Gurke zu einem Salat. Währenddessen erklang die Leonoren-Ouvertüre im Rundfunk. Stella horchte auf. Diese Musik wurde normalerweise nur bei feierlichen Gelegenheiten gespielt. Um 19.00 Uhr hörten sie noch einmal die Luftlage. Als sie den Apparat gerade abstellen wollten, vernahmen sie: »Wir bringen eine wichtige Mitteilung.« Und dann folgte die Nachricht, dass ein Sprengstoffattentat auf den Führer stattgefunden hatte.

Stella und Lysbeth blieben wie erstarrt auf dem Fleck stehen. Stella wagte nicht zu atmen. Sollte der deutsche Albtraum endlich ein Ende haben? Sollten wirklich ein paar Helden dafür gesorgt haben, dass Hitler endlich der Garaus gemacht wurde?

Aber dann hörten sie, Hitler habe nur leichte Verbrennungen und Prellungen, einige Generäle und Admiräle hingegen seien schwer oder leicht verwundet. Vor Enttäuschung begann sie zu weinen. Lysbeth umarmte die Schwester. Eng umschlungen standen sie in der Küche. Beiden liefen die Tränen herunter. »Es wäre so wundervoll gewesen«, schluchzte Stella. »Alles hätte ein Ende gehabt. Der ganze vermaledeite Krieg!« Lysbeth streichelte ihr den Rücken. »Die Armen«, flüsterte sie, »die den Mut dazu aufgebracht haben. Jetzt wird man sie quälen ...«

Da platzte Cynthia in die Küche. »Habt ihr es schon gehört?«, rief sie. »Unser Führer sollte umgebracht werden. Überall herrscht Entsetzen wegen eines solchen Frevels!« Langsam lösten sich Stella und Lysbeth aus ihrer Umarmung. Stella wischte sich die Tränen von ihren Wangen. Sie konnte nicht anders, sie musste lächeln, als sie Cynthias gestelzte Worte hörte. Was ist sie bloß für eine Nachplapperschnute, dachte sie. Auch Lysbeth blickte lächelnd auf die Schwägerin, als die sich weiter ereiferte: »Man muss der Vorsehung danken, dass sie uns den Führer erhalten hat.«

Da wurde es Stella eiskalt. Bestimmt stand Cynthia nicht allein. Bestimmt würde jetzt der Heiligenkult um den Führer erneut und höher denn je auflodern. Sie fragte sich, wie viele Menschen wohl ebenso wie sie das eine Wort gefühlt hatten: Schade.

Wie tief dieser Fehlschlag all jene traf, die sich die Rettung Deutschlands von dem nationalsozialistischen Irrsinn wünschten, wurde in den folgenden Tagen nur im allervertrautesten Kreis leise ausgesprochen. Renate Wenz, Gerlinde, Stella und Lysbeth schlossen sich dichter zusammen und verfolgten die Nachrichten, die zu dem Attentat vom 20. Juli in die Öffentlichkeit drangen.

Oberst Graf von Stauffenberg wurde als Leiter des Verbrechens genannt. »Alle Teilnehmer sind erschossen, soweit sie sich nicht selbst entleibt haben«, verkündete Cynthia schon bald nach dem Attentat mit leuchtenden Augen. »Es ist ja wohl ein Militärputsch gewesen.«

Doch nicht nur Cynthia jubelte. Stella hatte es richtig vorhergesehen: Nach dem vereitelten Angriff auf Hitler wurde dieser noch stärker wie ein Heiliger verehrt. »Die Vorsehung hat ihn geschützt«, wurde ehrfürchtig geflüstert, und nicht nur von unbelehrbaren Nazis, die nicht wahrhaben wollten, dass der Krieg nicht mehr lange andauern und dass er mit einer deutschen Niederlage enden würde. Auch Menschen, die im Verlauf des Krieges stiller und nachdenklicher geworden waren und manchmal sogar geseufzt hatten: »Wenn das Morden doch endlich aufhörte«, zeigten nun staunende Verehrung des deutschen Führers. Bald erfuhr die Bevölkerung mehr. Das Attentat war nicht nur von einem einzigen Mann geplant worden, eine ganze militärische Verschwörung hatte dahintergestanden, kluge, mächtige Männer. Und sie waren alle gescheitert, weil Hitler wie durch ein Wunder durch einen schweren Schreibtisch vor der Bombe geschützt worden war.

Der militärische Gruß fiel dem Attentat zum Opfer: Auf Wunsch der Wehrmacht wich er dem deutschen Gruß, zum Zeichen der Verbundenheit der Wehrmacht mit dem Führer.

Derweil flogen weiterhin täglich Kampfverbände über Deutschland. Mal traf es Berlin, dann den Osten, dann den Südwesten, dann Bayern. Als Bayern getroffen wurde, äußerten viele Hamburger Frauen Genugtuung. Wo sie auch beieinander waren, im Milchladen, bei der Gemüsefrau, auf der Straße, in den Bunkern oder in den Wohnungen, überall wo sich Frauen trafen, die im Vorjahr aus Hamburg geflohen waren und Unterschlupf in Bayern gesucht hatten, wurden Sätze laut wie: »Gut, dass sie es nun auch kennenlernen.«

Lysbeth hatte sich anfangs gegen solche Schadenfreude gewehrt, aber dann begriff sie allmählich, wie tief sich die Beschimpfung der ausgebombten Hamburger Frauen durch die Bayern in die Seelen gefressen hatte. Die Hamburgerinnen erzählten, wie sie in Bayern als »Bombenweiber« beschimpft worden waren. Wie verächtlich sie abgewiesen worden waren, wenn sie um eine Unterkunft baten oder um ein Stück Brot. Immer wieder hörte Lysbeth das, und allmählich schwieg sie nur noch bedrückt still, wenn sie die bitteren schadenfrohen Bemerkungen der Frauen hörte.

Das Leben hatte sich auf eine seltsame Weise verändert. Der Alarm gehörte fast täglich dazu, ein Tag ohne Alarm war wie ein Geschenk, wie ein Festtag, der allerdings erst richtig ausgekostet werden konnte, wenn der nächste Morgen anbrach und eine Nacht voll ungestörten Schlafs hinter ihnen lag. Bei Alarm packten die Menschen ihre Siebensachen und strömten zum Bunker in der Hoffnung, dort geschützt zu sein, und im Bewusstsein dessen, dass der Feuertod im Bunker ein ganz besonders schrecklicher war. Bei vielen Angriffen blieben die Bunker halb leer, erst am Schluss, erst, wenn es wirklich brenzlig wurde, die ersten Geschosse bereits fielen, stürmten diejenigen heran, die bis zum letzten Augenblick abgewartet hatten.

Viele Nachbarn in der Kippingstraße und auch in anderen Einzelhäusern hatten in ihren Kohlenkellern Platz geschaufelt, um dort unterzukriechen, wenn es für den Weg zum Bunker zu spät war. So auch Luise Solmitz. Und wie bei Luise Solmitz, die sagte: »Meine eigene Welt ist eng umgrenzt jetzt, sie ist erfüllt von Richard. Eine kleine Welt und eine heilige Aufgabe«, ging es vielen. Sie zogen sich zurück auf etwas, das ihnen heilig war: die Sorge um die Angehörigen, das Hab und Gut, die Kinder, ein Haustier. In einem zerbombten Haus in der Schlankreye hatte ein Mann zwanzig Stunden nach seinem Schäferhund gegraben und ihn lebendig, angstvoll eingepresst und zusammengekauert aufgefunden. Diese Begebenheit wurde rundum weitererzählt, und sie rührte alle Gemüter. Das, was ein wenig glücklich machte, wurde mehr denn je gepflegt, und es ging weniger denn je darum, seine egoistischen Bedürfnisse abgeschottet von anderen durchzusetzen. Liebe, Familie, das Zusammensein mit Freunden machte das Lebensglück aus und wurde in den Zeiten zwischen den Angriffen mehr denn je genossen.

Kleine Momente, die früher selbstverständlich zum Leben dazugehört hatten, wurden nun wie kleine Oasen des Glücks empfunden und geschätzt. So gab es den Tag im Juli, da die Sonne schien und kein Angriff zu hören war. Stella ging am Nachmittag zu Lysbeth hinunter und brachte Tee und Kekse mit. Lysbeth saß bereits mit andächtigen Augen auf dem Bett. Stella setzte sich zu ihr. Das Zimmer war sonnenerfüllt, die dicken gelben Rosen lugten durchs geöffnete Fenster. Stella und Lysbeth tranken den dünnen Tee, aßen die harten Kekse, schwiegen, träumten, sprachen ein wenig über Unwichtiges. Sie taten, als wäre kein Krieg. Sie genossen die Nähe der anderen, die Sonne, die Schönheit des Gartens vor dem Fenster. »Schön ist das …«, flüsterte Lysbeth. »Es tut unendlich wohl …«, stimmte Stella zu, leise, als wollte sie, ebenso wie Lysbeth, nicht den Zauber des Nachmittags durch ein lautes Wort zerstören.

Als sich die Nacht des schrecklichen Angriffs vom 24. auf den 25. Juli jährte, verließ halb Hamburg die Stadt. Die Menschen hatten in den seltensten Fällen ein festes Ziel. Aber es schien immer noch sicherer, irgendwo außerhalb Hamburgs im Wald oder auf einem Feld zu übernachten, als in einem Bunker in Hamburg zu verschmoren. Die Straßenbahnen fuhren inzwischen bei Alarm weiter, bis sie die Menschen in den Außenbezirken abgeliefert hatten.

Die Wolkenraths blieben zu Hause. Aus unterschiedlichen Gründen. Lysbeth verließ Hamburg nicht, weil sie Aaron nicht verließ. Stella wollte in der Nähe ihrer Schwester bleiben. Eckhardt beschützte das Haus, das hatte er zu seiner Aufgabe erkoren. Und Cynthia hatte größere Angst, auf einem freien Feld unter fremden Menschen von einer Bombe erschlagen zu werden, als sich im Bunker zusammenzukauern und von der Angst der anderen trösten zu lassen.

Aber die Nacht blieb ruhig. Alle drückten am darauffolgenden Morgen ihr Erstaunen aus. Stella und Lysbeth gingen mit den Hunden spazieren. Sie schlugen den Weg Richtung Innocentiapark ein, wanderten durch die Werderstraße. Da standen sie in der Sonne, Sommerwind rauschte in den Baumwipfeln, ließ irgendetwas hoch in den Haustrümmern klappern, Leben vortäuschend, das aber seit einem Jahr gestorben war. Sie waren mitten in der Großstadt und zugleich mutterseelenallein mit den zwei Hunden. Kein freundliches oder neugieriges Gesicht schaute aus den leeren Fenstern, nur Trümmer ringsum. Wie Statisten auf dem Theater ging spärlich mal ein Mensch über den Grindelberg oder durch die grüne Klosterallee. Stella drückte Lysbeth die Leinen in die Hand und wagte sich an die starrenden Trümmer, noch standen die Namen im Hauseingang, der ein unentwirrbarer Berg von Schutt war.

Am Abend gingen sie wieder vollständig bekleidet ins Bett. In dieser Nacht kam Alarm. Aaron bestand darauf, dass Lysbeth gemeinsam mit Stella und Cynthia im Bunker Schutz suchte. Er war so dominant, dass Lysbeth gehorchte. Der Bunker war sehr voll. Um kurz vor 2.00 Uhr fand Entwarnung statt. Als Lysbeth zurückkehrte und sich zu Aaron ins Bett legte, sagte sie: »Das war das letzte Mal, dass du mich fortgeschickt hast. Diese Röhrenbunker sind so unsicher. Im Zweifelsfall findest du den Ausgang gar nicht, weil alles vollgestopft ist. Ich lasse mich von dir nicht umbringen!« Aaron umschlang sie, und sie hörte, wie er lächelte, als er an ihr Ohr raunte: »In Ordnung. In Zukunft werden wir uns bei Alarm ins Bett legen und lieben. Ich hab auch keine Lust, allein zu sterben.«

Anfang August wurde von Flugblättern gesprochen, die über Hamburg abgeworfen worden seien. Am 28. Juli sollte Hamburg vernichtet werden, so wurde darin angeblich verkündet. Cynthia flatterte nervös durchs Haus. Sie zeigte die Anzeigen in der Zeitung, die immer wieder neue Tote vom Juli vergangenen Jahres betrauerten. Lysbeth empfand Mitgefühl mit der Schwägerin, der es ja so ging wie vielen anderen auch. Sie war in eine tiefe Verwirrung gefallen, denn nichts hatte sich so entwickelt, wie sie es sich vorgestellt hatte. Und nun war sie zerrissen zwischen ihrer Sehnsucht, dass doch noch alles gut werden sollte, und ihrem fassungslosen Entsetzen darüber, wie furchtbar alles war. Die Todesanzeigen lockten ihre Aufmerksamkeit fast zwanghaft an, obwohl sie ihr zeigten, dass sie das Ausmaß des Schreckens bis jetzt nicht begriffen hatte. Und sie bereiteten ihr auf eine verrückte Weise Genugtuung, weil sie sich damals nach Scharbeutz gerettet hatte. Selbst den nicht enden wollenden Flüchtlingsstrom hatte sie erst verspätet und nicht mehr in vollem Ausmaß erlebt. Aber all das drohte auch ihr. In dieser inneren Zerrissenheit steckte Cynthia Tag für Tag.

In einer plötzlichen Gefühlsaufwallung umarmte Lysbeth ihre Schwägerin. »Cynthia, auch ich habe damals das ganze Ausmaß nicht mitbekommen. Wir waren beschäftigt, Oesers und Solmitz' Haus zu retten. Wir waren eingeschlossen in dieser dunklen Wolke, die uns kaum atmen ließ. Wir haben zwar fassungslos den Flüchtlingsstrom aus dem Augenwinkel gesehen, aber es war irgendwie unwirklich. Was vor einem Jahr geschehen ist, habe ich eher durch Aarons Berichte begriffen, ja, und nach und nach durch deine Todesanzeigen.« Cynthia machte sich aus Lysbeths Arm frei und sagte mit starker harter Stimme: »Bald kommt die Wunderwaffe. Dann wird alles anders.« »Dann mit Sicherheit noch schrecklicher«, entgegnete Lysbeth und schalt sich wegen ihrer rührseligen Wärme für Cynthia.

In der Zeitung wurde über den bevorstehenden Prozess gegen am Attentat gegen Hitler beteiligte Generäle berichtet. Darunter war auch Erich Hoepner. Als sie mit Lysbeth und Stella beim Nachmittagskaffee im Garten saß, gestand Luise scheu: »Das ist ein Freund von Fred. Ich sehe uns noch auf unserem ersten Weg durch Braunschweig, 1932, auf den Wällen unter den großen alten Bäumen, da trafen wir den Oberstleutnant Hoepner, einen großen stämmigen Herrn. Er und Fredy kannten sich noch aus dem Krieg und freuten sich sehr über das unerwartete Wiedersehen.« Stella überlegte, ob auch Jonny Kontakt zu dem einen oder anderen Betroffenen des gescheiterten Putsches gehabt hatte.

Eine Nacht später, vom 29. auf den 30., kam der am 28. Juli erwartete Angriff. Alles hockte voll Grauen im Bunker. Es wurde fürchterlich. Cynthia saß gegenüber von Stella. Sie faltete die Hände und zog den Kopf tief in die Schultern. Bomben fielen rings um sie herum.

Wie immer erfuhren sie recht bald, was getroffen worden war. Die »Stille Post« über die Zerstörungen funktionierte nahezu perfekt. Es hatte ein Haus in der Schlankreye erwischt, dort gab es Tote. In den Schrebergärten bei der Jahnschule gab es Riesentrichter bei den schönen Holunderbäumen. In der Grindelallee schwelten wieder Brände.

Eckhardt und Lysbeth waren im Haus geblieben. »Schauerlich war es«, sagten sie. Jedes Mal nach einem Angriff freuten sich alle, einander wiederzusehen, das Zuhause noch zu haben. Alle waren erregt, niemand wollte ins Bett. So unternahmen Stella, Cynthia und Eckhardt noch einen Spaziergang mit den Hunden. Lysbeth blieb zu Hause und wartete auf Aaron. Sie zitterte nach den Angriffen länger als die anderen, weil sie nie wusste, wo Aaron den Angriff erlebt hatte.

Sie gingen zur Gustav-Falke-Straße. »Das ist verboten«, schimpfte Cynthia. »Man weiß nie, ob hier Blindgänger liegen. Am Alsterdamm sind Hunderte von Menschen ahnungslos über einen hingetrampelt.

Zum Glück ist denen nichts geschehen.« Das riesige Gustav-Falke-Haus war von einer Luftmine von oben bis unten ausgeblasen, doch es stand. Plötzlich gab es eine allgemeine Unruhe unter den Menschen, die ebenso wie die Wolkenraths zum Ort der Zerstörung gewandert waren. »Anflug neuer Bomberverbände!«, wurde gerufen. Alles stürzte nach Hause.

Stella begab sich zu Lysbeth, die unten in der Küche für Aaron das Essen zubereitete. Plötzlich erfüllte ein Brausen und Knattern die Welt, es gab einen starken Luftdruck und heftiges Knallen. Die Türen sprangen auf – noch ein Einzelgänger, der Bomben warf. Lysbeth schluckte, dann warf sie sich in Stellas Arme. »Ich halte es nicht mehr aus«, schluchzte sie. »Wann kommt er denn endlich?« Als Aaron zwei Stunden später eintraf, sauberer als sonst, denn er hatte ebenso wie alle anderen mit seiner Kolonne Unterschlupf in einem Keller gefunden, war Lysbeth so geschwächt vom angstvollen Warten, dass ihr schwindelig war und sie sich kaum auf den Beinen halten konnte. An diesem Abend pflegte Aaron sie, fütterte sie mit kleinen Bissen, denn ihr Magen rebellierte, massierte ihren verkrampften Rücken und küsste ihren Nacken. Aber erst nachdem er sie geliebt hatte, ruhig, ohne einem Höhepunkt zuzustreben, während er ihr zärtliche Worte ins Ohr flüsterte, und sie sich ganz allmählich von ihrer Angst weg auf ihren Körper und dann auf ihn und ihre Liebe besann, bis die Welt um sie herum in ihrer Ekstase versank, war sie aus der dunklen Wolke heraus und konnte sich vorstellen weiterzuleben.

Am 1. August wurde verkündet, dass ab sofort Frauen bis zu fünfzig Jahren dienstpflichtig wären. Hitler hatte vor einiger Zeit schon gesagt, dass die Kriegslage einen verstärkten Einsatz erfordere. Stella überlegte, was es für sie bedeutete. Sie war siebenundvierzig Jahre alt. Welcher Einsatz würde auf sie zukommen? Lysbeth war neunundvierzig. Was würde von ihnen erwartet werden? Cynthia triumphierte: »Ich bin im Luftschutz tätig. Der Einsatz ist wichtig.« Aber es kam niemand zu ihnen, der etwas von ihnen verlangte. Dennoch wartete Stella nun ständig darauf, irgendwo eingeteilt zu werden.

Auch am 4. August gab es mitten am Tag einen Alarm. Immer neue Verbände flogen über sie hinweg. Sie saßen drei Stunden lang im Bunker. Tagsüber kam Lysbeth nun manchmal mit. Der Bunker, der inzwischen mit Gras und Blumen bewachsen war, lag sehr hübsch in der Sonne. Margaretenblumen schaukelten im Sommerwind. Richard, der kleine Enkel von Luise, brüllte, und zwei alte Frauen, die in der Nähe saßen, empörten sich über den Lärm. »Sie sind auch mal klein gewesen«, fuhr Luise sie mit einem Mal an. »Aber Sie mussten da nicht im Bunker sitzen!« Lysbeth sah sie mitleidig an. Luises Nerven lagen offensichtlich blank. Das schreiende Kind, für das sie Verantwortung trug, die Angst vor den Angriffen und bestimmt auch die Angst um ihren Mann, der im Haus geblieben war, all das zermürbte Luise.

Zwei Tage später gab es den nächsten furchtbaren Tagesangriff. Wieder verbrachten die Frauen grausige Stunden gemeinsam mit dem kleinen Richard und den alten schlechtgelaunten Frauen im Bunker. Anschließend war der heitere Sonnenhimmel über dem Hafen nachtschwarz. Als Lysbeth im Garten die Wäsche aufhängt, die sie vor dem Angriff gewaschen hatte, kam es ihr so vor, als nahe ein schweres Gewitter. Aber es war der Hafen, die Industrieanlagen, die Docks, Harburg, alles brannte. Durch den sonnigen Tag verfolgte sie die riesige, grauenhafte Wolke. Erst am folgenden Tag erfuhren sie, dass dies die größten Ölbrände aller Zeiten gewesen waren.

Stella war wie beschwingt. Sie kam sich wie auferstanden vor. Ihr Haus, ihre Familie, sie selbst, alles war noch da. Vielen anderen ging es anscheinend ebenso. Nachbarn flanierten in Sonntagskleidung durch die Straße, lächelten, erzählten einander, was sie am heutigen Tag vorhatten. Ein Nachbar ging stolz mit seinem Enkel zu Hagenbeck.

Am 9. August wurden acht Verschworene vom 20. Juli als Verräter verurteilt, zum Tod durch den Strang. Zwei Stunden nach dem Spruch wurde das Urteil vollstreckt. Auch Freds Freund Erich Hoepner war dabei. Einen Tag später kam Jonny zu Besuch nach Hamburg. Stella merkte sofort, dass er bedrückt war. Aus Erfahrung wusste sie, dass sie ihn nicht mit Fragen bedrängen, sondern darauf warten musste, dass er sich selbst offenbarte. Es dauerte zwei Tage, bis er sie bat, mit ihm einen Spaziergang zu machen. Erst als sie auf der Straße und weit genug entfernt von möglichen neugierigen Ohren waren, eröffnete er ihr, dass er einige der an der Verschwörung beteiligten Offiziere und auch deren Familien gekannt hatte und dass er sehr besorgt sei, weil er nicht wisse, wie weit die Kreise um die Verurteilten gezogen würden.

Nun erst erfuhr Stella, was wirklich geschehen war. Um 12.42 Uhr hatten am 20. Juli im streng abgeriegelten Führerhauptquartier in Ostpreußen, der Wolfsschanze, Oberst Claus Schenk Graf von Stauffenberg und sein Adjutant Werner von Haeften mit einer Bombe versucht, Hitler zu töten, und zwar während einer Lagebesprechung über das weitere militärische Vorgehen an der Ostfront. Außer Hitler befanden sich mehrere Generäle in der Lagerbaracke, als die Bombe explodierte. Durch die Druckwelle stürzte die Decke ein, der schwere Eichentisch, an dem die Besprechung stattfand, wurde regelrecht in die Luft gehoben. Fast alle der ins Freie wankenden Männer waren leicht oder schwer verwundet. Vier Männer starben. Adolf Hitler, der sich in dem Augenblick gerade über den Tisch gebeugt hatte, wurde durch die Wucht der Explosion nur leicht nach oben geschleudert. Der schwere Tisch rettete ihm das Leben. Seine Trommelfelle waren geplatzt, er trug Prellungen und einige kleine Verbrennungen davon.

Im sicheren Glauben, dass Hitler der Explosion zum Opfer gefallen war, verließen Stauffenberg und von Haeften die Sperrkreise der Wolfsschanze, als der Alarm schon ausgelöst war. Stauffenberg war während des Afrikafeldzuges 1943 schwer verwundet worden – er besaß nur noch ein Auge und eine Hand mit drei Fingern. Er war Chef des Generalstabs beim Oberbefehlshaber des Ersatzheeres und gehörte zu den wenigen Offizieren, die an den Lagebesprechungen im Führerhauptquartier teilnehmen durften. In einer Aktentasche hatte er eine präparierte Bombe in die Baracke geschmuggelt und dort unter dem Tisch, möglichst nahe bei Hitler abgestellt. Daraufhin hatte er unauffällig die Lagebaracke verlassen.

Unmittelbar nach dem Attentat flogen Stauffenberg und von Haeften nach Berlin. Dort befand sich in der Bendlerstraße, dem Sitz des Allgemeinen Heeresamtes, das militärische Zentrum der Verschwörung. Dort sollte unter Stauffenbergs Leitung die »Operation Walküre« starten, der zweite Teil des Attentats mit dem Ziel, das Deutsche Reich von der Herrschaft der Nazis zu befreien. Stauffenberg konnte nicht wissen, dass Hitler lebte.

Nach Hitlers Tod wären die Soldaten der Wehrmacht vom Eid auf den Führer entbunden. Das Attentat wollten die Verschwörer als innerparteilichen Machtkampf der SS, SD und Gestapo in die Schuhe schieben. Mit Auslösung der »Operation Walküre« sollten daraufhin in der Heimat stehende Verbände der Wehrmacht innerhalb von sechsunddreißig Stunden die vollziehende Gewalt im Staat übernehmen.

Noch während Stauffenberg das Flugzeug bestieg, informierte der in die Verschwörung eingeweihte General Fellgiebel von der Wolfsschanze aus die in Berlin wartenden Verschwörer, dass Hitler überlebt hatte. Unsicher geworden, unternahmen die in Berlin wartenden Beteiligten keine weiteren Schritte. Stauffenberg landete in Berlin-Rangsdorf gegen 15.45 Uhr und übermittelte General Olbricht telefonisch den Tod Hitlers. Dabei erfuhr er, dass wertvolle Stunden vergangen waren, ohne dass der Staatsstreich vorangetrieben worden war. Als er um 16.30 Uhr im Bendlerblock eintraf, waren schließlich durch das beherzte Vorgehen Albrecht Mertz von Quirnheims Teile der »Operation Walküre« doch noch in Gang gekommen. Stauffenberg gelang es, mit Hilfe der Mitverschwörer Generaloberst Friedrich Fromm, den Befehlshaber des Ersatzheeres, festzunehmen.

Von nun an begann Stauffenberg mit Hilfe der am Staatsstreich beteiligten Offiziere bis um 22.30 Uhr ein aussichtsloses Rennen gegen die Zeit. Mit einer Lawine von Fernschreiben und Telefonaten versuchten sie, Wehrkreise im Deutschen Reich und den besetzen Gebieten zum Staatsstreich zu bewegen. Doch bis um 19.00 Uhr waren der Rundfunk, die Reichskanzlei, das Reichspropagandaministerium und das Reichssicherheitshauptamt immer noch nicht besetzt. Fatalerweise wurde im Rundfunk bereits mehrfach vom fehlgeschlagenen Attentat auf Hitler berichtet. Am Abend entglitt den Verschwörern die Operation endgültig. Ihre Befehle wurden kaum noch befolgt, die ersten Gegenbefehle aus der Wolfsschanze drangen durch.

Major Remer, glühender Nationalsozialist und Kommandeur des Berliner Wachbataillons, wollte sich von Reichspropagandaminister Joseph Goebbels den angeblichen Tod des Führers bestätigen lassen. Goebbels erkannte sofort die Chance und stellte ein Blitzgespräch zwischen Remer und Hitler persönlich her. Hitler beförderte Remer auf der Stelle telefonisch zum Oberst und befahl ihm, mit seinen Truppen den Putsch niederzuschlagen. Gegen 22.40 Uhr belagerte Remers Wachbataillon den Gebäudekomplex der Bendlerstraße. Die Verschwörer waren eingeschlossen, der Staatsstreich war gescheitert.

Mit unvorstellbarer Grausamkeit wurde daraufhin Vergeltung an den Verschwörern geübt. General Ludwig Beck, der nach dem Putsch das neue Staatsoberhaupt werden sollte, wurde am selben Abend in den Selbstmord getrieben. Um Mitternacht wurden im Hof des Bendlerblocks Claus Schenk Graf von Stauffenberg, Werner von Haeften, Albrecht Ritter Mertz von Quirnheim und Friedrich Olbricht im Scheinwerferlicht der Wehrmachtsfahrzeuge standrechtlich erschossen. An der Ostfront nahm sich der Mitverschwörer Henning von Tresckow einen Tag später mit einer Handgranate das Leben. Die übrigen Verschwörer wurden fast ausnahmslos festgenommen, tagelang verhört und gefoltert. Eine Welle der Verfolgung setzte ein.

Seitdem wurden die Widerständler nicht nur beseitigt, sondern bis in den Tod hinein gedemütigt. Kein positives Andenken an sie sollte übrig bleiben. In der Hinrichtungsstätte Plötzensee wurden die Mitglieder des Widerstands in Drahtschlingen langsam erhängt. Ihre Familien fielen der Sippenhaft zum Opfer. Zwei Wochen nach dem Stauffenberg-Attentat wurde eine absolute Sippenhaftung angekündigt.

Stella hatte aufmerksam zugehört, als Jonny ihr anschaulich das gescheiterte Attentat vor Augen geführt hatte. Er hatte sehr leise gesprochen, und immer dann, wenn ihnen Leute entgegenkamen oder sie an bewohnten Häusern vorübergingen, hatte er geschwiegen, bis er sich wieder sicher fühlte.

»Das Ganze ist schrecklich«, sagte Stella schließlich. »Aber es ist nicht schrecklicher als alles, was seit 1933 Menschen angetan worden ist, die gegen Hitler waren, den Kommunisten und Gewerkschaftern und einigen Sozialdemokraten. Es hat nichts schlimmer gemacht, als es schon war. Was also ist daran so beunruhigend für dich, Jonny?«

Jonny verschloss sich sofort, das sah Stella an seinem Gesicht. Sie griff nach seiner Hand. »Versteh mich nicht falsch«, lenkte sie ein. »Ich bin sehr enttäuscht, das kannst du dir denken, dass das Ganze schiefgegangen ist, aber ich verstehe deine Bestürzung nicht ganz. Kanntest du Männer, die daran beteiligt waren?« Sie erzählte ihm davon, dass Fred und Hoepner wohl Freunde gewesen waren, wie Luise ihr anvertraut hatte. Durch Jonny ging ein Ruck. »So etwas darf sie nicht erzählen!«, stieß er aus. »Man darf heute zu keinem der Männer irgendeinen Kontakt gehabt haben.« Stella drückte seine Hand. Wie so oft, wenn Jonny Angst gehabt hatte, konnte sie diese Angst förmlich riechen. Er tat ihr leid, und trotzdem musste sie unwillkürlich lächeln. Wie selbstverständlich hatte die Tante seinerzeit ihren subversiven Spazierweg unternommen, bei dem sie die verbotene Gewerkschaftszeitung verteilt hatte. Wie kaltblütig hatte sie gemeinsam mit der Frau, die sie auch vor Stella und Lysbeth geheim gehalten hatte, irgendwelche lebensgefährlichen Aktionen unternommen. Die Tante hatte nie nach Angst gerochen.

Ich hätte es mir auch denken können, dachte Stella: Wenn Fred jemanden aus der Verschwörung kennt, wird auch Jonny jemanden kennen. Die haben doch alle in den Führungsetagen irgendwann mal irgendwas miteinander zu tun gehabt. Sie beschloss, nicht genauer nachzufragen. Sie drückte Jonny nur noch einmal die Hand und sagte dann: »Jonny, das Heer ist groß, ich bin überzeugt davon, dass fast jeder in deinem militärischen Rang irgendeinen der Verschwörer kennt. Ich glaube nicht, dass du etwas zu befürchten hast.« Sie hielt inne. Flüsternd stieß sie aus: »Oder hast du …?« Jonny blieb stehen und sah kurz so wutentbrannt aus, dass in Stella die alte Angst vor ihm aufzuckte. »Quatsch!«, fuhr er sie an. »Wie kannst du nur so etwas Schwachsinniges von dir geben? Dein Hirn ist wohl völlig aufgeweicht!«

Stella drehte sich um und schlug den Weg zurück ein. »Tut mir leid«, sagte sie kühl. »Ich wollte dir nicht zu nahe treten. Lass uns nach Hause gehen.« Auf dem schweigenden Rückweg fragte sie sich befremdet, was sie bloß immer wieder dazu trieb, für diesen Mann irgendwelche freundlichen Gefühle zu empfinden. Wie schon so oft beschloss sie: Sobald der Krieg vorbei ist, lasse ich mich scheiden, gleichgültig, ob Anthony mich wieder lieben will oder nicht. Ihr Herz schmerzte plötzlich vor verzweifelter Sehnsucht nach einem Mann, von dem sie sich respektiert und geliebt fühlte. Aber es war keiner in Sicht. Und sie wusste nicht, ob sie jemals wieder von einem Mann so geliebt werden würde, wie sie es sich in diesem Augenblick mit ihrem ganzen wilden Herzen wünschte. Sie war fast glücklich, weil dieses sehnsüchtige Herz wieder laut wurde, auch wenn es scheußlich weh tat. Und dann rief sie sich zur Ordnung und kühlte ihre eigenen Gefühle ab, indem sie zu sich sagte: Wie oft hast du dich schon trennen wollen und hast es nie getan? Du hast dich trennen wollen, als du jünger und schöner warst, als du von Anthony so geliebt wurdest, wie du dir immer gewünscht hattest, geliebt zu werden, als er dir ein Zuhause angeboten hat und eine Zukunft. Wie sollst du dich jetzt trennen, wo es niemanden gibt, der dir eine Hand reicht? Wo die Engländer Bomben auf dich abwerfen?

Zu Hause angelangt, begab sie sich sehr bald ins Bett. Ihr Herz schmerzte so sehr, dass sie es kaum ertragen konnte. Als Jonny sich zwei Stunden später neben sie legte, tat sie so, als ob sie schon schliefe. Kaum lag er, da schnarchte er schon. Ihn schien das Gespräch mit ihr erleichtert zu haben. Er roch anders, und er schlief offenbar ruhig und ohne bedrängende Gedanken. Stella aber konnte sich nicht wieder beruhigen. Ihr Herz klopfte, und sie war zornig auf sich selbst, weil sie so lange schon in dieser unwürdigen Rolle als Jonnys Ehefrau verharrt hatte. Und sie war unendlich traurig, weil sie keine Zukunft mehr für sich als Frau sah. Vielleicht würde sie nun nie wieder ein Zuhause für ihr heißes Herz und ihren leidenschaftlichen Körper finden, vielleicht wäre die Einsamkeit neben Jonny von nun an alles, was sie als Frau erwartete. Es erschien ihr so unerträglich, dass sie meinte, an der Trauer sterben zu müssen. Gleichzeitig war alles so bitter und aussichtslos, dass sie nicht einmal weinen konnte. So wachte sie dem Morgen entgegen, eine ganze Nacht durch, in der es keinen Alarm gab.

Am nächsten Morgen war Jonny auf seine oberflächlich unverbindliche Art freundlich zu ihr. Auch das gab ihr einen Stich. Er nahm sie so wenig wahr, dass er nicht einmal gemerkt oder zumindest nicht behalten hatte, wie sehr er sie mit seiner respektlosen Ruppigkeit verletzt hatte. Auch jetzt schien er nicht zu merken, dass Stella traurig und bedrückt war. Aber wahrscheinlich nimmt er mich sowieso nie wahr, dachte sie, wahrscheinlich wendet er sich mir immer nur dann zu, wenn ihn etwas beschäftigt, das er irgendwie loswerden will, und ich bin nun mal die einzige Gesprächspartnerin, der er völlig vertraut. Sie beschloss, ihm von nun an nie wieder zur Verfügung zu stehen. Aber sie wusste gleichzeitig, dass sie beim nächsten Mal, wenn er in Not wäre und nach Angst röche, wieder ein offenes Herz für ihn haben würde. Sie verfluchte sich deshalb.

Als er eine Woche später wieder abfuhr, war sie froh darüber. Es hatte keine Aussprache zwischen ihnen gegeben, und Stella war überrascht darüber, dass sie deswegen überhaupt traurig war. Es hatte noch nie wirkliche Aussprachen zwischen ihr und Jonny gegeben. Jonny hasste Gespräche über Stellas Gefühle und Bedürfnisse. Damals, als Stella noch mit ihm darüber hatte sprechen wollen, hatte er sie ins Leere laufen lassen oder mit aller Wut abgewehrt. Traurig dachte sie, als er sie zum Abschied umarmte und ihr für die Tage und ihr offenes Ohr dankte, dass dieser Mann eine große Kraft zeigte, wenn es um die Verfolgung seiner eigenen Interessen, Gelüste und Leidenschaften ging, dass er allerdings ein entsetzlich schwacher Mann war, was Lieben, ein offenes Herz, Mitgefühl und das Wagnis der Verletzlichkeit betraf. All das vermied er, und wahrscheinlich war er mit seinen vierundfünfzig Jahren nun auch schon viel zu alt dafür, um sich noch zu ändern. Vorausgesetzt er hätte die Sehnsucht nach Veränderung, aber diese Sehnsucht hatte nur Stella. Er selbst war zufrieden und selbstgefällig.

Im August gab es täglich Alarm. Nachts im Bunker brandeten um Luise Solmitz und den kleinen Richard plötzlich zornige Töne auf. Der Bunkerwart wies Luise mit lauter Stimme als festen Platz eine dunkle Ecke im Knick zwischen zwei Abteilen zum Schlafen für Richard zu. Die Frau, die dort saß, weigerte sich lautstark zu weichen. Zwei daneben sitzende Frauen unterstützten sie zeternd. Das ganze übrige Abteil, die Nachbarn, auch Stella, alles nahm für Luise Partei. Ein Nachbar schrie immer: »Die Frau mit dem Kind gehört auf den Eckplatz!« Luise sagte kein Wort, sie ließ die Schlacht für sich schlagen – und siegte. Nun hatte sie einen festen Platz. Die Alte, die anfangs immer gegen Richards Schreien geschimpft hatte, war am lautesten für Luise eingetreten. Anscheinend hatte sie ihre Liebe zu Richard entdeckt. Es gab scheußlich viel Missgunst, Zank und Streit in den Bunkern, andererseits gab es aber auch wieder eine große Bereitschaft, miteinander das wenige zu teilen, was noch da war.

Gerlinde, die an Pfingsten aus Hamburg geflohen war, weil ihre Angst zu groß geworden war, kehrte im August zurück. Sie war zu einer Tante gegangen, die in Niedersachen einen Bauernhof hatte. Allerdings hatte es auch dort Alarm gegeben, den sie in einem, wie sie sagte, mittelalterlichen Bunker durchgestanden hatte. Kaum, dass sie wieder in Hamburg war, besuchte sie Stella. Sie brachte eine wichtige Neuigkeit mit. »Stellt euch vor, das Stadtjugendamt hat bei mir angefragt, ob ich dort als Sekretärin arbeiten will.« »Stadtjugendamt?«, fragte Stella. »Ich erinnere mich doch vage, dass die Jugendbehörde gleich nach der Machtergreifung aufgelöst worden ist. Damals haben sie gesagt, dass wir in einem nationalsozialistischen Deutschland keine Jugendbehörde brauchen, weil wir die Hitler-Jugend haben.« »Stimmt«, bestätigte Gerlinde. »Aber jetzt ist diese Behörde wieder eingerichtet worden. Ich habe vor 1933 dort gearbeitet. Und jetzt brauchen sie uns wieder. Es gibt ein wachsendes Problem mit verwahrlosten Jugendlichen.« »Verwahrloste Jugendliche?« Ohne anzuklopfen, war Renate Wenz ins Zimmer getreten. Sie fühlte sich in der Wohnung von Stella und Jonny so zu Hause, dass sie nur das Schlafzimmer für einen Ort hielt, der ihr nicht zustand. Das Wohnzimmer aber betrat sie, als wäre es ihr eigenes. Nun lachte sie spöttisch auf. »In unserem sauberen Deutschland! Verwahrloste Jugendliche. Das darf es doch gar nicht geben.« Gerlinde begrüßte Renate genauso, wie diese sich verhielt, nämlich als selbstverständlichen Teil der Familie.

Stella dachte etwas verärgert, dass ihre Schwester Lysbeth immer anklopfte, und nahm sich vor, Renate darauf anzusprechen. Aber dann lief das Gespräch weiter, und sie vergaß ihren Unmut. »Nach den schweren Bombenangriffen sind immer mehr Jugendliche ohne Wohnung. Die Sozialbehörde befürchtet, dass sie sich noch stärker als bisher in Banden zusammenschließen und die öffentliche Ordnung gefährden könnten.« Stella spottete: »Das sind wohl Jugendliche, die keine Lust mehr haben, unter der Nazi-Fahne zu marschieren. Erinnert ihr euch noch an das Märchen *Des Kaisers neue Kleider*? Da war es doch auch ein Kind, das rief: ›Der Kaiser hat ja gar keine Kleider an.‹« Renate witzelte: »Heute rufen die verwahrlosten Jugendlichen wahrscheinlich: ›Hitler hat ja gar keinen Endsieg‹. Kinder haben bessere Augen und Ohren als die Alten, sag ich immer.«

Stella wusste von Aaron, dass es bereits seit August des letzten Jahres »Zwangsarbeiterkolonnen« von Jugendlichen gab. Aber es wurde so getan, als wären das kriminelle Jugendliche. »Das Problem wächst täglich«, berichtete Gerlinde. »Streifendienste der Kriminalpolizei sind im Einsatz, um die jungen Leute auf den Straßen oder in Lokalen während der Verdunkelung aufzugreifen.« Sie blickte Stella und Renate Wenz bedeutungsvoll an: »Unter den Verhafteten sind auffallend viele Mädchen, die angeblich herumbummeln.« »Oh«, spottete Renate, »dabei sollen sie doch für den ›Endsieg‹ arbeiten.« Gerlinde freute sich einerseits, wieder in ihrem alten Beruf arbeiten zu können, andererseits wollte sie sich nicht gern daran beteiligen, junge Menschen einzusperren.

Sie hatte aber noch ein anderes Problem. Der zunehmende Papiermangel dünnte den Zeitungsmarkt immer mehr aus. Am 24. August hatte Reichspropagandaminister Joseph Goebbels Sparmaßnahmen verkündet. Künftig durften fast alle Tageszeitungen nur noch vier Seiten haben. Ihr Mann Peter war bereits darauf vorbereitet worden, dass er als Drucker beim *Hamburger Fremdenblatt* nicht mehr als kriegswichtig zu halten war. »Ich habe solche Angst, dass er eingezogen wird«, klagte Gerlinde.

Drei Tage später bereits erschienen Gerlinde und Peter, weil er sich von den Freunden in der Kippingstraße verabschieden wollte. Er hatte den Befehl bekommen, sich am 1. September als Soldat in der Kaserne einzufinden. Er war freigestellt worden für Militär oder Rüstung, denn es gab nicht mehr genug Arbeit für alle Drucker. Die *Hamburger Zeitung* vereinigte ab 1. September drei Zeitungen: Das *Hamburger Tageblatt*, das *Hamburger Fremdenblatt* und den *Hamburger Anzeiger*. Stella, Lysbeth und Aaron saßen gemeinsam mit den beiden Freunden bis spät in den Abend bei mehreren Flaschen Wein zusammen, spielten Klavier und sangen deutsche Volkslieder. Sie sangen *Kein schöner Land in dieser Zeit*, und allen traten die Tränen in die Augen, denn sie dachten nicht an das Deutschland, in dem sie jetzt lebten, sondern an jenes vor 1933, als es noch Glück gegeben hatte. Da platzte Renate Wenz ins Zimmer, und wieder wallte Ärger in Stella auf. Renate führt sich in meiner Wohnung so auf, als wäre es ihre eigene! Und alles andere gehört ihr auch!, dachte Stella zornig. Meine Freunde, meine Schwester, alles. Ich mag das nicht.

Die anderen aber freuten sich über die Frau, die gleich frischen Wind ins Zimmer brachte. Sie fackelte auch nicht lange, setzte sich zu Gerlinde aufs Sofa, und ihre schöne Altstimme klang kräftig durch den Raum, als das Lied ausklang: »… zur Abendzeit. Wo wir uns finden, wohl unter Linden zur Abendzeit.«

Kaum war das Lied verklungen, schmetterte Renate: »Leute, ich muss euch was erzählen: Ich war heute bei vier Leuten, und alle haben das Wort ›Frieden‹ in den Mund genommen. Immer wieder höre ich es, sie betasten es förmlich, sie wenden es, sie jagen hinterher. So ein süßes Wort!« Traurig sagte Gerlinde: »Wo soll bloß für Deutschland Frieden herkommen? Hitler schwört doch: Kampf bis aufs Messer, bis zum letzten Mann, bis zum letzten Blutstropfen!« Renate aber ließ sich nicht entmutigen. »Wenn immer mehr über Frieden reden und daran glauben, hat der olle Hitler immer weniger, der letzte Mann ist schneller zur Stelle. Und dann steht er allein da! Was werd ich mich dann besaufen!« Sie griff nach dem Wein und schenkte sich ein Glas voll.

Sie traten ins sechste Kriegsjahr ein. Wie hatte sich die deutsche Welt in den allerletzten Wochen verändert! Im Westen gab es den englisch-amerikanischen Blitzkrieg, Rumänien war abgefallen, in Bulgarien gab es eine Kabinettsumbildung, Finnland hatte die Beziehung zu Deutschland abgebrochen, man munkelte, dass es in Holland eine Invasion gab,

Schweden erhob nicht den gewünschten Einspruch gegen Überfliegen seines Gebiets. Und so weiter. Und so weiter. In Belgien kämpften »Terroristen«, Holland sollte bis zum 4. September von deutschen Angestellten geräumt werden. Immer häufiger wurde das Wort »Frieden« in den Mund genommen.

22

Seit Askans Tod hatte Eckhardt sich Schritt für Schritt von den Nazis abgewendet. Als sie in der Zeitung vom Sowjet-Vorstoß auf Belgrad lasen, nahm er die Nachricht ohne Kommentar zur Kenntnis. Aber Lysbeth sah ihm an, wie es in ihm tobte. Er war kreidebleich, und seine Kiefer mahlten. Seit den Höllentagen im Juli 1943 war der Ton zwischen Eckhardt und ihr vertrauter geworden. »War der Graf in Belgrad stationiert?«, fragte sie vorsichtig. Eckhardt nickte. »Dann ist es vielleicht gut, dass er jetzt nicht mehr dort ist, oder?« Eckhardt nickte wieder. Er schluckte. »Meinst du, ich sollte mein Parteiabzeichen zurückgeben, Lysbeth?« Sie zog erstaunt die Augenbrauen hoch. »Warum das?« »Ich habe Angst, dass die Engländer alle Parteimitglieder standrechtlich erschießen werden, wenn sie in Hamburg landen. Vielleicht kommen sogar die Russen bis hierher.«

Lysbeth hätte ihm gern den Arm um die Schulter gelegt, aber fürchtete, dass er sich davon in diesem Augenblick klein gemacht fühlen würde. Sie wollte ihn nicht mit einer oberflächlichen Antwort abspeisen. Immerhin hatte er ihr seine Angst anvertraut. »Ich glaube, jetzt das Parteiabzeichen zurückzugeben, könnte dich in Schwierigkeiten bringen. In überflüssige Schwierigkeiten. Und ich kann mir nicht vorstellen, dass die Engländer – oder sogar die Russen – alle Parteimitglieder erschießen werden. Dann gäbe es in Deutschland ja so gut wie keine Männer mehr.« Sie lächelte ihren Bruder freundlich an und fügte hinzu: »Außerdem lebt in unserem Haus ein Jude. Sobald hier irgendeine Siegermacht einmarschiert, ist jeder Jude im Haus eine Trumpfkarte. Und Aaron würde immer sagen, dass du hinter ihm gestanden hast.«

Eckhardt nickte wieder. »Besser ich mache gar nichts«, sagte er düster. »Und warte ab. Noch ist es ja nicht so weit.«

Dass auch die Nazis mit einer Einnahme Hamburgs durch die Engländer rechneten, zeigte sich immer deutlicher. »Wird Hamburg Festung, und müssen alle Kinder raus?«, wurde überall gefragt. Worüber nicht mehr diskutiert werden musste, weil es von amtlicher Seite befohlen und in die Wege geleitet wurde, waren »kriegswichtige Erdarbeiten«. Dafür wurden Geländestreifen, ausnahmeweise sogar Häuser, beschlagnahmt, und dann wurden Gräben gegraben und Wälle angelegt. Überall vor der Stadt begann das Schanzen.

Die nächste Anordnung erschreckte die Hamburger wieder fürchterlich: Jeder musste eine Gasmaske besitzen. In langen Schlangen wurde nach Gasmasken angestanden. »Gas«, wurde geflüstert. »Wie schrecklich! Beginnt nun der Gaskrieg?«

Neuerdings hatte sich wieder etwas eingespielt, das früher im Haus der Wolkenraths ein Familienritual gewesen war: Abends saßen sie beisammen, tauschten die Erlebnisse des Tages aus, beratschlagten die politische Entwicklung, und neuerdings setzte Stella sich wieder ans Klavier, und sie sangen miteinander. Dritter fehlte Stella dabei sehr, seine Begleitung am Klavier, aber mehr noch seine Sorglosigkeit selbst in komplizierten Zeiten. Stattdessen war Renate Wenz dabei, und oft kam auch Gerlinde hinzu. Das Ganze fand nun oben in Stellas Wohnzimmer statt. Sie konnten wegen Cynthia zwar nicht offen miteinander sprechen, aber selbst Cynthia begann allmählich zu begreifen, dass es nicht mehr viel Hoffnung auf einen deutschen Sieg gab. Im Gegensatz zu den anderen machte sie sich aber noch keine Gedanken über das Nachher. Sie hoffte immer noch auf die deutsche Wunderwaffe, und sie hielt zu ihrem Führer, als hätte sie ihm vor Gott und der Welt Treue gelobt »durch gute und durch schlechte Zeiten«. Als nach der Veröffentlichung über die Gasmaskenverordnung am Abend alle beisammensaßen und sich fragten: »Wofür die Gasmasken«, sagte sie mit ihrer Kleinmädchenstimme, die sie immer dann hatte, wenn es um das Märchen von Heldentum und Deutschland über alles ging: »Vielleicht hängt dies mit der neuen Wunderwaffe zusammen.« Eckhardt warf ihr einen scharfen Blick zu, der erkennen ließ, dass er nicht nur ein braves verängstigtes Schaf war, das dort hinterherlief, wo es Sicherheit erhoffte, sondern einmal einen beeindruckenden Verstand besessen und anrührende Worte in schönen Sätzen von sich gegeben hatte. »Wir müssen uns fragen, was steht hinter dieser Anordnung?«, fragte er. Bislang hatte er sich bemüht, alle Anordnungen zu erfüllen, ohne sie anzuzweifeln oder in Frage zu stellen. »Ich habe folgende Theorie: Vielleicht haben die Feinde ein Ultimatum gestellt ...«

Lysbeth blickte mit nachdenklich in Falten gelegter Stirn von einem zum andern. »Diese Geschichte mit der sogenannten Wunderwaffe kommt mir immer komischer vor.«

»Ja«, stimmte Stella zu. »Entweder sollen das Strahlen sein, die den Tod bringen, oder die Waffe soll tödlich vereisend wirken, oder es soll eine Atomzertrümmerung stattfinden. Jeder weiß was anderes.«

»Schauerlich, sag ich! Ich finde das Ganze schauerlich«, trompetete Renate Wenz. »Wir müssen ja wohl mit Gaskrieg rechnen, sonst bräuchten wir keine Gasmasken. Schauerlich!«

»Wir müssen uns fragen, was hinter dieser Anordnung steht«, beharrte Eckhardt. »Ich glaube, der Feind hat ein Ultimatum gestellt.«

Gas blieb ein wichtiges Thema, denn Gas fehlte. Also wurde ein Gasspartag eingerichtet, damit für die übrigen Verbraucher der Gasdruck stärker wurde. Für die Kippingstraße war der Spartag alle vierzehn Tage am Montag. Lysbeth stand sowieso früh auf, sie kochte Kaffee und Tee für alle, bereitete für Aaron ein möglichst nahrhaftes Frühstück zu und reinigte das Geschirr. Um 7.00 Uhr stellte sie den Hauptgashahn ab bis 23.00 Uhr. Tagsüber kochten sie auf der elektrischen Platte.

Mitte Oktober begaben sich morgens alle nach Alarm in den Bunker. Und abends schon wieder. Der Angriff auf Hamburg wurde nicht einmal als Großangriff angekündigt, dennoch suchten Renate und Stella gemeinsam mit Cynthia den Bunker auf. Im letzten Augenblick bei tiefer Dunkelheit stiegen sie die schlechtbeleuchtete Steintreppe hinunter. Vor ihnen ging Luise mit dem kleinen Richard auf dem Arm. Da stolperte sie. Sie fiel zwar nicht, aber durch den Schwung nach vorn rutschte Richard aus seiner Umhüllung mit dem Kopf voran Richtung Steinstufen. Renate und Stella schrien gleichzeitig laut auf. In diesem Augenblick erschien Frau Wolf, eine der Frauen, die bei den Solmitz einquartiert war, um Luise die Tasche abzunehmen. Richard flog ihr entgegen. »Festhalten!«, schrie Luise. Und sie fing ihn auf.

Anschließend zitterte Luise am ganzen Körper und konnte gar nicht wieder aufhören, laut zu überlegen, wie das nur hatte kommen können. »Vielleicht war ich getäuscht durch die Schatten über der Treppe ...«, stammelte sie. »Vielleicht war es auch nur die Hetze und Überanstrengung. … Ich bin auch immer so müde, einmal möchte ich mal wieder ausschlafen.« Die anderen Frauen stimmten ihr zu. Die Übermüdung hatte seit Juli des vergangenen Jahres entsetzliche Ausmaße angenommen.

Dieser Angriff wurde wieder schlimm. Der Bunker schwankte einmal, das Licht flackerte, man hörte Unheimliches draußen. Bis die Bunkerwarte kamen und mitteilten, dass in der Kippingstraße nichts niedergegangen sei und auch nichts brenne. Allein Fensterscheiben seien wieder einmal kaputtgegangen.

Luise berichtete anschließend, dass das Drittel von Giselas Zimmerdecke, das seit Juli hing, ganz hinuntergestürzt war. Auch ihr Küchenfenster war entzwei, doch wie durch ein Wunder waren die Stubenfenster heil. Ein Glassplitter war tief in den harten Küchentisch eingedrungen. Bei den Wolkenraths waren Türen aufgesprungen, einige Fenster, die vorher Risse hatten, waren nun ganz kaputt, aber das war nicht schlimm, denn es handelte sich nur um die Tür, die von Cynthias und Eckardts Schlafzimmer zum ehemaligen Wintergarten und um die Tür unten zum Garten führte. Vor beide Türen hämmerte Eckhardt sofort Pappe.

Zwei Tage später fand der nächste Luftüberfall über Hamburg statt. Es begann mit einem beängstigenden Knallen, Schießen; niemand wusste, was los war. Renate und Stella und Cynthia rannten sofort los. Sie wollten nicht durch Beschuss, Bomben und Splitter laufen. So jagten sie durch die Nacht. Über ihnen der Mond. Der Bunker füllte sich schnell. Manche trugen noch das Nachthemd unter dem Mantel. Die meisten kamen aus dem Bett, es war eben nach 23.00 Uhr. Die Alarmsirene, die endlich doch einsetzte, ging unter in dem Lärm von oben. Alles war verstört, denn der Überfall hatte ganz ohne vorherige Luftwarnung stattgefunden. Um 1.00 Uhr waren sie zu Hause.

Schon um 2.00 Uhr kam wieder Luftwarnung und dann Alarm. Sie hetzten in den Bunker und hockten dort völlig übermüdet eine und eine halbe Stunde. Beide Male saß Fred neben Luise, zum ersten Mal hatte er das Haus alleingelassen. Er wollte Luise und Richard hinbringen und kam dann nicht wieder raus.

»Sie müssen uns doch mal Ruhe gönnen!«, schimpfte Cynthia. Eine ältere Frau lachte bitter auf. »In Westdeutschland haben sie seit Monaten Tag und Nacht keine Ruhe!«, sagte sie. »Warum soll es uns anders ergehen?«

Im Bunker wurden Gerüchte verbreitet. Alles redete von der Räumung Hamburgs. Auch von Glasstaub, der abgeworfen werden sollte und Augen und Lungen zugrunde richtete. Stella hätte sich am liebsten die Ohren zugehalten. Sie versuchte, Renate in ein Gespräch zu ziehen, aber Renate war im Bunker nur damit beschäftigt, ihre panische Angst vor der beklemmenden Enge in den Griff zu bekommen. Auf ein Gespräch konnte sie sich nicht konzentrieren.

Stella freute sich über den kleinen Richard. Er hielt geradezu Hof. Alle Köpfe neigten sich ihm zu, jeder dachte sich etwas anderes für ihn aus. Einer sang, einer flötete, einer knipste mit den Fingern, einer mit der blauen Taschenlampe, einer tröstete, einer bewunderte. Luise warf Schattenbilder an die kahle Bunkerwand. Stella dachte an ihre kleine Enkelin. Ihr Herz wurde warm und weit. In ihre Augen traten Tränen. Mein Herz ist noch nicht ganz tot, dachte sie froh.

Gerlinde erhielt regelmäßig Feldpostbriefe von Peter. Er schrieb, dass es viele in seiner Truppe gäbe, die noch mit drei bis vier Jahren Kriegsdauer rechneten. Er selbst hoffte, dass es früher vorbei sein würde.

»Drei bis vier Jahre mit dieser Angst und ohne Schlaf?«, fragte sie Stella und Lysbeth. »Das halte ich nicht mehr durch!«

Lysbeth schüttelte lebhaft den Kopf. »Nie und nimmer! Deutschland liegt schon am Boden. Es gibt ja nicht nur einen Gegner. Warum sollten die Russen aufhören weiterzumarschieren?«

Stella stimmte ihr zu. »Guck doch einfach hin: Die ganze Pétain-Regierung ist schon in Deutschland. In Frankreich haben sie den 90-jährigen Pétain in Abwesenheit zum Tode verurteilt. Mussolini ist auf Norditalien beschränkt. Die Deutschen verlieren ein Land nach dem andern. Es ist doch nur noch eine Frage der Zeit, wann die Engländer hier landen.«

Gerlinde seufzte. »Auch wenn ich nie für die Nazis war, kümmert es mich schon, wie Deutschland alles verliert.«

Stella und Lysbeth lächelten einander zu. Ist es nicht wundervoll?, lasen sie im Blick der anderen. Mögen die Engländer so schnell wie möglich kommen! Aber sie sagten nichts. Auch wenn sie Gerlinde vertrauten, wussten sie nicht, ob sie sich nicht doch verplappern konnte. Und es wurde immer gefährlicher, etwas gegen die Nazis zu sagen. Die verhielten sich wie ein in die Enge getriebener Hund. Sie fletschten die Zähne, knurrten und bissen zu, wo sie nur konnten.

Am Jahrestag der Schlacht bei Leipzig, am 18. Oktober 1944, gründete Himmler den Volkssturm. Von nun an war jeder Deutsche vom 16. bis zum 60. Lebensjahr Soldat. Volksgrenadiere gab es auch schon. Die wurden von der Partei gestellt.

Jeder Häuserblock, jedes Haus, so brüllte Himmler in seiner Ansprache, sollte eine Festung werden. Männer und Knaben, ja, Frauen und Mädchen sollten die Verteidigung auf sich nehmen, dem Feinde schaden!

»Das ganze Volk in Waffen«, tönte es am nächsten Tag in den Zeitungen und aus allen Mündern. Dabei ging die Nachricht fast unter, dass Belgrad dem Feind »überlassen« worden war.

Auch Goebbels hielt eine markige Rede, die wie immer im Rundfunk übertragen wurde. Er sprach vom »festen Glauben an den Sieg«. Zum Schluss formulierte er den Wunsch nach ehrenhaftem Frieden. Wieder beschwor er die Hoffnung auf die neue Wunderwaffe, die alle Gegner besiegen würde. »Wir werden dem Gegner manche neuartige Waffe entgegensetzen können. Aber unser größter Trumpf ist und bleibt doch die Entschlossenheit, jedes Haus, jeden Hof zu verteidigen, bis wir einen Frieden erzwingen, der uns eine glückliche Zukunft sichert.«

Nach dieser Ansprache füllte Lysbeth eine Wärmflasche. Draußen war es dunkel, feucht, kalt und windig, ein scheußliches Oktoberwetter. Auch drinnen war es nicht warm. Es zog durch die Fenster, die allesamt gelitten hatten, wenn sie auch nicht wie bei vielen anderen Nachbarn kaputtgegangen waren. Lysbeth deckte im Bett fürs Abendessen. So hatten Aaron und sie es warm und gemütlich. So scheußlich das Oktoberwetter war, so angenehm fand sie es, dass Aaron früher nach Hause kam. Im Dunkeln in den Trümmern zu arbeiten war für die Aufseher zu gefährlich.

Lysbeth und Aaron waren voller Hoffnung. »Es kann nicht mehr lange dauern«, sagte er. »Sie werden alle nervös. Manche Aufseher werden sogar netter. Sie haben Angst davor, was mit ihnen geschieht, wenn die Engländer oder Amerikaner hier landen.« Seine Arbeit wurde leichter. Er wurde nicht mehr ganz so geschunden.

Die Angloamerikaner rechneten mit dem Kriegsende zu Ende Oktober, so wurde gemunkelt. Und Stella fragte sich, woher man das wissen könne, denn in den Zeitungen stand es nicht. Aber Ende Oktober stand kurz bevor. Sie hoffte, dass die Angloamerikaner recht hatten.

Ende Oktober kam, und der Krieg ging weiter. Am 4. November wurde Harburg sehr schwer getroffen. Es gab einen Angriff von tausend Bomben, wohl zwei Stunden lang. »Alle erdenkliche Hilfe wird sogleich gebracht werden«, klang es im Rundfunk. So wurde selten gesprochen. Außerdem waren wieder einmal Wilhelmsburg, Altona, Billstedt getroffen. Am folgenden Tag sagte Staatsrat Ahrens anlässlich des Angriffs auf Harburg: »Ich bitte Sie recht herzlich – schicken Sie die Kinder fort aus dieser Bombennot!« Von nun an musste Aaron in Harburg aufräumen, wo es grausig aussah. Wieder musste er von morgens bis abends Leichen ausgraben.

Eines Abends kehrte Aaron nicht nach Hause zurück. Lysbeth wurde immer nervöser. Um 20.00 Uhr lagen ihre Nerven blank. Sie ging hoch zu Stella. »Was soll ich tun?«, fragte sie verzweifelt. »Es ist seit vier Uhr stockduster. Unmöglich, dass er noch in den Trümmern arbeitet. Selbst wenn sie die Leute in die Trümmer schicken, für die Aufseher ist das zu gefährlich. Sie haben doch auch Juden aus dem KZ dabei. Die könnten stiften gehen oder im Dunkeln die Aufseher umbringen. Aaron kommt doch bei Dunkelheit immer nach Hause.« Lysbeth redete wie gehetzt, als würde ihr die Zeit davonlaufen. So kannte Stella ihre Schwester nicht. Sie überlegte, was sie tun könnte. Hier gab es Gefahr, so viel war klar.

»Wollen wir nach Harburg fahren?«, schlug sie vor. Lysbeth nickte sofort, aber sie sah skeptisch aus. Harburg war groß. Wie sollten sie da Aaron finden? Und Harburg war zerstört. Durch die Trümmer zu irren war im Dunkeln auch für Stella und sie gefährlich. Aber sie wollte wenigstens hin, und sie war froh, dass Stella sie begleiten wollte. Sie zogen sich Wintermäntel an und Schuhe mit einer festen Sohle, die ihnen einigermaßen Halt geben würden, wenn sie über glitschige Steine gehen mussten.

Es dauerte unendlich lange, bis sie in Harburg angelangt waren. Straßenbahnen fuhren um diese Zeit nur noch selten, der Zug, der vom Hauptbahnhof bis nach Harburg fahren sollte, fiel aus, ohne dass die Ursache zu erfahren war. Schließlich schafften sie es auf Umwegen doch. Es war 22.00 Uhr, als sie endlich in Harburg anlangten. Die Nacht war finster. Vor dem Mond hing eine dichte Wolkenwand. Stella und Lysbeth nahmen sich an die Hand und begaben sich in die schwarze Trümmerwüste. Sie wussten nicht, wohin sie gehen sollten. Die Straßen waren verwaist, rechts und links die Häuser waren zerstört, aber sie konnten es auch nicht gut erkennen, denn alle Häuser sahen aus wie tot. Nirgends brannte Licht. Die Verdunkelung hatte schon längst eingesetzt.

Stella war sehr beklommen zumute. Sie merkte, dass dieses Unternehmen, auf das sie sich mit Lysbeth eingelassen hatte, wahnsinnig war. Was sollten sie hier herausfinden? Wenn Aaron bei seinem Einsatz verletzt worden war, wären sie zu Hause besser aufgehoben, denn dann bestand wenigstens die Möglichkeit, dass Lysbeth informiert wurde. Hier vergeudeten sie nur Zeit und Kraft. Gleichzeitig wusste sie, dass in so einer Situation alles besser war als Warten.

Stella spürte, dass Lysbeth sich veränderte. Sie ging wie eine Blinde, die sich auf ihre Ahnung, ihr Gehör, ihre feinsten Wahrnehmungen verließ. Stella ging einfach an ihrer Seite mit.

Stella kannte Harburg nicht. Das war nicht der Stadtteil, den sie kannte. Hier war sie nie gewesen. Auch Lysbeth war hier fremd. An Wegkreuzungen hielt Lysbeth an. Stella wusste schon nicht mehr, wo sie waren. Sie bekam Angst, dass sie nicht zurückfinden würden. Und was würde geschehen, wenn ein Angriff käme? Sie wussten beide nicht, wo hier ein Bunker war. Sie waren in Lebensgefahr.

Stella sah nicht länger ein, dass sie hier herumirren sollte. Sie zog an Lysbeths Hand und blieb stehen. »Das ist Wahnsinn, was wir hier tun«, sagte sie atemlos. Lysbeth blickte sie an, als käme sie von weit her. Stella sah, dass Lysbeth die ganze Zeit über bei Aaron gewesen war und nicht hier bei Stella, die neben ihr durch die dunklen gefährlichen Straßen gehastet war. Irgendwie machte sie das ärgerlich. »Lysbeth, das ist Wahnsinn«, wiederholte sie, diesmal dringlicher. »Und was, wenn Aaron im Krankenhaus liegt und jemand bei uns klingelt, um dir das zu sagen?«

Ganz allmählich kam Lysbeth in die Realität zurück. Jetzt erst schien sie die Dunkelheit um sie herum wahrzunehmen. Jetzt erst schien sie zu begreifen, dass sie nicht einmal wusste, wo sie war. In ihre Augen traten Tränen. »Entschuldigung, Stella«, stammelte sie. »Ich war wie von Sinnen. Ich hatte das Gefühl, dass ich ihn höre. Ich hatte das Gefühl, dass er irgendwo hier in der Nähe ist. Dass er mich ruft. Aber du hast ja ganz recht: Das ist Wahnsinn. Wie sollen wir Aaron in dieser Finsternis finden? Was machen wir jetzt?«

Stella zuckte hilflos mit den Schultern. »Keine Ahnung«, bekannte sie. »Ich weiß ja nicht mal, wie wir zum Bahnhof zurückkommen.«

Lysbeth zögerte. Stella merkte ihr an, dass es eine starke Kraft gab, die sie weitertrieb. »Wenn du denkst, dass du ihn hörst, können wir ja noch weitergehen«, schlug sie halbherzig vor. Sie hatte großen Respekt vor der Intuition ihrer Schwester. Aber gleichzeitig wollte sie in dieser Nacht nicht sterben. Viele Angriffe kamen gegen Mitternacht. Und Mitternacht rückte näher. Wahrscheinlich fuhr um diese Zeit nicht einmal mehr ein Zug. Sie war zornig auf sich selbst. Schließlich war sie es gewesen, die diesen blöden Vorschlag gemacht hatte. War sie denn von allen guten Geistern verlassen gewesen!

»Lass uns zurückgehen«, schlug Lysbeth vor. Sie drehte sich auf dem Absatz um und ließ Stellas Hand los. Stella fühlte sich augenblicklich wie verwaist. Und sie fühlte sich bestraft. Jetzt ist sie zornig auf mich, weil ich sie daran hindere, weiter auf Aarons Stimme zu hören, dachte sie, hin- und hergerissen zwischen dem Gefühl der Verpflichtung, Aaron weiter suchen zu müssen, und dem unbändigen Drang danach, endlich wieder zu Hause zu sein. Wortlos gingen sie nebeneinanderher durch die Straßen, die Stella noch viel fremder vorkamen als auf dem Hinweg. Trotzdem folgte sie Lysbeths energischem Schritt. Als es Mitternacht schlug, merkte sie, wie erschöpft sie war. »Lysbeth, wir haben uns verlaufen«, sagte sie kläglich. Da griff Lysbeth wieder nach ihrer Hand und fiel ihr im nächsten Moment in die Arme. »Ich habe solche Angst um ihn«, schluchzte sie an Stellas Ohr. »Ich will nicht, dass ihm etwas Schlimmes geschieht.«

Stella hielt ihre schmale Schwester fest im Arm. Sofort strömte wieder Kraft in sie. »Es wird ihm schon nichts passiert sein«, raunte sie. Aber sie glaubte selbst nicht daran. Wenn Aaron nicht nach Hause kam, war etwas Schlimmes geschehen, so viel stand fest. Es musste nicht einmal in den Trümmern passiert sein. Da er die Bahn nicht benutzen durfte, radelte er nach der Arbeit nach Hause. Die Straßen waren feucht und glitschig. Vielleicht war er mit dem Fahrrad gestürzt und hatte sich verletzt. Er trug einen Judenstern. Vielleicht war er verprügelt worden. Da entdeckte sie das bläuliche Licht eines Bunkers. Es war ein mittelgroßer Bunker. Sie streichelte immer noch den Rücken ihrer Schwester und merkte, wie ihr leichter wurde. Dorthin würden sie gehen, sobald Lysbeth aufgehört hatte zu weinen. Und dort würden sie die Nacht über bleiben. Am kommenden Morgen würden sie weitersehen.

Im Bunker war viel los. Menschen, die während der vergangenen Angriffe obdachlos geworden waren, saßen da mit ihrer verbliebenen Habe, stierten stumpf vor sich hin, einige schliefen, Babys lagen im Kinderwagen, weinende Kinder wurden von ihren Müttern getröstet. Stella und Lysbeth erklärten dem Bunkerwart, warum sie um diese Zeit ohne Alarm im Bunker übernachten wollten. Er war einer von der freundlichen Sorte. »Heute Morgen hat es uns wieder erwischt«, sagte er. »Im Rathaus hat es mehrere Einschläge gegeben. Da sind noch welche verschüttet.« Stella und Lysbeth wechselten einen Blick. Lysbeths Augen funkelten wild. Verschüttet! Ja, das war es, wovor sie die größte Angst hatte: dass Aaron irgendwo verschüttet war. Dass er erstickte, dass er verbrannt war, dass sie nicht bei ihm war, wenn er starb.

Stella begriff, was in Lysbeth vor sich ging. Auch sie war zusammengezuckt bei dem Wort »verschüttet«. Sie war voller Mitgefühl für ihre Schwester. Gleichzeitig glomm in ihr ein zartes Gefühl von Neid auf. Hatte sie jemals einen Mann so sehr geliebt? Damals, als sie sich in Jonny verliebt hatte, war es ein kurzes, hoch aufloderndes Strohfeuer gewesen, das wahrscheinlich noch dadurch angeheizt worden war, dass er einer anderen gehört hatte. Vor allem war es seinem Aussehen, seiner Selbstsicherheit als Kapitän, seiner schicken Uniform geschuldet gewesen. Nicht einmal die Leidenschaft für ihn hatte lange angedauert. Übriggeblieben war die Abhängigkeit in der Fremde in Tanganjika gewesen, Einsamkeit neben einem Mann, mit dem sie verheiratet war. Hatte sie Willy geliebt, den schönen Schwarzen, mit dem sie sich selbst als Frau, ihren Wert, ihre Leidenschaft, ihren Körper wiedergefunden hatte? Sie wusste genau, dass sie ihre kleine zahme Leopardin Lulu geliebt hatte. Daran hatte es nie einen Zweifel gegeben, und der Gedanke an Lulus Tod schmerzte sie heute noch fast so wie damals. Der Gedanke an Willy weckte in ihr nur ein warmes Gefühl der Dankbarkeit. Er hatte ihr so viel zurückgegeben, was sie als Jonnys Frau verloren hatte. Zumindest hatte sie geglaubt, sie hätte es verloren. Und Anthony? An Anthony zu denken tat weh. Aber sie ging nicht daran zugrunde, dass er vielleicht in Gefahr war. Sie verzehrte sich nicht in Sehnsucht nach ihm. Das alles war Vergangenheit, ebenso wie ihr tiefes Liebesgefühl für ihn. Sie erinnerte sich gern an ihn und ihre Liebe. Aber sie fühlte sie nicht mehr. Lysbeth würde nie aufhören, ihre Liebe für Aaron zu fühlen, dachte Stella und zweifelte sehr an ihrer Fähigkeit, überhaupt einen Menschen tief zu lieben.

Sie besorgte Decken für ihre Schwester und sich. Sie breitete die Decken auf den Hochbetten aus, die im Bunker standen. Lysbeth und sie legten sich in ein Bett. Sie kuschelten sich eng aneinander. Stella legte ihren Arm um ihre Schwester. Bevor sie einschlief, dachte sie: Der einzige Mensch, den ich liebe und immer lieben werde, ist Lysbeth. Irgendwie beruhigte sie dieser Gedanke.

Die Nacht blieb ohne Alarm. Stella schlief erstaunlich schnell ein, und sie schlief durch bis zum kommenden Morgen, als es im Bunker zu rumoren begann. Der Platz neben ihr war leer. Wo war Lysbeth? Auf den Betten und Bänken saßen die Menschen, mit denen sie die Nacht verbracht hatte, und teilten Kaffee und Brote miteinander. Es herrschte eine freundliche Atmosphäre. Es wurde Platt gesprochen. Die Menschen waren einfach, Arbeiterfrauen mit und ohne Kinder, ältere Männer.

Da kam Lysbeth vom Bunkereingang zurück. Sie war sehr blass. »Ich glaube, Aaron ist im Rathaus verschüttet worden«, sagte sie. Sie wünschte Stella keinen guten Morgen, wie sie es sonst tat. »Guten Morgen«, sagte Stella betont freundlich. »Hast du gut geschlafen? Wenn du wissen möchtest, wie ich geschlafen habe, antworte ich dir hiermit: Gut, liebe Lysbeth.« Lysbeth warf ihr einen verletzten Blick zu. »Hast du gehört?«, fragte sie gereizt. »Aaron ist wahrscheinlich verschüttet. Wir sollten dorthin gehen und gucken, ob sie auch alles tun, die Verschütteten rauszuholen.«

Stella sah sich um. Begierig blieb ihr Blick an einer Thermoskanne mit Kaffee hängen. Die Frau, die ihren Nachbarinnen aus der Kanne etwas in blecherne Tassen schüttete, fing ihren Blick auf. »Komm, min Deern«, sagte sie. »Kriegstn ordentlichen Muckefuck.« Stella sprang auf die Füße und schlürfte dankbar das angebotene heiße Gesöff. Es war nicht mal ein ordentlicher Muckefuck, aber es war heiß und erwärmte ihren Magen. Sie reichte Lysbeth den halbleeren Becher. Widerstrebend griff Lysbeth danach. Aber dann schlürfte auch sie das heiße Wasser mit Kaffeegeschmack, als handle es sich um eine absolute Delikatesse. Die Frauen wussten anscheinend schon, dass Lysbeth nach ihrem Mann suchte, der in der Organisation Todt als Jude in den Trümmern in Harburg arbeitete, um Leichen zu bergen. Sie reichten Stella und Lysbeth eine Scheibe Brot, die sie von einem dicken Laib absäbelten. »Essen hält Leib und Seele zusammen«, sagte eine, die ein Gesicht hatte, in das schwere Arbeit und Sorgen um das tägliche Brot harte Linien gezeichnet hatten, aber ein Sonnengeflecht von kleinen Falten um die Augen sprach auch davon, dass sie gern lachte. Sie zwinkerte Stella zu. Sie hatte offenbar bemerkt, dass Lysbeth sofort losstürmen, Stella aber noch eine Weile verschnaufen und zu Kräften kommen wollte. Die Frauen waren nicht wesentlich älter als Stella und Lysbeth, vielleicht sogar jünger, aber sie wirkten trotzdem, als läge eine Generation zwischen ihnen. Und so verhielten sich die Frauen auch. Sie nannten Stella und Lysbeth »min Deern«, und eine sagte sogar zu Stella »min Seute«. Der Bunkerwart nannte sie »Frollein«, obwohl ihre Eheringe eine deutliche Sprache sprachen. Alle wussten von Lysbeths Problem, und Stella schämte sich ein wenig, weil sie lange geschlafen hatte, während Lysbeth schon Erkundigungen eingezogen hatte.

Als sie sich mit trockenem Brot und heißem Muckefuck gestärkt hatten, bedankte Lysbeth sich rundum und sagte, sie wolle jetzt zum Rathaus. Ob einer ihr den Weg erklären könne. Da erhob sich ein älterer Mann, dem die Sachen um den Körper schlotterten. »Ick bring ji«, brummte er. »Koomt mol mit mi mit.« Stella drehte sich noch einmal zu der Gesellschaft der freundlichen Frauen um und winkte zum Abschied, dann stiefelte sie hinter der vorauseilenden Lysbeth und dem ruhig ausschreitenden Mann her.

Bei Tag wirkten die Straßen fast noch trostloser als in der dunklen Nacht. Jetzt sah man, dass es ganze Straßenschluchten ohne jedes Leben gab. Die Fenster blickten aus leeren Höhlen, manche Fassade war verschwunden, so dass man in die Häuser schauen konnte wie in eine Puppenstube. Stella überlegte, welche der Wohnungen wohl welcher der Frauen im Bunker gehört hatte. Sie wunderte sich nachträglich sehr, wie freundlich und gelassen die Atmosphäre zwischen den Frauen gewesen war. Keine hatte gejammert oder geklagt. Alle waren voller Hilfsbereitschaft für Stella und Lysbeth gewesen.

Da blieb der Mann stehen und wies auf ein Haus, dessen obere Geschosse völlig weggerissen waren. »Dor boben«, sagte er und schluckte. »Dor wor min tohuus.« Stellas Blick folgte seinem Finger. Ja, da war nichts mehr. Sie wagte nicht, nach Frau und Kind zu fragen, da erklärte er schon mit einem fast glücklichen Lächeln, dass seine Frau und seine Tochter bei Verwandten in Ahrensburg untergekommen seien. Er sei in der Stadt geblieben, weil er am Hafen arbeite. Wie es mit ihm weitergehe, wüsste er nicht. Erst mal übernachtete er im Bunker und ging danach zu seiner Schicht zum Hafen. Heute hätte er Mittagsschicht, die gehe von 12.00 bis 22.00 Uhr.

Das also war der Grund, warum er sie zum Rathaus führen konnte. Lysbeth versuchte, ihn zu einem schnelleren Schritt zu bewegen, indem sie vorauseilte. Bei der nächsten Kreuzung musste sie allerdings wieder anhalten und warten, weil der Mann sich nicht aus der Ruhe bringen ließ.

Endlich standen sie vor dem Rathaus. Viele Menschen waren dort zugange. Eine ganze Kolonne war damit beschäftigt, Trümmer beiseitezuräumen. Lysbeth eilte sofort zu diesen Männern. Der Aufseher scheuchte sie mit seinem Knüppel weg. »Aus dem Weg!«, brüllte er. »Hier wird gearbeitet. Sehen Sie das nicht?« Lysbeth holte tief Luft, und dann brüllte sie in der gleichen Lautstärke: »Mein Mann ist hier verschüttet. Ich will, dass Sie ihn rausholen.«

Die Arbeiter in den gestreiften Häftlingsanzügen, die aussahen wie Pyjamas, und die in der grauen Arbeitskleidung, die ebenso aussah wie Aarons, einige mit Judenstern, einige ohne, hielten erschrocken inne. Einige warfen ihr einen warnenden Blick zu.

Der Aufseher wurde fuchsteufelswild. Er schwang seinen Knüppel über die Arbeiter, einige traf er, ein Schmerzenslaut erklang und erstarb sogleich. Der Aufseher wirbelte zu Lysbeth herum und schrie sie an: »Wenn du nicht sofort verschwindest, du Schlampe, dann mauer ich deinen Mann da unten ein. Und dich gleich mit!« Lysbeth wurde noch bleicher, als sie ohnehin schon gewesen war. Ihre Augen lagen in tiefen dunklen Höhlen. Stella und der fremde Mann, der ihnen den Weg gezeigt hatte, waren langsamer näher gekommen. Stella hatte die Szene aus der Distanz angespannt verfolgt. Sie blickte neben sich, weil sie sich bedanken wollte. Der Mann war verschwunden. Mein Gott, dachte sie, was wird hier eine Angst verbreitet!

Sie näherte sich hüftenschwingend dem Aufseher, warf ihrer Schwester einen warnenden Blick zu, der sagte: Halt jetzt die Klappe!, dann stellte sie sich neben den wachhabenden SA-Mann und gurrte: »Sieg Heil, Herr General! Beeindruckend, wie Sie die Leute so in Schach halten! Was ist hier denn bloß passiert?« Sie wusste von ihrem Bruder Johann, dem SA-Mann, dass es sich bei vielen dieser Leute nicht gerade um die Klügsten handelte, vor allem aber um Männer, die sich durch eine Uniform und durch Macht gern erhöhen wollten. Einer, der so einen Wirbel um sich herum veranstaltete, hatte es sicher nötig. Und nötig hatte es einer, der Angst hatte. Sie sah, dass er bei der Titulierung »General« einen leicht misstrauischen Ausdruck annahm, aber dann wuchs er ein Stück, als hätte er sich auf die Zehenspitzen erhoben. »Den General können Sie sich sparen, Volksgenossin«, schnarrte er. Stella verkniff sich ein Lächeln. Sie fummelte in der Tasche ihres Mantels herum. Ja, da war noch eine Schachtel Zigaretten. Sie selbst rauchte schon lange nicht mehr, aber Zigaretten standen auf Antrag allen zu, und jeder von ihnen beantragte Zigaretten, denn die Glimmstängel waren im Moment die härteste Währung, ebenso wertvoll wie Gold oder vielleicht noch wertvoller. Stella wusste schon lange, dass sie mit Zigaretten vieles erreichen konnte, was ihr mit einem charmanten Lächeln nicht gelang. Sie hielt dem SA-Mann die Schachtel hin. »Nehmen Sie«, forderte sie ihn auf. »Mein Mann ist auf See, Marinekapitän, wissen Sie. Letztes Mal hat er die bei mir vergessen.« Der Mann wurde eine Fackel der Gier. Stella konnte ihm seinen inneren Kampf ansehen, so heftig war der. »Marinekapitän« beeindruckte ihn. Die Frau vor ihm verkehrte in höheren Kreisen, das wusste er jetzt. Aber durfte er so einem Kapitän die Zigaretten wegnehmen, selbst wenn sie ihm angeboten wurden?

Stella schüttelte eine Zigarette halb aus der Schachtel. »Nehmen Sie ruhig«, sagte sie leichthin. »Die Leute bei der Marine sind gut versorgt. Wenn ich rauchen würde, hätte ich sie schon lange aufgeschmökt, aber wissen Sie, ich finde, eine deutsche Frau sollte nicht rauchen.« Jetzt griff der Mann hastig nach der Zigarette und zündete sie sich mit leicht zitternden Händen an. Da bemerkte Stella, wie gelb seine Fingerkuppen waren, ebenso seine Zähne. Getroffen, sagte sie sich triumphierend. Jetzt hast du ihn in der Hand.

Er sog gierig an der Zigarette und inhalierte tief. Sein Blick schweifte selbstgefällig über die Arbeiter, die mit angespannten Muskeln die vor dem Rathaus liegenden schweren Steine wegschafften. Trotz der Kälte standen ihnen Schweißtropfen auf der Stirn. Sie müssen sich doch erkälten, dachte Stella mitleidig. Ihre Anzüge sind doch viel zu dünn für dieses Wetter.

Sie rückte nahe an den SA-Aufseher heran. Fast berührte sie seinen Arm. Aber nur fast. »Ich habe gehört, dass hier gestern Leute verschüttet worden sind«, raunte sie. »Stimmt das?« Er war damit beschäftigt, einen Zug nach dem anderen tief zu inhalieren und dann in die kalte Luft auszustoßen, so dass er wirkte wie eine Dampflokomotive.

Sein Blick lag über der Truppe seiner Arbeiter. Er wirkte jetzt sehr ruhig. »Ja«, bestätigte er bedächtig. »Dumme Sache. Gestern haben sich paar Leute von uns hier in Sicherheit bringen wollen, als es losging. Genauer gesagt, eine Truppe mit Wachhabendem, Kamerad von mir. Dumme Sache.« Wieder inhalierte er tief. Er wechselte sein Standbein und bewegte sich leicht in Stellas Richtung. Sein Arm streifte den ihren. Sie hatte sich zwar am Morgen nicht waschen können, aber sie hatte immer Parfüm in ihrer Handtasche. Das hatte sie, statt sich zu waschen, auf Hals und Handgelenk gewischt. Sonst tupfte sie, heute Morgen hatte sie gewischt. Sie wusste, dass sie wahrscheinlich penetrant nach Rosen und Jasmin duftete, einem Parfüm, das Jonny ihr aus Frankreich mitgebracht hatte. Aber hier war es genau richtig. Rundum stank es nach Verfaultem, nach Verwesung, nach Verbrennung und nach Schmutz und Schweiß. Sie bewegte ihren Oberkörper nur ganz leicht, so dass wieder wenige Zentimeter zwischen ihren Armen lagen. Ihn hatte die kurze Berührung verwirrt, das merkte sie sofort. Seine Züge wurden hastiger. Seine Augen flackerten, als er sie jetzt kurz ansah.

»Wie aufregend«, sagte Stella, und ließ eine bedeutungsvolle Pause. Dann erst setzte sie ihren Satz fort: »Ihre Arbeit ist wirklich aufregend. Hier aus den Trümmern Verschüttete bergen. Das ist doch bestimmt eine Tätigkeit, die Sie mit großem Stolz erfüllt.« Er machte einen letzten Zug aus seiner Zigarette, die er aufgeraucht hatte, bis er sich schon den Mund daran verbrannt haben musste. Den winzigen Tabakrest ließ er vor seine Füße fallen und machte sich nicht einmal die Mühe, das letzte Glimmen auszutreten. Er stotterte einige Silben, die sich anhörten wie: »Ja«, »Na ja«, »Na«, »Je nu«. Stella hatte ihn anscheinend mit ihren Worten so verblüfft, dass er nicht wusste, was er darauf antworten sollte. »Viele Tote hier«, brummte er. »Und meine Männer müssen hart an der Kandare gehalten werden, nichtsnutziges Pack!« Stella verzog keine Miene. Sie wollte von ihm so viel wie möglich darüber erfahren, was Aaron zugestoßen war, und sie hatte begriffen, dass es nicht auf direkte Weise gelingen konnte. Sie wendete sich den Arbeitern zu, die ausgemergelt aussahen, manchmal schwankten sie unter der Last, die sie bewegten, aber sofort zwangen sie sich weiter. »Ihr Kollege ist auch mit verschüttet?«, machte sie den nächsten Anlauf. Er zögerte, warf ihr einen kurzen misstrauischen Blick zu, als wollte er sagen: Was geht dich das eigentlich alles an?, da zückte Stella schnell wieder die Zigarettenschachtel und hielt sie ihm hin. »Wollen Sie noch eine?« Sie lächelte ihn mit dem kokettesten Lächeln an, das sie in diesem Augenblick zustande bringen konnte, und bemerkte beiläufig: »Ich wollte eine Tante besuchen, die hier um die Ecke gewohnt hat, aber ihr Haus ist kaputt, die Wohnung ist weg. Nun kann ich nur hoffen, dass sie in Sicherheit ist. Will gleich wieder nach Hause.« Der Mann fiel auch über diese Zigarette her, als würde er sie vergewaltigen. »Schlimme Zeit«, sagte er wortkarg.

In diesem Augenblick stießen die Arbeiter Rufe aus. Sie kauerten sich auf den Boden und scharrten letzte Steine mit den Händen weg. Große Aufregung hatte von ihnen Besitz ergriffen. Auch die Umstehenden näherten sich aufgeregt. Der SA-Aufseher griff wieder nach seinem Knüppel. »Zurück!«, rief er. »Abstand halten!« Lysbeth stand mit irrem Blick ganz vorn in der Gruppe der Neugierigen. Stella tat so, als würde sie die Frau nicht kennen. Der SA-Mann zog noch hastiger an seiner Zigarette. Er hielt den Knüppel in einer Hand, die andere an der Koppel, als wäre er bereit zu schießen. Die Zigarette hing in seinem Mundwinkel. Er stampfte auf seinen schweren Stiefeln zu den Arbeitern, die jetzt durcheinanderriefen und -schrien. Nun kroch auf allen vieren ein Mann nach dem andern aus dem Loch hervor, das freigelegt worden war. Der Erste war ein dicker Mann in der gleichen Uniform wie der SA-Mann, mit dem Stella sich die ganze Zeit unterhalten hatte. Anschließend kamen einige kräftigere Männer, die drei offenbar schwer Verletzte oder Tote, auf jeden Fall Bewusstlose, mit herauszogen. Stella hatte sich unbemerkt genähert, so dass sie sehen konnte, ob Aaron dabei war. Mit jedem Mann, der verdreckt, blutend, hustend aus dem Loch kroch, sank ihr Mut. Aaron war nicht dabei.

Als Allerletzter robbte ein Mann aus dem Loch, der sich, kaum draußen, auf den Rücken legte, in den Himmel blickte und tief atmete.

Stella unterdrückte einen Schrei. Sie wendete sich ihrer Schwester zu und lächelte sie an. Lysbeth wollte losrennen, aber ein Wink von Stella hinderte sie daran. Der dicke Aufseher, der verschüttet gewesen war, fiel auf die Knie und erbrach sich. Sein Kollege blickte diskret weg. Dann nahm er die Zigarette aus seinem Mundwinkel und schob sie seinem Kumpel in den Mund. Der schlug sie weg. Da lag die Zigarette im Erbrochenen.

Stella, die sich behutsam der Szene genähert, ja, geradezu angeschlichen hatte, blieb in Habachtstellung stehen. Sie erwartete Schlimmes. Die Zigarette war die Geliebte dieses Mannes, von ihr war er abgöttisch abhängig. Sie seinem Kumpel an den Mund zu setzen, war aufopferungsvollster Ausdruck von Mitgefühl. Er musste sich tief verletzt fühlen, wütend auf seinen Kollegen und wütend auf sich selbst. Stella erwartete nicht, dass er jetzt seinen Kollegen erschießen würde, aber sie hielt jede andere impulsive Rachetat für möglich. Da setzte ihr klarer Verstand wieder ein. Sie eilte an die Seite des Aufsehers, reichte ihm die Zigarettenpackung, die noch halb voll war, und sagte: »Nehmen Sie. Ich rauche ja nicht, und mein Mann bekommt an Bord genug Zigaretten.« Sie drängte die Schachtel dem Mann in die Hand. Er packte zu. »Nichts für ungut«, sagte er, und in seiner rauen Stimme schwang alles mit, was er in den vergangenen Sekunden durchlitten hatte. Er klopfte eine Zigarette aus der Schachtel und zündete sie direkt an. Schon mit dem ersten Zug beruhigte er sich ein wenig und fühlte sich wieder als Herr der Lage. Stella wies auf die Männer. »Was machen Sie jetzt mit denen?« Er rieb nachdenklich seine Nase. »Die kommen heute ins Lager, können sich ausruhen. Morgen müssen sie wieder ran.« Er wies auf den Lastwagen, wo auf der Ladefläche Holzbänke standen. »Da kommen sie gleich rauf!«

Er wendete sich den Arbeitern zu, denen, die unter ihm arbeiteten, und denen, die gerettet worden waren. »Rauf da!«, schrie er und wies mit dem Knüppel zum Lastwagen. »Und zwar dalli. Keine Müdigkeit vorschützen!« Die Arbeiter packten ihre geretteten Leidensgenossen unter den Armen, halfen ihnen zum Lastwagen und hinauf. Die Bewusstlosen wurden getragen und ebenfalls auf den Wagen gehievt. In der allgemeinen Bewegung näherte Stella sich Aaron, der immer noch auf dem Rücken lag und in den Himmel blickte. Sie kniete neben ihm nieder. Er weinte. »Aaron«, flüsterte sie. »Steh auf und komm mit.« Verwirrt wendete er seine Augen, die in Tränen schwammen, zu ihr.

Sie wiederholte flüsternd ihre Aufforderung. »Da hinten ist Lysbeth«, sagte sie. »Sie wartet auf dich. Komm mit.« Schwerfällig erhob er sich und humpelte an Stellas Arm hinter dem Rücken des Aufsehers direkt auf Lysbeth zu. Lysbeth sagte keinen Ton. Sie fasste ihn am anderen Arm unter, die Menge der Menschen machte ihnen stumm einen Weg frei und schloss sich wieder hinter ihnen. Der SA-Mann hatte von alldem nichts mitbekommen.

»Mein Fahrrad«, sagte Aaron, als sie sich schon etwas entfernt hatten. »Wo steht es?«, fragte Stella. Aaron wies nach hinten.

Also machte sich Stella auf den Weg, um Aarons Fahrrad zu holen. Der Lastwagen mit den Männern, die gemeinsam mit Aaron verschüttet gewesen waren, setzte sich gerade in Bewegung. Der SA-Mann stand mit dem Rücken zu ihr und fuchtelte wichtig mit dem Knüppel herum. Stella entdeckte das Fahrrad auf der anderen Seite der Straße, genau in der Blickrichtung des Aufpassers. Sie überlegte noch, wie sie es am geschicktesten anstellen konnte, von ihm nicht bemerkt zu werden, denn sie wollte auf keinen Fall, dass Aaron mit ihr in Verbindung gebracht wurde. Da fuhr der Lastwagen auf die Straße, sie huschte vorher an ihm vorbei und schwang sich, verdeckt durch den Wagen, aufs Fahrrad. Sie trat in die Pedale und radelte so im Sichtschutz des Lasters davon.

Als sie bei Aaron und Lysbeth anlangte, fiel ihr erst auf, wie schrecklich er aussah. Seine Gesichtsfarbe hatte sich von Bleich mit eingefallenen dunklen Augen zu Grün und Grau verfärbt. Hätten wir ihn vielleicht mit den anderen fahren lassen sollen?, überlegte sie. Die kommen doch jetzt bestimmt zur Krankenstation.

Und wieder reagierte Lysbeth, als hätte sie Stellas Gedanken gelesen. »Ich bin froh, dass du nicht mit den anderen gefahren bist«, sagte sie. Aaron nickte. »Ich auch. Das Einzige, was mir Sorgen macht, sind die drei Schwerverletzten. Ich hoffe, sie karren sie nicht einfach irgendwohin und lassen sie verrecken.«

»Jetzt ist die Frage, wie wir dich nach Hause gekarrt kriegen«, sagte Stella mit einem ironischen Lächeln. Die Frage stellte sich in der Tat. Mit der Bahn zu fahren war Aaron verboten. Ihn allein mit dem Fahrrad fahren zu lassen, traute Stella ihm nicht zu. »Am besten radeln Lysbeth oder ich los mit dir auf dem Gepäckträger«, schlug sie vor. Sie hatte gar keine Lust, allein den umständlichen Weg von Harburg nach Hause unternehmen zu müssen. Und sie war auch kräftiger als die zarte Lysbeth. Aber sie brauchte Lysbeths energisches »Dann fahr ich!« gar nicht zu hören, um zu wissen, dass Lysbeth ihren Aaron jetzt auf keinen Fall aus den Augen lassen würde.

»Oder wenn ich lenke und du dich auf die Stange setzt?«, überlegte sie. Lysbeth sah sie zweifelnd an. »Wird das nicht zu schwer?«

»Fürs Fahrrad oder für mich?«, fragte Stella zurück. Und antwortete sogleich: »Ich habe schon wilde Pferde geritten, das war schwerer.« Sie musterte Lysbeth und Aaron und dann sich selbst. »Ihr beide seid Leichtgewichte. Ich glaube, das Fahrrad findet es sogar besser, wenn das Gewicht ausbalanciert ist.« Sie setzte sich kurz entschlossen auf den Sattel. »Kommt! Wir versuchen es mal!« Aaron schwang ein Bein über den Gepäckträger und unterstützte Stella mit beiden Füßen, das Fahrrad im Gleichgewicht zu halten. Lysbeth ließ sich im Damensitz auf der Stange nieder. Stella griff um sie herum, setzte das Fahrrad mit einem Schwung in Bewegung und trat in die Pedale. Aaron streckte beide Beine zu den Seiten aus. Die ganze Angelegenheit war weniger kippelig, als Stella befürchtet hatte. Ihr einziges Problem war die Nässe der Straßen. Wenn sie über Kopfsteinpflaster fahren mussten, schoben sie das Fahrrad. Zwischendurch bat Aaron um eine Pause. Er setzte sich auf eine Parkbank und stützte den Kopf in die Hände. Inzwischen sah er gelbgrün aus. Stella entnahm Lysbeths besorgten Blick, dass es mit ihm möglicherweise schlechter stand, als er zugab.

Aber zu guter Letzt schafften sie es und waren nach fast zwei Stunden zu Hause. So lange hatten sie auch gebraucht, um mit Straßenbahn und Bus nach Harburg zu gelangen. Kaum betraten sie das Haus, kam Cynthia ihnen entgegengestürzt. »Wo wart ihr?«, rief sie theatralisch aus. »Ihr seid in der Nacht fortgeblieben, alle drei! Wir haben uns solche Sorgen gemacht!« Da bemerkte sie den blutenden und verschrammten Aaron, der sich nur noch mühsam auf den Beinen halten konnte. Erschrocken schrie sie auf.

Lysbeth bugsierte Aaron an Cynthia vorbei zur Treppe nach unten. Stella erklärte: »Es hat einen Angriff auf Harburg gegeben. Aaron hat mit seiner Kolonne Schutz im Rathaus gesucht. Dann sind aber drei Volltreffer ins Rathaus gegangen. Sie waren alle verschüttet …« Cynthia hörte mit weit aufgerissenen Augen zu, Eckhardt, der während Stellas Worten hinzugekommen war, ließ einen schweren Seufzer hören. »Entschuldigt«, sagte Stella. »Ich will nach unten, vielleicht braucht Lysbeth mich.«

Aber Lysbeth hatte Aaron schon aufs Bett gelegt und war dabei, ihn auszuziehen. Sie wies Stella an, ihr Wasser warm zu machen und saubere Tücher zu bringen. Danach schickte sie die Schwester aus dem Zimmer.

Aaron lag mit geschlossenen Augen auf dem Bett, während Lysbeth ihn wusch und verarztete. Er hatte stärkere Schmerzen, als Lysbeth bisher wahrgenommen hatte. Was ist es?, fragte sie sich, während sie seine Wunden verarztete. Es musste unbedingt gewährleistet sein, dass er keine Infektion in die Wunden bekam. Er hatte ständig mit entsetzlich gefährlichen Keimen zu tun.

Als er sich auf dem Bett umdrehen sollte, stöhnte er auf. Er hatte starke Rückenschmerzen. »Als die Steine auf uns niederprasselten, habe ich mich hingesetzt und den Kopf unter den Armen versteckt. Aber ich bin im Rücken getroffen worden«. Lysbeth war erleichtert. Sie hatte schon befürchtet, dass es wieder um seine Lunge ging. Sie rieb seinen Rücken vorsichtig mit einer Salbe gegen Blutergüsse ein. Dann deckte sie ihn zu.

Aaron schlief sofort ein. Lysbeth wachte neben ihm. Wenn er aufwachte, flößte sie ihm Kräutertee ein. Dann schlief er weiter. Erst am nächsten Morgen wachte er wieder auf. Lysbeth machte ihm ein Frühstück, das für zwei Männer gereicht hätte, und Aaron langte kräftig zu. Sein Rücken war zwar blau und grün, aber die Wunden hatten sich gut verschorft, und nun war klar, dass er sich keine schlimmeren inneren Verletzungen zugezogen hatte.

Und wieder begab Lysbeth sich gemeinsam mit Aaron in die Johnsallee, um von Dr. Bertold Hannes ein Attest für Aaron zu bekommen, dass er nicht arbeiten durfte. »Besser, wir stellen das Attest nicht zu lange aus«, sagte er. »Ich habe gehört, dass sie auch an die Juden aus Mischehen ranwollen und die deportieren. Wenn er eine ›kriegswichtige‹ Aufgabe hat, nützt er ihnen hier mehr als dort.« In Lysbeths Brust gefror es zu Eis. »Jetzt noch?«, fragte sie mit hoher ängstlicher Stimme. »Der Krieg ist doch bald vorbei. Der ganze braune Spuk hat doch bald ein Ende.« »Das glaubst du, liebe Lysbeth«, meinte Dr. Hannes lakonisch. »Unsere sogenannten Führer glauben das aber nicht. Die bilden sich ein, immer noch siegen zu können. Wunderwaffe und so …« Aaron legte den Kopf schief. »Du meinst, die sagen das nicht nur, um die Allerdümmsten bei der Stange zu halten? Die meinen das so?« Dr. Hannes nickte. Während er nickte, schüttelten Aaron und Lysbeth mit den Köpfen. Sie konnten es nicht glauben.

»Na gut«, sagte Lysbeth, »aber eine Woche braucht er wenigstens, um sich auszukurieren. Am besten wären zwei Wochen.« »Eine Woche«, bestimmte Aaron. »Die anderen bekommen bestimmt keinen Tag frei.«

Dr. Hannes ließ sich von Aaron berichten, was überhaupt geschehen war. Nun erfuhr auch Lysbeth alle Einzelheiten. Die Männer hatten sich in den Keller des Rathauses geflüchtet. Dann kamen die Einschläge, und die Steine waren übers Treppenhaus nach unten gestürzt. Das Fenster war zerstört, und auch von draußen waren Trümmer in ihren kleinen Raum geschossen. Sie waren rundum eingeschlossen gewesen. Zwei von ihnen hatten vor Schmerzen gewimmert. Einem war die Schulter zertrümmert, dem anderen lag die Steinlast auf der Brust; er konnte sich nicht rühren und nicht atmen, bis sie ihn unter den Steinen herausgebuddelt hatten. »Zum Glück war ein Aufseher mit verschüttet«, erzählte Aaron. »Ich glaube, sonst hätten sie uns dort gelassen. Aber so haben sie Verstärkung geholt und uns befreit. Ich hatte Angst«, gestand er. »Wir hatten zwar Raum, um zu atmen, aber es ging nirgends ins Freie. Der Aufseher ist durchgedreht. Der hat die Nerven verloren.«

»Wie lange habt ihr da ausgehalten?«, erkundigte sich der Arzt.

»Stunden … ich weiß nicht mehr … Stunden …«

Lysbeth sprang ein: »Der Angriff war am Vormittag, und wir sind am darauffolgenden Vormittag dorthin gekommen. Spätnachmittag waren wir zu Hause.

»Sie haben die anderen ins Lager gebracht«, sagte Aaron, und wieder wurde deutlich, wie sehr er sich um die anderen sorgte. »Ich hoffe nur, dass es da anständige Ärzte gibt.«

Nach einer Woche musste er wieder nach Harburg. Und wieder kam er mit schaurigen Eindrücken zurück. Die kleinen Rundbunker waren umgerissen worden, die weißgekalkten Wände waren rot von Blut, ein Durcheinander von Toten. Aaron erzählte, dass die anderen abstumpften und dass auch er selbst manchmal Angst habe, seine Mitmenschlichkeit zu verlieren. »Dauernd Leichen auszugraben, macht stumpf und roh. Gestern hat einer gerufen: ›Sieh mal, was ich hier habe! Rate mal, was ist das? Eine Hand, ein Bein, ein Fuß?‹ Und die anderen haben mitgemacht bei dem Ratespiel. Sogar der Aufseher hat sich beteiligt.« Ansonsten hatte der Aufseher, der mit ihnen eingeschlossen gewesen war, seitdem einen besonders harten und barschen Ton angeschlagen, als schäme er sich wegen seiner gezeigten Angst und wollte die Scharte der Menschlichkeit wieder auswetzen.

23

Am 8. November feierten die Solmitz den halbjährigen Geburtstag von Richard mit einer kleinen Kaffeetafel. »Nur Glück und Gedeihen hat trotz steter fürchterlicher Gefahr dieses erste Halbjahr gebracht«, sagte Luise feierlich. Sie hatte Lysbeth und Stella eingeladen, außerdem waren einige der Frauen dort, die bei den Solmitz einquartiert waren. Adolf, der Sohn einer der Frauen, der Luise während der vergangenen Monate so treu geholfen hatte, den kleinen Richard zum Bunker zu tragen und ihn auch wieder abzuholen, war nicht da, er war zu einer Aufräumkolonne nach Harburg eingezogen worden. »Der arme Junge ist völlig fertig«, sagte seine Mutter. »Er muss immer nur Leichen bergen und fortschaffen.«

Auch diese Runde, die doch eigentlich festlich und gemütlich sein sollte, wurde schon bald durch das Gespräch über die neue Wunderwaffe geprägt, die anscheinend V2 hieß. Niemand wusste, was er sich genau unter V2 vorstellen sollte. »V2 soll geräuschlos sein«, raunte Luise. Alle nickten ängstlich. Sie erörterten wieder einmal die vielen unterschiedlichen Methoden des Tötens, die durch V2 ausgeübt werden könnten. »Ich frage mich, was geschieht, wenn die Engländer V2 vor uns haben«, sagte Stella. Nun nickten alle noch ängstlicher.

»Sprechen wir über etwas Angenehmeres«, unterbrach Fred die angespannte Stimmung. Luise kicherte und hob sogleich an: »Ich musste vielleicht gestern lachen. Da ließ in der Straßenbahn jemand die Tür auf, und die Schaffnerin schimpfte entrüstet: ›Der Mann ist ja wohl ausgebombt, dass er nicht mehr weiß, wozu 'ne Tür da ist!?‹« Alle stimmten ins Kichern ein, aber es klang beklommen.

Mitte November wurden die Nächte mörderisch. Es schneite. Bei Alarm in der schwarzen Finsternis durch Sturm, Regen und Schnee über die Glätte gefallenen Laubes zum Bunker zu gehen schien fast gefährlicher, als im Haus zu bleiben. Außerdem husteten und schnupften die Menschen im Bunker. Bei jedem Angriff wieder schwankte Stella zwischen bleiben oder gehen. Und es ging nicht nur ihr so, aber sobald die Angriffe stärker zu werden drohten, siegte doch wieder die Angst, und die Bunker füllten sich.

Immer wieder wurde von neuen Kriegswaffen gesprochen und geschrieben. Als Ende November am Morgen Alarm kam, der relativ schnell wieder vorbei war, sagte der Bunkerwart: »Das liegt an unserer neuartigen Abwehr. Deshalb werden wir verschont.« Die Menschen, die im Bunker gewesen waren, erzählten es weiter: »Wir haben eine neuartige Abwehr. Deshalb werden wir verschont.« Alle zogen zuversichtlich heim. Stella sagte laut: »Wer's glaubt, wird selig!« Eine ältere Frau fasste sie erschrocken am Arm und legte einen Finger auf den Mund.

Stella ging an der großen Birke vor dem Bunker vorbei, die auch die Hillebille trug, dieses Schlagbrett aus Hartholz, das an einem Lederriemen freischwebend aufgehängt war, und sobald es mit einem Klöppel zum Tönen gebracht wurde, den Nachbarn den Alarm nachdrücklich signalisierte. An der Birke hing auch ein Schild: »Pfui-Tommy-Platz«. Stella fragte sich, ob es dort schon länger hing und sie es nicht bemerkt hatte oder ob es erst jetzt dorthin gehängt worden war. Verärgert schüttelte sie den Kopf und schlug den Weg in die Kippingstraße ein.

Plötzlich überholte die ältere Frau aus dem Bunker sie. Stella zuckte leicht zusammen, als die sie ansprach. Sie hatte nicht bemerkt, dass sie verfolgt worden war. »Sie sind zu unvorsichtig«, sagte die Frau streng, und Stella dachte: Ach, da bin ich schon wieder an so eine Tausendprozentige geraten. Doch die ältere Frau fuhr fort: »Lassen Sie sich warnen. Es ist im Augenblick gefährlicher denn je, etwas zu sagen, was als Wehrkraftzersetzung verstanden werden kann. Und, glauben Sie mir, die Strafen sind drakonischer als jemals zuvor.«

Stella musterte die Frau aufmerksam. Sie hatte sie noch nie im Bunker gesehen. »Sie wohnen nicht hier, oder?«, fragte sie. Die Frau lächelte. Jetzt bemerkte Stella, dass sie noch gar nicht so alt war. Sie hatte nur schlohweiße Haare. »Ich will mit Ihnen nicht über mich sprechen. Ich wollte Sie nur warnen. Und bitte: glauben Sie mir und seien Sie vorsichtiger.« Stella bedankte sich. Als sie ihr Haus erreichten, ging sie nicht hinein, sondern geradeaus weiter. Sie wollte nicht, dass die Frau wusste, wo sie wohnte. Das Ganze war ihr unheimlich. So begleitete Stella die Fremde bis zur Bundesstraße.

Dort reichte die Frau ihr die Hand und verabschiedete sich. Stella sah, wie sie mit sich rang. Dann stieß sie hervor: »Mein vierzehnjähriger Sohn ist vor zwei Tagen abgeholt worden. Er hat einen dummen Witz gemacht. Ich habe Angst, dass ich ihn nie wiedersehe.« Sie drehte sich auf dem Absatz um und entfernte sich hastig Richtung Schlump. Stella blickte nachdenklich hinter ihr her. Ja, ich will vorsichtiger sein, dachte sie. Sie sollen nicht in den letzten Tagen noch all die kaputtmachen, die wichtig sind für hinterher.

Und wieder schlich sich der Gedanke an Anthony ein. Sie rechnete täglich mit einer Landung der Engländer. Wie würde es sein, wenn sie ihm gegenüberstände?

Stella hielt, was sie sich selbst versprochen hatte. Sie wurde vorsichtiger. Sie wollte diese letzte Kriegszeit überleben. Viele sagten, sie glaubten nicht mehr an Frieden. Sie fürchteten, dass es immer so weitergehen würde. Aber das war natürlich Unfug. Doch diese letzten Tage raubten noch vielen Menschen das Leben. Und das nicht nur durch die Fliegerangriffe. Im Bunker waren viele erkältet, sie husteten und schnupften. Eine Frau, die übel gehustet hatte, kam bald nicht wieder. Sie war gestorben. Niemand starb einfach an Husten, munkelte man, wahrscheinlich hatte sie Tuberkulose gehabt. Tuberkulose? Daran wollte Stella nun wirklich nicht sterben. Dann gab es Masernkranke im Bunker. Stella beschloss, den Bunker nicht mehr aufzusuchen. Ihr Haus war während aller Angriffe wie durch ein Wunder mehr oder weniger heil geblieben, die wenigen zerstörten Scheiben fielen nicht ins Gewicht. Sie hoffte einfach darauf, dass es so bleiben würde.

Das Ende des Jahres näherte sich, der Krieg dauerte an. Stellas Hoffnung auf ein schnelles Kriegsende erhielt einen Dämpfer, als Cynthia triumphierend berichtete, dass die deutschen Truppen bis in die belgischen Ardennen vorgedrungen waren und einundzwanzigtausend Gefangene gemacht hatten. Stella, aber auch alle anderen, wurden so mürbe, dass sich eine allgemeine Stimmung zwischen völliger Resignation bis hin zur Lebensaufgabe und einer Gereiztheit, die ständig zu explodieren drohte, ausbreitete.

Trotz allem kam Weihnachten und damit auch Jonnys Besuch. Er war sehr nervös, die Spannung, unter der er stand, war für Stella so spürbar, dass sie selbst unruhig wurde, wenn sie in seine Nähe kam. »Was ist los, Jonny?«, fragte sie. »Was hat dir so die Stimmung verhagelt?« Er wehrte ab. »Eigentlich nichts …« Aber einige Stunden später gestand er, dass die Folgen des Attentats vom 20. Juli ihn nach wie vor beunruhigten. Immer wieder erhalte er Nachrichten von Männern, mit denen er gut bekannt gewesen war. Einige waren unschuldig in Verdacht geraten, am Attentat beteiligt gewesen zu sein, und zum Glück nur entlassen worden. Aber ein Bekannter von ihm war kürzlich hingerichtet worden. Seine Frau hatte sich tapfer gehalten, aber nach der Hinrichtung war sie binnen zwei Tagen an Lungenentzündung gestorben. Nun saß die Großmutter mit sechs Kindern da, das älteste war eben Soldat geworden, das jüngste war erst zwei Jahre alt. »Was für eine Weihnacht«, stöhnte er. »Alles geht den Bach runter. Ich weiß nicht, was aus mir wird, wenn die Amerikaner oder die Engländer hier einmarschieren. Die Russen werden es ja hoffentlich nicht sein.«

Also gab auch Jonny den Nazis nur noch wenig Zeit. »Was meinst du denn, wie lange der Krieg noch dauert?«, fragte Stella ihn geradeheraus. Er blickte sich um. Sie lächelte. Der deutsche Blick. »Wir sind hier in unserer Wohnung, Jonny«, sagte sie leise. »Aber es gibt viele Ohren im Haus«, raunte er. »Komm, wir gehen spazieren.« Auch draußen sprach er nur, wenn um sie herum Natur und kein Mensch war. »Das militärische Hin und Her gefährdet alle, die irgendwie Verantwortung tragen«, seufzte er. »In Belgien und den Grenzgebieten hat es sich jetzt deutlich gezeigt. Entweder kommen die Amerikaner und erschießen die führenden Nazis, oder die Nazis kommen wieder zurück und bringen die um, die sich in den Dienst der Amerikaner gestellt haben, als Bürgermeister, zum Beispiel. Vier Bürgermeister von Feindes Gnaden und einige andere sind schon standrechtlich erschossen worden. Es wird gefährlicher denn je, irgendeinen Fehler zu begehen.«

Stella empfand Mitgefühl mit ihm. Er war jetzt fünfundfünfzig Jahre alt. Er kam ihr vor wie ein geschlagener alter Mann. Sie wusste nicht, was sie sagen sollte. Also griff sie einfach nach seiner Hand und ging mit ihm schweigend durch den dunklen Abend. Da stöhnte er auf. »Alle haben Angst, die einen höheren Posten bekleiden. Was geschieht mit uns, wenn wir besiegt sind? Aber es ist auch entsetzlich gefährlich, sich den Nazis zu früh zu entziehen. Noch gibt es einen Tag diese Sieger, den nächsten die andern. Auf die Dauer werden sich die Nazis nicht halten können, aber wann genau der Tag der Niederlage ist, weiß keiner.«

Sie hatten keinen Tannenbaum bekommen. Es gab einfach keine Tannenbäume zu kaufen. Die Nachfrage war verzweifelt groß und vergeblich. Cynthia verkündete in amtlichem Ton: »Ich begrüße es sehr, dass dieses kleinbürgerliche Relikt endlich verschwunden ist.« Also feierten sie die sechste Kriegsweihnacht ohne Baum und ohne Kerzen.

Es war kalt, drinnen wie draußen.

»Hoffentlich gibt es keinen Alarm«, seufzte Stella. Es grauste sie so sehr davor, den Bunker aufzusuchen. Dort froren alle, husteten und schnupften. Den Bunker zu heizen war verboten. Sie wusste gleichzeitig, dass sie mittlerweile nicht mehr die Standfestigkeit hatte, bei schlimmem Alarm im Haus auszuhalten. Sie brachte es einfach nicht mehr fertig.

Stellas Wunsch wurde erfüllt. Das Weihnachtsfest war trotzdem scheußlich. Dabei hatten Jonny und auch Renate Wenz einige Delikatessen aufgetischt, Renate hatte sogar einen richtigen Hasen ergattert, den Lysbeth mit Kräutern knusprig gebraten hatte, aber niemand war richtig froh.

Cynthia hatte auch vorgeschlagen, dass sie einander nichts schenken sollten, und die anderen hatten sofort eingewilligt, vor allem, weil sie ihr nichts schenken wollten. Aber nun gab es gar nichts: Keinen Weihnachtsbaum, keine kleinen Aufmerksamkeiten füreinander. Nur Essen und Trinken. Als das Essen verzehrt war und der Rumgrog seine Wirkung getan hatte, verabschiedeten sich Aaron und Lysbeth. Sie seien müde. Doch Stella wusste, dass sie ihr Zimmer mit Tannenzweigen und Kerzen geschmückt hatten und dass sie einander jetzt beschenken würden. Sie wusste auch, was Lysbeth Aaron schenken wollte, nämlich einen Pullover mit einem sehr komplizierten Norwegermuster auf der Brust, an dem sie während vieler vergangener dunkler Tage gestrickt hatte, während sie auf Aaron gewartet hatte.

Stellas Brust brannte neidisch auf diese beiden, die einander in dieser kalten und traurigen Zeit so viel Liebe geben konnten. Mit einem Mal wurde sie überflutet von einer traurigen und aussichtslosen Sehnsucht nach Anthony. Gleichzeitig wusste sie nicht einmal, ob es wirklich um Anthony ging oder nur darum, mit einem Mann jetzt ein paar innige Stunden zu verbringen, die ihren Körper und ihre Seele wärmen würden.

Nachdem Lysbeth und Aaron gegangen waren, gähnte sie demonstrativ lange und häufig, aber Eckhardt und Cynthia machten keine Anstalten, sich ebenfalls zurückzuziehen. Eckhardt sagte nach einem weiteren Rumgrog: »Stella, spiel doch ein paar Weihnachtslieder und lass uns noch ein wenig singen.« Renate Wenz kicherte, schlug sich aber sofort die Hand vor den Mund. Cynthia stimmte betrunken euphorisch zu: »Ja! Weihnachtslieder! Deutsche Weihnachtslieder! Wir wollen singen!« Da konnte Stella nicht länger an sich halten. »Was für ein kleinbürgerlicher Kram. Ich bitte euch! *O Tannenbaum, o Tannenbaum*! Das wollt ihr nicht singen! Oder: *Ihr Kinderlein kommet, zur Krippe her kommet*!, Cynthia, das ist doch unter deiner deutschen Würde. Nachher schmeißen sie dich aus der Frauenschaft, wenn rauskommt, dass du so was gesungen hast. Nein, das kann ich nicht zulassen!« Cynthia erhob sich, kippte ihren letzten Rumgrog hastig herunter, maulte: »Das muss ich mir nicht bieten lassen!«, und stakste bemüht gradlinig aus dem Zimmer. Pflichtschuldig erhob auch Eckhardt sich und hastete hinterher. »Pass bloß auf, dass sie nicht die Treppen runterfällt«, rief Stella.

»Endlich sind wir sie los!« Sie atmete prustend aus. »Wenn sie noch länger geblieben wäre, hätte ich sie erwürgt.« Fröhlich blickte sie von Renate zu Jonny. Aber die beiden waren sehr ernst. Renate ruckelte verlegen auf ihrem Stuhl herum. »Ich geh auch besser mal ins Bett«, sagte sie. Und war im Nu verschwunden.

»Was hab ich jetzt wieder verbrochen?«, fragte Stella trotzig. Jonny rückte näher an sie heran. »Ach, Stella«, sagte er gedehnt. »Du hast nichts verbrochen. Aber wir leben nun mal in Zeiten, wo man sehr vorsichtig sein muss. Cynthia muss es nicht mal böse meinen. Es reicht schon, wenn sie in ihrer Frauenschaft ausplappert, was du sagst. Und schon haben wir die Gestapo auf dem Hals. Und die Gestapo ist schärfer denn je. Die haben Panik. Die müssen sich ihrer Macht auf den letzten Drücker ganz besonders vergewissern.«

Stella begann zu weinen. »Dies ist das schrecklichste Weihnachten, das ich je erlebt habe«, schluchzte sie. Jonny nahm sie in die Arme. Sie warf sich weinend an seine Brust. »Jonny, das soll endlich vorbei sein. Ich halte es nicht mehr aus!« Jonny streichelte ihren Rücken und hielt sie fest. »Ja, meine Kleine«, flüsterte er an ihr Ohr. »Das soll endlich vorbeigehen. Aber vorher musst du vorsichtig sein.«

Sie tranken noch einen Rumgrog. Dann spielte Stella noch *O Tannenbaum* und sang dazu. Und dann gingen sie miteinander ins Bett. Stella hatte das Gefühl, dass das Bett nach hinten überkippte, und sie hielt sich an Jonny fest. Am nächsten Morgen hatte sie rasende Kopfschmerzen.

Am ersten Weihnachtstag trafen plötzlich Unmengen von Weihnachtsbäumen ein. In Haufen lagen sie am Kaiser-Friedrich-Ufer. »Die armen Bäume, nun sind sie alle umsonst geschlagen«, klagte Cynthia. Stella blickte sie entgeistert an. Ihr lag auf der Zunge zu sagen: »Nächstes Jahr wird eine Friedensweihnacht, da haben wir einen Tannenbaum, machen uns Geschenke und singen Weihnachtslieder. Und wenn du Glück hast, sitzt du nicht im Gefängnis, sondern bei uns am Tisch.« Sie verkniff sich die Worte, aber auf ihr Gesicht schlich sich ein vielsagendes Grinsen.

Am letzten Tag im Jahr gab es um 11.00 Uhr Alarm. »USA-Bomberverband«. Das war im Rundfunk noch nicht ausgesprochen worden, als der Verband schon die Elbmündung anflog. Stella, Renate, Lysbeth und Cynthia eilten in den Bunker. Die drei Männer blieben im Haus. Ohne genau erklären zu können, wieso, fiel es Lysbeth leichter, Aaron allein zu lassen, wenn Jonny da war. Im Bunker spielte ein Paar auf seinen Geigen Weihnachtslieder. Eine Frau keifte: »Weihnachten ist vorbei, ich kann diese rührseligen Weisen nicht mehr hören!« Da verstummten die Geigen. Draußen ging ein schwerer Angriff los. Einmal zitterte der Boden des Bunkers. In der Kippingstraße aber war nichts Schlimmes geschehen.

Um 18.00 Uhr ging der zweite Alarm los. Wieder stürmten alle zum Bunker. In der klaren Mondnacht leuchtete der Stern von Bethlehem. Die ebenfalls zum Bunker eilende Luise sagte zu Fred, der den kleinen Richard durch die Kälte trug: »Der herrliche Stern!« »Und die Menschen so schlecht«, antwortete eine unbekannte Stimme aus dem Dunkel. Stella und Lysbeth lachten.

Nach der Vollentwarnung gingen Stella und Jonny um 20.00 Uhr zu den Solmitz, wo sie zur Silvesterfeier eingeladen waren. Dort war alles festlich vorbereitet. Rollfleisch, Pudding, Wein, Kerzenschein. Kurz vor Mitternacht holte Luise den kleinen Richard aus dem Bett. Der Glühwein dampfte, im Rundfunk läuteten die Domglocken. »Aber- und Abertausende hat das alte Jahr grausig hinweggerafft, und wir treten mit der Gewissheit ins neue Jahr, dass es dem alten an Tod und Grauen nicht nachstehen wird«, sagte Luise mit feierlichem Ernst. Fred gab ihr einen Kuss und sagte beruhigend: »Hoffen wir, dass 1945 nicht ganz so grausam wird, wie du befürchtest.« »Aber jetzt ist Frieden und Behagen um uns.« Stella stieß mit den Solmitz an. »Und dafür danke ich euch, ihr seid wunderbare Gastgeber.«

Nun erklang der *Badenweiler Marsch* im Rundfunk, und dann folgte die Führerrede. Die Solmitz wagten nicht, sie auszustellen. Also kreischte Hitler im Hintergrund, während sie versuchten, sich leise weiter zu unterhalten. Gegen 1.00 Uhr gingen Stella und Jonny nach Hause.

Am 1. Januar flog draußen weiter Geschwader um Geschwader über die Stadt. Abends waren alle noch ganz erregt über das unheimliche gewaltige Schauspiel. Geschätzt wurden mehr als tausendfünfhundert feindliche Maschinen. »Wenn die auf Hamburg losgegangen wären, würde es die Stadt nicht mehr geben«, sagte Jonny düster.

Renate Wenz hatte zur Feier des Neujahrstages ein Huhn gespendet, das ihr ein dankbarer Kunde aus Elmshorn geschenkt hatte. Sie hatte dem Kunden gewahrsagt, dass seine Familie zusammen überleben werde, eine sibyllinische Aussage, denn wenn sie gemeinsam sterben würden, hätte Renate niemanden, der etwas reklamieren könnte. Sie war sehr davon überzeugt gewesen, dass der Mann seine Familie bei Angriffen nicht verlassen würde, also hatte sie unbesorgt von Gemeinsamkeit sprechen können. Nun gab es für alle Brathuhn. Sogar Cynthia, die seit Wochen schlecht gelaunt war, und sogar Eckhardt, der meistens nervös und wie getrieben wirkte, hatten glückliche rosige Gesichter und schwelgten in den aufgetischten Köstlichkeiten. Natürlich blieb ihnen auch an diesem Tag der Alarm nicht erspart. Zweimal gingen sie am Neujahrstag in den Bunker, wo sie insgesamt zwei Stunden verbrachten.

Es gab keine D- und Eilzüge mehr. Nach Scharbeutz zu kommen war nahezu unmöglich. Marthe war abermals schwanger, das Kind sollte Mitte März kommen. Wenn nicht noch ein kleines Wunder geschah, würde sie das Kind ohne Lysbeths Hilfe gebären müssen. Die Einschränkungen aufgrund der verknappten Ressourcen waren allenthalben spürbar. Mitte Januar wurde plötzlich bekanntgegeben, dass nun keine Pakete und Briefe mehr versendet werden dürften, nur noch Postkarten. Und nun wurden auch zwei Gassspartage in der Woche eingerichtet.

Es begann ein großer Flüchtlingsstrom aus dem Osten, der das Stadtbild auf eine neue Weise beeinflusste. Flüchtlinge aus Kattowitz in Oberschlesien trafen in Hamburg ein. Sie suchten hier Zuflucht und Frieden und fanden Gefahr und zermürbte Menschen vor. Zu den traurigen Geschichten über Ausgebombte, Tote und auseinandergerissene Familien in Hamburg kamen neue über die Flüchtlinge hinzu. Voller Entsetzen berichteten die Menschen auf der Straße und in den Läden von an Straßenrändern oder bei zwanzig Grad minus in oft unbedeckten fensterlosen Eisenbahnwagen erfrorenen Kindern, die in Hamburg oder auf den Zwischenbahnhöfen leise aus den Wagen entfernt wurden. Um den Altonaer Bahnhof gab es keine Milch mehr, die war beschlagnahmt für die Flüchtlingskinder aus dem Osten.

Die Russen befanden sich zwischen Namslau und Öls. Und auf dem Weg nach Posen. Es wurde gemunkelt, dass Danzig geräumt worden war. Die Leute umdrängten die Briefkästen. In Anschlägen wurde mitgeteilt, dass gewisse Gebiete postalisch gesperrt seien. Nun wurde wieder erlaubt, Briefe zu versenden, aber nur im Ortsverkehr. Zwischen Brieg und Gleiwitz wurde gekämpft. Oppeln war verloren. Angeblich gab es Straßenkämpfe in Bromberg, Richtung Elbing. Im Westen war Mühlhausen vom Feind besetzt. Die Angriffsspitzen näherten sich Breslau. Die bis dahin offene Stadt war angeblich zur Festung erklärt worden. Breslau war überall Gesprächsthema. Besonders im Bunker wurden Neuigkeiten darüber ausgetauscht, wer etwas von Flüchtlingen aus diesen Gebieten erfahren hatte. Plötzlich waren Briefe wieder überallhin erlaubt.

Es ging Schlag auf Schlag. Budapest wurde von den Russen eingenommen. Ebenso wie es am Anfang des Krieges in die entgegengesetzte Richtung gegangen war, kamen jetzt die Russen näher und näher.

In Hamburg gab es neben dem Krieg auch noch die üblichen Witterungsprobleme des Winters. Fuß- und Fahrwege mussten von Schnee befreit werden, alles kratzte und schippte, es klang und klirrte. Doch kaum war der Schnee geräumt, ging ein heftiger Schneesturm los. Stella stand am Fenster in der grauen Dämmerung und blickte hinaus, die Flocken wirbelten vorüber. Renate Wenz trat ins Zimmer. »Meine Güte!«, sagte sie, »Bei diesem Wetter sind Millionen Heimatlose auf den Landstraßen. Was haben wir es gut, warm und gemütlich.« Stella lächelte sie an. »So kann man es auch sehen.«

Am 30. Januar sprach der Führer wie immer an diesem Datum zu seinem Volk. Es war kaum möglich, diese Rede zu ignorieren. Stella, Renate und Lysbeth setzten sich also vor das Radio und hörten zu. Hitler begann mit 1932. Wie trostlos es damals gewesen sei, »die bürgerliche Welt völlig unfähig, dieser Entwicklung einen wirksamen Widerstand entgegenzusetzen … verschworene Gemeinschaft … Gnade und Segen des Allmächtigen … wir werden auch diese Not überstehen …« Die drei Frauen sahen sich an und verzogen ironisch das Gesicht. Sie sagten nichts. Es war zu gefährlich, bei einem offen verächtlichen Satz gegen Hitler von Cynthia erwischt zu werden. So rauschten die üblichen Beschimpfungen, Beschwörungen und Aufforderungen an ihnen vorbei. »Nie aussterbende Strohköpfe … bürgerliche Schafe … verbohrte Bürger … Garant für den endgültigen Sieg … unser unabänderlicher Wille, in diesem Kampf der Errettung unseres Volkes vor dem grauenhaftesten Schicksal aller Zeiten vor nichts zurückzuschrecken … wer der Nation feige oder charakterlos in den Rücken fällt … schimpflicher Tod … Solange bis der Sieg unsere Anstrengungen krönt … Ich: oftmals totgesagt und jederzeit totgewünscht, abschließend aber doch als Sieger! … Ich werde daher auch in den kommenden Jahren diesen Weg kompromissloser Vertretung der Interessen meines Volkes weiterwandeln … Ich erwarte deshalb von jedem Deutschen, dass er seine Pflicht bis zum Äußersten erfüllt, dass er jedes Opfer, das von ihm gefordert werden muss, auf sich nimmt; ich erwarte von jedem Gesunden, dass er sich mit Leib und Leben einsetzt im Kampf; ich erwarte von jedem Kranken und Gebrechlichen oder sonst Unentbehrlichen, dass er bis zum Aufgebot seiner letzten Kraft arbeitet; ich erwarte von den Bewohnern der Städte, dass sie die Waffen schmieden für diesen Kampf, und ich erwarte vom Bauern, dass er unter höchstmöglicher eigener Einschränkung das Brot gibt für die Soldaten und Arbeiter dieses Kampfes. Ich erwarte von allen Frauen und Mädchen, dass sie diesen Kampf – so wie bisher – mit äußerstem Fanatismus unterstützen. Ich wende mich mit besonderem Vertrauen an die deutsche Jugend.« Renate stützte den Kopf in die Hände, Lysbeth saß gerade aufgerichtet und lauschte aufmerksam, Stella betrachtete die Schwester und fragte sich, was in ihr wohl vorging. Da öffnete sich die Tür leise, und Cynthia trat in die Küche. Sie strahlte, als hätte sie eine Erscheinung gehabt. »Ist er nicht wundervoll?«, schwärmte sie. »Ich bin überzeugt, dass er es schaffen wird.« Stella sah sie mitleidig an. Lysbeth runzelte die Stirn. »Hm, meinst du wirklich?« Renate Wenz lächelte, erhob sich und stellte das Radio aus.

Der Sturm weitete sich immer noch aus. Es wurde gewarnt vor den Ruinen, die eine schwere Gefahr bildeten. In diesen unheimlichen Tagen bemächtigte sich Lysbeths eine seltsame Unruhe. Sie verstand nicht genau, wieso. Ja, Aaron war in den Ruinen besonders gefährdet, aber er strahlte so viel Stärke und Kraft aus, seine Einsätze waren zu

Ende, bevor die Dunkelheit einsetzte, denn auch die Aufseher hatten Angst vor herabstürzenden Ruinen, und sein eigener Aufseher wurde seit einiger Zeit netter und netter. Aaron hatte nicht mehr sehr viel mehr auszuhalten als alle anderen in diesen Kriegszeiten. Aber Lysbeth fieberte seiner Rückkehr am Abend entgegen, so wie sie es getan hatte, als er ganz zu Beginn von Tag zu Tag schwächer geworden war.

Nachts gegen 4.00 Uhr wachte sie auf, auch wenn es keinen Alarm gegeben hatte und alle anderen den Schlaf genossen wie Wasser in der Wüste. Ihre Beine waren unruhig und zappelig. Sie überlegte, welcher Nährstoff ihr wohl fehlte. Natürlich mangelte es ihr wie allen anderen an vielen Nährstoffen, aber das hatte es auch in den vergangenen Monaten getan, und da war es ihr nicht so gegangen. Sie griff nachts zu Aarons Hand und hielt sie fest. Sie horchte, ob er atmete. Sie selbst konnte kaum atmen vor Angst.

Sie vermied es, Aaron von ihrer Angst zu erzählen, aber sie vertraute sich nach einigen Nächten beim morgendlichen Hundespaziergang ihrer Schwester an. Stella hörte zu, fragte nach, erkundigte sich nach Lysbeths Träumen und erhielt die Antwort, dass Lysbeth sich an ihre Träume nicht erinnern könne. »Aber sie müssen schlimm sein«, sagte Lysbeth. »Ich wache mit rasendem Herzklopfen und panischer Angst auf.« Stella legte ihren Arm um die Schulter ihrer Schwester. Beide hingen ihren Gedanken nach. Lysbeths Gedanken allerdings gingen wild durcheinander.

Da sagte Stella: »Lysbeth, die Tante hat uns damals beigebracht, unserer Intuition zu vertrauen. Ich habe inzwischen gelernt, dass meine innere Stimme oft überlagert ist von allen möglichen anderen Antrieben und Gelüsten. Ich brauche immer etwas länger, um zu begreifen, welche Wahrheit ich gerade hören und welcher Wahrheit ich gerade folgen soll. Aber deine innere Stimme ist doch immer laut und klar.«

»Ich höre nicht, wohin ich folgen soll«, meinte Lysbeth kläglich. »Ich fühle nur Angst!« Stella nickte energisch mit dem Kopf, als wollte sie Lysbeth genau die Richtung weisen. »Ja«, betonte sie laut. »Du hast Angst. Wenn du bisher Angst hattest, war erhöhte Wachsamkeit geboten. Es gab immer Grund für Angst. Also ist es auch jetzt wichtig, wachsam zu sein.«

»Das bin ich sowieso«, murmelte Lysbeth. »Ich möchte gern wissen, ob ich einfach etwas für meine Nerven zur Beruhigung tun soll oder ob ich mich schon mal bereitmachen soll, Aaron zu verstecken.« Sie schreckte auf, hob den Kopf, als horche sie auf einen fernen Ton. »Was hab ich da eben gesagt?«, fragte sie.

»Du willst entweder einen Nerventrunk zu dir nehmen oder Aaron verstecken«, flachste Stella.

»Nein, nein!« Lysbeth hielt den Kopf schief und sah Stella nachdenklich an. »Wieso bin ich nicht eher darauf gekommen!?« Sie schlug sich mit der flachen Hand gegen die Stirn. »Sie haben im Januar wieder Juden abtransportiert, Stella«, rief sie. Stella legte ihr reflexartig die Hand auf den Mund. Zwei ältere Frauen, die vor ihnen gingen, drehten sich um. Stella tat so, als wische sie etwas von Lysbeths Mantel. Sie warf den beiden Leuten ein strahlendes Lächeln zu. Dann zischte sie: »Du bist wohl von allen guten Geistern verlassen.«

Lysbeth war puterrot geworden. Sie entschuldigte sich bei Stella für ihre mangelnde Vorsicht. Leise fügte sie hinzu: »Beim letzten Transport wurden viele Juden aus nichtprivilegierten und sogar aus privilegierten Mischehen mitgenommen. Ich glaube, Aaron und ich haben uns in Sicherheit gewiegt, weil er diese gefährliche Arbeit macht, wer soll das denn sonst tun, aber es hat weniger Angriffe gegeben, weniger Tote, und außerdem, die wollen die Juden nun einmal loswerden. Ich muss mit ihm sprechen.« Sie drehte sich auf dem Absatz um.

Stella lachte. »Er ist nicht zu Hause, Lysbeth. Du kannst nicht sofort mit ihm sprechen.« Lysbeth schüttelte sich. »Oh, Mensch, ich bin völlig tüttelig!« »Ja«, stimmte Stella zu. »Das bist du. Denn wenn du mit ihm sprichst, musst du ja auch einen Vorschlag machen, wo er sich verstecken kann.« »Muss ich nicht«, widersprach Lysbeth. »Wir können das gemeinsam überlegen.«

Sie setzten ihren Weg schweigend fort, bis sie an der Alster umkehrten und wieder nach Hause gingen. Beide hatten kalte Hände und Füße bekommen. Der Wind pfiff ihnen um die Ohren. Die Hunde zitterten vor Kälte. Auf dem Rückweg sagte Stella: »Lysbeth, du kannst ihn nicht zu Helga und Helmut geben. Wir haben kein Auto, wir wissen nicht, wie wir dorthin kommen.«

»Und nach Scharbeutz?«, überlegte Lysbeth.

»Nach Scharbeutz?« Stella war sehr erstaunt über diese Idee. Als sie sich im Juli 1943 in Scharbeutz in Sicherheit gebracht hatte, war ihr dieser Ort nicht als ideales Versteck für einen Juden erschienen. Das *Kurhotel Ahrberg* war wie eine gläserne Puppenstube. Jeder wusste, was im Nebenzimmer vor sich ging. Frau Ahrberg und ihre Schwiegertochter hatten zu allen Zimmern Zugang.

Lysbeth hatte dort diese junge Frau, Marianne, kennengelernt, die inzwischen ja auch schon bei ihnen zu Besuch gewesen war. Vielleicht dachte sie an diese. »Aber Lysbeth, selbst wenn Marianne Aaron verstecken könnte, wie willst du denn mit ihm dort hinkommen? Und wie wollen wir sein Verschwinden erklären?«

Lysbeth lächelte. »All diese Fragen habe ich schon so viele Male durchdacht. Ich müsste mich scheiden lassen wollen. Und das müsste ich allgemein verbreiten. Er müsste einen Selbstmord vortäuschen. Es gibt genug Juden, die sich umbringen. Wir müssten alles gut vorbereiten. Und wir bräuchten einen falschen Ausweis für ihn.«

»Woher sollen wir den denn bekommen?«, fragte Stella entgeistert. »Lydia ist tot. Wir haben nicht ihre Verbindungen. Und die Tante ist auch tot. Und sie hat uns auch gesagt, wir sollen nichts Verbotenes tun.« Sie hatte sich in Rage geredet. Wieder lächelte Lysbeth, als hätte sie all diese Fragen schon beantwortet. »Die Tante hat gesagt, wir sollen überleben. Wenn wir fürs Überleben einen falschen Ausweis für Aaron benötigen, dann müssen wir den besorgen. Aber vielleicht geht es auch anders.«

Beide schlugen einen noch schnelleren Schritt an. Die Kälte kroch durch die Kleidungsstücke hindurch. Dabei trugen sie schon dicke Pullover unter ihren Wintermänteln. Dieser Spaziergang erinnerte Lysbeth an den, den sie im Januar 1943 in Scharbeutz mit Dritter gemacht hatte. Anschließend war sie furchtbar krank gewesen. »Lass uns laufen«, schlug sie vor. Stella fiel sofort in einen Laufschritt, was mit den dicken Winterstiefeln seltsam schwerfällig aussah. Lysbeth bekam nach einer kurzen Strecke Seitenstechen. Sie keuchte: »Das schaff ich nicht. Langsamer.« Also richtete Stella sich nach ihrer Schwester. So langten sie endlich zu Hause an.

Dort kochte Lysbeth eine große Kanne Tee aus selbst gesammelten und getrockneten Brennnesseln. Sie setzte sich an den Tisch neben dem Fenster zum Garten, beobachtete die Hühner, die in ihrem Auslauf herumliefen und die Körner aufpickten, die Stella ihnen hingeworfen hatte, und dachte nach.

Als Aaron abends heimkam, überfiel sie ihn mit ihrer Idee. »Wir müssen dich verstecken, Aaron. Ich habe mir schon alles überlegt.« Aaron sah sie an, als mache er sich Sorgen um ihren Geisteszustand. Er verließ das Zimmer, um sich zu waschen. Als er zurückkam, setzte er sich Lysbeth gegenüber, ergriff ihre Hände und sagte: »Ich merke das schon seit einiger Zeit: Du schläfst schlecht, oder?« Lysbeth nickte. »Ja, und …«

Aaron legte lächelnd eine Hand auf ihren Mund. »Du machst dir zu viele Sorgen, Liebste. Der Spuk ist bald vorbei. Dann wird alles anders.« Er wollte sie küssen, aber diesmal machte Lysbeth sich frei. »Aaron, sie haben im Januar wieder Juden deportiert. Diesmal auch aus Mischehen. Ja, ich schlafe schlecht. Ich habe Angst um dich, und du weißt, dass ich manchmal Ahnungen habe. So etwas ist das jetzt. Wir müssen dich verstecken.«

Aaron lehnte sich in seinem Stuhl zurück und betrachtete Lysbeth aufmerksam. »Ich habe Hunger«, sagte er schließlich. »Mit leerem Magen kann ich nicht denken. Gib es zu: Du hast nichts vorbereitet.« Lysbeth machte ein schuldbewusstes Gesicht. Er lachte. »Komm, wir gehen in die Küche.«

Das anschließende Gespräch verlief ergebnislos. Aaron zeigte zwar Verständnis für Lysbeths Angst, aber er teilte sie nicht. Auch ihren Plan, Dritter mit einem Bauernwagen nach Hamburg zuckeln zu lassen und Aaron auf dem Rückweg unter irgendwelchen Dingen zu verstecken, verwarf Aaron sofort als nicht durchführbar. »Woher soll Dritter die Genehmigung kriegen? Nach Hamburg mit Traktor und Anhänger, wie stellst du dir das vor? Und was soll er aus Hamburg heraustransportieren? Lysbeth, das sind Schnapsideen.«

Aber Lysbeth ließ nicht locker. Sie dachte weiter nach. Sie erinnerte sich an Alma Stobbe, mit der die Tante befreundet gewesen war und mit der sie gemeinsam irgendwelche Sachen gemacht hatte, über die sie nicht gesprochen hatte. Aber Lysbeth und Stella wussten, dass es subversive Dinge gewesen waren. Nur: Wo sollte sie diese Frau finden? Die Tante hatte ihnen nie deren Adresse gegeben. In Altona hatte sie gewohnt, so viel wusste Lysbeth. Aber Altona war zerstört, dort nach all den Jahren eine junge Frau zu finden, die Widerstand gegen die Nazis leistete, war aussichtslos. Vielleicht war Alma Stobbe auch längst tot.

Lysbeth versuchte, mit Dritter am Telefon darüber zu sprechen, dass er nach Hamburg kommen müsse, am besten mit einem Auto. Dritter weigerte sich. »Ich kann Marthe auf keinen Fall allein lassen. Sie hat furchtbare Angst, dass die Russen hierhinkommen. Sie hat Angst, das Kind zu verlieren. Sie hat Angst, dass das Kind zu früh kommt. Sie hat

Angst, dass du nicht da sein wirst, weil ja keine Züge mehr fahren. Ich kann nicht nach Hamburg kommen. Und ich verstehe auch nicht wirklich, warum ich das tun sollte. Kannst du dich mal etwas deutlicher ausdrücken?« Nein, genau das konnte Lysbeth nicht. Sie bat ihn darum, am kommenden Tag dafür zu sorgen, dass Marianne ans Hoteltelefon ginge. Das versprach er, erleichtert, dass er wenigstens diesem Wunsch nachkommen konnte.

Aber das Telefonat mit Marianne verlief nicht viel anders. Marianne verstand zwar, dass Lysbeth ein Anliegen hatte, das sie nicht klar formulieren konnte. Und sie verstand auch, dass Lysbeth wollte, dass jemand mit einem Auto nach Hamburg kam, aber sie machte völlig klar, dass sie dafür keine Möglichkeit sah. Sie selbst hatte weder ein Auto, noch konnte sie Auto fahren. Die Bauern im Ort zuckelten auf ihren Landmaschinen herum, aber die würden nie und nimmer nach Hamburg fahren. »Das würde ja eine Woche dauern«, lachte Marianne. »Warum sollten die das tun?«

Nach diesem Telefonat war Lysbeth entsetzlich niedergeschlagen. Sie spürte immer dringlicher, dass Aaron in Gefahr war, und sie war sich fast sicher, dass es mit den Judentransporten zu tun hatte.

Anfang Februar wurde die Nachricht durchgegeben, dass Berlin im Verteidigungszustand war. Vierzig Kilometer sollten die Russen von Berlin entfernt sein. Sie rückten unaufhaltsam vor, als ob es keine Hindernisse mehr gäbe, wie Wasser bei Dammbruch oder stetig steigende Flut.

In Hamburg trafen die ersten Berliner Flüchtlinge ein. Eckhardt erzählte von einer jungen Frau, die in der Bahn ohnmächtig geworden war. Alte Frauen hatten ihr geholfen, wieder zu sich zu kommen. Sie hatte erzählt, dass sie vierundzwanzig Stunden nichts gegessen hatte. Sie wollte über Hamburg nach Wien.

In Hamburg wurden Gerüchte über Luftlandegefahr verbreitet und darüber, dass Tausende von feindlichen Schnellbooten startbereit seien. In einigen Bunkern war schon bekanntgegeben worden, dass ein langgezogenes Zeichen Angriff durch Fallschirmjäger oder Luftlandetruppen bedeutete. Die Menschen waren alle unruhig. Im Gegensatz dazu beruhigte Lysbeth sich ein wenig. Vielleicht ahnte sie auch, dass nun bald alles vorbei sein würde. Vielleicht spürte sie die Angst derer, die etwas zu verlieren hatten, wenn die Engländer oder Amerikaner einmarschierten. Wahrscheinlich war es wirklich dumm, Aaron jetzt der Gefahr einer Flucht und eines Verstecks auszusetzen.

Es gab noch weniger zu essen. Die Lebensmittelkarten, die für vier Wochen schon aufs knappste bemessen waren, mussten nun für fünf Wochen reichen. Begründet wurde diese neue Einschränkung mit den Hunderttausenden von Flüchtlingen und mit dem Landverlust.

Im Radio sagte Staatsrat Georg Ahrens, genannt »Onkel Baldrian«: »Wenn wir freiwillig Gas und Strom sparen über das vorgeschriebene Maß hinaus, werden wir den Krieg doch noch glücklich zu Ende führen.« Stella lachte hell auf. »Der Mann hat selbst zu viel Baldrian genommen – oder wer weiß, noch stärkere Drogen.« Lysbeth wollte seine Worte nicht hören. Es beunruhigte sie. »Und wenn etwas dran ist und die Deutschen diesen Krieg doch noch gewinnen?«, fragte sie die Schwester. Stella schlug sich lachend gegen die Stirn. »Die Russen stehen vor Berlin. Meinst du, sie kehren plötzlich wieder um und laufen vor den Berlinern weg?« Lysbeth lächelte verlegen. »Ich hab solche Angst um Aaron«, sagte sie mit kleiner Stimme. Stella umarmte die Schwester fest. »Ach, meine Süße, schmiede doch lieber schon mal Pläne, was du hinterher tun willst.«

Ein fürchterlicher Sturm tobte. Früher dachten die Hamburger bei solchem Wetter bedauernd an Matrosen und Seeleute, nun wurde der Millionen Flüchtlinge gedacht, die auf der Landstraße lagen. Tausende erfroren an den Wegrändern, besonders kleine Kinder. Mitleidig wurde erzählt, dass die Mütter ihren Kindern Zettel angeheftet hätten: Bitte die Leiche begraben. Andere Mütter hätten ihr erfrorenes Kind weiter mitgeschleppt.

Die Bedrängnis wurde immer spürbarer. Der Jahrgang 1929 wurde zum Volkssturm aufgerufen, das waren fünfzehn- oder sechzehnjährige Jungs. Dann wurde amtlich bekanntgegeben, dass im Falle einer Luftlandung fünf Minuten lang die Heulsirene ertönen werde. Man rechnete offenbar von Tag zu Tag mehr mit einer Luftlandung.

Dann hieß es, dass in Berlin durch Rundfunk bekanntgegeben worden war, keiner dürfe raus, keiner dürfe rein. Wer die Stadt dennoch verlasse, sei ein Saboteur. Und was mit Saboteuren geschah, wusste jeder.

Am Morgen des 12. Februar 1945 lag dichter Nebel vor den Fenstern. Kinder warfen mit unendlichem Vergnügen Trümmerbrocken in den Bombentrichter der Schrebergärten, der sich mit Wasser und Eis gefüllt hatte. Da erschien der Briefträger und übergab Lysbeth ein amtliches Schreiben, adressiert an ihren Mann. Lysbeth wusste sofort, was drinstand. Sie fühlte sich, als schnitte jemand mit einer scharfen Rasierklinge mitten durch ihre Brust. Sie öffnete den Brief und las. Aaron sollte sich am 14. Februar an der Sammelstelle einfinden. Es gehe zum Arbeitseinsatz nach Theresienstadt. Lysbeth wurde schwarz vor Augen. Der Brief segelte zu Boden. Lysbeth sank hinterher.

Als sie wieder aufwachte, empfand sie so einen starken Schmerz in ihrer Brust, dass sie meinte, sie würde daran sterben. Das war nicht auszuhalten! Sie wusste auch nicht, wie sie Aaron erreichen konnte. Er war zwar immer noch in Harburg, aber er selbst wusste am Morgen nicht, wo er eingesetzt werden würde.

Sie wagte nicht, ihr Zimmer zu verlassen und nach oben zu Stella zu gehen. Sie hatte das Gefühl, dass alles noch realer würde und sie den Schmerz nicht aushalten könnte, wenn sie darüber spräche. Außerdem, was sollte sie schon sagen?

Schwerfällig wie eine Greisin schlich sie nach unten in ihr Zimmer, setzte sich auf den Sessel vors Fenster und starrte vor sich hin. Allmählich wurde der Schmerz in ihrer Brust von einem wilden Getümmel in ihrem Kopf abgelöst. Es musste doch eine Möglichkeit geben, verdammt nochmal, wie sie Aaron auch in letzter Minute noch retten konnte. Sie spielte viele Szenarios durch, aber die meisten waren so gefährlich und so verrückt, dass sie sie sofort wieder verwarf. Sie blieb an der Idee hängen, Aaron noch am selben Abend eine Kapitänsuniform von Jonny anzuziehen und mit ihm gemeinsam nach Scharbeutz zu fliehen. Auch wenn es keine D-Züge mehr gab, so fanden sie vielleicht Busse, die sie der Ostsee näher brachten. Möglich müsste das sein.

Als sie diese Idee mehrmals im Kopf durchgespielt hatte, erhob sie sich und ging zu Stella. Auch Stella wurde bleich, als Lysbeth ihr das amtliche Schreiben reichte. Auch Stellas Knie wurden weich, und sie fiel auf den nächsten Sessel. Aber Lysbeth war schon in einer ganz anderen Stimmung. Sie unterbreitete Stella ihre Idee, und Stella setzte sich sofort in Bewegung. Sie lief ins Schlafzimmer und suchte im Kleiderschrank nach einer Uniform von Jonny. Aber dort hing nur Jonnys

Uniform aus dem Ersten Weltkrieg. Lysbeth sagte sofort: »Die nehmen wir. Die ist auch schmaler, die passt Aaron besser.«

Stella gab zu bedenken: »Das ist keine Uniform von heute, Lysbeth. Damit fällt er viel zu sehr auf. Das ist wie eine Theateruniform.« »Ich finde sie schnieke«, antwortete Lysbeth lakonisch, nachdem sie die Uniform eingehend gemustert hatte. »Und die meisten Menschen haben ebenso wenig Ahnung von Uniformen wie ich.«

»Ja, aber diejenigen, die die Macht haben, Aaron abführen zu lassen, die haben Ahnung«, widersprach Stella zornig. »Lysbeth, du kannst dir die Welt nicht anders zurechtbasteln, als sie ist.« Lysbeth baute sich vor ihrer Schwester auf. Sie hob die Arme gen Himmel, als wollte sie fortfliegen. »Was dann?«, rief sie. »Dann sag mir: Was dann? Wir müssen schnell handeln!«

»Ich verstehe auch nicht, warum dieser vermaledeite Brief erst heute gekommen ist …«, murmelte Stella. »Er muss sich morgen schon fertigmachen. Wir haben ja gar keine Chance mehr.« Lysbeth brach in Tränen aus. »Wir müssen eine Chance haben. Ich lasse ihn nicht gehen. Das ist sein sicherer Tod.«

Da hörten sie, wie unten die Haustür geöffnet wurde. Lysbeth raste die Treppen hinunter und in Aarons Arme. Er sah sehr ernst aus. »Du bist früher gekommen«, sagte sie zwischen Schluchzen und Küssen. Er blickte sie an. »Du weißt es also schon«, sagte er. »Das ist gut. Ich hatte Angst, es dir sagen zu müssen.«

Hand in Hand gingen sie nach unten und teilten einander mit, was sie wussten und was sie sich überlegt hatten. Aaron lachte herzhaft über Lysbeths Vorschlag, in Jonnys alter Uniform mit dem Bus nach Scharbeutz zu gondeln. »Lysbeth, ich glaube, dass ich am schlimmsten dran bin, wenn ich jetzt noch irgendwie ins Gefängnis komme. Die sind nicht mehr zimperlich. Und wer weiß, was sie im letzten Augenblick mit denen anstellen, die sie hier noch in den Lagern haben. Theresienstadt liegt in Polen, ich bin sicher, dass die Russen bald dort sind. Ich kenne viele, die nach Theresienstadt abtransportiert worden sind. Vielleicht kann ich da sogar helfen. Die brauchen doch Ärzte.«

Lysbeth starrte ihn an, als hätte er ihr gerade verkündet, dass er eine andere Frau liebe. »Das meinst du nicht ernst«, sagte sie tonlos. »Das meinst du nicht ernst. Du willst nicht ernsthaft weg von mir.«

Aaron umfasste ihre Schultern. »Lysbeth, doch, ich meine das ernst. Ich habe genau wie du alles überlegt, was mir jetzt noch möglich ist, und ich bin überzeugt, dass ich dahin mitfahren muss. Alles andere ist viel gefährlicher.«

»Aber wenn dein Zug bombardiert wird«, schrie Lysbeth verzweifelt.

Aaron griff nach ihren Händen und hielt sie fest. »Das kann auch passieren, wenn wir beide mit dem Bus irgendwohin flüchten«, sagte er ruhig. »Das kann überall passieren.« Er schüttelte den Kopf. »Ich habe auch überlegt, mich in irgendeiner Ruine zu verstecken. Ich bin überzeugt, dass es einige Juden gibt, die das seit 1943 tun. Da sind einige verschwunden und nicht wieder aufgetaucht. Ob sie tot sind oder nicht, weiß keiner. Aber, Lysbeth«, er blickte sie beschwörend an, »erstens ist auch das lebensgefährlich, genau wie übrigens meine tägliche Arbeit, und zweitens will ich irgendwie nützlich sein. Ich glaube, ich kann da als Arzt helfen.«

Lysbeth sah die Hoffnung in seinen Augen und wusste, sie hatte verloren. In diesem Augenblick begriff sie erst in vollem Ausmaß, wie schrecklich die Arbeit war, die Aaron seit Jahren hatte tun müssen. Er hatte Leichen ausgebuddelt, auf einen Haufen geworfen, angezündet. Er hatte nur mit Zerstörung und Tod zu tun gehabt. Die Aussicht, mit diesem Transport den Menschen, die mit ihm unterwegs waren, und denen, die in Theresienstadt waren, helfen zu können, machte ihn blind für jede Gefahr. Und wenn sie ehrlich war, stimmte sie ihm sogar zu. Lebensgefährlich war es für ihn jeden Tag und jede Nacht. »Sie können dich quälen«, sagte sie matt. »Sie können dich schlagen. Sie können dich verhungern lassen … ich habe doch gesehen, wie sie die armen Juden zu den Transporten zusammentreiben.« Aaron lachte leise. »Das mit dem Hungern ist allerdings ein Argument. Ansonsten, mein liebes Lyschen, quälen und schlagen sie uns jeden Tag. Daran bin ich gewöhnt.« Lysbeth brach in lautes Weinen aus. »Ich will nicht, dass du weggehst! Ich will nicht, dass du weggehst!«

Aaron rüstete sich mit Arbeitszeug aus und vielen warmen Sachen, denn der Winter war kalt, einigem Proviant und mit so viel im Alltag Nützlichem, wie er tragen konnte. Cynthia und Eckhardt verabschiedeten sich betreten und peinlich berührt von ihm.

So ging es zur Sammelstelle, dort fand noch eine kurze Untersuchung auf Transportfähigkeit statt. Aaron war gesund und musste den bitteren Weg mit sechzig Familienmüttern und dreihundert Männern aus Mischehen antreten. Alles zog sich endlos hin, und so wurde der schwere Abschied noch schwerer. Dann fuhren sie mit Lastwagen durch Hamburg zum Güterbahnhof. Lysbeth saß stumm neben ihm und krallte sich an seiner Hand fest. Sie und die anderen Angehörigen durften die Menschen, die deportiert werden sollten, noch begleiten.

Die SS zeigte am Bahnhof gleich, in welchem Ton man nun mit den Menschen umgehen würde. Viele zogen schüchtern die Schultern hoch und versuchten, sich unsichtbar zu machen. Aaron blieb ruhig. Er kannte diesen Ton, und er hatte gelernt, auf der Hut zu sein. Dafür brauchte er Ruhe und Gelassenheit. Nun sollten sie sich in die Güterwagen begeben. Das war der Zeitpunkt für den endgültigen Abschied. Lysbeth fühlte nichts mehr. Sie war wie ein Stück Holz, taub, hohl. Aaron umarmte sie und hielt ihr Gesicht zwischen seinen Händen. In seinen Augen standen Tränen. »Ich komme wieder, Lysbeth! Ich verspreche es dir hoch und heilig. Glaub mir!« Da schrie einer der SS-Männer ihn an. »Los jetzt! Aber dalli, dalli!« Aaron drehte sich noch einmal um und rief: »Ich denke an dich morgens um zehn und abends um zehn. Tu du es auch, dann treffen wir uns.« Da bekam er einen Hieb mit einem Knüppel. Er ging leicht in die Knie, richtete sich aber sofort wieder auf. Er schwang sein Gepäck in den Wagen und stieg hinterher. Die Güterwagen waren getrennt für Frauen und Männer. Drinnen waren ein paar Holzbänke aufgestellt, es hingen notdürftig ein paar Glühbirnen von den Decken. Lysbeth folgte mit den Augen Aaron, der wie die anderen auch versuchte, sein Gepäck zu verstauen. Im Waggon daneben waren die Frauen zwischen dreißig und siebzig Jahren, alle ein Häufchen Unglück. Man sah ihnen an, dass sie aus mehr oder weniger geordneten und guten Verhältnissen kamen. Die meisten waren völlig hilflos. Eine von ihnen sah völlig apathisch aus. Sie hatte sich am Bahnhof von fünf Kindern und ihrem Mann verabschiedet. Dieses Bild ließ wieder Leben in Lysbeth sickern. Als der Zug losfuhr, tauschte sie einen letzten Blick mit Aaron. »Liebster, Geliebter, komm zurück«, flüsterte sie. Erst als der Zug verschwunden war, schossen ihr Tränen in die Augen.

24

Seit Aaron fort war, hatte Lysbeth sich tief in sich selbst zurückgezogen. Stella wusste schon, dass dies Lysbeths Art war, auf seelische Erschütterungen zu reagieren. Dann verschwand sie zu irgendeinem Punkt in sich selbst, wo sie sich offenbar retten konnte. Niemand außer ihr konnte dorthin. Früher, wenn Lysbeth auf diese Weise verschwunden war, hatte Stella gelitten und darum gekämpft, dass ihre Schwester wieder aus ihrer Versenkung heraustreten sollte, jetzt beschränkte sie sich darauf, zu kontrollieren, dass Lysbeth aß und nicht zu lange allein war. Ihre einzige Angst war, dass Lysbeth sich umbringen könnte. Aber solange sie die Schwester in ihrer Nähe wusste, war sie einigermaßen beruhigt.

Dann hörten sie im Radio von dem schweren Angriff auf Dresden und Umgebung. Bisher war Sachsen verschont geblieben. In der Zeitung stand, dass Dresden dreimal in zwölf Stunden schwer beworfen worden war. Die Überschrift lautete: »Ungeheurer Terrorangriff«. Der Zwinger war weg, das Schloss, die Hofkirche und vieles andere Unersetzliche. Diese Nachricht brachte Lysbeth für kurze Zeit in die Realität zurück. Gemeinsam mit Stella versuchte sie, alles über Dresden in Erfahrung zu bringen. Lysbeth selbst hatte erlebt, was ein Feuersturm anrichtete. Da gab es keine Rettung mehr. Sie hörten von Frauen, die mit ihren Kindern durch die brennenden Straßen Dresdens gerannt waren auf der Suche nach einem Ort, wo man noch atmen konnte. Sie hatten große Angst um Helga und Helmut.

Stella schrieb einen langen Brief an die beiden, in dem sie von Aarons »Abreise« erzählte und davon, dass es Lysbeth seither sehr schlechtgehe. Sie schrieb, dass Jonny neuerdings in Dänemark stationiert sei, und sie berichtete von den Zerstörungen Hamburgs beim Tagesangriff am letzten Tag des vergangenen Jahres, der eine knappe Stunde gedauert hatte und für weitere Tote, Vermisste, Verschüttete und mindestens tausend weitere Obdachlose gesorgt hatte, der aber wieder einmal ihr Haus in der Kippingstraße verschont hatte. Wie immer achtete sie peinlich genau darauf, nichts zu schreiben, das sie selbst oder Helga und Helmut in Gefahr bringen könnte. Am Schluss des Briefes bat sie: »Schreibt uns bitte möglichst bald, wie es Euch geht. Wir sind sehr in Sorge um Euch.«

Sie zeigte Lysbeth den Brief. Aber die hatte sich schon wieder in sich selbst zurückgezogen, sprach wenig und lachte überhaupt nicht mehr. Allerdings weinte sie auch nicht. Gleichgültig überflog sie das Schreiben und setzte dann einen Gruß darunter. »Alles gut«, sagte sie, und Stella unterdrückte eine beleidigte Reaktion, denn sie verstand Lysbeths Worte als: »Lass mich in Ruhe.«

Aber sie gab nicht auf. Täglich versuchte sie, Lysbeth mit irgendwelchen Neuigkeiten aus ihrem Schneckenhaus hervorzulocken. So erzählte sie ihr vom Todesurteil für den Bürgermeister Flöter von Königsberg / Neumarkt, der seine Stadt ohne Räumungsbefehl verlassen hatte und gehängt worden war. »Ich hätte nie gedacht, dass das Bürgermeisteramt so gefährlich ist«, verkündete sie in der Hoffnung, Lysbeth zu irgendeiner Reaktion zu bewegen, aber Lysbeth bemerkte nur: »Wer weiß, für wie viele Erhängungen der Bürgermeister vorher verantwortlich war.«

Manchmal ärgerte Stella sich über die Schwester. Aber manchmal war sie auch froh darüber, dass Lysbeth nichts an sich heranließ. Das, was auf der Straße, in den Geschäften, von Bekannten oder Fremden erzählt wurde, ergab ein schreckliches Bild über das Schicksal der meisten Menschen in Deutschland und denen, die nach Deutschland flohen. Da war von Erfrieren, Verhungern und Sterben der Menschen die Rede, die in Trecks aus dem Osten nach Hamburg zogen. Und dann wurde verbreitet, dass die *Wilhelm Gustloff* mit fast sechstausend Ostflüchtlingen gesunken sei. Sie hatten die Landspitze von Hela umschifft, und die Flüchtlinge starben im eisigen Meer. Nur tausend sollten gerettet worden sein.

Furchtbar waren auch die Nachrichten aus Berlin. Die arme Stadt wurde anscheinend völlig vernichtet. »Die brauchen die Russen gar nicht mehr einzunehmen«, wurde oft mitleidig gesagt. Besonders verhängnisvoll wirkten sich wohl die Barrikaden in den Straßen aus, die es erschwerten zu flüchten, wenn Häuser brannten oder einstürzten.

Außerdem wurde auf vielfältige Weise berichtet, wie brutal die Bauern in Schleswig-Holstein den Flüchtlingen die Tür vor der Nase zuschlugen.

Hätte die sensible Lysbeth sich nicht von der Welt zurückgezogen, hätte es sie seelisch vielleicht überfordert, zu ihrem Schmerz auch das alles noch zu verkraften. Bereits zwei Wochen nach Aarons Deportation war Lysbeth eine andere geworden. Sie war einundfünfzig Jahre alt, aber sie sah aus wie eine alte Frau, groß, hager, verhärmt. Die Veränderung war in dieser kurzen Zeit so radikal vonstattengegangen, dass Stella ihre Schwester manchmal erschrocken, manchmal mitleidig und manchmal voller Zorn anschaute. Die beiden Schwestern waren schon immer sehr unterschiedlich gewesen. War Stella auffällig weiblich, so wirkte Lysbeth eher jungenhaft, schmal, mit kleinen Brüsten und eckigen Bewegungen. Aber seit sie Aaron kannte, hatte sie stets den Liebreiz einer liebenden Frau ausgestrahlt. Ihre Gesichtszüge waren weich gewesen, ihre Augen hatten vertrauensvoll in die Welt geblickt, und auch ihre Bewegungen hatten ausgestrahlt, dass sie geliebt wurde und liebte. Nun aber war sie hart und hager. In ihrem Gesicht lag nichts Weiches mehr, nur Hass und Kälte. Vor Stellas erschrockenen Augen begann Lysbeth, ähnliche Züge anzunehmen wie Cynthia. Wobei Cynthia immer noch diese eigenartig mädchenhafte Schwärmerei für den Führer an den Tag legte, während Lysbeth wirkte, als hielte sie nur noch der Hass auf die Nazis davon ab, ihrem Leben ein Ende zu setzen. Und so war es wohl auch. Lysbeth lebte von Tag zu Tag ohne Hoffnung auf ein Wiedersehen mit Aaron, ohne Hoffnung auf eine Zukunft, die für sie erstrebenswert war. Es hielt sie allein die Aussicht am Leben, Claus Göttsche, der für sie der Inbegriff des Bösen war, an dem Tag zur Rechenschaft zu ziehen und ins Gefängnis zu bringen, da die Engländer oder Amerikaner in Hamburg einmarschieren würden. Für Lysbeth stand fest, dass sie auf der Seite der »Feinde« kämpfen würde, sobald es in Hamburg zu Straßenkämpfen käme.

Doch dann geschah etwas Eigenartiges: Zufällig traf Lysbeth am Sonntag den jungen Adolf, der mit seiner Mutter im Haus der Solmitz untergekommen war und der seit einiger Zeit die gleiche Arbeit machte, die Aaron gemacht hatte. Immer wieder hatten seine Mutter oder Luise erzählt, wie entsetzlich ihn die Gräuel, die er dort erlebte, mitgenommen hatten. Jetzt aber schien er am Ende seiner Nervenkraft angelangt zu sein. Er hatte wirre Augen, als er Lysbeth anhielt und sagte: »Freuen Sie sich, Frau Bleibtreu, dass Ihr Mann hier weg ist. Nichts ist so grausig wie das, was wir da machen.« Lysbeth, die sich vor der Not anderer seit dem 14. Februar abgeschirmt hatte, spürte, wie sich tief in ihr etwas löste, als sie den armen Jungen anschaute und sein Elend wahrnahm. Sie hörte ihm still zu, was ihn offenbar ermunterte, sich endlich jemandem mitzuteilen. »Wir haben in Harburg einen vergessenen Keller öffnen müssen, das war das Schaurigste, was ich erlebt habe, seit ich in den Trümmern arbeiten muss.« Seine Augen wurden etwas ruhiger, und er blickte Lysbeth forschend an. »Ich kann das meiner Mutter nicht erzählen. Dann kann sie gar nicht mehr schlafen. Wie geht es Ihnen denn?«

Lysbeth lächelte ihn aufmunternd an. »Keine Sorge, Adolf, ich glaube, ich habe alles Schlimme schon erlebt. Aaron hat mir auch immer erzählt, was ihm zugestoßen ist. Das braucht man, wenn man so was tut wie ihr.« Dankbar verzog er sein Gesicht zu einem verrutschten schiefen Lächeln. »Da lagen schätzungsweise zweihundert Tote.« Seine Stimme wurde unnatürlich hoch, dann brach sie, heiser fuhr er fort: »Die waren nicht verbrannt, denn dann knackt, kracht und rasselt es, sondern wohl erstickt.« Seine Augen flackerten wieder wie irr, er blickte in die Ferne, und Lysbeth wusste, dass er wieder sah, was er ihr beschrieb. »Die Wände waren überzogen von ekelhaftem Schleim, der Boden war voll glitschiger Flüssigkeit, ein unvorstellbar fürchterlicher Verwesungsgeruch, ich habe mich erbrochen und nicht nur ich, einer der Helfer wäre fast in den grässlichen Sumpf hineingeglitten. Da gab es kein lebendes Wesen mehr. Selbst für die Ratten war es zu schlimm.« Er knetete seine Hände, feingliedrige Hände voller Risse, Narben und Schrunden, und blickte Lysbeth mit verzweifelten verlorenen Augen an. »Das waren Menschen wie wir, die keinem etwas zuleide taten, froh waren, ihr bisschen Leben zu haben. Wie kann so etwas nur geschehen, Frau Bleibtreu?« Lysbeth schluckte und sage hart: »Man sollte die Anstifter des Krieges einzeln in solche Keller einmauern, ihnen eine schauerliche düstere Beleuchtung lassen, die den Gräuel matt, aber deutlich zeigt.« Adolf zuckte erschrocken zusammen. Er blickte sich um. »Sie dürfen so etwas nicht sagen«, flüsterte er. »Das ist gefährlich.« Lysbeth lachte böse auf. »Gefährlich?«, fragte sie spöttisch. »Sag mir eine einzige Sache, die nicht gefährlich ist, lieber Adolf. Wir können doch jeden Tag sterben, warum dann nicht totgeschlagen in einem Gefängnis?« Adolf verabschiedete sich hastig. »Nichts für ungut, Frau Bleibtreu. Danke, dass Sie mir zugehört haben. Entschuldigung, dass ich Sie belästigt habe.« »Tschüs, Adolf«, rief Lysbeth hinter ihm her.

Anschließend tat es ihr leid, dass sie ihn so erschreckt hatte. Er war erschrocken genug. Von diesem Tag an breitete sich die Wärme, die Adolf in ihr wachgerufen hatte, aus und fraß sich allmählich durch ihre Vereisung hindurch. In diese Tage, genau zur passenden Zeit, fiel auch Stellas Mahnung: »Du hast immer Ahnungen gehabt, Lysbeth. Deine Intuition ist legendär. Wenn du dich jetzt so verhärtest, wirst du nichts spüren können, was Aaron betrifft. Du hast ihn ja schon begraben, bevor du weißt, dass er tot ist. Noch bist du keine Witwe. Ich bin sicher, dass er deine Liebe braucht. Und dass er sie spüren kann, wo immer er ist. Du bist ja nur noch Hass. Aaron braucht deine Liebe.« Im ersten Augenblick wehrte Lysbeth sich gegen diesen Appell, besonders, weil er Aarons Abschiedsworte heraufbeschwor, die sie trotzig verdrängt hatte. Aber allmählich sickerte Aarons über die Schulter gerufener Schwur zu ihr durch, und sie erschrak über sich selbst. Warum hatte sie sich nicht daran gehalten? Warum war sie nicht darauf eingegangen?

Lysbeth sehnte die Tante herbei. Sie wollte ihr nah sein, mit ihr reden. Aber die Tante war nun mal tot. Also nahm Lysbeth sich ein Blatt Papier und schrieb der Tante einen Brief. Sie erzählte ihr alles, was sie bedrückte. Der Brief wurde lang. Als sie ihn geschrieben hatte, konnte man ihn nicht mehr gut lesen, weil ihre Tränen die Tinte verwischt hatten. Sie entschloss sich, zum Grab der Tante zu gehen. Dort buddelte sie mit einer kleinen Schaufel ein Loch hinter dem Grabstein und legte den Brief hinein. Als sie den Friedhof verließ, war ihr leichter zumute.

Von nun an setzte sie sich jeden Morgen um 10.00 Uhr auf den Sessel neben ihrem Fenster und blickte auf ein Foto von Aaron, das sie in einem schönen silbernen Rahmen in ihren Händen hielt. Sie sprach mit ihm und versenkte sich in ihre Liebe. Das Gleiche tat sie am Abend um 22.00 Uhr. Sie erzählte ihm von ihrem Tag, von ihren Gefühlen, von ihrer Sehnsucht und von ihrem Hass. Sie hörte ihn, seine Antworten, seine Sehnsucht und seinen Hass. Natürlich wusste sie nicht, wie viel davon ihrer eigenen Einbildung entsprang, aber nach diesen Zwiegesprächen empfand sie eine große Ruhe. Sie vertraute darauf, dass sie spüren würde, wenn er sterbenskrank wäre, und auch, dass sie fühlen würde, wenn er tot wäre. Dann konnte sie immer noch alles andere in sich abtöten, bis auf den Hass. Dann konnte sie immer noch beschließen, nur noch zu leben, bis Claus Göttsche seine Strafe erhalten hatte, und dann selbst aus dem Leben und zu Aaron gehen.

Es herrschte Mangel an allem. Es wurde zum Beispiel kein Toilettenpapier mehr hergestellt. Also kaufte Eckhardt nach einer Empfehlung von Fred Solmitz eine meterhohe Rolle Makulaturpapier vom *Hamburger Fremdenblatt*. Die zersägte er mehrfach quer. So hatten sie wieder Toilettenpapier.

eine halbe Stunde lang Stabbrandbomben über dem Gebiet von Löbtau bis Blasewitz und von der Neustadt bis Zschernitz ab. Die Bomben trafen auch die Elbwiesen und den Großen Garten, wohin viele Dresdner nach der ersten Welle geflüchtet waren. Die zweite Angriffswelle verhinderte weitere Löschaktionen, so dass sich die zahlreichen Einzelfeuer rasch zu einem orkanartigen Feuersturm vereinten. Dieser zerstörte ganze Straßenzüge; in der extremen Hitze schmolzen Glas und Metall. Der starke Luftsog wirbelte auch größere Gegenstände und Menschen umher oder zog sie ins Feuer hinein. Sie verbrannten, starben durch Hitzeschock und Luftdruck oder erstickten in den Luftschutzkellern an Brandgasen. Wer sich ins Freie retten konnte, war auch dort dem Feuersturm und detonierenden Bomben ausgesetzt.

Den Nachtangriffen folgte am 14. Februar um die Mittagszeit wieder eine Viertelstunde lang ein Tagesangriff. Die Bomber warfen bei wolkenbedecktem Himmel unendlich viele Sprengbomben und Stabbrandbomben ab. Ihre Angriffsziele waren einige Rüstungsbetriebe und erneut der Bahnhof und das Reichsbahnausbesserungswerk in Friedrichstadt. Getroffen wurden auch das dortige Krankenhaus und umliegende Stadtteile. Im etwa fünfunddreißig Kilometer entfernten Neustadt ging am 14. Februar von den Nachtangriffen verursachter Ascheregen nieder.

Ihr habt sicher schon gehört, dass die Frauenkirche ausgebrannt und eingestürzt ist. Am nächsten Tag kam ein weiterer Tagesangriff. Bei schlechter Sicht warfen sie Bomben verstreut auf das gesamte Gebiet zwischen Meißen und Pirna. Wir hatten entsetzliche Angst, aber wir blieben verschont.

Am 2. März bombardierten sie Dresden wieder. Ab 10.30 Uhr fielen Spreng- und Brandbomben auf die Bahnanlagen in Friedrichstadt und Neustadt sowie in die angrenzende Bebauung. Und wenig später haben sie einen weiteren Angriff auf Dresden geflogen. Über den Rangierbahnhöfen warfen sie wieder Spreng- und Brandbomben. Seither ist der Bahnverkehr durch Dresden unterbrochen.

Unser Leben hat sich danach vollkommen verändert. Durch unser Dorf setzte eine wahre Völkerwanderung ein, Menschen, die nach Unterkunft suchten. Wir haben einen großen Topf Suppe gekocht, aber der war im Nu leer. Alle redeten, redeten, redeten. Als müssten sie sich vergewissern, dass die Worte ihnen noch erhalten geblieben sind, wo alles andere verloren ist. Es würde ein Leben brauchen, die vielen Ge-

schichten aufzuschreiben, die wir in diesen wenigen Tagen gehört haben. So erfuhren wir, dass einige Menschen durch Mauerdurchbrüche in den Kellern geschlossener Häuserzeilen in unversehrte Häuser und Stadtteile fliehen konnten; andere fanden durch die Gewölbe unterhalb der Altstadt ins Freie der Elbwiesen. Etwa tausend Menschen haben den Angriff in der Annenkirche überlebt. Aber viele sind auf der Flucht an Brandgasen erstickt; es gibt wenig Bunker in Dresden, und dort fehlte die Belüftung. Seitdem ist das Chaos ausgebrochen. Viele Familien sind auseinandergerissen. Tausende Menschen flohen noch während der ersten Angriffswelle in weniger beschädigte Stadtteile oder ins Umland, also auch zu uns. Wir haben insgesamt zehn Personen aufgenommen.

Stella und Lysbeth erschraken. Wie sicher war nun noch der von Lydia in Sicherheit gebrachte jüdische Journalist? Zehn Menschen mehr im Haus, das bedeutete zwanzig aufmerksame Augen mehr. Am Rand stand in Helgas Schrift: »Macht Euch um uns – und die Unsrigen – keine Sorgen.«

»Die Unsrigen?«, fragte Stella. »Das kann doch nur der versteckte Journalist sein.« »Vielleicht auch Katja«, gab Lysbeth zu bedenken. »Vielleicht taucht sie in dem ganzen Chaos ja unter. Ich kann mir vorstellen, dass sie nicht nur in Hamburg die Juden aus Mischehen abtransportieren.«

Laut las Stella weiter vor.

Es ist zwar ein lebhaftes Gewusel im Haus, auch vier kleine Kinder sind neu hinzugekommen, aber jeder, der lebt, ist dankbar für jeden weiteren Tag. Die Frauen helfen mit im Haushalt, und mit denen, die schon auf unserem Hof waren, und den neu hinzugekommenen schaffen wir die Arbeit recht gut.«

Stella hielt inne. »Die schon auf dem Hof waren? Was meint sie damit?« »Lies weiter«, forderte Lysbeth sanft.

Leider zerstörten die Bomben auch das Zentralgebäude der Gestapo, so dass diese die zwischen dem 14. und 16. Februar angesetzte Deportation der letzten 198 Juden aus dem Regierungsbezirk Dresden nicht planmäßig durchführen konnte. Etwa 40 Juden starben im Dresdner

»Judenhaus« durch Bomben, es gibt wohl auch welche, die, obwohl sie nicht in die Bunker dürfen, trotzdem hineingegangen sind und dort überlebt haben. Die Gestapo sucht jetzt nach den Juden, die deportiert werden sollten. Die Bevölkerung gibt sich viel Mühe sie zu unterstützen, aber wer weiß schon, ob sie überlebt haben oder nicht.

Stella brach in lautes Lachen aus. Lysbeth strahlte sie an. »Leider, leider …«, spottete Stella. »Lysbeth, mir scheint, dass dieser Hof ein kleiner, wie sagt Fred Solmitz immer so schön, ein kleiner Berg Ararat für die Verfolgten geworden ist.« »Und Katja ist nun vielleicht auch unauffindbar für die Gestapo«, freute sich Lysbeth. »Lies weiter, Stella.«

Seitdem sind zerstörte Stadtteile teilweise mit Straßensperren aus Trümmersteinen abgeriegelt. Leichen wurden in der Stadt mit Lastwagen oder Handkarren eingesammelt, zu öffentlichen Plätzen zur Identifizierung gebracht und dort zu Tausenden gestapelt. Aus Furcht vor Seuchen wurden am 25. Februar fast siebentausend Leichen auf dem Altmarkt und im Krematorium Tolkewitz verbrannt.

Obwohl die Nahrungsmitteldepots geöffnet worden sind, sind die Nahrungsmittel knapp geworden, sogar Lebensmittelkarten konnten nicht mehr gedruckt werden. Die Ausgebombten wurden durch die Nationalsozialistische Volkswohlfahrt ernährt. Die NS-Behörden sind arbeitsunfähig, als Auffangstellen umfunktioniert oder ausgebrannt; viele Beamte sind geflüchtet oder umgekommen. Die Stadt ist nicht mehr in der Lage, ihre laufenden Verwaltungsarbeiten durchzuführen. Wegen Personalmangels wurden Beamte aus ganz Sachsen verpflichtet.

Stella strahlte die Schwester an. »Was für ein Glück im Unglück«, seufzte sie. Lysbeth nickte.

Die Altstadt brannte zu einem großen Teil aus. Außer Ruinen blieben nur einige wenige Gebäude schwer beschädigt erhalten. Die Seevorstadt, Johannstadt, die östliche Südvorstadt sind weitgehend abgebrannt oder zertrümmert. Auch die alten Ortskerne und historischen Bauten von Mickten, Strehlen und Gruna sind zerstört. Hinzu kommen schwere Schäden in Reick, Friedrichstadt, Plauen, Zschertnitz, der Inneren Neustadt und Brände in Prohlis. Alles gar nicht weit von uns entfernt. Wir sind, wie durch ein Gotteswunder, vollkommen verschont geblieben.

Der Straßenverkehr ist nach dem 13. Februar zunächst vollständig blockiert. Die Oberleitungen der Straßenbahn sind fast völlig zerstört, Straßen sind verschüttet oder mit Bombentrichtern übersät; alle Elbbrücken im Stadtgebiet sind beschädigt. Das Zentrum ist unpassierbar geworden. Arbeitsstellen und Behörden müssen zu Fuß meist durch die Trümmerwüste der Altstadt erreicht werden. Der Eisenbahnverkehr ist inzwischen behelfsmäßig wieder in Betrieb genommen. Die meisten Betriebe haben ihre Produktion eingestellt. Sie sind beschädigt oder zerstört, die Arbeiter sind tot, ausgebombt oder können die Betriebe nicht erreichen.

Wir haben in all dem unendliches Glück gehabt. Wie ja überhaupt manchmal Glück im Unglück liegt. Hier ist seitdem noch mehr zu tun. Wir haben jetzt zehn hungrige Mäuler mehr zu stopfen. Aber alle haben großes Interesse daran, dass dieser Hof, der wie der Berg Ararat ein Zufluchtsort für so viele Menschen geworden ist, auf Blühen und Gedeihen vorbereitet wird.

Wir hoffen, dass es auch Euch allen (allen war rot unterstrichen) gutgeht und dass es nicht zu lang auf sich warten lässt, dass wir alle glücklich bei Kaffee und Kuchen beisammensitzen.

Eure Sachsen plus Anhang

Stella blickte nachdenklich auf. »Mich wundert einiges«, sagte sie. Lysbeth lächelte versonnen. »Was denn?«, fragte sie in einem Ton, als wäre in ihr lichtvolle Heiterkeit. Stella zog fragend ihre Augenbrauen in die Höhe, aber Lysbeth lächelte einfach nur weiter. Stella wies mit dem Zeigefinger auf den Brief: »Wer hat den Brief geschrieben? Rechtschreibung und Zeichensetzung sind perfekt. Am Rand stehen einige handschriftliche kleine Anmerkungen, in denen ist die Groß- und Kleinschreibung durcheinandergebracht wie eh und je. Auch der Stil mutet eigenartig an. So haben Helga und Helmut noch nie geschrieben.« Sie reichte Lysbeth den Brief, und diese las laut noch einmal die Anmerkungen: »Es sollten die Letzten weg.« und »Da geht es drunter und drüber, keiner mehr da.«

Mit einem Mal stutzte Lysbeth, hielt den Brief dicht vor ihre Augen, dann wieder weiter entfernt. Sie wurde blass, blickte Stella mit aufgerissenen Augen an und sagte erschüttert: »Hast du mal einen Brief von Lydia bekommen?« Stella stutzte. Sie griff nach dem Brief und betrachtete ihn aufmerksam. Da sah auch sie es: Eine Randbemerkung war in einer anderen Schrift geschrieben als die anderen. Es war ihr erst nicht aufgefallen, aber jetzt sah sie es eindeutig: Diese Bemerkung war mit leichterer Feder aufs Papier geflossen, die hatte jemand geschrieben, dem das Schreiben geläufiger war als Helga. Sie entzifferte den Satz: »Hier ist der Berg Ararat.«

Stella starrte die Schwester an. »Das hast du doch eben gesagt. Das ist doch Freds Metapher für Zufluchtsorte. Ich habe das noch nie von jemand anderem gehört.« Lysbeth nickte. Sie strahlte so sehr, dass Stella trotz ihrer eigenen Aufregung nicht anders konnte, als entzückt zu sagen: »Wie schön du aussiehst, Lysbeth. So habe ich dich lange nicht mehr gesehen.« Lysbeth schüttelte ungeduldig den Kopf. »Stella, konzentrier dich, wir müssen jetzt rausfinden, ob das Lydias Schrift ist.

Stella ging zu der blau-gold verzierten hölzernen Schatulle, in der sie Briefe aufbewahrte, die ihr wichtig waren. In dieser Schatulle lagen die Briefe von Lysbeth, die diese ihr nach Afrika geschrieben hatte, und die Briefe, die sie von Anthony erhalten hatte. Aber auch andere Karten oder Briefe. Mit zitternden Fingern wühlte sie den Stapel der Briefe durch. »Nein«, seufzte sie schließlich. »Nichts.«

»Ich suche bei mir«, verkündete Lysbeth und verschwand nach unten, aber auch sie kehrte nach einiger Zeit erfolglos zurück. »Wo habe ich bloß schon mal Lydias Schrift gesehen?«, überlegte sie. »Vielleicht liegt es nur am Berg Ararat«, meinte Stella. »Vielleicht ist alles ein blöder Zufall.« »Möglich«, gab Lysbeth zu. »Möglich.« Aber Stella sah ihr an, dass sie diese Möglichkeit für sehr gering hielt. »Wir müssen Cynthia fragen«, schlug sie vor. Lysbeth schüttelte den Kopf. »Sie darf überhaupt …«, beschwörend wiederholte sie: »überhaupt kein Misstrauen entwickeln. So wie es klingt, sind da doch eine ganze Menge Leute untergekrochen, und wenn sie mit dem Judentransport die letzten Juden wegschaffen wollten, dann war auch Katja eingeschlossen. Wer so viel von Glück schreibt, der weiß, was er meint. Wir müssen furchtbar vorsichtig sein. Vielleicht können wir in einem Brief darauf irgendwie eingehen und fragen.«

Stella fuhr hoch. Sie hielt den Zeigefinger in die Höhe und rief: »Der Brief nach dem Juli 1943!« Lysbeth legte fragend den Kopf schief. Stella wurde betriebsam. Sie blätterte in ihrem Stapel und fischte einen Brief heraus. »Schau doch mal!«, rief sie ganz aufgeregt. »Da ist die gleiche

Schrift.« Lysbeth beugte sich gemeinsam mit der Schwester über den Brief, den sie Anfang November 1943 von Helga und Helmut erhalten hatten. Dieser Brief war in Helmuts kindlich ungelenker Schrift verfasst, und auch hier gab es einige Randbemerkungen von Helga. So hatten die beiden immer ihre Briefe an die Wolkenraths geschrieben. Die Tinte war inzwischen schon etwas verblichen, und besonders verblichen war eine in altdeutscher Schrift, zart und klein zwischen die großen Buchstaben von Helga und Helmut gequetschte Bemerkung: »Der Mensch braucht einen Ort, Berg A, wie ein Nachbar immer sagte.« Stella atmete schnell und laut. Lysbeth schossen die Tränen in die Augen. »Wie konnten wir das damals übersehen?«, fragte Stella. »Wir waren sehr mit uns selbst beschäftigt«, bot Lysbeth als Erklärung an. Über ihrem Gesicht lag ein heller Schein von Glück. »Sie lebt«, flüsterte sie. »Sie ist irgendwie aus Hamburg rausgekommen.« Stella legte einen Finger auf ihren Mund. »Kein Wort«, beschwor sie feierlich. »Kein Wort«, bestätigte Lysbeth. Die Schwestern setzten sich Hand in Hand aufs Sofa und lasen sich gegenseitig noch einmal die beiden Briefe und besonders die Bemerkungen laut vor. »Ich komme mir etwas schlecht vor, es Cynthia nicht zu sagen«, gestand Lysbeth. »Untersteh dich«, raunzte Stella. »Noch ist der Krieg nicht zu Ende.«

Die Luftwarnungen jagten sich. Die Müdigkeit war fast genauso groß wie der Hunger. Auch Renate bekam nun keine Lebensmittel mehr als Entlohnung. Stella fühlte sich manchmal ganz leicht und wie in Watte eingehüllt. Eines Morgens entdeckte sie die ersten Schneeglöckchen in einem Vorgarten, die Blüten noch zierlich gewickelt, und brach in Tränen aus vor Glück. Sie rannte nach Hause und wollte Lysbeth unbedingt dazu bewegen, sich die Blüten anzuschauen. Aber Lysbeth legte ihr die Hand auf die Stirn und sagte: »Stella, du hast Fieber. Ab ins Bett.«

Widerstrebend folgte Stella ihrer Schwester und ließ sich ein paar Tage lang pflegen, aber sie hatte keine Ruhe. Sie fieberte der Landung der Alliierten entgegen. Sie war bereit, sich an Straßenkämpfen zu beteiligen, aber sie wusste auch, dass es das Ende Hamburgs bedeuten würde, wenn die Stadt zur »Festung« erklärt würde, und die Engländer sie aus der Luft und vom Land aus gefügig machen müssten.

Cynthia berichtete triumphierend, dass deutsche Flugzeuge »in den Bereich der britischen Insel« Angriffe geflogen hätten. Stella verließ das Bett, auch wenn sie sich nach wie vor schwach und fiebrig fühlte. Sie wollte unbedingt Genaueres über diesen Angriff wissen. So erfuhr sie, dass der Angriff auf »beleuchtete Orte« stattgefunden habe. Sie wusste nicht, ob sie nun erleichtert oder besorgt sein sollte. Dies bestätigte die allenthalben bereits kursierenden Gerüchte, dass England nicht mehr verdunkelte.

Lysbeth und Stella wurden von Luise zu einem gemütlichen Abend eingeladen, an dem auch Luises Bruder anwesend sein würde. Stella fühlte sich noch sehr schwach und suchte neuerdings brav das Bett auf, sobald sie eine Weile Ruhe vor Alarm hatte. »Geh allein«, sagte sie zu Lysbeth. »Du hast den Bruder doch schon kennengelernt. Ich glaube, ich möchte keinem aus Goebbels' Ministerium begegnen.« Auch Lysbeth zögerte, der Einladung Folge zu leisten, aber irgendwie fühlte sie sich verpflichtet, Luise zu zeigen, dass sie die Widersprüche ihrer Existenz akzeptierte, einerseits einen jüdischen Mann zu haben, andererseits einen Bruder, der im Propagandaministerium unter Goebbels arbeitete, ebenso wie sie akzeptiert hatte, dass Luise anfangs geradezu von Hitler geschwärmt hatte und ihn nun hasste wie alle, die unter der Judenverfolgung zu leiden hatten.

Also setzte Lysbeth sich zu Luise und Werner und Fred und Luises Mutter ins Wohnzimmer der Solmitz und genoss die behagliche Atmosphäre bei Wein und Geplauder. Aber dann sagte Werner Dinge, die Lysbeth den Atem stocken ließen: »Der Nationalsozialismus ist eine Organisation, um die uns die Welt beneidet.« Und: »Himmler ist ein sehr fähiger und tüchtiger Mann, ein anständiger und angenehmer Mensch.« Luise sprach scharf mit ihrem Bruder, so scharf, wie Lysbeth sie sonst nicht kannte. »99,75 Prozent der Hamburger wünschen Schluss dieser Angriffe, und was dann kommt, muss ertragen werden.« Lysbeth lächelte unwillkürlich. Hatte Luise Schluss der Angriffe gemeint oder Schluss mit Hitler? »Aber das ist doch Wahnsinn, das ist doch der Standpunkt der blöden Plebs«, entgegnete aufgebracht ihr Bruder. »Wir müssen vor der Geschichte mit Ehren bestehen. Ihr könnt euch die Folgen einer Niederlage gar nicht furchtbar genug ausmalen.« »Wird sie durch Hinauszögern besser?«, fragte Fred.

»Im vorigen Krieg versprachen uns die Feinde gute Behandlung, in diesem machen sie sich gar nicht erst die Mühe. Die mustern aus, was sie für ihre Betriebe brauchen können, und lassen Millionen verhungern.« »Hier gibt es Leute, Parteimitglieder, die es für möglich halten, dass die Engländer und Amerikaner auf einen Schlag zwanzigtausend Flugzeuge einsetzen, um Schluss mit allem zu machen.«

Lysbeth wurde etwas übel, sie wusste nicht, ob durch Werners Worte ausgelöst oder dadurch, dass sie den Wein auf ziemlich leeren Magen getrunken hatte.

Plötzlich meldete sich Luftwarnung und dann Alarm. Werner und seine Mutter konnten nicht mehr fort. Werner wollte nicht in den Bunker und riet auch den anderen ab. So stiegen die Solmitz in ihren Kohlenkeller hinunter, und Lysbeth rannte nach drüben und setzte sich zu Eckhardt in die Besenkammer.

Während draußen der Schrecken über sie hinwegtoste, ließ sie den Abend Revue passieren. Sollte etwas dran sein, was Werner gesagt hatte? Zwanzigtausend Flugzeuge auf einmal? Dann wäre alles aus. In diesem Moment keimte eine leise Freude über Aarons Fernsein in ihr auf. Die Russen schienen nicht alles aus der Luft zu zerstören, sondern sie marschierten ein und nahmen in Besitz. Die Menschen in den Konzentrationslagern und den Ghettos, die Menschen in Theresienstadt, hatten von den Russen nichts zu befürchten. Vielleicht war Aaron dort besser aufgehoben als hier.

Als der Angriff vorbei war, trat Lysbeth in die Nacht hinaus, um ihre Schwester zu erwarten, die in den Bunker gegangen war. Die Sterne flimmerten in unwahrscheinlichem Reichtum, in prunkender Helle. Durch die Stille klangen die Stimmen der Frauen, die sich Lysbeth näherten. Sie schloss Stella in die Arme, spürte deren erhöhte Temperatur und empfand tiefe Dankbarkeit über die Anwesenheit der Schwester und über die Abwesenheit von Aaron.

Am Zeughausmarkt, an der Kamp- und Karolinenstraße wurden Barrikaden gebaut, nahe bei der Kippingstraße. Was wird das geben?, wurde überall bang gefragt. Aus den zerstörten Häusern wurden die Eisenträger geborgen und zum Barrikadenbau verwendet.

Während der Tage im März wechselten sich Alarm, Bunker, Entwarnung, kaum zu Hause, wieder Alarm ab. Manchmal wurde der Angriff schwer, manchmal nicht. Mitte März wurden über Hamburg Sabotage-Brandpäckchen für ausländische Arbeiter abgeworfen.

Es wurden neue Losungen ausgegeben: Man solle keine Feindagenten und Fahnenflüchtigen unterstützen, indem man Fremden auf ihre Bitte Lebensmittel und Unterkunft gab.

Am 18. März sprach ganz Hamburg von der Einnahme Remagens. Die Rheinbrücke war nicht gesprengt worden, so dass »der Feind« hatte hinüberspazieren können. Die Nachrichten überschlugen sich: In Koblenz hatten Straßenkämpfe stattgefunden. Ein Kriegsberichterstatter meldete stolz, die ganze Stadt sei nur noch eine Schutthalde. All die kleinen traulichen Rheinorte ringsum seien zerstört.

Als sollte Lysbeth in all dem Untergangsszenario getröstet werden, erhielt sie am 19. März eine zweite Karte von Aaron. »Geliebte Lysbeth! Nun bin ich schon einen Monat fort von Dir. Ich denke immerzu an Dich und hoffe inständig, dass es Dir gutgeht. Mach Dir um mich keine Sorgen. Dein Dich liebender Aaron.« Diese Karte kam aus Theresienstadt, und wieder weinte Lysbeth vor Glück.

Am selben Abend klingelte das Telefon in der Kippingstraße. Dritter stammelte glücklich: »Marthe hat einen Sohn geboren. Wir haben ihn Wilhelm genannt. Ich hoffe, er wird ein Recke der neuen Zeit. Und dann soll er noch Hans heißen. Nach meinem Bruder und … natürlich nach Hans Ränke.«

Stella, die am Telefon mit ihm sprach, lachte leise. »Das sind ja einige Männer, die hoffentlich als Schutzengel für deinen kleinen Sohn wirken.« Sie erkundigte sich nach Marthe und hörte, dass es ihr gutging. Marianne hatte ihr geholfen, und sie hatte es offenbar gut getan.

»Marthe meint, das ist ihr Tröstekind«, sagte Dritter. Stella hörte, wie er gerührt schluckte. »Ich glaube, das kann sie gut brauchen.«

Stella fragte ihn noch nach den anderen, die sie bei ihrem Aufenthalt vor zwei Jahren dort kennengelernt hatte, aber er schien ihre Fragen nicht gut zu verstehen. Er wiederholte immer nur die gleichen Sätze. Da erst bemerkte sie, dass er betrunken war. Sie richtete ihm Grüße an Marthe, Marianne und die Wirtin aus und beendete das Gespräch.

Anschließend ging sie sofort hinunter zu Lysbeth, die sehr froh über die Nachricht wirkte. Besonders froh schien sie darüber zu sein, dass Marianne als Hebamme tätig gewesen war. Vorsichtig formulierte sie: »Stella, könnte es sein, dass Marianne die Frau ist, der ich unser Wissen weitergeben kann, so, wie die Tante es mir aufgetragen hat?« Stella, die aus irgendeinem Grund die Hoffnung gehabt hatte, dass dies vielleicht Angela oder ihre Enkelin hätten sein können, empfand eine leise Enttäuschung. Sie gab sich Mühe, diese vor Lysbeth zu verbergen, und stimmte etwas zu enthusiastisch zu. »Genau. Marianne kann die Richtige sein.«

Allabendlich las Lysbeth die zwei Karten von Aaron. Und sie schrieb Briefe. Das Briefeschreiben gab ihr etwas Entspannung. Außerdem machte sie Hausarbeit, trank, sofern Milch vorhanden war, heiße Milch, und gegen 1.00 oder 2.00 Uhr ging sie ins Bett. Wie alle anderen hungerte auch sie. Es gab vier Schnitten Brot pro Tag, zwei morgens, zwei abends. Zum Mittagessen gab es Kartoffelsuppe mit Brühwürfeln und Kräutern. Hinzu kam die entsetzliche Müdigkeit, weil es kaum eine Nacht ohne Alarm gab. Als Lysbeth sich beim Kartoffelschälen übel in den Finger schnitt und das Blut durch die ganze Küche spritzte, fand dies kaum Beachtung, weder bei ihr selbst noch bei ihren Mitbewohnern. »Man erkennt keine Sorgen mehr an außer Tod und Krankheit«, sagte sie, als Stella sich über die Teilnahmslosigkeit der anderen beklagte.

Selbst der Tod verlor die Achtung, die er in Friedenszeiten erhalten hatte. Es waren keine Särge mehr zu bekommen, darüber hörte man Klagen aus allen Trauerhäusern. Die Toten wurden erst nach Tagen abgeholt, vorher kamen sie in den Keller. Dann fuhr ein Möbelwagen vor, die nach Verwesung stinkende Leiche wurde in eine große Papiertüte gesteckt und weggeschafft.

Als sie die Lebensmittelkarten abholten, lasen sie auf der Rückseite, dass sie Ausländern nichts abgeben sollten. »Abgeben! Das ist wohl blanker Hohn!«, schimpfte Stella. »Es treten mir manchmal die Tränen vor Hunger in die Augen, wenn ich die zwei Scheiben Brot morgens und abends sehe.«

Aber mehr als die Lebensmittelkarten beschäftigte alle die Frage: Was wird morgen werden?

Im April stieg die Unruhe von Tag zu Tag. Der Feind stand nördlich von Osnabrück, das nach Straßenkampf genommen worden war. Die Amerikaner waren in Münster. Wenn Hamburg zur Festung erklärt würde, wären alle verloren, daran zweifelte nicht einmal Cynthia. Es hieß, dass Reichsstatthalter Kaufmann sich vergeblich darum bemühe, Hamburg zur »offenen Stadt« zu erklären. Die Menschen waren aufgeregt und in einer eigenartigen Auflösung begriffen. Alle Brücken waren angebohrt, zur Sprengung bereit.

Die Gerüchte brodelten. Einen Tag wurde gesagt, die Panzer rollten zwischen Bremen und Hamburg. Am nächsten Tag hieß es, Bremen habe sich kampflos ergeben. Die Gerüchte schwirrten umso emsiger, je näher die Gefahr rückte. »Wer von Berlin an die Ostfront kommt, kann bald zu Fuß gehen«, wurde gescherzt.

Am 7. April schien plötzlich alles friedlich. Der Tag zuvor war ganz ohne das Geräusch der Sirene abgelaufen, keiner mochte es glauben. Aber alle warteten voller Angst auf den »Feindalarm«, den Ton, der fünf Minuten lang Luftlandung und Panzeranmarsch der Feinde ankündigen sollte.

Einen Tag später allerdings traf eine Bombe wieder die Kippingstraße. Die kleinen Häuser Kippingstraße 4 und 6 waren noch vor Mitternacht ein Schutthaufen geworden. Nur wenige Häuser trennten die Wolkenraths von der Vernichtung.

Am Abend hatten Stella, Lysbeth und Renate es sich gerade gemütlich gemacht. Sie wollten ein paar Runden Skat spielen, in der Hoffnung, dass auch diese Nacht ruhig bleiben würde. Da kam Kleinalarm. Die drei hatten gerade ihre Karten aufgenommen, und keine von ihnen hatte Lust, sich nach draußen und in den ungemütlichen Bunker zu begeben. Da summte es über ihnen. Dieses Geräusch hatte es lange nicht gegeben. »Sie kommen«, rief Renate und warf ihre Karten auf den Tisch. Stella sagte: »Wir nehmen die Karten mit.«

So liefen die drei nach unten zur Besenkammer, während der Angriff schon losging. Bersten und Krachen, Einschläge oder Beschuss, das ganze unheilvolle Gewirr von Lauten und Geräuschen über ihnen. An Kartenspielen war nicht zu denken. Das elektrische Licht war lange verlöscht. Sie saßen bei Kerzenschein. Es wurde so furchtbar, dass auch Eckhardt hinunterkam. Über ihnen war ein Höllenkrach. »Zehn Minuten kann der Angriff noch dauern«, schätzte Eckhardt ruhig. Er hatte inzwischen so viele Angriffe in der Besenkammer und auch oben im Haus verbracht, dass er seine Angst gut unterdrücken konnte, was ihm ein Gefühl großer Stärke gab.

»Das ist lange, viel zu lange«, rief Renate.

Nach und nach trat erlösende Stille ein. Es gab keinen Strom, also auch keine Ansage aus dem Rundfunk. Von draußen hörte man lautes Stimmengewirr. Eckhardt sah nach und kam sofort zurückgestürzt. »Die beiden kleinen Häuser gegenüber sind weg, völlig weg«, rief er und rannte wieder hinaus. Stella und Lysbeth folgten ihm langsam.

»Ich halte das nicht mehr aus«, stöhnte Renate. »Ich lege mich hin, ich glaube, ich kriege einen Herzinfarkt.«

Draußen war ein riesiger Menschenauflauf von Nachbarn. Aus dem Kohlenkeller eines der zerstörten Häuser wurde die Nachbarin mit ihrer kleinen Tochter unverletzt geborgen. Die andere Nachbarin kam aus dem Bunker und stand aufgelöst und zitternd vor ihrem Haus, da traf sie vor dem frischen Trümmerhaufen auf einen fremden Mann, der gebetsmühlengleich vor sich hin murmelte: »Hurenhaus, Hurenhaus.« Von allen Seiten streiften ihn befremdete Blicke, keiner konnte sich seine Worte erklären, aber alle hatten auch andere Sorgen, als sich darum zu viele Gedanken zu machen.

Das große Wohnzimmerfenster der Solmitz war kaputt. Der Luftdruck hatte die Scherben in die Küche gefegt. Auch das Fenster in Giselas Zimmer war hinüber. Und wieder einmal war im Haus der Wolkenraths kaum etwas geschehen. Diesmal hatte nur das Oberlichtfenster vor der Souterrain-Küche einen Sprung bekommen.

Stella nahm Lysbeth an die Hand, wortlos wanderten sie durch die Straßen. Auf dem Gleis der Linie 27 hatte es einen Einschlag gegeben. Alle Fenster ringsum waren kaputt. Vor der Emilie-Wüstenfeld-Schule lag ein totes Pferd, ein zweites stand unversehrt daneben. In der Weidenallee brannte ein Haus lichterloh, ein modernes Haus mit fünf Stockwerken. In der dunklen Nebenstraße saßen zwei kleine Kinder an die steinerne Straßentreppe geschmiegt, eine große Puppe neben sich, die lächelnd in die Verwüstung starrte.

Einen Tag später wurde das Holz in der Kippingstraße Nummer 4 abtransportiert. Es war ein wahres Volksfest. Anscheinend Ausgebombte wedelten mit irgendwelchen Blättern vor den Nasen der Eigentümer und sagten »Berechtigungsschein«, und dann stahlen sie alles aus dem Haus, was transportabel war. Die Nachbarn der Kippingstraße standen hilflos abseits.

Zwei Tage später war Hannover besetzt. Wieder einmal sagte Fred den Spruch: »Hamburg ist Berg Ararat: Hier zieht sich alles zusammen, hierhin flüchtet sich alles.« So braute sich über Hamburg das letzte schwere Wetter Deutschlands zusammen. Die letzte Neuigkeit war, dass die Kirchenglocken das Nahen des Feindes ankündigen sollten.

Cynthia fiel von Tag zu Tag mehr in sich zusammen. »Der Führer hat noch eine furchtbare Waffe. Mit der kann er in vierzehn Tagen die ganze Insel in Atome zerschmettern«, sagte sie am 12. April. Da wurden bereits Lebensmittel freigegeben, die bislang nur rationiert und auf Karten ausgegeben worden waren. Da saßen schon alle auf gepackten Koffern, bereit, ins Nichts zu fliehen. Stella hörte sich Cynthias Worte ruhig an. Und dann sagte sie: »Weißt du was, liebe Schwägerin, ich werde jetzt eine Großtat begehen. Ich verbrenne unsere bescheuerten Hakenkreuzfahnen, vor allem die große, die immer bei euch hinaus zur Straße hing. Wo ist sie?« Cynthia stellte sich vor ihre Zimmertür, breitete die Arme aus und rief: »Nur über meine Leiche.« Stella grinste. »Na gut«, sagte sie lakonisch. »Dann wollen wir mal sehen, was es hier im Haus sonst noch so gibt.« Als sie im Garten ein Häufchen aus kleinen Fahnen anzündete, die sie im Haus verstreut gefunden hatte, erschien Eckhardt mit versteinertem, aber todesmutig entschiedenem Gesicht und warf die Hakenkreuzfahne hinein, die Cynthia mit ihrem Leben hatte verteidigen wollen. »Eckhardt, weißt du, was du tust?«, griente Stella. »Sie weiß nicht, was sie tut«, knurrte er mit zusammengebissenen Zähnen. »Dieser Kram kann uns allen das Verderben bringen.«

Am nächsten Tag kam für Cynthia die große Überraschung. Frau Reimers, die Luftschutzbeauftragte, klingelte bei ihnen. Cynthia zischte Eckhardt an: »Jetzt siehst du, was du davon hast. Natürlich haben die Nachbarn gesehen, was du getan hast.« Eckhardt erblasste. Cynthia stakste mit weichen Knien zur Tür und öffnete. Aber was dann kam, war für sie vielleicht noch schlimmer, als dass Eckhardt eine Strafe erhalten hätte. Frau Reimers war sehr viel kürzer angebunden als sonst: Sie kam nicht ins Haus hinein, sondern teilte Cynthia bereits im Windfang mit: »Ich will die Luftschutzakten für Kippingstraße Nummer 13 bis 17 abholen und Eckhardts Ausweis als LS-Wart.« »Warum?«, stammelte Cynthia. »Zum Verbrennen«, sagte die Beauftragte kalt. »Vor den Parteihäusern werden schon seit Tagen alle Akten öffentlich verbrannt.« Cynthias Stimme gellte durchs Haus: »Eckhardt!«, als schrie sie um Hilfe. Eckhardt stürmte die Treppen hinunter. Er hörte sich wortlos an, worum es ging, holte im Nu alles Gewünschte herbei. »Ja, das ist wirklich eine Überraschung«, sagte er trocken. »Was im Haus noch aushängt, vernichten Sie sofort selbst«, befahl die Beauftragte im alten Befehlston. Eckhardt nickte. Cynthia war verstummt.

In Hamburg begannen fette Zeiten. Es gab alle möglichen Lebensmittel ohne Marken. Als würde in die Läden geworfen, was vorher zurückgehalten worden war. Sie bekamen Schmalz, Schollen und große geräucherte Heringe, in Hamburg »Bückel« genannt, für jeden und schlemmten im sicheren Bewusstsein, dass sie hierfür in nicht allzu ferner Zeit die Zeche würden bezahlen müssen.

Am 15. April stand Jonny vor der Tür. »Ich bin aus Dänemark zurück«, sagte er, und Stella brauchte gar nicht erst nachzufragen. Für Jonny war der Krieg zu Ende. Er brachte Eier, Speck, Käse, Wurst und Puddingpulver mit. Am gleichen Abend noch begaben Stella und er sich mit seinen Schätzen zu den Solmitz. Fred hatte am Tag zuvor Rhabarber ergattert, alles zusammen ergab wieder einmal ein schönes Mahl.

Während sie am Tisch saßen und speisten, öffnete sich plötzlich die Tür, und Werner Stephan, Luises Bruder, trat ins Zimmer. Die Riesenüberraschung stand Luise und Fred ins Gesicht geschrieben. Im Nu hatte Luise noch ein Gedeck mehr aufgelegt, und Werner saß bei ihnen am Tisch. »Wann willst du nach Berlin zurück?«, fragte Fred. »Gar nicht«, antwortete Werner und steckte sich ein Stück Käse in den Mund. Am Tisch breitete sich Schweigen aus. Alle starrten Werner an. Stella war zwar überhaupt nicht begeistert davon, dass Werner aufgetaucht war, aber in diesem Augenblick ergriff sie die gleiche Spannung wie die anderen. Was war mit diesem Mann geschehen, dass er so gleichmütig verkündete, nicht wieder in sein Propagandaministerium zurückzuwollen? Hatte er nicht auch Familie in Berlin?

Werner grinste lausbübisch und sagte: »Ich bin pensioniert.« Luises Augen leuchteten auf. »Meinen Glückwunsch.« Sie streckte ihm die Hand hin. Er lachte. »Rausgeschmissen haben sie mich. Beim Propagandaministerium. Die ganze Abteilung ist durch Goebbels plötzlich aufgelöst worden, angefangen mit Reichspressechef Dr. Dietrich.« Jonny nickte einige Male schweigend vor sich hin. »Nun sind wir Soldaten«, sagte er zu Werner. »Ich melde mich morgen beim Generalfeldmarschall für Nordwest, Busch, in Trittau. Das musst du wahrscheinlich auch machen.«

Nun zeigte sich doch, dass Werner schwer mitgenommen war. Bedrückt berichtete er von seiner Flucht aus Babelsdorf, wo er gewohnt hatte, und das vollkommen zerstört war. »Potsdam ist hin. Dieser Traum von einer Stadt«, sagte er traurig. »Die Garnisonkirche und alles andere ist kaputt. Meine Hausdame ist nach Salzwedel geflohen, den Engländern entgegen.« »Ich habe alle Zimmer, alle Schränke, alle Schiebladen im Babelsberger Haus unverschlossen belassen, dann braucht sie niemand mit der Axt aufzuschlagen.«

»Wie lange haben Sie bis Hamburg gebraucht?«, erkundigte sich Stella, die hartnäckig beim Sie blieb, obwohl das in dieser Runde eigenartig wirkte. »Siebzehn Stunden«, antwortete er. »Ich konnte noch über Wittenberge reisen. Südlich davon waren die Angloamerikaner.« Er erzählte weiter, und alle hörten ihm gebannt zu. »Aus Furcht, doch nicht durchzukommen, habe ich die Hälfte meines Gepäcks in Babelsberg gelassen, was ich jetzt sehr bereue.« Luise war sehr nachdenklich. Sie erkundigte sich nach Werners Sohn und wie Werner sich von diesem verabschiedet habe. »Ich habe ihm gesagt, dass er darauf gefasst sein muss, sich eines Tages in amerikanischer Gefangenschaft zu befinden. Und dass wir uns wahrscheinlich ein paar Jahre nicht sehen werden.« All das schien Werner nicht entsetzlich zu bedrücken, er wirkte nicht verzweifelt. In Jonnys Richtung sagte er: »Ich bin ganz erstaunt, die Angloamerikaner marschieren sogar auf Chemnitz zu, die Russen scheinen bei Küstrin auf die Verbündeten zu warten, zum gemeinsamem Einzug in Berlin.« Er erzählte von der Stimmung in Berlin. Die Bevölkerung sei durch die Russennähe zu allem entschlossen. »Wir hier in Hamburg wünschen uns nur, dass wir eine offene Stadt werden«, bekannte Luise. »Ihr seid doch pervers«, rief Werner. »Weil wir die Quelle des Übels an der richtigen Stelle suchen und finden, nämlich bei Hitler«, schnaubte Luise wütend. Schnell lenkte Werner ein. »Vielleicht wird ja in Berlin die Stimmung auch weicher, wenn jetzt überraschend die Angloamerikaner anrücken.«

Fred, der offenbar eine Eskalation der Stimmung zwischen Luise und ihrem Bruder vermeiden wollte, wandte sich an Jonny. »Und du?«, fragte er. »Wie geht es mit dir weiter?« »Ich habe mich selbst in Urlaub geschickt«, antwortete Jonny. »Ich warte erst einmal ab, wie sich die Lage entwickelt.«

»Was haltet ihr davon, einen kleinen Abendspaziergang zu machen?«, schlug Luise vor. Alle willigten sofort ein. In kleinen lebhaft debattierenden Gruppen spazierten sie unter der Abendsonne durch die Kippingstraße zur Kielortallee. Sie waren noch nicht weit gekommen, da ertönte Alarm. Also begaben sie sich schnell nach Hause. Stella und Jonny verabschiedeten sich. Zu Hause warteten sie darauf, ob es einen Angriff gäbe. Aber nichts kam. Also spielten sie noch eine Runde Skat mit Renate Wenz.

Am nächsten Tag war Jonny von morgens bis spätabends unterwegs. Und so ging es weiter. Er erzählte Stella nicht, was er trieb, aber sie hatte den Eindruck, dass er sich darauf vorbereitete, dass der Krieg bald zu Ende war. Das tat natürlich jeder. Aber Jonny zitterte nicht nur wie die anderen, ob Hamburg das Kriegsende überleben würde, er versuchte, sich über die Lage in Hamburg und auch über die Lage beim *Handelshaus Woermann* einen Überblick zu verschaffen. Das *Handelshaus Woermann* war sein Arbeitsgeber gewesen, bevor der Krieg begann, und Jonny beabsichtigte offenbar, dorthin nach dem Krieg zurückzukehren.

Stella saß stundenlang mit Lysbeth im Garten wie in Friedenszeiten. Es war warm wie im Juli. Der Apfelbaum, der in der Mitte des Gartens stand, blühte in voller Pracht. Werden wir den Kampf um Hamburg überstehen? Diese Frage trieb die beiden Schwestern ebenso um wie alle anderen.

In Wien hatte es zehn Tage lang Kämpfe gegeben, nun gehörte die Stadt den Russen. In dem ganzen Untergang kreischte die Stimme des Führers durch den Rundfunk mit seinem Aufruf an das Ostheer: »Berlin bleibt deutsch, Wien wird wieder deutsch, Europa wird nicht asiatisch.«

Eine merkwürdige Stimmung lag über allen. Alles wurde unwirklich, irgendwie unordentlich, die Werte verloren sich, man wartete auf den Daueralarm. Dazu kam der Aufruf von Generalfeldmarschall Busch, Hamburg zu verteidigen. Der Feind stand bei Uelzen nahe Lüneburg.

Stella fragte sich manchmal, woher die Informationen kamen, die überall über die Absicht und die Wege der Engländer ausgetauscht wurden, aber oft erwies sich nachträglich als richtig, was zuvor als Gerücht im Bunker oder auf der Straße verbreitet worden war. Es wurde von Kämpfen in Halle, Magdeburg, Leipzig, Nürnberg, Freudenstadt gesprochen.

Von Helga und Helmut hatten sie seit dem langen Brief nichts mehr gehört. Dresden war abermals schwer angegriffen worden. Die Russen marschierten auf die Stadt zu.

Am 19. April war morgens Schießen von der Front zu hören. Die Front war vor den Toren der Stadt. Einmal erschütterte tief in der Nacht lautes Grollen das Haus, dann wieder ertönte fern ein dumpfer Krach.

Der 20. April war Führers Geburtstag. Im Radio erklang: »Herrgott, steh dem Führer bei; gib, dass dein Werk sein Werk sei; gib, dass sein Werk dein Werk sei. Herrgott, steht dem Führer bei!«

25

Am Geburtstag des Führers hing nur an einem einzigen Haus, nämlich an der Gustav-Falke-Straße Nummer 8, eine Hakenkreuzfahne. Das sprach sich schnell herum. Auch jetzt wurde noch nicht offen gegen Hitler aufgetreten, aber die Bemerkungen, die Mimik, die abfälligen Gesten sprachen für sich. Cynthia hatte keine Flagge mehr, die sie nach vorn zur Straße hinaus hätte zur Schau stellen können. Wahrscheinlich hätte sie den Mut, sich der allgemeinen Windrichtung entgegenzustellen, auch in dieser Zeit, da für sie alles zusammenbrach, nicht aufgebracht. Aber so konnte sie mit vorwurfsvoller Miene beklagen, dass ihr die Hakenkreuzfahne, immerhin ihr Eigentum, gestohlen worden war.

»Mein Gott, Cynthia«, ereiferte sich Stella. »Worauf wartest du noch? Auf ein Wunder?« Cynthia errötete. »Ja« sagte sie mit trotzigem Vertrauen in ihren Schwarm Adolf Hitler, den Führer. »Ich warte immer noch auf ein Wunder. Mein Glauben an das deutsche Heldentum, an Deutschland und an den Führer ist nicht gebrochen. Wir haben eine schwere Zeit durchzustehen, aber es dauert nicht mehr lange, und der Führer präsentiert uns die neue Waffe.« Stella wendete sich gelangweilt ab. »Du träumst, meine Liebe. Ich bin neugierig, was geschieht, wenn du aufwachst.«

Stella und stärker noch Lysbeth fieberten dem Kriegsende entgegen. Lysbeth empfand nichts anderes mehr als unbändige Sehnsucht, dass Aaron bald nach Hause kommen sollte. Nachrichten, die aus Prag und Umgebung zu ihnen sickerten, saugte sie auf, und jeder Vormarsch der Russen dort nährte ihre Hoffnung. Sie erlaubte weder sich selbst noch irgendjemandem in ihrer Umgebung den geringsten Zweifel an der Rettung aller Juden in den Konzentrationslagern und Ghettos. Stella wagte nicht, die frohe Hoffnung der Schwester zu dämpfen, aber Aaron selbst hatte ihnen erzählt, wie jämmerlich die Häftlinge aus dem KZ Neuengamme ernährt worden waren, wie die SS-Aufseher sie drangsalierten und dass nicht selten einer zum Dienst nicht wiedergekommen und einfach durch einen Nächsten ersetzt worden war. Warum sollte es in Theresienstadt anders zugehen? Die ganze Geschichte mit dem Landkauf, die erzählt worden war, der Film, der gezeigt worden war: *Der Führer schenkt den Juden eine Stadt*, all das hatte sie ebenso wie Lysbeth und viele andere nicht geglaubt. Hitler schenkte keinem Juden irgendetwas, so viel wusste Stella. Und sie konnte sich auch nicht vorstellen, dass Hitler die Juden in Theresienstadt wenigstens einigermaßen ernährte. Sie hatten, sobald die Paketpost funktionierte, Aaron zwar Lebensmittelpakete geschickt, selbst in den Wochen, als sie selbst am schlimmsten gehungert hatten, und nun, seit Jonny wieder da war und die Läden voller Lebensmittel waren, hatten sie ein Paket mit schönen Dingen gefüllt wie Ölsardinen und etwas Speck, aber wussten sie, ob das wirklich bei ihm ankam? Auch daran zweifelte Stella sehr. Überall wurde gehungert, auch dort. Warum sollten SA und SS ausgerechnet in Theresienstadt den Juden redlich deren Fresspakete aushändigen? Das widersprach allem, was Stella über diese Leute wusste. Aber sie unterstützte Lysbeth darin, auf Aarons Rückkehr zu hoffen, sobald der Krieg beendet war. Und dass er bald vorüber sein würde, wusste jeder. Allerdings wusste niemand, ob Hamburg dann noch stehen würde.

Es gab kein anderes Gesprächsthema mehr als dieses: Wird es zum Großkampf in Hamburg kommen, wird Hamburg Festung werden? Niemand zweifelte daran, dass die Stadt und ihre Einwohner dann das Schrecklichste erleben würden, das dieser Krieg ihnen bringen konnte. Die Übermacht der Engländer und Amerikaner war so groß. Wenn Hitlers Forderung, bis zum letzten Mann zu kämpfen, in Hamburg befolgt würde, rechnete jeder Einzelne mit seinem Tod. Aber viele erwarteten auch das Schlimmste, sobald die Engländer die Stadt erobert hätten. Sie wussten durchaus, dass es Unrecht gewesen war, was den Juden geschehen war, und nicht wenige hatten sich auf die eine oder andere Weise am Ausverkauf des jüdischen Vermögens bereichert. Doch auch diejenigen, die einfach nur zugesehen hatten, erwarteten keine Schonung durch die Engländer. Warum sollten die mit den Deutschen anders umgehen, als die Deutschen mit den Menschen in aller Welt umgegangen waren, und warum sollten die Engländer den Deutschen nicht vergelten, was diese den Engländern und den Juden angetan hatten?

Es wurde von deutschen Truppenansammlungen bei Lauenburg

gesprochen. Die Spannung stieg von Stunde zu Stunde. Alle zitterten vor Angst: Wird Hamburg eine Festung? Auch in der Kippingstraße herrschte eine furchtsame Spannung, denn der innere Festungsring umschloss auch sie. Cynthia geriet in einen schrecklichen Widerstreit. Sie wollte Hitler folgen, was er auch befahl. Aber sie hatte entsetzliche Angst vor den Engländern. Damals, vor zwei Jahren war sie aus Hamburg geflohen zu Dritter nach Scharbeutz, als die Spannung so stieg und empfohlen wurde, die Stadt zu verlassen. Nun gab es gar keine Möglichkeit zu fliehen.

Stella allerdings suchte nach Wegen, dem Festungsring nach außen zu entkommen, nicht, um vor den Engländern zu fliehen, sondern um zu ihnen zu gelangen. Sie sagte: »Wir müssen einen Weg finden, wie wir so schnell wie möglich aus dem Kessel herauskommen, dorthin, wo die Engländer sind. Gestorben wird innerhalb des Kessels, wo die letzten HJ-Pimpfe Hitler Gehorsam leisten und seinen Kampf weiterführen. Lysbeth, sobald wir erfahren, dass Hamburg zur Festung erklärt wird, müssen wir ihnen entgegenlaufen.« Lysbeth hatte den Angriff vom Juli 1943 im Kopf. Sie wusste, dass es keine Möglichkeit mehr gab, den Engländern entgegenzulaufen, wenn diese erst einmal ihre Drohung wahrmachten, Hamburg zu vernichten, sollte die Stadt sich nicht ergeben. Aber ebenso wie Stella ihr keine Zweifel entgegensetzte, wenn es um Aarons Rückkehr ging, stimmte sie jeder Idee Stellas zu, wie sie den Engländern entgegeneilen könnten.

Den ganzen Tag grollte es dumpf von der Front Harburg. Gleichzeitig prangte eine köstliche Baumblüte, Magnolien, Mandel-, Obstbäume, so schön, so unschuldig. Kaum einer beachtete sie, niemand freute sich.

Es war wieder wie im August 1943. Die Nachbarn standen beieinander, ratlos, angstvoll. Es wurde gemunkelt, dass die Engländer die ganze Stadt zerstören wollten. Aufgeregt berichtete eine Nachbarin, dass sie am 13. April gerade draußen gewesen war und einen Tiefflieger über sich gesehen hatte. »Ich habe das Aufblitzen der Geschütze gesehen«, berichtete sie. »Es war so nah. So nah sind sie jetzt.« »Eigentlich war ich immer anglophil«, bekannte eine Nachbarin aus der Koopstraße. »Aber seit den Angriffen hasse ich sie. Eigentlich hasse ich seitdem Flugzeuge. Wenn es einen Knopf gäbe, wo man drückt, und dann fallen sie alle vom Himmel, ich würde ihn sofort drücken.« Immer wieder wurde Hitlers Wort »Gebt mir zehn Jahre Zeit, und ihr werdet sehen, was ich aus Deutschland gemacht habe« mit abgründiger Bitterkeit zitiert. Aber alle verzogen nur den Mund, keiner lachte.

In der Nacht gab es beängstigendes Schießen ohne Alarm, der Feind war wohl schon in Harburg. Es war unheimlich, grausig.

In der Nacht weckte Renate Stella wegen des Schießens. Stella mochte nicht wach werden. Sie drehte sich auf die andere Seite, wo sie allerdings auch wach lag. Ihr graute, wie allen, vor dem kommenden Tag. Alles war in Kleidern zu Bett gegangen. Und ein eigentümlicher Tag folgte. Durch die ganze Stadt raunte und wisperte es: Ist Hamburg zur offenen Stadt erklärt worden wegen der vielen Kinder, wegen der zahlreichen Verwundeten, schweben Verhandlungen? Und bange – es ging schließlich um alles: wie werden sie verlaufen?

Bis 19.00 Uhr, als Stella, Lysbeth und Renate sich zum Abendessen in der Küche unten einfanden, war kein Alarm gewesen. Von der Front Harburg war kein Geschütz zu hören, die Front war von Lauenburg her anscheinend nicht näher gekommen. »An der Ohnmacht der Angloamerikaner liegt das gewiss nicht«, sagte Renate trocken. »Sie wären schon hier und die Hölle bei uns losgebrochen.«

»Oder sollte Hamburg allein das Glück der Schonung blühen, nachdem alle anderen Städte, in die sie einmarschiert sind, geopfert wurden,?«, fragte Lysbeth bang.

»Hamburg mit seiner Bedeutung, seiner Lage, seinem Hafen. Das ist nicht zu erwarten, sage ich«, widersprach Renate. »Meine Meinung ist: Wenn Verhandlungen scheitern, dann bricht das Grauen los.«

Entgegen ihrer Natur schwieg Stella. Sie konnte Tag und Nacht an nichts anderes mehr denken als daran, was geschehen würde, wenn die Engländer in der Stadt wären. Dann konnte es nicht mehr lange dauern, und sie würde erfahren, was aus Anthony, was aus Angela und Roberta geworden war. Sie sehnte sich nach diesem Augenblick und hatte gleichzeitig entsetzliche Angst davor.

Am nächsten Tag machte sie sich auf den Weg zum Fischmann. Ihr Ziel war weniger, Fisch zu kaufen, sie wollte einfach allein sein. Auf dem Weg spielten Kinder in den Trümmern im Sand, sie wären Artillerie und bewarfen die Vorübergehenden mit Steinen. Die kleinen Vorgärten prunkten wie Schmuckkästchen mit Frühlingsblumen. Über allem stand die düstere Wolke der existentiellen Frage: Sein oder Nichtsein, offene Stadt oder Festung. Nein, nicht daran denken, beschwor Stella sich selbst, aber ihre Unruhe wuchs.

Das Vereinskrankenhaus hatte riesige rote Kreuze am Dach, am Tor, die meisten Autos waren plötzlich schneeweiß mit roten Kreuzen.

Beim Fischmann gab es Fisch ohne Marken. Die Hausfrauen erzählten einander, dass sie nur noch kochten, putzten, Steine klopften. »Wir müssen die Engländer doch anständig erwarten«, feixte eine. Sofort entstand eine ängstliche Stimmung im Laden. Da sagte eine andere: »Wären sie doch nur endlich da.« Stella hätte gern zugestimmt, aber ihr Herz krampfte sich zusammen. Sie empfand entsetzliche Angst, ohne genau sagen zu können, wovor. Sie konnte nicht mehr gut atmen, ihr Herz raste los und stolperte dann. Sie entschuldigte sich, sie käme gleich zurück, und hastete vor die Tür. Dort hielt sie sich an der Wand fest und atmete tief ein und aus. Allmählich beruhigte sie sich wieder. Der Anfall war vorüber.

Sie kehrte zu ihrem Platz in der Schlange zurück und kaufte so viel Kabeljau, wie sie nur tragen konnte. Zu Hause bereitete sie einen großen Fischsalat zu. Während des Kochens dachte sie an nichts anderes als an den Fisch, die Zutaten, den köstlichen Salat. Dennoch mischte sich der Geschmack der Angst zwischen alles Übrige. Zwischendurch kam Jonny in die Küche, umarmte sie und probierte den Fischsalat, den er begeistert lobte. Etwas zu begeistert, fand Stella. Auch Eckhardt stattete ihr einen Besuch beim Kochen ab. Er holte die Hunde in den Garten, um ihnen Kunststücke beizubringen. Sogar Cynthia kam vorbei. Sie war die Einzige, die ihre Angst nicht verbarg. »Was werden sie mit uns machen, Stella?«, fragte sie. Ihr Gesicht sah klein und eingefallen aus. »Die Engländer?«, fragte Stella nach. Cynthia, die früher ein solch überflüssiges Nachfragen mit einer schnippischen Bemerkung gekontert hätte, nickte nur. Stella brummte und antwortete dann nachdenklich: »Wir sind daran gewöhnt, für lächerliche Vergehen, wie einen falschen Witz zu erzählen, mit Verhör und Folter und womöglich KZ bestraft zu werden. Wir können uns nur vorstellen, dass sie uns alle standrechtlich erschießen. So ist es doch, oder?« Cynthia starrte sie mit einer Mischung aus Hass und verzweifelter Schicksalsergebenheit an. Sie sagte nichts. Stella fuhr fort: »Es wird mit Sicherheit eine Menge Juden in deren Armee geben, die von hier emigriert sind und erfahren werden, dass ihre Verwandtschaft irgendwohin transportiert worden ist, und ob sie noch leben, weiß keiner. Tja, wenn sie handeln wie unsere Nazis, die einen ja schon erschießen lassen wollen, wenn man nur eine weiße Fahne raushängt, tja, dann weiß ich nicht, ob sie genug Leute haben, um uns alle der Reihe nach umzulegen.« Sie machte eine nachdenkliche Pause. Kurz blitzte es boshaft fröhlich in ihren Augen auf, als sie sagte: »Vielleicht holen sie uns auch nach England, und wir müssen ihre Klos putzen und die Bürgersteige mit der Zahnbürste reinigen, während sie uns gleichzeitig mit Dreck bewerfen, anspucken oder Schlimmeres. Das haben ›wir Deutsche‹ ja wohl mit den Juden in Wien gemacht, wie man hört.« Cynthia begann zu weinen. Schluchzend rannte sie aus der Küche. Bevor sie die Tür hinter sich zuschlug, schrie sie: »Du willst mir ja nur Angst machen. Du bist gemein.« »Ich dir Angst machen?«, murmelte Stella. »Ich mach mir ja selbst in die Hose vor Angst.«

Aber ihre Angst galt nicht der möglichen Bestrafung durch die Engländer, sondern dem Wiedersehen mit Anthony, ihrer Tochter und ihrer Enkelin. Dem möglichen Wiedersehen oder aber auch der möglichen Information, dass einer von den dreien oder alle drei tot waren. Oder allen anderen schrecklichen Tatsachen, die ihr bald unumstößlich vor Augen und Ohren geführt werden würden. Bis jetzt konnte sie sich vieles ausdenken, vieles verwerfen, manches als unmöglich abwehren, in Kürze aber würde sie sich den Realitäten stellen müssen. Vorausgesetzt, sie lebte noch.

Auch Jonny hatte Angst. Er war Parteimitglied, er hatte viele Kontakte zu führenden Nazis, er war als Kapitän der deutschen Wehrmacht in Dänemark gewesen. Er wusste nicht, was die Engländer mit Leuten wie ihm machen würden. Er suchte den Kontakt zu Luises Bruder Werner. Sobald er mitbekam, dass Werner bei den Solmitz auftauchte, begab auch er sich nach drüben. Er erkundigte sich bei ihm nach Berlin, das noch während der letzten Tage entsetzlich verwüstet worden war. »Manchmal gab es fünfzehn Stunden am Stück Alarm«, berichtete Werner Stephan. »Morgens um 5.00 Uhr sind wir kurz zum Einkaufen gelaufen.« Nun waren die Russen bereits in Lichtenberg. Es war eine Frage der Zeit, wann sie Berlin einnehmen würden.

Werner war in die Heide an die Front gefahren. Mittags traf er bei den Solmitz ein, wo auch Jonny hinzukam. »Man muss sich das vorstellen«, sagte Jonny anschließend zu Stella, und sie sah ihm an, dass er beeindruckt war. »Vom mütterlichen Frühstückstisch in Barmbek über die Elbbrücken ein bisschen an die Front, und zu Mittag bei der Schwester.«

Er berichtete, was Werner erlebt hatte. »Die Leute hinter der Front sind noch guten Mutes. Frauen schwatzen mit den Soldaten. In Ehestorf sind die Engländer noch nicht. Außerdem sind sie schlapp, im Gegensatz zu den Amerikanern. Sie müssen sehen, sich einen Hafen zu sichern. Werner meint, wir in Hamburg sind noch ein paar Tage ausgespart.«

Werners Vorgesetzter Joseph Goebbels rief die Berliner auf, Frau und Mann, gegen die Russen zu kämpfen. Wer weiße Flaggen zeige, würde standrechtlich erschossen. Für die Erschießungen seien die politischen Leiter des Hauses verantwortlich. Er, Goebbels, bleibe mit Frau und Kindern in Berlin.

Am 23. April ließ Hitler bekanntgeben, dass er in Berlin sei.

Im Umfeld der Wolkenraths gab es niemanden mehr, der nicht hoffte, die Engländer mögen möglichst bald und ohne jeden Widerstand in Hamburg einmarschieren. Cynthia allerdings hoffte wie manch andere immer noch auf die Wunderwaffe. Aber in ihren vier Wänden wagte sie nicht mehr, darüber zu sprechen. Der Verhältnisse verkehrten sich. Hatten sich vorher die anderen in Cynthias Gegenwart nicht getraut, offen ihre Hoffnungen auszudrücken, so ging es nun Cynthia so.

Es schoss wieder von der Front, es ging auf die nördlichen Elbufer zu. Staatssekretär Ahrens, der jedem Hamburger durch die täglichen Rundfunkansagen vertraut war wie ein Familienangehöriger, »Onkel Baldrian«, gab anschließend bekannt, dass es nicht schlimm gewesen sei. Ob mit oder ohne Feindbesetzung solle Ordnung gehalten werden. Volksgenossen sollten sich nicht einfallen lassen zu plündern. Bei dem Wort »Volksgenosse« verzog Renate spöttisch die Mundwinkel. »Der plündernde Volksgenosse«, sagte sie. »Das lassen wir uns mal auf der Zunge zergehen.«

In Hamburg verlöschten nach und nach die Lichter. Kein Theater spielte mehr, kein Kino hatte geöffnet. Es gab keinen Strom mehr. Auch Streichhölzer fehlten, überall gab es Schwierigkeiten beim Feuermachen.

In der Zeitung prangte auf der Titelseite: »Adolf Hitler Verteidiger Berlins«. In Berlin hatte sich ein Freikorps Adolf Hitler gebildet, in dem auch Frauen mitmachten. Die Zeitung meldete, dass Bremen abermals die Übergabe abgelehnt habe trotz Androhung schwerster Luft- und Artillerieangriffe. »Das ist irgendein verrückter General oder ein paar lebensmüde alte Krieger«, schimpfte Renate. »Die Bevölkerung haben sie doch nicht gefragt, ob die gerne sterben wollen.«

»All das blüht auch uns«, hauchte mit angstverzerrtem Gesicht Cynthia. Ihre Liebe zu Hitler kämpfte mit ihrer Angst vor der Strafe durch die Engländer oder dem sicheren Tod, wenn in Hamburg bis zum letzten Mann und zur letzten Frau gekämpft würde, wie Hitler es gefordert hatte. Ihre Liebe war noch nicht erstickt oder zermalmt, unter all den schweren Lasten atmete sie noch weiter, aber es war eine Liebe wie zu einem Geliebten, der sehr schlecht mit einem umgegangen war und einen nicht geschützt hatte und der nun auch noch das Letzte von einem verlangte: den gemeinsamen Tod. Cynthias Lebenswille lehnte sich gegen diesen letzten Weg auf. Auch wenn ihr Leben nicht gerade bunt und lustvoll war, so hing sie doch daran. Auch wenn ihr Körper nicht gerade der einer blühenden Frau war, so hatten die Kriegsjahre sie doch eines gelehrt: Jedes Mal, wenn sie vom Tod verschont geblieben war, hatte sie für ein paar Stunden Glück empfunden, am Leben zu sein. Und auf dieses Glück wollte sie nicht verzichten.

Zwei Tage später ging in der Stadt das Gerücht um, Bremen sei vernichtet. Es musste grauenhafteste Luft- und Artillerieangriffe gegeben haben. Überall hörte man: »Die arme Stadt.« Und: »Geht Hamburg denselben Weg?« Alle Menschen waren bedrückt, niedergeschlagen. Man sah kein fröhliches Gesicht mehr, keinen unbeschwerten Menschen.

Und wieder kam Werner Stephan zurück von der Front bei Sinstorf, bei Ehestorf. Die Elbbrücken waren für andere als militärische Zwecke gesperrt und beschossen worden, auch wieder das nördliche Elbufer. Der Schlachtendonner grollte von sehr nah.

Als Stella in der Abendsonne an den blühenden Obstbäumen entlangspazierte, um ihre Gedanken und Gefühle zu ordnen, kam Alarm. Sie spazierte ruhig weiter. Nicht nur Stella, auch die anderen Leute eilten nicht zum Bunker. Alle waren sehr dickfellig geworden. Es geschah auch nichts. Um 23.00 Uhr kam noch einmal Alarm, und wieder geschah nichts.

Am 26. April gab es Tagesalarm. Die Nachbarn standen vor dem Bunker in der warmen Sonne unter den blühenden Bäumen, drinnen saß kaum jemand. Es gab im Bunker auch kein Licht, denn es war Stromspartag. Der Bunker gähnte als finstere, trostlose Unterwelt. Auch diesmal musste sich niemand in Sicherheit bringen.

Am 27. April wurde mitgeteilt, dass Göring fort war. Er sei herzleidend, wurde im Rundfunk gesagt. Es gab keine Würdigung, keinen

Rückblick, nur die dürre Tatsache. Wieder standen überall die Nachbarn zusammen und redeten. Der Ton dieser Gespräche wurde von Tag zu Tag ehrlicher. Die Angst vor Denunziation schwand, denn am meisten Angst vor den Engländern hatten diejenigen, die einst die größten Anhänger Hitlers und die schlimmsten Denunzianten gewesen waren. »Der Erste der Dreieinigkeit ist nun weg«, wurde gesagt. Einige vermuteten, dass Hitler den Freitod wählen würde. Andere zeigten stirnrunzelnd, dass sie ihn für feige hielten und ihm nicht zutrauten, sich selbst umzubringen. Niemand äußerte Bedauern für den Fall, dass das geschehen würde. Den ganzen Tag über drang von der nahe liegenden Front das Gebell von Schüssen.

Bei Meißen hatten sich Russen und Angloamerikaner vereinigt. Hitler und Goebbels mit seiner Familie sollten in Flaktürmen sitzen. Merkwürdig klangen die altbekannten Worte im Bericht des Oberkommandos der Wehrmacht, wo vom grandiosen und heroischen Schicksalskampf des deutschen Volkes gegen den Bolschewismus die Rede war. »Das glaubt doch niemand mehr«, sagte Lysbeth. Ihr Gesicht heiterte sich von Tag zu Tag mehr auf. Bald würde sie Aaron wiedersehen, dessen war sie sich ganz gewiss. In der kurzen Zeit, die er in Theresienstadt war, konnte er nicht gestorben sein. Außerdem fühlte sie, dass er lebte.

Renate Wenz wiegte den Kopf hin und her: »Sei dir mal nicht so sicher. Das mit dem Bolschewismus glauben alle immer noch. Wenn die Russen vor den Toren Hamburgs stehen würden, gäbe es hier andere Töne. Das, was sie uns seit Jahrzehnten eingebläut haben, dass die Russen Kinder schlachten und Frauen vergewaltigen und töten, all die Sachen, die sie sich in ihrem kranken Hirn ausgedacht haben, denk nur an die Lügen über Spanien, das ist nicht aus den deutschen Köpfen verschwunden, nur weil Hitler nicht gehalten hat, was er ihnen versprochen hat. Nee, nee, liebes Lyschen, die Russen werden unsere Ungeheuer bleiben, darauf kannst du Gift nehmen.«

Am 30. April trafen die Russen in Mecklenburg-Vorpommern ein, das war nicht mehr sehr weit von Hamburg entfernt. Die Engländer hielten einen Brückenkopf in Lauenburg. Lauenburg lag etwa vierzig Kilometer südöstlich von Hamburg an der Elbe. »Die Engländer müssen sich beeilen, wenn Hamburg nicht russisch werden soll«, sagte Jonny.

Abends sprach Gauleiter und Reichsstatthalter Kaufmann im Rundfunk. Stella hielt sich einen Moment lang die Ohren zu »Ich will nicht so ein heroisches Geschwätz hören«, jammerte sie. »Jetzt erzählt er uns von dem grandiosen Beispiel von Berlin und Bremen.« Aber sie sah an den Mienen von Lysbeth und Renate, dass das Gegenteil der Fall war. Kaufmann blieb auf seiner Linie. Seine Rede war kurz. Er sagte, er wolle so handeln, wie ihm Herz und Gewissen vorschreiben. Die Hamburger sollten Disziplin bewahren und Vertrauen haben.

Renate seufzte: »Ich wage kaum zu hoffen, dass Berlin vielleicht noch rechtzeitig und gründlich genug fällt, um Hamburg zu retten.« »Was meinst du mit gründlich?«, fragte Stella. »Gründlich?«, lachte Renate auf. »Bei gründlich sind Hitler und Goebbels samt Anhang weg. Dann kann kein rabiates SS-Schwein dem Kaufmann mehr das Zepter aus der Hand reißen.« »Es ist einfach unfassbar«, meinte Lysbeth, »dass, wie in Bremen, eine wilde Soldateska, eine Handvoll Leute die ganze Stadt verderben kann, und die Einwohner in tausendfacher Überzahl alles dulden.« »Und genauso steht Hamburg auf des Messers Schneide«, stimmte Renate zu.

Es gab noch Pendelverkehr bis Harburg, also war es möglich, an die Front zu fahren, was auch Jonny seit einigen Tagen regelmäßig tat. Es hieß, die Engländer marschierten auf Schwarzenbek zu. In der Nacht lag Stella viele Stunden wach. Es war kein Geschützdonner zu hören. Ließ das tröstliche Schlüsse zu?, fragte sie sich. Niemand wagte, sich das Glück auszumalen, dass es bedeuten würde, wenn in letzter Sekunde noch alles gerettet würde. Stella stellte sich immer wieder vor, wie es sein würde, wenn plötzlich Anthony vor ihrer Tür stände. Der Sieger. Sie hatten sich seit fünf Jahren und acht Monaten nicht mehr gesehen und nicht gehört, wussten nichts voneinander. Angela war jetzt dreiunddreißig, die kleine Roberta acht Jahre alt. Angela und Anthony waren verheiratet. Wie konnte Stella annehmen, dass Anthony zu ihr zurückkehren würde in der Liebe, die sie einmal verbunden hatte? Das war so lange her, viel länger, als es die Jahre anzeigten. Der Krieg hatte die Jahre vervielfacht. Und das Gleiche galt für Anthony und Angela. Sie hatten gemeinsam einen Krieg durchgestanden. Wenn sie überhaupt noch lebten. Dass Stella diesen Gedanken nicht zu Ende denken mochte, zeigte ihr, dass in ihrem Herzen noch Liebe für diese drei Menschen war, von denen sie sich so entsetzlich entfremdet fühlte.

Im *Reichssender Pinneberg* wurde verbreitet, dass Himmler die Kapitulation angeboten hätte mit der Zusicherung, dass achtundvierzig Stunden darauf Hitler nicht mehr leben würde. Wieder kursierte dieses Gerücht in den Läden, auf den Straßen. Und dann wollten plötzlich alle wissen, dass Hitler sich vergiftet hätte. Aber es blieb ein Gerücht, das nicht bestätigt war.

Immer wieder wurde die Furcht ausgesprochen, dass die Russen noch vor den Engländern in Hamburg sein könnten. Dann lautete Renates Kommentar: »Nur erst die Pest los sein. Zwölf Jahre waren unsere Füße in den Schlingpflanzen eines Ursumpfes gefangen. Kriegt man die frei, dann muss man eben schwimmen, vielleicht erreicht man das Ufer. Das sage ich.«

Die Straßen waren voller grauer Soldaten, eine endlose Schlange, die müde und abgewrackt Richtung Norden gegen die Engländer marschierten. Die Engländer hingegen schienen auf Lübeck zu marschieren.

Während Renate immer unverfrorener und lauter ihre Genugtuung über den Untergang der Nazis in die Welt posaunte und sich von niemandem mehr den Mund verbieten ließ, verstummte Stella immer mehr. Es war, als hätte sie von ihrer Schwester gelernt, sich in sich selbst zurückzuziehen. Sie spürte keine Angst mehr, und sie empfand auch keine Freude. Sie wartete. Sie legte sich abends ins Bett mit dem Gefühl, dass am nächsten Morgen eine Nachricht über Anthony und Angela bei ihr anlangen könnte. Sie stand morgens mit dem Gefühl auf, dass sich am heutigen Tag ihre kleine seit Jahren von England abgeschnittene Welt mit einem Paukenschlag öffnen, ein großes Tor aufgehen und dass sie in eine neue Welt hineingeschubst werden würde. Es würde keinen Ausweg geben, und es würde keine Zwischenzeit, keinen Zwischenraum geben, wo sie sich langsam anpassen könnte. Sie würde eine Mitteilung erhalten, wie sie auch immer aussähe, und dann wäre alles anders.

Cynthia begann, hinter Jonny herzulaufen wie ein kleines Hündchen. Sie hing an seinen Lippen, wenn er Prognosen abgab. Sie hatte jeden Halt verloren. Einerseits zitterte ihr hitlerliebendes Herz, weil ihr Schwarm so einsam seinem Ende zusteuerte, und sie empörte sich über jeden Bürgermeister, jeden Statthalter, der nicht im Sinne des Führers handeln wollte, andererseits hoffte sie inbrünstig, Kaufmann würde Hamburg zur offenen Stadt erklären und die Angst vor den Engländern hätte endlich ein Ende, weil die Engländer die Herrscher wären. Als Jonny am 1. Mai, einem Dienstag, meinte, der Krieg sei spätestens bis nächsten Montag zu Ende, fragte sie, als könne er die Zukunft vorhersagen: »Aber erleben wir das, Jonny? Wird Hamburg Festung oder nicht?«

Um 21.00 Uhr tönte aus dem Rundfunk: »Achtung, Achtung, der deutsche Rundfunk bringt in Kürze eine ernste, wichtige Mitteilung für das deutsche Volk.« Alle warteten, was nun kommen würde. Anders als Stella, deren Herz vom Warten ganz still geworden war und die sich wie in eine Muschel verwandelt hatte, die vom Meer hin und her geworfen wurde und das weiche Innere gut geschützt hielt, auch anders als Lysbeth, deren leidenschaftlich liebendes Herz von Tag zu Tag hoffnungsfroher wurde, saßen Jonny, Cynthia und Eckhardt vor dem Rundfunkempfänger und warteten, bang, zitternd, ängstlich. Was auch geschah, es konnte ihnen das Genick brechen. Renate Wenz kam hinzu, knallte ein paar Bierflaschen auf den Tisch und sagte: »Es gibt Sonderrationen aus Wehrmachtsbeständen. Leute, macht euch mal nicht in die Hosen. Das, was wir hoffen, der Waffenstillstand, das Einzige, was wir wünschen, ist es ja doch nicht. Ich sage, es ist das Ende von Berlin, und wenn alles gutgeht, das von Hitler und Goebbels.« Cynthia begann, lautlos zu weinen.

Die *Egmont*-Ouvertüre, dann das Vorspiel zum *Fliegenden Holländer* umtoste die Menschen, die mit gefalteten Händen am Tisch saßen und warteten. Eineinhalb Stunden später wiederholte Staatsrat Ahrens die Ankündigung. »Vielleicht wird bekanntgegeben, dass Dönitz der Nachfolger des Führers wird«, mutmaßte Jonny. »Dönitz?«, fragte Lysbeth. »Wer ist das?« Jonny antwortete nicht, lauschte, erhob sich und drehte leicht am Rundfunkknopf. Da hörten sie es: »Der Führer hat den Heldentod gewählt.«

Klaus Dönitz war noch von ihm selbst zu seinem Nachfolger ernannt worden. Dessen erste Aufgabe war es, deutsche Menschen vor dem Bolschewismus zu retten, gegen die Amerikaner und Engländer zu kämpfen, die Deutschland dem Bolschewismus ausliefern wollten. Cynthia brach in lautes Weinen aus. Renate sagte trocken: »Da hat der Führer den Schwanz eingezogen.« Sie wendete sich an Cynthia und fragte: »Warum weinen Sie, Frau Wolkenrath? Weil unser Hitler jetzt ein Held ist oder weil wir alle wahrscheinlich sterben werden? Wie ist das eigentlich: Müssen wir jetzt Heil Dönitz sagen?« Eckhardt stöhnte: »Nun ist Hamburg verloren, alle Hoffnung zerschlagen.« Jonny sah ihn an, er wirkte eiskalt. »Wollen wir mal sehen«, sagte er. »Das wollen wir doch mal sehen. Ich glaube, in Hamburg weht ein anderer Wind.«

Die Lage war hoffnungslos wie vorher. Dönitz hielt eine kurze knackige Ansprache. Er bezog den Treueid auf Hitler nun auf sich. Es war nun das Staatsoberhaupt. Nach seiner Ansprache erschollen das *Deutschlandlied* und das *Horst-Wessel-Lied.* »Für uns hier in Hamburg kommt alles auf die Haltung von Kaufmann an«, sagte Jonny ernst. »Hurra«, verkündete Renate schmissig. »Die Dreieinigkeit ist weg, wenn auch Goebbels nicht erwähnt wird. Wer hätte das je für möglich gehalten.« Jonny holte eine Flasche Rotwein aus seinen Beständen. »Trinken wir auf den Frieden.« Aber allen war anzumerken, dass sie noch kein Vertrauen in eine friedliche Zukunft hatten. »Alle Brücken, von den Elbbrücken angefangen bis zu unserer kleinen Mansteinbrücke über die Isebeck, sind zur Sprengung vorbereitet«, sagte Eckhardt. »Man kann sich doch nicht vorstellen, dass die die Engländer hier einfach so hineinmarschieren lassen.«

Cynthia konnte überhaupt nicht mehr aufhören zu weinen. Seit Hitlers Tod bekanntgegeben worden war, weinte sie. Eckhardt versuchte vergeblich, sie zu trösten, bis auch ihm die Tränen hinunterliefen. Währenddessen hatten die anderen vier ein Glas Wein getrunken und dann die Küche verlassen, um sich in unterschiedliche Richtungen zu begeben, Renate auf die Straße, Jonny zu den Solmitz, Lysbeth an ihren Stammplatz neben dem Fenster, wo sie mit Aarons Foto kommunizierte. Stella hatte sich ins Bett gelegt.

Seit Tagen gab es keinen Alarm, keine Angriffe auf Hamburg mehr, und die Hamburger hatten gehofft, vielleicht den Bunker nicht mehr wiederzusehen. Doch nun war die Verzweiflung unter ihnen groß. Was nützte Kaufmanns Friedenswillen, wenn Dönitz alle Begriffe verkehrte? Die letzten Tage der Hoffnung waren so beglückend gewesen, aber nun war alles aus, so lautete die einhellige Meinung. Jetzt war Hamburg – vielleicht mit Dresden – die letzte Stadt, die die ganze Schwere der englischen Luftangriffe treffen würde.

Am späten Abend, um 23.00 Uhr, sprach Kaufmann. Er bat die Hamburger, ihr Schicksal vertrauensvoll in seine Hand zu legen, er werde verantwortungsvoll mit der ihm anvertrauten Stadt und ihren Menschen umgehen. Was sollte man damit anfangen? Er hatte kein Wort über Dönitz verloren. »Dunkel«, sagte Jonny. Cynthia hatte aufgehört zu weinen, aber sie wirkte schwerkrank. Renate schimpfte, was das Zeug hielt. Lysbeth hielt sich an ihrer Hoffnung fest. Stella hatte das Bett nicht verlassen.

Es wurde gesagt, Himmler führe die Kapitulationsverhandlung nicht mehr, sondern Busch und Dönitz. Die Angloamerikaner weigerten sich, ohne Russland zu verhandeln, was Dönitz zu dem Ausspruch bewegte, sie kämpften für die Bolschewisierung Deutschlands. Dabei marschierten sie offenbar auf Lübeck, um zwischen sich und den in Mecklenburg verrückenden Russen die Linie zu ziehen.

Am 2. Mai saßen alle wie gebannt vor dem Rundfunkgerät. Sie warteten minütlich darauf, dass ihnen eine Entscheidung über ihr Schicksal mitgeteilt werden würde. Würde Hamburg Festung oder offene Stadt, in die die Engländer einmarschieren durften, ohne dass weiter gekämpft würde? Die militärischen Nachrichten sagten, die Engländer hätten sich bis zum Ostrand der Stadt vorgearbeitet. Hoffnungsvolle Gerüchte hielten die Menschen den ganzen Tag in Atem.

Und da ertönte endlich die Stimme des Reichsstatthalters Kaufmann. »Unser Volk ist ehrenvoll unterlegen. Der Feind steht vor den Toren der Stadt. Wehrmacht und Volkssturm haben tapfer gekämpft. Eine Übermacht würde uns angreifen. Für Hunderttausende Frauen und Kinder wäre das der Tod.« Er sprach von sinnloser Vernichtung. Von seiner Entscheidung, die von seinem Herzen und Gewissen diktiert worden war. Er wolle »unser Hamburg« vor sinn- und verantwortungsloser Vernichtung bewahren. Sein Schlusswort lautete: »Morgen besetzt der Feind Hamburg.« Die Hamburger sollten Haltung, Würde, Disziplin bewahren.

Sie saßen zu sechst um den großen Tisch in der Küche im Souterrain. Stella, Lysbeth, Jonny, Eckhardt, Cynthia und Renate Wenz. Stella hatte schon während der Worte Kaufmanns nach Lysbeths Hand gegriffen. Nun blickte sie die Schwester an, der Tränen über die Wangen liefen. Stella konnte es nicht fassen. Der Krieg war jetzt wirklich zu Ende? Erstaunt vernahm sie selbst, wie zart und mädchenhaft ihre Stimme klang, als sie fragte: »Ist der Krieg jetzt zu Ende?« Jonny saß bleich und hochaufgerichtet auf seinem Stuhl. Kurz und knapp sagte er: »Jetzt ist der Krieg zu Ende. Wer ihn nicht gewollt hat, kann aufatmen, wer daran beteiligt war, muss sich darauf vorbereiten, in Gefangenschaft zu gehen.« Stella riss ihren Kopf zu ihm herum. »Gefangenschaft? Du?« Ernst und gefasst nickte er. »Ja, das betrifft jetzt alle Soldaten und die Führung natürlich erst recht.«

Als hätte sie seine Worte nicht gehört, sagte Renate und ließ dabei jedes Wort auf ihrer Zunge zergehen: »Fünf Jahre, acht Monate, eine Last, wie kaum eine Generation sie je getragen hat, ist von uns genommen. Eineinhalb Millionen Hamburger danken Kaufmann aus tiefer Seele.«

Cynthia hatte hektische rote Flecken auf ihren Wangen. Eckhardt war kreidebleich. »Wenn nur morgen alles ohne Zwischenfälle geht«, stieß er plötzlich hervor. »Aus so viel Glück zurückgeworfen zu werden, wäre ...« »Dieser Jubel«, erklang wieder Renates feierliche Stimme. »All das, was von uns abfällt: SS, Parteigenossen, Lügen, Verbrechen, Unrecht nicht mehr ertragen zu müssen, schon das.« »Wenn sie nur Kaufmann nicht bis morgen noch beseitigen. Wären die Engländer doch schon hier«, fiel Eckhardt ihr wieder ins Wort. Cynthia blickte ihn verächtlich von der Seite an.

Da ergriff Staatsrat Ahrens das Wort. Er bekräftigte, was Kaufmann gesagt hatte, und fügte hinzu, dass die Hamburger keine weißen Fahnen heraushängen sollten, das wäre würdelos. Er sagte, dass Wirtschaft und Verkehr am kommenden Tag lahmgelegt würden. Und: Der Schwarzmarkt würde verfolgt.

»Dass gerade wir in Hamburg dieses Glück haben«, seufzte Stella. Sie war so aufgeregt, dass sie Jonnys Bemerkung von Gefangenschaft schon wieder vergessen hatte. »Nie mehr in den grauenhaften Bunker«, strahlte Renate. »Wir haben den letzten Alarm hinter uns.« Nun öffnete auch Cynthia den Mund. Etwas schüchtern und ungelenk sagte sie: »Jetzt können wir endlich wieder ruhig schlafen.« Und dann fragte sie mit hoher Stimme: »Dürfen wir jetzt noch deutsch sprechen?«

Auf der Straße trafen sich wie immer bei bedeutenden Ereignissen die Nachbarn. Alles strahlte vor Glück. Immer noch vorsichtig wurden Sätze formuliert, wegen deren während der vergangen Jahre das KZ sicher gewesen wäre. »Seit Jahren warte ich auf die Engländer ...« »Nein, ich habe nichts gegen die Engländer, ich hasse den Brandstifter Hitler und nicht den Brand ...« »Hitler war der größte Schwerverbrecher der Weltgeschichte«, sagte Luise Solmitz.

Aber gleichzeitig standen noch drei Naziflaggen auf Halbstock für den toten Ex-Führer und eine große an der Hansaschule.

Um 22.00 Uhr hörte Stella endlich ohne Angst den englischen Sender. Sie schrie auf. »Berlin hat kapituliert. Es sollen gestern vierzehntausend, heute achttausend tote Soldaten gewesen sein.« »Mein Gott«, stöhnte Renate. »Stell dir die Straßen, die Luft, das Wasser vor.«

Und dann ertönte gegen 23.00 Uhr Alarm. Stella, die immer noch BBC hörte, sah ihre Schwester und Renate dumm an. Schnell drehten sie am Gerät. Ahrens sagte verdrossen, er sei nicht einverstanden gewesen mit dem Alarm. Es habe Schleswig-Holstein gegolten. Also Entwarnung, Er nahm von den Hörern Abschied als Luftlagenansager. Aber um halb eins schoss es plötzlich. »Dies war vielleicht die letzte Entwarnung«, sagte Ahrens. Er gab einen kurzen Rückblick, verabschiedete sich. »Alles Gute!« Kurz und markig. »Was haben wir Furchtbares erlebt, wenn er ansagte, und wie beglückend, für kurze Zeit, die Entwarnung«, sagte Lysbeth. »Und was haben wir diesen Tag ersehnt«, seufzte Renate. »Seid ehrlich, eigentlich dachten wir, es wäre unmöglich, ihn noch zu erleben.«

Als Lysbeth im Bett lag, dachte sie: Was war das für ein schöner, schöner, schöner Tag. Wie bin ich glücklich und dankbar. Jetzt wird Aaron bald kommen. Wenn die Engländer da sind, dann packe ich meinen Koffer aus, nach Jahren, ordne meine Schränke, die Stube wird frei von Luftschutzgepäck. Keine Angst mehr beim Anblick der Gasmaskendosen, der Luftschutzhausapotheke, die ollen Stahlhelme können weg – was haben wir durchlitten.«

Stella lag allein im Bett. Jonny räumte im Wohnzimmer in den Schränken. Sie wusste, dass er alles zusammensuchte, das nach Nazi aussah. Sie wollte ihm dabei nicht helfen, aber sie wollte ihn auch nicht daran hindern. Sie war wach. Sie hatte im englischen Sender von Gräueln der SS im KZ Bergen-Belsen bei Celle gehört. Celle, dachte sie, ich wusste nicht einmal, wo dieses KZ war. Die Nachrichten waren so entsetzlich, dass Stella sie kaum glauben konnte. Sie erzählte Lysbeth nichts davon, aber sie machte sich entsetzliche Sorgen um Aaron.

Als Jonny sich neben sie legte, griff er nach ihrer Hand. Stella drückte die seine und sagte leise in die Dunkelheit hinein: »Hast du richtig Angst vor den Engländern, Jonny?« Die Antwort war ein großes Schweigen. Stella wollte sich schon innerlich abwenden. Sie kannte es von Jonny, dass er manchmal so tat, als hätte er nicht gehört oder als schliefe er schon, wenn sie ihn auf ein Gefühl ansprach, von dem er nichts wissen wollte. Da klang seine belegte Stimme durch die Dunkelheit: »Ja, Stella, ich habe Angst. Und ich habe keine Angst. Auf dem Meer hatte ich keine Angst, weil der Tod dazugehörte. Ich hätte viele Male auf eine Mine stoßen können, dann wäre alles vorbei gewesen. Wenn ich da die Angst zugelassen hätte, wäre ich ein schlechter Kapitän gewesen. Jetzt ist das anders.« Seine Stimme klang ungewohnt, so schutzlos und verletzlich und ehrlich, dass Stella Tränen in die Augen traten. Sie drückte seine Hand noch fester, damit er spüren sollte, dass sie bei ihm war, auch mit ihrem Herzen.

»Was jetzt kommen wird, ist ungewiss«, fuhr Jonny fort. »Und vielleicht ist das genau das, wovor ich am meisten Angst habe. Der Tod im Krieg ist nicht ungewiss. Er ist da. Rouge ou noir, es kann dich treffen oder nicht. Das ist das Spiel. Jetzt aber bestimmen die Engländer die Regeln. Keine Ahnung, was geschehen wird.« Er räusperte sich. »Ja, und dann ist da ja auch noch die Sache mit uns beiden. Ich habe mich wieder daran gewöhnt, dass du meine Frau bist. Und nicht die von dem Engländer.« Stella hielt den Atem an. Was kam jetzt? Sie fürchtete, dass Jonny einen seiner jähzornigen Ausbrüche bekommen könnte, unter denen sie früher so sehr gelitten hatte. Aber sie wusste gleichzeitig, dass sie ihm nie wieder hilflos ausgeliefert wäre. Wenn er jetzt irgendwelche unflätigen Sachen über sie oder Anthony von sich geben würde, würde sie sich einfach auf die Seite drehen und einschlafen. Müde genug war sie. Aber Jonnys weitere Worte zeigten, dass er weit von Zorn und Schmähung entfernt war. »Greta wird zurückkommen, und mit ihr das Kind. Ich weiß nicht mal mehr, wie es aussieht. Dein Engländer wird dich holen …« Wieder war Dunkelheit und Schweigen im Raum. Stella dachte nach. Ja, sie verstand Jonny. So schrecklich der Krieg gewesen war, er hatte ihre Welt eng umspannt. Die Möglichkeiten ihres Lebens waren sehr begrenzt gewesen. Im Grunde hatte die Hauptfrage gelautet: Kopf oder Zahl? Und: Wie schaffen wir es, satt zu werden? Von nun an dehnte sich die Welt wieder in alle möglichen Richtungen und Verzweigungen aus. Sie rückte näher zu Jonny und schmiegte sich an ihn. Sie überlegte, ihm vorzuschlagen, ein letztes Mal, bevor alles wieder anders würde, miteinander zu schlafen. Aber dann merkte sie, dass sie dafür zu müde war. Und auch gar keine Lust darauf hatte.

»Lass uns schlafen, Jonny«, sagte sie. »Morgen ist auch noch ein Tag.«

Er umarmte sie und drückte ihr einen zarten Kuss auf den Scheitel. »Schlaf gut, liebe Stella. Ja, und bevor die Zeit über uns hinwegbraust und ich vielleicht nicht mehr dazu komme: Ich möchte dir danken. Du warst während dieser letzten fünf Jahre und acht Monate der wichtigste Mensch auf der Welt für mich. Du warst mein Hafen.« Seine Stimme brach. Es ist nicht möglich, dachte Stella, es ist nicht möglich, dass er weint. Sie lag ganz still. Gern wäre sie mit dem Finger über seine Wange gefahren, um zu prüfen, ob er wirklich eine Träne vergossen hatte.

Aber sie wollte ihn nicht in Verlegenheit bringen. Wieder drückte sie seine Hand. Sie wusste nichts zu sagen.

Stella schlief unruhig. Das Aufwachen am Morgen war wie eine kleine Sensation. Es war Frieden. Im Rundfunk wurde bekanntgegeben, dass sich alle Wehrmachtsangehörigen in Kasernen, Wachen, Lazaretten einzufinden hätten. Es war schon kurz nach 11.00 Uhr. Um 12.00 Uhr sollten alle in den Kasernen sein. Jonny zog seine Uniform an und machte sich bereit. Beim Abschied drückte er Stella viertausend Reichsmark in die Hand. »Bitte bewahre das Geld für mich auf«, sagte er leise. Stella ließ das Geld vor Schreck beinahe fallen, dann schloss sie die Hand darum. »Alles Gute, Jonny«, sagte sie und blickte ihm nach, als er den Gartenweg entlangging und dann nach links bald verschwunden war. Ihr Herz war leicht und schwer zugleich. Es war Frieden. Was die Zukunft bringen würde, konnte niemand sagen.

Am Morgen war im Rundfunk auch noch gesagt worden, dass ab 13.00 Uhr Ausgehverbot herrschen würde, alle Betriebe um 10.00 Uhr, alle Verkehrsmittel um 11.00 Uhr schließen würden. »Wir sind ja auch nicht so naiv zu glauben, dass die Engländer im Volksgetümmel des sonnigen 3. Mai gemütlich einziehen werden«, kommentierte Renate diese Ansage und richtete sich darauf ein, den Tag gemütlich im Haus zu verbringen.

Der Zeiger rückte auf 12.00 Uhr. Inzwischen war das Ausgehverbot in Kraft getreten. Die Sonne brach durch die regenfeuchten grünen Blätter, die Welt lag friedlich da.

Die Besetzung Hamburgs erfolgte um 17.00 Uhr. Damit hörte auch die Rundfunkmusik auf, Opern, klassische Musik, das hatte den Tod Hitlers, die Übergabe der Stadt begleitet.

Stella und Lysbeth und Renate traten wie viele andere Nachbarn ans Gartengitter zum Luftschnappen. Weiter durften sie ja nicht. Alles war frisch und grün, es herrschte eine unfassbare Stille. Luise stand mit ihrem Enkel auf dem Arm ebenfalls am Gitter. Sie winkten einander zu.

Am Abend klingelte das Telefon, Friedrich Seiler, der alte Freund aus der Swingjugend, rief an. »Ich musste einfach anrufen«, sagte er zu Stella. »Sie haben mir so viel geholfen. Ich habe in der Stadt den ganzen Tag dem Einzug der Angloamerikaner hinterm Vorhang versteckt zugesehen. Ein unendlicher Zug von Panzern, Menschen, Motorrädern.

Stella, wir sind frei.« Stellas Herz wurde ganz warm und weit, denn sie spürte durchs Telefon hindurch Friedrich Seilers Erleichterung über das Ende des Nationalsozialismus. Jetzt konnte er wieder angstfrei die Musik hören, die er so sehr liebte. »In der Kippingstraße ist es nur grün«, lachte Stella und lud Friedrich Seiler ein, sie so bald wie möglich zu besuchen. Da knackte es in der Leitung, und sie war tot.

Stella ging zu den andern, die vor dem Rundfunkgerät saßen. Es war 19.00 Uhr, und nun kam der erste Erlass Eisenhowers. Er sagte, sie kämen siegreich, aber nicht als Unterdrücker. Wehrmacht, NSDAP, Gestapo, SS, Sondergerichte würden sofort aufgelöst. Die Waffen sollten abgeliefert werden. Private Ferngespräche wären ab sofort verboten.

Am kommenden Morgen konnten sie immer noch nicht anders, als einander begeistert zu erzählen, wie köstlich das Erwachen seit zwei Tagen war. Das kannten sie nicht mehr. Es herrschte vollkommene Ruhe. Kein Radio, kein Fernsprecher. Auch am 5. Mai erlebten sie wieder dieses glückselige Aufwachen am Morgen nach einer Nacht ohne Angst vor Angriffen.

Die ersten Engländer bevölkerten die Kippingstraße, und zwar von einer Sanitätskompanie. In der Kippingstraße Nummer 11 wurde den Einwohnern gesagt, das Haus sei beschlagnahmt. Die Engländer marschierten hinein, als wäre es ihres. Die Einwohner sollten es bis zum nächsten Nachmittag geräumt haben. Die Eigentümer und die Obdachlosen, die hier ein Zuhause gefunden hatten, schnürten ihre Bündel und machten sich auf den Weg. Wohin, wussten sie nicht. In Nummer 11 wurde eine Küche für vierzig Mann eingerichtet. Von nun an stand »76« und »Mess« an dem großen weißen Schild am Gartengitter. Auch andere in der Straße hatten Einquartierungen aus dieser Kompanie. Zu den Wolkenraths kam niemand.

Lysbeth ging los zum Einkaufen. Bei der Fischhändlerin sagte eine Lysbeth unbekannte Frau, dass in der Hochbahn schon Sprüche gegen die Besetzung gemacht würden. »Das fehlt uns gerade noch. Ein bisschen Werwolf spielen«, schimpfte eine alte Frau. Die erste Frau berichtete nun, dass eine Mitbewohnerin in ihrem Haus sofort neue Gardinen aufgehängt habe, das sei doch taktlos. »Warum?«, konterte die Alte. »Jetzt haben doch die Luftangriffe aufgehört, da können wir doch endlich frische Gardinen wagen.« Die erste Frau sagte pikiert: »Auch andere haben sich darüber aufgeregt. Aber es hat ja wohl nicht jeder so ein Gefühl für Anstand.« Da fiel wieder eine andere Frau ein und empörte sich lauthals: »Es sollen sich schon Frauen an die Engländer weggeschmissen haben.« »Ich habe gehört, dass es auch welche gibt, die die englische Fahne anspucken«, sagte die erste und blickte sich auffordernd um. Stella blickte schweigend von einer zur andern. So wird es jetzt werden, dachte sie bitter. Von nun an wird nicht mehr bei der Gestapo denunziert, von nun an besprechen die Nachbarn unter sich, wer zu den »Anständigen« gehört und wer aussortiert werden muss.

Der Luftschutz war aufgelöst und neu eingesetzt als eine Art Hilfspolizei. Das wusste Lysbeth aber nicht, als die Luftschutzbeauftragte Frau Reimers in alter Frische vor ihrer Tür stand. »Nein, ich bin nicht mehr vom Luftschutz«, erklärte diese sofort, als Lysbeth sie verwirrt fragte. Am liebsten hätte Lysbeth ihr die Tür vor der Nase zugeschlagen, denn diese Frau hatte ihr im Verlauf der letzten Jahre oft Angst eingejagt. Frau Reimers klärte sie auf, dass sie nun eine neue Aufgabe habe. »Und worum geht es?«, fragte Lysbeth reserviert. Sie war nicht bereit, dieser Frau weiterhin Einlass ins Haus zu gewähren. »Es handelt sich um Ihren Eingang«, antwortete Frau Reimers in vertrauter Autorität. »Die Namen, Daten und Berufe aller Hausbewohner müssen an der Tür hängen.« Lysbeth war drauf und dran zu sagen, dass sie nun nicht länger bereit sei, irgendeine Schnüffelei zu unterstützen, aber dann hielt sie sich zurück. Diese Regelungen waren von der neuen Verwaltung erlassen worden, und sie dienten wahrscheinlich dazu, Nazis, die sich versteckt hatten, aufzufinden. Es kursierten auch Gerüchte, dass schon viele Verhaftungen vorgenommen worden seien.

Abends kam die Meldung vom fürchterlichen Zusammenbruch des deutschen Heeres. Nordwestdeutschland hatte in der Lüneburger Heide kapituliert. Kapituliert wurde auch westlich von Berlin. Auch ergaben sich zweihundertfünfzigtausend Mann in Bayern. Die Amerikaner rückten von Norden in Italien ein, die Angloamerikaner in Dänemark, wo die Freiheitsbewegung mächtig war. Prag war schon befreit. Kronprinzessin Juliane war in Holland eingetroffen, auf das Lebensmittel herabregneten.

»Wie köstlich ist es, nach zwölf Jahren Sklaverei wieder frei reden zu können«, jubelte Renate. »Ich bin richtig ein wenig berauscht davon. Die ganzen dunklen Unterweltsmächte sind weggeblasen oder ängstlich und klein. Habt ihr den Tapezierer Möller erlebt? Der ist jetzt bereit, Fred die Füße zu küssen.« Ja, sie hatten den Krieg überlebt. »Die Worte von gestern hören wir hoffentlich nie mehr«, sagte Lysbeth glücklich: »Verbissen, fanatisch, verschworene Gemeinschaft, all das ist ja wohl vorbei.«

Und sie hatten sogar ihr Haus behalten. Niemand von ihnen war ins Gefängnis gekommen, außer Dritter damals, noch vor dem Krieg. »Womit haben wir so viel Glück verdient?«, fragte Eckhardt, der so tat, als bemerke er Cynthias Trauer wegen Hitlers Tod gar nicht. Cynthia trug demonstrativ Schwarz, und obwohl es sie unendlich erleichterte zu wissen, dass sie nie wieder in den schrecklichen Bunker musste, zeigte sie vor allem ihre Skepsis den neuen Machthabern gegenüber. Aber sie wagte nicht, offen ihre Trauer über Hitlers Tod zu äußern.

Werner Stephan war frei. Die Begründung für seine Entlassung war sein Alter, er war über fünfundvierzig Jahre alt. Er war ins Rundfunkhaus gegangen, denn das war sein Einsatzort gewesen. Von dort waren sie mit einem großen Omnibus für sechzig Personen nach Rahlstedt gefahren, wo die meisten anderen in militärischen Gewahrsam der Engländer genommen worden waren. Damit hatte auch Werner Stephan gerechnet. Ihn aber hatten sie freigelassen. Zur Entlassung hätte er Zivilkleidung gebraucht, aber die hatte er nicht. So wagte er es, ganz militärisch allein nach Volksdorf zu wandern. Zu Bekannten, wo er schlief. Die Leute in den Dörfern staunten ihn an. »Eigentlich verwunderlich, dass man schon 48 Stunden nach der Kapitulation in Uniform Aufsehen unter den Leuten erregt«, sagte Werner.

Am Abend klingelte ein Junge an der Tür. Cynthia öffnete ihm, aber er bestand darauf, mit Stella zu sprechen. Also schrie Cynthia durchs Haus: »Stella, hier ist einer mit Nachrichten für dich.« Die Stimme durchfuhr Stella wie ein Blitz. Mit weichen Knien, die Hand fest am Geländer, tastete sie sich die Treppe hinunter. Der Junge trug kurze Hosen und strahlte Wichtigkeit und Eifer aus. »Mich hat Herr Maukesch geschickt. Er braucht einen Zivilanzug. Den sollen Sie in die Kaserne bringen.« Stella drückte ihm eine Reichsmark in die Hand, mit der er stolz abzog. Mit zitternden Händen raffte sie den erstbesten Anzug aus dem Schrank und eilte zur Kaserne in der Bundesstraße. Dort war ein heilloses Durcheinander. Tische, Stühle, alles bis hin zum Stempelkissen wurden rausgetragen. Die Plünderer rissen sich die Sachen gegenseitig aus der Hand. Stella bahnte sich einen Weg durch die plündernden Menschen. Da stand Jonny schon. Zu Stellas großem Erstaunen scherte er sich nicht im Geringsten um die Plündernden. Er zog sich in aller Öffentlichkeit um. Stella staunte noch mehr. Der Kapitän a.D. Jonny Maukesch stand in Unterhose und Unterhemd zwischen plündernden hin und her hastenden Menschen und ließ seine schöne Uniform einfach neben sich auf den Boden fallen. »Ich bin entlassen«, sagte er, nachdem er seinen braunen Filzhut aufgesetzt hatte. Er hakte Stella unter und schob sie weg. »Deine Uniform«, erinnerte sie ihn. Er drehte sich nicht einmal um. »Vielleicht gibt es da Interessenten«, sagte er lächelnd und wies auf die Jungs, die die Kaserne demolierten. Stella war schockiert. »So wie hier ist es überall«, sagte er, während sie den Weg nach Hause einschlugen. »Auf dem Heiligengeistfeld haben sie die Flaktürme geplündert, überall holen sie sich, was sie kriegen können.« Stella dachte nach. »Na gut«, sagte sie endlich. »Die Leute haben nichts mehr. Die Ausgebombten, die in den Kellern leben, sind wahrscheinlich froh über Tisch und Stühle. Kann man es ihnen verdenken? Und vielleicht sind sie sogar glücklich über deine Uniform.« Jonny lächelte schweigend.

Für den folgenden Tag wurde erlassen, dass sich alle Männer zwischen siebzehn und fünfundvierzig Jahren melden müssten. Das Vereinskrankenhaus wurde geräumt. Schwestern liefen mit ihrer Habe umher und suchten eine Bleibe. In Wagen wurden Leichtverwundete geladen und von den Engländern fortgefahren. Die Engländer belegten das Krankenhaus mit ihren eigenen Verwundeten. Das alles geschah unter einem kalten, regnerischen, unfreundlichen Himmel.

»Hamburg, a station of the allied military government«, das waren sie nun.

Stella rechnete jeden Augenblick damit, dass ein englischer Offizier an ihrer Tür stehen und nach ihr fragen würde. Da erfuhr sie, dass es ein Fraternisierungsverbot gab. Die Engländer durften nicht mit Deutschen sprechen. Sie überlegte, ob das auch für Anthony und sie galt. Um Mitternacht allerdings hörte sie draußen eigenartige Geräusche. Sie blickte aus dem Fenster und sah den Schatten eines Soldaten in der Finsternis. Sie lief die Treppen hinunter und nach draußen. Der Soldat stand am Gartengitter. Es war nicht Anthony. Sie fragte ihn, was er wolle. Er fragte, ob englische Offiziere im Haus seien, ob Fräuleins? Da kam Jonny hinunter. Nach einigem Hin und Her näherte sich ein anderer englischer Soldat, eine Streife, und nahm den nach einem Fräulein suchenden Kameraden mit.

Am 7. Mai war der Krieg endlich zu Ende. Der Tag, auf den die Menschen seit Jahren so sehnsüchtig gewartet hatten, sich immer wieder gefragt hatten: Wann wird er sein? Am 7. Mai 1945 war es so weit.

In der Nacht um 2.41 Uhr wurde die bedingungslose, völlige Unterwerfung Deutschlands unterzeichnet. Um 12.45 Uhr gab der Rundfunk die Kapitulation bekannt.

Am 8. Mai unternahmen Stella und Jonny einen Spaziergang. Es war ein schöner warmer Tag. Lysbeth mochte das Haus nicht mehr für längere Zeit verlassen. Sie erwartete Nachrichten von Aaron. Aber Post wurde nicht ausgeliefert. Stella und Jonny gingen still nebeneinanderher. Stellas Angst vor dem, was sie erwartete, wenn sie erführe, wie es Anthony und ihrer Tochter und Enkeltochter ging, löste sich unter dem blauen Himmel über den Büschen und Bäumen, die immer noch an der Jungiusstraße grünten. In ihr formte sich der Satz: Welche Seligkeit, leben, da sein zu dürfen.

Sie schlugen den Weg Richtung *Planten un Blomen* ein und erschraken: Die Tulpenbeete wurden geplündert. Die Aufsicht war verschwunden. Erwachsene wiesen den Kindern die Lücken in der Absperrung. »Da zieht die von Hitler gepriesene und erzogene Edelrasse ab«, sagte Stella grimmig. In den Armen hielten Erwachsene und Kinder die köstlichsten Blumen in allen Farben. Das Gelände um *Planten un Blomen* herum war wüst und wirr. Überall Trümmer und Unkraut, Schienen und Schwellen, Schlaglöcher und Schrott. Kisten standen da offen mit Panzerfäusten. »Vorsicht, starker Feuerstrom« stand drauf. »Nun sehe ich diese Dinger auch noch mal«, sagte Stella und schaute sich die Panzerfäuste neugierig an. Nagelneu lagen sie da zur Verteidigung Hamburgs. Vier leichte Geschütze ohne Bewachung reckten sich fast zierlich empor. »Good bye to all that«, murmelte Stella.

Da zog an ihnen ein Elendszug vorüber. Gefangene deutsche Soldaten von siebzehn bis fünfundvierzig Jahren. Stella entdeckte keine Begleitung. Mitleidig blickte sie auf einen Jungen. »Das ist doch noch ein Kind«, empörte sie sich. Jonny sagte keinen Ton. Blass folgten seine Augen den Gefangenen. Die Fünfundvierzigjährigen sahen aus wie alte Männer, krumm und schief unter der Last ihre Gepäcks. Der Zug blieb stumm. Auf der Straße standen viele Menschen, die zuschauten. Überall wurde über den Krieg und über Hitler geschimpft. Neben Stella stand ein alter Mann »Jetzt reißen sie das Maul auf«, sagte er. »Vorher haben sie alle gekuscht.«

Als der Zug vorüber war, entstand um Stella herum plötzlich eine lebhafte Diskussion über »die Frauenzimmer, die man bei hellem Tage die englischen Soldaten umbuhlen sieht«. Empörte Worte fielen, Huren, Flittchen, keine Ehre im Leib. Der alte Mann lachte bitter. »Was wollt ihr denn?«, sagte er. »Der Hitler hat doch Huren erzogen, so wollte er es ja.« Die Gruppe der schimpfenden Menschen, hauptsächlich Frauen, löste sich schnell auf, alle verschwanden in unterschiedliche Richtungen. Stella überlegte, welche von ihnen wohl nicht in der Frauenschaft gewesen war.

Am Schlump sahen sie in der Ferne einen neuen endlosen Gefangenenzug. »Du hast wirklich Glück«, sagte Stella zu Jonny, »dass du über fünfundvierzig bist.« Jonny nickte. Er hatte während des ganzen Spaziergangs kaum ein Wort von sich gegeben. Es kam Stella so vor, als wäre er gar nicht wirklich da. Sie überlegte, ihn zu fragen, woran er denke, aber dann dachte sie erleichtert: Nein, ich bin doch nicht mehr seine Frau. Soll er sein, wo er ist. Ich habe keine Lust mehr auf seine abwesende Nähe. Zügig und fröhlich legte sie den Weg nach Hause zurück, wo sie sich nach unten zu ihrer Schwester begab und mit ihr beratschlagte, was getan werden könnte, um etwas über Aaron zu erfahren.

Um 19.00 Uhr waren alle zu Hause, denn die Engländer hatten die Ausgehzeit von 6.00 bis 19.00 Uhr festgesetzt. Wenig später begann die Siegesfeier der Sanitätsunteroffiziere in Haus Nummer 11. Laut hämmerten sie auf dem Klavier. Die Schwestern gingen in den Garten. Hoch über dem schwellenden Flieder, über den frühen Kerzen der Kastanien, über ihrem schon leicht dämmerigen, smaragdgrünen kleinen Garten klangen die Cheers der Engländer zu ihnen, ihr Singen *God save the King*. Stella und Lysbeth sangen leise mit.

Kurz bevor sie ins Bett ging, stellte Stella sich noch für einen Moment auf den kleinen Balkon, der früher einmal ein exotischer Wintergarten gewesen war und ihren Affen beherbergt hatte. Die Engländer sangen und klimperten in die Nacht. Sie blickte hoch zum Mond, der nun keine Gefahr mehr bringen konnte, und da waren die ersten Mauersegler da. Als wären sie zur Feier des Tages als Vorhut geschickt.

Jonny trat leise ins Zimmer und stellte sich neben sie. »Ganz Europa ist in einem Freudentaumel«, murmelte er. »Nur wir stehen abseits, geschlagen, schlimmer noch, verachtet.« Stella dachte: Ich stehe nicht abseits, lieber Jonny. Ich bin kurz vor dem Sprung mitten hinein. Fort waren die Mauersegler, matt leuchtete der erste Stern. Stella fröstelte. Da sangen die englischen Soldaten das Deutschlandlied. »Sind sie schon so betrunken?«, fragte Jonny. »Wer weiß, welchen Text sie singen«, entgegnete Stella.

Am folgenden Tag waren alle im Haus damit beschäftigt, Rucksäcke und Koffer auszupacken. Die Sandtüten wurden ausgeleert, die Stahlhelme aus den Zimmern geworfen. Eckhardt ließ das Löschwasser in der Badewanne ab. Sogar Cynthia machte mit. »Wie kommt man sich vor?«, stöhnte sie, als sie die Luftschutzapotheke auflöste.

Jonny begab sich ins Afrikahaus, dessen einer Flügel zerstört war, und versuchte, zu Adolph Woermann vorzudringen. Er wollte wissen, wie die Lage in Namibia war und ob es in absehbarer Zeit Schiffsverbindungen geben würde. Er wollte wissen, wie es Greta und Walburga ging. Außerdem war ihm klar, dass die Engländer vertrauenswürdige Kaufleute in Hamburg brauchten, die mit ihnen zusammenarbeiteten. Der Kontakt zu den einflussreichen Kaufleuten war aber in den vergangenen Jahren vor allem von seiner Mutter geknüpft worden. Die befand sich nach wie vor in der Schweiz.

Jonny streckte seine Fühler aus, um etwas darüber zu erfahren, welche Hamburger Kaufleute nun von Bedeutung waren, da ein anderer Wind wehte. Bürgermeister Krogmann und ein Teil der Senatoren war von den Engländern entlassen und verhaftet worden.

Um einen neuen Bürgermeister zu finden, war die Handelskammer Hamburg befragt worden. So wurde der wirtschaftlichen Interessenvertretung der Hamburger Kaufmannschaft auch in dieser Situation ein enormer Einfluss bei der Vorentscheidung über den künftigen Bürgermeister der Stadt eingeräumt. Die Kaufleute hatten Rudolf Petersen vorgeschlagen, der kein Mitglied der NSDAP und dessen Mutter Jüdin gewesen war. Jonny kannte Rudolf Petersen gut, und er wusste, dass dieser sein Amt im Interesse der Kaufmannschaft ausüben würde.

Radio Hamburg, der Sender der englischen Militärregierung, sendete täglich um 20.00 und um 22.00 Uhr Nachrichten in deutscher Sprache. Offizielle Bekanntmachungen an die Zivilbevölkerung kamen um 18.15 und um 20.15 Uhr. Am 15. Mai erfuhren sie so, dass das nächtliche Ausgehverbot von 21.00 Uhr abends bis morgens um 6.00 Uhr festgesetzt sei. Am gleichen Tag begann eine Sendereihe mit dem Titel »Berichte über deutsche Konzentrationslager«. Jeder Deutsche sollte wissen, was dort geschehen war. Die Sendung kam jeweils täglich um 17.00 Uhr und wurde dann am nächsten Tag um 12.00 Uhr wiederholt. Stella und Lysbeth hörten sich jeden dieser Berichte an. Sie saßen in der Küche, hielten sich an den Händen und weinten. Was sie da hörten, war kaum zu ertragen. »Vier Millionen Menschen hat der Mörder Himmler in den KZs sterben lassen«, schimpfte Luise Solmitz, die sich eine Sendung über das KZ Dachau angehört hatte, und sagte, sie könne es kaum glauben. Lysbeth schwieg nachdenklich. Sie erinnerte sich an Luises Begeisterung bei dem ersten Nazi-Umzug in Hamburg und an ihre Worte von Hitlers Übermenschlichkeit. »Ich glaube, es reicht nicht aus, Himmler verantwortlich zu machen«, sagte sie langsam. »Ich glaube, daran waren sehr viel mehr Leute beteiligt, und wir müssen uns auch fragen, welche Schuld wir selbst tragen.« Luise runzelte befremdet die Stirn. »Du doch nicht«, entgegnete sie. »Du hast doch getan, was du konntest.« »Ich weiß nicht genau«, räumte Lysbeth ein. »Wenn ich jetzt höre, was geschehen ist, denke ich, wir hätten alle miteinander Juden verstecken müssen oder uns vor sie stellen, als sie abtransportiert wurden, und sagen: ›Nur über unsere Leiche‹.« Luise schnaubte. »Jetzt gehst du zu weit, Lysbeth. Wir haben ja selbst kaum überlebt.« »Aber wir haben überlebt«, sagte Lysbeth ruhig. »Und vier Millionen nicht.«

26

Am 3. Mai waren Dritter und seine kleine Familie im Hotel geblieben. Die Unsicherheit, was aus Hamburg werden würde, hatte sie seit Tagen beunruhigt. Der Telefonkontakt war völlig unzuverlässig. Dritter versuchte, seine Frau von allen Sorgen abzuschirmen. Sie versorgte ihren sechswöchigen Säugling mit unendlicher Zärtlichkeit. Mit aller Kraft versuchte sie, ihn zu stillen, denn für stillende Mütter gab es großzügigere Lebensmittelkarten. Seit sechs Wochen lag sie mit dem Kleinen im Bett, kümmerte sich um nichts anderes mehr und »tütelte mit ihm herum«, wie Dritter es der Wirtin gegenüber ausdrückte.

Der kleine Alex war jetzt drei Jahre alt. Er war immer unterwegs. Sein bester Freund, der Enkel der Wirtin, Klaus, und er stromerten am Strand entlang, sammelten Kiesel, bauten mit angeschwemmtem Holz, mit Muscheln und Steinen kleine Phantasieländer, die gegeneinander Krieg führten. Selbstredend wollten Alex und Klaus jeweils die Deutschen sein. Allerdings hatte die Rolle des Feindes auch ihren Reiz, denn der Feind durfte alles Schlimme tun, was den Deutschen nur im Fall der Rache erlaubt war: Kopf abreißen, im Wasser ertränken oder lebendig im Sand vergraben …

Alex war ein kluger Junge, dem das auch ohne Unterlass von seiner Mutter und seinem Vater mitgeteilt wurde. »Du bist unser Kluger.« Ursprünglich war das nicht anders gemeint gewesen als: »Du bleibst am Leben, du stirbst nicht wie deine dummen Brüder«, inzwischen aber bedeutete es auch: »Dich können wir allein an den Strand gehen lassen, du tust nichts, was dich in Gefahr bringt«, oder: »Du stehst dich gut mit der Wirtin, das ist geschickt und klug, und du machst uns keine Mühe.« Inzwischen gehörte das Attribut »klug« schon so zu Alex dazu, dass die Wirtin ihrem Enkel manchmal sagte: »Das lass lieber Alex machen, der ist klug.« Und wenn Erwachsene im Hotel aus Spaß eine Aufgabe für Kinder verteilten und als Bedingung formulierten: »Das kann nur ein kluges Kind tun«, meldete Alex sich mit den Worten: »Ich bin der kluge Alexander Wolkenrath, kein Jude.« Denn das hatte er von seinem Vater gelernt: Sobald man den Namen Wolkenrath nannte, musste man hinzufügen: »Kein Jude«.

In den letzten Wochen, seit der kleine Wilhelm geboren war, hatte Dritter seinen Sohn Alex manchmal nach Neustadt in der Lübecker Bucht mitgenommen, um ihm das berühmte Schiff *Cap Arcona* zu zeigen, das dort im Hafen lag. Die *Cap Arcona* war ein berühmtes Luxusschiff, es galt als eines der schönsten. Dritter erinnerte sich noch daran, wie die *Cap Arcona* 1927 im Mai mit großem Tamtam vom Stapel gelaufen war und den Hamburger Hafen im November bei scheußlichem Wetter zu ihrer Jungfernfahrt nach Argentinien verlassen hatte. Das Schiff beförderte sowohl Luxusreisende als auch Auswanderer und wurde allgemein bewundert, weil es die Strecke Hamburg–Buenos Aires in nur fünfzehn Tagen bewältigte. Ab 1940 blieb die *Cap Arcona* in der Ostsee, weil sie von der deutschen Kriegsmarine eingezogen worden war. In dieser Zeit erfuhr sie als Kulisse für eine Verfilmung des *Titanic*-Untergangs wieder besondere Beachtung. Seit April lag das Schiff nun wegen eines Maschinenschadens manövrierunfähig vor Neustadt.

Dritter fuhr neuerdings auch deshalb fast täglich dorthin, weil im Industriehafen Seltsames vor sich ging. Nicht nur ihn interessierte das. Allgemein wurde geraunt: Die Nazis bringen KZ-Häftlinge vor den anrückenden britischen Truppen in »Sicherheit«, und zwar auf die Schiffe, die im Neustadter Industriehafen vor Anker liegen. Es wurde auch gar kein Versuch gemacht, diese Aktion still und heimlich vonstattengehen zu lassen, denn es handelte sich um Tausende und Abertausende von Gefangenen.

Am 20. April 1945 waren Tausende Gefangene des KZ Neuengamme dort eingetroffen und mit ihren Aufsehern auf zwei kleinere beschädigte Schiffe gebracht worden, die *Thielsbek* und die *Athen*. Am 26. April waren weitere Tausende Häftlinge von irgendwoher angekommen und auf der *Cap Arcona* eingeschifft worden. Zeitweilig war die *Cap Arcona* völlig überfüllt.

Am 30. April waren dann alle KZ-Häftlinge französischer Nationalität und einige Belgier und Niederländer von den Schiffen ans Ufer gebracht und vor den Augen der neugierigen Lübecker mit den »Weißen Bussen« des schwedischen Roten Kreuzes zu zwei Dampfern transportiert worden, die sie nach Trelleborg übersetzen sollten.

Dritter interessierte sich brennend für diese Vorgänge. Das ging nicht nur ihm so, denn die unglaublichen Massen von unterernährten KZ-Häftlingen rührten auf eine seltsame Weise an vielerlei Gefühlsschichten. Einerseits konnte man nur Mitleid für sie empfinden, sie sahen aus wie Leichen und wurden wie Schlachtvieh auf die Schiffe getrieben. Auf eine seltsame Weise bewirkte ihr Anblick aber auch, dass man sich gut fühlte, wenn man zuschaute. Im Vergleich zu diesen armen Schweinen war man trotz aller Misere auf der Sonnenseite des Lebens. Und dann weckten sie ein leises Gruseln. Was waren das für Menschen? Waren es Verbrecher, Juden, Zigeuner, Kommunisten? Und was hatte man mit ihnen vor? Sollten sie auf dem Meer versenkt werden? Etwas anderes konnte man sich nicht vorstellen, denn die Nazis beabsichtigten sicherlich nicht, mit ihnen eine Ausflugsfahrt zu unternehmen.

Am 3. Mai durfte Alex nicht an den Strand. Im ganzen Hotel herrschte eine gespannte Unruhe. Viele hatten Verwandte oder Bekannte in Hamburg, in einigen Zimmern waren Flüchtlinge aus Hamburg untergebracht. Am gestrigen Tag hatte die Gerüchteküche heiß gebrodelt. Die englischen Truppen waren in Lübeck einmarschiert, hieß es, aber keiner wusste etwas Genaues. Auf der anderen Seite rückten die Russen näher. Wer würde wohl als Erster in Scharbeutz sein, die Engländer oder die Russen? Alle saßen vor den Rundfunkempfängern. Da hörten sie, dass in Hamburg am Mittag der Einmarsch der Besatzungstruppen beginnen würde. Dritter atmete auf. Er hatte große Angst um seine Geschwister gehabt. Auch wenn er in den vergangenen Jahren vor allem darauf bedacht gewesen war, seine eigene Familie zu retten, so hatte er doch täglich an seine Geschwister gedacht, vor allem an Stella, der er sich besonders verbunden fühlte. Nun hatte sie also endlich wieder eine Chance zu leben.

Wie schon häufig sprachen Marthe und er über die romantische Liebesgeschichte zwischen Stella und Anthony, eine Geschichte, die es Marthe angetan hatte. Gleichzeitig beglückte es sie aber auch sehr, den bedeutenden Kapitän Maukesch in der Familie zu haben. Sie machte sich Gedanken darüber, was nun wohl geschehen würde, wenn Kapitän Maukesch wieder in der Kippingstraße wohnen und dann der berühmte Schriftsteller Anthony Walker auftauchen und Stella auf einem Schimmel oder in einem weißen Luxusauto zu sich nach England holen würde.

Bei dem Gedanken an Kapitän Maukesch allerdings stockte sie und fragte Dritter, ob der Kapitän nun wohl geköpft würde. Schließlich war er häufiger auf Feiern von Bürgermeister Krogmann eingeladen gewesen, und wahrscheinlich hatte er sogar Gauleiter Kaufmann gekannt. Im nächsten Augenblick fragte sie ihren Mann, ob der Kaufmann nun wohl verschont bliebe, wo er den Engländern die Stadt Hamburg zur freien Verfügung übergeben hatte. Oder ob sie ihn trotzdem erhängen würden.

Dritter konnte darauf keine Antwort geben. Er hoffte sehr, dass die Engländer vor den Russen an der Ostsee in Scharbeutz sein würden. Die Russen waren bestimmt wütender auf die Deutschen als die Engländer. Die Deutschen waren in Russland nicht zimperlich mit den Menschen umgegangen, beispielsweise bei der Einkesselung von Leningrad. Die Menschen dort waren systematisch von jeder Lebensmittelzufuhr abgeschnitten und also ausgehungert worden. Das war kein humanes Vorgehen gewesen, im Gegenteil. Dritter glaubte zwar nicht so sehr den Gräuelgeschichten über die brutalen Bolschewiken, er hatte bereits vor langer Zeit begriffen, dass diese Geschichten erzählt wurden, um die Kommunisten in Deutschland zu Unmenschen zu stilisieren und auch um die teuflische Fratze der »bolschewistischen Juden« glaubwürdiger zu machen. Aber er glaubte, dass es leichter sein würde, mit den Engländern Geschäfte zu machen. Und darauf kam es ihm an. Sobald der Krieg vorbei war, wollte er Geschäfte machen, und zwar im großen Stil.

Er hatte alles schon viele Male ganz genau mit Hans Ränke durchgesprochen. Die Engländer waren fremd in diesem Land, sie würden Vermittlungsleute brauchen, um hier eine neue Ordnung einzuführen. Hans Ränke war der geborene Vermittlungsmann. Außerdem hatte er unter den Nazis im Gefängnis gesessen, ebenso wie Dritter. Und sie hatten noch ein weiteres Plus: Marthe sprach sehr gut Englisch, sie hatte in London gelebt, und sie liebte die englische Lebensweise. Das alles würde für sie von unschätzbarem Wert sein.

Der Himmel war voll von britischen Flugzeugen, die von Zeit zu Zeit in der Ferne oder auch in der Nähe Bomben abwarfen. »Es geht ihnen nur um fliehende deutsche Truppen«, erklärte Dritter seiner vor Angst zitternden Frau. »Wir hier brauchen uns nicht zu sorgen. Das sind die letzten Ausläufer des Krieges. Es dauert nicht mehr lange, und alles ist vorbei.«

In diesem Augenblick schrie Alex: »Bomber! Da sind Bomber!« Ungefähr zweihundert Flugzeuge hatten sich am Himmel formiert, nun warfen sie Bomben auf die Kieler und Lübecker Bucht. Dort lagen viele Schiffe. Die *Cap Arcona* und die *Deutschland* lagen in der Lübecker Bucht zwischen Neustadt und Scharbeutz und waren vom Fenster aus gut zu sehen. Die *Thielbek* war gerade damit beschäftigt, KZ-Häftlinge auf die *Cap Arcona* zu bringen. Mit dem Fernglas konnte Dritter alles genau erkennen. Marthe griff nach ihrem Baby, sprang aus dem Bett und stellte sich im Nachthemd vor das Fenster neben ihren Mann und ihren Sohn. Da sahen sie, wie von den englischen Flugzeugen Bomben auf die zwei großen Schiffe geworfen wurden. Sie trafen sofort. Es gab eine ohrenbetäubende Explosion nach der andern.

Der kleine Wilhelm begann zu weinen, einen winzigen Moment lang verzog auch Alex sein Gesicht zu einer jämmerlichen Grimasse, dann hatte er sich wieder gefangen und sagte altklug mit heller Stimme: »Jetzt verbrennt das Schiff mit Mann und Maus.« So riss er seine Eltern aus ihrer Schreckstarre. Dritter lachte und umarmte seinen Sohn. »Nimm dir ein Beispiel an deinem klugen Bruder«, sagte er zu dem plärrenden Baby und stupste es leicht auf das Näschen, was dazu führte, dass der Kleine noch lauter schrie. Marthe legte den Kleinen zum Schreien aufs Bett und stellte sich mit verschränkten Armen gemeinsam mit ihrem Mann und ihrem Sohn vor das Fenster, wo sie das beeindruckende Farbschauspiel der auflodernden Flammen beobachteten.

»Die Engländer denken, dass sich deutsche Truppen über die Ostsee absetzen«, murmelte Dritter. »Wenn die wüssten, was auf den Schiffen los ist, würden sie die doch nicht bombardieren.«

Die Jagdbomber kamen viermal. Viermal beschossen sie die *Cap Arcona* und die *Thielbek*, über denen riesige Feuersäulen aufstiegen. Das große Schiff legte sich auf die Seite, versank aber aufgrund der geringen Wassertiefe nicht. »Mein Gott, es ist so kalt«, murmelte Dritter. »Das Wasser hat doch höchstens acht Grad.« Die brennenden Schiffe loderten über der See wie Mahnmale. Aber nicht genug, dass die Schiffe in Brand gesetzt worden waren, nun beschossen die britischen Flugzeuge auch noch das Wasser, wo die Schiffbrüchigen um ihr Leben kämpften. Dritter blickte angestrengt durch sein Fernglas und sah entsetzliche Dinge. Nur ein geringer Teil der Häftlinge wurde von Booten aufgenommen, die sich vorrangig um die Rettung von Marineangehörigen bemühten. »Sie schießen aus den anderen Booten auch noch auf die Häftlinge im Wasser«, stöhnte Dritter. »Marthe, da draußen sehe ich die Hölle.«

»Wieso kommt denn gar keine Hilfe?«, fragte Marthe unglücklich, nachdem die britischen Flugzeuge abgezogen waren.

Am Abend war Scharbeutz und die ganze Lübecker Bucht von den Engländern eingenommen. Die Schiffe auf der Ostsee waren verbrannt und gesunken. Im Speisesaal, wo es wie in Hamburg in den letzten Tagen sehr viel besseres Essen gegeben hatte, herrschte lautes Stimmengewirr. Alle hatten das Bombardement der Schiffe gesehen. Alle wussten, dass dort KZ-Häftlinge getötet worden waren. Der Saal schäumte über von Spekulationen. Einer wollte wissen, dass die Nazis genau das beabsichtigt hatten. Er hatte vorher schon von Leuten, die auf den Schiffen gearbeitet hatten, erfahren, dass die SS, als die ersten Häftlinge auf der *Cap Arcona* ankamen, bereits alle Fluchtmöglichkeiten deinstalliert und die Rettungsboote zerstört hatte. »Sie haben die automatischen Schotten zerstört und das Schiff mit einer Treibstoffmenge betankt, die für eine Fahrt nicht ausgereicht, aber den Brand beschleunigt hat«, sagte ein Mann, der ebenso wie Dritter mit seiner Familie aus Hamburg gekommen war und sich mit allerlei Krankheiten vor dem Kriegseinsatz gedrückt hatte.

Am Nebentisch saß eine Frau aus Berlin, die sich vor Monaten im *Kurhotel Ahrberg* einquartiert hatte, und die bei ihrer Ankunft bereits verkündet hatte: »Ich will den Krieg so komfortabel wie möglich überleben.« Sie hatte gesagt, sie heiße Marlene, und das war das Einzige, was sie von sich preisgegeben hatte. Sie setzte sich täglich gepflegt und elegant gekleidet an den Tisch, unternahm zwei Spaziergänge, gleich bei welchem Wetter, und verweilte in dem wunderschönen Kurpavillon im Jugendstil. Dort las sie Zeitungen oder schrieb in eine dicke Kladde. Sie sprach selten. Nun sagte sie mit lauter Stimme, als handle es sich um eine unumstößliche Tatsache: »Die Nazis haben den Alliierten eine Falle gestellt, um die Häftlinge zu vernichten.« Einen Moment lang machte sich respektvolles Schweigen breit. Marthe runzelte die Stirn und widersprach hastig: »Das hätten die Nazis doch einfacher haben können. Sie hätten doch alle erschießen können und die Leute nicht erst so umständlich auf Schiffe verladen müssen.« Die elegante Dame namens Marlene lächelte. Das ärgerte Marthe. Sie rümpfte ihr kleines Näschen und wendete sich demonstrativ Alex zu.

Sie hatte lange Zeit versucht, zu Marlene Kontakt aufzunehmen und etwas über deren Leben zu erfahren, aber diese war höflich und freundlich, auch bereit zu oberflächlicher Konversation, ansonsten gab sie von sich nichts preis. Marthe, die alles von sich erzählte, wenn sie gefragt wurde und auch wenn sie nicht gefragt wurde, ärgerte es sehr, dass diese Frau die Aura der Geheimnisvollen auch vor ihr pflegte. Irgendwann hatte Marthe sich sogar dazu hinreißen lassen, der Frau auf einen Spaziergang zu folgen, obwohl sie Spaziergänge im Sand hasste. Sie stapfte neben der Fremden her, erkundigte sich nach deren Mann und Kindern, bekam aber nur ausweichende Antworten. Schließlich wurde es Marthe zu bunt, und sie fragte: »Was ist eigentlich mit Ihnen los? Irgendwas verschweigen Sie doch vor allen. Mir können Sie es anvertrauen. Das erleichtert doch auch.« Da war die Frau in lautes Lachen ausgebrochen, war stehen geblieben, hatte Marthe direkt in die Augen geschaut und jedes Wort deutlich, überdeutlich, prononcierend gesagt: »Geben Sie es auf, Frau Wolkenrath. Sie überanstrengen sich. Und ich kann – und will – Ihnen die Erleichterung, die Sie sich wünschen, einfach nicht verschaffen.« Das hatte Marthe für eine ganze Weile mundtot gemacht. Verletzt hatte sie sich umgedreht und gesagt: »Sie scheinen meine Begleitung ja als Belästigung zu empfinden. Das hätten Sie auch vorher sagen können.« Marlene hatte voller Mitgefühl auf die zierliche Marthe geblickt, die es vergeblich auf sich genommen hatte, den beschwerlichen Spaziergang neben ihr zu machen. »Soll ich mit Ihnen zurückgehen?«, hatte sie gefragt, worauf Marthe schnaubend antwortete: »Danke, ich finde den Weg auch allein.«

Seitdem tat sie so, als wäre Marlene Luft. Die aber hatte sich ihr gegenüber weiterhin genau so verhalten wie immer: freundlich distanziert. Nun sagte sie bestimmt: »Die Nazis haben eine eigenartige Vorstellung von Schuld und Unschuld, auch, was ihre Taten den Juden gegenüber betrifft. Sie mussten vor sich selbst und vor der Welt immer Argumente vorbringen für ihre Gewalt. Ich glaube, all die vielen tausend KZ-Insassen, die sie auf die Schiffe gepfercht haben, einzeln zu töten, haben sie in diesen letzten Tagen nicht mehr bewerkstelligt. Da hätte sich ja jeder einzelne Schütze die Hände schmutzig gemacht. So aber haben sich die Engländer die Hände schmutzig gemacht.«

Im Speisesaal war Grabesstille eingetreten. Alle blickten starr auf die Dame, von der sie nicht einmal den Nachnamen wussten und die von den meisten »Gnädige Frau« genannt wurde. »Dadurch, dass sie die Schiffe nicht mit weißen Fahnen gekennzeichnet haben, haben sie einen todbringenden Angriff provoziert. So haben sie die Vernichtung der KZ-Insassen ohne eigenes Zutun und scheinbar schuldlos zuwege gebracht.«

Marthe rümpfte wieder ihr Näschen und sah unglaublich hochmütig aus. »Das Hissen weißer Flaggen ist streng verboten«, sagte sie hell in die ehrfürchtige Stille hinein. »Jeder weiß, dass es hart bestraft wird.« Marlene wendete sich wieder ihrem Teller zu, alle anderen taten es ihr gleich.

Nach dem Essen winkte die Wirtin Dritter zu sich. »In Neustadt ist etwas Schreckliches geschehen«, sagte sie blass und zitternd. »Du weißt wahrscheinlich, dass die SS Häftlinge aus einem KZ bei Danzig mit Lastkähnen über die Ostsee transportiert hat. Sie sollten auch auf die *Cap Arcona*, die war aber schon zu voll. Jetzt sind die SS-Wachmannschaften getürmt und haben die Kähne verlassen. Die Schiffe sind ans Ufer getrieben, und dann ist es passiert. Die Häftlinge sind heute Morgen in Neustadt eingefallen, sie hatten Hunger. Das hat die Leute aufgeschreckt. Die hatten Angst. Gemeinsam mit Matrosen und Volkssturm haben sie die Häftlinge zusammengetrieben und fast dreihundert von ihnen erschossen, auch Frauen und Kinder. Den Rest haben sie auf die *Athen* gebracht, die ja dann auch bombardiert wurde. Jetzt hat der britische Stadtkommandant von dem Massaker erfahren und Neustadt zur Plünderung freigegeben. Mein Bruder ist eben hier angekommen und hat mir alles erzählt. Er war dabei. Er ist ja im Volkssturm. Jetzt hat er Angst, von den Briten gehängt zu werden.«

»War das alles vor den Bombenangriffen oder danach?«, fragte Dritter. »Heute Morgen war das«, erklärte sie. »Ganz früh schon. Und inzwischen sind auch einige Überlebende der *Cap Arcona* in Neustadt am Strand angeschwemmt. Neustadt wird geplündert. Sie werden auch zu uns kommen. Sie werden uns alles wegnehmen. Was soll bloß aus uns werden?«, jammerte sie.

Dritter legte beruhigend einen Arm um ihre Schulter. »Mach dir mal nicht so große Sorgen.« Er dachte nach. »Am besten lässt du deinen Bruder in der Küche arbeiten. Wenn es Untersuchungen gibt, sagst du, er hat den ganzen Tag hier gearbeitet, auch gestern schon. Die daran beteiligt waren, halten bestimmt dicht. Da wird sich doch niemand verplappern. Ich glaube nicht, dass das schlimme Folgen hat. Die Engländer haben jetzt doch selbst ein schlechtes Gewissen.«

Am gleichen Tag gab das Oberkommando der Wehrmacht bekannt, dass die Marinestützpunkte Kiel und Flensburg zu offenen Städten erklärt worden seien und nicht verteidigt werden würden.

Vom nächsten Tag an und viele Tage danach noch wurden Leichen an den Strand gespült. Sie trugen die gestreifte Sträflingskleidung der KZ-Insassen. Die Menschen sahen entsetzlich aus. Alex wurde verboten, allein an den Strand zu gehen.

Es gab auch Überlebende, ungefähr vierhundert, wurde gemunkelt.

Und drei Tage später saß Marlene am Tisch mit einem Mann, den alle entsetzt anstarrten, sobald sie in den Speisesaal traten. Er hatte ein kleines Oberlippenbärtchen, war groß und blond, und selbst jetzt, da er einem Skelett glich, konnte man noch erkennen, dass er einmal ein kraftvoller Mann gewesen war. Es war kein Zweifel möglich: Dieser Mann war einer der Überlebenden aus einem KZ und wahrscheinlich von einem bombardierten Schiff. Er aß, als ginge es um sein Leben, auch wenn Marlene ihre Hand auf die seine legte und sagte: »Lass dir Zeit, Erwin. Du musst dich erst ans Essen gewöhnen.« Sie flüsterte nicht, also konnten es die anderen hören, die sich daraufhin über ihre Teller beugten und so schnell wie möglich den Raum wieder verließen.

Nur Dritter erhob sich, ging zu dem Tisch, hielt seine Hand hin und sagte: »Alexander Wolkenrath.« Er verschluckte den üblichen Zusatz »Kein Jude« und fuhr fort: »Herzlichen Glückwunsch, Kamerad. Du bist aus der Hölle entkommen. Das soll dir mal einer nachmachen. Meinen Respekt.« Der fremde Mann, um dessen Körper viel zu große Kleidung schlotterte, erhob sich, schlug in Dritters Hand ein und sagte mit einer durch den ganzen Saal tönenden Stimme: »Erwin Geschonneck. Danke, Kumpel.« Dann setzte er sich wieder hin und aß weiter. Dritter ging zurück an seinen Tisch. Für ihn war die Sache damit erst einmal erledigt, aber Marthe machte sich von nun an viele Gedanken über den ehemaligen KZ-Häftling und in welcher Beziehung er zu Marlene stand.

Sie belagerte Dritter mit dem Wunsch, dass er sich nächstes Mal zu den beiden an den Tisch setzen und den Mann näher kennenlernen sollte, bis Dritter sagte, sie solle ihn in Ruhe lassen. Sie beobachtete hinter der Gardine, dass Marlene und der fremde Mann gemeinsam am Strand spazierten, der Mann sich allerdings bald in den Sand warf und dort anfing zu spielen wie ein Kind. Marlene zog ihn hoch, umarmte ihn und ging langsam mit ihm weiter. Marthe blickte wie gebannt dorthin. Zu gern hätte sie gewusst, was das für Leute waren und in welcher Beziehung sie zueinander standen.

Aber dann vergaß Marthe das Geheimnis von Marlene. In Scharbeutz wimmelte es plötzlich von englischen Soldaten. Marthe verließ das Bett, zog sich ein hübsches Kleid an, legte Lippenstift auf, verstaute ihren kleinen Sohn in dem Kinderwagen, den Dritter noch für Alex ersteigert hatte, und begab sich nach draußen an die Luft. Das Fraternisierungsverbot der Soldaten mit der deutschen Bevölkerung scherte sie einen Dreck. Sie machte sich nicht einmal Gedanken darum, dass sie die Engländer in Schwierigkeiten bringen könnte, als sie sie in flüssigem Englisch ansprach und ihnen mitteilte, wie glücklich sie sei, dass die

Engländer endlich den Krieg beendet hätten und nun in diesem heruntergekommenen Land für Ordnung sorgen würden.

Die meisten der englischen Soldaten ließen sich auf ein Gespräch mit ihr ein, und wenn sie von ihren Erlebnissen in London sprach, hörten sie ihr sogar sehr gerne zu, denn viele waren schon längere Zeit von zu Hause fort, und wenn sie noch ein Zuhause hatten, wies das keine Ähnlichkeit mehr auf mit dem London, von dem Marthe erzählte. Marthes London war das der Vorkriegszeit, eine elegante, interessante und prosperierende Stadt.

Es dauerte nicht lange, und Marthe hatte sich mit einem Sergeant Beckett angefreundet, den sie mit in die Pension nahm und ihrem Mann vorstellte. Sergeant Beckett erzählte seinem Vorgesetzten Major Tom Green von dieser reizenden jungen Frau und ihrem Mann, der unter den Nazis im Gefängnis gesessen hatte, und so wurde Dritter bald zu einer Besprechung, einem *Meeting,* in die Villa berufen, die die englischen Soldaten in Scharbeutz als Hauptquartier besetzt hatten. Dort lernte er Major Tom Green kennen. »Call me Tom«, sagte dieser zu Marthe und machte keinen Hehl daraus, dass er sie für ein entzückendes Frauenzimmer hielt. Nach diesem Gespräch, das Marthe gemeinsam mit einem Engländer, einem ehemaligen Lehrer, dolmetschte, wurde Dritter gebeten, Bürgermeister in Luschendorf, einem kleinen Ort nahe Scharbeutz, zu werden.

Marthe strahlte. Bürgermeister. Jetzt wurde doch noch etwas Richtiges aus ihrem Mann – und aus ihr. Sie sah sich schon in einem wundervollen großen Haus, wo sie illustre Leute zu einem von ihrer hervorragenden Köchin zubereiteten Mahl empfing. Dritter allerdings wirkte alles andere als begeistert. Er erbat sich einen Tag Bedenkzeit. Major Tom gestand ihm diese sofort zu. Bevor Dritter den Raum verließ, wurde er noch gebeten, Auskunft zu geben über die Menschen in Scharbeutz und wen er für geeignet hielt, hier als Bürgermeister eingesetzt zu werden. Auch hier erbat Dritter sich Bedenkzeit, die ihm gewährt wurde.

Kaum hatten sie das Haus verlassen, eine wunderschöne herrschaftliche Villa dicht beim Meer, sagte Dritter zu Marthe: »Du musst jetzt allein zurückgehen, ich habe ein paar Sachen zu erledigen.«

Er hatte sich inzwischen in Scharbeutz mit dem Wirt des Gasthauses und mit einigen Bauern gut angefreundet. Den Wirt und Bauer Martin suchte er umgehend auf. Mit beiden führte er ein langes Gespräch unter vier Augen. Gern hätte er sich mit seinem besten Freund Hans Ränke beraten, aber private Telefongespräche waren verboten. Also musste er allein entscheiden.

Am nächsten Morgen begab er sich ins Hauptquartier und teilte mit, dass er bereit sei, das Bürgermeisteramt von Luschendorf zu übernehmen, und dass er sich zwar in Scharbeutz nicht so gut auskenne, um einen Vorschlag für das Bürgermeisteramt zu machen, dass aber der Wirt des Gasthauses und der Bauer Martin seiner Meinung nach der NSDAP kritisch gegenüber eingestellt gewesen wären.

Der Umzug von Dritter und seiner Familie war bereits für den nächsten Tag anberaumt. Am Abend verkündete Marthe im Speisesaal in die Runde: »Mein Mann wird Bürgermeister, wir möchten uns von Ihnen allen herzlich verabschieden, morgen ziehen wir aus.« Aus dem Augenwinkel beobachtete sie Marlene, die sie freundlich ansah, ihr geheimnisvolles Lächeln auf den Lippen. Der ehemalige KZ-Häftling sagte mit seiner Stimme, die seltsamerweise den ganzen Raum ausfüllte, auch wenn er gar nicht laut sprach: »Ob man da jetzt herzlichen Glückwunsch sagen soll, ist die große Frage. Aber toi, toi, toi!« Die anderen redeten durcheinander, kamen zu Dritter und seiner Familie und wünschten ihnen alles Gute.

Am nächsten Morgen verabschiedete Marthe sich tränenreich von ihrer Wirtin und noch tränenreicher von deren Schwiegertochter, mit der sie sich etwas angefreundet hatte. Sie packten ihre Siebensachen zusammen, Bauer Martin lud alles auf seinen Anhänger und fuhr sie nach Luschendorf.

Als sie vor der Bürgermeisterei anlangten, begann Marthe zu weinen. Sie kam aus einem wundervollen Kurhotel, das direkt hinter dem herrlichen Jugendstil-Kurhauspavillon an der Promenade von Scharbeutz lag. Nun standen sie vor einer Art Baracke. Hier hatte der Bürgermeister sein Büro. Wo sie wohnen sollten, war noch nicht geklärt. Marthe verlangte sofort, den englischen Offizier zu sprechen, der hier verantwortlich war. Aber es gab keinen englischen Offizier, der für diesen Ort verantwortlich war.

Der bisherige Bürgermeister wusste offenbar noch gar nichts davon, dass Dritter ihn nun ablöste. Er wurde gerufen, trat aus der Baracke heraus und nahm Dritter und seine Familie in Empfang. Dritter reichte ihm das Schreiben, das er von der Militärregierung erhalten hatte, und sagte entschuldigend: »Ich habe mich nicht danach gedrängelt, das kannst du mir glauben, Bürgermeister.« Der Mann stellte sich förmlich vor: »Kurt Henningsen, wenn's recht ist.« Er reichte Dritter die Hand. Dritter lüftete seinen Hut und sagte: »Alexander Wolkenrath, kein Jude.« Der Ex-Bürgermeister namens Henningsen zuckte kurz zusammen, dann verzog sich sein Gesicht zu einem breiten Grinsen. »Das beruhigt mich denn doch sehr«, gab er jovial von sich. »Denn wullt wi mol.« Er führte Dritter am Ellbogen Richtung Baracke. Der aber drehte sich zu seiner Frau um. »Ich komme mit Anhang. Wo sollen wir hin?« Als der abgesetzte Bürgermeister die weinende Marthe sah, beeilte er sich, dafür zu sorgen, dass sie so schnell wie möglich eine Unterkunft bekämen. Das erwies sich jedoch als schwierig, denn in jedem Haus, das Bauer Martin auf Weisung von Ex-Bürgermeister Henningsen ansteuerte, ernteten sie Kopfschütteln. Kein Platz frei für die fremde Familie.

Zu guter Letzt sagte Kurt Henningsen: »Na, denn wolln wir mal meine Lotte fragen.« Er setzte sich neben Bauer Martin auf den Bock, und sie zuckelten eine kleine Strecke die Hauptstraße entlang, dann fuhren sie in einen schmalen Feldweg rechts ab, wo sie schließlich vor einem strohgedeckten Bauernhaus anhielten. »Eigentlich hat meine Lotte immer die Bürgermeister-Geschäfte gemacht«, erklärte Kurt Henningsen. »Aber die Leute wollen ja unbedingt einen Mann als Bürgermeister.« Er nickte Bauer Martin zu. »Auf son Hof is ja jümmer wat zu tun.«

Er verschwand im Haus und kehrte bald wieder zurück, neben sich eine dralle kleine Frau mit Kopftuch und Schürze. Ihr Gesicht strahlte trotz der runden Wangen etwas Strenges aus, was wahrscheinlich an der großen Hornbrille lag. Aber sie war freundlich zu Dritters kleiner Familie und vor allem zu der völlig verschüchterten und verunsicherten Marthe, die keinen Hehl daraus machte, dass sie sich von Major Tom betrogen fühlte.

Binnen weniger Minuten war die wenige Habe der Wolkenraths abgeladen und in ein Zimmer unter dem Dach geschafft worden. Das Zimmer war weitaus kleiner als das, was sie im *Kurhotel Ahrberg* bewohnt hatten. Marthe musterte die Ausstattung und wusste: Dies ist ein Mägdezimmer. Ein Bett, ein Schrank, ein Nachttisch. Sie fragte empört: »Wie sollen wir denn hier zu viert schlafen?« Die Bäuerin versicherte, dass sie noch zwei zusätzliche Betten bekommen würden. Zweifelnd maß Marthe den Raum mit Blicken aus. Zwei zusätzliche Betten?

Aber es wurde möglich gemacht. Ein Etagenbett wurde ins Zimmer gequetscht, so dass noch ein schmaler Spalt zwischen den Betten frei blieb. Der Nachttisch passte zwar nicht mehr hin, also wurde stattdessen ein winziger Hocker neben das Bett gestellt, auf dem die Nachttischlampe Platz fand. Dritter würde oben schlafen, Alex unten und Marthe mit dem Baby im Mägdebett. Marthe verkroch sich, kaum dass die Bäuerin das Bett bezogen hatte, unter die Decke und verkündete, sie habe Kopfschmerzen.

Die Bäuerin, die wohl gehofft hatte, eine Hilfe in der Küche zu bekommen, warf Dritter einen fragenden Blick zu, den er geflissentlich übersah. Er nahm Alex mit und begab sich gemeinsam mit dem Ex-Bürgermeister wieder zurück in die Baracke, wo Kurt Henningsen ihn in die Geschäfte einwies. Während des gesamten Nachmittags erschienen Leute aus dem Dorf mit irgendwelchen Fragen, die Dritter nicht beantworten konnte. Er war froh, dass Henningsen bei ihm war, und die Leute wandten sich natürlich auch an Henningsen, obwohl der ihnen jeweils mitteilte, dass Herr Alexander Wolkenrath, kein Jude, nun der neue Bürgermeister sei.

Das machte Dritter eine ganze schreckliche Woche lang mit. Marthe weigerte sich, das Bett zu verlassen, und da die Bäuerin nicht bereit war, ihr das Essen aufs Zimmer zu bringen, wie es im Hotel geschehen war, wenn Marthe »Kopfschmerzen« gehabt hatte, bekam sie erst am Abend etwas zu essen, wenn Dritter es ihr im Bett servierte. Um aber die Extra-Lebensmittelkarten für Stillende zu erhalten, musste sie wenigstens einen Tropfen Milch bei der Lebensmittelkartenausgabe vorweisen. Zum Glück lag die Lebensmittelkartenausgabe in der Baracke direkt neben Dritters Amtsstube, so dass er sich mit seiner Autorität – und mit Unterstützung von Kurt Henningsen – dafür verbürgen konnte, dass seine kranke Frau stillte, obwohl sie es mangels Erscheinen nicht demonstrieren konnte.

Nach dieser einen Woche organisierte Dritter sich eine Fahrmöglichkeit und begab sich auf direktem Wege nach Scharbeutz und dort schnurstracks zu Major Tom. Sein Englisch war zwar von extrem geringer Qualität, aber er brachte es fertig, Major Tom so zu beeindrucken, dass dieser den Dolmetscher holen ließ und sich Dritters Pläne genau erklären ließ.

Dritter machte deutlich, dass er auf diesem Posten seine Fähigkeiten nicht in den Aufbau Deutschlands stecken konnte. Die englische Besatzungsmacht war zwar nicht daran interessiert, dass Deutschland aus Ruinen wiederauferstehen sollte, aber sie wollte die ehemaligen KZ-Häftlinge, die Ausgebombten, die hungernden Kinder, die im kommenden Winter ganz sicherlich furchtbar frieren würden, unterstützen. Dritter hatte nun die Idee entwickelt, eine Fabrik für Elektrogeräte aufzubauen. Und er wusste auch schon, wo: In Ratekau lag das Gelände einer Flakstation. Dort gab es Baracken und Grund und Boden. Dort könnte er eine Fabrik sowie Unterkünfte für die Arbeiter, die in der Fabrik Lohn und Brot finden würden, einrichten. Bis das so weit wäre, könnte er dort den Boden bestellen und wenigstens seine eigene Familie ernähren.

Nebenbei ließ Dritter fallen, wie unglücklich Marthe in dem engen Zimmerchen im Bauernhaus des Ex-Bürgermeisters sei, dass sie bereits krank geworden sei und dort zugrunde gehen werde. Außerdem teilte er mit, dass der Ex-Bürgermeister eigentlich der Beste in dem Amt sei, auch wenn er der NSDAP angehört hatte, und dass es sinnvoll wäre, seine Frau zur Bürgermeisterin zu machen, um so einen Wechsel zu demonstrieren. Frau Henningsen sei auch nicht aktiv in der NSDAP gewesen. Dass sie die Frauenschaft im Ort geleitet hatte, unterschlug Dritter einfach, und er glaubte auch nicht, dass es irgendjemanden im Dorf gab, der Frau Henningsen bei der Militärverwaltung anzeigen würde. Hakenkreuzfahnen, Nazi-Bücher wie *Mein Kampf*, Waffen und Parteiabzeichen hatten die Einwohner in den Güllegruben versenkt. Die würden nie wieder in die Hände eines Menschen fallen. Die Listen der Parteimitglieder waren bereits vor Kriegsende verbrannt worden. Was also sollte geschehen?

Major Tom hörte sich Dritters Ausführungen interessiert an, dann fragte er nach Marthes gesundheitlichen Problemen, die ihn anscheinend am meisten interessierten. Dritter erkannte seine Chance sofort. Er erzählte die traurige Geschichte der beiden gestorbenen Kinder und dass Marthe in ihrer seelischen und körperlichen Zartheit den Krieg nur sehr schwer überstanden hatte. Er konnte sich ausrechnen, dass die Engländer nicht gerade stolz darauf waren, KZ-Häftlinge in den Tod geschickt zu haben, also betonte er ganz besonders, wie sehr dieses letzte Unglück Marthe mitgenommen hätte. Major Tom nickte verständnisvoll mit dem Kopf und gab englische Laute von sich, die Dritter nicht verstand und die der Dolmetscher nicht übersetzte.

Am Schluss des Gesprächs versprach Major Tom, dass er sich Gedanken über Dritters Pläne machen werde, aber dass gewährleistet sein müsste, dass die »kleine Frau« dabei genügend Unterstützung mit ihren Kindern erhalten würde. Dritter versprach, für Frau und Söhne zu sorgen, und verabschiedete sich sehr höflich.

Zu Hause erwarteten ihn eine aufgelöste Marthe, ein schreiender Säugling und die Nachricht, dass sein Sohn Alex von der Bildfläche verschwunden sei. Zum ersten Mal in ihrer Ehe verlor er die Beherrschung seiner Frau gegenüber. Er schrie sie an: »Warum musst du immer im Bett liegen? Bist du nicht imstande, einmal drei Stunden lang auf meinen Sohn aufzupassen?« Er fragte sie aus, wo sie Alex zum letzten Mal gesehen habe, und erhielt keine klare Antwort. Marthe weinte und stammelte, dass Alex »wie immer« nach draußen zum Spielen gegangen sei. »Aber hier ist nicht ›draußen‹ wie in Scharbeutz«, brüllte Dritter. »Hier gibt es jede Menge Güllegruben, hier gibt es keine Familie Ahrberg, die ein Auge auf den Jungen hat, hier ist alles fremd für ihn. Du bist doch sonst nicht so blöd.«

Das war zu viel für Marthe. Sie schnaubte in ihr Taschentuch und setzte eine hoheitsvolle Miene auf. »Wenn du mich noch einmal beleidigst«, drohte sie, »dann nehme ich meine Sachen und gehe zu meiner Mutter zurück.« »Meine Güte«, stöhnte Dritter. Was er nicht sagte, aber dachte, war: Sie ist ein Mädchen geblieben, sie ist einfach keine Frau. Vielleicht wäre es besser, wenn sie zu ihrer Mutter zurückgeht. Was er sagte, war: »Kümmere du dich jetzt um Wilhelm, ich glaube, er hat Durst. Ich finde Alex.«

Aber Marthe schmollte. »Warum machen wir es nicht mal umgekehrt?«, fragte sie schnippisch. »Ich suche Alex, und du fütterst Wilhelm.« In Dritter wallte feurige Wut auf. Er war kurz davor, seine Frau zu schütteln und anzubrüllen, aber er riss sich zusammen, verließ das Zimmer, ohne etwas zu sagen, und stellte in Windeseile einen Suchtrupp zusammen, der das Dorf nach seinem Sohn durchkämmte. Seine größte Sorge galt den Jauchegruben. Wenn Alex, in so eine gefallen war, würde er nie gefunden werden. Jeder Bauer wusste, dass es ein perfekter Mord war, einen Menschen in die Güllegrube zu stoßen.

Es dauerte eine ganze Weile, in der von den fünf Männern, die sich für die Suche zur Verfügung gestellt hatten, immer wieder einer zurückkehrte und »Nichts«, sagte, bis endlich ein junger Mann antrabte, auf dessen Schultern Alex ritt. Dritters Knie wurden weich. Er setzte sich, wo er war, auf den Boden. Alex betrachtete seinen Vater und lachte laut auf. Er strampelte wild, als der junge Mann ihn kraftvoll von den Schultern im hohen Bogen auf den Boden setzte, quietschte vor Vergnügen und warf sich seinem Vater in die Arme. Dritter fühlte sich unendlich alt und unfähig, diesem quirligen Sohn ein adäquater Vater zu sein. »Wo bist du gewesen?«, japste er. Er bedankte sich bei dem jungen Mann, der ihm erzählte, er hätte Alex auf der Landstraße außerhalb des Ortes gefunden. »Auf der Landstraße?«, schrie Dritte auf. »Was zum Teufel hat dich dorthin getrieben?« Er überlegte, dass er dem Jungen jetzt eigentlich eine Tracht Prügel verabreichen müsste, aber er fühlte sich dazu körperlich nicht in der Lage. Alex schmiegte sich an ihn und flüsterte an sein Ohr: »Ich wollte zu Klaus, an den Strand. Hier ist es so langweilig.« Da umschlang Dritter seinen Sohn und spürte, wie ihm wieder Kraft zuströmte. »Wir bleiben nicht mehr lange hier«, flüsterte er in Alex Ohr. »Aber du musst mir versprechen, ab jetzt in meiner oder Muttis Nähe zu bleiben.« »In deiner Nähe«, krähte Alex, »Mutti ist immer müde.«

Wieder wallte Zorn in Dritter auf. Mutti ist immer müde. Ich kann doch nicht alles machen, dachte er. Ich muss jetzt jede Gelegenheit beim Schopfe ergreifen, da kann ich doch nicht gleichzeitig Kindermädchen spielen. Aber er fuhr seinem Sohn durch die Haare und erhob sich vom Boden. Er wollte es eigentlich leicht tun, so wie er früher aufgestanden war, aber es gelang ihm nicht, und so musste er die Hände aufstützen und die Arme zu Hilfe nehmen.

Er bedankte sich abermals mit Handschlag bei dem jungen Mann und erkundigte sich nach dessen Namen und seiner Stellung im Dorf. Hermann, so hieß er, war der Sohn des Schusters. Er war gerade auf Heimaturlaub gewesen, als der Krieg zu Ende ging, und nun wollte er seine Lehre weitermachen. Er wollte nämlich Schmied werden. »Warum kein Schuster?«, fragte Dritter, und Hermann antwortete verlegen, Schuster seien hühnerbrüstig und schwach, ein Schmied dagegen wäre ein richtiger Mann. Er wollte ein richtiger Mann sein.

Dritter fühlte sich in diesem Augenblick angesichts des jungen Mannes mit breiter Brust und starken Armen wie ein hühnerbrüstiger Schuster. Er drückte Hermann so kräftig die Hand, wie es ihm möglich war, aber seine relativ kleine Wolkenrathhand verschwand in der Pranke von Hermann, der Alex zum Abschied auf den Rücken klopfte und sagte: »Was uns nicht umbringt, macht uns stärker, Kleiner. Du bist heute stärker geworden. Sieg Heil!« Alex antwortete strahlend: »Sieg Heil!«

Dritter nahm seinen Sohn an die Hand und ging mit ihm ins Haus zu Marthe. Auf den Treppen sagte er: »Wir sagen jetzt nicht mehr ›Sieg Heil‹! Das heißt jetzt ›Guten Tag‹ oder ›Guten Abend‹ oder ›Guten Morgen‹ oder ›Auf Wiedersehen‹, je nachdem.« Auf Alex' glatter Kinderstirn bildeten sich zwei weiche Dellen, Vorläufer späterer Furchen. »Warum?«, fragte er. Dritter schwieg einen Moment. Vor der Tür zu ihrem Zimmerchen stieß er ungeduldig aus: »Weil das jetzt so ist. Und du hältst dich gefälligst daran.«

Marthe schloss Alex weinend in den Arm. Sie küsste ihn ab und beschwor ihn, nie wieder fortzulaufen. »Hier sind überall böse Russen«, sagte sie. »Die nehmen dich sonst mit, und dann kommst du nie wieder zu uns zurück.« Sie hielt ihn an den Schultern von sich entfernt und blickte ihm ernst in die Augen: »Versprich mir, dass du nie wieder wegläufst.« Alex nahm eine Hand und wischte ihr die Tränen von der Wange. »Ja, Mutti«, sagte er ernst. »Das verspreche ich dir. Und ich sag auch nicht mehr Sieg Heil.«

Am nächsten Tag kam eine Abordnung von Major Tom ins Dorf, teilte dem Ex-Bürgermeister mit, dass nun seine Frau als Bürgermeisterin eingesetzt sei, und überreichte Dritter ein Schreiben, in dem ihm erlaubt wurde, vorerst zur Pacht das Gelände der ehemaligen Flakstation in Ratekau mit seiner Familie zu beziehen.

Dritter konnte sein Glück gar nicht fassen. Er stürmte zu Marthe ins Zimmer, die dort auf dem Bett saß und Alex ein Märchen erzählte. »Wir haben endlich ein neues Zuhause«, rief er aus. »Wir können da sofort hinziehen.« Marthe hob den Kopf. »Wo denn?«, fragte sie.

»In Ratekau, auf der ehemaligen Flakstation. Da baue ich eine Fabrik, und wir können Gemüse ziehen, und wir werden ein Pferd haben und Schweine …« Marthe betrachtete ihn nachdenklich. Dritter sah ihr an, dass eine Zukunft als Bäuerin nicht das war, was ihr vorschwebte. Trotzdem stieg sie aus dem Bett, öffnete den Schrank, in dem ihre Kleidung verstaut war, und sagte: »Gut. Gehen wir sofort?«

Sie gingen sofort. Ebenso wie sie gekommen waren, saßen Marthe und Dritter und die Kinder hinten auf einem Anhänger, der von einem Traktor gezogen wurde. Der Abschied im Dorf war kurz und knackig ausgefallen. Der Ex-Bürgermeister hatte Dritter für seine Mühe gedankt, seine Frau hatte sich gerade noch so weit zusammengerissen, dass sie Marthe »Alles Gute« gewünscht hatte, ansonsten war ihr die

Verachtung im Gesicht geschrieben. So landeten sie also auf der Flakstation in Ratekau.

Der kleine Ort lag in der Nähe der Ostsee, nicht weit von Scharbeutz und Lübeck entfernt. Es gab dort einen großen See, den Hemmelsdorfer See, und viele Bauernhöfe. In der Mitte des Ortes erhob sich der runde Turm einer Kirche, die aus Feldsteinen gebaut war. Die Flakstation war weites Brachland mit zwei Flakbunkern, einer Baracke in der Mitte und drei weiteren Baracken, die in einer Linie an der linken Seite lagen. Die mittlere Baracke bezogen sie, die Dächer der drei anderen waren beschädigt, aber Dritter hatte bereits das Bild im Kopf, wie dort einmal der Grundstein für seine Fabrik gelegt werden würde.

Es dauerte nicht lange, und sie waren notdürftig eingerichtet. Die meisten Einrichtungsgegenstände aus den Baracken waren zwar gestohlen worden, aber einige Feldbetten, ein Tisch und einige Stühle fanden sich noch. Zum Glück gab es einen Ofen mit einer Platte darauf, so dass gleichzeitig geheizt und gekocht werden konnte. Mehr brauchten sie vorerst nicht.

Einen Tag nach ihrem Einzug hatten sie bereits einen Knecht. Karl Wertmann hatte an die Tür geklopft und seine Dienste angeboten. Er sah zerlumpt aus, schmutzig und verhungert, aber er hatte ehrliche Augen, und Dritter hatte nichts zu verlieren. Also hatte er ihn mit Handschlag eingestellt. »Lohn gibt es keinen«, hatte er gesagt. »Wir haben selbst nichts. Aber ich stell hier was auf die Beine, und wenn du mitmachst, wird es dein Schaden nicht sein.«

Karl Wertmann gewann im Nu Alex' Herz, indem er ihm einige Zauberkunststücke vorführte. »Onkel Wertmann«, nannte der Kleine ihn und folgte ihm auf Schritt und Tritt, denn Onkel Wertmann unternahm ständig aufregende Dinge. Er »organisierte«, wie auch Dritter es tat. Sie hatten nichts, und sie brauchten alles. Als Erstes legten sie einen Kartoffelacker an. Dritter hatte keine Ahnung, wie man so etwas anstellt, Onkel Wertmann zeigte es ihm.

Er besaß unglaubliches handwerkliches Geschick. Er war nicht nur in der Lage, aus einem Stück Holz ein beliebiges Tier zu schnitzen, er konnte auch nahezu unbrauchbares Werkzeug wieder richten. Auf den umliegenden Bauernhöfen hatte er sich bald einen Namen gemacht. Statt Entlohnung lieh er sich Werkzeug aus, das sie auf der Station brauchten.

Marthe war während ihrer Zeit in Scharbeutz verpflegt worden.

Jetzt erst merkte sie, in welchem Luxus sie gelebt hatte. Sie fand sich völlig ohne Vorkenntnisse in einer Situation wieder, in der sie nun als Bäuerin arbeiten musste. Ihr Traum vom Leben einer Bürgermeistersgattin war zerplatzt. Und an nette Kontakte zu den britischen Besatzungssoldaten, wie sie sich in Scharbeutz angelassen hatten, war hier auf dem riesigen öden Areal nicht zu denken. Hier blieb ihr nichts anderes übrig, als Gummistiefel anzuziehen, das einzige feste Schuhwerk, das sie überhaupt besaß. Sie wusste nicht, woher sie etwas zu essen besorgen sollte, und Dritters Versicherungen, dass er hier in null Komma nichts etwas richtig Großes aufziehen würde, machten ihre Kinder und auch sie nicht satt. Wenn sie sich hier ins Bett legte, kam niemand mit einer heißen, wenn auch dünnen Suppe, und seit Alex in Luschendorf weggelaufen war, war sie fast panisch damit beschäftigt, ihn im Auge zu behalten. Sie verzweifelte daran, ihre Familie zu ernähren, denn das, was es auf Lebensmittelmarken gab, reichte zum Leben nicht aus. Also musste »organisiert« werden.

Dritter pflanzte Tabak an. Zigaretten waren die Währung überhaupt, und wenn Dritter genügend Tabak hätte, würde er dafür alles eintauschen können, was er brauchte. So stellte er es sich zumindest vor.

»Wir brauchen eine Kuh«, bestimmte Onkel Wertmann. Aber woher nehmen und nicht stehlen? Also sagte Dritter zu Marthe: »Mach dich hübsch, wir fahren nach Scharbeutz.« Dort unterbreiteten sie Major Tom ihre Lage, für die er sofort Verständnis aufbrachte. Eine Kuh konnte er ihnen allerdings nicht besorgen, stattdessen aber einen kleinen Traktor aus konfiszierten Wehrmachtsbeständen. Wie sollte Dritter eine Fabrik aufbauen, wenn er kein Arbeitsmaterial hatte? Ein Traktor war doch schon einmal ein Anfang.

In den nächsten zwei Monaten sprachen einige Männer bei Dritter vor, die von seinen Plänen gehört hatten. Es waren heimatlose ausgebombte Männer, die ihre gesamte Familie verloren hatten und auf der Suche nach einem Fleckchen Erde waren, wo sie überleben konnten. Dritter nahm nicht jeden. Als aber einer vorgab, Ingenieur zu sein, fackelte Dritter nicht lange und bot ihm an, in der Baracke zu wohnen, wo bereits zwei Arbeiter untergekommen waren. »Ich möchte eine eigene Herdmarke entwickeln«, erklärte er. »Kannst du das?« Der Ingenieur nickte, verlangte Papier und einen Bleistift, und dann sah man ihn wochenlang an einem Tisch sitzen oder über das zehntausend Quadratmeter große Areal der Flakstation spazieren. Unweit lag der schöne See, und Dritter fragte ihn, warum er dort nicht spazieren ginge, aber aus einem Grund, den der Mann nicht erklärte, wollte er sich vom Flakgelände nicht entfernen.

Dritters Pläne waren grandios. Immer schon hatte seine Familie mit Elektroartikeln gehandelt, und das wollte er jetzt wieder tun, ganz in der Tradition der Firma *Wolkenrath & Söhne*. Er wollte der britischen Besatzungsmacht beweisen, dass sie ihn angesichts seiner außergewöhnlichen Fähigkeiten unterstützen mussten. Wenn er in die Ferne blickte, sah er auch, dass mit den ausgebrannten Wracks der *Cap Arcona* und der *Deutschland* wertvollstes Material in der Lübecker Bucht lag, das dort nicht einfach verrotten durfte. Irgendwann, das schwor er sich, würde er die Aufgabe übernehmen, die Schiffe zu verschrotten, und das würde ihm viel Geld einbringen. Als Hans Ränke ihn besuchen kam, sprach er mit dem Freund darüber. »Sie werden sich nicht so schnell daran wagen«, gab Hans Ränke zu bedenken. »Da unten liegen noch Tausende Leichen, die wollen sie gar nicht hochholen.« »Stimmt«, sagte Dritter. »Aber es wird der Tag kommen, wo sie den Schrott da nicht länger liegenlassen wollen, Pietät hin oder her. Dann wollen sie dran. Und dann bin ich zur Stelle, darauf kannst du einen lassen.« Hans Ränke versprach, Augen und Ohren offen zu halten, um geeignete Kontakte zu knüpfen. »Du bist zu klein, um die Sache zu ritzen«, sagte er. »Du brauchst eine große Firma, für die du als Subunternehmer arbeitest. Und die Firma liegt am besten etwas entfernt. Dann bist du selbständig.« Dritter befand sich in einer permanenten Hochstimmung. Und es beflügelte ihn sehr, dass Hans Ränke auf seiner Seite war.

Im Juli dann wurde ihre Hausgemeinschaft um das wertvollste Mitglied überhaupt erweitert: Hyacinthe, die Kuh. Hyacinthe war eine Mischung aus Leihgabe und Geschenk von Bauer Ballhaus, der während der vergangenen Jahre von dem Zwangsarbeiterkommando im nahe gelegenen Pansdorf profitiert hatte. Dritters gutes Verhältnis zur britischen Militärverwaltung hatte sich schnell herumgesprochen, immerhin kam Major Tom auch einmal in der Woche mit seinem riesigen weißen amerikanischen Schlitten bei der Flakstation vorgefahren. Und Ballhaus hatte schreckliche Angst, die ihm den Schlaf raubte. Noch während des Krieges hatte sich sein Hof zu einem der ertragreichsten der Gegend entwickelt. Er hatte die Zwangsarbeiter auf seinem Hof schuften lassen, bis sie tot umfielen.

Er drängte Dritter die Kuh geradezu auf und bat ihn im Gegenzug, ein gutes Wort für ihn einzulegen. Dritter ließ sich darauf sofort ein, obwohl er natürlich wusste, dass sein Einfluss auf Major Tom in dieser Hinsicht gleich null war. Aber bei Major Toms nächstem Besuch bemerkte Dritter angelegentlich, dass Bauer Ballmann ihm die Kuh aus Kinderfreundlichkeit überlassen hatte, und Major Tom sagte: »I'm sure, not all Germans are bad.«

27

Lysbeth setzte Himmel und Hölle in Bewegung, um herauszufinden, wo Aaron war und wie es ihm ging. Täglich hatten Stella und sie schaudernd vor dem Rundfunkapparat gesessen und erfahren, was in den Konzentrationslagern wirklich vorgefallen war. Sie hörten von Vergasungen von Millionen von Menschen, die dachten, sie würden zum Duschen geführt werden. Sie hörten von Lampenschirmen aus Menschenhaut, von Tod durch Verhungern, durch Folter, Schläge, Krankheiten. Sie hörten von Vergewaltigungen, von Menschenversuchen durch sadistische Ärzte, von Massengräbern. Sie konnten das Ausmaß dessen, was die Deutschen an Sadismus an den Tag gelegt hatten, kaum glauben, obwohl sie sich noch nie Illusionen darüber gemacht hatten, dass die Nazis die Juden hatten ausrotten wollen.

Englische Truppen hatten am 15. April das Konzentrationslager Bergen-Belsen befreit, in dem sie rund vierzigtausend lebende und dreizehntausend tote Häftlinge vorfanden. Aber die Geretteten waren nicht wirklich gerettet. In den nächsten Tagen starben noch einmal dreizehntausend Lagerinsassen an Hunger, körperlicher Schwäche sowie Krankheiten und Seuchen. Die Situation, die die englischen Soldaten in Bergen-Belsen vorfanden, hatten sie im Rundfunk beschrieben. Sie waren dadurch in ihrer Überzeugung bestärkt worden, dass sie sich auf einem Kreuzzug gegen Deutschland und den Nationalsozialismus befänden. Das zeigte sich auch in dem Fraternisierungsverbot für die englischen Soldaten. Und es zeigte sich darin, wie sie versuchten, die Deutschen über ihre eigenen Gräueltaten aufzuklären.

Ehe sie das Konzentrationslager wegen Seuchengefahr niederbrannten, führten sie die deutschen Bewohner aus der Nachbarschaft durch das Lager, damit sie die Schreckensbilder mit eigenen Augen sahen. Die

Führung geschah per Dekret, und wenn manche Personen meinten, das Grauen nicht länger sehen zu können, und die Hände vors Gesicht schlugen, wurden sie ihnen mit Gewalt von den Augen gezogen. Obwohl die englischen Besatzer alles daransetzten, die Bevölkerung über die Konzentrationslager aufzuklären, war es Lysbeth schier unmöglich herauszufinden, was aktuell in Theresienstadt geschah. Sie ging sogar zum Rathaus. Seit dem 15. Mai hatte Hamburg einen neuen Bürgermeister: Rudolf Hieronymus Petersen. Er war fast sechzig Jahre alt, ein typisch hamburgischer Kaufmann, der dafür bekannt war, dass er oft ins Plattdeutsche fiel. Sie hoffte, von ihm mehr zu erfahren, aber sie wurde nicht vorgelassen.

Da wurde wieder einmal Jonny eingeschaltet. »Du musst rauskriegen, wo man sich über die einzelnen Konzentrationslager informieren kann«, forderte Stella.

»Theresienstadt war doch kein KZ«, empörte sich Jonny.

Stella schnaubte verächtlich. »Du glaubst es immer noch?«, höhnte sie. »Hitler schenkt den Juden eine Stadt, oder?« Ihre Nerven lagen blank. Obwohl sie seit der Kapitulation versucht hatte, den Schlafmangel der vergangenen Jahre wieder aufzuholen, lag sie jede Nacht stundenlang wach und grübelte darüber nach, was jetzt mit ihrem Leben geschehen würde. Es konnte doch nicht mehr lange dauern, und Anthony würde vor ihrer Tür stehen, oder sie würde wenigstens irgendetwas über ihn und ihre Tochter erfahren.

Auch Jonny war nervös. Er war zwar inzwischen relativ beruhigt, dass ihm wegen seiner Parteimitgliedschaft nichts Schlimmes passieren und dass ihm auf jeden Fall ein »Persilschein« ausgestellt werden würde, weil er sich rührend um Fred Solmitz und um seinen Schwager Aaron Bleibtreu gekümmert hatte. Außerdem würde das *Handelshaus Woermann* ebenso wie viele andere Reedereien und Firmen seine Türen bald wieder öffnen, und er glaubte, dass sich dort schon ein Platz für ihn finden würde. Er glaubte nicht, dass er in Zukunft wieder als Kapitän zur See fahren würde, denn die deutsche Schifffahrt lag vollkommen darnieder, Schiffe wie Reedereien waren zerstört. Aber das war für ihn nicht schlimm. Er war jetzt fünfundfünfzig Jahre alt, er stellte es sich als ausreichend befriedigend vor, dem *Handelshaus Woermann* seine Kenntnisse über den Handel mit Afrika zur Verfügung zu stellen. Seine berufliche Zukunft machte ihm keine Sorgen, was ihn so nervös machte, war die Existenz von Greta und Walburga in Namibia.

In der gleichen Ungewissheit wie Stella mit Anthony und Angela und wie Lysbeth mit Aaron, war er damit beschäftigt, den Kontakt zu den beiden zu suchen. Er hatte sie seinerzeit nach Namibia geschickt, weil das *Handelshaus Woermann* dort eine Niederlassung hatte und ein großes Kaufhaus unterhielt. Über diese Kontakte wollte er so schnell wie möglich die Rückkehr der beiden veranlassen. Aber sowohl brieflich als auch telefonisch war kein Kontakt ins Ausland möglich.

Widerstrebend erklärte er sich bereit herauszufinden, was mit Aaron geschehen war, und es dauerte nicht lange, da informierte er Stella: »Lysbeth muss ins Rundfunkgebäude gehen und sich dort nach Theresienstadt erkundigen. Die Journalisten dort sind am besten informiert. Die wissen alles über die Lager.« Also machte Lysbeth sich am nächsten Tag auf den Weg. Aber sie wurde gar nicht erst vorgelassen. Der Pförtner, der am Schlagbaum saß, ein englischer Soldat, ließ mit vorgehaltenem Gewehr keinen Zweifel daran, dass dies für sie kein zugelassener Ort war. Sie versuchte, mit ihm zu diskutieren, aber es war nutzlos. Niedergeschlagen ging sie wieder nach Hause.

Wenig später hieß es im Rundfunk, dass Theresienstadt von den Russen befreit worden war und dass Transporte von Überlebenden bereits in Holland und Dänemark angelangt wären. Nun war Lysbeth nicht mehr zu halten. Wie eine Furie rannte sie ins Rathaus, ließ sich nicht zurückhalten, und als sie von zwei Wachhabenden festgehalten wurde, schrie sie: »Mein Mann ist Jude und in Theresienstadt. Ich will jetzt wissen, ob er noch lebt.« Sie schrie, bis aus allen Zimmern Leute traten, den Kopf vorsichtig rausstreckten und schließlich der neue Bürgermeister Petersen vor ihr stand.

Er befahl den beiden Wachhabenden, sie loszulassen, und bat sie in sein Zimmer. Dort hörte er sich ihre Geschichte an, die sie ihm in heißer Wut entgegenspuckte. Er blieb freundlich und gelassen, und dann versprach er, alles herauszufinden, was in seiner Macht stand.

Einen Tag später bereits wusste sie, dass ein Transport von Theresienstadt nach Hamburg geplant, die Liste der Mitreisenden aber noch nicht bekannt sei. Danach dauerte es nicht mehr lange, und Lysbeth wurde offiziell mitgeteilt, dass mit der Ankunft des ersten Transportes aus Theresienstadt am 30. Juni gerechnet würde. Die Liste der Ankommenden sei noch nicht bekannt, man wisse also nicht, ob Aaron dabei sein würde, es gab noch zwei spätere Transporte für Menschen, die körperlich schwächer waren und mehr Gepäck mitnehmen wollten.

Der erste Transport war für die Ungeduldigen, die kräftiger und bereit waren, sich mit wenig Gepäck auf den Weg zu machen.

»Da ist Aaron dabei«, sagte Lysbeth. »Ohne jeden Zweifel. Er will wissen, wie es mir geht. Es wird nicht an Gepäck denken, sondern nur daran, so schnell wie möglich nach Hause zu kommen.«

So stand sie mit einigen hundert anderen Menschen am 30. Juni auf dem Schulhof Finkenau in Barmbek und wartete. Sie hatte zu Stella gesagt, dass sie ihr Wiedersehen mit Aaron ungestört erleben wollte. Als sie allerdings sah, wie ganze Familien ihre Angehörigen erwarteten, bedauerte sie, so ganz allein dort hingegangen zu sein.

Sie hielt sich abseits, wartete und betete. Sie betete sehr selten und nur in großer Not. Jetzt rief sie Mutter und Tante an: »Bitte sorgt dafür, dass Aaron gesund ist und mit diesem Transport ankommt.«

Die meisten Wartenden hatten etwas zu essen und zu trinken dabei. Lysbeth hatte in ihrer Aufregung nicht daran gedacht. Als sie aber über Stunden auf dem Schulhof ausgeharrt hatte, wurde ihr allmählich flau im Magen. Sie hatte Angst, dass ihr schwarz vor Augen werden und sie zu Boden sinken würde. Also fasste sie sich ein Herz und blickte sich um, wen sie um einen Schluck Wasser bitten könnte.

Die Gruppen der Menschen, die dort standen, rührten ihr Herz. Manche von denen hatte sie bereits im Februar auf dem Bahnhof gesehen, als Aaron abtransportiert worden war. Es waren Familien mit Kindern, einigen alten, wenig jungen Menschen. Es kam Lysbeth so vor, als würde jeder Einzelne, der – hoffentlich – bald hier ankäme, von einer ganzen großen Familie in Empfang genommen. Wie kann das sein?, fragte sie sich. Die meisten jüdischen Familien waren fort. All diese Menschen, die hier standen, mussten Arier sein, die auf einen Juden oder eine Jüdin warteten. Ihr Herz wurde warm. Der Schulhof war voller Menschen, die sich auf die Rückkehr zumindest eines Juden freuten. Es gab also nicht nur Hamburger, die das Abtransportieren und das Abschlachten von Juden mitleidlos oder sogar zustimmend erlebt hatten, es gab viele, die jetzt ihre Freude über die Rückkehr der Überlebenden offen zeigten.

Sie verspottete sich sogleich wegen ihrer aufbrandenden Freude. Hier standen ein paar hundert Menschen. Die hatten in Mischehen gelebt und daran trotz aller Schikanen festgehalten. Selbstverständlich standen die hier. Sie bedauerte es jetzt sehr, ihrer Schwester nicht die Möglichkeit gegeben zu haben, Aaron mit ihr zu empfangen. Wahrscheinlich wäre es auch für Aaron schön gewesen, wenn die ganze Familie ihn mit einem Willkommensgetränk und Speisen und überhaupt mit Freude in Empfang genommen hätte. Sogar Cynthia wäre ja mitgekommen. Wie egoistisch bin ich, kritisierte Lysbeth sich selbst und bekam auf eine abergläubische Art Angst, dafür bestraft zu werden, indem Aaron bei diesem Transport nicht dabei sein würde. Ihr wurde schwindlig.

Sie näherte sich einer älteren Frau, die ebenfalls allein wartete, aber eine Thermoskanne und eine Brotdose neben sich stehen hatte. Sie saß auf einem Klappstuhl und las in einem Buch. Als Lysbeth neben ihr stand, hob sie fragend den Blick. Ihre Augen waren hinter einer hässlichen großen Brille unnatürlich vergrößert, dadurch wurde besonders deutlich, wie schön diese Augen waren, bernsteinfarben mit einem zarten grünen Rand um die Pupillen, mandelförmig mit langen dunklen Wimpern. Lysbeth konnte nichts sagen. Wie gebannt blickte sie in diese Augen, die allein für sich wegen ihrer Schönheit Aufmerksamkeit erregten. Aber auch die Nase und der Mund dieser Frau waren von erlesener Schönheit, zart, fein ziseliert, der Mund geschwungen in feinen Bögen, die in zarten Spitzen ausliefen, die Nase war ebenso fein, schmal mit einer sanft gerundeten Wölbung, die die kleinen runden Nasenlöcher umschloss. Jetzt lächelte die Frau. Lysbeth kam sich unhöflich vor, dass sie sie so anstarrte. Das Lächeln machte die Frau noch schöner, es glättete in einer Sekunde alle Falten in ihrem Gesicht, das aussah, als hätte es früher runde Wangen gehabt, die nun aber eingefallen waren. Um die Augen bildete sich ein Kranz aus Fältchen. »Kann ich Ihnen irgendwie helfen?«, fragte die schöne Frau nun. Es war eine warme tiefe Stimme, die außerordentlich kultiviert wirkte.

Lysbeth warf einen scheuen Blick auf die Thermoskanne. Die Frau verstand sofort. Sie erhob sich und sagte streng: »Sie sehen blass aus, und Ihre Lippen sind blau. Setzen Sie sich.« Sie gab nicht eher Ruhe, bis Lysbeth endlich – widerstrebend – auf dem Klappstuhl Platz genommen hatte. Dann bewirtete die Frau sie mit einem Becher duftenden Kräutertees und mit selbstgebackenen Plätzchen aus Haferflocken. Erleichtert merkte Lysbeth, wie das Blut wieder in ihr Gehirn zu fließen begann. Die Starre in ihren Gesichtszügen löste sich. Sie erhob sich und dankte der Frau, die sich nun wieder hinsetzte. »Wir werden uns abwechseln«, schlug die schöne Frau vor. »Es scheint ja noch eine Weile zu dauern, bis der Bus eintrifft. Warten Sie auch auf Ihren Mann? Oh, ich bin unhöflich: Mein Name ist Maria Gontalski.«

So kamen sie ins Gespräch. Maria Gontalskis Mann war bereits 1942 nach Theresienstadt gebracht worden. Anfangs hatte sie noch von ihm gehört, dann erhielt sie von anderen die Nachricht, dass er nach Auschwitz weiterdeportiert worden war. Seitdem hatte sie von ihm nichts mehr gehört, aber andere Freunde von ihr, die in der Prominentenkaserne in Theresienstadt gelebt und dort einige Vergünstigungen genossen hatten, konnten ihr Briefe schreiben. So hatte sie erfahren, dass Anfang des Jahres ein Zug von Auschwitz-Häftlingen in Theresienstadt angelangt und dass ihr Mann bei jenen Halbtoten dabei gewesen wäre. Ebenso wenig wie Lysbeth wusste sie, ob ihr Mann heute ankommen würde. Sie wusste auch nicht, ob er noch lebte, denn wie sie erfahren hatte, waren die Häftlinge aus Auschwitz in einer entsetzlichen Verfassung gewesen. Wie wohl auch viele der in Theresienstadt eingesperrten Juden von den Russen erst ganz langsam wieder hatten aufgepäppelt werden müssen. All das war für Lysbeth neu, die von Aaron nur die beiden Karten erhalten und danach nichts mehr von ihm gehört hatte.

Sie fragte Maria Gontalski, wieso sie so viel wisse. Die lächelte. »Mein Kind, mein Mann und ich gehören zur jüdischen Gemeinde. Die hat in Theresienstadt einigen Einfluss gehabt. Und so wurde ich regelmäßig informiert.«

Mein Kind, hatte sie gesagt. Wie alt mochte sie wohl sein? Da erfuhr Lysbeth, dass Maria selbst Halbjüdin war. Ihr Vater hatte Selbstmord begangen, als er einige Wochen nach ihrem Mann in den Osten hatte »verschickt« werden sollen. Ihre Mutter war Ärztin, Arierin, und hatte ihre Praxis all die Jahre aufrechterhalten. »Sie ist über siebzig Jahre alt«, lächelte Maria Gontalski, »aber sie schuftet wie verrückt. Gerade im letzten Winter, als zu den Grippekranken hier noch die Flüchtlinge aus dem Osten hinzukamen, standen ihre Patienten bis hinaus auf die Straße. Sie hat immer gesagt, wer sich den sicheren Tod holen will, der geht in den Bunker.«

Lysbeth musterte Maria. Eine siebzigjährige Mutter? Dann war Maria kaum älter als sie selbst. Sie seufzte. Wieso geschah es ihr so oft, dass sie mit »mein Kind« angeredet wurde, obwohl sie selbst sich im Spiegel als uralt empfand? Sie traute sich nicht, die Frau nach ihrem Alter zu fragen.

Und ist es nicht auch egal, wie alt ich wirke?, dachte sie.

Aber nein, es war ihr nicht egal. Gleich kam ihr Mann an, Aaron, den sie mehr liebte, als sie jemals gedacht hatte, einen Menschen lieben zu können, und dieser Mann war vier Monate lang ohne sie gewesen. Wie würde er sie anschauen? Sie wusste, dass es in dieser Situation albern war, aber trotzdem war es ihr unglaublich wichtig, dass er sie schön fand. Sie hatte Lippenstift aufgelegt, als sie von zu Hause fortgegangen war, obwohl sie das sonst fast nie tat, und sie hatte ihre Haare gewaschen und sich den Luxus erlaubt, sie mit Bier nachzuspülen, damit sie glänzten. Sie hatte ein hellblaues Sommerkleid angezogen, das noch aus Vorkriegszeiten stammte und ihr etwas um den Körper schlotterte. Aber sie hatte einen Gürtel um die Taille gezogen und eine leichte Strickjacke übergelegt, so dass ihre dürren Arme verborgen waren.

Allmählich machte sich auf dem Schulhof eine müde Stimmung breit. Aber die Menschen wurden nicht ungeduldig, auch die Kinder nicht. Sie saßen nun auf dem Boden, zwitscherten lebhaft oder starrten vor sich hin. Manche Mädchen spielten Hüpfen miteinander, viele Jungen spielten Krieg. Auch die Frauen saßen auf dem Boden, Taschentücher oder Zeitungen unter sich ausgebreitet. Leise unterhielten sie sich. Die Männer gingen auf und ab.

Da, endlich, ein leiser Aufschrei ging durch die Menge, fuhr ein Lastwagen durch das Tor. Dann folgte ein nächster und noch einer. Durch Lysbeth schoss eine heiße Welle der Erregung, dann wurde ihr kalt, und sie begann zu zittern.

In den Lastwagen standen hintereinander Holzbänke. Es waren Wagen, wie sie von der Polizei für Ausfahrten und Übungen benutzt wurden. Auf den Bänken saßen verschmutzte Menschen in abgerissener Kleidung. Es war erkennbar, dass manche der Frauen und Männer, Kranke und Alte, die Fahrt nur mit letzter Kraft bewältigt hatten. Aber viele strahlten. Einige weinten.

Die Angehörigen drängten sich um die Lastwagen, diejenigen, die ihre Verwandten entdeckt hatten, hoben sie herunter, nahmen ihnen ihr mageres Gepäck, ihr Bettzeug ab, schlossen sie in die Arme. Überall im Hof wurden Tränen vergossen, wurde verhalten geschluchzt, laut geweint. Manche der Frauen, die ihre Kinder wiedersahen, brachten es, scheu und verlegen, kaum über sich, sie zu umarmen. Sie wirkten, als schämten sie sich, und die Kinder wirkten ebenso. Das zerriss Lysbeth das Herz, aber sie hatte keine Zeit, sich damit länger zu beschäftigen. Denn sie suchte Aaron. Überall fanden sich die Menschen, aber Aaron war nicht zu sehen. Auf Lysbeth legte sich eine dunkle Wolke. Er war nicht dabei.

Ihre Augen begegneten denen von Maria Gontalski. Auch sie suchte vergeblich nach ihrem Mann. In Marias Augen sah Lysbeth ihre eigene Verzweiflung gespiegelt. Und vervielfacht, denn Maria fürchtete, dass ihr Mann nie mehr zurückkommen würde. Lysbeth hatte nur Angst, dass Aaron dieses Mal nicht dabei wäre.

Da entdeckte sie ihn. Er hockte auf einem Lastwagen auf dem Boden, gebeugt über eine Frau, die regungslos auf einer der Holzbänke lag. Lysbeth stand vor der Ladefläche, in einer wogenden Menschenmenge. Da gab es Leute, die herabstiegen, Angehörige, die ihnen halfen, Suchende, die auf die Ladefläche schauten. Lysbeth rief Aarons Namen, aber er hörte sie nicht. Sein Ohr lag auf der Brust der Frau, nun legte er seinen Mund auf den ihren und pumpte ihre Brust mit den Händen. Lysbeth gefror das Blut in den Adern. Was tat Aaron da? Wer war diese Frau? Er hob sein Gesicht, atmete tief ein und senkte es wieder auf die Frau. Da begriff Lysbeth: Aaron versuchte, die Frau wiederzubeleben.

Sie bat den Mann, der neben ihr stand, sie auf die Ladefläche zu heben. Mit einiger Mühe landete sie oben, und im Nu war sie neben ihm. Aber er sah sie immer noch nicht, denn er hatte nur Augen für die junge Frau. Lysbeth hingegen hatte nur Augen für ihn. Da wendete er sich ihr kurz zu. Seine Augen glänzten fiebrig, sein Gesicht war unnatürlich gerötet. »Hilf mir«, stieß er aus. Durch Lysbeth ging ein Ruck, sie vergaß alles andere und war an Aarons Seite, damit beschäftigt, die junge Frau ins Leben zurückzuholen.

Plötzlich entstand ein Wirbel um sie herum. Ein Mann war auf den Wagen geklettert. Nun rief er klagend: »Rose, Rose, was machst du?« Nacheinander zog er zwei kleine Kinder und ein etwas größeres Mädchen hoch, die verlegen vor ihrer auf der Bank liegenden Mutter standen, die von einem Mann geküsst wurde und der eine Frau die Brust zerdrückte. Mit einem Mal fingen auch die Kinder an zu jammern: »Mama! Mama! Mama!« Und da geschah das Wunder: Die Frau atmete mit einem Seufzer ein und schlug die Augen auf. Lysbeth drückte sie zurück, als sie sich aufrichten wollte. »Liegen bleiben«, befahl sie streng. Und zu den Kindern sagte sie: »Kommt her. Umarmt eure Mutter.«

Aaron erklärte dem mit hängenden Armen vor ihm stehenden Mann, dass seine Frau sehr schwach sei und am besten ins Krankenhaus gebracht werden müsste. Ansonsten müsse sie zu Hause aufgepäppelt werden: möglichst nahrhafte Speisen, viel trinken und eine ordentliche ärztliche Untersuchung. Der Mann lächelte schief: »Nahrhafte Speisen. Kommen Sie vom Mond? Da ist es schon besser, sie kommt ins Krankenhaus.« Als sie das Wort Krankenhaus vernahm, verdrehte die Kranke die Augen und begann zu hyperventilieren. Lysbeth gab ihr einen leichten Klaps auf die Wange. »Schön hiergeblieben«, sagte sie. Und zu den Kindern: »Ihr müsst einfach drauf aufpassen, dass eure Mutter nicht wieder verschwindet. Versprecht ihr mir das?« Die Kinder nickten stumm, ihre großen Augen sahen Lysbeth vertrauensvoll an.

Lysbeth wendete sich Aaron zu. »Diese Dame muss jetzt zu ihrem Mann und ihren Kindern nach Hause geschafft werden, und dann braucht sie eine anständige ärztliche Betreuung.« Der Mann fragte Aaron: »Sie sind doch Arzt, oder?« Aaron nickte. »Können Sie das nicht machen?« Aaron zuckte leicht zusammen und sah Lysbeth hilfesuchend an. »Ich … ich …«, stammelte er. Lysbeth lachte auf, so fröhlich, wie sie seit Jahren nicht mehr gelacht hatte. In diesem Moment begriff sie mit ihrem ganzen Körper, dass der braune Spuk vorbei war. Ganz leicht wurde ihr zumute. »Ja, mein Mann ist Arzt«, sagte sie feierlich. »Und natürlich kann er sich um Ihre Frau kümmern.«

Nun lächelte auch Aaron. »Ja«, bekräftigte er. »Ich bin Arzt, und ich komme morgen bei Ihnen vorbei. Sie müssen mir nur Ihre Adresse aufschreiben.« Sie beratschlagten, wie sie die Frau namens Rose nach Winterhude in die Sierichstraße bringen könnten. Inzwischen hatte Rose sich mit Lysbeths Unterstützung und der Hilfe ihrer Kinder aufgerichtet und auf die Holzbank gesetzt. Lysbeth vermisste ihre Schwester und ihren Bruder. Die hätten jetzt helfen können, und wenn sie die Frau nur bis zur Straßenbahn getragen hätten. Sie und Aaron und der Mann und die Kinder waren dazu nicht in der Lage.

Aaron murmelte: »Wir hatten doch Tragen, verdammt.«

Er eilte zum Sanitätslaster, und, siehe da, im Nu kehrte er mit einer Trage zurück, die sehr provisorisch aus zwei Holzstäben und einer dazwischengespannten Plane bestand. »Die hilft uns weiter«, verkündete er und verbreitete eine ansteckende Sorglosigkeit. Sie hoben Rose vom Wagen, legten sie auf die Plane, holten die Kinder hinunter, und die beiden Männer packten jeweils zwei Holzstäbe und hoben die Frau auf. Lysbeth sah, wie Aaron schwankte. Da erst fiel ihr auf, dass er selbst kaum gesünder aussah als die Frau. Seine Wangen waren hohl, die fiebrig glänzenden Augen lagen in tiefen Höhlen, seine Bewegungen wirkten, als hätte er starke Schmerzen. Lysbeth fasste nach einem der Holzstäbe, so dass Aaron nur ein Viertel der Last tragen musste. Am liebsten hätte sie ihn völlig weggeschoben, aber sie wusste, dass er das als Kränkung empfinden würde. Das größere Mädchen nahm ihre beiden kleineren Geschwister an die Hand und folgte ihnen.

Der Schulhof hatte sich in der Zwischenzeit geleert, die meisten Menschen waren fort, einige saßen in Gruppen da und verteilten Brote und Getränke, andere liefen noch suchend umher, andere standen am Rand und weinten. Ihre Hoffnung auf ein Wiedersehen mit einem geliebten Angehörigen hatte sich offenbar zerschlagen. Lysbeths Blick suchte den Hof ab nach der fremden Frau, die so freigebig ihren Proviant mit ihr geteilt hatte. Sie konnte sie nicht entdecken, und das stimmte sie froh. So hatte sie wohl wirklich ihren Mann gefunden. Oder aber sie war gegangen, ohne sich hier länger aufzuhalten.

Sie begaben sich zur Straßenbahnhaltestelle. Die Straßenbahn war wie immer überfüllt. Aber als die Menschen die kleine Gruppe der Ankömmlinge bemerkten, drückten sie sich noch enger zusammen. Die Gleise der wichtigsten Straßenbahnlinien waren zwar seit Mitte Mai 1945 vom Schutt befreit, aber es gab nur noch wenige fahrbereite Züge, und diese dienten als Allzwecktransportmittel: Postpakete und Frachtsendungen wurden in den Wagen gestapelt, maximal erlaubtes Gewicht waren fünf Zentner. Die Angestellten der Straßenbahn luden die Fracht von Linie zu Linie um; als Umschlagstellen dienten alte Schuppen, ausgediente Möbelwagen oder der Rathausmarkt, der Knotenpunkt der meisten Linien. Zum Glück gab es in diesem Wagen auch keine Gemüsehändler, denn es war schon zu spät. Wer am Morgen die Straßenbahn nutzte, musste sich manchmal zwischen Kisten voller Kohl und Rüben und die dazugehörigen Gemüsehändler drängeln, die vom Gemüsemarkt in den Deichtorhallen kamen. Die Straßenbahn war sogar für den Müll das Transportmittel geworden bis zu einer Kiesgrube im Stadtteil Bahrenfeld. Und nicht zu vergessen der Schutt. Die dreiundvierzig Millionen Kubikmeter Trümmer mussten ja irgendwie fortgeschafft werden. Sie bedeckten die Stadt, blockierten Straßen, Schienen, Grundstücke. Frauen, die sich mit Kopftüchern gegen den beißenden Mörtel- und Ziegelstaub schützten, holten alle noch einigermaßen gut erhaltenen Steine aus den Ruinen und »pickten« den anhaftenden Mörtel mit Hämmern ab. Und dann wurden die Steine mit der Straßenbahn irgendwo anders hin transportiert. All dies war der Grund dafür, dass jede einzelne Straßenbahn so überfüllt war, dass die Menschen noch in Trauben auf den Trittbrettern hingen.

Lysbeth rief laut in den Wagen: »Die Frau kommt aus Theresienstadt, sie braucht einen Platz. Und mein Mann kommt auch aus Theresienstadt, er braucht auch einen Platz.« Scheu wichen die Menschen vor ihnen zurück. Der Fahrer wartete, bis sie Rose hineinverfrachtet und sie auf einen Sitzplatz gehoben hatten. Die Menschen drückten sich so dicht aneinander, dass kein Blatt Papier mehr zwischen sie gepasst hätte. Einige blickten verstohlen auf die kleine Gruppe um Rose, die, kreidebleich, im Arm ihres Mannes auf dem Sitz hing. Die meisten aber sahen angestrengt aus dem Fenster. Ein Kind fragte: »Mama, was ist Theresienstadt?« Die Mutter zischte etwas, das Lysbeth nicht verstand. Da sagte sie: »Theresienstadt ist ein Ort, wo Juden von den Nazis eingesperrt und so schlecht behandelt wurden, dass viele krank geworden und gestorben sind. Die Russen haben sie befreit, aber gesund machen konnten sie sie nicht.« Sie hatte das in Richtung des Kindes gesagt, und sie hatte sich Mühe gegeben, nicht zornig, sondern möglichst unbefangen und freundlich zu klingen, aber die meisten Blicke, die sie jetzt streiften, waren so voller Verachtung und Hass, dass sie erschrak. Es ist nicht vorbei, dachte sie. Es ist noch gar nicht vorbei. Aaron, der unablässig Rose im Auge behielt, umarmte die Beine der vor ihm stehenden Lysbeth. »Lass gut sein«, raunte er. »Lass einfach gut sein.«

Lysbeth revoltierte innerlich. Gut sein lassen? Das, was geschehen war, konnte sie doch nicht gut sein lassen. Die Menschen um sie herum hatten vielleicht Spalier gestanden, als die Juden wie Vieh zu den Abtransporten getrieben worden waren. Vielleicht hatten sie bei den Versteigerungen der jüdischen Habe einige gute Gelegenheiten beim Schopfe ergriffen. Vielleicht hatten sie sogar versucht, eine jüdische Wohnung zu bekommen oder gar ein Haus. Sie hatten all das mitgemacht, was Menschen wie Aaron und Rose gedemütigt hatte. Sie hatten nicht mehr bei Juden gekauft, sie hatten in der Nacht, als das Judenpogrom veranstaltet worden war, bestenfalls weggeblickt, so wie sie hier jetzt wegblickten, sie hatten es zugelassen, dass so wunderbare Ärzte, wie Aaron einer war, mit Knüppeln in die Trümmer getrieben wurden, um dort Leichen auszugraben und zu verbrennen. All die Wut, die sie während der vergangenen zwölf Jahre hatte zügeln und unterdrücken müssen, stieg jetzt in Lysbeth heiß auf und breitete sich in ihr aus, bis sie meinte, daran platzen zu müssen. »Gut sein«, schnaubte sie Aaron an. »Nichts ist gut!«

Da fielen Rose die Augenlider hinunter, und sie wurde anscheinend ohnmächtig. »Hat hier jemand etwas zu essen oder zu trinken?«, rief Aaron in die Menge. Alle wendeten sich kopfschüttelnd ab. Ein alter Arbeiter wühlte sich durch die zu einer undurchdringlichen Masse verdichteten Körper und entnahm schwer atmend seiner abgewetzten Aktentasche einen metallenen Behälter, in dem eine Scheibe Brot lag. Er schraubte eine Thermoskanne auf, goss ein würzig duftendes Getränk hinein und hielt es der Frau hin. »Dor, min Deern«, sagte er. »Dor het min Trudchen mi mit versorcht. Dat is nu for di.« Aaron flößte Rose den duftenden Tee ein. Zuerst rann ihr die Flüssigkeit zu den Mundwinkeln wieder hinaus, aber dann schluckte sie. Schließlich öffnete sie wieder die Augen. »Mir ist so schwindelig«, seufzte sie. Aaron gab ihr noch mehr zu trinken. »Sie hätte gar nicht mitkommen dürfen«, erklärte er ihrem Mann. »Kranke durften eigentlich nicht mit, sie ist ja nur noch Haut und Knochen, aber sie hat sich nicht abwimmeln lassen. Ich weiß nicht mal, ob sie eine richtige Erlaubnis bekommen hat.« Aaron warf dem Arbeiter einen dankbaren Blick zu und brach ein Stückchen von dem Brot ab. Er steckte es Rose in den Mund und befahl: »Kauen, einfach nur kauen, ganz langsam, lass dir richtig Zeit.«

Der Arbeiter erkundigte sich, wie viele aus Theresienstadt zurückgekommen seien, und Aaron antwortete, dass es mehr als hundert gewesen seien und dass noch ein zweiter Transport folgen werde, der bequemer sein werde, wo es mit Bussen gehen werde und nicht in Lastwagen. Die junge Frau sei Anfang des Jahres von ihren kleinen Kindern getrennt worden, habe in Theresienstadt Typhus bekommen und sei allein von dem Wunsch getrieben gewesen, ihre Kinder noch einmal zu sehen, bevor sie stürbe. Er lächelte erst Rose und dann ihre Kinder an. »Aber sie wird nicht sterben.«

Der Arbeiter sagte, sie dürfe das Brot behalten, aber die Thermoskanne und die Brotdose müsste er wieder mitnehmen. »Ansünsten givt dat Ärger mit min Trudchen.«

Lysbeth war fassungslos über sich selbst. Was hatte sie sich eigentlich dabei gedacht, ohne Getränk, ohne Proviant zum Schulhof zu gehen? Sie hatte doch damit rechnen müssen, dass dort völlig verhungerte Menschen ankommen würden. Aber sie hatte einfach an nichts anderes denken können als daran, Aaron wiederzusehen. Sie hatte sich das Wiedersehen allerdings anders vorgestellt.

Sie brachten die Familie in die Sierichstraße. Das Haus war erstaunlich intakt. Die Wohnung war früher wohl prächtig gewesen, nun bewohnten sie zu fünft noch ein Zimmer, das aber trotz des Platzmangels behaglich eingerichtet war und sehr ordentlich und sauber wirkte. Aaron und Lysbeth setzten die Bahre ab. Aufs Bett konnte Roses Mann sie allein heben, obwohl auch er nicht besonders kräftig wirkte, so ein Fliegengewicht war sie. Lysbeth fragte das große Mädchen, ob sie Haferflocken hätte und vielleicht etwas Milch. Das Mädchen holte die Sachen aus der Speisekammer, die neben der von vielen Parteien gemeinsam genutzten Küche lag. Sie hatten sogar einen winzigen Vorrat an Zucker. Schnell kochte Lysbeth einen dünnen Haferflockenbrei. »Davon kannst du deiner Mutter jetzt alle halbe Stunde einen Löffel geben, und wenn sie mag, dann auch zwei Löffel.« Sie versprach, am kommenden Tag einen stärkenden Tee vorbeizubringen. Sie beschloss bei sich, ein Huhn zu schlachten und für Aaron und auch für Rose eine Hühnersuppe zu kochen, die beiden wieder Kraft geben sollte.

Als sie in der Kippingstraße anlangten, war es dunkel und still. Niemand kam ihnen entgegen, um Aaron zu begrüßen. Das ganze Haus wirkte leer. Lysbeth wusste nicht, ob sie sich freuen sollte, Aaron jetzt vollkommen für sich allein zu haben, oder ob sie enttäuscht sein sollte. Aaron sagte unbefangen: »Ich möchte Stella begrüßen. Ist sie oben?« Lysbeth wusste nicht, was sie antworten sollte. Da stieg er schon die Treppen hinauf. Lysbeth folgte ihm. Ihr Herz krampfte sich zusammen, als sie bemerkte, wie mühsam er sich Stufe für Stufe hochschleppte.

Aus dem Wohnzimmer drangen Geräusche, die Lysbeth fremd vorkamen. Offenbar hatte Stella Besuch. Aaron öffnete die Tür, Lysbeth lugte an ihm vorbei ins Zimmer. Da saß Stella mit einem dunkelhäutigen, fast kaffeebraunen Mann am Tisch. Er trug eine englische Uniform.

Als Stella Aaron erblickte, flog sie ihm entgegen. Ungeachtet seiner offenkundigen Verdrecktheit drückte und herzte sie ihn, küsste ihn ab und stellte ihn dem Farbigen vor: »This is Aaron, my sister's husband«. Sie wies auf Lysbeth. »Und das ist Bobby B. Cole«, erklärte sie. »Der zukünftige ›husband‹ meiner Tochter Angela.« Sie wirbelte im Zimmer herum, stellte zwei Gläser auf den Tisch und füllte sie mit Rotwein.

»Willkommen, Schwager, wie wundervoll ist es, dass wir uns jetzt endlich wiedersehen.«

Aaron und Lysbeth setzten sich an den Tisch und fügten sich in die Unterhaltung zwischen Stella und dem englischen Soldaten ein, als käme Aaron nicht aus Theresienstadt, sondern gerade aus der unteren Etage nach oben. Was sie erfuhren, war aber auch so aufregend, dass beide ganz vergaßen, an Aaron zu denken.

Bobby B. Cole erzählte, dass Angela und die Kinder, also Roberta und die beiden deutschen Kinder Helene und Philip Rothermund, den Krieg in Südengland verbracht hatten, wo Anthony ein Sommerhaus gekauft hatte. Dass es ihnen zwar nicht unbedingt gutgegangen sei, weil die Engländer keine große Sympathie für Deutsche, auch nicht für deutsche Kinder, gezeigt hatten, aber dass sie den Krieg gesund überlebt hätten. Anthony allerdings lag verwundet im Krankenhaus. Stella hatte feuerrote Wangen vor Aufregung. Sie wollte alles von Anthony wissen, aber Bobby konnte ihr nicht viel erzählen. Er wusste nur, dass Anthony in Bremen im Krankenhaus lag. Er wusste es nicht einmal von Anthony selbst, sondern von einem gemeinsamen Freund. Anthony hatte eine Schussverletzung erlitten, war aber wohl nicht in Lebensgefahr.

Bobby hatte sich auf eigene Faust zu Stella begeben, er hatte beschlossen, sich über das Verbot, mit Deutschen zu sprechen, hinwegzusetzen, weil er davon ausging, dass es für Anthony von großer Heilwirkung sein würde, wenn Stella ihn besuchen käme, und weil er außerdem Angelas Auftrag im Ohr hatte, ihre Mutter so schnell wie möglich zu informieren, dass es ihr gutging. Er selbst war in Lübeck stationiert, und er hatte eine günstige Gelegenheit abpassen müssen, um nach Hamburg zu fahren.

Aaron und Lysbeth wurden von Stellas Aufregung angesteckt. Aber auch für sie beide war der Tag sehr aufregend gewesen. Das alles führte dazu, dass beide von dem Rotwein tranken, obwohl Lysbeth an diesem Tag fast nichts und Aaron seit dem Zeitpunkt seiner Deportation aus Hamburg kaum etwas gegessen hatte.

Erst als Bobby sich Lysbeth und Aaron zuwandte und sagte: »I heard you came from Theresienstadt today«, wurde es Lysbeth und Stella und sogar Aaron wieder bewusst, um was für einen besonderen Tag es sich handelte. Und jetzt erst begriff Lysbeth, dass es völlig unverantwortlich war, Aaron Alkohol trinken zu lassen. Sie schalt sich laut: »Den ganzen

Tag lang verhalte ich mich schon, als wäre ich ein dummes Mädchen und keine erwachsene Frau. Aaron, du musst etwas essen.« Aber Stella war ihr schon zuvorgekommen. Sie rannte nach unten in die Küche und kam mit einem Topf zurück, der in warme Decken gewickelt war. Ein wundervoller Duft zog durch den Raum, als sie den Deckel lüftete. »Hühnersuppe«, verkündete sie triumphierend. »Jonny und ich haben heute Morgen ein Huhn geschlachtet. Wir dachten, dass Aaron unbedingt etwas Gutes zu essen haben muss. Et voilà!« Sie zauberte Teller auf den Tisch, und im Nu saßen alle vor einem Teller Hühnerbrühe.

Aaron erkundigte sich nach Jonny, und Stella antwortete: »Verschwunden, als Bobby eine halbe Stunde vor euch ins Haus trat. Und wenn du nach Cynthia und Eckhardt fragst, die haben sich den ganzen Tag schon in Luft aufgelöst. Ich glaube, denen macht es zu schaffen, das richtige Verhalten an den Tag zu legen, wenn sie dir begegnen.« Sie grinste spitzbübisch. »Sogar zu ihnen ist vorgedrungen, was in den KZs passiert ist. Sie sagen zwar, wie alle, sie hätten von nichts gewusst, aber dir jetzt heute gleich zu begegnen war ihnen wohl zu unheimlich.«

Aaron lächelte. »Dir aber auch, oder?«, ulkte er. »Sonst hättest du mich doch mit abgeholt.« Stella hob protestierend die Hände. »Was glaubst du? Deine Frau hat aus dem Abholen eine Geheimmission gemacht. Niemand durfte mit.« Aaron sah fragend zu Lysbeth. Er hatte feuerrote Wangen bekommen, und Lysbeth schalt sich einmal mehr, wie sie es zulassen konnte, dass er Wein trank. Sie nickte schuldbewusst. »Ich wollte dich allein abholen, Aaron. Ich habe mich so entsetzlich gefreut.«

Da erkundigte sich Stella nach Aarons Fahrt, und er erzählte. So erfuhr auch Lysbeth endlich, was Aaron in den letzten vier Tagen erlebt hatte. »Die Fahrt war eine Tortur«, gestand er. »Es gab keine regelmäßigen Übernachtungen, Verpflegung war wohl geplant, aber erfolgte nicht. Von der Tschechoslowakei ging es durch die amerikanisch besetzte Zone, in die russische und später in die englisch besetzte Zone, überall an der Grenze Kontrolle für unsere Notausweise. Wir mussten Umwege machen, weil Brücken zerstört waren. Die Lastwagen, die geschickt wurden, waren vorher nicht geprüft worden, und es gab Pannen, ungeplante Aufenthalte. Ein Wagen fuhr sogar in einen Graben. Unser Weg ging über Leitmeritz – Komotau – Karlsbad – Plauen – Gera – Halle – Merseburg – Magdeburg und durch die Lüneburger Heide. Die Wagen fuhren in Kolonne, die Führung machte Walter Koppel. Ein netter Mann, ich hab mich ein wenig mit ihm unterhalten. Er war im KZ Fuhlsbüttel gewesen. Zeitweilig verloren die Lastwagen sich aber doch aus den Augen. Es war entsetzlich anstrengend, schon allein stundenlang auf den harten Bänken zu sitzen. Das war auch für die Jüngeren schlimm, von den Alten gar nicht zu reden. Bei mir war eine junge Frau, die immer wieder ohnmächtig wurde. Zwischendurch konnte ich ihr bei einer Rast einen Platz im Sanitätswagen beschaffen, wo sie liegen konnte, aber dann wurde sie zu uns zurückgebracht, weil ich Arzt bin. Eine kleine Extra-Aufgabe sozusagen. Etwas Proviant hatte man uns mitgegeben, die versprochenen Mittagsmahlzeiten blieben aber aus, es war nichts für uns vorbereitet worden. Zwischendurch ging ich in Dörfern, in denen wir vorbeikamen, Milch erbetteln. Nachts kampierten wir im Freien auf einer Wiese. Es war ja wenigstens verhältnismäßig warm. Einmal wurden wir in der Nacht von einem Gewitter überrascht, was einige von uns vor Übermüdung sogar verschliefen. Den letzten Rest der Fahrt fuhren die Wagen ziemlich schnell. Ich glaube, die Fahrer wollten ebenso dringend nach Hause wie wir. Die Stimmung stieg zusehends, und so schwach, wie wir waren, als wir nach Hamburg hereinkamen, haben alle gejubelt.«

Als Aaron dann aber nach seiner Zeit in Theresienstadt gefragt wurde, verschloss sich sein Gesicht. »Ich habe dort als Arzt gearbeitet«, sagte er, und Lysbeth vernahm besorgt, dass er zu lallen begann. »Und es war gut, dass ich dort war. Alles andere erzähle ich später.«

Lysbeth entschied, dass nun Schluss sein musste. »Wir gehen ins Bett«, bestimmte sie. Aaron fragte verlegen, ob er sich in Stellas Badezimmer waschen dürfe. »Ich bin so schmutzig«, bekannte er leise und beschämt. »Und Flöhe und Läuse habe ich sowieso.« Stella kratzte sich unwillkürlich am Kopf. Lysbeth sagte unglücklich: »Ich bin so entsetzlich unaufmerksam.« Es war um diese Zeit unmöglich, für Aaron ein warmes Bad zu richten. Es gab kein heißes Wasser, es gab kein Gas und keine Elektrizität. Den Ofen zu heizen hätte jetzt zu lange gedauert. Aaron lachte betrunken auf, als er ihre Sorgen vernahm. »Ich weiß gar nicht mehr, wie fließendes Wasser sich anfühlt, meine Liebe. Wenn ich mich mit kaltem Wasser waschen darf, ist das für mich der höchste Genuss.« In seinen Augen flackerte Scham auf, als er bat: »Holst du mir frische Wäsche hoch und trägst meine Sachen in den Garten? Ich möchte sie verbrennen.«

So geschah es. Lysbeth hatte am Morgen ihr Bett frisch bezogen, und nun holte sie frische Nachtwäsche für Aaron und einen Bademantel und Hauspantoffeln. Sie warfen Aarons gesamte Kleidung und seine Schuhe aus dem Fenster in den Garten, wo sie etwas Ungeziefervernichtungsmittel drübergossen und Bobby Streichhölzer spendete, um die Sachen in Brand zu setzen. Aaron, der sich mit einer Bürste von Kopf bis Fuß geschrubbt hatte, nachdem er Lysbeth strikt verboten hatte, es für ihn zu tun, saß im Bademantel auf einem Gartenstuhl und blickte in die Flammen. Lysbeth fragte sich, was in ihm gerade vorging, aber sie hielt sich scheu zurück. Sie hatte an diesem Tag so viel falsch gemacht. Dem wollte sie nichts mehr hinzufügen.

Als Aaron und sie endlich im Bett lagen und einander umarmten, kroch kalte Angst in ihre Brust. Aaron war wenig mehr als ein Skelett. Er war bereits dünn gewesen, als er abgefahren war, aber das hier war kein Vergleich zu damals. Gab es nicht eine Grenze, unter die das Körpergewicht nicht sinken sollte? Als hätte Aaron ihre Gedanken vernommen, sagte er: »Mach dir keine Sorgen, meine geliebte Lysbeth. Ich bin bald wieder ein richtiger Mann. Bis dahin musst du dich noch ein wenig gedulden.« Womit sollte sie sich gedulden, fragte sie sich. Da begriff sie: Er sprach davon, dass er zu schwach war, um mit ihr Liebe zu machen. Sie fing an zu weinen und küsste ihn am ganzen Körper. »Aaron, Aaron«, stammelte sie. »Ich gedulde mich bis in alle Ewigkeit, wenn du nur bei mir bleibst und nie wieder fortgehst.« Er lachte leise. »Hoffentlich bekommst du nicht mein Ungeziefer. Die Juckerei war das Allerschlimmste.« Im nächsten Augenblick war er eingeschlafen und schnarchte leise.

Lysbeth lag noch lange wach. Sie hütete seinen Schlaf.

Nun war es Stella, die den Bürgermeister aufsuchte. Mit Jonnys Unterstützung hatte sie einen Termin bei ihm bekommen. Sich direkt an die englische Besatzungsmacht zu wenden, traute sie sich nicht. Sie hatte zwar, wie viele andere Hamburger, im Mai vorsichtig die englischen Soldaten auf den Straßen und vor allem in ihrer Kippingstraße beobachtet, sie war auch zur Esplanade gegangen, die voll englischer Soldaten und ihrer Fahrzeuge war, und sie hatte mit anderen neugierig beobachtet, wie die »Sieger« Biwak auf der Moorweide machten. Der englische »Town-Major« residierte im Hotel *Vier Jahreszeiten*, die davor liegende Straße Neuer Jungfernstieg wurde für Hamburger gesperrt. Insgesamt machten die Engländer überdeutlich, dass sie mit den

Hamburgern nichts zu tun haben wollten und dass sie die Deutschen kollektiv für Abschaum hielten.

Stella hatte sich so gekleidet, wie sie es für einen Besuch bei dem hanseatischen Kaufmann Petersen für richtig hielt. Es war sommerliches Wetter, also trug sie ein blaues Sommerkostüm mit einer weißen Bluse. Auf den Kopf hatte sie einen kleinen blauen Hut gesetzt, den ein weißes Band mit einer Schleife zierte. Sie war gekleidet, wie man vor dem Krieg in den Kreisen auszusehen hatte, in denen Petersen und auch Jonny verkehrt hatten. Petersen war der Vorsitzende der Handelskammer gewesen, bis ihm dieses wie auch andere Ämter weggenommen worden waren, weil er Halbjude war.

Er war höflich, aber er machte überaus distanziert deutlich, dass seine Zeit begrenzt und also kostbar war. Stella kam sofort zur Sache. »Ich brauche eine Transportmöglichkeit und eine Erlaubnis, in Bremen den Schriftsteller Anthony Walker zu besuchen, der mit einer Schussverletzung im Krankenhaus liegt.« Sie hatte sich vorher überlegt, wie sie die Dringlichkeit für diesen Besuch erklären könnte. Nun sagte sie auf Petersens leicht ironische Frage: »Soso, das brauchen Sie. Und warum ist das so wichtig?« »Er ist mein Schwiegersohn. Meine Tochter Angela ist mit ihm verheiratet. Meine Tochter ist mit ihrer Tochter vor den Nazis nach England geflohen. Sie hat in Spanien gegen Franco gekämpft und ist dort schwer verwundet worden.« Sie hatte lange überlegt, ob sie Angelas Kampf in Spanien erwähnen sollte, denn Petersen gehörte zu den Konservativen. Aber er hatte auch den Kommunisten Dettmann in seinen Senat geholt, und insofern war Stella zu dem Ergebnis gekommen, dass alles, was ihre Aversion gegen die Nazis unterstrich, von Vorteil sein würde. Petersen versprach zu prüfen, was sich machen ließe. Und damit war Stella entlassen.

Ihre Geduld wurde auf eine harte Probe gestellt. Sie hörte nichts. Weder vom Bürgermeister noch von den britischen Besatzern noch von Anthony selbst. Der hat doch auch die Möglichkeit, sich irgendwie bei mir zu melden, dachte sie traurig. Wenn er nicht lebensgefährlich verletzt ist, kann er doch Kontakt zu mir aufnehmen, Fraternisierungsverbot hin oder her.

Sie war entsetzlich nervös. Ihr Magen war wie zugeschnürt. Also fiel ihr kaum auf, dass es nur sehr wenig zu essen gab, weil die Engländer die Lebensmittelration auf wenig mehr als tausend Kalorien beschränkt hatten. Sie zermarterte sich den Kopf, wie sie es anstellen könnte, nach

Bremen zu gelangen und Anthony zu besuchen. Aber es schien ihr, als wären alle Wege versperrt. Auch Bobby war aus Lübeck nicht wieder aufgetaucht, das Einzige, was er hinterlassen hatte, war Anthonys Adresse in Bremen.

Sie überlegte, sich in Bremen ins Krankenhaus hineinzuschmuggeln, irgendeine Lüge würde ihr schon einfallen. Oder sie müsste den Pförtner, der sicherlich ein Soldat war, auf die eine oder andere Weise bestechen. Aber ihre Angst war zu groß, dass Anthony selbst sie hinauswerfen würde.

Die Positionen zwischen ihnen hatten sich verschoben. Waren sie früher Mann und Frau, Liebende, Geliebte, Menschen gewesen, so waren sie jetzt Sieger und Besiegte. Auch wenn Stella leidenschaftlich den Untergang der Nazis herbeigewünscht hatte, so gehörte sie doch zum besiegten deutschen Volk. Auch sie wurde von der englischen Besatzung als »Deutsche« angesehen, und »Deutsche«, das waren Nazis, die Verbrechen begangen hatten, die sich nur ein krankes Hirn ausdenken konnte. Ein Volk mit kranken sadistischen Allmachtsphantasien, die ausgelebt wurden, sobald es die Macht dazu hatte.

Seltsamerweise fühlte Stella sich seit dem Untergang der Nazis dem deutschen Volk zugehöriger, als sie es während der vergangenen zwölf Jahre getan hatte. Wie sollte sie sich auch herausheben? Sollte sie ein Schild auf ihre Brust kleben: Ich war dagegen? Ohnehin würde sie sich auch damit nicht von den anderen unterscheiden. Neuerdings waren alle dagegen gewesen.

Sie hatte große Angst, dass Anthony sie verachten würde, wie viele der englischen Soldaten, denen sie auf der Straße begegnete oder denen sie ihren Ausweis vorlegen musste, sobald sie die Seite der Kippingstraße betrat, wo die Soldatenmesse lag und wo sie selbst wohnte. Sie hatte entsetzliche Angst davor, dass Anthony und sie nie wieder wie Freunde miteinander sprechen könnten, den Gedanken an Liebe hatte sie ohnehin bereits aufgegeben und völlig aus ihrem Kopf verbannt. Aber sie kannte sich selbst gut genug, um zu wissen, dass sie ihm, sollte er ihr als Deutscher feindselig begegnen, die Tötung von Abertausenden von Frauen und Kindern entgegenschleudern würde, ja, sie würde ihm vorhalten, dass es englische Bomberpiloten gewesen waren, die die KZ-Häftlinge auf den Schiffen getötet hatten. Sie hatte furchtbare Angst vor einem Streit mit Anthony, der in einem unüberbrückbaren Graben zwischen ihnen enden konnte.

Letztlich gab diese Angst wohl auch den Ausschlag dafür, dass sie nichts weiter unternahm, als auf einen Bescheid des Bürgermeisters zu warten. Sie strengte weder ihre Phantasie noch weitere Kontakte an. Sie wartete ab – und war dabei nicht einmal besonders ungeduldig.

Mitte Juni hatte Feldmarschall Montgomery den englischen Soldaten bereits erlaubt, mit deutschen Kindern zu sprechen. Am 14. Juli gab er dann die Erlaubnis, dass sie auch mit deutschen Erwachsenen sprechen durften. Stella überlegte, was das für sie bedeutete. Zumindest konnte sie dem Pförtner in Bremen erklären, was sie wollte, ohne Gefahr zu laufen, dass er sich stumm abwenden würde. Und dann? Und wieder wartete sie.

Lysbeth fragte anfangs, wie es bei Petersen ausgegangen war, dann fragte sie noch einmal und dann noch einmal. Dann betrachtete sie ihre Schwester zuweilen mit einem aufmerksamen Blick, aber sie fragte nicht mehr. Sie war aber auch sehr beschäftigt. Ihr Tag war von morgens bis abends ausgefüllt. Sie musste Lebensmittel besorgen, die über die Kontingente der Lebensmittelmarken hinausgingen, andernfalls hatte sie Angst, gemeinsam mit Aaron zu verhungern.

Ein Normalverbraucher erhielt laut Erlass der Besatzer pro Woche nur 1,7 Kilogramm Brot, ⅞ Liter Milch, 2,5 Kilogramm Kartoffeln, 15 Gramm Käse, 150 Gramm Fleisch, 100 Gramm Fett, 200 Gramm Zucker, 100 Gramm Marmelade und 125 Gramm Nährmittel (zum Beispiel Sojaflocken). Das ergab nur 1206 Kalorien täglich. Es gab einfach keine Lebensmittel. Die dünnbesiedelten ländlichen Regionen, die Ballungsräume wie Hamburg versorgt hatten, waren inzwischen mit Hunderttausenden von Flüchtlingen belegt. Und wie sollte die Ernte auch nach Hamburg kommen? Die Bahngleise waren verwüstet, die Lokomotiven zerschossen, nur wenige Lastwagen einsatzfähig. Im Juni waren es gerade mal fünfzehn Lastwagen gewesen, die Kartoffeln nach Hamburg gebracht hatten; gebraucht hätte man aber mindestens fünfzig. Den Deutschen war auch jegliche Seeschifffahrt verboten; außerdem war die Nordsee vermint. Also kam auch kein Fisch in die Stadt. Als im Juli 1945 endlich Fischdampfer den verwüsteten Hamburger Hafen verlassen durften, fehlte es an Kohlen für die Maschinen.

Lysbeth fragte sich, wie sie mit diesen erbärmlichen Rationen Aaron wieder aufpäppeln sollte. Außerdem mangelte es an Gas und Elektrizität. Und sie wusste schon jetzt, dass es im Winter noch furchtbarer werden würde, denn dass es kein Heizmaterial geben würde, stand schon jetzt fest.

Aber gleichzeitig veränderte sich die Situation fast täglich. Die Elbbrücken wurden wieder frei. Der Eisenbahnverkehr entwickelte sich.

»Stella, ich glaube, du kannst bald mit der Bahn nach Bremen fahren«, sagte Renate Wenz. Sie war so umtriebig wie nie zuvor. Und sie war es auch, die dafür sorgte, dass Aaron ganz allmählich etwas an Gewicht zulegte. Sie fuhr in die umliegenden Dörfer, überall dorthin, wo sie einen Menschen kannte, der sie wieder weiterempfehlen konnte. Sie bot ihre Dienste als Kartenleserin, Astrologin und Wahrsagerin an – die Engländer hatten das nicht verboten – und zog dabei ihre Kreise weiter und weiter. Im Austausch gegen ihre Dienste erhielt sie Lebensmittel und brachte manchmal Kartoffeln, manchmal Speck, manchmal Eier mit. »Das sind nicht mal Hamsterfahrten«, sagte sie. »Das ist ein Austausch, Arbeit gegen Entlohnung.« Allerdings lief sie die gleiche Gefahr wie alle anderen, die Hamsterfahrten nach Schleswig-Holstein unternahmen. Wenn sie bei einer Razzia erwischt wurde, kam sie mit leeren Händen nach Hause.

28

Eckhardt und Cynthia beschlossen, sich wieder auf die Windhundzucht zu verlegen. Sie weigerten sich, Hamsterfahrten zu unternehmen – was sollten sie auch anbieten? –, aber sie spekulierten auf Leute, die nach wie vor reich waren. Blankenese und manche Villengegenden an der Alster sahen aus, als hätte es nie Krieg und Zerstörung gegeben. Dort waren ganz sicher Portemonnaies und Speisekammern nach wie vor prall gefüllt. Windhunde waren Hunde für reiche Leute, elegant, geschmeidig und zart, die würden Cynthia und Eckhardt gegen Lebensmittel und Kohlen eintauschen können, das war zumindest ihre Hoffnung.

Sie waren als Einzige im Haus mit ihrem großen grünen Kachelofen unabhängig von Gas und Elektrizität. Aber der Kachelofen musste mit Brennmaterial gespeist werden. Bereits im Sommer sorgten sich alle um den Winter. Auch Bürgermeister Petersen sprach Warnungen aus, dass die Hamburger nicht erwarten sollten, von den Besatzern mit Kohlen versorgt zu werden.

Cynthia und Eckhardt setzten ihre Hoffnung auf die Windhunde. So erkundigten sie sich im Windhundverein nach Rüden, die zum Decken eingesetzt wurden, erhielten einige Angebote und entschieden sich für den, dessen Besitzer keine Lebensmittel oder sonstiges unerschwingliches Entgelt verlangte, sondern nur an einem Weibchen aus dem Wurf interessiert war, weil er selbst mit einer kleinen Zucht beginnen wollte. Bei der nächsten Läufigkeit ihrer einen Hündin, die sich seltsamerweise direkt im Mai bei Kriegsende einstellte, schlossen sie den Rüden und die Hündin des Nachts gemeinsam in der Küche ein und nahmen die andere Hündin mit in ihr Schlafzimmer. Es gab zwar für Haustiere noch weniger Nahrung als für Menschen, aber Cynthia war überaus findig darin, den Hunden Fressen zu besorgen, und seien es Ratten, von denen es in den Trümmern genügend gab und denen sie Fallen aufstellte, die Eckhardt dann leeren musste. Eckhardt war nicht in der Lage, die Tiere zu zerteilen und den Hunden hinzuwerfen. Cynthia aber nahm das kleine Küchenbeil, stellte sich mit Handschuhen in den Garten und legte die toten Tiere auf einen Holzklotz, wo sie sie zerteilte. Anfangs hatten die Hündinnen, gewohnt, Gekochtes zu essen, sich geweigert, das rohe Fleisch zu vertilgen, aber inzwischen waren sie es schon gewohnt, und die trächtige Hündin verschlang, was sie nur kriegen konnte.

Am Sonntag zogen sich Cynthia und Eckhardt schön an und begaben sich zu den Orten, wo viele andere Hamburger trotz aller existentiellen Nöte mit ihnen gemeinsam genossen, was sie in ihrer Freizeit erleben konnten. Ob in *Planten un Blomen*, am Elbufer bei Blankenese oder in *Hagenbecks Tierpark* – Spaziergänger und Ausflügler schlenderten im Sonntagsstaat über die Wege. Das Glück, ohne Angst vor einem Bombenangriff durch die Stadt flanieren zu können, stand allen ins Gesicht geschrieben. Auch Cynthia erholte sich zusehends von ihrer Angst vor den Bombardierungen, und es dauerte nicht lange, da konnte sie sich gar nicht mehr daran erinnern, dass sie jemals für Hitler geschwärmt hatte. Auch vor dem Krieg war sie schon gemeinsam mit Eckhardt Mitglied im Tierschutzbund gewesen, und nun entdeckten beide ihre begeisterte Tierliebe wieder.

Im Mai schon begannen sie damit, fast jeden Sonntag den Zoo zu besuchen. Sie zahlten dreißig Pfennig Eintritt, und dann begaben sie sich auf ihren immer gleichen Rundweg. Dabei war *Hagenbecks Tierpark* nur noch ein trauriges Relikt seiner selbst. Viele Tiere waren im Bombenhagel verendet, andere waren nach den Angriffen ziellos durch die Ruinen geirrt. Sie waren aber größtenteils wieder eingefangen worden. Da es an Frischfleisch für die Raubkatzen fehlte und an Fischen für die Robben, hatten viele Tiere erschossen werden müssen. Von den zweihundert Flamingos hatten nur dreizehn den Krieg überlebt. Die Elefanten ruhten sich im Gehege von ihrer Arbeit aus. Sie halfen beim Wiederaufbau, indem sie schwere Trümmer aus den Ruinen zerrten. Aber der Tierpark stand noch, und das genossen Cynthia und Eckhardt gemeinsam mit vielen tausend anderen.

Dass die Theaterlandschaft verödet aussah – sechs der neun Theater waren ausgebombt –, störte Cynthia und Eckhardt nicht so sehr. Aber als Ende Juli zehn Lichtspielhäuser wieder öffneten, stellten sie sich schon am Morgen nach Karten an. Im *Atlantik* lief *Ich vertraue dir meine Frau an*, im *Capitol* gab es *Gefährtin meines Sommers*, in der *Filmburg Das Bad auf der Tenne*. All das waren seichte, politisch unbedenkliche Filme aus der NS-Zeit, und Cynthia und Eckhardt fielen für die Zeit der flimmernden Bilder in eine wohltuende Trance des Vergessens.

Am 30. Juli wurden fünfhundert Telefonanschlüsse für auswärtige Telefongespräche freigegeben. Stella meldete sich sofort. Und zu ihrem großen Erstaunen erhielt sie im Nu eine Bestätigung und Erlaubnis. Sie war überglücklich und fühlte sich richtig auserkoren. Später erst erfuhr sie, dass sich nur vierundzwanzig Interessierte gemeldet hatten, darunter zwei in der Kippingstraße, nämlich die Solmitz und sie. Die Solmitz fieberten einem Zusammentreffen mit ihrer Tochter entgegen. Bald würde der kleine Richard wieder zu seiner Mutter kommen. Aber noch war Kontakt ins Ausland nicht möglich. Zum Glück begann der Briefverkehr mit dem übrigen Deutschland zu funktionieren.

Wenn es nach Lysbeth gegangen wäre, wären alle Lebensmittel im Haus, ob die auf Marken oder die von Renate »organisierten«, für Aaron gewesen, aber es gab viele hungrige Mäuler. Außerdem besuchten sie täglich die kranke Rose und deren Familie und brachten denen immer etwas zu essen mit.

Renate schlug ihr vor, mit ihr gemeinsam über die Dörfer zu ziehen und ihre Dienste als Heilerin anzubieten. »Es ist verboten, als Arzt oder Heiler herumzuziehen«, erklärte sie der Freundin wie bereits beim letzten Mal, als Renate es ihr vorgeschlagen hatte. Aber Renate widersprach: »Wo kein Kläger ist, ist kein Richter. Und die Nazi-Gesetze sind außer Kraft. Bei den Richtern müssen sie erst mal aufräumen, das waren doch alles Nazis. Also gibt es gerade sogenannte rechtsfreie Räume …«

Lysbeth lachte amüsiert auf. »Woher hast du denn dieses Wort?« Renate reckte sich würdevoll auf und versuchte, auf Lysbeth hinabzublicken, was ihr schwerfiel, weil sie um einiges kleiner war als diese. »Zu meinen Kunden gehört auch ein Rechtsanwalt. Der hat mir das erklärt.« Lysbeth war beeindruckt. Aber sie war trotzdem nicht bereit, wie eine Marketenderin mit ihrer Kunst durch die Lande zu ziehen. Lieber wollte sie Aaron wieder zur Seite stehen, aber noch war das nicht möglich, denn er brauchte eine erneute Zulassung als Arzt, die er bereits bei der Ärztekammer beantragt hatte.

Aufmerksam verfolgte er die Entwicklung in der Ärzteschaft in Hamburg, besuchte Kollegen, als Erstes Dr. Bertold Hannes, der im Israelitischen Krankenhaus in der Johnsallee unter äußerst schwierigen Verhältnissen einen Notbetrieb aufrechterhielt. Er mühte sich um einen Neuanfang und versuchte, das Israelitische Krankenhaus trotz aller Mittelknappheit weiterzuführen. Die beiden freuten sich sehr, einander wiederzusehen, und griffen sofort das Du wieder auf, in das sie gefallen waren, als Aaron bei Bertold Hannes Unterstützung bekommen hatte gegen die Herren Schallert und Göttsche. Von Bertold Hannes erfuhr Aaron auch, dass Claus Göttsche sich mit einer Zyankalikapsel das Leben genommen hatte, als britische Besatzungstruppen ihn in Blankenese verhaften wollten.

Dann ging Aaron in das Universitätskrankenhaus, das entsetzlich bombengeschädigt war, und besuchte die wenigen Ärzte, die sich für jüdische Kollegen verwendet hatten. Und danach suchte er einige Bekannte in ihren Praxen auf.

Alle Ärzte, mit denen Aaron sprach, waren in Aufbruchsstimmung. In den ersten Wochen nach der Besetzung der Stadt durch die Engländer hatte es radikale Wechsel gegeben, und alle glaubten, dass eine gründliche Erneuerung der Strukturen und ein Bruch mit der nationalsozialistischen Vergangenheit greifbar schienen. Die Militärregierung hatte wenige Tage nach der Besetzung die leitenden Funktionäre des

Hamburger Gesundheitswesens sowie der Ärzteschaft abgesetzt. Sie hatte zuerst sogenannte unbelastete Deutsche in die Gesundheitsverwaltung und in die standespolitische Vertretung eingesetzt. Auf diese Weise waren politische Gegner der Nazis in Führungspositionen gekommen, wie zum Beispiel das KPD-Mitglied Friedrich Dettmann.

Schon am 16. Mai waren neun Mitglieder der im Jahre 1933 aufgelösten Ärztekammer zusammengetreten, um vorerst kommissarisch die Geschäfte zu übernehmen. Einige Tage später hatten sich im Schwesternhaus des Universitätskrankenhauses etwa hundertfünfzig Ärzte zusammengefunden und per Wahl das neue Gremium bestätigt. Mit Erich Röper und Ernst Wolffson waren dort zwei Ärzte vertreten, die selber als Mischlinge von der Verfolgung nichtarischer Ärzte betroffen gewesen waren.

Schon vor Kriegsende hatte sich an der medizinischen Fakultät ein »Ausschuss für die Übergangszeit« zusammengefunden, der für sich beanspruchte, nach dem Ende der Nazi-Ära eine politische Säuberung an der Fakultät durchzuführen. Dieser Zusammenschluss aus einigen Professoren und Dozenten gruppierte sich um den Ordinarius für Kinderheilkunde Rudolf Degkwitz. Der wurde gleichzeitig durch die Militärregierung zum Leitenden Beamten der Gesundheitsbehörde unter Friedrich Dettmann ernannt.

Degkwitz hatte in die Wege geleitet, dass jeder Hamburger Arzt Ende Juni 1945 einen Fragebogen der Hamburger Ärztekammer zur Mitgliedschaft in der NSDAP und ihren Untergruppierungen auszufüllen hatte. Das Ziel war, die ehemaligen Nazi-Ärzte zu suspendieren, auch auf die Gefahr hin, dass die Gesundheitsversorgung darunter leiden würde.

Eine Gruppe von etwa hundertzwanzig Ärzten hatte sich um Gesundheitssenator Friedrich Dettmann gebildet. Sie nannte sich *Arbeitsgemeinschaft der sozialistischen Ärzte* und bestand aus einem Zusammenschluss von kommunistischen und sozialdemokratischen Ärzten. Sie hatten vor 1945 Nachteile oder sogar Verfolgung erlitten und warteten nun, ebenso wie Aaron, auf eine neue Zulassung. Aaron ging zu einigen Treffen der Gruppe und kam jedes Mal erschüttert nach Hause. Was er dort hörte, verärgerte und verletzte ihn zutiefst. Bekannte Nationalsozialisten führten unangefochten ihre Kassenpraxis weiter, während diejenigen, denen die Zulassung aberkannt worden war, nicht praktizieren konnten, sondern ewig auf eine Zulassung warten mussten. Aaron war erst am 30. Juni nach Hamburg gekommen, in der Gruppe gab es nicht wenige, die seit Mai auf ihre Zulassung warteten.

Er begriff bald, dass die große Mehrheit der Ärzteschaft die Zeit des Nationalsozialismus als fremdbestimmte Phase, als eine unglückliche Verirrung abtun wollte. Aber an der Medizinischen Fakultät gab es eine aufregende Umsturzstimmung. Ein Ausschuss aus regimekritischen Studenten und Professoren hatte mit der Neuregelung der Verhältnisse nach dem »Zusammenbruch« begonnen. Vierzehn planmäßige Professoren, neunzehn außerplanmäßige und siebzehn Dozenten wurden bald entlassen, pensioniert oder suspendiert.

Nicht viele der Ärzte, die von den Nazis verfolgt worden waren, hatten überlebt und wagten nun einen Neuanfang in Hamburg. Für sie endete mit dem Kriegsende die Zeit beständiger Bedrängnis, in der sie täglich um ihr eigenes Leben hatten fürchten müssen. Ihr Verhältnis zu den Kollegen und zu Hamburg war tief gestört. Sie diskutierten untereinander darüber, wie sie nun wieder ein kollegiales Verhältnis zu den Ärzten pflegen sollten, die sich vor 1945 nicht nur nicht solidarisch gezeigt hatten, sondern zum Teil aktiv daran beteiligt gewesen waren, dass den missliebigen Ärzten ihre Praxis, also ihre Lebensgrundlage, entzogen worden war.

Aaron beobachtete alles sehr aufmerksam. Er hatte mit Lysbeth nicht über seine Zeit in Theresienstadt gesprochen, und sie hatte bald begriffen, dass er keine Worte dafür fand. »Irgendwann erzähl ich dir, was ich erlebt habe«, hatte er gesagt. »Jetzt kann ich es noch nicht. Ich weiß nicht mal, warum, aber es geht einfach nicht.« Aber so ganz allmählich, häppchenweise, erfuhr Lysbeth von den widersprüchlichen Gefühlen, mit denen Aaron zurückgekommen war. Es war nicht nur Wut und Hass und Grauen, es war auch noch etwas anderes. Und dieses andere war für Aaron schwerer zu fassen. »Ich bin da manchmal sogar so was Ähnliches wie glücklich gewesen«, gestand er Lysbeth eines Nachts. Es war tief dunkel im Zimmer, sie hatten einander gestreichelt und geküsst, auch drei Wochen nach seiner Rückkehr war Aaron körperlich noch nicht wieder kräftig genug für den Liebesakt. Lysbeth hatte es unendlich genossen, die wundervollen empfindsamen Hände ihre Mannes auf sich zu spüren und ebenso seine Haut und alles was darunter lag mit ihren Händen zu tasten und zu erfassen.

Sie erschrak, als sie seine Worte hörte. Aaron, glücklich, in der Hölle? Sie konnte keinen Ton herausbringen, sie wusste nicht, was sie nun tun sollte, welche Frage stellen, da fügte er schon leise, kaum hörbar, hinzu: »Ich habe dort den Sinn für mein Leben unmittelbar vor Augen gehabt. Meine Liebe zu dir gibt meinem Leben Sinn. Dort habe ich begriffen, dass Liebe der letzte Sinn der menschlichen Existenz ist. Und die Absicht, zu dir zurückzukommen, hat mich aufrecht gehalten und war unglaublich wichtig. Aber gleichzeitig war es ohne jeden Zweifel richtig und voller Sinn, dass ich dort war.« Er spürte wohl, dass Lysbeth innerlich etwas von ihm abrückte, denn er sagte mit unterdrückter Verzweiflung: »Dort war ich Arzt, Lysbeth. Und ich handelte aus Menschenliebe. Die Bedingungen waren so furchtbar, dass wir den Körper oft sich selbst überlassen mussten, aber die Seele, der Geist, das Herz der Menschen, das konnte ich stärken, nicht heilen, aber so stärken, dass Überleben möglich wurde. Es gab dort auch Künstler, Lysbeth, Musiker, Sänger, Schauspieler. Sie haben Unglaubliches bewirkt. Es war die Hölle, aber sie haben gesungen ...« Er verstummte. Lysbeth wagte nicht zu atmen. Sie begriff, dass Aaron ihr etwas sehr Zartes anvertraut hatte, und sie spürte, wie verletzlich er sich damit gemacht hatte. Sie nahm seine Hand und legte sie auf ihr Herz, dann legte sie ihre Hand auf seines. »Ich liebe dich, Aaron«, sagte sie. Und sie spürte diese Liebe wie eine Kraft, die sich von ihrem Herzen aus ausdehnte und es geradezu sprengte. Es schmerzte sie.

Anfang August wurde bekannt, dass der weltberühmte jüdische Musiker Yehudin Menuhin gemeinsam mit einem neuen Orchester von Hans Schmidt-Isserstedt in der *Hamburger Musikhalle* ein Konzert geben würde. Im Juli hatten erste Konzerte in der *Hamburger Musikhalle* und erste Aufführungen im *Savoy-Theater* stattgefunden, wohin die Hamburger Kammerspiele gezogen waren. Der Andrang auf diese Veranstaltungen war enorm. Karten wurden ab 10.00 Uhr verkauft, bereits um 7.00 Uhr morgens bildeten sich lange Menschenschlangen vor den Ausgabestellen.

Menuhins Konzert rief sehr kontroverse Reaktionen hervor. Die jüdische Gemeinde in Hamburg war empört. Viele der ärztlichen Kollegen, mit denen Aaron neuerdings zu tun hatte, schüttelten den Kopf über dieses Unterfangen. Wie konnte Menuhin so schnell nach dem Krieg bereit sein, für die Deutschen ein Konzert zu geben? Und dazu noch mit einem Orchester, das von Hans Schmidt-Isserstedt geleitet wurde. Schmidt-Isserstedt hatte während der Nazizeit eine steile Karriere hingelegt. Zuerst hatte er zwar Schwierigkeiten bekommen, denn er war mit einer Jüdin verheiratet, mit der er auch zwei kleine Kinder hatte. Aber dann ließ er sich von ihr scheiden, wurde Erster Kapellmeister der *Staatsoper Hamburg* und wurde 1943 an die Spitze des *Deutschen Opernhauses Berlin* berufen, wo er 1944 Generalmusikdirektor wurde. Zum Führergeburtstag war ihm 1938 der Titel »Staatskapellmeister« verliehen worden. Noch im vergangenen August war er in die von Hitler genehmigte »Gottbegnadeten-Liste« der wichtigsten Dirigenten aufgenommen worden.

Die Briten hatten diesen Mann beauftragt, das Hamburger Musik- und Rundfunkwesen zu reorganisieren, und obwohl Schmidt-Isserstedt nie NSDAP-Mitglied gewesen war, war dieser Auftrag von vielen Hamburgern kopfschüttelnd kritisiert worden. In der Ankündigung zu dem Konzert in der Musikhalle wurde erzählt, dass Schmidt-Isserstedt deutsche Kriegsgefangenenlager in Schleswig-Holstein besucht habe und Musiker der während der letzten Kriegsjahre aufgelösten Sinfonie- und Opernorchester aufgefordert habe, nach ihrer Entlassung zum Vorspielen nach Hamburg zu kommen. Die Besten unter ihnen waren verpflichtet worden. So hatte Isserstedt ein Orchester aufgebaut, das aus ehemaligen Kriegsgefangenen, entlassenen Soldaten und Emigranten bestand.

Stella verstand die Welt nicht mehr, als sie von Lysbeth hörte, dass Aaron unbedingt dieses Konzert erleben wolle. Yehudi Menuhin hatte im Rundfunk erzählt, dass er wenige Tage zuvor das KZ Bergen-Belsen besucht habe. »Wir wussten ungefähr, was auf uns zukommen würde. Aber nichts hätte uns seelisch oder visuell auf das vorbereiten können, was uns erwartete.«

In der ganzen Welt, besonders in Israel, wurde gegen dieses Konzert protestiert. Aaron aber wollte es erleben. Es war für Lysbeth selbstverständlich, dass sie ihn begleitete, wenn auch mit sehr gemischten Gefühlen. Sie wusste nicht, was sie erwarten würde. Es war das Konzert eines Musikers, der während der vergangenen Jahre fast ausschließlich vor amerikanischen Soldaten aufgetreten war, und es war der erste Auftritt eines jüdischen Musikers seit zwölf Jahren in Deutschland.

Stella schwankte sehr, ob sie mitkommen sollte, dann entschied sie sich dagegen. »Ich finde es völlig unmöglich, was dieser Mann macht«, schimpfte sie. »Wir müssen in Deutschland erst mal aufräumen, und da kommt Menuhin daher und spielt mit einem, der seine jüdische Frau weggeschickt hat und Hitlers Musikknecht war. Nein, das will ich nicht erleben. Das muss man boykottieren. Auch du.« Sie wies mit dem Zeigefinger direkt auf Lysbeths Brust. Lysbeth war peinlich berührt. Stella hatte recht. Aber Lysbeth wollte Aaron auf keinen Fall allein zu dieser Veranstaltung gehen lassen. »Das musst du Aaron sagen, nicht mir«, versuchte sie, sich aus der Affäre zu ziehen.

Yehudi Menuhin spielte das Violinkonzert von Felix Mendelssohn Bartholdy. Er wurde von dem neuen Sinfonieorchester begleitet, das von Schmidt-Isserstedt dirigiert wurde. Die Geige schluchzte, klagte, jubelte, sang ewige Menschheitslieder. Lysbeth griff nach Aarons Hand, hielt sich im Sturm ihrer Gefühle an ihm fest. Als der Solist und das Orchester sich am Schluss verneigten, weinten viele der Männer. Auch im Publikum klang Schluchzen auf. Lysbeth und Aaron saßen mit verschlungenen Händen auf ihren Plätzen. Scheu blickte Lysbeth zu ihm. Auch Aaron liefen Tränen herunter.

Anschließend gingen sie schweigend Hand in Hand nach Hause. In Lysbeth tobten widerstreitende Gefühle. Sie war zwar tief bewegt und angerührt von Menuhins wundervollem Spiel, ebenso von der hingebungsvollen Begleitung der Musiker, die dort ausgemergelt und grau auf der Bühne gesessen hatten, ebenso ausgemergelt und grau wie das Publikum. Aber sie konnte Menuhin schwer verstehen. »War das nicht zu früh?«, wagte sie schließlich zu fragen und damit die Stille zwischen ihnen zu durchbrechen. »Ich weiß auch nicht«, antwortete Aaron, ohne eine Sekunde mit der Antwort zu zögern, was Lysbeth zeigte, dass er ebenso wie sie darüber nachgedacht hatte. »Aber wann ist es denn der richtige Zeitpunkt, die Hand zu reichen?«, fragte er zurück. »Menuhin hatte diesen Musikern gezeigt, dass er sie nicht verdammt, sondern bereit ist, wieder mit ihnen und so doch auch mit Deutschland einen Dialog zu führen. Und er hat es natürlich auf seine Weise getan, musikalisch.« Lysbeth versank wieder in ihren Gedanken. Da sagte Aaron: »Worum geht es denn eigentlich, Lysbeth? Der tiefste Sinn ist doch die Liebe, oder?« Lysbeth schrak auf. Die Liebe? Da fügte Aaron schon hinzu: »Ja, die Liebe. Der Nationalsozialismus hat Hass, Verachtung, Respektlosigkeit, Entwürdigung, Abwertung, Verneinung gepredigt. Das alles ist doch der genaue Gegensatz von Liebe. Liebe ist Annahme, Respekt, Würdigung, Verstehenwollen statt Verneinen oder Abwehren, Liebe bedeutet doch Offensein, auch für die eigenen widersprüchlichen Gefühle. Ich finde, Menuhins Auftritt war ein Akt der Menschenliebe.

Ich fürchte, dass wir Juden, wenn wir jetzt den Weg des Hasses gehen, irgendwann den Nazis ähnlich werden, dass wir uns dann von innen heraus vergiften. Ich bewundere Menuhin für seinen Mut. Ich glaube, ich möchte die Größe haben, diesen Weg der Liebe zu gehen.« In Lysbeths Brust bildete sich ein dicker Klumpen. Sie begann zu weinen, und dann warf sie sich an Aarons Brust und schlang ihre Arme um seinen Hals. »Womit habe ich dich verdient?«, schluchzte sie.

Als sie mit Stella am folgenden Tag über das Erlebnis sprach, wurde diese sehr zornig. »So ist es recht«, schimpfte sie. »Die Deutschen können morden, foltern, Krieg führen, ein ganzes Volk so gut wie auslöschen, und ausgerechnet die Juden wollen ihnen die Hand reichen? Nein danke, ich bin nicht dabei. Bevor diese Unmenschen, Unmenschen, weil sie sich unmenschlich verhalten haben, meine Hand gereicht bekommen, müssen sie zeigen, dass sie sich schämen, dass sie begreifen, was sie getan haben, und sie müssen zeigen, dass sie so viel wiedergutmachen wollen, wie sie können.«

»Das kann doch gar nicht wiedergutgemacht werden«, sagte Lysbeth traurig.

»Nein!«, fauchte Stella sie an. »Und deshalb werde ich den Nazis nie verzeihen, was sie angerichtet haben.«

»Aber die Musiker, die sich jetzt im Orchester zusammengefunden haben, waren doch nicht alle Nazis«, erhob Lysbeth Einspruch.

»Papperlapapp«, wischte Stella den Einwand vom Tisch. »Die Deutschen waren Nazis, die haben Hitler zugejubelt, die haben ›Ja‹ gebrüllt, die haben geklatscht, als die Juden deportiert wurden. Himmel, Lysbeth, wir waren doch dabei. Hast du das schon vergessen? Jetzt tun sie natürlich alle so, als wäre es nur ein kleines Versehen gewesen. Frag doch mal die Nachbarn, wer außer uns sich die Sendungen über die KZs überhaupt angehört hat. Plötzlich hat niemand etwas gewusst. Und sie wollen es auch jetzt nicht wissen. Lysbeth! Wach auf!«

Lysbeth schüttelte verwirrt den Kopf. Stella hatte ja recht. Und trotzdem bewunderte sie Yehudi Menuhin für seine menschliche Größe, jetzt nicht an Rache, sondern an Versöhnung zu denken. Und sie liebte Aaron für seinen Willen zur Liebe, für sein großes offenes Herz, das er nicht verschließen wollte.

Stella hatte insbesondere recht, wenn es darum ging, dass die Menschen, die Lysbeth kannte, keinen Gedanken daran verschwendeten, wie sie irgendwie wiedergutmachen könnten, was den Juden und den anderen Verfolgten angetan worden war. Alle waren damit beschäftigt, einigermaßen zu überleben. Die Wohnungsnot war entsetzlich. Die Obdachlosen wohnten in Kellern von Ruinen oder zusammengepfercht als Familien, gleichgültig wie groß, in einem Zimmer. Die Kinder gingen nicht in die Schule. Die Mütter waren mit der harten Existenzbewältigung beschäftigt. Die Kinder waren sich selbst überlassen.

Am 6. August öffneten sich nach langer Zeit zum ersten Mal wieder die Schultüren für Hamburger Kinder, zumindest jene rund hundertfünfzig Schulen, die nicht zerstört waren. Die Kinder teilten sich die erhaltenen Gebäude im Zwei-Schichten-Unterricht, eine Woche vormittags, eine Woche nachmittags. Lehrbücher gab es zunächst kaum, weil neue nicht gedruckt werden konnten und die alten voller Nazi-Propaganda waren. Per Dekret hatte Bürgermeister Petersen alle Schüler ab sechzehn Jahren angewiesen, bis zur Wiedereröffnung ihrer zerstörten Schulen täglich vier Stunden lang Trümmer zu räumen. Viele Kinder halfen so mit, ihre Lehranstalt wiederaufzubauen.

Vorher allerdings geschah etwas, das die Wolkenraths gewaltig durcheinanderbrachte. Mit der Post kam ein dicker Umschlag, der an Lysbeth und Stella Wolkenrath adressiert war. Allerdings war die einzige Frau im Haus, die den Namen Wolkenrath trug, Cynthia. Zufällig hob sie den Brief, der durch den Schlitz in der Wohnungstür gesteckt worden war, vom Boden auf. Als Erstes las sie die Namen, dann stutzte sie, begann zu zittern, riss mit fliegenden Fingern das Kuvert auf, in dem viele Seiten lagen. Sie ließ die Seiten zu Boden fallen, hielt nur die letzte in der Hand, taumelte gerade noch ins Haus, wo sie sich mit letzter Kraft auf den Treppenabsatz fallen ließ und laut zu weinen begann. Ihr Schluchzen und Jammern erfüllte das Treppenhaus.

So fanden sie Lysbeth und Aaron, als sie von ihrem Besuch bei Rose und ihrer Familie heimkamen. Sie waren gutgelaunt, denn Rose hatte sich prächtig entwickelt. Sie hatte etwas zugenommen, musste nicht mehr liegen, sondern konnte bereits mit einer Decke über den Beinen auf einem Sessel sitzen. Am meisten aber freute es Lysbeth und Aaron, dass die Kinder zutraulicher zu ihrer Mutter wurden und dass Rose sogar schon anfing, manchmal mit ihnen zu lachen und zu spielen.

Schon im Windfang hatten sie einige engbeschriebene Blätter gefunden, hatten sie aufgehoben, ohne einen Blick drauf zu werfen, denn sie vernahmen das Weinen aus dem Treppenhaus. Als Lysbeth Cynthia wie ein Häufchen Elend auf der Treppe sitzen sah, die Finger um ein

Blatt Papier gekrallt, schoss eine Vermutung heiß durch sie hindurch. Sie hob die Blätter hoch, sortierte sie kurz und las: »Liebe Lysbeth, liebe Stella, nun endlich kann ich Euch ohne Angst und unverschlüsselt schreiben. Ich weiß nicht, ob Ihr nach meinem letzten Brief schon geahnt habt, dass und wo ich lebe, jetzt aber sollt Ihr es wissen: Ich lebe und ich liebe, und ich bin genau da, wo ich hingehöre. Die vergangenen Zeiten waren zwar schrecklich, aber sogar in den schrecklichsten Zeiten kann man Glück empfinden, wenn man das Rechte tut ...«

Lysbeth raunte Aaron zu: »Lydia lebt.« Aaron wandte ihr das Gesicht zu, das einen so erstaunten Ausdruck trug, dass Lysbeth trotz Cynthias dramatischem Tränenausbruch schmunzeln musste. »Ja«, sagte sie laut und froh. »Lydia lebt. Das ist doch wundervoll.« Sie setzte sich neben Cynthia, legte den Arm um sie und wiegte sie leicht, als wäre Cynthia ein Kind.

Da sauste Stella die Treppen herunter, während sie rief: »Es ist also wahr: Lydia lebt. Dieses Frauenzimmer. Dieses Teufelsweib.« Unten angelangt, baute sie sich vor Cynthia auf, die wie ein Häufchen Elend in Lysbeths Armen lag. »He, was für ein Jammer? Deine Mutter lebt, Große! Freu dich! Sie ist wirklich und wahrhaftig nicht tot. Wenn das nichts ist?« Man sah ihr an, dass sie Cynthia am liebsten geschüttelt hätte. Aber Lysbeths Arme lagen so schützend um die Schwägerin, dass Stella sich zurückhielt. Sie brachte es allerdings nicht fertig, Trost oder Mitgefühl aufzubringen. Und sie konnte auch nicht vor diesem Bild des Jammers stehen bleiben. »Wisst ihr was!«, trompetete sie. »Ich hole jetzt die vorletzte Flasche Kräuterschnaps von der Tante, und dann trinken wir einen auf diese frohe Neuigkeit.«

Cynthia hob ihren Kopf nicht, den sie an Lysbeths Schulter hatte sinken lassen. Aaron blickte von einer zur anderen, dann sagte er: »Kräuterschnaps ist gut. Kommt, Deerns, den trinken wir in der Küche.« Lysbeth lächelte ihn dankbar an. Die ihrem Schmerz hingegebene Cynthia hatte sich arg schwer auf Lysbeths Körper gelegt. Behutsam zog sie sich unter dem Gewicht heraus, streichelte Cynthias Kopf noch einmal und sagte: »Komm, wir gehen in die Küche und feiern.« Cynthia erhob sich schwerfällig. Unschlüssig stand sie einen Moment auf dem Treppenabsatz, dann drehte sie sich um und ging in ihr Schlafzimmer. »Mir ist nicht nach Feiern zumute«, sagte sie schroff. »Ich leg mich ins Bett.« Sie hatte nach wie vor die letzte Seite des Briefes in ihrer Hand. Besorgt ruhte Lysbeths Blick auf dem zerknüllten Papier.

Der Brief war an sie und Stella adressiert. Aber sie wagte nicht, Cynthia jetzt darauf anzusprechen.

»Gut«, lächelte sie. »Dann erhol dich erst mal von dem Schreck. Wenn du doch noch Lust bekommst zu feiern, dann komm einfach nach unten.« In der Küche leerten die drei feierlich ein Glas Kräuterschnaps auf Lydia. Und dann las Stella laut den Brief vor.

»Liebe Lysbeth, liebe Stella, nun endlich kann ich Euch ohne Angst und unverschlüsselt schreiben. Ich weiß nicht, ob Ihr nach meinem letzten Brief schon geahnt habt, dass und wo ich lebe, jetzt aber sollt Ihr es wissen: Ich lebe und ich liebe, und ich bin genau da, wo ich hingehöre. Die vergangenen Zeiten waren zwar schrecklich, aber sogar in den schrecklichsten Zeiten kann man Glück empfinden, wenn man das Rechte tut …«

Sie räusperte sich und schniefte. »Ich kann nicht weiterlesen«, seufzte sie. »Ich muss dann weinen.«

Also griff Aaron nach den Blättern und fuhr fort. *»Ihr sollt erst einmal erfahren, wie ich hier gelandet bin. Ich hatte schon vor dem schrecklichen Bombardement auf Hamburg meinen Plan entwickelt. So nett Karl auch war, ich fühlte mich mit ihm immer wie eine Hure. Ich liebte ihn nun mal nicht. Aber ich liebe Daniel, den Journalisten, den wir damals gerettet haben. Und ich wollte zu ihm. Ich war in einem Dilemma. Einerseits hatte ich Karl gebraucht, um Daniel zu retten, aber dann hatte ich ihn an der Backe. Außerdem war er natürlich sowieso eine große Hilfe bei meinen illegalen Aktivitäten. Manchmal dachte ich sogar, dass er alles wüsste und stillschweigend unterstützte. Vielleicht habe ich ja noch mal die Möglichkeit, mit ihm darüber zu sprechen. Was ich aber nicht wagen konnte, war, ihm zu gestehen, dass ich ihn nicht liebte und in die Sächsische Schweiz gehen wollte, um meinen wahren und versteckten Geliebten zu treffen. Also habe ich den schlimmsten Fall abgewartet, den Moment, da Hamburg in Trümmern versank und niemand auf eine Frau achtete, die in einem Bonzenauto floh. Natürlich war das gefährlich. Aber alles andere war auch gefährlich, und wie Ihr ja geschrieben habt, wäre ich wahrscheinlich heute tot, wenn ich in unseren Keller gegangen wäre. Auch die Fahrt barg natürlich immer wieder Gefahren, aber auch komische Situationen. Ich hatte extra eine Uniform von Karl ins Auto gelegt, und wenn ich angehalten wurde, habe ich immer gesagt, ich fahre zu meinem Mann,* *der – hier habe ich immer den nächsten Ort genannt – im Lazarett läge, weil er verwundet worden war. Niemand ist misstrauisch geworden, das war schon beeindruckend. Als ich dann hier ankam, musste das Auto natürlich weg. Aber das war ein geringeres Problem, als ich erwartet hatte. Helmut und Erwin haben den Wagen zerlegt wie die Indianer einen Bison, es ist nichts übriggeblieben, sie haben alles verwertet. Helmuts Traktor hat dadurch eine enorme Aufwertung erfahren, aber auch alles andere fand seinen Platz. Man glaubt es ja nicht, wie nützlich ein Auto ist, wenn man es in seine Einzelteile zerlegt.*

Ich war von da an die aus Hamburg geflohene Bekannte von Helga und Helmut. Das war gar kein Problem. Mein Daniel war natürlich überglücklich, von da an habe ich es übernommen, mich um ihn zu kümmern, und er fühlte sich weniger als Last für Helga, die sich vorher um alles gesorgt hat.

Unser einziges und großes Problem war Katja. Wir hatten zwar rechtzeitig erfahren, dass sie bei der letzten Deportation dabei sein sollte, und wir haben uns vergeblich den Kopf zermartert, wie wir sie verstecken oder retten könnten. Katja war auch entschlossen zu gehen, weil sie auf jeden Fall verhindern wollte, dass Helmut und Helga und vor allem ihrem Mann und ihrem Kind von der Gestapo etwas angetan würde. Und das wäre selbstverständlich geschehen, wenn sie einfach verschwunden wäre. Sie auf dem Hof zu verstecken war natürlich völlig unmöglich. Die Deportation der letzten Juden aus Dresden und Umgebung war ab dem 14. Februar geplant. Und dann kam der Angriff. Ihr glaubt nicht, wie wir den als Gottesgeschenk begrüßt haben. Natürlich war es eine Katastrophe, selbstverständlich. Aber dieser Angriff hat so vielen Juden das Leben gerettet. Wir haben Euch ja geschrieben, dass wir seitdem zehn Leute mehr sind, aber in Wirklichkeit waren wir noch mehr, denn es haben sich sieben Juden zu uns geflüchtet, die aus Gestapo-Haft geflohen sind oder die deportiert werden sollten. Wo die anderen sich versteckt haben, weiß ich nicht, aber ich bin ganz sicher, dass es noch einige mehr sind, die die Angriffe überlebt haben. Das Gestapo-Gebäude war zwar zerstört, und erst einmal herrschte Chaos in Dresden, aber in den Wochen danach haben sich die Schweine natürlich auf den Weg gemacht.

Erwin ist direkt nach den Angriffen nach Dresden gefahren und hat eine Vermisstenanzeige für seine Frau aufgegeben. Er ist vorher einfach durch die Stadt gegangen und hat sich ein völlig zerstörtes Haus ausgesucht, an dem noch Klingelschilder waren. Dann hat er Erkundigungen eingezogen, und als er genau wusste, dass eine Familie Hölterer, Gott hab sie selig, vollkommen ausgelöscht war, ist er zum Amt gegangen und hat gesagt, seine Frau sei am 13. Februar zu der Familie gegangen, um sich direkt am 14. beim Sammelplatz einzufinden. Sie wollte sich nicht dort von Mann und Kind verabschieden, sondern den beiden den Anblick des Abtransports ersparen.

Wir hatten Angst, dass sie ihn vorladen und foltern würden, aber sie sind nur einmal hier gewesen, haben das Kind gefragt, das weinend sagte, die Mama sei fort, und dann haben sie ein bisschen herumgesucht, nichts gefunden und sind wieder gegangen. Der Kleine war in seinem Elend sehr überzeugend, weil er wirklich glaubte, die Mama wäre in der Nacht vor der Bombardierung verschwunden, denn sie hat sich wirklich am Abend unter Tränen von ihm verabschiedet, weil Erwin sie am nächsten Morgen in die Stadt fahren sollte. So hat sie dem Kleinen abends noch vorgelesen, mit ihm gesungen und ihm erzählt, dass sie auf eine Reise gehen werde, von der sie gewiss irgendwann zurückkehren würde. Wann allerdings, das wisse sie nicht. Und genau das hat er der Gestapo erzählt. Außerdem wohnten da schon die Flüchtlinge bei uns, einer davon ein strammer Nazi, der seine Hand für Helmut und Helga ins Feuer gelegt und steif und fest geschworen hat, auf dem Hof würde alles mit rechten Dingen zugehen. Dass wir inzwischen neun versteckte Juden in der Scheune hatten, wusste außer uns vieren niemand. Für die neun war es zwar ein bisschen eng, wir hatten ja nur den Geheimverschlag, der für Daniel gebaut worden war, aber es wurden ohnehin für alle Obdachlosen Hochbetten gebaut, da fiel es nicht auf, dass zwei mehr aus der Werkstatt verschwanden. Dass die neun sich fünf Betten teilen mussten, war gar kein Problem für sie. Einige von ihnen waren aus dem Gestapo-Gebäude geflohen, die hatten schon einige Lager hinter sich, die waren Schlimmeres gewohnt. Dass ausgerechnet bei uns so viele gelandet sind, hängt mit Katja zusammen. Und damit, dass die »Stille Post« in den Judenhäusern oder im Versteck wahrscheinlich gut funktioniert. Sie haben uns abenteuerliche Wege genannt, die sie hinter sich gebracht hatten, bevor sie zu uns gekommen sind.

Ja, so sind unsere Tage seitdem verlaufen. Wir waren mit nichts anderem beschäftigt als damit, alle satt zu kriegen und den neun Versteckten das Leben einigermaßen erträglich zu machen. Außerdem waren die meisten von ihnen krank, hatten Hungerödeme und waren von der Gestapo übel zugerichtet. Daniel und Katja waren die Gesündesten. Katja hat sich zur Krankenschwester entwickelt. Ich glaube, sie hat den Kranken und Verletzten wirklich das Leben gerettet. Sie hat hinterher gesagt, dass ihr diese Tätigkeit aber ebenso das Leben gerettet hat. Wenn sie nicht von morgens bis abends um das Leben der sieben Flüchtlinge gekämpft hätte, wäre sie verrückt geworden, hat sie gesagt. Die Trennung von ihrem Sohn war schlimm für sie, aber noch schlimmer war die Angst. Nicht so sehr die Angst um sich selbst, sondern die Angst darum, was ihrem Mann und ihrem Sohn und natürlich auch Helga und Helmut passieren würde, wenn sie alle auffliegen würden. Die Angst hätte sie fast umgebracht, sagte sie anschließend. Und vielleicht hätte sie sich selbst vor Verzweiflung umgebracht, weil sie es einfach nicht ausgehalten hätte, ihren Mann und ihren Sohn derart zu gefährden.

Aber sie sind nicht aufgeflogen. Und als die Russen endlich hier waren und die KZs in der Umgebung befreit hatten, haben wir aufgeatmet. Ihr hättet den Tag erleben sollen, als wir unsere anderen Einwohner zum Verschlag in der Scheune geführt haben, den Helmut so genial angelegt hatte, dass man sich schon einen komplizierten Weg durchs Heu hätte bahnen müssen, um zu entdecken, dass es zwischen äußerer und innerer Scheunenwand einen Zwischenraum gab. Sie wollten es alle kaum glauben, und Herr Dose, der stramme Nazi, hat sogar einen Satz begonnen mit: »Das muss man doch melden …«, als das allgemeine Gelächter ihn darauf aufmerksam machte, dass wir genau dies gerade taten.

Unsere Flüchtlinge sind dann zur sowjetischen Besatzungsverwaltung gegangen und haben versucht, sich zu melden. Aber anfangs war alles ein heilloses Durcheinander. Wir haben Herrn Dose freigestellt, uns zu verlassen. Natürlich hätten wir ihn gern rausgeschmissen, denn neun weitere Mitbewohner verlangten von allen, noch enger zusammenzurücken. Aber Herr Dose will sowieso weg, sobald er einen Weg dazu findet. Am liebsten will er nach Hamburg, englische Besatzer findet er immer noch leichter zu ertragen als die verhassten Russen. Mir soll's recht sein. Seine Frau allerdings will lieber hierbleiben, sie sagt, sie war noch nie in ihrem Leben so glücklich wie in dieser Hausgemeinschaft. Mit ihrem Mann allein stand sie wohl immer sehr unter Druck, ihm alles recht zu machen.

Ja, mein Daniel und ich haben ein Zimmerchen unter dem Dach bekommen, und wir sind die glücklichsten Menschen unter der Sonne. Ihr lacht jetzt vielleicht über mich und sagt, was ich in meinem methusalemitischen Alter noch für Kapriolen drehe. Aber wisst Ihr, wenn man liebt, fühlt man sich immer jung. Ein liebendes Herz ist ja frisch und lebendig und nicht alt und abgestumpft. Das ist ja auch der Grund, warum meine Tochter oft älter wirkte als ich: Ihr Herz war so früh schon kalt und starr. Ich denke oft an sie und frage mich, wie es ihr jetzt wohl geht, wo ihre einzige Liebe, der Adolf Hitler, vom Erdboden verschwunden ist.

Ach ja, und da bin ich beim Thema: Meine Tochter ist eigentlich der Hauptgrund dafür, dass ich Euch diesen Brief schreibe und ihn abschicken werde, sobald die Post wieder nach Hamburg geht. Bitte informiert sie darüber, dass ich lebe. Und bitte: Tut es schonend. Vielleicht in Häppchen, ach, ich weiß nicht, ich bin sicher, Lysbeth, Du wirst den richtigen, den sensibelsten Weg finden, der möglich ist. Ich habe Angst, dass sie so eine neuerliche Veränderung in ihrem Leben nur schwer verkraftet, erst der Hitler weg und alles, was ihr Halt gegeben hat, weg, und dann auch noch die Mutter wieder da. Ich bin sicher, dass sie in der Trauer um die tote Mutter sogar eine gewisse Wärme für mich finden konnte. Nun muss sie sich wieder mit all den Ambivalenzen rumschlagen, die meine Existenz in ihr weckt, und jetzt noch mehr, weil sie ja eins und eins zusammenzählen kann und begreifen muss, dass ich Karl Weinert nicht wirklich geliebt habe, sondern einen geflohenen Juden, der auch noch ein Journalist mit großen Sympathien für die Union der sozialistischen Sowjetrepubliken war und ist und vor allem für Lenin. Ich mag gar nicht daran denken, welche Kämpfe in ihr toben werden, wenn sie all dies …«

Aaron hörte auf zu lesen. Stella und Lysbeth sahen ihn erwartungsvoll an. »Das war die vorletzte Seite«, erklärte er. »Die letzte Seite hat ja Cynthia.« Stella schlug theatralisch die Hände über ihrem Kopf zusammen. »Oje! Oje!«, jammerte sie. Aber es war ihr anzusehen, dass sie nicht das geringste Bedauern verspürte. »Nun hat die arme Cynthia ohne Lysbeths sensible Vermittlung erfahren, dass ihre Mutter lebt. Oje! Oje!« Lysbeth konnte nicht anders. Sie brach in Lachen aus. Aaron grinste. »Stimmt«, sagte er. »Es gibt Schlimmeres.«

»Und sie wird auch das überstehen«, stimmte Lysbeth zu. Sie gluckste. »Das Schlimmste weiß sie ja noch gar nicht. Daniel können wir ihr ja erst mal verheimlichen.«

»Vorausgesetzt, er ist auf der letzten Seite nicht noch mal erwähnt«, räumte Stella ein.

»Also gut«, entschied Aaron und füllte ein Glas mit Kräuterschnaps. »Ich gehe jetzt hoch und bringe der Leidgeprüften einen Schnaps. Und wenn sie sich dann immer noch beklagt, halte ich ihr mal eine kleine Moralpredigt.« Auf Lysbeths bedenklichen Blick reagierte er mit einem Lächeln. »Du, mein Schatz, kannst nicht so viel Moral ins Spiel bringen wie ich. Deine Sensibilität in Ehren, aber manchmal muss man auch den Holzhammer benutzen.«

Seine Methode wirkte Wunder. Cynthia trank den Schnaps und behauptete, sie wäre nur aus Freude so zusammengebrochen. Dem widersprach niemand, und als sie die weiteren Umstände erfuhr, zuckte Cynthia nicht einmal zusammen. Sie verkündete: »Meine Mutter war schon immer Pazifistin.« Und sie erklärte, dass sie selbst nur für die Nazis gewesen sei, weil Hitler immer behauptet habe, er kämpfe für den Frieden. Dem konnte niemand widersprechen. Und es versuchte auch niemand, sie darüber aufzuklären, dass diese Lüge sehr leicht zu durchschauen gewesen war. Von diesem Zeitpunkt an erzählte Cynthia jedem, der es hören wollte, und auch allen anderen, dass ihre Mutter Juden versteckt hatte.

29

Ende August flatterte der nächste Brief ins Haus, der Tränen und Wut auslöste. Dieser war an Stella adressiert, und er trug die schöne ausdrucksstarke Schrift von Anthony Walker.

Schon als sie den Brief in den Händen hielt, dachte Stella, sie würde in Ohnmacht fallen. Sie trug ihn nach oben und legte ihn dort behutsam auf die Mitte des Tisches, als handle es sich um eine zerbrechliche Kostbarkeit. Dann schenkte sie sich ein Glas aus der letzten Flasche des Herzweines der Tante ein, zündete eine Kerze an, auch das eine luxuriöse Verschwendung, setzte sich aufs Sofa, holte tief Luft und schnitt mit ihrem elfenbeinernen Briefmesser, das aus Tanganjika stammte und das Anthony ihr einmal geschenkt hatte, den Briefumschlag langsam und fein säuberlich am oberen Rand auf. Sie entfaltete den Brief, überrascht und leicht enttäuscht, dass es nur ein Bogen war und dieser, wie sie mit einem Blick überflog, auch nur wenige Zeilen enthielt. Sie fraß jedes einzelne Wort in sich hinein, saugte es auf, kostete es, und als sie den Brief Wort für Wort aufgenommen hatte, wollte sie ihn am liebsten wieder ausspucken.

Anthony teilte ihr sachlich und trocken mit, dass er sich von ihr trennen wolle. Als Grund gab er an, dass er seit seiner Kriegsverletzung kein richtiger Mann mehr sei und dass ihm eine Zukunft als Krüppel neben einer so lebendigen und schönen Frau, wie sie es immer gewesen war und gewiss noch sei, unerträglich vorkomme. Deshalb danke er ihr für alles, die Stunden mit ihr seien die schönsten seines Lebens gewesen, er werde sie nie vergessen. Außerdem teilte er ihr mit, dass ihre Tochter und Enkelin wohlauf seien und die Absicht hätten, so bald wie möglich nach Deutschland zurückzukehren.

Stella legte den Brief auf den Tisch zurück. Sie starrte blind vor sich hin. Sie fühlte sich im ganzen Körper wie taub. So saß sie dort einige Minuten, in denen ihre ganze Zukunft, all die Jahre, die ohne Anthony vor ihr lagen, ein trauriges und leeres Leben, vor ihr abliefen. Sie sah sich selbst, alt mit heruntergezogenen Mundwinkeln, am Ende ihres Lebens, eine Frau, die nicht mehr wusste, wie es sich anfühlte, zu lieben und von einem liebenden Mann berührt zu werden. Ohne dass sie einen Ton von sich gab, füllten sich ihre Augen mit Tränen, die sich lösten und ihre Wangen hinabliefen, mehr und mehr, bis ihre Bluse zwei nasse Flecken über der Brust aufwies.

So vergingen Stunden. Am Vormittag hatte Stella den Brief in Empfang genommen, die Mittagszeit ging vorüber, und Stella saß immer noch regungslos auf ihrem Sofa. Sie hatte das Gefühl, nie wieder diesen Platz verlassen zu können, so schwer war ihr Körper.

Doch dann hörte sie, wie Eckhardt und Cynthia mit den Hunden ins Haus kamen, und mit einem Mal fuhr ein Ruck durch sie hindurch wie ein Stromstoß. Sie griff nach dem Brief, las ihn noch einmal, drehte das Kuvert um und las den Absender. Anthony war nicht mehr im Lazarett. Als Absender war ein Hotel in Bremen angegeben. Stella griff nach dem Briefumschlag, dann nach ihrer Handtasche und einer Strickjacke, jagte die Treppen hinunter, schlüpfte in ihre Schuhe und verließ das Haus.

Sie eilte zum Postamt, wo sie sich nach der Telefonnummer der Bremer Pension erkundigte, dann eilte sie wieder zurück. Erst als sie wieder zu Hause war, fiel ihr ein, dass sie auch Lysbeths Fahrrad hätte benutzen können, aber sie war es – wie die meisten Hamburger – gewohnt, auch lange Wege zu Fuß zurückzulegen. Sie nahm den Telefonhörer ab, wählte die Nummer des Fernmeldeamts und bat um eine Verbindung mit der Bremer Pension. Bald klingelte das Telefon, und Stella vernahm das Freizeichen aus dem Hörer, den sie fest ans Ohr gepresst hielt.

Als eine weibliche Stimme erklang, erschrak sie. Bis jetzt hatte sie nur gehandelt, aber keinen Plan entwickelt. Sie hatte nicht überlegt, was sie Anthony sagen wollte, wenn sie mit ihm sprach. Mit belegter Stimme fragte sie: »Wohnt bei Ihnen ein Engländer, Anthony Walker?« Die Frau gab ihr ein unbefangenes »Ja« zur Antwort und fragte, ob sie mit ihm verbunden werden wolle.

Stella räusperte sich. »Eigentlich möchte ich ihn besuchen«, sagte sie langsam. »Wissen Sie, wie lange er bleiben wird?« Die Frau am anderen Ende der Leitung war sehr bemüht, Stella behilflich zu sein. »Warten Sie.« Stella hörte, wie sie in einem Buch blätterte. »Er hat bis Ende dieser Woche reserviert. So lange wird er also noch hierbleiben. Soll ich Sie ankündigen?« Stella meinte, das Lächeln der Frau sehen zu können. »Oder handelt es sich um einen Überraschungsbesuch?«

»Ein Überraschungsbesuch«, erwiderte Stella schnell, bedankte sich und legte auf. Nachdenklich verharrte sie auf dem Fleck im Treppenhaus.

Als Jonny abends heimkam, sagte sie: »Ich muss nach Bremen. Wie komme ich da am schnellsten hin?« Jonny betrachtete sie aufmerksam. Er wirkte nicht überrascht. »Ist er in Bremen?«, fragte er. Stella nickte. Jonny versprach, so bald wie möglich eine Fahrgelegenheit zu besorgen.

Und so fuhr Stella zwei Tage später morgens um 6.00 Uhr gemeinsam mit vier Männern, die sie nicht kannte, die sich ihr nicht vorstellten und die während der Fahrt auch untereinander kein Wort von sich gaben, nach Bremen. Dort wurde sie am zerstörten Hauptbahnhof abgesetzt. Der Fahrer sagte, er würde am gleichen Ort am Nachmittag um 17.00 Uhr wieder abfahren.

Stella wusste nicht, wo das Hotel lag. Sie hatte den Eindruck, dass Bremen im Krieg noch entsetzlicher gelitten hatte als Hamburg. Es kam ihr so vor, als stände kein Haus mehr neben dem anderen. Aber ebenso wie in Hamburg waren die Straßen voller Menschen, auch hier waren es offenbar alle gewohnt, ihre Wege zu Fuß zurückzulegen, weil die öffentlichen Verkehrsmittel nur sehr eingeschränkt funktionierten.

Es dauerte nicht lang, und Stella hatte sich zum *Hotel Bremen* durchgefragt. Das Haus lag zwischen Ruinen, in denen Menschen dabei waren, sich in Verschlägen Zimmer einzurichten.

Stella nahm die Zerstörung nur am Rande wahr. Ihr Herz raste, als sie ins Foyer trat und betont festen Schrittes auf die Rezeption zuging. Dort saß ein alter Mann. Stellas Herz klopfte noch höher. Sie hatte Angst.

Sie hatte Angst davor, dass Anthony nicht da wäre. Sie hatte Angst, dass er da wäre. Sie hatte Angst, dass dieser alte Mann unfreundlich und nicht so hilfsbereit wäre wie die junge Frau, zumindest hatte sie eine junge Stimme gehabt. Sie hatte Angst, dass Anthony sie an der Tür abwimmeln würde. Sie hatte Angst, dass er kalt und abweisend sein würde. Sie hatte Angst, dass er freundlich wäre, aber so verunstaltet und beschädigt, dass sie nur Mitleid und keine Liebe mehr für ihn empfinden würde.

»Anthony Walker?«, stieß sie atemlos hervor, als sie vor dem Tresen angelangt war.

Der alte Mann hob seinen Blick von einer Zeitung, die vor ihm lag. Er legte den Kopf schräg und sah sie unter buschigen Augenbrauen fragend an. »Entschuldigen Sie bitte«, sagte Stella und versuchte, ihre Nervosität zu verbergen, so gut es ging. »Ich möchte Herrn Walker aus England besuchen. Ist er auf seinem Zimmer?«

Der alte Mann drehte sich zum Schlüsselbrett um. »Ist da«, brummelte er. Stella suchte das Schlüsselbrett mit den Augen ab. Da hingen viele Schlüssel, sie konnte also nicht vom Schlüssel aufs Zimmer schließen. »Können Sie mir bitte sagen, in welchem Zimmer er untergekommen ist?«, fragte sie zuckersüß. »Zimmer 23, zweiter Stock«, brummelte der Alte und wendete sich wieder seiner Zeitung zu.

Stella legte den Weg vom Tresen zur Treppe zurück, über einen zerschlissenen roten Teppich, der auch die Treppen bedeckte. Sie ging an einem Spiegel vorbei, warf einen kurzen Blick hinein. Wie sah sie aus? Am Morgen nach der durchwachten Nacht hatte sie fast verächtlich nach irgendetwas im Schrank gegriffen. Was sollte sie anziehen? Sie hatte kurz entschlossen das Kleid gewählt, das Anthony ihr vor fast zwanzig Jahren in London gekauft hatte, ein mädchenhaftes Kleid in Weiß mit roten Tupfen. Der Glockenrock wippte über dem steifen Unterrock, und der weiche Kragen schmiegte sich um den weiten runden Ausschnitt. Sie hatte das Kleid übergeworfen, als würde sie sich bestrafen und nicht schmücken. Es war ihr zu weit, aber sie zurrte die Schärpe aus weißem Taft einfach enger.

Ebenso grob hatte sie am Morgen ihre Haare gebürstet und ihre Lippen mit einem dunkelroten Stift gefärbt. Jetzt erst warf sie sich einen prüfenden Blick im Spiegel zu. Wie sah sie aus?

Schnell blickte sie wieder weg. Ich sehe aus wie eine alte Frau, die auf kleines Mädchen zurechtgemacht ist, höhnte sie. Ziemlich peinlich. Sie sah auf die Uhr. Es war Mittag. Anthony war da. Wieso war er da? Es war Mittag. Aß er nicht? Wo aß er?

Sie hatte in der letzten Nacht ihren Auftritt immer aufs Neue durchgespielt.

Wie sie im Hotelfoyer auf ihn warten würde, wenn er zum Essen aus gewesen wäre. Wie sie ihn beobachten würde, wenn er ins Hotel käme. Wie sie ihn der Lüge überführen würde. Du bist gar kein Krüppel. Du wolltest dich nur davor drücken, mir die Wahrheit zu sagen, warum du dich trennen willst. Aber so einfach lasse ich mich nicht abservieren.

Oder: wie sie ihn in seinem Hotelzimmer aufsuchen würde, ihn aus dem Bett in den Rollstuhl heben und dann ins Freie schieben würde, zum nächsten Park, wo sie unter einem Baum vor einem See unter Tränen ihre Leidenschaft begraben würden und sie ihm versichern würde, dass sie von nun an in reiner platonischer Liebe für ihn sorgen wolle.

Oder: wie sie ihn in seinem Zimmer auf dem Bett mit irgendeiner Schlampe erwischen würde, wortlos das Zimmer verlassen und am Bahnhof auf das Auto warten würde, das sie am Abend wieder nach Hamburg zurückbringen sollte. Wie er danach vergeblich versuchen würde, sich bei ihr zu entschuldigen, und sie ihm bis ans Lebensende nicht verzeihen würde.

Wie sie, wie sie, wie sie. Es hatte Hunderte verschiedener Szenarien gegeben, viele ähnelten einander, und doch gingen sie immer wieder unterschiedlich aus. Im Großen und Ganzen gab es drei mögliche Ausgänge: Stella wurde bereits an der Tür kalt fortgeschickt, Stella blieb in aufopferungsvoller Liebe, Stella ging in Zorn.

Die Treppe hoch, die Füße in den weißen Pumps wackelten auf dem grob gewebten Teppich. Prüfend hob sie die Hand zu ihrem kleinen weißen Hütchen, das sie damals ebenfalls in London gekauft hatte.

Es schien ihr verrutscht zu sein. Sie kam sich lächerlich vor in ihrem Sonntagsstaat.

Jetzt erst fiel ihr auf, wie absurd sie in dieser Umgebung wirken musste. Rundherum war Verwüstung. Das Hotel war schäbig. Nicht nur der Teppich, auch die Tapeten, die schief hängenden Bilder mit Stichen von Bremen, die Lampen, alles sah aus, als hätte das Hotel früher einmal Charme besessen, jetzt aber wirkte es wie der einzig Überlebende in einem Massengrab. Schmutzig, grau, ramponiert, traurig und dennoch irgendwie stolz.

Sie war im ersten Stock angelangt, legte die paar Schritte zurück, bis es die nächste Treppe emporging. An der Wand hingen kleine Lampen mit roten gefältelten Schirmen. Die Schirme saßen akkurat auf den Birnen, alles war sauber geputzt. Ob hier jemand anders putzt als unten, fragte Stella sich, ja, sie zerbrach sich richtiggehend den Kopf darüber, hätte plötzlich zu gerne herausgekriegt, wie das Putzen in diesem Hotel geregelt war.

Da stand sie vor dem Zimmer Nummer 23. Als würde sie aus einem Traum aufwachen, blickte sie auf die goldene Gravur der Zahl 23. Was machte sie hier? Sie zupfte ihr Kleid zurecht, ruckte am Hut. Sie überlegte umzukehren. Warum nicht?

Niemand wusste ja, dass sie hier war. Na gut, Jonny, aber der würde sie verstehen. Sie hatte es nicht einmal Lysbeth gesagt. Ja, sie hatte nur sehr selten in ihrem Leben vor ihrer Schwester Geheimnisse gehabt, dieses Mal ja. Dabei war es nicht einmal ein richtiges Geheimnis gewesen, sie war Lysbeth nur aus dem Weg gegangen, seit sie den Brief von Anthony erhalten hatte. Und Lysbeth war mit anderem beschäftigt gewesen, zum Beispiel mit Aarons Zulassung als Arzt.

Stella hatte ein wenig darauf gewartet, dass ihre Schwester auf sie zukommen und fragen würde: »Was ist mit dir, Stella, meine Intuition sagt mir, dass du Kummer hast?« Aber sie war auch froh gewesen, als das nicht passierte, denn sie kreiselte in einem derartigen Strudel aus Gefühlen, dass sie sich nicht klar hätte erklären können.

Nein, sie war hier, und sie würde jetzt nicht kneifen. Stella Maukesch, geborene Wolkenrath, war kein Schisshase und keine Drückebergerin. Sie würde die Sache hier zu Ende bringen, und sollte sie noch so schrecklich ausgehen.

Sie presste die Lippen aufeinander, hob die Hand und klopfte mit dem gekrümmten Zeigefinger vorsichtig gegen die Zimmertür. Sie wendete ihr Ohr zur Tür, um besser hören zu können. Nichts. Wieder stieg der Impuls in ihr auf, sich umzudrehen und zu fliehen. Wieder beschwor sie sich selbst, nicht unverrichteter Dinge fortzulaufen. Diesmal hob sie die Faust und schlug schwer gegen die Tür.

Von drinnen erklang ein »Come in«. Stella straffte ihren Körper, holte tief Luft, strich noch einmal ihren Rock glatt und rückte ihr Hütchen zurecht. Sei's drum, sagte sie grimmig zu sich selbst. Jetzt rein in die Höhle des Löwen. Er wird dir schon nicht den Kopf abreißen. Energisch öffnete sie die Tür, vielleicht etwas zu energisch, denn die Tür knallte gegen eine Wand, und Anthony, der an einem Tisch an der gegenüberliegenden Seite des Zimmers saß, hob hastig den Kopf und riss erschrocken die Augen auf.

Stella blieb auf der Schwelle stehen, nun waren ihre Beine so weich, dass sie keinen Schritt mehr vor den anderen setzen konnte. Sie begann am ganzen Körper zu zittern. Da, fünf Schritte von ihr entfernt, saß Anthony, der Mann, dem sie einmal so nah gewesen war, dass sie sich wie ein Körper und eine Seele gefühlt hatten. Der Mann, der sich während der vergangenen fünf Jahre von ihr entfernt hatte, so weit, weiter als bis zum Mond. Er saß dort und starrte sie an und sagte keinen Ton, als wäre sie nicht Stella, sondern die Mondfrau.

In Stellas Augen traten Tränen. Sie konnte Anthony nicht mehr erkennen, und das war auch gut so, denn er sah unverschämt gut aus mit seinen grauen dichten Haaren, der Brille, die seine schönen Augen betonte, dem sinnlichen Mund, der vielleicht etwas schmaler geworden war.

»Stella!« Seine Stimme. Wusste er denn gar nicht, was er mit dieser Stimme anrichtete? So warm, so zärtlich, so verletzlich. So durfte er mit ihr nicht sprechen. Er musste schroff sein, sie wegschicken, kalt, unnahbar.

Stella versuchte, einen Schritt auf ihn zuzugehen, aber sie blieb starr auf der Stelle stehen, wie Lots Weib, das sich verbotenerweise umgedreht hatte. Ja, sie hatte zurückgeblickt, zu einem Anthony, der genau so war, wie sie ihn in Erinnerung und wie sie ihn geliebt hatte. Himmel, wie sehr hatte sie ihn geliebt.

Und nun saß er da vor ihr, sprach ihren Namen mit dieser Stimme, in der all das mitschwang, was in seiner Stimme immer für sie mitgeschwungen hatte. Ja, sie blickte zurück, und sie würde nun auf immer erstarrt auf diesem Fleck stehen bleiben. Bis sie in sich zusammenfiele.

Vorangehen, in ein neues Leben, ein Leben ohne Anthony, würde von nun an nicht mehr möglich sein.

Er schob den Stuhl unter sich zurück, erhob sich schwerfällig, griff nach einem Stock, der neben ihm stand – ein Stock, Himmel, er benutzte einen Stock. Was war ihm angetan worden? – und bewegte sich langsam auf sie zu.

Es ist ein Stock. Immerhin ein Stock, kein Rollstuhl. Der Mann sah unversehrt aus, sogar gut, in seinem weißen Hemd, seiner dunklen Hose, den grauen Haaren, den schönen Augen, dem sinnlichen Mund – wieso hat er geschrieben, er sei ein Krüppel?

Da stand er vor ihr. Sie roch seinen Körper, sein Rasierwasser. Eine Sekunde lang schloss sie die Augen und war nur noch Einatmen, als könnte sie den ganzen Mann so in sich aufnehmen. Er roch so, so wundervoll, so Mann, so – Anthony!

»Stella! Komm herein. Setz dich.« Er trat ein paar Schritte zurück, als wäre ihre Nähe ihm unangenehm, wies auf die beiden Sessel, die rechts neben der Tür standen.

Stella blieb immer noch wie angewurzelt stehen.

Ihre Nähe war ihm unangenehm. Er verhielt sich wie einer Fremden gegenüber. Aber warum dann diese Stimme? Warum dann diese Augen, die sie auffraßen, die sie streichelten, die so traurig waren?

Stella rührte sich immer noch nicht vom Fleck.

»Warum hast du gesagt, du bist ein Krüppel?«, vernahm sie zu ihrem Erstaunen ihre eigene Stimme, die sehr zornig klang. Anthony lächelte.

Er sollte nicht so lächeln. Als wäre sie ein Kind. Als würde sie etwas Unvernünftiges, aber Liebenswürdiges tun. Als, als wäre sie süß.

»Komm, Stella. Setz dich erst mal hin. Trink einen Tee mit mir.«

Zwischen den beiden Sesseln befand sich ein kleiner runder Tisch, auf dem eine dicke Mütze stand. Aaron hob die Mütze, die unter sich eine Teekanne barg. Er drehte eine Tasse um, humpelte zu dem Tisch, an dem er eben gesessen hatte, holte von dort eine andere Tasse, offenbar die, aus der er getrunken hatte, und schenkte in beide Tassen Tee ein. Er setzte sich auf den einen Sessel. »Entschuldige, dass ich nicht warte, bis du sitzt, das Stehen fällt mir immer noch etwas schwer.« Er hob den Deckel von einer Zuckerdose. »Zucker?«

Zucker! Zucker war eine rare Kostbarkeit. Für Zucker gingen die Leute auf den Schwarzmarkt und tauschten gegen wertvolles Silberbesteck. Für Zucker konnte sie sich schon einmal auf diesen Sessel setzen, obwohl sie doch eigentlich zur Salzsäule erstarrt war.

»Ja, bitte.«

Anthony gab drei Löffel Zucker in ihren Tee, nach jedem Löffel blickte er sie fragend an, auf ihr Nicken kam der nächste Löffel. Die ganze Zeit umspielte ein Lächeln seinen Mund. Als er dann aber den Zucker in seinem Tee umgerührt hatte, die Tasse zum Mund geführt und wieder abgesetzt hatte, wurde er sehr ernst. Als er sie nun ansah, waren Zärtlichkeit und Weichheit aus seinen Augen verschwunden. Ruhig sagte er: »Es rührt mich, dass du gekommen bist, Stella, aber mein Entschluss steht fest: Wir müssen uns trennen. Und komm mir bitte nicht mit dem Vorschlag, wir sollten Freunde sein. Das kann ich unmöglich. Es tut mir leid, dass ich so schroff zu dir sein muss, aber wir können noch diese Tasse Tee zusammen trinken, und dann trennen sich unsere Wege.« Seine Stimme zitterte leicht. Kurz sank sein Blick von ihren Augen auf ihren Mund und dann auf ihre Brüste.

Ob es dieser Blick war, der den Ausschlag dafür gab, dass Stellas inneres Zittern aufhörte und sie auch ihre Hände ruhig um die Teetasse legen konnte, wusste sie selbst nicht. Es überraschte sie ein wenig, wie ruhig sie plötzlich wurde. Sie schlug ihre Beine übereinander, schlürfte das süße Getränk und lächelte. »Da muss ich wohl ganz langsam trinken, wenn ich noch ein wenig hierbleiben möchte …« Sie leerte ihre Tasse voller Genuss und streckte sie Anthony entgegen. »Noch eine Tasse bitte, diesmal ohne neuen Zucker. Ich war wohl doch etwas zu gierig.«

Sie wusste, dass er viel zu höflich war, um sie jetzt sofort rauszuschmeißen. Als er die Teekanne hob, dachte sie: Erster Vorsatz gebrochen. Da wollen wir doch mal sehen, auf wie viele gebrochene Vorsätze wir es heute bringen, mein Schatz!

In sie war eine fast schon unheimliche Ruhe getreten. Und eine riesige Erleichterung. Alle Unsicherheit, alle Angst, alle Verzweiflung, die sich während der Kriegsjahre immer stärker in ihr ausgebreitet hatten, die in ihr gewuchert waren wie ein alles Gesunde verschlingendes Krebsgeschwür, waren dabei, in sich zusammenzufallen und sich aufzulösen.

Hier war Anthony, und Anthony liebte sie, das spürte sie mit der Sicherheit, mit der sie eine Frau war, und er war ihr Mann, das spürte sie mit der gleichen Sicherheit. Sie waren keine Feinde, nicht Deutsche und Engländer, sie waren nicht Fremde, sie waren Frau und Mann, und sie gehörten zusammen. Sie waren Liebende.

Sie lehnte sich im Sessel zurück und lächelte ihn von unten herauf an. »Die Zeit, die ich noch meinen Tee austrinken darf, könnten wir uns doch unterhalten, oder?«

»Worüber?« Anthony machte ein betont distanziertes Gesicht.

Stella brach in ihr Lachen aus, das er immer so sehr an ihr geliebt hatte. »Nun ja«, sagte sie gedehnt. »Wir haben uns ja mal gut gekannt, und wir haben uns lange nicht gesehen. Mich interessiert sehr, wie es dir ergangen ist.«

Sie war zu weit gegangen. Er merkte, dass sie ihn nicht ernst nahm. Gleich würde er sie rausschmeißen. Nicht übermütig werden, Stella.

Sie machte ein treuherzig trauriges Gesicht und hauchte dramatisch: »Anthony, was ist mit deinem Bein geschehen? Du humpelst und gehst am Stock? Ist es sehr schlimm?«

Schroff entgegnete er: »Nein, ich hab es überlebt und werde es überleben. Ein Schuss in den Fuß. Ich habe drei Zehen verloren.« Stella atmete hörbar aus. Es klang wie ein schwerer Seufzer, aber in ihr hatten sich Tonnen an Gewichten gelöst. Drei Zehen? Ein Krüppel? Sie musste sich zusammennehmen, um Anthony nicht auszulachen. Wo lebst du denn? Wir hatten Krieg. Auf den Straßen, in den Häusern, in den Herzen sind überall bis ins Tiefste beschädigte Menschen. Männer fehlen in jeder zweiten Familie, und zwar nicht nur, weil sie Arme oder Beine verloren haben, sondern weil sie tot sind, verschwunden, vermisst, gefangen, weit fort. Und du sitzt hier im weißen Hemd, rasiert, mit gewaschenen Haaren und gewaschenen Füßen. An denen drei Zehen fehlen. Und deshalb bist du ein Krüppel, der nicht mehr mein Mann sein will?

Für einen Moment stiegen wieder die Zweifel in ihr hoch, dass er vielleicht eine Ausrede gebrauchte, und dass er sich ihrer in Wirklichkeit nur entledigen wollte, weil er eine andere Frau hatte. Aber diesen Gedanken scheuchte sie schnell wieder fort. Ihr Gefühl war so überzeugend eindeutig anders.

Sie wusste nicht, was sie sagen konnte, ohne sich zu verraten. Alles, worum es jetzt ging, war, Zeit zu schinden. Er musste fühlen, dass seine Entscheidung absurd war. Er musste fühlen, dass seine Liebe zu ihr viel größer war als diese blöde Ehre, mit der er sie ja anscheinend schützen wollte.

»Eine Verletzung am Fuß macht es der Heilung nicht leicht«, sagte er. »Außer man liegt ständig, und das habe ich in Überdosis hinter mir. Er hob sein Hosenbein hoch und zeigte Stella den dick verpackten Fuß. »Ich muss mit dem Auftreten noch sehr vorsichtig sein. Das ist alles entsetzlich empfindlich und schmerzhaft. Man glaubt ja nicht, was eine Amputation mit einem macht. Ich habe Phantomgefühle, als wären die Zehen noch da. Aber sie sind nicht mehr da.« Stella wäre gern mit den Fingern die Linien in seinem Gesicht entlanggefahren, die von Schmerz zeugten.

»Ich liebe dich«, sagte sie einfach. So war es nicht geplant. Ihr Gefühl war so stark gewesen, dass ihr die Worte einfach rausgerutscht waren.

Anthony blickte sie kurz mit aufgerissenen Augen an, dann senkte er den Blick auf seinen Fuß. Gequält sagte er: »Stella, bitte.«

Nun gab es kein Zurück mehr. Stella stand auf, machte einen Schritt und hockte sich vor Anthony nieder. Sie umfasste seine Knie, hob ihm ihr Gesicht entgegen. Sie war bereit, sich ihm nackt zu zeigen, ob es ihre Seele oder ihren Körper betraf. Sie wollte sich ihm darbieten, und wenn er sie verletzen würde, dann wollte sie es in Kauf nehmen. Der Preis ihrer Liebe war jeden Einsatz wert.

»Anthony, hör mir zu.« Er versuchte, sich von ihr zurückzuziehen, drückte sich nach hinten in den Sessel, sah über ihren Kopf hinweg, sagte wieder gequält: »Stella, bitte.«

Nun wurde sie zornig. Sie packte seine Hände, als wollte sie ihn am Fortlaufen hindern. »Nein, nicht: Stella, bitte«, sagte sie klar und bestimmt. »Jetzt heißt es mal: Anthony, bitte. Bitte komm aus deinem Schneckenhaus heraus, sieh mich an und hör mir zu.« Sie wurde lauter und warnte sich selbst: Übertreib es nicht. Du willst, dass er dir sein Herz wieder öffnet, du willst nicht, dass er sich von dir in die Enge getrieben fühlt.

Also dämpfte sie ihre Stimme, blickte ihn mit einem flehenden Lächeln an und sagte schlicht: »Anthony, was denkst du denn von mir? Dass ich dich nicht mehr lieben, nicht mehr wollen könnte, nur weil dir drei Zehen fehlen?« Nun traten ihr Tränen in die Augen. »Wir haben uns einmal geschworen, dass wir einander vertrauen wollen, selbst wenn wir weit voneinander entfernt sind und nicht wissen, was der andere tut.« Sie hob die Stimme: »Und wir haben uns geschworen, dieses Vertrauen niemals, niemals zu missbrauchen, zu zerstören, zu verletzen!«

Nun weinte sie. »Anthony, was ist los mit deinem Vertrauen? Ich liebe dich, und meine Liebe ist so viel größer, die kann mehr verschmerzen als drei fehlende Zehen. Ach, was sag ich, da muss ich nichts verschmerzen. Ich fühle deine Schmerzen, und sie tun mir auch weh, wenn du humpelst, ist es, als würde ich humpeln, aber …« Sie brach ab. Nun weinte sie hemmungslos. Sie schluchzte: »Wie kannst du mich amputieren wie einen Zeh? Das geht doch nicht. Das darfst du doch nicht tun.«

Sie wrang seine Hände in den ihren, wischte ihre Tränen mit seinen Händen ab, warf sich in seinen Schoß und umklammerte seine Hüften. Sie weinte, als wäre ein verrosteter Hahn in ihr aufgedreht, aus dem lange nichts geflossen war und der nun mit Macht freigespült wurde. Was da aus ihr herausfloss an Trauer, an Schmerz, an Verzweiflung, das war nicht nur ihre Empörung über Anthonys mangelndes Vertrauen, das war auch ihre Empörung über all das, was während der vergangenen Jahre an Trennung, an Alleinsein und an eigenen Zweifeln ihre Seele belastet hatte. Mit jeder Träne, die floss, wurde ihre Liebe zu Anthony freier von aller Angst und allen Zweifeln, wuchs ihr Vertrauen in ihre eigene Liebe und in ihre Fähigkeit zu lieben. Sie spürte, wie ihr Wille, Anthony von nun an nie wieder zu verlassen und mit ihm gemeinsam ihren weiteren Lebensweg zu gehen, mit jeder Träne deutlich und stark hervortrat, wie herausgewaschen.

Gleichzeitig spürte sie, wie Anthonys Abwehr schmolz, wie sein Körper, der zuerst steif und zurückgezogen gewesen war, weicher wurde und mehr und mehr zu ihr hinstrebte. Nun wurden seine Hände, die bislang in ihren gelegen hatten, kräftiger. Er zog sie zu sich hoch, bis sie auf seinem Schoß saß. Er dirigierte sie, damit sie nicht das Bein mit dem verletzten Fuß belastete. Sie warf sich an seine Brust, und er umfing sie und streichelte ihren Rücken.

»Stella, meine Stella«, murmelte er. Sie hörte, dass auch er weinte.

Sie streichelte seinen Nacken, seine Haare, seinen Rücken. Sie hob ihr Gesicht und sah ihn an. Sein Gesicht war feucht von Tränen. Unendlich zart fuhr sie mit den Fingern die Linien seines Gesichtes nach. Sie küsste seine Tränen fort, schmeckte das Salz auf ihren Lippen

Als sich ihre Lippen fanden, war es ein unendlich süßes Gefühl. Stella schien es, als würde ihre Brust von einem riesigen Feuerball gefüllt, der zwischen Brust und Bauch hin- und herrollte. Sie verlor ihre Körpergrenze, ein Gefühl, das sie vor allem aus sehr inniger körperlicher

Verschmelzung kannte. Sie dehnte sich aus, und es war, als würde sie von einem weiten Ozean gewiegt werden, mit dem sie eins wurde. Sie wurde selbst zum Auf und Ab von Luft und Meer und Atem.

Immer wieder küssten sie einander. Stella verlor sich in Anthony und spürte sich gleichzeitig so intensiv als sie selbst, als Stella, als Frau, als Mensch, der aus jahrelanger Einsamkeit heraustrat, dass sie beides, Freude und Schmerz, kaum aushalten konnte.

Unendlich zart und achtsam entkleideten sie einander. Stella blieb sitzen, wo sie war, auf Anthonys Schoß, und so liebten sie sich nach fünf Jahren ohne Liebe. Es kam Stella vor, als wäre sie ganz eng geworden, als wäre ihr Geschlecht verängstigt und verschlossen und wüsste gar nicht mehr, wie gut es sich anfühlte, von einem Mann vom Rand bis in die Tiefe berührt und erkundet und in der Lust ausgelotet zu werden. Und auch Anthony wirkte, als wäre sein Körper überempfindlich, als würde jede leiseste Berührung ihn in Vibrieren, Staunen, fassungslose Lust versetzen.

Beide bewegten sich kaum, waren so übersensibel füreinander, dass jede leise Regung des einen Ströme von Erregung im andern auslöste. Sie küssten einander, berührten Haare und Gesicht mit einer Zärtlichkeit, in der die Liebe lag, an die beide nicht mehr hatten glauben mögen, die verkapselt gewesen war und nun aufbrach.

Sie gaben beide keinen Ton von sich. Es war ganz leise im Raum.

So liebten sie einander, und Stella kam es vor, als wäre es eine Ewigkeit.

Beide kamen nicht zum Höhepunkt, es war kein Lieben, das in die Höhe zu einer Explosion führte, es war ein Lieben, das sich in eine unendliche Weite ausdehnte, das in eine Tiefe des Gefühls führte, die Stella noch nie erlebt hatte.

Sie löste sich in ihren Grenzen vollkommen auf, sie war nicht mehr sie selbst, sie war alles, Sonne, Meer, Sessel, sie war der vergangene Krieg, und sie war der beginnende Neuanfang von etwas, das noch unbestimmt war, sie war die Zerstörung rund um sie herum, und sie war die Lebensgier der Menschen, denen Jahre ihres Lebens gestohlen worden waren, sie war die Helligkeit vor dem Fenster, und sie war das leichte Dämmern im Raum, sie war die Frau, die liebte und sich einem Mann vollkommen hingab, und sie war der Mann, der drei Zehen verloren hatte. Sie war Anthony. Und sie war Stella. Und sie war das, was nur beide zusammen sein konnten.

In der Nacht erinnerte sie sich plötzlich daran, dass sie ja um 17.00 Uhr verabredet gewesen war. Unheil und Angst griffen nach ihr, für ihr Vergehen bestraft zu werden. Aber dann vernahm sie Anthonys leichtes Schnarchen, und eine Woge aus Sehnsucht nach seiner Nähe überflutete sie. Ihr wurde glücklich heiß, und sie bewegte sich zu ihm, der mit dem Rücken zu ihr lag. Sie schmiegte ihre Brust an seinen Rücken, ihren Bauch an seinen Hintern, spürte die Berührung seiner Haut mit ihren Schamhaaren, lag Bein an Bein und legte ihr Gesicht in seine Halsbeuge. Sie umarmte ihn und umfasste sein geliebtes Geschlecht und seine Hoden, bis sie ganz in ihrer Hand lagen. Da spürte sie, wie es sich in ihrer Hand regte, und sie lächelte.

Anthonys Atem veränderte sich. Er wachte auf. Stella war bereit für ihn, der in ihrer Hand wuchs und sich ihr bald schon entgegenreckte.

Sie war offen für Anthony und für alles, was er mit ihr tat. Ihre Scheide hatte sich in diesen vergangenen Stunden wieder an ihn gewöhnt, sie war prall und weich und schmiegsam geworden. Stella hatte sich in diesen Stunden, die wie ein ganzer wichtiger Lebensabschnitt gewesen waren, von einer ängstlichen, zweifelnden, etwas vertrockneten älteren Frau zu einer Geliebten verwandelt, schmiegsam, beweglich, verliebt, sprühend vor Leben. Eine ganz junge Frau war wieder aus ihr geworden.

Am nächsten Morgen schmiedeten sie Zukunftspläne. Anthony hatte die Absicht, so bald wie möglich nach England zurückzukehren. Er hatte in der Propagandaabteilung der englischen Armee gearbeitet, er hatte die Sendungen der deutschen Emigranten in der BBC organisiert und auch die übrigen Sendungen für deutsche Hörer. Er hatte dabei stets an Stella gedacht. »Ich habe mir immer vorgestellt, dass du mich hören wirst.« »Du hast auch selbst gesprochen?«, fragte Stella erstaunt. »Manchmal«, antwortete er, und Stella verübelte sich nachträglich ihre Angst, die sie daran gehindert hatte, BBC zu hören, obwohl sie es sich so sehr gewünscht hatte.

Anthony hatte Bergen-Belsen besucht, ebenso wie die anderen englischen Journalisten, die sich darüber informieren wollten, was die Deutschen in den KZs angerichtet hatten. Er war nach Deutschland gekommen, um Stella aufzusuchen, aber vorher hatte er etwas über die KZs erfahren wollen.

Ausgerechnet auf dem Weg nach Bergen-Belsen war er von einem verirrten Schuss in den Fuß getroffen worden. Er wusste nicht einmal, wer das gewesen war, vielleicht hatte ihn sogar ein Schuss aus einem englischen Gewehr verletzt. Es war ein dummes Unglück gewesen. Aber es hatte ihm den Aufenthalt in Deutschland gründlich verleidet. Ebenso wie es natürlich der Schreckensbesuch der Konzentrationslager getan hatte.

»Du wolltest dich nicht nur wegen deinem Fuß von mir trennen, sondern auch, weil es dich vor den Deutschen graust«, mutmaßte Stella. Anthony schüttelte den Kopf. »Nein«, sagte er schlicht. »Mich graust es nicht vor den Deutschen. Ich habe Angela und Roberta und Helene und Philip sehr liebgewonnen. Und ich habe mich fünf Jahre lang vor Liebe nach dir verzehrt. Ich wusste bis dahin gar nicht, wie mächtig Sehnsucht einen schütteln und den ganzen Tag und die ganze Nacht immer aufs Neue bestimmen kann. Nein.«

Er blickte sinnend vor sich hin auf den Tisch, an dem sie ein mageres Frühstück in der Pension einnahmen. »Mich grauste auch vor meinen eigenen Landsleuten. Die Zerstörung in Bremen ist furchtbar, Stella. Ich hatte Angst, dass Hamburg ebenso aussieht. Ich hatte auch Angst, dass du mich jetzt hasst, wo meine Landsleute dein Land so schrecklich bombardiert haben.«

Stella legte ihre Hand auf die seine und streichelte sie. »Genau die gleiche Angst hatte ich auch«, gestand sie. Sie erzählte ihm vom Fraternisierungsverbot und von der Verachtung, die sie in den Augen vieler englischer Soldaten sah.

Anthony wünschte sich, dass Stella gemeinsam mit ihm nach England kommen würde, so bald wie möglich. Dort könnte sie auch ihrer Tochter und Enkelin begegnen. Stella stimmte begeistert zu. Ja, sie wollte mit ihm nach England gehen.

Sie wollte Deutschland den Rücken kehren. Es gab keinen Grund mehr für sie, in diesem Land zu bleiben. Lysbeth und Aaron brauchten keinen Schutz mehr, sie konnten jetzt für sich selbst sorgen.

Nach drei Tagen, in denen Stella und Anthony einander liebten, als wollten sie alles nachholen, was sie in den vergangenen Jahren versäumt hatten, in denen sie miteinander sprachen, als würden sie ihr ganzes allein durchlittenes Leben dem anderen durchsichtig machen und nahebringen, sagte Anthony: »Ich möchte mit dir nach Hamburg fahren. Ich möchte Lysbeth und Aaron kennenlernen und auch Renate

Wenz und auch Cynthia und Eckhardt. Das sind doch alles Menschen, die zu dir gehören. Ja, und vielleicht ist es jetzt ja sogar möglich, dass Jonny und ich uns die Hand reichen.« Stella erschrak. Anthony wollte in ihr Leben eintauchen. Bisher war immer sie in seines eingetaucht, und ihr Leben war ihm verborgen geblieben. Sie holte tief Luft. »Das macht mir Angst«, gestand sie. Er lachte. »Mir auch.«

»Aber«, fügte er ernst hinzu, »du kannst nicht immer weiter zwei sorgsam voneinander getrennte Leben führen, Stella, das macht auf die Dauer krank.«

Stella dachte an Lysbeth, die manches Mal formuliert hatte: »Du musst das Leben führen, das deines ist, sonst verirrst du dich in der Fremde eines anderen Lebens und weißt am Schluss nicht mehr, wer du selbst bist, und bist dir selbst fremd. Das macht auf die Dauer krank, Stella.«

Sie seufzte. »Irgendwie ist das Leben in der Kippingstraße, wo ich Jonny gleichzeitig einschließe und ausblende, auch meines, Anthony. Und ich glaube, dass ich die größte Angst davor habe, dass du die Stella der Kippingstraße nicht magst.«

Anthony wurde noch ernster. »Ich habe sehr großen Respekt vor deiner Tochter.« Stella legte den Kopf schräg, voller Aufmerksamkeit. Was wollte er ihr jetzt mitteilen? Immer wenn er über Angela sprach, war sie neugierig und irritiert zugleich. »Sie hat in diesen letzten Jahren während des Krieges ein hartes Leben geführt. Sie hat vor niemandem verheimlicht, dass sie Deutsche ist. Ich war deshalb manchmal nervös mit ihr. In England war man nicht gut auf Deutsche zu sprechen, weißt du. Aber sie hat darauf beharrt, sie selbst zu sein. ›Das ist schwierig genug für mich‹, hat sie immer gesagt. ›Wenn ich mich mit so einem komplizierten Teil von mir auch noch vor anderen verstecken muss, wird es ja noch schwerer. Nein, entweder die Leute nehmen mich, wie ich bin, eine Deutsche, die gegen die Nazis ist, oder sie machen es sich selbst leicht und lehnen mich einfach ab, weil ich nicht in ihr Weltbild passe.‹« Stella hörte staunend zu. Das war also ihre Tochter. »Aber sie hat doch sehr viele geheime, illegale Sachen gemacht«, überlegte sie. »Sie hat sich sogar als Mann verkleidet, sie hat einen anderen Namen angenommen, sie hat so getan, als wäre sie Engländerin, sie hat dich sogar geheiratet«, trumpfte sie auf. Anthony wiegte den Kopf hin und her. »Das musst du differenzieren, Stella. All das hat sie getan, um gegen die Nazis zu kämpfen oder um sich und ihr Kind vor ihnen in

Sicherheit zu bringen. Es hatte also einen Sinn. Sie hat keinen Sinn darin gesehen, sich vor Nachbarn und Bekannten als jemand anderes auszugeben, um sich selbst Schwierigkeiten zu ersparen.« Er dachte nach und fügte dann mit Entschiedenheit hinzu: »Der Sinn, warum sie es sich schwerer machte, war ihre Würde. Sie wollte ihre Würde bewahren. Und auch die Würde ihrer Tochter, die nicht verwirrt werden sollte durch zwei Gesichter ihrer Mutter.«

Stella atmete hörbar aus. Sie merkte, wie Hitze in ihre Wangen stieg. Ich werde rot, dachte sie beschämt. Würde. Das war das Stichwort. Ja, das war ihr Stichwort. Hatte sie ihre Würde verraten durch all die Lügerei, oder hatte das alles einen tieferen Sinn gehabt? Einen Sinn, der darüber hinausging, es sich bequem zu machen, Konflikten aus dem Weg zu gehen? Lag nicht auch ein Sinn im Überleben?

Sie sprach ihre Gedanken aus, ohne sie vorher sortiert zu haben, aber schon während sie sprach, merkte sie, wie gut es ihr tat, diese innere Verwirrtheit, die sie schon lange mit sich herumtrug, in Worte zu fassen: »Wir haben komplizierte Zeiten hinter uns. Angela hat ihr Leben riskiert, um für die spanische Republik zu kämpfen. Und sie hat es riskiert, um gegen die Nazis zu kämpfen, und sie hat es mit Lügen und Verkleiden getan. Tot oder im KZ hätte sie niemandem genützt. Ist es nicht manchmal so, dass man lügen und sich verstellen muss, um die eigene Würde nicht zu verraten?«

Anthony griff unter ihr Kinn und hob ihr Gesicht zu ihm. Er drohte schelmisch: »Du hast mich hoffentlich nicht belogen und verstellst dich nicht vor mir, meine Liebe.« Stella dachte an die kurze leidenschaftliche Zeit mit Jonny. Sie fühlte sich elend. Was sollte sie jetzt tun? Bis zu diesem Augenblick hatte sie es zweifellos für richtig gehalten, Anthony nichts von dieser Episode zu erzählen, aber jetzt spürte sie, wie sehr es sie belastete, das vor ihm zu verschweigen, vor allem deshalb, weil sie sich selbst so schwer verstand und weil es so unglaublich guttat, mit Anthony über alles zu sprechen, besonders auch über das, wo sie selbst so unsicher war. Aber würde sie nicht alles zerstören, wenn sie ihm jetzt diese Verirrung mit Jonny gestehen würde? Kleinlaut fragte sie: »Anthony, hast du mich während der vergangenen fünf Jahre betrogen, wenn man da überhaupt von Betrug sprechen kann?«

Anthony ließ seine Hände sinken und legte sie auf seine Knie. Mit einem Mal sah er alt und müde aus. Er schwieg, bis Stella die Spannung kaum mehr aushalten konnte. Also er hat, dachte sie, und eine Woge aus heißem Zorn überrollte sie. Ich werde ihn umbringen, tobte es in ihr. Ich werde die Frau umbringen. Und dann griff kalte Angst nach ihrem Herzen. Angela? War es doch Angela?

Er hob die Augen und sah sie traurig an. »Ich habe immer gehofft, dass ich es dir nie erzählen muss«, sagte er leise. »Aber ich merke jetzt, dass ich nicht will, dass irgendetwas zwischen uns steht. Das hat wohl auch mit Würde zu tun. Auch mit deiner Würde. Auch mit meinem Respekt vor dir. Ja, meine geliebte Stella, ich habe. Ich habe dich betrogen, fällt mir schwer zu sagen. Weil ich dich nicht betrogen habe. Ich habe mir immer gesagt, dass es mit dir, mit uns, nichts zu tun hat.«

Stella ballte ihre Hände zu Fäusten. Sie presste ihre Fingernägel hart in ihr Fleisch. Mit wem?, gellte es in ihr. Sag mir, mit wem? Gleichzeitig dachte sie: Hör auf zu reden. Ich will es nicht wissen.

Anthony sprach stockend weiter: »Ich bin nicht der Mann, der ein Vergnügen darin findet, sich immer selbst Entlastung zu verschaffen. Das ist so einsam, das ist so hart und trocken, so ohne Kontakt, ohne Gefühl, das lässt mich traurig zurück. Natürlich«, räumte er ein, »eine gewisse Zeitlang kann ich das, und ich kann auch ganz ohne Sexualität leben, eine gewisse Zeit. Aber, Stella, ich bin dann so empfänglich geworden für weibliche Reize.« Er sah sie treuherzig an, und Stella musste unwillkürlich lächeln. Es war nicht Angela, dachte sie, dann würde er anders sprechen. Und eine große Erleichterung machte sich in ihr breit. Sie dachte daran, wie sie auf Jonnys männlichen Geruch reagiert hatte, wie sie Karl Weinert angeschaut hatte. Sie empfand Mitgefühl für Anthony. Reiß dich zusammen, sagte sie sich selbst. Guck ihn streng an. Ein bisschen muss er noch leiden.

Aber Anthony spürte sofort, dass sie sich entspannte, und also entspannte auch er sich ein wenig. Die Worte kamen ihm leichter über die Lippen: »Es gab eine Kollegin in der BBC, deren Mann flog über Deutschland, und dann stürzte er ab. Sie war völlig verzweifelt. Und dann kam sie zu mir und bat mich, mit ihr zu schlafen. Sie sagte, sie liebe mich nicht und sie wolle mich nicht als Mann, aber die Vorstellung wäre für sie unerträglich, nun keinen Mann mehr im Bett, am und im Körper zu haben. Sie wusste, dass ich dich liebe, und sie sagte: Machen wir einen Handel. Du kommst einmal die Woche zu mir, und wir verbringen eine Nacht miteinander, und wenn der Krieg vorbei ist, trennen wir uns.« Wieder einmal fühlte es sich an, als zöge eine scharfe Rasierklinge einen feinen Schnitt durch Stellas Brust. Sie konnte die

Frau so gut verstehen. Sie wusste, wie einfühlsam Anthony eine Frau liebte. Es tat ihr furchtbar weh zu wissen, dass er das mehrere Jahre lang jede Woche einmal mit einer anderen getan hatte. »Wie lange ging das?«, fragte sie. Ihre Stimme drang kaum durch ihre Kehle, so dick war der Kloß, der dort saß. Anthony sah sie flehend an. »Drei Jahre«, sagte er nach kurzem Zögern. »Drei Jahre lang.«

Stella spürte, wie Tränen aus diesem Kloß in ihr aufstiegen. Sie hielt sie mühsam zurück. »Habt ihr euch ineinander verliebt?«, fragte sie. Anthony zögerte wieder mit der Antwort. In dieser Zeit seines Zögerns durchlitt Stella die letzten drei Kriegsjahre noch einmal. Ihre Entfremdung von Anthony. Ihre wachsende innere Isolation, ihre Ängste und Zweifel.

»Das ist schwer zu beantworten«, hörte sie Anthonys Stimme, und mit einem Mal wurde es warm in ihrer Brust. Er würde sie nicht anlügen, das wusste sie. Er würde ihr die Wahrheit sagen, immer, sogar in dieser schwierigen Situation. Und er liebte sie, das hatte er in diesen vergangenen drei Tagen in jeder Hinsicht bewiesen. Auch dass er es sich jetzt nicht leichtmachte, war ein Zeichen seiner Liebe. Sie griff nach seinen Händen. »Anthony, was auch immer mit dieser Frau war, ich bin wahnsinnig dankbar, dass du mir davon erzählst. So muss ich nicht ein komisches Gefühl haben, wenn du an sie denkst und ich nicht weiß, was los ist. Und du musst dich nicht mehr schämen und kein schlechtes Gewissen mir gegenüber haben.« Sie rückte näher zu ihm.

Er lächelte sie dankbar an. »Um auf deine Frage zu antworten«, sagte er schnell, als wollte er das unbedingt loswerden. »Ich glaube, wir haben uns geliebt. Nicht so, wie wir beide uns lieben, sondern so, wie Menschen sich lieben, die ein tiefes Gefühl für den Schmerz des andern haben. Wir haben sehr oft über euch gesprochen, über ihn, er heißt John, und über dich. Und wenn wir uns geliebt haben, war das mit Liebe, es war nicht gefühllos. Aber wir wussten immer, dass wir nicht Mann und Frau waren.«

»Was wart ihr dann?«, fragte Stella grob, denn Anthonys Worte hatten sie wieder zornig gemacht. Wieder dachte er nach, zögerte mit der Antwort. »Wir waren ein Mann und eine Frau, voller Mitgefühl füreinander, vielleicht war jeder wie Mutter und Vater für den andern, oder Bruder und Schwester, mit großer fürsorglicher Liebe füreinander, aber ohne das Gefühl, zueinander zu gehören. Wir sind nicht verschmolzen, wir sind nicht ineinandergetaucht, wir haben unsere Fremdheit als zwei getrennte Menschen nicht überwunden, jeder ist für sich geblieben, jeder hat sich selbst und dem andern gutgetan in der Begegnung, aber mehr Nähe hat es zwischen uns nicht gegeben. Sie ist seine Frau geblieben und ich dein Mann. Ja, Stella, so war es, anders kann ich es nicht ausdrücken.«

Jetzt klang Anthony erleichtert. Sie sah seinem Lächeln an, dass er sehr froh darüber war, diese Last von seiner Seele geladen zu haben. Sie ließ die Bilder, die seine Worte in ihr hatten auftauchen lassen, noch einmal vor ihrem inneren Auge ablaufen. »Ist sie schön?«, fragte sie. Er lachte amüsiert auf. Sie wusste, sie würde ihn jetzt alles fragen können, und er würde auf alles leicht und ehrlich antworten, alles schwer zu Gestehende hatte er bereits gesagt. »Ich glaube, sie ist ganz hübsch«, sagte er. »Aber, ehrlich gesagt, habe ich mir darüber nicht sehr viele Gedanken gemacht. Sie hat mich angezogen wegen ihrer Aufrichtigkeit, wegen ihrer Verletzlichkeit, die sie mir gezeigt hat, und wegen ihrer Sehnsucht nach Vergessen in der Zärtlichkeit.«

»War sie jünger als ich?«, fragte Stella weiter.

Anthony wurde immer fröhlicher. »Wie meinst du das?«, fragte er zurück. »Du meinst die Jahre, die du schon gelebt hast, oder?« Er wartete ihre Antwort nicht ab. »Lass mich überlegen. Ja, ich glaube, sie ist später geboren als du. Aber, meine Süße, sie ist, glaube ich, noch nie so jung gewesen wie du. Deine Neugier aufs Leben, deine kindliche Offenheit, deine Leidenschaft, deine Lebendigkeit, all das ist doch einmalig und unvergleichlich mit irgendjemandem sonst. Du willst jetzt, dass ich dich und sie irgendwie vergleiche, und das kann und will ich nicht. Sie ist eine Frau, wie es viele für mich hätte geben können, Witwe, allein und sehnsüchtig. Versteh mich nicht falsch. Sie ist liebenswert auf ihre Art, sie wird auch wieder einen Mann finden, der sie liebt, der ihre ganz eigene Besonderheit entdecken und fühlen wird. Aber du bist für mich unersetzbar, du bist für mich einmalig und ich bin überzeugt davon, dass es auf der ganzen Welt nicht eine einzige Frau gibt, die so wundervoll ist wie du.«

Er rückte seinen Stuhl nah zu ihrem, nahm ihr Gesicht in seine Hände und küsste sie zart auf den Mund. Aus dem zarten Kuss entzündete sich ihre Leidenschaft aufs Neue, und es dauerte nicht lang, da lagen sie wieder miteinander im Bett. Manchmal flackerte in Stella der Gedanke an die andere Frau auf, aber dann schien es ihr, als treibe Anthony diesen Gedanken mit seiner Liebe, seinem Begehren und seiner

Leidenschaft aus ihrem Körper heraus. Als sie anschließend schwer atmend nebeneinanderlagen, auf der Haut einen Schweißfilm, war die Erleichterung in Anthony deutlich spürbar. Stella spürte auch das Band, das Anthony mit seiner Aufrichtigkeit zwischen ihnen noch viel fester geknüpft hatte.

»Ich bin so dankbar«, flüsterte sie. »Ich danke dir tausendmal. Es war bestimmt nicht leicht für dich.« Er küsste ihren Bauch, leckte ihren Schweiß auf. »Ja«, flüsterte auch er, und sie spürte schauernd seinen Atem auf ihrem Bauch bis zu ihrem Geschlecht. »Ich hatte furchtbare Angst davor, was geschieht, wenn ich es sage, und was geschieht, wenn ich es nicht sage. Ich weiß doch, dass du mich so sehr liebst, dass du alles gespürt hättest, was mit mir ist. Ich hätte dir nicht antun wollen, in so eine Verwirrung aus Ahnung, Gefühl und Unwissen zu geraten. Ich bin auch dankbar. Danke, meine Liebste.«

Nun bin ich dran, dachte Stella. Aber da er sie nicht fragte, sprach sie erst einmal nicht.

Anthony gestand ihr noch etwas anderes: Er hatte seine Reise nach England nicht nur geplant, sondern auch schon in jeder Einzelheit vorbereitet. Er würde in einem Militärflugzeug mitfliegen, weil der Pilot ein Freund von ihm war. Angela und die Kinder waren schon informiert und erwarteten ihn bereits in einer Woche. Sie wussten, was ihm passiert war, und drängten seitdem, dass er nach Hause kommen sollte, um sich dort auszukurieren.

Nach Hause, hatte er gesagt. Durch Stella fuhr ein Stich. Wie töricht du bist, schalt sie sich unmittelbar darauf. Natürlich ist das sein Zuhause. Wo denn sonst? Doch nicht hier in diesem Hotelzimmer. Aber sie hätte sich gewünscht, dass er es vorzöge, dies Hotelzimmer gemeinsam mit ihr zu seinem Zuhause zu erklären.

Sie versuchte, ihre Enttäuschung zu verbergen, aber es fiel ihr sehr schwer. Betont unbefangen fragte sie: »Wann fliegst du denn genau?« Anthony musste einen Kalender zu Hilfe nehmen. »Unser Zusammensein hat mein Zeitgefühl durcheinandergebracht«, erklärte er. Beide staunten. Anhand des Kalenders stellten sie fest, dass sie bereits drei Tage und vier Nächte miteinander verbracht hatten. Also blieben Anthony noch knapp vier Tage, und dann mussten sie sich trennen.

Es war, als wäre Stellas ganzer Körper mit einem Mal nur noch Schmerz. Alles tat weh, ihre Haut, ihre Brust, ihr Bauch, die Augen, der Mund, jeder Atemzug schickte eine Welle von Schmerz durch sie hindurch. Aber sie vereiste nicht, wie sie es während der vergangenen Jahre getan hatte, um den Schmerz nicht zu fühlen. Sie begann zu weinen. »Das kann ich nicht«, schluchzte sie. »Ich kann dich nicht schon wieder verlieren, das halte ich nicht aus, du kannst mich nicht schon wieder allein lassen.« Plötzlich hielt sie inne, ihre Tränen versiegten, und sie sagte: »Ich komme mit. Ich fliege mit dir. Das muss doch gehen.«

Anthony hatte sie während ihres Tränenausbruchs umschlungen gehalten, nun strich er eine Haarsträhne aus ihrem feuchten Gesicht. Er lächelte. »Ja, du kommst mit«, sagte er. »Das ist wundervoll. Angela und die Kinder werden überglücklich sein.«

Beide waren so erleichtert, dass sie den ganzen Tag hindurch und noch lange bis in die Nacht hinein feierten, dass sie einander nun nie wieder allein lassen würden.

Am nächsten Tag wurden sie von einem Jeep abgeholt und zur Unterkunft von Anthonys Freund gefahren, die sich in einem prächtigen und heil gebliebenen Patrizierhaus befand. Wie alle Freunde von Anthony war auch Ron zu Stella von ausgesuchter Liebenswürdigkeit und Höflichkeit. Im Zusammensein mit diesen beiden Männern vergaß Stella, dass sie Deutsche war und somit dem Volk zugehörig, das Unheil über die Welt gebracht hatte.

Aber als Anthony seinem Freund mitteilte, dass Stella mit nach England kommen würde, und ihn bat, einen Platz für sie zu organisieren, sah der ihn an, als hätte Anthony den Verstand verloren. »But she is German«, entgegnete er nur, und da begriff Stella, dass die Regeln, die für den Kontakt zwischen den Siegern und den Besiegten galten, nicht außer Kraft gesetzt waren, nur weil Anthony und sie sich liebten.

Sie bemerkte Rons Not. Es war ihm sehr peinlich, in ihrer Gegenwart darauf hinzuweisen, dass eine Deutsche nicht in einer britischen Militärmaschine nach England geflogen werden könnte. Sie berührte Anthony leicht am Arm und sagte: »Wir haben vergessen, dass ich Deutschland gar nicht so ohne weiteres verlassen darf.« Sie lachte plötzlich auf. »Wie dumm ich war. Ihr wisst ja nicht, für was wir alles Genehmigungen einholen müssen: für das Fahren eines Fahrrads, ja, für das Halten von Brieftauben. Für alles müssen wir von der Militärverwaltung Genehmigungen einholen.« Anthony und Ron staunten. Das wussten sie nicht. »Das ist aber überflüssig«, bemerkte Anthony und stieß Ron in die Rippen. »Wir müssen aufpassen, dass wir uns von der deutschen Manie, Listen zu erstellen, nicht anstecken lassen.«

Stella blieb bei Anthony, bis er Deutschland verließ. Beim Abschied weinte sie hemmungslos. Er versprach immer wieder, dass er sehr bald zurückkehren werde und vielleicht sogar mit Angela und den Kindern. Er versuchte sie zu trösten, aber sie war untröstlich. Sie hatte furchtbare Angst, dass er mit dem Flugzeug abstürzen würde, dass ihm in England etwas geschehen würde, dass sie ihn nie wiedersehen würde. Es war ihr unbegreiflich, wie sie es all die Jahre ohne ihn ausgehalten hatte, und sie war völlig sicher, dass sie diesmal daran zugrunde gehen werde, sollte er länger als zwei Wochen fortbleiben.

Er sagte, dass er wahrscheinlich in einem Monat zurückkäme. Er hatte die Absicht, in London einen befreundeten Arzt aufzusuchen, der sich seinen Fuß noch einmal anschauen und dafür sorgen sollte, dass die Wunde endlich anständig heilte. Außerdem wollte er sich Schuhe anpassen lassen, so dass er auch mit zwei Zehen normal gehen konnte, ohne ständig Schmerzen zu erleiden. Er wollte für Angela und die Kinder Ausreisegenehmigungen erwirken und, er druckste, als er sagte: »Wir wollen uns auch scheiden lassen.« Stella hörte sofort auf zu weinen. »Warum hast du das nicht früher gesagt?«, beklagte sie sich. Anthony lächelte verlegen. »Ich wollte dich überraschen«, gestand er.

Die Scheidung war neben der Behandlung des Fußes der Hauptgrund, warum Anthony zum verabredeten Termin und nicht später nach England fliegen musste. Stella dachte nach. »Hattest du auch vor, dich scheiden zu lassen, als du dich von mir trennen wolltest?«, fragte sie. Er nickte. Dann lachte er amüsiert auf und sagte: »Angela fiebert unserer Scheidung entgegen, sie findet es vollkommen unmoralisch, mit mir verheiratet zu sein. Es ist ihr absolut zuwider. Sobald der Krieg zu Ende war, hat sie sich darum gekümmert, die Scheidung in die Wege zu leiten.«

»Du hättest mir das sagen sollen«, schimpfte Stella. »Dann wäre ich nicht so furchtbar verzweifelt gewesen.«

Aber als Anthony sich von ihr endgültig verabschiedete und sie ihm nachblickte, wie er mit bemüht langen Schritten zum Flugzeug humpelte, kam die Verzweiflung zurück, und sie weinte, als wäre Anthony gestorben.

Der Soldat, der sie im Jeep nach Hamburg bringen sollte, wartete in einem respektvollen Abstand, bis das Flugzeug sich in die Höhe begeben hatte und mit lautem Knattern davonflog. Dann näherte er sich langsam, stellte sich neben Stella und sagte in einem starken Cockney-Akzent: »He'll come back, sure.«

30

Von jetzt an telefonierten Stella und Anthony täglich, und sie schrieben sich lange und sehnsüchtige Briefe. Anthonys Fuß heilte nicht so, wie er es sich wünschte, der Arzt, den er aufgesucht hatte, war besorgt und fürchtete, dass die Wunde eventuell noch einmal aufgeschnitten und neu vernäht werden müsse, weil sie so grobschlächtig versorgt worden war. Und die Scheidung von Angela kam auch nicht recht voran. Aber Stella war trotzdem glücklich. Sie wusste nun, wohin sie gehörte, alle Zweifel waren fort. Das erleichterte sie ungemein.

Sie empfand ein großes Bedürfnis, jemandem zu danken. Also suchte sie wieder einmal das Grab der Tante auf. Sie hatte im Garten einen Strauß Margeriten gepflückt, die stellte sie nun in die Vase, in die sie immer ihre Blumen und ihre geheimen Briefe steckte. Zuerst also wieder den kleinen Zettel, auf dem ein einziges Wort stand: Danke. Dann Wasser darüber und die Blumen hinein. Beschwingt verließ sie den Friedhof. Nun wusste es auch die Tante!

Jonny tat so, als hätte sich nichts zwischen ihnen verändert, aber er war besonders freundlich und aufmerksam zu Stella. Da er noch keine neue Arbeit gefunden hatte, war er viel in Hamburg unterwegs, besuchte alte Geschäftsfreunde, beobachtete die Entwicklung der Stadt und suchte nach neuen Chancen. Auch andere Kapitäne waren arbeitslos, denn die deutsche Schifffahrt lag vollkommen brach.

Jonny hatte große Angst, sich bei den britischen Besatzern irgendwie unbeliebt zu machen, deshalb suchte er den Schwarzmarkt nicht auf, obwohl es ihn sehr dorthin zog, denn er hatte, als er Dänemark verließ, einen ganzen Seesack voller Zigaretten mitgenommen und einen zweiten Seesack mit Konserven. Zu jenem Zeitpunkt war ihm bereits bewusst gewesen, dass der Krieg bald zu Ende sein würde und dass alles, was in den Reserven lag, zu guter Letzt an den gehen würde, der es sich nahm. Nun, er hatte es sich genommen.

Ihm war auch bewusst, dass sein Besitz an Zigaretten und Fischkonserven ein großer Schatz war, mit dem er bei klugem Einsatz einiges bewegen konnte. Die mageren Lebensmittelrationen stockte Renate Wenz bereits mit aller Leidenschaft auf, die ihr zur Verfügung stand. Und das war eine Menge. Renate hatte bei den Wolkenraths eine Familie gefunden, und sie verhielt sich seit Kriegsende in verstärktem Maße so, als wäre sie das Oberhaupt, das in der Notzeit dafür verantwortlich war, für alle zu sorgen.

Jonny hingegen beabsichtigte, seine Schätze für seine besonderen Pläne einzusetzen. Er wollte für Greta und Walburga eine Wohnung besorgen, und das war ein fast schon größenwahnsinniges Unterfangen, denn es gab keine Wohnungen. Zu allem Überfluss wollte er eine separate Wohnung für Greta, wo er aus und ein gehen konnte, wie es ihm beliebte. Um das zu bekommen, würde er nicht nur eine Schachtel Zigaretten und eine Konservendose investieren müssen. Der Wohnraum in Hamburg war bedrückend eng geworden. Achtköpfige Familien hausten in einem Kellerzimmer, in Notunterkünften ohne fließendes Wasser und Strom.

Jonny suchte »informationshalber« das Wohnungsamt auf. Dort wurde ihm für Greta ein Platz in einer Nissenhütte in Fuhlsbüttel in Aussicht gestellt. Nissenhütten wurden aus einzelnen vorgefertigten Wellblechteilen auf freigeräumten Trümmerflächen aufgebaut und ähnelten einer in der Längsachse halbierten Tonne. Sie hatten keine Isolierung – die Idee ging auf den Einfall eines englischen Konstrukteurs namens Nissen für Notunterkünfte in Afrika zurück, dort brauchte man keine Isolierung. In einer Nissenhütte wohnten, nur durch einen Vorhang getrennt, zwei Familien auf vierzig Quadratmetern Grundfläche. Die Hütten waren möbliert, weil sie für Obdachlose und Ostflüchtlinge gedacht waren, die nichts besaßen. Die Einrichtung bestand aus Stühlen, Tisch, Betten und einem Kanonenofen. Häufig wurden zur Selbstversorgung kleine Gärten angelegt. Wasseranschlüsse und sanitäre Einrichtungen befanden sich in separaten Gebäuden. Die ersten von der britischen Besatzungsmacht genehmigten »Civilian Hutted Camps« waren auf der ehemaligen NS-Aufmarschwiese im Stadtpark errichtet worden. Dort schaute Jonny sich das Treiben an, das auf ihn den Eindruck machte, als lade es zu Diebstählen und Überfällen ein, die ohnehin seit Kriegsende so zunahmen, dass die Polizei damit überhaupt nicht fertig wurde. Das kam für ihn auf gar keinen Fall in Frage, so entschied er. Nur durch einen Vorhang getrennt von einer anderen Familie mit Greta zusammen zu sein, befand er als unzumutbar.

Wie getrieben war Jonny in Hamburg unterwegs, ohne selbst genau zu wissen, warum er sich so dringlich einen Eindruck verschaffen wollte, was in dieser seiner Stadt geschah. Manchmal dachte er neidisch an seinen Schwager Dritter, dessen goldene Zeit offenbar mit Ende des Krieges angebrochen war. Dritter telefonierte dann und wann mit seinen Schwestern, und was er denen berichtete, klang für Jonny, als wäre Dritter im Paradies gelandet. Er besaß Hühner, hatte im Juni noch mit der Aussaat von allen möglichen Kohlsorten begonnen, hatte Bohnen gesät und auch noch Kartoffeln gesetzt.

Jonny hatte überlegt, ob er Dritter einspannen sollte, um seine Zigaretten möglichst gewinnbringend zu veräußern. Aber er fürchtete, von Dritter übers Ohr gehauen zu werden. Jonnys großer Traum war, wieder ein Auto zu besitzen. Es konnte ja nicht mehr lange dauern, und die Straßen würden wieder freigegeben werden. Jonny konnte sich auch nicht vorstellen, dass die westlichen Alliierten viel Ausdauer dabei haben würden, die Deutschen zu knechten. Über kurz oder lang würden sie begreifen müssen, dass sie Deutschland als Bollwerk gegen den Bolschewismus brauchten.

Besonders aufmerksam verfolgte Jonny, was am Hafen geschah. Am 1. Juni 1945 war der Hafen so weit freigeräumt gewesen, dass die Versorgungsschiffe der Alliierten anlanden konnten. Vier Monate später dampfte die alte *Jan Molsen* bereits von den Landungsbrücken die Elbe hinunter bis Cuxhaven und zurück. Sie bot tausend Plätze, dreimal wöchentlich – und das war für Hamsterfahrer, die sich in den Häfen der Unterelbe mit Fisch und Fischprodukten eindecken wollten, allemal bequemer, als auf dem Dach eines überfüllten Eisenbahnwaggons zu hocken.

Als der nagelneue Fischdampfer *Fock und Hubert* am 12. November 1945 auf seine Jungfernreise ging, stand Jonny am Kai und freute sich, als wäre auch für ihn eine Jungfernzeit angebrochen. Erst im Juni hatte *Blohm & Voss* mit der Herstellung dieses Schiffes begonnen, und nun lief es bereits aus. Natürlich war die Fertigstellung auch deshalb besonders vorangetrieben worden, weil der Fischfang in Anbetracht der ungenügenden Lebensmittelversorgung für die Ernährung in der Britischen Zone von großer Bedeutung war. Schifffahrt, wie Jonny sie verstand, konnte man das natürlich nicht nennen. Aber es war ein Anfang.

Jonny hatte sich manches Mal überlegt, dass er mit Dritter ein Gespräch unter vier Augen führen müsse. Dritter wäre bestimmt ein geeigneter Partner für Geschäfte, die man besser in aller Stille abwickelte. Aber seit dem 1. November war seine Hoffnung auf einen Besuch des Schwagers sehr reduziert, denn von nun an durfte sich keines der wenigen vorhandenen Privatkraftfahrzeuge in der Britischen Zone ohne schriftliche Genehmigung der Militärregierung mehr als achtzig Kilometer von seinem im Fahrtenbuch eingetragenen Standort entfernen. All diese Auflagen wurden gemacht, um den Schwarzmarkt einzudämmen. Auch durfte kein motorisiertes Fahrzeug zwischen Sonnabend 18.00 Uhr und Montag 6.00 Uhr unterwegs sein. Es gab nur wenige Ausnahmegenehmigungen, etwa für Ärzte im Einsatz und für die Polizei. Wer unterwegs war, musste deshalb meist zu Fuß gehen. Stundenlang und kilometerweit. So wie Jonny es tat. Er saugte die Eindrücke von der sich täglich verändernden Stadt nur so in sich auf.

Durch die Ruinengebirge rumpelten Lastwagen und Jeeps der Briten, zumindest dort, wo die Straßen schon wieder von Trümmern befreit worden waren. Einige Schupos regelten den Verkehr, am Ausgang der Mönckebergstraße und am Stephansplatz wurde diese Arbeit sogar schon wieder von Lichtzeichen erledigt: Die dort installierten Verkehrsampeln blinkten seit Ende Mai 1945 und gehörten damit zu den ersten öffentlichen Einrichtungen überhaupt, die in der Hansestadt wieder instand gesetzt worden waren. Jonny fiel immer wieder der hohe Anteil alter Männer und Frauen auf – und dass es viel mehr Frauen gab als Männer. Außerdem liefen beeindruckend viele in verwaschenen Wehrmachtsmänteln herum. Das Tragen deutscher Militäruniformen war zwar von den Alliierten verboten worden, aber die Briten hatten ein Einsehen gehabt und hatten in ihrer Zone hundertfünfzig Tonnen Farbe in sechs Tönen verteilt, damit das Feldgrau der Uniformen umgefärbt werden konnte. Allerdings hatten Knöpfe, Koppel und Litzen der Wehrmacht entfernt werden müssen.

Jonny warf aufmerksame Blicke in die Fenster der Häuser, die heil geblieben waren. Auch dort wirkten die Wohnungen kalt und düster. Die *Hamburgischen Elektricitäts-Werke* hatten seit Mai 1945 zunächst die letzten Ölreserven der deutschen Kriegsmarine in ihren Kraftwerken verfeuert, doch vom Herbst an mussten sie sich mit Kohle begnügen, und die war knapp: Es fehlte an Zügen, Waggons, intakten Schienenverbindungen zwischen dem Ruhrgebiet und Hamburg. Kohlen für die

Wohnungsöfen wurden gar nicht mehr zugeteilt. Und seit dem 15. Oktober war auch der Strom streng rationiert. So durfte ein Vier-Personen-Haushalt nur 2,7 Kilowatt pro Monat verbrauchen. Mit dieser geringen Menge Strom wurden selbst bescheidenste Mahlzeiten auf dem Elektrokocher nicht gar. Das von der Militärverwaltung herausgegebene *Hamburger Nachrichtenblatt* riet, nachts die Sicherung der elektrischen Türklingel herauszudrehen, um ein paar Milliwatt zu sparen.

Wenn Jonny in sein ehemaliges Büro ging, um die wenigen Kollegen zu besuchen, die jetzt wieder dort waren, beneidete er sie einerseits um ihre festen Arbeitszeiten. Auch er hätte gern wieder einen geregelten Tagesablauf gehabt, das stundenlange Umherstreunen konnte ja nicht ewig so weitergehen, aber andererseits war das, was sie ihm über ihr Leben erzählten, nicht das, was er selbst anstrebte.

Ein Kollege, den er von früher kannte, schüttete ihm sein Herz aus: »Manchmal denke ich, dass ich im nächsten Augenblick tot umfalle. Morgens geht das um halb sechs los. Um acht bin ich im Büro. Hier ist es genau so kalt wie zu Hause. Ab drei Uhr gehen die Verkehrsmittel wieder, wenn ich um fünf hier rausgehe, bin ich so durchgefroren, dass ich kaum mehr gehen kann. Ich hab am ganzen Tag auch nur zwei Scheiben trocken Brot gegessen. Und dann der Kampf um die U-Bahn. Inzwischen hat meine Frau morgens bei uns und dann bei einem Rechtsanwalt geputzt, mittags ist sie eine Stunde weit gelaufen, um das Essen aus der Volksküche zu holen, darauf sind wir mangels Gas, Elektrizität und Kochgelegenheit angewiesen. Gegen 5.00 Uhr macht sie auf der Brennhexe unser Essen warm, dadurch wird auch unser Zimmer ein wenig verschlagen. Manchmal nehme ich noch Akten aus dem Büro mit, die erledige ich dann am Abend bei einer Fünfzehn-Watt-Birne in Decken gehüllt. Dann krieche ich durchgefroren ins Bett. Die Kälte und die Dunkelheit zermürben durch den Hunger doppelt. Ich kann nicht mehr.« Jonny sagte nicht, sie könnten ja tauschen. Mit diesem Leben wollte er nicht tauschen.

Am 13. November kam Dritter überraschend nach Hamburg. Major Tom hatte ihn in seinem weißen Luxusschlitten mitgenommen, und die Krönung war, dass er ihn vor der Haustür in der Kippingstraße absetzte, was allgemeines Aufsehen in der Straße erregte. Dritter brachte Lebensmittel für die ganze Familie mit, Eier, Mehl, Milch, und forderte fröhlich: »Ich hoffe, dass es heute Abend für alle Pfannkuchen gibt!«

Und dann war er voller Geschäftigkeit. Er sagte zu seinem Bruder: »Ich möchte dich unter vier Augen sprechen«, worauf Cynthias Mund fast völlig verschwand, so sehr presste sie die ohnehin schmalen Lippen zusammen. »Ich gehe schon«, sagte sie pikiert. »Mich muss man nicht rausschmeißen.«

Dieses Mal setzte Dritter nicht seinen gesamten Charme ein, um seine Schwägerin freundlich zu stimmen, ohne Umschweife schlug er Eckhardt vor, sich in die nächstgelegene Kneipe zu begeben. Dort machte er ihm ohne lange Vorrede ein Angebot: »Ich brauche einen Geschäftspartner in Hamburg. Ich will eine Fabrik aufbauen, wo Herde gebaut werden. Ich will in Hamburg eine Verkaufsstelle einrichten. Ich dachte dabei an dich. Wir haben doch früher schon zusammengearbeitet.« Eckhardt wurde rot vor Freude. Alexander, der Tausendsassa, war offenbar dabei, sein Glück zu machen. Ja, es war diese Zeit, wo Millionen untergingen und hungerten und darbten, aber einige, die Raffinierten, die Klugen, die konnten es zu was bringen. Zu denen gehörte wohl Dritter. Und nun wollte er seinen Bruder beteiligen.

Eckhardt bemühte sich, nicht zu zeigen, wie geschmeichelt er sich fühlte. Er stellte zuerst einmal fachmännische Fragen. Wie Dritter die Sache aufzuziehen gedenke, woher er das Geld nehme, wer ihm zur Seite stehe. Dritters Antworten beeindruckten ihn sehr. Er hatte bereits alles bis ins Kleinste geplant. Und er hatte sogar schon eine unglaubliche Ausstattung: eine Kuh, zwei Pferde, Hühner, Gänse, einen Knecht, einen Ingenieur und ein Mädchen, das Marthe zur Hand ging.

Eckhardt staunte. »Wie bist du an all das gekommen?«, fragte er. Dritter lachte geheimnisvoll. »Na ja«, raunte er, nachdem er sich vorsichtshalber umgeblickt hatte. »Ich hab doch bei den Versteigerungen damals, du weißt schon, viele schöne Sachen erworben, Silber, Bettbezüge, Tischdecken, auch zwei Teppiche. Die Bauern sind ganz wild auf so was. Also habe ich dafür Sachen eingetauscht. Die Kuh ist noch jung, die beiden Pferde sind nicht gerade zur Dressur geeignet, und ich hab mit zwei Hühnern angefangen, inzwischen sind es aber schon zehn.« Eckhardt war voller Bewunderung. »Nächstes Jahr will ich Weizen anbauen«, erzählte Dritter. Dann erkundigte er sich nach dem Papierwarenladen. Das war für Eckhardt vorbei und erledigt. »Du hast doch noch die Sachen bei dir liegen«, sagte Dritter. »Die kannst du auf dem Schwarzmarkt anbieten. Die Leute verkaufen da das komischste Zeug, und Schreibwaren braucht man immer.«

Als sie einige Bier getrunken hatten, kam Dritter auf die Materialien zu sprechen, die noch von ihrer Elektrofirma übriggeblieben waren. »Der Ramsch«, sagte Eckhardt verächtlich. »Der liegt zwischen den anderen Sachen in unserem Wohnzimmer rum, das ist ja sowieso unser Lager geworden.«

Dritter schlug vor, dass er sich dort nachher einmal umsehen werde, und Eckhardt war einverstanden. Er fand Dritters Idee, er solle auf den Schwarzmarkt gehen, lächerlich. Niemals würde er auf den Schwarzmarkt gehen. Er wollte doch nicht ins Gefängnis kommen. Aber wenn Dritter mit den Sachen, die sie noch von der Firma in der Feldstraße übrig behalten hatten, etwas anfangen konnte, sollte er das tun. Ebenso mit den Papierwaren. Selbstverständlich musste er ihn, Eckhardt, dann am Gewinn beteiligen, das war ja klar.

Eckhardts Gefühle begaben sich auf einen Höhenflug. Endlich tat sich wieder etwas vor ihm auf, wonach er sich ausrichten konnte. Sein Leben war seit Mai sehr trist geworden. Im Krieg, ja, da hatte er über sich selbst hinauswachsen können, da war er ein Held geworden, der im Bombenhagel aufs Dach gestiegen war, um das Haus zu retten. Da war er angesehen gewesen und hatte sich wie ein Mann gefühlt, nicht wie ein jämmerlicher Waschlappen, der sein einziges Vergnügen darin fand, sich neben Cynthia im Bett unter der Federdecke aufzuwärmen. Seit Kriegsende kam es ihm so vor, als wäre nun auch sein Leben zu Ende.

Askan von Modersen war tot. Und Eckhardt fühlte sich, als wäre der Teil in ihm, der sich nach Askan verzehrt hatte, auch tot. In dieser Richtung spürte er nichts mehr. Gar nichts. Dass er einmal voll sexueller Leidenschaft gewesen war, kam ihm seltsam vor. Auch die Erinnerung an Askan konnte ihm kein besonderes Gefühl mehr entlocken, nicht einmal Trauer. Manchmal dachte er, dass das alles gar nicht stattgefunden hatte. Dass der Junge, der er damals gewesen war, der Junge, der von Askan unsittlich berührt, irgendwie verhext worden war und sich danach abartige Dinge vorgestellt hatte, niemals existiert hatte. Und dass das Ganze nicht auf seine eigene Veranlagung zurückging, sondern ausschließlich mit Askans Phantasien zu tun gehabt hatte. So wie Hitler die Deutschen verhext hatte, die geschlossen seinen Allmachtsphantasien gefolgt waren, so hatte Askan vielleicht ihn verhext, und er hatte sich eingebildet, all das wäre wirklich geschehen. Je mehr Eckhardt sich solchen Gedanken hingab, umso unwirklicher erschien ihm, was er für Askan gefühlt und mit ihm erlebt hatte.

Schließlich war er zu der Überzeugung gelangt, dass Askan und er sich ausschließlich in der Windhundzucht begegnet waren. Und die Windhundzucht war etwas, das Eckhardt mit Stolz weiterbetrieb. Das war das Einzige, das ihm noch ein Gefühl von Leben gab. Die Hündin hatte inzwischen geworfen, weniger, als sie erwartet hatten, nur vier kleine Windhunde waren am Leben geblieben, einer war gestorben, ausgerechnet ein Rüde. Die anderen, Weibchen, waren ganz allerliebst. Cynthia warf sich mit mütterlicher Inbrunst auf die Pflege der Kleinen. Eckhardt hatte im Windhundverein kundgetan, dass er Tiere zu verkaufen hatte, aber seltsamerweise meldete sich niemand.

Als er nun Dritter gegenübersaß und sich die Zukunft vor ihm erhellte, dachte er plötzlich, dass Dritter vielleicht drei Welpen auf dem Schwarzmarkt anbieten könnte, ein Weibchen ging ja an den Besitzer des Deckrüden. Aber Dritter, der sich die vier Kleinen bereits fachmännisch angeschaut hatte, winkte ab, als Eckhardt es ihm vorschlug. »Du willst sie doch nicht sofort weggeben, oder? Sie sind doch erst vier Wochen alt. Auf dem Schwarzmarkt musst du sofort zuschlagen, da wird nicht gefackelt. Das geht Ware gegen Ware, und danach kennt keiner mehr den andern.« Er rieb sich nachdenklich die Nase. »Frag Stella«, schlug er vor. »Die kann sich schick machen, das sieht nach was aus, die kann einen der Hunde in zwei, drei Wochen an die Leine nehmen und die Talstraße auf und ab gehen, dann wird sich zeigen, ob jemand anbeißt.«

Am Abend gab es, wie Dritter es sich gewünscht hatte, Pfannkuchen für alle. Major Tom hatte sich auch eingefunden, sein Auto parkte vor der Tür und lockte die Jungen aus der Umgebung an. Zum Glück war heute gerade ein Tag, wo es Gas im Haus gab. Seit Mitte Oktober gab es wieder Stadtgas für Kochzwecke an jedem zweiten oder dritten Tag. Man wusste vorher nie genau, ob das Gas kam, wenn man den Herd andrehte. Die Gaswerke waren schwer getroffen, das Rohrnetz war tausendfach beschädigt.

Sie aßen unten in der Küche an dem großen Tisch, und alle genossen die knusprigen Pfannkuchen, auch wenn es in der Küche etwas streng roch, denn dort stand die Welpenkiste. Trotz der unermüdlichen Bemühung der Hündin, alles sauber zu halten, konnte sie den Geruch der Ausscheidungen ihrer Jungen nicht völlig entfernen.

In der Küche webte sich ein klangvoller Teppich aus vielen fröhlichen

Stimmen. Alle waren gutgelaunt, sogar Cynthia, die durch die anhänglichen Welpen eine völlig neue Liebe erfuhr. Ihre Mutterliebe, die in ihrem jungen Herzen aufgeflackert war, als sie den Kindern vorlas, die zu den Mieterinnen ihrer Mutter im damaligen Haus in Blankenese gehörten, war in der Zwischenzeit erloschen gewesen. Damals hatte sie sich sehnsüchtig gewünscht, einmal Mutter von vielen Kindern zu werden. Das war lange vergessen. Nun wälzte sich dieses warme fürsorgliche Gefühl unter vielen Schichten aus Groll und Härte und Enttäuschung langsam wieder hervor und schenkte Cynthia eine ungeahnte Süße der Empfindung.

Aaron war gutgelaunt, weil die Ärztekammer ihm mitgeteilt hatte, dass mit seiner Zulassung bald zu rechnen sei. Außerdem war er dabei, Kontakt nach Wien aufzunehmen, der Heimat von Sigmund Freud. Aaron wusste nicht, bei wem er lernen konnte, die Seelen von Menschen zu heilen, denn Freud war tot, Alfred Adler, Freuds Schüler, ebenfalls. Aaron hatte von einem Psychiater namens Jung gehört, und was er von ihm gehört hatte, schien ihm ungemein interessant, aber er wusste nicht, wo dieser arbeitete. Er hatte erst begonnen, seine Fühler auszustrecken, aber er hatte ein Ziel: Er wollte Psychiater werden, und er wollte ein guter Psychiater werden, einer, der Menschen mit seelischen Schäden respektierte und heilte, und keiner, der sie mit Elektroschocks demütigte und ans Bett kettete.

Lysbeth war gutgelaunt, weil sie glaubte, mit Marianne aus Scharbeutz die Schülerin gefunden zu haben, die die Tante gefordert hatte. Marianne hatte ihr in einem Brief geschrieben, von wie großer Bedeutung die heilende Tätigkeit für sie inzwischen geworden war und dass sie die – bislang für ihre Familie noch geheime – Absicht verfolge, in Hamburg ein Medizinstudium zu beginnen. Sie habe zwar kein Abitur, aber sie wisse, dass es die Möglichkeit gebe, eine besondere Prüfung abzulegen und dann auch ohne Abitur zu einem Studium zugelassen zu werden. Bei dieser Prüfung werde herausgefunden, ob man für das Fach, das man studieren wolle, eine besondere Begabung und Eignung mitbringe. Darauf wolle sie sich mit Lysbeths Hilfe vorbereiten.

Stella schwebte auf einer Wolke aus Erleichterung und Glück. All ihre Ängste hatten sich in Luft aufgelöst. Auch wenn Anthony nicht so schnell wiederkam, wie sie es sich beide gewünscht hatten, gab es keinen Zweifel mehr, dass sie zueinandergehörten und in naher Zukunft ein Paar sein würden.

Eckhardt blickte endlich wieder mit Hoffnung in die Zukunft, und Dritter hatte sehr gute Laune, weil er im Warenlager seines Bruders so viel Nützliches entdeckt hatte, dass der Koffer, den er mitgebracht hatte, niemals ausreichen würde, um alles Brauchbare mitzunehmen.

Major Tom war gutgelaunt, weil er bei einer so netten deutschen Familie zu Besuch war. Ganz besonders nett fand er Stella, die sich in perfektem Englisch mit ihm unterhalten konnte. Als sie nach dem Pfannkuchenessen hoch in Stellas Wohnzimmer gingen, wo Dritter und Stella nach langer Zeit wieder einmal vierhändig Klavier spielten und gemeinsam sangen, verliebte sich Major Tom geradezu in Dritters schöne Schwester.

Renate Wenz fehlte, und das bedauerte Stella sehr, denn sie hätte der Freundin gewünscht, auch einmal verköstigt zu werden und nicht immer nur für andere da zu sein, aber Renate war wieder einmal auf Hamsterfahrt unterwegs, und das dauerte manchmal mehrere Tage.

Dass Jonny nicht da war, fiel niemandem besonders auf. Stella wusste auch gar nicht, wo er war, was keine Seltenheit war, denn Jonny war von morgens bis zur Sperrstunde unterwegs. Erst als Dritter und Major Tom sich verabschiedeten, kam Jonny nach Hause. Er gab sich große Mühe, seine Enttäuschung zu verbergen. Das Einzige, was er mühsam herausbrachte, war: »Komm bald mal wieder, und melde dich am besten vorher an.« Dritter, der einen sechsten Sinn für Gelegenheiten hatte, erkannte sofort, dass Jonny etwas von ihm wollte. Er sagte: »Komm du doch nach Ratekau, uns besuchen. Marthe würde sich riesig freuen.« Jonny blickte ihn zweifelnd an, aber Dritter fuhr fort: »Du fährst bis Lübeck mit der Bahn, und von da wirst du schon von irgendjemand mitgenommen. Außerdem kann ich dich auch irgendwo mit dem Pferdewagen auflesen.« Jonny nahm sich vor, das sehr bald zu tun. Dritter dehnte die Einladung auf die ganze Familie aus. »Ihr habt auch noch nicht unseren Wilhelm gesehen, und das ist doch eine Schande.« Lysbeth versprach, sehr bald zu kommen.

Am 8. November begannen die Vorlesungen für das Wintersemester an vier Fakultäten der Universität Hamburg: Rechts- und Staatswissenschaften, Medizin, Philosophie und Naturwissenschaften. Es hatten sich zehntausend Studenten zur Immatrikulation angemeldet, zugelassen wurden nur dreitausend. Aber das entmutigte Marianne nicht, die Anfang November nach Hamburg kam, um sich an der Universität nach den Bedingungen zu erkundigen, unter denen sie als Nichtabiturientin studieren durfte. Ihr wurde mitgeteilt, dass sie eine Begabtenprüfung absolvieren müsste, in der sowohl ihre Allgemeinbildung als auch ihre spezielle Begabung für ein Medizinstudium geprüft würde.

Sie war Feuer und Flamme, als sie anschließend Lysbeth besuchte. Sie erzählte, dass es diese Begabtenprüfung bereits in der Weimarer Republik gegeben habe, und Lysbeth stiegen plötzlich zu ihrer eigenen Überraschung die Tränen in die Augen. Was ist das denn?, fragte sie sich. Ich bin doch glücklich, dass ich Aarons Studium mitmachen durfte und auf diese Weise diesen wundervollen Mann kennengelernt habe. Dann war der kleine Anfall von Traurigkeit vorüber. Aber Marianne hatte die Tränen gesehen und wirkte eine Weile danach sehr nachdenklich. Doch bald war der kleine Zwischenfall vergessen, und sie schmiedeten gemeinsam Pläne, wie sie vorgehen sollten, um Marianne auf die Prüfung vorzubereiten.

Marianne hatte Unterlagen mitbekommen, die ihr einen Überblick über den Prüfungsstoff vermittelten. Lysbeth blätterte sie durch. Es waren Richtlinien, die von 1929 stammten. Voraussetzung war die besondere Eignung des Bewerbers seiner Persönlichkeit und seinen geistigen Fähigkeiten nach, eine deutlich erkennbare Begabung für das gewählte Studienfach und eine besondere berufliche Bewährung. Der Antrag auf Zulassung konnte gar nicht vom Bewerber selbst, sondern nur von sogenannten urteilsfähigen Personen gestellt werden. Entsprechend anspruchsvoll waren die Prüfungsanforderungen. »Ich dachte, im Augenblick kann ich mich selbst für eine solche Prüfung anmelden«, sagte Marianne kleinlaut, nachdem sie gemeinsam mit Lysbeth das Formular durchgelesen hatte. »Mach dir keine Sorgen«, beruhigte Lysbeth sie. »Wenn sie eine urteilsfähige Person brauchen, unterstützt Aaron eben deinen Antrag.«

Gemeinsam erstellten sie eine Liste von Büchern, die Marianne in der nächsten Zeit lesen sollte, dazu gehörten Goethe und Schiller und Lessing, ebenso wie Geschichtsbücher aus der Weimarer Zeit, die Marianne sich bei ihrer Mutter oder irgendjemand anderem besorgen sollte. Das Problem war die besondere berufliche Bewährung. Marianne hatte zwar ihre Banktätigkeit zur Zufriedenheit ihres Chefs ausgeübt, aber das befähigte sie nicht zu einem Medizinstudium. »Wäre ich doch bloß Krankenschwester geworden«, seufzte sie. Lysbeth überlegte. Sie erinnerte sich an den Arzt in Scharbeutz, mit dem sie damals, als sie so krank gewesen war, viele Gespräche geführt hatte. Sie riet Marianne, sich mit ihm in Verbindung zu setzen, ihm von ihren Plänen zu erzählen und seine Hilfe zu erbitten.

Als Marianne sich verabschiedete, war sie voller Begeisterung. »Jetzt fängt ein neues Leben an«, sagte sie. Lysbeth aber empfand Wehmut. Ihr wurde schmerzlich bewusst, dass für sie nichts Neues bevorstand. Auch Aaron steckte voller Ideen. Er hatte zwar keine Aussicht auf eine Praxiszulassung, denn es stand keine Praxis zur Verfügung, aber er war rehabilitiert worden und hatte die offizielle Befugnis, seinen Arztberuf wieder auszuüben. Er beabsichtigte, als Aushilfsarzt in die Praxis eines Arztes einzusteigen, den er im sozialistischen Ärztebund kennengelernt und mit dem er sich angefreundet hatte. Dessen Praxis war so überfüllt, dass er unbedingt einen zweiten Arzt benötigte. Aber Aarons Ziel war eine Ausbildung zum Psychiater. Dabei war ihm völlig klar, dass er nicht in Hamburg bei den Nazi-Ärzten Bürger-Prinz und Büssow lernen wollte; er teilte die Empörung der sozialistischen Ärzte darüber, dass der suspendierte Bürger-Prinz nun von Hans Büssow vertreten wurde, der ebenfalls der NSDAP abgehört und ein ebensolches Menschenbild vertreten hatte.

Aaron wollte nach Wien oder in die Schweiz, er hörte sich um, er versuchte, Literatur in die Finger zu bekommen, aber das war nicht einfach, da die meisten guten Psychiater Juden gewesen und ihre Bücher verbrannt worden waren.

Aaron war zwar nach wie vor sehr liebevoll zu Lysbeth, vielleicht mehr noch als zuvor, weil er inzwischen seine Manneskraft wiedererlangt hatte und Lysbeth so ungestüm begehrte, als wollte er jede Minute der verlorenen Zeit nachholen, aber seine beruflichen Wege ging er nun ohne sie. In der Praxis seines neuen Freundes war kein Platz für Lysbeth. »Vielleicht wird da bald eine Schwesternstelle frei für dich«, betonte er und dass er daran sehr interessiert sei, aber Lysbeth wusste, dass es niemals wieder so werden würde wie früher. Aaron war nicht mehr im Geringsten daran interessiert, Abtreibungen vorzunehmen. Er war wie besessen davon, mehr über die menschliche Seele und ihre Verbindung zum Körper zu lernen. Er hatte in Theresienstadt erlebt, wie eine zerrüttete Seele dazu geführt hatte, dass Menschen, die körperlich relativ kräftiger waren als andere, innerhalb kurzer Zeit dahingerafft wurden, im Gegensatz zu anderen, die durchaus schwach waren, die aber einen seelischen Antrieb besaßen, einen Sinn, der ihnen wie ein Leitstern den Weg wies und der sie am Leben hielt. Er war in Theresienstadt mit so vielen Erscheinungsformen der menschlichen Seele in Kontakt gekommen, dass er eine medizinische Versorgung ohne Einbeziehung der Macht der Seele völlig absurd fand.

Und sie? Lysbeth war neunundvierzig Jahre alt. Welche Möglichkeiten hatte sie denn noch? Sie hatte keine Kinder, sie hatte keine Patienten mehr, ihre Schwester Stella würde bald nach England gehen, so wie es aussah. Sollte sie sich nun mit ihrem Bruder und ihrer Schwägerin auf die Windhundzucht kaprizieren? Lysbeth verbrachte einen sehr düsteren Abend, nachdem Marianne sich verabschiedet hatte. Als Aaron heimkam mit der freudigen Nachricht, dass er ab Dezember bei seinem neuen Freund, Dr. Werner Lämper, in der Praxis arbeiten werde, freute Lysbeth sich mit ihm, aber in ihr nagte es.

Anfang Dezember stürmte Aaron nach der Arbeit zu Lysbeth ins Zimmer und rief: »Morgen gehen wir tanzen!«

Lysbeth saß, in eine dicke Decke gehüllt, am Fenster und las in einem Buch über die deutsche Literaturgeschichte. Auf Mariannes Wunsch hatte sie eingewilligt, sich gemeinsam mit der jungen Freundin in Literatur, Geschichte, Chemie, Biologie und Medizin zu bilden. Das Wissen in Chemie und Biologie hatte sie bereits während des damaligen Studiums mit Aaron erworben, da hatte sie auch noch genügend Unterlagen, die sie sich nur zur Auffrischung wieder zu Gemüte führen musste, in Literatur und Geschichte aber besaß sie keine systematischen Kenntnisse, da ging in ihrem Kopf alles kunterbunt durcheinander.

Sie hob den Kopf von dem Kapitel über den Schriftsteller August von Kotzebue, den ungemein produktiven Zeitgenossen Goethes, und lächelte Aaron an. Auch wenn sie in den vergangenen Wochen in tiefe Zweifel gestürzt war, was ihre Zukunft und den Sinn ihres Lebens betraf, so freute sie sich doch jedes Mal wieder, wenn Aaron nach Hause kam und zu ihr ins Zimmer trat. Er beugte sich zu ihr hinab und küsste sie auf den Mund. Es schmeckte weich und warm, und Lysbeth war froh, dass Aaron noch etwas bei der zärtlichen Begegnung ihrer Lippen verweilte. Er ging neben ihr in die Hocke, umfasste ihre Taille und wiederholte: »Morgen gehen wir tanzen!«

So geschah es. Fünf Lokale auf der Reeperbahn und in der Großen Freiheit im Vergnügungsviertel St. Pauli hatten von den Briten Tanzerlaubnis erteilt bekommen. »Zieh dich so schön an, wie es nur geht«, wünschte sich Aaron. Er selbst holte seinen Vorkriegsanzug hervor, und erschrak fürchterlich, als er feststellte, dass die Hose rutschte und der Anzug ihm so um den Körper schlotterte, dass es aussah, als hätte er sich den Anzug von einem anderen geborgt. Aber das verdarb ihm nur sehr kurz die Laune. Er befestigte Hosenträger an der Hose, die er gleichzeitig mit einem Gürtel in der Taille schnürte, und er zog einen dicken Pullover unter das Jackett. Das schien ihm sowieso sinnvoll, denn es herrschte überall Knappheit an Heizmaterialien, und das konnte auf St. Pauli nicht anders sein. Es war ja auch kein Problem, dort den Pullover wieder auszuziehen.

Lysbeth ging es nicht viel anders als Aaron, sie allerdings hatte damit schon gerechnet. Also zog sie gleich ein Kleid an, das eine Hemdblusenform hatte und in der Taille durch einen Gürtel gehalten wurde. Die Hemdblusenform schmeichelte ihrem abgemagerten Körper, und der weiße Lochstickereibesatz am Kragen machte den Eindruck frisch und festlich.

Sie zogen sich dicke Mäntel über und machten sich auf den Weg zur Reeperbahn. St. Pauli und Teile von Altona Altstadt waren von den Zerstörungen weitgehend verschont geblieben, aber das dichtbesiedelte Grenzgebiet zu St. Pauli zwischen Nobistor und -Allee, Holsten- und Große Elbstraße und der angrenzenden Altonaer Altstadt war nach dem Krieg ein großflächiges Ruinenfeld.

Viele Gebäude am Spielbudenplatz waren Opfer der Bomben geworden, die Tanzbetriebe und Theater entlang der Reeperbahn vom Zirkusweg bis zur Großen Freiheit waren größtenteils zerstört. Einzig das *St. Pauli-Theater* war praktisch unbeschadet geblieben, dort war im August bereits das Stück *Zitronenjette* aufgeführt worden, über eine schlagfertige Zitronenverkäuferin in den Kneipen des Hafens, die bereits 1940, während des Nationalsozialismus, eine populäre Theaterprotagonistin gewesen war.

Aaron und Lysbeth steuerten auf das *Hippodrom* in der Großen Freiheit Nr. 7 zu. Sie hatten sich im Oktober den Film *Große Freiheit Nr. 7* mit Hans Albers in der Hauptrolle angeschaut. Der Film war *das* Ereignis in Hamburg gewesen. Die Menschen standen in langen Schlangen vor den wenigen geöffneten Kinos. Karten, die regulär drei Reichsmark kosteten, wurden von Schwarzmarkthändlern für bis zu dreihundert Reichsmark gehandelt.

Große Freiheit Nr. 7, vom Regisseur Helmut Käutner 1943 gedreht, war einer der ersten deutschen Farbfilme und hatte den Nationalsozialisten zunächst als offizielles Prestigeprojekt gegolten. Ein Großteil des Films war in nachgebauten Kulissen in Babelsberg und später, wegen der Bombardements, in Prag gedreht worden. Bei den Außenaufnahmen in Hamburg hatten keine zerbombten Häuser gezeigt werden dürfen – und auf noch etwas hatte der Regisseur geachtet: Bei allen Hafenaufnahmen war auf den Schiffen keine einzige Hakenkreuzfahne zu sehen. Die Uraufführung war Ende 1944 im Ausland, in Schweden, Dänemark und in der Schweiz erfolgt. In Deutschland war der Film trotz wiederholter Umarbeitungen von den Nazis nicht aufgeführt worden. Erst im September 1945 wurde der Film von den Alliierten in West-Berlin freigegeben. Hans Albers war zu sehen in der Rolle des Hannes Kröger, der seinen Unterhalt als Stimmungssänger im *Hippodrom* auf der Großen Freiheit verdient.

In ebendiesem *Hippodrom* setzten sich Aaron und Lysbeth an einen kleinen Tisch dicht bei der Tanzfläche. Nach dem Tanzverbot der vergangenen Kriegsjahre drängten sich die Paare jetzt wie ausgehungert auf dem viel zu kleinen Raum. Obwohl es weder die aus der Vorkriegs- noch teilweise sogar Kriegszeit gewohnten Getränke oder gar Sekt gab, bedrückte dies niemanden. Auch die Kleidung war sicherlich nicht von der Eleganz, wie sie früher üblich gewesen war, aber die Hauptsache war für die zahlreichen Menschen, endlich wieder »etwas vom Leben haben« zu können. Die Lebensgier lag wie das Parfüm der Frauen und der Schweiß der Männer in der Luft. Es waren viele ältere Paare da, und Lysbeth sagte zu Aaron: »Das ist eine Generation, die durch zwei Kriege ums Leben betrogen wurde. Klar wollen wir alle noch etwas vom Leben haben. Ist uns das zu verdenken?« Aaron lächelte sie an und antwortete: »Du sprichst, als wärst du schon alt. Aber wir fangen gerade erst an, mein Lyschen.« Lysbeth dachte: Du fängst an, ich bin alt. Doch dann lag sie in Aarons Armen, der sie drehte und bewegte, und sie fühlte sich mit einem Mal wieder ganz jung. Die Sorgen verschwanden, und als sie nach einem Tanz plötzlich wieder auftauchten, wischte sie sie geradezu übermütig weg: Vielleicht gibt es ja auch für mich noch etwas. Vielleicht.

Da nach wie vor die Sperrstunde bestand, leerte sich gegen 21.30 Uhr das Lokal. Zu dem Zeitpunkt fuhren auch schon keine Straßenbahnen oder U-Bahn-Züge mehr, so dass die Vergnügungssuchenden gezwungen waren, zu Fuß nach Hause zu gehen.

Im Verlauf der Monate nach dem Kriegsende hatte Aaron den Eindruck bekommen, dass in Hamburg wirklich ein Neuanfang stattfand. Bis zu dreihundert Hamburger Ärzte wurden suspendiert. Sie wurden unter anderem zu Trümmeraufräumarbeiten herangezogen, mussten sich beim Arbeitsamt melden. An der chirurgischen Klinik in Eppendorf fanden eine Zeitlang keine Operationen mehr statt, da viele Chirurgen aufgrund ihrer nationalsozialistischen Parteizugehörigkeit vom Dienst entbunden worden waren.

Aber bereits zum Ende des Jahres nahm er wahr, und die sensible Lysbeth teilte diesen Eindruck, dass sich das Blatt wendete. Der renommierte Neurologe Max Nonne, über mehr als ein halbes Jahrhundert eine Instanz gewesen, setzte sich vehement für die berufliche Rehabilitierung einer Reihe seiner ehemaligen Assistenten ein, die in der NS-Zeit Karriere gemacht hatten und deren mögliche Beteiligung an Euthanasie-Verbrechen nicht ausgeschlossen werden konnte.

Die Public-Health-Abteilung der Militärregierung in Hamburg, die für das Gesundheitswesen verantwortlich war, strebte vornehmlich an, den Ausbruch ansteckender Krankheiten in der Bevölkerung zu verhindern. Eine konsequente Entlassung aller ehemaligen NSDAP-Mitglieder hätte dazu geführt, dass kaum noch Ärzte zur Verfügung gestanden hätten. Wenn man alle Parteimitglieder entlassen hätte, wären fast sämtliche Krankenhäuser und Gesundheitsämter der ärztlichen Leitung beraubt gewesen.

Es wurde offenbar, dass die Hamburger Ärzte intensiv an NS-Verbrechen wie der Tötung von Behinderten und Zwangssterilisationen beteiligt gewesen waren und dass weder Justiz noch Ärzteschaft sich bereit zeigten, diese Tatsache juristisch oder moralisch anzugehen. Diese Entwicklungen ließen ausgewanderte Ärzte immer weniger an eine Rückkehr denken. Das Verhältnis zu den ehemaligen Kollegen hatte irreparable Schäden erlitten. Ungefähr fünfundzwanzig emigrierte Hamburger Ärzte kehrten nach Deutschland zurück, die anderen blieben in der Emigration, wollten nicht ins Land der Täter zurück. Woher sollten also die Ärzte kommen, wenn die Nazi-Ärzte suspendiert würden?

Aber über Aarons und Lysbeths Sorge wegen der mangelnden Entnazifizierung der Hamburger Ärzteschaft legte sich eine größere Angst. Wie alle anderen fürchteten sie die Schrecken des Winters. Bürgermeister Petersen hatte eindringlich darauf hingewiesen, dass insbesondere die Versorgung mit Brennstoff ungeklärt sei und man sich nicht darauf verlassen dürfe, dass die Engländer Heizmaterial lieferten. Hamburg würde im kommenden Winter keinerlei Kohle für die privaten Haushalte erhalten. Schon der Dezember war ungemütlich und kalt, aber Lysbeth fürchtete, dass es noch schlimmer werden würde.

Der erbärmliche Zustand, in dem sich viele Häuser und Wohnungen aufgrund von Kriegsschäden befanden, sowie mangelnde Feuerung führten dazu, dass die Bauverwaltung Hamburgs die Bevölkerung in der Presse aufforderte, die Wasserleitungen in den Häusern zu schützen. Dies müsse zum einen durch das Entleeren der Rohre mit Beginn der Nacht geschehen, zum anderen sollten alle frei liegenden Wasserleitungen dick mit Stroh, alten Lumpen oder altem Papier umwickelt werden. Gleichzeitig wurde empfohlen, rechtzeitig auf dem Hof, im Garten oder auf benachbarten Trümmergrundstücken Notlatrinen einzurichten, weil es später, bei starkem Frost, sehr schwierig sein würde, die dazu erforderlichen Gruben auszuheben. Cynthia wollte, dass sie alle Vorkehrungen sorgsam einhielten, aber Eckhardt bremste sie. Er kümmerte sich um den Schutz der Wasserleitungen, Notlatrinen zu bauen wies er von sich. Darin stimmten ihm Stella, Lysbeth, Aaron und auch Renate Wenz vehement zu.

Insgesamt wurde das Leben zum Ende des Jahres immer schwerer. Milch fehlte ab November, im Dezember wurden statt Kartoffeln Steckrüben ausgegeben, Obst und Gemüse gab es sowieso kaum. Aaron erzählte entsetzt, dass Babys geboren wurden, die ausgezehrt wären wie Greise. Die Säuglingssterblichkeit erhöhte sich um das Dreifache. Die meisten Kinder wuchsen in Verhältnissen auf, wie sie ärmlicher nicht sein konnten. Sie waren mangelhaft ernährt und bekleidet. Und sie froren. Die Menschen begannen, sich Brennmaterial auf Vorrat zu besorgen – durch Plündern von Kohlenzügen und Abholzen in den Wäldern und an den Straßen. Anfang Dezember war bereits ein Großteil des Baumbestandes in den öffentlichen Grünanlagen abgeholzt worden.

Wer konnte, stockte sein Lebensmittelkontingent durch Handel auf dem Schwarzmarkt auf. Zentren des Schwarzhandels waren der Großneumarkt, der Goldbekplatz und der Hansaplatz in St. Georg. Besonders auf St. Pauli, auf der Reeperbahn, vor allem der Talstraße bis hin zum Pferdemarkt, hatte sich noch während des Krieges, 1944, einer der größten Straßenschwarzmärkte Hamburgs entwickelt. Dort konnten alle Lebensmittel und andere Waren, die sonst nirgendwo zu bekommen waren, erworben werden. Zwischen den Bordellen und den Absteigen bestanden Verbindungen zum Schwarzmarkt insofern, als sich dieser teilweise in die Bordelle verlagerte und die Prostituierten ihrerseits auf dem Straßenmarkt tätig waren.

Ein wesentlicher Teil der Geschäfte wurde im Tausch oder gegen Tabakwährung abgewickelt. Eine Zigarette, der sogenannte Ami, hatte einen Gegenwert von sechs bis zwanzig Reichsmark. Der Bruttoverdienst eines männlichen Arbeiters betrug ungefähr zweiundvierzig Reichsmark wöchentlich. Ein Kilo Butter konnte auf dem Schwarzmarkt bis zu fünfhundert Reichsmark kosten, ein Dreipfundbrot zwanzig Reichsmark, ein Pfund weißer Zucker achtzig Reichsmark und ein Pfund Fleisch sechzig Reichsmark. Immer wieder riegelten britische Militärpolizei und deutsche Schutzpolizei bei Razzien ganze Straßenzüge ab, ohne den schwarzen Markt nennenswert eindämmen zu können.

Am Weihnachtsabend gab es bei den Wolkenraths trotz aller Lebensmittelknappheit gut zu essen. Sie hatten ihre gesamten Hühner geschlachtet, vier an der Zahl. Die Hühner hatten in der letzten Zeit kaum noch Eier gelegt, außerdem war es Stella zunehmend unangenehm, dass die Nachbarn sie aus den Fenstern dabei beobachteten, wenn sie den Hühnern zu fressen gab, während die Nachbarn hungerten. Also gab es Hühnersuppe und Brathuhn zu Weihnachten. Ein Huhn hatten sie den Solmitz geschenkt.

Auch zu Weihnachten war Anthony nicht nach Hamburg gekommen, und Stella vermisste ihn bitterlich. Es kam ihr falsch vor, das Weihnachtsfest gemeinsam mit Jonny zu feiern, der inzwischen Kontakt zu Woermann in Namibia hergestellt hatte und davon ausging, dass Greta bald zurückkehren werde, obwohl er sie selbst bisher noch nicht erreicht hatte. Er sprach darüber nicht, aber Stella wusste es trotzdem. Auch sie sprach nicht darüber, dass sie intensiven Kontakt nach England pflegte, was auch er trotzdem wusste.

An Weihnachten war es nicht möglich, eine Leitung nach England zu bekommen, und das machte Stella besonders unglücklich. Sie hatte sich vorgenommen, an diesem Tag auch mit ihrer Enkelin zu sprechen. Bei den bisherigen Telefonaten waren Angela und Roberta stets abwesend gewesen, nur ein einziges Mal hatte Stella mit ihrer Tochter gesprochen, und das war ein sehr eigenartiger stockender Dialog wie unter Fremden gewesen. Stella hatte nach Angelas Augen gefragt, und die hatte gesagt: »Ich kann sehen, das ist doch gut.« Ihr Tonfall war so distanziert gewesen, dass Stella sich nicht getraut hatte, weiter zu fragen. Am Weihnachtstag aber hatte sie gehofft, ein herzlicheres Gespräch mit Tochter und Enkelin zustande zu bringen. Sie war traurig und enttäuscht und hatte eigentlich gar keine Lust auf Weihnachten. Trotzdem schmückte sie ihr Wohnzimmer, auch wenn es wieder keine Tannenbäume gab, weil alle Bäume verfeuert wurden.

Aber in diesem Jahr machten sich alle gegenseitig kleine Geschenke, sogar Cynthia, die sich unter den Beständen aus ihrem Papierwarenladen umgesehen hatte, und dann hörten sie auf Aarons Wunsch gemeinsam den Kommentar von Peter von Zahn zum Heiligen Abend an. Aarons Kollege und neuer Freund Werner Lämper hatte ihm empfohlen, die Ansprache anzuhören. Werner Lämper kannte Peter von Zahn persönlich und wusste, dass dieser auch kritische Worte an die Adresse der Engländer richten würde. Es war nicht klar, ob die britischen Kontrolloffiziere, unter deren rigoroser Aufsicht der Sender Hamburg der Militärregierung stand, diesen Kommentar überhaupt ausstrahlen lassen würden. Aber dann hörten sie die Stimme Peter von Zahns:

»Das deutsche Volk muss diese erste Weihnacht des Friedens sehr einsam begehen. Einsam und im Armenhaus der Welt. Das ist nach all dem Geschehen nicht verwunderlich. Es kann sogar gut so sein. Denn der äußerliche Frieden, der zu uns im Gewande des Zwangs, der Not und der Bedrängnis gekommen ist, der sollte ja von uns umgeformt werden in einen wahrhaften Frieden, in einen Frieden mit uns selbst. Dazu kann uns gewiss die Einsamkeit helfen, in die unser Volk geraten ist.«

Jonny, der am Nachmittag den Solmitz einen Besuch abgestattet hatte, witzelte: »Wenn ich mir das Treiben bei den Solmitz angucke, die sind weniger einsam denn je. Und so wie es aussieht, werden die ihre Einlogierer ja wohl nie wieder los.« Lysbeth legte den Finger auf den Mund. »Pscht!« Wieder vernahmen sie die Stimme aus dem Radioempfänger:

»... Wer an diesem Weihnachtsfest mit Innigkeit der Toten des Krieges gedacht hat, der mag sich vielleicht auch die Frage vorgelegt haben: Was würden die Dahingeschiedenen uns sagen, wenn sie noch reden könnten? Ich glaube, ihre Stimme würde mit der bangen Frage an unser Ohr dringen: Was macht ihr aus unserem Tod? Denn der Tod im Kriege hat keinen polnischen oder englischen Sinn, sondern nur einen menschlichen; so wie ja auch unter diesem Krieg nicht nur eine Nation seufzte, sondern die ganze Menschheit litt.«

Cynthia seufzte schwer, als sie das Wort »seufzte« vernahm. Von allen Seiten trafen sie erstaunte Blicke. Stella kicherte kurz.

»... wir befürchten, dass die Sieger die brodelnde Gefahr nicht deutlich genug sehen, die in einem aufs Äußerste zusammengepressten übervölkerten verarmten Deutschland entstehen muss.«

»Ich hoffe, die Engländer hören das auch!«, unterbrach Jonny bedeutungsschwer.

»... wenn nicht die Abschnürungen gelockert werden, die uns den Atem benehmen«, sagte Peter von Zahn.

»Ja, sie nehmen uns den Atem«, bestätigte Cynthia und seufzte wieder.

»Ein dahinsiechendes Volk ist kein Nachbar, mit dem sich eine gesunde Friedensgemeinschaft errichten lässt. Der Weg in den Frieden darf nicht nur mit unseren guten Vorsätzen, er muss auch wenigstens teilweise mit Kohlen gepflastert sein, und hinter all den Mühsalen, die uns erwarten, wenn wir die beispiellosen Schäden in Europa abgelten wollen – hinter all diesen Mühsalen muss doch eine Hoffnung erkennbar bleiben, für die unsere Jugend leben kann.«

»Du sagst, dein Chef kennt Peter von Zahn ...«, unterbrach Eckhardt. Aaron lächelte. Stella erhob Einspruch: »Das ist nicht sein Chef, sie sind beide Ärzte ...« Aaron hörte nicht auf zu lächeln, als er sagte: »Ja, er kennt Peter von Zahn. Und?« »Glaubt der, dass so eine Rede irgendwas ändern kann?«, fragte Eckhardt zweifelnd. Aaron legte den Finger auf den Mund. »Später.«

Der Kommentar ging weiter: »Daran sollten sich die Sieger mahnen lassen, denn alle Toten dieses Krieges sind, ob sie es nun ahnten oder nicht, für den Frieden der Welt gestorben. Unsere Jugend kann nicht von Almosen allein leben. Es muss ihr Hoffnung gegeben werden.«

»Stimmt«, bestätigte Jonny. »Stimmt.«

»Inmitten dieser Not ist es schwer, ein Wort des Trostes zu sagen. So wird uns doch der Gedanke an Trost heute allzu oft durch eins verbaut: durch die Bitterkeit unseres Gemüts. Diese Bitterkeit tut sich in den herabgezogenen Mundwinkeln und dem kurzen, harten Auflachen unserer Zeit kund. Sie herrscht da, wo einer fühlt, dass er versagt hat, und wo er es sich nicht einzugestehen wagte, weil er zu bequem ist oder auch zu feige, mit sich ins Gericht zu gehen. Vielleicht wird uns die Einsamkeit die Selbstprüfung erleichtern.«

Stella blickte von einem zum andern. »Ja, Leute«, sagte sie. »Das mit den Mundwinkeln ist mir auch schon aufgefallen.« Aaron wendete sich Eckhardt zu: »Ich habe in Theresienstadt eine hübsche Geschichte gehört: Geht ein Mann am Strand entlang, es stürmt, und plötzlich liegen vor seinen Füßen Tausende von Seesternen, vom Meer an den Strand gespült. Wie brutal das Meer ist, denkt er. Die Seesterne haben doch nichts Schlimmes getan, und doch müssen sie jetzt sterben. Nach einiger Zeit sieht er aus der Ferne eine Frau, die sich bückt, aufrichtet, etwas ins Wasser wirft, wieder bückt, aufrichtet, etwas ins Wasser wirft. Als er näher kommt, bemerkt er, dass sie die an den Strand geschwemmten Seesterne wieder zurückwirft. ›Warum tun Sie das?‹, fragt er. ›Was für eine Sisyphusarbeit und sinnlos obendrein. Sie werfen hundert ins Wasser und tausend kommen zurück.‹ Die Frau lächelt ihn an. ›Und wenn ich einem einzigen Seestern so das Leben rette, hat, was ich tue, Sinn gehabt.‹«

Missmutig griff Eckhardt nach einem Weihnachtsplätzchen. »Was willst du mir denn damit sagen?«, maulte er.

»Dummkopf«, antwortete Stella. »Und wenn Peter von Zahn nur ein oder zwei Menschen mit seiner Ansprache berührt hat, Deutsche oder Engländer, war es schon sinnvoll. Oder?« Eckhardt kaute nachdenklich auf dem Keks herum. Endlich sagte er: »Berühren hin oder her. Das bringt gar nichts. Wir brauchen Essen und Feuerung.«

»Und Arbeit«, fügte Jonny hinzu.

31

In Hamburg erschien am 1. Februar 1946 erstmals die Wochenzeitung *Die Zeit*. Diese erste Ausgabe markierte das Wiederaufleben der Presse in Hamburg. Das Blatt mit einer Auflage von fünfundzwanzigtausend Exemplaren wurde unter anderem von Gerd Bucerius und Lovis H. Lorenz herausgegeben. Lydia schickte aus der Sächsischen Schweiz Glückwünsche an die Hamburger. Ihr Liebster hatte sich in der Zwischenzeit aktiv daran beteiligt, neue Medien in Dresden mit zu entwickeln. Auch in Dresden brauchte jemand, der eine Zeitung machen wollte, die Erlaubnis der Militärregierung, die NS-vorbelasteten Altverlegern verwehrt blieb.

In der Ostzone hatte der Rundfunkbetrieb bereits im vergangenen Jahr am 13. Mai 1945 mit der Sendung *Hier spricht Berlin* aus dem *Haus des Rundfunks* in der Masurenallee, der ehemaligen nationalsozialistischen Sendezentrale, begonnen. Daraus hatte sich unter Kontrolle der sowjetischen Militärregierung der *Berliner Rundfunk* entwickelt, dem im Oktober 1945 in Leipzig der *Mitteldeutsche Rundfunk* folgte. Wenig später waren auch die Landessender Dresden und Schwerin betriebsbereit gewesen, und in Dresden arbeitete jetzt Lydias Liebster. Lydia war offenbar mit Feuer und Flamme daran beteiligt, ein »neues Dresden« aufzubauen. Sie schrieb, dass alle Nazis aus dem Justizapparat entfernt worden seien, was bedeutete, dass es keine funktionierende Justiz mehr gab, weil praktisch alle Richter Nazis gewesen waren. Um dem Mangel zu begegnen, gab es nun Ausbildungen zum »Volksrichter«. Insgesamt wurde, so schrieb sie, in Dresden die Entfernung der ehemaligen NSDAP-Mitglieder aus ihren Ämtern rigoros betrieben.

Lysbeth las Lydias Brief mit gemischten Gefühlen. Sie freute sich für Lydia und ihren Elan, gleichzeitig war sie wehmütig, denn die Entnazifizierung bei den Ärzten in Hamburg ging nicht voran. Ihre Ahnung, dass die britische Besatzungsmacht dies nur halbherzig betrieb, bestätigte sich schon Anfang des Jahres. Die suspendierten Krankenhausärzte kehrten an ihre Plätze zurück. Die politische Atmosphäre änderte sich. Die Aufbruchsstimmung, die im vergangenen Sommer geherrscht hatte, wandelte sich in Enttäuschung. Als der ehemalige Generalsekretär des Hartmannbundes, Karl Haedenkamp, der maßgeblich an der Vertreibung nichtarischer Ärzte beteiligt gewesen war, zum Leiter des Nordwestdeutschen Ärztekammerausschusses ernannt wurde, in dem sich die verschiedenen Länderkammern 1945 zusammengeschlossen hatten, wurde dies im sozialistischen Ärztebund wütend kommentiert. Nun lagen die tiefen Wunden wieder offen.

Am 31. Januar 1946 klingelte das Telefon, und Jonny verlangte nach Stella. Er war in Nöten, das hörte Stella schon an seiner Stimme, aber als er dann erklärte, warum, erschrak sie doch. »Ich bin auf der Polizeiwache. Sie haben mich eingesperrt. Ich hoffe, dass ich morgen wieder frei bin. Kannst du vielleicht kommen und versuchen, irgendwas für mich zu tun?« Stella versprach, sofort aufzubrechen. Sie machte sich so hübsch wie möglich, ohne jedoch ihren Pelzmantel anzuziehen, das hätte Ablehnung bei den Polizisten provozieren können. Sie steckte einige von Jonnys Zigarettenschachteln ein und eilte los.

Auf der Polizeiwache herrschte ein großes Durcheinander. Stella gelang es aber, nach kürzester Zeit vor einem Beamten zu sitzen, der bereit war, ihr Auskunft über ihren bei der Razzia festgenommen Gatten zu geben. Es war ein älterer Polizist, und Stella dachte: Du hast doch schon unter Adolf gedient, mein Lieber. Sie unterhielt sich eine Weile mit ihm über die Razzia, und er erklärte ihr, dass dieses Mal gleichzeitig in Eppendorf und St. Pauli den Schwarzhändlern das Handwerk gelegt worden sei und vierunddreißigtausend Zigaretten und fünfundzwanzig Zentner Butter sichergestellt worden seien. Stella zeigte sich beeindruckt. Aber dann entgegnete sie: »Die Menschen hungern und frieren, viele haben kaum etwas anzuziehen, weil doch alles verbrannt ist. Man darf sich doch nicht wundern, wenn sie Wege suchen, ihre Familien durchzubringen, oder?«

Der alte Polizist kaute an seinem Schnauzbart. Stella holte eine Schachtel Zigaretten heraus. Sie riss die Packung auf und schlug leicht dagegen, bis eine Zigarette zum Vorschein kam. Ohne ein Wort hielt sie dem Polizisten die Schachtel entgegen. Er griff zu, ohne die geringste Scheu, zündete sich die Zigarette an und paffte den Rauch in die Luft. »Gute Frau«, sagte er gemütlich, »Armut rechtfertigt nicht, sich gegen die Gesetze zu stellen und kriminell zu werden.«

Stella nickte, widersprach aber trotzdem: »Die Leute machen das doch nicht freiwillig. Wer gibt schon gern seinen Schmuck, seine Einrichtungsgegenstände, Mäntel oder andere Wertsachen fort, nur um ein bisschen Butter oder Brot zu bekommen? Aber anders werden doch viele Kinder nicht satt.« Der Polizist bekam einen roten Kopf. »Sie irren sich«, widersprach er mit tiefer Stimme, der man das Streben um Autorität anhörte: »Es gibt natürlich Leute wie Ihren Mann, der nur seine Zigaretten gegen Schokolade tauschen will.« Schokolade? Eine Sekunde lang entgleisten Stellas Gesichtszüge. Schokolade? Wofür brauchte Jonny Schokolade? Da fuhr der Polizist schon fort: »Aber es werden ganze Ausweichlager des Großhandels verschoben, und das verstärkt die Lebensmittelknappheit. Außerdem gibt es Kartendiebstahl in großem Stil bis hin zur Fälschung von Lebensmittelmarken mit Hilfe der gestohlenen Originalpapiere. Das, so werden Sie mir zugestehen müssen, sind keine Taten zur Verbesserung der Situation der hungernden und frierenden Bevölkerung.«

Stella war immer noch damit beschäftigt, dass Jonny Schokolade eingetauscht hatte. War Greta wieder in Hamburg? Wieso sprach er mit ihr nicht über solche Sachen? Aber sprach sie denn mit ihm? »Ich verstehe, dass Sie etwas dagegen tun müssen«, lenkte sie freundlich ein. »Aber was wird denn nun aus meinem Mann, Herr Polizeipräsident?«

Der Polizist blickte in schwerem Ernst auf das Blatt vor ihm, wo Jonnys »Fall« vermerkt war. Dann blickte er hoch, sah sie unter seinen dichten buschigen Augenbrauen an, ließ seinen Schnauzbart wie bei einem Walross einige Male in die Höhe zittern und zwinkerte ihr dann kurz zu. Sein Kinn winkte zu Stellas Zigarettenschachtel, die sie ihm schnell hinschob, und er sagte: »Kochen Sie ihm mal morgen um die Mittagszeit einen ordentlichen Kaffee und schmieren ihm ein Butterbrot, das kann er bestimmt brauchen, hier kriegt er nämlich keine Luxusbewirtung. Und dann halten Sie ihn in Zukunft von solchen Abenteuern ab, muss doch nicht unbedingt Schokolade sein.« Den letzten Satz hatte er in väterlicher Gutmütigkeit von sich gegeben. Stella erhob sich. Sie kramte aus ihrer Handtasche eine zweite Schachtel Zigaretten und legte diese neben die erste angebrochene. »Ich danke Ihnen«, sagte sie und reichte ihm die Hand. »Und das mit der Schokolade – das nehme ich mir zu Herzen, das können Sie meinem Mann ausrichten.«

Wie versprochen war Jonny am nächsten Tag gegen Mittag zu Hause. Entsprechend der Empfehlung des Polizisten bereitete Stella ihm einen starken Kaffee und ein Brot mit Schmalz zu. Jonny sah entsetzlich aus. Er hatte die Nacht auf einer Holzpritsche in einem Raum mit zehn anderen Delinquenten verbracht. Er hatte gefroren und die ganze Nacht nicht geschlafen, weil die anderen entweder geredet oder geschnarcht hatten. »Zum Teil übles Gesindel«, erzählte er. »Aber zum Teil auch lustige Kerle. Einer hat eine Schnapsbrennerei aufgemacht gemeinsam mit seinem Schwiegervater, der in seinem Schrebergarten zwei Pflaumenbäume hat. Der Fusel, den die herstellen, haut bestimmt den stärksten Kerl um.«

Stella stellte sich die Situation im Gefängnis lebhaft vor, aber dann besann sie sich auf ihre Frage: »Wofür brauchtest du Schokolade?« Jonny sah verblüfft aus. »Woher weißt du das denn?« Stella wiederholte ihre Frage: »Wofür brauchtest du die Schokolade? Ich meine, du kannst ja tun, was du willst, aber ist es nicht etwas überflüssig, für Schokolade in den Knast zu gehen?« »Das wusste ich ja vorher nicht«, antwortete Jonny kleinlaut. Dann richtete er sich auf und erklärte: »Ich war noch nie auf dem Schwarzmarkt. Du ja auch nicht. Also, du darfst jetzt nicht denken, dass da Marktstände sind oder so. Ich war in der Talstraße. Da gehen Leute rum, gucken einander nicht an und wirken, als hätten sie zu viel Zeit. Und sie murmeln irgendwelche Worte vor sich hin: Kaninchen … oder Zigaretten … oder verrückte Sachen, Schaukelpferd oder Garderobenständer oder Gesangbuch oder Fusel oder Ölgemälde, alles Mögliche murmeln die vor sich hin. Es ist buchstäblich alles zu haben, und wie ich in der letzten Nacht erfahren habe, handelt es sich oft um Diebesgut. Butter kriegst du, das Pfund für zweihundertfünfzig Reichsmark, Eier, Speck, Fleisch, Kaffee, da musst du allerdings für ein Pfund tausendfünfhundert Reichsmark hinlegen. Du kriegst sogar komplette Lebensmittelkarten für tausend Reichsmark das Stück.«

»Warum ausgerechnet Schokolade?«, fragte Stella streng nach. Sie wollte es unbedingt wissen. Dabei hätte es ihr egal sein können. War es aber nicht. Sie selbst machte sich nicht viel aus Schokolade, und Renate Wenz deckte ihren Bedarf an Süßigkeiten ausreichend. Wenn Jonny ein Ölgemälde gegen seine Zigaretten getauscht hätte, wäre es ihr sinnvoller vorgekommen. Aber so! Jonny schüttelte den Kopf. »Du darfst dir keine falsche Vorstellung machen. Also, ich schlendere da die Straße lang, da kommt einer an, drückt mich in einen Puff und flüstert: ›Was willst du für die Ziesen haben?‹, und als ich noch zögere, sagt er: ›Schokolade! Ich hab Schokolade oder Nägel. Schokolade oder Nägel. Was willst du haben?‹ Ich war so überwältigt, dass ich gar nichts antworten konnte, da bestimmte er: ›Drei Schachteln gegen fünf Tafeln, einverstanden?‹ Ich hab genickt, und da wechselten meine drei Schachteln Zigaretten aus Wehrmachtsbeständen gegen seine fünf Tafeln Schokolade. Woher die kamen, kann ich nur ahnen …« »Na?«, fragte Stella. »Aus Wehrmachtsbeständen«, griente Jonny.

So war also Stellas Frage beantwortet. »Und was wolltest du mit der Schokolade machen?«, fragte sie interessiert. »Keine Ahnung«, bekannte Jonny. »Ich glaube, ich wollte weiterhandeln. Ich hatte ja noch mehr Zigaretten bei mir. Und Schokolade war bestimmt auch keine schlechte Währung. Aber dazu kam es ja nicht, denn mit einem Mal war die Straße abgeriegelt. Die Gewitzten aus der Straße sind zu den

Seiten abgehauen, in die Ruinen und die Puffs, aber wer weiß, ob sie da nicht auch abgefangen worden sind.«

Stella griff nach Jonnys Hand. »Armer Jonny«, lächelte sie. »Jetzt warst du also mal im Gefängnis.« »Und auf dem Schwarzmarkt«, fügte Jonny hinzu, und Stella merkte ihm an, dass er mächtig stolz darauf war. »Willst du das jetzt zu deinem – etwas gefährlichen – Steckenpferd machen?«, fragte Stella. Ironisch fuhr sie fort: »Da kannst du zwar nicht im Sturm untergehen, aber im Großangriff der Hamburger Polizei.« Jonny schüttelte energisch den Kopf. »Nee, das kannst du mir glauben, dahin kriegen mich keine zehn Pferde mehr. Allerdings.« Er machte eine bedeutungsschwere Pause, bevor der fortfuhr: »Allerdings hab ich eines begriffen: Der augenblickliche Mangel ist eine Goldgrube für Leute mit Phantasie und Geschäftssinn.« »Und ohne Skrupel«, entgegnete Stella giftig und kolportierte, was der Polizist ihr gesagt hatte. »Der Schwarzmarkt ist genau richtig für solche Leute wie deinen Bruder«, betonte Jonny. Sein sehr sanfter Ton nahm seiner Äußerung den Stachel, den Stella andernfalls sofort gegen ihn zurückgewendet hätte.

So ahnte sie, was Jonny antrieb, als er Anfang März nach Lübeck fuhr mit der Begründung: »Ich muss doch mal nach dem Rechten sehen auf dem kleinen Bauernhof deines Bruders.« Lysbeth schloss sich ihm sofort an. Sie ergriff die Gelegenheit, Marianne zu besuchen, um mit ihr durchzusprechen, was sie inzwischen gelernt hatte. Mariannes Prüfung sollte im Sommer sein, so dass sie dann im Herbst mit dem Studium beginnen könnte, und Lysbeth fand, dass Marianne ihr Lernpensum nicht ernst genug nahm.

Jonny und Lysbeth wurden am Lübecker Bahnhof von Bauer Martin abgeholt, das hatte Marianne für sie organisiert. Lysbeth freute sich riesig, ihn wiederzusehen. Sie setzte sich neben ihn auf den Kutschbock und fragte ihn nach allen Entwicklungen seit Kriegsende aus. Er war wortkarger als früher, und Lysbeth dachte, dass er vielleicht fremdele nach fast vier Jahren, die sie sich nicht gesehen hatten, aber dann rückte er mit der Sprache raus und erzählte ihr von dem Männermangel, den es in Scharbeutz jetzt gebe, und dass sich überall fremde Männer tummelten, die von irgendwoher kämen. »Neuerdings schließen wir das Haus ab«, grummelte er. »Das haben wir noch nie getan.« Ihm war die Entwicklung zutiefst suspekt. »Im Radio sagen sie, dass wir aufpassen sollen mit Gesindel, weil überall eingebrochen und geklaut wird. Und dann noch die Leute, die betteln. Man weiß ja gar nicht, wo einem der

Kopf steht. Und unsere Ernte war letztes Jahr auch schlecht. Wir haben doch nichts zu verschenken.«

Lysbeth dachte an Renate Wenz und begann zu begreifen, mit welchen Schwierigkeiten diese auf ihren Hamsterfahrten zu tun hatte. Auch ihr wurde bestimmt überall gesagt, dass nichts übrig sei.

In Scharbeutz vertiefte sich ihre Erkenntnis noch. Während des Krieges, als sie bei Dritter und Marthe zu Besuch gewesen war, hatte es hier zwar keine Fettlebe gegeben, aber eine gewisse Großzügigkeit, in die auch die ortsfremde Lysbeth einbezogen worden war. Jetzt herrschte eine ganz andere Stimmung. Es kam Lysbeth vor, als kämpfe jeder für sich allein. Dass neuerdings alle ihre Häuser abschlossen, war nur ein äußerer Ausdruck dieser Stimmung. Lysbeth besuchte alle alten Bekannten, bevor sie sich zu Marianne begab, die ohnehin bis zum Abend in der Bank arbeitete.

Als sie dann mit Marianne in deren kleinem Zimmer saß, teilte sie der jungen Freundin ihre Beobachtung mit. Marianne nickte. »Die Leute hier sind sehr verunsichert, musst du wissen. Der Untergang der *Cap Arcona* wirkt bis heute nach. Zuerst lag der Strand voller Leichen, jetzt sind es noch irgendwelche Überreste, täglich. Die Kinder dürfen nicht mehr allein an den Strand gehen. Und dann hat es dieses Gemetzel der Juden in Neustadt gegeben. Die Briten haben Anzeige gegen unbekannt erstattet, und viele im Dorf kennen irgendjemanden, der daran beteiligt gewesen ist. Alle halten dicht. Und dann die vielen Männer, die an die Türen klopfen, weil sie Arbeit und Essen und eine Unterkunft suchen. Aber keiner weiß ja, woher sie kommen und wes Geistes Kind sie sind. Tja«, Marianne seufzte tief, »und dann wissen viele Familien noch gar nicht, ob Vater oder Mann oder Sohn jemals wiederkommen. Da bin ich fast gut dran. Ich weiß, dass mein Mann tot ist. Ich fange mein Leben jetzt neu an, allein, ohne auf irgendjemanden Rücksicht nehmen zu müssen, aber es gibt nicht wenige junge Frauen im Ort, die jetzt schon lange ohne Mann sind, und die Männer, die hier heimatlos durchziehen, die halten schon auch Ausschau nach einer Frau.« Marianne kicherte. »Na ja, es sind nicht gerade die stattlichsten, aber wer ist im Augenblick schon stattlich?«

Die beiden Frauen saßen bis spät in die Nacht über den Themen, zu denen beide gearbeitet hatten. Lysbeth hatte sich auf Literatur konzentriert, sie erzählte Marianne von Goethe, Schiller und Lessing, erklärte ihr, was es mit Aufklärung, Sturm und Drang, Klassik und Romantik auf sich hatte, und Marianne berichtete ihr von ihren Ausflügen in die Geschichte der Griechen und Römer, von Ägypten und vom Mittelalter. Sie hatte gerade begonnen, sich mit dem Dreißigjährigen Krieg zu beschäftigen, und war erschüttert von der Not der Menschen, die diesen entsetzlichen Krieg hatten ertragen müssen. »Sie hatten noch keine Bomben«, sagte sie. »Aber sie haben es trotzdem geschafft, ganze Landstriche auszulöschen. Furchtbar. Es müsste mal so einen Vertrag geben, wo alle Länder auf der ganzen Welt sich verpflichten, keine Waffen mehr herzustellen. Wo alle sich einig sind, dass es zutiefst unmoralisch ist, einen Krieg zu führen. Das wäre gut.« Lysbeth stimmte zu, aber nur noch halbherzig, denn in ihrem Kopf summte es vor hineingestopftem Wissen und vor Übermüdung.

Am nächsten Tag holte Major Tom sie ab. Er ließ es sich nicht nehmen, sie persönlich nach Ratekau zu kutschieren, wo Jonny bereits übernachtet hatte. Dort fuhren sie durch eine beeindruckende Einfahrt, ein frei stehendes Tor, rechts und links gesäumt von hohen Holzpfählen, oben abgeschlossen durch eine an beiden Seiten angekettete Holztafel, auf der »Flakstation Ratekau« stand. Dahinter eine weite Fläche, auf der wie mit dem Lineal ausgerichtet eine Holzbaracke parallel zum Tor und vier Holzbaracken im weiten Abstand zur ersten im rechten Winkel zum Tor angeordnet waren.

Vor der mittleren Baracke stand ein Kinderwagen, neben dem Major Tom seinen Amischlitten parkte. Sofort kam ein kleiner Junge herausgerannt, den Lysbeth nur deswegen mit dem kleinen Alexander in Verbindung brachte, weil er es dem Alter nach sein musste, ansonsten hatte er mit dem Kleinkind, das sie vor fast drei Jahren erlebt hatte, nichts mehr zu tun. Dies war ein kräftiger vierjähriger Junge, der schon jetzt, obwohl der Winter gerade vorbei war, kurze Lederhosen trug, von Hosenträgern gehalten, die in der Mitte der Brust durch einen ledernen Steg mit einem eingravierten Hirsch verbunden waren. Der kleine Junge beachtete sie gar nicht, er rannte auf Major Tom zu und rief: »Major Tom, Major Tom, look, look!« Der hochgewachsene schlaksige Major beugte sich nieder zu dem Kleinen und betrachtete interessiert, was dieser in seiner Hand hielt. Neugierig trat auch Lysbeth näher. Aber Alex verschloss seine Faust vor ihr und lief hinter die Baracke, als Lysbeth ihm die Hand zur Begrüßung geben wollte.

Dritter trat aus der Baracke, er trug hohe Gummistiefel, braune abgewetzte Arbeitskleidung, auf dem Kopf einen alten Filzhut. Lysbeth lächelte unwillkürlich. Ihr Bruder, der immer so viel Wert darauf gelegt hatte, elegant gekleidet zu sein, sah aus wie ein Bauer.

Dritter bat die Gäste hinein, und nun erwartete Lysbeth die nächste Überraschung. In der Mitte des Raumes stand ein großer Holztisch, um den bestimmt zehn Personen Platz fanden. Dort saßen Jonny und Marthe. Auf dem Tisch stand eine Kanne, aus der es nach Kaffee duftete. Marthe erhob sich und begrüßte Lysbeth und Major Tom. Sie strahlte den Stolz der Hausherrin aus. Mit lauter Stimme rief sie: »Herta, wir haben neue Gäste!«, und sofort erschien eine junge weißblonde Walküre im Raum. »Das ist unsere Herta«, stellte Marthe die kräftige Frau vor. »Sie hilft mir im Haushalt.« Herta schüttelte Lysbeth und Major Tom die Hand und begab sich ohne Umschweife daran, den Tisch für die Neuankömmlinge zu decken.

Die Überraschungen nahmen kein Ende. Es gab ein Frühstück mit Speck und Eiern und frisch gebackenem Brot. Zudem echten Kaffee mit Milch. »Ihr lebt wie die Maden im Speck«, scherzte Lysbeth. Jonny, der gerade aufstand, um mit Dritter das Gelände zu inspizieren, nickte zustimmend.

Nach dem Frühstück verabschiedete sich Major Tom wieder, und Marthe bot Lysbeth an, ihr alles zu zeigen. Als sie außer Hörweite von den Baracken waren, flüsterte Marthe: »Stell dir vor, euer Bruder Johann hat Dritter bei der Besatzungsmacht denunziert. Er hat denen einen Brief geschrieben, in dem steht, dass sie einem Betrüger und ehemaligen Zuchthäusler Land gegeben haben und dass unbescholtene deutsche Bürger mit zwölf Kindern in einem Kellerraum hausen müssen.« »Meine Güte«, entfuhr es Lysbeth. »Hat er inzwischen zwölf Kinder? Das ist ja furchtbar!« »Ja, aber was sagst du zu dem anderen?«, fragte Marthe pikiert.

Lysbeth beteuerte, dass sie sich, wie leider sehr oft schon, für ihren Bruder schäme, mit dem die Familie ja aus gutem Grund seit vielen Jahren keinen Kontakt mehr hätte. »Vielleicht kann Jonny das irgendwie richtigstellen?«, schlug sie vor. »Ja, Dritter hat schon mit ihm darüber gesprochen«, sagte Marthe, aber ihre Beunruhigung war sehr groß. Es ging ihr hier wirklich sehr gut. Das sollte nicht gefährdet werden.

Lysbeth lernte den Ingenieur kennen, die Arbeiter und ganz besonders natürlich Karl Wertmann, der gerade dabei war, aus einem Weidenzweig eine Flöte für Alex zu schnitzen. Lysbeth war beeindruckt von den handwerklichen Fähigkeiten dieses Mannes. Er hatte feine, zarte Finger, obwohl seine Hände aussahen, als ob er oft und kräftig zupackte. Und Lysbeth lernte den kleinen Wilhelm kennen, der in zwei Wochen ein Jahr alt werden sollte. Es war ein entzückender kleiner Kerl mit großen blauen Augen und blonden Löckchen. Er war gerade dabei, laufen zu lernen, und deshalb hatte Dritter ihm einen Laufstall organisiert, der in der Ecke der Küche stand. Als Lysbeth ihn auf den Schoß nahm und mit ihm *Backe, backe, Kuchen* spielte, quietschte er vor Vergnügen. Der kleine Alexander hielt sich von Lysbeth fern. Er lief Karl Wertmann hinterher wie ein Schatten, und der erklärte ihm die Welt mit einer Engelsgeduld, während er sich gleichzeitig in seiner Arbeit nicht beirren ließ.

Als Lysbeth und Jonny am darauffolgenden Morgen die Heimreise antraten, hatte Jonny einige Schätze im Rucksack. Dritter hatte ihm Kartoffeln mitgegeben und Speck und Eier. Jonny hatte ihm versprochen, eine Erklärung gegen Johanns Denunziation zu formulieren, die Dritter überall vorzeigen könne.

Lysbeth hatte sich so satt gegessen wie seit langem nicht mehr. Auch wenn Renate Wenz auf Hamsterfahrten unterwegs war, so war es doch immer begrenzt, was sie mitbrachte, und dann musste das Essen ja auch durch sieben Personen geteilt werden. Im Zug schwärmte Jonny ihr von Dritters kaufmännischem Geschick vor. Er hatte mit ihm einiges an Zusammenarbeit verabredet. Er hatte ihm Zigaretten dagelassen, damit Dritter etwas zum Tauschen hatte. Er hatte auf Dritters Frage, worauf er denn aus sei, keine klare Antwort geben können. Er hatte erst einmal nur das Vertrauen zwischen Dritter und ihm kräftigen wollen.

Als er nach Hause kam und Stella alles berichtete, fragte sie sich, ob er sich überhaupt noch daran erinnerte, dass seine Greta ihn einmal mit Dritter betrogen hatte. Aber wahrscheinlich war das alles für Jonny Schnee von gestern.

Jonny hatte sich inzwischen unter den Hamburger Kapitänen und Seeoffizieren umgehört, und was er da erfahren hatte, führte dazu, dass er nicht mit einer befriedigenden Beschäftigung während der kommenden Jahre rechnen konnte. Die arbeitslosen Kapitäne und Seeoffiziere schlugen sich als Nachtwächter in den Hotels der Briten durch oder als Streckenwärter der Eisenbahn oder gar als Buddelschiffmacher. Demgegenüber waren die Arbeiter auf den Werften wieder beschäftigt, und sie waren sogar schon selbstbewusst genug für Protest. Im Frühjahr hatten sie auf zahlreichen Betriebsversammlungen von der britischen Verwaltung höhere Lebensmittelzuteilungen gefordert – allerdings erfolglos. Jonny musste sich nach einer anderen Beschäftigung umsehen, so viel stand fest. Nichts von dem, was möglich war, behagte ihm. Seine ganze Hoffnung war auf gemeinsame Geschäfte mit Dritter gerichtet.

Bevor Jonny die Zeit fand, den von Dritter erbetenen Brief zu schreiben, erhielt er selbst einen Brief, der ihn eine Weile so beschäftigte, dass er Dritter völlig vergaß. Seine Mutter schrieb ihm aus der Schweiz. Sie teilte ihm in der sachlichen Art, die ihr im Schriftverkehr eigen war, mit, dass sie sich verlobt habe. Sie habe einen sehr netten Witwer kennengelernt, einen Baron aus einem alten Geschlecht, der sie bereits in seine Familie eingeführt habe und mit dem sie sich sehr wohl fühle. Sie beabsichtige vorerst nicht, nach Hamburg zurückzukehren, und bitte ihn, sich um ihr Haus und ihr Mobiliar zu kümmern, falls noch etwas erhalten sei, oder aber eine Entschädigung in ihrem Namen zu beantragen.

Jonny brauchte sich nicht noch einmal auf den Weg zu machen, er hatte alles bereits überprüft. Das Haus seiner Mutter war eine Ruine, vom Mobiliar war nichts übrig. Aber er begab sich aufs Amt, um eine Entschädigung für seine Mutter zu beantragen.

Dort wurde er allerdings mit der traurigen Realität der Hamburger Obdachlosigkeit konfrontiert. Die Menschen, denen er begegnete, waren unterernährt, in ärmlichste schäbige Kleidung gehüllt, und es wirkte, als frören sie immer noch, obwohl der Winter inzwischen vorbei war.

Viele Frauen hatten ihre Kinder mitgebracht, und Jonny, der sonst nicht besonders mitfühlend war, blickte mit großer Besorgnis auf die Kleinen, in deren ausgehungerten Gesichtern große Augen in tiefen Höhlen lagen. Er dachte daran, dass im vergangenen Winter die meisten Kohlendiebstähle von Jungen verübt worden waren, die auf den großen Güterbahnhöfen täglich zu Tausenden darauf gelauert hatten, Kohlenzüge zu stoppen und zu plündern.

In diesem Jahr hatte sich die Ernährungslage noch weiter zugespitzt, obwohl vorher keiner geglaubt hatte, dass das überhaupt möglich war. Normalverbraucher erhielten nur noch tausendvierzehn Kalorien pro Tag, das war zum Leben zu wenig, zum Sterben zu viel, wie viele stöhnten.

Natürlich blühte der Schwarzmarkt, obwohl man immer mit Razzien rechnen musste. Die allgemeine Devise lautete: Not kennt kein

Gebot. Wer kein Geld hatte, um die horrenden Schwarzmarkt-Preise zu bezahlen, keine Zigaretten, keine Wertsachen zum Tauschen, wer also auf die Lebensmittelkarten angewiesen war, existierte von den amtlichen Rationen. Die Zentren des Schwarzhandels, in St. Pauli die Ecke Reeperbahn / Talstraße und in St. Georg der Hansaplatz, waren allen Hamburgern bekannt.

Und dass die Kriminalität wuchs, die Einbrüche in Textilgeschäfte oder Lebensmittelläden, aber auch in private Häuser zunahmen, war angesichts des Hungers in allen Gesichtern kein Wunder. Im April hatte der kommunistische Senator Friedrich Dettmann einen Gesundheitsbericht vorgelegt, der ein durchschnittliches Untergewicht bei Schulkindern von acht Kilo vermeldete. Aaron erzählte ebenfalls von Hungerödemen bei Kindern und Erwachsenen, die die ohnehin angeschlagene Gesundheit der Menschen zersetzte.

Jonny glaubte angesichts des Elends auf den Ämtern schon bei der Antragstellung kaum mehr an einen Erfolg. Als die Beamtin ihn jedoch fragte: »Wo lebt Ihre Mutter jetzt?«, und er fahrlässigerweise, wie er hinterher wusste, antwortete: »In der Schweiz«, erntete er nur ein böses Lachen. »Ihre Mutter könnte wie alle Obdachlosen Unterstützung für einen Stuhl und Tisch und Bett bekommen, aber was wollen Sie? Dass die Briten uns Geld geben, um wiedergutzumachen, was sie zerbombt haben? Das meinen Sie doch nicht ernst? Entschuldigen Sie mich, aber der Nächste wartet. Der wohnt nicht in der Schweiz.« Jonny überlegte, ob er nach ihrem Vorgesetzten fragen sollte, um sich über den rüden Ton zu beschweren, aber dann verließ er das Zimmer, allerdings nicht ohne vorher zu sagen: »Die gute Erziehung haben sie uns nicht zerbombt.«

Als Jonny die Ämtergänge für seine Mutter hinter sich hatte, war Dritters Bitte, in einem Brief Stellung zu Dritters damaliger Verurteilung zu beziehen und Johanns Denunziation damit zurückzuweisen, aus seinem Gedächtnis entschwunden.

Am 1. Mai gab es nach dreizehn Jahren zum ersten Mal wieder eine Demonstration. SPD und KPD marschierten allerdings getrennt. Der neue Vorsitzende der SPD, Kurt Schumacher, war strikt gegen eine Einheitsfront. Die Demonstranten riefen: »Wir fordern Säuberung der Ämter von Faschisten!« Aaron, Lysbeth, Stella und Renate Wenz marschierten mit. Sie reihten sich in den Block der KPD ein, denn

Aaron hatte großen Respekt für das Verhalten der Kommunisten in den Konzentrationslagern entwickelt. In Theresienstadt hatte es keine Kommunisten gegeben, aber was Häftlinge aus anderen KZs über die Solidarität und menschliche Größe der Kommunisten berichtet hatten, hatte ihn sehr beeindruckt. Stella fühlte sich den Kommunisten schon lange nah. Ihr Vater hatte zu ihnen gehört und ihre Tochter ebenfalls. Renate Wenz fühlte sich den Kommunisten verbunden, weil ihr Mann diese damals verteidigt hatte, und Lysbeth war sehr froh gewesen, als im vergangenen Jahr in vielen Ausschüssen, auch unter den Ärzten, Sozialdemokraten und Kommunisten gemeinsame Aktionsprogramme entwickelt hatten. Sie hatte Lydias begeisterten Bericht über das Zusammengehen von SPD und KPD in der sowjetisch besetzten Zone gelesen und fand es falsch, dass Kurt Schumacher gegen eine Vereinigung der beiden Arbeiterparteien war, die doch, wären sie 1933 zusammengegangen, hätten verhindern können, dass Hitler an die Macht kam. Am liebsten wäre sie weder bei den Sozialdemokraten noch bei den Kommunisten mitgegangen, aber sie fühlte sich Aaron, Stella und Renate so verbunden, dass sie sich einreihte wie diese. Auf ihrem Marsch durch die Straßen war eine große Feierlichkeit spürbar: Sie konnten sich jetzt wieder frei bewegen!

Die Maikundgebung fand in *Planten un Blomen* statt. Die Beteiligung war enorm. Über hunderttausend Menschen drängten sich vor der Rednertribüne. Die Gewerkschaften konzentrierten ihre Forderungen auf Probleme des täglichen Lebens: Verpflegung, Obdach, Kleidung. Der Slogan war: Vom braunen Joch befreit, erkämpfen wir uns die wahre Demokratie.

Am Abend beeilten sich die Männer und Frauen, nach Hause zu kommen. Zum einen galt noch immer die Ausgangssperre während der Nacht, zum anderen waren Hamburgs Straßen düstere Schluchten, erhellt nur von wenigen Laternen und dem schwachen Licht aus Fenstern, hinter denen die auch am Abend des 1. Mai noch frierenden Bewohner bei Fünfundzwanzig-Watt-Glühbirnen oder bei Kerzenschein saßen.

Jonny hatte sich an der Maikundgebung nicht beteiligt, er hatte sich immer den Oberen und nicht den Niederen zugehörig gefühlt. Trotzdem beschlich ihn manches Mal der Eindruck, dass er neuerdings zu den zu kurz Kommenden gehörte. Sein ganzes Wesen wehrte sich gegen dieses Gefühl. Das war nicht der Platz, wo er hingehörte. So besann er sich wieder auf Dritter. Dritter gehörte zu denen, die im Licht standen, Dritter gehörte zu den Siegern im Untergang. Jonny hatte von seiner Mutter schon als kleiner Junge gelernt, dass man Schwächlinge zu meiden hatte. Seine Mutter hatte diese Lektion stets beherzigt, sie stand auch jetzt wieder auf der Sonnenseite des Lebens. Nur er, Jonny, nicht. Er war arbeitslos, er bekam keinen Kontakt zu seiner Geliebten und seiner schwachsinnigen Tochter, aber selbst wenn sie, wie er es wünschte, mit dem nächsten Schiff nach Hoek van Holland reisten und von dort mit der Bahn nach Hamburg kamen, wie sollte er sie denn hier empfangen, ohne Arbeit, ohne Bleibe für sie?

Seine Gattin, Stella, hingegen stand jetzt genau auf der richtigen Seite. Es würde nicht lange dauern, und ihr Galan würde in der Kippingstraße aufkreuzen. Wo sollte er, Jonny, dann bleiben? Sollte er sich unter einen Pflasterstein legen, oder wohin sollte er?

Er musste aus der Misere raus, so viel stand fest. Und wahrscheinlich war es nicht einmal sinnvoll, die alten Kollegen im *Handelshaus Woermann* so oft zu besuchen. Die waren auch nur jämmerliche Gestalten. Er musste sich an die Richtigen halten, zum Beispiel an Dritter.

Also setzte er sich hin und schrieb die von Dritter bei Jonnys Besuch in Ratekau erbetene Erklärung. Er gab sich große Mühe, sie so zu formulieren, dass Dritter damit vor der britischen Besatzungsmacht als politischer Häftling dastehen konnte und Johann als übler Denunziant. Die Erinnerung an seine eigene Beteiligung bei Dritters damaliger Verhaftung und vor allem die Erinnerung daran, dass Dritter damals der Geliebte von Jonnys Mätresse Greta gewesen war, hatte er schon vor Jahren erfolgreich aus seinem Gedächtnis getilgt.

»Erklärung: Hiermit gebe ich bezüglich der Angriffe des Bruders von Herrn Alexander Wolkenrath, Herrn Johann Wolkenrath, gegen ihn folgende Erklärung ab: Herr Alexander Wolkenrath war berechtigt, in meinem Namen ein Accept zu zeichnen.

Bei seiner damaligen Verhaftung durch die Gestapo in einer politischen Angelegenheit wurde eine Aufzeichnung über dieses Accept gefunden und als Anlass einer Strafanzeige wegen Urkundenfälschung gegen Herr Alexander Wolkenrath verwendet.

Ich sollte die Rechtmäßigkeit der Unterschrift durch eine Vernehmung bestätigen, wozu ich leider nicht in der Lage war, weil ich mich zu diesem Zeitpunkt auf einer Dienstfahrt nach Afrika befand.

Als ich nach meiner Ankunft in Afrika (etwa drei Monate später) von diesem Vorfall in Kenntnis gesetzt wurde, habe ich mich sofort bemüht, von dort aus eine entsprechende Aufklärung an das Sondergericht Hamburg zu senden. Leider war in der Zwischenzeit eine Verurteilung erfolgt, und ich bedaure außerordentlich, dass meine Zeugenaussage zu spät eintraf.

Besonders möchte ich betonen, dass den Denunziationsabsichten des Bruders Johann Wolkenrath aus Hamburg wenig Wert beizumessen ist, weil er infolge starker Verfehlungen von den Eltern enterbt wurde und mit der gesamten Familie völlig entzweit ist.

Kapitän Jonathan Maukesch

Bevor er Dritter dieses Schreiben zukommen ließ, gab er es Stella zu lesen, der die Skepsis ins Gesicht geschrieben stand, als sie vom Blatt aufblickte. »So war es doch gar nicht«, sagte sie. Jonny schmunzelte. »Wirklich?«, fragte er gedehnt. »Du willst doch wohl nicht einem Nazi-Urteil mehr glauben als mir. Außerdem: Wenn bei solchen Bagatellen alle Gerichtsakten von Fuhlsbüttel durchgeguckt werden müssen, haben die Briten viel zu tun. Nein. Dritter hat unter den Nazis im Gefängnis gesessen, und dabei ging es um Politisches. Dass dabei ein bedauerliches Missverständnis mit dem Scheck passiert ist, war eher nebensächlich. Und der dumme Denunzianten-Bruder hat sowieso jede Menge Verfehlungen auf sein Gewissen geladen, wozu jetzt noch die neuerliche Denunziation kommt. Endlich können die Besatzer ein Opfer der Nazis mehr unterstützen.

»Jonny, warum machst du das?«, fragte Stella geradeheraus. Jonny zeigte Verwunderung, geradezu Gekränktheit angesichts dieser Frage. »Dritter ist dein Bruder, mein Schwager«, antwortete er kurz angebunden. »Was für eine Frage? Johann ist ein Nestbeschmutzer, dagegen muss jeder anständige Mensch vorgehen.« Er griff nach dem Brief und entfernte sich. Stella, die gerade dabei gewesen war, einen Brief an Roberta zu schreiben, mit der sie Anfang des Jahres zum ersten Mal telefoniert hatte, ein verständiges Mädchen, das am Telefon geradezu erwachsen wirkte, fuhr damit fort, aber sie war nun unkonzentriert. Ihr behagte Jonnys Schulterschluss mit Dritter nicht. Es ist nützlich für Dritter, und was soll schon Schlimmes geschehen?, versuchte sie sich zu beruhigen. Aber das beklommene Gefühl blieb.

Hatten die Hamburgerinnen und Hamburger den Einmarsch der britischen Streitkräfte zunächst mit vorsichtigen Hoffnungen begleitet, so verschlechterte sich das Verhältnis zwischen der Bevölkerung und der Besatzungsmacht in den folgenden Monaten deutlich. Zu glauben, dass die Engländer der Stadt Hamburg besonders entgegenkommen würden, hatte sich als Illusion erwiesen.

Die bloße Tatsache, dass Hamburg die größte und im Innern verhältnismäßig am besten erhaltene Stadt der britischen Zone und damit ein beliebtes Ziel der Wochenendurlauber der Rheinarmee war, hatte in den ersten Nachkriegsjahren die Beschlagnahme nahezu aller größeren Lokale und Hotels der Innenstadt zur Folge. Außerdem verstärkte sich das Gefühl, dass die Engländer den deutschen Handel und die deutsche Schifffahrt niederhalten wollten.

Am 27. Juni demonstrierten mehrere tausend Menschen gegen die Vertreibung von rund vierzigtausend Mietern aus ihren Wohnungen westlich und nördlich der Außenalster, wo jetzt Unterkünfte für die britische Kontrollkommission entstehen sollten. Die Umquartierungen belasteten das Verhältnis zwischen Besatzern und Besetzten. Am 15. Juni hatten die Ausquartierungen in Harvestehude mit der Räumung von Wohnungen in der Isestraße, der St.-Benedikt-Straße und im Nonnenstieg begonnen. Auch in der Kippingstraße war die anfängliche vorsichtige Sympathie den Engländern gegenüber in deutliche Antipathie umgeschlagen, denn diese feierten in ihrer Messe so häufig und so lautstark, dass die Anwohner mit ihren knurrenden Mägen angesichts der satten Fröhlichkeit der Besatzer geradezu gezwungen waren, negative Gefühle zu entwickeln.

Bei der Demonstration am 27. Juni reihte Jonny sich ein. Er lernte dort einige Leute kennen, die seine Probleme teilten, angesehene, gebildete Menschen, jetzt arbeitslos, denen von den Engländern irgendetwas, oft Haus und Hof, genommen worden war. Diesen Menschen fühlte Jonny sich zugehörig. Ihm war die Arbeit auf einem Schiff genommen worden, vor allem aber stahl ein Engländer ihm seine Frau und damit sein behagliches und sicheres Zuhause. Zu Stella aber schwieg er von dieser Erfahrung und von seinen Gefühlen.

Im Juli 1946 lagen über tausend Patienten mit Hungerödemen in den Krankenhäusern. Um den Mangel etwas zu lindern, öffnete die Stadtverwaltung öffentliche Grünflächen für die Landwirtschaft. In *Planten un Blomen* zogen Ochsengespanne den Pflug durch den einst sorgfältig gestutzten Rasen, um den Boden für Kartoffeläcker aufzubrechen. Daneben blühten noch immer die Rosensträucher, die 1944 gepflanzt worden waren.

Nicht wenige Frauen ließen sich mit einem britischen Soldaten ein. Und nicht wenige Deutsche zeigten ihre Verachtung für diese Frauen, die Beschimpfung »Flittchen« gehörte noch zu den freundlichsten für sie. Die Besatzungsmacht versuchte, auch dieses Problem zu lösen, indem sie am 3. August das Heiratsverbot zwischen britischen Soldaten und deutschen Frauen aufhob. Jonny verfolgte auch diese Entwicklung mit wachsender Beunruhigung.

Bis August stieg der offizielle Tageskaloriensatz nur geringfügig auf tausendzweihundertsechsunddreißig Kalorien. Am 18. August wiesen die Hamburger Kleingärtner mit gemeinsamer Stimme die Versuche zurück, ihnen die Gemüsekarten zu entziehen und die bewirtschaftete Kartoffelanbaufläche auf die Lebensmittelkarten anzurechnen. Der Hunger, die Arbeitslosigkeit und die Aussicht auf einen Winter, der ebenso schlimm oder noch schlimmer werden konnte als der vergangene, schufen in der Bevölkerung eine Stimmung aus Resignation und Wut gegen die Engländer.

Jonny war so umtriebig wie schon lange nicht. Er genoss wieder mehr und mehr Ansehen. Alle nannten ihn »Herr Kapitän«, auch wenn er kein Schiff mehr befehligte. Bei der *Woermann-Linie* hatte sich während der Nazizeit vieles verändert. 1934 war eine Neuordnung der deutschen Schifffahrt durchgeführt worden, in der die großen Schifffahrtskonzerne aufgeteilt worden waren. Die HAPAG und der *Norddeutsche Lloyd* hatten ihre Anteile an der *Woermann-Linie* an das Deutsche Reich abgeben müssen. 1941 hatte das Reich diese Anteile an den Zigarettenfabrikanten Philipp F. Reemtsma veräußert. Dieser hatte sie an den Reeder John T. Essberger verkauft, der, wie Jonny herausfand, nur die *Deutsche Afrika-Linie* fortführte, die *Woermann-Linie* aber nicht weiterbetreiben wollte.

Dennoch gehörte ihm die *Woermann-Linie*, also auch das Handelshaus in Namibia, soweit Jonny in Erfahrung bringen konnte. Er wollte für Essberger arbeiten, was immer es auch sein würde. Und er wollte, dass Greta und Walburga aus Namibia nach Hamburg zurückkehrten. Schließlich »gehörten« sie ihm und konnten sich nun, da Walburga wegen ihrer geistigen Behinderung nicht mehr lebensgefährdet war, nicht einfach in Namibia ein sonniges Leben machen! Vielleicht hatte Greta sogar schon einen anderen? Bei diesem Gedanken spannte sich Jonnys ganzer Körper an, so kampfbereit wurde er.

Am 1. August telefonierte Stella mit Anthony, und er sagte ihr, dass er in ungefähr zwei Monaten in Hamburg eintreffen werde. Auch er würde über Hoek van Holland fahren und dann mit der Bahn weiter. Im Anschluss an dieses Telefonat raffte Stella all ihren Mut zusammen und begab sich zu Jonny, um ihm mitzuteilen, dass sie in zwei Wochen aufhören würde, seine Pro-forma-Frau zu sein. »Dann ist Anthony hier, und von da an spiele ich kein Theater mehr«, verkündete sie ihm, schroffer und radikaler, als sie es gewollt hatte. Aber sie hatte so große Angst vor seiner Reaktion, dass sie so überdeutlich sprechen musste. Jonny blickte sie kaum an, sagte nur so leise, dass sie ihn schwer verstehen konnte: »Das wusste ich doch schon lange. Greta wird auch bald kommen. Wir werden uns schon arrangieren.«

Werden wir uns arrangieren? Stella empfand wieder das bedrückende Gefühl in der Magengrube. Sie war sich nicht sicher, wie weit sie Jonny trauen durfte.

Anfang August fand die Prüfung für Sonderbegabte in Hamburg statt. Um an dieser Prüfung teilnehmen zu können, hatte Marianne sich bereits Anfang des Jahres in der Kippingstraße als zusätzliche Einlogiererin angemeldet. Eine Woche vor der Prüfung teilte sie Lysbeth verschmitzt mit: »Ich habe dich übrigens auch für die Prüfung angemeldet.«

Lysbeth fiel aus allen Wolken. Sie war erst überrascht, dann erschrocken, dann zornig. »Das ist unverschämt«, schimpfte sie. »Das ist respektlos. Du hättest mich zumindest fragen müssen.« Marianne, erschrocken ob dieser Reaktion, entgegnete leise: »Ich dachte, du würdest sowieso erst mal nein sagen, und jetzt weißt du schon alles und das meiste besser als ich, also kannst du doch einfach mitmachen.« Sie hatte Lysbeth kurzerhand zehn Jahre jünger gemacht, denn das Höchstalter war vierzig Jahre. Nach diesen Worten geriet Lysbeth endgültig aus der Fassung und schüttelte nur noch den Kopf. Als sie jedoch Aaron die ganze Geschichte erzählte, fing der so herzhaft an zu lachen, dass ihr Ärger sich in Luft auflöste.

In dieser Nacht konnte sie nicht schlafen. Und dann begann sie zu überlegen, ob das nicht ein Wink des Schicksals war. Sie selbst wäre nie auf die Idee gekommen, diese Prüfung abzulegen, aber sie hatte sich gemeinsam mit Marianne gewissenhaft vorbereitet. Und sie hatte schließlich auch ihr medizinisches Wissen. Warum sollte sie also nicht an der Prüfung teilnehmen? Sie hatte ja nichts zu verlieren. Und wenn die Geschichte mit dem Alter aufflog, wovon sie fest überzeugt war, konnte sie ja sagen, dass das ein Missverständnis war. Mitten in der Nacht wachte Aaron auf. »Du bist wach«, murmelte er. »Du denkst an die Prüfung, oder?«

Sie zündeten eine Kerze an, und Lysbeth erzählte ihm ihre Überlegungen. »Du bist von morgens bis spät am Abend in der Praxis. Die Hamburger Bevölkerung leidet unter allen möglichen Krankheiten, Ärzte werden gebraucht. Du triffst dich am Abend oft noch mit deinen Kollegen aus dem sozialistischen Ärztebund. Wenn du mit mir zusammen bist, sprühst du vor Erfüllung deines Lebenssinns. Du bist nicht nur mit den Kranken beschäftigt, du verfolgst auch mit Feuer und Flamme dein Ziel, die Ausbildung zum Psychiater.«

Aaron nickte. Lysbeth hatte recht. Er holte Informationen ein, wo er nur konnte. Die Psychiatrie in Hamburg war geprägt durch die Arbeit von Bürger-Prinz, und das war nicht die Richtung, in die Aaron gehen wollte. Er wusste inzwischen, dass es vor 1933 interessante psychologische Richtungen in Deutschland, besonders in Berlin, gegeben hatte, die aber an ihm vorübergegangen waren. Inzwischen waren diese Leute, alles Männer, ausgewandert, vor allem nach Amerika. Er hatte aber auch von Viktor Frankl gehört, der Jude und in Konzentrationslagern gewesen war, die er überlebt hatte. Schon in Theresienstadt war Aaron der Name Frankls zu Ohren gekommen, obwohl Frankl schon vor Jahren von Theresienstadt weiter nach Ausschwitz deportiert worden war. Die Ärzte in Deutschland waren von den Neuerungen in der Psychologie abgeschnitten, Nachrichten drangen nur über Gerüchte zu Aaron. Aber er verzweifelte nicht dabei, kleinste Puzzle-Teile zu sammeln, die weit davon entfernt waren, ein Bild zu ergeben.

»Ich greife so weit in die Welt, wie es mir nur möglich ist«, bekannte Aaron. »Ich will leben, Lysbeth, das ist mir in Theresienstadt bewusster geworden als jemals zuvor. Und seit ich zurück bin, ergreife ich jede Gelegenheit, meine Idee vom Leben zu verfolgen. Ich wusste nicht, dass du darunter leidest.«

Lysbeth schüttelte verneinend den Kopf. Sie litt nicht darunter. Dazu gehörte ja auch, dass er allwöchentlich mit ihr tanzen ging und dass er ihrem Liebesleben mit Zärtlichkeit und Phantasie immer neue Impulse gab. Auch dass er jetzt, mitten in der Nacht, auf seinen Schlaf verzichtete, nur um sie mit ihren Überlegungen nicht allein zu lassen, gehörte dazu. »Du arbeitest, ohne auf eine Entlohnung zu achten …«, bemerkte sie. Aaron lachte und warf ein: »Die Reichsmark ist doch sowieso nichts wert.« Sie fuhr fort: »Du knüpfst Kontakte unter gleichgesinnten Ärzten, du interessierst dich für die Entwicklung der Stadt Hamburg …« Aaron nickte nachdenklich. »Stimmt, ich fühle mich mit dieser Stadt verbundener als jemals zuvor. Aber was hat all das mit der Prüfung zu tun?« Lysbeth hielt inne. Ja, was hatte es damit zu tun? »Ich fühle mich außen vor«, gestand sie. Sie hatte dieses Gefühl vor Aaron all die Monate verschwiegen, weil es ihr peinlich war. Aber jetzt war es raus.

Aaron umarmte sie stürmisch. »Das will ich nicht, meine Süße. Wie kann ich das wiedergutmachen?« Lysbeth lachte. »Du hast nichts verbrochen, also musst du auch nichts wiedergutmachen. Aber ich selbst sollte vielleicht etwas tun, um meinem Leben wieder mehr Inhalt und Sinn zu geben. Was meinst du?« Aaron antwortete ihr nicht. Er küsste sie überall, im Gesicht, am Hals, ihre Hände. Er hob ihr Nachthemd hoch und küsste ihren Bauch. Lysbeth schob ihn energisch fort. »Antworte mir«, sagte sie. »Soll ich die Prüfung machen?« Aaron ließ sich nicht wegschieben, so begannen sie eine kleine Rangelei, die damit endete, dass sie einander liebten. Bevor sie wieder einschliefen, murmelte Aaron: »Du wirst eine traumhafte Ärztin sein, die beste von ganz Hamburg.«

Am nächsten Morgen war es entschieden. Lysbeth würde die Sonderbegabtenprüfung für ein Medizinstudium machen.

Am 14. August begann die Hamburger SPD ihren Wahlkampf zur ersten freien Bürgerschaftswahl nach dem Krieg. Die Auftaktveranstaltung fand in *Planten un Blomen* statt. Aaron überredete Lysbeth und Stella, mit ihm dorthin zu gehen. Renate Wenz musste er nicht überreden, sie war ebenso interessiert wie er an der politischen Entwicklung der Stadt, die »ihre« Stadt geworden war.

Hauptredner war Max Brauer, der einstige Altonaer Oberbürgermeister, der vor dem NS-Regime erst nach China und dann in die Vereinigten Staaten geflohen war. Formal trat er an diesem Tag noch als

Vertreter der amerikanischen Gewerkschaften auf, in deren Auftrag er in seine alte Heimat zurückgekehrt war. Wieder war *Planten un Blomen* gedrängt voll. Es waren fast so viele gekommen wie zur ersten Mai-Kundgebung.

Im Publikum breitete sich eine starke Erregung aus, als Max Brauer sprach. Auch er selbst war tief bewegt und konnte wiederholt nur mühsam unter Tränen weitersprechen. Trotzdem strahlte dieser Mann am Rednerpult Kraft, Mut und Hoffnung aus. Sein Selbstvertrauen wirkte fast schon unverschämt für einen Deutschen, der Bürgermeister dieser geschundenen Stadt werden wollte.

Aufgewühlt kehrten Stella, Aaron, Lysbeth und Renate in die Kippingstraße zurück. »Vielleicht ist das der Mann, den wir in Hamburg an der Spitze brauchen«, sagte Renate. Lysbeth wiegte bedenklich den Kopf. »Das ist einer, der durchsetzt, was er selbst will«, sagte sie. »Dass der die Demokratie bringt, für die wir Deutschen noch viel lernen müssen, glaube ich nicht.«

Es dauerte nicht lang, da war Max Brauer Hamburgs Oberbürgermeister.

In Jonnys Kreisen wurde Brauer mit gemischten Gefühlen beäugt. Er hatte in seiner Antrittsrede betont, dass der Wiederaufbau des Hafens, des Schiffbaus und der Schifffahrt notwendig sei. »Auch im Überseehandel muss Hamburg wieder das Tor zu Welt werden, das es vor 1933 gewesen ist.« Diese Forderungen klangen völlig illusorisch und wurden deshalb von manchen hamburgischen Kaufleuten auch hart kritisiert, denn nicht der Betrieb, sondern die Demontage der Werften, vor allem bei *Blohm & Voss*, war das erklärte Ziel der Militärregierung.

Brauer handelte sehr eigenmächtig und löste immer wieder Verärgerung bei den Engländern aus. Zum Beispiel, als er anordnete, die Zahl der funktionsfähigen Straßenlaternen so schnell wie möglich zu erhöhen. Bald war die Straßenbeleuchtung in Hamburg in einem insgesamt besseren Zustand als in großen Teilen Londons oder in Paris. In beiden Hauptstädten hatte das entsprechende Zeitungsberichte zur Folge und führte zu gereizten Anfragen an die Militärregierung. Brauer aber verkündete: »Ein Volk, das eine so furchtbare Niederlage erlitten hat wie das deutsche, neigt zu Depressionen. Hunger, Not und Wohnungslosigkeit haben überdies eine hohe Kriminalität zur Folge. Das einfachste Mittel gegen lichtscheue Elemente ist eine bessere Straßenbeleuchtung.«

Lysbeth bestand die Prüfung. Es hatte keine Probleme mit dem falschen Alter gegeben, denn sie musste keine Ausweispapiere vorzeigen. Und sie bestand die Prüfung mit einem so brillanten Ergebnis, dass sie mit der Information über ihr Bestehen gleichzeitig die Erlaubnis erhielt, sich sofort für das Studium ab November zu bewerben.

Marianne aber fiel durch, und so geriet Lysbeth in einen Gewissenskonflikt. Es war doch um Marianne gegangen. Marianne hatte die ganze Sache ins Rollen gebracht. Es durfte doch nicht sein, dass nun sie, Lysbeth, davon profitierte und Marianne ins Hintertreffen geriet. Aber sowohl Marianne als auch Aaron redeten auf Lysbeth ein, dass dies eine Chance sei, die sie unbedingt ergreifen müsse. Wie schon bei ihrem Gespräch vor der Prüfung beteuerte Aaron: »Du wirst eine wundervolle Ärztin sein, die beste von ganz Hamburg.« Und Marianne schimpfte: »Ich will auf keinen Fall, dass du meinetwegen ein Opfer bringst. Ich bin so stolz, dass ich dich angemeldet habe. Ich muss eben noch weiter lernen, und das kann ich sogar noch besser, wenn du jetzt schon mal studierst.«

Also war es entschieden. Lysbeth würde sich für das Medizinstudium ab dem Wintersemester bewerben.

Im Oktober kam Anthony in Hamburg an. Er hatte seinem Verleger, Victor Gollancz, angeboten, einen Roman über eine Hamburger Familie zu schreiben, aus der Sicht eines Engländers. Diese Idee war ihm bereits gekommen, als Stella ihm in seinem kleinen Hotelzimmer in Bremen von den Ereignissen in ihrer Familie erzählt hatte. Victor Gollancz war begeistert gewesen. Er selbst hatte bereits im vergangenen Jahr Deutschland einen Besuch abgestattet, er war ebenso wie die meisten alliierten Soldaten in Bergen-Belsen gewesen, und er war überzeugt davon, dass die Engländer mehr über Deutschland wissen mussten, als sie bisher erfahren hatten.

Victor Gollancz war gemeinsam mit Anthony nach Hamburg gekommen. Anthony kannte ihn schon sehr lange, und sie waren nicht nur Autor und Verleger, sondern im Laufe der Jahre auch gute Freunde geworden. Victor Gollancz war ein ungewöhnlicher Verleger. Er entstammte einer nach Großbritannien ausgewanderten polnisch-jüdischen Familie. In Oxford hatte er ursprünglich Theologie studiert, das lag wohl daran, dass sein Vater Rabbiner gewesen war. Schon als ganz junger Mann hatte er sich der Labour Party angeschlossen. 1927 hatte er einen Verlag gegründet, der ihn erst wohlhabend und später reich gemacht hatte. Seine stets mit gelbem Umschlag ausgestatteten »Yellow Books« waren in England ein Verkaufsschlager geworden. Sein Verlagsprogramm reichte von sozialkritischen Themen der britischen Linken bis zu Kriminalromanen. Auch Anthony hatte bei ihm seinen so überaus erfolgreichen Debütroman veröffentlicht. 1936 hatte Gollancz gemeinsam mit dem sozialistischen Politiker John Strachey den erfolgreichen *Left Book Club* gegründet, der eine wichtige Plattform für sozialistische Autoren, vor allem aber für den Kampf gegen den europäischen Faschismus wurde. Vor dem Faschismus hatte Gollancz früh und leidenschaftlich gewarnt, zu einem Zeitpunkt, als die britischen Appeasement-Politiker und Verleger noch glaubten, mit Hitler zu einem Modus vivendi zu kommen. 1942 hatte er gemeinsam mit anderen Linksintellektuellen das *Nationalkomitee zur Befreiung vom Naziterror* gegründet, dem auch Anthony angehörte.

Wie Anthony war Gollancz Pazifist, beide hatten aber den Kampf gegen Hitler aus vollem Herzen bejaht. Doch kaum schwiegen Anfang Mai die Waffen, als der Jude und Philanthrop Gollancz mit Leidenschaft seine Stimme gegen die These von der Kollektivschuld der Deutschen an den furchtbaren Verbrechen des NS-Regimes erhob, die nun ans Tageslicht kamen. Er rief seine Landsleute auf, den Deutschen mit Menschlichkeit zu begegnen und ihnen in ihrem Kampf um das Überleben zu helfen. Er wurde zum Initiator des Hilfswerks *Save Europe now*, das Nahrungsmittel, Kleidung, Medikamente und andere dringend erforderliche Hilfsgüter sammelte und in die deutschen Notstandsgebiete brachte.

Anthony hatte Stella bereits brieflich und telefonisch mitgeteilt, dass er fest entschlossen sei, ihre Geheimniskrämerei von dem Tag an zu beenden, da er in Hamburg eintreffen würde. Er hatte keinen Zweifel daran gelassen, dass er von Stella nun ein eindeutiges Bekenntnis zu ihrer Liebe erwartete. Er war jetzt von Angela geschieden, aber die vielen Jahre, die er mit ihr, ihrer Tochter Roberta und den jüdischen Kindern Helene und Philip verbracht hatte, hatten dazu geführt, dass er all diese Menschen als seine Familie empfand. Und er hatte immer das Bewusstsein gehabt, dass zu dieser Familie Stella als seine Frau hinzugehörte. Roberta, Helene und Philip waren zwar nicht seine Kinder geworden, dafür respektierte er viel zu sehr Helenes und Philips wirkliche Eltern, er fühlte sich auch nicht als Ersatzvater von Roberta, eher als Großvater, obwohl er mit seinen dreiundvierzig Jahren für eine achtjährige Enkelin arg jung war, aber alle zusammen waren seine Familie geworden, ohne dass die einzelnen Rollen genau definiert waren. Anthony wollte diese Familie bewahren, auch wenn Helene und Philip nun wieder zu ihren Eltern kämen, deren Andenken Angela und Anthony all die Kriegsjahre hindurch gepflegt hatten, und auch wenn Angela nun vielleicht mit Bobby eine neue kleine Familie gründen würde. Stella und er gehörten an den Kopf dieser Familie, und er war nicht bereit, Jonny weiterhin als Mann an Stellas Seite zu dulden.

Also teilte Stella Jonny eine Woche vor Anthonys Ankunft mit, was er zu erwarten hatte. »Er ist mein Mann, Jonny, so wie du einmal mein Mann warst. Allerdings warst du es nur kurze Zeit, er ist es jetzt schon seit zwanzig Jahren. Und so lange leben wir beide bestenfalls nebeneinanderher. Und es ist das Gleiche bei dir: Du hast ein Kind mit Greta, und sobald Greta wieder hier ist, wirst du deine Nächte mit ihr verbringen – was ich sehr gut verstehen kann.« Jonny hatte kurz aufbegehrt: »Noch sind wir verheiratet! Noch gibt es Rechte!«, aber als er bemerkte, dass Stella völlig gelassen und unerschrocken reagierte, fragte er nur: »Wie stellst du dir das vor? Wird er hier wohnen?«

Stella lächelte. Sie hatte diese Frage erwartet, die sich ausschließlich auf Jonnys Bequemlichkeit und den Rahmen bezog, in dem er lebte. »Das ist mir egal«, sagte sie. »Ich glaube nicht, dass er mit mir in dem Bett schlafen will, in dem wir beide immer gelegen haben. Aber auch wenn wir nicht hier schlafen, werden wir hier ein und aus gehen. Dies ist mein Mutterhaus, hier wohnt meine Familie, hier sind meine Sachen. Ich werde hier nicht verschwinden. Es wäre wohl am besten, wenn du ausziehst.«

Jonnys Gesicht wurde puterrot. Einen kurzen Augenblick lang hatte Stella Angst, er würde sie schlagen, dann hatte er sich wieder in der Gewalt. »So abserviert zu werden, habe ich nicht verdient«, empörte er sich. »Du vergisst, was ich alles für dich und deine Familie getan habe.« Stella nickte. »Vielleicht«, gestand sie zu, »würdige ich das wirklich nicht genug. Aber, ehrlich gesagt, ich glaube, wir haben beide einiges Gute füreinander getan und vieles, was nicht so gut war. Und wir sind schon lange kein Paar mehr. Also ist es jetzt an der Zeit, etwas zu beenden, was ohnehin nur noch nach außen vorgetäuscht wird. Es gibt keinen Grund mehr für irgendeine Camouflage.« Wieder rötete sich Jonnys Schädel. »Für die Camouflage war ich also gut!«, ereiferte er sich.

Er stand auf, verließ das Zimmer und knallte die Tür hart hinter sich zu. Stella hörte, wie er die Treppen hinunterpolterte. Sie blieb noch eine Weile nachdenklich in ihrem Sessel sitzen. So geht also eine Ehe zu Ende, die sich schon nach einem Jahr als fragwürdig erwiesen hat, dachte sie, und die dann noch zwei Jahrzehnte mein Dasein als eine Lüge belastet hat.

Eine Woche später traf ein Brief vom Staatshochbauamt Eutin ein. Es war zwar an Kapitän J. Maukesch adressiert, aber Stella riss aufgeregt das Kuvert auf, denn sie fürchtete, dass irgendetwas Schlimmes mit Dritter und seiner Familie geschehen war. Als sie den Brief vom 8.9.1946 las, wurde ihr schwindlig.

An das Staatshochbauamt Eutin, Robert-Schmiede-Str. 22

Würden Sie eine Firma gerichtlich belangen, wenn Sie in Erfahrung bringen, dass die bei Ihnen angeforderten und gelieferten Materialien einen anderen Weg gehen, rsp. für Schieber- oder Tauschzweck verwendet werden, anstatt des im Antrag genannten Zweckes?

Hochachtungsvoll
J. Maukesch

Sie wendete das Blatt, las die auf die Rückseite geschriebene Antwort, datiert auf den 17. September.

Staatshochbauamt

Sauberkeit innerhalb der Bauwirtschaft ist heute mehr denn je erforderlich.

Es ist für mich selbstverständlich, dass in solchen Fällen Anzeige erfolgt.

Stella raste eine Etage tiefer zu Lysbeth und hielt der Schwester den Brief vor die Nase. Lysbeth las, drehte das Blatt um, las, ließ den Brief sinken, seufzte und sagte: »Der ist an Jonny adressiert.« Stella erklärte kurz, wieso sie ihn geöffnet hatte, und forderte ungeduldig: »Was sagst du dazu? Was machen wir jetzt? Ich möchte ihn umbringen, das Schwein, er will etwas in der Hand haben gegen Dritter. Und eigentlich will er etwas in der Hand haben gegen mich. Oder nicht?« Lysbeth setzte sich auf den Sessel am Fenster. Stella ließ sich auf den anderen Sessel fallen.

Die beiden Schwestern beratschlagten, was sie tun konnten. Sie überlegten, den Brief wieder zuzukleben, allerdings war er so liederlich aufgerissen, dass es sofort sichtbar gewesen wäre. Sie überlegten, einen neuen Umschlag zu tippen, aber Jonny würde bestimmt sofort merken, dass ein Poststempel fehlte. »Ich glaube, du solltest ihm den Brief, so wie er ist, auf den Tisch legen«, schlug Lysbeth vor. »Du musst kein Wort darüber verlieren, aber dann weiß er, dass du es weißt.« Sie überlegten, ob sie Dritter warnen sollten. Sie entschieden sich dagegen. »Ich glaube, das macht nur unnötigen Wirbel«, sagte Lysbeth. »Wenn Jonny sieht, dass du den Brief gelesen hast, wird er vorsichtig sein.«

Drei Tage später traf Anthony bei ihr ein, und Jonny zog »vorübergehend«, wie er betont hatte, in eine Wohnung in der Bundesstraße, die er überraschenderweise im Gegenzug zu zwanzig Schachteln Zigaretten und fünf Tafeln Schokolade vom Wohnungsamt vermittelt bekommen hatte. Es war eine Eineinhalb-Zimmer-Wohnung und damit das Höchste an Luxus, das er Greta nun anbieten konnte.

Anthony stieg in der *Hotel Pension Rudolf Prem*, An der Alster 9 ab. Das Hotel war das einzige Haus, das dort unversehrt geblieben war, rechts und links standen nur die Fassaden, aber die Alster und die Bäume an der Alsterpromenade sowie die Heiterkeit, die selbst jetzt im Herbst noch von den engumschlungen flanierenden jungen Menschen ausging, ließ Anthony manchmal die Ruinen übersehen. Er wollte, wie Stella bereits vorhergesehen hatte, die Nächte nicht mit ihr in ihrem früheren Ehebett verbringen. Also schlief Stella bei ihm im Hotel, und ansonsten integrierte Anthony sich mehr und mehr in das Leben in der Kippingstraße. Er fühlte sich dort sehr wohl, besonders auch deshalb, weil er sich mit Aaron ungewöhnlich gut verstand.

Aaron und Anthony waren sofort vertraut miteinander. Sie waren gleich alt, sie liebten zwei Schwestern, sie hatten ähnliche Weltbilder, aber da war noch etwas anderes: Sie genossen es beide, mit einem anderen Mann auf eine so offene und unverstellte Weise zu sprechen, wie es ihnen ansonsten nicht häufig möglich war. Der Krieg hatte den Ton zwischen Männern im Vergleich zur Vorkriegszeit noch einmal verschärft. Männer waren Kameraden, sie schlugen einander auf die Schultern und lachten miteinander, ein durch die Nase schnaubendes, in der Kehle gehaltenes unfrohes Lachen. Sie schimpften gemeinsam, sie kungelten gemeinsam Geschäfte aus, sie erzählten einander Geschichten über Kriegserlebnisse. Aber es waren meistens Geschichten, die von Abenteuern und Kameradschaft berichteten, von Spannung und Komik und Heldentaten. Sie sprachen in einem harten abgehackten Ton, sie zeigten Stärke. Von Angst, Einsamkeit und Sehnsucht sprachen sie nicht, auch nicht davon, dass ihnen ihre Frauen fremd geworden waren. Sie sprachen nicht davon, wie viel Kraft es kostete, ständig auf der Hut zu sein, und nicht von ihrem Kampf, sich aus dem Abgrund der totalen Niederlage herauszuretten, wo sie doch jahrelang für den totalen Sieg gekämpft hatten. Von alldem wurde kein Wort verlautet. Stärke wurde demonstriert, nicht Angst oder Unfähigkeit. Das war in England kaum anders.

Aaron und Anthony führten andere Gespräche. Mit Aaron sprach Anthony über seine Angst, als Mann, der humpelte und vielleicht immer einen Stock brauchen würde, für Stella nicht mehr attraktiv zu sein, von ihr bemitleidet statt begehrt zu werden. Mit Aaron sprach Anthony über sein bedrängendes Gefühl von Schuld, als er die zerstörten Städte im Norden aus dem Zugfenster heraus gesehen hatte. Und Aaron begann im Gespräch mit Anthony manchmal etwas aus seiner Zeit in Theresienstadt preiszugeben.

So war es nur folgerichtig, dass Aaron vorschlug, Victor Gollancz in die Kippingstraße einzuladen. Aaron wollte diesen Mann gern kennenlernen, denn er war tief beeindruckt von Gollancz' Wirken für die Versöhnung mit den Deutschen seit dem Kriegsende. Sie sammelten zusammen, was sie an Lebensmitteln auftreiben konnten. Renate Wenz hatte Anthony ohne Umschweife um Zigaretten angehauen und war auf den Schwarzmarkt gegangen. Deshalb waren sie in der Lage, ein einigermaßen schmackhaftes Essen für den Gast zu bereiten. Sie kochten zwar unten in der Küche, aber sie machten sich die Mühe, den Tisch oben in Stellas Wohnzimmer zu decken.

Als Victor Gollancz erschien, war Stella erst einmal enttäuscht. Er war ein kleiner bebrillter Mann um die fünfzig mit kahlem runden Schädel, von dem rechts und links zwei blonde Haarbüschel abstanden. Aber bald schon merkte sie, dass in dem kleinen Mann ein großer Mann steckte. Allein seine Stimme beeindruckte sie mit ihrem sonoren Klang, schnell bemerkte sie im Gespräch seine scharfe Beobachtungsgabe, und Stella war beeindruckt von seinem Gedächtnis.

Er konnte detailliert Ereignisse beschreiben, die schon lange zurücklagen.

Gollancz erzählte auf Aarons Nachfrage, wie er dazu gekommen war, sich für die Verständigung mit den Deutschen einzusetzen. Er war nicht zum ersten Mal in Hamburg. Bei seinem ersten Besuch nach dem Krieg hatte er bereits erschüttert wahrgenommen, dass hier ein ganzes Volk am Verhungern war. Er hatte beschlossen, ihm mit den Waffen des gedruckten und gesprochenen Wortes zu helfen. Also hatte er versucht, die britische Öffentlichkeit vor allem durch Flugschriften zu alarmieren. Eine trug den Titel: »Wie man die Leute ihrem Schicksal überlässt«. Er beschrieb darin die verheerenden Zustände in der britischen Besatzungszone. »Die Durchschnittsrationen für die Deutschen sind genau so niedrig wie die, die den Insassen des KZ Bergen-Belsen zugestanden wurden. Diese Menschen waren bekanntlich verhungert«, hatte er argumentiert.

Er war auch der Meinung, dass die deutschen Kriegsgefangenen schnell entlassen werden sollten. »Die Männer werden doch hier benötigt!«, rief er aus, als Stella bemerkte, dass Strafe für deutsche Soldaten doch sein müsste. Aaron erzählte vom Konzert Yehudi Menuhins, das ihn so sehr beeindruckt hatte, und dass er selbst im Anschluss an dieses Konzert seine Rachegedanken revidiert habe. »Als ich in Theresienstadt war, habe ich mich oft damit aufrecht gehalten, mir vorzustellen, wie all diesen Verbrechern in Deutschland irgendwann einmal das Gleiche angetan wird, was sie den Menschen in den KZs angetan haben, aber inzwischen habe ich gemerkt, dass man sich mit solchen Gedanken vergiftet.« Victor Gollancz sah ihn mit seinem intelligenten scharfen Blick an und sagte mit seiner beeindruckenden Stimme: »Soll man das Böse noch vermehren, indem man es mit Bösem vergilt? Oder soll man ihm begegnen, indem man jenes bisschen an Liebe, Güte und Verzeihen hervorholt, das in einem ist?« Lysbeth dachte wieder einmal an Claus Göttsche. Sie wusste, dass er Selbstmord begangen hatte, trotzdem fragte sie sich immer wieder, ob sie ihm jemals würde verzeihen können? »Ich glaube, ich habe nicht die Größe, so zu verzeihen«, bekannte sie. »Die haben uns zwölf Jahre lang so viel an Leben gestohlen. Und jetzt soll ich sie ungeschoren davonkommen lassen? Das kann ich nicht.« Aaron griff lächelnd nach ihrer Hand. »Meine Lysbeth«, sagte er. »So viele in meiner Situation hatten nicht so eine wundervolle Frau wie dich. Die sind verlassen worden, auch von Menschen, von denen sie dachten, sie würden sie lieben.«

Gollancz nickte bestätigend. »Ich will nichts schönreden«, beteuerte er. »Wir wissen jetzt, dass ein Viertel der gesamten jüdischen Bevölkerung der Erde mit allen Mitteln des Schreckens schändlich ausgerottet ist. Ich habe den Brief eines polnischen Kindes gelesen. Es schrieb: ›Nun muss ich Euch Lebewohl sagen, morgen kommt Mutter in die Gaskammer, und ich werde in einen Schacht hinuntergeworfen.‹ Das dürfen wir nie vergessen!«

Cynthia sagte schnell: »Wir haben von alldem nichts gewusst. Ich dachte, Hitler wollte die Arbeitslosigkeit abschaffen und Autobahnen bauen. Und das hat er ja auch getan.« Gollancz blickte sie über seine Brille hinweg an. »Niemand kann behaupten, er habe nichts gewusst. Jeder muss sich fragen: Was habe ich dagegen getan?« Über den Tisch senkte sich beklommenes Schweigen. Eckhardt räusperte sich und bemerkte dann: »Wer nicht hier gelebt hat, kann sich darüber gar kein Urteil bilden. Ich zumindest habe keinen Juden vergast.«

Lysbeth wollte aufbegehren. Sie wollte an den Beifall erinnern, den sie erlebt hatte, als die Juden wie Vieh auf die Lastwagen getrieben worden waren. Und sie wollte daran erinnern, dass die Tante schon sehr früh die nationalsozialistischen Schriften gelesen hatte und allen in der Familie auf den Kopf zugesagt hatte, wohin das führen würde. Aber Aaron legte wieder seine Hand auf die ihre und sagte in Cynthias und Eckhardts Richtung: »Nein, ihr habt niemanden vergast. Und ihr habt auch immer zu mir gehalten.« Er lächelte verschmitzt. »Na gut, geben wir der Wahrheit die Ehre, fast immer, aber der Gedanke des Verzeihens ist doch ein ganz egoistischer Gedanke: Wir haben alle erlebt, was es mit Menschen macht, wenn ihre Ablehnung und Abwertung, ja, sogar ihr Hass gegen andersartige oder andersdenkende oder anderslebende Menschen geschürt wird, dahinter steht immer auch Angst. Toleranter zu sein, mehr zu lieben und auch zu verzeihen nimmt die Angst, macht weiter und freier, deshalb will ich mich nicht von Hass vergiften lassen.«

Gollancz stimmte ihm zu. »Ja, wir müssen die Völkerverständigung auf unsere Fahnen schreiben. Und wir dürfen nicht das ganze deutsche Volk verhungern lassen aus Rache. Deutschland zu demontieren, ist, glaube ich, nicht der richtige Weg, um Frieden auf der Welt zu schaffen.«

Stella begehrte auf: »Wie soll man denn Frieden in der Welt schaffen, wenn alle Nazis weiterhin ihr Unwesen treiben dürfen?« Gollancz blickte sie ernst an. »Es gibt wirklich nur eine Methode der Umerziehung von Menschen«, erklärte er, »nämlich das Beispiel, das man selber vorlebt. Der Nationalismus ist ein Laster, weil er sein Augenmerk auf vergleichsweise belanglose Dinge lenkt und dabei das Wesentliche übersieht, das einfach darin besteht, dass jeder Mensch ein Mensch ist. Was macht es schon aus, dass ich englisch spreche und jemand anders deutsch, dass meine Haut weiß ist und die eines Negers schwarz, dass ich Jude bin und mein Nachbar anderen Glaubens? Lasst uns denn im Namen der Vernunft und des gesunden Menschenverstandes diese Unterschiede vergessen, damit wir uns unseres gemeinsamen Menschseins erinnern.«

Als Victor Gollancz sich verabschiedete, umarmte Stella ihn. »Ich werde an dem, was Sie heute gesagt haben, sicher noch länger knabbern«, sagte sie. »Aber ich danke Ihnen von ganzem Herzen für …« Sie zögerte und schloss schnell: »Dafür, dass Sie Anthonys Freund sind und dass ich Sie kennenlernen durfte.«

Mitte Dezember erstarrte Mitteleuropa unter arktischer Kälte. In Hamburg, inmitten von dreiundvierzig Millionen Kubikmetern Trümmern, kämpfte die hungernde, von Ödemen befallene Bevölkerung nun buchstäblich ums Überleben. Aaron kam keinen Abend mehr vor Anbruch der Sperrstunde nach Hause. Die ohnehin nicht üppigen Kohlenlieferungen aus dem Ruhrgebiet kamen infolge der vereisten Kanäle und des völlig unzureichenden Transportmaterials der Reichsbahn ins Stocken. Zugleich nahmen die Kohlendiebstähle sprunghaft zu. Viele Kohlenzüge waren bereits geplündert, bevor sie Hamburg überhaupt erreichten.

Energieerzeugung wurde rigoros eingeschränkt, mit massiven Folgen für Haushalte, Wirtschaft, Verkehr. Gas- und Energieversorgung brachen zusammen. Krankenhäuser konnten nicht mehr geheizt werden. Viele Haushalte waren ohne Licht, Heizung und Kochmöglichkeit. Eine geregelte Verbindung der Verwaltung mit der Bevölkerung durch das Radio bestand nicht mehr. Ein Teil der Zeitungen konnte nicht mehr erscheinen. Der Betrieb von Großküchen des Roten Kreuzes, in denen zweihundertzwanzigtausend Mahlzeiten hergestellt wurden, war auf das äußerste gefährdet. Auch für einen Teil der Bäckereien waren keine

Kohlen mehr vorhanden. Die Bevölkerung war verzweifelt. Hamburg war zu einer sterbenden Stadt geworden.

Rezepte der Not machten die Runde. Etwa für »falsche Bratwürste«: einen Kopf Weißkohl weich kochen und mit einem halben Kilogramm gekochter Kartoffeln durch den Fleischwolf drehen; eine Tasse geriebenes Brot dazugeben – was einfach war, wegen des hohen Maismehlgehalts zerfiel das Brot oft schon auf dem Rückweg vom Bäcker; mit Salz, Pfeffer und Kümmel würzen, so vorhanden; die Masse zu Laiben kneten und in der Pfanne mit wenig Fett braten.

Andere trockneten Eicheln im Ofen, zerstießen und rösteten sie und würzten damit den faden Kaffeeersatz. Die Blätter von Ahorn, Brombeere, Eiche oder Kirsche gaben »Tabakersatz« ab.

Die Besatzungsmacht stattete einen Krisenstab der Reichsbahn mit entsprechenden Vollmachten aus, und so konnten wenigstens diejenigen Kohlenlieferungen gesichert werden, mit denen ein völliger Zusammenbruch jeglicher Versorgung buchstäblich in letzter Stunde verhindert wurde.

Wenn Aaron zur Arbeit ging, kam er an unförmigen Hügeln aus Ziegelschutt, Betonplatten, Kabelgewirr, verbogenen Stahlträgern, aus verkohltem Holz und Tapetenfetzen vorbei, an Fassaden von ausgeweideten Kontorhäusern und Mietskasernen ohne Dach, ohne Seitenwände, ohne Fenster. Manchmal steckte ein Holzkreuz im Schutt. »Unserer Mutter Meta Meyer«, stand darauf. Oder: »24./25.7.1943«. Wenn Aaron auf Hausbesuch ging, betrat er eine andere Welt. Am Abend berichtete er tief erschüttert darüber.

Sechs, acht, zehn, sechzehn Menschen waren in den Parterrewohnungen und Kellern ausgebombter Mietshäuser untergekrochen. Andere hatten sich in Ruinen Verschläge gebaut, jemand hatte sich sogar in einer öffentlichen Bedürfnisanstalt eingerichtet. Aber die Ruinen boten nicht genug Platz. Tausende mussten in Behelfsheimen und Nissenhütten unterkriechen: ausgebombte, heimgekehrte Kriegsgefangene, Flüchtlinge aus dem Osten. Und dann gab es »Bunkermenschen«. Dreiundachtzig Hochbunker standen in Hamburg: schwarzgraue Klötze, bis zu fünfzig Meter hoch, die Betonwände bis zu sechs Meter dick, im Krieg errichtet und während der Bombenangriffe von vierhunderttausend Menschen aufgesucht. Jetzt hatten Arbeiter mühsam einige Fenster in die Wälle gesprengt. Drei bis sechs Personen teilten sich sechs Quadratmeter große Wohnkabinen, gemauerte Verschläge ohne Licht. Diejenigen, die an Krankheiten oder Erschöpfung starben oder einfach an Hoffnungslosigkeit, wurden im Leihsarg zu Grabe getragen – einem Sarg mit falltürartigem Boden. Den schleppten die Leichenträger auf dem Friedhof zur offenen Grube und ließen den Toten hineinfallen. Der Sarg ging an den Verleiher zurück, das kostete nur eine geringe Gebühr.

Und dennoch war Aaron wie von einem inneren Licht erhellt. Er arbeitete, er tat genau das, was er tun wollte: Er heilte Menschen. Dadurch, dass diese Heilung wegen des Mangels an Nahrung und Medikamenten immer weniger auf den Körper ausgerichtet sein konnte, wurde Aarons Beschäftigung mit der Heilung der menschlichen Seele noch bestärkt. Er sprach mit den Menschen, er machte ihnen Mut, und er beschäftigte sich bei jedem einzelnen Patienten damit, dass dieser eine Vision entwickelte, weswegen es sich für ihn zu leben lohnte, was ihm ganz tief innerlich von Lebenswert war.

Lysbeth war für das Studium in diesem Semester doch nicht angenommen worden, aber es war ihr versichert worden, dass sie im kommenden Jahr einen Studienplatz erhalten würde. Nun war sie aber so in Bewegung gekommen, dass sie es nicht mehr aushielt, zu Hause herumzusitzen. Also bot sie Aaron an, ihn bei den Hausbesuchen zu begleiten. Er nahm dankbar an, denn Lysbeths Anwesenheit allein hatte auf die Patienten, die sie früher gemeinsam besucht hatten, stets heilend gewirkt. So begannen Aaron und Lysbeth, wieder gemeinsam zu arbeiten.

32

Anthony fragte Aaron immer wieder nach seinen Erfahrungen in Theresienstadt, und wenn er von Aaron Antworten erhalten hatte, schrieb er sie auf, bis er schließlich einen kleinen Bericht beisammenhatte. Er fragte Aaron, ob er diesen Bericht lesen wolle, um ihn zu korrigieren oder zu ergänzen, und Aaron zögerte mit der Antwort. Endlich sagte er: »Ich glaube, ich möchte, dass du es vorliest. Ich möchte es aus deinem Mund hören. Aber dabei möchte ich nah bei Lysbeth sitzen. Erstens wird auch sie endlich erfahren wollen, wie es da war, und zweitens kann ich so noch einmal aus der Distanz etwas über mich selbst erfahren. Und drittens fühle ich mich sicherer, wenn sie dicht bei mir ist.« Er war sofort einverstanden, als Anthony fragte, ob auch Stella dabei sein dürfe, und also machten sie es sich in Stellas Wohnzimmer mit Decken und heißem Tee und Rumgrog so warm, wie es in diesem bestialisch kalten Winter ohne Feuerung überhaupt möglich war. Dann las Anthony vor. Er hatte den Text auf Deutsch geschrieben, weil er ihn direkt nach seinen Gesprächen mit Aaron aufgezeichnet hatte. Seine Deutschfehler hatte er von Stella korrigieren lassen. Es war eigenartig, ihn mit seinem englischen Akzent in der Ich-Form berichten zu lassen, was Aaron erlebt hatte, und es war für alle gut, Aarons Erlebnisse auf diese Weise mit einer gewissen Distanz nahegebracht zu bekommen.

»Die Trennung von Lysbeth war fürchterlich. Und es war auch fürchterlich, dass der Zug nicht sofort losfuhr, als wir drin saßen, das Warten auf die Abfahrt war zermürbend. In Deutschland wurden die Türen verschlossen gehalten, nachts verriegelt, und immer wieder wurde der Zug auf Abstellgleise gebracht. Es kamen heftige Fliegerangriffe, und wir saßen gefangen in Panikstimmung inmitten des Getöses von Sirenen und fallenden Bomben. Die leichten Bänke erwiesen sich als vollkommen überflüssig, alle hockten, und wenn sie konnten, lagen sie auf dem Boden. Es war kaum an Schlaf zu denken. Hier und da leuchtete noch eine mitgebrachte Taschenlampe auf, um sich zu orientieren oder um einen panischen Mann zu beruhigen. Die erste und schlimmste Nacht nahm auch einmal ein Ende.

Es ging über Wittenberg nach Stendal. Ich versuchte, eine Karte zu schreiben, um Lysbeth von der Fahrtrichtung zu unterrichten. Deutsche Polizei hatte den Auftrag bekommen, den Transport zu begleiten. Mit Zigaretten versuchte ich wie viele andere, sie zu bitten, die Post zu befördern, was sie auch taten, wie Lysbeth ja später erzählt hat. Sie benahmen sich nicht schlecht den Abtransportierten gegenüber und verschafften uns kleine Erleichterungen und blickten manchmal weg. Am Tage wurde kalte Verpflegung verteilt, die natürlich bei der Kälte nicht ausreichte, uns zu erwärmen. So ging es zehn lange Tage und Nächte.

Als die Stimmung zu sehr absackte und einige Männer Anfälle von Asthma, Bauchkrämpfe, Wut, Herzenge bekamen, versuchten einige von uns durch Ablenkung zu helfen. Wir erzählten Geschichten und spielten Spiele, die den Kopf anstrengten, was weiß ich: *Ich packe meinen Koffer* oder *Stadt, Land, Fluss*, viele hatten ja Schreibsachen mit, und dann fingen wir an zu singen, so paradox es jetzt klingen mag. Die Stimmung entspannte sich tatsächlich etwas. Die Türen wurden teilweise im Fahren etwas geöffnet, wir kamen durch verschneite Winterlandschaften, teils sehr schöne Gegenden, so dass man für Augenblicke beinahe den traurigen Zweck dieser Fahrt vergessen konnte.

Immer klarer wurde, dass wir nach Theresienstadt in die Tschechoslowakei fuhren, immer in Gedanken an einen Arbeitseinsatz, aber bei Ankunft an der Grenze wurde uns schließlich klar, dass es uns keineswegs besser gehen würde als früheren Transporten. Die Polizei wurde von der SS abgelöst, der Ton verschärfte sich zusehends, wir waren am Endziel Theresienstadt.

Die Ankunft in Theresienstadt machte uns allen Angst. Grelles Licht leuchtete den Bahnhof aus, die SS-Soldaten, bewaffnet, standen sich in zwei Reihen gegenüber, wir wurden mit unserem Gepäck durch die Reihen getrieben, es wurde schwer, da der Boden sehr morastig war und wir von der langen Fahrt ermüdet und verängstigt waren. Der Empfang sah recht gefährlich aus. Aber was uns später erwarten würde, haben wir da noch nicht geahnt.

Theresienstadt war früher eine kleine, altertümliche Garnisonsstadt gewesen, umgeben von einer Festungsmauer und Wallanlagen, im Inneren gab es vier Kasernen, kleine zweistöckige Häuser und Kirchen. In fünfzehn Minuten hatte man den Ort in seiner Länge durchlaufen. Die Kasernen hatten alle einen speziellen Namen: Magdeburger, Hannover, Hamburger, Sudeten-, Genie-, Kavalier-, Aussiger, Bodenbacher, Jäger- und Dresdner Kaserne. Die schlechtesten waren die Kavalier- und die Jägerkaserne, auch mit den Blockhäusern war kein Staat zu machen. Die besten Gebäude am Marktplatz bildeten die Kommandantur. Auf ihnen wehte die SS-Fahne. Hier war es den Juden verboten, vorbeizugehen. Das wurde uns sehr bald drastisch mitgeteilt.

Wir gingen durch die Wallanlagen in die unterirdischen Kellerräume der Festung, Schleuse genannt, weil alle Neuankömmlinge dort erst einmal durchmussten. An den Seiten standen ältere Lagerinsassen, die uns Mut zusprachen. Wir wussten ja nicht, was jetzt bevorstand. In den Kellerräumen mussten wir auf die Registrierung warten. Wir wurden jetzt zu einer Nummer, meine war Transport VI 12 – 117. Wir alle waren ermattet nach der langen Fahrt, in der wir den Zug nicht hatten verlassen und uns auch nicht hatten waschen dürfen. Dann nahmen sie uns alles ab, was wir besaßen.

Mir fiel schon kurz nach der Ankunft auf, dass sich die Menschen hier unerklärlich langsam bewegten, wie in Zeitlupe. Später begriff ich: Sie waren vor Unterernährung geschwächt, sie konnten nicht schnell gehen. Ich erinnere mich, wie ich zwei Wochen später oben vor einer Treppe stand und mich fragte, wie komme ich da runter?

Die ersten Tage bekamen wir das, was sie uns gaben, einfach nicht hinunter. Das war etwas Suppe, die in einer Art Öltonne schwamm. Die Leute standen stundenlang in einer Schlange, um die lauwarme Brühe in Empfang zu nehmen. Sie war aus Kartoffelschalen gekocht, und sonst war da noch Abfall von Rüben und alles mögliche Eigenartige drin. Aber wir gewöhnten uns daran. Und wir waren nach kurzer Zeit genauso eifrig wie all die anderen, stundenlang nach dieser Suppe anzustehen. Aber am Anfang konnte man sie nicht essen, so abscheulich schmeckte sie. Pro Woche erhielt jeder ein halbes Brot, das aus Abfall, Kartoffelschalen und einer Art Rindenmehl bestand, das die SS selbst nicht brauchen konnte.

Die älteren Insassen spotteten anfangs über uns. Sie sagten, wir hätten schon gehungert, als wir ankamen, obwohl wir damals noch gar nicht wussten, was richtiger Hunger sei. Hunger treibt die Menschen zur Verzweiflung. Nicht, dass wir so auf andere wirkten, das glaube ich nicht, aber ohne Hunger erlebt zu haben, kann sich keiner vorstellen, was Hunger ist. Sie sagten auch, dass die Transporte von Mischeheteilen wesentlich besser behandelt wurden als die Volljuden. Aber sie gaben sich sehr viel Mühe, uns zu helfen, mit dem Hunger fertig zu werden. Sie waren schon so trainiert, dass sie mit dem geringen Brotquantum – es betrug damals für vier Tage siebenhundert Gramm – auskamen und uns Neulingen sogar noch ab und zu eine Schnitte abgeben konnten.

Manchmal gab es Abwechslung in dem ekligen Einerlei der Suppe. Ostern zum Beispiel konnte man sich zur Osterkost melden. Es gab pro Kopf drei Pfund Mazzoth – runde Brotfladen aus Weizenmehl und Wasser ohne Zusatz von Sauertag. Es wurde zu Pessach gegessen, dem ›Fest der ungesäuerten Brote‹. Die jüdischen Traditionen wurden in Theresienstadt sehr hochgehalten.

Ein Pfund Mazzoth habe ich gegen ein halbes Brot getauscht, und trotzdem war ich am Ende der Woche ohne alles und hungerte. Ostern gab es auch süßsaure weiße Bohnen, einfach delikat, und abends Mazzebrei. Morgens gab es zwei Mazzeklöße mit Zucker und abends Pellkartoffeln. Das war ein richtiges Fest.

Es gab nur noch wenige Themen, die für die Menschen von Bedeutung waren, über allem stand der ewige Hunger.

Was mir schon früh auffiel, war der Umgangston im Lager: Sie und Titel. In der Hölle hatte man offenbar den Wunsch, wenigstens ein bisschen Etikette zu wahren. Man aß Kartoffeln aus dem Schweinetrog, aber man redete sich mit ›Herr Doktor‹ an.

Es gab kein Heizmaterial in der Baracke, draußen waren über zwanzig Grad Kälte. Kohlen und Holz wurden geklaut. Wir schliefen auf mehrstöckigen Holzpritschen und durften nichts auf den Boden stellen. Die erbärmlichen Zudecken, über die wir unsere Mäntel legten, mussten zentimetergenau liegen, denn es konnte sein, dass SS-Männer kamen und kontrollierten. Es durfte nichts hervorstehen. Auf unseren Pritschen lagen Schuhe und Brot – wenn man welches hatte – und das Stückchen Margarine, das kleiner war als ein Finger und das eine ganze Woche reichen musste. Das verklebte mit den schmutzigen Lumpen. Zucker erhielten wir nur ganz wenig, ein paar Gramm pro Woche. Wir verwahrten ihn auf Blechtellerchen oder anderem erbärmlichen Hausgerät unter der Zudecke, niemand durfte sehen, was man besaß. Das war ein Mischmasch und eine unvorstellbare Schweinerei. Man versuchte, Ordnung zu halten, so gut es ging.

Aber wie sollte man sich von all den Flöhen freihalten? Die ganze Strohmatratze und alle Bodenritzen waren voller Flöhe. Wir saßen, ohne uns zu genieren, beisammen und wühlten in unseren Hosen und versuchten, die Flöhe zu zerquetschen, aber das gelang ziemlich selten. Die Frauen hoben ebenso ungeniert die Röcke. Das Schlimmste aber waren die Wanzen. Alle kratzten sich. Sobald es dunkel wurde, kamen die Wanzen und die Flöhe.

Wasser musste man von weit weg holen. Und dann die Latrinen, diese verdreckten Latrinen – es waren zwölf in Reih und Glied. Zwischendurch wurde man abkommandiert, sie zu reinigen. Man wurde zu allem Möglichen abkommandiert, auch um Tote aufzuschreiben. Die SS verlangte eine Menge Statistiken. Über alles musste Buch geführt werden.

Einmal versuchte jemand, sich in der Latrine zu verstecken, aber er wurde entdeckt und sofort in die ›kleine Festung‹ gebracht. Leute, die gefoltert oder getötet werden sollten, wurden dorthin gebracht.

Unter den Deportierten waren viele hervorragende Zeichner aus verschiedenen Ländern, besonders aus der Tschechoslowakei und Holland, und alle zeichneten, obwohl es streng verboten war und man in die ›kleine Festung‹ kam, wenn man erwischt wurde. Viele Künstler haben verbotenerweise die tägliche Existenz mit all ihren Qualen geschildert, um Zeugnis abzulegen für die endlosen Niederträchtigkeiten. Einige der Zeichnungen wurden von den SS-Leuten entdeckt, und nachher wurde der Künstler zur Strafe für die Wahrheit, die er erzählen wollte, ermordet. Trotzdem gelang es den Zeichnern, die deportiert wurden, eine Reihe von Zeichnungen in einem Mauerloch zu verstecken, wo sie bei Kriegsende gefunden wurden.

Gleich am ersten Tag noch wurden wir Männer zur Arbeit eingeteilt: Reinigungsarbeiten auf Straßen, Höfen, in Häusern und primitivsten Toiletten, Letzteres eine besonders gefürchtete Arbeit, für Hilfsdienst in Krankenhäusern, Altersheimen, für Fabrik- und Gartenarbeit.

Ich musste mich in der Aufsicht der Fürsorge melden, wo ein kurzes Examinieren stattfand. Die Abteilung stand unter der Leitung von Rabbiner Baeck. Der siebzigjährige Leo Baeck war Repräsentant der deutschen Juden während der Weimarer Republik und der NS-Zeit gewesen. Er war 1933 zum Präsidenten der Reichsvertretung der deutschen Juden und nach deren Auflösung 1938 in der Nachfolgeorganisation von 1939 bis 1943 zum Vorsitzenden der Reichsvereinigung der Juden in Deutschland ernannt worden. Baeck war 1943 nach Theresienstadt deportiert worden und gehörte dort dem jüdischen Ältestenrat an.

Ich wurde in die Krankenstation geschickt, wo es nur noch wenige Ärzte und Schwestern gab. Die meisten der Ärzte und Schwestern waren 1944 nach Auschwitz transportiert worden. Die Arbeit der wenigen Zurückgebliebenen fand unter entsetzlich erschwerten Bedingungen statt, und manchmal zeigte sich im groben Umgangston mit den Kranken auch, unter welcher Belastung die Schwestern standen.

Anfang 1945 war ein Transport aus dem Osten nach Theresienstadt gekommen. Es waren Ungarn, die man aus einem anderen KZ hierher verlegt hatte. Sie waren entsetzlich verlaust. Die Entlausung ging in einem schrecklichen Raum vor sich, wo man ihnen alle Haare abrasierte. Sie mussten ihre Kleider ausziehen, danach wurden diese in einer ätzenden Flüssigkeit, die einem die Hände kaputtmachte, desinfiziert. Viele von ihnen wurden von diesem Entlausungsprozess schwer krank, manche starben daran. Viele kamen mit Flecktyphus ins Lager, der sich schnell unter den Häftlingen ausbreitete. Wir hatten die meisten Patienten mit Ruhr oder Flecktyphus. Viele Häftlinge, die sonst die Niederlage der Nazis überlebt hätten, verloren dadurch im letzten Augenblick ihr Leben.

Mir fiel immer wieder auf, dass es Insassen im Lager gab, die so in ihre enge Welt und ihr eigenes Leid eingeschlossen waren, dass sie nur noch wenig Interesse an den Vorgängen außerhalb hatten. Sie hatten mit ihrem Leben abgeschlossen. Und dann gab es andere, die, ebenso ausgemergelt und leidend, irgendetwas hatten, das über sie selbst und die Hoffnungslosigkeit und Enge im Lager hinausging. Sie hatten einen inneren Raum, in den sie sich zurückzogen und wo sie andere Gefühle erlebten als Hunger. Ich habe täglich die Zeiten eingehalten, die ich mit Lysbeth verabredet hatte, morgens und abends. Dann habe ich mich so auf sie konzentriert, dass sie bei mir war. Ich habe mit ihr über alles gesprochen, und ich habe sie vor mir gesehen, ganz wirklich. Dann war ich in einer anderen Welt, einer Welt der Liebe und des Lichts. Dann hatte mein Leben einen tiefen Sinn. Diesen Sinn konnte ich in meine Arbeit mitnehmen. Es war trostlos, die Schwerkranken hilflos dahinsiechen zu sehen, ohne ihnen wirklich helfen zu können, und oft war ich verzweifelt, weil ich so wenig tun konnte. Nach meinen Gesprächen mit Lysbeth konnte ich den Sinn in meiner ärztlichen Tätigkeit nicht nur spüren, sondern auch in wirklicher Menschenliebe leben.

Es gab so viel ohnmächtige Verzweiflung im Lager. Und die größte Gefahr für die Insassen war die Selbstaufgabe. Wenn es so weit war, wurden sie schnell krank und starben auch entsetzlich schnell. Die Künstler im Lager traten dieser Selbstaufgabe entgegen. Es gab unglaublich berührende Gesangsabende. Im Theater sah ich zum Beispiel den *Kammersänger*, einen veralteten Einakter von Wedekind. Ich war bei einem Bach-Klavierabend von Edith Steiner-Kraus. Das war nicht hohe Kunst, aber es war erstaunlich, was trotz der schwersten Arbeit an Kunst und geistiger Anregung geboten wurde. Natürlich durfte nichts aufgeführt werden, was irgendwie als Kritik an den Lagerzuständen verstanden werden konnte.

Die Kunst, die auf SS-Kommando aufgeführt wurde, hatte einen bitteren Beigeschmack. Besonders verzweifelt erzählten die Lagerinsassen von der Entstehung des Films *Der Führer schenkt den Juden eine Stadt*. Der Film war im August und September 1944 aufgenommen worden, das infamste Propaganda-Machwerk zur Täuschung der Welt über die wahre Bedeutung der ›Endlösung der Judenfrage‹. Der Film war unter Aufsicht der SS von jüdischen Gefangenen vorbereitet und gedreht worden. Der jüdische Regisseur Kurt Gerron wurde – zusammen mit fast allen anderen Mitwirkenden – knapp vier Wochen nach Fertigstellung nach Auschwitz deportiert und ermordet.

Ende Oktober 1944 hatten die letzten Deportationen nach Auschwitz stattgefunden, danach, so sagten alle, war das Lager relativ leer. Ich mochte mir gar nicht vorstellen, wie es vorher in den Baracken gewesen war.

Sobald ich konnte, suchte ich in Theresienstadt nach anderen Hamburgern und traf schließlich im Alters-Krankenhaus eine Bekannte, die mir von den Juden erzählen konnte, die ich als Arzt betreut hatte. Alle waren tot oder nach Ausschwitz abtransportiert, also auch so gut wie tot. Nur drei ältere Damen hatten die Inhaftierung bisher noch lebend überstanden, waren aber sehr geschwächt.

Unter den Leuten im Prominentenhaus war die Stimmung sehr trübselig. Das lag vor allem daran, dass im vergangenen November drei aus Auschwitz entflohene Ungarinnen, die nachts gewandert, sich tagsüber in Scheunen versteckt, sich von Gehöft zu Gehöft durchgebettelt hatten und dann in Theresienstadt absurderweise für zwei Nächte untergekrochen waren, erzählt hatten, was in Auschwitz geschah. Sie sagten, angesichts des in Auschwitz sicher bevorstehenden Todes schien ihnen die Todesgefahr während der Flucht wie das Geschenk der freien Entscheidung. Durch sie hatte ein deutsches Ehepaar in der Prominentenkaserne erfahren, dass in Auschwitz beinahe täglich eine Anzahl von Frauen und Kindern oder arbeitsunfähig gewordener Männer unter dem Vorwand hygienischer Fürsorge ins Brausebad gebracht wurden. Die Ahnungslosen wurden zu zweit oder dritt in geschlossene Zellen eingesperrt. Was beim ersten Zug an der Leine herunterkam, war aber Gas. Der Schreck des Entsetzens, das kurze Todesgeheul wurde von schmetternder Musik überdröhnt. Sogar die Nerven einiger SS-Männer, so war zumindest geraunt worden, hätten nicht standgehalten. Als die beiden Ungarinnen sich schon wieder auf den Weg gemacht hatten, die Flucht fortzusetzen, erzählte das Ehepaar es unter dem Siegel der Verschwiegenheit anderen, und so war es bei den ›Prominenten‹ allmählich rumgegangen. Die meisten der Insassen hatten irgendeinen Verwandten oder guten Bekannten, der nach Auschwitz weitertransportiert worden war. Nun mussten sie davon ausgehen, dass sie tot waren.

Eines Nachmittags Anfang März wurde plötzlich die Tür unseres Stationszimmers im A-Trakt der Geniekaserne stürmisch aufgerissen. Es traten ein: SS-Hauptsturmführer Möhs aus Berlin, unser Lagerkommandant Rahm mit Adjutant Haindl aus Wien, Dr. Murmelstein, der Judenälteste, der Verwalter der Geniekaserne, Dr. Fischer, und noch ein Jude. Wenn die SS persönlich in die Krankenstuben ging, hatte das meistens nichts Gutes zu bedeuten. Dr. Murmelstein, der ungeliebte Judenälteste, riss die Tür zur Cholostomie auf – es gab vier solcher Patienten in einem kleinen Raum –, warf sie aber sofort mit Elan wieder zu. Der Geruch hatte ihn abgeschreckt. Das spielte sich im Bruchteil von Sekunden ab, und nun hatte Herr Möhs schon eine Krankenschwester ins Auge gefasst. Die Fragen kamen am laufenden Band, aber ihre Antworten kamen genauso schnell. »Wie oft wechseln Sie die Wäsche?« Ihre Antwort war geistesgegenwärtig: »Nach Bedarf.« Sie konnte doch nicht sagen, dass sie nur jedes Vierteljahr einmal die Betten frisch beziehen konnten, das heißt, dass wir Kranke hatten, die sich täglich des Öfteren beschmutzten, dass wir dann die nicht mehr ganz saubere Wäsche von anderen Patientinnen nahmen, um sie für solche Kranke zu verwenden. Wie sollte man auch vierundachtzig Betten häufig beziehen können, wenn man wöchentlich nur drei frische Garnituren bekam? Dabei war die meiste dieser Siechenwäsche zerrissen.

Die Besichtigung der SS war der Auftakt zu unerhörter Arbeit. Die überaus vernachlässigte Geniekaserne musste im Zeitraum von vierzehn Tagen ein Schmuckkästchen werden, denn sie war dazu ausersehen, der in Bälde zu erwartenden Schweizer Kommission als Glanzstück gezeigt zu werden. Bei dem engen Zusammenliegen der Patienten war das unmöglich. Daher wurde zuallererst der B-Trakt im Parterre der Kaserne schnellstens hergerichtet und frisch gestrichen. Dorthin kamen nun keine Eisenbettstellen mehr, sondern man verwendete entwanzte Holzbettstellen.

Kurz darauf hing ein Anschlag in allen Kasernen, der wohl eine Beruhigungspille für die aufgeregten Gemüter bedeuteten sollte: ›Erklärung des Ältestenrats: Diese Erklärung besagt, dass das jüdische Siedlungsgebiet Theresienstadt weiterhin der Unterstützung durch das Internationale Rote Kreuz in jeder Hinsicht gewiss bleiben darf. Herr Dunant ist mit der ständigen und unmittelbaren Bearbeitung sämtlicher mit der Hilfeleistung für Theresienstadt zusammenhängender Fragen befasst.‹

Anfang April verlangte die Kommandantur die Auslieferung sämtlicher Kopien der Listen über die Gefangenen in Theresienstadt, die man in der ›Raumwirtschaft‹ und im ›Ältestenrat‹ hatte, und sie alle wurden zusammen mit den Originalen der SS und Haufen von anderen Papieren und Dokumenten unter der persönlichen Aufsicht des Lagerkommandanten verbrannt. Die ganze Stadt war in den Rauch der ›Scheiterhaufen‹ eingehüllt, und die Luft war voller Aschenpartikel. Alle fragten sich, warum sie es so eilig damit hatten, die Namen verschwinden zu lassen. Fürchteten sie, die zivilisierte Welt könnte einen Einblick bekommen, wie vielen Tausenden sie das Leben genommen hatten? Versuchten sie, die Spuren ihrer Verbrechen auszulöschen? Es entstand große Angst unter den Insassen, dass sie die wenigen, die noch übrig waren, auch noch auslöschen würden, um keine Zeugen übrig zu lassen.

Es wurde gemunkelt, dass die Russen im Anrücken waren. Die SS war unablässig damit beschäftigt, die Spuren ihrer Arbeit zu tilgen. Die Pappkartons mit der Asche der im Lager Gestorbenen waren bisher an einem Platz aufeinandergestapelt worden – mit den Namen drauf. Nun wurden sie in den Fluss geworfen, und es waren ausgerechnet Kinder im Alter von zehn bis zwölf, die diese Arbeit machen mussten.

Sie verbrannten ihre Archive. Eine Krankenschwester kletterte zu einem Fenster hinauf, das der Kaserne zugewandt war, in der alle Archive untergebracht waren. Dort befanden sich geheime Polizeiarchive aus Berlin und Archive über das, was in Theresienstadt vor sich gegangen war. Die Nazis hatten alles über die Gefangenen, Transporte, Todesfälle, Rationen, Zwangsarbeit, Produktion usw. genau registriert. Die Nazis rechneten nicht damit, dass das Lager von den Alliierten bombardiert werden wurde, aus Rücksicht auf die Gefangenen, und deshalb hatten sie das Lager für einen sicheren Aufbewahrungsort ihrer Archive gehalten.

Es war den Gefangenen streng verboten, aus den Fenstern zu schauen, aber die Krankenschwester, eine kleine wendige Person, kletterte trotzdem hinauf und beobachtete. Sie rief lebhaft aus: ›Jetzt verbrennen sie wieder, jetzt verbrennen sie wieder. Der Krieg muss bald zu Ende sein!‹

Am 6. April kam die Kommission des Genfer Roten Kreuzes unter Führung von Paul Dunant ins Lager. Alles war vorbereitet und geschmückt. Es war ein zauberhafter Frühlingstag. Im Metzgerladen waren schönes Fleisch und viele Wurstwaren kunstvoll ausgestellt. Der bis zum Empfang der Kommission nie vorhandene Bäckerladen führte Weißgebäck in allen Formen vor Augen. Unsere armen Menschen drückten sich die Nasen an den Fensterscheiben platt, davon wurde leider der leere Magen nicht voller. In einer Baracke der Bäckergasse war eine Speisehalle eigens für diesen Besuch aus der Schweiz eingerichtet worden. Die Tische waren gut gedeckt, und es wurden gutaussehende Menschen als Gäste dorthin befohlen. Man konnte doch eine Speisehalle ohne Besucher nicht gut vorweisen. Das Kinderheim war ebenfalls für diesen Besuch gut hergerichtet worden, und die vorzuführenden Kinder hatte man ebenfalls vorher gut dressiert. Sie mussten bei der Besichtigung auf unseren Kommandanten Rahm zugehen und rufen: ›Spiele doch mit uns, Onkel Rahm!‹, dann bekamen die Kinder Ölsardinen und Schokolade, und hier erschallte der eingetrichterte Ruf: ›Schon wieder Ölsardinen, schon wieder Schokolade!‹

Das alles erinnerte die Insassen, die die Dreharbeiten zu dem verlogenen Film über Theresienstadt miterlebt hatten, an die damalige Farce. Und die war mit dem Abtransport aller Beteiligten nach Auschwitz geendet.

Mit Ausnahme einer Station, die wegen der nassen Wände im rückwärtigen Teil des Traktes nicht gezeigt werden konnte, war die ganze Geniekaserne auf Hochglanz hergerichtet. Die Patienten in den zu zeigenden Zimmern waren sorgfältig ausgesucht und alle diejenigen entfernt worden, die geistig nicht einwandfrei waren, die also möglicherweise von dem ewigen Hunger oder von ihren verstorbenen oder verschickten Angehörigen gesprochen hätten. Dr. Hayek hatte Tage vorher selbst die Hauptprobe abgehalten und bei der geringsten unangenehmen Antwort die betreffende Patientin oder Patienten aus dem Zimmer entfernen lassen.

Der große Tag der Besichtigung war also herangekommen, und wir sahen das Genfer Auto an der Kommandantur halten. Wir sahen nur zwei Herren, also Herrn Dunant und einen Mann, von dem gesagt wurde, er sei ein Schweizer Jude. Sie wurden von den Herren Rahm und Eppstein geführt, konnten also nicht eigene Wege gehen, und sie sahen an diesem Tag nur die ›Schönheiten‹ von Theresienstadt. In unserer Kaserne besichtigten sie nur drei Zimmer auf der Albala-Station, befragten aber keine Patienten. Sie konnten ohnehin sehen, dass in den Betten nur Skelette lagen, wenn diese auch an diesem ›festlichen‹ Tag in frischen Nachtjacken steckten. Die Kaserne war sonst wie ausgestorben. Als der Torhüter nämlich die Ankunft der Herren gemeldet hatte, lief eine Ordonnanz von Station zu Station, damit ja alles in mustergültiger Ordnung angetroffen wurde.

Die Herren besichtigten die ebenfalls vorbereitete Apotheke. Als sie herauskamen, führten junge Mädchen von der Landwirtschaft zwei Ochsen die Straße entlang. Die Tiere sahen sehr gepflegt aus. Auf alle Fälle waren sie besser genährt als die Menschen.

Die Herren sahen weder rechts noch links. Dr. Eppstein sprach mit vielen Gesten auf sie ein. Rahm ging jetzt hinterher.

Nachmittags wurden die Post und das Kinderheim vorgeführt. Hatte am Vormittag die vorgeschriebene Disziplin geherrscht, so waren am Nachmittag alle Hemmschwellen durchbrochen. Die Menschen standen in Scharen am Postgebäude und wollten durchaus mit den Schweizer Herren sprechen. Da aber jetzt Haindl mit von der Partie war, wagte niemand, das Verbot zu übertreten, aber die stumme Demonstration musste den Herren doch zu denken gegeben haben.

Am nächsten Morgen fuhren sie ab.

Ein paar Tage später kam ein großer Transport ins Lager. Es waren wohl ungefähr sechstausend Menschen. Nun erst wurde allen in Theresienstadt die Wahrheit über die Massen-Ermordungen in den Vernichtungslagern bekannt.

Immer weiter trafen Überlebende aus Auschwitz und Buchenwald im Lager ein. Etwa dreizehntausendfünfhundert Häftlinge aus verschiedenen Konzentrationslagern kamen nach endlosen Fahrten und Hungermärschen in Theresienstadt an. Ende April kamen tagelang Rücktransporte von Juden aus allen KZ-Lagern. Menschen, die vor Monaten von Theresienstadt abtransportiert worden waren, Tausende und Abertausende strömten zurück, teils in offenen Güterwagen, wochenlang unterwegs, teils zu Fuß. Dieses Bild des Jammers werde ich in meinem ganzen Leben niemals mehr vergessen. Es wurden mindestens dreißigtausend Juden erwartet. Wo sollten sie untergebracht und wie sollten sie alle verpflegt werden? Die Kasernen mussten geräumt und alle Menschen in den Privathäusern, auf Böden usw. zusammengepfercht werden. Und was war mit all jenen geschehen, die nicht zurückkamen? Im Lager bangten alle, was mit den verschwundenen Familienangehörigen und Freunden geschehen war.

Und der Krieg wütete weiter. Plötzlich fuhren vierhundert Dänen, von ihrem König angefordert, mit weißen Rote-Kreuz-Omnibussen fort. Anschließend wurde gesagt, sie seien nur bis Bodenbach gekommen, da alle Straßen verstopft gewesen sein sollen.

Ende April brachte ein sehr langer Zug Tausende von Menschen aus Auschwitz und Buchenwald ins Lager, nachdem täglich kleinere Züge Juden zu Fuß eingetroffen waren. Alle Schrecken erlebten wir in diesen Tagen und Nächten. Wir waren an Leid und Kummer gewöhnt. Als aber die plombierten Wagen des Elendszuges geöffnet wurden, beteuerten viele Theresienstädter, dass sie anscheinend ein gütiges Geschick in all den Jahren vor schlimmsten Grausamkeiten bewahrt hatte. Ehe die Wagen geöffnet waren – tschechische Gendarmen hatten wieder die Absperrung übernommen, SS zeigte sich keine mehr –, hatten wir einzelnen Menschen, die zu den Lüftungsanlagen herausschauten, Kaffee und Brot gereicht, Dinge, die mit einer unglaublichen Gier verschlungen wurden. Die Lebenden, die aus den Waggons gehoben wurden, waren nahezu Leichen. Nicht einer dieser Menschen war fähig, einen Schritt zu machen. Wir legten sie auf Bahren, es waren nur noch Skelette, denn alle hatten nahezu vierzehn Tage keine Nahrung bekommen – und sie lebten noch. Auf dem Boden der Wagen aber lagen die Leichen in einem Zustand, den ich nicht zu schildern vermag. Der Abend und die Nacht vergingen mit Ausladen. Da nicht genügend Betten vorhanden waren, legte man die Kranken einfach auf Strohsäcken auf den Fußboden. Vorher zog man den Armen die gestreiften Sträflingsanzüge und die Schuhe aus, wusch sie und zog ihnen ein reines Hemd an.

Wir Ärzte waren alle angetreten, denn alle eingelieferten Menschen waren schwer krank. Ungezählte Kleiderläuse hatten die Armen mitgebracht, und bei sehr viel Menschen wurde Flecktyphus festgestellt. Etwa zweitausend Leichen, von denen man weder Namen noch Herkunft wusste, wurden in diesen Tagen verbrannt. Nach der ersten Nacht der Ankunft starben viele Menschen, von denen wir die Namen nicht feststellen konnten. Es war ein unbeschreiblicher Jammer.

Von zu Hause hörte ich in der ganzen Zeit überhaupt nichts, es war nicht auszudenken, was sich dort im unmittelbaren Krieg bei der Bombardierung der Stadt alles ereignen konnte.

War Lysbeth noch lebend, gesund? Ich wusste es nicht, ich vertraute nur darauf, dass ich sie in meinen Zwiegesprächen mit ihr so lebendig vor mir sah, dass sie einfach leben musste.

Am 8. Mai fand die Kapitulation in Deutschland statt. Es waren mehrere Tage vergangen, die Besatzungen ergriffen die Flucht, es gab aber noch einige Kämpfe mit den Flüchtlingen vor den Toren des Lagers. Später sahen wir überall weggeworfene Ausweise, Pässe, deutsche Geldscheine und Ähnliches.

Die Russen waren da, aber die Freiheit, wie wir gehofft hatten, noch nicht. Unsere Geduld, also die Geduld der Gefangenen, wurde auf eine harte Probe gestellt. Über das Lager wurde Quarantäne verhängt. Die Russen stellten ein strenges Programm auf, um die Kranken und kraftlosen Insassen überhaupt wieder auf die Beine zu bringen. Die russischen Ärzte leisteten eine bewunderungswürdige Arbeit, besonders die russischen Frauen, sie gingen still und tatkräftig an die Arbeit, die geschwächten Männer im Lager waren beeindruckt von ihrer physischen Leistung. Sie waren enorm kräftig.

Für die Lagerinsassen wurde eine Essenszuteilung gemacht, die sie erst allmählich wieder zur Aufnahme von kräftigender Kost befähigte, über Graupensuppe – Graupensuppe – Graupensuppe – zu allen Mahlzeiten mit verbesserten Zutaten, zu Fleisch, Frischgemüse und Milch.

Wir bekamen in jeder Beziehung Erleichterungen, aber die Nervosität im Lager nahm weiterhin zu. Das Nicht-nach-Hause-Können, der Mangel an einer klaren Struktur und vor allem wieder die Sorge und Angst um die Angehörigen in der Heimat quälte alle sehr. Was geschah in den besetzten Gebieten, was war überhaupt bisher passiert? Jetzt wollte keiner mehr länger warten.

Die Ersten, die per Auto abgeholt wurden, waren die Dänen und Holländer. Die restlichen Tschechen und Ungarn wurden mit Eisenbahnen befördert, allen, die weggingen, wurde wehmütig nachgewinkt. Endlich hatte das Morden ein Ende, und wir sahen der Befreiung entgegen. Es schien wie ein Wunder, aus dieser Hölle lebend herauszukommen.

Jetzt wurden zuerst die Franzosen, dann die Holländer, danach die Tschechen abtransportiert. Letztere machten größere Umzüge durch die Stadt mit Flaggen der Landesfarben, Rot, Blau, Weiß. Ihre Begeisterung kannte keine Grenzen. Wir deutschen Juden waren sehr im Hintertreffen und wussten vorläufig nicht, wann und wohin.

Bis zum 10. Mai waren immer noch Schießereien und Bombenabwürfe, um die Deutschen, die sich in der nächsten Umgebung von Theresienstadt versteckt hielten, aufzustöbern und gefangen zu nehmen. Die Hochstimmung der Tschechen kannte keine Grenzen. Auf dem Marktplatz war ein Radiowagen, und die Jugend tanzte nach tschechischer Musik.

Auf der Kirche wehte die Rote-Kreuz-Fahne und auf der Kommandantur die Sowjetflagge. Man hörte alle Sprachen der Welt und sah Autos aus allen Ländern. Es lässt sich nicht schildern, was man in diesen Tagen dort erlebte.

Ende Mai kamen die ersten amerikanischen Reporter, so zum Beispiel auch Klaus Mann, der als amerikanischer Soldat und Kriegskorrespondent nach Theresienstadt gekommen war. Mehrere amerikanische Soldaten waren hier, ihre Eltern zu suchen. Leider waren die meisten von ihnen gestorben oder nach Polen abtransportiert, wo sie elendiglich zugrunde gegangen waren.

Ende Mai sah man in den Straßen Männer und Frauen der Partei, große Hakenkreuze auf den Rücken und geschorene Scheitel, grobe Schmutzarbeit verrichten. Das waren die Strafmaßnahmen für die SS und deren Helfershelfer, sofern sie aufgegriffen worden waren. Es war eine große Genugtuung für die Lagerinsassen, aber es war auch ein schauriger Anblick.

Mittags gab es nach langer Zeit grünen Salat, und zwar zwei Köpfe pro Person. Ich glaube nicht, dass man in Deutschland zu dem Zeitpunkt so verpflegt wurde wie die Lagerinsassen in Theresienstadt. Anfang Juni bekamen wir zum Beispiel etwas nie Dagewesenes: Jeder durfte zwei Eier essen.

Die Deutschen ließen sich Zeit, uns zurückzuholen, aber schließlich kamen nacheinander die Berliner, die Frankfurter und ganz zum Schluss die Hamburger an die Reihe. Und dann, am 26. Juni, ging der erste Hamburger Transport los. Wir waren ungefähr zweihundert Menschen in offenen Lastwagen. Wir durften nur wenig Gepäck mitnehmen. Man sollte bis Hamburg vier Tage unterwegs sein. Übernachten sollten wir auf Heu- und Tanzböden, wo wir auch etwas Warmes zu essen bekommen sollten. Es war schließlich ein Jubel, als die Hamburger Wagen eintrafen. Die Polizisten, die uns damals beim Abtransport begleitet hatten, mussten uns nun wieder zurückholen. Das Wichtigste von allem war, sie brachten Briefe, die ersten Lebenszeichen von unseren Angehörigen mit. Lysbeth lebte und war gesund! Vor der Abreise erhielten wir folgende Anweisungen:

Gebäudeleitung
Ka / A *25.6.1945*
Betr.: Transport Hamburg und Bremen

Sie sind für den Rücktransport nach Hamburg bzw. Bremen vorgesehen. Die Abfahrt erfolgt morgen, Dienstag, den 26. Juni 1945, früh 4.30 Uhr. Jeder Teilnehmer darf 2 normale Kupee-Koffer und 1 kleinen Bettsack abgeben, Reisedecken resp. Schlafdecken sowie kleines Handgepäck ist bei der Abfahrt gesondert mitzunehmen.

Da die Reise zum größten Teil in Lastwagen geschieht und die Nächte kühl sind, wird empfohlen, sich unbedingt mit einer Decke zu versehen. Die Verladung des Gepäcks erfolgt auf dem 2. Hof (Hamburg) und dem 3. Hof (Bremen) der Magdeburger Kaserne heute, Montag von 14.00 bis 18.00 Uhr. Das Gepäck der Alten und Kranken kann evtl. abgeholt werden. Betreffende Meldungen sind bis heute Mittag, 12.00 Uhr, auf Zimmer 107 der Magdeburger Kaserne abzugeben. Das Gepäck wird ab 14.00 Uhr abgeholt.

Jeder Teilnehmer erhält eine Karte, aus der die Nummer des Wagens hervorgeht, für den er zugeteilt ist. Änderungen sind nicht möglich. Diese Nummer wird gleichzeitig als Quittung für das Gepäck benutzt und ist daher sorgfältig aufzubewahren.

Gebäudeleitung

In aller Frühe am 26. Juni 1945 verließen wir hoffnungsvoll das Gefängnis, so hoffnungsfroh, dass alle bereit waren, die schlimmsten Mühen der Fahrt auf sich zu nehmen. Zurück, sah ich endlich wieder ein richtiges Waschbecken und richtige Seife.«

Anthony legte das letzte Blatt vor sich auf den Tisch. Er hatte während der ganzen Zeit des Lesens nicht aufgeblickt, als hätte er Angst gehabt vor einer Reaktion, die ihn am Weiterlesen hätte hindern können. Jetzt griff er nach der Tasse, die vor ihm stand und mit Tee und Rum gefüllt war.

Er trank einen Schluck, setzte die Tasse wieder ab und blickte in die Runde.

Vor ihm saßen vier Menschen, denen Tränen in den Augen standen. Aaron und Lysbeth hatten ihre Hände fest ineinander verschränkt. Stella hielt sich gerade wie eine stolze Statue, dicht neben ihr Renate Wenz, die von Zeit zu Zeit den Kopf schüttelte.

»Wieso haben Menschen so etwas getan?«, fragte sie. Aber sie fragte in die Luft, als könnte niemand ihr auf diese Frage eine Antwort geben.

33

Anfang 1947 hatte die Krise ein Ausmaß erreicht, das vielen Hamburgern schlimmer erschien als der Krieg. Es gab keine Brennstoffe, und am 25. Februar fiel das Thermometer auf den Rekordwert von minus fünfundzwanzig Grad. Die Menschen froren entsetzlich.

Jetzt war es so weit: Lysbeth erklärte sich bereit, gemeinsam mit Renate Wenz auf die Dörfer zu fahren, um gegen Entgelt ihre medizinischen Fähigkeiten anzubieten. Was sie als Bezahlung forderten, war nun vor allem Brennholz. Sie kehrten mit Holzscheiten im Rucksack in die Kippingstraße zurück. Renate baute sich vor Cynthia und Eckhard auf, die die Tage nur noch im Bett verbrachten, und sagte kategorisch: »Wir heizen euern Ofen, dafür stellen wir uns Sessel davor und wärmen uns auf.« Cynthia maulte: »Meinetwegen. Aber ich friere gar nicht.« Sie saß mit Mütze und Handschuhen, dicker Jacke und dicken Strümpfen im Bett. Renate antwortete: »Dafür hast du eine ziemlich rote Nase.« Was der Wahrheit entsprach, denn Cynthias spitze Nase, die aus der ganzen Wäsche hervorstach, sah verdächtig verfroren aus. Eckhardt, der sich große Sorgen um die vor Kälte zitternden Windhunde machte, die ebenso wie die Menschen nur noch aussahen wie Gerippe, weil Cynthia sich nicht mehr nach draußen auf den Weg machte, um Ratten für sie zu finden, stimmte sofort für seine Verhältnisse geradezu überschwänglich zu: »Ich bin einverstanden!«

Also stellten sie vier Sessel um den Ofen herum auf und verbrachten viele Stunden dort, wo sie lasen, wo Lysbeth und Marianne studierten und wo Anthony Seite um Seite einer dicken Kladde vollschrieb. Stella hatte eine neue Leidenschaft gefunden: Sie strickte dicke Schals. Cynthia hatte in ihrem »Lager« eine Kiste voller Wolle entdeckt, die wahrscheinlich aus dem Haus ihrer Mutter in Blankenese stammte. Es war Wolle unterschiedlicher Qualität, in unterschiedlichen Farben, aber das war Stella gerade recht, denn es war nicht weit her mit ihren Strickkünsten. Für bunte Schals allerdings reichte es. Wenn sie nicht strickte, schrieb sie Briefe, an Angela, an Roberta, auch an Helene und Philip und an Lydia. Anthony und sie hatten sich zwar schon auf die Suche nach den Eltern der beiden von Anthony aufgenommenen deutschen Kinder gemacht, der strenge Winter hatte aber alles, auch die Ämter, lahmgelegt, so dass sie auf den Frühling warteten, um mit ihrer Suche fortzufahren. Sie hatten zwar schon in Erfahrung bringen können, dass die Eltern der beiden im März 1944 deportiert worden waren, aber sie wussten nicht, wohin, und vor allem wussten sie nicht, ob sie noch lebten.

Die Luft in Cynthias und Eckhardts Schlafzimmer war so, dass jeder, der es verließ, erst einmal tief einatmete, froh über den Sauerstoff selbst in der kältesten Luft. Cynthia und Eckhardt besaßen inzwischen wieder fünf Hunde, vier Weibchen, einen Rüden, da sie aus den letzten beiden Würfen ihrer Hündinnen drei Welpen behalten hatten. Diese Hunde, besonders die Jungen, hatten sich eng an Cynthia angeschlossen, die sie über das Welpenalter hinaus hingebungsvoll betreute. Sie lagen bei ihr im Bett, was Cynthia aus mehreren Gründen sehr genoss, zum einen, weil es sie wärmte, zum andern aber auch, weil die Liebe der Hunde ihr die seelische Zuwendung gab, nach der sie so dürstete.

Die fünf Hunde und die sechs Menschen, die Schwierigkeiten hatten, ihre Wäsche und auch sich selbst zu waschen, denn das Wasser war genauso eiskalt wie das Badezimmer, dünsteten viele unterschiedliche Gerüche aus, die sich lange in dem durch den Kachelofen geheizten Zimmer hielten, da an Lüftung natürlich niemand dachte. Die kostbare Wärme durfte auf keinen Fall nach außen entweichen.

Auf dem Höhepunkt der Krise kam die Wende. Tausendzweihundert Polizisten wurden zum Schutz der Kohlentransporte abkommandiert. Am 4. März, als zweiundvierzigtausend Menschen arbeitslos und tausenddreihundertvierundfünfzig Betriebe aus Strommangel geschlossen waren, verfeuerten die *Hamburgischen Electricitätswerke* die letzten Kohlen, um die Versorgung notdürftig aufrechtzuerhalten. Zur gleichen Zeit trafen endlich die von den Briten bereitgestellten Kohlenzüge in Hamburg ein.

Der grauenhafte Winter endete erst Mitte März 1947. Da setzte endlich Tauwetter ein. Alle atmeten auf. Aber die Bilanz war furchtbar: In Hamburg waren mindestens fünfundachtzig Menschen in ihren Betten erfroren, rund fünfhundert an Lungenentzündung gestorben.

Aaron war während dieses Winters wieder so dünn geworden, dass er dem Aaron ähnelte, der aus Theresienstadt zurückgekehrt war. Lysbeth war sehr verärgert darüber, dass er so wenig aß und so viel arbeitete, aber ihr Schimpfen verhallte ungehört. Seit Lysbeth mit Renate auf die Dörfer fuhr, machte Aaron wieder allein seine Hausbesuche. Wenn er abends nach Hause kam, war er am Ende seiner Kräfte. Tag für Tag wurde er konfrontiert mit schrecklichsten Zuständen. Durch Zuwanderung war Hamburgs Bevölkerungszahl seit 1945 ständig gestiegen, um fast eine halbe Million. Davon lebten ungefähr zweihunderttausend Menschen in Notunterkünften. Hamburg wurde manchmal die »Hauptstadt der Vertriebenen« genannt. Es gab keinen Haushalt mehr, in dem nicht Obdachlose oder Flüchtlinge aus den deutschen Ostgebieten zwangsweise einquartiert waren.

Auch Aaron und Lysbeth hatten ihr zweites Zimmer inzwischen vergeben. Bei ihnen wohnte seit Anfang des Jahres Marianne, die sich mit Lysbeths Hilfe auf die nächste Begabtenprüfung vorbereitete. Cynthia und Eckhard hingegen gelang es jeden Monat wieder, ihr Wohnzimmer von Einquartierungen freizuhalten, weil sie immer behaupteten, jeden Moment mit Lydias Ankunft aus Dresden zu rechnen.

Stella, die, seit sie Jonnys Brief an das Staatshochbauamt gelesen hatte, ihm gegenüber nicht mehr das geringste schlechte Gewissen empfand, war so unendlich glücklich über ihr neugewonnenes Leben mit Anthony, dass sie die schrecklichen alltäglichen Bedingungen für die meisten Menschen in Hamburg nicht in vollem Ausmaß wahrnahm. Anders als Anthony, der mit offenen Augen durch Hamburg lief und fuhr und alles notierte, was er sah und fühlte.

Aber auch ihn drückte das Elend nicht wirklich nieder, auch er befand sich wie in einer warmen Hülle aus Liebesglück. Oft versicherten sich die beiden ihres Glücks, meistens, wenn sie miteinander im Bett lagen. Immer waren sie Körper an Körper und hatten sie ihre Hände beim andern, so froren sie nie, selbst wenn das Hotelzimmer bitterkalt war. »Wenn ich mir vorstelle, ich wäre wie so viele andere Frauen in dieser Ehe mit Jonny geblieben«, sagte Stella zum Beispiel in einer solchen Situation, während sie, in seinem Arm liegend, seine schöne behaarte Brust streichelte, während er gleichzeitig seine Hand über ihren Hintern gleiten ließ. »Vielleicht hätte ich sogar gedacht, alles wäre gut. Oder ich hätte es mir erfolgreich eingeredet. Er ist ja auch im Laufe der Zeit netter zu mir geworden, respektvoller. Aber ich hätte nie erlebt, wie es ist, wirklich so geliebt zu werden, dass ich mich als Frau vollkommen aufgehoben fühle mit allem, was ich bin. Ich hätte nie dieses besondere Lieben erlebt, das immer wieder neu ist, wo ich mich von dir so ganz und gar gewollt fühle, ich hätte nicht gewusst, dass mein ganzer Körper wie eine heiße Flammensäule aus Lust aufschießen kann, nur weil du mich mit diesem Blick anschaust, und wenn du mich dann berührst …« Nun berührte Anthony sie erst recht, und nun gab Stella nur noch Töne von sich.

Stella hatte Anthony nicht von ihrer sexuellen Episode mit Jonny berichtet. Sie hatte sich eine Weile deswegen gequält, und dann hatte sie sich entschieden, es für sich zu behalten. Es spielt für Anthony und mich überhaupt keine Rolle, hatte sie gedacht, und Anthony bekommt nur Bilder in den Kopf, die ihn nachher davon abhalten, sich mir unbefangen zu nähern. Sie musste sich nicht einmal bemühen, es zu verschweigen, weil das ganze Ereignis wirklich nicht mehr als eine Episode gewesen war, die keine Spuren in ihr hinterlassen hatte. Es war weiter weg und stärker vorbei und weniger zu erinnern als die Zeit, die sie vor vielen Jahren mit ihrem schwarzen Geliebten geteilt hatte.

Auch Anthonys Verhältnis mit der Witwe berührte Stella nur wenig, und das lag ganz sicher daran, dass Anthony nicht den geringsten Zweifel daran ließ, dass er nur sie liebte und sein Begehren nicht erlahmte, sondern täglich frisch war und viele Gesichter trug.

Anthonys Wunde war verheilt, aber er hatte immer noch Schmerzen, wenn er zu lange gelaufen war, außerdem war die große Kälte für seinen Fuß sehr unangenehm. Aber er machte sich keine Sorgen mehr, dass er für Stella mit nur zwei Zehen am rechten Fuß der falsche Partner sein könnte. Stella war seine Frau, das war seit ihrer Begegnung in Bremen unumstößlicher denn je.

Seit Jonny herausgefunden hatte, dass Stella und Anthony am Abend das Haus verließen, erschien er dann in der Kippingstraße. Er aß dort oft gemeinsam mit Cynthia und Eckhard, an die er sich so eng anschloss wie nie zuvor. Manchmal begab er sich auch nach unten zu Lysbeth, die meistens gemeinsam mit Marianne in dicke Decken eingehüllt dasaß und über Medizin sprach. Aber dort grüßte er nur, als wolle er seine Duftmarke hinterlassen.

Im Juli kam die nächste Prüfung. Marianne war kreidebleich vor Angst, ihre Hände schwitzten bei der Verabschiedung von Lysbeth vor der Tür des Prüfungsraums. Als sie zurückkehrte, war sie am Boden zerstört. »Ich habe alles falsch gemacht«, klagte sie. »Ich bin wieder durchgefallen. Ganz bestimmt.« Zwei Wochen später fand die mündliche Prüfung statt. Und wieder war Marianne danach völlig verzweifelt. Als Ende Juli ein amtliches Schreiben für sie eintraf, zitterte sie vor Aufregung und bat Lysbeth, den Brief für sie zu öffnen und zu lesen. Lysbeth las, umarmte Marianne und jubelte: »Bestanden!« »Bestanden?« Ungläubig überprüfte Marianne den Brief. Dann sackte sie auf dem Sessel am Fenster zusammen, wo sie wochenlang gesessen und gelernt hatte, und begann zu weinen.

An diesem Abend wurde ein kleines Fest veranstaltet, und immer wieder wurde Mariannes leuchtende Zukunft als Ärztin heraufbeschworen. Jonny allerdings war nicht dabei. An diesem Abend sagte Anthony zu Stella, als sie im Bett beieinanderlagen: »Ich fühle mich nicht wohl dabei, dass Jonny so ein Schattenleben in eurem Haus führt. Wenn ich da bin, ist er fort, wenn ich fort bin, erscheint er. Das ist doch nicht gesund. Ich möchte, dass du dich scheiden lässt und dass wir alle ein ganz normales Verhältnis zueinander entwickeln, so dass er und ich auch gleichzeitig in einem Raum sein können.« Stella wunderte sich über sich selbst. Etwas in ihr krampfte sich zusammen. Ich habe Angst, dachte sie. Wovor bloß? Sie dachte wieder an den Brief, den sie gefunden hatte. Ich habe immer noch Angst vor Jonnys Wut und seiner Rache, dachte sie und ärgerte sich über sich selbst. »Ich werde mit ihm sprechen«, versprach sie. »Ich möchte mich auch scheiden lassen.« »Und dann heiraten wir«, verkündete Anthony. »Wir machen ein großartiges Fest unserer Liebe.« Stella konnte nichts sagen. In ihrer Kehle und in ihrer Brust saßen dicke Klöße aus Angst und Rührung.

Jonny und Eckhardt sprachen oft über Dritters neue Firma. Eckhardt war eifrig dabei, die alten Geschäftsfreunde der Firma *Wolkenrath & Söhne* wieder aufzusuchen und für Dritters Elektroherde und sonstigen Elektroartikel zu interessieren.

Ende September schickte Dritter ihm die Kopie eines Schreibens vom Wirtschaftsministerium. Stolz zeigte Eckhardt es Jonny, der laut vorlas.

Wirtschaftsministerium, Wirtschaftspolitische Abteilung Kiel. An Referat 2115 im Hause. Betreff: Fa. Wolkenrath & Söhne, Ratekau. Bewilligung eines Aufbaukontingentes.

Obige Firma ist am Freitag, dem 26.9.47, besichtigt worden. Das Ergebnis dieser Besichtigung wird wie folgt zusammengefasst: 1) Die tatkräftige und unternehmensfreudige Art, in der Herr Wolkenrath seinen Betrieb bis zur jetzigen Leistungsfähigkeit aus dem Nichts aufgebaut hat, lässt darauf schließen, dass das Werk auch nach weiterem Ausbau zielbewusst, tatkräftig und fachgerecht geleitet wird. 2) Die von der Firma im Endziel beabsichtigte Produktion von Steckern, Anschlussdosen, Schaltern und ähnlichen Installationsmaterialien aus Bakelit würde eine bisher sehr empfindliche Lücke füllen. 3) Die auf dem Werksgelände bisher für die Fertigung gemäß 2) herbeigeschafften Maschinen würden zusammen mit den nach Angabe des Herrn Wolkenrath noch in Hamburg eingelagerten Maschinen (insbesondere einer weiteren großen Presse) für eine leistungsfähige Fabrikation ausreichen. 4) Die Art, wie Herr Wolkenrath sein Werk mit einer Siedlung für seine Belegschaft zu verbinden beabsichtigt, deckt sich mit den grundsätzlichen Auffassungen der wirtschaftspolitischen Abteilung bezüglich der Errichtung einer über die landwirtschaftlichen Gebiete Schleswig-Holsteins verteilten Industrie und ist außerdem vom sozialen Standpunkt aus anzuerkennen.

Aus den oben dargelegten Gründen ist es m.E. zu verantworten, wenn Wolkenrath & Söhne das beantragte Eisenkontingent für die Errichtung von drei Werkhallen auf dem ehemaligen Flakgelände Ratekau zugesprochen wird. Dieses kann umso mehr geschehen, als die an den jetzt schon errichteten Gebäuden erkennbare Stahlleichtbauweise eine wirtschaftliche Ausnutzung des zur Verfügung gestellten Materials gewährleistet.

Im Auftrage: gez. Dr. Seehusen

Jonny nahm die Brille von der Nase, die er seit neuestem beim Lesen aufsetzen musste, und blickte Eckhard beeindruckt an. Er pfiff durch die Zähne. »Das hat er ja grandios hingekriegt«, sagte er. »Und was für eine Presse ist das, die in Hamburg steht?« Eckhard machte eine wegwerfende Handbewegung. Jonny legte seine Stirn in Falten. »Was hat er dem Seehusen gesteckt?«, fragte er. »Weiß nicht«, antwortete Eckhard und griente. Dann sagte er im Brustton der Überzeugung: »Mein Bruder hat den Doktor Seehusen überzeugt, das geht doch aus dem Brief hervor. Ich habe vor, ihn bald zu besuchen. Hast du Lust mitzukommen?«

Jonny hatte große Lust, und so machten sich die beiden Männer im September auf den Weg nach Ratekau.

Lysbeth und Marianne schlossen sich ihnen an, so wurde es ein kleiner Familienausflug. Marianne besuchte ihre Eltern, Lysbeth hatte schon ein schlechtes Gewissen, denn in Ratekau war vor einem Monat ein weiterer Sohn geboren worden. Dritter hatte sie diesmal über die Schwangerschaft gar nicht informiert, er war völlig von seinen geschäftlichen Projekten absorbiert. Und auch Marthe hatte sich nicht an Lysbeth mit der Bitte gewendet, bei der Geburt dabei zu sein. Sie hatte sich dieses Mal ins Krankenhaus begeben, wo sie zwei Wochen lang betreut worden war. Ihre beiden Söhne waren von Herta versorgt worden und von dem anderen Mädchen, Bärbel, das inzwischen auch zu Marthes Unterstützung zu ihnen gekommen war. Dritter hatte seine Familie in Hamburg diesmal erst zwei Wochen nach der Geburt informiert, und dieses Mal war es auch nicht über seine Schwestern geschehen, sondern er hatte es Eckhardt bei einem ihrer Telefonate beiläufig verkündet. »Ich muss gleich Marthe aus dem Krankenhaus abholen, wir haben ja einen neuen Sohn. Peter.«

Als Lysbeth in Ratekau ankam, staunte sie über Marthe. Bisher war sie eine eher schwächliche und zarte Frau gewesen, besonders nach den Geburten der Kinder. Dieses Mal aber wirkte sie im Vergleich zu all den ausgemergelten Gestalten, die in Hamburg das Straßenbild prägten, geradezu füllig und gesund. Marthe war mit nichts anderem beschäftigt als mit ihrem Baby. Der zweijährige Wilhelm versuchte, ihre Aufmerksamkeit immer wieder auf sich zu ziehen, aber sie verhielt sich, als gebe es ihn gar nicht. Der vierwöchige Säugling, Peter, war blauäugig und blond wie die beiden anderen auch, aber Marthe verhielt sich, als sei er etwas ganz Besonderes. Lysbeth war zwar bekannt, dass Mütter ihre Kinder im Allgemeinen für besonders klug und schön und einzigartig hielten, allerdings hatte Marthe diese unglaubliche Hingabe an ihre beiden anderen Söhne nicht gezeigt. Alexander war inzwischen fünfeinhalb Jahre alt, und er hatte sich vollkommen in der Rolle des klugen Jungen eingerichtet.

Der kleine Wilhelm hatte sich – wie zuvor schon sein Bruder Alex – eng an den Mann angeschlossen, der den ganzen Betrieb in Ratekau am Laufen hielt, Karl Wertmann. Der nahm den Kleinen an die Hand und ließ ihn dabei sein, wenn er arbeitete. Auch Wilhelm besaß inzwischen eine aus einem Weidenzweig hergestellte Flöte, die er in besonderen Ehren hielt wie auch seine kleinen Holztiere, die Onkel Wertmann ihm geschnitzt hatte.

Jonny war, stärker noch als bei seinem ersten Besuch, beeindruckt von Dritters Fabrik, deren Errichtung große Fortschritte gemacht hatte. Eckhardt, der alles zum ersten Mal sah, kam aus dem Staunen nicht heraus. Sein Bruder war Fabrikant, ein Chef, aber in viel größerem Ausmaß, als es ihr Vater jemals gewesen war. Dritter besaß inzwischen einen Opel Kadett, und er stand in Verhandlungen mit einer Duisburger Firma, die sich um den Auftrag zur Verschrottung der *Cap Arcona* bewarb und wahrscheinlich den Zuschlag erhalten würde. Er wollte für diese Firma als Subunternehmer arbeiten, und er hoffte sehr, dass das klargehen würde.

»Du tanzt also auf allen Hochzeiten«, meinte Jonny, und Eckhardt fragte: »Verlierst du da nicht den Überblick?« Dritter wies lachend auf die Baracken, sein Auto, die Menschen, die für ihn arbeiteten. »Dies hier wird riesig«, verkündete er großspurig.

Als alle zum Abendessen am großen Tisch in der Diele beisammensaßen, die Arbeiter, der Ingenieur, die Mädchen, Onkel Wertmann, Dritter, Marthe und die Kinder, fanden auch Jonny, Eckhardt und Lysbeth noch Platz, ohne sich drängeln zu müssen. Es gab einen deftigen Eintopf mit Kartoffeln, Möhren, Steckrüben und Schweinefleisch. Im Nachbarort war geschlachtet worden, und Dritter hatte sich einiges Fleisch gesichert. Jonny und Eckhardt kamen aus dem Staunen nicht heraus.

Lysbeth war weniger beeindruckt. Sie machte sich Sorgen um Dritter und seine Familie. Sie hatte den Eindruck, dass er dabei war, die Bodenhaftung zu verlieren. Es kam ihr nicht so vor, als hätte er die Fäden wirklich in der Hand. Karl Wertmann hatte offenbar Ahnung von Landwirtschaft. Er wusste, wie alles funktionierte. Alexander hatte ihr begeistert davon erzählt, dass die Ernte bevorstand und dass sie dann das Korn einfahren und dreschen würden. Lysbeth musterte Dritter bei diesem Abendessen lange Zeit versonnen. Irgendetwas war anders mit ihm, als es früher gewesen war. Früher war er ein Hallodri gewesen. Jetzt war er unglaublich geschäftig, hatte seine Augen überall und sprach unentwegt über seine Pläne. Der Herd sollte »Juwel« heißen, und sobald die Unterstützung von der Baubehörde in Kiel einträfe, sollten neue Werkhallen gebaut werden. Dritter amüsierte die Tischrunde mit lustigen Geschichten, die die anderen zwar schon kannten, die aber für die Gäste aus Hamburg neu waren.

»Ich habe im letzten Jahr die Dächer von den Baracken repariert, und als ich da oben gearbeitet habe, kommt doch wirklich der Dorfpolizist vorbei und ruft hoch, ob ich eine Erlaubnis dafür habe. Ich rufe runter: ›Klar hab ich die.‹ Da sagt der doch, ich soll runterkommen. Ich war aber gerade beschäftigt. Also, was mach ich: Ich ruf: ›Komm du doch rauf!‹« Alle lachten. »Und was ist geschehen?«, fragte Eckhard. »Nichts«, rief Dritter triumphierend, und dann erzählte er die nächste Geschichte: »Wir brauchten Nägel, und ich hatte ein gutes Angebot aus dem Ruhrpott. Aber du darfst nicht ohne Erlaubnis Metall über die Zonengrenze bewegen. Was haben wir also gemacht? Wir haben eine Tonne mit ranzigem Schweinefett eingerieben und die Nägel unten reingetan. Drüber das Schweinefett. Das roch wirklich scheußlich. An der Grenze zwischen der französischen und unserer Besatzungszone wurden wir angehalten und gefragt, was wir geladen hatten. ›Schweinefett für die Tiere.‹ Wir sollten den Deckel aufmachen. Haben wir getan. Sie haben einen Blick reingeworfen. Das hat ihnen gereicht. Anfassen mochten sie die Schweinerei nicht.« Alle lachten wiehernd.

Marthe stand auf. »Ich bin müde.« Herta erhob sich sofort mit ihr. Marthes Signal war ihr offenbar bekannt. Lysbeth beobachtete interessiert, was nun geschah. Marthe verabschiedete sich freundlich von Jonny, Eckhardt und ihr, und dann entfernte sie sich. Lysbeth begleitete Herta, die den kleinen Peter wickelte und bettfertig machte und dann zu Marthe brachte, die bereits erwartungsfroh mit einem Buch im Bett lag.

Jonny, Eckhardt und Lysbeth mussten sich nun auch auf die Rückfahrt begeben. Karl Wertmann fuhr sie im Kadett bis Scharbeutz, wo sie Marianne abholten, und dann nach Lübeck zum Bahnhof. Dritter besaß zwar ein Auto, aber er konnte es nicht fahren, also brauchte er einen Chauffeur. Kurz bevor sie losfuhren, besprach er noch eine geschäftliche Transaktion mit Jonny. »Du kannst mir Geld geben für Ferkel. Die füttere ich dann groß, und dann kriegst du das Schwein zum Schlachten. Ich hab einige solche Angebote. Ist nicht übel.«

Da sagte Jonny plötzlich: »Du schuldest mir übrigens noch eine Schreibmaschine.« Dritter zuckte zusammen. »Du weißt schon«, betonte Jonny, »Stella hat sie dir geliehen, das muss ungefähr 1942 gewesen sein. Du brauchtest sie irgendwie. Und als ich sie jetzt fragte, wo meine Schreibmaschine ist, sagte sie, dass du die hast. Die möchte ich bitte zurückhaben.« Dritter kratzte sich am Kopf. »Stimmt«, sagte er schließlich. »Das ist aber schon lange her, mein Lieber. Ich glaube, die ist bei dem großen Angriff auf Hamburg kaputtgegangen.« »Da warst du doch gar nicht in Hamburg«, entfuhr es Eckhardt. »Trotzdem«, sagte Dritter langsam. »Trotzdem. Ich war nicht da, aber die Maschine war da. Und jetzt ist sie weg.« »Aber ich brauche sie zurück«, beharrte Jonny. Dritter reichte ihm die Hand zum Abschied und klopfte ihm auf die Schulter. »Kriegst du«, sagte er beruhigend. »Kriegst du.«

Alle, die sich nach der deutschen Kapitulation einen radikalen Bruch gewünscht hatten, desillusionierte die Durchführung der Entnazifizierung in der Ärzteschaft. Nach einer wenige Monate währenden Phase der Aufklärung und Bestrafung war eine rasche Rehabilitierung annähernd aller durch ihre NS-Vergangenheit belasteten Ärzte erfolgt. Alle Ärzte, auch die ehemaligen SS- und SA-Ärzte, wurden als unbelastet eingestuft

Die Entnazifizierungsmaßnahmen in der britischen Zone fanden in einem wesentlich geringeren Maße statt als in der amerikanischen oder französischen Zone, die Zahl der Entlassungen war weit niedriger. Da das britische System – anders als das amerikanische – die politische Säuberung klar von der Strafverfolgung trennte, beschränkten sich die Sühnemaßnahmen im Rahmen der Entnazifizierungspolitik der Engländer auf Entlassungen, Suspendierungen und weitere Einschränkungen im Berufsleben.

Aaron war hin- und hergerissen zwischen Empörung darüber, dass die alten Verhältnisse in der Ärzteschaft wieder fast vollständig hergestellt wurden, und der Entscheidung, den Rachegedanken aufzugeben. Er hatte den Prozess vor dem Internationalen Militärgerichtshof vom 20. November 1945 bis 1. Oktober 1946 in Nürnberg aufmerksam in der Presse verfolgt. Danach hatte der Alliierte Kontrollrat die Befehlshaber der einzelnen Besatzungszonen ermächtig, Nachfolgeprozesse vor den Gerichten der jeweiligen Besatzungsmacht durchzuführen, um Personen zu bestrafen, die sich Kriegsverbrechen, Verbrechen gegen den Frieden oder gegen die Menschlichkeit schuldig gemacht hatten.

In den Nachfolgeprozessen waren auch Ärzte angeklagt. Aaron fand zwar, dass es viel mehr Ärzte gegeben hatte, die sich der Euthanasie schuldig gemacht hatten, allein in Hamburg gab es viele, die nun weiterpraktizierten, aber gleichzeitig wollte er sich im Kampf gegen die ehemaligen Nazis – und wahrscheinlich waren sie es ja immer noch, denn wieso sollten sie ihre Überzeugungen so schnell geändert haben – nicht aufreiben. Er wurde in seiner Haltung, sich der Versöhnung zu verschreiben und nicht dem Hass, wieder einmal von Yehudi Menuhin bestärkt.

Am 30. September trat der berühmte Geiger nämlich abermals in Deutschland auf. Im *Titania-Palast* in den Trümmern Berlins spielte er an der Seite des politisch belasteten Dirigenten Wilhelm Furtwängler mit den *Berliner Philharmonikern* Beethovens Violinkonzert. Furtwängler hatte bis zuletzt in den Diensten des NS-Regimes gestanden, aber viele verfolgte Künstler hatten sich nach dem Krieg für ihn verwendet, weil er ihnen während der Nazizeit geholfen hatte. Furtwängler war von der amerikanischen Besatzungsmacht als politisch belastet eingestuft worden und hatte 1945, obwohl er niemals Parteimitglied gewesen war, bis zum Abschluss eines Entnazifizierungsverfahrens Auftrittsverbot erhalten.

In Israel wurde Menuhin wegen seiner Haltung gegenüber den Deutschen angefeindet. Orthodoxe jüdische Kreise verunglimpften ihn gar als Verräter. Aaron bewunderte die Großherzigkeit Menuhins, der offenbar eine feine Antenne besaß und Verbrecher von verwirrten Menschen unterscheiden konnte.

Furtwänglers Nachfolger war Leo Borchard gewesen, der während des Krieges als freier Dirigent in Berlin gearbeitet hatte. Borchard hatte nicht die geringste Nähe zu den Nazis gehabt. Er und seine Lebensgefährtin, die Journalistin Ruth Andreas-Friedrich, hatten mit ihrer Widerstandsgruppe *Onkel Emil* Juden in Berlin geholfen. Ihre Gruppe hatte sich auch an einer Widerstandsaktion beteiligt, bei der das Wort »Nein« an Häusern und Schaufenstern in allen Berliner Bezirken angebracht worden war. Am 26. Mai 1945 – nur zweieinhalb Wochen nach der Kapitulation – hatten die *Berliner Philharmoniker* ihr erstes Konzert nach dem Krieg im Steglitzer *Titania-Palast* mit Tschaikowskis *Vierter Sinfonie* gegeben, das von Leo Borchard dirigiert und vom Publikum stürmisch gefeiert worden war. Eine Woche später beauftragte ihn der Magistrat von Berlin, das Orchester zu leiten. Borchard wurde jedoch bereits am 23. August 1945 irrtümlich von einem amerikanischen Besatzungssoldaten an der britisch-amerikanischen Sektorengrenze erschossen.

Im Frühjahr 1947 hatte Furtwängler, nachdem sein Auftrittsverbot aufgehoben worden war, wieder am Pult der Philharmoniker gestanden. Und nun, im September, spielte Menuhin an seiner Seite.

Das Fanal, das er damit in die Welt setzte, war eindeutig: Jeder Mensch musste einzeln angeschaut werden, und jeder sollte eine zweite Chance bekommen. Diese Haltung beeindruckte Aaron, der in Theresienstadt die Erfahrung gemacht hatte, dass nicht alle Juden gute Menschen gewesen waren und nicht alle Nazis Schweine. Inzwischen hatte Anthony ihm den Satz Viktor Frankls kolportiert, den dieser in einem Buch geschrieben hatte, das in Amerika veröffentlicht worden war und das Anthony durch Viktor Gollancz vermittelt bekommen hatte: »Es gibt nur zwei Rassen von Menschen, die anständigen und diejenigen, die nicht anständig sind.« Aaron wollte unbedingt, sobald es irgend möglich war, zu Frankl in die Schweiz und bei ihm lernen. Und er wollte mit seiner Arbeit helfen, für Frieden und Liebe in der Welt einzutreten. Ihn hatte das Naziregime vor allem gelehrt, wie Hass und Groll und der Versuch, andere zu vernichten, die eigene moralische und seelische Gesundheit zersetzt und schließlich zerstört. Er wollte lernen, zerrüttete seelische und moralische Gesundheit von Menschen zu heilen.

Lydia schrieb von Zeit zu Zeit Briefe aus der Sächsischen Schweiz, in denen sie über die Entnazifizierung in der sowjetisch besetzten Zone berichtete. Dort wurde härter und entschiedener durchgegriffen. Lydias Freund, der jüdische Journalist, war offenbar sehr engagiert daran beteiligt, die Öffentlichkeit darüber aufzuklären.

Aaron konnte all diejenigen verstehen, die Deutschland von der »braunen Pest« säubern wollten, aber er glaubte immer weniger daran, dass dies durch Verfolgung, Ächtung und Demütigung der alten Nazis geschehen konnte. Es hatte einen dicken Bodensatz an militärisch protzendem Männergehabe gegeben, bevor die Nazis an die Macht gekommen waren. Und es hatte eine breite Sehnsucht danach gegeben, dass eine starke Hand alle Schwierigkeiten des persönlichen und politischen Lebens aus dem Weg räumen sollte. Eigene Verantwortung übernehmen, Risiken dabei einzugehen, das zu tun, was man selbst für richtig hielt, all das war in Deutschland in breiten Bevölkerungsteilen verpönt gewesen. Damit sich fundamental etwas ändern konnte, musste sich diese Untertanen- und Mitläufermentalität ändern. Selbst jetzt, bei den Prozessen oder Untersuchungen wurde es als Pluspunkt vermerkt, wenn einer nur auf Befehl gehandelt hatte. Über- und Unterordnung, das war das deutsche Prinzip, so dachte Aaron, und dieses Prinzip müsste aufgelöst werden, und an dessen Stelle müsste etwas anderes treten, ein Gefühl der Verantwortlichkeit für das eigene Leben und Handeln, ein Gefühl von tiefem Sinn, der das eigene Handeln lenkte, und ein neuer Mut, der auch das Risiko in Kauf nahm, auf dem eigenen Weg mit anderen Menschen oder auch mit gesellschaftlichen Instanzen Schwierigkeiten zu bekommen.

Bei der Entwicklung einer neuen Moral von Verantwortlichkeit für die eigene Seele und die anderer Menschen auf dem Boden einer erweiterten Liebesfähigkeit wollte Aaron mitmachen. Yehudi Menuhin bewies diesen von Aaron angestrebten Mut, wenn er Entscheidungen fällte, die ihm Beschimpfungen und Verunglimpfungen einbrachten bei Leuten, mit denen er sich eigentlich verbunden fühlen musste und die sich mit ihm.

Aaron hatte Kontakt zu Viktor Frankl aufgenommen. Er wollte alles über Frankl wissen, weil es ihm so vorkam, als gäbe es zwischen ihnen eine verblüffende Ähnlichkeit der Gedanken, des Strebens und sogar der Geschichte. Frankl war auch in Theresienstadt gewesen, allerdings viel früher als Aaron, danach war er in mehreren anderen Konzentrationslagern eingesperrt gewesen. Nun lebte er wieder in Wien. Nachdem Aaron ihm einen Brief geschrieben und diesen abgeschickt hatte, war er so aufgeregt, dass er tagelang wie ein verliebter Backfisch mit klopfendem Herzen auf Antwort wartete. Als diese nicht eintraf, war er so entmutigt, dass er sich zu fragen begann, ob Frankl überhaupt jemals antworten würde. Lange Zeit wartete er vergebens.

Im November 1947 begann Lysbeth gemeinsam mit Marianne das Medizinstudium. Als sie zum ersten Mal einen Hörsaal betrat, war sie entsetzlich aufgeregt. Sie hatte Angst, unangenehm aufzufallen, wegen ihres Alters komisch angeguckt zu werden, sie hatte Angst, vom Professor direkt angesprochen zu werden, ob sie auch das Recht habe, hier zu sein. Sie hatte Angst, für ein »richtiges« Studium zu dumm zu sein. Doch all diese Befürchtungen hielten nur wenige Minuten an; voller Interesse lauschte sie den Ausführungen von Professor Nauck, der über Tropenmedizin referierte. Sie hatte sich für diese Veranstaltung eingeschrieben, weil sie über Tropenmedizin nichts wusste. Viele der Seminare und Vorlesungen, die sie besuchen musste, boten ihr nicht die Aussicht auf etwas Neues, denn sie hatte damals, als Aaron studierte, seinen Stoff zu Hause parallel erarbeitet und anschließend in der gemeinsamen Praxis viel Praktisches erfahren. Tropenmedizin war aber ein unbeschriebenes Blatt für sie.

Als Aaron hörte, dass sie eine Vorlesung bei Professor Nauck besuchen würde, hatte er sie über dessen Geschichte aufgeklärt, und das hatte sie zweifeln lassen, ob sie von diesem Mann überhaupt etwas lernen wollte. Nauck war seit 1923 am Hamburger Tropeninstitut tätig gewesen. Noch bevor er 1939 Professor geworden war, hatte er bereits im November 1933, direkt nach der Machtübernahme der Nazis, das Bekenntnis der Professoren an den deutschen Universitäten und Hochschulen zu Adolf Hitler unterschrieben. Er war von 1934 bis 1939 Mitglied der SA gewesen und hatte sich 1937 der NSDAP angeschlossen. Doch damit nicht genug: Er hatte dem NS-Lehrerbund und dem NS-Dozentenbund angehört, und während des Krieges hatte er im Rahmen der deutschen Besatzungspolitik ab 1940 zeitweise die kommissarische Leitung des *Staatlichen Instituts für Hygiene* in Warschau innegehabt. Dort hatte er mit seuchenhygienischen Argumenten die zwangsweise Ghettoisierung der polnischen Juden gerechtfertigt. 1942/43 war Nauck als beratender Hygieniker der Marine-Sanitätsinspektion in der Ukraine, auf der Krim und im Kaukasus tätig gewesen. Im Oktober 1943 war er zum kommissarischen Direktor des Hamburger Tropeninstituts ernannt worden. 1944 hatte er vertretungsweise auch die ordentliche Professur für Tropenmedizin an der Universität Hamburg übernommen. Erst im Oktober 1947 war er im Rahmen der Entnazifizierung als »entlastet« eingestuft worden. Und es war abzusehen, dass er zum Leiter des Hamburger Tropeninstituts und Ordinarius für Tropenmedizin an der Hamburger Universität ernannt werden würde. Aaron fühlte sich den Kollegen aus dem sozialistischen Ärztebund immer noch tief verbunden, und dort hatte einhellige Empörung über Naucks Entlastung geherrscht. Aber Lysbeth sagte schließlich: »Wenn ich zu all den Professoren nicht gehe, die aktive Nazis gewesen sind, darf ich das Studium gar nicht erst anfangen. Und vielleicht wird ja auch die Zeit kommen, wo ich kritische Fragen stellen kann.« Aaron lächelte. »Ich freue mich jetzt schon auf diese Zeit.«

Sieben Tage vor der Uraufführung von *Draußen vor der Tür* in den Hamburger Kammerspielen kam Renate Wenz mit fünf Karten in die Kippingstraße. Sie war unendlich stolz darauf, diese Karten auf dem Schwarzmarkt ergattert zu haben. Stella, Lysbeth und sie hatten das gleichnamige Hörspiel vor ein paar Wochen gebannt im Radio verfolgt. Es war das Drama über einen Kriegsheimkehrer namens Beckmann, der sich im zerstörten Hamburg nicht zurechtfindet. Also begaben sich Stella und Anthony, Lysbeth und Aaron und Renate Wenz am 21. November 1947 in die *Kammerspiele*.

Ihre Plätze waren im Zuschauerraum verstreut, nur zwei Plätze lagen nebeneinander. Vorher schon hatten sie diskutiert, wer welchen Platz bekommen sollte, und diejenigen, die nebeneinandersitzen sollten, erklärten jeweils, dass sie die Auszeichnung nicht annehmen wollten, dass aber Renate sich jemanden aussuchen sollte, neben dem sie sitzen wollte. Auch Renate weigerte sich. So zogen sie schließlich blind die Karten aus Renates Hand, und es fügte sich, dass Stella und Aaron nebeneinandersaßen. Stella protestierte, sie wollte ihren Platz an Lysbeth abgeben. Aaron protestierte, er wollte seinen Platz an Anthony abgeben. Keiner war bereit nachzugeben. Also zogen sie noch einmal. Diesmal saßen Stella und Lysbeth nebeneinander, und das war für alle fünf in Ordnung. Sie verabschiedeten sich mit langen Umarmungen voneinander, als würden sie auf eine Reise gehen, und nahmen dann ihre Plätze ein. Anthony saß schräg hinter ihnen, Aaron in der Reihe vor ihnen, Renate Wenz weiter vorn.

Da trat die Intendantin Ida Ehre auf die Bühne und teilte den Zuschauern mit, dass der Autor des Stücks, Wolfgang Borchert, am Tag zuvor in Basel gestorben war. Einer nach dem andern im Zuschauerraum erhob sich, bis alle standen. So verbrachten sie einige Minuten stillschweigend, dann trat Ida Ehre ab, und die Aufführung begann.

Vor dem gebannten Publikum spielte Hans Quest den aus Sibirien heimkehrenden Unteroffizier Beckmann, der im Bett seiner Frau einen fremden Mann vorfindet, in die Elbe springt und wieder ans Land geworfen wird. Niemand versteht ihn auf seinem Passionsweg, und Beckmann verzweifelt an der Frage nach dem Sinn des Daseins.

Borchert hatte Hans Quest sein Stück gewidmet, und angesichts der ungeheuren Intensität, mit der der Schauspieler den riesigen Verzweiflungsmonolog auf der Bühne zum Leben erweckte, verstand jeder im Zuschauerraum, dass Quest einfach den Beckmann spielen musste. Quest spielte Beckmann nicht, Quest lebte Beckmann auf der Bühne. Aber auch die anderen Schauspieler brillierten unter der Regie von Wolfgang Liebeneiner. Erwin Geschonneck war der Kabarettdirektor und Käte Pontow die Kriegsfrau.

Mit den Worten »Gibt denn keiner Antwort? Gibt denn keiner, keiner Antwort?«, schloss das Stück über diesen Mann, der an der »Heldenpflicht« des Krieges zerbricht. Nachdem der Vorhang gefallen war, blieb es fast eine Minute still im Theater, ehe der Beifall losdonnerte. So ergriffen waren die Zuschauer von diesem Stück, das vielen wie ein Teil ihrer eigenen Biographie schien.

Als die fünf sich wiedertrafen, sahen alle einander die tiefe Erschütterung an. Und es waren nicht nur die fünf, in deren Augen noch die Spuren von Tränen standen. »Es ist seltsam zu wissen, dass Borchert gestern gestorben ist«, sagte Stella. »Er war noch so jung, erst 26, da stirbt man nur, wenn man irgendwie da ›draußen vor der Tür‹ ist.« »So ein Schrei«, bemerkte Anthony. »So ein literarischer Schrei. Was für ein Talent!«

Bei ihrem nächsten Telefonat erzählte Stella ihrem Bruder von dem Theaterstück und den unglaublich guten Schauspielern. Dritter stutzte, als er den Namen Erwin Geschonneck hörte, dann rief er aus: »Der Erwin! Dieser Lump! Also Schauspieler ist er. Na, das hätte er ja auch sagen können.«

34

Am 5. Januar 1948 streikten im Hafen und auf der Deutschen Werft fast zehntausend Arbeiter. Jonny beobachtete das Ganze mit gemischten Gefühlen. Brachen nun wieder Weimarer Verhältnisse an? Insgeheim gönnte er es dem sozialdemokratischen Senat, Schwierigkeiten aus den eigenen Reihen zu bekommen. Jonny hatte sein Inneres noch nie preisgegeben, ohne vorher eine Nutzen-Schaden-Rechnung aufzustellen. Und in seiner jetzigen schwierigen Lage behielt er seine Gedanken und

Gefühle komplett für sich. So teilte er auch niemandem mit, dass er die streikenden Arbeiter um ihr Selbstvertrauen beneidete. Denn dann hätte ja jemand daraus schließen können, dass es mit seinem eigenen Selbstvertrauen nicht zum Besten bestellt war. Was tatsächlich der Fall war. Die Arbeiter wussten, dass sie gebraucht wurden. Nur deshalb konnten sie bessere Lebensmittelversorgung, bevorzugte Belieferung mit Kleidung und massive Erhöhung der Löhne fordern. Sie nahmen zwar am 9. Januar die Arbeit wieder auf, ohne dass ihre Forderungen vollständig erfüllt worden wären, aber auch die Teilerfolge zeigten ja ihren Einfluss. Jonnys Einfluss hingegen sank in einem für ihn unerträglichen Maße.

Haben die Zustände in Deutschland sich so geändert, dass Arbeiter das Sagen haben und Reeder und Kapitäne an den Rand gedrängt werden?, fragte er sich bitter. Er stand eindeutig am Rand. Er war arbeitslos, und allmählich verließ ihn die Hoffnung, etwas Neues zu finden. Zum Glück hatte er einiges gespart. Noch litt er keine Not, aber der Müßiggang deprimierte ihn sehr.

Dummerweise stand er auch noch in anderer Hinsicht am Rand. Die Familie Wolkenrath schien ihn abzuservieren. Jonny hatte ein feines Gespür dafür, ob Leute versuchten, sich mit ihm gut zu stellen. Bislang hatten die Wolkenraths das getan. Bislang hatte Jonny sich Dritter stets überlegen gefühlt. Und das Gefühl der Überlegenheit war für ihn geradezu lebenswichtig. Aber nun? Für Dritter war diese Zeit des Wiederaufbaus von großem Reiz, er profitierte enorm von dem deutschen Neustart ab null. Aber versuchte er, seinen Schwager irgendwie ins Boot zu holen? Nein, das tat er nicht. Jonny nahm all das deutlich wahr. Dritter stieß ihn nicht weg, er nahm an, was Jonny zu bieten hatte, aber er gab nur halbherzige Angebote zurück.

Jonny litt. Alles, was ihm bislang Glanz verliehen hatte, war verschwunden. Nun prägte die tägliche Not das Miteinander der Menschen. Wie anders war das nach dem letzten Krieg gewesen! Da hatte er an vorderster Front für die Bewahrung der alten Werte gekämpft, dafür, dass die Roten nicht das Steuer in die Hand bekamen und das Schicksal Deutschlands bestimmen konnten. Da hatte er gemeinsam mit Lettow-Vorbeck und den anderen Generälen in geheimen Zirkeln den Anspruch auf die Zukunft gefordert, und sie hatten im Schulterschluss die bewährten Werte der Kameradschaft und des deutschen Stolzes hochgehalten. Sie hatten den Kampf gegen das Versailler Diktat in die Kasernen und die Truppen getragen, bis das Ganze schließlich im Kapp-Putsch eskaliert war.

Aber jetzt? Das Vergangene mit all seinen Werten lag in Trümmern. Die Werte der Monarchie, der Eleganz und Superiorität, wie Jonnys Mutter sie ihn noch gelehrt hatte, schienen endgültig auf dem Scheiterhaufen der Geschichte gelandet zu sein. Die einflussreichen Reeder und Schifffahrtsprinzipale, mit denen Jonny sich verbunden gefühlt hatte, trieben dem Untergang entgegen. *Blohm & Voss* wurde demontiert, die Engländer betrachteten das als Wiedergutmachungsaktion. Die Schifffahrt war tot, der Hafen lag zerstört, an Außenhandel war nicht zu denken.

Es gab jedoch etwas, das Jonny einerseits beunruhigte, ihm andererseits aber Hoffnung machte: Sechzig Kilometer östlich von Hamburg zog sich die Grenze der russischen Zone. In seinen einsamen Überlegungen kam er immer wieder zu dem Schluss, dass die westlichen Alliierten gegen die Gefahr des Bolschewismus aktiv werden mussten. Wenn sie das endlich begriffen hatten, würden sie die Demontage Hamburgs stoppen und stattdessen für einen kräftigen Neuaufbau sorgen. Denn nur ein starkes Westdeutschland konnte den Russen Paroli bieten. Aber er konnte all dieses nur im Kopfe bewegen, denn sein Handlungsspielraum war winzig. Im Gegensatz zu der Zeit nach dem letzten Krieg besaß er keinerlei Einfluss mehr. Das Einzige, was er tun konnte und tun wollte, war, gut zu überleben. Also rüstete er sich insgeheim für die Zeit, wo alles wieder anders sein würde. Einen Verbündeten sah er weit und breit nicht.

Dritter hatte seinem schwächlichen Bruder Eckhardt die Hamburgische Vertretung seiner Firma *Wolkenrath & Söhne* übertragen. Jonny, der stets dafür sorgte, dass ihm niemand Konkurrenz machen konnte, nahm an, dass Dritter ihn aus dem gleichen Beweggrund nicht in seine Firma nehmen wollte. Dritter wollte unumstrittener Alleinherrscher sein. Jonny konnte es ihm nicht einmal verdenken.

Aber Jonny war nicht nur ein Macher, er war auch geübt darin, subversiv seine Interessen zu verfolgen. Er hatte sehr viel Zeit zum Nachdenken, und so hatte er schon vor ein paar Monaten beschlossen, zweigleisig zu fahren. Das eine waren seine offenen Kooperations-Angebote an Dritter. Das andere waren die Fäden, die er heimlich spann. Wenn Dritter stolperte, bräuchte er eine Hand, die ihm half, sich wieder aufzurichten. Und wenn diese Hand, wie schon so oft in der Geschichte der Familie Wolkenrath, Jonnys war, würde vielleicht dieses Mal sogar Stella zu dem Schluss kommen, dass Jonny doch der richtige Mann an ihrer Seite war. Dass Stella den Brief geöffnet hatte, mit dem er locker hatte vorfühlen wollen, ob und wie er Dritter in die Schusslinie der neuen Behörden bringen konnte, hatte ihn zuerst verärgert, dann aber hatte er gedacht, dass sie ruhig gewarnt sein konnte. Sie sollte ruhig wissen, dass ihr angetrauter Ehemann noch nicht regungslos auf dem Abstellgleis verharrte.

Zudem war Jonny sehr froh, dass es diese Geschichte mit der Schreibmaschine gab. Ihm war völlig klar, dass Dritter im Augenblick nicht für Ersatz sorgen konnte, und so hatte er ihn damit ein wenig am Haken. Außerdem wusste er natürlich, dass Dritter seine Geschäfte nicht auf legale Weise betrieb. Das hatte Dritter noch nie getan, und im Augenblick tat das sowieso niemand, wieso also ausgerechnet Dritter? Dennoch war es auch in diesen Zeiten eine Tatsache: Wer Illegales tat, machte sich erpressbar. Jonny spann heimlich seine Fäden. Irgendwann, so nahm er als sicher an, würde Dritter sich darin verstricken.

Für alle sichtbar begab Jonny sich selbständig und ungefragt daran, für Dritter zu akquirieren. Bald schon hatte er einige Kunden für die Herdplatten aufgetrieben, die Dritter herstellte. Er handelte mit Dritter eine Kommission aus, die dieser ihm bereitwillig gewährte.

Die andere Baustelle, auf der Jonny aktiv war, betraf Greta. Es gab keine deutschen Schiffe mehr, die von Afrika Passagiere nach Hamburg beförderten, aber es gab englische und holländische Linien. Umständliche Nachforschungen und die Investition einiger Schachteln Zigaretten machten es schließlich möglich, dass Greta im Herbst über Holland nach Hamburg kommen konnte.

Jonny hatte keine besondere Sehnsucht nach ihr; wenn er ehrlich war, musste er sich sogar eingestehen, dass seine Erinnerung an sie ziemlich verschwommen war. Aber es war wie mit einem Pferd oder einem Auto aus eigenem Besitz. Wenn man Bedarf danach hatte, forderte man sein Recht ein, auch wenn es sich nicht um das frischeste und augenblicklich begehrteste Exemplar handelte. Und er hatte Bedarf, denn es fiel ihm schwer, in der kleinen, ungemütlich eingerichteten Wohnung allein zu leben. Jetzt erst fiel ihm auf, dass Stella sein Leben doch sehr verschönt und erleichtert hatte und dass auch Lysbeth und Renate ihm einige Fürsorge hatten angedeihen lassen.

Zur schnellen Abhilfe suchte er für die Zeit bis zum Herbst nach einer Zugehfrau, die täglich in seine Wohnung kommen, seine Wäsche waschen, saubermachen und ihm auch die Mittagsmahlzeit zubereiten sollte. Da er sich in den entsprechenden gesellschaftlichen Kreisen nicht auskannte, erkundigte er sich bei Aaron, der bei seinen Hausbesuchen mit Menschen unterschiedlicher Schichten in Berührung kam, ob er eine vertrauenswürdige Frau kenne.

So kam Jonny an Frau Krohn. Die wohnte mit ihrer Mutter, ihrer Schwester und ihren beiden Söhnen in zwei kleinen Zimmern, in die sie in Eimsbüttel einquartiert worden war. Ihre Mutter bezog eine Minirente, ihre Schwester hatte ein kleines Gehalt von Oetker, einer ihrer Söhne ging zur Volksschule, der andere war Zimmerer-Lehrling. In dieser Familie war Schmalhans Küchenmeister. Aaron kannte sie, weil der jüngere Sohn stark unterernährt war und ihm deshalb in der Schule das »Schwedenessen« vom Roten Kreuz gewährt wurde. Weil die vollwertige Kost seinen Stoffwechsel überforderte, bekam er am ganzen Körper Schweinsbeulen. Sobald die Beulen reif waren, gingen sie von selber auf, wenn nicht, musste Aaron sie aufschneiden. Zu allem Übel war der Junge in der Schule geimpft worden. Weil er so dünne Arme hatte, hatte die Ärztin die Nadel in den Oberarmknochen gestochen, wo sie abgebrochen war. Der Junge hatte eine starke Entzündung und eine schwere Blutvergiftung bekommen. Frau Krohn hatte ihn aufopfernd gepflegt, als er aus dem Krankenhaus zurückgekommen war. Sie war sechsunddreißig Jahre alt, aber sie sah aus wie fünfzig. Ihr Mann hatte in Russland gekämpft, niemand wusste, ob er noch lebte.

Diese Frau stellte Jonny sofort ein, als Aaron sie empfahl. Danach ging es ihm etwas besser. Er war nicht mehr vollkommen allein. Widersinnigerweise fühlte er sich aber überflüssig und gestört, sobald Frau Krohn seine Wohnung betrat, und verließ sie umgehend für mindestens drei Stunden. Wenn er dann wiederkam, roch die Wohnung nach Frau, nach Waschen und Bügeln und Schrubben, nach Essen und auch nach Kaffee, den sie ihm regelmäßig hinstellte, kurz bevor sie ging.

Jonny bezahlte Frau Krohn mit Naturalien, die er über Dritter erwarb, oder auf dem Schwarzmarkt, wo er sich dank Dritters Unterstützung inzwischen recht gut auskannte und Zigaretten und Konserven tauschte. Auch Renate Wenz tauschte von Zeit zu Zeit einige seiner Sachen gegen Lebensmittel. All das war für Frau Krohn viel wichtiger als Geld, denn die Zuteilung von Fleisch war nicht mehr garantiert, Fett und Milch gab es gar nicht.

Dann trat ein Wandel ein. Zuerst lag es nur in der Luft, die Stimmung veränderte sich. Jonny wurde ein stiller Triumph zuteil. Er hatte recht gehabt: Die Westalliierten brauchten Deutschland, um Russland zu bekämpfen. Alle Leute, die Jonny aus seinen einflussreichen Zeiten noch kannte, sprachen davon, dass mit einer Währungsreform gerechnet werden müsse. Jonnys Mutter schrieb aus der Schweiz, dass die Westmächte daran interessiert sein müssten, die Russen in Deutschland zu isolieren, um ihren Einfluss von vornherein einzudämmen. Eine neue Währung in den von ihnen besetzten Zonen würde ein Signal setzen.

Als die Währungsreform im Frühjahr ihre Schatten vorauswarf, bereitete Jonny sich gut darauf vor. Das sollte sein Sprungbrett werden, sich wieder die Überlegenheit zu beschaffen, die er für seine Sicherheit und sein Wohlgefühl brauchte.

Er bot Dritter an, ihm Geld für die Anschaffung von Maschinen zu leihen. Außerdem bestellte er bei ihm einen Herd, und er gab Dritter Geld für ein Schwein, das dieser für ihn mästen sollte. Für all diese Transaktionen wollte er in Reichsmark zahlen. Er verpflichtete Dritter, ihm das geliehene Geld im Verhältnis eins zu zehn zurückzuzahlen. Dieses Verhältnis würde Jonnys Ersparnisse sichern.

Ende April erschien Jonny zum ersten Mal am Nachmittag in der Kippingstraße. Stella saß gemeinsam mit Lysbeth im Garten, dessen Frühlingsblüte in voller Pracht stand, sogar einige Fliederdolden zeigten schon vorsichtig in dunklem Lila geöffnete Knospen. Lysbeth gönnte sich eine kleine Auszeit von ihren Studien, und Stella genoss das Zusammensein mit der Schwester wie ein kostbares Geschenk. Aaron war in der Praxis und Anthony unterwegs in der Stadt, wo er sich mit einem befreundeten britischen Offizier treffen wollte. Jonny marschierte zielstrebig in den Garten, vielleicht hatten Cynthia oder Eckhard ihm erzählt, dass er Stella dort antreffen würde, vielleicht war er auch allein auf die Idee gekommen. Stella erschrak, als sie ihn sah. Er war ihr aus dem Weg gegangen, seit Anthony da war, und sie hatte nur sehr selten an ihn gedacht. Ihn jetzt in dieser Unbefangenheit in den Garten spazieren zu sehen, erinnerte sie schmerzhaft daran, dass sie nach wie vor mit ihm verheiratet war.

Sie hatte die Scheidung von ihm noch nicht eingereicht, weil sie nicht wusste, welchen Grund sie angeben sollte. Was sollte sie ihm vorwerfen? Betrug? Greta weilte seit Jahren in Afrika, und sie wäre sowieso nicht bereit, zu Jonnys Ungunsten auszusagen. Dass Walburga Jonnys

Tochter war, war allgemein unbekannt. Stella war klar, dass er niemals freiwillig in eine Scheidung einwilligen würde. Dass Stella selbst in einer anderen Beziehung lebte, spielte für eine Scheidung keine Rolle, wenn Jonny deshalb nicht klagte. Stella fürchtete, dass der Scheidungsprozess Jahre dauern könnte.

Jonny angelte sich mit dem Fuß lässig einen Stuhl, setzte sich an den Tisch und sagte ohne Umschweife: »Ich habe mit Dritter einen Kaufvertrag über einen von ihm zu liefernden Elektroherd abgeschlossen. Er wird hier anrufen, wenn er das Geld haben will. Dann musst du mir Bescheid sagen. Außerdem habe ich ihm heute 1500 Reichsmark für Schweißgeräte überwiesen.« Er kramte den Überweisungsschein aus seinem Portemonnaie und zeigte ihn Lysbeth und Stella. Die fühlte sich, als hätte sie etwas Schlechtes gegessen. Eine unerklärliche Schwäche überfiel sie, und ihr wurde übel. Sie verstand ihre Reaktion nicht ganz, führte sie aber auf ihr allgemeines Unwohlsein Jonny gegenüber zurück.

Aber als sie wenig später mit Lysbeth darüber sprach, begriff sie, dass dieses Unwohlsein nicht nur mit Jonny, sondern auch mit Dritter zu tun hatte. Sie war inzwischen gemeinsam mit Anthony in Ratekau gewesen. Sie hatten die Kuh Hyacinthe, die beiden Pferde Wachtl und Traudl, die Gänse und Hühner bewundert. Sie hatten sich über die Sekretärin Fräulein Mittelstedt amüsiert, die in jeder Hinsicht mittellos wirkte, vor allem aber, was auch nur den geringsten Anflug von Charme betraf. Sie hatten den untersetzten glatzköpfigen Ingenieur Fischer begrüßt und den bemerkenswerten »Onkel Wertmann« verabschiedet, der sich wenige Tage später nach Süddeutschland aufmachen wollte, um dort auf dem Hof seiner Schwester zu arbeiten.

Stella und Anthony waren zufällig einen Tag vor einem Kinderfest in Ratekau angekommen, das Dritter groß vorbereitete. Sie konnten über seinen Einfallsreichtum nur staunen. Er baute einen großen Adler, in den er Federn steckte, die mit einer Armbrust abgeschossen werden konnten. Er bereitete Sackhüpfen, Eierlaufen und Schokoladenwettessen vor. Die Gewinne für die Kinder waren riesig. Er hatte drei Paar Rollschuhe gekauft. Außerdem hatte er dafür gesorgt, dass zwei Hühner geschlachtet wurden und ein Schwein.

Stella und Anthony staunten, aber Marthe klärte sie auf: »Das Fest ist für die Kinder von Direktor Pappritz aus Lübeck. Er braucht die Beziehung, weil die Firma Rohmaterialien für die Elektrogeräte herstellt, die Dritter baut. Bis jetzt hat er viel Metall aus den alten Autos geschnitten, die Major Tom ihm besorgt hat. Aber er braucht ja auch Kleinteile. Direktor Pappritz hat drei Kinder, und seine Frau soll wahnsinnig schön sein.« Stella und Anthony fühlten sich fehl am Platze, und das waren sie auch, denn das Fest wurde mit enormem Aufwand vorbereitet.

Zwischendurch wuselten die Kinder, der dreijährige Wilhelm, der einjährige Peter, der in einem Laufstall saß, wo er niemandem zwischen den Füßen herumkrabbeln konnte, und der sechsjährige Alex, der seinem Vater geschickt unter die Arme griff.

Unbefangen sagte Stella zu Alex: »Das wird ja morgen ein schönes Fest für euch werden. Danach kannst du dann Rollschuhlaufen üben.« Alex entgegnete ernsthaft: »Das ist doch ein Fest für die Pappritz-Kinder, Tante Stella! Wir machen gar nicht mit.« Anthony legte die Stirn in Falten und fragte nach, als zweifle er an seiner Fähigkeit, Alex zu verstehen: »Hast du eben gesagt, dass du morgen keine Rollschuhe bekommst, wenn du eine Feder abschießt oder bei den anderen Wettkämpfen gewinnst?« Alex schüttelte den Kopf, als wäre Anthony schwer von Begriff. »Nein, das habe ich nicht gesagt. Ich habe gesagt, dass das ein Fest für die Pappritz-Kinder ist. Wir machen nicht mit. Wir schießen keine Federn ab.« Sprachlos starrte Anthony ihn an. »Aber das geht doch nicht«, entfuhr es Stella. Alex sprach nun mit ihr, als wäre er der Erwachsene und sie das Kind. »Tante Stella, das ist kein echtes Kinderfest. Das veranstaltet Vati, damit Direktor Pappritz ihm gute Bedingungen gewährt. Vati kann es sich nicht leisten, einfach so eine Bestellung aufzugeben. Er braucht Sonderbedingungen. Das Fest morgen kostet weniger, als wenn Vati normal etwas bestellt. Deshalb bekommt Direktor Pappritz auch ein halbes Schwein und all die anderen Sachen, die Vati vorbereitet. Der hat die anderen Kinder nicht lieber als uns, wenn du das denkst. Das ist alles eine Geschäftsbeziehung.« Stella schluckte, sie machte unwillkürlich einen Schritt auf Alex zu und wollte ihn umarmen, aber Alex wich sofort zurück.

Nach diesem Gespräch ging Stella zu ihrem Bruder und sagte: »Ich erwarte, dass du deinen Kindern zumindest irgendeine Entschädigung dafür gibst, dass sie einen ganzen Tag lang zugucken müssen, wie fremde Kinder vor ihren Augen ein Fest veranstalten und mit Geschenken überschüttet werden.« Dritter schüttelte den Kopf. »Du verstehst gar nichts, meine Liebe«, sagte er in dem gleichen Ton, in dem Alex mit ihr gesprochen hatte. »Hier geht es darum, dass meine Kinder ernährt werden. Und um meine Kinder zu ernähren, brauche ich die Beziehung zu Direktor Pappritz. Was glaubst du denn, wie heute Geschäfte gemacht werden?« Er warf Anthony einen prüfenden Blick zu und stieß dann in Stellas Richtung aus: »Warum glaubst du wohl, hängt sich dein werter Gatte, nicht dieser da, der andere, wie eine Zecke an mich? Doch nicht, weil er plötzlich seine verwandtschaftliche Liebe für mich entdeckt hat, sondern weil er glaubt, dass ich ihm nützen kann. Weil ich das Blut habe, das er braucht. So läuft es nun mal. Ich hab doch all dies hier …«, er holte weit aus, »… nicht bekommen, weil ich so bedürftig bin. Nein, meine Liebe, bedürftig ist heute jeder. Ich hab es bekommen, weil ich mehr zu bieten habe als andere, und sei es eine hübsche, englisch sprechende Frau …«

Er lächelte Marthe an, die auf ihn zukam, die Wangen rot von all den umtriebigen Vorbereitungen aufs Fest. Bevor sie etwas sagen konnte, bemerkte er: »Stella hat Angst, dass unsere Kinder zu kurz kommen morgen, was meinst du?« Marthe stieß ein kurzes Lachen aus. »Wenn du Direktor der Herdfabrik *Wolkenrath & Söhne* bist, bereiten vielleicht andere unseren Söhnen ein Fest. Nein, aber im Ernst, was ich sagen wollte: Eben war Grube, der Polizist, da. Sie haben das Elektrokabel repariert. Wir haben ab morgen wieder Strom.« Dritter klatschte in die Hände. »Gesegnet sei Grube! Endlich sind die Abende mit Petroleumlampen vorbei!« Er wendete sich Stella und Anthony zu. »Letzten Winter haben sie das Elektrokabel von hier zum Ort geklaut. Wir hatten keinen Strom mehr, ziemlich blöd für eine angehende Fabrik, sag ich euch.«

Die Kinder waren vergessen. Bevor Stella und Anthony allerdings am nächsten Morgen abfuhren, sagte Stella noch zu Marthe: »Eine Tafel Schokolade zumindest für Alex und Wilhelm, das muss drin sein.« Marthe stimmte zögernd zu, dann räumte sie ein: »Na gut, aber dann bekommt Peter auch eine Tafel.« Stella seufzte, als Anthony und sie allein waren: »Ich verstehe die Welt nicht mehr.«

Aber sie verstand, dass Dritter einen geradezu wahnsinnigen Kampf führte, um die Firma zum Laufen zu bringen, für die er bereits ein größenwahnsinniges Briefpapier hatte drucken lassen. Und zu diesem Kampf gehörte wohl auch, dass er jedes Angebot annahm, das ihm irgendeine Erleichterung verschaffen konnte, also auch Jonnys Angebote.

Nachdem Jonny so unerwartet in den Garten gekommen war, nistete er sich wieder mehr und mehr in der Kippingstraße ein. So war es abzusehen, dass er irgendwann Anthony begegnen würde. Stella bereitete sich tagelang innerlich darauf vor und legte sich in Gedanken zurecht, wie sie die beiden miteinander bekannt machen könnte. Jonny machte ihr allerdings einen Strich durch die Rechnung.

Anthony saß gerade gemeinsam mit ihr in der Küche am großen Tisch und schnippelte Möhren, als Jonny die Tür aufriss, mit langen Schritten in die Küche stürmte, sich vor Anthony aufbaute und schnaubte: »Du liebst also meine Frau!« Anthony schnitt sich vor Schreck in einen Finger, der sofort zu bluten begann. Er achtete jedoch nicht darauf, nickte in Jonnys Richtung und stammelte: »Yes, yeah, hm, ja.« Daraufhin musterte Jonny Stella von oben bis unten mit Kennerblick und fügte hinzu: »Dann sind wir ja schon du und ich und ein halbes Dutzend anderer Männer. Seit ich mit meiner Frau verheiratet bin, waren schon so viele in sie verliebt, dass man daraus eine ganze Kompanie bilden könnte. Sie ist ja auch entzückend.« Nach diesen Worten drehte er sich um und verließ erhobenen Hauptes und energischen Schrittes die Küche. Stella hatte sich während des Wortwechsels erhoben und gemurmelt: »Jonny, mach doch jetzt keinen Streit …«, aber niemand hatte auf sie geachtet.

Nun bemerkte sie Anthonys blutenden Finger und stürzte los, um Verbandszeug zu holen. Sie war froh, etwas tun zu können. Die Szene war ihr entsetzlich peinlich. Als sie mit Pflaster zurückkehrte, saß Anthony blass am Tisch und starrte auf seinen blutenden Finger. Stella wollte nach seiner Hand greifen, da zog er sie hastig zurück. Er schimpfte: »Was bin ich bloß für ein stummer Trottel! Ich hätte sagen müssen: ›Ja, ich liebe diese Frau, und bald ist sie meine. Deine ist sie schon lange nicht mehr.‹ Was bin ich nur für ein stummer dummer Trottel!« Stella wusste aus den seltenen Momenten, in denen Anthony wirklich zornig gewesen war, dass sie ihm jetzt lieber nicht widersprechen sollte. Sie schnitt Pflaster zurecht und bat Anthony leise, ihr seine Hand zu geben. Während er weiterschimpfte, verarztete sie ihn. So verbrachten sie eine Weile, bis Stella energisch sagte: »Nun ist gut! Du hast recht, du bist ein stummer dummer Trottel, du hättest sagen müssen: ›Ja, ich liebe Stella, und sie liebt mich.‹ Das hätte gereicht. Aber nun hast du dir stattdessen in den Finger geschnitten. Ich liebe dich trotzdem, und ich hoffe, du liebst mich immer noch.« Sie setzte sich auf Anthonys Schoß und küsste ihn. Sie überlegten gemeinsam noch einige Variationen, wie Anthony hätte reagieren können, bis sie endlich so weit waren, über die ganze Szene zu lachen. Eines aber hatte Jonny klargemacht: Stella war seine Frau, und er würde darum kämpfen, dass sie es auch bliebe.

Am 14. Juni war der große Tag: Angela, Roberta, Helene und Philip kamen nach Hamburg. Stella war so aufgeregt, dass sie Tage vorher schon nichts mehr essen konnte. Sogar Lysbeth schob ihr Studium etwas in den Hintergrund und beschäftigte sich gemeinsam mit ihrer Schwester damit, der kleinen englischen Familie einen möglichst schönen Empfang zu bereiten. Bobby kam aus Kiel, er hatte sich eine Woche Urlaub genommen, um das Wiedersehen mit Angela zu feiern. Er gestand Stella, dass er sich zwar wahnsinnig freue, aber auch Angst davor habe. Die beiden hatten einander während der vergangenen drei Jahre nur viermal für jeweils zwei Wochen gesehen. »Angela ist eine strenge Frau«, gestand er Stella. »Wenn sie etwas falsch findet, sagt sie das immer sehr klar und deutlich, und ich fürchte, sie wird vieles nicht richtig finden, was wir in der britischen Besatzungszone tun.«

Darum drehten sich Stellas Sorgen nicht. Auch sie fand die Politik der Westalliierten, was die Entnazifizierung und den kalten Krieg gegen die Russen betraf, sehr problematisch. Aber deshalb würde es keine Probleme zwischen ihr und Angela geben. Stella hatte Angst, dass ihre Tochter und sie keine Berührungspunkte mehr hatten. Dass Angela ihr fremd geworden war und dass sie Angela fremd geworden war. Diese Angst hatte sie nicht Roberta gegenüber. Die konnte ihr nicht fremd geworden sein, denn sie war ihr nie vertraut gewesen.

Stella, Lysbeth, Anthony, Bobby und Aaron empfingen die vier am Hauptbahnhof. Sie hatten Schilder gemalt, auf die sie »Welcome« geschrieben und Herzen gemalt hatten. Sie hatten mehrere Rosensträuße im Garten gepflückt. Sie hatten in mühsamer Kleinarbeit mit dem Locher Konfetti aus buntem Papier gestampft, das sie in Cynthias und Eckhardts Warenlager gefunden hatten. Als die vier aus der Bahn stiegen, bewarfen sie sie mit Konfetti, umarmten sie, drückten jedem einen Blumenstrauß in die Hand und riefen ein ums andere Mal: »Welcome! Welcome! Schön, dass ihr da seid! Willkommen in Hamburg!«

Stella hätte sich am liebsten hinter den anderen versteckt. Sie hatte, kaum dass Angela ausgestiegen war, die tiefe Enttäuschung in deren Gesicht gesehen. Was war es, das ihre Tochter so enttäuschte, fragte sie sich. Verstohlen musterte sie Angela, die sich ebenso wie Stella hinter den anderen zu verstecken schien.

Roberta hingegen war ein offenes Mädchen, das den Empfang sehr genoss. Sie ließ sich umarmen und identifizierte in deutscher Sprache, der ein leichter englischer Akzent anhaftete, ihre neu gefundene Familie. Bis sie vor Stella stand. »Du bist meine Großmama!«, verkündete sie und begutachtete Stella ausgiebig. Dann gab sie ihr einen Kuss auf die Wange, schnupperte und sagte anerkennend: »Du riechst gut. Mama hat schon gesagt, dass du schön bist. Aber du riechst auch noch gut. Ich mag dich.« Stella wurde überrumpelt von den Tränen, die ihr plötzlich in die Augen schossen. Die ganze Zeit über hatte sie sich eher etwas distanziert abseits gehalten. Nun aber traten ihre Gefühle über ihre inneren Dämme. Sie schloss das Mädchen, das sich ihr so offen genähert hatte, in die Arme und strich ihr über die langen braunen Haare, die einen leichten rötlichen Schimmer hatten. »Meine Roberta«, flüsterte sie. »Meine Roberta.« Roberta machte sich aus ihren Armen frei und zog ihre Mutter an der Hand zu Stella. »Da«, sagte sie fröhlich. »Deine Mam. Ihr habt euch noch gar nicht umarmt.«

Stella stand vor ihrer Tochter. Tränen liefen ihr immer noch über die Wangen. Nun konnte sie sie nicht mehr stoppen. Sie griff nach Angelas Händen und sah ihr in die Augen, die hinter einer großen Brille lagen. Sie waren unnatürlich vergrößert. Aber sie konnten sehen! Stella hatte zwar die Geschichte, wie ein englischer Heiler sie behandelt hatte, bereits mehrfach gehört, aber nun sah sie, dass ihre Tochter gesunde Augen hatte. Sie hatte damals, als Angela nach ihren Verletzungen im spanischen Bürgerkrieg fast blind war, nicht geglaubt, dass ihre Tochter jemals ihr Augenlicht zurückerlangen könnte. Sie schluchzte auf. Und dann lagen die beiden Frauen einander in den Armen und weinten hemmungslos.

In der Kippingstraße wartete ein für zwölf Personen gedeckter Tisch auf sie. Renate Wenz hatte sich tüchtig ins Zeug gelegt, um alles vorzubereiten. Seit Tagen hatten sie ihre Vorräte aufgestockt. Renate war auf den Schwarzmarkt gegangen, Anthony hatte bei den Engländern in der Kippingstraße geschnorrt, und Bobby hatte einen ganzen Sack voller Lebensmittel mitgebracht. Sie hatten gemeinsam geplant und gekocht und vorbereitet. Nun sah die Küche im Souterrain aus wie ein von Kerzenschein strahlender luxuriöser Raum in einem exklusiven Restaurant.

Als alle am Tisch saßen, erzählte Angela, nach der Fahrt befragt, von ihren Eindrücken. »Was ich von den Städten gesehen habe, von der Bahn aus, Osnabrück, Bremen, Hamburg, war unverhüllte Verwüstung. Die Bahnhöfe sind ja Stätten des Verfalls, mit Ruinen und Lokomotivfriedhöfen ringsherum.« »Es ist alles schon viel besser«, betonte Renate. Angela warf ihr einen zweifelnden Blick zu. »Zeichen von Wiederaufbau konnte ich nur sehr vereinzelt und keinesfalls als Ausdruck irgendwelcher Systematik sehen.« Bobby stimmte ihr zu. »Die Verhältnisse sind schwer, die Arbeit ist wenig fruchtbringend, das deutsche Volk ist unverändert und undankbar.« Angela nickte. »Das habe ich erwartet«, sagte sie bitter. »Wie sollen sich die Deutschen auch ändern?«

Da begriff Stella die Enttäuschung in Angelas Gesicht. Sie hatte etwas anderes erhofft. Wahrscheinlich hatte sie nicht einmal gewusst, was sie erhofft hatte, aber es war etwas anderes gewesen als ein trostloses zerstörtes Land, in dem immer noch die gleichen Menschen lebten, vor denen Angela geflohen war.

Helene und Philip waren sehr still. Sie benahmen sich überaus höflich, sagten danke und bitte, aber sie hielten sich abseits und demonstrierten, dass dies nicht ihre Familie war.

Stella war besorgt. Sie fürchtete, dass die Eltern der beiden tot waren. Bisher war es Aaron und ihr nicht gelungen, mehr über den Verbleib der Eltern zu erfahren, als dass sie 1942 deportiert worden waren. Sie waren offenbar zuerst nach Theresienstadt gekommen, von dort aber weiter in andere Lager gebracht worden, und zwar in mehrere. Ob sie in Auschwitz umgebracht worden oder in einem anderen Lager verhungert waren oder gar überlebt hatten, was am wenigsten wahrscheinlich war, wusste Stella noch nicht. Aber sie sah den beiden jungen Menschen an, dass sie an nichts anderes dachten als daran, ihre Eltern wiederzusehen.

Nur Roberta war von großer unbefangener Neugier. Sie interessierte sich für jeden Einzelnen ihrer neuen Familie. Angela hatte ihr offenbar einiges erzählt, denn sie fragte Aaron offen nach seinen Erfahrungen in Theresienstadt, und dann wendete sie sich an Cynthia und fragte: »Glaubst du immer noch an Hitler, oder hast du dem Teufel abgeschworen?« Am Tisch trat Stille ein. Alle blickten Cynthia an, die einen hochroten Kopf bekommen hatte. Da stand Cynthia auf, so ruckartig, dass ihr Stuhl auf den Boden fiel. »Das muss ich mir von so einer Göre nicht bieten lassen«, schnaubte sie und stürmte aus der Küche. Eckhardt lief hinter ihr her. Bevor er den Raum verließ, sagte er rügend zu Angela: »Kinder sollten lernen, sich Erwachsenen gegenüber respektvoll zu verhalten. Das hat etwas mit Erziehung zu tun.« Und weg war er.

Roberta blickte erschrocken von einem zum andern. Was habe ich falsch gemacht?, fragte ihr Blick. Stella lächelte sie aufmunternd an. »Es ist alles in Ordnung«, sagte sie. »Mach dir nichts draus. Cynthia ist manchmal so. Die kriegt sich auch wieder ein.« »Kriegt sich wieder ein …«, wiederholte Roberta. »Was heißt das?«

Anthony hatte die vier ebenfalls im *Hotel Prem* untergebracht. Bobby fuhr in den nächsten Tagen mit ihnen durch die Stadt an alle Orte, die sie aufsuchen wollten. Das Deutsche Rote Kreuz nahm die Suchanzeige für Helenes und Philips Eltern entgegen. Aber als sie hörten, dass diese 1942 nach Theresienstadt und von dort weitertransportiert worden waren, machten sie bedenkliche Gesichter. Aaron hatte bereits vor der Ankunft der Kinder bei der jüdischen Gemeinde die Namen der Eltern genannt und darum gebeten, dass Nachforschungen angestellt werden sollten. Dort war ebenfalls gesagt worden, man solle sich keine Hoffnungen machen. Für die Kinder allerdings würde auch von Bedeutung sein zu erfahren, wo und wann ihre Eltern gestorben waren.

Angela kam nach diesen Fahrten erschüttert in die Kippingstraße. »Die Zerstörung ist so grenzenlos, so meilenlang ohne Unterbrechung, dass ich mich die ganze Zeit fragen musste, wo überhaupt die Menschen wohnen«, sagte sie. »Die Ruinen, die flachgelegten Wohnviertel, die zerstörten Hafenanlagen mit verrenkten, verrosteten Eisengerüsten scheinen nur einen einzigen Satz zu sagen: ›Lasst alle Hoffnung fahren.‹« Anthony hob einspruchgebietend die Hände. »Ich sehe mehr und mehr Straßen, die frei von allem Schutt sind und durch die das Leben weitergeht. Wenn ich die unzerstörten Hochbunker aus Zement zwischen den Ruinen sehe, sind sie mir Symbole des Unsinns, der jetzt durch Sinn wieder ersetzt werden muss.« Angela wies ihn streng zurecht: »Du bist ein Träumer, Anthony. Wie soll so viel Zerstörung jemals ersetzt werden?« Anthony lächelte milde. »Jedes Dach, das neu errichtet wird, scheint mir eine lohnenswerte Aufgabe. Die Deutschen mussten einen Preis bezahlen, und sie haben ihn bezahlt – und jetzt fängt ein neues Kapitel an.«

Stella verfolgte aufmerksam die Diskussion der beiden. Traurig sagte sie: »Du hast gar keine Beziehung mehr zu Deutschland, Angela. Oder?« Angela blickte sie eine Weile nachdenklich an, bevor sie antwortete: »Ich habe keine Beziehung zum deutschen Menschen. Gut, ihr hier seid auch Deutsche, aber euer Haus in der Kippingstraße kommt mir wie eine heile Insel in einem verdreckten Ozean voll giftigen Inhalts vor. Wer ist der Deutsche? Bei meinem letzten Besuch hier war der Deutsche Nazi, eine kollektive Gefahr für die Welt und insbesondere für mich. Jetzt ist er verelendet, unsauber, ohne äußeren Charme, ich nehme nicht gerade Verbitterung wahr, aber es gibt auch gar keine Erleichterung oder gar Heiterkeit. Die Menschen, die ich sehe, sind Objekte der Ruinen.« Lebhaft erhob Anthony Einspruch. »Du solltest mitbekommen, wie die Menschen Schlange stehen, wenn sie Tickets für Konzerte, Kino, Theater bekommen wollen. Und manchmal gehen wir tanzen, dort sind alle heiter.« Angela starrte ihn wütend an. »Tanzen? Wie könnt ihr in diesen Ruinen nach diesem Morden, nach Ausschwitz …« Sie unterbrach sich. »Tanzt Aaron etwa auch?«, fragte sie. Anthony nickte. Angela schüttelte verständnislos den Kopf.

Eine Woche vor der Währungsreform rief Dritter an, dass er jetzt das Geld von Jonny haben wolle. Stella nahm das Gespräch entgegen und teilte es Jonny mit. Der überwies sofort 4500 Reichsmark per Postscheck an Dritter. Er zeigte Stella das Formular, als wäre es wichtig, dass sie die Richtigkeit bestätigte. Der Herd allerdings kam während der folgenden Wochen nicht. Jonny mahnte ihn mehrmals an, forderte auch Stella auf, das zu tun. Das Ganze war Stella entsetzlich unangenehm. Sie rief Dritter an und schimpfte. Er versicherte ihr, der Herd würde in ein paar Tagen geliefert. Aber auch danach machte er immer wieder neue Ausflüchte. Nun begriff Stella, warum sie sich so schlecht gefühlt hatte, als es um die Transaktionen von Jonny und Dritter ging. Er wird mich in die Sache verstricken, dachte sie. Und ich werde wieder nicht von ihm loskommen. In ihrer Angst griff sie nach einem Blatt und schrieb: »Liebe Tante, bitte hilf mir, dass ich endlich die Stricke lösen kann, die mich an Jonny fesseln. Deine Dich liebende Stella« Sie rollte den Zettel zusammen, schlang ein rotes Band darum und verknotete es zu einer sorgfältigen Schleife. Sobald sie dazu kam, wollte sie es mit einem Blumenstrauß zum Grab der Tante bringen.

Die Währungsreform am 20. Juni leitete den Niedergang des

Schwarzhandels ein. Über Nacht stand ein umfangreiches Angebot von Waren, die bis dahin gehortet worden waren, in den Regalen.

Jeder wusste, dass die Sowjetunion darauf verstimmt reagieren würde, insofern erstaunte es niemanden, dass die Sowjetunion alle Land- und Wasserwege zwischen den Westsektoren Berlins und den westlichen Besatzungszonen, der sowjetischen Besatzungszone und dem Ostsektor Berlins sperrte. Nun begann die alliierte Luftbrücke zur Versorgung West-Berlins. Die Transportmaschinen starteten auch von Hamburg aus. Amerika und England hatten Westdeutschland als Schlüsselstelle im Kampf gegen den Bolschewismus auserkoren.

Die Bevölkerung wurde am Freitag, dem 18. Juni 1948, durch den Rundfunk und über Aushänge über die anstehende Währungsreform und den Ablauf informiert. Für die Hamburger spielte es eine große Rolle, dass der Bürgermeister die Währungsreform im Rundfunk erläuterte und nicht ein Engländer. So wurde das Fanal der Hoffnung, dass das neue Geld, die Deutsche Mark, bedeutete, noch verstärkt. Die Umstellung erfolgte an einem Wochenende. Der Währungsumtausch vollzog sich in fünf Etappen: Ab dem 21. Juni 1948 wurde die Deutsche Mark alleingültiges Zahlungsmittel. Mit dem Stichtag der Währungsreform wurden alle alten Zahlungsmittel ungültig, außer dem Kleingeld bis zu einer Reichsmark, das zu einem Zehntel seines Nennwertes vorerst noch gültig blieb; Gleiches galt für Briefmarken. Die Zeit bis zur allgemeinen Umstellung wurde überbrückt durch die Sofortausstattung der Bevölkerung, Wirtschaft und öffentlichen Hand mit Deutscher Mark. Jedem wurde in zwei Schritten sofort – im Normalfall am 20. Juni – ein »Kopfgeld« von 40,– DM und einen Monat später nochmals 20,– DM in bar ausgezahlt. Bei der späteren Umwandlung der Reichsmark wurden diese 60,– DM angerechnet. Unternehmen, Personenvereinigungen, Gewerbetreibende und Angehörige freier Berufe erhielten auf Antrag bei ihrer »Abwicklungsbank« einen »Geschäftsbetrag« von 60,– DM je Arbeitnehmer als Vorgriff auf die späteren Ansprüche aus dem Umtausch von Altgeld.

Bis zum Stichtag 26. Juni 1948 mussten alle bei einer Hauptumtauschstelle der Abwicklungsbank ihr altes Bargeld abliefern und ihre gesamten Altgeldguthaben anmelden, sonst verfielen sie. Dort wurde nach Genehmigung durch das Finanzamt das Gesamtgeld über ein Reichsbank-Abwicklungskonto umgestellt.

Vom Gesamtaltgeld wurde zunächst der neunfache Kopfbetrag

abgezogen. Der Rest wurde zu je 50 Prozent auf ein Freikonto und 50 Prozent auf ein Festkonto umgestellt. Kurze Zeit später wurde das Festkonto aufgelöst, indem 70 Prozent seines Betrages vernichtet, 20 Prozent auf das Freikonto und 10 Prozent auf ein Anlagekonto übertragen wurde. Letztlich ergab sich so ein faktisches Umstellungsverhältnis von zunächst 10 zu 0,65. Die Altgeldguthaben der Banken sowie der öffentlichen Hand erloschen. Für die Umstellung sonstiger Forderungen und Verbindlichkeiten galt: Abgeschlossene Verbindlichkeiten wurden mit einem Kurs 10 RM zu 1 DM (10 zu 1) umgestellt; laufende Verbindlichkeiten wie Löhne, Renten, Pensionen, Pachten und Mieten im Kurs 1 zu 1; Bargeld und letztlich auch Sparguthaben wurden zum Kurs 100 RM zu 6,50 DM umgetauscht.

Stella begriff, wie schlau Jonny gewesen war, als er mit Dritter die Geschäfte schon vor der Währungsreform im Verhältnis 10 zu 1 abgeschlossen hatte. Hätte er dies über ein Sparkonto getan, hätte er Geld verloren.

Lydia schrieb einen sehr bösen Brief, in dem sie darüber schimpfte, dass die Westalliierten mit der Währungsreform die Potsdamer Konferenzbeschlüsse gebrochen hätten, wonach Deutschland als politische und wirtschaftliche Einheit zu wahren war. Sie befürwortete ohne Einschränkung die Antwort der Sowjetunion auf so einen Vertragsbruch durch die totale Wirtschafts- und Handelsblockade der Berliner Westsektoren.

Nach den zornigen Worten folgte allerdings ein begeisterter Bericht über eine Tänzerin namens Dore Hoyer, die Lydia kennengelernt hatte, weil ihr Freund sie interviewt hatte. Lydia hatte sie in einem Soloprogramm gesehen und war total überwältigt gewesen

Angela lauschte, als Stella ihr den Brief vorlas, und ihr Gesicht hellte sich auf. »Ich fahre so bald wie möglich nach Dresden«, entschied sie. »Ich kenne Lydia kaum, aber ich will sie kennenlernen. Vor allem aber soll Roberta meine Eltern kennenlernen!«

Das gab Stella einen Stich. Meine Eltern, hatte Angela gesagt. Ja, das ist doch die Realität, schalt sie sich. Es fiel ihr schwer, das einzugestehen. Angela hatte den größten Teil ihrer Jugend bei Helga und Helmut verbracht, und die beiden liebten sie so sehr, dass sie sich allein durch ihre Liebe vollkommen verändert hatten. Dass Angela auch Lydia kennenlernen wollte, verstand Stella gut. Lydia war der Typ der Deutschen, die Angela Hoffnung machten. Natürlich, Angela kannte sie zwar bereits, weil Lydia sich für die Transporte der jüdischen Kinder nach England engagiert hatte. Aber privater Kontakt hatte kaum stattgefunden.

An diesem Abend las Stella auch Anthony den Brief vor, aber Anthony war unkonzentriert. Sie fragte ihn, was los sei, da umarmte er sie und begann zu weinen: »Jim ist wahrscheinlich tot.« Stella wurde taub vor Schmerz. Sie machte sich steif in seinen Armen. Kühl fragte sie: »Wahrscheinlich? Man kann nicht wahrscheinlich tot sein. Was also: Tot oder lebendig?« Anthony schien ihre distanzierte Reaktion gar nicht zu bemerken. »Ich habe ein Telegramm bekommen«, sagte er. »Es sagt: ›Liege im Sterben. Besser, du kommst sofort.‹« Stella begann zu kichern. Anthony rückte von ihr ab. »Liege im Sterben«, schmunzelte sie. »Das sieht Jim ähnlich. Ich glaube, wenn ich im Sterben liege, werde ich kein Telegramm mehr darüber schreiben. Meinst du nicht auch?« Anthony schüttelte verwirrt den Kopf. Doch dann breitete sich allmählich ein breites Grinsen auf seinem Gesicht aus. »Das überzeugt mich«, sagte er. »Ich schlage vor, wir fahren so schnell wie möglich nach Tanganjika, dann erleben wir ihn vielleicht noch lebendig.«

Stella dachte an ihr Gespräch mit Angela am Nachmittag. Bald würde Angela nach Dresden fahren. Wie lange sie dort bleiben würde, stand in den Sternen. Warum also nicht nach Afrika fahren?

Aaron war enttäuscht über die Entwicklung in Deutschland. Bereits Ende März 1948 war ihm überdeutlich geworden, dass sich das Blatt gewendet hatte. Die Militärregierung hatte zu dem Zeitpunkt bindend erklärt, dass im Entnazifizierungsverfahren keinem Arzt die Ausübung der privaten Praxis verboten werden dürfe, weil das zum Gesetz im Widerspruch stünde. Diese Rehabilitierung der belasteten Ärzte in der britischen Zone war auf Widerstand in den deutschen Entnazifizierungsausschüssen gestoßen. Es fanden Versammlungen statt, in denen die Wogen der Wut und Enttäuschung hoch schlugen. Aaron war entsetzt. Er hatte sich zwar entschlossen, sein Leben dem Neuaufbau und nicht der Rache zu widmen, aber wie sollte denn ein Neuaufbau in der Ärzteschaft, und das hieß ja auch in der Ausbildung und der Organisation der Ärzte in den Krankenhäusern, geschehen, wenn die Personen den Einfluss behielten, die die alten hierarchischen und undemokratischen Strukturen geprägt hatten?

Am 25. Juni war es so weit: Die Entnazifizierungsausschüsse stoppten aus Protest gemeinsam ihre Tätigkeit. Wenig später entschloss

Degkwitz sich zur Übersiedlung in die USA. In einem Schreiben an den Hamburger Universitätssenat verwies er zur Begründung auf das Scheitern der Entnazifizierungspolitik: »Fast vollständig sind die ehemaligen Nationalsozialisten, die Ideenträger und Verkünder des hitlerschen Evangeliums der Gewalt mit der Entschuldigung an die Universitäten zurückgesandt worden, dass sie nur ›Mitläufer‹ gewesen wären. Die Aufgaben der Universität und die Verantwortung der akademischen Lehrer sind aber so groß, dass es auch für ›Mitläufer‹ keine Entschuldigung geben kann.«

Aaron war bestürzt über Degkwitz' Entscheidung

Am 21. Juli wurde dann der kommunistische Senator für Gesundheit, Friedrich »Fiete« Dettmann, nach einem Misstrauensantrag von SPD, CDU und FDP abserviert. Und dann erfuhr Aaron auch noch, dass das vor einem Jahr gegen Willibald Schallert wegen Verdachts auf Verbrechen gegen die Menschlichkeit eingeleitete Ermittlungsverfahren eingestellt worden war. Mehr denn je war Aaron bewusst, dass er ganz individuell neue Wege einschlagen musste. Er wollte unbedingt in Wien Wissenschaft und Kunst der Psychotherapie lernen. Lysbeth war ihm zwar nach wie vor eine wichtige Gesprächspartnerin, aber sie ging so in ihrem Universitätsstudium auf, dass Aaron sich manchmal in all diesen Wirren verloren fühlte. Es bedeutete für ihn einen immer größeren Halt, seine Zukunft in einer veränderten ärztlichen Tätigkeit zu sehen. Als endlich ein Antwortschreiben von Viktor Frankl in der Kippingstraße eintraf, in dem Frankl ihn freundlich einlud, jederzeit nach Wien zu kommen und bei ihm zu studieren, beschloss Aaron abzureisen, sobald er genug Geld dafür beisammenhatte.

Die ausgebrannten Wracks der *Cap Arcona* und der *Deutschland* lagen nach dem Krieg noch jahrelang in der Lübecker Bucht. Erst Ende 1948 war entschieden, dass die Firma *Dahmen* aus dem Ruhrpott den Auftrag zur Verschrottung erhalten hatte. Dritter hatte sich bereits vor der endgültigen Entscheidung mit dieser Firma auf seine Weise gutgestellt, und so erhielt er den Auftrag, als Subunternehmer die Verschrottung durchzuführen. Er versprach sich viel davon, denn seit Wertmann die Flakstation verlassen hatte, lief es nicht mehr gut. Zwar hatte ihn nahtlos ein anderer Mann mit angeblich verlassenem Hof an der polnischen Grenze ersetzt, Heinrich Lohmann, aber kaum hatte Heinrich sich mit der Landwirtschaft auf dem Gelände angefreundet, stellte sich heraus, dass er schwer krank und der körperlichen Arbeit, wie »Onkel Wertmann« sie geleistet hatte, überhaupt nicht gewachsen war. Zudem lief die Herstellung der Herde nicht so, wie Dritter es sich vorgestellt hatte, immer wieder wurden nicht funktionierende Kochplatten zurückgegeben, und bis ein Herd der Marke »Juwel« hergestellt war, dauerte es viel zu lange, als dass es irgendwie rentabel sein konnte. Die Verschrottung der *Cap Arcona* aber war ein großer Coup, von dem Dritter sich so viel Einnahmen erhoffte, dass er den Ausbau der Fabrikhalle, der inzwischen mangels finanzieller Mittel hatte gestoppt werden müssen, weiter vorantreiben konnte.

Er lud den Direktor der Firma *Dahmen* zu sich ein und bewirtete ihn fürstlich. Am Ende dieses Tages besiegelten sie per Handschlag das Geschäft. Dritter würde die Verschrottung durchführen, die Taucher beauftragen, die Explosionen organisieren, die notwendig waren, um das Schiff zu zerlegen. Da er nicht ausreichend Material zur Verfügung hatte, stellte *Dahmen* ihm die Schweißgeräte und das Karbid, mit dem das Brenngas für die Schweißgeräte hergestellt werden konnte, zur Verfügung.

Euphorisch feierte er nach diesem Abschluss ein großes Fest auf dem Hof, wo er Major Tom und seine Leute einlud, Bauer Meyer vom Gehöft, das in Sichtweite zur Flakstation lag und von dem Dritter die Tiere erhalten hatte, die ihm und seiner Familie seitdem das Leben erleichterten. Die Bekannten und Freunde aus Ratekau waren eingeladen und auch Dritters Familie aus Hamburg.

Als Jonny davon hörte, sagte er sofort zu. Er war zwar inzwischen nicht mehr allein, Greta war im Herbst 1948 in Hoek van Holland angelangt und zwei Tage später mit ihrer schwachsinnigen Tochter nach Hamburg gekommen, wo Jonny sie am Bahnhof erwartet hatte, ebenso wie ein halbes Jahr zuvor Angela und ihre kleine Familie erwartet worden waren. Allerdings stand Jonny dort mit einem kleinen Blumenstrauß aus Herbstastern, und als er Greta entdeckte, die suchend aus dem Zugfenster blickte, hielt er sich eher bedeckt. Seine Tochter war ein junges Mädchen geworden, aber sie sah aus wie ein dickes Kind ohne jeden Charme, in seinen Augen plump und entsetzlich hässlich. Sobald er die beiden entdeckte, stieg in ihm wieder die alte Wut auf Greta hoch. Wie hatte sie ihm nur eine solche Tochter zumuten können?

Kaum dass Walburga den Zug verlassen hatte und von Greta auf Jonny aufmerksam gemacht worden war, hing sie ihm am Hals und überschüttete ihn mit Küssen. In ihrer Sprache, die Jonny nicht gut verstand und die ihn ekelte, erzählte sie ihm überschwänglich, was sie alles erlebt hatte: Hohe Wellen und einen Kapitän und schöne Matrosen in weißen Uniformen. Sie kicherte und sagte: »Sie wollten mich alle küssen.« Jonny schob sie grob beiseite und fuhr Greta an: »Halt sie mir vom Leibe!« Greta riss das Mädchen von Jonny weg und zischte: »Reiß dich zusammen! Wir sind hier nicht in Afrika!« Walburga begann zu weinen, ein hohes klagendes Wimmern. Die Menschen rundherum warfen Greta und ihr befremdete Blicke zu. Ein geistig Behinderter in der Öffentlichkeit wirkte exotisch, ähnlich den Liliputanern, die auf dem Dom mit ihren kleinen Wohnwagen ausgestellt wurden.

Jonny machte Greta schnell klar, wie er sich das Leben vorstellte: Walburga sollte möglichst wenig in Erscheinung treten, Greta sollte die Aufgaben von Frau Krohn übernehmen und mit ihm die Nächte verbringen, so lange, bis die Situation in der Kippingstraße wieder »normal« geworden war. Im Gegenzug würde er für sie und ihr Kind sorgen. Greta war zwar in Namibia selbstbewusster geworden, sie hatte dort im Kaufhaus der Woermanns gearbeitet. Mit dem Lohn hatte sie für sich und ihre Tochter sorgen und sich sogar ein schwarzes Mädchen leisten können, das sich um Walburga kümmerte, während sie fort war. Walburga hatte dort nichts auszustehen gehabt, denn sie war eine Weiße und somit den Farbigen trotz ihrer Behinderung übergeordnet. Aber Greta hatte nicht den Mut aufgebracht, sich Jonnys Forderung nach Rückkehr zu widersetzen. Sie wäre lieber dort geblieben, aber sie wusste nicht, ob sie durch seinen Einfluss ihre Arbeit hätte verlieren können, und ohne Einkommen wäre sie dort ebenso wie hier von irgendeinem Mann abhängig gewesen, der sie und ihre Tochter ernährte. Also biss sie in den sauren Apfel und führte das Leben, das Jonny ihr zugedacht hatte. Sie erkannte schnell, dass die Wohnung, in der sie nun wohnte, einen unglaublichen Luxus in Hamburg darstellte, und sie war bereit, dafür ihre Leistung zu erbringen.

Als Jonny nun von Dritter zu dem Fest eingeladen wurde und ihr davon erzählte, strahlte Vorfreude in ihren Augen auf. Doch Jonny machte ihr sofort unmissverständlich klar, dass sie ihn nicht dorthin begleiten würde.

Auch Stella und Anthony nahmen nicht teil, da sie zwei Tage zuvor Hamburg in Richtung Afrika verlassen hatten. Ebenfalls nicht Aaron und Lysbeth. Aaron war damit beschäftigt, Geld anzusparen. Seine ärztliche Tätigkeit belegte ihn so mit Beschlag, dass er auch am Wochenende Hausbesuche machte, und Lysbeth war intensiv damit beschäftigt, sich auf eine Prüfung vorzubereiten. Also fuhren nur Eckhardt, Cynthia und Jonny nach Ratekau, wo sie staunend und neidisch erlebten, mit welcher Großzügigkeit Dritter seine Gäste bewirtete.

Angela und Roberta verließen Hamburg am gleichen Tag, an dem auch Stella und Anthony fortfuhren. Sie wollten nach Dresden, wo Helga und Helmut sie in großer Vorfreude erwarteten. Helene und Philip blieben in Hamburg bei einer Tante, die mit Hilfe der jüdischen Gemeinde ausfindig gemacht worden war. Die Tante hatte in einer privilegierten Mischehe gelebt und war bis zuletzt von einer Deportation verschont geblieben. Helene und Philip erinnerten sich nicht an diese Tante, Miriam, aber sie waren so darauf erpicht, wieder in eine Familie zurückzukehren, die die gleichen deutsch-jüdischen Wurzeln hatte wie sie, dass sie es vorzogen, bei ihrer Tante Miriam zu bleiben, statt mit Angela nach Dresden zu fahren.

So hatte Angela verabredet, Weihnachten wieder nach Hamburg zu kommen, auch weil sie mit Bobby gemeinsam feiern wollte. Stella und Anthony rechneten damit, erst in einem halben Jahr zurückzukehren.

35

In Tanganjika trafen Stella und Anthony einen Jim an, der auf seiner Farm die Herrschaft vollkommen in die Hände seines schwarzen Vorarbeiters gelegt hatte und von seinen schwarzen Hausangestellten in aufopferungsvoller Liebe versorgt wurde. Dass diese Versorgung gleichzeitig eine Krankenpflege war, erfolgte so diskret, dass es Stella und Anthony erst nach einiger Zeit auffiel, als Jim selbst sie darauf aufmerksam machte.

Jim war schwer krank, viel kränker, als man ihm anmerken konnte. Er ritt nach wie vor und war mit dem Training seiner Hunde beschäftigt, zweier kräftiger Hunde, bereits die dritte Generation nach den Hunden, die Stella in den Zwanzigern so beeindruckt hatten. »Der Arzt hat mir prognostiziert, dass ich Weihnachten schon lange unter der Erde sein werde«, spottete Jim. »Und jetzt seht mich an. Wahrscheinlich schaffe ich noch das nächste Fest. In der Zwischenzeit hat er sich schon totgesoffen.«

Jim hatte seinen Vorarbeiter und seine Köchin in seine Diagnose eingeweiht, Hepatitis, die seine Leber bereits ziemlich zersetzt hatte, und er hatte gesagt: »Schafft mir einen fähigen Medizinmann her. Ich will noch durchhalten, bis mein Junge kommt. Das ist auch in eurem Interesse, denn ihr kriegt hier Probleme, wenn Anthony und ich eure Zukunft nicht sichern, bevor ihr die Totentänze veranstaltet.« Der Medizinmann war gekommen, er seinerseits hatte Tänze veranstaltet. Jim konnte sich nicht mehr genau daran erinnern, was geschehen war, aber es hatte Feuer gegeben und Trommeln, und der Medizinmann hatte getanzt und war in Trance gefallen. »Aber all das denke ich mir vielleicht aus, ich selbst war ziemlich weggetreten«, bemerkte Jim. Auf jeden Fall hat der Medizinmann versprochen, dass ich am Leben bleiben werde, bis mein Sohn da ist, darauf könne ich mich verlassen. Und so ist es ja auch gekommen. Im Gegensatz zu dem versoffenen Doktor beherrschen diese Leute einfach ihr Fach.«

Jim und Anthony begaben sich unverzüglich nach Daressalam, um Anthony die Farm zu überschreiben. Nun konnte Anthony Verträge mit allen schließen, die die Farm zukünftig führen sollten. Vor allem mit dem Vorarbeiter, der Jims bester Freund geworden war, dem er vertraute wie keinem einzigen Weißen in der Gegend und dem er, wenn es möglich gewesen wäre, die Farm auch vererbt hätte, da er annahm, dass Anthony kein Interesse daran hatte. Aber Anthony war durchaus interessiert an der Zukunft der Farm. Er war hier geboren, er liebte das Land, und während seines ersten Aufenthalts in England, als er noch ein Junge gewesen war, hatte er stets sehnsüchtig an Tanganjika als an seine Heimat gedacht.

Er wollte die Farm weder verkaufen, wie Jim befürchtet hatte, noch aus den Händen des Vorarbeiters reißen, wie dieser befürchtete, als er Anthonys Liebe zu diesem Fleckchen Erde mitbekam. Also vereinbarten sie vertraglich, dass die Familie des Vorarbeiters nach Jims Tod in das Haupthaus ziehen würde. Jeder wusste, dass dieses Haus dem Untergang geweiht wäre, wenn niemand darin wohnte, weil die Natur sich das ihr Entrissene dann zurückholen würde. Anthony behielt ein Ferienwohnrecht, das die Bibliothek sowie zwei weitere für ihn reservierte Zimmer des Hauses einschloss. Die Hausangestellten sollten das Haus weiterhin genauso reinigen und pflegen, wie sie es immer getan hatten. Der Verwalter war verpflichtet, keinen von ihnen zu entlassen, sie zu bezahlen und zu ernähren, wie Jim es getan hatte, ansonsten fiel der Ertrag der Farm ihm zu.

Es war nicht leicht, all diese Verträge vor den Behörden durchzusetzen und für rechtsgültig zu erklären. Aber nach drei Monaten fast täglicher Quälerei mit Bürokratie, Anwälten und der englischen Community, die Jim mit Hilfe seines Arztes am liebsten für unmündig erklärt hätte, hatten sie endlich alles durchgesetzt. Kaum war das erledigt, lebte Jim kurzzeitig noch einmal auf, veranstaltete ein dreitägiges Fest, das Stella sehr an das erinnerte, was sie hier vor Jahrzehnten einmal erlebt hatte. Es war bunt, magisch, laut und erhitzte Stellas Sinne so sehr, dass Anthony und sie vierundzwanzig Stunden nichts taten als tanzen, einander lieben und wieder tanzen.

Nach diesen drei Tagen waren Stella und Anthony erschöpft und glücklich und um Jahre verjüngt. Jim aber setzte sich in seinen Schaukelstuhl auf der Terrasse, von wo aus er auf seine Farm blicken konnte, eine Flasche Scotch neben sich, die Anthony ihm mitgebracht hatte und die er erst an diesem Mittag öffnete und verkündete: »I'll drink this bottle on this chair. It'll last one day or ten days, who knows. And then I'll leave you for meeting my love, my Heather. She is already waiting for me.«

Stella wusste sofort, dass er es ernst meinte, und auch Anthony machte keine Anstalten, Jim zu überzeugen, dass er mit dem Sterben noch etwas warten solle. Er zog sich einen Schaukelstuhl neben seinen Vater und forderte diesen auf, mit ihm noch ein wenig zu reden in der Zeit, die ihnen noch blieb.

Stella ließ die beiden Männer allein. Ihr Herz war während der vergangenen Minuten schwer geworden. Sie sattelte sich eins der Pferde, eine sanfte braune Stute, und ritt langsam durch die Landschaft. Über ihr lag der strahlende Himmel, von einzelnen weißen Schlieren durchzogen, um sie herum erstreckte sich die Landschaft, die sie so liebte. Sie vergaß die Zeit. Es schien ihr, als wäre erst wenig Zeit vergangen, da hörte sie hinter sich Pferdegetrappel. Lächelnd blickte sie sich um. Das war bestimmt Anthony. Da war er auch schon. Aber er erwiderte ihr Lächeln nicht. Er griff in die Zügel ihres Pferdes und brachte es zum Stehen. Zornig schrie er sie an: »Du kannst doch nicht einfach verschwinden, ohne ein Wort zu sagen! Wie kannst du es wagen, hier so allein auszureiten?« Stella blickte ihn an, als wäre ihr ein Geist erschienen.

Plötzlich erinnerte sie sich an ihre Begegnung vor zwanzig Jahren. Auch damals war Anthony zornig auf sie gewesen. Damals hatten sie einander anschließend geliebt. Sie brach in Gelächter aus, entriss Anthony kurzerhand die Zügel und trieb ihre Stute an. Sie zermarterte sich das Gehirn, während sie durch die Landschaft galoppierte, wo der verzauberte romantische Ort lag, an dem sie sich damals geliebt hatten. Der Wind pfiff um ihre Ohren. Sie fühlte sich mit einem Mal jung, ausgelassen und sehr verliebt. Da war Anthony an ihrer Seite. Er trieb seinen Hengst an und hatte sie bald überholt. Wie ein Cowboy riss er sein Pferd herum und verstellte ihr den Weg. Er blickte sie von oben herab an. Sie brachte ihre Stute knapp vor ihm zum Halt.

»Bist du verrückt geworden?«, schrie sie außer Atem. Jetzt war es an ihm zu lachen. »Du Teufelsbraut«, meinte er anerkennend. »Na komm schon, ich kenne einen schönen Platz für uns zwei.« Er ritt vor ihr her, langsam, im Schritt. Sie folgte ihm. Auf einem winzigen Hügel wuchs einer dieser wundervollen Bäume, die aussahen wie ein rundes Dach. Anthony glitt ab, breitete seine Satteldecke auf den Boden und zog Stella zu sich. »Dieser kleine Streich kostet dich etwas«, knurrte er. »Ich verlange sofortige Bezahlung.« Stella drückte ihm ihre Brüste entgegen, während er ihre Bluse aufknöpfte.

Es dauerte vier Tage, in denen Jim ständig etwas benebelt war, aber immer noch so nüchtern, dass er mit Anthony und Stella Gespräche führen konnte, von denen beide tief berührt wurden. Er erzählte davon, wie er Heather kennengelernt, wie sie Anthony gezeugt und wie Heather ihn geboren hatte. Manchmal war er indiskret, und Anthony erfuhr Einzelheiten aus dem Liebesleben seiner Eltern, von denen er keine Ahnung gehabt hatte. Anfangs war Stella unsicher, ob sie an diesen Gesprächen teilnehmen durfte, aber Jim forderte sie ausdrücklich dazu auf. Er erzählte auch, wie Heather und er damals über Stella gesprochen hatten, als Anthony und sie noch gar kein Paar gewesen waren.

»Sie hat es sofort gewusst, als sie dich zum ersten Mal gesehen hat«, sagte Jim. »Ach nein, eigentlich wusste sie es schon vorher. Hast du unseren Jungen gerochen?, fragte sie. Sie sprach immer von Gerüchen. Sie roch alles. Er riecht nach Sehnsucht, sagte sie …« Jim blickte Stella mit dem Blick eines alten Kenners an. »Damals wussten wir noch nicht, was für eine du bist. Und für mich roch er«, Jim wies mit dem Kinn zu seinem Sohn, »eigentlich ständig nach Sehnsucht. Ich zumindest hab in seinem Alter ständig nach Sehnsucht gerochen. Aber sie wusste irgendwie, dass es diesmal etwas Besonderes war. Sie hat sofort Erkundigungen eingezogen und wusste dann auch, dass du verheiratest warst. Bist du eigentlich immer noch verheiratet?«

So begannen die Gespräche über Stellas Ehe, die ihr einiges abverlangten. Jim sagte ihr auf den Kopf zu, dass sie vor Jonny Angst hatte. Und als sie es bejahte, definierte er sogleich ihre Angst als die Angst einer schönen Frau davor, dass plötzlich alle sie nicht mehr leiden könnten. Sie wehrte sich gegen diese Vermutung, doch dann sagte er: »Du kennst es doch gar nicht, dass deine ganze Umgebung dich abstoßend findet. Oder dass du gar für alle Luft bist. Du hast es garantiert noch nie erlebt, dass niemand dich beachtet. Und in eurer deutschen Gesellschaft wird eine Frau in deinem Alter, die ihren Gatten für einen englischen Geliebten verlässt, bestimmt für verrückt erklärt und nicht gerade mit Sympathie überschüttet. Ist es nicht so?« Stella nickte. Trotzdem stimmte sie nicht mit Jims Erklärungsversuch überein, zumal sie sich während all der vergangenen Jahre dafür entschieden hatte, eine verheiratete Frau mit einem Geliebten zu sein, ein Zustand, der auch nicht gerade gesellschaftliche Anerkennung fand. Sie verstand sich selbst nicht. Warum suchte sie nicht einfach einen Anwalt auf und bat, die Scheidung für sie einzureichen?

In langen anstrengenden und forschenden Gesprächen mit Jim, in denen Anthony zumeist schweigend zuhörte, fand sie schließlich heraus, dass sie vor allem Angst davor hätte, ein Gericht könnte ihre Scheidungsklage abweisen. Dann wäre etwas entschieden, das bislang immer noch offen war. Dann würde sie sich endgültig in ein Gefängnis gesperrt fühlen. Also war es ihr lieber, die Ehe mit Jonny pro forma fortzuführen und ihre Liebe mit Anthony zu leben. Außerdem fürchtete sie Jonnys Macht, die er auch jetzt noch besaß. Das Streben nach Macht war ihm so vertraut, dass er es jetzt, da er seine frühere gesellschaftliche Stellung verloren hatte, erst recht nicht aufgeben würde. Neuerdings hatte sie Angst um Dritter, der, so schien es ihr, der Verletzlichste von ihnen allen geworden war, weil er auf einem so dünnen Seil tanzte, in schwindelnder Höhe, über gähnendem Abgrund.

Erst hier in Tanganjika, weit entfernt von zu Hause, wagte sie es, die Erinnerung an die Zeit von Dritters Verhaftung wieder wachzurufen. Sie erzählte Jim und Anthony von ihrem Verdacht, der von Greta bestätigt worden war, dass Jonny seine Finger im Spiel gehabt hatte. Mit einem Mal überfiel sie eine bedrückende Scham. Wie hatte sie es bloß fertiggebracht, das alles so wegzudrängen, dass sie sogar in der Lage gewesen war, diese leidenschaftlichen Tage mit Jonny zu verbringen?!

Als sie aus ihren Gedanken auftauchte, blickte sie in Anthonys aufmerksame Augen. Sie errötete, und als sie das merkte, verstärkte sich das Erröten noch. Was sollte sie jetzt sagen? »Du hast die ganze Zeit die Schwächsten aus deiner Familie geschützt«, sagte er liebevoll. »Das ehrt dich. Aber ich glaube, jetzt musst du deinen Bruder nicht schützen. Er ist erwachsen, und er muss selbst wissen, in welche Abhängigkeiten von Jonny er sich begibt.« Stella nickte. Genau das dachte sie auch. Aber war nicht vielleicht sie selbst in ihrer Liebe zu Anthony im Augenblick die Verletzlichste aus der Familie? Hatte sie nicht gerade furchtbare Angst vor der schmutzigen Wäsche, die ein solcher Scheidungsprozess an die Öffentlichkeit zerren würde? Hatte sie nicht die größte Angst davor, dass Anthony auf diese Weise etwas über sie erfahren könnte, das seine Liebe trüben würde?

Als hätte Jim ihre Gedanken gelesen, sagte er: »Der Schmutz eines solchen Prozesses könnte dich über Jahre verfolgen und sogar krank machen. Vielleicht solltet ihr beiden die Situation akzeptieren, wie sie ist, und einfach weiter so zusammenleben.« Anthony fuhr auf. »Nein. Das kommt für mich nicht in Frage. ›Du liebst also meine Frau?‹, hat er zu mir gesagt. Ich will, dass Stella meine Frau ist und er so einen Satz nie wieder von sich geben kann.« Jim hörte sich die Geschichte an und lachte, bis er Krämpfe bekam. Er wurde blass und krümmte sich. In diesem Augenblick wurde Stella entsetzlich bewusst, dass Jim todkrank war. Aber er fing sich wieder, trank einen großen Schluck Scotch und teilte den beiden mit, dass er nun gedenke, einen Moment die Augen zu schließen.

Stella und Anthony entfernten sich. Anthony weinte. Stella umarmte ihn und küsste seine Tränen fort. »Er wird bald sterben«, flüsterte Anthony. Stella streichelte seinen Nacken und küsste ihn wieder. »Ja, mein Liebster«, sagte sie. »Er wird bald sterben. Aber noch lebt er. Und das ist ein unfassbares Geschenk.«

Es dauerte nur noch wenige Tage, wertvolle, reiche Tage, in denen Stella und Anthony Jims Weisheitsschatz in sich aufsaugten und in denen er körperlich schwächer und schwächer wurde, bis er zu halluzinieren begann. Er erzählte, dass er Heather klar sehen könne, dass sie auf ihn warte, ihn rufe, Heather in einem hellen Licht, schön und freundlich und glücklich. »Sie bestellt euch einen Gruß«, rief er mit erstaunlich kräftiger Stimme. »Sie sagt, ihr sollt euch keine Sorgen machen, es wird mir gutgehen, und ihr geht es auch gut.« Seine Stimme erstarb, er begann zu murmeln, manchmal schluchzte er auf, dann wieder erstrahlte sein Gesicht, immer wieder rief er: »Heather, ich komme, ja, ich komme!«, bis er ganz verstummte.

Anthony und Stella hielten seine Hände, sie streichelten über sein Gesicht, sie blieben nah bei ihm, für Stunden. Plötzlich sah auch Stella Heather deutlich vor sich. Sie lächelte Stella an. Sie war, genauso wie Jim gesagt hatte, von einem hellen Schein umhüllt, sie winkte ihr zu, und sie bot Jim ihre Hand. Stella sah, ja, sie sah es vor ihren Augen, wie Jim zu Heather glitt, wie er ihre Hand ergriff und mit ihr gemeinsam in einem Licht verschwand. Er winkte Stella zu, ebenso wie Heather zuvor gewunken hatte. Es war ein Winken voller Liebe, aber es war auch ein Winken, das sagte: Du bist da, und ich bin hier. Wir befinden uns in zwei unterschiedlichen Welten, und so bleibt es noch für eine lange Zeit.

Die beiden verschwanden, und Stella schreckte plötzlich auf. Sie öffnete die Augen und sagte erschrocken: »Ich bin eingeschlafen.« Anthony sah sie mit großen traurigen Augen an. »Er ist auch eingeschlafen«, flüsterte er, als hätte er Angst, seinen Vater aufzuwecken.

Stella hatte Mühe, sich zurechtzufinden. Alles, was sie gesehen hatte, war so wirklich gewesen. Sie folgte Anthonys Aufmerksamkeit, da erkannte sie es: Jim lebte nicht mehr. Er saß zwar noch auf dem Schaukelstuhl, aber das war nur noch eine äußere Hülle. Jim war fort. »Er ist bei Heather«, entfuhr es Stella. »Ich habe sie gesehen. Sie hat ihn geholt.« Anthony hörte sie nicht. Er umarmte seinen Vater und weinte.

Drei Wochen später verließen sie Tanganjika. Inzwischen hatte Stella ihm von ihrem Wachtraum erzählt, und beide hatten sich damit getröstet, dass Stella vielleicht etwas von der anderen Welt wahrgenommen hatte, in die Jim übergegangen war.

Im Juli 1949 kehrten sie nach Hamburg zurück, traurig, erschöpft und doch unglaublich bereichert und glücklich.

In Hamburg, in Deutschland, in Dresden und in Ratekau hatte sich in der Zwischenzeit viel verändert. Diese Veränderungen zeigten sich im Kleinen wie im Großen. Aaron war inzwischen nach Wien gereist und hatte seine Lehre bei Viktor Frankl begonnen. Eckhardt war Schädlingsbekämpfer geworden, ein Titel, den er sich selbst verliehen hatte, in der Hoffnung, Geld damit zu verdienen, dass er Ratten und sonstiges Ungeziefer tötete. Die Hundeschar war rasant gewachsen, Cynthia betreute inzwischen elf Windhunde, und sie tat es auf eine Weise, die Stella amüsierte und auch rührte. Sie putzte ihnen täglich die Zähne, nachdem sie ihnen vorher ein Stückchen Schokolade für gutes Benehmen gegeben hatte. Sie striegelte ihr kurzes Fell, und sie streichelte fast unablässig einen der Hunde.

Im Gegensatz zu ihrem letzten Aufenthalt in Afrika hatte Stella diesmal in der Zwischenzeit keine Post von ihrer Familie erhalten. Aber als sie zurückkehrte, überreichte Lysbeth ihr einen Packen Briefe. Dabei waren drei dicke Briefe, zwei von Angela und einer von Marthe.

Stella freute sich sehr darauf, von ihrer Tochter etwas zu lesen. Aber sie wartete damit, bis am Tag nach ihrer Ankunft alle ausgeflogen waren. Sie bereitete sich eine Kanne englischen Tee, richtete sich gemütlich in ihrem Wohnzimmer auf dem Sofa ein, glättete die Seiten sorgfältig und begab sich ans Lesen. Im Verlauf der Lektüre allerdings verdüsterte sich ihr Gesicht.

Angela war nach wie vor in Dresden, und auch Helene und Philip waren ihr inzwischen gefolgt. Die beiden Kinder hatten erfahren, dass ihre Eltern 1944 in Auschwitz getötet worden waren. Sie wollten nicht in Deutschland bleiben, für das beide, insbesondere Helene, nur Hass empfanden. Aber bevor sie nach England zurückkehrten, waren sie zu Angela und Roberta nach Dresden gefahren, weil dort jüdische Menschen waren, die das Nazideutschland überlebt hatten. Die wollen sie gern kennenlernen.

Helga und Helmut hatten auch diese jungen Gäste freundlich aufgenommen, obwohl der Hof von Menschen nur so wimmelte. Inzwischen war mit vereinten Kräften ein Anbau an das Haus errichtet worden. Er sah zwar architektonisch nicht besonders reizvoll aus, aber er bot mit drei kleinen Räumen sechs Menschen Platz. Außerdem hatten sie eine neue Scheune gebaut, weniger fest und gegen klimatische Unbilden geschützt als die erste, und aus der bisherigen Scheune hatten sie zwei Wohnungen gemacht. In einer lebte Lydia mit ihrem Partner, in die zweite waren Erwin und Katja gezogen, die 1948 ein zweites Kind bekommen hatten. Angela hatte sich mit Roberta in ihrem früheren Kinderzimmer eingerichtet, das Helga und Helmut nicht verändert hatten, seit sie fortgelaufen war, und Helene und Philip waren kurzerhand von Lydia in ihrem Wohnzimmer untergebracht worden.

»Der Hof wirkt wie ein Dorf für sich«, schrieb Angela. »Es gibt hier eine eigene ungeschriebene Verfassung, und die entspricht meinen Vorstellungen von menschlichem Zusammenleben sehr: Jeder packt an, jeder toleriert den anderen, alle helfen einander, Konflikte werden offen angesprochen und friedlich gelöst. Nie im Leben hätte ich gedacht, dass Helga und Helmut in der Lage sein würden, einer solchen kleinen Kommune wie König und Königin ohne Regierungsgewalt, aber mit großer moralischer Autorität, vorzustehen.«

Den zweiten Brief hatte Angela erst kurz vor Stellas Rückkehr geschrieben. In diesem Brief wechselte sie zwischen Begeisterung und Empörung. Ihr Ton war anders als im ersten, aufgeregt, sprunghaft, und er drückte eine Verwirrung aus, die sich beim Lesen allmählich auf Stella übertrug. Angela war geradezu überschwänglich begeistert über die Aktivitäten von Lydia und ihrem Freund, die sich in der Sowjetischen Besatzungszone daran beteiligten, etwas ganz Neues aufzubauen, ein neues antifaschistisches Deutschland. Sie beschrieb, wie Künstler und Intellektuelle aus der Emigration nach Dresden und Berlin zurückkehrten, um eine Vision für ein neues Deutschland ins Leben zu rufen. Auf der anderen Seite aber – und das wechselte fast von Absatz zu Absatz – empörte Angela sich mit der gleichen Intensität darüber, dass England und Amerika Deutschland missbrauchten, um einen neuen Krieg auf deutschem Boden zu beginnen, einen »kalten« Krieg gegen die Sowjetunion. »Sie haben 1947 schon damit begonnen, Deutschland zu teilen«, schrieb Angela. »Als sie die Bi-Zone errichteten. Schon das verstieß gegen die Potsdamer Abkommen. Und dann haben sie eine riesige Propagandamaschinerie in Gang gesetzt, um die Berlin-Blockade als brutalen Akt der Sowjetunion darzustellen, dabei war die Währungsreform ein aggressiver Akt, mit dem die Westmächte Deutschland teilen wollten. Und im Grunde haben sie die Blockade provoziert, um zu rechtfertigen, dass sie eine Verfassung für die drei westlichen Zonen ausarbeiten wollten.«

Diese Verfassung war während Stellas und Anthonys Abwesenheit am 23. Mai 1949 nach der Genehmigung durch die Militärgouverneure feierlich verkündet worden. Im April bereits waren die drei Westzonen zur Bundesrepublik Deutschland vereint und das westliche Militärbündnis NATO gegründet worden.

Angela schrieb in flammenden Worten, dass in der sowjetisch besetzten Zone seit 1947 eine Volkskongressbewegung für Einheit und gerechten Frieden initiiert worden war. »Hier ging es allen um die Einheit Deutschlands«, betonte sie. »Den Westmächten ging es um Trennung. Und nun ist es geschehen: Wir haben ein geteiltes Deutschland!«

Stella las Angelas Brief mit wachsender Angst. War nun wieder etwas geschehen, das ihre Tochter und sie trennte? So, wie es aussah, identifizierte Angela sich mit dem sozialistischen Deutschland, das dort aufgebaut werden sollte, ebenso wie es viele andere Menschen, vor allem Künstler und Intellektuelle, taten, die aus der Emigration in die sowjetische Zone zogen. Stella allerdings sah für sich dort, in Angelas Nähe, überhaupt keine Zukunft. Sie war in Hamburg tief verwurzelt. Das war ihre Heimat, und seit Anthony sich entschieden hatte, zumindest während der nächsten Zeit hier zu leben, empfand sie die Verbundenheit mit der Stadt umso mehr.

Sie hoffte, dass es vielleicht doch noch eine Verständigung zwischen beiden deutschen Teilen geben würde, so dass der Kontakt zwischen Angela und ihr nicht wirklich gestört würde. Schließlich war Dresden keine fremde Welt. Dresden war der Ort, wo Stella geboren worden war und die Jahre ihrer Jugend verbracht hatte. Es wäre doch bestimmt schön, die Verbindung zu Dresden wieder stärker zu entwickeln. Während Stella darüber nachdachte, schöpfte sie Hoffnung, und ihre Irritation legte sich. Aber beim Weiterlesen kehrte die Angst verstärkt zurück. Und allmählich begriff Stella überhaupt erst, was da eigentlich geschehen war: Die Teilung Deutschlands in zwei Länder hatte tatsächlich stattgefunden. Es konnte nicht mehr lange dauern, und auch die jetzige Sowjetische Besatzungszone würde sich als deutscher Staat etablieren.

Angela schrieb zornig, dass die Briten und Amerikaner schon 1947 damit begonnen hatten, einen eigenständigen Staat in den westlichen Besatzungszonen zu forcieren. In der Sowjetischen Besatzungszone hingegen hatte man etwa zur gleichen Zeit Beratungen über eine Deutsche Demokratische Republik aufgenommen – die gesamtdeutsch angedacht war. Während die Westmächte auf eine Teilstaatenlösung hingearbeitet hatten, hatte die SED den Deutschen Volkskongress für Einheit und gerechten Frieden initiiert. So waren Sozialdemokraten und Kommunisten, die sich in einer Partei vereinigt hatten, als Verfechter der deutschen Einheit aufgetreten. »Schon am 6. Dezember 1947«, so schrieb Angela, »hat die SED Vertreter von Parteien und Massenorganisationen aus allen Besatzungszonen zum Ersten Deutschen Volkskongress nach Berlin eingeladen. Rund zweitausend Leute haben daran teilgenommen, die meisten aus der SBZ, der Sowjetischen Besatzungszone. Wichtigste Forderung des Gremiums war eine zentrale deutsche Regierung und die Ablehnung eines westdeutschen Teilstaates gewesen. Dies sollte den Außenministern in London vorgetragen werden, doch eine eigens zu diesem Zweck ernannte Delegation war dort nicht empfangen worden. Nicht empfangen, das stelle man sich einmal vor!

Auf dem Zweiten Deutschen Volkskongress im März 1948 war dann der Marshallplan abgelehnt worden, weil er Deutschland in einen begünstigten und einen wirtschaftlich schwächeren Teil trennen und außerdem Westdeutschland von Amerika abhängig machen würde. Es wurde stattdessen ein Volksbegehren zur deutschen Einheit beschlossen. Vor allem aber wurde der Erste Deutsche Volksrat gewählt, der aus dreihundert Mitgliedern aus der SBZ und weiteren hundert aus dem Westen bestand, um den gesamtdeutschen Anspruch zu unterstreichen. Du glaubst gar nicht, wie stark die Nachricht einer bevorstehenden Verabschiedung des Bonner Grundgesetzes im März in Dresden und in der übrigen SBZ für Unruhe gesorgt hat. Der Deutsche Volksrat hat sogar den ›nationalen Notstand‹ verkündet. Der Dritte Volkskongress ist einberufen worden und hat am 28. und 29. Mai 1949 getagt, wenige Tage, nachdem in der Bundesrepublik das Grundgesetz unterzeichnet und verkündet worden war. Auf der Tagung wurde der Verfassungsentwurf für ein einiges Deutschland mit nur einer Gegenstimme angenommen und der Zweite Deutsche Volksrat gewählt. Lydia und ihr Freund waren dabei. Lydia hat gesagt, sie will nie wieder zu den Deutschen zurück, die das gleiche System fortführen, das zu den Nazis geführt hat. Wo die Sozialdemokraten die Kommunisten diffamieren und die alten Nazis in den Ämtern bleiben und die alten Industriekapitäne, die Hitler an die Macht gehievt haben, ihren Einfluss allenthalben wiedergewinnen. Sie sieht voraus, dass es nicht lange dauern wird, und die Kommunisten werden verboten, und Nazi gewesen zu sein wird als Kavaliersdelikt angesehen werden, das niemanden hindert, eine politische oder wirtschaftliche oder juristische Machtposition innezuhaben. Wenn Lydia recht behält, will auch ich mit diesem Staat, der sich BRD nennt, niemals etwas zu tun haben.«

Schweren Herzens faltete Stella die Seiten sorgfältig und steckte sie wieder in die Umschläge zurück. In Gedanken ging sie die Treppen hinunter zu Lysbeth. Als sie unten feststellte, dass niemand da war, schüttelte sie den Kopf über sich selbst. Sie wusste doch, dass Lysbeth und Marianne noch in der Universität waren. Und Aaron war seit Juni in Wien. Es hatte ein Jahr lang gedauert, bis er so viel Geld beisammenhatte, dass er seine Arbeit für mindestens ein halbes Jahr aufgeben und auch Lysbeth ohne Einkommen in Hamburg allein lassen konnte.

Stella hatte sich gewundert, wie gelassen Lysbeth ihr diese Neuigkeit am Vortag unterbreitet hatte. Bisher hatte Lysbeth jede Trennung von Aaron als Drama empfunden, diesmal schien es sie nicht besonders zu beeinträchtigen. Sie war vor allem damit beschäftigt, sich auf ihr medizinisches Examen vorzubereiten.

In diesem Augenblick vermisste Stella ihre Schwester sehr. Lysbeth war so oft in der Lage gewesen, Stella die Augen für größere Zusammenhänge zu öffnen, so dass Stella ihre kleinlichen Ängste überwinden konnte. Lysbeth hatte immer einen klaren Blick für die Zukunft gehabt. Aber Lysbeth war nicht da.

Also ging Stella wieder nach oben und las Marthes Brief. Er war sehr lang, und er sprang zwischen allen möglichen Themen hin und her. Stella brauchte eine Weile, bis sie begriff, welches Anliegen Marthe dazu gebracht hatte, ihr zu schreiben.

Dritter hatte inzwischen die *Cap Arcona* verschrottet. Es war eine harte und anstrengende Arbeit gewesen. Ein Taucher war dabei ums Leben gekommen, weil ein Sprengkörper nicht explodiert war und er getaucht war, um eine Korrektur vorzunehmen. In diesem Augenblick allerdings ging die Explosion los. Im Schiffskörper hatte es noch viele Leichen gegeben, was die Bergung sehr beschwerlich machte. Dritter hatte die Stahlteile des Schiffes zerschnitten und sie für die Verschrottung vorbereitet. Als er allerdings kassieren wollte, machte die Firma Dahmen ihm eine unerwartete Gegenrechnung auf, da sie ihm die zur Verfügung gestellten Maschinen und das Karbid abzogen, das sie ihm als Grundstoff für die Herstellung von Brenngas zur Verfügung gestellt hatten. Zu guter Letzt blieb für ihn, der ja auch noch die Taucher und die Arbeiter bezahlen musste, nichts mehr übrig. Dritter war vor Gericht gezogen, aber der Prozess sah nicht gut aus für ihn, da die Firma Dahmen jedes Detail an Dritter gegen Quittung geliefert hatte, er seinen Vertrag aber nur per Handschlag besiegelt hatte.

Stella las mit zunehmender Befremdung Marthes detaillierte Ausführungen über Dritters wirtschaftliche Lage. Warum schrieb sie das? Marthe hatte es noch nie für nötig gehalten, sich in Dritters Transaktionen einzumischen, und sie hatte es als geradezu unter ihrer Würde gefunden, sich über irgendwelche finanziellen Schwierigkeiten Dritters mit seinen Schwestern auseinanderzusetzen. Stella blätterte die Seiten durch, die in dem Briefumschlag gelegen hatten, und da erst fiel ihr auf, dass die letzten Seiten von ganz anderer Qualität waren. Es waren maschinengeschriebene Durchschläge amtlicher Schreiben. Sie las die Überschrift, und ihr wurde kurz schwindelig. Die Zeilen tanzten vor ihren Augen. Es handelte sich um die Abschrift eines Protokolls von einem Prozess Maukesch gegen Wolkenrath vor dem Amtsgericht. Mit zitternden Fingern hielt sie das Durchschlagpapier hoch und las leise vor sich hin murmelnd: »Jetzt hat er also zugeschlagen.«

Am 27.5.1949
Amtsgericht Hamburg
Sache Maukesch gegen Wolkenrath

Erschienen im heutigen Termin bei Aufruf der Sache:
Seitens der Parteien: Kläger Jonathan Maukesch mit RA Dr. Uhle
Für Beklagte: niemand

Die Zeugen
Eckhardt Wolkenrath
Lysbeth Bleibtreu nicht erschienen
Stella Maukesch nicht erschienen

Die zu Vernehmenden erklärten auf Befragen:
Zur Person: Wolkenrath, Eckhardt, 54 Jahre alt, Kaufmann und Schädlingsbekämpfer
Der Kläger ist mein Schwager.
Der Beklagte ist mein Bruder.

Zur Sache: Ich vermag nur zu sagen, dass der Beklagte mir allgemein erklärt hat, dass er mangelhaft gelieferte Elektrodoppelkochplatten durch einwandfrei funktionierende Geräte zu ersetzen pflege. Sonst vermag ich nichts auszusagen.
Vorgelesen und genehmigt.

Zur Person: Maukesch, Jonathan, 58 Jahre alt, Kapitän, Kläger

Zur Sache:

Im Mai 1948 habe ich von dem Beklagten einen Elektroherd gekauft, der von ihm in acht bis vierzehn Tagen geliefert werden sollte. Es war keine Rede davon, dass die Lieferung von einer vorherigen VDE-Prüfung abhängig sei. Am 16.6.1948 erzählte mir meine Frau, dass der Beklagte wegen der Bezahlung angerufen habe, und ich habe darauf am gleichen Tage den Kaufpreis von 4500 RM ihm durch die Post überwiesen. Ich überreiche die fünf Posteinlieferungsscheine. Ich habe die Lieferung vom Beklagten schriftlich und telefonisch angemahnt bzw. durch meine Frau mahnen lassen. Ich habe ihn auch persönlich gesprochen. Er hat immer Ausflüchte gemacht.

Im April 1948 habe ich dem Beklagten auf seine Bitte 1500 RM zum Ankauf von Schweißgeräten geliehen. Meine Schwägerin Lysbeth Bleibtreu und meine Frau können das bezeugen. Die Rückzahlung sollte gleich nach der zu erwartenden Währungsreform erfolgen, und zwar im Verhältnis 1 zu 10, welches Verhältnis schon damals bekannt war.

Der Beklagte hatte im Mai 1948 eine Elektrodoppelkochplatte mir geliefert, welche ich weitergab. Sie wurde von meinem Abnehmer als nicht funktionierend gerügt, und ich habe sie zurückgenommen. Ich habe dieserhalb mit dem Beklagten gesprochen, und er hat sich bereit erklärt, mir dafür eine einwandfrei funktionierende zu liefern. Das war noch im Mai 1948.

1942 hat meine Frau in meiner Abwesenheit dem Beklagten eine Schreibmaschine geliehen. Bei dem großen Angriff auf Hamburg ist ihm angeblich die Schreibmaschine abhandengekommen. Ab 1944 hatte er mir immer wieder versprochen, mir dafür eine gleichwertige Schreibmaschine zu liefern. Von einer Firma Wolkenrath & Söhne GmbH ist mir jetzt im Laufe dieses Prozesses etwas bekannt geworden. Meine vorstehend geschilderten Abmachungen mit ihm habe ich mit ihm als Einzelkaufmann getroffen.

Stella dachte daran, wie Eckhardt und Cynthia sich gestern ihr gegenüber verhalten hatten, als sie nach ihrer Rückkehr beisammensaßen. Sie hatten Stella aufgeregt von einer seltsamen Begebenheit erzählt. Sie hatten am 8. Februar zwischen den U-Bahn-Haltestellen Schlump und Hoheluftbrücke unter der Moorkampbrücke auf die Straßenbahn gewartet und bemerkt, dass sich aus dem Fundament Steine lösten und die Brücke um rund einen Meter absackte. Gleichzeitig wie sie hatte ein anderer Mann das bemerkt, war zum Schlump gelaufen und hatte den Fahrdienstleiter gewarnt, der den Zugverkehr stoppte und damit eine Katastrophe verhinderte. Die Reparaturen dauerten Wochen. Der Mann, Bockholt hieß er, war daraufhin wie ein Held gefeiert worden. Die Moorkampbrücke hatte im Juni 1944 einen Volltreffer erhalten und war danach unzureichend repariert worden.

Stella war an jenem Abend schon erstaunt gewesen, wie emotional aufgewühlt Eckhardt und Cynthia darüber berichteten, nun war sie jedoch vollends verblüfft, dass sie mit keinem Wort erwähnt hatten, dass Jonny gegen Dritter vor Gericht gezogen war und Eckhardt als Zeuge ausgesagt hatte. Aber auch Lysbeth hatte nichts von einem Prozess erwähnt. Wieso? Und wieso lag bei Stellas sonstigen Briefen keine Vorladung zum Gericht?

Stella überflog die nächsten Seiten, eine Einladung an Dritter zu einer weiteren Verhandlung am 19. Juli in Bad Schwartau. Und sein Schreiben, dass er zu diesem Termin leider nicht erscheinen könne, da er gleichzeitig eine wichtige Verhandlung vor dem Militärgericht wahrnehmen müsse.

Stella blätterte zurück zu Marthes Brief. Jetzt verstand sie die ausführlichen Beschreibungen von Dritters wirtschaftlicher Lage. Er schien in wirklichen Nöten zu stecken. Dies bestätigte sich beim weiteren Lesen.

»Stella, du weißt, ich habe dich noch nie um einen Gefallen gebeten, und es fällt mir auch jetzt sehr schwer, als Bittstellerin aufzutreten. Aber Jonny hat angedroht, bei uns pfänden zu lassen. In diesem Fall sind wir unserer Existenzgrundlage beraubt. Ich bitte Dich unter Berücksichtigung dessen, dass wir die Einzigen sind, die den Namen der Familie Wolkenrath mit unseren drei Söhnen fortführen, dass Du bei Deinem Mann zu unseren Gunsten vorstellig wirst. Dritter wird ihm alles zurückgeben, aber Jonny soll seine Klage zurückziehen und vor allem von einem Gedanken an Pfändung absehen.«

Stellas Hände zitterten. Was sollte sie tun? Sie eilte noch einmal die Treppen hinunter. Vielleicht war Lysbeth ja inzwischen nach Hause gekommen? Aber niemand außer ihr war im Haus. Auch Renate war nicht da. Seit der Währungsreform hatte sich Renates Leben verändert. Sie war nicht mehr damit beschäftigt, auf Schwarzmärkten oder Hamsterfahrten für die Ernährung der Familie zu sorgen, doch sie hatte dabei so viele Interessenten für ihre Horoskope gefunden, dass sie nun einen riesigen Kundenstamm zu betreuen hatte. Sie hatte wieder damit begonnen, astrologische Gutachten auf schönem Papier anzubieten. Für die Ausarbeitung fehlte ihr aber die Zeit. Also hatte sie Marianne angestellt, die sich damit Geld verdienen konnte. Marianne machte es Spaß, die blumigen Charakterisierungen und Vorhersagen in Schönschrift auf edles Papier zu setzen. Außerdem war sie froh über die Geldeinnahme, konnte sie doch Lysbeth und Aaron etwas Miete für das Zimmer bezahlen und sich am Haushaltsgeld beteiligen. Lysbeth und Aaron wiederum waren dankbar für die finanzielle Unterstützung, weil Aarons Studien bei Frankl ihn das gesamte Geld kosteten, das sie zur Verfügung hatten.

Stella setzte sich zurück auf ihr Sofa. Gedankenverloren umschlang sie ein Kissen vor ihrem Bauch, als würde sie sich dann weniger verlassen fühlen. Grübelnd starrte sie vor sich hin. Niemand war da, dem sie sich anvertrauen konnte. Sie überlegte, zum Grab der Tante zu gehen. Die Tante hörte immer zu. Aber gab sie auch Antwort? Ja, Stella hatte dort vor dem Grab immer das Gefühl, dass auch Antwort kam. Aber sie konnte sich nicht aufraffen, das Sofa, das Zimmer, das Haus zu verlassen.

Sie fühlte sich entsetzlich einsam. Lysbeth hatte sich mit ihrem Studium sehr verändert. Allein schon, dass sie Aaron hatte gehen lassen. »Wir waren nie getrennt, bis er nach Theresienstadt transportiert wurde«, hatte sie zu Stella gesagt. »Aber jetzt ist es notwendig. Er will Neues lernen, und ich lerne Neues. Wir lieben uns, und wir sind verbundener denn je, aber jeder studiert an seinem Platz.« Stella staunte über ihre Schwester. Lysbeth war auch früher von Begeisterung dafür angetrieben gewesen, Menschen mit ihren medizinischen Kenntnissen zu helfen. Stella und auch Aaron hatten immer gewusst, dass Lysbeth durch die Lehren der Tante, durch ihre eigene Erfahrung und durch das geheime Studium an Aarons Seite einen riesigen Wissensschatz angesammelt hatte, aber Lysbeth hatte immer in zweiter Reihe gestanden, und sie hatte sich auch selbst immer ein wenig versteckt gehalten. Im Verlauf ihres Studiums aber hatte sie nun festgestellt, dass nur wenige ihrer Professoren ihr wirklich noch etwas beibringen konnten. Und einige ihrer Professoren interessierten sich offenbar für Lysbeth als eine ganz besondere Studentin. Jetzt stand Lysbeth nicht mehr in zweiter Reihe. Sie strahlte eine große Autorität aus. Sie wusste, was sie konnte, und sie wusste ebenso, was sie noch lernen wollte. Das verlieh ihr eine große Sicherheit bei der Auswahl ihrer Professoren. Lysbeth folgte ihrer Intuition gelassener denn je. Sie verstand Aarons Begeisterung für Psychologie aus tiefem Herzen, und insbesondere seine Begeisterung für Viktor Frankl konnte sie nachempfinden, aber sie selbst fühlte sich der Frauenheilkunde verpflichtet. Abtreibungen waren immer noch gesetzlich verboten und wurden unter abenteuerlichen Bedingungen durchgeführt, besonders jetzt zu einer Zeit, wo viele Frauen es sich wegen des harten Existenzkampfes nicht zutrauten, ein Kind in die Welt zu setzen. Dort sah Lysbeth ihre Aufgabe. Sie wollte Frauen in einer Gesellschaft helfen, in der die Frauen es schwerhatten, sich gut um ihre Gesundheit zu kümmern. Die Frauen schufteten, sie waren es, die die Familien, ja, die ganze Gesellschaft versorgten. Sie schafften die Trümmer weg, sie sorgten für die Kinder und für die Alten. Die Männer waren fort. Doch sobald sie zurückkehrten, beanspruchten sie wieder den Platz auf dem Thron. Und die Gesetze stützten das. Die Frauen hatten kein Recht auf ein eigenes Konto, sie durften keine wirtschaftlichen Entscheidungen ohne Zustimmung des Mannes fällen, sie durften nicht einmal arbeiten gehen, wenn der Mann es nicht wollte. Wenn der Mann handgreiflich wurde, hatte die Frau keine juristische Möglichkeit, dagegen vorzugehen. Und in diesen Zusammenhang gehörte auch, dass es strafbar war, Abtreibungen durchzuführen. Die Frauen waren nicht in der Lage, sich vor Schwangerschaften zu schützen, denn die Verhütung lag in den Händen der Männer, und sexuelle Befriedigung stand den Männern in der Ehe zu. Wenn eine Frau dann schwanger wurde, musste sie gebären. Das alles waren Zustände, die Lysbeth zornig machten und an deren Veränderung sie sich aktiv beteiligen wollte. »Es beglückt mich zutiefst«, hatte sie gestern in einem Gespräch mit Stella gesagt, »dass Marianne mit der gleichen Begeisterung und Empörung an meiner Seite steht. Ich glaube, genau so hat die Tante es sich gewünscht, als sie mir sagte, ich solle dafür sorgen, dass unser Frauenwissen nicht ausstirbt. Nicht nur Marianne wird mir dabei helfen, wir werden viele andere junge Frauen beeinflussen und unterrichten, das sehe ich vor mir.« »Und wenn die Tante es nicht genauso gewünscht hat, dann bestimmt so ähnlich«, hatte Stella gesagt, zu Tränen von der Zukunftsvision ihrer Schwester gerührt.

Sie bewunderte ihre Schwester. Aber sie merkte auch, dass Marianne und Lysbeth die Nähe hatten, die früher sie und Lysbeth verbunden hatte. Gleichzeitig hatte Marianne auch die Tochterrolle eingenommen, die früher Angela für Lysbeth gehabt hatte. Lysbeth hatte Angela ohne jedes Bedauern nach Dresden gehen lassen. Zweifellos liebte sie Angela, aber sie verstand, dass diese sich nach Dresden hingezogen fühlte zu einem Deutschland, das einen neuen, einen sozialistischen Weg gehen wollte. So hatte sie Angela nach Dresden gehen, ebenso wie sie Aaron nach Wien hatte ziehen lassen.

»Wir haben die Chance, uns noch einmal ganz neu zu definieren in dieser Zeit des Aufbruchs«, sagte sie zu Stella. »Wir können alle neu aufbrechen, einen neuen Weg einschlagen.« Stella fühlte sich eingeschüchtert von solchen Sätzen. Was war ihr Weg, außer dass er eindeutig an Anthonys Seite war? Auch Anthony schlug einen neuen Weg ein. Er war damit beschäftigt, einen Roman über Deutschland aus der Sicht eines Engländers zu verfassen. Er sprach so gut Deutsch, dass er sich mühelos verständigen konnte. Die Idee begeisterte ihn. Seinen ersten Roman hatte er aus der Sicht eines Jungen geschrieben, der in Afrika aufgewachsen war und nun auf die Schule in England geschickt wurde. Sein zweiter Roman, in dem auch Stella vorgekommen war, hatte von der englischen und deutschen Gesellschaft in Afrika gehandelt. Dieser nun spielte in dem Land der Besiegten, das mit dem Blick des Siegers betrachtet wurde, der eine deutsche Frau liebte und gewillt war, diesen liebenden Blick auf ihre Landsleute zu übertragen, ohne dabei die Geschichte zu verdrängen.

Das eine war Anthonys Leidenschaft. Das andere war Lysbeths Leidenschaft. Das Dritte war Aarons Leidenschaft. Das Vierte war Angelas Leidenschaft. Das Fünfte war Lydias Leidenschaft. Aber was war ihre, Stellas, Leidenschaft? War sie nicht einmal eine Frau voller Feuer und Begeisterung gewesen, eine Künstlerin, eine Sängerin mit komödiantischem Talent? Hatte sie nicht einmal gegen die Nazis konspiriert, einen jüdischen Juwelier unterstützt, sich von einer Nazi-Gräfin ihren Rubin von Sansibar wiedergeholt, hatte sie ihn nicht dieser Dame nach allen Regeln der Kunst gestohlen? War sie nicht einmal eine Teufelsbraut gewesen? Anthony hatte sie noch in Afrika so genannt, aber was war denn davon übriggeblieben?

In solch trüben Gedanken verloren, vernahm Stella nicht, wie sich die Tür zum Wohnzimmer öffnete. Sie schreckte erst auf, als Anthony sie umarmte. »Wovon träumst du?«, lachte er. Stella schluckte. »Von einem Leben weit weg …«, murmelte sie. Anthony musterte sie besorgt. Da griff sie nach dem Brief und las Anthony das Protokoll vom Amtsgericht vor. Er wurde blass. »Wozu ist er noch in der Lage?«, fragte er. Stella nickte bedrückt. Sie beratschlagten, was sie nun tun sollten. Zu guter Letzt entschieden sie, erst einmal nichts zu unternehmen. Alle Beteiligten hatten irgendwie Dreck am Stecken. Dritter hatte wieder einmal versucht, seinen Vorteil auf eine Weise herauszuschlagen, mit der er sich selbst gefährdete, und Jonny hatte versucht, Dritters Schwäche auszunutzen. Nun machte er der ganzen Familie Wolkenrath deutlich, dass er immer noch stark und gefährlich war.

»Du bist nicht mehr von seiner Gnade abhängig. Was soll er dir schon tun?«, beruhigte Anthony sie, als sie ihre dumpfe Angst schilderte, die sie nach der Lektüre des Briefes überfallen und irgendwie plötzlich dazu geführt hatte, dass sie ihr ganzes Leben in Frage stellte. »Schlimmstenfalls kann er versuchen, Dritter zu ruinieren, aber dein Bruder ist, glaube ich, auch nicht gerade auf den Kopf gefallen. Und wenn Jonny versuchen sollte, dir mit einem Scheidungsprozess zu schaden, bin ich damit nur einverstanden.« »Aber ich würde schuldig gesprochen, und Jonny würde sicher versuchen, so viel Geld wie möglich herauszuschlagen …«, gab Stella zu bedenken. Anthony lachte auf. »Ich bin ein reicher Mann, ich habe keine Angst davor, für dich einen Batzen Geld zu zahlen. In manchen Gebieten in Afrika zahlt man für eine Frau ein paar Kamele und einen Teppich und sonst noch was, einen Esel vielleicht.« Wieder lachte Anthony, so fröhlich, dass auch Stella leichter zumute wurde. »Du bist mir eine ganze Horde Kamele wert, my love. Aber ich fürchte, der dumme Jonny will lieber eine alte Schreibmaschine von deinem Bruder erpressen.« Anthony wurde ernst. »Was er ganz genau will, weiß ich allerdings nicht. Immerhin lebt er doch jetzt mit seiner Greta zusammen. Reicht ihm das nicht?«

Was Jonny eigentlich wollte, konnte auch Lysbeth nicht beantworten, als Stella ihr am Abend diese Frage stellte. »Ich werde künftigen Prozessen ebenfalls fernbleiben«, sagte sie. »Ich werde auf keinen Fall gegen meinen Bruder aussagen. Aber ich werde mir auch keine Mühe geben, Dritter irgendwie aus dem Schlamassel herauszuhelfen. Vielleicht lernt er ja dieses Mal, dass seine größenwahnsinnigen Höhenflüge ihn und seine ganze Familie gefährden.« Stella war sich nicht so sicher wie Lysbeth. Sie las der Schwester den Brief vor, und erst jetzt bemerkte sie den Schlusssatz, den sie bisher übersehen hatte. »Wir möchten Alex im Frühjahr nächsten Jahres nach Hamburg zu euch geben. Er soll aufs Gymnasium, und die Dorfschule hier kann ihn darauf nicht ausreichend vorbreiten. Da ist er bei euch in der Kippingstraße am besten aufgehoben.« Sie las den Absatz noch einmal laut, als hätte sie eben einen Fehler gemacht, den sie nun korrigieren wollte. Aber der Satz blieb der gleiche. Das Zimmer um sie herum veränderte sich, als kämen die Wände auf sie zu und die Decke auf sie nieder. Ihr Atem ging flach. Sie japste: »Der Junge ist acht Jahre alt. Die können den doch nicht einfach wegschicken. Was denken die sich denn dabei? Das mache ich nicht mit!« Lysbeth blickte zu Boden und sagte nichts. Stella flehte: »Lysbeth, sag was! Du machst Examen, Anthony schreibt ein Buch, Aaron ist nicht da, oder wenn er wieder da ist, arbeitet er. Die Einzige, die sich um den Jungen kümmern kann, wäre ich. Und ich will das nicht. Ich kenne den gar nicht. Und ich glaube, ich mag ihn auch nicht. Er ist so altklug. Er ist überhaupt nicht kindlich. Er ist …« Lysbeth legte ihre Hand auf Stellas. »Beruhige dich«, sagte sie sanft. »Niemand verlangt von dir, für Alex die Mutterrolle einzunehmen. Erstens sind Cynthia und Eckhardt noch da, und vielleicht hat Dritter das ja schon mit Eckhardt abgesprochen, die beiden sind doch so verbandelt im Augenblick.« Wieder war es Lysbeth gelungen, Stella etwas zu beruhigen. Das Zimmer nahm seine alte Form an, und Stella konnte wieder atmen. Trotzdem war nichts gut. »Der arme Junge«, stöhnte sie. »Das Ganze ist erst einmal nur eine Idee«, bestimmte Lysbeth. »Es ist nicht spruchreif. Das Haus ist ziemlich voll. Bevor hier ein Kind einzieht, müssen zumindest diejenigen zustimmen, bei denen er wohnen wird. Aber warum regst du dich bloß so schrecklich auf?« Stella sagte kleinlaut: »Ich weiß nicht. Es macht mir Angst. Ich glaub, ich muss erst mal zu meiner Tochter fahren und zu meiner Enkelin Kontakt haben und entscheiden, was wir miteinander teilen wollen, bevor ich mich um Dritters Kind kümmern kann.« Lysbeth umarmte sie. »Du solltest bald nach Dresden fahren«, sagte sie. »Ich glaube, das wird dir guttun.«

Aber Jonnys gerichtliche Schritte gegen Dritter hielten die Familie auch während der folgenden Monate in Atem. Im August wurde ein Vergleich zwischen den Beteiligten geschlossen, der allerdings Dritter zur Zahlung sämtlicher Gerichtskosten verpflichtete. Darüber hinaus übernahm Dritter die Rückzahlung der von Jonny geleisteten Beträge im Verhältnis 1 zu 10. Und er verpflichtete sich, eine Schreibmaschine zu erstatten. Marthe rief sie am gleichen Tag noch an und berichtete ihnen von dem guten Ausgang. Im September allerdings wurde Gerichtsvollzieher Wohlers von Jonnys Rechtsanwalt um Fortsetzung der von seinem Amtsvorgänger begonnenen Zwangsvollstreckung der Möbeleinrichtung ersucht.

An Dritters Geburtstag erschien Jonny bei Stella ohne vorherige Ankündigung und hielt ihr zornig einen Brief entgegen. Stellas Hand zuckte in einem plötzlichen Impuls, Jonny zu schlagen, als sie die Überschrift las.

Alexander Wolkenrath an Jonathan Maukesch

Der Brief war auf einem beeindruckenden Briefpapier geschrieben. Die Überschrift lautete: *Wolkenrath & Söhne* in üppiger geschnörkelter Schrift auf überaus wertvollem Büttenpapier. Darunter: Schleswig-Holsteinische Elektro-Fabrik GmbH, Ratekau

Verkaufsbüro Hamburg

Reichsbetriebs-Nr. 0 / 491 / 9960

Als Bankkonten wurden gleich vier aufgeführt: Holsten-Bank Filiale Lübeck, Handelsbank in Lübeck, Norddeutsche Bank Hamburg, Postscheck-Konto: Hamburg. Und sogar eine Telegramm-Adresse: Wolusö stand dort.

Kurz überfiel ein Lachreiz Stella, dann hatte sie sich wieder unter Kontrolle. »Lies du es mir vor.« Sie reichte Jonny den Brief zurück. »Er ist an dich adressiert.« »Lies selbst«, grollte Jonny. »Es ist dein Bruder.«

Stella überflog den Brief, atmete schwer, dann las sie ihn langsam und laut vor. Er begann ohne Anrede:

»Glaube mir, es fällt mir wirklich schwer, heute, einen Tag vor meinem Geburtstag, an Dich diesen Brief schreiben zu müssen. Alles, was früher lebenswert war, ist in der Zwischenzeit verwischt, und der pure Existenzkampf tobt über alles hinweg.

Du weißt, dass Du wegen Deiner Forderungen bei mir pfänden ließest.

Heute bekomme ich tatsächlich die Nachricht, dass am 28. September die Versteigerung sein soll. Ich muss Dich bitten, Deinem Anwalt zu schreiben, dass Du dieselbe aussetzen lässt. Gerade am Montag haben wir mit einer neuen Verschrottung auf der Insel Fehmarn begonnen, und so hoffe ich, schon in vierzehn Tagen meine ersten Gelder zu bekommen. Ich verspreche Dir, dass ich Dir alsdann zuerst einen Betrag als Akontozahlung zukommen lasse und dann nach weiteren vierzehn Tagen evtl. schon den Restbetrag. Sollte das noch nicht ganz möglich sein, so gebe ich Dir nochmals eine Akontozahlung und den endgültigen Rest acht bis zehn Tage später.

Ich habe vorläufig 60000 DM aus der Verschrottung Cap Arcona und Deutschland zu bekommen, wo bereits am 22.9.1949 vor dem Landgericht Lübeck ein Teilurteil erfolgt. Wieweit ich hier fest damit rechnen kann, weiß ich noch nicht, weil ich annehme, dass der Beklagte evtl. Berufung einlegen wird. Eins steht aber fest, dass ich jetzt endlich an neuen Aufträgen arbeite und somit in Kürze aus meiner bedrängten Lage herauskomme. Ich hoffe, dass Du wenigstens die Freundlichkeit besitzen wirst, sofort dem Gerichtsvollzieher Herrn Wohlers mitzuteilen, dass du die Versteigerung bis auf weiteres aussetzen lässt. Ich werde Stella – oder Greta – für das Entgegenkommen am Ende der Woche einen Brathahn mitbringen, welchen wir nicht auf das Fleisch anrechnen, welches Du noch von mir bekommst. Diese Verpflichtung werde ich abtragen, wenn wir im Dezember schlachten, so dass auch hier reiner Tisch ist. Ich hoffe, dass Du sofort nach Erhalt dieses Briefes die Einstellung erledigst, damit mir hier keine weiteren Unkosten entstehen.

Mit Gruß

Unter dem Brief stand in Jonnys Handschrift: »Schreibmaschine?

Sicherheiten?« Dieses Wort hatte Jonny unterstrichen.

»Pfändung vorläufig Termin verschieben 5. Okt.

Der Termin der Pfändung wird nur aufgeschoben, wenn Du mir konkrete Vorschläge machst und Sicherheiten leistest.

Sämtliche Unkosten des Rechtsstreites bezahlst Du, außerdem verlange ich meine Schreibmaschine und die Unkosten, die mir entstanden sind, weil ich keine Maschine zu Hause hatte.«

Stella blickte von dem Brief auf und Jonny direkt in die Augen. »Ja und«, sagte sie von oben herab. »Was hab ich damit zu tun?« Mit Genugtuung bemerkte sie, dass Jonny einen Moment lang unsicher wurde, aber sofort hatte er sich wieder gefangen. »Es ist dein Bruder«, knurrte er. »Er hat mich beschissen, wo er nur konnte, und jetzt schreibt er diesen Jammerbrief. Auch noch zu seinem Geburtstag. Vielleicht hast du dazu ja etwas zu sagen.« Stella überlegte. Was sollte sie sagen? Bitte, lieber Jonny, lass meinen armen Bruder in Ruhe. Nein, sie würde nicht jammern. Wenn er das erreichen wollte, hatte er sich geirrt. »Nein«, entgegnete sie langsam und betonte jedes Wort. »Ich habe dazu nichts zu sagen. Du hast deine Geschäfte mit ihm wohl ebenfalls als Privatmann gemacht. Ich habe damit nichts zu tun.« Ihr Gesicht war starr, und aus ihren Lippen war das Blut gewichen, als sie hinzufügte: »Und jetzt entschuldige mich bitte, ich habe etwas vor und will mich umkleiden. Herzliche Grüße an Greta.«

Jonny knallte die Tür hinter sich zu und stapfte schweren Schrittes die Treppe hinunter. Stella zweifelte plötzlich, ob sie richtig gehandelt hatte. Jonny war wie eine Giftschlange. Wenn man aus Versehen drauftrat, biss sie zu. Was will er bloß?, fragte sie sich. Ist er in solchen Existenznöten, dass er um jeden Groschen prozessieren muss? Sie konnte sich das schwer vorstellen, Jonny hatte immer genug Ersparnisse gehabt, und auch wenn er jetzt kein Einkommen hatte, so hatte er doch immer noch seine Verbindungen. Außerdem hätte er doch vielleicht mehr Ertrag davon, wenn er weiterhin mit Dritter Geschäfte betrieben hätte.

Als sie mit Lysbeth und später mit Renate Wenz darüber sprach, meinten beide, sie solle sich nicht täuschen. Greta sei ebenfalls arbeitslos, Jonny musste auch das Mädchen noch ernähren, die Wohnung zahlen, alle sonstigen Ausgaben tragen. »Außerdem ist er diese Einflusslosigkeit, in der er im Augenblick lebt, nicht gewohnt. Da muss er sich bestimmt vieles verschaffen: erstens Geld und zweitens das Gefühl von Bedeutung.« »Außerdem«, meinte Renate Wenz trocken, »wer wird schon gern beschissen, sag ich immer. Betrogen zu werden hat noch seit jeher Menschen zu üblen Rachephantasien angestachelt. Warum sollte Jonny sich in so einem Fall wie ein Engel verhalten?«

Als Stella das hörte, wurde ihr mit einem Mal ganz leicht zumute. Ja, da geschah nicht plötzlich etwas entsetzlich Bedrohliches in ihrem Leben, sondern etwas ganz normal Menschliches. Jonny war nicht der Erste, den Dritter betrog. Sie erinnerte sich daran, dass Dritter damals sogar versucht hatte, Eckhardt die Vaterschaft für ein von Dritter gezeugtes Kind zuzuschanzen. All diese großen und kleinen Betrügereien gingen manchmal gut, und manchmal geriet er an jemanden wie Jonny, der sich wehrte. Stella merkte, dass sie an der ganzen Geschichte vor allem bedrückt hatte, dass Jonny immer noch ihr Mann war und während der Kriegsjahre zunehmend auch ihr Freund geworden war. Dass sie ihn nun wieder für einen Feind halten musste, hatte in ihr ein Gefühl großer Bedrohung erzeugt. Das schwand nach Renates Worten für eine ganze Weile.

Als Anfang Oktober der Prozess gegen die Werftbesitzer Rudolf und Walther Blohm ebenso wie gegen den früheren *Blohm & Voss*-Direktor Heinrich Lorenzen und den Betriebsleiter Otto Dalldorf begann, entwickelte Stella auch wieder eine größere Milde ihrem Bruder gegenüber. Rudolf und Walter Blohm hatten versucht, aus der Demontagemasse ihrer Firma Maschinen beiseitezuschaffen. Im Frühjahr 1948 war unter der Leitung der zwei früheren *Blohm & Voss*-Direktoren die *Bau- und Montage GmbH* in Altona gegründet worden, die dreihundertfünfzig ehemalige Werftarbeiter im Wohnungsbau beschäftigte. Währenddessen ging bei *Blohm & Voss* die Demontage weiter. Dalldorf hatte nun dafür gesorgt, dass fünfundsechzig Maschinen und einhundertfünfunddreißig Maschinenteile der *Bau- und Montage GmbH* zugeführt wurden und mittels falscher Papiere als »aus der Ostzone angekauft« deklariert wurden.

Wahrscheinlich ist es so, dachte Stella, dass die Nazizeit und dann der Schwarzmarkt einfach dafür gesorgt haben, dass jeder versucht, seinen Vorteil zu ergattern, gleichgültig, ob es irgendjemand anderem schadete. Genauso macht es Dritter, so hat er es bei den Versteigerungen jüdischen Vermögens gemacht, so hat er sein Haus bekommen, und so ernährt er jetzt seine Familie. Jonny demgegenüber hat so Geschäfte mit den Afrikanern gemacht und war dafür, dass Deutschland die ganze Welt schlucken sollte, und jetzt kämpft er darum, dass Dritter nicht sein Erspartes schluckt. Eigentlich passt das alles irgendwie zusammen.

Im November verurteilte der britische High Court die beiden Werftbesitzer zu einer Geldbuße von je 5000,– DM. Die Direktoren erhielten je zwölf Monate Gefängnis ohne Bewährung, zwei weitere Angeklagte Haftstrafen auf Bewährung. Der Prozess sorgte weit über Hamburg hinaus für Aufsehen, selbst Angela ging in einem ihrer Briefe darauf ein, indem sie darüber schimpfte, dass auch hier wieder die Drahtzieher, die Werftbesitzer, besser weggekommen seien als die Direktoren, die doch nur deren Marionetten gewesen seien.

Etwa um die gleiche Zeit, als das Urteil in dem *Blohm & Voss*-Prozess gefällt wurde, verkündete Jonny ihr mit leiser Stimme und süffisantem Lächeln, dass Dritter ihm seinen Anteil am Haus in der Kippingstraße als Sicherheit überschrieben habe. Stella erschrak so sehr, dass sie zu zittern begann. Aber sie ging mit keinem Wort darauf ein.

Erst als Jonny das Haus verlassen hatte, stürmte sie zum Telefon, rief in Ratekau an, verlangte, unverzüglich mit ihrem Bruder zu sprechen und schrie, als sie Dritter an der Leitung hatte: »Wie kannst du wagen, unser Haus an Jonny zu verscherbeln? Mutter hat dafür gesorgt, dass unser nichtsnutziger Vater mit seinen dubiosen Geschäften keinen Zugriff auf das Haus hatte, Johann ist enterbt worden, und jetzt gibst du das Haus einfach so weg? Das ist eine unglaubliche Unverschämtheit! Das werde ich nicht zulassen!« Als sie nach Luft schnappte, sagte Dritter mit sehr ruhiger Stimme: »Es ist eine Sicherheit, Stella, er hätte mir sonst sämtliche Büromöbel gepfändet, die Zeichenbretter, die Schreibmaschine, alles. Ich hätte einpacken können. Aber ich werde ihm alles zurückzahlen. Keine Sorge. Es geht ja nur um ein Viertel des Hauses, das ich ihm als Sicherheit überschrieben habe. Das steht in keinem Verhältnis zu dem, was ich ihm schulde, es ist viel, viel mehr. Aber es war die einzige Möglichkeit, ihn von der Versteigerung abzuhalten.« »Und wenn du aus deinen Schwierigkeiten nicht rauskommst?«, fragte Stella beklommen. Das Schweigen am anderen Ende der Leitung zeigte ihr, dass Dritter auf diese Frage keine Antwort hatte. »Ich werde ihm sein Geld zahlen«, wiederholte er eindringlich. »Das musst du mir glauben!«

36

Im Januar 1950 herrschte große Aufregung in der Kippingstraße. Ein Heiler aus London, Mr. John Thomas, kam zu Besuch. Renate, Aaron, Lysbeth und auch Anthony fieberten dem entgegen.

Renate hatte ihn im vergangenen Oktober aufgesucht, weil er ihr von einer ihrer Klientinnen empfohlen worden war, deren übel juckende Hautkrankheit er in nur einer einzigen Behandlung geheilt hatte.

Renate selbst hatte seit Monaten unter scheußlichen Schulterschmerzen gelitten, so schlimm, dass sie den rechten Arm nicht mehr richtig hatte heben können und beim Einschlafen Schwierigkeiten hatte, eine einigermaßen erträgliche Lage zu finden. Sie war eine von vielen Heilungssuchenden gewesen, die John Thomas im Oktober in den Räumen des Heilpraktikers Adolf Dibbern am Neuen Wall 44 aufgesucht hatten.

Zu Beginn der Behandlung hatte er erklärt: »Meine Behandlung erfolgt am ›Astralleib‹ des Patienten.« Renate war belustigt gewesen, was sollte das denn bedeuten? Sie kannte sich aus damit, Menschen mit Versprechungen und Voraussagen an der Nase herumzuführen. Aber was soll schon geschehen?, hatte sie sich beruhigt. Schlimmer kann der Arm auch nicht werden, wenn der Engländer hier ein bisschen Hokuspokus veranstaltet. Doch dann behandelte er sie, und ihr wurde heiß und seltsam, und sie befürchtete, in Tränen auszubrechen. Kaum war sie nach der Behandlung zu Hause angelangt, warf sie sich aufs Bett, weinte ein wenig und schlief ein. Sie wachte erst am darauffolgenden Morgen um 9.00 Uhr auf. Das Ganze war ihr sehr unheimlich. Dann trat sie ins Badezimmer, griff nach ihrem Kamm und hob den Arm. Sie starrte in den Spiegel und konnte es nicht glauben. Sie konnte den rechten Arm wieder genauso heben wie den linken. Nichts schmerzte.

Sie schrie auf, eilte zu Stella und rief in einem Ton, als wäre sie in Lourdes geheilt worden: »Ich kann wieder den Arm heben, ich kann wieder den Arm heben!« Stella betrachtete sie, als hätte sie den Verstand verloren. Aber als Renate ihr alles erklärte und den Namen des Heilers nannte, wurde sie ganz aufgeregt. Sie meinte, diesen Namen schon einmal gehört zu haben, und zwar im Zusammenhang mit der Heilung von Angelas Augen.

Als sie Anthony später fragte, bestätigte er ihre Vermutung. Und als er Anfang Januar erfuhr, dass John Thomas wieder nach Hamburg kommen würde, wollte er ihn unbedingt treffen, um mit ihm über seinen Roman zu sprechen. John Thomas war Engländer wie Anthony, auch er erlebte die Deutschen aus der Nähe und nahm sie doch als Fremder wahr.

Bei seinem ersten Aufenthalt in Hamburg vor einem Vierteljahr hatte sich John Thomas bereitwillig den Zeitungen und der Ärzteschaft gestellt. Die Presse hatte sehr unterschiedlich gestimmte Berichte über seine seltsame Heilmethode der messerlosen »Geisteroperation« veröffentlicht. Die offiziellen Stellen der Hamburger Ärzteschaft hatten es abgelehnt, sich mit Mr. Thomas zu befassen. Aaron und Lysbeth hingegen wussten, dass Krankheit mehr war, als mit Operationen und Medikamenten behandelt werden konnte. Aaron war Weihnachten aus Wien zurückgekehrt und hatte seine Arbeit in der Praxis seines Freundes wiederaufgenommen. Er hatte während seiner Studien in Wien noch tiefer begriffen, wie mächtig die menschliche Seele war, wie stark sie auf den Körper einwirkte. Nun wollte er das Gelernte erst einmal in seiner ärztlichen Tätigkeit anwenden, wieder Geld verdienen, bei Lysbeth sein und dann vielleicht in einem Jahr abermals zu Viktor Frankl fahren, dem er sich inzwischen auch freundschaftlich verbunden fühlte.

Lysbeth war vor Jahren schon Mitglied im *Homöopathischen Verein* geworden. Dieser Verein hatte John Thomas im vergangenen Oktober nach Hamburg eingeladen. Dieser Verein war auch sehr aktiv gewesen, um wenigstens einige Ärzte für Thomas' sehr ungewöhnliche Heilungsmethode zu interessieren. Und so hatten sie eine unabhängige ärztliche Kommission zustande gebracht, die die von Thomas behandelten Patienten untersuchen wollte.

Achtzig Prozent der hundertzwölf von ihm im Oktober behandelten Patienten hatten sich von dieser Kommission nachuntersuchen lassen. Die Ärzteschaft war völlig überrascht über das Ergebnis. Bei einem Drittel der Kranken bestätigten die Ärzte die vollständige Heilung. Bei einem weiteren Drittel erkannten sie heilende Fortschritte an. Zum Rest der vorgeführten Patienten konnte sich die Kommission nicht äußern, da die zum Vergleich notwendigen Krankengeschichten nur unvollständig zur Verfügung standen.

Eine weitere Ärztekommission beabsichtigte, sich Ende Januar mit den von John Thomas behandelten Patienten zu beschäftigen. Aaron hatte sich der Kommission angeschlossen. Er war fasziniert davon, wie es einem Menschen gelingen konnte, allein durch Handauflegen oder Manipulationen an der Aura eines Menschen schwere Krankheiten zu heilen.

John Thomas war im Oktober so erfolgreich gewesen, dass sich im Januar sechshundert Kranke schon im Voraus angemeldet hatten, darunter auch Holländer, Belgier und Dänen. Aber nachdem er ungefähr hundert behandelt hatte, griff die Gesundheitsbehörde ein und verbot ein weiteres Praktizieren. Ein Sturm der Entrüstung setzte ein. Gesundheitsminister Senator Schmedemann begründete das Verbot mit den in Hamburg gültigen Gesetzen. Das Heilpraktikergesetz, auf das sich

Schmedemann berief, war 1939 von den Nazis in Kraft gesetzt worden. Danach durften nur diejenigen Nichtmediziner Kranke behandeln, die 1939 als Heilpraktiker in Deutschland zugelassen gewesen waren.

Den Wortlaut des Gesetzes, das der Naturheilkunde seit elf Jahren den Nachschub abschnitt, konnte der englische Heiler selbstverständlich nicht erfüllen. Der Präses der Hamburger Gesundheitsbehörde, Professor Knaak, sprach der Presse gegenüber entschiedene Worte: »Wir werden mit allen uns zur Verfügung stehenden Mitteln zu verhindern wissen, dass Mr. Thomas ohne unsere Erlaubnis weiter Kranke behandelt.«

Aaron war sehr enttäuscht, als klarwurde, dass die Ärztekommission, der er sich angeschlossen hatte, keine Untersuchungen mehr durchführen konnte. Aber bevor Mr. Thomas abreiste, kam der englische Geistheiler noch zu einem Besuch in die Kippingstraße, was wohl vor allem auf Anthonys Intervention zurückging, denn Anthony Walker war eine bekannte literarische Größe in England, und John Thomas fühlte sich wahrscheinlich ebenso geehrt, von Anthony eingeladen zu werden, wie es die Bewohner in der Kippingstraße taten, weil John Thomas sie besuchte.

Sie verbrachten einen wundervollen Abend miteinander, der für alle noch lange nachhallen würde. John Thomas erzählte, dass er von seinen medizinischen Kollegen in England durchaus anerkannt war. Aaron stimmte lächelnd zu: »Wer heilt, hat recht, das ist eine medizinische Weisheit. Und wir müssen einfach zugeben, dass Medizin auf Erfahrung beruht. Vieles können wir nicht erklären, wir können nur die Wirkung auf ihre Zuverlässigkeit testen.«

Stella erzählte von ihrer Tochter, und zu ihrem großen Erstaunen erinnerte sich John Thomas genau an Angela. Er war hochbeglückt zu hören, dass sie zwar mit Hilfe einer Brille, aber dennoch wunderbar sehen konnte. Aaron berichtete von Viktor Frankl: »Er vertritt die Auffassung, dass ein Mensch, um gesund zu bleiben, einen Lebenssinn braucht, der ihm in der Tiefe seiner Seele Halt gibt. Und der tiefste Lebenssinn ist die Liebe, die die menschliche Seele heilen kann.« John Thomas stimmte ihm begeistert zu mit den Worten, dass das, was er tue, letztlich genau dasselbe sei. Er handle aus menschlicher Nächstenliebe mit der Unterstützung der Kräfte, die sich ihm mit ihrer liebenden Energie zur Verfügung stellten, und was er entferne, seien all die dunklen Ablagerungen im Astralkörper, die sich durch Hass und Rache und Verachtung und

Ähnliches gebildet hätten. Es gehe letztlich um Schwingung, erklärte er, und da treffe er sich eben mit den Homöopathen.

Renate Wenz, die aufgrund ihrer eigenen Heilung eine glühende Anhängerin von Thomas geworden war, unterstützte seine Auffassung. »Es ist wie mit meiner Arbeit. Nicht die Sterne beeinflussen das Leben der Menschen. Es ist ihr Glaube daran, dass die Sterne das Leben lenken. Und wenn ich ihnen erzähle, was in ihrem Leben jetzt von Bedeutung ist, lenken sie ihre Aufmerksamkeit von selbst dorthin. Früher habe ich das gemacht, um den Nazis zu schaden, ihnen Angst zu machen, jetzt bereitet es mir große Freude, den Leuten den Rücken zu stärken und gerade den Frauen Mut zu machen.« »Ja«, nickte Lysbeth, »dabei müssen wir alle mitwirken. All die Stärke, die sie in den vergangenen Jahren entwickeln mussten, sollen die Frauen einsetzen, um einen neuen Weg zu gehen, wo die Männer nicht mehr die Macht über sie haben.« »Hört, hört!«, rief Anthony aus, »die Suffragetten sind unter uns!« Aaron und John Thomas nickten schmunzelnd.

Der Abend verlief angeregt und lebhaft. Aus unterschiedlichen Richtungen, in unterschiedlicher Sprache trafen sich alle in der gemeinsamen Überzeugung, dass es fatal wäre, die Heilung von Menschen und der Gesellschaft insgesamt medizinischen oder politischen Dogmen zu überlassen.

Stella hörte interessiert zu, sagte selbst aber wenig. Sie hatte im Dezember einen Zonenpass beantragt und erhalten und war als Einzige aus der Familie zwischen Weihnachten und Neujahr nach Dresden gefahren. In der Zwischenzeit, im Oktober 1949, hatte sich auch die DDR gegründet mit einer Verfassung, die zwar immer noch die deutsche Einheit als Ziel auswies, aber dennoch war damit der Traum von einem einheitlichen antifaschistischen Deutschland ausgeträumt. Stella war überwältigt von der kleinen Kommune, die sich auf dem ehemaligen Hof von Helga und Helmut entwickelt hatte. Das waren lauter Menschen, die für irgendetwas brannten. Sie hatte zwar schon damit gerechnet, dass Lydia nicht besonders gealtert war, aber die Lydia, die sie antraf, erschreckte sie geradezu in ihrer Schönheit und Vitalität. Dabei waren all die Dinge, die sie noch in Hamburg gepflegt hatte, vollkommen von ihr abgefallen. Sie schminkte sich nicht mehr, und sie hatte ihre Haare einfach lang wachsen lassen. »In Ermangelung eines anständigen Friseurs in Dresden«, hatte sie Stella lachend erklärt. Sie war über siebzig Jahre alt, trug ungefärbte graue lange Haare, die sie oft zu einem Zopf flocht, stapfte auf dem Hof in Gummistiefeln und unförmigen Hosen herum, die sie gegen flache grobe Stiefel auswechselte, wenn sie gemeinsam mit ihrem Freund in die Stadt fuhr.

Ihr Freund war, daran erinnerte Stella sich noch von ihrer Fluchthilfe, ungefähr in Stellas Alter, aber Lydia und er wirkten in jeder Hinsicht unglaublich stimmig und passend miteinander. Stella fühlte sich auf dem Hof ohnehin nicht sehr stark, eher wie ein Fremdkörper, und das sinnleere Gefühl, das sie seit einiger Zeit bereits belagerte und das Weihnachten noch durch Aarons begeisterte Berichte über Viktor Frankls Therapieansatz verstärkt worden war, wandelte sich hier in einen dumpfen Schmerz, der sich vertiefte, wenn sie Lydia begegnete.

Stellas Tochter Angela wirkte überfordert und zerrissen. In England hatte Anthony viel von ihr abgeschirmt und dafür gesorgt, dass sie mit den Kindern Erleichterungen erhielt. Sie war ihm zwar dankbar gewesen, hatte sich aber in die englische Gesellschaft nie wirklich integriert. In Dresden fühlte sie sich zwar am richtigen Platz, sie wollte mitwirken, diese Deutsche Demokratische Republik zu einem sozialistischen Musterstaat zu machen, in dem Frauen die gleichen Rechte hatten, Künstler experimentieren konnten, Toleranz herrschte und faschistischen Gedanken der Nährboden entzogen war, aber sie sehnte sich nach Bobby. Außerdem empfand sie eine große Verpflichtung Helene und Philip gegenüber und wusste nicht, wie sie für die beiden richtig sorgen konnte. Hinzu kam, dass Roberta eine Dorfschule besuchte, in der sie weit unter dem gefordert und gefördert wurde, was sie leisten konnte und was Angela sich an Bildung für ihre Tochter vorstellte.

Angela strahlte Zorn und Bitterkeit aus, und es kam Stella so vor, als verliefe in ihrer Tochter die Grenze zwischen den beiden deutschen Staaten; diese Grenze verlief mitten durch ihr Herz und durch ihren Körper. Angela brannte für den Sozialismus, das war die Perspektive, für die sie ihr Leben in Spanien und später gegen das Nazideutschland riskiert hatte. Sie liebte jedoch auch Bobby. Ihr Körper verlangte nach ihm. Aber er hatte ihr deutlich mitgeteilt, dass er nach London zurückgehen werde, sobald sein Dienst in Deutschland beendet sei, und das war im Grunde bereits nach der Gründung der BRD gewesen.

Bobby hatte Angela einige Male in Dresden besucht, und er war dort sehr misstrauisch beäugt worden. Die Dresdner kannten keine farbigen Menschen. Deren Musik war ihnen noch aus Nazizeiten suspekt, und in den Jahren nach dem Krieg hatten sie in dieser Hinsicht keine neuen

Erfahrungen gemacht. Bobby hatte Angela gebeten, ihn zu heiraten und mit ihm nach London zu ziehen. Angela wiederum hatte ihn gebeten, wenigstens für eine Weile den Versuch zu unternehmen, mit ihr in Dresden ein neues Leben aufzubauen. Sie hatte sich bereit erklärt, mit ihm nach London zu ziehen, wenn sich für ihn in Dresden als Musiker keine Perspektive ergeben würde. Sie hatte Anthony als Vorbild genannt. Beide hatten sich nicht entscheiden können.

Doch selbst in dieser Zerrissenheit hatte Angela etwas, das sie in der Tiefe ihres Wesens antrieb, das sie ausmachte, das ihr einen Lebenssinn gab. Und genau das, so empfand Stella von Tag zu Tag mehr, fehlte ihr selbst.

Seit Aaron über Frankls Psychologie sprach, in der es um Lebenssinn und Liebe ging, suchte Stella vergeblich in sich selbst. Ja, sie liebte Anthony, und sie liebte Angela, und sie liebte, erstaunlich, da sie das Mädchen kaum kannte, aber dennoch: sie liebte sie, Roberta. Selbstverständlich liebte sie auch ihre Schwester, und auch Aaron hatte sie in ihr Herz geschlossen, und sie liebte sogar Dritter, diesen Filou von Bruder, und sie hatte auch Nähe und Wärme für Lydia empfunden, die sie schon so lange kannte und die irgendwie zu ihrer Familie dazugehörte, ja, Stella liebte sogar Eckhardt, weil er ihr Bruder war und weil sie ihn in seiner ganzen traurigen Entwicklung verstand, und wahrscheinlich würde sie sogar ihren schrecklichen Bruder Johann lieben, wenn er denn irgendwie zu ihrem Leben dazugehört hätte, aber das alles schien ihr nicht ausreichend für einen wirklichen Lebenssinn.

An diesem Abend sprachen John Thomas und die anderen darüber, was mit ihnen selbst passierte, wenn sie anderen halfen, wenn sie heilten, wenn sie irgendwie daran beteiligt waren, die Welt zu verändern, die Menschen, mit denen sie zu tun hatten, irgendwie in ihrer Seele, in ihrem Körper heiler, gesunder, menschenfreundlicher machten. Anthony beteiligte sich an diesem Gespräch, denn er wollte mit seiner Literatur die Menschen aufklären, toleranter, liebender machen. Während dieses Gesprächs fiel Stella in das tiefe Schwarz der Selbstverneinung. Was kann ich schon?, sagte sie zu sich. Ich konnte einmal singen, ein bisschen auf dem Klavier klimpern, die Menschen zum Lachen und manchmal auch zum Weinen bringen. Aber all das interessiert heute niemanden mehr. Heute geht es um wichtigere Dinge, nicht um Lachen und Tanzen, sondern um Lebenssinn und den Aufbau einer neuen Welt. Dazu habe ich gar nichts beizutragen.

Als Anthony und sie spätnachts im *Hotel Prem* im Bett lagen, sagte Stella: »Ich finde, wir ziehen hier morgen aus. Ich will wieder zu Hause wohnen. Jonny hat auch ein Zuhause. Ich will auch ein Zuhause haben.« Anthony stimmte begeistert zu. »Ich habe nicht gewagt, das vorzuschlagen, aber ich frage mich schon lange, wieso wir dort nicht schlafen können.« Also war es entschieden. Am nächsten Tag bereits bezogen sie das Schlafzimmer in der Kippingstraße, in dem bislang Stella mit Jonny geschlafen hatte.

Dieser Umzug bewirkte nichts Wesentliches in Stellas Gefühl von Lebenssinn, aber sie fühlte sich wenigstens wieder zu Hause. Sie merkte, wie sehr sie es vermisst hatte, am Abend geborgen in ihrem eigenen Bett einzuschlafen und am Morgen darin aufzuwachen, und sie konnte erst jetzt in voller Süße genießen, dass in diesem Bett bei ihr der Mann lag, den sie liebte. Ganz allmählich sickerte wieder ein neues Lebensgefühl in Stella, es wurde wieder heller in ihrem Herzen, und sie begann, ohne es geplant zu haben, sich ein paar Gedichte vorzunehmen, die sie liebte, und dazu auf dem Klavier kleine Lieder zu spielen.

Dieses neue Gefühl brach schlagartig in sich zusammen, als im März ohne besondere Ankündigung Dritter seinen Sohn Alex in die Kippingstraße brachte. Alex sollte auf die Prüfung zur Aufnahme aufs Gymnasium vorbereitet werden, und das, so erklärte Dritter, sei nun einmal in Ratekau schwer möglich. Dritter appellierte nicht einmal an Familienbande, er setzte sie einfach voraus. Und Cynthia und Eckhardt hatten offenbar bereits ihr Einverständnis gegeben. Cynthia teilte mit: »Ich werde dafür sorgen, dass der Junge die Prüfung zur höheren Schule erfolgreich absolviert. Und dann sorge ich dafür, dass er Abitur macht. Immerhin habe ich damals die Reifeprüfung abgelegt, und das ist schließlich etwas anderes als eine nachträgliche Prüfung für sogenannte Begabte.« Stella sah, wie Lysbeth zusammenzuckte, und wieder einmal flammte in ihr Mordlust ihrer Schwägerin gegenüber auf. Da fuhr Cynthia fort: »Ich weiß, was in der Schule verlangt wird, und ich werde mich täglich mit dem kleinen Alexander hinsetzen und seine Hausaufgaben überprüfen. Wer außer mir ist für diese Aufgabe auch geeignet?« Sie blickte von oben herab auf Stella und Lysbeth. Stella fauchte: »Niemand ist dafür so gut geeignet wie du. Und ich wünsche dem Kleinen von Herzen, dass er das Ganze gut überlebt!« Sie drehte sich auf dem Absatz um und rauschte nach oben. Hinter sich vernahm sie das schnalzende Geräusch von Cynthias Lippen, die auf diese Weise ausdrückte, wie unpassend sie Stellas Verhalten fand. Und sie hörte, wie Lysbeth ruhig sagte: »Dritter, du hast uns diese Suppe eingebrockt, ich hoffe, es wird für deinen Sohn nicht allzu schwer sein, sie wieder auszulöffeln.« Dann klackte eine Tür, und Lysbeth war offenbar nach unten gegangen.

In das bereits ziemlich gelichtete Warenlager von Eckhardt und Cynthia wurde ein Bett für Alex gestellt. Dritter ging sowohl zu seiner einen Schwester nach oben als auch zu der anderen nach unten, um an beide zu appellieren, seinem Sohn zur Seite zu stehen, ungeachtet irgendwelcher Animositäten Cynthia gegenüber. Beide reagierten versöhnlich und verabschiedeten Dritter vor dem Haus, als dort ein junger Mann in Dritters Auto vorfuhr, um ihn nach Ratekau zurückzukutschieren. Zum Abschied schlug Dritter seinem Sohn kräftig auf die Schulter: »Mach's gut, mein Junge! Ich komm dich bald wieder besuchen!«

Stella sah, wie der Junge schluckte, aber keine einzige Träne vergoss. In all der Hektik während der vergangenen zwei Tage, wo es ausschließlich um Alex gegangen war, hatte sie keine Gelegenheit gehabt, mit Dritter darüber zu sprechen, wie es mit ihm und seinen Geschäften stand. Es schien ihr auch, als wäre ihr Bruder einem Gespräch darüber aus dem Weg gegangen.

Sie war die Einzige, die davon wusste, dass Dritter seinen Anteil am Haus an Jonny überschrieben hatte für den Fall, dass er ihm seine Schulden nicht bezahlen konnte. Stella hatte es nicht fertiggebracht, dies ihren Geschwistern zu erzählen, nicht einmal Lysbeth hatte sie es offenbaren mögen. Sie wusste nicht genau, warum sie diese Information so geheim halten musste, sogar vor Anthony, aber sie ahnte, dass es etwas mit Scham zu tun hatte und auch mit der Schuld, durch ihre Heirat diese Verstrickung überhaupt erst möglich gemacht zu haben.

Am 1. April 1950 begann das neue Schuljahr. Alex war in einen Anzug gekleidet, der ihm extra für diesen Anlass aus einem alten Anzug seines Vaters geschneidert worden war. Cynthia und Eckhardt begleiteten ihn, beide in bestem Sonntagsstaat. Eckhardt war kürzlich gefragt worden, ob er bereit sei, als Schöffe tätig zu sein, ein ehemaliger Mitstreiter aus dem Brandschutz hatte ihn dafür empfohlen. Eckhardt hatte selbstverständlich sofort sein Einverständnis erklärt. Sowohl er als auch Cynthia strahlten neuerdings wieder große Autorität aus. In dieser respektgebietenden stolzen Haltung begleiteten sie ihren Neffen zu seinem ersten Schultag in der um die Ecke von der Kippingstraße liegenden Schule in der Kielortallee.

Als sie zurückkehrten, wartete ein festliches Mittagessen auf sie, das Renate Wenz und Stella vorbereitet hatten und zu dem sich sogar Aaron und Lysbeth und Marianne einfanden, obwohl Aaron in der Praxis wieder bis über beide Ohren in Arbeit steckte und Lysbeth und Marianne bei ihren letzten Examen waren. Aber keiner von ihnen wollte es versäumen, dem Jungen einen schönen Tag zu gestalten.

Sie gingen davon aus, dass Alex sich ein wenig verloren fühlte. Aber er wirkte nicht verloren, er erzählte stolz von seinem neuen Lehrer, Herrn Lehmann, von seiner neuen Klasse, die aus fünfundvierzig Kindern bestand, und davon, dass er selbst einmal Universitätsprofessor werden wolle. »In welchem Fach denn?«, fragte Aaron freundlich. Alex sah ihn erstaunt an. »Fach?«, fragte er zurück. Altklug und etwas von oben herab, als müsste er seinen Onkel Aaron über die Welt aufklären, fuhr er fort: »Ein Professor hat kein Fach, ein Professor weiß mehr als alle anderen, und er kann sich ein Auto leisten und einen Chauffeur und kann seinem Vater helfen, wenn der in Geldschwierigkeiten ist, und kann dafür sorgen, dass seine Mutter immer schöne Kleider trägt und fröhlich ist.«

Am Tisch trat für einen kurzen Moment Stille ein. Alle blickten auf Alex, der sich hoch auf seinem Sitz aufrichtete. Er war ein kleiner Junge mit einem großen Kopf, und es sah etwas traurig aus, wie er jetzt versuchte, seinen großen Kopf auf dem kleinen Körper in die Luft zu recken. »Ja«, sagte Stella mit musikalischer Begeisterung in der Stimme. »Ja, und dann sagen wir alle Herr Professor zu dir und sind sehr stolz, dass du es geschafft hast, hier bei uns deine Schule ganz wunderbar über die Bühne zu bringen, obwohl es dir bestimmt nicht immer leichtfallen wird, ohne deinen Vati und ohne deine Mutti und ohne deine Brüder zu sein.«

»Ach«, antwortete Alex leichthin, während er mit der Gabel einen Happen Schweinefleisch aufspießte. »Das ist doch nur kurz. Mutti und Vati und Wilhelm und Peter kommen doch schon bald nach. Vati hat gesagt, dass er nur noch den Rest in Ratekau zusammenrafft, und dann kommen sie alle nach.« Mit leuchtenden Augen blickte er sich in der Runde um. »Dann sind wir alle zusammen! Alle Wolkenraths und die angeheiratete Brut, wie Vati immer sagt.«

Am Tisch war eisige Stille eingetreten. Alle blickten erstarrt auf

Alex. Cynthia war die Erste, die sich wieder fing. »Ach, das ist Humor aus Kindermund«, trillerte sie. »Das kann kein Mensch ernst nehmen.« Eckhardt war bleich geworden. Er ballte seine Hände zu Fäusten. Aber er sagte nichts. Lysbeth wandte ihren Blick von Alex zu Stella. Kannst du damit etwas anfangen?, fragte der Blick. Stella sah auf den Tisch, auf ihre Hände, auf ihren Teller, auf das Glas Saft vor ihr. Ich hätte alle informieren müssen, dachte sie. So kommt die Katastrophe auf uns zu. Und wahrscheinlich ist sie unabwendbar.

Vier Tage später, am 6. April 1950, war der hundertzwanzigste Geburtstag der Tante. Stella und Lysbeth besuchten gemeinsam ihr Grab. Sie hatten am Vortag beschlossen, ohne ihre Männer auf den Friedhof zu gehen, nur die beiden Schwestern. Niemand war in der Tiefe seiner Seele so verwurzelt mit der Tante wie sie beide. Aaron und Anthony hatten das sofort akzeptiert. Sie standen Seite an Seite vor der Steintafel, auf der stand: »Tante Lysbeth, wir lieben Dich für immer.« Auf dem von Lysbeth mit Kräutern bepflanzten kleinen Stück Erde stand eine Vase, die für Stellas Blumenstrauß passte. Sie hatte zehn feuerrote Rosen gekauft. Lysbeth hatte eine zweite Vase für ihren Strauß aus Narzissen mitgebracht, die sie im Garten gepflückt hatte. Stella griff in ihre Handtasche und nahm einen eingerollten Zettel heraus, den sie in die Vase steckte, bevor die Rosen hineinkamen. Lysbeth holte lächelnd ebenfalls einen Brief aus ihrer Handtasche und verbuddelte den ihren hinter dem Grabstein.

Auf Lysbeths Brief stand ein großes »Danke« und klein dazugeschrieben: PS: Ich habe mein Examen mit »Summa cum laude« bestanden. Und darunter PPS: Bitte beschütze Aaron und mich und die ganze Familie auch weiterhin!

Stellas Brief war lang. Sie hatte der Tante ihr Herz ausgeschüttet. Ihr hatte sie endlich erzählen können, was sie wegen Dritter und Jonny bedrückte. Ihr hatte sie ihren mangelnden Lebenssinn geklagt. Doch während sie geschrieben hatte, war ihr allmählich leicht und hell geworden. Ich bin doch noch jung, hatte sie plötzlich gedacht. Ich bin eine glückliche Frau. Ich lebe mit dem Mann zusammen, der ohne Wenn und Aber zu mir steht. Ihm vertraue ich blind, ich weiß, dass seine Liebe sich nie erschöpft. Und meine sowieso nicht. Ich gehöre zu ihm. Mit ihm fühle ich mich ganz.

Während sie der Tante weiter ihre Ängste wegen Angela, wegen

Lysbeth, wegen ihrer Zukunft anvertraute, schoss ihr plötzlich eine Idee durch den Kopf. Und keine Sekunde später war ihr klar, was sie tun wollte: Ich werde ein Programm aus Gesang und Musik zusammenstellen, und damit werde ich diese letzten Jahre seit dem Tod der Tante aufarbeiten. Und ich werde Bobby B. Cole fragen, ob er mitmacht. Wir könnten ein gemeinsames englisch-deutsches Programm entwickeln über die letzten zehn Jahre unseres Lebens. Seitdem brannte sie vor Begeisterung für ihren Plan. Sie hatte Anthony schon eingeweiht. Sie hatte Bobby schon angerufen. Beide steckte sie mit ihrem Optimismus sofort an. Gestern erst hatte sie den Brief geschrieben, heute schon sah alles anders aus.

Die beiden Schwestern stellten sich vor das Grab, nahmen sich an die Hände und blickten zu dem bereits sehr verblichenen Foto der Tante, das sie zu einem ihrer vorigen Geburtstage dorthin gestellt hatten.

Lysbeth wendete sich Stella lächelnd zu. »Du hast ihr auch einen Brief geschrieben.« Das war keine Frage, sondern eine Feststellung. Stella nickte. Beide ahnten, was die andere geschrieben hatte.

Stella drückte Lysbeths Hand. »Ich bin so dankbar, dass es sie gibt!«, sagte sie leise und wies zum Grab der Tante. Lysbeth nickte. »Und ich erst. Sie hat uns gelehrt, worauf es im Leben wirklich ankommt.«

Elke Vesper

Die Frauen der Wolkenraths

Roman

Band 17541

Dresden im Jahr 1889: Die zwanzigjährige Käthe Volpert heiratet den zehn Jahre älteren Alexander Wolkenrath. Er ist ein eleganter Mann, jeder Zoll ein Kavalier ... dass er aus einer verarmten Familie stammt und nichts gelernt hat, stört Käthe wenig. Sie bekommen fünf Kinder, drei Söhne und zwei Töchter. Die Mädchen – beide an einem 13. geboren – entwickeln ganz unterschiedliche, außergewöhnliche Fähigkeiten. Die Verantwortung für die große Familie liegt allein bei Käthe. Als sie Dresden schließlich verlassen müssen, ist sie froh, dass sie in einer Urne – getarnt als die Asche ihrer Großmutter – einen Notgroschen dabei hat. Wird ihr der Beutel voller Goldtaler, den sie einst im Hochzeitskleid ihrer toten Mutter gefunden hat, helfen, die Zukunft zu meistern?

Der ersten Band der Trilogie um die Familie Wolkenrath.

Fischer Taschenbuch Verlag

fi 17541 / 1